Joseph Hergenröther

Photius, Patriarch von Constantinopel. Sein Leben, seine Schriften und das griechische Schisma

Zweiter Band

Joseph Hergenröther

Photius, Patriarch von Constantinopel. Sein Leben, seine Schriften und das griechische Schisma
Zweiter Band

ISBN/EAN: 9783741156731

Hergestellt in Europa, USA, Kanada, Australien, Japan

Cover: Foto ©Raphael Reischuk / pixelio.de

Manufactured and distributed by brebook publishing software (www.brebook.com)

Joseph Hergenröther

Photius, Patriarch von Constantinopel. Sein Leben, seine Schriften und das griechische Schisma

Photius,

Patriarch von Constantinopel.

Sein Leben,
seine Schriften und das griechische Schisma.

Nach handschriftlichen und gedruckten Quellen
von

Dr. J. Hergenröther,

o. ö. Professor des Kirchenrechts und der Kirchengeschichte an der Universität Würzburg.

Zweiter Band.

Regensburg.
Druck und Verlag von Georg Joseph Manz.
1867.

Viertes Buch.

Der Sturz des Photius und das achte ökumenische Concil.

1. Entsetzung des Photius durch Basilius und Wiederanknüpfung der Verbindung mit Rom.

In derselben Zeit, in der Photius mit den stolzesten Siegeshoffnungen sich trug und mit der Macht seines Geistes wie mit dem Schutze des kaiserlichen Armes dem Papste die schwerste Demüthigung bereitete, war eine kaum in dieser Ausdehnung von ihm vorhergesehene Katastrophe im Anzug, die ihn selber völlig zu verderben geeignet war. Seine Stützen waren nicht Recht und Wahrheit, sondern seine List und die weltliche Macht; beides waren menschliche Waffen, beide nicht unüberwindlich, nicht unangreifbar, nicht für jede Zeit ausreichend. Am wenigsten zuverlässig war der Schutz des Hofes. Schon waren Michael und sein Mitkaiser Basilius in Zwiespalt, wie es nicht anders möglich war. Der letztere, in jeder Beziehung dem Michael überlegen, gewann es nicht über sich, dem Beispiele desselben zu folgen; er suchte zu imponiren und Achtung zu erringen; er wollte Jenen zu einem anständigeren und würdevolleren Benehmen bestimmen, damit die kaiserliche Würde nicht noch mehr erniedrigt werde. Michael war beleidigt, daß derjenige, den er aus dem Staube hervorgezogen und zur Mitregierung erhoben, nun ihn meistern zu wollen schien und dazu größere Achtung fand, als er selber. Mit den Regierungsangelegenheiten beschäftigt, hielt sich Basilius von dem Getümmel des Circus wie von dem Possenspiel des Gryllus möglichst ferne, sprach bisweilen auch ein freimüthiges Wort und pochte auf seine geistige Superiorität. So entstand Mißstimmung zwischen beiden; dem Kaiser Michael ward sein Collega lästig und er sann darauf, ihn zurückzusetzen und zu kränken, wo möglich sich seiner wieder zu entledigen; Basilius sah sich in seinen Maßnahmen durch despotische Launen gehindert, sein Ansehen geschmälert und nothwendig rief die Ungleichheit des Charakters und der Sitten auf beiden Seiten eine immer steigende Antipathie hervor.[1])

1) Theoph. Cont. IV. 40. 41. p. 207. 208. V. 24. p. 247. 248. Joh. Curopal. ap. Baron. a. 867. n. 88. Manass. v. 5249—5252. p. 224.

Bald nahmen die Höflinge diese Aenderung in der Gesinnung beider Herrscher wahr; es bot das Stoff zu verschiedenen Conjecturen und Intriguen. Photius sah es mit Spannung und Verlegenheit; er bemühte sich sowohl bei Michael als bei Basilius, seine treue Ergebenheit an den Tag zu legen, sprach bei Jedem, wie er es gerne hörte, und glaubte so, welches auch immer das Ende dieses Zwiespalts werden möge, für jeden Fall gedeckt zu sein. Der schlaue Macedonier schwieg stille, durchschaute aber den Patriarchen zu gut, um sich von ihm täuschen zu lassen;[1]) seine Haltung bei der Ermordung des Bardas und seine ganze Vergangenheit bewies, daß seine Betheuerungen hierin kaum zu beachten waren.

Die Abneigung zwischen den beiden Herrschern stieg immer höher. Am tiefsten sah sich Basilius dadurch verletzt, daß Michael zuletzt sogar einen früheren Ruderknecht der kaiserlichen Galeeren[2]) seines schönen Aeußeren und seiner dem Sieger im Circus gespendeten Lobsprüche wegen als Genossen der Herrschaft ihm an die Seite stellte. Es wird diese sonderbare Erhebung des Basiliscianus oder Basiliscinus also erzählt.[3]) Als Michael mit Basilius und Eudokia beim Mahle saß, lobte der genannte Basiliscianus, damals Patricier, den Kaiser Michael wegen seiner in der Rennbahn bewiesenen Gewandtheit und seines rühmlichen Sieges. Da befahl Michael ihm aufzustehen, seine rothen Stiefel ihm auszuziehen und sich selbst anzuziehen. Jener lehnte es ab, auf Basilius blickend. Zornig erklärte Michael, sein Wille müsse geschehen; Basilius nickte zustimmend; so that Jener, wie ihm befohlen war. Michael sagte hierauf zu Basilius in zorniger Aufwallung: „Die kaiserlichen Stiefel stehen ihm besser an als dir; oder habe ich etwa nicht die Macht, gleichwie ich dich zum Kaiser gemacht, so auch ihn dazu zu machen?"[4]) Eudokia weinte und sagte zu Michael: „Die kaiserliche Würde, o Herr, ist hoch erhaben, und ohne unser Verdienst sind auch wir mit ihr geehrt worden; es ist nicht recht, sie zu verachten."[5]) Michael erwiederte: „Werde darüber nicht betrübt; ich will eben auch den Basiliscianus zum Kaiser machen." Ja es soll Michael seinen Lieb-

---

τοῦ δὲ κρατοῦντος (Michael) καταφρονοῦντος ὡς πότου καὶ μέθυσον
καὶ πάσαις ἐπιχαίροντος καὶ θεατρομανοῦντος (Basilius)
κατὰ τῶν σπλάγχνων τῶν αὐτοῦ ὤξυνε τὸ ξίφος
καὶ τὰ τοῦ αἵματος ἤμυνε πρὸ χρόνου, πρὸ τῆς ὥρας.

[1]) Nicet. l. c. p. 257: ποτὲ μὲν πρὸς τὸν Μιχαὴλ διέβαλλε Βασίλειον, αὖθις δὲ τοῦτον πρὸς ἐκεῖνον, ἀμφοῖν, ὡς ἐνόμιζε, φιλίαν καταπραττόμενος, ὁ ἀμφοτέρων τὴν φιλίαν οὐκ ἐν ἀληθείᾳ ὑποκρινόμενος καὶ οἰόμενος, ὡς ὁπότερος ἂν τούτων μονοκράτωρ ἀναδειχθῇ, τούτῳ εἰς οἰκειότητα προσθήσεται· οὐκ ἤρεσε δὲ τῷ Βασιλείῳ ταῦτα, πάνυ δὲ ταῖς πανουργίαις προσώχθισε τοῦ σοφοῦ.

[2]) τοῦ βασιλικοῦ δρόμωνος ἐρέτης. Theoph. Cont. IV. p. 208.

[3]) Leo Gram. p. 249. 250. Sym. Mag. c. 47. p. 682. 683. Georg. mon. c. 33. p. 835. Zonar. p. 155. 131.

[4]) ὡς ὑπὲρ σὲ κάλλιον αὐτῷ πρέπουσιν (τὰ τζαγγία)· μὴ γὰρ οὐκ ἔχω ἐξουσίαν, ὡς σὲ βασιλέα ἐποίησα, καὶ ἄλλον ποιῆσαι;

[5]) τὸ τῆς βασιλείας ἀξίωμα, δέσποτά μου, μέγα ἐστὶν καὶ ἀναξίως καὶ ἡμεῖς ἐτιμήθημεν, καὶ οὐ δίκαιον ἐστι καταφρονεῖσθαι αὐτό.

ling auch dem Senate[7]) als Kaiser mit den Worten vorgestellt haben, daß dieser Mann wie zum Regieren geboren, schön und stattlich, solcher Auszeichnung im höchsten Grade würdig sei, weit mehr als Basilius,[8]) den er zu dieser Würde erhoben zu haben bereue.[9]) So ward denn Basiliscianus wirklich Augustus genannt[10]) und es konnte der Volkswitz sagen, daß Michael nach Art der Giganten in der Mythe jeden Tag neue Kaiser aus sich gebäre.[11])

Dieser tolle und unüberlegte Schritt des verblendeten Despoten war für ihn der Weg zum Tode.[12]) Basilius war über die ihm zugefügte Schmach auf das äußerste erbittert[13]) und die Feindschaft war nun offen erklärt. Wie jeder andere Emporkömmling hatte er Feinde und Neider; er mußte jetzt, wie der byzantinische Hof gewöhnlich war, für sein Leben zittern, wenn er nicht selber dem Todesstreiche durch die Ermordung Michaels zuvorkam. So sehr Constantin Porphyrogenitus sich über die Maßen bemüht zeigt,[14]) den von seinem Großvater verübten Mord von ihm abzuwälzen, so sehr auch einige Historiker ihn nur als denjenigen hinstellen, der aus der That Anderer blos seinen Nutzen zog:[15]) so kann doch Basilius von der Blutschuld in keiner Weise freigesprochen werden und der Beginn seiner Alleinherrschaft ist durch Undank und Verrath gegen seinen Wohlthäter befleckt.[16]) Aber auf der anderen Seite ist doch nicht zu läugnen, daß großentheils auch das Interesse der Selbsterhaltung ihn dazu trieb. Viele Höflinge hatten sich Mühe gegeben, erst das freundschaftliche Verhältniß beider zu stören, dann den Einen zum Morde des Andern zu reizen;[17]) so konnte und mußte, da diese Machinationen nicht geheim blieben, Jeder für

---

[7]) Theoph. Cont. IV. 44. p. 208: *ἐξάγει πρὸς τὴν σύγκλητον τῆς χειρὸς ἔχων αὐτόν.* Curopal. ap. Baron. a. 867. n. 88.

[8]) Die Verse in Theoph. Cont. V. 25. p. 258, wovon die drei letzten auch L. IV. l. c. und bei Sym. Mag. (hier aber nur als *πρὸς τοὺς παρόντας* ohne Erwähnung des Senats gesprochen) lauten:

Ἴδετε πάντες ὑμεῖς καὶ θαυμάσατε,
ἆρα οὐ πρέπει αὐτὸν εἶναι βασιλέα;
πρῶτον μὲν εἶδος ἄξιον τυραννίδος,
τὸ δεύτερον δὲ ἀρετῆς πέλει ἀνήρ,
ἅπαντα δ' ἁρμόζουσι πρὸς τὴν ἀξίαν.

[9]) Theoph. Cont. V. p. 251: *καὶ ὅτι πόθεν ἦν κάλλιον ταυτόν με ποιῆσαι βασιλέα ἢ τὸν Βασίλειον.* (L. IV. p. 204 wird noch beigefügt: *ἐφ' ᾧ μεταμεμέλημαι ἐφ' οἷς αὐτὸν ἐβασίλευσα.*)

[10]) Joh. Curop. apud Baron. a. 867. n. 80. Cedr. II. 182. Manass. v. 5164—5171. p. 220. 221 ed. Bonn. Glyc. P. IV. p. 515. Zonar. III. p. 133 ed. Bas.

[11]) Theoph. Cont. IV. p. 209: *ὅτι κατὰ τοὺς μυθικοὺς Γίγαντας βασιλέας ἀπογεννᾷ καθ' ἑκάστην ἡμέραν ἀναδιδούς.*

[12]) Ib. p. 209: *αὕτη τῆς καταλύσεως αἰτία ἡ ἀρχή.*

[13]) Georg. mon. c. 34. p. 836. Leo Gr. p. 250: *Βασίλειος δὲ ἐν θυμῷ καὶ λύπῃ μεγάλῃ γέγονεν.*

[14]) Theoph. Cont. V. 27. p. 251. 255.

[15]) Genes. L. IV. p. 113: *τοῦ κατασφάξαντος τῆς οἰκείας εὐεργεσίας ἀντεχόμενος* (Basilius.)

[16]) Vgl. Schlosser Weltg. II, 1. S. 532.

[17]) Genes. p. 112.

sein Leben zittern, Jeder gegen den Anderen konspiriren. Verschiedene Gerüchte, die damals auftauchten, finden sich noch bei den Chronisten. So ward erzählt, als Michael sich auf der Jagd befand, habe ein Mönch ihm ein Blatt des Inhalts überreicht, Basilius stelle ihm nach, worauf Jener sich des Gegners zu entledigen gesucht habe;[18]) anderwärts wird umgekehrt erzählt, es sei Basilius auf diese Weise vor Michael gewarnt worden.[19]) Einige sagten, Michael habe auf der Jagd einem seiner Diener geboten, den Basilius mit einer Lanze zu durchstoßen, dieser aber habe sein Opfer verfehlt;[20]) dagegen behaupteten Andere, Michael habe, obschon von vielen Seiten dazu aufgefordert, sich nicht entschließen können, etwas gegen Basilius zu thun.[21]) Dasselbe wird nun auch wieder von Basilius erzählt, der seine Hände nicht mit Michaels Blut habe beflecken wollen, den aber seine Anhänger wider seinen Willen diesen Dienst leisten zu müssen geglaubt.[22]) Aber es hatte ja Basilius schon zu dem Morde des Bardas die Hand geboten und er mußte wissen, daß sein Leben auf dem Spiele stand; seine Gewissenhaftigkeit hatte ihn bis jetzt nicht von Verbrechen zurückgehalten und in der Alternative, selbst als Opfer des kaiserlichen Zornes und der gegen ihn gerichteten Verschwörung zu fallen, oder mit einem Schlage sich zugleich von der Gefahr zu befreien und die Alleinherrschaft zu übernehmen, konnte ein Mann seiner Art kaum lange unschlüssig bleiben.[23]) Dazu fühlte er in sich den Herrscherberuf, der dem trunkenen und bethörten Michael gänzlich fehlte; dieser hatte sich zudem allgemein verächtlich gemacht und seine Würde in den Staub gezogen; er hatte den Staatsschatz vergeudet[24]) und durch seinen Leichtsinn und seine Trägheit das Reich in die größte Gefahr gebracht; seine thörichten und kindischen Spielereien, die ganz an die Tyrannen der alten Zeit, an Nero und Heliogabalus erinnern,[25]) seine rücksichtslose und

---

[18]) Leo Gr. p. 250. Georg. mon. c. 31 p. 836.

[19]) Sym. Mag. c. 48. p. 683.

[20]) Genes. p. 113: καὶ ἄλλως φασί τινες, [illegible] ὁ Μιχαὴλ [illegible] Βασίλειον, [illegible] δὲ κατὰ [illegible] αὐτῷ [illegible] λόγχην [illegible]. So Theoph. Cont. IV. p. 209. 210. Cedren. II. p. 182. Curopal. ap. Baron. h. a. n. 89.

[21]) Genes. l. c.: ὡς δ' ἕτεροι, οὐχ οὕτως, ἀλλὰ τὰ πρὸς αὐτὸν [illegible] [illegible], κἂν παρά τινων [illegible].

[22]) Genes.: ὅθεν οἱ τὰ [illegible] φρονοῦντες τῷ Βασιλείῳ πρὸς φόνον [illegible] τοῦ αὐτοκράτορος κ. τ. λ.

[23]) Manass. v. 5171. 5175. p. 221.

καὶ τὰ παλίμβολα αὐτοῦ τῆς γνώμης [illegible]
[illegible] προκαταλαβεῖν καὶ προκατασχεῖν.

[24]) Nach der Cont. Theoph. V. 27. p. 251 hatte Theophilus im Staatsschatze neunhundertsiebzig Centenarien geprägtes Gold nebst vielem gemünzten Silber zurückgelassen; Theodora hatte noch dreißig Centenarien Gold hinzugefügt, so daß die Summe auf tausend Centenarien stieg; nach Michaels Ermordung soll man nur noch drei Centenarien gefunden haben.

[25]) Leo Gr. p. 248. Georg. mon. c. 32. p. 831. Sym. Mag. c. 45. p. 681 erzählen, daß Michael durch den Künstler Tabaris die irdischen Reste des Constantin Copronymus und des Patriarchen Jannes aus ihren Grabstätten herausnehmen, im Prätorium einschließen, dann beim Pferderennen im Circus entblößt mißhandeln und darauf verbrennen ließ — ein

rohe Behandlung des Mitkaisers,[96]) seine grausamen Blutbefehle, sein fortgesetzter Umgang mit der dem Basilius angetrauten Eudolia Ingerina — das Alles mußte diesen zur Rache entflammen und ihn vorwärts zu der blutigen That treiben, die zu seiner Erhaltung ihm geboten scheinen konnte.[97]) Gleichwohl mag Michael noch unschlüssig gewesen sein; wir finden keine Spur, daß er vor Basilius sich zurückzog und Vorkehrungen gegen dessen Machinationen traf; ja die Art, wie die Ermordung desselben erzählt wird, läßt darauf schließen, daß er an einen meuchlerischen Angriff von Seite des Basilius nicht im mindesten gedacht hat.

Die Chronisten Leo, Georg und Symeon, die hier wie sonst meistens derselben Quelle folgen, geben uns allein einen genaueren Bericht über den Hergang; es ist dieser.[98]) Die Kaiserin Theodora, der Michael in der letzten Zeit sich wieder mehr genähert zu haben scheint, hatte ihren Sohn zu sich in den Palast des Anthemius eingeladen und dieser hatte vorher den Protovestiar Rendakios mit anderen seiner Dienstleute auf die Jagd gesandt, um etwas zu erbeuten, was Theodora zum Geschenke erhalten sollte. Diesen Augenblick benützte Basilius, der an jenem Tage sehr finster und ernst aussah. Basilius und Eudolia nahmen am Abend das Mahl mit Michael; als Letzterer schon vom Wein berauscht war, entfernte sich Basilius, ging in das innere Gemach des Kaisers und verdarb dort mit seiner starken Kraft das Schloß, so daß man die Thüre nicht mehr schließen konnte. Er kehrte dann an die kaiserliche Tafel zurück, wo der schon ganz trunkene Michael seiner Gewohnheit nach mit der Ingerina sich belustigte; als er endlich sich erhob, führte ihn Basilius an der Hand in sein Schlafgemach, wo er ihm die Hand küßte und sich darauf zurückzog. Dort lag bereits, wie es der Kaiser befohlen, Basiliscianus im Bette des abwesenden Rendakius, um ihn zu bewachen; er war in tiefem Schlafe. Der Kämmerer Ignatius wollte die Thüre schließen, fand aber zu seiner Bestürzung das Schloß ganz verdreht. Er setzte sich auf sein Bett nieder und raufte sich voll Verzweiflung die Haare aus. Michael war bald in einen tiefen, dem Tode ähnlichen Schlaf versunken, der Kämmerer wachte. Nach einiger Zeit erschien plötzlich Basilius mit mehreren Begleitern und öffnete die Thüren. Der Kämmerer suchte bebend ihm den Eintritt zu verwehren; Petrus Bulgarus aber schlüpfte unter der Achsel des Basilius hinein bis an das Bett des Kai-

---

neues Schauspiel für die schaulustige Menge. Den mit viel Kunst gearbeiteten Sarg des Copronymus von grünem Marmor ließ er durchsägen und für den von ihm gebauten Palast im Pharus (Leo) oder in der Kirche desselben (Sym. Georg.) verwenden.

[96]) Theoph. Cont. IV. 44. p. 209. Sym. Mag. c. 48. p. 684.

[97]) Im Abendlande drückte man sich zweifelhaft über den Antheil des Basilius aus; z. B. Vita Hadr. II. apud Baron. a. 868. n. 34: Michael a spadonibus suis, dubium an Basilii voluntate, peremtus est, moxque Basilius rerum potitus.. non se falsae conscium necis Michaelis, ut fertur, omnibus satisfecit. Später zweifelte im Occident Niemand mehr an seiner Schuld. Luitpr. Antap. l. 9. III. 32. p. 276. 309 ed. Pertz.

[99]) Leo Gr. p. 250. 251. Georg. mon. c. 31. p. 836. 837. Sym. Mag. c. 48. p. 684. 685. Zonar. ap. Baron. a. 867. n. 90.

fers; Ignatius hielt ihn zurück. Darüber erwachte Michael; Johannes Chaldus (Chaldias) hieb ihm beide Hände ab, während Jakobitzes den Basilicianus mit dem Schwerte verwundete und aus dem Bette auf den Boden warf. Marianus, Bardas und Constantin Toxaras standen außen auf der Wache und Niemand im Palaste wußte von dem Eindringen der Verschworenen. Diese wollten den Michael, der laut gegen Basilius jammerte, um keinen Preis mehr länger leben lassen. Johannes Chaldus stieß dem unglücklichen Fürsten vollends das Schwert in's Herz.[29]) So starb Michael in der Nacht vom 23. auf den 24. September 867[30]) an einem Mittwoch, dem Feste der heiligen Thekla,[31]) wahrscheinlich gegen drei Uhr Morgens,[32]) erst achtundzwanzig oder neunundzwanzig Jahre alt, nachdem er im Ganzen fünfundzwanzig Jahre, acht Monate den Kaisernamen getragen, vierzehn bis fünfzehn Jahre mit seiner Mutter, über acht Jahre allein, sechszehn Monate mit Basilius regiert.[33])

Die blutige That[34]) war im Schlosse bei St. Mamas, nahe an den Mauern der Stadt und am Hafen,[35]) verübt worden, wo Michael kurz zuvor Rennspiele gegeben hatte. Da aber das Meer sehr unruhig war, gingen die Verschworenen bis zum Ueberfahrtsplatze mit einander hinab, und als sie auf die andere Seite gekommen waren, begaben sie sich in die Wohnung des Persers Eulogius, nahmen ihn mit sich, zogen zu dem Hause der Marina und stiegen über die Mauer bis hin zum kaiserlichen Palaste.[36]) Dort redete der Perser Eulogius den Comes der Föderirten[37]) Ardabasdus in ihrer Landessprache an, meldete den Tod Michaels und mahnte ihn, dem Kaiser die Thore zu öffnen.[38]) Ardabasdus öffnete und überreichte dem Basilius die Schlüssel.

---

[29]) Die Cont. Theoph. IV. 44. p. 210 hat über den Hergang nur dieses: ἅτε μὴ ἐγὼ τὸν Βασίλειον, ὡς πρὸ μικροῦ τὸν Καίσαρα, σφαττόμενον ἴδωσι, καὶ πρὸ τούτων αὐτὸν θνήσκειν, εἴτε βουλῆς τῆς ἀγγλάτων βουλῆς, εἴτε γνώμης τῶν φιλούντων Βασίλειον (πάντες γὰρ καὶ κατ' αὐτῶν ὁ θάνατος ἐπηγγέλλετο) σφάττεται ὑπὸ τῶν προσοίκων τοῦ Βασιλείου ἀνδρῶν (Michael). L. V. c. 27. p. 254: ἀναιροῦσιν αὐτόν, ἐκ τῆς ἄγαν οἰνοφλυγίας ἀναισθήτως (?) τὸν ὕπνον τῷ θανάτῳ συνάψαντα.

[30]) Theoph. Cont. IV. l. c.: περὶ Σεπτεμβρίου εἰκάδα τετάρτης ἰνδικτ. α' ἔτους ςτος' (Sym. Mag. p. 685. ςτέβ' ἰνδικτ. α'.)

[31]) Sym. Mag. l. c.

[32]) Theoph. Cont. l. c. Curop. ap. Bar. h. a. n. 89. Sym. l. c. Cedren. l. c.

[33]) S. oben B. II. A. 2. N. 57. Vgl. Pag. a. 867. n. 90.

[34]) Nicet. l. c. Theoph. Cont. IV. 44. p. 210. V. 27. p. 254. Zonar. ap. Bar. h. a. n. 90.

[35]) Hammer Cpl. I. 2. 406.

[36]) Leo p. 249. Sym. c. 46. p. 681. Georg. mon. c. 33. p. 835.

[37]) τῷ ἑταιρειάρχῃ. Anführer der fremden Söldner, Hilfstruppen. (foederati) S. Krug Forsch. aus der Gesch. Rußl. I. S. 217 ff.

[38]) Georg. m. c. 35. p. 838. Leo Gr. p. 251. 252: κλύδωνος δὲ ὄντος ἐν τῇ θαλάσσῃ ἀναθαρσήσαντες ἀπῆλθον μέχρι καὶ τοῦ περάματος (bis hieher ebenso Sym. p. 685, wo das Folg. fehlt) καὶ διαπεράσαντες ἦλθον εἰς τὸν οἶκον Εὐλογίου τοῦ Πέρσου καὶ τοῦτον ἄραντες ἦλθον εἰς τὰ Μαρίνης πλὴν δὲ ἦν περιφρασσόμενον τὸ τεῖχος (Sym. Mag.: καὶ ἀνελθόντες διὰ τοῦ τείχους ἦλθον ἕως τοῦ παλατίου· πλὴν δὲ ἦν φρασσόμενα τ. τ.) καὶ ἐφωνήθη Βασίλειος διὰ τῶν μετ' αὐτοῦ ὄντων καὶ ἀκούσας ἀνέῳξε τὴν πύλην καὶ εἰσῆλθον μέχρι τῆς πύλης τοῦ παλατίου. Εὐλόγιος δὲ ὁ Πέρσης ἐλάλησε τῇ αὐτοῦ γλώττῃ Ἀρταβάσδῳ.. ὡς ὁ Μιχαὴλ εἴη τελευτήσας καὶ ἄνοιξον τῷ Βασιλεῖ.

Dieser versicherte sich des ganzen Palastes und traf dort seine Anordnungen. Mit großem Pompe ließ er seine Gemahlin, die Eudokia Ingerina, aus der Wohnung bei St. Mamas abholen, die Eudokia Dekapolitissa aber, Michaels III. unglückliche Wittwe, ließ er durch den Präpositus Johannes zu ihren Eltern zurücksenden.[39]) Zur Bestattung der Leiche Michaels sandte er den Kämmerer Paulus ab. Theodora und ihre Töchter waren bereits erschienen, von Schmerz und Jammer erfüllt; die trüben Ahnungen der Kaiserin, die bald darnach ebenfalls das Zeitliche segnete,[40]) hatten sich bewahrheitet. Die Leiche des Gemordeten ward ohne Gepränge in dem Kloster von Chrysopolis bestattet.

Indessen verkündigte der Präfekt Marianus, Sohn des Petronas, auf dem Forum dem Volke die Alleinherrschaft des Basilius.[41]) Niemand bedauerte den schmählich gemordeten Michael, dessen elender Tod die Strafe seines schlechten Lebens schien; Alles jubelte dem Monokrator entgegen, Volk, Armee und Senat; Alles hoffte Verbesserungen, Reformen und Beseitigung der Mißstände. Die Chronisten[42]) unterlassen aber nicht, darauf aufmerksam zu machen, daß die Mörder Michaels sämmtlich noch die verdiente Strafe gefunden — daß Jakobitzes auf der Jagd verunglückte, Johannes Chaldus des Hochverraths angeklagt und hingerichtet, Asylaon, ein Verwandter des Basilius, exilirt und wegen seiner Grausamkeit von seinen Hausgenossen getödtet ward, Apelates, Marianus, des Kaisers Bruder, und Constantin Toxaras ebenso kläglich endeten; Basilius selbst aber genoß eine fast neunzehnjährige und im Ganzen sehr glückliche Regierung und war der Gründer einer Dynastie, die unter den byzantinischen Herrscherfamilien immerhin eine hervorragende Stelle einnimmt.

Michael war kinderlos oder wenigstens ohne legitime Nachkommen gestorben; denn die Ehe mit Eudokia Dekapolitissa war nicht gesegnet. Basilius hatte bereits zwei Söhne, Constantin und Leo; von diesen aber wird behauptet, daß sie eigentlich Söhne Michaels aus der Eudokia Ingerina, seiner früheren Concubine, waren.[43]) Leo war am 1. September oder 1. Dezember 866 geboren,

---

[39]) Georg. mon. l. c. Leo l. c. p. 252. Sym. Mag. p. 686.

[40]) Theodora starb am 11. (al. 14.) Febr., nicht 867 (Acta SS. t. II. Febr. p. 567.), sondern 868. Ihr Leichnam kam nach dem Kloster Gastria, später nach Corcyra. Μέγα Ὡρολόγιον. Venet. 1856. p. 217. 256.

[41]) Leo Gr. p. 253 hat: προσέταξε τῷ ἐπάρχῳ καὶ Μαριανῷ υἱῷ Πετρωνᾶ ἀνειπεῖν ἐν τῷ φόρῳ κ. τ. λ.; aber nach Sym. Bas. c. 2. p. 687 Georg. M. Bas. c. 1. p. 839 ist zu lesen: Μαριανῷ ἐπάρχῳ (ὑπάρχῳ) κ. τ. λ.

[42]) Leo p. 253. 254. Sym. Mag. c. 3. p. 687. 688. Georg. mon. c. 2. p. 839. 840.

[43]) Glycas Annal. P. IV. p. 551. 552 bemerkt, Joh. Skylitzes sage, Michael sei kinderlos gewesen (Vgl. auch Manasses, Chron. v. 5179—5191. p. 221.), Andere aber hätten behauptet, der Prinz Leo sei der Sohn des Michael; so Zonaras (p. 133.), der sich dahin äußert, eigentlich sei Leo Michaels Sohn gewesen, τῷ δοκεῖν aber Sohn des Basilius, mit dem die Ingerina bereits vermählt war. Dasselbe sagen im Wesentlichen Georg. mon. c. 33. p. 835. Leo Gramm. p. 219. Bei Symeon Mag. p. 681 ist wahrscheinlich statt „Constantin" — Leo zu lesen, da er dieselbe Geburtszeit angibt wie Georg (Sept. Indict. 15.). Georg setzt den 1. Sept., Leo Gr. den 1. Dez. als Geburtstag des Prinzen Leo an. Auch Constantin, der übrigens wegen seines frühen Todes minder beachtet ward, muß als Sohn Michaels gegolten haben, da von Alexander, dem später geborenen, bemerkt wird, er sei γνή-

da die Ingerina bereits Gattin des Basilius geworden war, und es ist diese Behauptung, die schon damals sicher im Munde des Volkes war, auch noch dadurch gestützt, daß Leo später sogleich bei seinem Regierungsantritt die Gebeine Michaels auf das Ehrenvollste bestatten ließ und sein Andenken möglichst zu ehren suchte. Es ist sehr wohl erklärlich, daß Constantin Porphyrogenitus nichts von dem lasterhaften Umgange der Ingerina mit Michael wissen will und dieselbe nicht blos ihrer Schönheit, sondern auch ihrer Sittsamkeit wegen rühmt,[44]) es konnte hier am wenigsten ein solcher Zweifel ausgesprochen werden, der gegen die legitime Geburt Leo's gerichtet war. Es scheinen die anderen Berichte hier unbedingt den Vorzug zu verdienen. Aber wahrscheinlich hatte die Ingerina den Basilius nicht weniger als den Michael an sich zu fesseln gewußt und so konnte es kommen, daß er, auch nachdem er von jedem Zwange völlig frei war, die Buhlerin als seine Gemahlin behielt, sowie Rücksichten des Anstandes und der Ehrbarkeit ihn bewogen, die Söhne derselben als die seinigen anzuerkennen, auch wenn er darüber in Zweifel oder auch fest von ihrer Illegitimität überzeugt gewesen wäre.

Schon mit dem ersten Tage der Alleinregierung des Basilius traten bedeutende Veränderungen ein. Der Kaiser suchte sogleich den Staatsschatz in bessere Ordnung zu bringen, tüchtige Beamte aufzustellen und die Justizpflege zu heben. Insbesondere ließ er die Rechnungsbücher prüfen, die sich bei dem Eunuchen und Protospathar Basilius fanden. Es ward im Senate beschlossen, daß diejenigen, die auf ungesetzliche Weise Gelder aus der Staatskasse erhalten, dieselben zurückzuzahlen hätten. Der Kaiser milderte das strenge Urtheil und ließ nur die Hälfte des Empfangenen restituiren, wodurch dreihundert Centenare in das Aerar kamen.[45]) Der Admiral Oryphas soll anfangs dem Monokrator wegen der Ermordung Michaels große Vorwürfe gemacht, später aber mit ihm sich ausgesöhnt haben;[46]) aber ein Widerstand gegen ihn erhob sich nirgends. Gleich am ersten Tage seiner Alleinherrschaft erhielt Basilius günstige Nachrichten über Vortheile, die seine Feldherren errungen, und die Befreiung von vielen Gefangenen; daher zog er unter lauten Acclamationen des Volkes nach der Hauptkirche, um Gott zu danken, und theilte auf dem Rückwege nach der Residenz reiche Geldspenden unter das Volk aus. Dasselbe that seine Gemahlin mit den zwei Prinzen.[47]) Viele der Eingekerkerten erhielten die Freiheit und die Verbannten die Erlaubniß zur Rückkehr.

Aber die bedeutendste Veränderung, die erfolgte, war der plötzliche und

---

οἷος παῖς τοῦ Βασιλείου. Sym. Mag. Bas. c. 8. p. 690: οὗτος παῖς γενόμενος ἐκ γραφῆς Βασιλείου. Leo Gr. p. 256 und Georg. m. c. 18. p. 844. Sym. M. c. 15. p. 692 auch den Constantin als Sohn Michaels aufführen.

[44]) Theoph. Cont. V. 16. p. 235. (ὁ βασιλεὺς τὸν Βασίλειον) γυναικὶ συζεύξας εὐπρεπείᾳ διαφέροντι καὶ κάλλει καὶ κοσμιότητι Ἰγγερινῷ, πασῶν τῶν εὐγενίδων σχεδὸν, ἡ θυγάτηρ ἐτύγχανε τοῦ παρὰ πάντων ἐπ' εὐγενείᾳ καὶ φρονήσει λαλουμένου τότε τοῦ Ἴγγερος.

[45]) Theoph. Cont. V. 29. 30. p. 255. 257. Cedren. II. p. 203. 204.

[46]) Sym. M. c. 2. p. 687.

[47]) Theoph. Cont. V. 29. p. 256. Pagi crit. ad Baron. a. 867 n. 103–104.

wohl Vielen unerwartete Sturz des Photius. Aus welchen Motiven Basilius so strenge mit dem ihm früher befreundeten Patriarchen verfuhr, darüber finden sich zweierlei Berichte, die nun vor Allem eine nähere Prüfung erheischen.

Georg Hamartolus oder vielmehr dessen Fortsetzer [48]) und die mit ihm gleichlautenden Chroniken [49]) erzählen, Photius sei deßhalb von Basilius aus seiner Stellung entfernt worden, weil er ihm den Mord des Michael in den stärksten Ausdrücken vorgeworfen und ihn als unwürdig vom Genuße des Abendmahls ausgeschlossen habe. Obschon diese Angabe vielfach Vertheidiger gefunden hat, [50]) so ist sie doch bei genauerer Untersuchung nicht haltbar. [51]) Abgesehen davon, daß es an sich höchst unwahrscheinlich ist, daß Photius, der dem nichtswürdigen Michael bei allen seinen Lastern schmeichelte, der gegen ihn wie gegen Bardas zu ähnlichem Vorgehen Grund genug hatte und es nie versuchte, sondern stets den Umständen sich konformirte, der den Treubruch und den schmählichen Meuchelmord an seinem früheren Beschützer Bardas nicht blos ungerügt ließ, sondern sogar verherrlichte und lobte, daß Photius, sagen wir, nun gegen den kräftigen Basilius als Alleinherrscher eine Energie gezeigt, die mit seiner sonstigen Handlungsweise nicht in Einklang stand und an ihm ganz neu wäre — die Art und Weise, wie Photius sich nachher in den aus dem

---

[48]) Georg. Hamartol. in Cod. Vatic. (ap. Allat. de Syn. Phot. c. 11. p. 218. Mai N. Coll. I. Prolegg. de Phot.): *Τὸν Βασίλειον ἐν τῇ ἐκκλησίᾳ [illegible]* [illegible] Andere Handschriften und nach ihnen die Petersburger Ausgabe von 1859, p. 751. 755 sagen das Bloßer. Die Chronik des Georg Hamartolus ging ursprünglich nur bis zu Michael III. (Fabric. Bibl. gr. XII. p. 31 seq. ed. Harl.) In der Vorrede des sehr alten Cod. Coisl. 305 (Montfaucon. Bibl. Coisl. p. 119. 120, setzt ihn in's zehnte oder eilfte Jahrh.) heißt es: [illegible] Der Codex hört bei Constantin Copronymus auf, ein anderer Coisl. 310. saec. 10 (Montfaucon p. 125.) bei Michael und Theodora; ebensoweit geht Paris. 1705 saec. 11 (catal. Par II p. 390.); Paris 1708. saec. 15 (ib.) kündigt wohl einen siebenten Theil von Michael III. bis Romanus I an, der aber wohl einem Fortsetzer zugehört und auch in der Handschrift fehlt. Andere Handschriften (ibid.) sind ohne Zweifel interpolirt und nachher vermehrt. Sicher schrieb Georg die Chronik bis 842. S. E. de Muralt Praefat. ed. Petrop.

[49]) Leo Gr. p. 251. 255. Sym. Mag. c. 6. Bas p. 688. 689. Georg. m. Bas. c. 5. p. 841. Zonaras p. 131 ed. Basil. (al. XVI. 7. 8. p. 167. t. II. ed. Paris. apud Baron. a. 867. n. 101.) Joel hist. compend. p. 55. — Method. de vit. schism. (Mai Nova Coll. III, 1. p. 256.) gibt es mit einem *ὡς*.

[50]) Hanke de script. byz. I. c. n. 108. p. 316 seq — Fontani Dissert. de Phot. cit. p. XLIII. — Schröckh K. G. XXI. 195. Schwalve p. 113. Oecon. l. c. §. 21. p. 1d.

[51]) Vgl. Neander a. a. O. S. 812. Note 6. Jager L. VI. p. 170. 171. Hefele Conc. IV. 311 f.

Exil an ihn gerichteten Schreiben über die von ihm unverschuldet erlittenen Verfolgungen beklagt, steht damit in Widerspruch und setzt weit eher das Gegentheil davon voraus. In dem längeren Schreiben an den Kaiser hebt er ihre alte Freundschaft und die vielfachen Bande hervor, die sie so lange verknüpften, namentlich auch, daß er aus seinen Händen die Salbung zum Kaiser sowie die Eucharistie empfangen.[52]) Wäre jene Erzählung wahr, so konnte sich Photius kaum so ausdrücken, ohne zugleich darauf Rücksicht zu nehmen und sich deßhalb zu rechtfertigen, daß gerade die Ausschließung vom Abendmahle ihm die kaiserliche Ungnade zugezogen hatte.[53]) Er hätte mindestens mit einigen Worten sich entschuldigen und bemerkbar machen müssen, daß nur sein Gewissen, nur seine Pflicht ihn bestimmt, in jenem Falle einen Schritt zu thun, der den Monarchen beleidigte, ihm die sonst so freudig ihm dargereichte Communion damals zu verweigern. Davon findet sich nicht die leiseste Spur. Dabei geht Photius immer von der Voraussetzung aus, Basilius habe keinen Grund, mit ihm persönlich unzufrieden zu sein.[54]) In einem anderen kürzeren Briefe redet er nur davon, daß er durch die vielen, von dem Kaiser erhofften Wohlthaten ihm einst zum innigsten Danke sich verpflichtet zu sehen glaubte, jetzt aber in seinen Hoffnungen so herabgestimmt sei,[55]) daß er es schon mit Dank aufnehmen müsse, wenn der Kaiser einige Milderungen in seiner Behandlung eintreten lasse, die bisher ganz wie die der Räuber und Missethäter gewesen sei. Nur eine Beziehung auf die von Photius erlittene Verfolgung, nicht aber eine Hinweisung auf eine aus Gewissensrücksichten dem Kaiser zugefügte Beleidigung durch Verweigerung der Communion läßt sich in den Worten erkennen: „Siehe aber wohl zu, du von mir, auch wenn du nicht willst (auch wenn du meine Liebe verschmähest) vielgeliebter Kaiser, daß der Versuch, die Menschen zu überzeugen, nicht blos nichts dazu beiträgt, Gott zu überzeugen — (d. i. die vor den Menschen versuchte Rechtfertigung noch keinerlei Rechtfertigung vor Gott ist), sondern sich sogar in das Gegentheil umkehrt (sondern sogar vor Gott ein neuer Gegenstand der Verschuldung werden kann) und die Alles durchschauende Gerechtigkeit jenseits vielmehr über das, was hienieden ohne Furcht unternommen wird, Richterin sein wird."[56]) Photius betheuert hier, wie in allen später zu betrachtenden Briefen die Gerechtigkeit seiner Sache; er stellt sich als schuldlos Verfolgten dar; aber nirgends findet sich eine Andeutung, die auf jenen Vorfall be-

---

[52]) Phot. ep. 97. Basilio Imp. p. 136: Ἄκουσον, ὦ φιλανθρωπότατε βασιλεῦ, οὐ προβάλλομαι τὴν παλαιὰν φιλίαν, οὐ φρικώδεις ὅρκους καὶ συνθήκας, οὐ χρίσιν καὶ στεφάνωσιν βασιλείας (bei seiner Krönung im Mai 868), οὐχ ὅτι ταῖς ἡμετέραις χερσὶ τριπόθητον τῶν φρικτῶν καὶ ἀχράντων μετέσχες μυστηρίων.

[53]) Neander a. a. O. S. 313. N. 6.

[54]) Das.

[55]) ep. 98. p. 141: ἐγὼ μὲν ᾤμην, τῆς ὑμῶν κραταιοτάτης βασιλείας πολλὰς αὐτῇ προσάξειν εὐχαριστίας ὑπὲρ τῆς εἰς ἡμᾶς εὐεργεσίας κ. τ. λ.

[56]) ib. ἀλλ' ὅρα, φίλε (κἂν μὴ βούλῃ) βασιλεῦ, ὅτι τὸ πειρᾶσθαι πείθειν ἀνθρώπους οὐ μόνον οὐδὲν συντελεῖ πρὸς τὸ πεῖσαι θεὸν, ἀλλὰ καὶ εἰς τοὐναντίον περιτρέπεται καὶ τῶν ἀδεῶς ἐνταῦθα πραττομένων μᾶλλον ἐκεῖθεν ἐκεῖθεν ἡ (nicht ἢ, wie bei Mont.) πανέφορος δίκη κριτής.

zogen werden könnte. Wenn er einmal als Ursache des kaiserlichen Zornes gegen die „Gläubigen" — d. i. gegen seine Anhänger — das angibt, daß sie Mund und Herz von Blutschuld rein bewahrten,[57]) so bezieht sich das nicht auf den Mord an Michael, den sie etwa laut getadelt haben sollten,[58]) sondern auf deren standhaftes Verharren in der Gemeinschaft des Photius, nachdem ihn bereits das achte Concilium anathematisirt, auf ihre Weigerung, ihren Meister zu verläugnen und zu verdammen, was ihnen allein eine Verfolgung zuzog;[59]) der ganze Brief ist gegen jenes Concil gerichtet und ähnliche Ausdrucksweisen des Photius finden sich in den aus dem Exil geschriebenen Briefen häufig vor. Wir können daher jenen Vorfall keineswegs für glaubwürdig erachten, glauben aber doch, daß ein derartiges Gerücht von Anhängern des Photius verbreitet werden konnte, nachdem sie die für sie so ungünstige Katastrophe, die der Mord Michaels nach sich zog, zu Gunsten ihres Meisters zu erklären sich bemühten. Wohl mochte in diesen Kreisen manche Aeußerung des Unmuths über den gekrönten Mörder laut geworden sein, der die unter Michael III. so mächtige Partei gestürzt; leicht konnte man damit ein Gegengewicht gegen die Ignatianer zu gewinnen suchen, indem man vorgab, aus dem gleichen Grunde, aus dem einst Bardas den Ignatius, habe Basilius den Photius seiner Würde beraubt; das konnte bei der Wiederherstellung des Letzteren ebenso gut dienen, wie bei der des Ignatius, die Illegalität seiner früheren, vom Hofe verfügten Expulsion — wenn nicht vor den Augen des Hofes, doch immer noch vor den Augen des Volkes — zu bekräftigen.[60])

Man könnte versucht sein, noch von einer anderen Seite her eine persönliche Beleidigung des Basilius durch Photius anzunehmen, die den Grund zur Expulsion des Letzteren gegeben habe. Wir haben noch einen Brief des Photius an den Patricier Basilius, der diesen in den schärfsten Worten tadelt; diesen könnte allenfalls Photius vor der Erhebung des Macedoniers zur Kaiserwürde geschrieben haben.[61]) Darin heißt es: „Dahin ist das Gute, dahin die

---

[57]) ep. 118. p. 160: [illegible]

[58]) Hanke l. c. Fontani l. c.

[59]) Neander a. a. O.: „Nach der schwülstigen Sprache dieser Zeit ist unter dem Blute schwerlich ein leiblicher Mord zu verstehen, sondern vielmehr ein geistiger Mord, das vom Concil über Photius ausgesprochene Anathema. Der Sinn ist: die Verfolgung treffe sie deshalb, weil sie mit Herz und Mund in das über ihn ausgesprochene Anathema nicht einstimmen. Das paßt auch zu dem Zusammenhang an jener Stelle weit besser."

[60]) Wahrscheinlich sollte auch der von Photius nachher nach Rom gesandte Metropolit Petrus von Sardes das bezüglichen, um die Entsetzung des Photius als eine gewaltsame, aus bloßer Leidenschaft des Kaisers erfolgte darzustellen und den Papst zu warnen, mit der Partei des Mörders in Gemeinschaft zu treten oder doch die Anerkennung des Ignatius zu verzögern. Ganz unannehmbar ist die Darstellung bei Sophokles Oekonomos (l. c.), Photius habe [illegible], nicht vor und bei der (angeblichen) neuen Salbung des Basilius, sondern μετά τινα χρόνον, als dieser die Communion empfangen wollte, dessen Mordthat scharf gerügt. Warum that er es nicht vorher? Warum salbte er den ihm schon damals als solchen bekannten Mörder?

[61]) ep. 13. p. 71. 73: [illegible] Montac. bemerkt: Basilius hic erat e Macedonia oriundus, quem indignum aliquo honore Michael ille

Anmuth der Tugend, die Schlechtigkeit regiert, die Lüge erhält neue Schwingen und die Wahrheit verliert die ihren. Woher eine solche Iliade von Uebeln? Daher, daß du — so sagt man — die Herrschaft führst und die, welche weit würdiger derselben sind, dein schweres Joch zu ziehen gezwungen sind. Für diese ist die Mißhandlung noch mäßig, so lange sie ihnen nicht ganz das Leben nimmt; die Stadt ist angefüllt von Räubern und Henkern. Ich sage das nicht von dir; aber derjenige, der das, was in Aller Mund und Ohr verbreitet ist, vollbringt, ist, wenn ich auch schweige, dieser Namen werth. Du aber müßtest, wenn du das, was man sagt, wirklich thust, vielmehr die That hassen und dich eher des Begangenen schämen, als auf Rache gegen die sinnen, welche also reden und diese Namen brauchen. Denn man muß die Handlungen nicht anders als mit ihrem rechten Namen benennen und wer über solche Namen sich erzürnt, der sollte vielmehr daran denken, solche Handlungen zu meiden. Wenn aber Lügen gegen dich ausgestreut sind, so sorge und bestrebe dich, gleichwie du die That gemieden hast, so auch nur von ferne an sie anzustreifen. Das Eine ist strafwürdig, das Andere nicht des Lobes werth; nicht nur das Feuer verletzt die, welche es berühren, sondern auch der Rauch beißt und schwächt die Augen derjenigen, die dem Feuer nahe stehen." Es enthält aber doch der Brief kein entscheidendes Merkmal, das für unseren Basilius spräche; wenn auch dieser seit Ermordung des Bardas die Herrschaft führte, so war doch von da an bis zu seiner Krönung nur kurze Zeit; zudem lesen wir nicht von Basilius, daß er Präfekt der Stadt war, welches Amt mit der Würde des Magister [61]) keineswegs zusammenfiel. Dazu gab es aber auch mehrere Beamte dieses Namens, wie den Eunuchen und Protospathar Basilius, der die Staatsrechnungen unter sich hatte. [62]) Abgesehen aber auch davon, wäre dieses mehr mahnende und nur hypothetisch tadelnde Schreiben längst wieder verwischt worden durch das intime Verhältniß, in das Basilius seit der Krönung zu Photius getreten war, es hätte sicher nicht den Hauptgrund der Vertreibung gebildet.

Sorgfältig hatte Photius darauf Bedacht genommen, den üblen Nachreden entgegenzutreten, die ihm bei einflußreichen Freunden schaden konnten, und durch eine ihnen an den Tag gelegte vertrauensvolle Offenherzigkeit auch von ihrer Seite jedes Mißtrauen zu verbannen. An den Patricier Theophylaktus, Strategen im Thema der Armenier, schrieb er: [63]) „Dreierlei Dinge weiß ich zu hassen und ich mahne bezüglich ihrer Andere zu gleichem Haß: die Lüge, die Hinterlist, den Abbruch der Freundschaft. Ich würde dieser dreifachen Sünde

---

studium occiso per ipsius fraudem Barda ad Patriciatus dignitatem extulit et urbis Cpolitanae magistrum fecit in suam perniciem.. Quid mirum igitur, si qualis a Photio depingitur fuerit? Auch Sophocl. Oecon. l. c. p. 46 not. 2 bezieht den Brief auf den nachherigen Kaiser.

[61]) Vgl. Fabrot. Glossar. t. II. p. 917—919 ed. Cedreni Bonn.

[62]) Theoph. Cont. V. 28. p. 255. Unter den Briefen des Photius sind ep. 47. 154. p. 101. 210. Basilio Quaestori, ep. 82. p. 128. Basilio Praetori überschrieben.

[63]) ep. 21. p. 82. 83 (L. III. ep. 6.) Θ. στρατηγῷ Ἀρμενιακῶν. Es ist das zweite der orientalischen Themata gemeint. Const. Porph. de them. l. I. p. 17—20. Ob dieser Theophylakt der im Concil von 869 erscheinende Patricier ist, erscheint zweifelhaft.

mich schuldig machen, wenn ich etwas auf andere Weise darzustellen suchte, als es wirklich geschehen ist und ich es weiß und kenne. Ich hatte dich mir zum Freunde genommen, da du Gottes Freund (soweit es die religiöse Gesinnung zeigte), ein treuer Freund unseren Christus liebenden Herrschern und auch gegen meine Person, wie ich mich überzeugte, nicht anders, vielmehr ganz auf gleiche Weise gesinnt warst. Das war ehemals meine Gesinnung und Ueberzeugung und ist es auch jetzt noch. Wie kommt es nun, daß deine Sykophanten so sehr an mir Gefallen haben? Ich schäme mich nämlich, es zu sagen, auf welche Weise ich bei dir [65]) verläumdet worden bin; denn es wäre mir unerträglich, mich selbst von einem solchen Verdachte reinigen zu müssen. Aber jener Feind, jener Sykophant, jener durchaus schlechte Mensch, der eine solche Verläumdung ausstreute und darauf ausgeht, dich deiner Freunde, und zwar der besten, zu berauben und mich in die äußerste Reihe der Uebelthäter zu stellen, indem er wähnt, daß ich den Anfang gemacht nicht mit ungerechter That, aber doch mit ungerechter Gesinnung (was der Grund größerer Uebel ist, als eine thätliche Mißhandlung), statt der Liebe nur Haß suche und den Trug zur Zuflucht nehme, indem er zugleich Alles gegen mich in Bewegung setzt (denn das, was er sagt, läuft auf dasselbe hinaus, wie den Freunden etwas Böses zufügen wollen), obschon er nur Lachen bei denen erregt, die mich und meinen Charakter kennen, hat gleichwohl zu solchem Wagstück nicht die Kraft gehabt. Nenne den Ohrenbläser, wer es immer sein mag, denn so wirst du dich von dem wilden Thiere befreien, das dich sowohl als deine Freunde in versteckter Weise angreift, ja mit den Zähnen erfaßt, und unter dem Scheine des Wohlwollens ein großes Uebelwollen aus sich ausstößt. [66]) Wenn du aber den Verläumder nicht offenbarst, so habe ich wie vor dem Angesichte des Herrn meine Vertheidigung geführt und ich halte dich und erkläre dich, sowie früher, auch jetzt noch für einen Freund Gottes und der frömmsten Kaiser; jenem schlechten Menschen aber, mögest du das wohl merken, wird es nicht an Bosheit dazu fehlen, deine Lage zu einer sehr schlimmen zu gestalten. [67]) Ich aber möchte dir rathen, unseren gemeinsamen Feind nicht verborgen zu halten. Wofern du aber dem nicht Glauben schenkst, was ich schreibe, so weiß ich wohl, daß du ihn verborgen halten wirst; denn du wirst ihn für einen Freund halten, mich aber für einen eitlen und thörichten Schwätzer. Wenn du ihn aber offen angibst, dann hast du meinen Worten Glauben geschenkt. Das wünsche ich und das wird uns Beiden nützen."

Wohl hatte es an Zuflüsterungen bei einflußreichen Staatsbeamten nicht gefehlt, die gegen Photius zu verschiedenen Zeiten agirten und dessen Wachsamkeit in erhöhtem Grade herausforderten; eine kritische Zeit für ihn mochte der

[65]) πῶς ἦλθον ἐπὶ τὰς διαβολάς. Montac.: me ad te accusandum descendisse. Es könnte beides sein: calumniae contra te und calumniae ex te oder apud te. Das Folgende entscheidet.

[66]) θηρίου.. λάθρα ἐπιχειρουμένου καὶ δάκνοντος καὶ ἐν προσώπῳ εὐνοίας πολλὴν ἐκπνέοντος (Mont. 357: ἐκπτύοντος) τὴν δυσμένειαν.

[67]) οὐκ ἀπορήσει κακίας, δι' ἧς τὰ σὰ χείρω διαθήσει.

Sturz des Bardas, seines ehemaligen, aber schnell von ihm vergessenen Gönners, herbeigeführt haben, auch wenn der an seine Stelle getretene Basilius, solange Michael noch am Leben war, es für gut hielt, mit dem durch Bardas eingesetzten Patriarchen ein freundschaftliches Verhältniß zu wahren; ohne Zweifel hatte das Gerede über Photius noch nicht aufgehört und es war nicht so schwer, denselben auch bei Basilius zu verdächtigen, nachdem er sich undankbar gegen seinen früheren Wohlthäter gezeigt; durch die Mißvergnügten im Clerus und im Volke wie durch eigene Erfahrungen konnte leicht mitten unter den äußeren Freundschaftsbezeugungen der Keim des Argwohns und der Zwietracht bei dem neuen Kaiser sich festgesetzt und dessen Alleinherrschaft den Plan zur Reife gebracht haben.

Basilius hatte sicher politische Gründe, mit der noch sehr mächtigen Partei des Ignatius und mit dem römischen Stuhle sich auszusöhnen und das unheilvolle Schisma zu beseitigen, das damals auf seinen Höhepunkt gediehen war; er wollte nicht mit dem Abendlande völlig brechen, wohin der Ehrgeiz des Photius ihn wie den Michael gedrängt; vielmehr hätte er gerne mit den occidentalischen Fürsten Beziehungen angeknüpft. Dazu waren die niederen Volksklassen größtentheils für den schwer verfolgten Ignatius, dessen Restitution den neuen Autokrator bei ihnen sehr populär machen mußte;[48]) er kannte dazu den Photius seit längerer Zeit und konnte seine Ränke gefährlich finden; die Beseitigung der durch seine Intrusion hervorgerufenen Wirren war Bedürfniß für die Ruhe des Reiches. In diesem Sinne ist sicher das nicht ganz unwahr, was die Biographie des Kaisers, die sein Enkel verfaßte, hierüber sagt: „Da Basilius nicht den Schein auf sich laden wollte, als vernachläßige er die Obsorge für die Kirchen Gottes (denn auch sie sind in dem weiten Schiffe des Reiches enthalten und darum ebenfalls Gegenstand der Vorsorge des Herrschers, zumal eines so gottesfürchtigen und der Religion so sehr ergebenen Herrschers), und da er die Kirchen in großer Unruhe und Verwirrung vorfand, weil auch sie unter seinem Vorgänger die allgemeine Verwüstung mit hatten theilen müssen, der rechtmäßige Oberhirt von seinem Stuhle vertrieben und ein Anderer an seine Stelle gesetzt worden war, so nahm er sich der kirchlichen Angelegenheiten mit Eifer an, stellte durch eine große Synode die Ruhe der Kirche nach Möglichkeit wieder her, gab auf kanonische Weise der Kirche den ihr angetrauten Oberhirten, den Kindern ihren Vater zurück und befahl dem, der an seine Stelle gesetzt worden war, einstweilen sich zurückzuziehen, bis der Herr Jenen zu sich rufen würde. So brachte er in bester Weise die kirchlichen Angelegenheiten in Ordnung und gab der Kirche mit seinem Eifer und seiner Umsicht die Ruhe, so weit es möglich war." Cedrenus hat sich denselben Bericht, den er nur abkürzt, angeeignet;[49]) auch das Synodikon des Pappus erklärt das Verfahren des Kaisers aus seinem Eifer für die Sache der Kirche und die Beseitigung der Aergernisse; in diesem

[48]) Vita Hadr. II. (Migne Opp. Anast. II. 1386.): Ignatium Patr. populo adnitente patriarchio restituit.

[49]) Theoph. Cont. V. 32. p. 261. 262. Cedren. II. p. 206.

Sinne äußert sich auch eine in der achten Synode verlesene Erklärung des Kaisers, sowie der wiedereingesetzte Patriarch Ignatius.[70]) Bringt man noch dazu in Anschlag, daß der Umschwung in der Regierung einen solchen Wechsel zu erheischen schien, daß der Anhang des Gregor Asbestas viele Besorgnisse wegen seines kühnen Auftretens einflößen konnte, der Kaiser leicht sich veranlaßt sah, seinen Ansprüchen entgegenzutreten, und darum in der bisher unterdrückten Partei eine Stütze suchen mußte, so ist die That nicht befremdlich, ja sie scheint sehr wohl berechnet gewesen zu sein.[71])

Nach Niketas verwies Basilius schon am Tage nach der Proklamation seiner Alleinherrschaft den Photius in das Kloster Skepe und auch mehrere, obschon spätere, aber doch nicht von ihm abhängige Chronisten sagen, daß der Pseudopatriarch sogleich von Basilius relegirt ward.[72]) Der römische Bibliothekar Anastasius scheint dem insoferne zu widersprechen, als er erst den Basilius Nachforschungen nach den bisher ihm verborgen gehaltenen Dekreten des römischen Stuhles in Sachen des Photius anstellen, diese erst durchlesen und dann den Photius relegiren läßt,[73]) was eine längere Zeit in Anspruch genommen haben müßte. Allein leicht konnten hochgestellte Anhänger des Ignatius den Kaiser auf die Entscheidungen des Papstes Nikolaus aufmerksam gemacht und ein oder das andere Aktenstück ihm vorgelegt haben, woraus Basilius die Ueberzeugung schöpfte, daß das Unrecht des Photius erwiesen sei. Außerdem

---

[70]) Act. Syn. apud Allat. de Syn. Phot. p. 89. de cons. II. 4. 4. p. 519. (Fabric. Bibl. gr. XII. 420.): ζήλῳ κυρίου κινούμενος, ἵνα τῆς Χριστοῦ ἐκκλησίας πάντα ἐξάρῃ τὰ σκάνδαλα, θείαν καὶ ἱερὰν οἰκουμενικὴν ὀγδόην σύνοδον ἐν ΚΠ. συγκροτηθῆναι ἐθέσπισε. Epanagoge Imp. act. I. act. VI. (Mansi XVI. 312. 356.) Allat. de Syn. Phot. c. 11. p. 250. 252. 253. Cf. Stylian l. c. p. 429.: ἐκδοθεὶς ζήλῳ κινούμενος.

[71]) Ein Anonymus de separatione Romae veteris ab Eccl. Or. (Allat. de cons. l. c. p. 549.) sagt, Basilius habe den Photius entsetzt: διὰ τινας ὑβρίσεις, ὡς ἔδει τοῖς κρατοῦσιν.

[72]) Nicetas (Mansi XVI. 257.): τῇ ἑξῆς δὲ μετὰ τὴν ἀναγόρευσιν τοῦ πατριαρχικοῦ θρόνου τὸν Φώτιον καταβιβάζει καὶ ἐν μοναστηρίῳ τινὶ καλουμένῳ Σκέπη τοῦτον εὐθὺς περιορίζει. Vgl. Michael Sync. Encom. S. Ignat. (Mansi l. c. p. 293): καὶ παρευθὺ τὸν μέγαν.. Ἰγνάτιον ἐκ τῆς πολυετοῦς ἐξορίας ἀνακαλεῖται, καὶ τῇ τοῦ λαοῦ παντὸς αἰτήσει πεισθεὶς λαμπρῶς καὶ μεθ' ὅσης εἰπεῖν οὐκ ἔνι τιμῆς εἰς τὸν πατριαρχικὸν ἀναβιβάζει θρόνον. Manass. v. 5253 s.: οὗτος εὐθὺς ὠθεῖ τὸν Φώτιον τῆς ἐκκλησίας καὶ πάλιν ἀποδίδωσι τὸν θρόνον Ἰγνατίῳ. Glyc. P. IV. p. 547: τῆς ἐκκλησίας εὐθὺς τὸν Φώτιον ἐξωθεῖ καὶ πάλιν Ἰγνατίῳ τὸν θρόνον ἀποδίδωσιν.

[73]) Anast. Praef. cit. (Mansi XVI. 6.): Incipit (Basilius) inquirere et investigare, quodnam fuerit Sedis Ap. judicium.. super Ignatio vel Photio promulgatum. Qui, cum ei responsum esset, Apostolicam Sedem ab XIa indictione, sicut ab olim in throno CPlitano Ignatium stabilivisse, Photium vero nullius clericalis ordinis dignum aliquo modo censuisse, atque super his innotescendis diversa scripta CPlim ac per omnes orbis terrarum terminos direxisse, protinus eadem scripta curioso satis intento requirit, et inventa, ubi a Photio profundius obruta consistebant, prae oculis velut specula ponit et horum lectione magistra quae ab eadem summa sede decreta fuerant, celeri consummat effectu, id est et Photio sacro ministerio post depositionem irregulariter abutenti throno CPlitano cedere persuadet (?) et Ignatium hunc recipere adhortatur.

scheint Anastasius das, was auch Niketas von den aufgefundenen Büchern des Photius erzählt, ungenau gehört oder unrecht gedeutet zu haben; ferner da Ignatius nach Niketas erst am 23. November wieder förmlich in sein Amt eingesetzt ward, so kann in der Zeit vom 25. September bis dahin das von Anastasius Erzählte Statt gefunden haben, zumal da auch dieser von schnellem Vollzug des gefaßten Entschlusses spricht; Anastasius ist aber jedenfalls hier nicht genau; er will besonders den Einfluß der päpstlichen Entscheidungen hervorheben, wie das auch in der Biographie des Papstes Hadrian geschieht,[74]) und so kann ihm leicht begegnet sein, daß er die frühere Zurückberufung des Ignatius vom Exil und die einstweilige Relegation des Photius übersah. Wahrscheinlich erhielt Photius am 25. September den Befehl, die Patriarchenwohnung zu räumen; am 26. wurde der Drungarius Elias mit der Flotte abgesandt, um den Ignatius von der Insel, wo er früher lebte, in die Hauptstadt zurückzuführen. Dort lebte Ignatius bis zu seiner feierlichen Wiedereinführung in die Kirche im Manganenpalaste.[75]) Den von Photius nach Italien abgeordneten Zacharias von Chalcedon ließ der Kaiser auf der Reise nach Italien anhalten und in die Hauptstadt zurückbringen. Dem Photius ward der Befehl ertheilt, die von ihm aus dem Patriarchenpalast mitgenommenen Schriftstücke und Papiere dem Kaiser zu übersenden; dadurch hoffte man sich eine klare Einsicht in alles Vorgefallene verschaffen zu können. Photius betheuerte, er habe bei seinem eiligen Auszuge aus der Patriarchenwohnung nichts mit sich nehmen können. Es nahmen aber die Diener des Präpositus Baanes wahr, wie einige Leute des Photius sieben mit Blei versiegelte Säcke zu vergraben suchten; es wurden diese ihnen abgenommen und zum Kaiser gebracht; man fand darin die von Photius verfaßten Synodalverhandlungen gegen Ignatius und Papst Nikolaus. Diese Akten wurden dem Senate und dann der Geistlichkeit vorgelegt als laut redende Zeugnisse gegen die Ränke und Betrügereien des Photius;[76]) sie bildeten nachher einen Gegenstand der Untersuchung auf den Synoden zu Rom und zu Constantinopel. Erst nachher, am 23. November, ward Ignatius feierlich in St. Sophia eingeführt.[77]) Es scheint also, daß Basilius erst nach vollen Beweisen gegen Photius suchen ließ, bevor er definitiv entfernt und Ignatius förmlich restituirt werden sollte.

---

[74]) Vita Hadr. l. c.: tum vero secundum Romanae Ecclesiae constitutum pervasorem Photium pepulit.

[75]) Nicet. l. c. (nach den N. 72) angeführten Worten: καὶ τῇ ἐπαύριον Ἠλίαν τὸν περιφανέστατον τοῦ βασιλικοῦ στόλου δρουγγάριον σὺν τῷ βασιλικῷ δρόμωνι πρὸς τὸν ἁγιώτατον ἀποστέλλει πατριάρχην, ὅπως αὐτὸν ἐκ τῆς νήσου πρὸς τὴν βασιλεύουσαν μετὰ τῆς πρεπούσης ἀναγάγῃ τιμῆς· καὶ τέως μὲν ἐν τοῖς γονικοῖς αὐτῷ παλατίοις τοῖς καλουμένοις Μαγγάνοις ἀποκαθίστησιν αὐτόν.

[76]) p. 261: τῇ συγκλήτῳ πρότερον καὶ τῇ ἐκκλησίᾳ παῤῥησίας καταφανεῖς τὴν ὅλην τοῦ Φωτίου σκαιωρίαν καὶ κακότεχνον ἐπιτήδευσιν ὑπ' ὄψιν ἁπάσῃ τῇ πολιτείᾳ κατεστήσαντο. Metrophan. l. c. p. 420: τὸ ἀποστελλόμενον ἴσον τῆς ἔξωθεν συνόδου ἐν τῷ χρυσοτρικλίνῳ ἐνώπιον πάντων προήνεγκεν· ὃ καὶ ἰδόντες πάντες ἐξεπλάγησαν ἐκκλησιαστικοὶ καὶ πολιτικοί.

[77]) Nicetas l. c. p. 261. Baron. a. 867. n. 94 seq.

Neuerdings hat Tamberger [78]) die Ansicht ausgesprochen, Photius sei erst 868 von Basilius vertrieben worden, nachdem er ihn am 24. September 867 gekrönt, bei welcher Gelegenheit er ihn beleidigt zu haben scheine; anfangs habe der Autokrator den mächtigen Usurpator noch nicht antasten zu dürfen geglaubt; dafür spreche Niketas, da er dem zweiten Episcopate des Ignatius zehn Jahre zutheile, [79]) dieser aber sei 878, nicht 877 gestorben. Dazu kommt, daß Symeon Magister [80]) den Prinzen Stephan noch von Photius getauft werden läßt. — Allein dieser Annahme stehen die aus Hadrians II. Briefen resultirenden, von Jaffé [81]) ganz richtig hervorgehobenen Data entgegen, wornach Hadrian am 1. August 868 den Ignatius tadelte, [82]) daß er ihm noch nichts über seine Wiedereinsetzung geschrieben und wornach Basilius schon am 11. Dezember 867 an Papst Nikolaus seine Gesandtschaft abgeordnet hatte. [83]) Diese chronologischen Data sind jedenfalls den anderen Bestimmungen, die bloße Deduktionen aus anderen Angaben sind, weit vorzuziehen. Sodann müssen wir die Krönung des Basilius durch Photius am 24. September 867 bestreiten. Einmal bedurfte Basilius keiner Krönung mehr; denn er war bereits, wie wir gesehen haben, 866 als Augustus, nicht blos als Cäsar, gekrönt worden, sodann erwähnt keiner der Chronisten mit Ausnahme des Genesius [84]) diese Krönung; und auch dieser spricht nur von einer solchen, die sich nicht auf unsere Frage beziehen kann. Denn Genesius, der hier sehr kompendiarisch und ohne chronologische Ordnung die wichtigeren Ereignisse aus der Regierungszeit des Macedoniers zusammenfaßt, spricht von der durch Basilius zum Danke gegen Gott erbauten Kirche der Erzengel und erzählt dann, daß nach der Vollendung des Baues und der Einweihung des Gotteshauses Basilius in demselben aus hohenpriesterlichen Händen die kaiserliche Krone nahm. Offenbar konnte das, wie auch die sonstigen Berichte über diese Kirche besagen, erst mehrere Jahre nach dem Antritt der Alleinherrschaft geschehen. Constantin Porphyrogenitus sagt nur, daß Basilius nach der Ermordung Michaels zur Danksagung in feierlichem Zuge sich nach St. Sophia begab, ohne die nochmalige Krönung zu erwähnen. [85]) Was die Taufe des Prinzen Stephan betrifft, so hat nur Symeon den Namen des Photius, Leo und Georg [86]) nennen ihn hier nicht; es scheint bei Symeon in Folge der Stellung des Faktums, das bei allen Dreien der Expulsion des Photius vorausgeht, der Name eingeschoben zu sein, die Stellung der Ereignisse selbst aber ist keine streng chronologische. Dazu

[78]) Tamberger Synchron. Gesch. III, 1. Abschn. II. B. S. 199 ff. Kruitheft S. 226.

[79]) Nicetas l. c. p. 277.

[80]) Sym. Mag. Bas. c. 1. p. 688.

[81]) Jaffé Regesta Rom. Pontif. p. 255—257.

[82]) Mansi XVI. 121. 17.

[83]) Im Dezember 868 mußte man schon in Constantinopel den Tod des Nikolaus erfahren haben; es kann daher der Brief nicht, wie Tamberger (S. 237) will, im Dez. 868 geschrieben sein.

[84]) Genes. L. IV. p. 113.

[85]) Theoph. Cont. V. 29. p. 256.

[86]) Leo Gr. p. 254. Georg. m. c. 3. p. 840.

kommt, daß Symeon den Prinzen Alexander erst später, im fünften Regierungsjahr des Basilius, nach Stephan geboren werden läßt,[87]) während nach dem unstreitig hierin besser unterrichteten Constantin Porphyrogenitus Alexander der dritte Sohn, Stephan der jüngste war:[88]) demnach muß die Geburt Stephans in eine Zeit fallen, in der unstreitig Ignatius Patriarch war, ins dritte oder vierte Jahr der Alleinherrschaft.[89]) Was die chronologische Bestimmung bei Niketas betrifft, so ist abgesehen von der später zu behandelnden Frage über das Todesjahr des Ignatius[90]) nicht einzusehen, wie eine Zahlbestimmung, die doch nur als eine runde zu fassen ist, indem vom November des Anfangsjahres bis zum Oktober des letzten Jahres gerechnet werden muß, gegen den ausdrücklichen Bericht desselben Autors urgirt werden kann, der nun einmal noch 867 den Ignatius auf seinen Stuhl zurückkehren läßt, was außerdem noch durch völlig davon unabhängige Zeugnisse bestätigt ist.

Basilius — so berichtet Niketas weiter — ließ den Patriarchen Ignatius zur Senatsversammlung im Magnaurapalaste berufen und spendete in der Versammlung dem vielgeprüften Manne reiches Lob; er erklärte ihn für wiedereingesetzt in seine Rechte und Würden. Es geschah dieses an einem Sonntage, den 23. November 867,[91]) an demselben Tage, an dem er vor zehn Jahren aus seinem Amte vertrieben ward;[92]) wahrscheinlich war dieser Tag absichtlich hierzu gewählt worden. Vom kaiserlichen Palaste zog Ignatius in feierlichem Zuge unter reger Theilnahme des Volkes zur Hauptkirche, wo ihn beim Eintritt durch das Thor auf der rechten Seite die Patricier ehrerbietig empfingen. Als er in das Innere kam, war der celebrirende Priester bei der Präfation und sang das Gratias agamus Domino Deo nostro, worauf das Volk mit lautem Jubel einstimmend rief: Dignum et justum est. Ignatius nahm Besitz von seinem Throne unter allgemeinen Freudenbezeugungen des Volkes.[93])

---

87) Sym. Mag. Bas. c. 8. p. 690. Auch Georg. c. 5. p. 841. und Leo Gr. p. 255 berichten die Geburt Alexanders nach der Taufe Stephan's. Pag. a. 870. n. 25 erkannte bereits, daß Photius den Prinzen Stephan nicht getauft hat, ebenso Le Quien Or. chr. I. 249. 250.

88) Theoph. Cont. V. 35. p. 264: [illegible] Ebenso Joh. Curopal. ap. Baron. a. 870. n. 61.

89) Le Quien Or. chr. I. p. 249. Pag. l. c.

90) Daß sich Damberger auch im Todesjahre des Ignatius irrt, werden wir später zeigen.

91) Der Umstand, daß im J. 867 der 23. Nov. wirklich auf einen Sonntag fiel, spricht sehr zu Gunsten des Niketas. Cuper l. c. p. 652. n. 111.

92) [illegible] sagt Niketas. Daß Alle, die die Expulsion des Ignatius auf 857 setzen, wie Pag. a. 867. n. 15, wollen [illegible] in [illegible] oder [illegible] korrigirt wissen. Aber auch sonst ist die Rede von neunjähriger Verfolgung, z. B. Ignat. ep. ad Hadr. II. (Mansi l. c. p. 48.): qui (sc. Joh. Syl.) etiam per totos novem annos eum nobis ipsis persecutionem passus est. Es hatte aber die Verfolgung des Ignatius (bez. Mißhandlung) nicht sofort mit seiner Expulsion begonnen, noch hatte auch derselbe das zehnte Jahr des Exils vollendet.

93) Niketas l. c.

Noch höher stieg die Freude, als viele Eingekerkerte und Verbannte in den Schooß ihrer Familien, in ihre Wohnsitze zurückkehrten.[54])

Aber der wiedereingesetzte Patriarch hatte dem großen Anhange des Photius gegenüber noch eine sehr schwierige Stellung. Vorerst schloß er den Photius, die von ihm Ordinirten und alle Geistlichen, die mit ihm in Gemeinschaft getreten waren, provisorisch von den heiligen Funktionen aus.[55]) Sodann bat er den Kaiser um Veranstaltung eines allgemeinen Concils, welches sowohl zu seiner eigenen Rechtfertigung, damit man nicht sagen konnte, er habe gegen die Canones ohne eine Synode das von einer Synode ihm entzogene Amt wieder übernommen, als auch zur vollständigen Heilung der bis jetzt der kirchlichen Ordnung geschlagenen Wunden nöthig schien. Auch war es keine geringe Schwierigkeit, über das Schicksal der vielen photianischen Prälaten und Cleriker zu entscheiden, die Reste des Schisma zu tilgen, aus zwei Parteien wieder ein einziges Ganze zu machen. Dazu bedurfte man des Ansehens des römischen Stuhls und der Mitwirkung aller Patriarchen; den ersteren konnte der in Byzanz erfolgte Umschwung nur erfreuen und von ihm konnte man jeder Förderung der Sache gewärtig sein.[56])

Bereits hatte der Kaiser den Spathar Euthymius mit einem Schreiben nach Rom abgeordnet, um dem Papste Nikolaus die für ihn so erfreuliche Nachricht von der Wiedereinsetzung des legitimen Patriarchen zu überbringen;[57]) es wurde nun noch eine größere Gesandtschaft abgeordnet, um nach Rom die aufgefundenen Akten des Photius,[58]) die Schreiben des Kaisers und des Ignatius und die Aufforderung zur Abhaltung einer großen Restitutionssynode nebst verschiedenen Anträgen zu befördern. Der Kaiser sandte seinen Spathar Basilius Pinakas, der Patriarch den Metropoliten Johannes von Syläum oder Perge in Pamphilien, der ihm stets treu geblieben war; auch von der Partei des Photius wurden, wie es Nikolaus 865 verlangt, Abgeordnete gesandt, der Erzbischof Petrus von Sardes, der alte Freund des Photius und des Asbestas,

---

[54]) Cedren. II. 205. 206. Pag. a. 868. n. 17. ex Vita Nicol. Stud. Hensch. 4. Febr.

[55]) Nicet. l. c.: εἴργει τῆς ἱερᾶς λειτουργίας οὐ Φώτιον μόνον καὶ τοὺς χειροτονηθέντας ὑπ' αὐτοῦ, ἀλλὰ καὶ πάντας τοὺς κεκοινωνηκότας αὐτῷ.

[56]) ibid.: ἐπεισάγει δὲ τὸν βασιλέα οἰκουμενικὴν σύνοδον ἀθροῖσαι, δι' ἧς ἰσχύσειε τὰ σκάνδαλα πάντων ἐκκαθᾶραι τῆς ἐκκλ. — Anastas. Praef. cit. p. 6: Verum quia et Ignatius thronum, quo praejudicialiter fuerat expulsus, absque iterata potioris Sedis, id est primae, auctoritate non recipere proposuerat, et imperator zizaniam (proh nefas!) et ubique dispersum a Christi Ecclesia (scandalum) generali satagebat eradicare sententia, visum est utrique, Romam et ad tria patriarchia fore mittendum Orientis, et a Roma quidem decreta dispensatoria et sicut erant culparum causarumque discretiones, ita et poenarum qualitates judicandarum, nec non et personas vice fungentes apostolica postulandum, a thronis autem orientalibus consequenter nihilominus et personas ducendum.

[57]) Hadr. ep. ad Ignat. Mansi XVI 122. Cf. Baron. a. 867. n. 102. 103.

[58]) Metrophan. p. 120. A. Stylian. l. c. p. 429 C. D. Vita Hadr. II. p. 234. Anast. l. c. p. 7.

sowie ein Mönch Namens Vielbodius.[99]) Auch an die orientalischen Patriarchen wurden Einladungschreiben zur Synode erlassen.

Das zweite Schreiben des Kaisers[100]) an „Nikolaus den heiligsten römischen Papst und unseren geistlichen Vater," datirt vom 11. Dezember 867, spricht die Besorgniß aus, es könne der frühere durch Euthymius abgesandte Brief vielleicht nicht zu den Händen des Papstes gekommen sein und wiederholt daher vorerst die in demselben gegebene Nachricht von der nun eingetretenen Veränderung und der Restitution des Ignatius. Es habe der Kaiser bei dem Antritte seiner Regierung die Kirche von Byzanz in tiefer Zerrüttung vorgefunden, ihres rechtmäßigen Hirten beraubt, der Knechtschaft eines fremden Hirten unterworfen, herabgewürdigt zu einer Magd, nicht als Königin mehr handelnd;[101]) er habe bei dieser Sachlage Einiges für sich vornehmen, das Uebrige aber dem Papste überlassen zu müssen geglaubt;[102]) von sich aus habe er es für seine Pflicht gehalten, den Photius von dem Patriarchenstuhle zu entfernen und den schwer verfolgten Ignatius wiedereinzusetzen, beides gemäß des in den päpstlichen Schreiben, die unter der vorigen Regierung verborgen und verheimlicht worden seien, genau ausgesprochenen und motivirten Urtheils;[103]) das Urtheil aber über die gefallenen und schuldbefleckten Geistlichen, sowohl diejenigen, die, von Ignatius geweiht, zur Gemeinschaft mit Photius sich verleiten ließen, als diejenigen, die von Photius die Weihen erhielten, stelle er vollständig dem apostolischen Stuhle anheim; es sei die Zahl der Verführten sehr groß[104]) und die Schuld derselben verschieden, da Einige durch Gewalt, Andere durch Geschenke, Ehren u. s. f., Einige aus Leichtfertigkeit, Andere erst nach schwerer Verfolgung sich dem Usurpator angeschlossen hätten. Es bittet der Kaiser um Milde für diejenigen, die sich der Vergebung würdig gezeigt, zur Buße sich bereit erklärt, dem legitimen Patriarchen sich angeschlossen,[105])

---

[99]) Nicetas l. c. p. 261 D. Stylian. l. c. Anastas. l. c. p. 6. 7. Vita Hadr. l. c. Nach der ep. Ignat. ad Hadrian. (Mansi XVI. 48 E.) war dem Johannes von Sylaeum noch Petrus, Bischof von Troas, ebenfalls ein Leidensgefährte des Ignatius, der mit Bardas, wie es scheint, früher viel zu kämpfen hatte (qui . . pariter decertavit cum regali homine), beigegeben.

[100]) ep. Basil. ad Nicol. Baron. a. 867. n. 103 seq. Mansi XV. 46. 47. (griech. Anhang ibid. p. 321. 325. Nach Labbé war der Brief vom 11. Dez. 858 datirt, aber nach dem ganzen Gange der Ereignisse ist er vom Dez. 867, wie auch Jaffé zeigt. Im Dez. 858 wußte Basilius bereits, daß Nikolaus nicht mehr am Leben war.

[101]) Mansi p. 821: ἐπειδὴ τὸ γράμμα εἶχεν, ἐν καλοῖς καιροῖς τὴν καθ' ἡμᾶς ἐκκλησίαν εὑρήκαμεν, ὥσπερ βασιλείας (Anast. add.: divinis orationibus vestris) ἀφύλακτον, ἐκτόπων ποιμένων γεγενημένην, δούλην ποιμένι δεδουλωμένην.

[102]) Ib.: ἃ μὲν εἴχεν, ἃ μὲν ἡμῖν πέπρακται, ἃ δὲ τῇ ὑμετέρᾳ πατρικῇ ὁσιότητι καταλελοίπαμεν. Cf. p. 16: Et quaedam a nobis etc.

[103]) p. 16: secundum judicium et justificationem, quae in diversis epistolis vestris inventa est (κατὰ τὴν ἐν διαφόροις ἐπιστολαῖς ὑμῶν κρίσιν, ἃς οἱ προκατάρξαντες ἡμῶν ἀποκρυβῆναι ἐσπούδασαν) . . si quidem ipsae literae obrutae et nullatenus quibusdam ostensae fuerint ab iis qui ante nos principatum tenuerunt.

[104]) Pauci enim superiores laqueo ipsius prorsus effecti sunt — ὀλίγοι γὰρ παντελῶς ἀνώτεροι τῆς ἐκείνου παγίδος γεγόνασι.

[105]) p. 16. 17: Super his itaque postulamus compatientissimum sacerdotium tuum,

während die Hartnäckigen und Unbußfertigen der verdienten Strafe nicht entgehen sollen. Am Schluße empfiehlt der Kaiser die Gesandten und ersucht den Papst ehrerbietig, Apokrisiarier zu senden, die seine Entscheidungen überbrächten,[106]) und zwar möglichst bald, damit die kirchliche Einheit wiederhergestellt und alle Spaltung beseitigt werde.[107]) Das ganze Schreiben ist in den ehrfurchtsvollsten Ausdrücken abgefaßt; Nikolaus heißt dort „göttlich erhabenes und hochheiliges, gleich Aaron zu verehrendes Haupt,“ „Euere väterliche Heiligkeit;“ es wird sein „göttliches und apostolisches Urtheil“[108]) hochgepriesen.

Noch unterwürfiger und ehrerbietiger ist das Schreiben des Ignatius,[109]) in dem sich die unumwundenste Anerkennung des römischen Primates ausspricht, in eben der Weise, wie er es einst bei seiner Appellation nach Rom gethan. Es lautet also:

„Zur Heilung der Wunden und Verletzungen an Gliedern des menschlichen Leibes hat die Kunst viele Aerzte hervorgebracht, wovon der Eine dieses, der Andere jenes Leiden mittelst seiner Erfahrung zu vertreiben und zu heilen übernimmt; für die Krankheiten und Wunden aber an den Gliedern Christi, unseres Gottes und Erlösers, der unser Aller Haupt und der Bräutigam[110]) der katholischen und apostolischen Kirche ist, hat er, das mit göttlicher Herrschaft begabte und Alles überwindende Wort,[111]) der Leiter und Versorger, der allein in Allem der Lehrer, der Gott Aller ist, einen einzigen über Alle hervorragenden und für Alle ohne Ausnahme bestimmten Arzt eingesetzt, deine brüderliche und väterliche Heiligkeit,[112]) durch die Worte nämlich, die er zu Petrus, dem erhabensten und obersten der Apostel, sprach:[113]) „Du bist Petrus und auf diesen Felsen will ich meine Kirche bauen und die Pforten der Hölle werden sie nicht überwältigen.“ Und wiederum: „Dir werde ich die Schlüssel des Himmel-

---

ut manum porrigas humanitatis et eorum dispenses salutem, qui proprium dumtaxat peccatum pronuntiant et veniam accipere ab eo, qui male ac nequiter ab ipsis molestatus est, summo sacerdote deposcunt.

[106]) p. 47: ut certificetur expressius et purius SS. Ecclesia nostra (εἰς πληροφορίαν τῆς ἡμῶν ἐκκλησίας), cujus voluntatis tua Sanctitas super utrisque consistat.

[107]) Ita, pater spiritalis et divinus (f. divinitus) honorande summe pontifex, accelera pro Ecclesiae nostrae correctione et conflictu contra injustitiam atque ad veritatis satisfactionem, multam nobis congeriem honorum donare, id est unitatem mundam, compagem spiritalem ab omni contentione ac schismate liberam, Ecclesiam in Christo unam, et ovile uni obsecundans pastori, cujus tu minister ac immolator (θεραπευτὴς καὶ λειτουργός) existis verissimus.

[108]) ἡ ἔνθεος [illegible] καὶ ἀποστολικὴ κρίσις. p. 321. 47.

[109]) Ignat. ep. ad Nicol. Baron. h. a. n. 108 seq. Mansi XVI. 47—49. griech. Auszug ib. p. 321—328. Τῶν ἐν τοῖς μέλεσιν ἀνθρώπων.

[110]) Bei Anast. p. 47 ist für sponsae zu lesen: sponsi (νυμφίου.)

[111]) ὁ θεοκρατέστατος καὶ παντοδύναμος λόγος. Anast.: ipse princeps summus et fortissimus sermo.

[112]) ἕνα καὶ μόνον ἐξαίρετόν τε καὶ καθολικώτατον ἰατρὸν προεχειρίσατο, τὴν σὴν δηλονότι ἀδελφικὴν καὶ πατρικὴν ὁσιότητα — unum et singularem praecellentem atque catholicissimum medicum produxit, videlicet tuam fraternam sanctitatem et paternam almitatem.

[113]) δι' ὧν ἔφη Πέτρῳ τῷ τιμιωτάτῳ καὶ κορυφαιοτάτῳ τῶν Ἀποστόλων.

reichs übergeben. Was du auf Erden binden wirst" u. s. f. (Matth. 16, 18. 19). Denn diese beseligenden Worte hat er nicht etwa als etwas ihm höchst persönlich und ausschließlich Zugetheiltes blos auf den Apostelfürsten beschränkt, sondern durch ihn auch auf alle Hierarchen von Altrom, die nach ihm und nach seinem Vorbilde erhoben werden sollten, ausgedehnt und übertragen.[114]) Daher haben denn auch schon seit alten Zeiten und von jeher, so oft Häresieen und Gesetzwidrigkeiten aufkamen, die Inhaber Eueres apostolischen Stuhles dieses Unkraut und diese Uebel auszurotten und zu beseitigen unternommen[115]) und die unheilbar kranken Glieder vom Leibe getrennt, als Nachfolger des Apostelfürsten und Nachahmer seines Eifers im Glauben Christi. So hat denn auch in unserer Zeit deine Heiligkeit in würdiger Weise von der durch Christus ihr verliehenen Gewalt Gebrauch gemacht[116]) und wie ein kriegsgewandter und trefflicher Feldherr hast du, heiligster und geliebtester Bruder, die Alles überwindende und Alles bezwingende Wahrheit wie eine starke und undurchdringliche Waffenrüstung angelegt und deren Feinde herabgestürzt, mit Christus und durch Christus hast du die Welt besiegt; denjenigen, der das Göttliche widerrechtlich sich angeeignet, das fremde Gut geraubt, durch das Fenster nach Art der Räuber in den Schafstall eindringend,[117]) die Seelen von Vielen dem Verderben geweiht, dann auch in höchster Anmaßung sich gespreizt und den Nacken gegen den allmächtigen Gott erhoben, ja so weit in seinem Uebermuth sich vergangen hat, daß er sogar gegen deine über jeden Tadel erhabene hohepriesterliche Würde eine Synode erdichtete und heimlich durch seine Legaten an den König (Italiens) sandte[118]) — diesen Verwegenen hast du durch das kräftige Eingreifen deiner hohenpriesterlichen und apostolischen Gewalt losgetrennt von dem gemeinsamen Leibe der Kirche[119]) und dem Apostelfürsten Petrus nacheifernd mit dem Urtheil deiner gewaltigen Worte wie einen neuen Ananias getödtet und durch Entzieh-

---

[114]) *Τὰς δὲ τοιαύτας μακαρίους φωνὰς οὐ κατὰ τινα πάντως ἀποκλήρωσιν* (non secundum quamdam utique sortem — privative) *τῷ κορυφαίῳ μόνῳ περιέγραψεν, ἀλλὰ δι' αὐτοῦ καὶ πρὸς πάντας τους (μετ' ἐκεῖνον καὶ κατ' ἐκεῖνον) ἱεράρχας τῆς πρεσβυτέρας Ῥώμης παρέπεμψε* (sed per eum ad omnes, qui post illum secundum ipsum efficiendi erant summi pastores et divinissimi sacrique Pontifices senioris Romae, transmisit.

[115]) *καὶ τούτου χάριν ἔκπαλαι καὶ ἀνέκαθεν ἐν ταῖς ἀναφυείσαις αἱρέσεσι καὶ παρανομίαις ἐκριζωταὶ τῶν πονηρῶν ζιζανίων γεγόνασιν.*

[116]) *καὶ νῦν δὲ ἡ σὴ μακαριότης ἀξίως διακεχείρικε τῆς δεδομένης σοι Χριστόθεν ἐξουσίας.* (digne tractavit traditam sibi a Christo potestatem.)

[117]) *τὸν διὰ τῆς θυρίδος εἰς τὴν αὐλὴν τῶν προβάτων λῃστρικῶς εἰσελθόντα.*

[118]) *ὥστε καὶ σύνοδον ἀναπλάσασθαι κατὰ τῆς σῆς ἀνεπιλήπτου ἱεραρχίας καὶ πρὸς τὸν ῥῆγα λανθανόντως ἐκπέμψαι.* Anast. p. 48: ut conventum sine subsistentia et persona fingeret contra irreprehensibile et divinissimum et sacrum pontificium tuum, quemadmodum fabula hippocentauros et tragelaphos; quod etiam latenter ad principem (Ludwig II, den die Griechen nur als rex anerkannten) misit.

[119]) Hujusmodi ergo non sanctum operatorem, sed omni malo repletum, videl. eum, qui secundum antiphrasicum tropum Photius nominatur, opere manus pontificalis et apostolicae potestatis tuae a communi Ecclesiae resecasti corpore (*τῇ χειρουργίᾳ τῆς ἱεραρχικῆς σου καὶ ἀποστολικῆς ἐξουσίας τοῦ κοινοῦ τῆς ἐκκλησίας ἐξέτεμες σώματος.*)

ung des geistlichen Lebens wie einen anderen Zimon dem Tode überliefert; uns aber, die wir schweres Unrecht erduldet, hast du nach deiner strengen Gerechtigkeit und nach deiner brüderlichen Liebe gerechtes Gericht zugetheilt,[110]) uns unserer Kirche und unserem Stuhle durch deine eifrigen Bemühungen und die von dir kraft apostolischer Vollmacht erlassenen Briefe[111]) auf würdige und entsprechende Weise zurückgegeben, die Unruhe zerstreut und den Kirchen wieder den Frieden verliehen. Denn der von Gott erhobene und von Christus geliebte Kaiser, der schon früher für den Wunsch, für das Urtheil und die Entscheidung deiner Heiligkeit günstig gestimmt war,[112]) jetzt aber als euer getreuester Sohn sie in Vollzug gesetzt hat,[113]) gab jedem von uns das Seine und gewährte meinem von vielfacher Trübsal heimgesuchten Greisenalter, sowie Allen, die für die Gerechtigkeit viele und manigfaltige Leiden erduldet, Trost und Sicherheit."

Indem nun Ignatius hiefür gegen Gott vorerst, dann auch gegen den Papst seinen Dank ausspricht, empfiehlt er seine Abgesandten Johannes von Sylläum und Petrus von Troas, die zugleich für ihn Rechenschaft ablegen und das in diesem Schreiben nicht Berührte mündlich vortragen sollten. Diese sollten auch des Papstes Entscheidung[114]) über die verschiedenen Classen von Gefallenen und Abtrünnigen entgegennehmen und dem Ignatius zur Kunde bringen. In Betreff der Letzteren unterscheidet Ignatius die von ihm selbst Ordinirten, die sich ihm eidlich zum Gehorsam verpflichtet, und die von Photius Geweihten.[115]) Von Ersteren seien Mehrere standhaft geblieben auch im Exil und in der Verfolgung und diese seien alles Lobes würdig, aber Andere hätten theils freiwillig, theils gezwungen die ihm angelobte kanonische Obedienz verletzt und sich an den Missethaten des Photius zu wiederholten Malen betheiligt; einige der von ihm geweihten Priester hätten einmal oder zwei- bis dreimal mit Photius Gemeinschaft gehalten, jedoch nicht widerrechtlich ihm sich zur Obedienz verpflichtet, seien aber dann ganz von ihm zurückgetreten, Andere hätten nicht blos mit dem Usurpator zeitweise Gemeinschaft gehalten, sondern auch schriftlich ihre Unterwerfung unter ihn bezeugt. Was die von Photius Ordinirten angehe, so seien Einige mit freiem Willen, Andere nicht ganz frei zur

---

110) *δικαιωθεὶς δικαίως.* Juste justificati.

111) propter quae rogasti atque scripsisti, utpote apostolicae et summae potestatis susceptor (*ἐπίδοχος* oder *ἀνάδοχος*.)

112) voto et consilio et decreto et judicio tuae sanctitatis favens olim. Daß die nach Bulgarien gesandten Schreiben gegen Nikolaus auch den Namen des Basilius an der Stirne tragen, beweiset nichts dagegen, da stets, wenn mehrere den Augustustitel führten, auf jedem Erlasse deren Namen standen, auch wenn er nur von einem Kaiser ausging. Basilius scheint früher in der kirchlichen Frage indifferent gewesen zu sein, keinesfalls war er dem Ignatius persönlich feind.

113) *τῇ γνώμῃ καὶ ψήφῳ τῆς σῆς [illegible], ὡς [illegible] ὑμῶν [illegible]ται.*

114) *τοῖς [illegible] θεῷ καὶ τῇ ὑμετέρᾳ [illegible] [illegible].*

115) *Διττῆς γὰρ οὔσης τῆς τοῦ ἱερατικοῦ καταλόγου χειροτονίας, καὶ τῶν μὲν ὑφ' ἡμῶν [illegible] δεδεγμένων καὶ χειροτονηθέντων ὑπὲρ ἡμῶν [illegible], τῶν δὲ παρὰ τοῦ [illegible] καὶ [illegible] Φωτίου.*

Weihe gekommen, von diesen gebe es Solche, die sich aus Scheu der geistlichen Funktionen enthalten. Ueber das Schicksal dieser Geistlichen soll nun der Papst entscheiden und hiefür wie für die Ordnung der kirchlichen Verhältnisse überhaupt tüchtige Legaten senden. Für den von Photius ordinirten, aber seit 861 mit ihm zerfallenen und von ihm verfolgten Erzbischof Paulus von Cäsarea legt Ignatius eine besondere Fürbitte ein.

So ward der herrlichen Thatkraft des Nikolaus wie dem gesegneten Wirken und der oberstrichterlichen Autorität des römischen Stuhles von dem vorzüglichsten Repräsentanten der griechischen Christenheit endlich eine eklatante Genugthuung für die maßlosen Unbilden zu Theil, mit denen die gewaltthätige Usurpation und der leidenschaftliche Haß des von ihm gebrandmarkten Unrechts ihn kurz vorher überhäuft. Der Sieg der Gerechtigkeit in Byzanz war auch ein Sieg für den Stuhl des Apostelfürsten in Rom.

---

2. Papst Hadrian II. und seine Synode gegen Photius.

Der große Papst Nikolaus, der so rühmlich für die Restitution des Ignatius und den Sieg des Rechtes im Orient gestritten, erlebte die Freude nicht mehr, seine Bemühungen mit Erfolg gekrönt, seine Entscheidungen in Vollzug gesetzt, die Autorität seines Stuhles vom oströmischen Kaiserhofe in einer Weise anerkannt zu sehen, wie es von diesem seit langer Zeit nicht mehr geschehen war. Bereits am 13. November 867 war Nikolaus, aufgerieben von Sorgen, Anstrengungen und körperlichen Leiden, reich an Thatenruhm und von der Christenheit tief bedauert, eingegangen in eine bessere Welt.[1]

Hadrian II., sein Nachfolger (seit 14. Dezember 867), der bereits in einem feierlichen Erlasse seine Anhänglichkeit an die Principien und sein Festhalten an den Anordnungen seines großen Vorgängers ausgesprochen,[2] erhielt durch den Spathar Euthymius die erste Kunde von den Vorgängen in Constantinopel und das ihm überbrachte kaiserliche Schreiben erfüllte ihn mit hoher Freude.[3] Es scheint die Ankunft des Euthymius erst im Juni oder Juli 868 erfolgt zu sein; denn die päpstliche Antwort ist vom 1. August[4] d. J. datirt und es ist kaum anzunehmen, daß Hadrian sehr lange mit ihr gezögert; die nachher von Constantinopel abgeordnete Gesandtschaft mit dem Erzbischof Johannes von Syläum an der Spitze, die der Zeit nach längst in Rom hätte

---

[1] Anast. Bibl. ep. ad Adon. V. (Mansi XV. 151.) Vita Nicol. ap. Vignol. p. 217. Adon Chron. (Pertz II. p. 321.)

[2] Hadr. II. ep. ad Episc. Synodi Tricassinae 2. Febr. 868. „Legationis vestrae" Jaffé n. 2191. p. 245. Cf. Vita Hadr. Vignol. p. 229.

[3] Hadr. II. ep. ad Ignat. (Mansi XVI. 122.): Qui (Euthymius) Romam ferens imperialem legationem primus nobis et Ecclesiae nostrae de fraternitate vestra, quod semper optavimus, annuntiavit et divinam circa te misericordiam et sanctitatis tuae recuperationem innotescens omnes gratulabundos effecit.

[4] Nicht vom 8. Aug., wie Jager L. VI. p. 176 seqq.

sein können, war am 1. August noch nicht dort eingetroffen, und später erfahren wir vom Papste, daß sie sowohl auf der Seereise als zu Lande sehr große Gefahren hatte ausstehen müssen. [5]) Basilius selbst hatte in seinem zweiten Schreiben vom 11. Dezember 867 die Besorgniß ausgesprochen, es möchte das erste nicht nach Rom gelangt [6]) und ein Unfall auf der Reise seinem Abgesandten zugestoßen sein. Der Seeweg war durch die kreuzenden Piratenschiffe, besonders der Saracenen, damals sehr unsicher und zu Lande war im Kaiserreiche noch nicht die nöthige Ordnung hergestellt und noch viele Anhänger der gestürzten Hofpartei im Dienste des Staates. So kam es, daß der Papst erst nach längeren Intervallen die zwei kaiserlichen Schreiben erhielt und die von Ignatius beantragte Synode lange hinausgeschoben wurde.

Der Archimandrit Theognostus, der die Appellationsschrift des Ignatius nach Rom gebracht und nahe an sieben Jahre dort gelebt hatte, beschloß hocherfreut über den unerwarteten Sieg der von ihm so eifrig vertretenen Sache, mit Euthymius nach Constantinopel zurückzukehren. Hadrian II. bestimmte ihn zum Ueberbringer zweier Schreiben, wovon das eine an den Kaiser, das andere an Ignatius gerichtet war. Den Basilius lobte und pries er wegen seines Eifers für die Herstellung der kirchlichen Ordnung und seiner Ergebenheit gegen die Dekrete des römischen Stuhles, die er in der Austreibung des Photius und der Reinthronisation des Ignatius an den Tag gelegt, und wünschte ihm Heil und Segen, die irdischen und ewigen Güter ihm verheißend, wenn er bis an's Ende bei diesen Gesinnungen verharre; [7]) er erklärt, daß er in jedem Falle den Beschlüssen und Anordnungen seines erlauchten Vorgängers treu bleiben werde, die durchaus den göttlichen Vorschriften gemäß seien; [8]) durch Festhalten an den Beschlüssen seiner Vorgänger werde er auch seine Nachfolger zur Aufrechthaltung der seinigen bestimmen. Der Papst ermahnt dann den Kaiser, das Pacifikationswerk ernstlich fortzusetzen, das Zerstreute zu versammeln, die vertriebenen und verstoßenen Anhänger des Ignatius ebenso wie ihn selbst zurückzurufen und wieder aufzunehmen. Er empfiehlt ihm den nach Byzanz zurückkehrenden Exarchen Theognostus, der als Abgesandter des Ignatius und

---

[5]) Hadr. II. ep. ad Ignat. 869 (Mansi l. c. 53.): qui (Joh. Sylaei) pericula infinita non solum per mare, sed et per aridam gradiendo sustinuerat.

[6]) Basil. ep. ad Hadr. (ib. p. 46.): Nescientes autem, si (prior epistola) sanctis vestris .. sit posita palmis (multa namque in longinquo itinere impedientes accidunt causae) etc.

[7]) ep. „Quoniam" Mansi XVI. 120. Cf. p. 370. Jaffé Reg. n. 2205. p. 256. dat. Kal Aug. Indict. I. (868.) Der Anfang lautet: Quoniam, tranquillissime imperator, audisti vocem Dei per Apost. Sedis officium tibi delatam et honorasti eximios ejus Apostolos, et restituisti ecclesiae Cplitanae throno proprium pastorem, repellens adulterum, benedictus sis ab omnipotente Deo et videas subjectionem inimicorum et temporis longitudinem etc.

[8]) licet, vobis quolibet modo agentibus, a decretis s. mem... Papae Nicolai, quae de Photii depositione et de recuperatione Ignatii .. promulgavit, nunquam quoquo modo discedamus. Tanto enim volumus illius decretis concordare, quanto ipse, cum haec ageret, divinis praeceptis concordare satagebat.

seiner Leidensgenossen an sieben Jahre bei den Schwellen des Apostelfürsten als Pilger gelebt und der gleichfalls zu denen gehöre, die, seit der Wolf Hirt geworden, zerstreut und jetzt von dem gottesfürchtigen Kaiser wieder versammelt worden seien; ihm möge jetzt gleichfalls nach so vielen Stürmen und Mühsalen die wohlverdiente Ruhe zu Theil werden.

Dem Patriarchen Ignatius, von dem Hadrian bis jetzt noch kein Schreiben erhalten, drückt er sein Befremden darüber aus, daß er ihm noch nicht die Wiederaufnahme seines Amtes gemeldet, geht aber bald von der Rüge, die mit dem Ausdrucke der Freude vermischt ist,[9]) zu der Versicherung seines treuen Beharrens bei den Beschlüssen seines Vorgängers und seiner innigsten Theilnahme wie seiner Liebe für den vielgeprüften Mitbruder über, für den wie für alle seine Genossen er mit Gottes Hilfe unverdrossen zu wirken bereit sei.[10]) Er empfiehlt dann den Abt Theognostus, der so lange in Rom nicht sowohl seine eigenen Leiden, als die seines Patriarchen und der Kirche von Constantinopel unablässig beweint, den Papst wie seinen Vorgänger Tag und Nacht eindringlich zu thätigem Einschreiten aufgefordert habe[11]) und würdig sei, mit dem wiedereingesetzten Patriarchen ebenso die Freude, wie früher das Leid zu theilen; wenn Ignatius nach Rom Apokrisiarier sende, so wünsche er darunter den Theognostus zu sehen. Deßgleichen empfiehlt er auch den Spathar Euthymius, der ihm zuerst das so sehr ersehnte Ereigniß gemeldet; über den Zustand der byzantinischen Kirche verlangt er nähere Nachrichten und schließt mit Segenswünschen für Ignatius.

Erst nach der Abreise des Theognostus und des Euthymius kam der kaiserliche Gesandte, der Spathar Basilius, sowie der Vertreter des Ignatius Johannes von Perge mit Geschenken und den Briefen vom 11. Dezember 867 in Rom an; die Reise war sehr gefahrvoll gewesen und namentlich scheinen Seestürme sie verzögert zu haben; ja Petrus von Sardes, der Agent des Pho-

---

[9]) ep. ad Ignat. Mansi XVI. 121. cf. p. 370. Jaffé n. 2206. p. 256: Convenerat Sanctitatem tuam, licet non ad sui adjutorium primum minime provocaverit, saltem nunc super restitutione sua, quae facta dicitur, laetificare nos anhelantem propriis nobis literas destinare (der griech. Auszug hat: προςῆκε τῇ σῇ ἁγιότητι, εἰ καὶ μὴ πρὸς βοήθειάν σου πρότερον συγκαλέσασθαι ἡμᾶς, ἀλλά γε νῦν, ἵνα συγχαρῶμεν τῇ ἀναλήψει σου). Verum licet hoc minus studuerit agere, saltem gratiam divinae miserationis, quae in te mirabiliter operata est, non taceres.

[10]) Igitur scito, quia in iis, quae decessor meus s. mem. P. Nicolaus pro persona tua et iis, qui tecum in tribulationibus non defecerunt, insuper et pro ecclesia Cpltana plurimum laborans statuit et definivit, et nos similiter manemus et permanebimus.

[11]) non tantum propriam miseriam, quantum sanctitatis tuae pressuram et Cpltanae ecclesiae calamitates paene incessanter deflebat, ita ut non solum antea jam dictum decessorem meum, sed et me postea nocte ac die indeficienter erigere et pro statu tantae ecclesiae et erectione vestra crebris suasionum stimulis latera percutere, et quemadmodum angelus quondam: „Surge Petre, accipe fortitudinem ad salvandas gentes,“ per singulos dies nobis dicere non cessaret, quousque auditum Deo praestante suscepit, quod ardenter semper in pectore bajulabat.

lius, kam durch Schiffbruch um's Leben; [12]) nur sein Begleiter, der Mönch Methodius, hatte sich gerettet und gelangte noch nach Rom. Als er aber wahrnahm, wie entschieden der neue Papst gegen Photius gestimmt war, hielt er sich verborgen und gab die öffentliche Vertheidigung desselben auf. Hadrian, von seiner Anwesenheit unterrichtet, ließ ihn dreimal vorladen, um die Sache dessen, der ihn abgeordnet, zu vertreten. Methodius aber erschien nicht, wurde zuletzt anathematisirt und ergriff die Flucht. [13])

Die Abgesandten des Kaisers und des Ignatius empfing der Papst bei S. Maria Maggiore, von geistlichen und weltlichen Großen umgeben, mit großem Glanze und nahm ihre Briefe und Geschenke in Empfang, die sie mit Worten der Danksagung für die vielen Bemühungen des römischen Stuhles zur Beseitigung des byzantinischen Schisma begleiteten. Darauf meldeten die Gesandten, daß sie auch das von Photius gegen Nikolaus und den Stuhl Petri verfaßte Buch, die Synodalakten, auf Befehl des Kaisers und des Patriarchen mitgebracht und dasselbe zur Beurtheilung vorlegen wollten. [14]) Hadrian II. erklärte, daß er es annehme und prüfen lassen wolle, damit der Verfasser des Buches, der Erfinder verkehrter Lehren, wie bis jetzt schon zweimal, so nun auch zum drittenmale gerichtet werde. Der Metropolit Johannes ging nun hinaus und brachte den Band, der die photianischen Synodalakten gegen Nikolaus enthielt, in die Versammlung. Er warf den Codex zu Boden mit den Worten: „Du wurdest zu Constantinopel verflucht, sei es nun auch in Rom! dich hat der Satansdiener Photius, der neue Simon, der Compilator der Lüge verfaßt; dich hat der Diener Christi Nikolaus, der neue Petrus, der Freund der Wahrheit zu Boden geschlagen.“ Der Spathar Basilius trat den Codex mit Füßen, schlug darauf mit seinem Schwerte, und erklärte, er glaube, „daß darin der Teufel wohne,“ der darin durch seinen Genossen Photius das habe

[12]) Nicet. p. 261 D. Anast. Praef. cit. p. 7: Petrus, licet nova navi et quam ipse elegerat, veheretur, naufragium simul et mortis periculum pertulit, et qui navem Christi, h. e. Ecclesiam, sciderat, navis suae scissionem non inconvenienter incurrit. Vita Hadr. II. (Migne CXXVIII. 1388. Mansi XV. 810.): Sed divino judicio disertissimam partem Photii pelagus absorbuit et simplicissimam partem Ignatii cum legato imperiali salvam servavit.

[13]) Vita Hadr. l. c.: Nullusque ex parte neophyti (Photii) nisi monachulus Methodius nomine solus evasit. Qui postmodum neque Photium, pro cujus parte venerat, neque Ignatium, contra quem, sed neque universalis ecclesiae, ad quam venerat, jura suscipiens, tertio conventus, tertio perfidiae denotatus, semel anathematizatus abscessit.

[14]) Ibid: Hinc SS. Papae Adriano cum episcopis et proceribus in secretario S. Mariae Majoris juxta morem S. Sedis Apost. residenti se satis humiliter praesentarunt (legati Graecorum), dona et epistolas obtulerunt. Quibus susceptis S. Rom. ecclesiae, cujus conamine Cplitana ecclesia de schismate purgata surrexerat, multiplices gratias retulere; ac post innumera laudum praeconia concordi voce dixere: Devotissimus filius vester Imp. Basilius et Patriarcha munere vestro restitutus Ignatius, dum ecclesia Cplitana per interventum vestrum invasorem Photium propulisset, in archivo ejus librum summa falsitate congestum contra ingenium S. R. E. sanctissimique P. Nicolai reperere. Quem bullatum quasi vere contagiosum a sua urbe propulere etc.

sagen lassen, was er selbst nicht sagen könne. Er erzählte sodann, auf welche Weise die vielen Unterschriften zu Stande gekommen, und bat, den Band genau zu besichtigen, zur Würdigung des ganzen Betrugs aber Legaten nach Constantinopel zu senden, wie es die ganze Kirche daselbst verlange. [15]) Der Papst traf die Anordnung, daß Männer, die des Griechischen kundig waren, den Codex genau untersuchen und darüber in der deßhalb abzuhaltenden Synode Bericht erstatten sollten. [16])

Die Prüfung dieses Machwerks nahm geraume Zeit in Anspruch und die Synode schob sich ziemlich lange hinaus; sie wurde erst kurz vor dem Anfang des Juni 869, nicht aber, wie man gewöhnlich annahm, [17]) schon 868 gehalten. [18]) Neben der angeführten vorbereitenden Untersuchung waren auch die vielen anderen Arbeiten des Papstes Ursache an dieser Verzögerung.

Hadrian II. war bereits hochbetagt, als er auf den Stuhl des heiligen Petrus erhoben wurde; er war vor dem Eintritt in den geistlichen Stand verheirathet gewesen; [19]) schon unter Gregor IV. (c. 840) war er zum Subdiakon, unter Sergius II. (844—847) zum Priester geweiht worden; seine Wohlthätigkeit und Frömmigkeit hatten ihm so großes Ansehen verschafft, daß er schon zweimal zum Pontifikate hatte gewählt werden sollen. In einem Alter von fünfundsiebzig Jahren endlich ward er von den zwei um die Wahl sich sonst streitenden Parteien, der römischen und der fränkischen, einmüthig erwählt; [20]) aber die schwere Bürde seines Amtes lastete auf ihm schon seit den ersten Tagen seines fünfjährigen Pontifikates in einer Weise, daß kaum die schwache Kraft seines Greisenalters den vielen auf ihn eindringenden Sorgen gewachsen schien. Zuerst hatten die kaiserlichen Sendboten es übel genommen, daß man sie nicht zur Anwesenheit bei der Wahl eingeladen, gaben sich jedoch zufrieden, als man ihnen bedeutete, es sei das nur darum geschehen, damit nicht für die Zukunft ein Recht des Kaisers daraus deducirt werde, vermöge dessen

---

15) Vita Hadr. l. c. Baron. a. 868. n. 36—37.

16) Bar. l. c. n. 38: Tunc summus Pontifex utriusque linguae peritis librum scrutandum per aliquot dies decrevit et omnia, quae in eo continebantur, coram Synodo fideliter propalari. Mansi XV. 812.

17) Pag. a. 868. n. 6. Labbé, Mansi in not. (XV. 882. 886.) Schröckh XXIV. S. 163. Gieseler K. G. II, 1. S. 328. Jager (L. VI. p. 180.)

18) Jaffé Reg. Rom. Pont. p. 256. 257 zeigt, daß dieses römische Concil kurz vor dem 10. Juni 869 gehalten ward, mit folgenden Gründen: a) Die von Mansi edirten Briefe Hadrians vom 1. Aug. 868 enthalten kein Wort über dieses Concil. b) Aus dem damals geschriebenen Briefe an Ignatius geht hervor, daß damals noch kein Gesandter desselben nach Rom gekommen war, sondern nur der Spathar Euthymius, während in diesem Concil Johannes Erzbischof von Perge als Legat des Ignatius mit unterschrieben ist. c) Aus den nach dem Concil an Basilius und Ignatius abgesandten Briefen des Papstes ergibt sich, daß die schon am 11. Dez. 867 zu Nikolaus abgeordneten Gesandten ungewöhnlich lange in Rom verweilten, und zugleich geben sie das genaueste chronologische Datum. Vgl. Hefele Conc. IV. S. 359.

19) Nach Hincmari Annal. a. 868 (Pertz I. 477.) Auch Hadrian's Vater, Talarus, wurde nachher Bischof. Vita Hadr. II. Baron. a. 867. n. 141.

20) Vita Hadr. l. c. Baron. a. 867. n. 141—145.

auch zur Wahl die Ankunft seiner Gesandten abgewartet werden müßte.[21]) Nachdem Ludwig II. die Wahl anerkannt, ward zur Consekration geschritten, die am 14. Januar 868 durch die Bischöfe Petrus von Gabii, Leo von Silva Candida und Donatus von Ostia vorgenommen ward, da der Sitz von Albano erledigt, der Bischof von Portus (Formosus) in der Bulgarei abwesend war. Da fiel Herzog Lambert von Spoleto ein und verübte in Rom unter Beistand eines Theiles der fränkischen Partei furchtbare Räubereien.[22]) Diese Gewaltthaten, dann die Sorge für die Restitution mehrerer aus politischen Gründen vom Kaiser proscribirten Verbannten, worunter die Bischöfe Gaudericus von Velletri und Stephan von Nepi,[23]) die Abordnung der Bischöfe Grimoald und Dominicus (die noch nicht abgereist waren, als Nikolaus starb) mit neuen Briefen nach Bulgarien,[24]) die noch immer schwebende Ehesache Lothars und Theutbergens nahmen die erste Zeit der neuen Regierung sehr in Anspruch. Nebstdem hatte Hadrian II. alle Mühe,[25]) das weitverbreitete Gerücht zu zerstreuen, er sei gegen das Andenken und die Thaten seines Vorgängers nicht günstig gestimmt und gedenke dessen Bahn zu verlassen, ja seine Erlasse zu widerrufen, wozu vor Allem die aus zu großer Milde gleich nach seiner Consekration mehreren von Nikolaus Verurtheilten, wie insbesondere dem Zacharias von Anagni, dem Thietgaud von Trier, dann dem exkommunicirten Priester Anastasius, gewährte Wiederaufnahme in die Kirchengemeinschaft das Meiste beigetragen hatte. Viele in Rom weilende Griechen und andere Orientalen machten bereits Miene, sich deßhalb der Gemeinschaft des Papstes zu entziehen; doch gelang es ihm nach und nach, diese Vorurtheile und Besorgnisse mit seinen wiederholten Erklärungen zu besiegen.[26]) Hadrian empfahl das Andenken seines großen Vorgängers so sehr, daß ihn bald seine Gegner einen Nikolaiten oder Nikolaitaner nannten;[27]) er trug allen Bischöfen auf, den Namen des Nikolaus in den Dip-

---

[21]) Ib.: quod non causa contemptus Augusti, sed futuri temporis prospectu omissum hoc fuerit, ne videlicet legatis principum in electione Romanorum Praesulum exspectandi mos per hujusmodi fomitem inolesceret. Nur bei der Consekration, nicht bei der Wahl war die Anwesenheit kaiserlicher Missi herkömmlich. Florus Lugdun. (c. 840.) de electionibus Episcoporum c. 6. (Migne CXIX. p. 14.) sagt: Sed et in Romana ecclesia usque in praesentem diem cernimus absque interrogatione principis, solo dispositionis judicio et fidelium suffragio, legitime Pontifices consecrari, qui etiam omnium regionum et civitatum, quae illis subjectae sunt, juxta antiquum morem eadem libertate ordinant atque constituunt sacerdotes nec adeo quisquam absurdus est, ut putet minorem illic sanctificationis gratiam, eo quod nulla mundanae potestatis comitetur auctoritas.

[22]) Baron. a. 867. n. 145 seq. 151. Vita Hadr. Mansi XV. 807. 809. 810.

[23]) Bar. a. 868. n. 2. Mansi p. 808.

[24]) Bar. a. 868. n. 1. Mansi l. c.

[25]) Bar. a. 867. n. 152 seq. (Migne CXXI. p. 376—378.) Bar. a. 868. n. 4 seq. Gfrörer Karol. I, S. 425. 426. 429, II. S. 4 ff.

[26]) Bar. a. 867. n. 149. n. ult. a. 868. n. 7—9. Mansi XV. 809.

[27]) Bar. a. 868. n. 3.

tochen zu recitiren und den Griechen, wie allen Anderen, die seinen Namen lästern oder seine Dekrete angreifen würden, energisch zu widerstehen.[28])

Dazu traf den Papst, wenn wir den Annalen Hinkmar's Glauben schenken dürfen, noch ein häusliches Unglück, das ihn mit tiefer Betrübniß erfüllte. Es lebte noch seine Gattin Stephanie und eine Tochter derselben; Letztere hatte Eleutherius, Bruder (oder doch naher Verwandter) des Bibliothekars Anastasius, am 7. März 868 gewaltsam ihrem Verlobten entführt und um den verbrecherischen Sohn gegen den Papst zu schützen, hatte der Vater des Räubers, Arsenius, die Kaiserin Ingelberga durch Uebergabe seines Schatzes für sich gewonnen. Doch erkrankte er plötzlich in Benevent und starb rasch ohne die Communion. Der Papst forderte mit Erfolg den Kaiser auf, durch seine Sendboten über den Frevler Eleutherius Gericht halten zu lassen. Eleutherius tödtete nun, wie es hieß, auf Anstiften des Priesters und Bibliothekars Anastasius, die Stephanie und ihre Tochter, worauf er von den kaiserlichen Missi hingerichtet ward.[29]) Ueber den Anastasius aber sprach der Papst am 12. Oktober 868 unter Wiederholung der von Leo IV. gegen ihn erlassenen Sentenz die Excommunikation und die Absetzung aus.[30]) Diese Vorgänge mußten in dem Gemüthe des Papstes eine tiefe Wunde zurücklassen.

Ein anderes, aber freudiges Ereigniß war die Ankunft der beiden Brüder Constantin und Methodius, die sich nach einer etwa vierjährigen[31]) Wirksamkeit in Mähren, sei es aus eigenem Antriebe[32]) oder aber, was wahrscheinlicher, in Folge einer von Papst Nikolaus an sie ergangenen Aufforderung,[33]) im Laufe des Jahres 867 nach Rom begaben,[34]) wo sie bereits Hadrian II. auf

---

[28]) Bar. a. 868. n. 13. ep. 6. ad Syn. Tric. Mansi XV. 822. Cf. ep. 35. ad Adon. Vienn. Ib. p. 859. 860.

[29]) Hincmari Annal. a. 868 (Pertz I. 477.): Quarta autem feria post initium Quadragesimae factione Arsenii filius ejus Eleutherius filiam Adriani P. ab alio desponsatam dolo decepit et rapuit sibique conjunxit; unde idem Papa nimium est contristatus. Arsenius ad Ludovicum Imperatorem pergens in Beneventum infirmitate corripitur . . . . , et sine communione abiit in locum suum. Quo mortuo Adrianus P. apud Imperatorem Missos obtinuit, qui . . Eleutherium secundum leges Romanorum judicarent. Idem vero Eleutherius, consilio, ut fertur, fratris sui Anastasii, quem Bibliothecarium R. E. in exordio ordinationis suae Adrianus constituerat, Stephaniam uxorem ipsius pontificis et ejus filiam, quam sibi rapuit, interfecit, et ipse Eleutherius a Missis Imperatoris occisus est. Pag. a. 868. n. 13. 14.

[30]) Ibid. p. 477—479. Mansi XIV. 1028.

[31]) Translat. S. Clem. n. 7. Vita Meth. c. 5. Vita Const. c. 14. Vgl. Dümmler a. a. O. S. 167. 168. Wattenbach Beitr. S. 35. 36.

[32]) Vita Clem. c. 3. p. 3 ed. Miklos. Dudik I. S. 173.

[33]) Pannon. Legende bei Wattenbach S. 36. Vgl. Dümmler S. 159. Translat. S. Clem. n. 8: His omnibus auditis Papa gloriosissimus Nicolaus valde laetus super his, quae sibi ex hoc relata fuerant, redditus, mandavit et advenire illos literis apostolicis invitavit.

[34]) Pag. crit. a. 867. n. 22—24. Anastas. Bibl. ep. ad Carol. Calv. a. 875 (Migne CXXIX. p. 740.): vir magnus Constantinus philosophus, qui Romam sub venerab. mem. Adriano juniore veniens

dem Stuhle Petri fanden. Es war für den Papst gewiß sehr erfreulich, daß Missionäre griechischer Abkunft, die sich frei gehalten hatten von dem Schisma des Photius und in einem zum römischen Patriarchate gehörigen Lande mit großem Erfolge das Christenthum verbreiteten, enger an die römische Kirche sich anschloßen und unter deren Obhut ihre gesammte Thätigkeit stellen wollten; dazu brachten sie ein sehr geschätztes Geschenk mit, die Reliquien des Papstes Clemens I., die Hadrian II. feierlich in Empfang nahm.[35]) Beiden Brüdern scheint damals in Rom die bischöfliche Consekration ertheilt worden zu sein.[36]) Es zog sich aber Constantin, der dort den Namen Cyrillus angenommen, in ein römisches Kloster zurück,[37]) wohl sein nahes Ende fühlend; er starb dort am 14. Februar 869[38]) und wurde in der St. Clemenskirche auf der rechten Seite des Altars, wo die Reliquien des heiligen Clemens deponirt waren, beigesetzt.[39]) Nach dem Tode des einen Bruders erhob Hadrian II. den Methodius zum Erzbischof für Mähren und Pannonien und sandte ihn mit ausgedehnten Vollmachten in sein Missionsland zurück. Es ist höchst wahrscheinlich, daß Hadrian damals einen vielleicht schon von seinem Vorgänger gefaßten Plan von großer Tragweite im Auge hatte: das westliche Illyrikum wieder enge an

---

[35]) Transl. S. Clem. n. 9. Anastas. l. c.: S. Clementis corpus sedi suae restituit.

[36]) Ginzel Gesch. der Slavenapostel S. 46. 47. Dudik Gesch. Mährens I. S. 182. 184.

[37]) Wattenbach S. 15. 41. Vita Clem. c. 3. p. 4. 5. Translat. n. 10.

[38]) Dümmler a. a. O. S. 181. Dudik S. 182. 184. 185. N. 186. A. 1. 2. Ginzel S. 49. 50. N. 2. nimmt 868 an, indem er glaubt, die Angabe des Anastasius, wornach Constantin-Cyrillus in Rom Zuhörer gehabt habe, denen er Vieles über die areopagitischen Schriften vortrug, zwinge nicht, seinen Tod erst auf 869 zu setzen; aber Dudik hat noch weitere entscheidende Gründe für die obige Jahrzahl beigebracht.

[39]) Transl. c. 12: cum ingenti laetitia et reverentia multa, simul cum locello marmoreo, in quo pridem illum praedictus Papa condiderat, posuerunt in monumento ad id praeparato in basilica B. Clementis ad dexteram partem altaris ipsius, cum hymnis et laudibus, maximas gratias agentes Deo. — Bei den jüngsten Ausgrabungen in der alten Clemensbasilika zu Rom fand man an der linken Seite des Hauptschiffes ein Frescobild, das eine von vier Personen getragene und von zwei Bischöfen begleitete Bahre und gegenüber einen Bischof, der eben die Mysterien feiern will, darstellt, darunter die Inschrift: Huc a Vaticano fertur PP. Nicolao imnis divinis qa aromatibus sepelivit (wobei vielleicht nach Nicolao ein qui einzuschalten und für qa = atque zu lesen ist). Wollte man das von der Translation des heiligen Clemens, nicht von der des Cyrillus verstehen, so wäre zu erinnern, daß beide Translationen nicht unter das Pontifical von Nikolaus, sondern unter das von Hadrian II. fallen, man aber in Rom beide dem ersteren Papste zuschrieb, wie auch im römischen Martyrologium und bei Leo von Ostia geschieht; sodann daß man blos von den Reliquien des Cyrillus weiß, daß sie vom Vatikan nach San Clemente übertragen worden. Eine weiter unten stehende Inschrift sagt: Ego Maria Marcellina pro timore Dei et salute animae meae p. g. r. f. c. (pingere feci.) Die Malerei scheint aus dem elften oder Anfang des zwölften Jahrhunderts zu sein. Sicher wurden die Gebeine Cyrills nicht an der Stelle dieses Bildes nahe an der Thüre beigesetzt, wie wir aus der Translat. entnehmen können. Wirklich fand man an der Rechten des Altars ein leeres Grab mit Spuren alter Bilder vom zehnten Jahrhundert, mit dem Bilde eines Bischofs in griechischer Tracht und den Buchstaben A CIRIL., von den Reliquien aber keine Spur. G. Rossi Bolletino archeol. 1863. N. 2. p. 10. 11. Civiltà cattolica N. 323. p. 605 seq.

das römische Patriarchat anzuschließen, die alte Metropole Sirmium, den Stuhl des heiligen Andronikus, als pannonisches Erzbisthum wieder aufzurichten, für die Christianisirung der slavischen Lande einen festen Mittelpunkt, zugleich ein kirchliches Bollwerk gegen allenfallsige Uebergriffe der Byzantiner, sowie ein den übermüthigen Karolingern entgegenstehendes mitteleuropäisches Reich zu schaffen, das an den Stuhl Petri fest gekettet bleiben sollte.[40])

Die Ehesache des Königs Lothar, die den Papst Nikolaus so sehr beschäftigt, wurde von Hadrian II. in dem gleichen Geiste behandelt, wenn auch in sehr schonenden Formen. Waldrade hatte im Februar 868 die Lossprechung vom Banne erlangt und Lothar selbst beeilte sich, nach Italien zu reisen. Nachher empfing er aus den Händen des Papstes die Communion (Juli 869), nachdem er eidlich versichert, den Umgang mit der Buhlerin seit deren Excommunication völlig aufgegeben zu haben; er starb aber wenige Wochen nach seinem Meineid und seiner unwürdigen Communion.[40a])

Nach diesen und vielen anderen Geschäften kam es endlich — Anfang des Juni 869 — zu dem längst projektirten Concil bei St. Peter, dem dreißig Bischöfe, ein Diakon als Procurator des Bischofs von Urbino, neun römische Priester und fünf Diakonen, worunter der Archidiakon Johannes, anwohnten. Hier wurden die Abgesandten des Kaisers Basilius und des Patriarchen Ignatius, die bis dahin in Rom geblieben waren, abermals vernommen, die den Zweck ihrer Sendung darlegten; sodann wurden die hieher gehörigen Briefe des Papstes Nikolaus verlesen und endlich von den Conciliensakten des Photius wider Nikolaus und die römische Kirche, über die besondere Berichte ausgefertigt worden waren, gehandelt.[41]) Der römische Archidiakon Johannes (nachmals Papst Johann VIII.) las nun eine Erklärung des Papstes[42]) ab, worin er seine Gesinnungen und Ansichten über die Stellung des Photius zur Kirche und die von Nikolaus gegen ihn erlassenen Dekrete deutlich und bestimmt aussprach. Es war dort eine kurze Uebersicht der Verbrechen des Photius gegeben und erörtert, wie er schon vor seiner Usurpation des Patriarchats durch seine ungerechtfertigte Trennung von seinem Oberhirten Ignatius sich von der Gemeinschaft der wahren Kirche selber ausgeschlossen,[43]) wie er dann gegen die apostolischen Canones mittelst der weltlichen Gewalt und unter vielfacher Verletzung der Kirchengesetze den einem Anderen gehörigen Stuhl sich angeeignet, fortwährend die so geraubte Gewalt in tyrannischer Weise mißbraucht und zur Verfolgung der pflichttreuen Geistlichen und Laien verwendet habe, wie er, von Papst Nikolaus durch Gesandte und Briefe gemahnt und gewarnt, sodann entschieden zu-

---

[40]) S. die guten Ausführungen von Dümmler S. 186—187. Ginzel S. 61. 62. Dudik S. 156—190.

[40a]) Annal. Bertin. (Pertz I. 479—492.) Pag. a. 868. n. 2. 9—12.

[41]) Vita Hadr. l. c. Baron. a. 868. n. 38.

[42]) Mansi XVI. p. 122—124.

[43]) p. 22: semetipsum ab ejusdem b. praesulis communione fecit extraneum, et per hoc ab universali Ecclesia, quae ipsi b. Patriarchae communicabat, se reddidit protenus exortem, atque inter schismaticos procul dubio constitutus etc.

rückgewiesen, und da er nicht zu besseren Gesinnungen sich bestimmen ließ, entsetzt und anathematisirt,[44]) nicht blos sich nicht zur Buße herbeiließ, sondern sogar noch, den Lucifer nachahmend, der auch nach seinem Sturze vom Himmel nicht abließ von seinem Hochmuth, öfters Conventikel der Bösen, eine blutbefleckte Synagoge versammelte, ja gegen den Himmel, gegen die von Gott dem heiligen Petrus verliehene oberste Hirtengewalt, seine Zunge nach Art der Schlangen schärfte und wetzte, den Papst Nikolaus sowie auch seinen jetzigen Nachfolger und seine Diener mit Lästerungen und Schmähungen überhäufte.[45]) Es schloß der Aufsatz folgendermaßen: „Was für ein Mann unser Vater Nikolaus gewesen, das wisset Ihr Alle, die Ihr seine ausgezeichneten Sitten, seine hohen Tugenden genauer kennen gelernt habt; Ihr wisset, wie er in dem trüben und finsteren Laufe dieser jammervollen Zeit gleich einem neuen Gestirn endlich aufgegangen, oder vielmehr wie ein Phöbus am Aether vor allen Sternen geleuchtet hat, wie weder Angenehmes ihn zu beugen, noch Hartes und Unangenehmes zu verwirren vermochte, wie er auch nicht die Fürsten der Welt, wie Michael und Bardas, gegen die Gerechtigkeit begünstigte, die er vielmehr, wie eine Mauer für das Haus des Herrn sich hinstellend, oft gerügt und zurechtgewiesen, denen er bei ihren ungerechten Thaten häufigen, unerschrockenen Widerstand geleistet hat. Erwäget demnach, geliebteste Brüder und Söhne, wie wir einer solchen Verwegenheit gegenüber zu verfahren haben, was bezüglich jenes Conciliabulums oder seiner gottlosen Akten zu beschließen, was endlich in Betreff derjenigen, die daran Theil genommen oder eigenhändig unterschrieben, von uns einmüthig festzusetzen ist. Erwäget es genau und sagt frei euere Meinung. Ich meinerseits bin bereit, für das Gesetz Gottes, für die Erhaltung der von den Vätern überlieferten Canonen, für die den Aposteln schuldige Ehrerbietung, für die Vertheidigung der Privilegien ihres Stuhles, für die Verherrlichung des Andenkens meines hochseligen Vorgängers, des Papstes Nikolaus, und seiner Erlasse und Entscheidungen nicht blos alle Leiden zu erdulden, sondern

[44]) p. 123: auctoritate simul divina et apostolica fretus, Sedis Ap., cui praesidebat, pontificum morem secutus, in promptu habens, secundum Apostolum (II. Cor. 10, 6.) hanc ad erectionem ab eo elisorum et innumerabilium refrigerium afflictorum regulari sententia, quia corrigere non potuit, deponendo prostravit et anathematizando ab ovili, quem latronis more surreptius fuerat, sequestravit.

[45]) Post haec vero posuit in coelum os suum, et lingua ejus transiit super terram, dum videl. contra divinam ordinationem coelitus in B. Petri principis Apostolorum primatu dispositam putridi gurgitis guttur aperuit, et adversus ejusdem regni coelestis clavigeri Ap. Sedem et praecipuam ac summam dignitatem et potestatem linguam suam more serpentis exacuit, vitam scil. decessoris mei record. Papae Nicolai lacessere nullo modo metuens, nec nobis, qui ejus vix digni famuli, ut non dicam sequaces, existimus, parcere utcunque consentiens, sed utrosque maledictis impetere, quantum in se fuit, et blasphemis inficere verbis existimans, falsitatis praestigia fingere conatus, et oracla quae Pythonica est somnia vel argumenta compilando procul dubio commentatus. Daß Photius auch den Papst Hadrian gelästert haben soll, bezieht sich wohl, wie auch Hefele (Conc. IV. S. 361.) vermuthet, auf die von ihm verbreitete Sage, Hadrian denke nicht gleich seinem Vorgänger in seiner Angelegenheit.

auch nach dem Beispiele meiner heiligen Vorgänger, wenn es nöthig sein sollte, dem Tode mich zu unterziehen." [46])

Auf diese päpstliche Ansprache gab der Bischof Gaudericus von Belletri im Namen des Concils eine ausführlichere Antwort, worin zuerst der Eifer des Papstes für die Aufrechthaltung der kirchlichen Traditionen sowie der von Papst Nikolaus erlassenen Entscheidungen verherrlicht, sodann die feierliche Verdammung des Photius und seiner Pseudosynode beantragt ward. Photius, heißt es hier, abgesetzt und anathematisirt, konnte kein Concilium berufen, als Verurtheilter keinen Anderen verurtheilen; von ihm gilt, was Ps. 35 (Hebr. 36) V. 2—5 geschrieben steht. Daher solle der Papst die Beleidigung des apostolischen Stuhles rächen, zum Heil der Völker sich erheben, gleich Petrus den Lügner Ananias strafen oder vielmehr den, der noch weit öfter den Tod verschuldet hat; er solle das Conciliabulum des Photius so verdammen, daß keine Spur mehr von ihm übrig bleibe und es der Synode von Rimini wie der Räubersynode von Ephesus gleichgehalten werde.[47]) Diejenigen, die daran Theil genommen oder die Akten mit unterschrieben, oder sie vertheidigen oder verheimlichen, sollen anathematisirt, und wenn sie nicht mündlich und schriftlich das Anathem über diese Akten aussprechen, auch nicht mehr unter den Laien zur kirchlichen Gemeinschaft wieder aufgenommen werden können.

Eine weitere, vom Diakon Marinus vorgelesene päpstliche Allokution erklärte sich einverstanden mit den gemachten Vorschlägen und ging auf die Frage ein, was mit dem vom Kaiser Basilius gesandten Codex der Synodalakten des Photius zu beginnen sei. Die Antwort ging dahin, in Erwägung daß schlechte Reden gute Sitten verderben, daß, wer Pech anrührt, von ihm besudelt wird, daß dieses Buch nicht wesentlich von den schlechten Büchern der Häretiker und der Schismatiker differire, da es von einem Schismatiker und einem Nachahmer des Dioskorus verfaßt und ganz von Lügen und verderblichen Dogmen angefüllt sei, solle es gleich jenen für immer anathematisirt und vor den Augen Aller, besonders der griechischen Gesandten, dem Feuer übergeben werden, damit nicht die Reinheit der Einfältigeren durch seine Ansteckung befleckt und die Seelen der Gläubigen irgendwie dadurch einen Nachtheil erleiden könnten; von Anfang bis zu Ende sei an ihm nichts gesund.

Der bereits aus Bulgarien zurückgekehrte und ebenfalls zur Synode be-

[46]) Mansi l. c. p. 121. 125.

[47]) p. 125: sed ad sui damnationem vel execrationem Ariminensi synodo vel Ephesino latrocinio sit modis omnibus comparandum ... Recte enim latrocinio comparari potest, cui Photius fautor (viell. ist auctor zu lesen) et hujus Michael fautor ... auctores et praesides ad hoc intererant, ut consentientes quidem secundum animam, non consentientes secundum corpus perdere studuissent, quod plane sacerdotes Judaeorum in templo vendentes et ementes olim fecisse feruntur, dum scil. illo bifario genere mortis plebem Domini dissiparent; unde Dominus domum suam speluncam latronum per hujusmodi machinamentum causatus, hos e templo perplexo flagello repulit, innuens profecto, non ministros suos, sed esse latrones, qui non ad hoc plebibus praesunt, ut has omni studio salvent, sed ut aut spiritali aut corporali prorsus interitu perdant.

rufene Bischof Formosus von Portus erklärte im Namen der Bischöfe die Zustimmung Aller zu diesem Vorschlage und zu dieser Bestimmung.[48])

Der Diakon und Scriniarius Petrus trug nun einen dritten, im Namen des Papstes abgefaßten Aufsatz vor, welcher den Satz erörterte, der Papst sei der Richter der Bischöfe, werde aber von Keinem gerichtet.[49]) Wenn auch die Orientalen über Honorius nach dessen Tode das Anathema aussprachen, so ist zu wissen, daß er der Häresie angeklagt worden war, die allein für die Untergebenen ein Grund sein kann, ihren Vorgesetzten zu widerstehen, oder frei ihre schlechten Gesinnungen zurückzuweisen; gleichwohl hätte auch da keiner der Patriarchen oder der Bischöfe das Recht gehabt, über ihn ein Urtheil zu fällen, wäre nicht die Zustimmung und die Autorität des Bischofs des ersten Stuhles vorausgegangen.[50]) Unter König Theodorich erklärten die zum Gericht über Papst Symmachus berufenen Bischöfe, daß die Berufung der Synode dem Papst zugestanden hätte, daß sie über den ersten Stuhl nicht richten könnten und die ganze Sache dem Gerichte Gottes reserviren müßten.[51]) War das dem Photius unbekannt, weil er es nicht in griechischen Werken verzeichnet fand,[52]) so hätte er doch an Johannes von Antiochien denken sollen, der im Concil von Ephesus wegen unbefugter Verurtheilung des Cyrillus, des Vorstehers des zweiten Stuhles, eines höher stehenden verdammt worden ist.[53]) Demgemäß sollen die Beispiele der Vorfahren untersucht und ihnen gemäß die verwegenen Verächter der Kirchengesetze gerichtet werden.

Die vom Notar und Scriniar Benedikt verlesene Antwort des Concils führt den Satz, der Niedere könne den Höheren nicht richten, noch mehr aus; durch jene Synode habe der Jünger sich über den Meister gestellt (gegen

---

[48]) Mansi l. c. p. 125.

[49]) l. c. p. 128: Siquidem Romanum Pontificem de omnium ecclesiarum praesulibus judicasse legimus, de eo vero quemquam judicasse non legimus. Vgl. Allat. de cons. I. 19, 6. p. 287. 288.

[50]) Licet enim Honorio ab Orientalibus post mortem anathema sit dictum, sciendum tamen est, quia fuerat super haeresi accusatus, propter quam solam licitum est minoribus majorum suorum motibus resistendi vel pravos sensus libere respuendi (Vgl. Gratian c. 6. d. 40; c. 13. C. II. q. 7.); quamvis et ibi nec Patriarcharum nec ceterorum antistitum cuipiam de eo quamlibet fas fuerit proferendi sententiam, nisi ejusdem primae sedis pontificis consensus praecessisset auctoritas. Combefis not. in Opp. Max. t. II. p. 706 bemerkt hiezu: Talisne itaque hanc injuriam Rom. Ecclesiam haec significant, ut vel ea exulceratos Orientalium animos Patriarcharum maxime proscriptione e Synodo Lateranensi quovis modo leniret, uniusque periculo capitis tot annorum schisma sopiret, ac Christi gregis tantam sibi partem, sicque illustrem ... adjungeret.

[51]) Vgl. Hefele Conc. II. S. 618. 621 ff. 628.

[52]) Verum si haec Photius non legit, quia graece forte non reperit.

[53]) ep. Conc. Ephes. ad Coelestin. act. V. (Mansi IV. 1326.): Indignetur ergo tua religiositas competenter pro his quae facta sunt; si enim data fuerit volentibus licentia, et majores injuriis sedes afficere et contra eas, in quibus non habent potestatem, contra leges, sic et contra canones proferre sententiam, ibunt ad ultimam confusionem ecclesiae res.

Luk. 6, 40) und die apostolische Vorschrift (1. Kor. 14, 40) verletzt, daß Alles ehrbar und nach der gehörigen Ordnung geschehen solle.[54]) Neben dem Beispiel des Johannes von Antiochien wird besonders das des Dioskorus von Alexandrien aufgeführt, der den Papst Leo zu richten wagte, was das Concil von Chalcedon und die ganze Kirche an ihm verdammt.[55]) Am Schluße der Antwort, die vielfach von Benützung der Briefe des Papstes Nikolaus zeugt,[56]) wird der Papst gebeten, gegen jene Mitschuldigen des Photius, die zur Genugthuung und Unterwerfung bereit seien, Milde und Barmherzigkeit obwalten zu lassen, wenn sie namentlich das mit ihm Vollbrachte mündlich und schriftlich verdammen würden.

Das nun gefaßte, aus fünf Artikeln bestehende Urtheil verkündigte der Papst in eigener Person. Es lautete also: 1) Das von Photius und Michael in Constantinopel gegen die dem apostolischen Stuhle schuldige Ehrfurcht und gegen dessen Privilegien abgehaltene Conciliabulum soll der ephesinischen Räubersynode gleichgeachtet, seine Akten anathematisirt, verbrannt und allenthalben vernichtet werden; deßgleichen alle von Michael und Photius sonst noch gegen den apostolischen Stuhl veröffentlichten Schriften. 2) Die zwei von Photius und Michael gegen den Patriarchen Ignatius gehaltenen Concilien, die als vatermörderisch zu verabscheuen sind, sollen dasselbe Loos erfahren. 3) Photius, obschon wegen seiner früheren Verbrechen längst rechtmäßig verdammt und anathematisirt, soll wegen der neuen Attentate gegen die Rechte des apostolischen Stuhles, wegen seiner Lügen, Fälschungen und seiner Verbreitung falscher Dogmen auf's Neue verdammt, anathematisirt, und seinem Muster Dioskorus gleichgehalten werden.[57]) Jedoch wenn er sich in Allem mündlich und schriftlich den Anordnungen der Päpste Nikolaus und Hadrian unterwirft, die Akten

[54]) p. 127: Quomodo ergo temeratores isti non sunt facti super magistrum, quando adversus Apost. Sedem, quae ceterarum quoque sedium magistra est, etiam os injurias evomens aperuisse probantur? Quomodo secundum ordinem omnia, juxta Pauli monita, facta sunt, quandoquidem ordine praepostero secundi de primo et de antelato posteriores quique convicia potius quam judicia composuisse narrantur?

[55]) S. oben B. I. A. 3. S. 65. 70.

[56]) Mansi p. 128—130.

[57]) p. 129: nunc tamen quia recentioribus excessibus priores iniquitates valde transcendit et ponens in coelo os suum adversus venerandae Sedis Ap. privilegia nova temeritate prorupit, dum scil. ordinationi supernae in B. Petri Ap. principatu dispositae resistere minime formidavit, et in cathedra non sanitatis, sed pestilentiae sedens congregavit conventicula de sanguinibus, cum videl. sibi faventium simpliciorum animas interfecit, et utpote inventor mendacii et fabricator perversorum dogmatum nonnisi falsitatis praestigia et omnia mendacii figmenta solito more congessit, atque tam contra decessorem meum s. record. P. Nicolaum, quam etiam contra nos, ac per illum in apostolicum culmen, nec iniqua garrire fauce trepidavit, nec manus obvias, quod nemo umquam praesumpsit, audacter extendere formidavit, hunc apostolicae auctoritatis censura damnamus et pro his specialiter anathematis nexibus innodamus, hunc sc. cum Dioscoro, cujus in hoc imitator exstitit, merito sociantes et s. magnae Chalcedonensi synodo in tam pernicioso punicado praesumptore per omnia concordantes.

seines Concils verdammt und über seine Missethaten Reue bezeigt, soll ihm die Laiencommunion nicht verweigert werden. 4) Diejenigen, welche jenem gottlosen Conciliabulum beigestimmt oder seine Akten unterschrieben, sollen für den Fall, daß sie zu der Gemeinschaft des Ignatius zurückkehren, den päpstlichen Dekreten gehorsamen, das Conciliabulum anathematisiren und die vorfindlichen Exemplare desselben verbrennen, die kirchliche Gemeinschaft genießen, außerdem aber nicht einmal dieser für würdig gehalten werden. Was den Kaiser Basilius betrifft, dessen Name jenen Akten fälschlich beigesetzt worden ist, der aber alle Constitutionen des apostolischen Stuhles treu beobachtet, so soll er von jedem Verdacht und jeder Verdammung frei sein und als katholischer und gottesfürchtiger Kaiser sowohl jetzt als, wofern er bis zum Ende bei diesen Gesinnungen verharrt, für immer anerkannt werden. 5) Alle, die nach erlangter Kenntniß von diesem Urtheil noch Exemplare jener Akten aufbewahren, ohne sie anzuzeigen oder zu verbrennen, sie verheimlichen oder vertheidigen, sollen bis dahin excommunicirt und, falls es Geistliche sind, deponirt werden. Dieses soll nicht blos für Constantinopel, sondern auch für die Patriarchate von Alexandrien, Antiochien und Jerusalem, ja für alle Gläubige überhaupt gelten.

Diese Beschlüsse unterschrieb zuerst der Papst selbst, dann der Erzbischof Johannes von Perge, Apokrisiar des Ignatius, darauf die anderen anwesenden Bischöfe, die Cardinalpriester und die Cardinaldiakonen. Unter ihnen waren auch die vom Papste für die Gesandtschaft nach Byzanz auserséhenen Legaten, die Bischöfe Donatus von Ostia und Stephan von Nepi, sowie der Diakon Marinus.[58])

Zuletzt begab sich die ganze Versammlung hinaus auf die Stufen der Peterskirche; hier ward der griechische Codex mit den Akten des Pseudoconcils vor Aller Augen verbrannt und die mächtig auflodernde Flamme ward auch durch den herabfallenden Regen nicht gelöscht.[59]) Damit war auch zugleich die Drohung erfüllt, die Nikolaus dem Michael bezüglich seines ehrenrührigen Schreibens von 865 gemacht.[60])

---

58) Mansi l. c. p. 130. 131.

59) Vita Hadr. l. c.: Quem nimirum rogus ut fomentum quoddam ignis excepit, et paene antequam semiustum credi potuisset, cum magno foetore plerumque odore consumpsit, et cum forte fortis inundatione pluviae naturaliter debuisset extingui, ad pluviam quasi ad guttas olei flamma convaluit, et in laudes Dei sanctissimique P. Nicolai, simulque Adriani summi Pontificis miraculi stupor tam Latinorum quam Graecorum corda resolvit. Diese Verbrennung erwähnt auch das Conc. Roman. Joh. IX. can. 7 (Mansi XVIII. 225)

60) Baron. a. 868. n. 30. Diese römische Synode erwähnen auch Stylian. l. c. p. 129 C. Metrophan. p. 129. Letzterer bemerkt, man habe hier, da man gegen den anathematisirten Photius keine weitere Strafe mehr verhängen konnte, das Anathem von Neuem bekräftigt und noch beigefügt, daß er ferner nicht mehr Christ genannt werden dürfe: καὶ ἀφίζεσθαι μηδαμῶς ὀνομάζεσθαι Χριστιανὸν τὸν Φώτιον. Anast. Praef. in Conc. VIII. p. 7 sagt über die Synode, den Papst anredend: qui accingens sicut vir lumbos tuos, quae ille (Nicol.) decreverat, decrevisti, et quae statuerat, statuisti, atque omne providi patris edictum pius haeres executus injurias propriae Sedis protinus vindicasti. Nam synodo mox apud B. Petrum collecta profanum codicem illum cremari censuisti

Im Juni 869 reisten die byzantinischen Gesandten endlich zurück, die so lange auf die römische Synode gewartet hatten. Mit ihnen gingen die drei päpstlichen Legaten, denen außer den Briefen des Papstes Nikolaus, die in Constantinopel vollständig bekannt und auf der dort abzuhaltenden Synode vorgelesen werden sollten, noch eine nähere Instruktion für ihr Verhalten sowie Briefe an den Kaiser und an den Patriarchen Ignatius mitgegeben wurden. Die Instruktion (Commonitorium) bezog sich auf die Ausführung der vom Papste promulgirten Dekrete, das dem Papste reservirte Urtheil über die von Photius eingesetzten Bischöfe, die Vorlage einer von den Orientalen zu unterzeichnenden Formel mit dem Versprechen des kanonischen Gehorsams gegen den römischen Stuhl und dessen Dekrete,[61]) wodurch dem Gebahren des Photius und seiner an die römischen Legaten 867 gestellten Forderung gegenüber das Ansehen des Primates gewahrt und ähnlichen Tendenzen der Spaltung, wie sie jener in seinen letzten Manifesten an den Tag gelegt, für die Zukunft vorgebeugt werden sollte. Die Erörterung der von dem Usurpator angeregten Streitpunkte im Einzelnen schien jetzt zwecklos; die Verdammung des Photius überhaupt mochte genügen; auch glaubte man den Griechen sammt und sonders nicht das zum Vorwurfe machen zu dürfen, was der nun gestürzte Afterpatriarch in seinem leidenschaftlichen Hasse gegen die Lateiner in der Form von Anklagen vorgebracht; es sollten die Gegenstände der in Constantinopel zu pflegenden Berathung nicht vervielfältigt, den Anklagen desjenigen, der nun der Abscheu aller Christen sein mußte, keine weitere Publicität gegeben, dagegen der griechische Episcopat zum strikten Gehorsam gegen die Lehrentscheidungen wie gegen die Disciplinarbestimmungen des römischen Stuhles zurückgeführt und das Friedenswerk allein in das Auge gefaßt werden, zu dem man von beiden Seiten her gleich geneigt und gleichmäßig angetrieben war.[62]).

Das päpstliche Schreiben an Ignatius, datirt vom 10. Juni 869, bezeugt zunächst die Freude des Papstes über dessen Restitution, die um so größer sei, je mehr sein Vorgänger mit rastloser Thätigkeit für dieselbe gearbeitet und gestritten, je schwerer und langwieriger der Kampf des apostolischen Stuhles für diesen Sieg der Gerechtigkeit gewesen.[63]) Hadrian dankt Gott, daß er das Herz des Kaisers Basilius gelenkt und die Kirche von Byzanz befreit von der Tyrannei des Unterdrückers, erklärt, daß er von den in den Briefen des Papstes Nikolaus, die Ignatius vollständig von seinen Legaten erhalten könne, ent-

---

et ita fieri apud Cplim., si quae exemplaria ejus inveniruntur, jure mandasti quod et factum est, et auctorem ejus pro tanta temeritate denuo damnans, hujus paris occultantes censura simili sequestravit.

[61]) Vita Hadr. l. c. Baron. a. 869. n. 1.

[62]) Es waren diese Gründe sicher von hoher Bedeutung und sie rechtfertigen vollkommen das eingehaltene Verfahren. Eine andere Frage ist aber, ob es objektiv im Hinblicke auf die Folgezeit nicht besser gewesen wäre, diese Punkte zu discutiren und die angeregten Differenzen zum Austrag zu bringen, statt sie zu übergehen. Aber es war sicher eine höhere Fügung, daß jener Weg gewählt ward.

[63]) ep. ad Ignat. Mansi XVI. 60 seq. Cf. ib. p. 327. „Nec scriptura."

haltenen Entscheidungen nicht im Geringsten abweichen, sondern strenge an ihnen festhalten werde, und demgemäß glaubt er auch in Betreff der von Ignatius gestellten Anfragen vor Allem diese Normen einhalten zu müssen. Photius und Gregor Asbestas seien nicht als Bischöfe zu betrachten, die Ordination des Ersteren sei ganz der des Cynikers Maximus ähnlich, die Dekrete des römischen Stuhles in keiner Weise zu retraktiren; die von Photius Ordinirten seien abzusetzen und nicht als Bischöfe anzusehen, auch bezüglich des Paulus von Cäsarea sei keine Ausnahme zu machen, wenn auch seine Standhaftigkeit alle Anerkennung und sonstige kirchliche Wohlthaten verdiene; die von Methodius und Ignatius Geweihten, die nie sich gegen den rechtmäßigen Patriarchen vergangen, nie dem Usurpator zugestimmt, seien wieder einzusetzen und als Bekenner Christi zu ehren;[64]) jene aber, die, sei es freiwillig, sei es gezwungen, sich dem Photius unterworfen, seien nach geleisteter Genugthuung und nach Unterzeichnung des den Legaten mitgegebenen Formulars an ihren Stellen zu belassen, abgesehen von anderen, besonders zu untersuchenden Verbrechen sei gegen sie Milde zu üben. Sehr groß sei die Schuld derjenigen, die freiwillig dem Conciliabulum des Photius gegen den apostolischen Stuhl zugestimmt und seine Akten unterschrieben; sie seien dem Dioskorus gleichzuachten, der nicht des Glaubens wegen, sondern wegen des gegen Papst Leo ausgesprochenen Bannes verdammt worden sei. Die Feinde des Ignatius hätten gegen ihn die Anklage vorgebracht, er habe gleich Dioskorus sich gegen den römischen Stuhl erhoben, indem er das Schreiben des Papstes Benedikt III. verachtet; da sie sich nun selber dieses fälschlich einem Anderen vorgeworfenen Verbrechens schuldig gemacht, so seien sie jetzt nach ihrem eigenen Ausspruch und Urtheil zu richten.[65]) Darnach verlangt der Papst die Promulgation der von ihm auf der Synode bei St. Peter gegen die Pseudoconcilien des Photius erlassenen Dekrete auf einer byzantinischen Synode, sowie daß dieselben von Allen unterschrieben und in den Archiven der einzelnen Kirchen hinterlegt werden sollen. Am Schluße empfiehlt er angelegentlich den Erzbischof Johannes von Sylläum, der mit unermüdlichem Eifer sich der Sache des Patriarchen hingegeben und viele Beschwerden auf der Reise ausgestanden habe.

Es erleidet keinen Zweifel, daß ein anderes, an den Kaiser gerichtetes

---

[64]) p. 51: qui gratia Dei confortante invasori Photio restiterunt, per nullumque modum inhonorantiae vel contumeliae fraternitatis tunc aut putativae depositioni communicaverunt..... hos beatos et ter beatos dixerim et inter Christi confessores connumerandos decreverim, adeo ut habeant insignem in ea, quae apud vos est, ecclesia locum, et praecipua circa dilectionem tuam fiducia perfruantur.

[65]) p. 52: Nam et adversus reverentiam tuam inter cetera hanc unam calumniarum in te illatarum quasi accusationem texuerunt aemuli tui, opinantes videlicet tamquam in contemtum reverendae mentionis Papae Benedicti erectus in contumeliam illius nec epistolam ejus suscipere, dicti Dioscori more, conaveris. Quia ergo in causa, quam in te impingere fallacibus accusationibus tentaverunt, illi veracibus probationibus inveniuntur obnoxii, idcirco ipsi potius judicium quod judicaverunt subire et sententiam, quam protulerunt, incurrere, Simonis nexibus irretiti, jure debent.

päpstliches Schreiben[66]) gleichzeitig mit diesem Briefe an Ignatius erlassen worden ist. Hier erzählt der Papst im Eingange, wie er die an seinen Vorgänger abgeordnete Gesandtschaft des Kaisers empfangen und mit welcher Freude ihn die Wiedereinsetzung des Patriarchen Ignatius erfüllt, wie auch die Vertreibung des Miethlings oder vielmehr des reißenden Wolfes, der an die Stelle des legitimen Hirten getreten war. Hoch sei darum der apostolische Stuhl zu preisen, der stets allen Katholiken zu Hilfe kam und für ihren Schmerz wie für ihre Freude innige Theilnahme bewies; hohes Verdienst habe aber auch der Kaiser sich erworben, der vielfache Früchte des göttlichen Wortes hervorgebracht, der Kirche vor Allem den Frieden zu geben sich bestrebt, als einen anderen Salomon, als Friedenskönig sich gezeigt, die Worte Gottes, seines Vaters, gehört, und das Gesetz seiner Mutter, der Kirche, nicht verlassen, das, was sein Vorgänger hätte thun sollen, aber nicht gethan, rühmlich vollendet habe.[67]) Der Kaiser habe nach dem Zeugnisse seiner Briefe sehr wohl eingesehen, an welchen Wunden die byzantinische Kirche darniederliege und wie der apostolische Stuhl diese zu heilen vermöge, deßhalb bei ihm das Heilmittel gesucht, durch den so oft dieselbe Kirche ihre Kraft und Gesundheit zurückerhalten habe.[68]) Es habe dem heiligen Stuhle und der gesammten abendländischen Kirche das Verfahren des Kaisers in Sachen des Ignatius und des Photius wohlgefallen, da es die Ausführung der von beiden längst gefaßten Beschlüsse sei. Nach diesem Eingange bemerkt der Papst in Betreff der strafbaren Geistlichen, die sich gegen Ignatius schwer vergangen, müsse, da die Verbrechen verschieden seien, auch die Strafe verschieden ausfallen;[69]) über sie sollen die Legaten im Vereine mit dem Patriarchen entscheiden. Hadrian verhehlt dem Kaiser nicht, daß dessen Antrag, Barmherzigkeit hier obwalten zu lassen, ihn geschmerzt, da das ebenso den Dekreten seines Vorgängers wie der Strenge der kirchlichen Regeln entgegen sei;[70]) indessen aus Rücksicht auf den Frieden der Kirche und auf die

---

66) ep. „Legationis excellentiae vestrae" Mansi XVI. 20—21. Τῆς ὑπερφυοῦς σου πρεσβείας ib. p. 312 seq. Baron. a. 869. n. 2 seq. Jaffé n. 2211. p. 257.

67) p. 20. 21: ad aeternas res humanas attendere procurasti, ac per id alter quodam modo Salomon, i. e. pacificus, temporibus nostris apparuisti: audisti quippe verba Dei patris tui et non dimisisti legem Ecclesiae matris tuae, adeo ut, quod decessori tuo pro ea suggerebatur, ipse perfeceris.

68) cujus nimirum medicamentis ecclesia Cpolitana, saepe praesulibus ejus languentibus, infirmata pristinam sospitatem vigoremque resumsit. Nam quibusdam ipsorum nonnunquam errantibus, quibusdam vero imminentis persecutionis injuriam sustinentibus, haec semper subvenire non destitit, illis scil. tramitem directionis ostendens, istis pietatis manum semper extendens.

69) sciat dilectio tua, quia, sicut diverso modo deliquisse referuntur, ita diversis eos definitionibus subjici non inconvenienter oportere perpendimus. p. 373: γινωσκέτω ἡ ἀγάπη σου, ὅτι ὥσπερ διαφόρῳ τρόπῳ ἥμαρτον οἱ κατὰ Ἰγνατίου φρονήσαντες, οὕτω διαφόροις αὐτοὺς τρόποις ὅρων ὑποβληθῆναι οὐκ ἀπεοικὸς κρίνας νομίζομεν.

70) quoniam ultra quam dici possit hinc, fateor, moerore comprimimur, immensoque dolore constringimur, cum nimirum non solum b. m. decessoris mei P. Nicolai, quibus et ipse subscripsi, justis sanctionibus creberrime percellentibus, verum etiam SS. Patrum regulis severissimis seu quodammodo peremtorie pulsantibus.

Menge der Schuldigen wolle er nach dem Ausspruche des Papstes Gelasius, wofern sich nur bei diesen Reue zeige, denselben mit Ausnahme des Photius und der von ihm Ordinirten nach Thunlichkeit Milde angedeihen lassen;[71]) da die unablässigen Bitten des kaiserlichen Gesandten Basilius ihn auf jede Weise zu bestimmen gesucht, so würde er auch in Betreff der von Photius Geweihten dispensirt haben, wäre das nicht in jeder Weise völlig unzulässig erschienen.[72]) Aber auch für diese solle, wenn die Legaten zurückgekehrt seien und genau über die verschiedenen Classen und Grade der Schuldigen sowie ihrer Vergehungen berichtet hätten, soweit es immer möglich, einige Milde noch eintreten.[73])

Der Papst beantragt nun die Versammlung einer zahlreichen Synode in Constantinopel unter dem Vorsitze seiner Legaten, worin einerseits die Schuld der Einzelnen genau untersucht, die vorfindlichen Exemplare des photianischen Pseudoconcils, das nur mit der Synode von Rimini und der Räubersynode von Ephesus verglichen werden könne, verbrannt, sowie die Akten seiner bei St. Peter gehaltenen Synode angenommen und promulgirt würden. Der Kaiser möge nicht gestatten, daß noch Exemplare jener gottlosen Akten irgendwo übrig blieben, und deren Vertheidiger und Hehler durch seine Gesetze bestrafen,[74]) zugleich aber Sorge tragen, daß die Dekrete der römischen Synode überall verkündet und in den Archiven der einzelnen Kirchen deponirt würden. Außerdem fordert er die Zurücksendung der Mönche und Priester Basilius, Petrus, Zosimus und eines anderen Basilius,[75]) die aus Schuldbewußtsein und aus leidenschaftlicher Begierde ohne Empfehlungsbriefe nach Constantinopel eilten, die aber in ihre Klöster zurückzukehren gehalten und bis dahin als Uebertreter der Canonen excommunicirt seien. Er empfiehlt dem Kaiser Standhaftigkeit bei dem begonnenen Werke der kirchlichen Restauration und treue Anhäng-

---

[71]) Verumtamen propter pacem Ecclesiae facilius obtinendam, propterque tantam multitudinem, si tamen resipuerit, misericorditer liberandam, ut cum Gelasio P. dicamus (ep. 6. ad Episc. Lucan. et Brut.; dieselbe Stelle hatte auch Nikolaus ep. 8. Migne p. 954 angeführt — oben B. III. A. 4. N. 129.), necessaria rerum dispensatione constringimur (im Griech. p. 313: τὰ ἀναγκαῖα τῶν πραγμάτων τῇ οἰκονομίᾳ συνέχοντες) et apostolicae Sedis moderamine convenimur sic canonum paternorum decreta librare, et retro praesulum decessorumque nostrorum praecepta metiri, ut quae praesentium necessitas temporum restaurandis ecclesiis relaxanda deposcit, adhibita consideratione diligenti, quantum potest fieri, temperemus.

[72]) p. 22.

[73]) Verum et circa hos post reversionem Missorum nostrorum postque rerum gestarum nobis expositas differentias, et indagatas liquidius personarum, culparum, et provectionum qualitates atque distantias, si quid miserationis impartiendum, docente Deo, apud quem omnia possibilia sunt, nobis fuerit reseratum, non erimus penitus inflexibiles, utpote qui semper ad omne bonum cupimus existere sensibiles.

[74]) Accendatur .. tuae zelus pietatis et tantorum ficta commenta praestigiorum remanere nullo modo penes aliquem patiatur; sed et si quisquam haec defendere vel occultare sibique in posterum fortasse reservare tentaverit, tua publicis legibus promulget multiplex sapientia, quid hujusmodi persona post imperiale edictum debeat redargutionis incurrere etc.

[75]) Es ist nicht zu zweifeln, daß Zosimus und ein Basilius dieselben sind, die nach Phot. ep. 2. zu demselben mit Klagen gegen Nikolaus aus Italien gekommen waren.

lichkeit an die Dekrete des apostolischen Stuhles, dann freundliche Aufnahme sowohl seiner eigenen Legaten als der zurückkehrenden kaiserlichen Gesandten, deren langes Ausbleiben er entschuldigt, da es nur durch seine vielfachen und schweren Sorgen verursacht worden sei.[76]) Er erwähnt auch die Gefahren, welche sie auf der Reise nach Rom ausgestanden,[77]) sowie den Tod des von Photius abgesandten Metropoliten, der wahrhaft wie ein Gericht Gottes erschienen sei.[78]) Am Schluße wünscht der Papst dem Kaiser den Schutz Gottes und die Unterwerfung der heidnischen Völker zur Erhöhung und Ausbreitung seiner Kirche.—

Unter vielen Mühsalen reisten die päpstlichen Legaten mit den byzantinischen Gesandten nach Thessalonich, wo sie von dem kaiserlichen Spathar Eustachius bewillkommt wurden.[79]) Dieser geleitete sie ehrenvoll ostwärts nach Selymbria,[80]) wo sie von dem Protospathar Sisinnius und dem ihnen von seinem Aufenthalt in Rom her wohlbekannten Archimandriten Theognostus erwartet, mit vierzig Pferden aus dem kaiserlichen Marstall und mit glänzender Bedienung versehen wurden. Bei Strongylon (Castrum rotundum), wo sich eine schöne, dem Evangelisten Johannes geweihte Kirche befand, ganz nahe bei der Hauptstadt, nahmen sie am Samstag Wohnung und zogen am folgenden Sonntag den 25. September[81]) zu Pferde feierlich in derselben durch das goldene Thor ein. Sie wurden von Civil- und Militärbeamten, wie vom Clerus, an dessen Spitze der Chartophylax Paulus, der Skeuophylax Joseph (Hymnographus), der Sacellar Basilius und die Syncellen des Patriarchen standen, und von dem Volke, das Kerzen und Fackeln trug, ehrerbietig begrüßt und bis zum Irenenpalaste geleitet; in Magnaura erhielten sie durch den Sekretär Johannes und den Spathar-Kandidaten Strategius die Begrüßungen des Kaisers. Basilius schien die Beleidigungen, welche die Abgesandten des römischen Stuhles unter Nikolaus erlitten, wieder gut machen zu wollen.

Nach dem Geburtsfeste des Kaisers, das glänzend begangen ward, erhiel-

---

[76]) p. 21: Non enim requies ulla nobis, nec etiam fuit a die perventionis eorum, tunc videl. ecclesiae, quae apud vos est, causam tractantibus, nunc aliarum quoque partium mundi negotia more perpeti disponentibus, praesertim cum ad hanc solam controversiam, quam pro ecclesiae Cplitanae commotione petimus, digne modificandam, licet prolixum fuerit, ipsum tempus non sufficere crederetur revera, quam interius et omni diligentia nos oportebat examinare, ac eorum quoque, qui longe sunt, fratrum et coepiscoporum nostrorum super hoc consensus, imo consilia praestolari.

[77]) qui tanta, postquam illinc profecti sunt, offendicula, ut didicimus, pertulerunt, ut nullum properantes paene periculorum, quae Paulus in epistolis suis enumerat, evasisse videantur.

[78]) Volens Deus ostendere, non in duo Ecclesiam suam fore scindendam, quod videl. malum Jeroboam quondam in Israel rex impius egit, nolens etiam nos auctoris hujusmodi schismatis nec ipsam quoque visionem percipere, antequam ad nos perveniret, justo judicio suo, pelagus cooperuit eum, et qui populum diviserat Dei, divisa est super eum aqua devenitque in profundum tamquam lapis.

[79]) Vita Hadr. l. c. (Migne l. c. p. 1387.) Baron. a. 869. n. 1.

[80]) Syllambriam hat die Vita Hadr. l. c. Mansi XV. 812.

[81]) Vgl. Hefele Conc. IV. S. 369.

ten sie feierliche Audienz im goldenen Saal (Chrysotriklinium). Basilius erhob sich bei ihrem Eintritt, befragte die Legaten nach der Gesundheit des Papstes, nach dem Clerus und dem Senate, nach den Vorgängen in der römischen Kirche, umarmte sie und küßte das ihm überreichte Schreiben des Papstes ehrerbietig. Nach der Audienz beim Kaiser begaben sie sich zu dem Patriarchen, dem sie ebenso das päpstliche Schreiben überreichten.[11])

Am folgenden Tage hatten die Legaten in Gegenwart des Patriarchen eine neue Besprechung mit dem Kaiser. Dieser sagte ihnen, schon lange habe man sie mit Ungeduld erwartet, endlich komme jetzt die gewünschte Synode zu Stande, die männlich das Werk der Einigung in die Hand nehmen möge, den Dekreten des großen Papstes Nikolaus folgend, der für die kirchliche Ordnung Alles gethan, was er zu thun vermocht. Bei dieser Gelegenheit bemerkten die Legaten, sie seien zur Ausführung dieser Dekrete gesandt, dabei auch beauftragt, zu dem Concil Keinen zuzulassen, der nicht eine von ihnen mitgebrachte, aus den Archiven der römischen Kirche entnommene Glaubens- und Unionsformel unterschreibe. Diese Erklärung setzte sowohl den Kaiser als den Patriarchen in Erstaunen; sie sahen in diesem Schritte etwas Neues und Unerhörtes und verlangten die Formel zu sehen. Die Legaten theilten sie sogleich mit, worauf sie aus dem Lateinischen in das Griechische unter Aufsicht des Patriarchen übersetzt ward.[12]) Sogleich begannen die Vorbereitungen zu dem Concil, der Tag der Eröffnung ward festgesetzt. Die Stellvertreter von Jerusalem und Antiochien waren schon längst in Constantinopel eingetroffen und sahen der angekündigten Synode entgegen.

---

3. Die drei östlichen Patriarchate und ihre Haltung im photianischen Schisma.

Es ist eine höchst schwierige Frage, welche Stellung die drei unter muhamedanischer Herrschaft stehenden Patriarchen von Alexandrien, Antiochien und Jerusalem in dem großen Kampfe zwischen Photius und Ignatius, dann zwischen Photius und dem römischen Stuhle eingenommen. Nikolaus I. hatte 862 und 866 Mittheilungen von seinen Schritten für Ignatius an sie gemacht; im Jahre 865 hatte der byzantinische Hof behauptet, die drei orientalischen Patriarchen seien ganz auf seiner Seite;[1]) der Papst hatte es bezweifelt, aber bis kurz vor seinem Ende, bis zum 23. Oktober 867 hatte er darüber keine Gewißheit erlangt. Damals sprach er in seinem Briefe an Erzbischof Hinkmar die Besorgniß aus, es könnten leicht in anderen Theilen der Welt die Behauptun-

---

[11]) Vita Hadr. II. l. c. p. 1387. 1388. Baron. h. a. n. 11. 12.

[12]) Vita Hadr. l. c. Baron. h. a. n. 12. 13.

[1]) Nicol. ep. 7. Mansi XV. 184: in qua (Mich. ep.) eumdem imperatorem invenimus jactitare, quod vos, beatissimos videl. patriarchas et carissimos fratres nostros, traductos atque seductos habeat, quatenus in illa execrabili apostasia fautores exstitistis etc.

gen der Griechen Anklang finden und viele einfältigere Gläubige täuschen, wie denn dieselben sich gerühmt, die Patriarchen von Alexandrien und von Jerusalem durch ihre Schreiben zu Gunsten der Absetzung des Ignatius und der Einsetzung des Photius gestimmt zu haben; er fürchte deren Uebereinstimmung mit Gottes Hilfe nicht, müsse es aber doch sehr bedauern, wenn sie durch Ueberredungskünste der Bösen verleitet, zu ihrem eigenen Schaden von den Normen der Gerechtigkeit abweichen sollten. Er entschuldigt sie, da er von ihnen keine Nachrichten hatte, für diesen Fall mit ihrer gedrückten Lage. Sie sind niedergebeugt von dem schweren und fortwährenden Druck der Saracenen; so kann es leicht kommen, daß sie entweder getäuscht oder in Rücksicht auf die von den byzantinischen Herrschern ihnen verheißenen Almosen, Intercessionen und Erleichterungen fast genöthigt sind, ihnen beizustimmen.[2])

Nikolaus hatte Recht: diese drei Patriarchen, nur Schattenbilder der einstigen Größe ihrer Vorgänger, hervorgegangen aus einem in langer Knechtschaft verkommenen, von aller Theilnahme an höheren geistigen Bestrebungen in der übrigen Christenheit fast gänzlich abgeschnittenen Clerus, in den christlichen Staaten Europa's zunächst durch ihre öfteren Bitten um Beisteuern bekannt, hofften meistens nur noch vom oströmischen Kaiserhofe eine Einwirkung zur Besserung ihrer äußerst gedrückten Verhältnisse und schloßen sich in der Hoffnung auf Subsidien und erfolgreiche Verwendung um so mehr an diesen an, als sie seit Jahrhunderten an die Präponderanz von Byzanz sich gewöhnt und sich fast blindlings dem Patriarchen dieser Stadt gefügt hatten, seltene Ausnahmen in dogmatischen Kämpfen abgerechnet. Eine eingreifende Thätigkeit, ein energisches Verfahren in Sachen der allgemeinen Kirche war in keiner Weise mehr von diesen apostolischen Stühlen zu erwarten.[3])

Mit Rom hatten diese Patriarchate im Bilderstreite noch mehrfachen Verkehr gehabt; an Papst Paul I. war zwischen 766 und 767 ein Synodalschreiben derselben zu Gunsten der Bilder gekommen.[4]) In der zweiten Epoche des Bilderstreits hatte sich Theodor der Studit wie an den römischen, so auch an

---

[2]) Nicol. ep. 70. ad Hinc. (Migne CXIX. 1160.): Fieri potest, ut (Graeci Imp.) haec sua venenosi germinis semina per alias mundi partes dispergant et simpliciorum plerumque fidelium corda suis illicitis votis incurvent; adeo ut, sicut ipsi gloriantur, ad Alexandrinum et Hierosolymitanum Patriarchas jam miserint, eos videl. ut in dejectione Ignatii Patriarchae et in promotione invasoris Photii sibi consentiant, adhortantes. In quo non nos eorum concordiam, fortasse contra statuta seu traditiones Apostolicae Sedis improvide conglutinatam, Deo adjuvante, pavemus; sed ne suasionibus illectos pravorum ad suum ipsorum discrimen contingat ab aequitate decidere, condolemus. Sunt quippe diris et continuis Agarenorum pressuris attriti; ac per hoc evenire valet, ut vel decepti vel pro sui relevatione sibi plurima tribuere spondentibus Constantinopolitanis principibus, quod et gementes dicimus, assentire cogantur.

[3]) Anastas. Praef. cit. p. 6: Sane notandum, quod ceteri throni illi, inter Agarenos positi, super hoc negotio sumpsere laboris; sed post Cpolim venientes, quod a Sede Ap. fuerat elaboratum atque decretum, reverenter admittunt et praeconiis miris attollunt.

[4]) Schreiben des Gegenpapstes Constantin an König Pipin Cod. Carol. ep. 44. 45.

die drei orientalischen Patriarchen gewendet;[5]) eine Antwort von letzteren scheint er aber nicht erhalten zu haben, da er ausdrücklich nur die Antworten des Papstes erwähnt; in den zahlreichen Briefen, in denen er die Trennung der damaligen Byzantiner von den anderen Hauptkirchen beklagt, findet sich davon keine Spur; sicher würde er solche Briefe, falls er sie erhalten, nicht ganz übergangen haben. Nur ein Gratulationsschreiben des Patriarchen Thomas von Jerusalem zu seiner Rückkehr vom Exil (821) erwähnt Theodor;[6]) dabei hebt er ausdrücklich hervor, wie viel der Apostolikus des Abendlandes den byzantinischen Orthodoxen genützt, und spricht sich nur über die tadelnd aus, die denselben, obschon sie gekonnt, nicht ähnlichen Beistand geleistet, dabei jedoch stets voraussetzend, daß die Orientalen Aehnliches zu thun nicht vermocht. Er entschuldigt das Ausbleiben der üblichen Almosen mit der vorausgehenden traurigen Zeit der Verfolgung und der noch immer nicht günstigen Gegenwart. Mit Jerusalem war übrigens die Verbindung noch häufiger, als mit den anderen Patriarchaten, schon wegen der im neunten Jahrhundert immer noch häufigen Wallfahrten in das gelobte Land.[7]) Theodor schrieb unter Anderem auch an den berühmten Syncellus Michael,[8]) der auf einer Reise durch ungünstige Verhältnisse in die Hände der Byzantiner gefallen und eingekerkert worden war.[9]) Auch wandte sich derselbe öfter an die Vorsteher der bedeutenden Klöster dieses Patriarchats, so an den Abt der großen Laura des heiligen Sabas bei Jerusalem,[10]) ebenso an das Kloster des heiligen Theodosius,[11]) dann an den Abt der großen Laura von St. Chariton,[12]) ferner an das Kloster von St. Euthymius.[13]) Nach Jerusalem sandte er auch seinen Jünger, den Mönch Dionysius, und von da aus hatte er wenigstens einige Nachrichten.[14]) Später sandte der Patriarch von Jerusalem den Priester und Mönch Silvanus an Methodius von Constantinopel.[15]) War der Verkehr mit Jerusalem schon vielfach verkümmert, so

---

5) Theod. Stud. L. II. ep. 14. 15.

6) Ib. L. II. ep. 121. p. 1397 ed. Migne. Baron. a. 821. n. 55.

7) So reiste z. B. um 875 Elias der Jüngere, aus Sicilien gebürtig († 901), nach Jerusalem (Acta SS. t. III. Aug. p. 482.). Zwei fränkische Mönche Giebert und Rainard brachten um 881 einen Brief des Patriarchen von Jerusalem in das Frankenreich (Fleury t. IX. L. 53. p. 496 seq.). Am Anfange des zehnten Jahrhunderts reiste die Gräfin Adelinda nach der heiligen Stadt. Herm. Aug. a. 902. (Pertz V. 111.)

8) L. II. ep. 213. p. 1640 seq. Baron. a. 835. n. 49.

9) wohl schon unter Leo V. oder Michael II., nicht, wie Viele annehmen, unter Theophilus (vgl. Baron. l. c. n. 41.), da Theodor schon 826 starb und es kaum denkbar ist, daß zweimal sich dasselbe ereignete. Theodor sagt ausdrücklich: [illegible]

10) L. II. ep. 16. p. 1161 seq.

11) Ib. p. 1168.

12) Ib. ep. 17. p. 1169 seq. Baron. a. 817. n. 31.

13) Ib. p. 1173.

14) L. II. ep. 15. 17. p. 1160. 1169. Baron. a. 817. n. 30. 34.

15) Method. ep. apud Mai Bibl. nov. PP. V. 114. 267. Migne PP. gr. t. C. p. 1291. 1292.

war das noch weit mehr bezüglich der Communication mit Alexandrien und Antiochien der Fall.

Leider hat auch der uns noch erhaltene Reisebericht des fränkischen Mönches Bernard,[16]) der mit zwei anderen Mönchen, einem Italiener und einem Spanier, um 867 eine Pilgerreise in das gelobte Land antrat, keinerlei Nachrichten über die Stellung der Patriarchen von Alexandrien und Jerusalem zu der Partei des Photius und nur sehr dürftige über deren Verhältnisse überhaupt mitgetheilt; nur die Namen der beiden damaligen Patriarchen finden sich bei ihm verzeichnet, die uns auch aus anderen Quellen bekannt sind. Die drei Mönche hatten in Rom von Papst Nikolaus den Segen erhalten, waren über den Mons Garganus nach dem bereits von den Saracenen eroberten Bari gezogen, wo sie Empfehlungsbriefe an andere saracenische Fürsten[17]) erhielten. Hier war bereits ein wichtiger Vorposten der muhamedanischen Herrschermacht; bei Tarent fanden sie sechs Schiffe mit neuntausend gefangenen Christen aus dem Gebiete von Benevent. Sie kamen in eines derselben und gelangten nach dreißigtägiger Schiffahrt nach Alexandrien. Sie mußten mit Geld die Erlaubniß erkaufen, an das Land zu steigen, aber auch nachdem sie ihre Sicherheitsbriefe abgegeben, mußten sie noch dreizehn Denare Jeder erlegen,[18]) worauf sie erst einen Brief nach Babylon erhielten. Alexandrien scheint auf diese Pilger keinen großen Eindruck gemacht zu haben; sie erwähnen nur ein Kloster des heiligen Markus, aus dem die Venetianer den Leib des Heiligen, den Stolz dieses Patriarchats, entwendet hatten,[19]) und ein Kloster ad Sanctos quadraginta außerhalb des östlichen Thores. Auf dem Nil fuhren die drei Reisenden südlich und kamen „ad civitatem Babyloniam,[20]) ubi regnavit Pharao rex"; der Fürst Adelhacham[21]) ließ sie in's Gefängniß werfen trotz ihres Briefes vom alexandrinischen Befehlshaber; nach sechs Tagen erst konnten sie sich mit Geld loskaufen und erhielten neue Sicherheitsbriefe; von da an blieb

---

[16]) Bernardi Itinerarium in loca sancta (Mabillon. Annal. Bened. t. III. p. 165. n. 12. 13. Acta SS. O. S. B. P. II. Saec. III. p. 521. Migne Patrol. CXXI. p. 569—574.) Wie einige Stellen (z. B. p. 572 ed. Migne) andeuten, war das Ganze, wie es jetzt vorliegt, wohl nur ein Auszug aus einer größeren Reisebeschreibung.

[17]) c. 3. p. 569 ed. Migne: III principes sub imperio sunt Amarmomini, qui imperat omnibus Saracenis, habitans in Bagada et Axinam, quae sunt ultra Hierusalem.

[18]) Zuerst hatten sie sechs aurei zahlen müssen. Der Reisebeschreiber bemerkt, daß sie überhaupt vielen Nachtheil hatten durch die Sitte, das Geld zu wägen. Consuetudo illorum hominum talis est, ut quod ponderari potest, non aliter accipiatur, nisi in pondere. Unde accidit, ut 6 apud nos solidi et 6 denarii faciant apud illos 3 solidos et 3 denarios.

[19]) monasterium praedicti Sancti, in quo sunt monachi apud ecclesiam, in qua prius ipse requievit. Venientes vero Venetii navigio tulerunt furtim corpus a custode ejus et deportaverunt ad suam insulam. Einen ausführlichen Bericht darüber theilt Baron. ad a. 820 aus einer vatic. Handschrift mit. Vgl. auch Petr. Damiani ap. Baron. a. 1091. n. 35 seq.

[20]) wohl Cairo, wo auch später der griechische Patriarch residirte. Thomassin. I, I. c. 16. n. 8.

[21]) wahrscheinlich der abbasidische Statthalter Achmed Ben Tulun, der sich aber erst nach 870 unabhängig machte.

ihre Weiterreise bis nach Jerusalem ungehindert,[12]) obschon sie noch für ein Paßvisum oder eine Legitimation[13]) einen bis zwei Denare entrichten mußten. Hier in Babylon, sagt das Itinerar, residirt der Patriarch Michael, der über ganz Aegypten gesetzt ist.[14])

Es könnte diese Angabe manchem Zweifel unterliegen, da im achten Concil der Pseudolegat von Alexandrien auf die Frage, wo die Wohnung (episcopium) des Patriarchen sich befinde, wobei vorher nur von Alexandrien die Rede war, die Antwort gibt: Intus ad ecclesiam S. Dei genitricis, apud ea quae sunt Eulogii.[15]) Allein abgesehen davon, daß über die Richtigkeit oder Unrichtigkeit dieser Antwort nichts bemerkt wird, ist es sehr wahrscheinlich, daß der melchitische Patriarch zeitweise und abwechselnd seinen Sitz in beiden Städten hatte, zumal da seit Amru nahe bei Babylon die neue Residenzstadt Fostat (Alt Cairo) gegründet war;[16]) auch von den jakobitischen Patriarchen, z. B. von dem achtundvierzigsten Namens Johannes, lesen wir, daß sie öfter in Cairo verweilten.[17]) Die Zustände des melchitischen Patriarchats waren ohne Zweifel noch weit armseliger und ungünstiger gestaltet, als die des jakobitischen; der Besitz der Kirchen und Klöster wechselte öfter und von dem späteren melchitischen Patriarchen Christodulus, der unter Muktadir (907—932) diesen Stuhl inne hatte, lesen wir, daß er in der Michaelskirche von Fostat seine Ruhestätte fand.[18])

Das einst von den Kirchenvätern[19]) wegen seiner hohen politischen und commerciellen Bedeutung, wegen seines religiösen Eifers, wegen seiner Gelehrten und seiner Schulen hochgerühmte Alexandrien, voll von Kirchen und Klöstern, Priestern, Mönchen und Nonnen,[20]) dessen Erzbischof ehemals auch eine sehr ausgedehnte weltliche Macht besaß, so daß z. B. Cyrill dort wie ein Fürst erschien,[21]) und schon im vierten Jahrhundert an hundert Bischöfe unter sich hatte,[22]) war seit den monophysitischen Wirren immer tiefer gesunken;[23]) „leichtfertig, von unsinniger Wuth erglühend, angefüllt von allen Uebeln“[24]).

---

[12]) c. 7. p. 571: Qui quoque fecit nobis literas, quas quicumque viderunt, in quacumque civitate aut quocumque loco nihil deinceps a nobis exigere ausi sunt. Erat enim secundus imperio Admiramomini praedicti.

[13]) non permisi exire, quam chartam aut sigilli impressionem acciperemus.

[14]) c. 7—9. p. 571.

[15]) Mansi XVI. p. 155. act. IX.

[16]) Weil Gesch. der Chalifen I. S. 117.

[17]) Renaudot Hist. Patr. Alex. Jacob. Paris. 1713. 4. p. 243. Daß der Sitz später wechselte, sagt auch Vansleb Hist. de l'Eglise d'Alex. Paris. 1677. p. 11.

[18]) Eutychii Annal. t. II p. 521. Renaudot p. 332. 316.

[19]) Greg. Naz. Orat. XXV. n. 3. p. 456. Or. VII. n. 6. p. 201 ed. Maur. Nyssen. adv. Apollin. c. 1. init.

[20]) Cyrill. in Isai. L. IV. Or. II. (Migne LXX. 972.)

[21]) Socr. VII. 7. 11. 13.

[22]) B. I. Abschn. 2. R. 20. Bd. 1. S. 27.

[23]) Le Quien Or. chr. t. II. p. 392 seq. Diss. de Patr. Alex. §. 41 seq.

[24]) Naz. carm. II. de seipso v. 576 seq.: τὸ κοῦφον ὄχλου καὶ πλῆρες κακῶν πάντων Ἀλεξάνδρεια, θερμότης ἄκρως.

schon in früherer Zeit, war es der Schauplatz der heftigsten Parteikämpfe geworden; die Monophysiten hatten die Uebermacht dermaßen erlangt, daß unter Heraklius auf fünf bis sechs Millionen derselben nur dreihunderttausend Katholiken kamen.[35]) Seit der arabischen Eroberung konnten die Jakobiten Aegyptens, die den Muhamedanern vielfache Dienste geleistet,[36]) ihr Kirchenwesen immer mehr befestigen; ihr Patriarch, damals Benjamin, erlangte gleiche Rechte mit dem Erzbischof der orthodoxen Melchiten, dessen Stuhl nahe an achtzig Jahre unbesetzt blieb, während welcher Zeit sich die Jakobiten der meisten Kirchen bemächtigten.[37]) Der Bruder des Chalifen Abd Almalik (685—705) gab zweien seiner melchitischen Kämmerer wieder die Erlaubniß, die kleine Kirche des heiligen Joseph in Holwan zu erbauen, und der unter dem Chalifen Hischam (724—743) erhobene katholische Patriarch Kosmas erlangte wiederum mehrere der entrissenen Kirchen, auch in Alexandrien, zurück, wo die Katholiken bis dahin nur die Kirche des heiligen Sabas inne hatten.[38]) Andere Kirchen erhielt durch Harun Arraschid dessen Nachfolger Politian oder Balatian;[39]) Eustathius († 805) erbaute die Kirche der Apostel und unter dem Chalifen Al Mamun (813—833) und dem Patriarchen Christoph erlangten die Melchiten die Kirche der heiligen Maria; der Christ Boccum ward Präfekt in Bura.[40]) Oefter hatten die Katholiken Streitigkeiten mit den Jakobiten über den Besitz von Kirchen; so stritt der Patriarch Kosmas vor den saracenischen Behörden mit dem jakobitischen Patriarchen Chail († 766) über die Kirche des heiligen Mennas in der Maräotis; der endliche Sieg blieb aber den Jakobiten.[41]) Unter der Dynastie der Abbasiden (seit 750) war die Lage der Christen viel gedrückter als zuvor;[42]) im neunten Jahrhundert wurden strenge Gesetze gegen sie erlassen, ihnen eine eigene Kleidertracht und besondere Abzeichen vorgeschrieben.[43]) Die Zahl der Bischofssitze war bereits beträchtlich vermindert, jedoch bei den monophysitischen Kopten viel größer als bei den Melchiten.[44]) Wie unwissend selbst der höhere Clerus war, darauf läßt sich aus den dem zehnten Jahrhundert angehörigen Annalen des melchitischen Patriarchen Eutychius (Said Ibn Batrik, † 940) ein Schluß machen, worin neben vielen Fabeln über die frühere Kirchengeschichte Irrthümer selbst über die ökumenischen Synoden, wie namentlich über das fünfte Concilium,[45]) vorkommen, der Bilderstreit erst unter

---

[35]) Hefele Conc. Gesch. III. S. 119.
[36]) Eutych. Annal. t. II. p. 287 seq.
[37]) Eutych. l. c. p. 387. Renaudot p. 151. 163. 164. Le Quien l. c. p. 459 seq.
[38]) Eutych. II. p. 368. 384—387. Renaudot p. 201. 205.
[39]) Eutych. II. p. 408. Renaudot p. 257.
[40]) Eutych. II. p. 411. 431. 432.
[41]) Renaudot p. 211—216.
[42]) Renaudot p. 228.
[43]) Ib. p. 290. 295 seq.
[44]) Im Patriarchate des Simon am Anfang des achten Jahrhunderts werden vierundsechzig jakobitische Bischöfe erwähnt. Renaudot p. 181. Vgl. das. noch p. 176. 177. 185. 204. 207. 216. 270. 271. 274.
[45]) Renaudot p. 117. 149.

Kaiser Theophilus [46]) erwähnt, der Streit über die Tetragamie Leo's VI. [47]) ungenau berührt, die Angelegenheit des Photius aber gar nicht genannt ist. Von dem Patriarchen Kosmas berichtet Eutychius, daß er sehr unwissend war und nicht einmal lesen und schreiben konnte; [48]) und wenn es hierin mit seinen Nachfolgern besser stand, Einige sogar für Gelehrte galten, [49]) so läßt sich das in Anbetracht der Umstände nur von einem geringeren Grade der Unwissenheit verstehen. Seit Papst Agatho und dem sechsten Concil wußte man in Alexandrien nicht einmal mehr genau die Namen der Päpste; ja auch die der byzantinischen Patriarchen blieben größtentheils unbekannt; Theophylakt von Constantinopel soll um 937 in Alexandrien und Antiochien durch Gesandte wieder die Insertion seines Namens in den Diptychen erlangt haben. [50]) Ueberhaupt scheint von den alten Patriarchaten Alexandrien am meisten verkommen zu sein und aus seinem tiefgesunkenen Clerus konnten keine Männer mehr hervorgehen wie Athanasius und Cyrillus, wie der hochgefeierte Eulogius († 608) [51]) und der noch mehr bewunderte Johannes Eleemosynarius. [52]) Auf den durch schwere Bedrückungen heimgesuchten Sophronius war gegen 859 Michael I. gefolgt, der bis 872 den Stuhl des heiligen Markus inne hatte; jakobitischer Patriarch war damals Sanutius I. oder Senodius. [53])

Aus dem seinem ganzen Inhalte nach unverdächtigen Schreiben des Patriarchen Michael, das im achten Concilium verlesen ward, [54]) ersehen wir, daß derselbe nur im Allgemeinen von einem Patriarchenstreit in der Kirche von Constantinopel [55]) Kunde hatte und daß er aus Furcht vor dem Argwohn der muhamedanischen Gewalthaber [56]) vorher nicht dahin geschrieben. Demnach war die frühere Behauptung des kaiserlichen Hofes, die orientalischen Patriarchen seien auf Seite des Photius, sicher unbegründet; Alexandrien hatte sich noch gar nicht ausgesprochen und dieses Schweigen konnte man beliebig deuten, indem man einerseits urgirte, Photius sei von Alexandrien nicht anerkannt, andererseits sich darauf berief, dieser Stuhl habe nicht wie der römische gegen seine Erhebung protestirt. Da Michael I. ziemlich spät die Botschaft des Basilius erhielt, so verzögerte sich die Ankunft seines Legaten, des Archidiakonus und Syncellus Joseph, [57]) sehr lange und erfolgte erst im Anfange des Jahres 870.

---

[46]) Eutych. II. p. 451.

[47]) ib. p. 484—487.

[48]) ib. p. 387.

[49]) ib. p. 399. 410.

[50]) ib. p. 358. 400.

[51]) Sophron. Miracula SS. Cyri et Joh. (Migne PP. Gr. t. LXXXVII. p. 3137.)

[52]) Cf. Thomassin. P. II. L. III. c. 103. n. 10. 16; P. III. L. II. c. 10. n. 6; L. III. c. 30. n. 1—3; c. 69. n. 1.

[53]) Le Quien Or. chr. t. II. 469. 460. 471. 472.

[54]) Mansi XVI. 145. 147. 392. 393.

[55]) *περὶ διχονοίας γενομένης δύο πατριαρχῶν ὄντων.* Mansi l. c. p. 392.

[56]) *δι' [illegible].*

[57]) Der Lib. syn. ap. Allat. de Syn. Phot. c. 2. p. 31. de consens. II. 4, 4. p. 548 nennt ihn Michael syncellus, diaconus et chartophylax.

Ueber die beiden anderen Patriarchate haben wir ebensowenig genauere Nachrichten, selbst über das von Jerusalem lassen sich trotz der häufigen Wallfahrten dahin nur spärliche Notizen zusammenstellen. Unsere fränkischen Pilger, die wir oben nach Aegypten begleitet, kamen auf dem Fluße Geon (Nil) nach Sitinuth, von da nach Mohalla, nach Damiate nahe bei Thanis, wo viele und gastfreundliche Christen sich fanden, darauf nach Faramea am Eingange in die Wüste, wo viele Kameele zur Reise nach Palästina vermiethet wurden. Auf dem Wege durch die Wüste fanden sie nur zwei Hospitien, Albara und Albacara; von da kamen sie nach Gaza, Alariza, Ramula, Emaus, von Emaus endlich nach Jerusalem.[58]) In der heiligen Stadt fanden sie noch das von Karl dem Großen gegründete Pilgerhaus für lateinische Christen mit einer Kirche zu Ehren der heiligen Maria und einer ansehnlichen Bibliothek nebst Aeckern, Weinbergen und einem Garten im Thale Josaphat; vor dem Hospital war ein Marktplatz.[59]) Von den Kirchen werden besonders erwähnt: die Calvarienkirche oder Basilika Constantins im Osten, die Grabeskirche im Westen,[60]) eine Kirche im Süden, die Kirche des heiligen Symeon auf dem Berge Sion, eine Kirche des heiligen Stephan, eine des heiligen Petrus, dann mehrere Kirchen in Gethsemani, auf dem Oelberge und im Thale Josaphat. Ebenso wird eine große Marienkirche, die Kirche der unschuldigen Kinder und die der heiligen Hirten in Bethlehem, sodann ein Kloster mit einer Kirche in Bethanien, wo das Grab des heiligen Lazarus gezeigt ward, hervorgehoben.[61]) Alle diese Kirchen scheinen aber keinen großartigen Eindruck auf den Berichterstatter gemacht zu haben; die römischen Kirchen, besonders die von St. Peter, „der an Größe keine Kirche in der ganzen Welt ähnlich ist,"[62]) hebt er am Schluße bei der Erzählung der zur See unternommenen Rückreise nach Italien mit Nachdruck hervor. Die von Karl dem Großen angeordneten Geldspenden des Abendlandes für die Re-

---

[58]) l. c. c. 8. 9. p. 571.

[59]) c. 10. p. 572: Ibi habetur hospitale, in quo suscipiuntur omnes qui causa devotionis illum adeunt locum, lingua loquentes romana. Cui adjacet ecclesia in honorem S. Mariae, nobilissimam habens bibliothecam studio praedicti imperatoris (Karl d. Gr. war vorher nicht genannt; es scheint daher in unserem Texte Mehreres ausgelassen und das Ganze ein Auszug zu sein) cum duodecim mansionibus, agris, vineis et horto in valle Josaphat.

[60]) Hier erwähnt Bernard auch das heilige Feuer am Charsamstag. Sabbato sancto .. mane officium incipitur in ecclesia, et post peractum officium Kyrie eleison canitur, donec veniente Angelo lumen in lampadibus accendatur, quae pendent super praedictum sepulcrum, de quo dat Patriarcha episcopis et reliquo populo, ut illuminet sibi in suis locis. Ganz ähnlich Wilhelm. Malmesbur., Glaber Rad. L. IV. c. 6, Chron. Andreas., Fontan. auct. hist. belli sacri ap. Mabill. Mus. ital. I. 209. 210 u. a. St. bei Le Quien Or. chr. III. 371.

[61]) c. 10—16. p. 572—574. Antioch. mon. ep. ad Eustath. Praep. (Migne PP. Gr. t. LXXXIX. 1428.) erzählt, wie im siebenten Jahrhundert Modestus die Kirchen Jerusalems wiederhergestellt: τό τε ἅγιον κρανίον καὶ τὴν ἁγίαν ἀνάστασιν καὶ τὸν σεπτὸν οἶκον τοῦ σταυροῦ (καὶ) τὴν μητέρα τῶν ἐκκλησιῶν καὶ τὴν ἁγίαν αὐτοῦ ἀνάληψιν καὶ τοὺς λοιποὺς ἀφιερωμένους οἴκους.

[62]) c. 17. p. 574.

stauration der Kirchen Jerusalems[63]) hatten größtentheils aufgehört; doch ward, nachdem 810 die Kuppel der Auferstehungskirche, die der größte Schatz der Christen war, den Einsturz gedroht hatte, durch die Bemühungen des Patriarchen Thomas und des Aegypters Bocram (813—820) dieselbe wieder in Stand gebracht[64]) und erst 936 und 969 hören wir von neuen Verwüstungen durch die Muhamedaner.[65]) Auch unterlagen damals, wie es scheint, die christlichen Pilger[66]) nicht jenen vielfachen Vexationen, die zwei Jahrhunderte später das Abendland für die Freiheit der heiligen Stätten aufgerufen haben.

Den Patriarchen von Jerusalem nennt unser Reisebericht Theodosius; er bezeichnet ihn als einen seiner Frömmigkeit wegen zu dieser Würde erhobenen Mönch.[67]) Das ist Alles, was wir über die Zustände dieses Patriarchats aus diesem Berichte entnehmen können; die frommen Wallfahrer, die blos ihre Andacht und weniger ihre Wißbegierde befriedigen wollten, geben uns keinen näheren Aufschluß über die Stellung der Patriarchen von Alexandrien und Jerusalem überhaupt, geschweige in Bezug auf die große Streitfrage der byzantinischen Kirche. Der Patriarch Theodosius erscheint nach den Akten des achten Concils als entschieden dem Ignatius ergeben,[68]) obschon er sicher erst nach dessen Verdrängung den Patriarchenstuhl bestieg; als seine Vorgänger werden Sergius und Salomo genannt, von denen der Letztere etwa fünf Jahre das Amt verwaltet.[69]) Von Theodosius wissen wir, daß er bis 879 seinen Stuhl einnahm.[70])

Ziehen wir andere Dokumente zu Rathe, so ergibt sich mancher Anhaltspunkt dafür, daß die griechische Behauptung von einer völligen Anerkennung des Photius durch die orientalischen Patriarchen keineswegs hinreichend begrün-

---

[63]) Capitul. VII. l. Baluz.

[64]) Eutych. Annal. t. II. p. 423. 424. 432.

[65]) Vgl. histor. pol. Bl. 1853, Bd. 32, S. 201 ff.

[66]) Eine Zeitlang scheinen die Pilgerreisen aufgehört zu haben, als Leo V. und der Doge Angelo Participazio von Venedig ihren Unterthanen das Reisen nach Syrien und Aegypten und den Handel mit den Saracenen verboten. (Andreae Danduli Chron. Venet. Muratori Rer. Ital. Scr. XII. 167.) Bald aber wurde das Verbot wieder vernachlässigt ib. p. 171). Die meisten Pilger reisten mit Handelsschiffen, von denen einige auch mit den Saracenen Sclavenhandel trieben, was der Doge Ursus I. Participatius gegen 876 strenge untersagte (ib. p. 186).

[67]) Hic Patriarcha Theodosius, qui ob meritum devotionis a christianis est raptus de suo monasterio, quod distat ab Hierusalem 15 milliaribus et ibi Patriarcha constitutus super omnes christianos, qui sunt in terra repromissionis.

[68]) Mansi XVI. 25—27. 315—316.

[69]) Das Brevier der achten Synode nennt den Sergius, den Einige (Le Quien III. 369.) für identisch mit dem bei Anastasius (Praef. in Conc. VIII. Mansi l. c. p. 7. 8.) genannten Salomo halten; allein Eutychius (Ann. t. II. p. 441. 455) unterscheidet Beide und gibt die auch durch die anderen Daten bestätigte Reihenfolge: Sergius, Salomo (fünf Jahre), Theodosius. Wenn Salomo (nach Anastasius) erst nach der Erhebung des Photius Patriarch wurde (c. 858.), so wird der Amtsantritt des Theodosius auf 863 fallen; dann hat Letzterer sechzehn, nicht neunzehn Jahre, wie Eutychius (p. 459) hat, der Kirche von Jerusalem vorgestanden.

[70]) Le Quien Or. chr. III. 371 seq.

det war; aber man würde zu viel schließen, wollte man annehmen, es seien dieselben positiv für Ignatius und die römischen Dekrete aufgetreten, welche letztere wenigstens dem alexandrinischen Patriarchen noch 869 völlig unbekannt gewesen zu sein scheinen.[71]) Wohl sprachen sich mehrere in Rom verweilende Angehörige der drei östlichen Patriarchate unter Papst Hadrian entschieden für die Entscheidungen seines Vorgängers aus, als sie besorgten, es könne der neue Papst ihnen untreu werden; aber sie hatten doch meistens erst in Rom die Sachlage näher erfahren; sie waren nicht officiell beauftragte Apokrisiarier ihrer Patriarchen, sondern theils Pilger und Almosensammler, theils Abgeordnete weltlicher Machthaber oder Kaufleute. Es konnte sich damals nicht fehlen, daß solche orientalische Christen, die auswärts Linderung für ihre Nothstände suchten, überall auf die Ideen derjenigen eingingen, von denen sie Hilfe erhofften, Anderes in Byzanz, Anderes in Rom glaubhaft fanden, sich aber im Auslande gerne als Vertreter ihrer Kirchensprengel darstellten. Zudem trafen sie in Rom mit Byzantinern zusammen, die dem Ignatius treu geblieben waren und von denen sie genaue Auskunft erhielten. Wenn nun die von Papst Hadrian kundgegebene Anhänglichkeit an die Dekrete des Nikolaus von den durch ihn zur Tafel geladenen Orientalen mit dem lautesten Beifall begrüßt ward,[72]) so läßt sich daraus noch nicht mit Sicherheit schließen, daß die Patriarchen derselben ebenso gestimmt und ebenso entschieden für die Maßnahmen jenes Papstes waren; es wird damit die Annahme nicht ausgeschlossen, daß sie den Photius ebensowenig positiv anerkannt als positiv verworfen. In dem Anhange zum Breviar der achten Synode heißt es freilich, Photius sei anathematisirt gewesen von den Patriarchen Ignatius von Constantinopel, Sophronius und Michael von Alexandrien, Nikolaus von Antiochien, sowie von Sergius und Theodosius von Jerusalem;[73]) allein hierbei ist offenbar die längst vor der Erhebung des Photius über die Anhänger des Gregor Asbestas ausgesprochene Verurtheilung.

---

[71]) Asseman. Bibl. jur. orient. t. I. p. 287.

[72]) Vita Hadr. II. Baron. a. 868. n. 7—9: A cujus (videl. S. P. Hadriani) collegio, cum per dies aliquot quidam Graecorum et aliarum gentium servorum Dei per id tempus Romae morantium se clanculo suspendissent: VI. feria Sept. idem summus antistes eos secundum consuetudinem solito plures refectionis gratia convocavit.. et quod nullum Pontificem ante se fecisse noverat, ut eos promptiores ad prandium redderet, cum illis discubuit. Nach der Tafel hielt der Papst eine Rede, worin er unter Anderem sagte: Quia pro valde bonis orare gratiarum actiones Domino persolvere est, peto, ut Dominum, patrem decessoremque meum sanctissimum et orthodoxum Papam Nicolaum in vestris orationibus communem habentes gratias Domino referatis, qui eum Ecclesiam suam miseratus elegit et ad excludendum mundi tumidissimos strepitus sicut os suae protectionis armavit et gladio spiritualis potentiae roboravit. Darauf heißt es weiter: Quo audito cuncti famuli Dei, videl. Hierosolymitani, Antiocheni, Alexandrini ac Constantinopolitani, quorum aliqui legationibus mundi principum fungebantur, divino stupore attoniti in vocem clarissimam prorupere dicentes: Deo gratias ... qui in sede sui Apostoli nos posuit apostolicum Papam. Der Papst intonirte dann eine Acclamation auf Nikolaus, die den freudigsten Anklang fand.

[73]) Mansi XVI. 412 C. Le Quien Or. chr. II. p. 468, 718.

die auch sonst gegen Photius angeführt wird, direkt gemeint und mit der späteren Verdammung des Letzteren verbunden, wie schon die Erwähnung des Ignatius, dann die des Sergius, wie die des gegen 850 verstorbenen[74]) Alexandriners Sophronius, wahrscheinlich machen muß. In der achten Synode aber sagen die Stellvertreter der drei Stühle bestimmt aus, daß Photius niemals von diesen anerkannt worden sei;[75]) wohl wurden dieselben von Photius nachher verdächtigt, aber in einer Weise, die ihrer Glaubwürdigkeit wenig Eintrag thut, abgesehen davon, daß das achte Concil schon an sich weit mehr Wahrhaftigkeit erkennen läßt, als die zehn Jahre später zu dessen Beseitigung gehaltene Synode des Photius. Doch lassen wir immerhin jetzt noch die Glaubwürdigkeit dieser Legaten auf sich beruhen; so viel scheint sicher, daß eine ausdrückliche Anerkennung des Photius Seitens dieser Patriarchen keineswegs erwiesen ist.

Kaiser Basilius hatte schon, wohl im December 867, auf eine große Synode zur Wiederherstellung der kirchlichen Ordnung bedacht, wie nach Rom, so auch an die orientalischen Patriarchen geschrieben, um von ihnen Gesandte zu erhalten. Isaias und Spiridion von Cypern kamen im Auftrag des Kaisers nach Jerusalem,[76]) nachdem sie zuvor durch reiche Geschenke und ehrenvolle Briefe den Befehlshaber von Syrien gewonnen,[77]) der vielleicht, um sich vom Chalifen unabhängig zu machen, die Freundschaft des byzantinischen Hofes suchte.[78]) Durch den Emir von Jerusalem erhielt der Patriarch Theodosius die Mittheilung und die Aufforderung, die byzantinische Synode zu beschicken,[79]) und von demselben ward, wiewohl ziemlich spät, die Einladung auch nach Alexandrien übermittelt.[80]) Dabei hatte man auch die Befreiung saracenischer Gefangener in Aussicht gestellt, um leichter die argwöhnischen Muhamedaner zu gewinnen. Der Brief des Patriarchen Theodosius an Ignatius[81]) erwähnt den Photius mit keiner Sylbe, bedauert die frühere Unordnung in der byzantinischen Kirche, wünscht dem Patriarchen Glück zu seiner Wiedereinsetzung, entschuldigt das bisherige Ausbleiben seiner Briefe mit dem Verdacht der muselmännischen Gewalthaber, motivirt seine jetzige Sendung mit dem Befehle des Emir, der auch den vom Kaiserhofe gewünschten Vertreter Antiochiens seinem Syncell und Apokrisiar beigegeben, und berührt die dem Ignatius übersendeten Reliquien und Geschenke. So kamen die Stellvertreter von Antiochien und

---

[74]) Le Quien II. 467—469.

[75]) Mansi XVI. 35. 36. 73. 79. 341.

[76]) Mansi l. c. p. 73.

[77]) Nicet. l. c. p. 261 E.

[78]) Hefele Conc. Gesch. IV. S. 371. Daß aber dieser Statthalter Achmed der Tulunide gewesen sei, ist zu bezweifeln; denn nach Weil (Gesch. der Chalifen II. 405. 425 ff.) fällt dessen Herrschaft in Syrien viel später.

[79]) Conc. VIII. act. I. p. 26.

[80]) Conc. VIII. act. IX. p. 393 (cf. p. 145.): *ὁ γὰρ ἐξουσιαστὴς τῆς τῶν Παλαιστινῶν χώρας καὶ Τιβεριάδος καὶ Τύρου πρὸς ἡμᾶς πεπόμφει τὴν τῶν δεσποτικῶν καὶ τιμιωτάτων γραμμάτων πρὸς αὐτὸν ἄφιξιν.*

[81]) Mansi XVI. 25—27. 313—316.

Jerusalem, obschon sie auf dem Wege mit vielen Hindernissen zu kämpfen hatten,[82]) frühzeitig und lange vor den alexandrinischen Legaten in der griechischen Hauptstadt an, wo sie längere Zeit der Ankunft der römischen Gesandten entgegenharrten[83]) und schon wegen ihres langen Ausbleibens den Saracenen verdächtig zu werden besorgten.[84]) Den Patriarchen von Jerusalem vertrat sein Syncellus Elias, das antiochenische Patriarchat der erste Erzbischof (Protothronos) Thomas von Tyrus;[85]) sie mochten wohl vor dem Sommer 868 eingetroffen sein.[86])

Wir müssen noch einen Blick auf die Kirche von Antiochien werfen. Antiochia, diese Hauptstadt des eigentlichen Orients,[87]) nach dem großen Erdbeben unter Justinian wieder aufgebaut und seitdem Theopolis geheißen,[88]) in den Tagen des Chrysostomus von hunderttausend Christen bewohnt,[89]) war seit den monophysitischen Streitigkeiten und besonders seit der muhamedanischen Eroberung kaum weniger zerrüttet als Alexandrien.[90]) Gleich diesem hatte es zwei Patriarchen, einen melchitischen und einen jakobitischen.[91]) Auch hier scheint lange Zeit Letzterer weit mächtiger und einflußreicher gewesen zu sein als der Erstere und seit dem sechsten Jahrhundert stand derselbe mit seinem Collegen in Alexandrien in engster Verbindung.[92]) Gerade um 869 (Jahr 1180 der Griechen) soll der jakobitische Patriarch der Antiochener eine Synode zu Kaphartuta[93]) gehalten haben, die acht Canones erließ, welche das Verhältniß des Katholikos oder Patriarchen und des Maphrian oder Primas, seines Stellvertreters, dahin regelte, daß dieser den ersten Platz nach dem Patriarchen und vor allen Metropoliten des Westens, sowie das Recht der Weihe des Patriarchen haben sollte. Es war ein Kampf zwischen dem Patriarchen und dem Maphrian vorausgegangen, in Folge dessen es bald zwei Maphriane gab. Nach dem Tode Beider absolvirte der damalige jakobitische Patriarch Johann III. (846—873) den früheren, (868 verstorbenen) Maphrian Basilius sammt seinen Genossen und transferirte die von jenen ordinirten Bischöfe von Kallinicus,

---

[82]) Conc. VIII. act. V. p. 79: quamquam deus millia caveat impedimenta prohibitionum. Anastasius verwechselt gewöhnlich [illegible] und [illegible].

[83]) Mansi l. c. p. 25.

[84]) Ib. p. 31.

[85]) Nicet. p. 251—254. Hier heißt Thomas μητροπολίτης Τύρου [illegible] Μιχαὴλ Ἀρχιεπίσκοπος τῆς κατὰ Συρίαν Ἀντιοχείας. Der Name ist sicher unrichtig. Lupus in Conc. VIII. c. 9.

[86]) Mansi XVI. 79. 311: ἐπὶ [illegible] — wohl 1½ Jahre.

[87]) Chrys. hom. 3. ad popul. Ant. Opp. II. 47 ed. Migne. — Euseb. de laud. Const. c. 9.

[88]) Evagr. IV. 6. Procop. de aedif. Justin. L. II. Theoph. p. 272. 273. Joh. Malalas L. XVII. p. 620 seq. Georg. Ham. L. IV. 219. p. 519.

[89]) Chrys. Opp. VII 762 ed. Migne.

[90]) Le Quien Or. chr. t. II. p. 691 seq.

[91]) Renaudot Hist. Patr. Alex. Jacob. p. 262. 263.

[92]) Renaudot l. c. p. 127. 152. 153. 156. 242. 243.

[93]) Assemani Bibl. Or. t. II. p. 437. Mansi Conc. XV. 895. 896.

Haran und Abesini auf andere erledigte Stühle.[94]) Ungünstiger waren die Verhältnisse des katholischen Patriarchen gestaltet; nach Georg II., der gleich den anderen Orientalen die Beschlüsse des trullanischen Concils unterzeichnet haben soll,[95]) war der Patriarchenstuhl vierzig Jahre lang erledigt[96]) und seit er (742) wieder mit Stephan III. (al. IV.) besetzt war, hatten die Patriarchen öftere Erpressungen, Mißhandlungen und Verbannungen zu erdulden und auch später kamen noch mehrere Sedisvakanzen vor,[97]) obschon Jezid III. den Antiochenern die Wahlfreiheit gestattet haben soll.[98]) Jener Stephan war wie viele seiner Nachfolger völlig ungebildet und Peter III. im eilften, wie Theodor Balsamon (nur Titularpatriarch) im zwölften Jahrhundert, waren Ausnahmen von der Regel. Außer der von Leo III. losgerissenen Provinz Isaurien, außer der zur Autokephalie gelangten Insel Cypern hatte das Patriarchat nach und nach viele seiner Provinzen, wie Arabien, gänzlich verloren; die Zahl der Bischofssitze war herabgeschmolzen; im eilften Jahrhundert mag unter Petrus III. der Stand des Patriarchates ein günstigerer gewesen sein, da dieser die von ihm in die Provinzen des Orients entsendeten Erzbischöfe und Katholikoi erwähnt, die dort die Metropoliten weihten, unter denen viele Bischöfe stünden,[99]) es mag aber auch Petrus einem lateinischen Prälaten gegenüber, dessen Ansprüche er möglichst herabzudrücken sucht,[100]) sich manche Uebertreibung erlaubt haben, wenn auch die byzantinische Herrschaft daselbst Vieles zur Vermehrung der Episkopate beigetragen haben mag.

Was nun den Stuhl von Antiochien zur Zeit des Ignatius betrifft, so war derselbe wenigstens faktisch schon bei der Erhebung des Photius erledigt, da dieser seine Inthronistika nur an den Oekonomen dieser Kirche sandte; er war auch noch 865 vacant, da der byzantinische Hof, als er die Anerkennung des Photius Seitens der anatolischen Throne gegen Nikolaus I. hervorhob, nur von Alexandrien und Jerusalem redete;[101]) er war auch 867—869 nicht besetzt, wie aus den Akten des achten Conciliums hervorgeht. Nach Eutychius war der Nachfolger des von Almutassem (833—842) gefangen genommenen[102]) Patriarchen Job, Nikolaus, gegen 847 eingesetzt;[103]) er scheint exilirt worden und nach langer Verbannung gestorben zu sein. So ließe es sich einigermaßen erklären, daß einerseits die Annalen des Eutychius ihm dreiundzwanzig Jahre zutheilen, andererseits doch zwischen 860—869 der Stuhl verwaiset erscheint.

---

[94]) Cf. Le Quien Or. chr. t. II. p. 1371 seq. 1541 seq.
[95]) Vgl. Hefele Conc. III. S. 313. 314.
[96]) Le Quien l. c. p. 741. Acta SS. t. IV. Jul. p. 113 seq.
[97]) Le Quien p. 743 seq.
[98]) Theophan. ap. Baron. a. 742. n. 3.
[99]) Petri Ant. ep. ad Domin. Grad. c. 5. p. 213 ed. Will. Vgl. Thomassin. P. I. L. I. c. 16. n. 7.
[100]) Vgl. ep. c. 1—4.
[101]) oben N. 2. S. 18.
[102]) Eutych. Annal. t. II. p. 439.
[103]) Le Quien Or. chr. II. p. 748. n. 81. Cf. Acta SS. t. IV. Jul. p. 122. 124.

Erst um 870 ward Stephan IV. oder V. im ersten Jahre des Chalifen Motammed erhoben, der aber schon am Tage nach seiner Ordination starb. [104]) Ihm folgte Tadusus (Thadusius) oder Theodosius I., der zwanzig Jahre (871—891) regiert haben soll und der auch in der photianischen Synode von 879 aufgeführt wird; [105]) diesem succedirte Simeon I. (891—903). Als jakobitische Patriarchen dieser Zeit werden aufgeführt: Johann III. (846—873), Ignaz (878—883) [106]). Merkwürdig ist nun, daß unter den Briefen des Photius ein ganz kurzes Schreiben an Eustathius, den Patriarchen von Antiochien, [107]) vorkommt, das wohl auf eine Zeit hinweiset, in der Photius Patriarch war. Le Quien [108]) glaubt, der Brief sei unter Johann VIII. geschrieben, dieser Eustathius II. zwischen Theodosius I. und Simeon I. zu setzen und er sei der Verfasser des von Allatius veröffentlichten Werkes über das Hexaemeron. Allein das scheint uns keineswegs annehmbar; es hätten dann entweder Eustathius und Theodosius zu gleicher Zeit Patriarchen sein müssen oder es wären die Angaben von einem mehr als zwanzigjährigen Pontifikat des Letzteren falsch; daß dieser 879—880 antiochenischer Patriarch war, ist nach der photianischen Synode nicht zu bezweifeln. Von Eustathius findet sich sonst nirgends eine Spur und doch ist der Brief des Photius ein unverwerfliches Zeugniß. Ich möchte es für wahrscheinlich halten, daß dieser Eustathius eher in das erste Patriarchat des Photius fällt und nur kurze Zeit diesen Stuhl inne hatte; im ersten Patriarchate scheint eher ein Raum für ihn gegeben als im zweiten. Daß Theodosius auch Eustathius geheißen habe, dürfte schwerlich anzunehmen sein, da auch der syrische Name kaum zu einer solchen Umgestaltung führen konnte. Der Brief deutet wohl auf ein enges Freundschaftsverhältniß zwischen beiden Patriarchen hin, [109]) aber für einen von Photius aus der Reihe seiner Schüler eingesetzten Patriarchen können wir den Eustathius nicht halten, da einerseits keine Hinweisung auf ein solches Verhältniß vorkommt, [110]) andererseits eine solche Einsetzung damals fruchtlos war schon wegen des Mißtrauens der muhamedanischen Herrscher gegen alles Griechische, die sich keinen Patriarchen aus dem oströmischen Reiche setzen ließen. Nur wo momentan die griechische Herrschaft sich geltend machte, gelang es, von Byzanz aus den antiochenischen Stuhl zu besetzen. [111]) Ebenso können wir den Eustathius nicht als

[104]) Eutych. p. 414. Latercul. Bernh. Eduardi ap. Le Quien l. c. p. 719. n. 81. Acta SS. l. c. p. 123.

[105]) Le Quien l. c. p. 718. 719. n. 82. Acta SS. l. c. Doch macht die Synode des Photius diese Amtsdauer desselben zweifelhaft.

[106]) Le Quien l. c. p. 719. 751. n. 81. Acta SS. l. c. p. 121—125.

[107]) Phot. ep. 11. p. 73. 74. *Εὐσταθίῳ πατριάρχῃ Ἀντιοχείας.*

[108]) Le Quien l. c. p. 749. n. 83.

[109]) ep. cit.: *οὐδὲν τὴν ἱερατικὴν σου τελειότητα ἐρᾶν τε ἡμῶν καὶ ἰδεῖν ἐφίεσθαι καὶ ἡμᾶς δὲ ἴσθι, ὡς οὐδὲν ἧττον.. ὡς παρὰ πολὺ μᾶλλον κατὰ τὸν θεῖον τοῦτον ἔρωτα διακείμεθα.*

[110]) Photius nennt ihn *πατέρων καὶ ἀδελφῶν ἄριστε.* Der *ἀδελφός* geht blos auf das Amt, Vater nennt er ihn aus Ehrfurcht oder wegen des Alters.

[111]) So z. B. 970. Nachdem ein Jahr zuvor (J. G. B. Hase not. in Leon. Diac.

einen von Byzanz ernannten Titularpatriarchen in partibus, deren es später auch bei den Griechen gab, [112]) betrachten; denn ein solcher hätte sich kaum in das saracenische Gebiet wagen dürfen und wäre nicht durch die weite Entfernung, wie sie hier Photius anführt, von ihm getrennt gewesen; auch spricht dieser die Besorgniß aus, seine Briefe könnten aufgefangen werden; [113]) die Furcht vor den Feinden und die Beschwerlichkeiten der Reise sollen aber doch den Patriarchen nicht abhalten, zu ihm zu kommen und so ihre beiderseitige Sehnsucht zu befriedigen. [114])

Sollte aber auch Eustathius nicht in das erste Patriarchat des Photius fallen, und daher aus dem Briefe des Photius an denselben keine wenigstens temporäre Anerkennung desselben in Antiochien für die Zeit, von der wir hier reden, gefolgert werden können: so scheint wenigstens der Oekonom, der diesen Stuhl längere Zeit administrirte, mit ihm in einige Verbindung getreten zu sein. Der im achten Concil verhörte Pseudolegat Georg sagt aus, er sei von dem Oekonomen Constantin von Antiochien an Photius und Kaiser Michael (mit Briefen) gesandt worden, [115]) über deren Inhalt nichts weiter verlautet. Er wollte auch von Ersterem zu mehreren Bischöfen nach Rom (Italien) geschickt worden sein, die ihn und seine Begleiter über das dort Vorzubringende belehren sollten. [116]) Leider erhalten wir auch hier keine genaueren Nachrichten, da das Wesentliche des Verhörs sich auf die Unterzeichnung der photianischen Symbolalien und die Verdammung des Photius selbst bezog. Soviel aber scheint glaubwürdig, daß der Oekonom von Antiochien an Photius einen Brief gesandt hat; der Ueberbringer Georg wird als ein unwissender, armer und schwach begabter Mensch dargestellt, der keine nähere Auskunft zu geben vermochte. In der späteren photianischen Synode von 879 wird auf das

---

p. 450 ed. Bonn.) Antiochien unter Nikephorus Phokas erobert worden war, ließ Johannes Tzimisces an die Stelle des von den Saracenen gemordeten Patriarchen Christophorus den Theodor von Kolonia durch Polyeuktes für diesen Stuhl ordiniren. Leo Diac. Hist. VI. c. 6. p. 100. 101.

[112]) wie nach der latein. Eroberung im dreizehnten Jahrhundert die griech. Patriarchen von Cpl. Vgl. auch Balsam. apud Leuncl. Jus Gr. Rom. I. 419.

[113]) ep. cit.: *Τῆς ὁδοῦ τὸ μῆκος καὶ τῶν ἐχθρῶν ὁ φόβος ἀναγκάζειν ἡμῖν ἐπιστέλλειν, καὶ εἴ γε ἀλλήλοις ἐντύχοιεν, καὶ ἀπατᾶσθαι* (wie bei den Lacedämoniern f. Montac. in h. l.) *ὡς τὴν ἐπιστολὴν ἀνακαλύπτειν.*

[114]) p. 74: ... *ὁδὸς γὰρ καὶ μῆκος, οἷς ὁ τῆς ἀγάπης ἔρως διακόπτεται, καν δυσχερέστατον εἴη, ῥᾷστα καὶ κοῦφα διαπεραίνεται ..., ἔρρωσο, εἰδὼς ἀποδεχομένους ἡμᾶς τὴν σὴν παρουσίαν..*

[115]) Conc. VIII. act. IX. p. 156: Ut literarum delator veni tantummodo .. a Constantino oeconomo Antiochenam ecclesiae. Ab eo enim missus sum ad Photium et Michaelem Imperatorem causa benedictionis (*εὐλογίας ἕνεκα*).

[116]) Auf die Frage: Quomodo descendebatis Romam cum libro nefandi Concilii? sagt Georg: Concil et lavit; dixit enim nobis Photius: Quia apparuerunt Romae capitula contra Papam Nicolaum; ite et certificamini, si sunt veracia. Nos vero diximus ei: Homines rustici sumus; si venerimus Romam, quam dabimus rationem? Et ille dixit nobis: Quia docent vos Episcopi quae debeatis dicere. Sollen diese Bischöfe die gegen den Papst conspirirenden gewesen sein, oder die von Photius abgeordneten Gesandten?

Bestimmteste behauptet, daß der nachmalige Patriarch Theodosius von Antiochien schon als einfaches Mitglied des dortigen Clerus den Photius anerkannt,[117] und es ist, wenn wir alle Momente berücksichtigen, nicht unglaublich, daß der antiochenische Clerus mit Photius eine Zeitlang in Gemeinschaft stand. Thomas von Tyrus, der 869 dieses Patriarchat in Constantinopel repräsentirte, konnte leicht sich entschlossen haben, dem Wunsche des griechischen Hofes zu entsprechen, sei es, daß er wirklich stets für Ignatius gewesen war, sei es, daß er dieses nur vorgab und fingirte. Daß der auf dem Concil von 869 vorkommende Thomas Erzbischof von Tyrus war, wurde auch auf der photianischen Synode nicht geläugnet, vielmehr nur behauptet, daß er seine Schritte bereut und seine vor zehn Jahren gemachten Aeußerungen widerrufen habe. Bei der Charakterlosigkeit des Clerus in diesen von den Saracenen beherrschten Ländern hätte auch die Richtigkeit dieser Angabe gegen sich kein großes Bedenken.

Neander hat hervorgehoben, daß schon seit dem siebenten Concil es unter den Griechen eine zur stehenden Form gehörige Lüge war, bei der Versammlung der größern Concilien, denen man den Charakter der Oekumenicität verleihen wollte, falsche Gesandte der orientalischen Patriarchen auftreten zu lassen,[118] da die muselmännischen Herrscher in Aegypten und Syrien aus politischen Besorgnissen keine Unterhandlungen zwischen den unter ihrer Herrschaft stehenden Kirchen und denen des oströmischen Reiches dulden wollten. Unter Tarasius, der in gewohnter Weise die orientalischen Patriarchen zu dem Concilium berufen, hatte man zu einer durch die Bedrängniß der Zeit allein möglichen Art der Repräsentation seine Zuflucht nehmen zu dürfen geglaubt. Die Mönche des Orients, mit denen sie zusammentrafen, gaben den byzantinischen Abgeordneten zwei aus ihrer Mitte, Johannes und Thomas, mit, wovon der eine Syncellus bei dem Patriarchen von Alexandrien, der andere bei dem von Antiochien gewesen sein soll; diese sollten zugleich die Kirche von Jerusalem repräsentiren, deren Patriarch Elias nach Persien exilirt war.[119] Diese Fiktion hatte schon Theodor der Studit scharf gerügt,[120] während das Abend-

---

[117] Syn. Phot. act. IV. Mansi XVII. 476: καὶ ἐν τῇ τοῦ κλήρου καταλεγμένος τάξει, ὕστερον τὸν τῆς Ἀντιοχείας θεῖον οἴακα ἐγκεχειρισμένος (Theodosius Photium) . . συλλειτουργὸν καὶ ἔχει καὶ ὀνομάζει. Cf. ep. Theodos. ib. p. 477 D. E.

[118] Neander K. G. II. S. 316. III. Aufl.

[119] Neander II. S. 124. Döllinger Lehrb. I. S. 352.

[120] Theod. Stud. L. I. ep. 38. Neander S. 125. 17. 1. Vgl. B. I. A. d. A. 157. Es wird erzählt, wie am Epiphaniefeste (wohl 794) Tarasius auf Wunsch der Kaiserin die mit Censuren Belegten aufnahm und mit ihnen das Opfer darbrachte. Ob die im Folgenden erwähnte Synode die von 787 oder eine spätere Partikularsynode des Tarasius ist, könnte kaum zweifelhaft scheinen; augenscheinlich ist jene gemeint, die Theodor nicht als ökumenische aufführt. Er sagt nun: Ἡ δὲ Ῥώμη ποῦ; (die absolutio amplior quam canones ferant) οὐ προσήκατο· μὴ γένοιτο· ἀλλ' οὐδὲ αὐτὴν τὴν σύνοδον ὡς οἰκουμενικήν, ἀλλ' ὡς τοπικὴν καὶ τὸ ἴδιον πταῖσμα τῶν τῇδε ἀνορθώσασαν· οὐδὲ γὰρ οἱ τεταχθέντες ἀντιπρόσωποι τῶν ἄλλων πατριαρχῶν (πόθεν;)· τὸν μὲν Ῥωμαίων δι' ἄλλο, οὐ διὰ σύνοδον παραγενηθέντων ἐνταῦθα· διὸ καὶ καθῃρέθησαν, ὥς φασι, παλινοστήσαντες ὑπὸ τοῦ πεπομφότος, εἴτ' ἐπιπλάττεται βεβαιῶσθαι (davon ist sonst nichts bekannt). Οἱ δ' ἄλλοι ἐκ τῆς ἀνατολῆς, ἀλλ' ὑπὸ τῶν ἐνταῦθα προτραπέντες καὶ ἐλθόντες, οὐχ ὑπὸ τῶν πατριαρχῶν

land, das mit diesen Patriarchaten noch viel weniger Verbindung hatte als Constantinopel, auch von der Vertretung dieser Patriarchen die Giltigkeit einer vom Papste bestätigten Synode nicht abhängig machte, vielmehr, wie Rom's Vertreter ausdrücklich bemerkten, durch die Theilnahme des Papstes die volle Autorität der Versammlung gesichert hielt, sie unbeachtet hingehen ließ. So konnte man auch später Christen aus jenen Sprengeln, die von den muhamedanischen Herrschern zur Auslösung von Gefangenen und zu anderen Zwecken nach Byzanz gesendet worden waren, als Bevollmächtigte ihrer Patriarchen anzusehen geneigt sein, zumal da diese häufig mit solchen Abgeordneten ihre Briefe und Bitten um Almosen an den griechischen Hof abgehen ließen. So hatte es wohl Photius bei seiner Synode gegen Papst Nikolaus gethan; und es wäre wohl denkbar, daß man 869 ebenso gehandelt. [121])

Indessen war doch damals der Verkehr, namentlich mit Jerusalem, viel häufiger und leichter, als achtzig Jahre zuvor unter Irene; jerusalemische Gesandte kamen 878 auch nach Rom mit Briefen des Patriarchen und es konnte sehr gut ein sonst nach Byzanz reisender Geistlicher dieses Patriarchats eine Vollmacht zu dessen Vertretung erhalten. Damals konnte auch der byzantinische Hof von den Emiren im Orient leichter die Abordnung wirklicher Legaten erwirken. Während Photius immer rasch seine Vikarien des Orients zur Hand hatte, erscheint hier der alexandrinische Legat erst sehr spät, gegen den Schluß der Synode. Bei einer Fiktion war das nicht nöthig und ohne allen Gewinn. Der Brief des alexandrinischen Patriarchen selbst erregt seiner ganzen Fassung nach keinen gegründeten Verdacht und das Auftreten des Thomas von Tyrus ist durch die Akten der späteren Gegensynode außer Zweifel gestellt. Deßhalb mögen immerhin diese Legaten das gewesen sein, wofür sie sich ausgaben, wenn auch von einigen derselben die stete Anerkennung des Ignatius in ihren Patriarchaten nicht ganz der strengen Wahrheit gemäß behauptet ward.

4. Vorfragen über die Akten des achten ökumenischen Concils.

Von den Akten des achten ökumenischen Concils besitzen wir einen doppelten Text, einen kürzeren griechischen [1]) sowie einen längeren lateinischen, den

ἀποστελλόμενος, ὅτι πρὸ [illegible], ἢ ὕστερον, διὰ τὸ τοῦ ἔθνους δέος [illegible]. Τοῦτο δὲ ἐποίουν οἱ ἐκεῖθεν, ἵνα τὴν αἱρετίζουσαν λαὸν μᾶλλον ἀλλήλων ἀφθονίαν, ἐν τοῦ ... ἀθροισθῆναι σύνοδον.

[121]) „Eingeschulte Miethlinge gleich den saracenischen Strohmännern der Synode von 867" nennt Gfrörer Karol. I. 446. K. G. III. 277 die orientalischen Vikare von 869.

[1]) Mansi XVI. p. 308—409. Es findet sich dieser Text in verschiedenen Handschriften, wovon Colum., den Baron. benützte (Assem. Bibl. Jur. or. t. I. p. 259. n. 189.), Vatic. 1183. f. 9 seq., Vat. Ottobon. 27. f. 228. Marcian. 168. saec. 15, einst dem Bessarion zugehörig, Mon. 436. p. 40—99. (Aretin VIII. S. 377 — cl. August.), Monac. 27. f. 329—369 die bekannteren sind. (Vgl. Asseman. Bibl. Jur. orient. I. p. 259. n. 189.) Diese Handschriften gehören dem vierzehnten bis sechzehnten Jahrhundert an und bieten wenig Verschiedenheiten. Vat. 1183. saec. 16. ist eine jüngere Abschrift, die am Rande Textcollationen

wir dem römischen Bibliothekar Anastasius verdanken.[2]) Letzterer warnt ausdrücklich vor der griechischen Hinterlist[3]) und erklärt sein Exemplar für authentisch;[4]) er befürchtet aber von den Griechen nur Zusätze betreffs der Verhandlungen über die Bulgaren und andere Gegenstände,[5]) nicht Subtraktionen und Verstümmelungen. In der That finden wir aber im griechischen Exemplar keine Zusätze, sondern weit eher Abkürzungen und Auslassungen. Derselbe Anastasius berichtet, daß fünf Codices der Akten mit den Unterschriften und Siegeln für die fünf Patriarchalsitze ausgefertigt wurden,[6]) das für den Papst bestimmte Exemplar bei der Rückreise seiner Legaten verloren ging, die von ihm in Constantinopel gefertigte Abschrift aber als Ergänzung diente. Man könnte leicht bei einzelnen Stellen vermuthen, daß die Abschrift des Anastasius theilweise nach früheren Concepten einzelner Stellen gefertigt war oder auch Manches amplificirte. Aber im Ganzen — abgesehen von einzelnen Ungenauigkeiten[7]) — stellt es sich doch ziemlich klar heraus, daß der griechische Text als eine Epitome zu betrachten ist, wie solche auch von anderen Concilienakten damals gemacht wurden.[8]) Dafür spricht schon die Ueberschrift in den meisten Codices: *ἐκ τῶν πρακτικῶν τῆς ἁγίας οἰκουμενικῆς συνόδου*,[9]) das zeigt die Kürze in der Darstellung, die Auslassung mancher zum Verständniß nöthigen Zwischenglieder,[10]) die im Texte selbst angedeutete Erklärung, daß nur ein

---

nach den Concilien-Ausgaben enthält. Ebenso gehört Cod. Escor. X, I, 5 (Miller p. 297. n. 314.) dem sechzehnten Jahrhundert an.

[2]) Mansi XVI. p. 16—196.

[3]) Anastas. Praef. in Conc. VIII. (Mansi XVI. p. 13.): Sic igitur Graeci accepta occasione celebratorum universalium Conciliorum frequenter egisse clarescunt, ut nunc minuendo, nunc addendo vel mutando, nunc in absentia sociorum, nunc in abscondito angulorum, nunc extra Synodum, nunc post Synodum, astutia sua, imo fraude communibus sanctionibus abutuntur, et ad suos libitus cuncta, quae sibi visa fuerint, etiam violenter inflectunt.

[4]) ibid.: Itaque quidquid in latino actionum codice reperitur, ab omni est fuco falsitatis extraneum.

[5]) Quidquid vero amplius sive de dioecesi Vulgarica sive aliunde in graeco ejusdem Synodi codice forsitan invenietur, totum est mendacii veneno infectum.

[6]) Post omnia haec in quinque codicibus scripta sive compacta omnium subscriptionibus roborata, sed et ipsos codices plumbea bulla munitos atque singillatim loci servatoribus traditos patriarchalibus sedibus deferendos.

[7]) So steht z. B. bei Anastasius zu Anfang der act. I. p. 17. 18. das dritte Consulat von Basilius und Constantin, wo der griech. Text Basil. anno III. Constant. a. II. hat, aber act. II. p. 37. wird das verbessert und ganz richtig angegeben. Vgl. Pag. a. 869. n. 5.

[8]) Anastasius selbst hat noch eine kurze Uebersicht angefertigt, die nur im Allgemeinen den Inhalt der zehn Sessionen angibt (Brevis Compendiosus Mansi XVI. p. 13—16). Wir haben ebenso in den Handschriften derartige Auszüge von dem 879 gehaltenen Concil des Photius *ἐκ τῶν πρακτικῶν* überschrieben, z. B. cod. Mon. 256. f. 52—61; in einem anderen Theile des Codex f. 437 seq. stehen dann die vollständigen Akten der dort excerpirten Sitzung.

[9]) Doch hat Vat. 1181 kurzweg die Aufschrift: *Πρακτικά*.

[10]) So fehlen bisweilen im griech. Texte die Antworten auf bestimmte Fragen, die nur Anastasius hat; so fehlt im Griech. p. 316 die bejahende Antwort auf die Frage der römi-

Theil, die passus concernentes der in den einzelnen Sitzungen mitgetheilten Dokumente gegeben werden sollen.[11]) Es finden sich aber auch zwischen beiden Texten keine wesentlichen Differenzen; die Reihenfolge der einzelnen Verhandlungen ist ganz dieselbe, nirgends findet sich ein offenbarer Widerspruch. Die Uebersetzung des Anastasius, der es keineswegs an Treue und Deutlichkeit gebricht[12]) und die alle vorgelesenen Dokumente in extenso bietet,[13]) darf als vollkommen glaubwürdig und als das authentische Exemplar der Synode im Allgemeinen betrachtet werden, das jenen Auszug vielfach ergänzt und erläutert.[14]) In dieser Annahme stimmen die besten Forscher so ziemlich überein.[15])

Ob aber die griechische Epitome nicht im Interesse der Griechen und aus Antipathie gegen den römischen Stuhl Manches weggelassen, aus welcher Absicht sie hervorgegangen, wer sie redigirt, ob dem lateinischen Texte des Anastasius nicht wiederum Manches beigesetzt, Anderes amplificirt, wieder Anderes unrichtig gegeben sei, das könnte immer noch Gegenstand einer besonderen Untersuchung sein, wenn auch im Allgemeinen das oben angegebene Verhältniß beider Texte zu einander zugestanden wird. Es kommt nur darauf an, solche Stellen näher zu vergleichen, bei denen der eine oder der andere Theil ein

---

schen Legaten, ob das vom Papste Allen zur Unterschrift vorgeschriebene Bekenntniß angenommen werde (cf. p. 30.). Die hier vorhergehenden Worte des Basilius: [illegible] [illegible] sind viel zu kurz und undeutlich; durch Anastasius l. c. werden sie erklärt.

[11]) So wird p. 313. die Stelle aus dem Briefe des Theodosius von Jerusalem ausdrücklich als ἰδίας bezeichnet; Anastasius gibt p. 25—27. den ganzen Text. Daß er bez. authentisch ist, geht aus vielen Indicien hervor, wie z. B. daraus, daß Ignatius hier „ökumenischer Patriarch" genannt wird; zudem stimmt das Fragment im Griech. ganz mit den letzten Sätzen des Anastasius überein. Auch die Definitio Thomae et Eliae (act. I.) ist im Griech. p. 316. 317. offenbar ein Auszug aus einem längeren Texte, wie ihn das lat. Exemplar p. 30—31 gibt; die Verherrlichung der Stühle von Antiochien und Jerusalem p. 32. die Hervorhebung des Consenses aller Patriarchalstühle p. 33, der Styl selbst läßt auf eine wortgetreue Uebersetzung eines Originals schließen, das von der asiatischen Breite mehr hatte, als unser jetziger griechischer Text.

[12]) Schröckh K. G. XXIV. S. 166.

[13]) Von den päpstlichen Briefen und den Akten des römischen Concils ist das ohnehin außer Zweifel.

[14]) Mehrere, sicher nicht unwichtige Momente, wie die Erklärung des Elias in Betreff der Vollmacht des Thomas (act. I.), die doch sicher auch verlangt wurde, hat nur Anastasius. Auch das Verzeichniß der Bischöfe am Anfange der Aktionen fand sich sicher im Original. Oft fehlen in den griech. Akten die üblichen Einleitungsformeln zu den verlesenen Dokumenten, die Anastasius genau gibt (p. 20. cf. p. 312.); es fehlen die sonst gebräuchlichen Zustimmungserklärungen (vgl. Anast. p. 21. 30.), ferner die Erwähnung der Unterschrift des römischen Formulars von Seite der in der act. II. reconciliirten Bischöfe (Anast. p. 41). Der ὅρος ἐκτεθεὶς wird gr. p. 408 A. nach den Canonen erwähnt, aber nicht mitgetheilt, wie das bei Anastasius der Fall ist.

[15]) Vgl. Assemani Bibl. jur. or. t. I. c. 8. p. 261. n. 7. Auch Rémy Ceillier (hist. des aut. t. XIX. c. 27. p. 416. n. 2.) hält die griech. Akten für un abrégé, où l'on a beaucoup retranché de l'original. — Jager L. VI. p. 211. Nur Wenige wie Walch (Ketzerhistorie X. 816.) erklären den griechischen Text für das Original, den des Anastasius für interpolirt, wogegen aber die Vergleichung beider entschieden spricht. S. auch Hefele Conc. IV. S. 371 ff.

besonderes Interesse haben konnte, eine Veränderung vorzunehmen und das Original anders zu gestalten, wobei von bloßen Zufälligkeiten [16]) ganz abzusehen ist. Es kommen hier vor Allem die in die Akten eingereihten Dokumente in Betracht.

In dem Briefe Hadrian's an Basilius vom 10. Juni 869 finden sich vorerst Spuren von Veränderungen im griechischen Texte, da dort im Eingang die Kirche von Constantinopel eine apostolische genannt wird, wie der Papst sie niemals nannte, und dabei die Erwähnung des römischen Stuhles wegfällt. [17]) Allein das ist an dieser Stelle sicher nicht verdächtig und kann durch die Abkürzung des Textes immer noch erklärt werden, zumal da sonst das zur Ehre des römischen Stuhls Gesagte, [18]) wie auch das Postulat des Vorsitzes für die päpstlichen Legaten, [19]) nicht verschwiegen wird, dagegen viele im lateinischen Originale enthaltenen Lobsprüche auf den Kaiser [20]) wegfallen. Eher läßt sich eine Absichtlichkeit in der Omission des vom Papste bezüglich des häufigen Kränkelns und Wankens der byzantinischen Kirche Gesagten vermuthen. [21]) Außerdem hat der Epitomator den Ausdruck der Mißbilligung über die Forderung von Dispensen für die schuldigen Geistlichen [22]) beseitigt, der vielleicht aus Rücksicht auf den Kaiser weggelassen ward; Anderes, wie das, was die Zurückforderung der von Rom entflohenen Mönche betrifft, die Bitte um gütige Aufnahme der Legaten, die Nachricht vom Tode des photianischen Metropoliten, konnte als nicht zur Synode gehörig ganz gut wegbleiben; die ausdrückliche Forderung, die in Rom festgesetzten Capitel promulgiren zu lassen, fiel aus, war aber in der Synode selbst erfüllt worden. Die Hauptmomente des allzulangen Briefes sind im griechischen Texte enthalten und das Weglassen verschiedener Epitheta und Zwischensätze thut sonst dem Ganzen keinen Eintrag. Im Ganzen ist der Auszug mit viel Geschick verfertigt.

---

[16]) Z. B. beim Anfange der Aktionen steht in beiden Texten bald die Formel „im Namen Christi“ (act. I. gr. p. 300. act. II. lat. p. 37.), bald „im Namen des Vaters und des Sohnes und des heiligen Geistes“ (act. I. lat. p. 17. act. II. gr. p. 320; act. V. gr. p. 340; act. X. gr. p. 397.); nur act. III, IV, VI.—IX. sind die beiderseits gebrauchten Formeln gleich, act. I, II, V, X. ungleich.

[17]) p. 312: *ὅτι ἐν ταύταις ταῖς ἡμέραις ἐξήγειρε τὴν σὴν θεοφρούρητον βασιλείαν τοῦ καταπαῦσαι τὸν σάλον τὸν ἔτι κινούμενον κατὰ τῆς ἁγίας καὶ ἀποστολικῆς ἐκκλησίας Κωνσταντινουπόλεως.* Im lat. p. 20: (Deus) his suum diebus suscitavit coelitus protectum imperium, per quod Apostolica Sedes ipso auctore coeptum pro Ecclesia Cplitana opus consummaret et ejus jam jamque remotum casum instauraret tandem aliquando gratulabunda.

[18]) p. 313: *συνῆκας γάρ, καθὼς τὰ γράμματα τῆς σῆς ἁγιότητος διαγορεύουσι, ποίοις μώλωψι τετραυμάτισται ἡ παρ' ὑμῖν οὖσα ἐκκλησία* (in coelitus consecrato imperium fehlt hier) *καὶ ὡς αὕτη ἡ καθέδρα ἰατρεύειν δύναται τὰ τοιαῦτα ἕλκη* (fehlt magistris fidei nostrae scrutatis, didicisti.)

[19]) *ὡς ἂν οἱ ἡμέτεροι ἀποκρισιάριοι προκαθεσθέντες καὶ τὰς τῶν πταισμάτων τε καὶ προσώπων διαφορὰς διαγνόντες σαφέστερον κ. τ. λ.*

[20]) S. oben Abschn. 2. N. 7. 67.

[21]) Vgl. N. 68. S. 41.

[22]) Vgl. N. 70.

Mit weit mehr Grund läßt sich eine Tendenz, den römischen Primat minder scharf hervortreten zu lassen, in der verkürzten griechischen Form des von Hadrian II. den Legaten mitgegebenen libellus annehmen, da hier wohl alle damals wichtigen faktischen Entscheidungen des römischen Stuhles angenommen werden, aber die ausdrückliche principielle Anerkennung der obersten Lehr- und Regierungsgewalt des römischen Stuhles vermißt wird, die dort unter Berufung auf Matth. 16, 16—18. für alle Fälle als bindend und maßgebend ausgesprochen ist.[23]) Es war das zwar für die Berathungsgegenstände des damaligen Concils nicht wesentlich gefordert und konnte vom Epitomator als minder relevant gleich so vielen anderen allgemeinen Sätzen einfach übergangen werden; aber es bleibt doch sehr wohl möglich, daß diese Reduktion des Textes aus specifisch griechischer Abneigung gegen eine allzu ausgedehnte und unbeschränkte Submission unter den römischen Primat hervorgegangen ist.

Das kaiserliche Epanagnostikum, das in der ersten Sitzung verlesen ward,[24]) ist im griechischen Texte offenbar verkürzt, die Erwähnung der Legaten von Rom, Antiochien und Jerusalem, die ohnehin oft genug vorkam, blieb gänzlich weg; hier wie in den anderen Dokumenten der ersten Sitzung läßt sich kein Interesse nachweisen, das die Griechen bei der Abbreviatur verfolgt haben könnten. Dasselbe ist mit dem libellus Episcoporum in der zweiten und den drei in der dritten Sitzung verlesenen Briefen der Fall. Bei den drei in der vierten Aktion verlesenen Briefen läßt sich sogar bemerken, daß die vom päpstlichen Primate handelnden Stellen meistens genau und richtig gegeben sind.[25]) Auch in den Dokumenten der siebenten Sitzung tritt die Autorität des römischen Stuhles so klar im verkürzten griechischen Texte hervor, daß an eine absichtliche Entstellung nicht im entferntesten zu denken ist; namentlich finden sich in der Uebersetzung des römischen Concils unter Papst Hadrian alle wesentlichen Gedanken sehr genau wiedergegeben; auch das über Papst Honorius Gesagte hat hier keinen stärkeren Ausdruck als das lateinische Original.[26]) In dem Schreiben des alexandrinischen Patriarchen in der neunten Sitzung[27]) hat der griechische Text blos Ueberflüssiges weggeschnitten; ein spezielles Interesse läßt sich hier nicht finden. Ueberhaupt zeigt sich in den Dokumenten wie in den Verhandlungen das Wesen der Sache nicht alterirt; allgemeine Sätze und viele nicht strenge zum Gegenstande gehörige Aeußerungen wurden gestrichen.

---

[23]) Wir werden unten dieses wichtige Dokument noch besonders anführen. (S. 78 N. 16.)

[24]) Mansi p. 18. 16. 312.

[25]) So die ep. „Principatum“ p. 332: *Τὴν ἀρχὴν τῆς θείας ἐξουσίας, ἣν ὁ πάντων δημιουργός* — ep. „Postquam B. Petro“ p. 345: *ἐπεὶ ἡ πᾶσα πληθὺς τῶν πιστῶν ἀπὸ ταύτης τῆς ἁγίας τῶν Ῥωμαίων ἐκκλησίας, ἥτις κεφαλὴ πασῶν ἐστι τῶν ἐκκλησιῶν, τὴν διδαχὴν ἐπιζητεῖ* κ. τ. λ.

[26]) p. 373: *εἰ καὶ τῷ Ὀνωρίῳ ὑπὸ τῶν ἀνατολικῶν μετὰ θάνατον ἀνάθεμα ἐῤῥέθη, ὅμως γνωστὸν ἐστιν, ὅτι ἐπὶ αἱρέσει κατηγορήθη, δι' ἣν καὶ μόνον ἔξεστι τοὺς ὑποδεεστέρους τῶν μειζόνων κατεξανίστασθαι· ἀλλὰ κἀκεῖ οὔτε πατριαρχῶν οὔτε ἑτέρων τις προέδρων ἐξενεγκεῖν ἐδόθη ἀπόφασιν, εἰ μὴ ἡ τῆς αὐτῆς πρώτης καθέδρας αὐθεντία συνῄνεσεν ἐπὶ τούτῳ.*

[27]) p. 392. 393. coll. p. 115—147.

Am meisten divergiren beide Texte bezüglich der Canones, deren der lateinische Text 27, der griechische nur 14 enthält. Der erste Canon findet sich auch als solcher im griechischen Exemplar, jedoch mit Weglassung der alttestamentlichen Stellen (aus den Psalmen, den Sprichwörtern und Isaias), der Stelle des Pseudodionys, sowie der Worte, daß sowohl die Cleriker als auch die Laien nach den Canonen der Apostel, der Concilien und der Väter unverbrüchlich ihr Leben einzurichten haben. Von can. 2 ist im Griechischen das Prooemium ausgelassen und der Text nur verkürzt; auch in c. 3 findet sich kein erheblicher Unterschied, deßgleichen in c. 4—8. Dagegen fehlt der neunte lateinische Canon im Griechischen, ebenso der zwölfte, dreizehnte, fünfzehnte, sechzehnte. Der c. 10 lat. entspricht c. 9 gr., ebenso c. 11 lat. dem c. 10 gr., c. 14 lat. dem c. 11 gr.; der lat. c. 17 ist im Griech. c. 12 durch Weglassung des über die Patriarchen und Metropoliten Gesagten verkürzt; Canon 18—20 fehlen wieder im Griech.; c. 21 ist in c. 13 gr. abbrevirt; c. 22—26 stehen wieder nicht im Griech. Der letzte lat. 27, gr. 14 ist in beiden gleich, geringe Abweichungen abgerechnet.

Schröckh[28]) glaubte die Divergenz beider Texte in den Canonen daraus ableiten zu können, daß die römischen Abgeordneten entweder die sämmtlichen Schlüsse in der Sammlung des Anastasius schon fertig mitgebracht oder doch den Auftrag gehabt hätten, sie alle vorzuschlagen, daß man sie ihnen sämmtlich ohne Widerrede bewilligt, aber in die griechische epitomarische Sammlung nur ungefähr diejenigen aufgenommen, welche die Hauptgegenstände der Synode, die Händel des Ignatius und Photius, ingleichen die Bilderverehrung betrafen. Dies Letztere hat sicher mehr Grund als der erstere Theil dieser Annahme. Denn daß alle siebenundzwanzig Canonen bei Anastasius auf eine ursprünglich römische Redaktion hinweisen, läßt sich nicht mit Sicherheit annehmen, wenn auch mehrere von den römischen Legaten ausgegangen sind.[29]) Die Canones über die Reihenfolge und die Rechte der fünf Patriarchen, c. 17 und 21 bei Anastasius, rühren wohl in dieser Fassung nicht von den Römern her, obschon in ihrem griechischen Texte c. 12 und 13 gerade dasjenige fehlt, was sich auf die fünf Patriarchen bezieht; die Bestimmung, daß ein Mönch, der zum Episcopat erhoben werde, seinen Mönchshabit nicht ablegen solle, ging sicher von den Griechen, nicht von den Lateinern aus;[30]) das Verbot für die Bischöfe, von den Gütern ihrer Kirchen Klöster zu erbauen, ist den Beschlüssen der photianischen Synode in der Apostelkirche ganz konform;[31]) auch der nur lateinisch vorhandene Canon 26 über die Appellationen der Cleriker und Bischöfe würde

[28]) Schröckh K. G. XXIV. 170. Aehnlich Gfrörer K. G. III, 1. S. 278.

[29]) Aus Phot. ep. 2. ad Nicol. wissen wir, daß viele der 861 festgestellten Canonen vom päpstlichen Stuhle proponirt waren. Sicher hat man bei dieser Gelegenheit von Rom aus dasselbe gethan.

[30]) c. 27. p. 178. c. 14. p. 406. Cf. Phot. ep. 2. ad Nicol. (S. oben B. II. Abschn. 8.

[31]) c. 15. p. 160: Si autem Episcopus convictus fuerit construxisse monasterium de redditibus ecclesiasticis, tradat ipsum eidem Ecclesiae monasterium. Cf. Syn. a. 861. can. 7 (oben B. II. A. 7.)

von den Römern eine ganz andere Fassung in seinem letzten Theile erfahren haben. Dasselbe läßt sich bei can. 1 bemerken.

Man könnte auch die Vermuthung aufstellen, daß im griechischen Texte Alles beseitigt worden sei, was dem Kaiser anstößig oder mißliebig sein konnte, da die gegen die Einmischung der weltlichen Gewalt in die Bischofswahlen gerichteten can. 12 und 22 ganz fehlen, die Androhung von schweren Kirchenstrafen für jeden, der die Mysterien der Kirche profanirt und nachäfft, auch für den Kaiser,[26]) zugleich mit dem ganzen c. 16 wegfällt, und nur die Bestimmung aufgenommen ist, daß zu anderen als allgemeinen Synoden weltliche Große nicht zugezogen werden sollen.[27]) Auch könnte es den Anschein haben, als habe man das für den byzantinischen Patriarchen Anstößige, wie die Androhung der Deposition für den Fall einer Nachläßigkeit im can. 16, beseitigen wollen. Aber das hat sicher noch weit weniger Grund. Hatte man ein Interesse, dem Patriarchen freiere Hand zu lassen, so wäre wohl weit eher als der lat. c. 9, der nur auf Photius sich bezog, der achte Canon weggelassen worden und der Inhalt der Canonen spricht gegen diese letztere Annahme sehr bestimmt. Noch könnte das Wegfallen des can. 25 bedeutsam sein, welcher den von Methodius und Ignatius ordinirten Clerikern aller Weihen, die dem Photius sich angeschlossen und der Synode sich nicht unterworfen, den Bestimmungen des Papstes Nikolaus gemäß für immer die Hoffnung auf Wiedereinsetzung in ihre Aemter benimmt, und das um so mehr, als der Kaiser immer auf Milde und Schonung drang. Aber da alle Entscheidungen der Päpste Nikolaus und Hadrian angenommen waren und im zweiten Canon das ausdrücklich erwähnt ward, so konnte der Epitomator leicht diese Bestimmung übergehen, wie er denn auch sonst nach ähnlichen Gesichtspunkten verfahren hat. So konnte er den c. 9 wie der Hauptsache nach mit c. 8 übereinstimmend, den c. 13 als theilweise mit c. 5 zusammenfallend, die c. 15. 18. 23 gegen Alienationen als blos ältere Verordnungen erneuernd, füglich weglassen, zunächst bedacht, Alles, was sich auf Photius und die Ikonoklasten bezog, genau zu geben, von dem Uebrigen blos das, was ihm als das Wissenswürdigste galt, anzureihen. Diesen Eindruck macht überhaupt seine ganze Arbeit und alles Andere, wie z. B. die Bestimmungen über die Freiheit der Bischofswahlen, kam schon in älteren Kirchengesetzen vor. Der Auszug hat demnach auch seinen bestimmten Plan.

Soviel scheint uns ferner sicher, das Mehr der Canonen bei Anastasius rührt keinesfalls von ihm her; auch wurde er nicht über Zahl und Inhalt der promulgirten Canonen getäuscht, da er gerade bei dieser Sitzung selbst zugegen

---

[26]) p. 170: Si vero quispiam imperator vel potentum aut magnatum taliter illudere divinis ... tentaverit, primo quidem arguatur a Patriarcha illius temporis et episcopis, qui cum ipso fuerint, et segregetur et indignus divinis mysteriis judicetur; deinde vero accipiat quosdam alios in duram observantiam labores et poenas, quae visae fuerint; et nisi celeriter se poenituerit, etiam anathema sit ab hac s. et universali synodo.

[27]) c. 12. p. 166. cf. p. 171. c. 17.

war. Dazu sind mehrere dieser Canonen durch den Gang der Verhandlungen selbst gefordert; so wurde in der neunten Sitzung das Urtheil über die der Theilnahme an den von Michael III. verübten Parodien der kirchlichen Riten schuldigen Höflinge auf die folgende Sitzung aufgeschoben;[34]) in dieser aber findet sich nichts darüber, als der blos lateinisch vorhandene sechzehnte Canon. Sodann wird der Inhalt des can. 25 in dem griechischen Synodikon angeführt, welches nach den Akten der Synode excerpirt sich findet.[35]) Außerdem bieten auch die sonstigen Akten bei Anastasius Vieles, was er sicher nicht fingirt haben kann, wie z. B. den öfteren Widerspruch der kaiserlichen Commissäre gegen die römischen Legaten.[36])

Wenn Anastasius versichert, daß er mit der größten Sorgfalt seine Uebersetzung gearbeitet,[37]) und sein Exemplar nicht mehr und nicht weniger enthalte, als das Original:[38]) so müssen wir in Anbetracht aller Umstände dieser Versicherung vollen Glauben schenken und es kann ihr der Umstand nicht präjudiciren, daß bis jetzt noch kein ausführliches und vollständiges griechisches Exemplar aufgefunden worden ist. Das Schicksal dieser Synode unter dem zweiten Patriarchate des Photius kann das zur Genüge erklären; es wäre aber auch möglich, daß schon gleich bei der Abhaltung auch kürzere Protokolle der zehn Sitzungen gefertigt wurden, welche die standhaftesten Gegner des Photius bei sich aufbewahrten und die daher allein der Zerstörungslust der abermals triumphirenden Photianer entgingen. Johannes Beccus im dreizehnten Jahrhundert kannte sicher nur unseren griechischen Auszug[39]) und auch ihn hatte er sicher nicht im Patriarchalarchive gefunden. Es fragt sich nun, von wem die jetzt vorhandene griechische Compilation eigentlich herrührt und ob sie einen späteren Epitomator voraussetzt.

Unsere griechischen Handschriften, welche die Synode geben, enthalten folgende Stücke: I. „Das was der heiligen achten ökumenischen Synode vorausgeht.“ Hieher gehören: a) die Biographie des heiligen Ignatius von Niketas David;[40]) b) das wohl früher verfaßte Enkomium auf Ignatius vom Syn-

[34]) Mansi p. 155 A.

[35]) Mansi p. 406 C. D.

[36]) ib. p. 55—57.

[37]) Anast. Praef. p. 9: Interpretans igitur hanc 8. Synodum, verbum e verbo, quantum idioma latinum permisit, excerpsi, nonnunquam vero manente sensu constructionem graecam in latinam necessario commutavi; rara praeterea interpreti doctiori enucleanda servavi.

[38]) ib.: Plane notandum est ..., nihil minus vel amplius in eadem Synodo definitum fuisse, nisi quae in graeco ejusdem Synodi actionum codice in Rom. Eccl. scripta reperiuntur et in latinitatem fideli satis stylo translata in archivo ejusdem Ecclesiae recondita comprobantur.

[39]) Die von ihm citirten Stellen aus den Briefen von Nikolaus, dem Concil des Hadrian und den Acclamationen sind genau den griechischen Akten konform. Vgl. Beccus L. III. ad Theod. Sugd. c. 2 (Gr. orth. II. 131—137.) mit Mansi XVI. 360 D. E. p. 361 C. D. p. 364 C. D. p. 377. c. 1. 3. p. 381.

[40]) Mansi p. 209—292.

tellus Michael,[41]) welches ganz kurz sein Leben berichtet, den Namen des Photius ganz verschweigt und nur den Bardas als den Verfolger bezeichnet; es scheint noch bei Lebzeiten des Photius nicht lange nach dem Tode des Ignatius geschrieben, da Jener sichtlich darin geschont ist und der Autor sich scheuen mußte, ihn zu beleidigen; c) die von Theognostus in Rom überreichte Appellationsschrift des Ignatius;[42]) d) Auszüge aus den Erlassen des Papstes Nikolaus I., und zwar α) aus einem Schreiben an alle Patriarchen, Erzbischöfe und Bischöfe mit den Beschlüssen der römischen Synode gegen Photius und Rodoald (865); β) aus dem Briefe an Ignatius[43]) von 866; γ) aus dem Schreiben an die Senatoren von 866.[44]) e) Brief des Epiphanius von Cypern an Ignatius nach seiner Wiedereinsetzung.[45]) Nun folgt der II. Theil: Auszüge aus den Akten des achten Conciliums[46]) mit der Vorrede, die in Kürze den ganzen Inhalt des von Anastasius Gelieferten umfaßt. III. Theil: Anhang der Synode. Dieser besteht aus folgenden Stücken: a) encyklisches Schreiben der Synode; b) deren Schreiben an Papst Hadrian.[47]) Hierauf erwähnt der Compilator, der hier das erstemal selbst spricht, ein Schreiben des Kaisers, das er nicht mittheilt; dann folgt c) Auszug eines Briefes von Hadrian an Ignatius; d) Brief des Metrophanes an den Patricier Manuel;[48]) e) Brief des Papstes Stephan an Kaiser Basilius;[49]) f) historisches Referat des Compilators über die Vorgänge von 886 als Einleitung zu dem g) Briefe Stylian's an Papst Stephan; h) Stephan's Antwort; i) zweites Schreiben Stylian's an denselben (889—890); k) Antwort des Papstes Formosus.[50]) Soweit ging der Text in der älteren römischen Ausgabe; die weiteren Anhänge wurden zuerst von M. Rader 1604 veröffentlicht und in die späteren Sammlungen aufgenommen. Es erleidet aber keinen Zweifel, daß sie in der Zeit geschrieben wurden, in der die photianischen Streitigkeiten noch fortwährten, obschon dieser bereits gestorben war. Hieher gehören l) der kurze Traktat de stauropatis;[51]) m) Excerpte aus den Briefen von Nikolaus und Hadrian mit einem kurzen Anhang über Johann VIII.;[52]) n) Breviar der achten Synode;[53])

---

[41]) Mansi p. 292—294.

[42]) Ib. p. 295—302.

[43]) Ib. p. 301—304. Vgl. oben III. 4. N. 148. Der Brief ist nicht unter den lat. vorhandenen Briefen des Papstes, wenigstens nicht in dieser Gestalt.

[44]) Ib. p. 305—308.

[45]) Ib. p. 307. 308. Der Brief ist um 870 geschrieben, bald nach Beendigung unserer Synode.

[46]) Ib. p. 307—410.

[47]) p. 409 C—414 C.

[48]) p. 414 C—420 D.

[49]) p. 419 E—426 B. c. III.

[50]) p. 425 B—442 A. c. IV.

[51]) p. 441—446.

[52]) p. 445—450 B.

[53]) Dieses Werkchen p. 449—450. n. XI. geht nur bis p. 452. lin. 4. ἀπὸ τοῦ Χρυ-σοῦ (Assem. l. c. n. 213. 214. p. 303. 304.). Das Folgende rechnet Pag. a. 886. n. 5. mit Unrecht hinzu. Im Cod. Mon. 436. p. 121. 122. ist ein neuer Absatz angezeigt.

o) Argumentation des Sammlers gegen die Photianer; p) Auszug aus einer Schrift über die ökumenischen Synoden; q) Brief Johann's IX. mit Einleitung und Epilog des Sammlers.[54])

Aus jener Stelle im ersten Nachtrag zu den griechischen Synodalakten (III, b.), wo von einem Briefe des Kaisers Basilius und seiner Söhne Constantin und Leo die Rede ist, der hier ausgelassen wurde,[55]) schließt Assemani,[56]) daß der Epitomator längere Zeit nach der Synode gelebt habe; wenn er nämlich die Akten selbst in einem authentischen Exemplare gesehen hätte, müßte er gewußt haben, daß das fragliche Schreiben an die Patriarchen gerichtet war, wie der lateinische Text[57]) es anführt. Sehr leicht konnte in dem von ihm benützten Codex die Bezeichnung, an wen das Schreiben gerichtet war, ausgefallen und dasselbe unleserlich geworden sein, was um so glaublicher ist, als dieses das letzte Stück der Synodalakten war und Hadrian's Antwort an Ignatius, die erst am 10. Nov. 871 erfolgte,[58]) nur der Vollständigkeit wegen angeschlossen ward, die übrigen Stücke aber nicht mehr zu diesen Akten im eigentlichen Sinne gerechnet werden können.[59]) Der Epitomator hatte neben anderen einen Codex vor sich, welcher eine kurze Aufzählung der ökumenischen Synoden enthielt und die Gegenstände der Verhandlungen, die verurtheilten Häresien, Ort und Zeit derselben nach den Regierungsjahren der Kaiser, die hervorragendsten Mitglieder besprach;[60]) er theilt daraus das über die achte Synode, die gegen Photius, Gesagte mit. Hier wird die Synode als ökumenisch bezeichnet, von den römischen Legaten nur Marinus erwähnt, und zwar als Vorsitzender, neben Constantin und Leo auch Alexander, der dritte Sohn des Basilius, unter den Herrschern genannt; gegen Photius wird neben den anderen Anklagen auch die der Pseudosynoden gegen Nikolaus und Ignatius sowie die des Irrthums von den zwei Seelen vorgebracht. Mit dem Epilog zu Johann's IX. Schreiben schließt die eigentliche Sammlung ab;[61]) die Stel-

---

[54]) Mansi p. 451—458.

[55]) Mansi XVI. 413: *Μετὰ ταῦτα γέγραπται ἐπιστολὴ τῶν βασιλέων Βασιλείου, Κωνσταντίνου καὶ Λέοντος, οὐ δηλοῦσα πρός τινα, ἥτις καὶ παρείθη.*

[56]) Assem. l. c. n. 203. p. 233.

[57]) Mansi l. c. p. 202.

[58]) Jaffé n. 2237. p. 259.

[59]) *μετὰ ταῦτα εὑρέθη καὶ ἐπιστολὴ Μητροφάνους.* Diese scheint der Epitomator anderwärts gefunden zu haben, ebenso wahrscheinlich die folgenden Briefe. Die Briefe bei Anastasius p. 203 „Indeficientem", p. 204 „Lapis qui de monte", p. 208 „Lectis excellentiae" fand derselbe wahrscheinlich nicht vor; dagegen hat der lat. Text die obengenannte Antwort Hadrian's an Ignatius nicht, die dieser im Auszug bietet.

[60]) Mansi p. 453 D. seq. Diese Schrift ist verschieden sowohl von dem Berichte der achten Synode (p. 449 B.) als von dem Synodikon des Pappus und dem von Leo Allatius mitgetheilten (p. 521. 531.). Der Paragraph vom achten Concil beginnt: *Ὀγδόη δὲ ἁγία μεγάλη καὶ οἰκουμενικὴ σύνοδος γέγονεν ἐν ΚΠ.* Die Schrift steht auch Cod. Mon. 436. p. 123, wo die Worte *καὶ Ἰγνατίου — πρεσβυτέρας Ῥώμης* (Mansi XVI. 453 E. lin 3—5.) fehlen und vor *ἐπισκόπων* die Zahl ρβ' steht.

[61]) Der Verfasser der Praefat. in Syn. Phot. aus dem fünfzehnten Jahrhundert (die

len des Johannes Skylitzes[62]) hat wahrscheinlich der dem fünfzehnten Jahrhundert angehörige Verfasser der Vorrede zur photianischen Synode[63]) beigefügt.

Assemani[64]) glaubt, der Epitomator sei kein anderer als Niketas David, der Biograph des Ignatius. Seine Gründe sind: 1) Dieser griechische Scholiast geht von der strengen Ansicht aus, daß die von Photius Ordinirten blos zur Laienkommunion dürften zugelassen werden und selbst der Papst nicht hierin dispensiren könne.[65]) Niketas aber hegte dieselbe Meinung, wie sich aus seinem Urtheil über die von der achten Synode geübte Milde ergibt.[66]) 2) Er nennt die Photianer ganz wie Niketas *σταυροπάτας*.[67]) 3) Er gehört ungefähr in dieselbe Zeit, wie Niketas, der um das Jahr 900 schrieb.[68]) Denn a) der von ihm benützte Codex geht bis zur achten ökumenischen Synode;[69]) b) der letzte der von ihm aufgezählten Päpste ist Johann IX. (898—900)[70]) c) und nach seiner Angabe war Photius bis dahin fünfundvierzig Jahre verbannt.[71])

Diese Gründe sind unseres Erachtens nicht entscheidend. Um von dem letzteren zu beginnen, so hat allerdings Niketas zwischen 900—950 gelebt[72]) und in eben diese Zeit mag die Abfassung unseres Anhangs fallen; das Argument a) hat aber hier sicher keine Kraft; denn ebenso konnte ein späterer, nicht photianischer Grieche reden; b) ist nicht entscheidend, da doch wohl nur die Päpste aufgezählt werden sollen, die gegen Photius und die Photianer aufgetreten sind, nach Johann IX. aber diese Frage mehr und mehr an Gewicht verlor; aus c) würde im Sinne des Assemani folgen, daß der Autor unter Formosus, also noch vor 900 geschrieben habe; der Verfasser will aber nur sagen, daß Photius fünfundvierzig Jahre bis zu seinem Tode exkommunicirt war; das konnte auch später gesagt werden. Zudem scheint es, daß der Abbreviator, der verschiedene Stücke benützte, nur sehr wenig von dem Seinen gegeben hat. Den seit den Ikonoklastenzeiten[73]) mindestens gangbaren Ausdruck

---

daher auch in Cod. Mon. 436. u. a. fehlt) bezeichnet den Compilator als *ἀνὴρ ἀρχαῖος καὶ σύγχρονος τῇ συνόδῳ*.

62) Mansi p. 459. 460.

63) Ib. p. 461 sq.

64) Assem. n. 216. p. 308—310; n. 228. p. 323—325. So auch Le Quien Panopl. p. 169.

65) Mansi p. 452 C. D.: *Τοὺς γοῦν ὑπὸ τούτων — ἐκ λαϊκῶν.* p. 453 A. B. C.: *Τούτων δὲ πάντων — οὐκ ἐπανῆλθεν* p. 457 C—E.

66) Nicetas p. 265. A—E.

67) Mansi p. 441. Cf. Nicet. ib. p. 265 D.

68) Assem. n. 227. p. 322. 323.

69) Mansi l. c. p. 453 D.

70) Ibid. p. 457 D. E.

71) Ibid. p. 452 A.

72) S. oben B. II. Abschn. 3. N. 36. Bd. I. S. 356.

73) Die *σταυροπάται* sind die, welche das Kreuz (vor den Unterschriften der Bischöfe) mit Füßen traten, ihr Gelöbniß brachen. So lesen wir bei Niceph. Cpl. Apol. min. c. 6. p. 481 ed. Migne: *καὶ εἰ ἀρνοῦνται τὴν ὁμολογίαν αὐτῶν, τοὺς ἰδιοχείρους αὐτῶν*

σταυρωνίτας [74]) konnte der Compilator sehr gut aus vorliegenden Urkunden nehmen und ebenso ein Anderer als Niketas ihn gebrauchen. Indem ist nicht erwiesen, daß das Stück, das Nader herausgab, von demjenigen herrührt, der die Akten in ein Compendium brachte. Was endlich den ersten Grund betrifft, so huldigte der strengen Ansicht nicht allein Niketas, sondern auch viele Andere; es ist also auch hier kein entscheidendes Merkmal gegeben. Deßhalb können wir Assemani's Ansicht wohl einige Wahrscheinlichkeit zugestehen, aber für verbürgt kann sie nicht gelten. [75])

Es spricht aber auch gegen die Compilation unserer Aktensammlung durch Niketas noch gar Manches. So z. B. der in den lat. Akten nicht vorkommende Brief des Papstes Hadrian an Ignatius, worin diesem außer dem Vorwurfe wegen unbefugten Einschreitens in Bulgarien noch insbesondere Uebertretung der in der Synode von Constantinopel festgesetzten Canones und ungesetzliche Ordination von Laien zu Diakonen zur Last gelegt wird, [76]) was Niketas, der große Verehrer dieses Patriarchen, nicht so leicht ohne alle Gegenbemerkung gelassen haben würde, wie es hier der Fall ist; Niketas würde keinesfalls die Anklage, Ignatius hatte sich dasselbe erlaubt, was den Sturz des Photius herbeigeführt, so einfach registrirt und ohne allen Versuch der Rechtfertigung in seine auch sonst mit Erläuterungen versehene Compilation aufgenommen haben. Keinesfalls ist es evident, daß Niketas auch zugleich der Epitomator war, wenn auch der Zeit nach beide nicht weit auseinander fallen können. Der Auszug der Akten selbst existirte wohl schon früher, schon unter dem zweiten Patriarchate des Ignatius; ihm wurden dann die weiteren Aktenstücke angereiht.

Der Compilator arbeitete sicher in einer Zeit, wo der Streit über Photius noch großes praktisches Interesse hatte, wie aus dem ganzen Zusammenhang hervorgeht. Er setzt den Theophanes Phrenodämon (ein ihm von seinen Gegnern gegebener Beiname), der oft des Meineids an seinen eidlichen Versicherungen sich schuldig gemacht und das Buch gegen Papst Nikolaus gemeinschaftlich mit Photius gearbeitet haben soll, als noch lebend voraus; [77]) er kann also von den Tagen des Photius nicht weit entfernt sein. Es ist wahrscheinlich jener Theophanes, der bei Symeon Magister Sphenodämon heißt, [78]) der dem Photius bei der Wiedergewinnung des Patriarchats beistand und dafür nachher Erzbischof von Cäsarea wurde. [79])

σταυρονὶς κατεῖδε. Vgl. Theod. Stud. L. II. ep. 40. c. 1. p. 1217, wo *ποιεῖν σταυρὸν* für betheuern und geloben steht.

[74]) Mansi l. c. p. 411.

[75]) Nicet. p. 289 D. verwirft zugleich mit Photius die Nachfolger desselben (*τὰς ἀναιτίας κ. παρανομίας αὐτοῦ τε Φωτίου .. καὶ πάντων ἐφεξῆς τῶν αὐτοῦ διαδόχων ἐπὶ τῆς φιλαρχίας κοινωνῶν.*) Ebenso der anct. append. p. 157.

[76]) Mansi l. c. p. 413.

[77]) De staurop. p. 445 C.: *[illegible] Θεοφάνην τὸν ἐπιλεγόμενον Φρενοδαίμονα, τὸν πολλάκις σταυροπατήσαντα, καὶ πλαστογραφήσαντα μετὰ Φωτίου τὸ κατὰ τοῦ ἁγιωτάτου πάπα Νικολάου βιβλίον, παντελῶς ἀποβαλέσθαι.*

[78]) Sym. Mag. Bas. c. 7. p. 689.

[79]) Nicet. p. 284. Le Quien Or. chr. I. 381. 382.

Niketas scheint aber nicht die vollständigen Akten, wenigstens nicht die vollständigen päpstlichen Briefe vor sich gehabt zu haben. Denn wenn er die von ihm an dem achten Concilium getadelte zu große Milde hauptsächlich auf Rechnung der Römer setzt,[80]) so war ihm wohl entgangen, daß Hadrian II. in seinem Schreiben an Basilius vom 10. Juni 869 dazu sehr wenig geneigt war und diesem sogar seinen Schmerz über das Ansinnen zu großer Schonung ausdrückte, wodurch die Dekrete seines Vorgängers beeinträchtigt zu werden schienen;[81]) im griechischen Auszuge fehlt diese Stelle.[82]) Es ist sehr wahrscheinlich, daß schon die ursprünglichen griechischen Akten nur Auszüge aus den ziemlich langen Dokumenten mittheilten. Ohnehin müssen wir in Anschlag bringen, daß die Kenntniß des Lateinischen, wie wir schon früher bemerkten, in Constantinopel eine Seltenheit geworden war, daß die Uebersetzer leicht aus Unkunde der Sprache schwierige Stellen abkürzen und überspringen konnten, wie denn Anastasius[83]) ausdrücklich bemerkt, daß er die päpstlichen Schreiben in Constantinopel nur sehr ungenau übersetzt vorfand und daran, soweit es die Zeit erlaubte, noch Manches verbesserte. In seiner lateinischen Uebersetzung konnte Anastasius die Originalien derselben vollständig mittheilen.

Insoferne scheint schon der ursprüngliche griechische Text ein einigermassen verkürzter gewesen zu sein. In eine noch kürzere Form ward er wahrscheinlich gegen Anfang des zehnten Jahrhunderts durch einen orthodoxen Anonymus gebracht, der Alles zusammentrug, was er an Aktenstücken über die Verurtheilung des Photius vorfand und mit diesen Dokumenten hat sich diese kürzere griechische Recension allein erhalten, während die in die Patriarchalarchive gebrachten ausführlichen Akten zu Grunde gingen.

---

5. Die fünf ersten Sitzungen des Concils von 869.

Am Mittwoch, den 5. Oktober 869, wurde die Synode bei St. Sophia eröffnet. Auf der rechten Seite der hohen Gallerien oder Katechumenien,[1])

---

[80]) Nicetas p. 268 C.

[81]) S. oben Abschn. 2. N. 70. S. 41.

[82]) Cf. Assem. l. c. L. I. c. 7. n. 114. p. 200.

[83]) Anastas. Praef. cit. p. 9: Sane et hoc notandum, quia quaedam Scripturarum, quae super his a Sede Apostolica Cplim missae sunt, deficientibus ejusdem urbis interpretibus, non ex toto recte translata in graecitatem inveni, quorum ipse nonnulla, et quantum angustia illius morandi permisit temporis, emendavi, partim vero, ut reperi, hactenus incorrecta reliqui.

[1]) Mansi Conc. XVI. 310: ἐν τοῖς δεξιοῖς μέρεσι τῶν κατηχουμενείων. Ebenso Nicet. p. 261. Anastas. ib. p. 18: Catechumenia dicuntur loca, in quibus catechumeni instruuntur. Es waren das aber theils Nebengebäude der Kirche, theils Emporkirchen der letzteren, porticus ecclesiae sublimiores. Cf. not. in Theophan. p. 715. tom. II. p. 551 ed. Bonn. Goar Euch. p. 19. 20. Du Cange Cpl. III. 38. Dieselbe Ortsbestimmung steht im Synodaldekret des Klerus Studion Lonsol. l. III. p. 204, ebenso bei andern ib. 211. 217.

dem Ort der Sitzungen, waren nach dem Brauche der früheren Concilien das heilige Kreuz und die vier Evangelien ausgesetzt. Den ersten Platz nahmen die päpstlichen Legaten ein; nach ihnen kam Ignatius, dann die Abgeordneten von Antiochien und Jerusalem; eilf bis zwölf Hofbeamte[1]) wohnten von Seiten des Kaisers bei. Als diese versammelt waren, mußten zuerst jene Bischöfe eintreten, die für Ignatius Verfolgung erlitten hatten. Es waren zwölf:[2]) die Metropoliten Nikephorus von Amasia, Johannes von Syläum, Niketas von Athen, Metrophanes von Smyrna und Michael von Rhodus, sodann die Bischöfe Georg von Iliopolis, Petrus von Troas, Niketas von Kephaludia auf Sicilien, Anastasius von Magnesia, Nikephorus von Croton, Anton von Alisa und Michael von Corcyra. Man wies ihnen ihre Plätze an und so ward die Synode konstituirt.

Zuerst ließ nun der kaiserliche Commissär Baanes nach erlangter Zustimmung der römischen und orientalischen Legaten durch den Sekretär Theodor eine Ansprache des Kaisers an das Concil (Epanagnostikon) vorlesen, die also lautete:

„Da Gottes liebreiche Vorsehung das Reich Uns übertragen und die Weltherrschaft Uns in die Hände gelegt, haben Wir Uns alle Mühe gegeben, auch noch vor der Sorge für das Staatswohl die kirchlichen Zwistigkeiten zu beseitigen.[3]) Deßhalb haben Wir für gut befunden, auch die Stellvertreter der übrigen Patriarchalstühle zu diesem Endzweck zu versammeln, die nun auch mit Gottes Hilfe zugegen sind. Wir ermahnen darum Euch, Brüder, insgesammt, und legen es Euch an das Herz, daß Ihr mit aller Ehrfurcht und mit frommer Gesinnung Euch zu der heiligsten und ökumenischen Synode begebt, die für alle Uebel vollständige Abhilfe und Heilung bringen soll,[4]) mit Entfernung aller menschlichen Affekte, aller Zwietracht und Parteiung, mit dem festen Entschluße, lieber auf edle Weise besiegt zu werden, als mit Schuld und gegen die Gesetze zu siegen. Und Euch, ihr Richter, reden Wir also an: Wir wissen wohl, daß Ihr die Wahrheit liebt; jedoch wollen auch Wir nach dem Maße der Uns in kirchlichen Angelegenheiten verliehenen Gewalt das nicht verschweigen.[5])

---

[1]) Ihre Namen: Theodor, Patricier und Magister; Baanes Praepositus, Himerius, Theophilus, Johannes Logotheta Dromi, Leo Domesticus excubitorum, Paulus Praefectus Praetorio, Manuel, Theophylactus, Petronas, Orestes, Protospatharius et domesticus hicanatorum. Bei Anastasius wird in diesem Verzeichnisse nur der nachher stets besonders genannte Baanes weggelassen; dafür kommt Leo doppelt vor, ebenso not. 11.

[2]) Die Namen hat nur Anastasius. Mansi XVI 18. Statt (Georg von) Iliopolis steht später p. 37. 41. Heliopolis, statt Anastasius von Magnesia Athanasius. Die Zahl von zwölf Metropoliten erwähnt auch Nicetas p. 261. Baron. a. 869. n. 14: Ex quibus considerare licet magnum atque miserandum orientalis ecclesiae naufragium, in qua hi tantum sunt inventi perstantes in fide legitimi Patriarchae.

[3]) *πᾶσαν ἰδιωτικὴν σπουδήν, καὶ πρὸ τῶν δημοσίων φροντίδων τὰς ἐκκλησιαστικὰς ἔριδας διαλῦσαι.* Mansi XVI. 312.

[4]) *ὡς πρὸς καινὸν καὶ ἄφθονον ἰατρεῖον.* ibid.

[5]) *πλὴν καὶ ἡμεῖς κατὰ τὸ δοθὲν ἡμῖν μέτρον τῆς ἐξουσίας ἐν τοῖς ἐκκλησιαστικοῖς πράγμασιν οὐ παρασιωπῶμεν.* Damit ist sehr gut gesagt, daß der Kaiser keinen unbeschränkten Einfluß auf Kirchensachen sich anmaßen will. Ueber die Stellung der kaiserlichen Richter vgl. Hefele Concil. I. S. 29. 25 f.

was zu sagen Uns obliegt. Wir bitten also Euere Frömmigkeit, fern von aller Parteilichkeit das Urtheil zu fällen.“ [7])

Die Legaten und die Bischöfe [8]) sprachen dieser kaiserlichen Anrede ihren Beifall aus. Nun wandte sich Baanes an die Stellvertreter der Patriarchen und bemerkte, die Bischöfe wie der Senat wünschten von ihren Aufträgen und Vollmachten Kunde zu haben, mit denen sie versehen sein müßten. Die Gesandten Rom's schienen über diese ihnen unerwartete Forderung betroffen; sie entgegneten, bis jetzt habe man noch nicht gesehen, daß in einem allgemeinen Concil die römischen Legaten einer solchen Untersuchung unterworfen worden seien. [9]) Baanes klärte sie auf, indem er ihnen bemerklich machte, die gestellte Forderung sei für sie und den römischen Stuhl nicht beleidigend und sei nur eine Vorsichtsmaßregel, um sich vor Betrug zu sichern, wie er bei den früheren Legaten Rodoald und Zacharias Statt fand, die gegen ihre Instruktionen gehandelt. Diese Antwort beruhigte die Legaten vollkommen; sie theilten nun ihre Vollmachten mit, die in den Briefen Hadrian's II. an den Kaiser und an Ignatius enthalten waren. Es ward nun auch das erstere dieser Schreiben, [10]) vom Diakon Marinus in lateinischer Sprache und dann vom Dollmetscher Damian in griechischer Uebersetzung vorgelesen. [11])

Nach der Verlesung des päpstlichen Schreibens riefen Ignatius und die Bischöfe sowie die Senatoren einmüthig: „Gott sei gepriesen, der uns in Betreff Eurer Heiligkeit vollkommen beruhigt hat!“ [12]) Als darauf die römischen Legaten mit der Synode nach den Vollmachten der Abgeordneten von Jerusalem und Antiochien fragten, erhob sich der Priester und Syncellus Elias und erklärte sich in einer Rede folgendermaßen. Sowohl sein Gefährte, Erzbischof Thomas, als er seien dem Kaiser und den meisten Anwesenden bekannt; Ersterer, als Metropolit von Tyrus, repräsentire bei dessen Erledigung den Patriarchalsitz von Antiochien, habe daher aus sich selbst Autorität und bedürfe keiner Vollmacht von Seite eines Anderen; da derselbe das Griechische nicht geläufig spreche, so habe er ihn ersucht, in seinem Namen zu reden. Er aber, der Priester Elias von Jerusalem, sei von seinem Patriarchen Theodosius bevollmächtigt und habe sein Beglaubigungsschreiben schon dem Ignatius und Anderen mitgetheilt, das aber wegen derjenigen, die es noch nicht vernommen, und vorzüglich wegen der Stellvertreter Rom's, hier noch vorgelesen werden möge. Auch habe er noch eine Erklärung vorzulegen, die er und sein Gefährte

---

[7]) Bei Anastasius Mansi l. c. p. 18. 19. ist der Text viel länger, der Inhalt aber derselbe. Die Legaten von Rom, Antiochien und Jerusalem werden besonders genannt.

[8]) Die griechischen Akten lassen hier nur die Legaten überhaupt reden, der Text des Anastasius p. 19. gibt die Antworten der römischen und orientalischen Abgeordneten, dann des sacer senatus.

[9]) Οὐχ εὑρήκαμεν ἐν οἰκουμενικῇ συνόδῳ τοὺς τοποτηρητὰς τῆς Ῥώμης ἀνακρινομένους.

[10]) ep. Legationis excellentiae tuae. Der griechische Text gibt nur einen Auszug.

[11]) Acta Anastasiana p. 20. Bei Anastasius geht dieser Verlesung noch eine kurze Rede der Römer mit Erwähnung der von Basilius nach Rom abgeordneten Gesandtschaft voraus.

[12]) Benedictus Deus qui dignatus est nos satisfactionem percipere perfectam de sanctitate vestra p. 21. Anders Hefele Conc. IV. S. 374.

bereits früher niedergeschrieben. Da sie nach längerem Verweilen in Constantinopel noch vor der Ankunft der römischen Abgeordneten den Kaiser gebeten, ihnen die Rückkehr in ihre Heimath zu gestatten, habe dieser nur unter der Bedingung eingewilligt, daß sie über die vorliegende kirchliche Frage schriftlich ihr Votum abgeben und das aussprechen sollten, was sie bei der Ankunft der Legaten gesagt haben würden. Dieses von ihnen eingereichte Gutachten möge ebenfalls der Synode vorgelesen werden. [13])

Nun ward auf die erfolgte Gutheißung der römischen Gesandten und der Synode von dem Diakon und Notar Stephan das Schreiben des Patriarchen Theodosius von Jerusalem an Ignatius vorgelesen, worin die Beglaubigung für Elias enthalten war. Theodosius sprach darin seine Theilnahme an den bisherigen Leiden des Ignatius und seine Glückwünsche zu seiner Wiedereinsetzung aus; er erklärte den Zweck der Sendung des mit großem Lobe überhäuften Elias, der zugleich nach der Bestimmung des saracenischen Herrschers gemeinsam mit Thomas von Tyrus bei dem Kaiser Basilius die Auslieferung einiger saracenischen Gefangenen erwirken solle; er erörterte seine schwierige Stellung unter den Muhamedanern, die zwar im Ganzen die Christen ungestört ihre Religion ausüben und sogar neue Kirchen erbauen ließen, aber doch noch vielfachen Argwohn hegten, und bat daher um die Intercession des byzantinischen Patriarchen beim Kaiser, damit der Wunsch des Fürsten erfüllt werde, der nur wegen der Befreiung jener Gefangenen die Reise erlaubt. Am Schluße machte er die dem Ignatius mit diesem Schreiben übersandten Reliquien und Geschenke namhaft. Nach Ablesung dieses Briefes erklärten sich die Legaten Roms damit zufrieden und Baanes konstatirte, daß die Vertreter sämmtlicher hier vertretener Patriarchalstühle ihre Vollmachten verificirt. [14])

Nun beantragten die päpstlichen Legaten die Ablesung der von Rom mitgebrachten Einigungsformel, die nach dem Willen Hadrians II. alle Bischöfe und Cleriker unterzeichnen sollten. Sie ward lateinisch von dem kaiserlichen Dolmetscher Damian und griechisch von dem Diakon Stephan verlesen. [15]) Dieselbe [16]) war unmittelbar an den Papst gerichtet und enthielt eine vollstän-

---

[13]) Anast. p. 24. 25. hat das allein; der griechische Text der Akten setzt aber wohl diese Rede zwischen den zwei aneinandergereihten Dokumenten voraus.

[14]) Anastas. Acta p. 25—27. Nicetas Vita Ign. ib. p. 261. Acta gr. p. 313—316.

[15]) Anast. Acta l. c. Acta gr. p. 316.

[16]) Mansi XVI. 316 (cf. p. 27. 28.): *Πρώτη σωτηρία ἐστὶ, τοὺς τῆς ὀρθῆς πίστεως κανόνας παραφυλάττειν, καὶ ἀπὸ τῶν διατάξεων τοῦ Θεοῦ καὶ τῶν πατέρων μηδαμῶς ἐκκλίνειν.* (Bisher wörtlich so im lat. Texte. Nun folgen aber im Lat. einige Sätze, die im Griech. fehlen: Quum quippe horum ad fidem pertinet, alterum ad opus bonum.... Et quia non potest D. N. Jesu Christi praetermitti sententia dicentis: Tu es Petrus et super hanc petram aedificabo Ecclesiam meam: Haec quae dicta sunt, rerum probantur effectibus, quia in Sede Apostolica immaculata est semper catholica reservata religio et sancta celebrata doctrina.) *Ταύταις οὖν ἑπόμενοι καὶ ζῆλοι* (Anast.: Ab hujus ergo fide atque doctrina separari minime cupientes et Patrum, et praecipue SS. Sedis Apostolicae Praesulum, sequentes in omnibus constituta), *ἀναθεματίζομεν πάσας τὰς αἱρέσεις, καὶ αὐτὴν τὴν Εἰκονομαχίαν. Ἀναθεματίζομεν καὶ Φώτιον τὸν ἐναντίως τῶν ἱερῶν κανόνων* (ap. Anast. add.: et (contra) sanctorum Pontificum Romano-

dige Anerkennung des Primates der römischen Kirche, die Verdammung der Ikonoklasten und des Photius sowie seines Anhangs, die Annahme der römi-

---

rum veneranda decreta) ἄρτι ἀπὸ τῆς βασιλευτικῆς ὑπηρεσίας καὶ κοσμικῆς στρατιᾶς προαχθέντα, ἐνυπάρχοντος Ἰγνατίου τοῦ ἁγιωτάτου πατριάρχου, εἰς τὴν Κωνσταντινουπολιτῶν ἐκκλησίαν ἐπεμβατικῶς (A. pervasorie, immo tyrannice) παρά τινων σχισματικῶν (a quibusdam schismaticis vel anathematizatis atque depositis . . ., donec Sedis Apostolicae sanctionibus inobediens perseverans ejus sententiam tam de se quam de patriarcha nostro Ignatio spreverit et conciliabuli acta, quod se auctore contra Sedis apostolicae reverentiam congregatum est, anathematizare distulerit) Ἐπάνωθεν δὲ καὶ τῇ ἁγίᾳ συνόδῳ (An. add.: et amplectimur), ἣν ὁ τῆς μακαρίας μνήμης πάπας Νικόλαος ἐτέλεσεν (An.: ante sacratissimum Petri Apostolorum eximii corpus celebravit), ἐν ᾗ καὶ αὐτός, δέσποτα ἰσάγγελε ἱεράρχα Ἀδριανέ, ἔγραψας (Annat. add: simul et quam tu ibi ipse nuper egisti, et omnia quae in his statuta sunt, secundum decreti vestri moderationem venerabiliter conservabimus) ἀποδεχόμενοι οὓς ἐκείνη ἀποδέχεται καὶ κατακρίνοντες τοὺς ἐν αὐτῇ κατακριθέντας (Anast. hat hier: quos recipiunt — qui in illis damnati sunt, weil in seinem Texte von zwei Synoden die Rede ist) — κατ᾽ ἐξαίρετον Φώτιον καὶ Γρηγόριον τὸν Συρακούσης, τοὺς πατροκτόνους δηλαδή, τοὺς κατὰ τοῦ πνευματικοῦ πατρὸς αὐτῶν τὰς γλώσσας κινήσαντας καὶ τοὺς ἐμμένοντας ἐν τῷ σχίσματι ὀπαδοὺς αὐτῶν, καὶ οἵτινες εἰς τὴν τῆς κοινωνίας αὐτῶν μετοχὴν ἐμμένουσι (Anast. add.: communionis omnis gratia eos cum ipsis indignos, si tamen voluerum non obedierint, judicantes etc.) Τὰς δὲ συναγωγὰς τῶν πονηρευομένων (Add. Anast.: immo speluncam latronum et conventicula sanguinum et fabricatorum pseudacii) καὶ τὴν σύνοδον διεφθαρμένων δογμάτων ὑπὸ Μιχαὴλ τοῦ βασιλέως δὶς κατὰ τοῦ μακαριωτάτου πατριάρχου Ἰγνατίου καὶ ἅπαξ κατὰ τοῦ κορυφαιοτάτου τοῦ ἀποστολικοῦ θρόνου διέντας ἀναθέματος δεσμοῖς συνδέομεν, καὶ τοὺς διεκδικοῦντας αὐτὰς ἢ τὰς ἀθέσμους αὐτῶν πράξεις ἀποκρύπτοντας. (Anast. add.: et non potius, si haec invenerint, concremantes et anathematizantes, neque ad satisfactionem et obedientiam, dignos eadem anathematis sententia judicamus.) Περὶ δὲ τοῦ τιμιωτάτου Ἰγνατίου Πατριάρχου (Anast.: patriarcha nostro) καὶ περὶ τῶν ὑπὲρ αὐτοῦ φρονούντων, ὅπερ ἡ αὐθεντία (auctoritas) τοῦ ἀποστολικοῦ θρόνου (nach Anast. wäre ὑμῶν beizusetzen) ἐξέθετο, ὡς δυνατὸν ἀκολουθοῦμεν (Anast. add.: et religiosa devotione veneramur, atque pro posse et posse nostro pia intentione ac spiritali conflictu defendimus. Quoniam . . . sequentes in omnibus Ap. Sedem et observantes ejus omnia constituta, speramus, ut in una communione quam Sedes Ap. praedicat esse mereamur, in qua est integra et vera christianae religionis soliditas, promittentes etiam, sequestratos a communione ecclesiae catholicae, id est non consentientes Sedi Apostolicae, eorum nomina inter sacra non recitanda esse mysteria.) Ταύτην οὖν τὴν ὁμολογίαν ἐγὼ ὁ δεῖνα ἐκκλησίας ἐπίσκοπος . . καὶ χειρὶ οἰκείᾳ ἔγραψα, καὶ σοί, τῷ ἁγιωτάτῳ δεσπότῃ καὶ μεγάλῳ ἀρχιερεῖ καὶ οἰκουμενικῷ Πάπᾳ Ἀδριανῷ διὰ τῶν ἀποκρισιαρίων ἐπιδέδωκα. Die meisten dieser Abweichungen des griech. Textes vom lat. lassen sich als bloße Abkürzungen fassen, da das Formular ohnehin zu lang war; erheblich sind nur die erste und die letzte, die sich direkt auf die volle Lehrgewalt und die oberste Jurisdiktion des Papstes beziehen. Auch diese kürzere griechische Recension drückt aber den römischen Primat noch genügend aus. Da indessen die Legaten mit der Auslassung so wichtiger Stellen, die beide einst vom Patriarchen Johannes II. in dieser Fassung schon angenommen worden waren (Buch I. Abschn. 6. Note 21.), sich nicht leicht begnügt haben würden, Anastasius dazu versichert p. 20, daß das Formular, sowie er es mitgetheilt, von den wiederaufgenommenen Geistlichen unterschrieben ward, endlich die vorhandenen griechischen Akten auch sonst nur als Auszug sich darstellen, so ist man wohl zu der Annahme berechtigt, daß der hier angeführte Text des griechischen Exemplars nicht schlechthin als der authentische und wirklich recipirte zu betrachten ist, so sehr auch die sonst in dieser Frage hervortretenden Tergiversationen der Griechen für eine in Constantinopel veränderte

schen Synodalbeschlüsse in Sachen des Ignatius, die Verwerfung der gegen diesen und Papst Nikolaus gehaltenen Concilien des Photius, das feierliche Bekenntniß der Legitimität des wiedereingesetzten byzantinischen Patriarchen. Die Formel selbst war nicht neu; es war im Wesentlichen dieselbe, die Papst Hormisdas für die Wiedervereinigung der Kirche von Constantinopel mit der römischen nach dem Orient gesandt, dieselbe, die Justinian dem römischen Stuhle anfertigte;[17]) nur die Namen der anathematisirten Häretiker und Schismatiker waren nach den geänderten Zeitumständen verändert. Papst Nikolaus hatte sie schon seiner Gesandtschaft nach Constantinopel mitgegeben, wo sie aber dem früher Erzählten zufolge nicht zur Vorlage kam.[18])

Von einem weiteren gegen dieses Formular, das bereits der Kaiser gebilligt, erhobenen Bedenken lesen wir weder in den Akten des Anastasius, noch in den griechischen ein Wort. Es ward allgemein gutgeheißen und angenommen. Um ihre Uebereinstimmung mit dem vom römischen Stuhle darin ausgesprochenen Urtheile noch mehr an den Tag zu legen, beantragten die orientalischen Legaten die Verlesung der von Elias schon früher erwähnten Erklärung, die auf den Wunsch des Kaisers abgefaßt war.[19]) Diese erfolgte sodann durch den Diakon Stephan. Der Inhalt der Deklaration[20]) war folgender: Man müsse durchaus den Dekreten des Papstes Nikolaus gehorchen, die sie, die Stellvertreter von Antiochien und Jerusalem, völlig billigten und gutbießen, Ignatius sei als Patriarch von Constantinopel zu betrachten und Jene, die seinetwegen von der Partei des Photius abgesetzt worden, seien in ihre Aemter und Würden wiedereinzusetzen. Die Anhänger des Usurpators seien, falls sie auf der Synode sich reuig zeigten, nach Auflegung einer von Ignatius, dem es auch Papst Nikolaus überlassen, zu bestimmenden Strafe wieder aufzunehmen;

Fassung sprechen könnten. Doch konstatirte Anastasius einige Abweichungen der Uebersetzung (N. 18.)

[17]) Auch die Defensio declarationis Gallic. P. III. lib. X. c. 7. hat dieses hohe Alter des Formulars anerkannt. Vgl. Fleury L. 51. n. 38. p. 277. Card. Gerdil Esame dei motivi dell' opposizione alla Bolla Auctorem fidei P. II. Sez. II. (Opp. ed. Rom. XIV. p. 163 seq. Cf. t. X. p. 332.) Litta's Briefe über die vier gallikanischen Artikel Lettre 25. und oben Buch I. Abschn. 6. N. 21.

[18]) Anastasii nota Mansi XVI. 29. Hier steht auch die Note p. 30: Hic in codice authentico graeco post latinum libellum positus est idem ipse libellus graece interpretatus, quamvis pro ignorantia latinarum literarum jam nunc latine hunc scribere paulatim omittant. Sed notandum est, quia si hujus libelli aliqua in graeca interpretatione videntur haberi aliter quam in latina editione, non voluntate, sed necessitate factum est. Interpres enim in quibusdam quidem proprietates graecae dictionis minus consequens, in quibusdam vero latinitatis eloquia liquide nesciens, parum quid ex eodem libello mutasse dignoscitur.

[19]) Anast. Acta p. 30: Sanctissimi Vicarii Orientis dixerunt: Concordamus. Legatur autem et definitio, quae hic a nobis exposita est, cujus et superius mentionem fecimus, ut cognoscatis concordiam nostram.

[20]) Mansi XVI. 316. 317. 30—33. Auch aus dem kürzeren griechischen Texte geht hervor, daß man bei deren Abfassung die Dekrete Nikolaus I. vor sich hatte; in dem längeren Texte des Anastasius sind diese ihren Hauptpunkten nach genauer kopirt.

dagegen solle dem Photius und dem Gregor Asbestas keine Schonung zu Theil werden. Wer nach erlangter Kunde von dem Urtheile des Papstes Nikolaus und der gegenwärtigen Entscheidung hartnäckig sich widersetze, der sei mit dem Anathem belegt.

Nachdem die römischen Legaten noch die Stellvertreter des Orients befragt, ob diese Schrift wirklich von ihnen herrühre und ihre wirkliche Ansicht ausspreche, diese es bejaht, und alle Anwesenden die Deklaration gebilligt,[91]) brachte der Patricier Baanes im Namen des Senates das Bedenken vor, wie man in Rom den Photius habe verdammen können, da man ihn dort nie gesehen und gekannt.[92]) Die römischen Legaten entgegneten, Nikolaus habe den Usurpator, obschon er nicht nach Rom gekommen, doch gegenwärtig gehabt, sowohl in dessen eigenen Briefen, als in seinen Apokrisiariern. Sie erinnerten an die Sendung des Arsaber und der Metropoliten mit Briefen vom Kaiser und von Photius, an die Mission des Zacharias und Rodoald, die ihre Vollmachten überschritten und nach Entdeckung ihrer Untreue entsetzt worden waren, an die abermalige Gesandtschaftsreise des Sekretärs Leo mit neuen Briefen, an die Akten des falschen Concils und die offenbaren Rechtswidrigkeiten desselben, an die römische darauf gehaltene Synode u. s. f. Nikolaus habe nach der Pflicht seines Amtes, seine Brüder zu bestärken, unmöglich länger mit seinem Urtheil zögern können.[93])

Hierauf wandte sich Baanes an die orientalischen Legaten mit der Frage: „Warum habt Ihr, die Ihr so lange in dieser Stadt waret und Gelegenheit hattet, den Photius selbst zu hören, nicht näher seine Sache untersucht, bevor Ihr ein Urtheil gegen ihn gefällt?“ Elias von Jerusalem entgegnete, die Illegitimität des Photius sei evident erwiesen und darum eine weitere Untersuchung gar nicht nöthig gewesen; der heilige Geist habe die Patriarchen gesetzt, um die in der Kirche sich erhebenden Aergernisse zu beseitigen; da nun weder der erste Stuhl von Altrom noch die drei Patriarchalsitze des Orients den Photius anerkannten, so habe es einer anderen Prüfung gar nicht bedurft, um ihn zu verurtheilen; das Faktum seiner Usurpation sei schon hinreichend. In den drei östlichen Patriarchaten habe man nie einen anderen Patriarchen anerkannt, als den Ignatius, auch während seiner Verbannung; hätten sie, die Stellvertreter derselben, bei ihrer Ankunft denselben noch exilirt oder eingekerkert gefunden, so würde das sie nicht gehindert haben, in ihm den einzig legitimen Hirten der Kirche von Constantinopel zu verehren. Da sie ihn aber wieder in seine Rechte eingesetzt getroffen, so hätten sie auch mit ihm vollkommen Gemeinschaft gehalten, da er ihrer Gemeinschaft nie verlustig geworden sei, und ihre Gesinnungen laut an den Tag gelegt. Ferner, obschon sie den Photius nicht selbst gesprochen, so hätten sie doch zur Genüge aus öfteren Unterredungen mit seinen An-

[91]) Acta Anast. p. 83. 34.

[92]) Acta gr. p. 317: Τὸν Φώτιον ποτὲ μὴ ἰδόντες, πῶς καθείλετε καὶ ἀναθεματίσατε;

[93]) Acta p. 317. 34.

hängern die unhaltbare Vertheidigung desselben kennen gelernt.[24]) Diese gehe dahin, daß Ignatius nach seiner Absetzung und Verbannung selbst seine Abdankung erklärte; allein diese sei jedenfalls ungesetzlich und von den anderen Patriarchen durchaus nicht anerkannt. Nebstdem hätten dieselben zu zeigen gesucht, gegen des Photius Anhänger müsse milder verfahren werden, namentlich gegen die, welche nur der Gewalt gewichen seien und nachher das Geschehene verabscheuten;[25]) sicher sei aber Photius, sowie seine Ordinationen, zu verwerfen. Photius selbst habe durch einen kaiserlichen Beamten den Metropoliten von Tyrus befragen lassen, ob er im antiochenischen Patriarchate jemals anerkannt worden sei, aber die Antwort erhalten, das sei niemals der Fall gewesen.[26])

Diese bündige Antwort ließ nichts zu wünschen übrig. Da die Zeit schon sehr vorgerückt war, so wurde die Sitzung geschlossen. Der Notar Stephan brachte die üblichen Acclamationen aus: Viele Jahre den Kaisern Basilius und Constantin! Viele Jahre der frommen Kaiserin Eudokia! Dem römischen Papste Nikolaus ewiges Andenken! Dem Papste Hadrian, dem Ignatius und den drei orientalischen Patriarchen viele Jahre! Dem orthodoxen Senate viele Jahre! Der heiligen und allgemeinen Synode ewiges Andenken![27])

Die zweite Sitzung ward am 7. Oktober gehalten. Die Zahl der anwesenden Prälaten stieg in dem Maße, als die Scheidung der mehr oder weniger Schuldigen und die Unterzeichnung des päpstlichen Formulars vorwärts schritt, woran die Legaten strenge festhielten.[28]) Zuerst handelte es sich um die älteren, von Methodius und Ignatius ordinirten Bischöfe und Cleriker, die auf Seite des Photius gestanden, jetzt aber zu Ignatius zurückkehren wollten. Von diesen bezeugten mehrere beim Beginn der zweiten Sitzung ihre Reue, nachdem

---

[24]) Mansi XVI. 317. 320. 31. 35.

[25]) Hier ist der griech. Text deutlicher als der des Anastasius. Nach Ersterem gehören diese Worte noch zu den Aussagen der Photianer, was in Letzterem mehr verwischt ist. Es heißt dort: *ἔλεγον γάρ, ὅτι μετὰ τὸ ἐξορισθῆναι τὸν Ἰγνάτιον παρῃτήσατο. εἰ δὲ λέγουσί τινες, ὅτι οἱ τὴν χειροτονίαν Φωτίου δεξάμενοι ἄξιοί εἰσι τῆς αὐτῆς αὐτῷ κατακρίσεως, τοῦτο οὐ καλῶς λέγουσι· καὶ γὰρ φύσεως ἀσθενοῦς ὑπάρχοντες οὐκ ἐφέρομεν τὸν θάνατον ἐπιόντα ἡμῖν· διὸ καὶ οἱ διὰ φόβον ὑποκύψαντες, εἶτα μετ' ὀλίγον ἀποστάντες τοῖς παρ' αὐτοῦ τετολμημένοις κατὰ Ἰγνατίου συγγνώμης εἰσὶν ἄξιοι. Τοιαῦτα ἀπὸ φωνῆς τῶν περὶ τὸν Φώτιον εἶπον οἱ ἀνατολικοὶ τοποτηρηταί.* Sicher waren das nur Wenige von den Anhängern des Photius, wie sich aus der nachherigen Haltung der meisten ergibt, wohl kaum dessen Consekratoren (*οἱ τὴν χειροτονίαν Φ. δεξάμενοι*, wozu aus Anastasius *καὶ οἱ περὶ αὐτόν* zu ergänzen ist — qui manus impositionem Photii fecerunt et qui simul inventi sunt.) Es könnte aber auch der griechische Epitomator die Worte des Elias nicht richtig aufgefaßt haben. Bei Anastasius p. 35. scheint das cum simus infirmi naturae, non semper ferimus mortem imminentem nobis etc. eher ein allgemeiner Satz zu sein.

[26]) Acta Anast. p. 36.

[27]) Die zwei letzten Acclamationen nur bei Anastasius, wo auch die übrigen länger sind.

[28]) Vita Hadr. II. in Lib. Pontif.: Quorum quidam libellum proferentes (Episcopi) in S. Synodo resederunt; proferre nolentes extra Synodum inglorii relicti sunt; sed dictim fervore Spiritus sancti temperati praemissa libelli satisfactione ad unitatem S. Synodi reversi sunt. Nicetas Vita S. Ign. Anastas. annot. ib. p. 29. 30.

der Chartophylax Paulus[79]) von der Synode ihre Zulassung erlangt. Diese reichten eine Schrift ein, in der sie unter Darlegung dessen, was sie hatten erdulden müssen, das Concil um Mitleid und Verzeihung baten. Sie ward durch den Notar Stephan vorgelesen. Wären der alten Roma, sagten Theodor von Carien und seine Genossen in dieser zunächst an die römischen Legaten gerichteten[80]) Eingabe, die Vorfälle im byzantinischen Patriarchate und die Thaten des Photius unbekannt, so wäre wohl eine längere Exposition nöthig gewesen; so aber bedürfe es dessen nicht, da die Legaten selbst Zeugen alles Vorgefallenen seien. Sie hätten nur an des Photius Verfahren gegen den unvergleichlichen Papst Nikolaus[81]) zu erinnern, den er, ohne ihn je gesehen und gekannt zu haben, mit den schmählichsten Verläumdungen verfolgte, an die Supposition von orientalischen Legaten, die bei der gegen diesen großen Mann ausgesprochenen Verdammung figuriren sollten,[82]) sowie an die Mißhandlung und Verfolgung des Patriarchen Ignatius, dem er nicht nur das gegebene Wort gebrochen, sondern auch fortwährend die größten Unbilden zugefügt. Wie aber dem Ignatius, so sei es auch ihnen, seinen Anhängern, ergangen; habe man diesen ehrwürdigen Prälaten, den Sohn und Enkel von Kaisern, der stets ein engelgleiches Leben geführt, also mißhandelt, so könne man darauf schließen, in welchem Maße das den ihm ergebenen und minder hervorragenden Bischöfen widerfahren sei. Durch die schwersten Mißhandlungen erst hätten sie sich verleiten lassen, mit Photius in Gemeinschaft zu treten; möge man daher ihnen Barmherzigkeit erweisen auf ihre Erklärung, daß sie ernstlich den Photius[83]) und seine Anhänger verwerfen und der ihnen aufzulegenden Buße sich unterwerfen wollten.

---

[79]) Anastasius bemerkt, dieser Paulus sei von Photius zum Erzbischof geweiht, aber von Ignatius entsetzt, jedoch seiner Brauchbarkeit wegen und aus Schonung zum Chartophylax ernannt worden. Der Chartophylax der Griechen sei dasselbe, was in der römischen Kirche der Bibliothekar, und habe dabei eine sehr hervorragende Stellung. Sine illo nullus praesulum aut clericorum a foris veniens in conspectum Patriarchae intromittitur, nullus ecclesiastico conventui praesentatur, nullius epistola Patriarchae missa recipitur, nisi forte a ceteris Patriarchis mittatur; nullus ad praesulatum vel alterius ordinis clericatum sive ad praepositurum monasteriorum provehitur, nisi iste hunc approbet et commendet et de illo ipsi Patriarchae suggerat et ipse praesentet. l. c. p. 38.

[80]) Das läßt sich auch aus dem griech. Text erkennen, der ganz wie der lateinische beginnt: εἰ μὲν ὑπῆρχεν ἄγνωστα ἐν τῇ πρεσβυτέρᾳ Ῥώμῃ τὰ ἐπισυμβάντα δεινὰ κ. τ. λ. p. 820.

[81]) p. 39: Scitis.. Vos qui meruistis obsecundare sanctissimo Papae Nicolao, lucernae Ecclesiae ac luminari totius orbis, et ipsius comministri estis effecti, quia incomparabilis erat in sacerdotibus, vita et sermone resplendens, quem pene nec macula tetigit.

[82]) p. 820: συναρπαγέντες ἐκ τῶν ἀνατολικῶν πάντων πατριαρχικῶν θρόνων, ὡς ἔδοξεν ἀντιπροσωπεύειν, συμφρονοῦντας αὐτῷ κατὰ τοῦ ἡγιασμένου Ἰγνατίου. Der Name des Ignatius (nach dem Text des Anastasius p. 39. wäre hier Nikolaus zu lesen) ist der Sache nach nicht unrichtig, hier aber wohl in Folge der gemachten Abkürzungen gesetzt.

[83]) Photius heißt hier ὁ σκοτεινὸς Φώτιος p. 821, wie in der Praef. p. 309. ὁ κατ' ἀντίφρασιν Φώτιος. Anast. p. 17: qui secundum antiphraseos tropum nominatus est Photius; Photius namque illuminatus interpretatur.

Diese Erzählung und der Ausdruck der tiefsten Reue bestimmten die Synode zur Milde. Die römischen Legaten erklärten, daß sie die reuigen Prälaten in die Kirchengemeinschaft aufnehmen; vorher mußten sie das päpstliche Formular unterschreiben.[34]) Es waren die zehn Bischöfe: Theodor von Carien, Euthymius von Catana, Photius von Nakolia, Stephan von Cypern,[35]) Stephan von Cibyra (Cibyra), Theodor von Sinope, Eustachius von Akmonia, Xenophon von Milassi, Leo von Taphnusia, Paulus von Mele. Sie wurden nach Auflegung einer Buße in ihre Aemter wieder eingesetzt und fortan als Mitglieder der Synode betrachtet. Um dem Akte eine größere Feierlichkeit zu geben, legte man die Retraktationsschrift unter das Kreuz und die Evangelien, bevor sie dem Patriarchen Ignatius überreicht wurde, der dann den Einzelnen ihr Omophorion zurückgab. Zu Theodor von Carien sagte Ignatius hierbei: Siehe, du bist nun gesund geworden; sündige künftig nicht mehr, damit dir nicht etwas Aergeres widerfahre. (Joh. 5, 14.) Theodor antwortete: „Wir haben zu deiner Heiligkeit unsere Zuflucht genommen mit ganzer Seele und eigenhändig unsere Bekenntnißschrift überreicht; ihr wollen wir unwandelbar treu bleiben bis an das Ende unseres Lebens.“ Ignatius entgegnete: „Ihr habt wohl daran gethan, geliebte Söhne; ich nehme euch auf wie ein barmherziger und milder Vater seinen zur Buße zurückkehrenden Sohn, weil auch die heilige römische Kirche milde Gesinnungen gegen euch hegt und die Stühle des Orients damit übereinstimmen.“ Theodor, Bischof von Sinope, bemerkte: Wir haben nicht blos Bußen verdient, sondern auch schwere Strafen; aber deine Barmherzigkeit ist groß, o Herr! Aehnlich äußerte sich Xenophon von Milassi. Alle erhielten ihre Omophorien zurück und saßen nun unter den Bischöfen.[36])

Man ließ nun nacheinander die Priester, Diakonen und Hypodiakonen von der Ordination des Methodius und des Ignatius eintreten, die sich ebenso der Gemeinschaft mit Photius schuldig gemacht. Es waren eilf Priester,[37]) neun Diakonen,[38]) sechs Subdiakonen.[39]) Diese baten ebenso um Verzeihung, reichten ihren libellus poenitentiae ein und unterschrieben das römische Formular,

---

[34]) In den griechischen Akten ist das übergangen und nur vom Libellus poenitentiae die Rede. Assemani (Bibl. jur. orient. I. c. 8. n. 193. p. 271) sagt: Graecorum hac in abbreviatione fraudem quis merito suspicetur. Es könnte allerdings, da wohl der Auszug später gemacht ward, hierin eine Absichtlichkeit vermuthet werden; aber da das römische Formular in der ersten Sitzung auch nach diesem Texte angenommen ward, so ist das keineswegs als sicher anzunehmen. Das Faktum selbst ist keinem gegründeten Zweifel unterworfen, wie auch aus dem Verfahren in der dritten Sitzung hervorgeht.

[35]) vielleicht Stephan von Kypsella oder Kypselos in Thracien Le Quien I. 1203, der sonst vorkommt.

[36]) Anast. p. 42. Cf. Nicetas p. 261 B. C. Baron. h. a. n. 21.

[37]) Die Namen bei Anastasius: Thomas Protopresbyter, Cosmas Defensor (ἔκδικος), Pantaleon, Joachim Defensor, Megistus, Nikephorus, Theodosius, Epiphanius, Theophylakt, Elisäus, Georg.

[38]) p. 12. 43. Die Namen: Constantin, Johannes, Stephan, Michael, Christoph, Leo, Theodosius, Nikolaus, Sophronius.

[39]) p. 43: Thomas domesticus subdiaconorum (oblationarius der Römer nach Anastasius), dann Eustachius, Photinus, Johannes, Paul, Thomas.

worauf sie in ähnlicher Weise wieder in ihr Amt eingesetzt wurden. Die römischen Legaten erklärten, daß in derselben Weise mit den übrigen Geistlichen, die ihre Reue bezeugen würden, verfahren werden solle. Der Patriarch ließ durch den Notar und Diakon Stephan die Bußen verkünden, die von den Reconciliirten vor dem Wiedereintritt in ihre Funktionen übernommen werden sollten. Diejenigen, die sonst Fleisch aßen, sollten Abstinenz von Fleisch, Käse und Eiern, die überhaupt kein Fleisch aßen, Abstinenz von Käse, Eiern und Fischen am Mittwoch und Freitag beobachten, dabei nur Gemüse und Kräuter mit Oel und etwas Wein genießen. Sie sollten täglich Genuflexionen machen, hundertmal des Tages „Kyrie eleison" und ebenso viel mal „Herr verzeihe mir, Sünder" sagen,[40]) die Psalmen 6, 37 und 50 recitiren — und sofort bis Weihnachten, an welchem Tage sie ihre Funktionen wieder aufnehmen dürften. Damit schloß nach den üblichen Acclamationen die zweite Sitzung.

In der dritten Sitzung am 11. Oktober, in der dreiundzwanzig Bischöfe zugegen waren,[41]) beantragten die Metropoliten Metrophanes von Smyrna, Nikephorus von Amasia und Niketas von Athen die Verlesung der vom Kaiser und von Ignatius nach Rom gesandten Schreiben und der von dort erfolgten Antworten. Die römischen Legaten machten vorerst noch darauf aufmerksam, daß mehrere von Methodius und Ignatius ordinirte Prälaten das päpstliche Formular nicht unterschreiben wollten, und verlangten vor Allem deren Vorladung, die auch durch jene drei Metropoliten bei Theodulus von Ancyra und Nikephorus von Nicäa vorgenommen ward. Diese entschuldigten sich damit, wegen der so oft mit Recht und mit Unrecht ihnen abverlangten Unterschriften hätten sie den festen Vorsatz gemacht, keinerlei Formel mehr zu unterschreiben, ihre Unterschrift des Symbolums, die sich im Patriarchalarchiv vorfinde, müsse hinreichen.[42]) Darum blieben sie von der Synode ausgeschlossen. Nun wurden die vom Spathar Basilius und von Johannes von Syläum nach Rom überbrachten Briefe des Kaisers und des Ignatius vom Dezember 867, ersterer durch den Sekretär Theodor, letzterer durch den Diakon Stephan vorgelesen; der dritte der römischen Legaten las sodann Hadrians II. Antwort an Ignatius vom 10. Juni 869 lateinisch ab, der Dollmetscher Damian gab die griechische Uebersetzung. Die römischen Legaten fragten, ob dieser Brief kanonisch sei; das Con-

---

[40]) Anastasius hat: Domine peccavi, centies, et Domine, ignosce mihi peccatori, centies. Das allein fehlt im griech. Text. Solche Epitimien waren in der griechischen Kirche viel gebraucht.

[41]) Von den zwölf der ersten Sitzung fehlt bei Anastasius p. 41. nur Johannes von Syläum, von den zehn in der zweiten Sitzung Aufgenommenen nur Paulus von Mele. Neu erscheinen Basilius von Pyrgium (sonst auch Stephan) aus Hellas (Le Quien I. 221.), Gregor von Messina und Samuel von Antron, die wohl erst nach der zweiten Sitzung das päpstliche Formular unterzeichnet hatten.

[42]) p. 321: ὅτι διὰ τὰς προγεγενημένας παραλόγους καὶ εὐλόγους ὑπογραφὰς βαρυνθέντες ὡρίσαμεν ἑαυτοῖς καὶ δεσμὸν ἐπεθήκαμεν, μηκέτι ὑπογράψαι, πλὴν τοῦ, ὅτι ὑπεγράψαμεν καὶ ὡμολογήσαμεν, δηλαδὴ τοῦ τῆς πίστεως συμβόλου, ὃ ἀπόκειται ἐν τῷ χαρτοφυλακίῳ, ἐν τῇ χειροτονίᾳ ἡμῶν· διὸ παρακαλοῦμεν τὴν ἁγίαν σύνοδον, ἐὰν ἐστι δυνατόν, ἵνα παραχωρήσῃ ἡμῖν φυλάξαι ὅπερ ὡρίσαμεν

cil approbirte ihn. Nach einer kurzen Lobrede des Metrophanes von Smyrna auf den Kaiser, den Patriarchen und den römischen Stuhl ward die Sitzung unter Acclamationen beendigt.[43])

In der vierten Sitzung[44]) am 13. Oktober entspann sich eine lebhafte Debatte über die zwei Bischöfe Theophilus und Zacharias, die von Methodius ordinirt, zu Photius übergetreten und dessen erste Legaten gewesen waren, die in Rom seine Anerkennung betrieben. Auf den Antrag des Patriciers Baanes ward eine aus einem im Gefolge der römischen Legaten befindlichen Cleriker, dem den orientalischen Vikarien zugetheilten Cleriker Ananias, und dem Spatharokandidat Gregor, der von Seite des Senats ernannt war, bestehende Deputation zu den beiden Prälaten abgesandt, sie über ihre Ordination und ihr Verhältniß zu Photius zu befragen. Sie erklärten, sie seien von Methodius ordinirt und stünden mit Photius in Gemeinschaft.[45]) Als ihre Antwort verlesen ward, rief die Synode aus: der Antheil des Theophilus und Zacharias sei mit Photius![46]) Der Patricier und Präpositus Baanes forderte nun, man solle den Photius und seine Bischöfe, wie die von Methodius geweihten, die von Ignatius abgefallen seien, vor der Synode erscheinen lassen und sie aus kanonischen Vorschriften ihres Unrechts überführen;[47]) man dürfe den Forderungen der Gerechtigkeit gemäß sie nicht ungehört und unbelehrt verurtheilen; werde das nicht erfüllt, so müßten die Senatoren den Akten ihre Unterschrift versagen.[48]) Metrophanes von Smyrna äußerte sich dahin: die Stellvertreter von Altrom achten wir gleich Propheten und sind weit entfernt, sie zu verachten; aber auch den Antrag der Senatoren finden wir gerecht und billig; man soll Jene befragen, ob sie dieselben als Richter annehmen, ob sie die Synode anerkennen, ihnen Gelegenheit zur Vertheidigung geben und in ihrer Gegenwart

---

[43]) Der griech. Text p. 321—328 ist eine im Ganzen sehr gut gearbeitete Epitome des Textes bei Anast. p. 41—53. Am Schlusse stehen bei Anastasius die „versus jambici":

Chorus Patriarcharum honorabilis et augustus
Pessimum inimicum prosequitur ut lupum,
A thalamo casto et venerabilibus locis,
Photium sic amarissimum apostatam.

[44]) Anastasius zählt (p. 54.) zweiundzwanzig Bischöfe auf, es scheint aber einer ausgefallen zu sein; denn am Schlusse des Verzeichnisses steht: Nicephoro Dei amicissimo Episcopo Cerryrorum; nach den vorhergehenden Aktionen ist zu lesen: Nicephoro.. Crotonae, Michaele Corcyrorum. Von den bei der dritten Sitzung Aufgeführten fehlt Antonius Alisae; dafür kommt hinzu Nicetas Phollae; sonst sind die Bischöfe dieselben wie bei der vorigen Sitzung.

[45]) Wenn Zacharias der Bischof von Taormina auf Sicilien ist (B. II. Abschn. 3. N. 15; Abschn. 6. N. 41. 42.), wie sehr wahrscheinlich, so konnte er doch seine Ordination auf Methodius zurückführen, da er von diesem die Priesterweihe erhalten und die Consekration durch Gregor Asbestas auf diesen zurückgeführt ward.

[46]) ἡ μερὶς Θεοφίλου καὶ Ζαχαρίου μετὰ Φωτίου.

[47]) ἵνα ἐνώπιον ἡμῶν φραγῶσιν αὐτῶν τὰ στόματα ἐκ συνοδικῶν καὶ τοπικῶν (l. κανονικῶν) διατάξεων.

[48]) εἰ γὰρ μὴ οὕτω γένηται, οὐ γράψει ἡ χεὶρ ἡμῶν ἓν γράμμα εἰς τὴν σύνοδον ταύτην.

sie richten.[49]) Die Abgeordneten des Papstes fragten hierauf, ob Jenen, von denen die Rede sei, die Dekrete der römischen Kirche unbekannt geblieben seien; als das Baanes bejahete, und zwar aus dem sicher nicht hinreichenden Grunde, weil dieselben nicht selbst in Rom gewesen seien [50]) und nicht in's Angesicht die Verdammung gehört, bemerkten sie: „Es ist uns nicht gestattet, das Urtheil der römischen Päpste zu rescindiren:[51]) das ist den kanonischen Institutionen entgegen; gegenwärtig in Rom durch ihre Abgeordneten haben sie die gegen Photius und seine Ordination ausgesprochene Verdammung wohl gehört und deutlich kennen gelernt. Jedoch damit ihnen das Urtheil der heiligen römischen Kirche noch deutlicher und offenbarer werde, mögen sie eintreten und die Synodalentscheidungen des Papstes Nikolaus verlesen hören, damit sie darüber noch größere Gewißheit erlangen." Die Senatoren riefen: das ist gut, sehr gut; sie sollen das Urtheil des seligsten Papstes in unserer Gegenwart anhören, wenn sie etwas dagegen einzuwenden haben, es vorbringen, und wenn sie überzeugt sind, sich beruhigen; nehmen sie das Urtheil nicht an, so verfahre man mit ihnen nach den Canonen.[52]) Die römischen Legaten machten darauf aufmerksam, Jene suchten nur einen Vorwand; weltkundig sei das gegen sie erlassene Urtheil; schon 863 habe sie Nikolaus auf einer Synode verdammt; und in so langer Zeit sollten sie nicht das über sie gefällte Urtheil kennen gelernt haben? Das sei keine Entschuldigung, das heiße dem Gericht entfliehen wollen.[53]) Gegen den letzteren Ausdruck erhoben sich die Senatoren; sie riefen, wäre das wahr, so hätten sie nicht so laut darnach gerufen, daß man sie richte,[54]) sie hätten dann wirklich die Flucht ergriffen; so aber wollten sie nur über das von Allen Gehörte völlige Gewißheit erlangen. Donatus und die anderen Legaten Roms, die vor Allem formell die Unantastbarkeit der römischen Dekrete aufrecht halten mußten, und deßhalb auch dem Scheine einer Prüfung derselben wider-

---

[49]) Bei Anastasius p. 55. gehört das Ganze zur Rede des Metrophanes; im griechischen Texte geht diese nur bis zu den Worten: ἐναπάζοντες δὲ τοὺς λόγους τῶν.. ἀρχόντων ?ρίδασμεν τούτους δικαίως. Darauf heißt es weiter: Und es sagte die heilige Synode: ὁρίζομεν, ἵνα ἐκεῖνοι μεταληφθῶσιν, ὡς ἂν ἐνώπιον αὐτῶν ἀπολογουμένων ἡ κρίσις γένηται.

[50]) ἠγνοήκασιν· οὐδὲ γὰρ ἦσαν ἐκεῖ. Anastasius p. 56. hat: ignorant; cum enim non essent ibidem nec audissent opus vestrum in faciem, qualem certitudinem habere illos ex audita vultis ad suam ipsorum condemnationem?

[51]) ἡμῖν οὐκ ἔξεστιν ἀνακρίνειν τὴν κρίσιν τῶν τῆς Ῥώμης ἱεραρχῶν.

[52]) et si habuerint quid ad contradicendum, dicant, aut persuasi acquiescant; quod si habent contradicendi (aut. fort. contradicere), suscipiant propriam damnationem: si vero non susceperint, tunc fiet, quod fuerit visum canonibus. Die Stelle scheint corrupt.

[53]) Excusationem (πρόφασιν) quaerunt; totus mundus, oriens, occidens et S. Cplitana ecclesia novit, quia judicium datum est adversus eos. Ab undecima enim indictione SS. P. Nicolaus eos synodice damnavit; et per tot spatia temporum non cognoverunt sententiam, quae in eos prolata est! (καὶ διὰ τῶν τοσούτων καιρῶν οὐκ ἔγνωσαν τὴν ἀπόφασιν τὴν ἐξενεχθεῖσαν κατ' αὐτῶν.) Non est hoc excusatio; sed fugere volunt judicium (ἀλλ' ἴσασιν, ὅτι φυγὴν ζητοῦσι τὴν κρίσιν.)

[54]) εἰ ἤθελον φυγεῖν, οὐκ ἂν ἐβόων ἵνα κριθῶσιν. Das ἵνα übersetzt Anastasius fälschlich mit quia.

standen, aber auch billigen Anträgen nicht sich widersetzen wollten, erklärten: Es mögen dieselben erscheinen und hinten am letzten Platze stehen, und so das Schreiben des Papstes Nikolaus an Kaiser Michael, das Rodoald und Zacharias überbrachten, vernehmen. „Wie Ihr befehlt," entgegneten die Senatoren, „aber wir bitten auch eure Heiligkeit, daß auch mit Photius wenigstens drei oder vier seiner Anhänger von seiner Ordination bei der Verlesung zugegen sind, wenigstens gleich den Laien, die hinter uns stehen." [55]) Die Legaten gaben das zu, wenn jene drei als Vertreter ihrer Partei erscheinen könnten; [56]) der Patricier Baanes wollte fünf derselben zugelassen wissen; auch das gaben die vorsitzenden Legaten zu, die dabei nur einschärften, daß dieselben nicht zur Disputation, sondern zur Anhörung der Briefe des Papstes Nikolaus [57]) berufen werden sollten.

Nun sandte man zu den Photianern, die man aber nicht antraf. Schon daraus geht hervor, daß die Genossen des Photius damals keineswegs in enger Haft gehalten wurden. Man traf nur die zwei Bischöfe Zacharias und Theophilus, von denen schon vorher die Rede war. Auf sie schien man ein besonderes Augenmerk richten zu müssen, da sie mit aller Dreistigkeit behaupteten, Nikolaus habe sie in Rom zu seiner Gemeinschaft zugelassen und die Erhebung des Photius gutgeheißen [58]) — eine Behauptung, die Viele verführt und auf die Seite des Photius gebracht hatte, darunter sogar viele angesehene Metropoliten. Darum hielten die Senatoren vor Allem ihr Verhör für nothwendig. [59]) Die Legaten Roms gaben die wahrheitsgemäße Versicherung ab, daß Nikolaus auch nicht eine Stunde dieselben als Bischöfe anerkannt; die Senatoren wollten, daß sie darüber belehrt und überführt würden; während Jene verlangten, sie sollten nur zur Anhörung des über sie ergangenen Urtheils zugelassen werden, beantragten diese ein genaues Verhör und eine Prüfung ihrer Behauptung. Die Senatoren erklärten, da die zwei Bischöfe von Methodius ordinirt seien, den von Methodius und Ignatius Ordinirten aber das römische Formular, falls sie bußfertig seien, Verzeihung verheiße, so sei es nicht unrecht, wenn man auch sie zulasse. Die Legaten entgegneten, da sie fest versicherten, mit Photius in Gemeinschaft zu stehen, so seien sie offenbar nicht bußfertig. [60]) Darauf repli-

---

[55]) παρακαλοῦμεν, ἵνα συνεισέλθωσι Φωτίῳ κἂν τρεῖς ἢ τέσσαρες, ὡς ἂν ἀκούσωσι, κἂν οὗτοι οἱ κοσμικοὶ, οἱ ἱστάμενοι ὄπισθεν ἡμῶν. p. 56: rogamus.. ut et convocentur et ex iis qui Photii sunt saltem tres vel quatuor, ut audiant vel ut isti saeculares, qui stant post nos; bonum habet fieri multum.

[56]) ἐὰν ὁμολογήσωσιν οἱ τρεῖς ἐκεῖνοι ἀντὶ πάντων τῶν λοιπῶν ἔρχεσθαι τῶν ἐκ τοῦ μέρους αὐτῶν ὄντων.

[57]) οὐ φιλονεικίας ἕνεκα, ἀλλ' ἵνα μόνον ἀκούσωσιν.

[58]) οἱ ὑπὲρ Φωτίου φρονοῦντες, οἳ καὶ τὰ πλήθη ἦσαν ἀπατήσαντες. ἔλεγον γὰρ, ὅτι συνεκοινώνησεν ἡμῖν ὁ πάπας Νικόλαος.

[59]) p. 57: Ex in hoc habet satisfactionem multitudo, quoniam si recepit hos duos et communicavit eis, recepit utique et Photium et communicavit ei; si autem illum recepit et communicavit, utique una die vocatus est Patriarcha; et si vocatus est una die Patriarcha, habemus quod dicamus multum.

[60]) Deutlicher ist die Antwort bei Anastasius: Quoniam pridem commissi sunt ad eum,

citte Baanes, es säßen auch andere in der Synode, die bis jetzt mit Photius stets in Gemeinschaft geblieben,[61]) und auf die Bemerkung der Legaten, daß sie durch Unterzeichnung des Formulars Genugthuung geleistet,[62]) meinten die Senatoren, die fraglichen Bischöfe hätten doch das Formular nicht gehört, es sei nicht unrecht, mit Worten zu streiten, wenn es Nutzen bringe,[63]) auch der Apostel Thomas sei seines Unglaubens wegen nicht verurtheilt worden, der Zweifel Einiger werde dazu dienen, Viele zur festeren Ueberzeugung zu bringen. Nach diesem Hin- und Herreden ließ man endlich die zwei Bischöfe eintreten.

Dieselben wurden zuerst befragt, ob sie das Formular der römischen Kirche anhören und annehmen wollten. Sie erklärten, daß sie kein Verlangen hätten, es zu hören, auch nicht den Willen gehabt hätten, hieher zu kommen; der Kaiser habe befohlen, daß sie sich im Palast einfänden und dahin hätten sie sich begeben wollen.[64]) Baanes befragte sie über ihre Aeußerung, daß sie beweisen könnten, Papst Nikolaus habe sie als Bischöfe anerkannt und mit ihnen die Liturgie gefeiert.[65]) Sie erklärten dreist, sie hätten das behauptet und behaupteten es noch;[66]) sie blieben bei dieser Lüge stehen, auch als die römischen Legaten sie Lügner nannten; „wenn ihr uns Lügner nennt," entgegneten sie, „so fragt uns nicht weiter." Als der Diakon Marinus fragte, ob jedes Verhör die Wahrhaftigkeit des Befragten voraussetze, wies Theophilus auf ihn hin und erklärte, diesen solle man befragen, er sei damals, als sie zu Nikolaus gekommen, in Rom gewesen. Marinus erklärte, er sei im Jahre 860 als Subdiakon bei S. Maria ad Praesepe zugegen gewesen, als dort Papst Nikolaus die Gesandtschaft empfing, der Papst habe sie nicht als Bischöfe zur Gemeinschaft zugelassen; wollten sie das noch ferner behaupten, so hätten sie dafür einen Beweis zu erbringen.[67]) Das vermochten sie nicht. Theophilus von Amorium berief sich nur darauf, er sei keine unbekannte Person gewesen, der Kaiser und die Synode hätten ihn gesandt; von dem Inhalt der von ihnen überbrachten Schreiben wollten sie nichts wissen. Um diese beiden frechen Lügner zu beschämen, wurden durch den Diakon Stephan die Briefe des Papstes

qui a nobis abierunt, dixerunt illi: Quia cum Photio communicamus; ideo non vocamus eos. p. 372: *Ποία μετάνοια τῶν πρὸ μικροῦ εἰπόντων, ὅτι κοινωνοῦσι Φωτίῳ;*

[61]) *καὶ πολλοὶ ἐκ τῶν ἐνταῦθα καθημένων μέχρι τέλους ἐκοινώνουν Φωτίῳ.* Et multi eorum, qui hic sedent, episcoporum Photio communicabant usque in finem.

[62]) *ὡς αὐτοὶ διὰ τῆς τοῦ λιβέλλου πληροφορίας ἐδέχθησαν.*

[63]) Non est malum, litigare verbis utiliter.

[64]) *ἡμεῖς οὔτε λίβελλον θέλομεν ἀκοῦσαι, οὐδὲ ἠθέλομεν ὧδε ἐλθεῖν· ἐκέλευσε δὲ ὁ βασιλεύς, ἵνα συρρεθῶμεν εἰς τὸ παλάτιον, καὶ ἀπήλθομεν ἐκεῖ.*

[65]) *εἴπατε εἰς τὸ παλάτιον δύνασθαι ἀποδεῖξαι, ὅτι ὡς ἱερεῖς αὐτῷ τῷ ἁγιωτάτῳ Νικολάῳ συνελειτουργήσατε.* Dixistis in palatio: Quia ostendere habemus per omnia, quia ut sacerdotes SS. Papae Nicolao comministravimus.

[66]) Diximus et iterum dicimus, quia ut summi sacerdotes suscepti sumus a P. Nicolao et comministravimus ei et recepti sumus ab illo.

[67]) p. 58: Illic eos suscepit SS. Papa Nicolaus per satisfactionem libelli et juramenti, et non contulit eis communionem in loco Episcoporum. Si vero contradixerint, ostendant, quod susceperit eos in communionem ut Episcopos.

Nikolaus an Kaiser Michael vom 25. September 860 und vom 19. März 862 verlesen.[68])

Während des Verlesens[69]) sagte Theophilus: Wenn Photius verdammt wird, so sollen auch die verdammt werden, die ihn eingeführt und konsekrirt.[70]) Die Synode entgegnete: Dann bist auch du verdammt, der du ihn anerkannt und mit ihm Gemeinschaft gehalten hast.[71]) Darauf Theophilus: Ich werde nicht verdammt, da ich nicht zugegen war, als er konsekrirt ward; ich fand ihn als Patriarchen und so erkannte ich ihn an. Theodor von Carien bemerkte nach der Verlesung, bis dahin habe er fest geglaubt, Nikolaus habe zuerst den Photius anerkannt, dann aber zuletzt ihn zu stürzen versucht, deßhalb habe er, von jenen Versicherungen getäuscht, den Papst verworfen.[72]) Theophilus von Amorium erklärte seinerseits auf die Frage, ob die vorgelesenen Briefe wirklich von Rom kämen oder nicht, daß er nicht entscheiden könne, ob sie ächt seien, und zum Beweise seiner Assertion aufgefordert, daß Nikolaus ihn zu kirchlichen Funktionen zugelassen, sagte er blos, dieselbe wiederholend, er werde sie durch Zeugen beweisen, wenn der Kaiser schriftlich versichere, daß diesen nichts zu Leide geschehen solle. Nachdem man noch das päpstliche Schreiben an Photius vom März 862[73]) verlesen, gab Theophilus nochmals dieselbe Erklärung, seine Behauptung sei wahr, er werde sie beweisen, falls der Kaiser die verlangte Bürgschaft gebe;[74]) er hoffte den verstorbenen Papst in Mißkredit zu bringen, als habe er sein Benehmen gegen Photius geändert und bemerkte, daraus könne man ersehen, was für ein Mensch Nikolaus gewesen sei.[75]) Die Legaten Roms erklärten, man sehe vielmehr, daß die Partei des Photius außer Stande sei, zu beweisen, derselbe sei je von der römischen Kirche anerkannt worden; der Papst habe ihn in seinen Briefen als Ehebrecher, Eindringling und Laien bezeichnet, und weil er seiner Stimme nicht Gehör gegeben, ihn verurtheilt.

Die weltlichen Commissäre hielten die Ueberzeugung der römischen Kirche für hinlänglich konstatirt und befragten nun die Stellvertreter von Antiochien und Jerusalem über die Ansicht ihrer Kirche. Diese erklärten, Photius sei nie bei ihnen anerkannt gewesen, habe keine Gemeinschaftsbriefe von ihnen erhalten, noch hätten sie solche von ihm angenommen;[76]) Elias von Jerusalem berief

---

[68]) p. 59—68.

[69]) Cum adhuc epistola legeretur p. 58, aber p. 333: μετὰ τὴν ἀνάγνωσιν.

[70]) p. 331: εἰ κατακρίνεται Φώτιος, κατακριθήτωσαν καὶ οἱ εἰσαγαγόντες καὶ χειροτονήσαντες αὐτόν.

[71]) Λοιπὸν καὶ σὺ κατακέκρισαι, ὡς κοινωνήσας αὐτῷ. Anast.: tamquam qui susceperis et communicaveris ei.

[72]) p. 68. 333.

[73]) p. 68—72. ep. „Postquam B. Petro."

[74]) p. 73: Dixi tibi, quia hodie mihi det verbum impunitatis imperator, ut quos adducero testes nil patiantur, et ostendo.

[75]) Ex hoc discite, qualis sit Nicolaus.

[76]) p. 337: οὐδὲ ἐδεξάμεθά ποτε Φώτιον, οὔτε ἀπεστείλαμεν αὐτῷ γράμματα ἀποδοχῆς, οὔτε ἐξ αὐτοῦ ἐδεξάμεθα.

sich noch auf die kaiserlichen Abgeordneten, die zu seinem Patriarchen mit Briefen gekommen seien und von ihm die herrschende Stimmung erfahren konnten. Metrophanes von Smyrna erörterte, wie es aus den gepflogenen Verhandlungen klar sei, daß Photius von der römischen Kirche und von den anderen Patriarchen nicht als Bischof anerkannt, sondern verworfen und von Anfang bis jetzt verurtheilt worden sei; er forderte nun auch die anderen Bischöfe auf, ihre Meinung zu sagen. Theodor von Carien sagte: „Ich bin betrogen worden, da ich glaubte, Photius sei von der römischen Kirche anerkannt; aber ich danke Gott, daß er mir diesen Irrthum benommen.“ [77])

Noch einmal wandte man sich an die hartnäckigen Photianer Theophilus und Zacharias. Die kaiserlichen Commissäre bemerkten, es sei Sitte der römischen Kirche, von jedem Ankömmling ein schriftliches Glaubensbekenntniß zu verlangen; es frage sich, ob diese Beiden das gethan. [78]) Die Legaten bejahten es; Zacharias und Theophilus fragten: „Haben wir zwei Formulare eingereicht oder nur eines?“ Die Legaten sagten: Zwei. [79]) Jene entgegneten: „Also dann waren diese nicht in Rom.“ [80]) Nun befragten die kaiserlichen Commissäre die Legaten über den Inhalt dieser Formulare und erhielten zur Antwort, darin stehe, daß die Unterzeichnenden versichern, nach der Lehre der katholischen Kirche an der Glaubenswahrheit festhalten und in Allem dem Urtheile der römischen Kirche folgen zu wollen. [81]) Der Patrizier Baanes bekräftigte, daß beide dieses Tags zuvor im Sekretarium eingestanden. Beide wurden nochmals befragt, ob sie das von Rom mitgebrachte Formular annehmen wollten; sie erklärten, nicht einmal es anzuhören seien sie geneigt. [82]) Auf Befehl der präsidirenden Legaten wurden sie nun aus der Versammlung entfernt. Baanes machte noch die Eröffnung, daß Zacharias im gestrigen Verhöre eingestanden, wie er von Papst Benedikt von den bischöflichen Funktionen suspendirt worden sei, [83]) bis er wiederum mit denen, die sich von der Gemeinschaft des Patriarchen Ignatius getrennt, in Rom zum Gerichte sich stelle, was er aber nicht gethan habe. Die römischen Legaten sagten: „Er hat seinen Antheil mit denen, die nicht mit der Kirche übereinstimmen, und ist Genosse derjenigen, die gegen die Kirche von Constantinopel und gegen den heiligsten Patriarchen

---

[77]) nach dem griech. Text. Vgl. Anast. p. 73. 74.

[78]) Ἐν τῇ Ῥωμαίων ἐκκλησίᾳ πάντα ἄνθρωπον ἐπιξενούμενον ἀπαιτεῖν τὸν λίβελλον τῆς πίστεως αὐτοῦ καὶ ἔξω αὐτὸν εἰς τὸν ἅγιον Πέτρον εἰσέρχεσθαι· ἐποίησαν οὗτοι κατὰ τὸν τύπον τοῦτον ἢ οὔ;

[79]) not. p. 76: Et revera duos libellos fecerunt, unum scil. fidei, antequam urbem ingrederentur, et alterum pro sequendis decretis Apostolicae Sedis, antequam in communionem reciperentur.

[80]) Im griech. Texte steht blos nach der Antwort der Legaten: ἐποιήσαν οὕτως die Erwiderung der zwei entsetzten Bischöfe: ἕνα ἡμεῖς πεποιήκαμεν, worauf die Legaten sagen: οὐχ ἕνα, ἀλλὰ δύο.

[81]) ἵνα κατὰ τὴν καθολικὴν πίστιν κρατῶσι καὶ ἐμμένωσι, καὶ ἀκολουθῶσι τῇ κρίσει τῆς Ῥωμαίων ἐκκλησίας.

[82]) οὐδὲ ἀκοῦσαι θέλειν εἶπον τὸν λίβελλον.

[83]) Vgl. oben B. II. Abschn. 3. Bd. I. S. 361.

Ignatius sich erhoben haben. Weil aber die Zeit schon weit vorgerückt ist, können wir das heute nicht mehr untersuchen; es soll später geschehen." Damit ward unter den üblichen Acclamationen die Versammlung entlassen.

Bei der fünften Sitzung am 20. Oktober waren einige neuangekommene Prälaten zugegen,[84]) wie die Metropoliten Basilius von Ephesus und Barnabas von Cyzikus,[85]) die Bischöfe Theodor von Lacedämon, Nikephorus von Jarnith, Euthymius von Mosyna. Beim Beginne der Verhandlung meldete der Chartophylax Paulus, daß Bischof Zacharias nach der gegebenen Weisung wieder zugegen sei, der Kaiser aber auch den Photius zur Synode gesandt habe. Die römischen Legaten fragten, ob Photius selbst vor der Synode sich zu stellen wünsche; der Chartophylax antwortete, seine Gesinnungen seien unbekannt, man müsse ihn darüber befragen. Auf die Anordnung der Legaten, daß nur Laien an ihn abgesendet werden sollten, da er nicht als Bischof anerkannt wurde, bestimmte der Senat eine Deputation, die jedoch meistens aus angesehenen Beamten bestand. Es waren im Ganzen sechs: der Protospathar Sisinnius, dann zwei andere Beamte Eutychian und Georg, sowie drei im Gefolge der römischen und orientalischen Legaten befindliche Männer. Sie wurden beauftragt, dem Photius zu sagen: „Die heilige und allgemeine Synode befragt dich: Willst du zur heiligen Synode kommen oder nicht?" wofern er dann antworte, daß er nicht kommen wolle, ihn um den Grund zu fragen. Photius gab folgende Antwort: „Ihr habt mich bis jetzt nicht zur Synode berufen, ich wundere mich, daß Ihr es jetzt gethan und mich gerufen habt. Uebrigens erscheine ich nicht freiwillig, sondern gezwungen. Da Ihr mich nie über diese Synode, von der Ihr sprecht, befragt habt, wie wollt Ihr mich vor dieselbe ziehen? Denn ich habe es gesagt, ich will meine Wege bewachen, auf daß ich nicht sündige in meiner Zunge; ich habe meinem Munde eine Wache gesetzt — das Folgende könnet Ihr selbst lesen."[86]) Diese Antwort ward dem Concil durch den Notar Gregor vorgelesen: die Legaten sagten: „Was sagt die heilige Synode dazu? Wir berufen ihn nicht, um etwas von ihm zu lernen, sondern um die mühevolle Untersuchung, die seinetwegen von der römischen Kirche, wie auch von den orientalischen Stühlen,[87]) unternommen ward, jetzt in seiner

---

[84]) p. 75: Nota quod per singulas actiones paulatim multiplicetur numerus Episcoporum, quoniam cum in principio synodi non omnes sint in urbe reperti, tunc solum recipiebantur in synodi conventu, cum singuli a sanctae ecclesiae Romanae libellum manu propria scripsisse paterecet.

[85]) Der Erzbischof Antonius von Cyzikus, dem Photius den Amphilochius subrogirte, scheint gestorben und Barnabas zwischen 867 und 868 von Ignatius ordinirt worden zu sein.

[86]) p. 340: πῶς ὃ μέχρι νῦν οὐκ ἐκαλέσατε, καλεῖτε σήμερον; ἐγὼ προαιρέσει οὐκ ἔρχομαι, βίᾳ δὲ ἐλκόμενος· εἶπα γάρ· φυλάξω τὰς ὁδούς μου, τοῦ μὴ ἁμαρτάνειν ἐν γλώσσῃ μου. ἐθέμην τῷ στόματί μου φυλακὴν — καὶ τὸ λοιπὸν ὑμεῖς ἀναγνῶτε. Die Stelle ist aus Ps. 38, 1. 2. Vulg. (Hebr. 39, 1. 2.) und die Worte, die Photius emphatisch wegläßt, sind: ἐν τῷ συστῆναι τὸν ἁμαρτωλὸν ἐναντίον μου (cum consisteret peccator adversum me.)

[87]) Anastasius kann p. 76. nicht umhin, zu bemerken, daß die Erwähnung der orien-

Gegenwart zu beendigen." Alle Bischöfe wünschten, daß man den Photius vorführen lasse, und der Syncellus Elias verfaßte eine seine Aeußerung rügende Monition an Photius, die also lautete: „Da du mit einer Aposiopesis diese von Gott erkorene Synode als Sünderin dargestellt,[87]) nicht blos die Stellvertreter der heiligsten Patriarchen, sondern auch den erhabenen Senat der ehrwürdigen Väter, und ein nicht hieher gehöriges prophetisches Wort unzeitig angeführt hast, so ziemt es sich dir darauf zu entgegnen, daß du die Werke der Finsterniß in dir hast und dich vor der im Lichte der Wahrheit versammelten heiligen Synode fürchtest, es möchte durch sie dein Charakter zu Tage kommen und gebrandmarkt werden,[88]) da nach dem Evangelium (Joh. 3, 20.) Jeder, der Böses thut, das Licht haßt und nicht zum Lichte kommt, damit seine Werke nicht überführt werden. Aber es ist auch geschrieben: „In Zaum und Gebiß belaste die Backen derjenigen, die nicht nahen wollen zu dir" (Ps. 31. Hebr. 32. V. 9.)[89]) Uebrigens wird die Autorität der Synode mit kaiserlicher Zustimmung auf passende Weise diesen prophetischen Ausspruch in Erfüllung gehen lassen."[90]) Als das dem Photius vorgelesen ward, sagte er: „Ihr braucht Uns nicht zu fragen; thut, was Euch befohlen ist."[91]) Darauf folgte eine zweite Mahnung der Synode, die also lautete: „Wir haben der kirchlichen Ordnung gemäß dich gerufen und dein freiwilliges Erscheinen erwartet;[92]) aber als offenkundiger und hartnäckiger Sünder willst du dich nicht zu einem gerechten Gerichte begeben; aber du sollst auch gegen deinen Willen kommen, um noch eine weit evidentere Verurtheilung zu erfahren.[93]) Deßhalb befehlen wir durch diese zweite Mahnung, daß du auch wider deinen Willen vorgeführt werdest." Das geschah denn auch.

Als Photius vor der Versammlung erschienen war, fragten die päpstlichen Legaten den Senat: „Wer ist der Mann, der dort auf dem letzten Platze stehend sich befindet?" — „„Das ist Photius,"" — war die Antwort. „Also das ist Photius," riefen die Legaten, die zum erstenmale den berüchtigten Usurpator

---

tatischen Stühle blos „honoris causa" geschehen sei, da diese vor der Synode gar nichts in dieser Sache gethan hätten.

[87]) ἐπεὶ συμπεράσματι σιωπηρῷ (conclusione tacita) ἁμαρτωλὴν ὑπέγραψας τὴν ἁγίαν ταύτην σύνοδον.

[88]) δέδοικας τὴν ἐν τῷ φωτὶ τῆς ἀληθείας συναθροισθεῖσαν ἁγίαν καὶ οἰκουμενικὴν σύνοδον, ἵνα μὴ φανερωθῇς καὶ στηλιτευθῇς δι' αὐτῆς.

[89]) nach LXX und Vulg. Hierin liegt ein ähnliches συμπέρασμα, da vorausgeht: Nolite fieri sicut equus et mulus, quibus non est intellectus; der ganze Psalm hatte mehrfache Anwendung auf die Verbrechen des Photius.

[90]) τὸ λοιπὸν ἡ συνοδικὴ αὐθεντία τῇ βασιλικῇ γνώμῃ περαιώσει τὸ προφητικὸν αἴνιγμα.

[91]) οὐκ ὀφείλετε ἡμᾶς ἐρωτᾶν τὸ προσταχθὲν ποιεῖτε. Bei Anastas. p. 76. aber: Quemadmodum usque modo etiam invitus nos traxistis? hoc si vultis adhuc facere, non debuistis nos ad conveniendum interrogare. Sed etiam placuit vobis ab initio imperative ac potestative perficere.

[92]) τὴν ἑκούσιον παρουσίαν ἀπεκδεχόμενοι.

[93]) sponte ingredi recusasti, ne acciperes evidentiorem damnationem — aber gr.: ἄκων ἐλεύσῃ, ἵνα δέξῃ φανερωτέραν τὴν κατάκρισιν.

sahen, „derselbe Mann, der seit mehr als sieben Jahren der römischen Kirche so viele Leiden verursacht, die Kirche von Constantinopel auf das Tiefste erschüttert, die anderen orientalischen Kirchen so vielfach belästigt hat?“ [95]) — „„Es ist derselbe,““ sagten die Senatoren. Darauf ließen die Legaten die Fragen an ihn richten, ob er die Vorschriften der heiligen Väter, ob er die Constitutionen der römischen Päpste annehme, ob er die Entscheidungen des Papstes Nikolaus anerkenne, ob er das annehmen wolle, was dessen Nachfolger Hadrian festgesetzt. Auf alle diese Fragen gab Photius keine Antwort, er hüllte sich in ein wohlberechnetes Stillschweigen ein. Die Legaten sagten: „Wir haben gehört, daß er ein sehr begabter und beredter Mann ist; aber wir kennen ihn auch als Gesetzesverächter und Ehebrecher; er möge reden und sich vertheidigen.“ — Photius sagte blos: „„Gott hört meine Stimme, auch wenn ich schweige.““ [96]) Die Legaten: „Dein Stillschweigen wird dich nicht vor einer noch evidenteren Verurtheilung schützen.“ — Photius: „„Auch Jesus entging durch sein Schweigen der Verdammung nicht.““ [97]) Es war klar, Photius wollte an das Beispiel des vor dem jüdischen Sanhedrin stehenden Heilands erinnern, wie er auch nachher in seinen Briefen that; seine geheuchelte Frömmigkeit und die Dreistigkeit, sich mit dem Gottmenschen zu vergleichen, [98]) erregte Aergerniß und Abscheu. Die orientalischen Vikarien Thomas und Elias erklärten ihn jeder Antwort für unwürdig, da zwischen Licht und Finsterniß, zwischen Christus und Belial keine Gemeinschaft möglich sei; sie fragten ihn abermals, ob er die Urtheile der römischen Päpste annehme oder nicht; es erfolgte keine Antwort. Die vorsitzenden Legaten mahnten, Photius möge sich demüthigen, mündlich und schriftlich seine Sünden bekennen, seine injuriösen Schriften sowie sein ungerechtes und grausames Verfahren gegen Ignatius und alle seine schändlichen Machinationen [99]) anathematisiren, sodann versprechen und geloben, nichts gegen den legitimen Patriarchen zu unternehmen, sondern ihn als wahren Vater anerkennen und mit Ehrfurcht das vom römischen Stuhle gefällte Urtheil annehmen zu wollen. Photius beharrte bei seinem Schweigen. [100]) Die Legaten, die dieses stolze und hartnäckige Benehmen rügten, ließen nun mit Zustimmung der Synode die Briefe des Papstes Nikolaus an Kaiser Michael vom 25. September 860 und vom 19. März 862 sowie die beiden an Pho-

---

[95]) *αὐτός ἐστιν ὁ Φώτιος, δι' ὃν ἡ ἁγία τῶν Ῥωμαίων ἐκκλησία ἐν ἑπτὰ ἔτεσιν* (860—867) *καὶ πλέον ὑπέμεινε κόπους πολλούς, ὁμοίως δὲ οἱ ἀνατολικοὶ θρόνοι καὶ ἡ Κωνσταντινουπολιτῶν ἐκκλησία ἀνάστατος γέγονε;*

[96]) *τῆς φωνῆς καὶ σιγῶντος ὁ θεὸς ἀκούει.*

[97]) p. 311: *οὐδὲ Ἰησοῦς σιωπῶν ἐξέφυγε τὴν κατάκρισιν.*

[98]) *τοῖς τοῦ κυρίου ἡμῶν Ι. Χρ. τὰ σὰ παρομοιώσας.*

[99]) Nicet. p. 264 D.: *καὶ διελέγχουσι μὲν ἀποτόμως τῆς φονικῆς κατὰ Ἰγνατίου τοῦ ἱεράρχου προαιρέσεως, καὶ τῆς παραλόγου καὶ μανιώδους καθαιρέσεως· ἐλέγχουσι δὲ καὶ τὰς ψευδοσυνόδους αὐτοῦ καὶ δυσφημίας καὶ ὅσα κατὰ Νικολάου τοῦ πάπα πεφώραται δεδρακώς.* Act. p. 77. 311.

[100]) Nicet. l. c.: *αὐτοῦ δὲ σιωπῶντος τῷ μηδεμίαν εὔλογον ἔχειν ἀπολογίαν πρὸς τὰ ἐγκαλούμενα.* In der That hätte Alles, was er zu seiner Vertheidigung sagen konnte, nicht entkräftet werden können; dafür boten allein schon die Briefe des Nikolaus reiches Material.

tius um dieselbe Zeit gerichteten verlesen. Auch während des Verlesens ließ sich Photius nicht durch die Aufforderung der Metropoliten bewegen, sein Stillschwigen zu brechen. Nachdem die Briefe verlesen waren, verlangte Elias von Jerusalem das Wort und entwickelte in einer längeren Rede, wie nicht etwa deßhalb, weil Ignatius jetzt in seiner vollen Würde erscheine, Photius aber entsetzt und ärmlich auftrete, das Urtheil der beiden orientalischen Patriarchalstühle zu Gunsten des Ersteren und zum Nachtheil des Letzteren ausgefallen sei;[101]) es sei bekannt, wie Photius mit Gewalt den Stuhl von Constantinopel usurpirt und mit Ungerechtigkeiten sich auf ihm behauptet; weder der römische Stuhl noch die orientalischen Patriarchen hätten je ihn anerkannt; das von ihnen abgegebene Urtheil, das sie schon früher auf Verlangen des Kaisers, der gleich den früheren Kaisern[102]) diese allgemeine Synode habe versammeln wollen, abgegeben hätten, sei strenge und gewissenhaft[103]) von ihnen gefällt; der Kaiser selbst habe sie auf die feierlichste Weise beschworen, allein die Gerechtigkeit, keine Gunst und kein Ansehen der Person vor Augen zu haben.[104]) Elias will hier einerseits die Legitimität der Synode, die nach dem orientalischen Brauche vom Kaiser berufen und von den rechtmäßigen Vertretern der Patriarchalstühle, als welche der Kaiser sie anerkannt, geleitet sei, andererseits den Abgang jeder Möglichkeit, das Verfahren des Photius zu rechtfertigen, was sein hartnäckiges Stillschweigen wie die in seinen wenigen Aeußerungen zur Schau getragene Verachtung und Verwerfung der Synode nur noch mehr bestätige,[105]) vor der Versammlung konstatiren. Am Schluße mahnt er ihn, seine Sünde einzugestehen und Buße zu thun, wodurch er die Wiederaufnahme in die Gemeinschaft der Gläubigen[106]) erlangen und sich vor der ihm drohenden ewigen Verdammniß sicher stellen könne.

Der Patricier Baanes schloß sich im Namen des Senats derselben Aufforderung an und die römischen Legaten äußerten sich in einer vom Sekretär Theodor vorgelesenen Erklärung an die Synode folgendermaßen: „Brüder! Ihr

---

[101]) p. 79: Neque enim, quoniam SS. Patriarcha Ignatius praesidet in hoc throno et potens est in tali positus principatu, ideo accipiemus faciem ejus; neque quia vir iste Photius adstat et idcirco pauper esse putatur, propterea condemnabimus eum etc.

[102]) p. 311: *οἴδατε πάντες, ὅτι ἐν τοῖς παρελθοῦσι χρόνοις οἱ βασιλεῖς ἦσαν οἱ συγκροτοῦντες τὰς συνόδους.* not. Anast. p. 78: universales videl.; nam locales aut vix aut nunquam imperatores synodos collegisse noscuntur.

[103]) *ὡς ἀπαιτεῖ τῆς δικαιοσύνης ὁ λόγος.*

[104]) *ἐπετίθεισι τοῖς ἡμετέροις ὁ βασιλεὺς τραχήλοις τὸ ἐγκόλπιον αὐτοῦ καὶ εἶπεν· ἰδοὺ τὸ αἷμα τῆς ἐκκλησίας ἀπαιτήσει ὁ Θεὸς ἐκ τῶν τραχήλων ὑμῶν ἐν τῇ ἡμέρᾳ τῆς κρίσεως, ἵνα μηδὲν κατὰ προσπάθειαν ἢ ἐμπάθειαν ποιήσητε.*

[105]) p. 79: Itaque profundum silentii ejus aspicitis (*ἐπεὶ τὴν βαθεῖαν σιγὴν Φωτίου ὁρᾶτε*) paene nil patientis loqui ad S. Synodum eo quod abjiciat utique illam, nulloque modo recipiat, sicut etiam per propria verba significavit... Et male ac injuste studuit hodie silentio, ut hinc videatur per taciturnitatem habere quasdam rationes; neque enim habet quod opponat ad sui justificationem (*καὶ κακῶς ἐπετήδευσε σήμερον τὴν τοιαύτην σιγήν, ἵν' ἐντεῦθεν δόξῃ κατὰ τὸ σιωπώμενον ἔχειν τινὰς ἀπολογίας· οὐ γὰρ ἔχει τι προβάλλεσθαι πρὸς ἰδίαν δικαιοσύνην.*

[106]) *καθὼς ἰδιώτης τῶν πιστῶν*, d. h. als Laie.

habt gesehen und gehört, was seit langer Zeit in dieser Sache gethan und gesagt ward. Euch Allen ist es klar, daß die Erhebung des Photius nicht anerkannt werden durfte [107]) und die Absetzung des Ignatius gegen die Gerechtigkeit und alle Gesetze verstieß. Wir werden also kein neues Urtheil aussprechen [108]) oder einführen, sondern an dem alten festhalten, das bereits von Papst Nikolaus ausgesprochen und von seinem Nachfolger Hadrian bestätigt ward. Wir dürfen die Gesetze der Väter nicht umstoßen oder erschüttern. Auch haben unsere Brüder, die Stellvertreter des Orients, bezeugt, daß sie nie denselben als Patriarchen anerkannten. Wer kann noch ferner, wenn er für einen Christen gelten will, den anerkennen, der vom apostolischen Stuhle zu Rom und von den Patriarchalstühlen des Orients nicht anerkannt worden ist? Wir verwerfen ein solches Attentat und verbieten bei Strafe des Anathems, daß in Zukunft ein solches Verfahren erneuert, ein rechtmäßiger Bischof durch die weltliche Gewalt aus seiner Kirche vertrieben und gegen die Canones ein Anderer an seine Stelle gesetzt werde. Sagt, ob ihr damit einverstanden seid; solltet ihr es nicht sein, dann würden wir im Concil wie auf einem hohen Berge unsere Stimme erheben und mit aller Kraft das Verfahren unserer heiligen Väter verkünden sowie die Folgen, die sich daraus ergeben."

Die ganze Synode stimmte dieser Aeußerung der Legaten als einer den kirchlichen Regeln ganz konformen zu. Hierauf ermahnten Donatus, Stephan und Marinus den Photius abermals, sich reuig vor der Synode zu bezeigen und sich dem Ignatius als seinem legitimen Hirten zu unterwerfen, was unerläßliche Bedingung sei, um ihn auch nur zur Laienkommunion zuzulassen; dadurch allein werde er sich und Anderen das Heil der Seele wahren, möchten auch manche seiner Anhänger ihm durchaus zu folgen bereit sein. Der Patricier Baanes redete dem Photius zu, sich zu unterwerfen. „Rede, Herr Photius, lege Alles dar, was Du zu Deiner Rechtfertigung vorbringen kannst. Die ganze Welt ist hier vertreten; sorge, daß das heilige und allgemeine Concil dir nicht alles Mitleid entzieht. An welches Tribunal willst du dich dann noch wenden? An das von Rom? Hier ist es repräsentirt. An das des Orients? Hier sind seine Vertreter. Siehe zu, daß dir nicht die Thüre verschlossen werde; wenn sie diese verschließen, so ist Niemand, der sie öffnen kann. Bringe also um Gotteswillen deine Vertheidigung vor." — Photius beharrte bei seiner Rolle; „meine Vertheidigung," sprach er, „ist nicht in dieser Welt; [109]) wäre das der Fall, so würdet ihr sie erfahren." Darauf Baanes: „Die Beschämung und die Furcht hat dir den Geist verwirrt, [110]) du weißt nicht, was du sagen sollst. Deßhalb gibt das heilige und allgemeine

---

[107]) ὅτι ἀπαράδεκτος ἡ προβολὴ τούτου τοῦ ἀνδρός — quia irreceptibilis erat promotio hujus viri.

[108]) καὶ ἡμεῖς οὐ κρίσιν πρόσφατον κρίνομεν.

[109]) p. 344: τὰ ἐμὰ δικαιώματα οὐκ εἰσὶν ἐν τῷ κόσμῳ τούτῳ — wie eine Parodie von Joh. 18, 36.

[110]) ἀπονενάρκωσαι, Φώτιε, νῦν ἀπὸ αἰσχύνης. p. 80: Nos tenemus quia confusione et metu depressus desipis, nesciens quid dicas.

Concil Bedenkzeit, um dich über dein Heil zu berathen. Geh' jetzt hin und komme später wieder, wenn du dich besser besonnen hast." [111]) Photius entgegnete: „Ich bitte um keine Bedenkzeit; daß ich aber hinausgehe, liegt in euerer Gewalt." Baanes ermahnte ihn nochmals zur Buße und Unterwerfung unter das gerechte Gericht der Patriarchen, da nach der Beendigung der Synode das Urtheil nicht mehr zu ändern sei, jetzt aber ihm eine Vertheidigung vergönnt werde; aber Photius blieb taub gegen alle Vorstellungen und wurde hinausgeführt. Damit schloß die fünfte Sitzung unter den Acclamationen: Den Kaisern Basilius und Constantin, den großen, rechtgläubigen, friedeliebenden Herrschern, den Rächern der Ungerechtigkeit, den Feinden der Lüge, den Freunden und Beschützern der Wahrheit viele Jahre! Der frömmsten Kaiserin Eudokia viele Jahre! Dem allerseligsten römischen Papste Nikolaus ewiges Andenken! Dem orthodoxen römischen Papste Hadrian viele Jahre! Dem orthodoxen Patriarchen Ignatius von Constantinopel viele Jahre! Den orthodoxen Patriarchen des Orients viele Jahre! Dem rechtgläubigen Senate viele Jahre! Der heiligen und allgemeinen Synode ewiges Andenken!

6. Verhandlungen von der sechsten bis zur achten Sitzung.

Die päpstlichen Legaten, die in den fünf ersten Sitzungen der Synode das Recht des Vorsitzes sich entschieden gewahrt und bei allen ihren Anträgen keine erhebliche Einsprache gefunden hatten, glaubten nach den bisherigen Verhandlungen daran festhalten zu müssen, daß die Sache des Photius als endgiltig entschieden zu betrachten und der allgemein von der Kirche Verworfene, so wenig wie seine Parteigänger, nicht mehr zu hören sei. In diesem Sinne entwarfen sie eine in der sechsten Sitzung vorzulesende Denkschrift, [1]) welche nach einem gedrängten Rückblick auf die ganze Sachlage, auf die Schritte des Kaisers beim römischen Stuhl, auf dessen wiederholte Entscheidungen, auf das in den bisherigen Sitzungen Verhandelte und die von Photius und seinen Anhängern an den Tag gelegte unverbesserliche Gesinnung von weiteren Versuchen, sie zu belehren und zum Eingeständniß ihrer Missethaten zu bringen, Umgang genommen und die Synode Hadrian's II. promulgirt und in Vollzug gesetzt wissen wollte, da jeder weitere Verzug ungerechtfertigt und jeder derartige Versuch vergebens zu sein schien. [2])

Aber der Kaiser Basilius theilte diese Ansicht nicht. Er wollte die Anhän-

[111]) διὰ παρέχει σοι ἡ ἁγία σύνοδος ἐνδόσιμον τοῦ σκέψασθαι τὴν σωτηρίαν σου· ἄπελθε οὖν καὶ σκεψάμενος τὸ συμφέρον ἐλθέ.

[1]) Mansi XVI. 346. 83. 84.

[2]) νῦν δὲ γνόντες τὴν ἕνωσιν τῶν ἁγίων τοῦ θεοῦ ἐκκλησιῶν, ἵνατί λογομαχίας παρὰ ἀσυνέτων ἀνθρώπων ἀκοῦσαι προσδεχόμεθα; — Ecce scientes unitatem SS. Dei ecclesiarum, ut quid propter injustitiam et verborum conflictum ab iniquis et non intelligentibus viris exaudiri expectamus?

ger des Photius befragt und verhört wissen; er dachte durch eine möglichst ausgedehnte Verschmelzung beider Parteien am besten das Schisma beendigen zu können; er dachte aber nicht daran, daß hier keinerlei Transaktion möglich war, so lange Photius seine Ansprüche nicht aufgab, so lange keine Unterwerfung unter eine ökumenische Sentenz zu erwarten stand. Basilius wohnte denn auch der am 25. Oktober gehaltenen sechsten Sitzung, an der siebenunddreißig Bischöfe,[3]) darunter auch die neu hinzugekommenen Metropoliten Theodulus von Ancyra, Nikephorus von Nicäa, Basilius von Gangra, Cyprian von Claudiopolis, Hilarius (oder Hilarion) von Korinth, Nikolaus von Synnada u. A. Theil nahmen, nebst sechzehn Senatoren und mit großem Gefolge bei und führte das Ehren-Präsidium[4]) während derselben. Beim Beginne der Verhandlungen hielt der Freund des Ignatius, Metrophanes von Smyrna, eine Lobrede[5]) auf den Kaiser und auf die Synode, erörterte den Dank, den man Jenem schulde, der als gerechter Noe die rettende Arche dieser Versammlung erbaut, der als gottbefreundeter Abraham diesen heilspendenden Brunnen gegraben (Gen. 21, 25.), der die vier großen Leuchten am kirchlichen Himmel, die vier Flüsse des Paradieses, die vier Patriarchen versammelt und die Synode selbst mit seiner Gegenwart beehrt, erinnerte kurz an die Pflicht, in Eintracht an der Wiederherstellung des kirchlichen Friedens zu arbeiten, und schloß mit nicht weniger emphatischen Segenswünschen für den Kaiser. Darauf ward die Denkschrift der römischen Legaten vorgelesen,[6]) deren Antrag aber vom Kaiser nicht acceptirt ward; vielmehr wurde dem Protospathar Theophilus der Auftrag gegeben, die Bischöfe von der Partei des Photius vor die Synode zu führen, und die päpstlichen Gesandten widersprachen nicht weiter.

Als jene erschienen waren, ließ man ihnen zuerst die Briefe des Papstes Nikolaus an Michael und Photius vom März 862 vorlesen;[7]) dann hielt Elias von Jerusalem einen Vortrag, in dem er die von den Photianern behauptete Abdankung des Ignatius näher beleuchtete und die Haltlosigkeit dieser Annahme bewies.[8]) Er sagte dem Kaiser Dank für die Wiedereinsetzung des Ignatius, berührte den Grund seiner früheren gewaltsamen Entsetzung und suchte zugleich eine andere Einwendung der Photianer zu entkräften, die unter Anderem sagten: Da die versammelten Metropoliten und Bischöfe den Photius zum Patriarchen erhoben haben, so dürfen, wenn Photius nicht anerkannt werden kann, diese noch viel weniger anerkannt werden.[9]) Dagegen macht Elias

[3]) Der griechische Text zählt 36 (p. 344.), ohne sie anzuführen.

[4]) Vgl. Hefele Conc. Gesch. I. S. 25. 26.

[5]) p. 82. 83. 344. 345.

[6]) Hier scheint auch der Text des Anastasius lückenhaft; von der Denkschrift (Epanagnosticum) der Legaten gibt er nur den Anfang (p. 83 D.: cujus initium est hoc.). Nach der Vorlesung scheinen doch einige hier nicht aufgezeichnete Reden gewechselt worden zu sein.

[7]) Im Griech. p. 345 ist nur der an Michael erwähnt.

[8]) ὅτι τὸ κατὰ τὴν ἐξορίαν γεγονὸς τῆς παραιτήσεως ἔγγραφον διὰ Ἰγνατίου τοῦ πατριάρχου, ἀντὶ μηδὲ γεγονότος ἐστίν, εἰ καὶ γέγονεν, ὡς τυραννικῶς γεγονός.

[9]) ὅτι οἱ πανταχόθεν μητροπολῖται καὶ ἐπίσκοποι ἀνηγόρευσαν τὸν Φώτιον εἰς ἀρχιερωσύνης προάγοντες· καὶ διὰ τοῦτο εἰ ἐκεῖνος οὐ δεκτός ἐστι, πολλῷ μᾶλλον ἐκεῖνοι.

geltend, daß in der zweiten Synode wohl der Cyniker Maximus und seine Ordinationen verworfen wurden,[10]) aber nicht Timotheus von Alexandrien, der ihn erhoben, noch die mit diesem geeinigten Bischöfe entsetzt und verdammt wurden; daher dürften noch weit weniger die Prälaten, die nur aus Furcht vor Gewaltthaten den Photius erhoben, insgesammt verworfen werden, sondern nur der schon vorher von seinem Patriarchen und von dem apostolischen Stuhle von Rom entsetzte und anathematisirte Syrakusaner. Weiter führt Elias an,[11]) daß mehrere Anhänger des Photius bereits zur Synode ihre Zuflucht nahmen und Verzeihung erhielten, während andere hartnäckig an ihm festhielten, vorzüglich deßwegen, weil sie ihren eidlichen Gelöbnissen und ihrer feierlichen Unterschrift nicht zuwider handeln wollten.[12]) Es sei aber von den Legaten der Patriarchen[13]) feierlich erklärt, daß sie kraft der kirchlichen Binde- und Lösegewalt solche erzwungene und ungiltige Eide zu lösen im Stande seien, durch die sich Photius für immer auf seinem widerrechtlich usurpirten Patriarchensitze habe befestigen wollen. Indem Elias damit die Ueberzeugung der Patriarchen hinlänglich ausgesprochen zu haben glaubt, im Angesichte des Kaisers und der Synode, schließt er mit einem Segenswunsche für den Ersteren.

Nun befragte der Kaiser die photianischen Bischöfe, was sie nach Anhörung der Aussprüche der Patriarchate Rom, Antiochien und Jerusalem darauf zu sagen hätten. Diese erwiederten, daß sie bereit seien, darauf zu antworten. Euschemon,[14]) von Photius nach dem „Abfall" des Paulus zum Erzbischof von Cäsarea in Kappadocien erhoben, bat den Kaiser um Geduld und die Erlaubniß, ohne Unterbrechung und ohne Hinderniß ihre Sache vertheidigen zu können; er hoffe mit Gottes Hilfe zeigen zu können, daß alle jene Schriftstücke und Reden, die sie bis jetzt gehört, eitel und vergeblich seien.[15]) Der Kaiser

---

[10]) S. oben B. I. Abschn. 1. Bd. I. S. 22.

[11]) Jager folgt hier dem gr. Texte p. 318, wo ausdrücklich mit ταῦτα τοῦ Ἠλία εἰπόντος ein Vorgang in der Sitzung nach dieser Rede eingeleitet wird. Bei Anastasius p. 86. ist das noch zur Rede des Elias gerechnet, aber, wie das Weitere zeigt, nicht wohl mit Unrecht. Anastasius konnte durch sein griechisches Exemplar, worin Alles ohne Absatz aneinandergeschrieben war, irre geleitet worden sein; indessen gibt sich bei ihm das Folgende bis zu den Worten in saecula conservet doch zu bestimmt als der Schluß dieses längeren Vortrags zu erkennen und es konnte sehr leicht der griechische Epitomator, von dem historisch referirenden Tone der Worte verleitet, das ταῦτα .. εἰπόντος von sich aus eingeschaltet haben, weil er nun eine Handlung der Synode in den Akten referirt glaubte. Es wäre wohl, wenn wirklich in dieser Sitzung mehrere Photianer sich unterworfen hätten, von denselben mehr gesagt worden; man hätte kaum dieses Faktum so oberflächlich hier angeführt. Am besten bezieht man das προσέδραμον τῇ ἁγίᾳ συνόδῳ auf die Vorfälle der zweiten Sitzung, wovon Elias hier zu reden scheint.

[12]) ὅτι τὰ ἴδια χειρόγραφα καὶ τοὺς ὅρκους οὐ βούλονται ἀθετῆσαι.

[13]) p. 86: Sanctissimi vicarii senioris Romae et nos ... haec omnia dissolvimus hodie; p. 318: οἱ δὲ ἁγιώτατοι τοποτηρηταὶ πάντες εἶπον· ταῦτα πάντα διαλύομεν.

[14]) p. 86. 318. steht Euthymius; aber act. VII. p. 99 steht richtig Euschemon. An diesen sind mehrere Briefe des Photius gerichtet.

[15]) καὶ ἐλπίζομεν, ὅτι καὶ τοὺς χάρτας καὶ τὰς διαλαλιὰς ταύτας δεῖξαι ἔχομεν ματαίας.

rügte diesen beleidigenden Ausdruck; es sei verwegen, diese Aeußerungen der drei Patriarchalstühle so zu bezeichnen, zumal auf Seite derjenigen, die ihre unrechtmäßigen und blos durch die weltliche Gewalt veranstalteten Versammlungen heilige Synoden genannt, sei die Beschimpfung der gegenwärtigen, von den Patriarchen gehaltenen Synode unerträglich, den fünf Patriarchen hätten sich Alle zu unterwerfen. Es scheine, sie wollten nicht glauben, daß diese Aussprüche von den Patriarchen herrühren; sonst würden sie sich ihnen unterwerfen. „Ich frage euch," schloß Basilius, „glaubt ihr, daß sie von den Patriarchen herrühren oder habt ihr Mißtrauen dagegen?" — Wir haben dagegen kein Mißtrauen, [16]) entgegneten die Photianer. — „Also," sprach der Kaiser, „wenn ihr es glaubt, so unterwerft euch dem Ausspruch; glaubt ihr aber nicht daran, so will ich die nöthigen Kosten bestreiten, damit ihr zu den Patriarchen reisen und euch selbst vergewissern könnet, und die Sache so in's Klare komme." [17]) — „Hier in Constantinopel" — sagten Jene — „soll die Sache in's Klare kommen!" [18])

Die Photianer hatten im Verein mit ihrem Meister, dessen Geist in ihnen lebendig war, ihren Vertheidigungsplan entworfen. Den Kaiser mußten sie jedenfalls schonen; an der Aechtheit der Dokumente, an der Glaubwürdigkeit der von den Patriarchen abgeordneten Apokrisiarier zu zweifeln, wäre für diesen eine Beleidigung gewesen. Sie mußten die Diskussion auf das kanonistische und historische Gebiet übertragen, wo sie ihre Gelehrsamkeit zeigen zu können hofften; sie mußten insbesondere die Dekrete des Papstes Nikolaus angreifen, die allem Anderen zur Stütze dienten, seine Entscheidung als ungerecht, seine Entscheidungsgründe als haltlos darzustellen suchen. Dieser Aufgabe unterzog sich zunächst Zacharias von Chalcedon, ein Lieblingsschüler des Photius, der sich ganz auf dessen Arbeiten [19]) stützen konnte. Er ging von dem Satze aus: Die Canonen stehen über den Patriarchen; wenn diese, sei es Nikolaus oder ein Anderer, gegen jene verstoßen, folgen wir ihnen nicht. [20]) Damit ward ein Grundsatz proklamirt, den freilich Photius als Patriarch bei seinen Untergebenen nie geduldet haben würde; die Erlasse der höchsten kirchlichen Autorität waren der subjektiven Prüfung der Untergebenen unterstellt und deren Ungehorsam gerechtfertigt, wenn sie nur einen Schein von Verletzung der Canonen entdecken konnten. Um nun den Satz zu begründen, daß die Patriarchen, und namentlich auch der Papst, gegen die Canones fehlen können, führt er

---

[16]) Non diffidimus p. 87.

[17]) ἐγὼ γοῦν καὶ τῶν ἀναγκαίων τὴν χρείαν παρέχω, καὶ ἀπέλθετε εἰς τὰ πατριαρχεῖα καὶ βεβαιώθητε.

[18]) Hic denudentur negotia!

[19]) Wahrscheinlich hatte Photius schon in dieser Zeit einen Theil der von Jostani veröffentlichten kirchengeschichtlichen Quästionen ausgearbeitet, von denen wir unten handeln werden. Die Rede des Zacharias hat jedenfalls sehr viel mit dieser Schrift gemein wie auch mit der oben (B. III. A. 8.) angeführten.

[20]) οἱ κανόνες ἄρχουσι καὶ τῶν πατριαρχῶν· οἱ γοῦν ἔξω τῶν κανόνων ποιοῦσιν, οὐ στοιχοῦμεν αὐτοῖς. p. 87: Et P. Nicolai et ceterorum Patriarcharum canon princeps est . . . cum vero extra hunc faciant, sive P. Nicolaus sive alius quis, non acquiescemus.

1) das Beispiel des Marcellus von Ancyra an, den Julius und die Synode von Sardika gerechtfertigt, der aber doch bis jetzt als Häretiker anathematisirt werde, 2) das Beispiel des von den römischen Päpsten freigesprochenen, von der afrikanischen Synode aber zurückgewiesenen Apiarius; er bemerkt, daß er noch viele andere Beispiele der Art anführen könne. Nun, fährt er fort, fragt es sich, wie es mit dem Verfahren des Papstes Nikolaus steht; ist es den Canonen gemäß, so folgen wir ihm; ist das nicht der Fall, so verwerfen nicht wir es, sondern der Canon. Indem Zacharias nun auf die Motive des Papstes Nikolaus eingeht, reducirt er dieselben schlau genug auf die zwei:[91]) 1) Die Erhebung des Photius aus dem Laienstande, 2) die durch einen abgesetzten Prälaten ihm ertheilte Consekration; die von Nikolaus noch angeführte Usurpation eines nicht rechtlich erledigten Stuhles und vieles Andere läßt er bei Seite und jene zwei Motive stellt er als völlig haltlos dar. Denn 1) die Promotion von Laien zum Episkopat anlangend, so ziele die betreffende Vorschrift wohl dahin, den Consekrator vorsichtig zu machen, verdamme aber nicht den also Consekrirten; ferner habe die Gewohnheit diese Vorschrift abrogirt,[92]) da auf diese Weise Tarasius, Nikephorus, Nektarius, Thalassius von Cäsarea, Eusebius, Ambrosius u. A.[93]) geweiht worden; seien diese unschuldig, so sei es auch Photius. Was 2) die Consekration durch abgesetzte Bischöfe betreffe, so sei erstens zweifelhaft, ob das hier der Fall gewesen, da jene nicht wegen Verbrechen, sondern wegen Widerstandes gegen den Frieden der Kirche die Entsetzung getroffen; nachdem sie sich aber wieder mit der Kirche vereinigt und jenen Abfall verworfen, habe man sie wieder aufnehmen müssen; zweitens sei, auch wenn Gregor Asbestas schuldig gewesen, doch Photius von Schuld frei; diese könne höchstens nur die treffen, die ihn erhoben und durch jenen ihn weihen ließen; ja sogar drittens auch diese seien nicht strafbar; denn auch den Anatolius, der den von Flavian entsetzten Eutyches aufgenommen, habe das vierte Concil anerkannt und doch seien diese Väter nicht verurtheilt worden; ferner sei keiner von denjenigen, die der durch Proterius entsetzte Petrus Mongus geweiht, verdammt; Acacius von Constantinopel, wegen seiner Gemeinschaft mit den Häretikern vom römischen Papste verurtheilt, habe sich darum nicht gekümmert und seine Nachfolger, die ihn als legitimen Patriarchen anerkannten, habe Niemand angeklagt; sie seien als rechtmäßig betrachtet worden. „Wir sagen also: Wenn ein Canon uns entsetzt, so nehmen wir die Entsetzung an; wo nicht, nehmen wir sie nicht an; denn auch den Flavian von Antiochien haben die Römer nicht anerkannt, aber kein Canon hat ihn verurtheilt!" —

Diese Ausführungen konnten die Synode kaum auf andere Gesinnungen bringen. Der Kaiser selbst bemerkte vorerst: Die angeführten Fehltritte und

---

[91]) duobus conatibus, quibus utitur contra Patriarcham, qui consecravit nos, reor neminem promotum posse damnari.

[92]) τοὺς μὲν χειροτονήσαντας ἀφορίζεται, τὸν δὲ χειροτονηθέντα οὐ κατακρίνει, καὶ τὸ ἔθος τὸν κανόνα ἄκυρον ποιεῖ.

[93]) nach Phot. ep. 2. ad Nicol. B. II. Abschn. 9. Bd. 1. S. 462.

Vergehungen wurden von anderen Patriarchen wieder gut gemacht und geheilt[24]) und deßhalb wurden die, welche geheilt und gebessert waren, von denen wieder aufgenommen, die solche Gebrechen heilen und bessern konnten; aber die Sünde der Photianer sei von allen Oberhäuptern der allgemeinen Kirche nicht geheilt worden,[25]) alle Erzhirten der Kirche hätten einstimmig sie verurtheilt, bis zur Stunde seien sie bei ihrer Verirrung geblieben. Besorgt für ihr Wohl, aus reiner Milde und Güte rathe er ihnen, sich der Barmherzigkeit der heiligen Synode theilhaftig zu machen; es sei klar, daß sie Alle als Laien zu betrachten seien; man habe sie nicht kommen lassen, um unordentlich und mit wildem Geschrei sich zu erheben, alle ihre Worte seien Lüge und Trug.[26]) Einige der Photianer sagten, das habe nicht einmal der Teufel zu sagen gewagt.[27]) Der Kaiser hob mit scharfen Worten hervor, wie unter Photius viele Laien Bischöfe gespielt, namentlich der Protospathar Theophilus, und ließ sich mit Eulampius von Apamea in eine Unterredung ein, der nichts davon wissen wollte und außerdem dabei stehen blieb, Ignatius habe abgedankt, welche Abdankung der Kaiser als eine ungiltige und erzwungene bezeichnete. Marinus, der römische Legat, suchte diese der Würde des Kaisers kaum entsprechende Diskussion abzuschneiden; er und seine Collegen erklärten es für unzulässig, mit dem längst von der römischen Kirche anathematisirten Eulampius sich noch weiter einzulassen; sie schlugen vor, das Formular der römischen Kirche ihm und seinen Genossen vorzulesen, seien sie bußfertig, sie als Laien in die Gemeinschaft aufzunehmen, außerdem sie mit dem Anathem zu belegen; das Urtheil könne nicht retraktirt und nichts Anderes ihnen gesagt werden.[28]) Der Kaiser erklärte, aus Rücksicht für ihr eigenes Wohl habe er die Photianer erscheinen lassen; wofern sie sich der Kirche nicht unterwerfen wollten, bekräftige auch er das Urtheil der Patriarchen. Die römischen Legaten fragten nun, welche von den anwesenden photianischen Bischöfen vom Patriarchen Ignatius ordinirt seien. Es waren drei, die Erzbischöfe von Heraklea und von Creta und der Bischof von Celenderis in Isaurien. Sie weigerten sich, das römische Formular anzunehmen, wollten aber, wenn der Kaiser sie anhöre, ihre Sache vertheidigen.

Um aber die Rede des Zacharias von Chalcedon nicht ohne Antwort zu lassen, erhob sich Metrophanes von Smyrna in einem kräftigen, vorzugsweise an ihn gerichteten Vortrage. Zuerst machte er darauf aufmerksam, daß nach geistlichen und weltlichen Gesetzen Jeder, der einen Richter sich erwählt, seinen Weisungen nachkommen müsse, und nicht hintendrein, wenn die Entscheidung zu seinem Nachtheil ausgefallen, ihn verwerfen dürfe; die Partei des Photius selbst habe den Papst Nikolaus um sein Urtheil angegangen, es sei absurd und

[24]) πάντα τὰ παραπτώματα, ἃ λέγετε, παρ' ἑτέρων πατριαρχῶν διωρθώθησαν.

[25]) τὸ δὲ ὑμέτερον παράπτωμα πᾶσαι αἱ κεφαλαὶ τῆς οἰκουμενικῆς ἐκκλησίας ἀνίατον καταλελοίπασιν.

[26]) καὶ οὐκ ἠγάγομεν ὑμᾶς ὑλακτεῖν· πάντα γὰρ τὰ ὑμῶν ψευδῆ εἰσι καὶ ἀπάτη.

[27]) τοῦτο οὐδὲ ὁ διάβολος ἐτόλμησεν εἰπεῖν.

[28]) Acta Anast. p. 88. 89. 349 D.

führe zur Verhöhnung jedes Richterspruchs, wenn die Verurtheilten ungestraft die gegen sie gefällte Sentenz verwerfen dürfen, unter dem Vorwande, sie sei nicht nach den Gesetzen erlassen. Ferner rügt er, daß sich die Photianer zu Gunsten ihres Oberhauptes fortwährend auf die Beispiele von Nektarius, Tarasius u. s. f. berufen, ohne im Geringsten zu beachten, was schon Papst Nikolaus darauf geantwortet, ohne zu erwägen, daß in den angeführten Beispielen nicht wie bei Photius die Erhebung durch die weltliche Macht und Tyrannei, nicht die Verstoßung eines noch lebenden legitimen Hirten im Spiele war, und ganz andere Ursachen diesen Promotionen zu Grunde lagen; Photius habe den Stuhl des mit Gewalt vertriebenen, noch lebenden Patriarchen usurpirt, mit Gewalt die Bischöfe zu seiner Erhebung und Anerkennung gezwungen, habe bei keinem der Patriarchen Anerkennung gefunden; dazu komme, daß das, was selten geschieht, die Kraft des Gesetzes nicht aufhebe. Drittens hebt er hervor, daß Zacharias sich selbst widersprochen. Auf der einen Seite gebe er den Canon zu, welcher die Promotion von Laien verbiete, da er von ihm sage, er gelte vorzüglich für den Consekrator, verdamme nicht den Consekrirten, da er behaupte, die Gewohnheit habe ihn abrogirt; auf der anderen Seite läugne er, daß Nikolaus in den Canonen irgend ein Fundament für sein verdammendes Urtheil gehabt. Viertens bestreitet er den Satz, daß viele von den Römern Verurtheilte für gerechtfertigt und viele der von ihnen Gerechtfertigten in der Kirche für verurtheilt gehalten worden seien. Er geht auf die angeführten Thatsachen näher ein und bemerkt: a) Marcellus von Ancyra ist, als er jede Häresie und auch die ihm zur Last gelegte, anathematisirt, von Julius und der Synode von Sardika, ja auch von den Bekennern Athanasius und Paulus anerkannt worden; als er aber nachher zur Irrlehre zurückkehrte und als Häretiker erkannt ward, verdammten ihn Silvanus und die mit ihm Vereinigten, wie auch Papst Liberius; Marcellus änderte seine Gesinnung, aber nicht der römische Stuhl seinen Standpunkt. b) Die afrikanische Synode gehorchte in Sachen des Apiarius mehr dem Urtheil des Papstes Zosimus, als sie ihm widerstand, wie aus dem Synodalschreiben an Bonifacius vom Mai 419[28]) hervorgeht. c) Dem Flavian von Antiochien verweigerte die römische Kirche aus Anhänglichkeit an den großen Eustathius und an Paulinus eine Zeitlang die Anerkennung; aber später ertheilte sie ihm dieselbe unter Vermittlung des Kaisers Theodosius. d) Daß die von Petrus Mongus und von Acacius Ordinirten nicht abgesetzt wurden, hilft der Sache der Photianer nichts. Denn nicht auf gleiche Weise richten die Kirchengesetze über die aus einer Häresie zurückkehrenden Bischöfe und über die, welche von Ehebrechern und Gesetzesverächtern unkanonisch geweiht werden; Jene sollen, wenn sie die Häresie verdammen und Genugthuung leisten, aufgenommen werden, wie damals die orientalischen Bischöfe und Papst Felix thaten, die den Petrus und Acacius, die den Glauben verfälschten,[29]) absetzten, gegen die von ihnen Ordinirten aber

[28]) Mansi III, 830 seq.

[29]) καίτοι καὶ Πέτρος σχεδόν, μᾶλλον δὲ ὁ Ἀκάκιος, ἀμφοτερίζοντες κατὰ τὴν πίστιν ἐφάνησαν.

kein Urtheil erließen; die auf die Art wie Photius Consekrirten aber erkennen die Gesetze nicht an und behandeln sie wie den Cyniker Maximus und die von ihm Geweihten. Fünftens zeigt Metrophanes, das über Gregor von Syrakus Gesagte sei unrichtig; Ignatius habe ihn seiner Verbrechen wegen rechtmäßig abgesetzt;[21]) wohl seien die durch Tyrannei zur Erhebung des Photius gezwungenen Bischöfe entschuldbar, nicht aber Photius selbst, zumal da er schon vorher Schismatiker gewesen und Viele von der Gemeinschaft der Kirche abgezogen, ferner freiwillig und ohne Noth von dem abgesetzten Gregor unter Protest mehrerer hier anwesender Bischöfe sich habe ordiniren lassen.[22])

Zacharias von Chalcedon wollte dem Metrophanes antworten; aber die Legaten bemerkten, schon zu oft habe man den eitlen und hartnäckigen Gegenreden der Photianer Gehör gegeben, ohne daß davon etwas zu erwarten sei; sie sollten aufhören mit diesen Versuchen ad excusandas excusationes in peccatis (Ps. 140, 4.), sich der Synode unterwerfen und so vor dem Anathem sich sichern; unumstößlich bleibe das Urtheil, das der römische Stuhl seit 862 gefällt und dem die orientalischen Throne ihre Anerkennung laut gegeben. Darauf las der Sekretär Constantin eine längere Rede[23]) des Kaisers vor über die Wiederherstellung der Einheit und die Beseitigung des Schisma mit einer Ermahnung an die Anhänger des Photius, ihren harten Sinn zu beugen und die betretene Bahn zu verlassen. Es wird darin der traurige kirchliche Zustand, der Verlust des Friedens, die Auflösung aller Bande der Ordnung, die Erhebung der Jüngeren gegen die Aelteren, der Untergebenen gegen die Vorgesetzten, das Schwinden aller Disciplin, die Entwürdigung des geistlichen Standes, die Ehrsucht und der Egoismus des Clerus tief beklagt und sodann erörtert, wie der Kaiser diese großen Mißstände durch die Abgeordneten der anderen Patriarchalsitze nach vorgängiger Restitution des rechtmäßigen Hirten, die er nicht kraft seines willkürlichen Beliebens, sondern der Sanktion des Papstes Nikolaus gemäß verfügt habe, auf einer Synode abstellen und bessern zu lassen beschlossen und um derselben alle Freiheit zu gönnen und selbst den Schein zu meiden, daß sie den kaiserlichen Machtsprüchen folgen müsse, von deren ersten Sitzungen sich entfernt gehalten habe. Diesen einzigen Wunsch aber müsse er aussprechen, daß man, soweit es möglich, Keinen zu Grunde gehen lasse und gegen die Gefallenen mit aller Liebe und Güte verfahre;[24]) es mögen die Häupter der Synode,[25]) der Salbung nach dem Aaron, dem Eifer nach dem Phinees und in der Weisheit des Urtheils dem Salomon ähnlich, das verirrte Schaf zurückzuführen und mit der übrigen Heerde zu vereinigen suchen. Sodann wurden die Photianer mit den eindringlichsten Worten ermahnt und gebeten, dem Frieden der Kirche und ihrem Seelenheile ihren

---

[21]) οὐ δεῖ τὸ ἀποστρέφειν αὐτὸν τῆς ἐκκλησίας .. ἀλλ' ἵνα ἐγκληματικῶς ἀποθέσθαι.

[22]) p. 89—92. 319—353.

[23]) p. 92—95. 351—357.

[24]) μηδένα συγχωρῆσαι παραπολέσθαι εἰς αἰῶνα .. φιλανθρώπως πρὸς τοὺς παραπεσόντας ἐπιστηθῆναι.

[25]) Basilius nennt sie πατέρας πνευματικοὺς καὶ τῆς ἐκκλησίας καὶ ἀληθείας ἐκδίκους.

Stolz zum Opfer zu bringen, ihre Trennung von der kirchlichen Gemeinschaft aufzuheben und reuig zurückzukehren zu ihrem Oberhirten, was keine Schande und keine Entehrung sei. Diese lange Paränese,[36]) die eher einem Bischofe als dem Kaiser ziemte, war mit ihrem vorherrschend weichen und bittenden Tone, wenn auch dadurch gerechtfertigt, daß kein Anderer als der Kaiser sich einen Eindruck auf die Gemüther versprechen konnte, der zur Unterwerfung führte, doch zugleich auch geeignet, das stolze Selbstbewußtsein der noch immer nicht hinlänglich gedemüthigten Photianer in noch höherem Maße zu wecken.

Die Legaten von Rom, wie die von Antiochien und Jerusalem lobten die edlen Gesinnungen des Kaisers und schloßen sich mit gleichen Ermahnungen an; die Ersteren hoben noch besonders hervor, daß der Kaiser nicht Exil und weltliche Strafen über sie verhänge, wie das um des Photius willen Anderen begegnet sei. Basilius selbst fügte noch eine kurze mündliche Ermahnung an und gab den photianischen Bischöfen noch sieben Tage Bedenkzeit, nach deren Ablauf dann die heilige Synode der Gerechtigkeit ihren Lauf lassen werde. Den Schluß der Sitzung bildeten dieselben Acclamationen, die bei der vorigen gebraucht worden waren.

Bei der siebenten Sitzung am 29. Oktober war der Kaiser ebenfalls anwesend; auch die Bischöfe und Senatoren waren in gleicher Anzahl zugegen, wie bei der vorigen Verhandlung. Im Auftrag des Kaisers meldete der Patricier Baanes, da die dem Photius gesetzte Frist abgelaufen, habe man ihn abermals kommen lassen und wenn es den Legaten gefalle, werde man ihn sogleich vorführen. Als diese dazu die Weisung ertheilt, ward Photius und mit ihm Gregor Asbestas eingeführt. Ersterer erschien mit einem hohen, am Ende gekrümmten Stocke, der einen Hirtenstab vorstellen zu sollen schien; wenigstens ward in dem römischen Legaten Marinus der Verdacht rege, er bediene sich desselben als eines Zeichens seiner Würde; auch war es unschicklich, so vor der Synode zu erscheinen. Marinus befahl daher, den Stock ihm wegzunehmen, was sogleich geschah.[37]) Auf die Weisung des Concils befragte nun Baanes den Photius, ob er jetzt bereit sei, der Synode sich zu unterwerfen, das römische Formular anzunehmen und so die Gemeinschaft der Kirche wieder zu erlangen. Die Entgegnung des Photius war: „Gott bewahre und erhalte unseren heiligen Kaiser viele Jahre! So beten Wir und Gregorius. Unserem heiligen Kaiser, nicht aber den Legaten geben Wir Rechenschaft." Baanes fragte, ob er nichts Anderes auf die vorgelegte Frage zu sagen habe, worauf Photius erklärte: „Hätten sie (die Legaten) gehört, was Wir neulich gesagt haben, so würden sie jetzt diese Frage nicht mehr vorbringen; wofern sie aber jetzt Reue hegen über das, was sie Unseretwegen vorher festgesetzt haben, so mögen sie

---

[36]) Baron. h. a. n. 30. nennt sie oratio perpetua digna memoria, aureis literis exaranda, und sieht n. 34. 35. eine Art Prophetie in den Worten: At (M. et) si thronum aliquando Cpitanum ille qui cuncta violat (nach Bar. der Dämon; aber Mansi p. 97 liest: cuncta destruens tempus) vobis commiserit et per vosmetipsos convenire volueritis, quis vos sequetur? Vel quomodo aperire oculos et aspicere quemquam poteritis?

[37]) p. 96. 97. 357.

diese durch die That beweisen." Auf die Frage des Baanes: „Wie so?" entgegnete Gregorius, sie sollten Buße thun wegen der von ihnen begangenen Verbrechen.[37])

Diese trotzigen Antworten, so ganz der Ausdruck der so oft von Photius und den Seinen an den Tag gelegten Grundsätze, durften nach der Ansicht des Baanes nicht ohne alle Entgegnung bleiben. Die römischen Legaten ließen erklären, sie seien nicht gekommen, um von jenen Beiden eine Rüge oder eine Buße zu empfangen, sondern um ihnen eine solche aufzulegen; jene hätten nur mit ihren Reden die Kirche beschimpfen wollen, sie aber blieben bei ihrer Frage stehen, ob sie Genugthuung zu leisten bereit seien oder nicht. Die zwei orientalischen Vikarien ließen durch den Sekretär Theodor eine längere Entgegnung vorlesen, worin sie den Dünkel und den verbrecherischen Uebermuth rügten, womit Photius die Prälaten und Senatoren als Sünder darstelle und ihre Ermahnung zur Buße auf sie selber retorquire; seine Leidenschaft habe ihn ganz verblendet und Alles in seinen Augen verkehrt; wenn der von heftigem Schwindel Befallene glaubte, es bewege sich um ihn die ganze Erde, so werde deßwegen die Erde selbst noch nicht bewegt; bleibe er bei seiner Unbußfertigkeit und Halsstarrigkeit stehen, so werde ihn Gott mit den Missethätern bestrafen. Auf eine weitere Frage des Baanes an Photius erwiederte dieser: „Sie haben uns hergeführt, um uns zu verläumden; was erübrigt noch, was wir zu sagen hätten?"[38]) Es war klar: Photius gab sich die Miene des Mißhandelten, des unschuldig Verfolgten, des in seiner Würde schwer Beleidigten; er verließ diese Position, selbst wenn sie an den Rand des Lächerlichen führen sollte, um keinen Preis; es war von ihm keine Unterwerfung zu erwarten.

Nun ließ man die Bischöfe von der Partei des Photius eintreten. Die römischen Legaten ließen sie ebenso wie früher den Photius befragen, ob sie das Formular des Papstes annehmen wollten. Das sei ferne! riefen Mehrere. Zacharias und Amphilochius aber fragten, was das für ein Formular sei. Sie erhielten die Antwort von den päpstlichen Gesandten, es sei das, welches sie von Rom mitgebracht, dahin lautend, daß sie den Photius und seine (Synodal-) Akten verwerfen, den Gregor von Syrakus anathematisiren, dem Ignatius sich unterwerfen und die Anordnungen der römischen Kirche befolgen wollten. Da rief Johannes von Heraklea aus: „Anathema dem, der seinen Patriarchen anathematisirt!"[39]) Zacharias von Chalcedon sprach: „Dem was

---

[37]) p. 337 wird das also zusammengezogen: τοῖς δὲ τοποτηρηταῖς εἶπον (Photius und Gregor), ἀπολογίαν οὐ παρέχομεν. εἰ εἶπον ἐπὶ ἰδίᾳ μετανοίᾳ τὸν προδεδηλωμένον, ὃν ἔθεντο χάριν ἡμῶν, δι' ἔργων ἐπιδειξάτωσαν καὶ μετανοησάτωσαν αὐτοὶ ἐφ' οἷς ἐπλημμέλησαν.

[38]) p. 360: οὗτοι εἰς συκοφαντίας ἡμᾶς ἤγαγον καὶ τί λοιπὸν χρὴ λέγειν; bei Anastas. p. 98 sind die Worte nicht so klar und die Unterredung etwas länger. Et Photius dixit cum aliis: Et haec accusatio abundavit. Deinde interrogatus est Photius a Bahane ..: Habetisne quid dicendum ad haec? Et Photius dixit: Quae diximus, bene transivimus; addamus et alia: in calumnias nos circumposuerunt sic tale sentientes.

[39]) ὁ ἀναθεματίζων τὸν ἀρχιερέα αὐτοῦ, ἀνάθεμα ἔστω. p. 99: Qui anathematizat summum sacerdotem istum, sit anathema.

unrechtmäßig verhandelt ist oder verhandelt wird, wollen und werden wir nicht zustimmen." [15]) Euschemon von Cäsarea wiederholte dasselbe mit dem Beifügen, denen, welche den Canonen der heiligen Apostel und der heiligen ökumenischen Synoden nicht folgen, möge es selbst der Patriarch von Rom oder von Jerusalem, ja selbst ein Engel vom Himmel sein (Gal. 1, 8.), werde er niemals gehorchen. Nun ward von Baanes nochmals eine im Namen des Kaisers gefertigte Ermahnung an die Renitenten verlesen und ihnen eingeschärft, daß sie kein Heil zu hoffen hätten, nachdem sie vier, ja fünf Patriarchen verdammt. Auf die Frage: „Wer wird euch da noch helfen?" antworteten die Photianer: „Die Canones der heiligen Apostel und der heiligen ökumenischen Synoden." Baanes erwiederte: „Sagt, welcher Canon euch zur Seite steht, und wo der Herr die Canones hinterlegt hat. Entweder in seinen Kirchen oder an einem anderen Ort? Wenn in den Kirchen, wo sind diese jetzt? Sind sie anderswo als bei denen, deren Stellvertreter hier versammelt sind?" Auf diese Argumentation, die nach den Principien der Griechen selber die Photianer in Widerspruch mit sich selbst bringen mußte, gingen diese nicht ein; sie klagten, daß sie nicht frei seien, nicht freimüthig reden dürften, da sie vom Kaiser sich Sicherheit erbeten und sie nicht erhalten. Basilius ließ sie auffordern, frei zu reden und zu sagen, wer sie beeinträchtigt und verletzt; die Stellvertreter der vier Patriarchen seien da, um ihre Rechtfertigung anzuhören. Die Photianer rühmten die Milde des Kaisers, der Niemanden betrüben wolle; aber ihre Rechtfertigung nehme man nicht an. Baanes erklärte, der Kaiser hindere sie nicht, frei zu reden, blos wegen ihrer Schmähungen hätten die Legaten sie nicht anhören wollen. Das benützten sie, um die Legaten als Richter zu perhorresciren: „Und wir erkennen sie nicht als Richter an." Auf die Frage des Baanes, ob nach ihrem Urtheil die Legaten ungesetzlich verfahren, erwiederte Amphilochius: „Ungesetzlich und unvernünftig durch und durch." Man wies ihnen nach, daß ihre Recusation illegal sei; der Kaiser wiederholte seinen Vorschlag, er wolle sie zu den vier Patriarchen selbst reisen lassen, damit sie sich von deren Gesinnungen überzeugen könnten. Die Photianer bestanden darauf, in Constantinopel müsse entschieden werden. Auf diese Weise waren alle Debatten vergeblich.

Nach dem Antrage der römischen Legaten wurde nun das ausführliche Schreiben des Papstes Nikolaus I. an die Bischöfe und den gesammten Clerus des byzantinischen Patriarchats vom 13. November 866, das am genauesten und gründlichsten die ganze Streitfrage erörterte, so daß hieraus allein schon viele Bedenken beseitigt werden konnten, dann die von Hadrian II. an den Kaiser und an Ignatius gerichteten Briefe vom August 868 und vom 10. Juni 869, endlich auch die Akten des römischen Concils gegen Photius, das Hadrian in demselben Jahre gehalten, der ganzen Versammlung vorgelesen; [16]) dadurch

[15]) τοῖς παραλόγως πραττομένοις οὐ συναινοῦμεν. Nos iis, quae contra rationem facta vel acta aut agenda sunt, parere neque disponimus neque volumus, et super quibus nos exigitis, quoniam novimus ea quae facta sunt, secundum nullum modum suscipimus.

[16]) p. 101—131. 360—390.

war zugleich das genannte Concil feierlich im Orient promulgirt. Darauf folgte der Antrag der päpstlichen Legaten, nachdem alle Ermahnungen und Vorstellungen bei dem erwiesenermaßen so vieler Verbrechen schuldigen Photius fruchtlos gewesen seien, gegen ihn neuerdings feierlich das Anathem auszusprechen. Es ward auch eine Ansprache des Patriarchen Ignatius an das Concil vorgelesen, worin er für seine Restitution seinen Dank gegen Gott und die römische Kirche aussprach und Alle zum Frieden und zur Eintracht ermahnte. Gott habe ihn aus seinen schweren Leiden befreit, die ihm Michael und Bardas bereitet und mit ihnen der neue Kaiphas oder Annas, der nichts, was dieser Würde entsprach, mitbrachte, in seinem Hochmuth sich weiser als Alle dünkte und in den Schafstall nicht durch die Thüre eingehend fremdes Gut an sich riß, wahrhaft „ein Mensch, der nicht Gott zu seinem Beistand genommen, sondern auf die Menge seines Reichthums sein Vertrauen setzte und in seiner Eitelkeit sich mit Macht erhob" (Ps. 51, 9.); deßhalb habe ihn Gott vernichtet (das. V. 7.) und auf immer herabgestürzt. Gott habe einen anderen Kaiser erhoben, der wahrhaft ihm diene und seinen Gesetzen folge, dieser habe den von der heiligen römischen Kirche zurückgewiesenen Usurpator [42]) entfernt und ihn, den Verfolgten und schwer Geprüften, wieder zurückgerufen auf seinen Stuhl, in getreuer Ausführung der Beschlüsse des hochseligen Papstes Nikolaus; derselbe habe auch diese heilige und allgemeine Synode veranstaltet und Gott habe den Anwesenden das zu sehen vergönnt, was viele Könige und Fürsten zu sehen wünschten und doch nicht sahen; es seien Vertreter der anderen Patriarchalstühle zugegen, voll der Weisheit und der Gnade Gottes, leuchtend in Wort und That, weise und heilige Männer. Möchten Alle Gottes Güte und Barmherzigkeit darum preisen, keine Spaltung mehr hegen, Keiner sagen, er halte sich zu Paulus oder zu Kephas oder zu Apollo, Keiner Christum theilen und so das ewige Leben verlieren, sondern vielmehr Alle sich mit ihrem Hirten zu einer Heerde vereinigen.

Es wurden nun Anathematismen gegen Photius, „den Laien und Invasor, den Neophyten und Tyrannen, den Schismatiker und Verurtheilten, den Ehebrecher und Vatermörder, den Erfinder verkehrter Dogmen, den neuen Cyniker Maximus, den neuen Dioskorus, den neuen Judas" sowie gegen alle seine Anhänger, insbesondere gegen Gregorius und Eulampius, darauf Acclamationen für den Kaiser, seinen Sohn, für die Kaiserin, für die Päpste Nikolaus und Hadrian, für Ignatius, für Donatus, Stephan, Marinus, Thomas und Elias, sowie für den Senat und für die gesammte Synode ausgerufen. Die Anathematismen mußten Photius und seine Anhänger noch mit anhören; vor den Acclamationen wurden sie entlassen. In letzteren scheint Vieles der photianischen Synode von 867 nachgebildet, wie denn hier die Kaiserin ebenfalls „neue Pulcheria" genannt ward, „neue Judith, neue Helena;" der Kaiser ward mit Constantin und Theodosius verglichen; Papst Nikolaus der neue

---

[42]) p. 381: ὃν ἡ τῶν Ῥωμαίων ἐκκλησία ἀδοκίμαστον καὶ ἀκατάστατον προσαγορεύει ταβελλάριον (tabellarium).

Phinees, der neue Daniel, der neue Martinus, Hadrian der neue Cölestin, sowie der vernichtende Rächer des neuen Simon und des neuen Ananias genannt. Den Ignatius nennen die Anathematismen den neuen Paulus, den neuen Athanasius, den neuen Flavian, den neuen Anatolius. An den Schluß der Akten dieser Sitzung fügte man noch zwölf jambische Verse [44]) an, des Inhalts: Photius, der mit schändlichem Trug den unbezwinglichen Felsen in thörichter Weise erschüttern wollte, wird jetzt gleich einem wilden Thiere aus dem unbefleckten Brautgemach und den ehrwürdigen Tempeln vertrieben, gerecht verurtheilt von den Päpsten Nikolaus und Hadrian, dem Dulder Ignatius und den übrigen rechtgläubigen Patriarchen.

Hier reihen die Meisten [45]) das von Niketas berichtete Faktum ein, daß man, um den Abscheu gegen Photius noch stärker auszudrücken und seine Verdammung noch furchtbarer und feierlicher zu machen, bei der Unterschrift des Verdammungsurtheils oder der Anathematismen sich statt der Dinte des konsekrirten eucharistischen Blutes bediente. [46]) Obschon nun auch hiefür manche Beispiele angeführt werden können, wie denn Baronius die Verdammung des Monotheliten Pyrrhus anführt, [47]) so scheint doch Niketas von seinen Gewährsmännern nicht gut unterrichtet worden zu sein, da weder die griechischen noch die lateinischen Akten davon eine Spur enthalten, alle anderen Zeugen davon nichts wissen und im ganzen Verlauf der Verhandlungen sich keine passende Stelle findet, an die ein solches Faktum zu setzen wäre. In der siebenten Sitzung sowie in den zwei folgenden wurden keine Aktenstücke unterschrieben; erst am Schluße der zehnten Sitzung [48]) unterzeichneten die Anwesenden, der Kaiser mitten unter den Prälaten, und diese Unterschriften bezogen sich auf die sämmtlichen Verhandlungen. Es ist nicht unwahrscheinlich, daß nach ähnlichen Vorkommnissen in Byzanz, nach dem, was Photius 866 selbst

---

[44]) Acta gr. p. 881: εἶτα ἀνεγνώσθησαν στίχοι ιβ' ἰαμβικοὶ κατὰ Φωτίου ἐναλλάξ πάντ. Anastasius gibt diese schlechten Verse p. 131.

[45]) Baron. a. 869. n. 39. Jager L. VI. p. 218.

[46]) Nicetas p. 264: ὑπογράφουσι δὲ τῇ καθαιρέσει οὐ ψιλῷ τῷ μέλανι τὰ χειρόγραφα ποιούμενοι, ἀλλὰ τὸ φρικωδέστατον, ὡς τῶν εἰδότων ἤκουσα διαβεβαιουμένων, καὶ ἐν αὐτῷ τοῦ σωτῆρος τῷ αἵματι βάπτοντες τὸν κάλαμον, οὕτως ἐξεκήρυξαν Φώτιον.

[47]) Theophan. p. 509 ed. Bonn.: αἰτήσας (Theodorus P.) τὸ θεῖον ποτήριον ἐκ τοῦ ζωοποιοῦ αἵματος τοῦ Χριστοῦ τῷ μέλανι ἐπιστάξας τῇ ἰδίᾳ χειρὶ τὴν καθαίρεσιν Πύρρου καὶ τῶν κοινωνούντων αὐτῷ πεποίηται. Synod. Pappi n. 181 (Voell. et Just. Bibl. jur. can. II. 1206.): αἰτήσας τὸ θ. ποτήριον ἐκ τοῦ φρικτοῦ καὶ ζωοδότου αἵματος Χριστοῦ ἐπιστάξας τῷ μέλανι οἰκείᾳ χειρὶ τὴν καθαίρεσιν ... ἐποίησε. Baron. a. 648. n. 14. 15 entnahm die Sache aus Theophanes; die abendländischen Quellen haben nichts davon; Anastasius bringt es nur in seiner Uebersetzung des Theophanes (t. II. p. 163 ed. Bonn.), diesem nachschreibend. Ein anderes Beispiel führt Cuper (Ser. Patr. Cpl. n. 456. t. I. Aug. p. 81.) aus der Mitte des neunten Jahrhunderts an: Odo Aribertus apud Baluz. Not. ad Opp. S. Agobardi Lugdun. p. 129: Pace igitur cum sanguine eucharistico separatim per Regem et comitem firmata et obsignata Bernardus comes Tolosanus ex Barcinonensi Tolosam venit et regem Carolum in coenobio S. Saturnini juxta Tolosam adoravit.

[48]) Hier erwähnt Hefele IV. S. 402 die Angabe des Niketas.

gethan haben soll,[49]) ein solches Gerücht sich bildete und Viele daran glaubten, woher es auch Niketas erfuhr; mindestens erscheint die Angabe als zweifelhaft.[50])

Die achte Sitzung ward am 5. November 869 wiederum in Anwesenheit des Kaisers und der sechzehn Senatoren gehalten; die Zahl der Bischöfe[51]) hatte immer noch keinen bedeutenderen Zuwachs erhalten. Hier wurden zuerst die vielen schriftlichen Versprechungen, die sich Photius von Geistlichen und Laien hatte ausstellen lassen, worin sie verheißen mußten, ihm stets zu folgen, ihn allein als Patriarchen anerkennen zu wollen, sowie die Akten der Pseudosynoden gegen Nikolaus und Ignatius, wovon ein Exemplar schon in Rom verbrannt worden war, dem Antrage des Kaisers zufolge herbeigeschafft und in einem großen ehernen Gefäße durch die Diener der Legaten vor Aller Augen verbrannt. Unter jenen Obedienzversicherungen und Ergebenheitsbezeugungen fanden sich nicht blos sehr viele von Prälaten und Senatoren, sondern nicht wenige rührten auch von Leuten der niedersten Stände her, von Pelzhändlern, Fischverkäufern, Nadelfabrikanten, Zimmerleuten u. s. f.;[52]) es ergab sich, welchen großen Anhang Photius sich zu verschaffen gewußt hatte; deßhalb wollte auch der Kaiser Allen, die solche Chirographa unterzeichnet, vollständige Verzeihung ertheilt wissen. Hierauf wurden die angeblichen Legaten der Patriarchen,[53]) deren Namen in den Akten des Pseudoconcils gegen Papst Nikolaus figurirten, Petrus, Basilius und Leontius vorgeführt und verhört; alle drei erklärten, von den ihnen zugeschriebenen Unterschriften nichts zu wissen. Der Mönch Petrus bemerkte, er sei nicht der einzige dieses Namens, der von Rom nach Constantinopel gekommen sei, und in einer besonders eingereichten Schrift erklärte er, auf der Synode des Photius, wenn anders diese wirklich gehalten worden, sei er nicht zugegen gewesen, habe auch keine Klagschrift eingereicht, weder dem Kaiser (Michael) noch sonst Jemanden, er sei sich keiner Schuld bewußt und habe an jener Schrift keinen Antheil; am Schluße bat er, daß man ihn nach Rom zurückkehren lasse.[54]) Auch Basilius, der von Jerusalem gekommen sein wollte und auch dem Syncellus Elias bekannt war, betheuerte, keine Klageschrift gegen die römische Kirche eingereicht zu haben, und sprach

---

[49]) S. oben B. III. Abschn. 5. Bd. I. S. 585.

[50]) Die Sache bezweifelt Neander a. a. O. S. 311. N. 5. Andere wie Fontani l. c. p. LI. nehmen sie als sicher an.

[51]) Das Verzeichniß bei Anastas. p. 134. 135. ist vielfach corrupt; statt Basilius Antiochiae ist nach der vorigen Sitzung B. Gangrarum zu lesen; für Metroph. Smyrnadensium wohl: Metroph. Smyrnae, Nicolao Synnadensium; für Niceph. Hiacinthi: N. Zacynthi u. A. m.

[52]) p. 135. 136. 384. Baron. h. a. n. 40.

[53]) τοὺς ψευδοτοποτηρητάς, οὓς ὁ Φώτιος προεβάλετο κατὰ τοῦ μακαριωτάτου πάπα Νικολάου. Es wird aber doch nur Leontius in den Akten als Pseudolegat von Alexandrien verzeichnet; Basilius scheint nicht als Legat von Jerusalem aufgetreten zu sein, sondern der in der neunten Sitzung p. 155 genannte Sergius.

[54]) Dieser Umstand macht es wahrscheinlich, daß dieser Petrus wohl derselbe ist, den Hadrian II. im Schreiben an Basilius vom 10. Juni 879 zurückforderte; Petrus scheint als Ankläger gegen Nikolaus aus dem Abendlande aufgeführt worden zu sein.

bereitwillig das Anathem über Jeden, der solches gewagt haben sollte. Ueber den Grund seiner Reise nach Constantinopel befragt, gab er zur Antwort: Unter Papst Benedikt sei er, nachdem er von Jerusalem und von Tripolis die Pilgerreise nach Rom angetreten und, auf dem Wege erkrankt, sich nach Venedig zur Ueberfahrt begeben habe, nach Constantinopel gekommen, wo er sich zwanzig Monate aufgehalten, aber Mangel an Lebensunterhalt gelitten; in dem Jahre, in dem Ignatius vertrieben ward, [55]) sei er wieder nach Rom gegangen unter Papst Nikolaus, dort habe er sich acht Jahre aufgehalten und dann sich wieder (866) nach Constantinopel begeben; eine Schrift gegen Nikolaus habe er nicht übergeben, er sei auch nie ein Vertrauter dieses Papstes gewesen. [56]) Leontius, der als Stellvertreter des Patriarchen von Alexandrien bezeichnet worden war, wollte ebenso wenig einen Theil an der Pseudosynode gehabt haben und überhaupt nichts von derselben wissen. [57]) Baanes zog aus ihren Aussagen den Schluß, daß Photius sowohl bezüglich der Schriften und Reden als bezüglich der Personen sich eine Fiktion erlaubt. Die Stellvertreter Rom's forderten nun die drei angeblichen Legaten auf, das römische Formular zu unterschreiben und über die Urheber jener falschen Schriftstücke das Anathem auszusprechen, wodurch sie die Aufnahme in die Kirchengemeinschaft erlangen könnten. Jene verstanden anfangs die Forderung nicht genau; Leontius sagte: Ich kenne das Buch nicht und habe es nicht unterschrieben. Die Synode verlangte, sie sollten den Verfasser und Schreiber jener Schriften geradezu anathematisiren; sie erklärten wohl, der Schreiber und wer ihm beigestanden, habe das Anathem, schienen aber nicht unumwunden die Verdammung selber aussprechen zu wollen. Daher ward von Seite des Senates bemerkt, sie zögen sich dadurch den Schein der Mitschuld und so leicht das Anathem zu, und von Seite der römischen Legaten ward der Antrag gestellt, weil sie nicht das Anathema aussprechen wollten, sie mit ihnen den Briefen Hadrian's

---

[55]) p. 137: anno, quando exivit Patriarcha de throno suo; p. 385: ὅτε ἐξεβλήθη ὁ πατριάρχης Ἰγνάτιος.

[56]) Auch dieser Basilius scheint einer der in dem genannten Briefe Hadrian's erwähnten Mönche zu sein; auch Photius nennt ep. 2. p. 50. einen Basilius als Kläger gegen Nikolaus aus dem Occident. Er war wohl einer der umherschweifenden Mönche, deren es damals mehrere gab, und erscheint darum auch mehrfach verdächtig.

[57]) Die Worte bei Anast.: Leontius dixit: Dedit mihi auctor et senior antistes meus literas ad Imperatores nostros sanctos: neque vicarius sum neque habeo aliquid in rebus istis. Wer der auctor et senior antistes sein soll, ist sehr unklar. Die Worte des Baanes: homines sunt negotiatores et aliquid nesciunt (i. e. nil sciunt) können sich unmöglich auf alle drei beziehen, da wenigstens Petrus expresse als Mönch bezeichnet wird. Es könnte das wohl auf den Leontius gehen. Baron. h. a. n. 41 nimmt den auctor et senior für den Patriarchen, der blos an den Kaiser geschrieben habe. Der Brief des Patriarchen Michael p. 155 sagt ausdrücklich, daß dieser lange Zeit nicht an den Kaiser geschrieben; freilich ist aber das von Briefen an Basilius zu verstehen, während er wohl an Michael geschrieben haben konnte. In der neunten Sitzung sagt aber derselbe Leontius, er sei, obschon als Gefangener vom Patriarchen Michael getauft und von ihm freigelassen, doch propter benedictionem und ohne Sendung vom Patriarchen nach Cpl. gekommen (p. 155). Das Verhör scheint kein sehr genaues gewesen zu sein.

gemäß nach Rom abreisen zu lassen. Leontius und Basilius, die allein widerstrebt, sprachen nun, sowie man es wollte, das Anathema über die photianischen Schriften und deren Autor aus. Baanes machte in einer Rede darauf aufmerksam, wie die Wahrheit an den Tag komme und die Finsterniß verscheuche; wer noch ein Aergerniß habe, möge vor die heilige Synode hintreten und zur Kirche Gottes sich wenden, er werde später keine Entschuldigung mehr haben. Auf den Antrag der römischen Legaten wurde nun der zwanzigste Canon der von Papst Martin I. 649 gehaltenen Lateransynode gelesen, wornach Jeder, der sich in der Weise der Häretiker der Supposition von falschen Dokumenten, Schriften und Synodalakten wie falscher Legaten[58]) schuldig macht und keine Buße thut, für immer verdammt bleiben soll.[59]) Von den Metropoliten hatten bereits mehrere die ihnen zugeschriebenen Unterschriften in den photianischen Synodalakten in Abrede gestellt; Metrophanes hielt noch eine längere Rede über die Alles durchdringende Wahrheit, die jedem anderen Gute vorzuziehen, und verherrlichte den Kaiser, durch dessen Bemühungen so vielfacher Trug entdeckt und an das Licht gekommen sei.[60])

Den zweiten Theil dieser Sitzung nahmen die Verhandlungen mit den Vertretern der Ikonoklasten ein, die der Kaiser ebenfalls vor die Synode beschieden hatte. Theodor Krithinus, der bejahrte Chef dieser Partei, wurde durch besondere Citationen der römischen wie der orientalischen Legaten vorgeladen, die ihm die Patricier Baanes und Leo überbrachten. Theodor gab auf die Citation der Legaten keine Antwort. Da gab ihm Baanes eine Münze mit dem Bilde des Kaisers und fragte ihn, ob er dieselbe annehme. Theodor erklärte, er nehme sie mit aller Achtung an, wie man eine kaiserliche Münze achten müsse, und werde sie nicht verunehren. Der kaiserliche Commissär bediente sich nun des schon früher öfter gebrauchten Arguments: Wenn du das Bild eines sterblichen Herrschers nicht verachtest, sondern ehrest: wie wagest du es, das gottmenschliche Bild unseres Herrn Jesu Christi, das Bild seiner Mutter, der wahren Gottesgebärerin, und der übrigen Heiligen zu verachten? Willst du sie ehren oder entehren? — Theodor erklärte seine Unterwürfigkeit und persönliche Dankbarkeit gegen den Kaiser, fügte aber bei, von dem Bilde des Kaisers wisse er gewiß, daß es das Bild desselben sei, von den Bildern Christi aber wisse er es nicht, wisse nicht, ob deren Annahme Christi Vorschrift und etwas ihm Wohlgefälliges sei; er bitte um Aufschub, bis er überzeugt sei, was Christus hierin vorgeschrieben. Baanes entgegnete, man habe die Synode nicht versammelt, um mit ihm zu disputiren, sondern um ihn zu ermahnen und zu belehren; er müsse sich den vier Patriarchen unterwerfen. Als nun der Synode die unbeugsame Gesinnung des Ikonoklastenhauptes berichtet ward, ließ diese das Dekret Nikolaus I. über die Bilder, wie es in der römischen

---

58) εἴ τις ..... ἢ κατασκευάζων [illegible] καὶ πίστεως ὅρους ἐκδιδούς, ἢ λιβέλλους ἢ συνοδικὰ ἢ πράξεις ἢ ὑπογραφὰς κ. τ. λ.

59) ὁ τοιοῦτος εἰς τοὺς αἰῶνας εἴη κατακεκριμένος.

60) p. 385—387. 138 139.

Synode vom April 863 verkündigt worden war,[81]) vorlesen und dann drei andere Ikonoklasten, den Cleriker Niketas, den Rechtsgelehrten[82]) Theophanes und einen gewissen Theophilus eintreten. Diese drei erklärten sich bereit, die Häresie abzuschwören und anathematisirten sogleich dieselbe sammt ihren Häuptern Theodotus, Antonius, Johannes und Theodor Krithinus. Der Kaiser selbst umarmte die drei zurückkehrenden Bilderfeinde und belobte sie, während die Legaten der drei Stühle ihm und ihnen zu dieser Bekehrung Glück wünschten. Auf den Antrag der Stellvertreter Rom's ward über Theodor Krithinus und seine Anhänger, über die ganze Sekte, das Ikonoklastenconcil, über die früheren häretischen Patriarchen Anastasius, Constantin, Niketas, Theodor, Anton, Johannes, über Diodor Gastes und Stephan Molites und andere Ikonoklasten das Anathem[83]) ausgesprochen, und zugleich auch die Anathematismen gegen Photius erneuert. Die Acclamationen, mit denen die vorhergehende Sitzung beschlossen worden war, wurden bei dem Ende dieser Verhandlung ebenfalls wiederholt.

Nach dieser achten Sitzung erfuhren die Verhandlungen eine lange Pause, so daß sie erst nach drei Monaten wieder aufgenommen wurden. Man bereitete inzwischen die festzustellenden Canonen vor und wartete noch auf viele andere Bischöfe, da bis jetzt die Zahl der Prälaten noch nicht über vierzig betrug und der Menge photianischer Bischöfe gegenüber ein mit so Wenigen beendigtes Concil nicht sehr imponirt haben würde. Auch harrte man auf einen Legaten von Alexandrien, der später auch wirklich eintraf. Nebstdem hatte der Kaiser seinen zweiten Prinzen Leo ebenfalls zum Kaiser designirt[84]) und am Theophaniefeste, 6. Januar 870, wo Ignatius und die anwesenden Legaten feierlich fungirten, fand dessen Krönung Statt,[85]) die viele Festlichkeiten nach sich zog. In dieser Zwischenzeit bis zur nächsten Sitzung nahm man sicher auch mehrere Absetzungen und Beförderungen von Metropoliten und Bischöfen vor. So ward Theodor von Carien,[86]) von der zweiten bis zur achten Sitzung Mitglied der Synode, als man nachher noch entdeckte, daß er nicht blos den

---

[81]) S. oben B. III. Abschn. 1. Bd. I. S. 522 f.

[82]) νομικός p. 389. tabellio — Anast. p. 141.

[83]) Besonders wird Anathema gesagt: τῷ ἐν ψευδωνύμῳ συνεδρίῳ κατὰ τῶν σεπτῶν εἰκόνων, τῷ ἀρξαμένῳ τὰ ἀσεβῆ τῆς τοιαύτης αἱρέσεως λογίδρια, τοῖς ἐκλαμβάνουσι τὰς γραφικὰς ῥήσεις κατὰ τῶν εἰδώλων εἰς τὰς σεπτὰς εἰκόνας, τοῖς ἀποκαλοῦσι ταύτας εἴδωλα, τοῖς λέγουσιν, ὅτι ὡς θεοῖς ταύταις προσέρχονται Χριστιανοί.

[84]) Am Schluße der achten Sitzung p. 113. 389 wird bereits Leo in den Acclamationen mit Basilius und Constantin als Kaiser genannt.

[85]) Anast. not. l. c. Baron. a. 870 n. 61. Pag. n. 23. Basilius erhob also seine Söhne nacheinander zu Kaisern, zuerst den Constantin, dann den Leo, zuletzt den Alexander. Vgl. Cedr. II. 206. Theoph. Cont. V. 35. p. 264. Ob er dem Constantin Ende 867 oder Anfang 868 die Krone gab, ist ungewiß; Pag. a. 869. n. 6. nimmt Ersteres an.

[86]) In der achten Synode erscheint er als Theodor von Carien, weil man seine von Photius vorgenommene Translation nach Laodicea nicht anerkannte, während er bei Photius stets als Metropolit von Laodicea aufgeführt wird. Im Concil war Sisinnius von Laodicea zugegen.

Ignatius verlassen, sondern auch das Verdammungsurtheil gegen Papst Nikolaus unterschrieben hatte, entsetzt und seine Sache der Entscheidung des römischen Stuhles reservirt.[67]) An ihn hatte Photius viele Briefe geschrieben und ihn auf seiner Seite zu erhalten gesucht; er hatte ihn daran erinnert, daß er hienieden leiden und kämpfen müsse, um den jenseitigen Lohn zu erlangen;[68]) er hatte ihm vorgestellt, es sei ihm jetzt eine Gelegenheit gegeben, sich als standhaft zu bewähren, er habe die Wahl zwischen einem edlen Kampfe und herrlichem Lohn im Himmel auf der einen, und zwischen Verrath an der Wahrheit und irdischem Wohlergehen auf der anderen Seite.[69]) Aber sei es, daß Theodor aus voller Ueberzeugung zur Obedienz des Ignatius zurückkehrte und das dem Photius geläufige Spiel mit ascetischen Paränesen durchschaute, oder daß er aus weibischer Weichlichkeit und aus irdischen Rücksichten, wie wenigstens Photius in einem weiteren Briefe an ihn zu glauben sich die Miene gibt,[70]) diesen verließ, Photius erfuhr bald, daß sein Theodor von ihm abgefallen. Zuerst vernahm er es als bloßes Gerücht; er schrieb ihm den Wunsch ausdrückend, es möge dasselbe falsch sein, und ihn das zu meiden ermahnend, was ihn bereuen lassen könnte, ihn zu seinem Freunde gemacht zu haben.[71]) Als er darüber Gewißheit erlangt hatte und Theodor sich seiner That rühmte, wahrscheinlich in einem an Photius selbst gerichteten Briefe, sprach dieser gegen den Mann, dem er früher so sehr geschmeichelt, dem er auch sonst über gelehrte Fragen schrieb,[72]) seine heftige Erbitterung in derben Schmähungen aus. Sich in nichts vor Anderen zu schämen, zeige gänzlichen Mangel an Bildung und Erziehung;[73]) sich aber dessen, was man eher hätte verbergen sollen, noch rühmen, gehe selbst über die Grenzen menschlicher Schlechtigkeit hinaus.[74]) Statt Buße zu thun, werde er täglich dreister, es sei keine Sinnesänderung, sondern Sinneszerrüttung, nicht Reue, sondern Wahnsinn, wenn er (die für den Fall der Umkehr ihm in Aussicht gestellte Verzeihung verschmähend) sage,

---

[67]) Anastas. not. act. III. p. 44. Cf. Baron. a. 871. n. 5. 8. Seit der achten Sitzung fehlt sein Name in den Akten und Ignatius bittet später den Papst um seine Begnadigung: Prohibuerunt eum sacerdotio fungi quoquo modo sanctissimi vicarii almitatis vestrae, eo quod subscripserit in eam, quae facta est ab infelicissimo Photio quasi depositio beatissimi et optimi patris nostri Nicolai (p. 293).

[68]) ep. 40. p. 98 (L. II. ep. 7 ed. Migne.)

[69]) ep. 70. p. 120. ep. 110. p. 198. 199 (L. II. 9. 20.)

[70]) ep. 141. p. 199: *Γενναίως οὕτως ἀνδρεῖον τὸ στάδιον δεῖξον, μηδεὶς εἰσίτω θηλυδρίας· ἂν δ' εἰσπηδήσῃ, θᾶττον ἀποστρέψει ἢ τῆς γνώμης ἢ τῶν παλαισμάτων· οὐ γὰρ τῶν τοιούτων οἱ πόνοι.* (Migne L. II. ep. 21.)

[71]) ep. 87. p. 132: *ἅπερ ἀκούομεν περὶ σοῦ, εἰ μὲν ἀληθῆ εἶεν, φεῦ καὶ πόσας γενήσονται ὅστις εἶ· εἰ δὲ ψευδῆ, ἀπαρχὴς ἔγνωμεν ἄρα ὅστις εἶ. Ἴδιον οὖν ἀσπαίρων καλὸν καὶ ἀγαθὸν εἶναι τοῦ φαῦλον καὶ μοχθηρὸν γενέσθαι κἀμὲ χαίρειν ἀντὶ τοῦ ἀνιᾶσθαι, ἐφ' ᾧ σε φίλον ἐποιησάμην, τοσοῦτον δεῖ σε φυγεῖν, ἃ δὲ φασὶ ποιεῖν σὲ δή, πάντων ἕνεκα, τῆς ἀληθείας ἔρημος ἡ φήμη.* (L. II. ep. 11.)

[72]) ep. 139. p. 194—198; Cf. ep. 191. p. 203. (Amph. q. 220. L. II. 31.)

[73]) ep. 71. p. 120: *ἐσχάτης ἀπαιδευσία.* (L. II. ep. 10.)

[74]) *ὑπερόριον καὶ τῆς ἀνθρωπίνης μανίας* ibid.

er überlasse sich selber die Vergebung der von ihm begangenen Fehler,[75]) und in seinen Reden nur Wahnwitz finde. Das von Photius angeführte derbe Sprichwort „die Maus im Pech“ [76]) hatte dadurch gewissermaßen seine Wahrheit erhalten, daß Theodor, von den Photianern ausgeschieden, auch bei den Ignatianern auf neue Hindernisse stieß, jenen als Apostat verhaßt, bei diesen durch die römischen Legaten suspendirt ward.

---

7. Die zwei letzten Sitzungen der Synode. Deren Schluß und Anerkennung.

Am 12. Februar 870 hielt das in Constantinopel versammelte Concilium seine neunte Sitzung. Der Kaiser war abwesend; aber eilf Senatoren waren zugegen. Die Zahl der Prälaten hatte sich bedeutend vermehrt; man zählte an sechsundzwanzig Metropoliten und über vierzig Bischöfe. Der Vertreter des alexandrinischen Patriarchen, der Archidiakon Joseph, ward in die Versammlung eingeführt und obschon die römischen Legaten bereits mit ihm sich besprochen und seine Vollmacht anerkannt, doch noch, um der kanonischen Form zu genügen, das Schreiben des Patriarchen Michael an den Kaiser verlesen. Darin erzählt der Patriarch, wie er die Aufforderung erhalten, wegen eines Patriarchenstreites in Byzanz einen Abgeordneten zur Untersuchung der Sache zu senden, empfiehlt seinen Legaten, den Mönch Joseph, und erbittet ihm wie seinem Schreiben in den unterwürfigsten Ausdrücken huldvolle Aufnahme. Ueber die kirchliche Frage in Byzanz könne er, weil vom Schauplatze entfernt und nicht im geringsten darüber unterrichtet, keine genaue Entscheidung geben, der Kaiser aber, umgeben von so vielen Prälaten, Aebten, Clerikern und Mönchen, deren höchstes Haupt und Lehrer er selber sei, werde das Alles besser wissen;[1]) er finde übrigens in der Geschichte des Mönches Alexander, daß in der Kirche von Jerusalem öfter zwei Patriarchen zugleich gewesen seien, wie Narcissus nach zwölfjähriger Führung des Pontifikates sich in die Einsamkeit zurückgezogen, den Dius, Germanus und Gordius zu Nachfolgern erhalten,

---

[75]) ep. 171. p. 241: ἀντὶ τοῦ μετανοεῖν θρασυνόμενος· οὐ γὰρ μετανοίας, ἀλλ' ἀπονοίας ἑαυτῷ τῶν ἐσφαλμένων ἐπιγράφειν τὴν συγγνώμην. (L. II. ep. 24. M.)

[76]) Ib.: Εἰ δέ σοι καὶ ληρεῖν δόξαιμι, ἴσθι ὅτι οὐκ εἰς μακρὰν τὸ παροιμιῶδες συνεχῶς ἐπ' ἔργοις ᾀδόμενον· Ἄρτι μῦς πίσσης γεύεται. Suidas erklärt das Mus picem gustavit oder Mus in pice: ἐπὶ τῶν νεωστὶ ἀπαλλαττόντων μετὰ πόνου, de iis, qui nuperrime cum difficultate et labore extricantur, ut mus e pice.

[1]) p. 146: Bene autem novimus, quod apud vos sint, dictator et a Deo salvande imperator, summi pastores, praesules ac abbates, clerici quoque et azyges (monachi), qui omni sapientia ac scientia, intellectu etiam et discretione atque prudentia decorati consistunt, quorum princeps (ἔξαρχος) ac praeses et summus doctor tu constitutus es, qui omnes propius existentes, quod opportunum est, scitis, et quod Deo sit acceptum, bene cognoscitis. Vos enim estis radix, ex qua rami et immortalitatis oceanus intelligibilis (νοερός), ex quo cuncti fontes, omneque mare, universi lacus et fluenta prorsus emanant, ut exterior poeta Homerus affatur. — Eine ächt orientalische Schmeichelei.

dann aber plötzlich wieder zurückgekehrt, gemeinsam mit dem letzteren das Patriarchat verwaltet und endlich nach dem Tode des Gordius den Alexander zum Mitpatriarchen angenommen habe.[1]) Der Patriarch Michael scheint hier rathen zu wollen, die zwei Prätendenten mit einander gemeinsam das Patriarchat verwalten zu lassen; aber er verhehlt nicht, daß er über die ganze Sache noch völlig unklar und ohne alle Informationen war.[2])

Nachdem die Vollmacht des alexandrinischen Legaten für hinreichend anerkannt worden war, wurde derselbe befragt, ob er demjenigen zustimme, was in den bisherigen acht Sitzungen verhandelt worden sei. Dieser erklärte mündlich seine Zustimmung und ließ auch noch einen Aufsatz verlesen, worin er ausführte, wie der Kaiser zur Vervollständigung der Synode[3]) sich auch nach Alexandrien gewendet, wie er nun selbst die Akten der vorhergehenden Sitzungen genau gelesen habe und allen Beschlüssen in Betreff des Ignatius und des Photius wie der heiligen Bilder vollkommen beipflichte.

Auf den Antrag der römischen Legaten ward nun beschlossen, die falschen Zeugen zu verhören, die bei der Synode von 861 gegen Ignatius aufgetreten waren. Jene hatten durch Rodoald und Zacharias von diesen Meineidigen gehört[4]) und sich während ihrer Anwesenheit in der Kaiserstadt noch näher darüber erkundigt; allen Anderen schien es gut, auch noch dieses Aergerniß zu beseitigen. Es wurden dieselben eingeführt und einzeln verhört. Der erste derselben, der Protospathar Theodor, der freiwillig zur Synode gekommen zu sein versicherte, behauptete, er habe vom Kaiser Michael dazu gezwungen in der Apostelkirche das falsche Zeugniß eidlich abgelegt, Ignatius sei nicht gesetzmäßig erwählt worden, dessen Wahl er nicht mitangesehen habe,[5]) er habe aber bei einem Geistlichen, der vierzig Jahre auf einer Säule gelebt, gebeichtet und die von ihm auferlegte Buße getreu verrichtet und verrichte sie bis jetzt; auf die Frage, ob er die gegenwärtige Synode anerkenne und die Wiedereinsetzung des Ignatius für gerecht halte, bejahete er Beides. Ebenso erklärte

---

[1]) Vgl. Eus. H. E. V. 12. VI. 10. 11.

[2]) Er hatte nur erfahren, der Kaiser wolle, mitti sibi quempiam a Sede Alexandrina cum pusillis literis nostris super dissensione, quae facta est duorum Patriarcharum causa penes regiam urbem et quod .. imperator anhelet, ab exterorum ore audire, qualiter veritas exigat et quae sit de his certa et firma cognitio.

[3]) p. 118: ne forte perfecta non esset universalis synodus, quae hic congregata erat; hanc ergo consummare ac opere pleno perfectam exhibere volens Deus .. etiam nos ex meridianis locis attraxit ... So sagten vorher die Mitglieder der Synode: glorificamus Deum universorum, qui quod deerat universali synodo supplevit et eam nunc perfectissimam demonstravit. Dadurch, daß alle fünf Patriarchate jetzt vertreten waren, soll die Synode vollkommen und vollzählig geworden sein. Näheres über diese Theorie unten Abschn. 8.

[4]) p. 180: καθὼς εἶπον ἡμῖν Ῥοδοάλδος καὶ Ζαχαρίας οἱ ἐπίσκοποι, οἱ πρώην ἀπὸ τῆς Ῥώμης ἀποσταλέντες. Falsch ist, was Neander S. 313 sagt, diese beiden Bischöfe seien nach Cpl. gekommen, um selbst als Zeugen gebraucht zu werden.

[5]) p. 180: Imperator dixit mihi: Quia tuum obsequium eras illa die, quando factus est Patriarcha dominus (Ign.) et electionem illius non vidisti, intra et jura .. Dixit mihi imperator: Quia metropolita non es, episcopus non es.

der Consul Leo, er habe nur aus Furcht vor dem Kaiser und Bardas, die es ihm befohlen, den falschen Eid geleistet, auf den Grund hin, daß er ja die Wahl des Ignatius nicht gesehen,[7]) er sei bereit, eine Buße zu übernehmen, er erkenne den Patriarchen Ignatius und die Synode an. Auf die Frage, ob er den Photius und alle von der Synode Verurtheilten anathematisire, antwortete er ausweichend, er sei nicht berechtigt, das Anathem auszusprechen, zudem werde dieses nur in Sachen des Glaubens gesprochen, Photius aber sei orthodox und deßhalb könne er ihn nicht anathematisiren. Da aber die Legaten ihm bedeuteten, die Werke des Photius seien ärger als alle Häresie, da er ein Handlanger des Teufels gewesen, sprach er das Anathem, wie man es gefordert. Darauf wurden noch eilf der höheren Gesellschaft angehörige Zeugen derselben Art verhört, der Spatharokandidat Eustathius, der Spathar Constantin, der Mandator Basilius, der Spathar Photius, der Schreiber Paulus, der Spathar Christoph, der entsetzte Diakon Anastasius, der Vestiar und Epoptes Marianus, der Chartular Constantin, der Candidat Arsaber, der Protospathar Constantin. Alle sagten aus, sie seien unter schweren Drohungen zu dem Meineid verleitet worden. Einige hatten später gebeichtet und Buße gethan, Andere waren bis zur Stunde von der Buße ferne geblieben; sie waren aber alle zur Uebernahme derselben bereit. Der Patricier Baanes machte aufmerksam, mehrere der falschen Zeugen von 861 seien bereits gestorben, einige seien abwesend, andere krank. Die Legaten wollten wenigstens, soweit es möglich, Alle verhört wissen und der Patriarch Ignatius drang ebenfalls darauf; er bemerkte, viele von ihnen seien Nadelfabrikanten, Stallknechte, Thierärzte,[8]) Handwerker u. s. f., diese Leute solle man ebenfalls vorrufen und sie über ihren Eid verhören.[9]). Da die Senatoren erklärten, man könne nicht alle jetzt sogleich zusammenbringen, auch nicht ihretwegen eine andere Synode halten, es möge daher nachher der Patriarch mit seinen Metropoliten sie erscheinen lassen und die Buße über sie verhängen, so gab sich Ignatius zufrieden und ließ nun die von den Legaten und der Synode für dieselben festgestellten Bußbestimmungen[10]) durch den Notar Stephan verlesen. Es sollten diese meineidigen Zeugen, die noch keine Genugthuung geleistet, einer öffentlichen Buße in der Art sich unterziehen, daß sie zwei Jahre außerhalb der Kirche, zwei weitere Jahre aber als Hörende innerhalb der Kirche ohne die Gemeinschaft der Eucharistie bei den Katechumenen stünden, während dieser vier ersten Jahre von Wein und Fleisch mit Ausnahme der Festtage des Herrn und der Sonntage sich enthielten, in den drei letzten Jahren aber mit den Gläubigen aufrecht-

[7]) p. 151: Quia forsitan non eras tunc in hac urbe, quando electus est Patriarcha, intra et jura.

[8]) p. 396: οἷον βελονάδες (acuarii), σταυλοκόμοι, ἱππιατροί..

[9]) ib.: Διὰ δίκαιόν ἐστιν, ἵνα ἔλθωσι πάντες καὶ ἐνώπιον τῆς συνόδου καὶ ὁμολογήσωσι τὴν ἀλήθειαν, πῶς ψευδῶς ὤμοσαν. p. 152: Impossibile est, ut non discutiantur homines illi et appareant quales et qui sint.. justum est, ut veniant in conspectum hujus s. synodi et arguantur et confiteantur veritatem. quemadmodum et isti.

[10]) p. 152. 153.

stehend in der Kirche blieben, die Communion nur an den Festtagen des Herrn empfingen und nur jeden Montag, Mittwoch und Freitag von Wein und Fleisch Abstinenz übten. Diejenigen aber, die sich nicht vor der Synode gestellt, sich vielmehr verborgen und ihre Sünde nicht bekannt hatten, sollten bis zu ihrer Unterwerfung excommunicirt bleiben. [17]) Auf Antrag des Senates wurde von den Legaten bewilligt, daß der Patriarch Ignatius ermächtigt sein sollte, die festgesetzten Bußübungen je nach der Aufführung und Disposition der Pönitenten zu mildern oder zu verschärfen.

Darauf wurden nach dem Verlangen der römischen Legaten, die sich genau von Allem informirt hatten, jene Höflinge eingeführt, die unter Kaiser Michael die Riten der Kirche nachgeäfft und verhöhnt hatten. Der „Hofpatriarch“ Theophilus Gryllus war gestorben; die vorgeführten Genossen jener schändlichen Possen, die Spathare Marinus, Basilius und Gregor, warfen alle Schuld auf Kaiser Michael; der sie, abhängige Leute mit Weib und Kind, besorgt, ihre Stellen zu verlieren, dazu gezwungen habe, Bischöfe zu spielen, geistliche Gewänder zu tragen und heilige Funktionen nachzumachen. Mit Recht fragten die römischen Legaten, die fast bei jeder Untersuchung immer auf dieselbe Entschuldigung mit dem Willen des Kaisers stießen, ob sie auch ein Götzenbild angebetet haben würden, wenn es der Kaiser verlangt; sie suchten ihnen das Unrecht ihres Benehmens klar zu machen: Jene wiederholten nur, sie hätten aus Furcht vor Michael, der mehrere Widerstrebende habe geißeln lassen, nicht zu widerstehen gewagt und den Tod gefürchtet, hätten aber bis jetzt die Buße verrichtet, die ihnen Ignatius auferlegt, als sie ihm ihr Verbrechen bekannt. Auf die Frage, ob Photius zugesehen habe, als sie die kirchlichen Ceremonien verhöhnt, erklärten sie, nicht zu wissen, ob er es gesehen oder nicht, die ganze Welt aber habe diese Vorgänge gekannt. [18]) Die römischen Legaten behielten sich die Bestrafung dieses ärgernißvollen Unfugs für die nächste Sitzung vor, womit auch die orientalischen Vikarien übereinstimmten, die jedoch hervorheben zu müssen glaubten, daß jene nicht mit bösem Willen, sondern nur aus Furcht vor dem Kaiser die heiligen Riten profanirt und das, was der Kaiser selbst that, aus Schwäche und Angst, ohne innere Freude mitgemacht hätten. [19])

Endlich wurden noch die Pseudolegaten, die in den Synodalakten des Photius genannt waren, Leontius, Gregor (oder Georg) und Sergius vorgeführt, wovon der Erstere, den man schon in der achten Sitzung vernommen hatte, dem alexandrinischen Archidiakon Joseph als angeblicher Stellvertreter seines Patriarchen bei Photius vorgestellt ward. Dieser befragte ihn näher; Leontius gab an, er sei ein Grieche von Geburt, als Gefangener nach Alexandrien gekommen, vom Patriarchen Michael gekauft und dann mit der Freiheit beschenkt

[17]) Es war die öffentliche Buße der älteren Zeit damals noch keineswegs ganz untergegangen, wie auch die Briefe Theodor des Studiten, mehrere der dem Nikephorus zugeschriebenen Canones (Mansi XIV. 323 seq.) und andere Dokumente zeigen.

[18]) p. 307: οὐκ οἴδαμεν εἰ μόνον εἴδομεν, ὅτι οὐδεὶς τῶν ἀνθρώπων ἠγνόει τὰ γινόμενα.

[19]) p. 151. 155.

worden, er sei dann von freien Stücken ohne Auftrag des Patriarchen nach Constantinopel gekommen, von Photius darauf nach Rom gesandt worden, ohne zu wissen, für welchen Zweck; [14]) er betheuerte, wie in der vorhergehenden Sitzung, nichts von der Synode des Photius zu wissen. Dasselbe erklärten die beiden Anderen; Georg wollte nur als Ueberbringer von Briefen des Oekonomus Constantin von Antiochien nach Byzanz gekommen sein. Dieselben erklärten, daß sie vollkommen sich der Synode unterwerfen und die anathematisiren, die sie anathematisirt. Die römischen Legaten machten den Alexandriner darauf aufmerksam, wie so aller Trug des Photius und seine Lügenhaftigkeit an den Tag komme, hielten aber die drei Individuen als Fremde und Bettler der Verzeihung für würdig. [15]) Nachdem noch Elias von Jerusalem seine Freude und seinen Dank gegen Gott dafür ausgesprochen, daß er nach so langer Zeit wieder einmal die Vertreter aller Patriarchalstühle zu seiner Verherrlichung zu versammeln sich gewürdigt habe, [16]) wurde unter Acclamationen die Sitzung geschlossen. [17])

Die zahlreichste und glänzendste Versammlung bot die zehnte und letzte Sitzung dar, die am 28. Februar 870 in Gegenwart des Kaisers und seines Sohnes Constantin gehalten ward. [18]) Es fanden sich über hundert Bischöfe ein, dazu zwanzig Patricier, sodann die zahlreiche Gesandtschaft des Bulgarenfürsten, [19]) sowie die drei Gesandten des abendländischen Kaisers Ludwig II.: Anastasius, der römische Bibliothekar, Suppo, der Vetter der Kaiserin Ingelberge, und Evrard, der Haus-Tafelmeister des Kaisers. [20]) Diese letzteren waren nach Constantinopel gekommen, um über eine Heirath zwischen dem Sohne des Basilius und der Tochter Ludwigs sowie über ein Bündniß gegen die Saracenen zu unterhandeln. Der gewandte Anastasius hat sicher den römischen Legaten damals viele Dienste geleistet. [21])

In dieser letzten Sitzung beantragten die römischen Legaten vor Allem die Verlesung der schon vorher festgestellten Canones, die dann auch sogleich

---

[14]) p. 155: Deus autem novit, quia sicut pecus descendebam, nihil sciens.

[15]) p. 397: τούτους ὡς αἰχμαλώτους πτωχοὺς ὄντας καὶ ξένους κρίνομεν συγγνώμης ἀξιωθῆναι καὶ ἀπολυθῆναι.

[16]) ὅτι κατηξίωσε θεὸς τοσούτων χρόνων τὰς πατριαρχικὰς περιωπὰς ἑνωθῆναι ἀλλήλαις πρὸς δόξαν αὐτοῦ.

[17]) Bei Anastasius p. 157 folgen siebzehn Verse, eine Fortsetzung der früheren mit neuen Epitheten des verdammten Photius, worin er als der, welcher die Welt mit Spaltungen erfüllt, einen doppelten Glauben hat, zwei Seelen im Menschen lehrt, die Patriarchen widerrechtlich absetzt, als Mitpatriarch eines Possenreißers u. s. f. bezeichnet wird.

[18]) Anast. p. 157—158.

[19]) nach Harduins Unterscheidung der zusammengeschriebenen fremden Namen eilf, nach dem gewöhnlichen Texte neun Personen.

[20]) Suppo primus consosanariorum .. et Evrardus praepositus mensae. Der griechische Text p. 389 läßt die bulgarischen und die italischen Gesandten schon der neunten Sitzung anwohnen (was wohl aus einer Verwechslung des vorangestellten Prooemiums herrührt, da hier auch λίβελλοι ὑπὲρ ἑαυτῶν angeführt werden) und stellt die bulgarischen Gesandten denen des Kaisers Ludwig voran.

[21]) Anast. Praef. p. 8. 9. Baron. a. 869. n. 47.

erfolgte. Die meisten bezogen sich auf die Angelegenheit des Photius und auf die zu seiner Zeit in der byzantinischen Kirche eingerissenen Mißbräuche; andere waren allgemeiner Natur. Der erste Canon hebt die Wichtigkeit und Verbindlichkeit der kirchlichen Disciplinarregeln hervor und befiehlt Allen, den Canonen der Apostel, der allgemeinen und der Partikularconcilien sowie den Aussprüchen und Traditionen der Väter zu folgen wie einem stets und auf allen Wegen leuchtenden Lichte. In dieser allgemeinen Fassung konnte diese Bestimmung keinem Anstande unterliegen, wenn auch die Griechen hierunter viele von der römischen Kirche nicht anerkannte Regeln subsumiren konnten.[22]) Der zweite Canon befiehlt, alle Dekrete der Päpste Nikolaus („des Organs des heiligen Geistes") und Hadrian in Sachen des Ignatius und des Photius strenge zu beobachten, bei Strafe der Entsetzung für die zuwiderhandelnden Geistlichen und der Exkommunikation für die zuwiderhandelnden Mönche und Laien. Diese Dekrete werden mit allen darin enthaltenen Capiteln zur strengsten Darnachachtung vorgeschrieben.[23]) Von Photius wird insbesondere erklärt, daß er nie als wahrer Bischof habe gelten können, daß seine Ordinationen, seine Promotionen zu Ableien wirkungslos, die von ihm konsekrirten Kirchen nochmals einzuweihen seien.[24]) Um die strenge kirchliche Ordnung wiederherzustellen, wurde der von Nikolaus so oft angeführte zehnte Canon von Sardika gegen die Promotionen von Laien zu Bisthümern unter Annahme der von demselben Papste gegebenen Erklärung des Wortes „Neophyt" 1. Tim. 3, 6, welches sowohl den Neuling im Glauben als den Neuling im Clericalstande bezeichne,[25]) dem Willen der römischen Kirche gemäß trotz der früheren Opposition mancher Griechen[26]) erneuert und zugleich festgesetzt, daß der zum Bischofe zu Weihende durch alle Stufen der Hierarchie hindurchgegangen sein müsse. In der Regel und abgesehen von einer durch den Bischof verfügten Verkürzung dieser Zeit soll er ein Jahr als Lektor, zwei Jahre als Subdia-

---

[22]) Zu c. 1. bemerkt Lupus Schol. in Conc. VIII.: Praesens canon Trullanae ac VII. Synodi primum imitatus confirmat omnes vulgares Apostolorum, generalium ac probatarum provincialium synodorum et omnium SS. Patrum canones, atque ita in Stephani IV. Pont. solos 50 priores Apostolorum canones probantis nuperum decretum omnino impegit, item in alios Pontifices, a quibus Cplitanos, Chalcedonenses, Ephesinos ac praesertim Trullanos canones fuisse rejectos est suo loco ostensum. Daß die römischen Legaten nicht reklamirten, erklärt Assemani Bibl. jur. or. t. I. p. 32: dadurch, daß die trullanische Synode wie die Zahl der apostolischen Canones nicht ausdrücklich genannt war und die allgemeinen Worte von den Römern ebenso gut auf die vom päpstlichen Stuhle recipirten Disciplinarregeln allein bezogen, als von den Orientalen auf die bei ihnen recipirten ausgedehnt werden konnten.

[23]) p. 400: [illegible] c. 2.

[24]) p. 400. c. 4. Den letzteren Beisatz hat nur Anastasius c. 4. p. 162. Man wandte auf Photius den c. 4. Cpl. de Maximo Cynico (Gratian c. 10. d. 19.) an.

[25]) c. 5. p. 401: νεόφυτον ἢ κατὰ τὴν πίστιν ἢ κατὰ τὸν ἱερατικὸν κλῆρον. Cf. Nicol. ep. ad Bardam — oben B. III. Abschn. 7. Bd. I. S. 630. N. 67.

[26]) Anast. Praef. in Conc. VIII. p. 8: adeo ut diversis modis a Romanis Missis horum quidam obtinere tentaverint, ne regula promulgaretur, quae tunc de non repente saecularibus in sacerdotium provehendis in hac eadem Synodo promulgata est.

kon, drei Jahre als Diakon, vier Jahre als Priester fungirt haben. Wer ohne Beobachtung dieser Interstitien und ohne Dispens zum Episcopate emporsteigt, soll verworfen und vom bischöflichen Amte ausgeschlossen werden.[27]) Photius ward noch im Besonderen anathematisirt, weil er eine Synode mit falschen Legaten des Orients gegen Papst Nikolaus gehalten und gegen ihn das Anathem auszusprechen gewagt; unter Hinweisung auf das in der achten Sitzung verlesene Statut des Papstes Martin von 649 ward jeder ähnliche Betrug mit Pseudolegaten und jede ähnliche Fälschung strengstens verboten.[28]) Um den weiteren Mißbrauch zu verhüten, den Photius mit den ihm ausgestellten schriftlichen Versprechungen getrieben, die indessen schon früher in Byzanz sowohl von häretischen als von orthodoxen Patriarchen zu ihrer Sicherheit gefordert worden waren,[29]) wurde das für die Zukunft verboten; der Patriarch sollte kein anderes Versprechen der Art fordern dürfen, als die herkömmliche Glaubens- und Obedienzformel zur Zeit der Consekration. Es wurden zugleich die dem Photius schon vor seiner Usurpation des Patriarchats von seinen Schülern und Clienten ausgestellten Chirographa, wodurch sie sich ihm zu stetem Gehorsam verpflichteten, für ungiltig und nicht verbindlich erklärt.[30]) Ferner ward verboten, daß in Zukunft ein Cleriker von seinem Bischof, ein Bischof von seinem Metropoliten, dieser oder sonst Jemand von seinem Patriarchen sich trenne, auch nicht unter dem Vorwand der schwersten Verbrechen, so lange noch kein kanonisches Urtheil gegen ihn erfolgt sei; wer aber diesem Synodaldekret zuwiderhandle, soll mit Deposition, beziehungsweise mit Excommunikation bestraft werden.[31]) Gegenüber dem verwegenen Auftreten des Photius wurde die Ehrfurcht hervorgehoben, die man den Patriarchen, vorzüglich dem von Altrom, schuldig sei, und bestimmt, wer mündlich oder schriftlich den Stuhl Petri antasten würde, solle gleich Dioskorus und Photius verdammt werden,[32]) wer den Papst oder einen anderen Patriarchen mit Gewalt von seinem Stuhle vertreiben wolle, solle anathematisirt sein.[33]) Sollte aber bei Abhaltung einer ökumenischen Synode eine auch die römische Kirche berührende Streitfrage auftauchen, so solle man mit geziemender Ehrfurcht die Sache prüfen und die Lösung annehmen, sich belehren lassen oder belehren, nie aber solle man dreist

---

[27]) c. 5. p. 162. 163. 402.

[28]) c. 6. p. 163. 164. 402.

[29]) c. 8. p. 401: Ἦλθε φήμη ταῖς ἀκοαῖς ἡμῶν, ὡς οὐ μόνον αἱρετικοὶ καὶ παράνομοι τῆς ἁγίας ΚΠ. ἐκκλησίας προεδρεύειν λαχόντες, ἀλλὰ καὶ ὀρθόδοξοι πατριάρχαι χειρόγραφον ποιεῖν ἀπαιτοῦσι πρὸς ἴδιον ἀσφαλισμόν. Cf. p. 161. 165.

[30]) c. 9. lat. p. 165.

[31]) c. 10. lat. p. 166; c. 9. gr. p. 401.

[32]) c. 11: εἴ τις τοιαύτῃ τόλμῃ χρήσαιτο, ὥστε κατὰ τὸν Φώτιον καὶ Διόσκορον ἐγγράφως ἢ ἀγράφως παρρησίας τινὰς κατὰ τῆς καθέδρας Πέτρου τοῦ κορυφαίου τῶν Ἀποστόλων κινεῖν, τὴν αὐτὴν ἐκείνοις δεχέσθω κατάκρισιν.

[33]) c. 21. p. 174: Si vero quis aliqua saeculi potestate fretus vel potens pellere tentaverit praefatum Apostolicae cathedrae Papam, aut aliorum Patriarcharum quemquam, anathema sit.

und absprechend gegen die Hierarchen von Altrom ein Urtheil fällen.[34]) Damit war das ganze Verfahren des Photius gegen Papst Nikolaus und sein Anklageakt gegen die römische Kirche, ferner seine Machinationen, um dem Papste im Occident Feinde zu erwecken, das Ungerechtfertigte seiner Verdammung des obersten Kirchenhirten bestimmt und deutlich verworfen und zugleich vorgesorgt, daß es nicht so leicht wieder erneuert werde. Auf die dogmatischen Controversen, die Photius angeregt, ging man nicht ein,[35]) verdammte dagegen in einem eigenen Canon[36]) den ihm zugeschriebenen Satz von den zwei Seelen im Menschen. Ferner untersagte das Concil die bei der damaligen kriechenden und servilen Gesinnung so vieler Prälaten nicht seltenen, die bischöfliche Würde entehrenden Ehrfurchtsbezeugungen derselben vor weltlichen Großen, Statthaltern und höheren Beamten, da manche derselben in Prozession diesen entgegenzogen, bei ihrem Anblick vom Pferde stiegen, sich zitternd vor ihnen auf die Erde niederwarfen; dadurch wurden sie unfähig, ihre Laster zu rügen und an ihnen ihre Hirtenpflichten zu erfüllen, ihr Amt wurde verächtlich und der Uebermuth der weltlichen Befehlshaber nur erhöht. Darum schärfte das Concil den Bischöfen Wahrung ihrer Würde und den Vornehmen Ehrfurcht vor dieser ein, unter Androhung von Strafen für beide Theile.[37]) Gegen die schändlichen Orgien und Nachäffungen des Cultus, wie sie unter Michael Statt gefunden, wurden scharfe Strafbestimmungen erlassen.[38]) Der Kaiser oder der Magnat, der solchen Frevel sich erlaubt, soll zuerst vom Patriarchen und seinen Bischöfen zurechtgewiesen, dann von den Sakramenten ausgeschlossen und mit Buße belegt, falls er unbußfertig bleibt, anathematisirt werden; versäumen der Patriarch und die Bischöfe hierin ihre Pflicht, so soll sie Absetzung treffen. Diejenigen, welche unter Michael an diesem Gaukelspiel Theil genommen, wurden mit dreijähriger Buße belegt.[39])

Mehrere gegen die Einmischung der weltlichen Gewalt in Kirchensachen gerichtete Canones sprechen dafür, daß die Synode trotz der Anwesenheit des

---

[34]) c. 11. p. 405: [illegible] Vgl. Bonif. I. ep. ad Epp. Mac. 122. (Coustant Epist. Rom. Pont. p. 1042.)

[35]) Theophan. Procopowicz Tract. de proc. Sp. S. §. 72 p. 108. 109. sieht darin, daß des Photius Lehre vom heiligen Geiste nicht verurtheilt ward, einen Beweis dafür, daß die Lateiner damals darin keine Häresie [illegible], was allen Aeußerungen derselben geradezu widerspricht.

[36]) c. 11. p. 166. 167. gr. c. 10. p. 401.

[37]) c. 11. p. 401. 405; lat. c. 11. p. 168.

[38]) c. 16. p. 169. 170.

[39]) Ib.: Qui quoquo modo hujusmodi ministraverant vel ministratuti sunt impiissimae actioni, et minime confessi acceperint convenicus epitimiam, definivimus per triennium sequestratos esse, anno quidem uno extra ecclesiam flentes, alio vero anno intra ecclesiam stantes usque ad catechumenos, porro tertio consistere cum fidelibus et ita dignos fieri mysteriorum [illegible].

Kaisers völlig frei war. So wurde nach älteren Canonen bestimmt, daß die Wahlen der Bischöfe nicht durch Gewalt von Seite der weltlichen Fürsten oder durch deren List bewerkstelligt werden dürfen bei Strafe der Nullität und der Absetzung der durch Gewaltmißbrauch des Regenten intrudirten Prälaten; das sollte ebenso bei der Wahl von Metropoliten und Patriarchen gelten und der weltlichen Gewalt jede Einmischung in die von dem Collegium der Bischöfe vorzunehmende Wahl verboten sein.[40]) Ja es wurde auch die Assistenz der Fürsten oder ihrer Commissäre beim Wahlakte untersagt, wofern nicht die Bischöfe selbst sie zur Aufrechthaltung der Ordnung erbeten würden, und das Anathema jedem Laien für den Fall einer unbefugten Einmischung angedroht.[41]) Ferner wurde nach dem von Papst Nikolaus ausgesprochenen Gedanken[42]) die Ansicht verworfen, daß zur Giltigkeit einer Synode die Anwesenheit des Kaisers erforderlich sei. Die Kaiser sollten nicht den Provincialsynoden, sondern nur den allgemeinen Concilien anwohnen, wo es sich um den Glauben handle, sowie auch der Berufung von Provincialsynoden sich nicht widersetzen.[43]) Freilich fehlte viel, daß diese Bestimmungen zur Sicherung der kirchlichen Unabhängigkeit hätten praktisch werden können.

Zwei andere Canones betrafen die Ikonoklasten. Es wurde eingeschärft, das Bild Christi sei ebenso zu verehren wie das Evangelienbuch und das Zeichen des Kreuzes, da es gleich diesen den Erlöser und die Erlösung uns in das Gedächtniß rufe; wer das Bild des Herrn, seiner Mutter und der Heiligen verwerfe, sei ausgeschlossen von der Kirche und vom Heile. Da ferner das Gute auch auf gute und rechte Weise geschehen müsse, so solle das Malen heiliger Bilder und das Lehramt in göttlichen und menschlichen Wissenschaften denen, die von der Synode anathematisirt worden, vor ihrer Bekehrung nicht gestattet sein und wer diese dazu zulasse, solle mit Excommunikation, falls er Cleriker sei, mit Suspension vom Amte bestraft werden.[44]) Es scheint, daß mehrere der Photianer, die als gebildete Lehrer und als Maler beschäftigt waren, zunächst gemeint sind. Die anderen Canones bezogen sich auf das Vermögen der Kirchen und die Veräußerung der Kirchengüter,[45]) die Metropolitan- und Patriarchalgewalt,[46]) das Tragen des Palliums an bestimmten Festtagen und die Kleidung der zum Episcopate erhobenen Mönche.[47]) Auch wurde, weil es öfter vorgekommen, daß mit Uebergehung der an einer Kirche wirkenden Cleriker auf Empfehlung der Großen Fremde zu den höheren geist-

---

[40]) p. 175: praesertim cum nullam in talibus potestatem quemquam [illegible]ali- vorum vel ceterorum laicorum habere conveniat, sed potius silere atque attendere sibi.

[41]) c. 12. p. 167: c. 22. p. 174. 175. Cf. Conc. VII. 787. can. 3. (Grat. c. 7. d. 63.)

[42]) S. oben B. III. Abschn. 4. Bd. I. S. 567.

[43]) c. 17. p. 171; c. 12. p. 405.

[44]) c. 3. 7. p. 161. 162. 161. 400.

[45]) c. 15. 18. 20. 27. p. 168. 169. 172. 173. Cf. Thomass. P. III. L. I. c. 8. n. 14.

[46]) c. 17. Cf. c. 21.

[47]) c. 27; gr. c. 14.

lichen Würden erhoben wurden, die Zulassung derselben zu solchen Stellen, die (wie schon Papst Nikolaus bemerkt hatte) zur Belohnung der an der betreffenden Kirche angestellten Geistlichen dienen sollten, für die Zukunft verboten.[48]) Nebstdem wurde den Bedrückungen der Suffraganbischöfe von Seiten habsüchtiger Metropoliten, die unter dem Vorwande der Visitation große Summen von ihnen aus dem Kirchengute verlangten, ein strenges Verbot entgegengestellt und dem Patriarchen die Bestrafung solcher Excesse, nöthigenfalls mit Deposition und Excommunikation, zur Pflicht gemacht.[49]) Endlich ward über die von Methodius und Ignatius ordinirten Bischöfe und Geistlichen, die zu Photius übergegangen und bis jetzt unbußfertig in seiner Gemeinschaft verblieben waren, die völlige Entsetzung ohne Hoffnung auf Restitution und die Excommunikation bis zur völligen Besserung ausgesprochen.[50])

Nach den Canonen publicirte man die Definition des Concils,[51]) die von zwei Metropoliten, Metrophanes von Smyrna und Cyprian von Claudiopolis, für zwei besondere Abtheilungen[52]) des Concils verlesen ward. Dieselbe enthielt ein sehr ausführliches Glaubensbekenntniß mit Aufzählung der bisherigen sieben ökumenischen Synoden und mit Anathematismen gegen die in ihnen verdammten Häretiker,[53]) wobei auch Theodor Krithinus und die damaligen Ikonoklasten erwähnt wurden. Nachdem die Synode diese Irrlehrer anathematisirt und die Entscheidungen der früheren Concilien bekräftigt, erklärt sie sich zugleich als das ächte derselben, versammelt, um die Ungerechtigkeit und die freche Verletzung der Kirche zu bestrafen und ihren gestörten Frieden wiederherzustellen, da nicht blos der Abgang der rechten Glaubenslehren, sondern auch die Verachtung der göttlichen Gesetze Verderben bringe und genaue Fürsorge erheische.[54]) Sodann wird die Verdammung des Photius, des Gregorius und des Eulampius sowie ihrer Anhänger unter Anführung ihrer vielfachen Verbrechen ausgesprochen und den Dekreten des Papstes Nikolaus, dem hohes Lob gespendet wird,[55]) wie denen seines Nachfolgers Hadrian vollständig beigestimmt.

---

[48]) c. 13. p. 167.

[49]) c. 19. p. 172. 173.

[50]) c. 25. p. 177.

[51]) ὅρος (terminus bei Anast.) p. 179—184.

[52]) in superiori parte, in inferiori parte Concilii.

[53]) Bei den Monotheliten ist auch Papst Honorius nicht vergessen p. 181.

[54]) p. 182: Non enim sola verorum dogmatum privatio novit perdere male opinantes et tumultuari ac turbare ecclesias, sed et divinorum mandatorum praevaricationes nihilo minus eamdem perditionem non vigilantibus excitant, et semis ac fluctibus implent orbem, qui Christi appellatione censetur." Photius ward seiner Verbrechen wegen verurtheilt, aber nicht als Häretiker.

[55]) p. 183: qui jaculis epistolarum suarum atque verborum et Photii fautores principes atque potentes percussit, et versa vice veteris historiae, quemadmodum alterum quemdam Madianitam Photium cum Israelitide ecclesia moechantem secundum zelatorem Phinees veritatis mucrone pupugit.. atque eum conjuncta ei quasi sacerdotali dignitate per anathema, ut alter Petrus Ananiam et Sapphiram, qui divina furati sunt, morti transmisit.

Auf die Frage des Kaisers, ob Alle mit dieser Entscheidung einverstanden seien, wurde erwiedert, daß Alle dieselbe annehmen und sie als ein gerechtes, wahres und kanonisches Urtheil betrachten, worauf feierliche Acclamationen und dazu Anathematismen folgten.[56]) Der Kaiser ließ noch eine treffliche und für Byzanz besonders merkwürdige Ansprache[57]) verlesen. Zuerst war darin der Dank des Kaisers für die Legaten und die Bischöfe ausgesprochen, die sich so vielen Mühen und Beschwerden für die Herstellung der kirchlichen Ordnung unterzogen; dann wurde die Thätigkeit der Synode als eine Frieden und Segen bringende gerühmt und daran der Wunsch geknüpft, daß Alle ihren Entscheidungen sich unterwerfen möchten. Wer gegen diese heilige Synode, ihre Canones und Dekrete etwas vorzubringen habe, sei er Geistlicher oder Laie, der möge jetzt auftreten, und sich äußern; denn wer nach Beendigung dieser achten allgemeinen Synode gegen sie später sich erhebe, werde keine Verzeihung finden, sondern mit Recht verurtheilt und aus der Stadt verbannt werden.[58]) Daran knüpften sich Ermahnungen an die Bischöfe, an die Geistlichen und an die Laien. Letzteren ward insbesondere empfohlen, den Entscheidungen der Kirche genau zu folgen, sich von jeder Einmischung in Kirchensachen zu enthalten und sie den Bischöfen zu überlassen, denen die Binde- und Lösegewalt verliehen sei.[59]) Es sollen die Laien ihre Stellung in der Kirche nicht vergessen, nicht, wo sie nur Füße sind, den Augen Gesetze geben, nicht gegen ihre Hirten als Richter auftreten wollen, schnell zum Anklagen bereit, aber langsam und träge in der Besserung ihrer Fehler.[60]) Es lag in dieser ganzen Ansprache die Versicherung, der Kirche ihre Freiheit zu lassen und mit dem alten Staatsdespotismus zu brechen — was freilich bei den byzantinischen Traditionen keine leichte Sache war und was auch Basilius in der Folge nicht gethan hat. An diesem Versprechen hielt der Macedonier ebenso wenig fest als an der unverbrüchlichen Anerkennung der von ihm auf das feierlichste genehmigten Synode.

---

[56]) p. 185. 408. A. B.

[57]) p. 186—188. 408.

[58]) *Εἴ τις ἔχει τι κατὰ τῆς ἁγίας ταύτης καὶ οἰκουμενικῆς συνόδου λέγειν, ἢ τῶν ταύτης κανόνων τε καὶ ὅρων, ἐξήτω εἰς μέσον καὶ τὰ δοκοῦντα εἰπάτω, κἂν ἱερωμένος εἴη κἂν λαϊκός· ἐπεὶ λυομένης τῆς ἁγίας ταύτης καὶ οἰκ. ὀγδόης συνόδου, ὁ φωραθησόμενος τῇ τοῦ θεοῦ ἐκκλησίᾳ ἐναντιοῦσθαι, ὅστις ἂν εἴη, συγγνώμην παρὰ τῆς βασιλείας ἡμῶν οὐχ εὑρήσει, ἀλλ' ἐνδίκως κατακριθήσεται καὶ τῆς πόλεως ἡμῶν ἀπελαθήσεται.*

[59]) *Λαϊκῷ δὲ οὐδέποτε κατ' οὐδένα τρόπον ἔξεστιν λέγω περὶ ἐκκλησιαστικῶν ὑποθέσεων λόγον ἀνακινεῖν ἢ ἀνθίστασθαι ὁλοκλήρῳ ἐκκλησίᾳ ἢ οἰκουμενικῇ συνόδῳ· ταῦτα γὰρ ἀνερευνᾶν τε καὶ ζητεῖν πατριαρχῶν ἔργον ἐστὶ, καὶ ἱερέων καὶ διδασκάλων, οἷς τὸ λύειν τε καὶ δεσμεῖν δέδοται ἐκ θεοῦ. ὁ γὰρ λαϊκὸς, κἂν πάσης ἐστὶν εὐλαβείας καὶ σοφίας μεστὸς, ἀλλὰ λαϊκὸς καὶ πρόβατον, οὐ ποιμήν.*

[60]) p. 188; Nunc autem videmus adeo multos malitia in insaniam accendi, ut obliviscentes proprii ordinis et, quod pedes sint, minime cogitantes, legem ponere velint oculis, non ut natura se habet, sed ut ipsi cupiunt, et singuli ad accusandum quidem majores existunt semper promtissimi, ad corrigendum autem quidquam eorum, in quibus accusantur et criminantur, pigerrimi. Sed moneo et exhortor omnes, qui tales sunt, ut maledictum et aeternum odium avertentes et judicare judices desinentes, attendant sibi et secundum divinam voluntatem conversari contendant.

Noch einmal wurden Alle aufgefordert, etwaige Anstände und Erinnerungen vorzubringen; Alle erklärten sich zufrieden und bereit, die Akten zu unterschreiben. Nun forderten die vorsitzenden Legaten Rom's den Kaiser und seine Söhne auf, zuerst den Akten ihre Unterschriften beizusetzen: Basilius aber erklärte, er wolle dem Beispiele der Kaiser Constantin, Theodosius und Marcian folgend erst nach allen Bischöfen unterschreiben, gebe jedoch dem Wunsche der Legaten soweit nach, daß er seinen Namen nach dem der Stellvertreter der fünf Patriarchate setze.[61]) So unterschrieben die drei Legaten des päpstlichen Stuhles zuerst, und zwar mit der ausdrücklichen Bezeichnung als Präsidenten,[62]) darauf der Patriarch Ignatius, dann der Vikar Joseph von Alexandrien, Thomas von Tyrus als Stellvertreter von Antiochien und Elias von Jerusalem. Diese Unterschriften wie alle übrigen wurden auf fünf bereitgehaltenen, für die fünf Patriarchen bestimmten Exemplaren[63]) der ausführlichen Akten von jedem derselben gezeichnet. Sodann zeichneten Basilius und sein Sohn Constantin ihre Namen mit dem Kreuze, Letzterer auch den Namen seines Bruders Leo, in die Akten ein, während der Protasekretis Christoph die Adhäsionsformel hinzuschrieb. Darauf erfolgten die Subscriptionen der einhundertundzwei anwesenden Bischöfe.[64]) Aus dem alten ephesinischen Exarchat waren die Metropoliten Basilius von Ephesus, Barnabas von Cyzikus, Johannes von Perge und Syläum,[65]) Nikolaus von Myra, Sisinnius von Laodicea, Nikolaus von Synnada,[66]) Theophylakt[67]) von Ikonium, Michael von Rhodus, Metrophanes von Smyrna, sowie Ignatius von Hierapolis zugegen; die beiden letzteren Städte waren erst seit der siebenten Synode Metropolen geworden; ebenso kamen als Titularerzbischöfe hinzu Gregor von Parium im Hellespont, Jakob von Methymna, Basilius von Mistia, Photius von Kalolia, Theophanes von Selga in Pamphylien, Leontius von Neapolis in Pisidien. Außer diesen sechzehn Erzbischöfen zählte die asiatische Diöcese auf dem Concil noch an zweiunddrei-

---

[61]) p. 408. 409: *Ἡ γαληνότης ἡμῶν ἐξακολουθοῦσα τοῖς προγενεστέροις βασιλεῦσι, Κωνσταντίνῳ τῷ μεγάλῳ, Θεοδοσίῳ, Μαρκιανῷ καὶ τοῖς λοιποῖς, βούλεται ὑπογράψαι μετὰ τὴν ὑπογραφὴν πάντων τῶν ἐπισκόπων. ἀλλ' ἐπεὶ ἀξιοῖ προτιμηθῆναι ἡμᾶς ἡ ὁσιότης ὑμῶν, ὑπογράφομεν μετὰ τὴν ὑπογραφὴν πάντων τῶν ἁγιωτάτων τοποτηρητῶν.*

[62]) p. 189. 190: Ego Donatus gratia Dei episcopus S. Ostiensis eccl., locum obtinens domini mei Hadriani summi pontificis et universalis Papae, huic sanctae et universali synodo praesidens. Ebenso bei Stephan und Marinus. Die Andern, selbst Ignatius, haben nur den Beisatz: omnibus, quae judicata.. sunt, concordans.

[63]) p. 409: *ἐν τοῖς πέντε βιβλίοις* p. 189: in 5 libris. Cf. Append. de staurop. p. 411: *Ἐγράφησαν δὲ καὶ πέντε βιβλία τῆς συνοδικῆς πράξεως, ἴσα τὰ ὅλα, καὶ ἀπεστάλησαν εἰς τὰ πέντε πατριαρχεῖα.*

[64]) p. 189 seq. p. 409. Pag. a. 869. n. 3. zählt im Ganzen einhundert und neun Bischöfe mit Ignatius und den Legaten.

[65]) Nach Le Quien I. 1016 waren Perge und Syläum unirt und bildeten die Metropole von Pamphylien.

[66]) Le Quien I. 831 hat ihn weggelassen; er kommt aber nicht blos in den Unterschriften, sondern auch bei der sechsten Sitzung in den Verzeichnissen bei Anastasius vor.

[67]) In den Unterschriften: Stephan von Ikonium; aber Act. VIII.—X. Theophylakt. Le Quien I. 1071.

zig Bischöfe. Die pontische Diöcese war durch die Metropoliten Theodulus von Ancyra, Basilius von Chalcedon,[68]) Nikephorus von Amasea, Basilius von Gangra, Nikephorus von Nicäa, Cyprian von Claudiopolis, Stylian von Neucäsarea, die Erzbischöfe Johannes von Pompejopolis, Paulus von Apamea, Stephan von Amastris, Johannes von Kios in Bithynien, Euphemian von Euchaites und einige sechzehn Bischöfe repräsentirt. Am schwächsten war gerade das thrazische Exarchat vertreten;[69]) nur die Titularerzbischöfe Michael von Bizya, Johannes von Rhusium, Stephan von Kypsela, Hypatius von Garella und nicht einmal acht Bischöfe wohnten bei; hier in der Nähe der Hauptstadt waren auf den Bischofsstühlen meistens eifrige Anhänger des Photius und zudem war die Zahl der Sitze in Thrazien nie so groß wie in Kleinasien. Die neubyzantinischen Provinzen, die einst zum römischen Patriarchate gehört, vertraten die Metropoliten Theodor von Thessalonich, Niketas von Athen, Hilarius von Korinth, Euthymius von Larissa, sowie andere Bischöfe von Hellas und Macedonien und einige von Sicilien. In Rücksicht auf die große Anzahl von Episcopaten im damaligen byzantinischen Patriarchat und im Vergleich zu der zehn Jahre später gehaltenen Synode des Photius erscheint das Concil als nur sehr schwach besucht; so wenig Bischöfe hatte keines der früheren ökumenischen Concilien gezählt.

Anastasius bittet seine Leser, sich nicht an der geringen Zahl von Bischöfen zu skandalisiren und die vorausgegangene tiefe Erschütterung der orientalischen Kirche durch den Einfluß des Photius wohl in Anschlag zu bringen, der so viele seiner Getreuen auf Bisthümer befördert und schon 861 auf seiner Synode dreihundertundachtzehn Bischöfe seiner Partei versammelt hatte. Das achte Concilium hätte, ohne Zweifel, wäre es ihm darum zu thun gewesen, blos durch den numerus Episcoporum zu imponiren, noch viele Mitglieder gewinnen können; aber es hielt strenge an seinen Grundsätzen fest und schloß ganze Kategorien von Prälaten aus, ja es stieß sogar Einige aus seinem Schooße aus, die in früheren Sitzungen ihm angehört.[70]) Die kirchenrechtliche Geltung einer Synode hat man noch nie auf das numerische Gewicht ihrer Glieder gestützt, wie an der Synode von Rimini sich klar gezeigt hat und wie Papst Nikolaus treffend gegen die Byzantiner erklärte. Die Legitimität und das Recht zählten in Constantinopel selten zahlreiche Vertreter und bei denen,

---

[68]) wofern nicht statt Chalcedonensis — Chalcidensis zu lesen ist (S. Mai Spic. Rom. t. X. Praef. p. XXI.), was ich indessen bei der Stellung in der Reihenfolge nicht glaube.

[69]) Le Quien I. 1199. 1203. 1169. Der in den Akten aufgeführte Kosmas von Hadrianopel, der als der siebenunddreißigste unter den Bischöfen erscheint, ist sicher nicht der Metropolit.

[70]) Anastas. not. p. 190: Ne te scandalizet subscribentium paucitas; quia cum Photius diu tyrannidem exercuisset et paene omnes a piis decessoribus suis sacratos deposuisset et in loca eorum fautores suos tantummodo provexisset, quorum nullus in hac synodo est receptus, isti soli ex priorum Patriarcharum consecratione superstites erant. Verum quotquot sub Nicolao et Hadriano summis pontificibus episcopi fuerunt, hujus synodi sensui consenserunt; licet haec paucitas gregi illi pro suo justitia comparetur, cui Dominus dicit: Nolite timere, pusillus grex etc.

die es hier waren, hat sicher auch zum Theile das eigene Interesse mitgewirkt. Aber der gesammte Occident, den höchsten der Patriarchen an der Spitze, gab dieser griechischen Minorität ihre volle Berechtigung und die festeste Stütze und durch die päpstliche Bestätigung den wahrhaft ökumenischen Charakter.[71]) Wir sehen aber schon hier, was später noch deutlicher sich zeigen wird, welches geistige Uebergewicht, welchen immensen Einfluß die Persönlichkeit des Photius bei den Geistlichen seines Anhangs errungen haben muß, da auch nicht der sonst so sehr respektirte Wille des Kaisers sie zu einer Unterwerfung unter die Synode bewegen, selbst nicht die Enthüllung seiner schlechten Künste sie an ihm irre oder in der Anhänglichkeit an ihn wankend machen konnte.

Nachdem die einhundertundzwei Bischöfe sämmtlich unterschrieben hatten, wurden auch die anwesenden hohen Staatsbeamten befragt, ob sie die Synode anerkennen und annehmen wollten. Der Magister und Prokonsul Theodor erklärte: „Alles was Photius gegen den heiligsten Patriarchen Ignatius und den hochseligen Papst Nikolaus unternommen hat, anathematisire ich und diese heilige und allgemeine Synode nehme ich an, die anerkennend, die sie anerkennt, und die verdammend, die sie verdammt.“ Ebenso sprachen die Uebrigen. Ihre Erklärungen wurden von Tachygraphen protokollirt und dann der Synode laut vorgelesen. Darauf wurden die Acclamationen wiederholt und damit die Synode beschlossen.[72])

Im Namen derselben wurden noch zwei Synodalschreiben verfaßt, wovon das eine als Encyklika an alle Gläubigen, das andere aber an Papst Hadrian gerichtet war. Ersteres[73]) gibt einen Ueberblick über die Verhandlungen der Synode und schärft den Gehorsam gegen ihre Beschlüsse ein: die Gläubigen werden aufgefordert zu freudigem Danke gegen Gott, der die Beleidigung seiner Kirche durch die vielfachen Attentate des Photius als gerechter Richter bestraft[74]) und den unschuldig verfolgten Hirten wieder auf seinen Stuhl zurückgeführt, wodurch die Christenheit von so großem Verderben und von tiefer Schmach befreit und die kirchliche Ordnung auf's Neue befestigt worden sei; Niemand dürfe gegen die Beschlüsse dieser Synode sich erheben, der noch den Namen eines Christen tragen wolle, wer das, was sie geschlossen, öffnen und was sie geöffnet, schließen wolle,[75]) streite wider Gott selbst. Das Schreiben

[71]) Auch Neander S. 313 gibt zu, daß hier auf eine ungleich würdigere Weise verfahren ward, als auf dem vorhergehenden photianischen Concil. Montacutius p. 150 ad Phot. ep. 117. hat sich nicht entblödet, das erstere eine synodus latrocinalis zu nennen. Der radikale Sicilianer Amari (op. cit. L. II. c. 12. p. 341) bewundert geradezu das Benehmen des Photius auf der Synode und zeigt sich entrüstet über die Bischöfe, die ihrem der Hofgunst verlustigen Mitbruder zu entsetzen wagten.

[72]) p. 160. 189. Cf. Lib. de staurop. in Append. p. 411 B p. 419 E.—452.

[73]) p. 196—201. 409—412.

[74]) p. 196: Quid enim aliud gratius vel quae specialis exultationis ac dilectionis materia, uni conciliatio est, quam videre libere agentem ultionum Dominum et superbis retributionem justam et convenientem, et zelotem Dominum vindicantem inimicos suos? Propter hoc enim dicit et Psalmista: Laetabitur justus, cum viderit vindictam (Ps. 57, 11.) etc.

[75]) p. 410. cf. p. 201, wo die St. Isai. 22, 22. Job 12, 14. angeführt sind.

an den Papst [76]) spendet den drei römischen Legaten reiches Lob, verherrlicht das Andenken des Papstes Nikolaus sowie den Eifer Hadrian's [77]) und den des Kaisers und bittet den Papst um freundliche Aufnahme der Beschlüsse in den ehrerbietigsten Ausdrücken, wie auch nach dem Beispiele der früheren, besonders der vierten und sechsten Synode, um Bestätigung. [78])

Auch der Kaiser, der die Synode durch ein Edikt bestätigte, ließ in einem gleichlautend an die orientalischen Patriarchen gerichteten, in seinem und seiner Söhne Namen verfaßten Schreiben eine Mittheilung über die Synode machen, worin zugleich sein Dank für die Mitwirkung aller apostolischen Throne und besonders für die ersprießliche Thätigkeit des römischen Stuhles sowie sein Eifer für den Frieden der Kirche auf das Wärmste ausgesprochen war. [79]) Bei St. Sophia ward ein kurzer, im Namen der römischen Legaten gefertigter Bericht über die Synode öffentlich angeschlagen. [80])

Dieses achte ökumenische Concil fand bei allen den Griechen, die gegen Photius standen, als solches ausdrückliche Anerkennung. Als ökumenisch bezeichnen es Metrophanes von Smyrna, [81]) Stylian von Neucäsarea, [82]) Niketas David, [83]) der Verfasser des von Pappus edirten Synodikums [84]) u. A. m. [85]) Daß es bald nachher nicht mehr bei der Mehrzahl der Griechen dieses Ansehen genoß, hat in den späteren Ereignissen seinen Grund, die wir näher zu betrachten haben werden. [86]) Was die abendländische Kirche betrifft, so ist das

---

[76]) p. 200 – 203. 412. 413.

[77]) p. 413: ὅσα γὰρ ἐκεῖνος ὁ μακάριος ἄνθρωπος τοῦ Θεοῦ ὁ πάπας Νικόλαος διώρισε καὶ ἡ δὴ ἐρρωμενεστάτη πατρώσης συνοδικῶς ἐκήρυξε κ. τ. λ. Die Aufschrift lautet: τῷ ἁγιωτάτῳ ἰσαγγέλῳ (evangelico bei Anast. und auch sonst bei Anb.), ἁγιωτάτῳ, μεγίστῳ καὶ οἰκουμενικῷ Πάπᾳ Ἀδριανῷ. Der Titel oecumenicus Papa ist auch im Abendlande sehr häufig, so z. B. in Lothar's Briefen an Nikolaus.

[78]) p. 202: Igitur libenter oppido et gratanter imitatrice Dei sanctitate vestra omnium nostrum conventum et universalis hujus atque catholicae synodi consensum et consonantiam recipiente, praedica eam magis ac veluti propriam et sollicitius confirma (στηρίξοιτε) evangelicis praeceptionibus et admonitionibus vestris (der gr. Epitomator hat bloß: ταῖς εὐχαῖς ὑμῶν), ut per sapientissimum magisterium vestrum etiam aliis universis ecclesiis personet et suscipiatur veritatis verbum et justitiae decretum.

[79]) Mansi XVI. 202. 203.

[80]) Breviarium ib. p. 419 — 452.

[81]) Mansi XVI. 420: σύνοδον ἀληθῶς οἰκουμενικὴν ἐκάλεσαν.

[82]) Ib. p. 429: οἰκουμενικῆς συνόδου συγκροτηθείσης. Cf. p. 437 D.

[83]) Ib. p. 261 seq. 265.

[84]) Fabric. Bibl. gr. XII. 420. Allat. de syn. Phot.: θείαν καὶ ἱερὰν οἰκουμενικὴν ὀγδόην σύνοδον.

[85]) Breviar. Conc. VIII. ib. p. 449.

[86]) Im Cod. Mon. 436. p. 73 steht nach den bei Mansi XVI. 361. act. VII. gegebenen Worten vor §. 2. des Dekrets von Papst Nikolaus das Scholion: Ἴσθι ὅτι τὰ ἐνταῦθα μεταγραφόμενα, ὡς μετ' οὐ πολὺ ἔφθασαν πάντα· ὅ τε γὰρ Φώτιος Ἰγνάτιον παραλιπόντα τὸν πατριάρχην αὐτὸς ἀπέλαβε καὶ οἱ λοιποὶ ἀρχιερεῖς εἰς τὰς ἐκκλησίας αὐτῶν ἀποκατέστησαν· οὐ μήν, ἀλλὰ καὶ τὰ γραφέντα ταῦτα δὴ κατὰ Φωτίου ἀναθέματα καθυπεβλήθησαν, ὡς δῆλον ἀπὸ τοῦ ἀναγινωσκομένου τῇ κυριακῇ τῆς ὀρθοδοξίας καὶ ἀπὸ τοῦ

Ansehen dieser Kirchenversammlung, obschon anfangs nicht allwärts anerkannt, doch durch den römischen Stuhl vermöge der Anerkennung Hadrian's II. ein unzweifelhaftes geworden. Der Bibliothekar Anastasius, der persönlich an der letzten Sitzung Antheil nahm, hat die Oekumenicität dieser Synode nachdrücklich hervorgehoben und vertheidigt. Sie sei, bemerkt er, zur Vertheidigung des katholischen Glaubens und der Kirchengesetze, die alle Christen angehen, gehalten, von den Stellvertretern der fünf Patriarchen einmüthig geleitet worden und habe ein die allgemeine Kirche befleckendes Aergerniß zum Gegenstande gehabt, das einer allgemeinen Fürsorge bedurfte.[87]) Man könne diese Versammlung nicht schlechtweg „Synode" oder „allgemeine Synode" oder „Synode von Constantinopel" nennen, ihr wahrer Name sei „achte allgemeine Synode."[88]) Freilich konnte, so lange die siebente Synode noch nicht allgemein, wenigstens nicht in den fränkischen Reichen, als solche anerkannt war, die durch ihre schlechte Uebersetzung so vielen Occidentalen verdächtig geworden, erst unter Johann VIII. von demselben Anastasius von Neuem in's Lateinische übertragen ward, die achte als solche keine allgemeine Anerkennung finden,[89]) und so nahm man auch außerhalb Italiens von ihr sehr wenig Notiz und war schon wegen des Vorurtheils gegen die über die Bilder festgesetzten Canonen wider sie mißstimmt, wie Hinkmar's Annalen[90]) uns deutlich zeigen. Auch noch am

---

λεγομένου Τόμου τῆς ἑνώσεως τοῦ γεγονότος ἐπὶ ταῖς ἡμέραις τοῦ βασιλέως κ. Ῥωμανοῦ τοῦ γέροντος.

[87]) Anastas. Praef. cit. p. 7: Universalis est enim primo quia catholica fides in ea et sanctae leges, quae non solum a sacerdotibus, sed et ab universis christianis coli debent et venerari, contra hostes earum consona voce defenditur. Deinde ... (s. den folg. Abschn. N. 2.) Tertio quia cum Photius tot excessuum suorum morbo universam Ecclesiam maculaverit, universalis curatio adhibita est, ut totum curaretur, quod totum fuerat maculatum ... p. 8: Nec faciendum creditur, quod tunc universalis jure diceretur, si pro fide celebrata consisteret, cum et in hac nonnulla, quae ad fidem pertinent, sint definita, et in ceteris universalibus conciliis multa disposita inveniantur, quae ad fidei doctrinam non pertinent ...., quamvis non minus in sanctas regulas, quam in catholicam fidem delinquatur et diabolus non pro fidei pravitate, sed ob perversitatem operum perpetuo maneat condemnatus.

[88]) Ibid. p. 8: Itaque si synodus tantum dicatur, non proprie dicitur; habet enim hoc nomen commune cum aliis numerosis conciliis; si synodus universalis appelletur, nec sic de hac, quod singulariter possidet, praedicatur; nam hoc nomine cum generalibus septem utitur. Porro si synodus Cplitana dicatur, non dicitur proprie; sunt enim et aliae Cplitanae synodi. Jam vero si synodus universalis Cplitana et octava vocetur, nec sic definitive nomen ejus praedicabitur; non enim est octava, sed quarta synodus earum, quae Cpli universaliter celebratae sunt. Nuncupanda est ergo sine omni contradictione Synodus universalis octava, ut et appellatio, quam cum septem aliis conciliis sortita est, non celetur, et nomen proprium, quod singulariter possidet, designetur.

[89]) Das sah Anastasius sehr wohl; in der Vorrede zu seiner Uebertragung der Acten des siebenten Concils an Johann VIII. sagt er: Ex interpretata nuper decessori vestrae beatitudinis Adriano ... octava et universali synodo indecorum et inconveniens arbitratus sum, septimam Synodum ... non habere Latinos. Nam nulla ratione octava dicitur vel teneri poterit, ubi septima non habetur.

[90]) Hincmari Annal. a. 872 (Pertz I. 494.): synodo congregata, quam octavam

Ende des eilften Jahrhunderts finden sich bei verschiedenen Autoren, wie z. B. beim Cardinal Deusdedit,[91]) Aeußerungen, die Zweifel an der Oekumenicität dieses Concils ausdrücken, während Andere, wie noch ein im dreizehnten Jahrhundert von Dominikanern verfaßter Traktat gegen die Griechen, nur vom griechischen Standpunkt aus so sich äußern.[92]) Es beweisen aber die Annahme des achten Concils: 1) die von den Päpsten bei ihrer Ordination beschworene alte Formel, die acht allgemeine Concilien aufzählt, die auch Deusdedit und Ivo von Chartres wie die meisten Rechtssammlungen mittheilen;[93]) 2) die Aufnahme der Canones unserer Synode in die abendländischen Canonencollektionen vor und seit Gratian;[94]) 3) die häufige Berufung auf den zweiundzwanzigsten Canon im Investiturstreit des eilften Jahrhunderts;[95]) 4) die Aeußerungen des Papstes Johann VIII., der sie octava synodus nannte und Hadrian's II., der sie als ökumenisch bezeichnete.[96])

Darum ward auch vielfach die Nachlässigkeit oder Unwissenheit des Cardinals Julian getadelt, der in der sechsten Sitzung des Concils zu Ferrara

---

universalem Synodum illuo convenientes appellaverunt, exortum schisma de Ignatii depositione et Photii ordinatione sedaverunt, Photium anathematizantes et Ignatium restituentes. In qua synodo de imaginibus adorandis aliter quam orthodoxi Doctores antea definierant et pro favore Romani Pontificis, qui eorum vota de imaginibus adorandis annuit, et quaedam contra antiquos canones, sed et contra suam ipsam Synodum constituerunt, sicut qui eandem Synodum legerit, patenter inveniet. Dieselben Worte als aus Aimon. L. V. c. 28. gibt Baron. a. 869. n. 66. Mansi XVI. 519. 520.

[91]) Card. Deusdedit Lib. c. invas. II. 9 (Mai Nova Bibl. PP. VII, III. p. 92.): Synodus vero pro Ignatio, quae a quibusdam octava dicitur. — L. III. Sect. IV. §. 6. p. 103: in synodo universali 210 (sic) Patrum habita pro Ignatio Patr., quae a quibusdam octava dicitur; L. IV, §. 3. p. 109: In synodo universali Patrum 210 (sic) habita pro Ignatio Patr., quae a suis conditoribus octava dicitur; anderwärts wie L. III. Sect. VI. §. 9. p. 105. heißt es: in octava synodo universali habita pro Ignatio.

[92]) Tractat. de Conc. general. in Append. tract. c. error. Graec. (Bibl. PP. Lugd. XXVII. 613.): Dicendum quoque, praeter istas septem universales synodos fuit et una alia, universalis quidem, sed quia non agit de articulis fidei, non ponitur in numero generalium synodorum ab antiquis Graecis, sed inter alias, quae locales nominantur. Moderni vero Graeci, schismatici cum sint, ab omni numero illam excluserunt et nomen ejus audire subticuerunt, eo quod eorum Patriarcha Photius haeresiarcha fuit ab ipsa dignitate patriarchali, quam sibi injuste usurpaverat, depositus etc. Es wird dann das Chronicon nomine Paphlagonis citirt.

[93]) Baron. a. 869. n. 59 seq. Mansi XVI. 517. 518. Corrector. Rom. in Grat. decr. c. 8. d. 16.. Ivo IV. c. 132. Panorm. II. 103. Anton. Augustin. Epit. jur. pont. vet. L. V. tit. 10. c. 54. Lib. diurn. tit. 9 ed. Garn. Hier werden acht allgemeine Concilien genannt und das octavum als item Cplitanum bezeichnet.

[94]) So c. 15 bei Anselm L. VI. 171. Gratian c. 13. C. XII. q. 2; c. 21 bei Gratian c. 7. d. 22 nach Deusdedit und Anselm; c. 22 bei Gratian c. 1. 2. d. 63 nach Anselm, Ivo, Deusdedit, Polykarp. S. die Collectio trium partium P. II. Schulte K. R. Bd. I. S. 315.

[95]) Deusdedit op. cit. Anselm. Lib. II. c. Guibert. Antipap.

[96]) Mansi XVI. 247. (Vgl. Natal. Alex. H. E. Saec. IX. et X. Dissert. IV. §. 24.) Hadr. II. ep. fragm. Mansi XVI. 413. 414.

(20. Okt. 1438) dem Markus von Ephesus gegenüber ganz von der Vertheidigung des ökumenischen Ansehens unserer Synode Umgang nahm, wobei er freilich die Diskussion nicht von ihrem Gegenstande abirren zu lassen intendirte; theilweise hat nachher Andreas von Rhodus diese Nachlässigkeit wieder gut gemacht.[97]) Ebenso muß es Befremden erregen, daß man dem Concil von Florenz im griechischen Texte den Beinamen der achten ökumenischen Synode gegeben hat,[98]) was aber zunächst dem griechischen Uebersetzer Abraham von Creta zur Last fällt.[99]) In der Widerlegung des Ephesiers beruft sich Gregorius Protosyncellus, der zum Patriarchen von Constantinopel erhoben worden war, ausdrücklich auf einen alten Codex des dortigen Klosters von St. Johannes Baptista, genannt Petra, in dem die achte Synode für Ignatius an das sechste und siebente allgemeine Concil angereiht war.[100])

8. Die kirchliche Pentarchie nach den Orientalen. Neue Eifersucht gegen Rom.

Auf dem achten ökumenischen Concilium machte sich die unter den Griechen längst herrschende Theorie von den fünf Patriarchen als den obersten Trägern der Kirchengewalt in einer Weise geltend, die alle Beachtung verdient. Nach und nach hatte man sich gewöhnt, das geschichtlich Herausgebildete als etwas der Kirche Wesentliches und Nothwendiges, als göttliche Institution zu denken, den Schwerpunkt der kirchlichen Verfassung in der Pentarchie der Patriarchen zu suchen, die nicht aus dem ursprünglichen Triumvirat hervorgewachsen, wohl aber an dessen Stelle getreten war. Bis zum Concil von Chalcedon hatte diese Pentarchie sich entwickelt; im sechsten und siebenten Jahrhundert hatte sich die Anschauung von ihrer Nothwendigkeit und Zweckmäßigkeit tiefer befestigt

[97]) Baron. a. 869. n. 61—63. Mansi XVI. 518—519. Ueber die Polemik des Markus von Ephesus hierin vgl. den Autor des fünfzehnten Jahrhunderts Praef. in Synod. Phot. (Mansi l. c. p. 476. 477.) und Hefele Conc. IV. S. 417. 418.

[98]) Baron. l. c. n. 61. Mansi XVI. 516. 517.

[99]) Natalis Alexander l. c. beruft sich dagegen auf Tit. 1, 12: Cretenses semper mendaces. Jedoch macht Mansi (not. in Nat. Alex.) geltend, es sei das nur dem alten Brauche gemäß geschehen, dem auch die unirten Griechen sich angeschlossen, die nur sieben ältere ökumenische Synoden zählten, ohne damit die anderen verwerfen zu wollen; so habe Joh. Plusiadenus (oder Joseph Methonensis) in seinem Lobgedicht auf das Florentiner Concil dieses als achte Synode bezeichnet und auch in abendländischen Glaubensformeln habe man noch im elften Jahrhundert nur vier allgemeine Concilien aufgeführt, wie in der des heiligen Joh. Gualbertus: confiteor fidem, quam ss. Apostoli praedicaverunt et ss. Patres in quatuor conciliis confirmaverunt. Jenem Brauche habe auch Papst Clemens VII. sich anschließen können.

[100]) Greg. Apol. in Marci Ephesii Confess. Cod. Mon. 27. f. 137. b. Allat. c. Creyght. p. 280: *Περὶ δὲ τῶν τῆς ὀγδόης συνόδου μάλα καλῶς οἶδεν ὁ αἰδέσιμος τὰ ταύτης πρεσβεία ἐν τῷ βιβλίῳ τῆς μονῆς τοῦ τιμίου προδρόμου τῆς καὶ Πέτρας ὀνομαζομένης ἑωρακὼς ὄντα μετὰ τῆς ἕκτης καὶ ἑβδόμης, τὰ συνιστῶντα Ἰγνάτιον καὶ ἐγκρατοῦντα αὐτῷ τὴν καθέδραν κλπ., Φώτιον δὲ ὡς ἐπιβάτην ἐξελαύνοντα καὶ ἀναθεματίζοντα.*

und im Ikonoklastenstreite finden wir bei den Orthodoxen des Orients sie nachdrücklich vertreten; in ihr glaubten sie eine wesentliche Stütze gegen die Uebergriffe der bilderstürmenden Kaiser zu finden. Stufenweise war diese Alteration der kirchlichen Verfassung in der Theorie wie in der Praxis des Orients zur Herrschaft gelangt; in ihr fand zugleich der orientalische Stolz ein Gegengewicht gegen den ihm oft lästigen römischen Primat. War auch der Vorrang und die höhere Gewalt des römischen Bischofs von Altersher anerkannt, in unzähligen Urkunden bezeugt, von allen Orthodoxen verkündigt: so war das doch nur im Allgemeinen und im Princip, im Speciellen nur bezüglich sehr weniger Fälle genauer formulirt, so fragte es sich noch immer, welche Ausdehnung diese Gewalt erfahren, welche Schranken sie erleiden solle, und wie man später im Occident seit dem vierzehnten und fünfzehnten Jahrhundert zur Beschränkung des im Allgemeinen nicht geläugneten päpstlichen Primates neue Theorien aufstellte, welche der Kirchenverfassung ein bald mehr aristokratisches, bald mehr demokratisches Gepräge ausdrücken, den Schwerpunkt der Hierarchie in etwas Anderem als in der monarchischen Obergewalt des Nachfolgers Petri suchen wollten, so hatten die Griechen längst ihre Doktrin von den fünf Patriarchalstühlen entwickelt, deren Uebereinstimmung als die irrefragable und höchste Norm für die Gläubigen in allen wichtigeren Fragen der allgemeinen Kirche unumgänglich gefordert sei. Diese Oligarchie ward als etwas von Gott selbst Angeordnetes betrachtet und nach und nach suchte man diese Anschauung tiefer und vielseitiger zu begründen.

Wie der menschliche Leib nach dem N. T. als das entsprechendste Bild der ganzen Kirche gedacht ward, so verglich man auch die fünf „apostolischen Throne" von Rom, Constantinopel, Alexandrien, Antiochien und Jerusalem mit den fünf Sinnen des menschlichen Leibes.[1]) Daß dieser Vergleich sehr alt ist, geht schon daraus hervor, daß Anastasius der Bibliothekar ihn bereits adoptirt,[2]) während er sicher von den Griechen herrührt und bei den Lateinern,

---

[1]) Nilus Doxopatr. (saec. 12.) apud Allat. de cons. l. 16. 1. p. 238—240 et apud Stephan. Le Moyne Varia sacra Lugd. Batav. 1694 ed. 2. t. I. p. 241 seq. Vor ihm Petrus Antioch. Respons. ad Domin. Grad. saec. XI. (Cotel. Mon. Eccl. gr. II. p. 114 seq.): *Πέντε γὰρ ἐν ὅλῳ τῷ κόσμῳ ὑπὸ τῆς θείας χάριτος ᾠκονομήθη εἶναι πατριάρχας... τὸ σῶμα τοῦ ἀνθρώπου ὑπὸ μιᾶς ἄρχεται κεφαλῆς· ἐν αὐτῷ δὲ μέλη πολλὰ καὶ πάντα ταῦτα ὑπὸ πέντε οἰκονομεῖται αἰσθήσεων, αἳ εἰσὶν ὅρασις κ. τ. λ. καὶ τὸ σῶμα πάλιν τοῦ Χριστοῦ, ἡ τῶν πιστῶν λέγω ἐκκλησία, ἐν διαφόροις ὥσπερ μέλεσι συναρμολογούμενον ἔθνεσι καὶ ὡς ὑπὸ πέντε αἰσθήσεων οἰκονομούμενον, τῶν εἰρημένων μεγάλων θρόνων ὑπὸ μιᾶς ἄρχεται κεφαλῆς, αὐτοῦ φημι τοῦ Χριστοῦ· καὶ ὥσπερ ὑπὲρ τὰς πέντε αἰσθήσεις ἑτέρα τις αἴσθησις οὐκ ἔστιν, οὕτως οὐδ᾽ ὑπὲρ τοὺς πέντε πατριάρχας ἕτερον πατριάρχην δύναταί τις εἶναι.* Cod. Mon. 256. gr. f. 232; Cf. Alex. Aristen. ap. Bever. Pand. can. II, I. Append.

[2]) Anast. Praef. in Conc. VIII. l. c. p. 7: Quia cum Christus in corpore suo, quod est Ecclesia, tot patriarchales sedes, quot in cujusque mortali corpore sensus, locaverit, profecto nihil generalitati deest Ecclesiae, si omnes illae Sedes unius fuerint voluntatis, sicut nihil deest motui corporis, si omnes quinque sensus integrae communisque fuerint sanitatis.

die wohl bisweilen den Papst als den ersten Patriarchen bezeichnen,[3]) aber selten um die orientalische Patriarchalverfassung sich bekümmern, erst durch Anastasius verbreitet ward; Letzterer scheint überhaupt diese Theorie erst in Constantinopel kennen gelernt zu haben. Er bezeichnet die römische Kirche als den Gesichtssinn,[4]) während Andere ihr eine andere Rolle zutheilen. Später führt z. B. der unirte Grieche Georg von Trapezunt[5]) den Vergleich sogar so aus, die römische Kirche sei der Tastsinn, weil das Thier, auch wenn es alle anderen Sinne verliere, mit diesem allein noch sein Leben erhalten könne, die byzantinische entspreche dem Geschmacksinn, weil dieser nach dem Tastsinn der erste sei, die alexandrinische dem Gesicht, die antiochenische dem Gehör, die jerusalemische dem Geruch!

Aus diesem Bilde folgerte man einerseits, daß es nicht mehr als fünf Patriarchen geben könne, weil ein sechster Sinn nicht denkbar sei,[6]) andererseits daß alle diese Patriarchen, weil einzeln gleich nothwendig, auch gleich an Würde und Geltung sein müßten,[7]) sohin bei etwaigen Zwistigkeiten ihre Mehrzahl entscheiden müsse[8]) und, wenn einer oder der andere wegen Häresie ausscheide, die kirchliche Ordnung durch die übrigen gewahrt bleibe.[9])

Am meisten hat unter den Späteren Theodor Balsamon diese Theorie entwickelt, ohne jedoch von Inkonsequenzen sich frei zu halten. Er leitet 1) die Patriarchaljurisdiktion überhaupt vom Apostel Petrus ab, der für Antiochien den Evodius, für Alexandrien den Markus, für Jerusalem den Jakobus, für Thrazien den Andreas ordinirt oder bestellt haben soll;[10]) 2) er hebt an die-

---

[3]) Z. B. Raban. Maurus Carm. ad Greg. IV. de laudibus S. Crucis v. 3: Tu caput Ecclesiae, primus Patriarcha per orbem.

[4]) Anast. l. c.: Inter quas videl. Sedes, quia Romana praecellit, non immerito visui comparatur, qui profecto cunctis sensibus praeeminet, acutior illis existens et communionem, sicut nullus eorum, cum omnibus habens. Von späteren Lateinern hebt besonders Nikolaus Cusanus de concord. cath. II. 3. die Patriarchaltheorie hervor.

[5]) Georg. Trapez. ad Cretens. de una S. cath. Eccl. c. 13 (Allat. Graec. orth. I. 566. 667.)

[6]) Petrus Antioch. l. c.: πῶς ἂν ἄλλως ἔχειν ὀνομάζοιμεθα ἐπισυνάγειν πατριάρχην, μὴ οὔσης ἑτέρας, ὡς εἴρηται, αἰσθήσεως ἐν τῷ σώματι; Damit weist er die Ansprüche des Titularpatriarchen von Aquileja (Grado) auf den Patriarchentitel zurück.

[7]) Theodor. Balsamon ap. Leuncl. Jus Gr. Rom. t. I. l. VII. p. 443: ἀλλ' ὡς αἰσθήσεις πέντε μιᾶς κεφαλῆς ἀριθμούμενοι καὶ μὴ μεριζόμενοι, παρὰ τῷ χριστωνύμῳ λαῷ λογιζόμενοι ἰσοτιμίαν ἐν ἅπασιν ἔχοντες καὶ κάτωθεν τῶν αὐτῶν πάθος τὴν οἰκονομίαν ἀγίων ἐκκλησιῶν τοῦ Θεοῦ δικαίως καλούμενοι, διαφορὰν ἀνθρωπίνην οὐ πάσχουσιν.

[8]) Petrus Ant. l. c. c. 21 (Cod. cit. f. 218.): ὅτι τῶν πλειόνων ἡ ψῆφος κρατεῖ, ὡς ἂν οὐδεὶς ἀγαθοὶ δύο ὑπὲρ τὸν ἕνα· ἐνθάδε τέσσαρες ὁμοφρονοῦντες καὶ τὸ αὐτὸ φρονοῦντες, τίς ἀμφιβάλλει μὴ καὶ Θεὸν ἐν αὐτοῖς παρεῖναι. ὅπου γὰρ εἰσὶ δύο ἢ τρεῖς συνηγμένοι ἐν τῷ ὀνόματί μου, φησὶν ὁ Χριστός, ἐκεῖ εἰμὶ ἐν μέσῳ αὐτῶν.

[9]) Balsam. l. c. p. 113: τοῦ γὰρ Πάπα τῆς παλαιᾶς Ῥώμης ἡ δίκαια ἐκ τῶν ἐκκλησιῶν ἀποκοπὴ τὴν κανονικὴν εὐταξίαν οὐκ ἐλυμήνατο.

[10]) Balsam. ib. p. 112: ὅτι πρὸ πάντων πατριαρχῶν τῆς Θεουπόλεως μεγάλης Ἀντιοχείας παρὰ τοῦ ἁγίου ἀποστόλου Πέτρου κεχειροτόνηται ὁ ἐξ Ἀντιοχείας Εὔοδος· καὶ μετ' ὀλίγον ὑπὸ τοῦ αὐτοῦ θεσπεσίου τῆς ἐκκλησίας τῶν Ἀλεξανδρέων ἐπίσκοπος ὁ ἅγιος Μάρκος προβέβληται, τῶν Ἱεροσολύμων ὁ ἅγιος Ἰάκωβος, καὶ τῆς Θρᾴκης ὁ

len Stellen [11]) die Superiorität des römischen Patriarchen über die übrigen hervor; er bedauert, daß dieser erste Patriarch, der auch ökumenischer Papst heiße, sich von der Einheit der übrigen Patriarchen getrennt, und erwartet seine reuige Rückkehr; [12]) 3) er erinnert daran, daß die bei den Griechen herkömmliche Rangordnung erst allmählig durch die konstantinopolitanischen und trullanischen Canones festgestellt ward, daß früher der Bischof von Byzanz einfacher Suffragan von Herallea war. [13]) Aber er behauptet 1) die völlige Gleichheit der fünf Patriarchen, [14]) die weder durch die Anfangsbuchstaben der Namen ihrer Städte [15]) noch durch die ihnen zukommenden Titulaturen [16]) noch durch die Beschränkung ihrer Ehrenrechte bei Reisen in fremde Provinzen [17]) beeinträchtigt werde; er leitet 2) doch wiederum die meisten Privilegien der Patriarchen von den Kaisern ab, und hierbei hebt er die Gleichheit wieder insoferne

---

ἅγιος Ἀνδρέας. Auch abendländische Schriftsteller lassen den Apostel Petrus zuerst die Bischöfe der orientalischen Patriarchalsitze ordiniren, z. B. Deusdedit Lib. I. contra invas. (Mai Nova Bibl. t. VII, III. p. 77.): Certum est, quod B. Petrus Ap., primus Ecclesiae Pontifex, prius patriarchalibus Sedibus Orientis, postmodum vero primos ordinavit pontifices in civitatibus Occidentis.

[11]) Vgl. die Stellen bei Thomassin. l. c. c. 13. n. 1 seq. Namentlich urgirt er das Ansehen von Alexandrien sei durch die von Cölestin dem Cyrill ertheilte Befugniß, dem Concil von Ephesus zu präsidiren, die große Mitra zu tragen, sich Papa zu nennen (Leuncl. l. c. p. 450.), hoch erhoben worden.

[12]) Leuncl. l. c. p. 446: *καὶ ἔτι γὰρ ὡς κισσὸς δρυὸς τῆς ὁμονοίας τοῦ Πάπα Ῥώμης ἐξέχομαι καὶ τῷ χωρισμῷ τούτου τὴν καρδίαν σπαράττομαι, καὶ τὴν πάλιν ἐπιστροφὴν αὐτοῦ καθικέτης παρακαλῶ.*

[13]) Ib. p. 442. 443: *ὁ δὲ μέγας θρόνος τῆς ΚΠ., τὸ περιβόητον τοῦτο καὶ πρᾶγμα καὶ ὄνομα, Περινθίοις ὑποκείμενος (Πέρινθος δέ ἐστιν ἡ ἀρτίως Ἡράκλεια) εἶχεν ὑπὸ ἐπίσκοπον· οὔπω γὰρ μεγαλόπολις ἡ ΚΠ. ὠνομάζετο, ἀλλὰ πολίχνιον καὶ Βυζάντιον. Μετενεχθέντων δὲ τῶν σκήπτρων τῆς βασιλείας ἀπὸ τῆς παλαιᾶς Ῥώμης ἐν αὐτῇ, ὡς δὲ ἀγγελιαῖον εἰς καλλίστην ὁ τότε ἀρχιερατεύων.. Μητροφάνης δὲ ἐπισκόπων μετωνομάσθη ἀρχιεπίσκοπος.*

[14]) Thomass. l. c. c. 13. n. 5. 6. oben N. 11.

[15]) Es präjudicirt dem römischen Patriarchen nicht, sagt Balsamon (p. 441.), daß er wegen des Buchstabens *Ρ* in der alphabetischen Ordnung der letzte ist. Man nannte auch die fünf Patriarchen *[illegible] κάρας* und fand in *κάρας* ein Akrostichon, wo *κ* Cpl., *α* Alexandrien, *ρ* Rom, *α* Antiochien, *ς* Jerusalem bedeutete. (Noten zum Pedalion der Kirche von Cpl. bei Pitzipios L'église orientale I. chap. XI. §. 1. p. 109. 110.)

[16]) Der römische Bischof, sagt Balsamon, heißt *πάπας*, welchen Namen Sylvester von Constantin erhalten hat, der von Antiochien heißt eigentlich *πατριάρχης*, die drei andern *ἀρχιεπίσκοποι*; aber die Bedeutung dieser Namen ist dieselbe p. 446. Aehnlich schrieb dessen Vorgänger Petrus ep. cit.: *ἀλλ' οὐδὲ τούτων ἕκαστον κυρίως πατριάρχην καλεῖσθαι, καταχρηστικῶς δέ· διακρίνεται γὰρ ὁ μὲν ἀρχιερεὺς τῆς Ῥώμης Πάπας, ὁ δὲ ΚΠ. ἀρχιεπίσκοπος, ὁ Ἀλεξανδρείας Πάπας* (s. N. 11). *ὁ Ἱεροσολύμων ἀρχιεπίσκοπος· μόνος ὁ Ἀντιοχείας ἰδιαζόντως ἐκληρώθη πατριάρχης ἀκούειν καὶ λέγεσθαι.*

[17]) p. 444. 445: Gegen die Würde der Patriarchen von Alexandrien und Antiochien streitet es nicht, daß sie in der Kaiserstadt oder in fremden Provinzen nicht mit der Patriarchenlampe (*κατὰ λαμπάδος πατριαρχικῆς*) reisen dürfen. Ebenso verweilt Balsamon bei den Insignien, die nicht immer von Allen gebraucht worden seien, dem *σάκκος* und dem Polystaurion (vgl. darüber auch Resp. ad Marc. Alex. q. 37. Leuncl. I. p. 382.), dem Stab und dem Dikerion.

auf, als er nicht allen Patriarchen von den Kaisern gleiche Rechte eingeräumt sein läßt. So sollte nach Einigen vom römischen und vom byzantinischen Patriarchen nicht mehr weiter appellirt werden können kraft kaiserlicher Privilegien, während Andere von keinem Patriarchen eine Appellation gestatteten, Andere von allen Patriarchen sie zuließen, stets mit Berufung auf das kaiserliche Recht. Wohl möchte Balsamon allen Patriarchen das Recht der letzten Instanz zusprechen, aber er gesteht selbst, daß ihm die Meisten entgegen seien;[18]) 3) Balsamon wagt nicht zu behaupten, der Papst habe seine Würde verloren, aber einen Einfluß auf die orientalischen Kirchen gesteht er ihm seit der Trennung nicht mehr zu, während Andere behaupten, dieser sei schon bei der Verlegung der kaiserlichen Residenz ihm verloren gegangen.[19])

Darnach finden wir auch bei den späteren Griechen zwei verschiedene Standpunkte. Die Einen halten an der Gleichheit der fünf Patriarchen fest und behaupten die Nothwendigkeit der Pentarchie, in der sie auch dem römischen Patriarchen seine Stelle lassen, obschon später nicht blos bei den anderen Orientalen,[20]) sondern auch bei den Griechen[21]) noch ein sechster Patriarch bisweilen zugelassen ward; sie geben dem Byzantiner den Ehrenvorrang ohne eine überwiegende Jurisdiktion. Die Anderen aber deduciren mit Michael III. und Photius, der sich von seinen Anhängern „Patriarch der Patriarchen und Hoherpriester der Hohenpriester“ nennen ließ,[22]) aus der Translation der Residenz den kirchlichen Primat von Constantinopel[23]) mit einer mehr oder weniger scharf ausgeprägten Subordination der anderen Patriarchen. Der letztere Standpunkt ist übrigens seltener vertreten; oft kehren dieselben Schriftsteller bald die eine, bald die andere Seite hervor und zu festen, allgemein giltigen

[18]) Thomassin. l. c. n. 2. 3. Vgl. Balsam. in Sard. c. 2—4. Bev. I. 482. 484.

[19]) Der Liber synodicus Ecclesiae Cyllitanae bei Mai Spicil. Rom. t. VII. Praef. p. XXV. seq. behauptet, nach der Translation des Kaisersitzes sei die höchste Autorität an Neurom gekommen, seitdem habe Altrom nur τὰ τῆς προεδρίας δίκαια, aber die μεγαλειότης τῆς οἰκουμενικῆς διοικήσεως sei ihm genommen. So Anna Comnena l. I. hist.: μεταπεπτωκότων γὰρ τῶν σκήπτρων ἐκεῖθεν ... ἐνθένδε ... αἱ ἀνέκαθεν βασιλεῖς τὰ πρωτεῖα τῷ θρόνῳ ΚΠ. καὶ μάλιστα ἡ ἐν Χαλκηδόνι σύνοδος. So das angeführte Pedalion bei Pitzipios l. c.: ἐπειδὴ ὁ πρῶτος (ὁ πατριάρχης Ῥώμης) ἀπεσχίσθη, ἔστιν πρῶτος ὁ Κωνσταντινουπόλεως. Nach Balsamon ist der Papst wegen seiner kirchlichen ἐκπτώσεως nur noch auf den Occident beschränkt p. 451.

[20]) So hat Gregor Abulpharagius im Liber directionis circa canones et leges c. 7. sect. 1 (Mai Nova Coll. X. II. p. 39.) als ursprüngliche Patriarchate, den vier Weltgegenden entsprechend, Rom, Alexandrien, Constantinopel (auf welches nach den arabischen Canones von Nicäa (37—39) diese Würde von Ephesus übertragen ward) und Antiochien aufgeführt, dann aber Jerusalem und den Catholicus magni Orientis hinzugefügt. Ebedjesu von Soba hat in seiner Canonensammlung für die Nestorianer Tract. IX. (Mai l. c. P. I. p. 154 seq.) die Patriarchate: Babylon, Alexandrien, Antiochien, Rom, Byzanz (statt Ephesus, das die Würde früher besaß), wozu noch Jerusalem und Seleucien kommen. Dem Papste in Rom wird hier die höchste Primatgewalt zugesprochen.

[21]) Im Pedalion von Constantinopel wird noch als sechster Patriarch der von Moskau (ὁ τῆς μεγάλης Μοσχοβίας) beigefügt, der aber nicht mehr existirt.

[22]) Libell. Episcop. in act. II. Conc. VIII. Mansi XVI. 39.

[23]) S. oben B. III. Abschn. 8. Bd. I. S. 656 ff.

Bestimmungen ist es bei den Griechen hierin nie gekommen; wie denn auch ihre Canonisten sich nicht gleichmäßig entscheiden.[24]) Die ganze Theorie hat keine konsequente Durchbildung erfahren.

Sehen wir nun, in welcher Gestalt dieselbe auf dem achten ökumenischen Concilium uns entgegentritt. Einmal tritt in dem ganzen Verlauf desselben die Ueberzeugung hervor, daß die fünf Patriarchalstühle eine wichtige kirchliche Frage, welche die ganze Kirche betrifft, gemeinsam zu entscheiden berufen sind; dann wird diese aber auch noch in verschiedenen Ausdrücken näher entwickelt. Vor Allem spricht Elias von Jerusalem die göttliche Institution der fünf Patriarchate aus; sie sind nach ihm vom heiligen Geiste in der Kirche gesetzt, um die entstehenden Aergernisse in derselben zu beseitigen;[25]) wenn er auch dem römischen Stuhle den Vorsitz unter ihnen einräumt,[26]) so sieht er doch in allen gleichmäßig das jus divinum. Metrophanes von Smyrna bezeichnet mit Beziehung auf Gen. 1, 14—16 die „fünf Häupter" als die großen Leuchten, die Gott zur Erleuchtung der ganzen Erde, zur Vorstandschaft über Tag und Nacht, zur Scheidung zwischen Licht und Finsterniß gesetzt hat am Firma-

---

[24]) Indem Harmenopulus Epit. canon. tit. II. (Leuncl. I. p. 5.) den c. 28 von Chalc. anführt, setzt er bei, die ἴσα πρεσβεῖα habe der Byzantiner mit Altrom διὰ τὴν τῶν βασιλέων μετάθεσιν. Zonaras läugnet, daß diesem Canon gemäß der Byzantiner die volle Parität mit Altrom habe und nicht geringer an Ehre sei (μὴ ἐλαττοῦσθαι τῇ τιμῇ); er findet einen ὑποβιβασμὸς τῆς τιμῆς ausgesprochen (Bever. Pand. can. I p. 146. Cf. in c. 3. Cpl. p. 90.; man müßte denn sagen wollen, die Väter hätten die viel spätern Irrthümer der römischen Kirche im Geiste vorausgesehen und insofern die byzantinische als die erste gerechnet, weil jene von der Gemeinschaft der Orthodoxie später losgetrennt werden sollte (εἰ μὴ ἄρα τις εἴποι, ὅτι προορῶντες ἐν πνεύματι ἁγίῳ οἱ θεῖοι πατέρες ἐκεῖνοι, ὡς ἀποῤῥαγήσεται τῆς τῶν ὀρθοδόξων ἐκκλησίας ... ἡ Ῥωμαίων ἐκκλησία, πρώτην ταύτην (Byz.) ἐψηφίσαντο.) Diese Bemerkung des Zonaras eignet sich auch Matth. Blastares an (Syntagm. alphab. E. c. 11. Bever. II, II. p. 111.) In den Canonen selbst findet Zonaras, ganz wie nachher Balsamon, nicht die volle Parität zwischen Alt- und Neurom begründet; er führt dafür auch den Patriarchen Nikephorus an, der (adv. Iconom. c. 12.) den Stuhl von Altrom den ersten und apostolischen Stuhl nennt. Auf das „δευτέραν μετ' ἐκείνην" legt Harmenopulus kein Gewicht und Alexius Aristenus hat es falsch erklärt. S. oben B. I. Abschn. 2. N. 40. Später hat man das Bild der fünf Sinne verlassen; man ging, wie Metrophanes Kritopulos (bei Kimmel Monum. Eccl. Or. II 207 seq.) thut, auf vier Patriarchate zurück, indem man das römische ganz ausschloß, während Andere, wie Nektarius von Jerusalem in dem von Dositheus 1682 edirten Werke περὶ τῆς ἀρχῆς τοῦ πάπα die anatolische Kirche mit ihren vier Patriarchaten gegenüber der westlichen preist, die nur ein Patriarchat habe. Auch der Patriarch Kallistus spricht 1355 in seiner Ermahnung an den bulgarischen Clerus (Acta Patr. Cpl. t. I. p. 438. Doc. 185.) nur von vier Patriarchen, da der Papst von Rom nicht mehr mit ihnen sei.

[25]) act. I. Mansi XVI. 317: διὰ τοῦτο τὰς πατριαρχικὰς κεφαλὰς ἐν τῷ κόσμῳ ἔθετο τὸ πνεῦμα τὸ ἅγιον, ἵνα τὰ ἐν τῇ ἐκκλησίᾳ τοῦ θεοῦ ἀναφυόμενα σκάνδαλα δι' αὐτῶν ἀφανίζωνται. Cf. p. 38. In neuerer Zeit hat der neugriechische Theolog Pharmakides die Behauptung, der heilige Geist habe Patriarchen eingesetzt, für gotteslästerisch erklärt. Ὁ συνοδικὸς τόμος. Ἐν Ἀθήναις 1852. Als eine Einrichtung der Väter, die den Aposteln noch unbekannt war, bezeichnet die Theilung der Kirche εἰς πέντε τμήματα 1382 der Patriarch Nilus (Acta Patr. Cpl. t. II. doc. 351. p. 40.).

[26]) Ib. p. 320: ὁ πρωτόθρονος θρόνος τῆς πρεσβυτέρας Ῥώμης.

mente der Kirche.[27]) Der Kaiser Basilius setzt den Grundsatz voraus, daß die Mehrzahl der Patriarchen die kirchlichen Angelegenheiten entscheidet, wenn er z. B. fragt: „Wer wird den Akt und das Urtheil von vier Patriarchen wieder aufheben können?“ [28]) Ebenso urgirt er die allgemeine Verbindlichkeit der von den Patriarchen gefaßten Beschlüsse[29]) und die von Gott ihnen verliehene Gewalt, der Niemand widerstehen dürfe.[30]) Deßgleichen äußerte sich der kaiserliche Commissär Baanes in der Aufforderung an die photianischen Bischöfe, ob sie nachweisen könnten, daß je ein Häretiker oder Schismatiker, der nicht mit den vier Patriarchen übereinstimmte, nicht verdammt, sondern gerettet ward, sowie daß der noch eine Hilfe finde, den die vier oder fünf Patriarchen verurtheilt.[31]) Am weitesten aber gehen die Worte desselben kaiserlichen Commissärs, die in der achten Sitzung referirt sind: „Gott hat seine Kirche auf die fünf Patriarchate gegründet und in seinen Evangelien bestimmt, daß sie niemals gänzlich abfallen und zu Grunde gehen, weil sie die Häupter der Kirche sind. Denn die Worte des Evangeliums: „Die Pforten der Hölle werden sie nicht überwältigen“ besagen es klar: Wenn zwei dieser Häupter fallen, so nimmt man zu den drei übrigen seine Zuflucht; fallen drei, zu den zweien; sollten etwa vier gefallen sein, so ruft das eine, welches bei dem Haupte Aller Christus unserem Gott beharrt, wiederum den übrigen Leib der Kirche zurück.“ [32])

Sind nun auch diese überschwänglichen Aeußerungen [33]) als Privatansichten

---

[27]) act. VI. ib p. 314: ἔθετο ἐν τῷ στερεώματι τῆς ἐκκλησίας οἷον τινας μεγάλους φωστῆρας, τὰς πέντε πατριαρχικὰς κεφαλὰς (Anast. p. 82: quinque patriarchalia capita) εἰς φαῦσιν πάσης τῆς γῆς, ὥστε ἄρχειν τῆς ἡμέρας καὶ τῆς νυκτὸς καὶ διαχωρίζειν ἀνὰ μέσον τοῦ σκότους καὶ ἀνὰ μέσον τοῦ φωτός. Die Stelle Gen. 1. ist dieselbe, welche die Abendländer auf die zwei Gewalten, Kirche und Staat, anwandten, Johann VIII. auf Petrus und Paulus bezog.

[28]) act. VI. p. 356 (Anast. p. 95.): κρίσιν τεσσάρων πατριαρχικῶν θρόνων τίς λῦσαι δυνήσεται;

[29]) act. VI. p. 86. 87: Protectione veri Dei nostri quinque Patriarchis orbis terrarum recta sentiunt et non est laesio fidei, et ideo quidquid judicant, necessario debetis recipere.

[30]) ibid. p. 89: Quidquid judicaverunt Patriarchae, confirmamus. Nemo enim potest datam eis potestatem a Christo Deo et Salvatore nostro reprobare.

[31]) act. VII. p. 360: δείξατε τὴν ὥραν ταύτην, ὅτι, εἴτε αἱρετικός τις εἴτε σχισματικός, ἐν οἱῳδήποτε τόπῳ ἐφωράθη ἔξω τῶν τεσσάρων πατριαρχῶν, καὶ διεσώθη· εἰ γοῦν σήμερον τὰ τέσσαρα πατριαρχεῖα, μᾶλλον δὲ τὰ πέντε κατακρίνουσιν ὑμᾶς, τίς ὁ βοηθήσων ὑμῖν;

[32]) act. VIII. p. 140. 141: Posuit Deus Ecclesiam suam in quinque Patriarchis, et definivit in Evangeliis suis, ut nunquam aliquando penitus decidant, eo quod capita Ecclesiae sint; etenim illud quod dicitur: „Et portae inferi non praevalebunt adversus eam,“ hoc denuntiat: quando duo ceciderunt, currunt ad tria; cum tria ceciderint, currunt ad duo; cum vero quatuor forte ceciderint, unum, quod permanet in omnium capite Christo Deo nostro, revocat iterum reliquum corpus Ecclesiae.

[33]) Thomassin. P. I. L. I. c. 13. n. 7. bemerkt zu den eben angeführten Worten des Baanes: Quae in hac argumentatione artes, quae fraudes delitescerent, excutere supersedeo. Hoc unum moneo, Graecorum artes officiasque in coaequandis quinque

zu betrachten, die nicht die Geltung einer ökumenischen Definition beanspruchen können, zumal da in der Synode selbst die höhere Gewalt des römischen Patriarchen stets anerkannt und vorausgesetzt wird: so zeigt sich doch in der Feststellung und Einschärfung einiger sehr wichtigen Befugnisse der Patriarchen und in der von Rom's Stellvertretern anerkannten Reihenfolge derselben ein nicht unbedeutender Fortschritt für die Rechtsanschauungen der Orientalen. Anknüpfend an den sechsten nicänischen Canon und dabei Neurom mit Altrom verbindend spricht can. 17 den Patriarchen überhaupt, jedoch ohne Begünstigung für Neurom, die Befugniß der Confirmation und Investitur der Metropoliten ihrer Sprengel durch Ertheilung der Consekration oder durch Verleihung des Palliums, sowie das Recht zu, dieselben im Patriarchalconcil zu versammeln und auf demselben über sie zu richten.[34]) Die Entschuldigung vieler Metropoliten, die Befehle der weltlichen Regierung, nach denen sie ihre Sprengel nicht verlassen sollten, sowie die zweimal jährlich abzuhaltenden Provincialconcilien machten ihnen die Theilnahme an der Patriarchalsynode unmöglich, ließ man nicht gelten, da die Befehle christlicher Fürsten den Kirchengesetzen nicht entgegenstehen dürften und die Patriarchalsynoden den Partikularconcilien der Provinzen vorgezogen werden müßten. Die säumigen Metropoliten wurden zugleich mit Excommunication und Amtsentsetzung bedroht. Diese Bestimmungen dienten dazu, den Patriarchalverband zu befestigen, während can. 21 die Aufrechthaltung der Ehre der fünf Patriarchen sichern sollte, deren Rangordnung nach der Sitte der Griechen festgestellt ward. Es wurde die gleiche Verdammung, wie sie Photius erfahren, dem angedroht, der den Papst oder einen anderen Patriarchen injuriiren sollte; es ließ sich darin eine gewisse Gleichstellung aller fünf Kirchenhäupter immer noch erkennen.[35])

Ausdrücklich ward aber auch den Provincialsynoden das Recht über Metropoliten und Bischöfe zu richten, abgesprochen und dieses allein dem Patriarchen reservirt, dessen Urtheil als ein endgiltiges betrachtet zu werden scheint.[36]) Auch die Bedrückungen der Suffraganbischöfe durch die Metropoliten, die an

---

Patriarchis prohibere non potuisse, quia experimento tot saeculorum, quae luculentissima certissimaque est scripturarum interpretatio, constet, illum unum, qui primus est inter Patriarchas, ceteris affuisse saepissime ab errorum haeresiumque barathro educendis, nec eguisse ipsum unquam beneficii vicissitudine. Denique quamvis subinde exsisteret et emicaret Graecorum jactantia, indubitatum tamen est, et hac ipsa generali synodo VIII. plurimum discriminis interpositum fuisse Papam inter et Patriarchas ceteros etc. Nikolaus wird ὡς ὄργανον τοῦ ἁγίου πνεύματος bezeichnet (can. 2. p. 100.); seine Entscheidungen sind überall die Norm.

34) c. 17. Mansi XVI. 170—173. Cf. Thomassin. l. c. c. 13. n. 9.

35) c. 21. Mansi p. 174.

36) Cf. c. 26 p. 178: Insuper nullo modo quisquam metropolitanorum vel episcoporum a vicinis metropolitis vel episcopis provinciae suae judicetur, licet quaedam incurrisse crimina perhibeatur, sed a solo Patriarcha proprio judicetur, cujus sententiam rationabilem et judicium justum ac sine suspicione fore decernimus, eo quod apud eum honorabiliores quique colligantur, ac per hoc ratum et firmum positum sit, quod ab ipso fuerit judicatum.

Orient nicht minder häufig gewesen zu sein scheinen, als in den fränkischen Reichen, sollte der Patriarch nach Gebühr bestrafen,[37]) ebenso die rechtswidrigen Usurpationen von verpachteten Kirchengütern an Erzbischöfen und Bischöfen.[38]) Die Provincialsynoden, noch im Trullanum und im siebenten Concil[39]) eingeschärft, verloren immer mehr ihre Befugnisse und gingen im Orient fast ganz unter, was später Zonaras sehr beklagte.[40]) Darin ist die Entwicklung derjenigen, die wir im Occident finden, analog; sie hatte aber sicher hier wie dort weit eher in der Gewaltthätigkeit vieler Metropoliten, die jene Synoden oft für selbstsüchtige Zwecke mißbrauchten, ihren Grund, als in der Tendenz der ihnen vorgesetzten Patriarchen, auf Kosten der Metropolitangewalt die eigene zu erhöhen. Für das Abendland lassen uns die pseudoisidorischen Dekretalen und viele Schriften Hinkmar's diese Verhältnisse deutlich genug erkennen. Im Orient ließ aber auch der staatliche Despotismus keine freien Provincialconcilien zu, die nach den Bestimmungen unserer Synode ohne Anwesenheit weltlicher Gewalthaber gehalten werden sollten;[41]) die vom siebenten Concil für den sie hindernden Fürsten ausgesprochene Excommunikation wurde nicht auf die Kaiser, sondern nur auf die Staatsbeamten bezogen.[42]) Die Metropoliten andererseits schalteten willkürlich mit ihren Suffraganen, behandelten sie wie die anderen ihnen unterworfenen Cleriker, ließen durch sie in ihrem Sprengel die ihnen selbst obliegenden Funktionen abhalten, wogegen sich ebenfalls unsere Synode erhob.[43]) Die Bischöfe mußten Hilfe bei dem Patriarchen suchen und dessen Gewalt war ohnehin schon derart ausgedehnt, daß er ihnen diese Hilfe nicht versagen konnte und durfte.

Das Patriarchalsystem, die kirchliche Pentarchie war demnach auf dem achten Concil kräftig hervorgetreten; die drei letzten Jahrhunderte hatten zu deren Ausbildung bereits so viel beigetragen, daß hier gewissermaßen ihrer völligen Sanktion entgegen gesehen werden konnte. Kaiser Justinian hatte sowohl in seinen dogmatischen Edikten[44]) als in seinen sonstigen Gesetzen[45]) in sehr

---

[37]) c. 19. p. 173: Quisquis ergo post hanc definitionem nostram tale quid facere tentaverit, poenam subeat a Patriarcha, qui per tempus fuerit, secundum congruentiam injustitiae ac avaritiae suae, et deponatur et sequestretur ut sacrilegus.

[38]) c. 20. p. 173: episcopus aut metropolita ... sequestretur a proprio Patriarcha etc. Cf. c. 21. p. 176.

[39]) Conc. Trull. c. 8. Conc. VII. c. 6 (Gratian c. 7. d. 18).

[40]) Zonar. in c. 37. Apost. in c. 5. Nic. Thomassin. P. II, L. III. c. 53. n. 11.

[41]) c. 12. p. 405: οὐδὲ γὰρ θεμιτόν ἐστι γίνεσθαι θεατὰς τοὺς κοσμικοὺς ἄρχοντας τῶν τοῖς ἱερεῦσι τοῦ θεοῦ ἀναφερομένων πραγμάτων.

[42]) Balsamon in Conc. VII. c. 6. Thomass. l. c. c. 51. n. 10.

[43]) c. 24. p. 176: Quidam metropolitanorum in extremam negligentiam et desidiam delapsi praeceptionibus suis subjectos ad se adducunt Episcopos et committunt eis ecclesiae propriae divina officia et litanias, et cuncta omnino sacra, quae ad se pertinent, ministeria, ita ut per id eos, qui episcopalem dignitatem meruerunt, quodammodo clericos sibi subjectos exhibeant etc.

[44]) Migne PP. Gr. t. LXXXVI p. 981. 1044.

[45]) Nov. 3. Praef.: legu ad beatitudinem tuam et reliquos sanctissimos patriar-

bedeutsamer Weise die Patriarchen hervorgehoben; als er vor der Eröffnung der fünften Synode gegen den Antrag des Vigilius, es sollten nur so viele griechische als lateinische Prälaten bei der damals projektirten Conferenz zugegen sein, gleich viele Bischöfe aus jedem Patriarchate beigezogen wissen wollte,[46]) da ging er sicher von der Anschauung aus, die fünf Patriarchen zusammen seien nothwendig, die Kirche zu repräsentiren und streitige Fragen zu entscheiden.[47]) Das fünfte, sechste und siebente der allgemeinen Concilien scheinen von der gleichen Voraussetzung auszugehen; schon 680 wurden wie 869 fünf beglaubigte Exemplare der Synodalakten für die fünf Patriarchen besonders angefertigt.[48]) Der Biograph des Patriarchen Eutychius, der Priester Eustratius, der unter Mauricius schrieb, rühmt besonders, daß unter jenem Patriarchen die Stühle von Alt- und Neurom, von Alexandrien und Antiochien zusammenkamen;[49]) er bezeichnet die vier Patriarchen als eine wahrhaft goldene und große vierfache Kette,[50]) als vier geistige Flüsse,[51]) vier Flüsse des Paradieses. Auch die monotheletischen Patriarchen stützten sich auf diese Anschauung, als sie den heiligen Maximus zur Union aufforderten, da ja alle Patriarchen mit ihnen geeinigt seien und Maximus doch nicht außerhalb der Kirche stehen wolle, worauf dieser entgegnete, der Herr, der das rechte und heilbringende Glaubensbekenntniß katholische Kirche genannt, habe deßhalb auch den Petrus, nachdem er sein herrliches Bekenntniß abgelegt, selig gepriesen und auf Petrus seine Kirche zu bauen erklärt.[52]) Es theilten aber auch die Katholiken in der Hauptsache diese Meinung; Maximus hebt nicht nur sonst die Ueberzeugung von der Autorität der Patriarchen hervor,[53]) sondern erklärt in der Disputation mit Pyrrhus ausdrücklich, die von Jenem gehaltene Synode verdiene diesen Namen nicht, weil sie nicht nach den kirchlichen Normen und Canonen, nicht nach vorgängigem Circularschreiben mit Zustimmung der Patriarchen, nicht mit Bestimmung von Ort und Zeit versammelt, die Theilnehmer ohne die gehörigen Gemeinschaftsbriefe ihrer hierarchischen Obern gewesen und keine Briefe oder Stellvertreter von den anderen Patriarchen producirt

---

chas scripta. — Nov. 5 Epil.: Haec omnia sanctissimi patriarchae sub se constitutis.. metropolitis manifesta faciant. Nov. 6 Epil. Nov. 7 Epil. etc.

46) Mansi IX. 61.

47) Theodor von Scythopolis richtete seine Schrift über die origenistischen Irrthümer an den Kaiser und die vier Patriarchen von Cpl., Alexandrien, Antiochien und Jerusalem (Migne l. c. p. 231 seq.).

48) Hefele Conc. III. 261.

49) Vita S. Eutych. §. 28 seq. (Migne t. LXXXVI. p. 2308.): *πολλῶν διαφόρων συγκροτηθεισῶν ἐν διαφόροις καιροῖς καὶ τόποις ἁγίων συνόδων ἕως τῆς χριστιανῶν αὐλῆς, οὐδεὶς μέμνηται, ὅτι τέσσαρες ὁμοῦ πατριάρχαι συνελθόντες ἐκαθίσθησαν, εἰ μὴ ἐπὶ τοῦ μεγάλου καὶ θείου ἀνδρὸς Εὐτυχίου.*

50) *ὄντως ἀποτελεσθεῖσα χρυσῆ καὶ μεγάλη σειρὰ τετρακτύς.*

51) *νοητοὶ τέσσαρες ποταμοὶ* §. 30. p. 2109 mit Anwendung von Ps. 92, 31.

52) Maximi ep. ad Anast. Opp. I. ed. Combef. p. XLI. (Migne t. XC. p. 132.) S. Maximi Vita ac Certamen c. 21. (Migne p. 94.)

53) ep. ad Joh. Cubic. p. 262 ed. Comb. (XCI. 461. M.)

worden seien.[54]) Ganz in derselben Weise erklärten sich nachher die Orthodoxen gegen die Synoden der Ikonoklasten, namentlich die von 754, indem sie urgirten, daß keiner der fünf Patriarchen zugegen oder vertreten gewesen, daß nur der byzantinische, nicht aber die vier anderen Patriarchen sie gehalten, wahre allgemeine Synoden aber die Theilnahme aller dieser Stühle erheischten.[55]) Der Patriarch Nikephorus erklärt, es sei altes kirchliches Gesetz, daß die in der Kirche Gottes auftauchenden Streitigkeiten und Controversen auf ökumenischen Synoden entschieden würden durch die Uebereinstimmung und das Urtheil der Inhaber der apostolischen Stühle, d. i. der Patriarchen,[56]) und hebt an der siebenten ökumenischen Synode die Anwesenheit von Legaten der anderen Patriarchen hervor.[57]) Die fünf Patriarchen waren aber die Vertreter der gesammten katholischen Kirche und in diesem Sinne erklärte Tarasius, er wolle lieber das Härteste erdulden und sterben, als von der Gemeinschaft der anderen Kirchen getrennt sein.[58]) Ebenso nahm man an, daß Fehltritte der Patriarchen von deren Collegen zu verbessern und zu richten seien.[59])

Diese Lehre hat man mit der auch im Orient festgehaltenen obersten Autorität des römischen Stuhles nicht in völligem Einklang zu setzen gewußt. Auch nicht Theodor der Studit, der, obschon er den Bischof der Kaiserstadt als ökumenischen Patriarchen bezeichnet,[60]) hierin dem Herkommen folgend, obschon er den Bischof von Jerusalem (jedoch wegen der Würde der heiligen Stätten) den ersten Patriarchen nennt,[61]) wie kaum ein anderer Grieche den Primat

---

[54]) Disput. c. Pyrrho t. II. p. 191. 195 ed. Combef. t. XCI. p. 352 ed. Migne: *Οὐκ ἐπιστεῖλαι ἢ συνεστήρικται ἀπὸ τῶν ἄλλων πατριαρχῶν ἐπιρρωθῆναι.*

[55]) Pseudodamasc. (Joh. Eboracensis) de imag. c. 16 (Le Quien Opp. Damasc. I. 623.): *Ποταπὴ ἐστιν αὕτη ἡ σύνοδος πατριάρχην μὴ ἔχουσα; Σύνοδός ἐστιν, ὅτε τὰ πέντε πατριαρχεῖα διεκδιδῶσι μίαν πίστιν καὶ ἕνα λόγον· εἰ δὲ ἐκ τούτων κἂν εἷς ἀπολείπῃ ἢ οὐχ ὑπακούει τῇ συνόδῳ, αὕτη σύνοδος οὐκ ἔστιν, ἀλλὰ παρασυναγωγὴ καὶ συνέδριον ματαιότητος καὶ ἀλαζονείας.* Stephan. diac. in vita S. Stephani jun. (ib. p. 481. Migne C. 1144.): *Πῶς δὲ καὶ οἰκουμενική, πρὸς ἣν οὐδὲ ὁ Ῥώμης εὐδόκησεν, καίπερ κανόνος προκειμένου μὴ δεῖν τὰ ἐκκλησιαστικὰ δίχα τοῦ Πάπα Ῥώμης κανονίζεσθαι, οὐδὲ ὁ Ἀλεξανδρείας συνεῖπε, οὔτε ὁ Ἀντιοχείας ἢ ὁ Ἱεροσολύμων;* Ebenso Conc. VII. act. VI. Mansi XIII. 205 seq. (B. I. A. 9. N. 109.) Theod. Stud. L. II. ep. 72. p. 1305. Thomassin. P. I. L. I. c. 11. n. 8.

[56]) Niceph. Apolog. pro sacris imag. c. 28 (Migne C. p. 597.): *Οὕτω γὰρ δὴ νόμος ἐκκλησιαστικὸς ἄνωθεν ἐγκελεύεται τὰ κατὰ τὴν ἐκκλησίαν τοῦ Θεοῦ ἀμφίβολα καὶ ἀμφήριστα συνόδοις οἰκουμενικαῖς λύεσθαι καὶ ὁρίζεσθαι συμφωνίᾳ καὶ ἐγκρίσει τῶν ἐν τοῖς ἀποστολικοῖς θρόνοις διαπρεψάντων ἀρχιερέων.*

[57]) Ib. p. 596 D.: *τῶν προεδρευόντων ἐν τοῖς ἀποστολικοῖς θρόνοις τόν τε τόπον καὶ τὸν λόγον τὸν ὑπὲρ τῶν θείων ἡμῶν δογμάτων ἀποπληροῦντες ἱερώτατοι ἄνδρες.*

[58]) Orat. coram populo Mansi XII. 985. Thomassin. l. c.

[59]) Theod. Stud. L. II. ep. 129. p. 1420: *Καὶ γὰρ οὕτως ἔχει· εἰ παρατροπή τις ἐκ τῶν πατριαρχῶν, ὑπὸ τῶν ὁμοταγῶν, καθὰ φησὶν ὁ θεῖος Διονύσιος* (ep. 8. n. 1. Migne III. 1088, wo aber nur von *ἱερεῖς* die Rede ist) *τὴν ἐπανόρθωσιν λήψεσθαι, οὐχ ὑπὸ βασιλέων κρίνεσθαι.*

[60]) Theod. L. I. ep. 56. fin. p. 1102.

[61]) L. II. ep. 15. p. 1161.

des Bischofs von Altrom hervorgehoben und gefeiert hat.[62]) Nicht weniger als an diesem Primate des Petrus und seiner Nachfolger hält Theodor an der Pentarchie der Hierarchen fest; der „fünfhäuptige Leib der Kirche“, die fünfgestaltige Gewalt derselben[63]) ist ihm ein wesentliches Moment für die Ordnung und Sicherheit des kirchlichen Lebens, wenn auch der eine über die anderen Patriarchen hervorragt. Oekumenische Synoden als solche waren eben nicht denkbar ohne die Repräsentation der Gesammtkirche, die aus den fünf Patriarchaten bestand, und obschon aus Anlaß der siebenten Synode von den Orientalen anerkannt ward, daß einem Concil aus der Abwesenheit der Vikarien von Alexandrien, Antiochien und Jerusalem kein Präjudiz erwachse, wenn nur der römische Patriarch daran Theil nehme und gehörig vertreten sei,[64]) so blieb die byzantinische Anschauung dabei stehen, die wie immer gestaltete Vertretung jener Sitze für etwas Wesentliches und Nothwendiges zu erachten, und je weniger der angeborene Stolz und die ganze Lage Neurom's die Idee einer monarchischen Kirchenverfassung begünstigte, so lange die kirchliche Monarchie doch nicht direkt für Neurom zu beanspruchen war, desto mehr mußte man sich in die Pentarchie vertiefen, desto mehr an dem fünfgliedrigen Direktorium der kirchlichen Angelegenheiten festhalten, wenn auch bei dem tiefen Verfall der drei östlichen Patriarchate dasselbe ein bloßer Name war.[65]) In der That waren die Dinge längst soweit gekommen, daß nur Alt- und Neurom an der Spitze der kirchlichen Dinge standen; es war damit ein gefährlicher Dualismus Thatsache geworden, den nur die Pentarchie äußerlich einigermaßen verbarg.

Während Neurom allen Grund hatte, diese Auffassung der Kirche als einem von fünf Häuptern dirigirten geistlichen Reiche zu begünstigen, konnte Altrom, das noch seinen früheren Standpunkt mit aller Consequenz behauptete, dieselbe in keiner Weise anerkennen, noch weniger sie zu der seinigen machen.

Pabst Nikolaus war auf das Kräftigste dieser Theorie entgegengetreten; er nahm darin ganz den Standpunkt Gregor's des Großen ein.[66]) Rom gab

---

[62]) B. I. Abschn. 10. bes. N. 179. 182. 183. Als πρωτόθρονος, ᾧ τὸ κράτος ἀνακεῖται τῆς οἰκουμενικῆς συνόδου, erscheint der Papst, als derjenige, von dem überhaupt die Geltung der allgemeinen Concilien abhängt. Er wird immer den anderen vorangestellt, auch wo die Patriarchen überhaupt erwähnt werden. Die Trennung der Byzantiner von dem Koryphäen und den drei anderen Patriarchen ist die Trennung von Christus L. II. ep. 61. p. 1292 A.

[63]) τὸ πενταχόρυφον σῶμα (al. κράτος) τῆς ἐκκλησίας L. II. ep. 129. p. 1417. Bar. a. 817. n. 30; a. 823. n. 2; L. II. ep. 62. p. 1280; ep. 63. p. 1281. Baron. a. 819. n. 22. 25.

[64]) ep. Orient. ad Taras. Patr. Migne t. XCVIII. p. 1476. Mansi XII. 1134. Da das Schreiben nicht von den Patriarchen selbst ausging, die Mönche die gesendete Repräsentation für hinreichend hielten und sie auch die siebente Synode acceptirte: so sprach diese Synode offenbar gegen die Nothwendigkeit der Betheiligung der fünf Patriarchen; von dem Glauben seiner Kirche konnte auch jeder andere Bischof Zeugniß ablegen.

[65]) Auf diese Exerptien der Lateiner geht insbesondere Nilus Cabasilas ein de causis dissensionum in Ecclesia p. 22 seq. ed. Salmas. 1615. t. I.

[66]) Greg. M. sagt: Cum multi sint Apostoli, pro ipso tamen principatu sola principis Apostolorum Sedes in auctoritate convaluit, quae in tribus locis unius est. Ipse

dem Bischofe von Byzanz den herkömmlichen Patriarchentitel, auf den man kein besonderes Gewicht legte, wie denn Gregor I. den Johann IV. und Gregor II. den Germanus „Patriarchen" genannt haben; es erkannte seine Jurisdiktion in den Sprengeln der drei Exarchate an, soweit sich diese selbst ihm unterworfen; aber es hielt die ursprüngliche Berechtigung der drei älteren, auf den Apostel Petrus sich stützenden Patriarchalsitze fest und wahrte ihre altehergebrachte Reihenfolge, die Rechte von Alexandrien und Antiochien sowie den eigenen Primat gegen die Uebergriffe des Stuhles von Constantinopel. Nikolaus sprach sich sowohl in seiner Unterweisung für die Bulgaren als in seinen an Kaiser Michael gerichteten Schreiben sehr bestimmt darüber aus. In der ersteren bezeichnet er nur die drei älteren Patriarchen als Inhaber apostolischer Stühle als wahrhaft und vollkommen dieses Namens würdig und erklärt, der Stuhl von Constantinopel, den keiner der Apostel gegründet, den auch das Concil von Nicäa nicht erwähnt, habe diese Benennung mehr der Gunst der Fürsten, als irgend einem Rechtsgrund zu verdanken; den zweiten Rang habe, wie die römische Kirche annehme und die nicänischen Canones andeuten, der Bischofssitz von Alexandrien; Jerusalem selbst bestehe nicht mehr wie früher, seit Hadrian bestehe nur die Stadt Aelia, deren Bischof wohl Patriarch genannt werde, aber ebenso wenig im strengen und eigentlichen Sinne Patriarch sei.[67])

---

enim sublimavit Sedem, in qua etiam quiescere et praesentem vitam finire dignatus est. Ipse decoravit Sedem, in quam Evangelistam discipulum misit. Ipse firmavit Sedem, in qua decem annis, quamvis discessurus, sedit. Cum ergo unius atque una sit Sedes, cui ex auctoritate divina tres nunc Episcopi praesident, quidquid ego de vobis audio, hoc mihi imputo.... So hatte schon Innocenz I. ep. 3. ad Alex. Antioch. vom antiochenischen Stuhle gesagt: advertimus, non tam pro civitatis magnificentia hoc eidem Antiochenae Ecclesiae attributum, quam quod prima primi Apostoli Sedes monstretur... quaeque urbis Romae Sedi non cederet, nisi quod illa in transitu meruit, ista susceptum et apud se consummatum gaudet (gauderet).

[67]) Nicol. ad consulta Bulg. c. 92 (Migne CXIX. 1011. 1012.): Desideratis nosse, quot sint veraciter Patriarchae. Veraciter illi habendi sunt Patriarchae, qui Sedes apostolicas per successiones Pontificum obtinent, i. e. qui illis praesunt Ecclesiis, quas Apostoli instituisse probantur; Romanam videl. et Alexandrinam et Antiochenam. Romanam, quam SS. principes Apostolorum Petrus et Paulus et praedicatione sua instituerunt et pro Christi amore fuso proprio sanguine sacraverunt; Alexandrinam, quam Evangelista Marcus, discipulus et de baptismate Petri filius, a Petro missus instituit et D. Christo cruore dicavit; Antiochenam, in qua conventu magno Sanctorum facto primum fideles dicti sunt christiani, et quam B. Petrus, priusquam Romam veniret, per annos aliquos gubernavit. Constantinopolitanus autem et Jerosolymitanus antistes, licet dicantur Patriarchae, non tantae tamen auctoritatis, quantae superiores, existunt. Nam Cplitanam Ecclesiam nec Apostolorum quisquam instituit, nec Nicaena Synodus, quae cunctis Synodis celebrior et venerabilior est, ejus mentionem aliquam fecit; sed solum quia Cplis nova Roma dicta est, favore principum potius quam ratione Patriarcha ejus pontifex appellatus est. Hierosolymitanus autem Praesul, licet et ipse Patriarcha dicatur et secundum antiquam consuetudinem et Nicaenam Synodum honorandus sit, salva tamen metropoli propria dignitate; sed et in eadem s. et magna Synodo (Nic. c. 7.) nequaquam Jerosolymitanus, sed Aeliae Episcopus dicitur. Nam vera Jerusalem tantum in coelis est, quae est mater nostra; illa vero Jerusalem terrestris secundum quod

In seinem 865 an Kaiser Michael gesandten Schreiben zählt derselbe Papst ebenso die drei alten Patriarchate auf als die durch Petrus und Paulus vor allen anderen ausgezeichneten und leitet von diesen beiden Aposteln als den zwei großen Leuchten der Kirche alle höhere Gewalt ab, [68]) nicht ohne starke polemische Seitenblicke auf die byzantinischen Prätensionen. Denselben Standpunkt nahmen damals auch die übrigen Occidentalen ein, insbesondere auch der Erzbischof Hinkmar von Rheims. [69]) In der damals von Pseudoisidor aufgenommenen, aber längst vor ihm vorhandenen, [70]) von Hinkmar und Aeneas von Paris, [71]) wie später sogar von Balsamon, [72]) aufgeführten pseudokonstantinischen Schenkungsurkunde für Papst Sylvester war die Obergewalt des römischen Patriarchen über die anderen ohnehin sehr bestimmt ausgesprochen. [73])

Indem nun Hadrian II. das Concil von 869 approbirte, hat er keineswegs alle einzelnen dort von den Sprechern des Orients und den kaiserlichen Beamten gebrauchten Ausdrücke, also auch nicht die Herleitung der fünf Patriarchate aus dem jus divinum sanktionirt, wohl aber die Dekrete und Canones genehmigt, nach denen die in der orientalischen Kirche recipirte Reihenfolge der Patriarchen, die zweite Stelle für den Bischof von Constantinopel, und der bisher faktisch eingeführte Umfang der Patriarchaljurisdiktion deutlich ausge-

---

Dominus praedixit, adeo funditus ab Aelio Adriano Imp. Rom. destructa est, ut in ea nec lapis super lapidem sit derelictus, et ab eodem Aelio Adriano in alio est loco constructa, ita ut locus Dominicae crucis extra portam nunc intra cernatur et a praedicto Ael. Adriano urbs illa Aelia vocitetur. c. 93: Porro, quis Patriarcharum secundus sit a Romano, consultis; sed juxta quod S. Rom. tenet Ecclesia et Nicaeni canones innuunt, et 88. Praesules Romanorum defendunt et ipsa ratio docet, Alexandrinus Patriarcharum a Romano Papa secundus est.

[68]) ep. 8 „Proposueramus" (Migne l. c. p. 949.): (Petrus et Paulus) Romam in carne venientes, vitae verbum evangelizantes, ab ea erroris caliginem amoventes, veritatis lumine mentes hominum illustrantes, et in ea uno eodemque die martyrium consummantes, sanctam Rom. Ecclesiam roseo cruore suo consecraverunt et hanc non habentem maculam... Deo Domino dedicaverunt. Sicque demum Alexandrinam Ecclesiam suam fecerunt, per B. scil. Marcum, suum bonum filium ac discipulum.. Fecerat autem Beatissimus Petrus praesentia corporali et Ecclesiam Antiochenam jam suam, quae sicut B. Papa dicit Innocentius, urbis Romae Sedi non cederet etc. (wie oben N. 66.) Per has igitur tres praecipuas Ecclesias omnium Ecclesiarum sollicitudo B. Apostolorum principum Petri ac Pauli procul dubio moderamen exspectat. Darüber, daß Nikolaus, wie nachher auch Johann VIII., den Apostel Paulus dem Petrus gleichzusetzen scheint auch im Primate, vgl. Leo Allat. de consens. l. 3, 2 seq. bes. c. 7. p. 40—45.

[69]) S. die Nachweise bei Thomassin. P. I. L. I. c. 14. n. 4 seq., bes. Hincm. Opp. II. 402. ed. 1615.

[70]) Cf. Biener de collect. can. Eccl. gr. p. 72.

[71]) Hincmar. ep. 3. c. 13. Aeneas Par. apud Thomass. l. c. c. 6. n. 14.

[72]) Balsamon in Nomocan. VII. I.

[73]) c. 14. d. 96. Mansi II. 603 seq. Floß Urkund. S. 17: Sancimus, ut (sacratissima B. Petri sedes) principatum teneat tam super quatuor praecipuas Sedes, Antiochenam, Alexandrinam, Hierosolymitanam et Cplitanam, quam etiam super omnes universo orbe terrarum Dei ecclesias.

sprochen war.[74]) Die drei anderen Patriarchate des Ostens waren bereits so tief gesunken, daß eine erfolgreiche Bemühung für die Resuscitation ihres alten Glanzes nicht mehr zu erwarten stand, und zur Besiegelung des kirchlichen Friedens zwischen Alt- und Neurom schien die Anerkennung des nicht mehr abzustreitenden Uebergewichts des letzteren über jene Stühle Vieles beitragen zu können. Das war die erste, wenn auch mehr implicite[75]) Anerkennung des von Byzanz beanspruchten Vorrangs vor Alexandrien und Antiochien von Seite des römischen Stuhles,[76]) die nachher auf dem vierten Lateran-Concil von Innocenz III. und auf dem Florentinum[77]) von Eugen IV.[78]) erneuert ward. Innocenz III.[79]) sah in den vier Patriarchen des Orients die vier Evangelisten repräsentirt, wie auch die vier Thiere, die in der Vision bei Ezechiel Kap. 1. den hohen Stuhl umgeben, die geistlichen Töchter, die Dienerinen und Gehilfinen des apostolischen Stuhles.[80])

Was Leo dem Anatolius verweigert, gewährte Hadrian II. wenigstens theilweise, aber unter ganz anderen Verhältnissen. Jetzt hatten sich die drei orientalischen Patriarchen längst unter die Obhut des Byzantiners gestellt, bereits war in der That dieser der zweite der Patriarchen; es galt nicht mehr, kühne Eingriffe eines ehrgeizigen Prälaten abzuwehren; Ignatius hatte nach seinem Sturze wie bei seiner Wiedererhebung die tiefste Ergebenheit gegen den römischen Stuhl an den Tag gelegt; eine verderbliche Spaltung war vorausgegangen, deren Beseitigung nöthigenfalls auch mit den schwersten Opfern zu erwirken gewesen wäre. Rom war isolirt geblieben mit seinem Widerspruch gegen die Gelüste eines Anatolius im Orient und die Thatsache hatte das alte Recht beseitigt, und zwar in der Art, daß der Alexandriner kaum mehr die Stellung

---

[74]) Der can. 21 steht bei Gratian c. 7. dist. 22, wie früher bei Deusdedit und Anselmus. Phillips K. R. II. §. 70. S. 51 schreibt fälschlich diesen Canon Hadrian I. zu, während Hadrian II. ihn vom achten Concilium acceptirte. Nikolaus I. hatte vier Jahre vorher die alte Rangordnung noch vertreten, keineswegs aber das vor einem halben Jahrhundert von seinem Vorgänger Anerkannte wieder in Frage gestellt.

[75]) Der Canon gibt nicht expresse eine Rangordnung, aber er setzt sie voraus; er definirt nicht den Vorrang Constantinopels, aber er setzt es den anderen Patriarchaten voran. Wenn im elften Jahrhundert Leo IX. noch die alte Ordnung festhält und den Cärularius wegen seiner Ueberhebung tadelt (Acta et scripta ed. Will. p. 80. 88. 90.): so war ihm Hadrian's Bestätigung jenes Canons entweder unbekannt oder er hielt ihn für nicht maßgebend, die angegebene Reihenfolge für eine zufällige oder die Geltung durch die späteren Ereignisse für verwirkt. Er führt nur den Kaiser Justinian an, der dem Stuhle von Byzanz den Rang nach dem römischen eingeräumt, und gibt bezüglich der Anerkennung Seitens der Päpste nur soviel zu, sie hätten in aliquot synodis beschließen lassen, ut salva principalium et apostolicarum sedium antiqua dignitate Constantinopolitanus antistes honoraretur sicut regiae civitatis episcopus. (Will. p. 80. c. 29.)

[76]) Döllinger Papstfabeln S. 63 sagt daher nicht ganz mit Recht, daß man bis zu Innocenz III. in Rom beharrlich den c. 3 Cpl. und c. 28 Chalc. die Anerkennung verweigerte.

[77]) cap. 23 de privileg. V. 33

[78]) Const. Laetentur. §. 9.

[79]) cap. 40 de elect. I. 6.

[80]) cap. 8 de M. et O. I. 33.

eines bloßen Metropoliten einnahm; sollte es an dem starren Buchstaben des Rechts festhaltend mehr und mehr seinen Einfluß auf den Orient verschwinden sehen und um einer von den zunächst Betheiligten nicht mehr geltend gemachten Rangordnung willen einen neuen und doch alten Streitpunkt ungelöst fortbestehen lassen, in dem Moment, wo ein feierlicher Friede zwischen Morgen- und Abendland zu Stande kam? Es war weise gehandelt, in dem schwergeprüften Ignatius die Stellung anzuerkennen, die nach der Ueberzeugung der Orientalen ihm gebührte, und stillschweigend durch die Anerkennung dieses Concils und seiner Beschlüsse die solange beanstandeten Canones von Constantinopel und Chalcedon nach einer Seite hin materiell und für die Zukunft zu recipiren. Ueber den vier Koryphäen des Orients stand noch immer der abendländische Patriarch als der Nachfolger des Apostelfürsten und als allgemeines Kirchenoberhaupt mit ungeschwächtem Glanze; seinem Ausspruch hatte sich der Orient gebeugt und ihm das Gelübde der Treue und des Gehorsams erneuert.

Aber gerade diese neue Machtentfaltung des römischen Primats erregte bei den stolzen Byzantinern Mißstimmung und Unwillen; ihre alte Eifersucht gegen Altrom lebte wieder auf, so oft sie die eigene Herrlichkeit durch es in Schatten gestellt sahen; es war schon lange eine festgewurzelte Krankheit, die sie antrieb, den Vorzug der älteren Schwester so selten und so wenig als möglich einzugestehen, mit kleinlichen Mitteln der Anerkennung desselben sich zu entziehen oder, wenn man doch in der Noth der Umstände sich dazu hatte herbeilassen müssen, diesen Schritt um jeden Preis rückgängig zu machen oder doch möglichst zu entwerthen. So sehr die Einheit zwischen der morgenländischen und der abendländischen Kirche wiederhergestellt schien und die Griechen mit den römischen Legaten auf dem achten Concilium Hand in Hand gegangen waren: so fehlte es doch nicht an neuen Anlässen zu Zwistigkeiten und an wiederholten Versuchen, den mit Mißtrauen betrachteten Römern den Triumph zu schmälern, den sie aus den bisherigen Verhandlungen über die Sache des Ignatius erlangt zu haben schienen. Die päpstlichen Legaten, die wohl bald diese Stimmung bemerkt hatten, glaubten nicht vorsichtig genug handeln zu können und hatten auch den in beiden Sprachen bewanderten Anastasius die Akten der Synode und die dazu gehörigen Dokumente sorglich prüfen lassen; sie hatten nebstdem zum größten Mißfallen der Griechen ihren Unterschriften die Clausel beigefügt: „Bis zur Genehmigung des Papstes." [61]) Am meisten aber sah sich der byzantinische Stolz gekränkt durch die von den Legaten geforderten und erhaltenen Unterschriften des römischen Formulars. Einige Bischöfe beklagten sich bei dem Kaiser und bei dem Patriarchen sehr bitter über diese Maßregel, welche die Kirche von Byzanz ganz unter die Gewalt der Römer bringe, zur Sklavin derselben erniedrige, ihre Freiheit vernichte; die der Unter-

[61]) usque ad voluntatem ejusdem eximii Praesulis Mansi XVI. 189. 190. Cf. Vita Hadr. II. (Migne CXXVIII. 1390.) Die Vita Hadr. ist sicher als selbstständige Quelle zu betrachten und darum glaube ich nicht, daß hier ein bloßes Mißverständniß der Worte des Anastasius vorliegt. (Hefele 2. 376.) In den Unterschriften der Legaten kommt jene Formel wirklich vor.

schrift der Legaten beigefügte Clausel sei verdächtig und lasse noch eine Verwerfung aller Verhandlungen sowie die Wiederkehr der früheren Confusion offen; würden die ihnen abgenommenen schriftlichen Versicherungen nicht zurückgegeben, so sei es um die alte Freiheit des byzantinischen Patriarchats geschehen.[82])

Solche Vorstellungen fanden bei dem Kaiser ein nur zu geneigtes Gehör und, in der Wahl der Mittel nicht verlegen, bediente man sich eines sehr unedlen, um die Ergebenheitsversicherungen der Bischöfe wieder zurückzuerlangen, die von den Legaten nach Rom gebracht werden sollten. Basilius wollte nicht öffentlich diese Handschriften zurückfordern noch mit Gewalt sie nehmen; er ließ daher durch die den Legaten zum Dienste beigegebenen Beamten, während diese gerade sich zur Kirche begeben hatten, heimlich aus ihrer Wohnung so viele Exemplare dieser Chirographa, als sie finden konnten, entwenden;[83]) es gelang nicht mit allen, weil die der bedeutenderen Prälaten von den drei Gesandten sorgfältiger aufbewahrt und besser verborgen waren. Als die Legaten diese hinterlistige Entwendung der ihnen übergebenen Formulare wahrnahmen, brachten sie in Verein mit den Gesandten des fränkischen Kaisers ihre Klage an Basilius. Sie stellten ihm vor, daß sie ohne diese Dokumente nicht nach Rom zurückzukehren wagten, daß auf solche Weise der Kaiser keine lohnende Frucht von seinen Bemühungen für das Wohl der Kirche erlangen werde. Die Gesandten Ludwigs wiesen darauf hin, es sei nicht des Kaisers würdig, sein eigenes Werk zu zerstören; reue ihn seine zu diesen Subscriptionen ertheilte Zustimmung, so möge er es offen erklären, wo nicht, so dürfe er deren Wegnahme nicht gestatten, er möge dann die Urheber des Diebstahles bestrafen und die Herausgabe der entwendeten Scheine veranlassen.[84]) Diese und andere

---

[82]) Anast. not. in Conc. VIII. act. I. Mansi l. c. p. 29: Surrexerunt quidam eorum (qui subscripserant) et ad S. Patr. Ignatium atque ad Basilium pium imperatorem accedentes secreto dixerunt, non bene factum fuisse, quod ecclesiam C'politanam tanta subjectione Romanae subdi ecclesiae permiserint, ita ut hanc ei tamquam dominae ancillam tradiderint. Vita Hadr. l. c.: C'politanam ecclesiam per oblatos libellos in potestatem Romanorum redactam flebiliter conqueruntur, et dubietate subscriptionum omnia, quae in Synodo decreta fuerant, revolvenda cunctaque residuis erroribus confundenda fatentur, et nisi libellos reciperent, libertatem pristinam se non posse recipere fingunt.

[83]) Anastas. not. cit.: custodes fures facti penetrantes domum quamdam partem ex numerosis illis chirographis abstulere.

[84]) Ibid.: Non decet imperatoriam potestatem antea facere quae destruenda sunt vel destruere quae non destruenda consistunt. Cum ergo consensu tuo chirographa facta fuerint, si male consensisti, palam poenitentiam age, et quod fecisti, non clam, sed palam destrue. Jam vero si bene fecisti consentiendo, ut Sedi Apost. pro futura cautela fierent chirographa ab Episcopis, quamobrem ea, poenitens de bono, sublata tegi consentis? Jam vero si fateris, quod non voto tuo factum fuerit, ut auferrentur chirographa, respondemus: Tum liquido patebit, voto tuo non fuisse tantum piaculum commissum, cum hos distringens, quos Vicariis pro custodia dedisti, quae ablata sunt, eos reddere jure coegeris; neque enim alii debent restituere vel corrigere, si quid vicarii perdiderunt, vel si quid sinistri perpessi sunt, nisi illi, qui nos cum suis

Vorstellungen bewirkten, daß Basilius die entwendeten Dokumente vollständig zurückstellte und neuerdings bei den Legaten sehr ehrerbietig über das Ansehen der römischen Kirche sich äußerte, wahrscheinlich um so jeden Verdacht zu zerstreuen, als wolle er der Anerkennung ihres Primates sich entziehen.[83]) Uebrigens war doch nicht zu verkennen, daß Basilius über das feste Benehmen der päpstlichen Legaten äußerst ungehalten und mißstimmt war.[84]) So war gleich nach der Wiederherstellung des kirchlichen Friedens die Eintracht zwischen dem Orient und dem Occident auf's Neue getrübt und zu dieser Mißstimmung kam nun noch eine neue Controverse oder vielmehr die Fortsetzung einer früheren, der Streit über die Jurisdiktion in Bulgarien.

9. Die Verhandlungen über Bulgarien und die weitere Correspondenz zwischen Rom und Byzanz.

So ergeben der neubekehrte Bulgarenfürst Michael sich dem römischen Stuhle erwiesen hatte, so hatte ihn doch zuletzt die zweimalige abschlägige Antwort sehr mißstimmt, die er von da in Sachen des künftigen Erzbischofs seines Landes erhalten. Nikolaus hatte ihm den zuerst verlangten Bischof Formosus verweigert;[1]) ebenso verweigerte ihm Hadrian II., der gleich beim Antritt des Pontifikates die schon von seinem Vorgänger dazu bestimmten Bischöfe Dominikus und Grimoald nach Bulgarien gesandt hatte,[2]) den 869 verlangten[3]) Diakon Marinus, der eben für Constantinopel ausersehen worden war, und sandte dafür den Subdiakon Sylvester. Der Papst erklärte sich zwar bald bereit, jeden Anderen, den der Fürst vorschlage, zu ordiniren;[4]) aber der über den Aufschub ungehaltene Michael wollte auf keinen Fall den Sylvester;

---

omnibus ad custodiendum reverenter et salvandum integriter imperatoria pietate receperunt. Bar. a. 869. n. 81.

[84]) Anast.: Ego quidem ut magistram ecclesiasticorum negotiorum Sedem Apost. per meos legatos adii et ideo vestram praesentiam praestolatus sum, ut vestro decreto et sollertia ecclesia nostra remedia sanitatis reciperet et nos non nostris motibus, sed vestrae sententiae pareremus. Ergo chirographa, quae a nostris sacerdotibus et cunctis clericis salubriter exegistis, recipite et spirituali patri nostro sanctissimo Papae repraesentate, ita ut si quis eorum per abrupta vitiorum vel devia pravitatum subito incedere more tentaverit, his quodammodo habenis ab eo refrenetur et talibus loris ad rectum justitiae tramitem revocetur.

[85]) Vita Hadr. p. 1390: Imperatoris iram pro nimia suae districtione fidei vehementer incurrunt.

[1]) S. oben B. III. Abschn. 6. Bd. I. S. 616.

[2]) Vita Hadr. Vignol. Lib. Pont. p. 277. Jaffé Reg. n. 2187. p. 254.

[3]) Michael bat den Papst, ut aut Marinum diaconum sibi archiepiscopum consecratum mittat, aut aliquem ex Cardinalibus Bulgaris dirigat eligendum. Vita Hadr. p. 252. Jaffé p. 257. Baron. a. 869. n. 92.

[4]) quemcunque nominatim devotio regalis expresserit, eum sine dubio pontificalis provisio Bulgaris archiepiscopum commodaret, Marino atque Formoso exceptis. Vita Hadr. p. 253. Jaffé p. 258. n. 2220.

er sandte ihn nebst den mit ihm gesandten Leopard, Bischof von Ancona, und dem Dominikus von Trivent[5]) sogleich zurück;[6]) er bestand auf Formosus oder Marinus, wovon der Erstere mit Paulus von Populonia und mit dem bulgarischen Gesandten Petrus nach Rom abgegangen, der Letztere durch die Gesandtschaft in Constantinopel in Anspruch genommen war, und lieh jetzt den Griechen ein geneigtes Ohr, die vor Allem den verlorenen Einfluß in seinem Lande wieder zu gewinnen sich bemühten.

Kaiser Basilius scheute weder Mühen noch Kosten, um zu diesem Ziele zu gelangen;[7]) bereits 869 waren die Bulgaren schwankend; ihr politisches Interesse schien bald den Morgenländern, bald den Abendländern sich zuzuwenden; und als sie in Basilius einen kräftigen und thätigen Herrscher erkannten, von den fränkischen Fürsten wenig zu hoffen und eher zu fürchten hatten, zumal nachdem durch Ludwig den Deutschen die Selbstständigkeit des benachbarten Mährens vernichtet war,[8]) neigten sie sich mehr als je dem ersteren zu. Der wiedereingesetzte Patriarch Ignatius scheint nicht minder sich bemüht zu haben; denn schon 869 schrieb ihm Hadrian mit der Mahnung, von jedem Eingriff in Bulgarien sich zu enthalten,[9]) und gab dieses Schreiben seinen Legaten mit, die aber erst die Angelegenheiten der Synode besorgen sollten, ehe sie dasselbe überreichten.

Sicher war es schon durch den byzantinischen Hof veranstaltet, daß bulgarische Gesandte, den Petrus an der Spitze, der auch in Rom als Gesandter gewesen war, noch vor der Beendigung des achten Concils in der griechischen Hauptstadt eintrafen und dort nicht sowohl von der Synode als von der Majorität der dort repräsentirten Patriarchalstühle die Frage entschieden wissen wollten, welchem dieser Stühle, ob dem von Altrom oder dem von Neurom, Bulgarien zugehören müsse. Drei Tage nach Beendigung der Synode und erfolgtem Schluß der Akten, die in der Sophienkirche aufbewahrt wurden,[10]) ließ Basilius eine Conferenz zur Beantwortung dieser Frage abhalten, der aber außer den Bulgaren nur der Patriarch Ignatius und die Legaten der anderen Patriarchen anwohnten. Dieser kirchlich-politische Congreß war ein in jeder Beziehung genau vorbereitetes Manöver, indem von den fünf kirchlichen Großmächten die zweite, um ihre Plane besser durchzusetzen, ihre Sache durch andere vertreten ließ, sich selbst im Hintergrunde haltend; die Abgeordneten von Alexandrien, Antiochien und Jerusalem waren, ohnehin abhängig vom östlichen Kaiserhofe, von den Byzantinern im Voraus für deren Plan gewonnen; sie vertraten die Sache derselben, während Ignatius schwieg; sie spielten die Schiedsrichter zwischen Alt- und Neurom und waren zugleich die eigent-

[5]) Triverte in Samnium Ughell. II. 1071, die Vita Hadr. hat: Tarvisiensis.

[6]) sub magna velocitate. Vita Hadr. l. c.

[7]) Cf. Cedren. II. 242.

[8]) Gfrörer Karol. I. S. 449. 455. 456.

[9]) ut se ab omni Bulgariae ordinatione immunem, nullum suorum illuc mittendo, custodiat. Vita Hadr. p. 250. Jaffé p. 257. n. 2212.

[10]) Vita Hadr. l. c. Migne CXXVIII. 1391. Mansi XV. 814. Baron. a. 869. n. 68.

lichen Wortführer des Letzteren, während die päpstlichen Gesandten, fast unvorbereitet, des Griechischen wenig kundig und nicht mit den nöthigen Dolmetschern versehen, hier die Rechtstitel ihres Patriarchen zu vertheidigen genöthigt wurden. Die Frage selbst betraf nicht bloß die Rechte der Patriarchen von Alt- und Neurom, sondern berührte auch die weltliche Politik, die aus der Unterwerfung Bulgariens unter die kirchliche Jurisdiktion von Byzanz vielfachen Nutzen zu ziehen hoffte und darum zur Herbeiführung dieses Resultats Alles aufbot.[11])

Man scheint die römischen Legaten zunächst nur zur Verlesung des vom Bulgarenfürsten an den Kaiser gerichteten Schreibens eingeladen und nicht sogleich über die Tragweite der Conferenz selbst verständigt zu haben.[12]) Beim Beginn derselben sprach der bulgarische Gesandte Petrus die Freude seines Herrn über die Zusammenkunft von kirchlichen Würdeträgern aus so verschiedenen Gegenden aus und dankte insbesondere den römischen Legaten verbindlich im Namen desselben dafür, daß sie auf der Durchreise mit Sendschreiben ihre Kirche erfreut hätten. Diese entgegneten, ohne Gruß an den Bulgaren vorüberzugehen, hätten sie weder gedurft, noch über sich vermocht, da sie diese als Söhne und Glieder der heiligen römischen Kirche wohlgekannt.[13]) Darauf leitete der bulgarische Gesandte die Diskussion mit folgenden Worten ein: „Wir sind bis in die neueste Zeit Heiden gewesen und sind erst jüngst zur Gnade des Christenthums gelangt; wir fürchten sehr in irgend einer Hinsicht einer Täuschung zu unterliegen und wünschen von euch, die ihr die Stelle der höchsten Patriarchen vertretet, zu erfahren, welcher Kirche wir uns zu unterwerfen haben." Ohne Bedenken gaben Donatus, Stephan und Marinus die Antwort: Der römischen. An diese habe sich der Fürst gewendet, dem heiligen Petrus habe er sich, sein Land und sein Volk übergeben,[14]) von ihm sich Vorschriften und Anweisungen,

---

[11]) Nach Anastasius Praef. in Conc. VIII. p. 11. 12. war nur der kaiserliche Dolmetscher zugegen, der dem Willen seines Herrn gemäß manche absichtliche Ungenauigkeit, die für die Bulgaren berechnet war, sich erlaubte. Dieser Eine mußte die drei Sprachen, griechisch, lateinisch und bulgarisch, inne haben und für jeden der drei Theile Alles übersetzen. His omnibus in uno conclavi positis nulli de foris venienti patebat accessus; unde factum est, ut quidquid Romani assererent, nec Orientis loci servatores nec Vulgares Missi intelligerent, et rursus quidquid Orientales dicerent, nec Romani nec Vulgarum Missi cognoscerent; dum videl. nullus adesset nisi unus imperatoris interpres, qui nec Romanorum nec Orientalium loci servatorum voces aliter audebat edere, nisi ut jam imperator ad subversionem Vulgarorum imperaverat.

[12]) Vita Hadr. l. c.: callide convocati sedere jubentur, quo eas, quas princeps Bulgarorum ei literas cum donis per Petrum aliosque direxerat, audirent.

[13]) ib.: Nos quia vos filios S. Rom. Ecclesiae novimus, insalutatos praeterire neque debuimus neque voluimus, quos nimirum S. Sedes Apost. ut propria membra complectitur.

[14]) ib.: B. Apostolorum principi Petro cum omni gentis suae populo se tradidit. Anastasius erzählt Praef. cit. p. 11: In tantum autem pietas creverat principis et abundabat circa B. Petrum venerationis affectus, ut quadam die manu propria capillos suos apprehenderet et contemplantibus cunctis se Romanis Missis tradiderit dicens: Omnes primates et cuncti populi Vulgarorum terrae cognoscant, ab hodierno die me servum fore post Deum B. Petri et ejus vicarii.

Bischöfe und Priester erbeten, diese freundlichst aufgenommen und bis jetzt bei sich behalten, der Gesandte Petrus selbst sei Zeuge von dieser Unterwerfung. Die Bulgaren gaben alle diese Thatsachen, die faktische Unterwerfung unter Rom vollständig zu, aber sie unterschieden, hierin jedenfalls von den Byzantinern instruirt, die quaestio juris von der quaestio facti, indem sie bemerkten, ihr Zweifel bestehe darin, welcher von beiden Kirchen sie eigentlich recht- und vernunftgemäß unterstehen müßten, der von Rom oder der von Constantinopel; diese Frage sollten nun die päpstlichen Legaten zugleich mit den Stellvertretern der orientalischen Patriarchen entscheiden. [15]) Erstere erklärten: „Wir haben mit Gottes Hilfe die Angelegenheiten in's Reine gebracht, zu deren Regulirung mit den Orientalen der heilige Stuhl uns absandte. Euere Angelegenheit ist aber nicht anders zu entscheiden als die bereits entschiedenen. Da wir darüber keine Aufträge und Vollmachten erhalten haben, so können wir nichts entscheiden noch auch zum Nachtheil der römischen Kirche eine Entscheidung fällen lassen; soweit wir aber entscheiden können, geht unsere Erklärung dahin, da euer Land noch voll ist von unseren Priestern, so könnet ihr nur der römischen Kirche angehören.“ Hier legten nun die drei orientalischen Vikarien sich in's Mittel und befragten die Bulgaren, wem ihr Land unterworfen gewesen sei, als sie es erobert, und ob sie damals dort griechische oder lateinische Priester vorgefunden. [16]) Die Antwort war, daß das Land ehedem den Griechen gehört und dort nur griechische Geistliche angetroffen worden seien. Also, schloßen die orientalischen Vikarien, gehört das Land zur Jurisdiktion von Constantinopel. Hier entspann sich nun eine ernste Debatte.

Die römischen Legaten, die mit Recht dagegen Verwahrung eingelegt, daß hier unerwartet eine Sache zur Sprache gebracht werde, für die weder sie noch die Stellvertreter des Orients Instruktionen empfangen hätten, und auch erklärten, daß den Rechten des römischen Stuhls durch keinerlei Erörterung hier ein Präjudiz geschaffen werden könne, auch die drei Vikarien zur Schlichtung des Streites in keiner Weise berechtigt seien, [17]) wollten hier gleichwohl die Anwe-

[15]) utrum Romanae an Cplitanae ecclesiae rationabilius (al. rationabiliter) subdi debeamus, cum his Patriarcharum vicariis definite. Vita Hadr. l. c. Mansi XV. 815.

[16]) Nirgends erscheint eine Berufung auf das in den Codex des Justinian aufgenommene Edikt Theodosius II., das die illyrischen Provinzen dem Stuhl von Byzanz unterstellte (G. I. Abschn. 2. N. 11ª ff.). Photius aber führt dieses Edikt in seinem Nomokanon (IX. 1.) an.

[17]) Anastasius Praef. cit. p. 12. gibt den Protest ausführlicher: Omnibus liquet, neque nos neque loci servatores orientalium sedium causa vindicandarum quarumlibet dioeceseon venisse Cplim invitatos, sed controversiam, pro qua disponenda et definienda vel a piis imperatoribus expetiti vel a praesulibus nostris destinati sumus, Deo auctore sane dissolvimus: super dioecesi autem Illyrici, quam Sedes Ap. jure prisco et impraesentiarum sibi a possessoribus ejus reddito nunc quieta retentione possidet, .. eadem principalis Sedes neque pulsata est, neque ut pro ea mitteret (ad) altercandum ullo modo provocata; sed neque nos personas advocatorum vel assertorum ejus assumimus, neque quid illa, si adesset, responderet objectis, agnoscimus: quippe qui nihil hinc ab ea in mandatis accepimus ac per hoc disceptare non jussi quidquam non possumus; verum nec loci servatores Orientis judicum se personas assumpturos in

fenden nicht in Zweifel über die Rechtstitel der römischen Kirche lassen und gingen daher auf eine gründliche kirchenrechtliche Deduktion ihrer Ansprüche ein. Zuerst widerlegten sie die Folgerung, daß deßhalb Bulgarien zum byzantinischen Sprengel gehöre, weil dieses Volk bei seiner Eroberung griechisch redende Geistliche daselbst vorgefunden; denn die Verschiedenheit der Sprachen könne die kirchliche Ordnung nicht stören, auch sonst habe der römische Stuhl bis zur Gegenwart griechische Bischöfe in verschiedenen Ländern nach der Gewohnheit des Landes eingesetzt.[18]) Wirklich war auch unter Constantin Pogonatus, als die Bulgaren sich in dem nach ihnen benannten Lande festsetzten, noch nicht die Losreißung dieser Provinzen vom römischen Patriarchate erfolgt und damals standen die griechisch redenden Christen von Hellas, Achaja u. s. f. noch unter dessen Jurisdiktion. Darauf versetzten nun die orientalischen Vikarien: „Auch wenn Ihr beweisen könnt, daß die Ordination dieser griechischen Geistlichen von Rechtswegen euerem Stuhle zustand, so werdet ihr doch niemals läugnen können, daß das bulgarische Land zum griechischen Reiche gehört hat.“ [19]) Damit war an ein Princip appellirt, das die Griechen stets urgirt, Rom wiederholt reprobirt und bekämpft hatte.[20]) Das führte denn die römischen Legaten zu folgenden Erörterungen:

1) Wohl hat Bulgarien früher zum griechischen Reiche gehört; aber es handelt sich hier nicht um das Reich, nicht um politische Eintheilungen und Begrenzungen, sondern um kirchliche Rechte der Patriarchen; die kirchliche Verwaltung darf dem Wechsel der politischen Veränderungen nicht unterworfen werden.[21]) Nicht in politischer Beziehung, wohl aber in kirchlicher gehörte das

---

controversiis, in quibus ab utraque non sunt parte judices appellati vel electi, conjicimus, praesertim cum Apostolus perhibeat: Mediator unius non est, et sacri canones non quorumcumque, sed electorum judicum sententiam minime spernendam edoceant, et quidam probabilium Patrum dicat: Justus mediator non est, qui sic unam partem audit, ut alteri parti nihil reservet.

[18]) Vita Hadr. l. c.: A graecis sacerdotibus argumentum sumere non debetis, quia linguarum diversitas ecclesiasticum ordinem non confundit. Nam Sedes Apost., cum ipsa latina sit, in multis tamen locis pro ratione patriae graecos sacerdotes et semper et nunc usque constituens privilegii sui detrimenta sentire nec debet nec debuit.

[19]) Ibid.: Etiamsi Graecorum presbyterorum ordinationem vestri juris fuisse doceatis, illam tamen patriam Graecorum regno pertinuisse numquam negare poteritis.

[20]) S. oben B. I. Abschn. 2. Anf. Pag. a. 863. n. 19.

[21]) Aliud ordinant jura sedium, aliud patiuntur divisiones regnorum. Nos de divisione regnorum non agimus, sed de jure sedium loquimur. Anastas. Praef. p. 11: cum alia sit in mundanis negotiis, alia in ecclesiasticis dispositio juris.... etsi Graeci principes regioni, quantum ad rempublicam attinet, dominati sint, non tamen praejudicare possunt Dei Ecclesiae juri. Es deutet aber Anastasius noch weiter an, daß jetzt, nachdem Bulgarien dem griechischen Reiche verloren ging, auch nicht einmal mehr die Zugehörigkeit zu demselben beansprucht werden könne und außerdem das Land zuerst (vor Theodosius I) zu Westrom gehört habe: Et quamvis regio illa Graecis fuerit antea subdita, nullum tamen in ea sibi jus vindicare legitime poterant, quam armis olim amissam per tot tempora bellando recipere non valuerunt; quamvis et priusquam Graecis fuerit subdita, Romani hanc possedisse patescant, nec illam Graeci tenuisse memorentur, nisi dum sceptris Romanis potirentur.

Land unter Altrom. Die römischen Legaten waren hier ganz in ihrem Rechte; aber den an den Staatsdespotismus im Geistlichen gewöhnten, Kirchliches und Politisches vermengenden oder doch ihren Unterschied verkennenden Orientalen war aller Sinn hiefür abhanden gekommen; dieselben fragten, wie man, nachdem zugegeben sei, Bulgarien habe zum griechischen Reiche gehört, doch noch auf eine andere Weise [22]) einen Anspruch auf das Land erheben könne. Die Stellvertreter des Papstes entgegneten:

2) Der apostolische Stuhl hat seit alter Zeit Alt- und Neu-Epirus, Thessalien und Dardanien auf kanonische Weise regiert und geleitet,[23]) wie die Dekretalen der römischen Päpste beweisen; diese Provinzen machen aber eben das heutige Bulgarien aus. Also hat auch die römische Kirche nicht der von Byzanz ein dieser gehöriges Land geraubt, sondern das Ihrige zurückgenommen; was die heidnischen Bulgaren durch ihre Irruption ihr entzogen, das haben die christlich gewordenen Bulgaren ihr zurückgestellt.[24]) — Es scheint, daß die Legaten auch mit schonender Rücksicht für den griechischen Hof auf das

---

[22]) modo diverso Vita Hadr. l. c.

[23]) canonice ordinavit et obtinuit. (ib.) Anast. p. 10: Nam tota Dardania, Thessalia, Dacia et utraque Epirus aliaeque ceterae regiones juxta Istrum fluvium olim Apost. Sedis moderamine antiquitus praecipue regebantur et disponebantur. p. 12: cum ab olim in utraque Epiro, Dardania, Dacia, Thessalia et ceteris in Illyrico sitis provinciis semper Sedis Apostolicae dispositio facta clareat, sicut diversae Pontificum Romanorum a Damaso Papa per easdem provincias missae testantur epistolae. Den Theologen des jetzigen Königreichs Griechenland ist der alte Verband ihrer Kirchen mit dem römischen Patriarchate äußerst unbequem und viele derselben stellen ihn geradezu in Abrede. Oekonomos will beweisen, der Papst habe nie eine Jurisdiktion in Illyrien besessen, obschon seit Hormisdas derartige Ansprüche erhoben worden seien, Leo der Isaurier habe dem Papste nichts nehmen können, was er nicht zuvor gehabt, die betreffende, bei Theophanes stehende Stelle habe man erst aus Nikolaus und Hadrian II. entnommen (Proleg. cit. p. 12. p. 25 seq. not. β.) Für ihn existiren die zahlreichen hieher gehörigen Papstbriefe der älteren Zeit nicht und unanfechtbar erscheint ihm das auch von Photius ausgesprochene Princip, daß die kirchliche Eintheilung und Regierung sich nach der politischen zu richten habe. Niemand bestreitet, daß Illyrien zum östlichen Reiche gehörte, was hier weitläufig bewiesen wird; aber jenes byzantinische Princip erlangte erst nach und nach eine allgemeine und uneingeschränkte Geltung im Orient und war ein dem kirchlichen Alterthum fremdes. Weiter beruft sich der gelehrte Athener darauf, daß nach den Worten, die Kaiser Theodosius an die Gesandten des Papstes Anastasius I. richtete, Flavian von Antiochien die Hegemonie über Illyrien besaß (Theod. H. E. V. 23); allein abgesehen davon, daß Theodosius I. schon gestorben war, als Anastasius I. (398—402) Papst wurde, handelt der Text nur von der Anerkennung Flavian's als antiochenischen Patriarchen; nachdem gesagt war, daß die drei Exarchate von Ephesus, Pontus und Thracien mit ihm Gemeinschaft halten, heißt es weiter: *καὶ τὸ Ἰλλυρικὸν ἅπαν ἐκεῖνον οὐδὲ τῶν κατὰ τὴν ἀνατολὴν ἐπισκόπων ἐγνώριζεν.* Zu der Anatole (Oriens, hier das antiochenische Patriarchat) wurde Illyricum nie gerechnet. Ebenso wenig ist es entscheidend, daß Justinian das Gesetz Theodosius' II. (nicht I.) in seinen Codex aufnahm und Cpl. das Haupt aller Kirchen nannte u. s. f. Ein klares Rechtsverhältniß läßt sich mit solchen Deduktionen nicht verflüchtigen.

[24]) Vita Hadr. l. c.: Ac per hoc ordinationem, quam tunc paganorum Bulgarorum irruptione amiserat, non a Cplitana ecclesia, ut modo fingitur, abstulit, sed ab iis factis modo christianis recepit.

Faktum der gewaltsamen Losreißung dieser Provinzen durch Leo den Isaurier nicht eingingen, was der Bericht des Anastasius hervorhebt;[15]) indessen war für das Gebiet, um das es sich hier handelte, die bulgarische Occupation das wichtigere Faktum und Leo's III. Maßregel berührte zunächst die nicht von den Bulgaren unterjochten Länder Illyricums, wie Hellas und Achaja. Die Päpste hatten aber auf ihren Besitz nie verzichtet und bei jeder günstigen Gelegenheit reklamirt, wie Hadrian I. und Nikolaus; Letzterer hatte nach 860 diese Reclamationen blos deßhalb nicht erneuert, weil er die große Controverse mit Photius vor Allem im Auge haben mußte und weil nachher die freiwillige Unterwerfung der Bulgaren einen Theil der seiner Jurisdiktion entzogenen Länder wieder zurückzubringen schien.[16]) Auf diese freiwillige Unterwerfung unter die römische Kirche beriefen sich denn auch jetzt die Legaten.

3) Die Bulgaren, die das Land erobert und es seit so vielen Jahren besitzen, haben freiwillig dem Schutze und der Leitung des heiligen Stuhles sich unterworfen und ihn als ihren Lehrer anerkannt. Nebstdem sind sie 4) durch römische Geistliche, durch die Bischöfe Paulus, Formosus, Grimoald, Dominikus, Leopard und einige der hier anwesenden Legaten (Marinus) erst ganz bekehrt worden; diese haben in ihrem Lande Kirchen geweiht, Priester ordinirt, den Irrthum zerstört und die Wahrheit gepredigt unter vielen und großen Anstrengungen. Drei Jahre hat die römische Kirche bereits ihre Jurisdiktion wieder in diesem Lande geübt und ohne Vorwissen des Papstes darf sie in keinem Falle aus ihrem Besitze vertrieben werden.

---

[15]) Anast. Praef. p. 10: Sed postquam Imperatores Romanorum, qui nunc Graecorum appellantur, variorum fautores vel incentores effecti errorum s. Christi Ecclesiam diversis haeresibus scindere minime formidaverunt, scidit Deus imperium eorum ... donec .. Hesperiae potestatem jam prorsus amitterent, occidentis etiam amisso imperio; nihilominus Romanis pontificibus, quia jam jubere nequeunt, suadere nituntur, suis laesis favorem sensibus accommodandum; sed quia isti .. pestiferam suggestionem audire possunt, obaudire non possunt, mox illi, quoniam aliter eos laedere nequeunt, patrios et antiquos terminos transferunt, privilegia Sedis Ap. corrumpunt et paene omnia jura disponendarum dioeceseon auferunt, atque suis haec fautoribus consentaneis et sectatoribus conferunt, cum quibus etiam jus, quod Sedes Ap. super praedictas regiones habuit, quia juxta eo sitae videbantur, usurpant et Cplitanae dioecesi nequiter applicant. p. 12: Has Graecorum principes sola vi, faventibus sibi Cplitanis praesulibus, ab Ap. Sede subegerunt. Vgl. auch Le Quien Or. chr. t. I. p. 101. 102.

[16]) Anast. p. 12: Super quibus recipiendis ideo Ap. Sedes nullam (das ist wohl nur von der letzteren Zeit zu verstehen) reperitur fecisse querelam, quoniam mox has .. Bulgarorum natio adiit et sibi jure potestatis omnia vindicat. At ubi religio redit, confestim et dioeceses fas Sedi propriae reformatur. — Wenn Schrödh (K. G. XXIV. 146) sagt, den Päpsten sei „die kirchliche Gerichtsbarkeit wahrscheinlich mehr am Herzen gelegen gewesen, als die Person, welche den patriarchalischen Sitz zu Cpl. eingenommen“: so vergißt er, wie Nikolaus vor allem Streit über die Bulgaren entschieden die Sache des Ignatius vertrat, beim Ausbruch des Conflikts mit Photius von Wiederholung der Reklamation betreffs der illyrischen Diöcese ganz Umgang nahm, und wie auch Hadrian II. trotz des Zwistes wegen Bulgarien die Legitimität des Ignatius stets festhielt. Die Päpste wollten durch zeitweise wiederholte Proteste jede Präskription gegen ihr Recht hindern und dasselbe nicht in Vergessenheit bringen lassen, wozu sie berechtigt und verpflichtet waren.

Die orientalischen Legaten konnten diese Gründe nicht widerlegen;[27]) auf die erste Bekehrung der Bulgaren durch Photius sich zu berufen, konnte ihnen nicht in den Sinn kommen; sie beharrten auf ihrer früheren Meinung, auch nachdem die römischen Legaten erklärt, der päpstliche Stuhl könne hierin keinen Geringeren als Richter anerkennen und ihm allein stehe es zu, über alle Kirchen zu richten; es müsse die ganze Sache der Entscheidung des Papstes vorbehalten bleiben, der auch die vielfältigsten Dokumente hiefür beibringen könne; auch seien sie nicht befugt, hierin in seinem Namen zu handeln.[28]) Es zeigt das Hauptargument der drei Orientalen sehr gut den byzantinischen Einfluß, der sie beherrschte: es sei ungeziemend, daß die Römer, die sich der Herrschaft der griechischen Kaiser entzogen und den Franken sich angeschlossen, im Reiche der Ersteren noch eine kirchliche Jurisdiktion bewahrten.[29]) Darauf hin sowie weil Bulgarien einst zum griechischen Reiche gehört und dort Priester der Griechen angetroffen worden seien, fällten sie die Entscheidung, wie Basilius sie wünschte, Bulgarien gehöre zum Patriarchate von Constantinopel.[30]) Damit glaubte man eine Entscheidung von drei Patriarchen gegen den Einen zu haben, und so schienen „vier Häupter" gegen Altrom koalirt; es war gewissermaßen eine Entschädigung für die vielbeneidete römische Superiorität gerade in einer Sache gewonnen, aus der die byzantinische Politik den vielseitigsten Nutzen zog, es war eine wohlberechnete Demüthigung die hier zur Schau getragene Isolirung Roms und der Triumph der griechischen Principien, denen gemäß auch die dem Stuhle von Byzanz zuerkannte Jurisdiktion nicht als eine neu übertragene, sondern nur als eine restituirte gelten sollte. Es war eine eklatante Anwendung der Doktrin von der kirchlichen Pentarchie, die so eine bequeme Handhabe für den Byzantinismus wurde.

Feierlich protestirten die römischen Legaten gegen dieses von nicht gewillkürten, nicht anerkannten, dazu nicht bevollmächtigten, wahrscheinlich durch unerlaubte Mittel gewonnenen Richtern ohne alle genauere Prüfung voreilig gesprochene und in sich nichtige Urtheil;[31]) sie wandten sich an den Patriarchen Igna-

---

[27]) Die Worte: At quem istorum modorum modo dispensare velitis, edicite sind sehr dunkel. Wahrscheinlich ist der Sinn: Welchen der angeführten Rechtstitel wollt ihr jetzt geltend machen?

[28]) S. Sedes Apostolica vos, quia revera inferiores estis, super sua causa judices nec elegit, nec per nos eligit, utpote quae in omni ecclesia sola specialiter fas habeat judicandi; sed neque nobis de hac causa sententiam proferre commisit. Quapropter et quod ab ea faciendum non suscepimus, ejus cognitionis judicio, quae librorum multiplicitate ad defensionem sui multa profecto praevalet, ex integro reservamus, a qua omnis vestra sententia tanta facilitate respuitur, quanta levitate profertur.

[29]) Satis indecens est, ut vos, qui Graecorum imperium detrectantes Francorum foederibus inhaeretis, in regno nostri principis (es galt der Kaiser immer noch als Herrscher der unter saracenischer Herrschaft stehenden Orientalen) ordinandi jura servetis.

[30]) Quapropter Bulgarorum patriam, quam ex Graecorum potestate dudum fuisse et graecos sacerdotes habuisse comperimus, S. Ecclesiae Cpolitanae, a qua per paganismum recesserat, nunc per christianismum restitui judicamus.

[31]) Sententiam, quam non electi neque admissi, sive timore seu gratia vel quidquid illud est, modo praecipitantis potius quam protulistis, auctoritate Spiritus S. ne-

tius und beschworen ihn, dem apostolischen Stuhle das ihm Gebührende nicht entziehen zu lassen, der ihm wieder zu dem Seinigen verholfen; wenn er eine Klage habe, so solle er sie dem Papste vorbringen, aber sich aller Einmischung in die kirchlichen Verhältnisse Bulgariens enthalten. Zugleich überreichten sie ihm das in diesem Betreffe noch besonders an ihn erlassene päpstliche Schreiben. Der Patriarch, der bisher bei der Verhandlung nur zugehört, aber sicher mit dem Kaiser genau über Alles sich besprochen hatte, nahm zwar den Brief Hadrian's in Empfang, verschob aber trotz mehrfacher Aufforderung die Eröffnung desselben auf eine andere Zeit und antwortete nur ausweichend. „Es sei ferne von mir," sagte er, „daß ich Theil nehme an Unternehmungen gegen die Würde des apostolischen Stuhles; ich bin weder zu jung, um mir etwas wegnehmen zu lassen, noch zu alt, um selbst zu begehen, was ich an Anderen tadeln müßte."[32]) Damit ward die Conferenz geschlossen. Für den byzantinischen Hof, der über die römischen Legaten schon mißstimmt war, diesen aber immer noch unter höflichen Redensarten einen Schimmer von Hoffnung ließ,[33]) war so durch List und Täuschung der Bulgaren das gewünschte Ziel erreicht. Man übergab den Abgeordneten derselben ein Dokument des Inhalts, daß die Legaten der orientalischen Patriarchen als Schiedsrichter zwischen Ignatius und den Stellvertretern von Altrom dahin entschieden hätten, Bulgarien habe dem Stuhl von Constantinopel zu unterstehen.[34])

Dieses Aktenstück brachte erst die völlige Lostrennung des Bulgarenfürsten vom römischen Stuhl, für die man in Byzanz so viele Voranstalten getroffen, wirklich zu Stande. Der Fürst Michael, der allen früheren Machinationen der Byzantiner widerstanden, wurde durch ein vermeintliches schiedsrichterliches Urtheil, das eigentlich nur das Urtheil des Kaisers Basilius war, der sich der orientalischen Legaten als bloßer Werkzeuge bediente, getäuscht und da er wahrscheinlich schon vorher, als er in seiner Treue gegen Rom zu wanken anfing, sich auf das von Byzanz vorgeschlagene Auskunftsmittel einer solchen (scheinbaren) ökumenischen Entscheidung eingelassen, konnte er jetzt nicht umhin, die Verbindung mit der römischen Kirche abzubrechen und der oströmischen Politik, die ihm auch sonst jetzt mehr imponiren mußte, als es unter Michael III. der Fall war, sich völlig hinzugeben.[35]) Noch im Jahre 870 weihte Ignatius

---

quae ad definitionem S. Sedis Apost. omnino rescindimus, ita ut nullo modo vel nomen habere sententiae mereatur.

[32]) Absit a me, ut ego his praesumtionibus contra decorem Sedis Ap. implicer, qui nec juveniliter ago, ut mihi subripi valeat, nec ita seniliter deliro, ut, quod in aliis reprehendere debeo, ipse committam.

[33]) Sed imperialis commotio, licet spem fronte simularet, augmentum suscepit.

[34]) Anastas. Praef. p. 12: Datum est Missis Bulgarorum quoddam scriptum graecis verbis et literis exaratum, continens, quasi loci servatores Orientis inter loci servatores Romanos et patriarcham Ignatium arbitri existentes, judicaverint, Bulgarorum patriam, quae in Illyrico constituta est, dioecesi CPlitanae subjiciendam.

[35]) Anast. l. c. p. 11: Quae Graeci de die in diem invidentes et tantae gloriae avidi, ut eum (Mich.) possint a Romana Sede avertere, diversa requirunt ingenia, munera post munera numerosa mittentes et sophistica et argumenta creberrime pro-

einen Erzbischof für die Bulgaren,[36]) dem mehrere Mönche in das Land nachfolgten, und Bulgarien war so unter den Stuhl von Byzanz gebracht, und zwar auf Grund einer durchaus illegalen Entscheidung, die nicht einmal von den betreffenden Patriarchen ratificirt ward, und nur von der einen Partei ausging, die scheinbar sich in den Hintergrund gestellt, aber die Richter in der That selbst kreirt und geleitet, sich im Voraus einen wohlfeilen Sieg zu sichern gewußt hatte.[37])

Wer der erste Erzbischof der Bulgaren war, darüber ist schon viel gestritten worden. Daß der von Ignatius eingesetzte Oberhirt der berühmte Theophylaktus war, haben Mehrere irrthümlich behauptet, die nicht wußten, daß dieser berühmte Exeget der zweiten Hälfte des eilften Jahrhunderts angehörte;[38]) ja es ist nicht einmal erwiesen, daß jener überhaupt den Namen Theophylaktus trug.[39]) Auch die aus dem zehnten Jahrhundert stammende Biographie des Bulgarenbischofs Clemens[40]) gewährt hier keinen Anhaltspunkt, da sie den Clemens, Schüler des Methodius, nicht als ersten Bischof schlechtweg, sondern als den ersten Bischof bulgarischer Zunge bezeichnet;[41]) nebstdem kam jener Schrift zufolge Clemens erst nach dem Tode seines Lehrers, den sie auf 892 setzt,[42]) als Missionär in das Bulgarenland. Auch Petrus Siculus, der sein

---

ponentes. At ille ut columna mansit immobilis, donec eorumdem Graecorum fraude deciperetur scribentium et atque dicentium: quod de patria illa, utrum Romano an Cpltano pontifici subdi debeat, inter vicarios Romanos patriarchamque Ignatium Cpll disceptatio fuisset canonice ventilata et conjunctis Romanis Orientis Sedium loci servatores judicaverint, Bulgarorum dioecesin urbi fore subjiciendam, cui ante Bulgarorum adventum subjacebatur. Anastasius giebt später in den Worten: Licet hoc ipsum an loci servatores Orientis decreverint, nullis certis probetur indiciis die wirkliche Existenz einer Entscheidung in Zweifel. Es ist zwar nicht zu bezweifeln, daß diese Orientalen sich zu Gunsten der byzantinischen Ansprüche geäußert; aber das aufgenommene Aktenstück oder Protokoll der Verhandlungen war wohl nicht direkt von ihnen ausgegangen.

[36]) Baron. a. 870. n. 52.

[37]) Anastasius warnt p. 12, daß man nicht etwa durch Täuschungen sich verleiten lasse, an einen Beschluß der achten ökumenischen Synode in Sachen der Bulgaren zu glauben: Haec itaque diximus, intentos reddere studiosos curantes, ne forte processu temporis quidquam de subjiciendo Cpltanae dioecesi Bulgarorum terra statutum vel definitum ab universali et octava putetur Synodo vel actionum illius codici a Graecis hinc aliquid adjici praesumatur. Nam familiaris est illis lata praesumtio. Er führt dann die Beispiele von früheren Synoden an.

[38]) Baron. a. 870. n. 52 bestritt schon diese Ansicht, die Jager wieder producirt. Einen älteren Theophylakt nennen Manche nach Pagi a. 870. n. 21.

[39]) Cf. De Rubeis Dissert. de Theophyl. §. I. n. 2. 3. Opp. Theophyl. Venet. 1754. t. I. p. I. II.

[40]) Vita S. Clementis ed. Miklosich Vindob. 1847. Cf. Praef. §. III. p. VII. VIII. Blumberger in den Wiener Jahrb. der Literatur 1824. Bd. 26. S. 214. — Stellen dieser Schrift führte schon Allatius c. Creyghton. p. 259—262. an.

[41]) Vita Clem. c. 20. p. 26.

[42]) Ib. c. 10. p. 10: τέταρτον μὲν πρὸς τῷ εἰκοστῷ ἔτος τῇ ἀρχιερωσύνῃ ἐκπλήσας. Da Methodius 868 Bischof ward, so fällt wohl das vierundzwanzigste Jahr seiner bischöflichen Würde auf 892.

Werk über die Paulicianer dem neuen Erzbischof der Bulgaren dedicirte, gibt uns keinen Aufschluß, da dessen Name gänzlich fehlt. Wohl glaubte Le Quien,[43]) der hier nicht genannte Erzbischof sei der Bulgar (Slave) Clemens; aber der von ihm angeführte lückenhafte Katalog bulgarischer Erzbischöfe[44]) verdient wenig Glauben und der angeführten Biographie zufolge könnte Clemens erst unter Leo VI. Bischof in Bulgarien geworden sein. Auch bei Constantin Porphyrogenitus[45]) finden wir nur die Thatsache, daß die Bulgaren durch Kaiser Basilius einen Oberhirten erhielten und so erst recht Christen wurden. Unter Photius kommt 870 ein Gabriel von Achrida vor;[46]) es ist aber fraglich, ob dieser der von Ignatius eingesetzte Erzbischof war, wenn auch gegen den angeführten Katalog angenommen werden kann, daß schon vor der Mitte des zehnten Jahrhunderts die bulgarischen Metropoliten einen festen Sitz sich gewählt hatten.[47]) Da das auf den Ruinen von Lychnis erbaute Achrida (Ochri) wohl schon im neunten Jahrhundert Residenz des Fürsten war, so war es auch wohl der Sitz des geistlichen Oberhaupts und in dieser Eigenschaft tritt es in späteren Zeiten bestimmt hervor.[48])

Mit der Aufnahme eines griechischen Bischofs und der ihn begleitenden Mönche war das Schicksal der lateinischen Geistlichen in der Bulgarei entschieden: sie mußten sämmtlich das Land verlassen und zwar mit großer Schmach;[49]) es scheint, daß die Griechen sie als der Uebertretung einer „ökumenischen Entscheidung" durch ihr Verbleiben im Lande schuldig verfolgten. Uebrigens ward man in Rom über den Hergang der Sache nicht ganz klar und namentlich lud der Bischof Grimoald, der in der letzten Zeit das Haupt der abendländischen Mission bei diesem Volke gewesen war, bei seiner dem Papste unerwarteten Rückkehr starken Verdacht auf sich, sowohl weil er mit vielen Reichthümern und Schätzen sich zurückzog, als auch weil sein Benehmen auffallend, seine Aeußerungen mit denen seiner Begleiter nicht im Einklang waren.[50]) Doch

---

[43]) Le Quien Or. chr. II. 290.

[44]) Im Cod. Paris. 1004 bei Le Quien l. c. Der Katalog nennt nach dem Protogenes von Sardica (IV. Jahrh.) den heiligen Methodius von Mähren, dann dessen Schüler Gorasd, hierauf den Clemens. Clemens ward unter Symeon (893—927) Bischof von Welitza und starb als solcher am 27. Juli 916. Dudik Gesch. Mährens I. S. 2?4.

[45]) Const. Porph. Bas. c. 96. p. 342: τὸ Βουλγάρων γένος... ἀρχιεπίσκοπον καὶ δέξασθαι καταδέξασθαι καὶ ἐπισκόποις καταπιστευθῆναι τὴν χώραν ἀνέπεισε.

[46]) Mansi XVII. 373. 375. Le Quien II. 288.

[47]) Damian, der in dem genannten Kataloge folgt, soll in Dorostolus oder Drista residirt haben, Germanus in Vodina und in Prespa, Philipp endlich in Achrida. Le Quien l. c. p. 290. 291 schließt wohl aus diesen Notizen zu viel, daß noch kein fester Sitz bestimmt war; vielleicht hielt sich der Erzbischof stets da auf, wo das Hoflager des Fürsten war.

[48]) Vgl. Fallmerayer a. a. O. I. 237 über die Residenz des Fürsten. Nach Einigen (Colet. Illyr. sacr. VIII. 207.) war Symeon von Debeltus, der ebenfalls 879 erscheint (Mansi l. c. p. 377.) Metropolit der Bulgaren; es rechnet ihn Le Quien Or. chr. I. 1184 zur Provinz Hämimontium in Thrazien.

[49]) μετὰ ὀνειδισμοῦ ep. Hadr. Mansi l. c. p. 413.

[50]) Vita Hadr. Mansi XV. 818. Baron. a. 871. n. 17.

ist nach Allem, was vorhergegangen war, seine Aussage nicht im mindesten zu bezweifeln, daß die Griechen unter Berufung auf die kurz vorher gefällte Entscheidung das Land als ihre Provinz erklärten und gebieterisch seine Abreise verlangten. Die anderen Geistlichen wollten von ihm getäuscht worden sein und stellten die gewaltsame Vertreibung in Abrede. Wahrscheinlich, sagt Hadrian's II. Biographie, war ein doppelter Verrath im Spiele, der noch nicht aufgehellt worden ist. Bischof Grimoald wird nicht weiter erwähnt.

Im März 870 rüsteten sich die römischen Legaten in Constantinopel endlich zur Abreise. Sie hatten manche bittere Erfahrungen gemacht und gerade in der letzten Zeit den Zorn des Kaisers erregt; doch hatte Basilius soviel Selbstbeherrschung, seinen Unwillen über die ihm abgenöthigte Rückgabe der Adhäsionsformeln und den Protest gegen den Beschluß wegen Bulgariens zu verbergen und äußerlich die freundschaftlichen Beziehungen zu wahren. Er zog dieselben zur Tafel und beschenkte sie reichlich.[61]) Als sie abreisten, gab er ihnen den Spathar Theodosius mit, der sie bis Dyrrachium begleitete, aber für ihre Weiterreise keine Vorsorge traf. Als sie daher wenige Tage nachher nach Ankona sich eingeschifft, wurden sie von Slavoniern gefangen genommen, die ihnen Alles, was sie hatten, wegnahmen, darunter auch die Originalakten des Concils mit den Unterschriften. Nur Einige von ihrem Gefolge entkamen und aus Furcht vor diesen ließ man ihnen das Leben.[62])

Hadrian II. hatte gehofft, schon bei einer im März 870 mit Beiziehung von fränkischen Bischöfen abzuhaltenden Synode seine Legaten in Rom gegenwärtig zu sehen;[63]) statt dessen erhielt er die Kunde, daß sie von Seeräubern gefangen ihrer Freiheit beraubt waren. Der Papst bot Alles auf, ihre Freilassung zu erwirken; er schrieb selbst nach Slavonien[64]) und bewog dazu auch den abendländischen Kaiser.[65]) Endlich sah er seine Bemühungen mit Erfolg gekrönt und am 22. Dezember 870 konnten ihm die so hart geprüften Bischöfe Donatus und Stephan ihren Bericht über die ihnen übertragene schwere Mission erstatten.[66]) Aber das authentische Exemplar der Akten des Conciliums und viele andere Dokumente hatten sie nicht zurückerhalten; nur einige minder bedeutende Schriftstücke hatte man ihnen wiedergegeben. Glücklicherweise hatten sie in Constantinopel der größeren Sicherheit wegen den Gesandten Ludwig's II. die meisten Obedienzscheine der griechischen Prälaten übergeben[67])

---

[61]) Vita Hadr. l. c. p. 1393. 1394.

[62]) Ibid. (Baron. a. 869. n. 60.) Anastas. not. ad Conc. VIII. act. I. p. 20. Nach Farlati Illyr. sacr. t. I. p. 220. waren die Piraten Narentaner.

[63]) Hincmari Annal. a. 869. (Pertz I. p. 482.) Jaffé n. 2218. p. 257.

[64]) Vita Hadr. Baron. l. c. Jaffé n. 2227. p. 258.

[65]) Das „imperialibus literis" ist nicht mit Baronius auf Briefe des oströmischen, sondern auf Briefe des weströmischen Kaisers zu beziehen. In so kurzer Zeit wäre auch von Byzanz aus nicht soviel geschehen, da die Nachricht erst dahin gebracht werden mußte, und nach Hadrian's Ansicht war Basilius nicht ohne Schuld an dem Unglück der Legaten.

[66]) Vita Hadr. Baron. l. c. Jaffé p. 258.

[67]) Anast. not. cit. p. 29: libellos acceptos nobis omnino deferendos tradiderunt.

und der Bibliothekar Anastasius, der in Allem ihnen hilfreich an die Hand gegangen war, hatte daselbst sich eine Abschrift der Synodalakten gefertigt, die er, über Dyrrachium, Siponi und Benevent zurückgekehrt, dem Papste überreichte und sodann in dessen Auftrag in die lateinische Sprache übertrug,[38]) welche Arbeit 871 beendigt ward, weßhalb Hadrian's Genehmigung erst mehr als ein Jahr nach Beendigung des Concils erfolgte. Der von Anastasius mit möglichster Treue gefertigten Uebersetzung ging eine historische Einleitung in Form eines Schreibens an Papst Hadrian voraus, worin er über die Veranlassung der Synode, die Geschichte des photianischen Schisma und den Kampf wegen Bulgariens berichtete. Er behielt viele griechische Phrasen bei und begleitete seine Uebersetzung mit verschiedenen Randglossen, worin er theils Worte, theils Sachen erklärte.[39]) Es spricht sich hier ein großes Mißtrauen gegen die Griechen aus und insbesondere die Besorgniß, es könne später den griechischen Akten in Byzanz etwas beigefügt oder an ihnen geändert werden, namentlich in Betreff Bulgariens, als rühre die von den orientalischen Vikarien erlassene Entscheidung von der ökumenischen Synode her, welche Besorgniß durch die Beispiele früherer Concilien gerechtfertigt wird, insbesondere durch die Canones von 381, 451 und 692 und durch die Verkürzung der Akten des siebenten Concils in Betreff des von Hadrian I. über Tarasius Gesagten.[40]) Nachher fügte Anastasius noch die Antwort des Papstes auf die vom Kaiser Basilius und von Ignatius ihm geschriebenen Briefe an.[41])

---

[38]) Anast. Praef. in Conc. VIII. p. 9: Postmodum Cpli.. repertus non pauca in his vestris loci servatoribus, sicut ipsi quoque testantur, solatia praestiti: qui etiam diversos hominum eventus considerans gesta hujus Synodi.. in altero codice transscripta Romam usque deferre proposui. Unde factum est, ut eisdem loci servatoribus in praedones incidentibus et codicem ipsum cum omnibus supellectilibus suis amittentibus ego codicem, quem detuleram, Romam vexisse dignoscerer, quem Sanctitas vestra grato suscipiens animo mihi ad transferendum in latinam tradidit dictionem. Cf. not. p. 29. 30.

[39]) ibid.: Quaedam etiam, sicut mihi nota erant, nimirum, qui tam Romae quam Cpli positus, in cunctis his sollicite laboravi, scholiis in marginibus codicis exaratis, annotavi, vel etiam, sicut mihi visum est, explanavi.

[40]) Ib. p. 12. 13: Siquidem in secunda synodo contra statuta magnae Nicaenae Synodi et SS. decreta praesulum Romanorum Alexandrinae privilegia Sedis Cplitanae contulere pontifici et quaedam penes illos reperiuntur capitula regularum, quae illi quidem tertiae dicunt existere Synodi, cum apud Latinos nec in vetustissimis inveniantur editionibus. In quartae quoque Synodi quibusdam codicibus quoddam de privilegiis Cpleos ostendunt capitulum etc.

[41]) Nach den Worten des Anastasius p. 8. 10: Sane epistolae tam Synodi quam Patriarchae et Imperatoris ad Rom. Pontificem missae, quae in codicis actionum ipsius Synodi calce habentur insertae, reverenti sunt cultu recipiendae. Nam a totius Synodi consensu, dum adhuc ageretur, decretae sunt et expositae — könnte es scheinen, als seien auch die Briefe p. 203 seq. „Indeficientem“ und „Lapis qui de monte“ auf der Synode gefertigt worden, wogegen aber ihr Inhalt spricht. Anastasius meint aber wohl nur, daß das darin gestellte Gesuch dem von der Synode Beschlossenen gemäß war, und die Vorlage vor der Synode bezieht sich wohl nur auf das Schreiben, das im Namen des

Um die Mitte des Jahres 871 hatten der Kaiser und Ignatius den in Rom wohlbekannten Abt Theognostus mit Briefen und höchst ansehnlichen Geschenken an den Papst gesandt, hauptsächlich weil man die bis jetzt von Rom verweigerten Dispensen für mehrere von Photius Ordinirte wünschte. Photius hatte namentlich eine sehr große Zahl von Lectoren für Constantinopel und die umliegenden Provinzen geweiht, von denen mehrere zu den höheren Weihen erhoben werden sollten; sodann wünschte man, wie schon früher beantragt worden war, Dispensen für den Chartophylax Paulus und den Theodor von Carien, deren Dienste man für sehr ersprießlich hielt. Dieses Anliegen enthielt sowohl das kaiserliche Schreiben als das des Ignatius.[82] Das erstere äußert sich außerdem sehr ehrerbietig gegen den Papst als geistlichen Vater, empfiehlt den Abt und Skeuophylax Theognostus, der auch eines Gelübdes wegen sich zum heiligen Petrus begeben wolle, drückt den Wunsch nach Nachrichten über das Befinden des Papstes und über die Heimreise seiner Apokrisiarier aus, von der man solange nichts erfahren,[83] und zählt die kostbaren Gewänder und Stoffe auf, die der Kaiser dem Papste zusendet. Der Brief des Patriarchen[84] ist noch ehrerbietiger und in den Ausdrücken des tiefsten Dankes und der Verherrlichung der beiden Apostelfürsten wie des Papstes und seines Vorgängers abgefaßt; er stellt den Glanz des römischen Stuhles dar, der sogar noch höher gestiegen sein soll durch die Thaten von Nikolaus und Hadrian als durch die Wirksamkeit von Petrus und Paulus,[85] indem er durch die Briefe und die Legaten dieser Päpste sich bis nach Constantinopel verbreitet, dort alle Machinationen und Bollwerke der Feinde der Wahrheit vernichtet und den kirchlichen Frieden wiederhergestellt habe. Nach dieser Einleitung erörtert der Patriarch, wie er den von Hadrian gewünschten Archimandriten Theognostus

---

Concils an den Papst, und das andere, das im Namen des Kaisers an alle Patriarchen gerichtet ward. Vgl. auch Baron. a. 869. n. 65.

[82]) ep. Basil. p. 201: Specialis autem pater noster et magnae civitatis nostrae Patriarcha postulavit a nobis scribere sanctitati tuae de his lectoribus, qui a Photio promoti sunt, multis et innumerabilibus existentibus eis in diversis provinciis; insuper autem et de Paulo reverendissimo bibliothecario verbo et vita praefulgido, ac Theodoro metropolita, qui et ipse nimis ecclesiae utilis est, quatenus dispensatio fiat a sanctitate vestra super ipsis, quibusdam quidem (τῶν μὲν i. e. illis) ad ascensus majores sacrorum graduum, quibusdam vero (τοῖς δὲ, his autem) ad receptionem sedium suarum, ad hoc rogantibus Dei imitatricem virtutem tuam etc.

[83]) de Deo amabilium apocrisiariorum et vicariorum prospero itinere.. Jam enim tempus habemus non modicum exspectantes et nescimus evidenter tarditatis causam. Sed et si hactenus deesse clamaverint, saltem sero hoc nobis agnitum fiat.

[84]) ep. „Lapis qui de monte" p. 204. 205.

[85]) Christus.. et olim quidem illustrem et perspicuam operatus est vestram magnam civitatem Romam per eos sanctos lapides, qui ab Oriente ad eam devoluti sunt, Petrum sic et Paulum, eximiam principalem Apostolorum summitatem (wohl κορυφαιοτάτην ἀκρότητα); sed nihilominus in nostris temporibus, quin potius et illustriorem et clariorem demonstravit per eos, quibus in generatione nostra pontificalia gubernacula ejus commissa sunt, sanctos et pretiosos revera lapides, Nicolaum videl. beatissimum et fraternam sanctitatem tuam.

an ihn abgeordnet, ihn zu begrüßen und ihm seine tiefste Verehrung zu bezeigen;[66]) er hebt die glückliche und segenvolle Regierung des Kaisers Basilius hervor, bringt dann das Hauptanliegen wegen der photianischen Anagnosten sowie der Bischöfe Theodor und Paulus vor,[67]) erwähnt die mitgeschickten Geschenke[68]) und empfiehlt sich angelegentlich den Gebeten des Papstes.

Hadrian II. beantwortete das kaiserliche Schreiben am 10. November 871.[69]) Vor Allem lobte er die Religiosität des Kaisers, von der das eben erhaltene Schreiben ihm nur neue Beweise gegeben habe;[70]) sein Verhalten den päpstlichen Anordnungen und dem vor Kurzem abgehaltenen Concil[71]) gegenüber, welches er nicht mit kaiserlicher Gewalt dirigiren, sondern mit christlicher Demuth blos habe schützen wollen.[72]) Zugleich aber beklagte er sich, daß der Monarch seine Legaten ohne alle Schutzwache von seiner Residenz habe wegziehen lassen, so daß sie auf dem Wege angefallen und mit Verlust ihrer Habe sowohl als mehrerer ihrer Begleiter erst durch Gottes besondere Hilfe in die Möglichkeit der Rückkehr nach Rom versetzt worden seien; es sei von jeher Sitte gewesen, die Gesandten mit gehöriger Bedeckung zurückzugeleiten und selbst unter Michael III. sei niemals etwas der Art den Apokrisiariern des römischen Stuhles widerfahren, weßhalb der den Legaten aufgestoßene Unfall in der römischen Kirche nicht geringes Befremden und sogar vielfaches Murren erregt habe.[73]) Noch mehr aber beschwerte sich Hadrian dagegen, daß Igna-

---

[66]) visitaturum, et salutaturum ac adoraturum fraternam sanctitatem vestram. Es ist das προσκυνεῖν, wie im zweiten Briefe des Photius an Nikolaus. S. oben Bd. I. S. 458. N. 81.

[67]) Haec sunt, de quibus rogamus Sanctitatem vestram, ut si possibile sit, utatur verbo dispensationis et misericordiae in his, cum alia omnia optimum et commodum finem ac dispositionem susceperint. Der Context zeigt klar, daß der byzantinische Patriarch eine eigentliche Dispensation vom Papste fordert und dessen Dispensationsrecht über andere Patriarchate anerkennend voraussetzt. Vgl. auch Natal. Alex. Saec. IX. diss. IV. §. 22. Allat. de cons. II. 4, 4. p. 550.

[68]) graecolatinum evangelium diligentissime correctum, orarium deauratum, casulam optimam, theriacam probatissimam. — Vgl. Pag. a. 871. n. 1.

[69]) ep. „Lectis excellentiae imperii" Mansi l. c. p. 206—208. Jaffé Reg. n. 2236. p. 259.

[70]) Dilectionis vestrae.. indicia et pietatis solita studia non tam cognovimus quam recognovimus.

[71]) quia circa religionis cultum accensi postpositis ceteris saecularibus curis ante omnia ecclesiasticae paci consuluistis et quia Sedis Ap. decreta sana priscaque lege super exortis controversiis exquisistis, et in colligendo magno sanctoque Collegio pium studium et desiderium ostendistis, in quo abdicato pravitatis auctore, definitio rectae fidei et cath. ac paternae traditionis atque jura Ecclesiae perpetuis saeculis profutura et satis idonea fixa sunt et firmata. Darin ist eine vollständige Anerkennung des gehaltenen Concils implicite ausgesprochen.

[72]) In quo etiam illud mirabilius et laudabilius sublimitatis vestrae praedicatur insigne, quod non judicum vel assertorum, sed consessorum tantum et obsecundatorum persona vos fuisse dignoscimini, ita ut per humilitatis arcem ad culmen virtutum pervenire dilexeritis potius, quam per imperialis altitudinis fastum ad inanis gloriae ima delabi consenseritis.

[73]) Apocrisiarios ... licet sero, post multa tamen pericula, depraedationes atque

tius den Bulgaren einen Bischof zu weihen sich unterfangen und Basilius ihn hierin begünstigt, und forderte, daß er ihn von ferneren Eingriffen in dieses Jurisdiktionsgebiet zurückhalte, widrigenfalls über den Patriarchen die kanonische Censur ergehen und über die von ihm gesandten, bereits der Excommunikation verfallenen Geistlichen auch die völlige Absetzung ausgesprochen werden müßte.[74]) Das vom Kaiser und vom Patriarchen gestellte Gesuch wegen Dispensen für die zwei Bischöfe und die Lektoren, die Photius ordinirt, wies der Papst als seinen und seines Vorgängers Dekreten entgegen geradezu ab, und stellte nur, wofern neue, ihm bis jetzt unbekannt gebliebene Thatsachen zu Gunsten derselben angeführt werden könnten, einige Berücksichtigung in Aussicht.[75]) „Wir haben" — schreibt Hadrian — „nicht zweierlei Maß, wir sagen nicht Ja und dann Nein.[76]) Wenn wir das wiederaufbauen wollten, was wir niedergerissen, so würden wir uns zu Gesetzübertretern machen. Denn es ist nicht unser Brauch, je nach unserem Belieben uns der Sanktionen der Väter mißbräuchlich zu bedienen, wie bei Einigen, die in Euerem Reiche die höchste kirchliche Leitung in der Hand haben, die da, wenn sie entweder Andere angreifen oder sich eine Stütze verschaffen wollen, auf die Beschlüsse der Synoden oder auf die Dekrete des apostolischen Stuhles sich berufen, in dem Fall aber sie mit Stillschweigen übergehen, wo dieselben gegen sie selber oder zu Gunsten Anderer zur Sprache gebracht werden."

Der Papst hat hier in der That treffend das Benehmen nicht des Ignatius allein, sondern der Byzantiner überhaupt geschildert. Man citirte nicht

---

propriorum hominum trucidationem, nudos tandem recepimus, non cujuslibet hominis fretos auxilio, sed Dei solius praeditos adminiculo; unde audientes haec universi gemunt, et quia isti pertulerunt, quod sub nullo piorum principum quemquam Sedis Ap. Missum pertulisse recolunt, omnes stupefacti mirantur, atque continui clamoris ab ecclesia nostra murmur, quod ita dispositionis vestrae constitutio improvida prodire potuerit, ut in barbarorum gladios, nullo imperii vestri fulti praesidio, miserabiliter inciderint; praesertim cum hos, quos ab Apostolica Sede toto desiderio postulaveritis et ab ipsis Apostolorum principum tectis per legatos vestros salvos acceperitis, salvos rursus, dispositis rite propter quae missi fuerant, ad propria remittere summa diligentia procurare debueritis, exemplo saltem provocati Michaelis decedentis imperatoris, qui quos ab Apostolica Sede suscipere meruit, idoneo sociato praevio, ut nostrae illaesi praesentarentur ecclesiae, solerti cura satagit.

[74]) favore vestro frater et coepiscopus noster Ignatius in Bulgarorum regione consecrare praesumsit antistitem; unde mirati sumus, et quia a pia intentione vestra retro reversi sitis, admodum obstupuimus. Veruntamen saltem nunc jam dictum rev. praesulem ab illius regionis dispositione salubribus monitis, quaesumus, coercete; alioquin nec ipse canonicam effugiet ultionem, nec ii qui praesulatus vel alterius officii sibi nomen illic usurpant, cum excommunicatione, qua jam tenentur adstricti, etiam proprii gradus jactura carebunt.

[75]) nil possumus ab eo, quod jam constitutum est, ordinare diversum vel disponere, maxime de Photii consecratione, aliquantisper aversum, nisi forte nos, quibusdam ex utraque parte in praesentia nostra repertis, contigerit scire, quae usque huc nescimus, vel discere, quae nunc penitus ignoramus.

[76]) Non enim est in nobis est et non est.

blos Concilienscanones, sondern auch päpstliche Erlasse, waren sie dem, was man eben wollte oder vertheidigte, günstig; man ging über sie hinweg, wo sie unbequem und lästig erschienen. Der Papst rühmt die Consequenz seines Stuhles, die mit der griechischen Inconsequenz in vollem Contrast war; er zeigt aber auch sich über das Verfahren der Griechen indignirt, die sicher in der Bulgarenfrage nicht ehrlich und gerade, sondern höchst hinterlistig sich benommen hatten. Nicht ganz grundlos schien auch der Verdacht, der oströmische Hof habe absichtlich die heimkehrenden Legaten ohne die nöthige Bedeckung ziehen lassen, vielleicht sogar die Slavonier gegen sie gebraucht, um ihnen ihre Papiere auf diese Art zu rauben und an ihrem kräftigen Widerstand eine kleinliche Rache zu nehmen; in den Augen des Papstes hatten beide Vorfälle den Ruhm des Kaisers und seine bisherigen Verdienste um die Kirche bedeutend in den Schatten gestellt.[77]) Am Schluße des Briefes erwähnt Hadrian noch die große Mühe, die sich der Abt Theognostus gegeben, ihn zur Nachgiebigkeit gegen die kaiserlichen Postulate zu bestimmen, wie sehr er die Tugenden und die herrlichen Thaten seines Monarchen gerühmt, durch die das Christenthum neuen Glanz erhalte; seinem Ansinnen habe er aber widerstehen müssen. Er schließt mit Segenswünschen für Basilius und seine Söhne.

Wahrscheinlich gleichzeitig schrieb Hadrian einen Brief an den Patriarchen Ignatius, von dem wir noch ein Fragment besitzen.[78]) Diesem gemäß hatte der Patriarch über die Vertreibung der lateinischen Bischöfe und Priester aus Bulgarien eine spezielle Mittheilung gemacht, welche den Papst mit Recht tief kränken mußte. Hadrian hebt hervor, daß er gar nicht über seine Ansprüche auf dieses Land gehört worden sei und keine rechtmäßige Entscheidung vorliege.[79]) Er entkräftet den allenfallsigen Einwand, daß zuerst auch der römische Stuhl den griechischen Priestern daselbst die geistlichen Funktionen untersagt, indem er daran erinnert, daß diese Photianer und Genossen des Photius gewesen seien, denen nicht nur in Bulgarien, sondern überall in der Kirche die Ausübung kirchlicher Verrichtungen verboten worden sei[80]) und bis auf diese Stunde verboten bleibe, weßhalb Ignatius um so weniger zu einer so schimpflichen Behandlung der lateinischen Missionäre sich für berechtigt habe halten können. Nebstdem wirft der Papst dem Patriarchen vor, daß er auch in anderen Dingen den Regeln der Väter zuwider gehandelt und insbesondere gegen das erst gehaltene ökumenische Concil[81]) Laien sogleich zu Diakonen geweiht

---

[77]) quod prima pietatis vestrae opera vel circa Sedis Apost. (vel erga Sedem Ap.) prioris benignitatis indicia contra spem nostram decolorasse convincitur, imo funditus destruxisse probatur.

[78]) cp. Ἔγραψας ἵνα — Mansi XVI. 413. 414. Jaffé n. 2237. Voraus ist gesagt: ἥτις μετὰ τῶν ἄλλων εἶχε καὶ ταῦτα.

[79]) καὶ ταῦτα ἀγνοοῦντι γεγονυίας περὶ τούτου κρίσεως ἐνώπιον ὑμῶν (furl. ἡμῶν) οὐδὲ γὰρ προσκληθῆναί ποτε εἰς κρίσιν ἡμᾶς διὰ τοῦτο. In der Uebersetzung des Rader steht fälschlich im Eingang Presbyteri Constantinopolitani, wo offenbar Romani gemeint sind.

[80]) τοῦ Φωτίου ἱερεῦσι καὶ ὑπηρέταις, οἷς οὐ μόνον εἰς τὴν Βουλγάρων χώραν, ἀλλὰ καὶ εἰς πᾶσαν ἐκκλησίαν ὡς ἱερεῦσιν ἐνεργεῖν ἀπηγορεύσαμεν.

[81]) ἐναντία .. τῇ πρώτως συναθροισθείσῃ οἰκουμενικῇ συνόδῳ.

habe, während er doch wohl wissen müsse, daß von daher der traurige Fall des Photius seinen Anfang nahm. **)

Freilich hatte der byzantinische Patriarch, auch wenn er wollte, keine Macht, dem Willen des Kaisers, der sicher zugleich auch der Wunsch seines Clerus war, zu widerstreben; es war ja überhaupt byzantinische Tradition, jede Gelegenheit zur Ausdehnung des eigenen Jurisdiktionsgebietes zu benützen, wo die Umstände sich günstig erwiesen. Man stützte sich darauf, daß diese Provinz dem oströmischen Reiche inkorporirt gewesen und die kirchlichen Diöcesen den staatlichen und politischen Gestaltungen zu folgen hätten; es war das dasselbe Princip der Abhängigkeit der geistlichen Jurisdiktion von den weltlichen Dingen, woraus Photius die Translation des Primates nach Neu-Rom gefolgert; hierin waren sich beide Theile gleich und Ignatius war kurzsichtig und inkonsequent genug, seinem Gegner hierin Recht zu geben; den allgemeinen römischen Primat erkannte er an, aber zugleich suchte er Rom's Patriarchalrechte anzutasten, und beleidigte so den Stuhl, der für seine Rechte so lange und rastlos gestritten und in dessen Schutz er eine seiner wichtigsten Stützen fand. So schien ein neuer Bruch zwischen Rom und Constantinopel unvermeidlich; bereits hatte Hadrian mit Censuren gedroht und der gestürzte Nebenbuhler war im Geheimen thätig, auch bei dem Hofe fehlte es ihm an Gönnern nicht und bis nach Rom wußte er, wie wir bald sehen werden, seine Fäden zu spinnen. Wahrscheinlich glaubte der fromme und eifrige, aber schwache Patriarch mit den zu seinen Gunsten angeführten Rechtsgründen, mit dem Willen des Clerus und dem Befehl des Kaisers sich völlig beruhigen zu können; er mochte in seinem Verfahren nicht das leiseste Unrecht sehen, da auch er in den Anschauungen sich bewegte, die in Byzanz längst die herrschenden geworden waren. So blieb er Rom's erneuten Mahnungen gegenüber unbeirrt auf der betretenen Bahn.

---

10. Das östliche und das weströmische Kaiserthum und die Verbindung Basilius I. mit Ludwig II.

Hatte auf dem Concil von 869 ein gemeinsames kirchliches Interesse den Orient wieder mit dem Occident vereinigt: so war damals auch ein gemeinsames politisches Interesse vorhanden, das den oströmischen Kaiserhof mit dem weströmischen in engere Berührung bringen mußte. Die Ausbreitung der saracenischen Macht in Italien war für beide Herrscher gleich gefährlich; Basilius sah fast alle westlichen Provinzen des Reiches, Sicilien und Unteritalien, die letzten Reste griechischer Macht auf der apenninischen Halbinsel, dem Untergange geweiht und seine Befehlshaber zu der Rolle müssiger Zuschauer der fremden Invasionen herabgewürdigt, in den äußersten Osten zurückgedrängt; Ludwig II. aber sah sich unmittelbar von den arabischen Fürsten bedroht, die

---

**) οὐκ ἀγνοεῖν δέ, ὅτι ἡ τοῦ Φωτίου πτῶσις ἐντεῦθεν τὴν ἀρχὴν ἔλαβεν.

bereits an mehreren kleineren Dynasten Bundesgenossen gefunden, viele feste Plätze erobert und auf glücklichen Streifzügen bis nach Mittelitalien vorgedrungen waren, während ihre Flotten auf dem tyrrhenischen wie auf dem jonischen Meere für die Küsten eine furchtbare Drohung waren. Immer dringender zeigte sich das Bedürfniß für die christlichen Monarchen, mit vereinten Kräften dem übermüthigen Feinde des christlichen Namens zu widerstehen, der aus Afrika und aus Spanien wie von Creta her immer neue Verstärkungen an sich ziehen konnte.

Italien bot damals einen kläglichen Anblick dar. Alle Kräfte waren zersplittert; die kleinen Fürsten und Städte führten unter einander zahllose Fehden und auch die Allen gleichmäßig drohende Gefahr hemmte ihren Hader nicht. Von der kaum eroberten Insel Sicilien [1]) aus unternahmen die Muhamedaner schon von 827—838 häufige Einfälle in Unteritalien und mischten sich, bisweilen selbst von einer der streitenden Parteien zu Hilfe gerufen, in die Kriege der Städte und der Barone ein. Palermo, das sie 831 erobert, war der Mittelpunkt der saracenischen Macht in Italien und bald war das arabische Bündniß von allen Seiten gesucht. Bereits 836 zogen, vom Consul Andreas gerufen, die Saracenen den Neapolitanern gegen Sikard von Benevent zu Hilfe; diesen nöthigten sie, auf die Belagerung Neapels zu verzichten und mit ihnen einen Vertrag einzugehen; jene bewogen sie zu einer engen, nur selten auf kurze Zeit unterbrochenen Verbindung und zum Beistand für ihre weiteren Unternehmungen, der auch mehrfach, wie nachher bei der Belagerung Messina's, geleistet ward. Die Beneventaner wurden 838 geschlagen, Brindisi genommen, die Gebiete von Salerno und Benevent verwüstet.[2]) Als zwischen Radelchis, der an der Stelle des 839 getödteten Sikardus Herr von Benevent geworden war, und dem von den Salernitanern, Landulph von Capua und anderen Städten unterstützten Bruder des Gemordeten, Sikonulf, ein neuer Krieg ausgebrochen war, benützten auch die Saracenen die günstige Gelegenheit, schlugen die Venetianer vor Tarent, nahmen (840) diese Stadt ein, wie nachher Bari, und infestirten nun auch das adriatische Meer.[3]) Noch furchtbarer ward die saracenische Macht seit 846. Papst Gregor IV. hatte das alte Ostia neu befestigen lassen;[4]) das hinderte aber die Muhamedaner nicht, von Gaeta aus plündernd bis gegen Rom zu ziehen, wo sie die außerhalb der Mauern gelegenen Basiliken von St. Peter und St. Paul verwüsteten (Aug. 846); sie wurden diesesmal noch glücklich zurückgeschlagen und auch bei einem späteren Einfall traf sie eine starke Niederlage bei Ostia, nachdem Papst Leo IV. mit Gaetanern, Amalfitanern und Cäsarius von Neapel sich verbündet und das

---

[1]) S. oben I. Buch. Abschn. 10. S. 246.

[2]) Erchempert Hist. Langob. c. 11. 20. (Migne CXXIX. 751. 755.) Joh. Diac. Chron. Episc. Neapol. (Murat. Rer. It. Scr. I, 1, 311.) Amari Storia de' Musulm. vol. I. p. 290. 312. 313. 351.

[3]) Cf. Leo Ost. ap. Baron. a. 843. n. 29. Pag. a. 840. n. 14. Erchemp. l. c. c. 11—18. p. 752—755. Amari l. c. p. 357—361.

[4]) Vita Greg. Baron. a. 829. n. 6.

Heer zu muthigem Kampfe angefeuert hatte.[5]) Ludwig II., zu Rom am 2. Dezember 850 gekrönt, setzte den Verheerungen der Saracenen in seinen ersten Heereszügen noch kein Ziel; viele Städte zahlten ihnen Tribut, viele Kirchen und Klöster waren zerstört; die italienischen Vasallen wie die kleinen Republiken von Amalfi, Gaeta, Sorrent und besonders Neapel waren unzuverlässig und unter sich uneinig; in den Jahren 851 und 853 hatte Ludwig nur sehr geringe Fortschritte gemacht; die treulosen Capuaner hinderten jeden Frieden zwischen Ademar von Salerno und Radelgar und dessen Nachfolger Adelchis von Benevent.[6]) Die Verheerungen in Unteritalien wurden immer größer; doch dehnten sie sich jetzt nicht weiter aus. Im Jahre 866 rief der Kaiser alle italienischen Vasallen zu den Waffen; er zerstörte Capua, konnte aber Bari noch nicht den Saracenen entreißen.[7]) Nach und nach lernte er die Kampfesweise der Araber näher kennen; nur mühsam konnte er sich, umgeben von Verrath, Tücke und Feigheit, seit 868 einige Vortheile verschaffen, nachdem der Doge Orso von Venedig 867 vor Tarent einen Sieg erlangt.[8])

Um nun die saracenische Macht zu bezwingen, trat Ludwig mit Basilius in engere Verbindung; er wünschte seine Tochter mit dem griechischen Prinzen Constantin zu vermählen und so ein festes Band zwischen beiden Reichen zu knüpfen, deren Interesse gemeinsam auf Vertreibung der Ungläubigen aus Italien gerichtet war. Es ist sehr wahrscheinlich, daß von griechischer Seite her ebenfalls einleitende Schritte gemacht worden waren, eine solche Vereinigung der christlichen Streitkräfte zu Stande zu bringen; jedenfalls hatte Basilius der Macedonier schon sein Augenmerk auf Italien gerichtet.[9]) Wohl mochte auch Basilius seit 870 den Zweck verfolgen, den wegen der Plünderung seiner Gesandten und wegen der Lostrennung Bulgariens von Rom sehr mißstimmten Papst durch den in Italien herrschenden Ludwig II. zum Schweigen zu nöthigen und deßhalb ein enges Bündniß mit diesem zu erlangen.[10]) In diese Verhandlungen haben wir leider keinen klaren Einblick; sicher aber ist es, daß Ludwig sich nicht als Werkzeug gegen Hadrian gebrauchen ließ und nachher auch seine Tochter nach Byzanz zu senden sich weigerte, so daß der byzantinische Patricier, der sie abzuholen bestimmt war, unwillig nach Korinth zurückkehrte,[11]) was wohl mit Recht der Rücksicht Ludwig's auf die Gefühle der dem Papste ergebenen Italiener zugeschrieben wird.[12])

---

[5]) Bar. Pag. a. 846. n. 1 Amari l. c. p. 361—367. Papencordt Gesch. d. Stadt Rom im M. A. S. 159—161. Annal. Trec. (Pertz I. 443.)

[6]) Erchempert. c. 21. 22. 31. p. 756 seq. 761.

[7]) Baron. a. 866. n. 20. 21.

[8]) Amari l. c. p. 370—379.

[9]) Nach der ep. Ludov. ad Basil. (Baron. a. 871. n. 51) war der kaiserliche Gesandte Johannes schon vor Absendung des Anastasius und Suppo bei Ludwig II. erschienen.

[10]) Gfrörer Karol. II. S. 50. 51.

[11]) Hincm. Ann. Pertz I. 485.

[12]) Gfrörer a. a. O. S. 51. Die Prinzessin Ermengard heirathete nachher den Boso, der 879 König der Provence wurde. Annal. Bhcm. (Pertz I. 512.)

Die griechischen und lateinischen Quellen stimmen über das, was 868—872 zwischen Basilius und Ludwig II. vorfiel, obschon sie sich in manchen Punkten ergänzen, nicht vollkommen überein. Schon um 868 scheinen die Griechen ein Bündniß mit den Franken gesucht und eingegangen zu haben, und alle Umstände waren von der Art, daß sie es herbeiführen zu müssen schienen.

Bald nach seiner Thronbesteigung hatte Basilius in Erfahrung gebracht, daß die Saracenen aus Afrika mit einer Flotte von sechsunddreißig Schiffen bei Dalmatien angekommen waren, mehrere Städte dort eingenommen hatten und bereits Ragusa belagerten.[13]) Von den Ragusinern um Hilfe angegangen,[14]) sandte der griechische Hof den Patricier Niketas Oryphas mit hundert Schiffen nach den Küsten Dalmatiens. Als die Belagerer, die bisher vergebens an fünfzehn Monate die muthigen Ragusiner bedrängt, das Herannahen einer ihnen überlegenen Seemacht erfuhren, gaben sie die Belagerung auf und kehrten nach Bari zurück. Die griechischen Quellen, die dieses ausführlich berichten,[15]) lassen jetzt erst die afrikanischen Saracenen Bari belagern und einnehmen[16]) und schildern bei dieser Gelegenheit deren Macht, die sich bereits auf einhundertfünfzig feste Plätze in Italien erstreckt habe. Constantin Porphyrogenitus erwähnt hierbei die im Rücksicht auf die den Dalmatiern geleistete Hilfe freiwillig angetragene und acceptirte Unterwerfung der Kroaten und der Serbier unter das griechische Reich.[17]) Dabei wird weiter erzählt, wie Basilius an den „Frankenkönig" Ludwig schrieb sowie auch an den römischen Papst (868), um sie zur Unterstützung seiner in Italien operirenden Truppen aufzufordern,[18]) die diese auch geleistet,[19]) wodurch Bari erstürmt und sammt der Umgegend dem griechischen Kaiser zurückgegeben worden sei,[20]) während Ludwig den

---

[13]) Const. Porphyrog. de them. II. 11. p. 61. 62. de adm. imp. c. 29. p. 130. 131. Cont. Theoph. V 53. p. 289. Die Zahl der Schiffe (στόλον λς' κουμπαρίων, σαγηνῶν, πλοίων πολεμικῶν) ist an allen diesen drei Stellen gleich. Als Anführer nennen sie τόν τε Σολδανὸν καὶ Σάμβαν (de them. Σάμαν, de adm. imp. Σάβαν) καὶ τὸν Καλφοῦς (de a. l. Κλαφοῦς.) Auch Cedr. II. 218. 219 hat ebenfalls Saba; Erchemp. c. 33. Seodan, Chron. S. Vincent. de Vulturno: Saugdam. Die eroberten Städte sind: Βούτοβα, Βούτομα, sonst Budua; Ῥῶσα, Ῥαῦσα, Risa bei Ascrivio (not. ad Const. Porph. p. 338 ed. Bonn.) und Cataro (τὰ κάτω Δεκάτερα, Δεκάτερα, Δεκάτερα).

[14]) De adm. imp. p. 130 sagen die ragusinischen Gesandten: ἐλέησον ἡμᾶς καὶ μὴ ἐάσῃς ἀπολέσθαι παρὰ τῶν ἀρνητῶν τοῦ Χριστοῦ.

[15]) Theoph. Cont. l. c. p. 290. de adm. imp. l. c. de them. l. c. Cedren. l. c., wo der Patricier Niketas von dem Oryphas δρουγγάριον τῶν πλοΐμων unterschieden wird.

[16]) Bei Sym. Mag. Bas. c. 20. p. 694 steht τὴν Βάρην, ἥτις ἐστὶ πόλις μεγάλη τῶν Ῥαουσαίων — hier wohl hat der Autor gedankenlos kompilirt.

[17]) Theoph. Cont. V. 54. p. 291. 292. Cedr. II. 220.

[18]) Theoph. Cont. l. c. c. 55. p. 293: πρὸς Λοδοΐχον (al. Λουδοΐχον) τὸν ῥῆγα Φραγγίας καὶ τὸν Πάπαν Ῥώμης διαπρεσβεύεται συνεκστρατεῦσαι ταῖς ἐντεῦθεν δυνάμεσι καὶ μετὰ τούτων συμμαχήσασθαι κατὰ τῶν ἐν Βάρει κατοικησάντων Ἀγαρηνῶν (de them. p. 62: τοῦ συνεπαμῦναι τῷ ἑαυτοῦ στρατῷ.)

[19]) de them. p. 62: οἱ δὲ ὑπακούσαντες τῇ βασιλικῇ ἐντολῇ (de adm. imp. p. 130: τῇ τοῦ βασιλέως αἰτήσει.)

[20]) Die Griechen bringen offenbar dieses Faktum in falschen chronologischen Zusammen-

Emir Soldan mit sich gefangen weggeführt habe. Die lateinischen Quellen geben wohl zu, daß die griechische Armee bei Bari an's Land stieg und anfangs bei der Belagerung mitwirkte, schreiben aber die Eroberung selbst,[21] die auf den 2. Februar 871 zu fallen scheint,[22] dem Kaiser Ludwig zu. Es scheinen sich die Griechen, deren Strateg Georg schon früher wenig ausgerichtet und die gerne überall ihren Dünkel zur Schau trugen, wegen Zwietracht mit den Franken und Longobarden bald zurückgezogen zu haben, weßhalb auch Ludwig anfangs eine Niederlage erlitt.[23]

In der That war es eine kleinliche Eifersucht, ein steter Kampf um Förmlichkeiten, was jedes gemeinsame und energische Vorgehen hinderte; freilich barg sich auch hinter den formellen Rücksichten die nationale Antipathie. Die Griechen erkannten den abendländischen Kaiser Ludwig nicht als ihrem Autokrator ebenbürtig an; sie bestritten ihm den Titel eines Augustus und eines römischen Kaisers. Merkwürdig ist es, daß in den griechischen Akten des achten ökumenischen Concils Ludwig's Gesandte den bulgarischen nachgesetzt und ihrem Herrn nur der Titel eines erhabenen Frankenkönigs gegeben wird, und selbst im lateinischen Texte nur der Titel eines Kaisers der Italiener und Franken.[24] Auch ließ man bei der Uebersetzung eines päpstlichen Schreibens Alles dasjenige weg, was zum Lobe Ludwigs II. gesagt war, worüber sich die Legaten sehr beklagten.[25] Die Griechen, die eben dem Frankenkönig keinen kaiserlichen Titel geben wollten,[26] entschuldigten sich damals damit, daß in einem Concilium Gott allein das Lob gebühre, womit aber freilich die ihrem Autokrator in demselben Concil so verschwenderisch gespendeten Lobsprüche schlecht in Einklang waren. Die römischen Legaten gaben damals nur nach, um nicht das bereits Verhandelte wieder in Frage zu setzen. Sicher hatte Ludwig sich in dem 870 durch Suppo und Anastasius überbrachten Schreiben den Titel eines römischen Kaisers beigelegt; das war es, was ihm in der 871 durch den Patri-

---

hang und schließen daraus zu viel. De them. p. 62 heißt es: *ὁ δὲ βασιλεὺς κατέσχε τὴν πᾶσαν Λογγιβαρδίαν.* Vgl. Pag. a. 868. n. 21. 22.

[21]) Cf. Erchemp. c. 33. p. 762. Anonym. Salern. Chron. c. 87—109 ed. Murat. Joh. Diac. Chron. Venet. Joh. Diac. Chron. Ep. Neapolit. Andreae Bergom. Chron. Cf. Baron. a. 866. n. 20. 21; a. 871. n. 49. Pag. a. 868. n. 21—23.

[22]) Nach Leo Ost. I. 28 belagerte Ludwig Bari vier Jahre 866—870; nach Lupus Protospath. u. Anon. Bar. wäre Bari am 3. Febr. 868 Indict. I. erstürmt worden (not. ad Const. Porphyr. de adm. imp.); aber obiges Datum, das auch Amari (p. 380.) annimmt, ist als gesichert zu betrachten.

[23]) Amari l. c. p. 379. 380. Hincm. Annal. a. 869. (Pertz I. 483.)

[24]) Mansi XVI. p. 392. act. IX.: *Λοδοΐχου τοῦ περιφανοῦς Φράγγου* (vielleicht hatten die ausführlichen Akten: *ῥηγὸς Φράγγων.*) Im Latein. act. IX. p. 158: principes et apocrisiarii perspicui Ludovici imperatoris Italorum atque Francorum. In dem latein. Exemplare sind dann natürlich auch Ludwigs Gesandte den bulgarischen vorgesetzt. Merkwürdig ist auch, daß selbst die deutschen und westfränkischen Chronisten Ludwig II. entweder den Kaisertitel ganz verweigern oder ihn nur Kaiser von Italien nennen, ja Hinkmar (Pertz Scr. I. 459.) ihn Italiae vocatus imperator nennt. Gfrörer Karolinger I. S. 200. N. 1.

[25]) Vita Hadr. II. Migne t. CXXVIII. 1390.

[26]) Ibid.: Graecis nomen imperiale nostro Caesari penitus invidentibus.

cier Johannes zugesandten Antwort des Basilius wie ein schweres Unrecht vorgehalten ward[27]) und zu einer damals nicht unwichtigen Polemik zwischen beiden Höfen führte.

Seit sieben Decennien bestand das abendländische Kaiserthum der Karolinger und trotz vielfacher Berührungen und häufiger Gesandtschaften war eine Anerkennung des neuen Collegen im Westen von den byzantinischen Herrschern nie erlangt worden; nichts hatte ihren Stolz so sehr verletzt, als Leo's III. berühmte That vom 25. Dezember 800.[28]) In Constantinopel konnte man nur einen *βασιλεύς*; die anderen Fürsten hieß man Archonten oder mit dem gräcisirten Namen Regas (Rigas),[29]) so auch die Könige der Franken. Obschon nun auch öfter, namentlich bei Karl dem Großen und seinem Sohne Ludwig I. Gesandte der Griechen erschienen und Bündnisse abschloßen,[30]) da man in Byzanz die steigende Macht der neuen Dynastie fürchtete und ihr Beistand gegen die Saracenen höchst wünschenswerth erschien, so hütete man sich doch, den kaiserlichen Titel diesen Franken zu geben;[31]) die größte Concession, die man ihnen machen zu können glaubte, war, sie schlechtweg Basileis zu nennen, nie aber nannte man sie Kaiser der Römer.[32]) So blieb es auch später. Den Titel „Kaiser der Griechen" wiesen die Byzantiner mit aller Entrüstung ab;[33]) sie selber nannten sich Römer, die Bewohner Altroms nur Italer

---

[27]) Bar. a. 871. n. 49 sq.

[28]) S. oben B. I. Abschn. 9. Bd. I. S. 258.

[29]) *Ἄρχοντες* hießen anfangs die Bulgarenfürsten (später gab man ihnen sogar den höchsten Titel, den des Basileus), wie die der Armenier; den saracenischen Fürsten gab man gewöhnlich den Titel *ἀρχηγός* oder *ἀμηρᾶς*, auch *ἔπαρχος*. Abendländische hießen reges. Der Name *ῥήξ* (accus. *ῥῆγα*) kommt öfter bei den Griechen vor.. Chrys. ep. 14. Olympiod. apud Phot. Theoph. p. 181. Cotelec. Monum. Eccl. gr. II. p. 549. 550.

[30]) Vgl. Einhard. annal. ad a. 802. (Pertz Scr. I. 190.) Regino ad h. a. Einhard. Annal. a. 803. 806. 809. (Pertz I. 191. 193. 196.) Annal. Bertin. a. 811. Einhard. a. 812 (p. 199.) Bertin. a. 814. (p. 201. 203.) Pag. a. 827. n. 14. Pertz I. 431. VI. 169.

[31]) Einhard. Vita Car. c. 16: Imperatores etiam Cpltani Nicephorus, Michael et Leo ultro amicitiam et societatem ejus expetentes, complures ad eum misere legatos, cum quibus tamen propter susceptum a se Imperatoris nomen, et ob hoc, quasi qui imperium eis eripere vellet, valde suspectum, foedus firmissimum statuit, ut nulla inter partes scandali cujuslibet remaneret occasio. c. 28: Invidiam tamen suscepti nominis Cplitanis imperatoribus super hoc indignantibus magna tulit patientia vicitque eorum contumaciam magnanimitate, qua eis procul dubio longe praestantior erat, mittendo ad eos crebras legationes et in epistolis fratres eos nominando.

[32]) Auch Theoph. p. 770 nennt Karl *βασιλέα τῶν Φράγγων*.

[33]) Liutpr. legat. p. 363 ed. Bonn. (post Leon. Diac.) erzählt von dem Zorn der Griechen über die päpstlichen Nuntien und das von ihnen überbrachte Schreiben, worin Nikephorus als Imperator Graecorum, Otto I. als Romanorum imperator Augustus bezeichnet ward — inscriptio secundum Graecos peccatrix et temeraria. Objurgabant Graeci mare, imprecabantur aequori, plus justo mirantes, cur peccatum illud portare potuerit, cur fretum dehiscens navim non absorbuerit. Imperatorem, inquiunt, universalem Romanorum, Augustum magnum, solum Nicephorum scripsisse Graecorum, hominem quendam barbarum, pauperem Romanorum, non piguit! O coelum, o terra, o mare!

und Lateiner;[34]) die alte Weltstadt und ihr Imperium betrachteten sie als ihr Eigen;[35]) jede Anerkennung eines gleichberechtigten weströmischen Reiches wäre eine Verzichtleistung auf das imperium mundi, auf die Herrschaft über die Okumene, und insbesondere auf den Besitz von Italien gewesen, in dem sie einige Territorien besaßen, von wo aus sie immer noch die übrigen Provinzen wiederzugewinnen hofften. Wir finden stets diesen Gesichtspunkt festgehalten und mit dem zähesten Widerstand die Anerkennung eines abendländischen Kaiserthums zurückgewiesen. Ein einzigesmal finden wir Karl den Großen von Michael's I. Gesandten als Basileus begrüßt, aber nur als Basileus schlechtweg;[36]) Michael II. redete in seinem im November 824 nach Rouen überbrachten Briefe Ludwig den Frommen als „König der Franken und Longobarden und deren so genannten Kaiser" an.[37]) Basilius wollte, wie nachher dem Otto I. Nikephorus Phokas,[38]) nur den Titel Rex dem jüngeren Ludwig zugestehen. Er ließ sich in seinem leider nicht mehr vorhandenen Schreiben auf eine lange Erörterung darüber ein, daß nur ihm der Titel Basileus zustehe und das ein unabänderliches Gesetz sei, von dem abzuweichen Sünde wäre;[39]) welches „unabänderliche Gesetz" übrigens später die macedonische Dynastie nicht hinderte, sogar dem Bulgarenfürsten diesen so hochgehaltenen Titel (927) zu ertheilen.[40]) Wenigstens, behauptete Basilius, müsse Ludwig sich Kaiser der Franken nennen, keinesfalls aber Kaiser der Römer, da er nur über das Frankreich (und nicht einmal über das ganze) gebiete, am besten würde er sich ῥῆγα, König nennen. Außerdem klagte das Schreiben über die Unthätigkeit der fränkischen Truppen bei der Belagerung von Bari, über die päpstlichen Apokrisiarier, die nach Constantinopel gesendet worden

---

[34]) Luitpr. l. c. n. 17. p. 349.

[35]) Cinnam. Hist. L. V. 10. Wilhelm. Tyr. Hist. l. XVI. p. 903. a. 1116.

[36]) Einhard. Annal. a. 812. (Pertz I. 199.): Aquisgrani, ubi ad Imperatorem venerunt, scriptum pacti ab eo suscipientes, more suo, i. e. graeca lingua, laudes ei dixerunt, Imperatorem eum et Basileum appellantes.

[37]) Baron. a. 824. n. 17 seq. Pertz I. 212 — Rex Francorum, Longobardorum et vocatus (ὀνομαζόμενος, λεγόμενος) eorum Imperator.

[38]) Luitprand. l. c. p. 344: de imperiali vestro (an Otto I. ist der Bericht gerichtet) nomine magna summus contentione fatigati. Ipse enim vos non Imperatorem, i. e. βασιλέα sua lingua, sed ob indignationem ῥῆγα, i. e. Regem nostra vocabat. Cui cum dicerem, quod significatur, idem esse, quamvis quod significat diversum, me ait non pacis, sed contentionis causa venisse.

[39]) Indicat dilectio tua, sagt Ludwigs Antwort, se maledictum legis pavescere; es weigere sich Basilius terminos aeternos transferre et veterum imperatorum formas commutare ac praeter canonica ac paterna praecepta conversari.

[40]) Cf. Const. Porph. de caerem. aul. byz. p. 399 ed. Par. Luitpr. p. 351. Bei der Heirath des Bulgarenkönigs Petrus mit der Enkelin des Romanus Lekapenus ward auch den bulgarischen Gesandten der Vorrang vor allen übrigen Gesandten bewilligt. Darum ward Otto's Gesandter Luitprand bei der kaiserlichen Tafel dem bulgarischen Apokrisiar nachgesetzt, worüber er sehr aufgeregt den Tisch verließ, aber nachher einigermaßen sich begütigen ließ, wozu die ihm gesandten delicatissimi cibi mehr als die ihm vom Kuropalates Leo gemachten Erklärungen beigetragen haben.

waren, über das Benehmen der Gesandten Ludwigs und ihres Gefolges daselbst; kurz das ganze Schreiben war ein Gemisch von Uebermuth und Unmuth, durchaus geeignet, das Einvernehmen beider Herrscher, das damals so dringend gefordert schien, völlig zu zerstören, wofern nicht die Hoffnung des Empfängers, sowohl auf die oft gewünschte, von Photius verheißene Anerkennung seiner Kaiserwürde als auf nachhaltigere Unterstützung gegen die Saracenen zu einer schonenden und rücksichtsvollen Entgegnung rieth.

Ludwigs uns noch erhaltene Antwort [41]) ist männlich und würdevoll; sie gibt uns klar die Idee der christlichen Abendländer von dem karolingischen Kaiserthume zu erkennen. In der Aufschrift nennt sich Ludwig durch Anordnung der göttlichen Vorsehung Imperator Augustus Romanorum und den Basilius seinen geistlichen Bruder „et imperator novae Romae.“ Nach der Einleitung, worin Ludwig von seiner Liebe für seinen kaiserlichen Bruder spricht und der gerühmten „ausgezeichneten Behandlung seiner Gesandten“ die schon früher an seinem Hofe gegen den griechischen Geschäftsträger geübte Gastfreundschaft und dessen herzliche und ehrenvolle Aufnahme entgegenstellt, spricht er seine Verwunderung über den Inhalt des empfangenen Schreibens aus, das reich an Worten und Umschweifen eine Streitfrage vorbringe, auf die er sich nur darum einlasse, damit es nicht den Schein habe, er habe nicht etwa um Streit zu vermeiden, sondern wegen der Schwäche seiner Sache und außer Stand, darauf bündig zu antworten, dieselbe mit Stillschweigen hingenommen; an sich bestehe die Würde des Kaiserthums nicht in Titel und Namen, sondern in der vollendeten Gottesfurcht und Tugend und es komme weniger darauf an, wie man genannt werde, als wie man selbst beschaffen sei; [42]) nirgends finde man, obschon auch im Abendlande Vieles gelesen worden sei und fortwährend gelesen werde, das angebliche unverletzliche Gesetz, daß Niemand als der Herrscher in Byzanz Basileus genannt werden dürfe; [43]) in der heiligen Schrift werde dieser Name nicht blos den auserwählten Fürsten, wie David und Melchisedech, sondern auch gottlosen gegeben, den Beherrschern der Assyrier, Aegypter, Moabiter u. s. f.; auch bei den profanen griechischen Schriftstellern sei die

---

[41]) Baron. a. 871. n. 60—61. Murator. Script. II, II. p. 212 seq. Pertz V. 521—526. Amari (l. c. p. 381. not.) hält den Brief zwar für apokryph; aber er führt einerseits keine speziellen Gründe dafür an, andererseits läßt auch er die Hauptsache für glaubwürdig gelten. Vgl. Pag. a. 871. n. 7.

[42]) Ib. n. 62: Ceterum spiritualem fraternitatem tuam miramur tot sermonum ambages adversus Apostolum praetendentem (er führt hier I. Kor. 11, 16 an), cum imperii dignitas apud Deum non in vocabuli nomine, sed in culmine pietatis gloriosa consistat; nec nobis quid appellemur mirandum, sed quid simus, magnopere providendum. Verum quia de imperatorio nomine multa nobis scripsisti, cogimur et nos quoque ad scripta tua quaedam rescribere, ne si usquequaque super hoc siluerimus, non ut contentionem vitantes, sed quasi ratione convicti siluisse ab insipientibus videamur.

[43]) Verum apud nos multa lecta sunt, multa quidem indefesse leguntur, nunquam tamen invenimus terminos positos aut formas aut praecepta prolata, neminem appellandum *βασιλέα*, nisi quem in urbe Cpli imperii tenere gubernacula contigisset.

Rede von Basileis der Perser, Inder, Parther, Armenier, Gothen, Vandalen u. A.; man müsse fast alle Bücher vertilgen, wolle man jene Behauptung aufrecht halten; der Name Basileus sei dem Basilius nicht blos mit dem Haupte des Abendlands, sondern auch mit vielen Fürsten anderer Völker gemein.[44])

Vermuthlich hatte der byzantinische Hof dem ungebildeten Frankenkönig mit der ganz grundlosen Behauptung, der Name Basileus sei stets nur von byzantinischen Kaisern gebraucht worden, imponiren zu können geglaubt; in Ludwigs Kanzlei war man nicht so unerfahren, dieselbe ohne Weiteres hinzunehmen und in der That ward dieser Titel von vielen Griechen, wie von Theophanes, auch vielen anderen Fürsten beigelegt.[45]) Ferner hatte sich Basilius auf die vier orientalischen Patriarchalstühle berufen, die in den liturgischen Gebeten nur eine *βασιλεία*, die byzantinische, „seit den Zeiten der Apostel" kannten; diesen solle Ludwig, wolle er den Titel fortführen, erst die Ueberzeugung beibringen, daß auch er Basileus zu nennen sei. Das, erklärt Ludwig, sei weder für veranlaßt, noch für nöthig zu erachten, einmal weil es ihm nicht zieme, Andere zu belehren, wie sie ihn zu betiteln hätten, sodann weil auch ohne sein Zureden sowohl die einzelnen Patriarchen als auch alle Anderen, Hochgestellte wie Private, — mit einziger Ausnahme des kaiserlichen Bruders in Byzanz — diesen Namen ihm beigelegt, so oft sie sich mit Briefen an ihn gewendet. „Selbst Unsere Oheime," fährt Ludwig fort, „glorreiche Könige, nennen Uns ohne Mißgunst Kaiser und erkennen Uns unbedenklich als Kaiser an, sicher nicht in Hinblick auf das Alter, in dem sie Uns vorangehen, sondern in Rücksicht auf die Salbung und Weihung (sacratio), die Wir durch die Handauflegung des Papstes erlangt und mittelst deren Wir von Gott auf diesen erhabenen Gipfel emporgehoben sind, in Rücksicht auf das römische Kaiserthum, das Wir nach Gottes Willen besitzen. Wenn die Patriarchen beim heiligen Opfer Eine *βασιλεία* erwähnen, so sind sie deßhalb zu loben und handeln ganz recht, da das Reich des Vaters und des Sohnes und des heiligen Geistes ein einziges ist, die Kirche auf Erden aber ein Theil desselben; Gott aber hat dieses Reich der Christenheit weder durch dich noch durch mich allein regieren lassen wollen, als blos insofern, weil wir durch eine so große Liebe unter uns verbunden sind, daß wir nicht getrennt, sondern Eins zu sein schei-

---

[44]) n. 51: nisi forte radendos ducat (prudentia tua) totius codices mundi, in quibus paene cunctarum gentium principes a priscis temporibus et deinceps Basilei inveniuntur scripti... Intuere igitur, frater, et considera, quod multi fuerint, qui Basilei diversis temporibus et in diversis locis et nationibus nuncupati sunt vel hactenus nuncupantur, et noli vel nobis, quod dicimur, invidere, vel tibi singulariter usurpare, quod non solum nobiscum, sed et cum pluribus praepositis aliarum gentium possides.

[45]) S. N. 82. Im Abendlande bezog man ihn auch auf Könige, wie Nikolaus I. 863 in einem Briefe an Karl den Kahlen (damals noch nicht Kaiser) Migne ep. 119. p. 861: Nisi enim vos, qui in regali sublimitate positi estis, tamquam cujusdam ingentis fabricae bases, vestro sudore mundum quodammodo portaretis, nequaquam graeco sermone *βασιλέων* vocabula sortiremini.

nen. Wir glauben aber auch nicht, daß die Patriarchen in der Art deinen Namen commemoriren, daß sie die Commemoration der anderen Fürsten, um von Uns zu schweigen, ganz unterlassen, da sie dem Apostel nach für Alle beten müssen.[46]) Wir wundern Uns aber, daß deine Majestät wähnt, Wir strebten einer ganz neuen Benennung nach, suchten Uns einen ganz neuen Ehrentitel beizulegen, da, was die Abstammung angeht, schon Unser Urgroßvater, nicht, wie du dich ausdrückst, durch Usurpation, sondern durch Gottes Willen und das Urtheil der Kirche, durch die Handauflegung und Salbung des obersten Bischofs diesen Ehrennamen erhalten hat, wie du in deinen eigenen Büchern leicht finden kannst. Und wäre das auch etwas Neues, so war alles Alte einmal neu und nur von Tag zu Tag geht das Neue in das Alte über; auch das römische Kaiserthum war einmal neu und nicht alles Neue ist verwerflich. Uebrigens zweifelt Niemand an dem Alter Unseres Imperiums, der da weiß, daß Wir Nachfolger der alten Kaiser sind, oder der die Schätze der göttlichen Gnade kennt; denn was ist es zu wundern, wenn Gott am Ende der Zeit das offen an den Tag treten läßt, was er vor der Zeit in seinem verborgenen Rathschluß vorherbestimmt hat?"

Nach einigen nicht ganz richtigen Bemerkungen über die Namen und Titel nichtchristlicher Fürsten[47]) fährt Ludwig II. fort, die Behauptung, der Name Kaiser sei weder ein von seinen Vätern ererbter noch passe er für sein Volk, sei völlig lächerlich, da ihn schon sein Großvater getragen und schon Spanier, Isaurier, Chazaren römische Kaiser gewesen seien — das seien Alles Völker, die doch wahrlich nicht an Tugend und Religiosität dem Volke der Franken überlegen seien. Wolle Basilius einwenden, daß er, Ludwig, nicht über das ganze Francien herrsche, so sei ihm zu entgegnen, daß das allerdings der Fall sei, weil er Alles das besitze, was die anderen Frankenherrscher haben, mit denen er Ein Fleisch und Blut und durch den Herrn auch Ein Geist sei. Was die Andeutung angehe, er möge sich wenigstens nur Kaiser der Franken nennen, nicht aber der Römer, so sei zu bemerken, daß er auch nicht Kaiser der Franken wäre, wäre er nicht Kaiser der Römer, da von diesen der Kaisername und die Kaiserwürde ausgegangen, diese den Schutz der Stadt Rom, die Vertheidigung und Erhöhung der Mutter aller Kirchen erheische, und nur

---

[46]) Wohl hatte Basilius darin Recht, daß man in den Diptychen der orientalischen Kirche seit alter Zeit den byzantinischen Kaiser aufführte; aber sicher hatte auch Ludwig Recht, wenn er behauptete, daß diese Patriarchen, wenn sie sich, namentlich mit Unterstützungsgesuchen, an den abendländischen Kaiser wandten, diesem den entsprechenden Kaisertitel gaben.

[47]) Ludwig klagt mit Unrecht, daß der Fürst der Araber πρωτοσύμβουλος genannt werde, was aber öfter bei den Griechen z. B. Leo Gr. p. 224. Theophan. Const. Porph. de cerem. aul. byz. II. 48 vorkommt, wie auch σύμβουλος z. B. Joh. Hieros. Narrat. c. 2. p. 482 ed. Bonn. Er behauptet, in lat. Handschriften stehe davon nichts, und die griech. hießen denselben Architon (viell. ἄρχοντα, ἀρχηγόν) oder Regem, in der Schrift (Ps. 72, 10.) stehe βασιλεῖς Ἀράβων καὶ Σαβᾶ. Ebenso ist es falsch, daß die Fürsten der Avaren, Chazaren, Bulgaren nicht Chagan oder Cacanus (was doch auch bei lat. Autoren vorkommt, z. B. Paul. Warnefr. IV. 12. 13.), sondern βασιλεῖς (reges) oder κύριοι (domini) genannt würden. Allen diesen, sagt Ludwig, gebühre der Name Basileus.

die vom Papste gleich Karl dem Großen gesalbten Frankenkönige Anspruch auf dieselbe haben. [47])

Ludwig spricht sich klar und unumwunden über den Ursprung und die Idee seines Kaiserthums aus. Es ist eine durch das Oberhaupt der Kirche erneuerte und geheiligte Institution zum Schirm der Christenheit, zur Verherrlichung der christlichen Religion, zur Unterstützung und Beförderung der vom päpstlichen Stuhle vertretenen kirchlichen Interessen. Die päpstliche Krönung überträgt einem Fürsten diese Würde und durch sie ward Karl der Große mit dieser geschmückt; diese ruht auf dem Geiste der christlich-germanischen Welt [48]) und hat mindestens so viel Berechtigung, als die ohne Sanktion der Kirche von Senat und Volk oder auch nur von Soldaten, bisweilen sogar von Weibern geschehene Erhebung dieses oder jenes glücklichen Emporkömmlings, wie Ludwig nicht ohne Seitenblick auf die byzantinische Kaisergeschichte hervorhebt. [49]) In der That, was konnte Basilius, mit dem Purpur geschmückt durch die Launen eines verweichlichten Despoten, Alleinherrscher durch den an seinem Wohlthäter verübten Mord, dem fränkischen Kaiser gegenüber auf seine Würde pochen, der, an Macht nicht geringer, aus einem der edelsten Geschlechter entsprossen, auf einem ganz anderen Wege zu demselben Range emporgestiegen war — wenn nicht die alte Gewohnheit der Byzantiner und die Legalität jeder erfolgreichen Revolution?

Aber gerade der Akt Leo's III. war in den Augen der Byzantiner ein schweres Unrecht. Auch darauf geht Ludwig näher ein. „Wenn du den römischen Papst wegen dieser That schmähest, so kannst du auch den Samuel schmähen, der mit Hintansetzung des von ihm gesalbten Saul den David zum König zu salben kein Bedenken trug, und sollte Jemand dem Papste hierüber einen Vorwurf machen, so wird derselbe schon eine gehörige Antwort zu geben wissen." Einstweilen verweiset er den griechischen Hof auf die byzantinischen Annalen, wo er finden könne, wie viel die Päpste von den Byzantinern erduldet, wie sie gleichwohl sich in Alles gefügt, bis diese der Häresie sich zugewendet, wie sie alsdann die Häretiker verlassen und einem Gott treu ergebenen

---

[47]) A Romanis enim hoc nomen et dignitatem assumsimus, apud quos profecto primo tantae culmen sublimitatis et appellationis effulsit, quorumque gentem et urbem divinitus gubernandam et matrem omnium ecclesiarum Dei defendendam atque sublimandam suscepimus, ex qua et regnandi prius et postmodum imperandi auctoritatem prosapiae nostrae seminarium sumsit. (Nam Francorum principes primo Reges, deinde vero Imperatores dicti sunt, ii dumtaxat, qui a Rom. Pontifice ad hoc oleo sancto perfusi sunt.) In qua etiam Carolus Magnus abavus noster unctione ejusmodi per summum Pontificem delibutus, primus ex gente et genealogia nostra, pietate in eo abundante, et Imperator dictus et Christus Domini factus est.

[48]) Vgl. Phillips K. R. III. §. 122. S. 92 ff.

[49]) Praesertim cum tales saepe ad Imperium sunt asciti, qui nulla divina operatione per Pontificum ministerium, propositi solum a senatu et populo nihil horum curantibus imperatoria dignitate politi sunt, nonnulli vero nec sic, sed tantum a militibus sunt clamati et in imperio stabiliti sunt, ita ut etiam eorum quidam a feminis, quidam autem aut hoc aut alio modo ad Imperii Romani sceptra promoti sint.

Volke sich angeschlossen, da vor Gott Jeder, der ihn fürchte, welcher Nation er auch angehöre, wohlgefällig sei. Theodosius und seine Söhne seien Spanier gewesen, auch das Volk der Franken gehöre zum Erbtheil Christi, es habe dem Herrn reiche Früchte gebracht, nicht blos indem es frühzeitig den Glauben annahm, sondern auch indem es andere Völker belehrte, während auf die Griechen das Wort des Herrn angewendet werden könne: „Das Reich Gottes wird von euch genommen und einem Volke gegeben werden, das davon Früchte hervorbringt“ (Matth. 21, 43.). Wie Gott aus Steinen Söhne Abrahams erwecken könne, so habe er auch aus dem harten Stamm der Franken Nachfolger des römischen Imperiums zu erwecken vermocht. „Wenn die Franken Christo angehören und demgemäß Söhne Abrahams sind (Gal. 3, 29.), so sind sie auch durch die Gnade Christi Alles zu leisten im Stande, was die vermögen, die unzweifelhaft Christo angehören. Und wenn wir durch den Glauben Abrahams Samen sind und die Juden durch ihren Unglauben Abrahams Söhne zu sein aufhörten: so haben auch wir wegen unseres rechten Glaubens die Regierung des römischen Reiches erhalten, die Griechen aber haben wegen ihres Irrglaubens aufgehört, Kaiser der Römer zu sein, da sie nicht blos die Stadt und den Sitz des Reiches im Stiche ließen, sondern auch sogar die römische Sprache selbst aufgaben und zu einer anderen Stadt, zu einem anderen Sitze, zu einem anderen Volke, zu einer anderen Sprache in Allem übergingen.“ [41])

Doch lenkt Ludwig, nach diesen für den griechischen Hof verletzenden Erörterungen wieder ein; er erklärt, den Basilius nicht betrüben zu wollen, und führt Röm. 11, 2. 11. 12. 17; 19. 20 an, um zu zeigen, daß Gott die Griechen nicht ganz verworfen und ihre Vergehungen das Heil anderer Völker geworden seien; freilich war die auch hier fortgesetzte Vergleichung der Griechen mit den Juden, die in gewissem Sinne ihre Wahrheit hat, nicht geeignet, den Groll des oströmischen Kaisers zu beschwichtigen. Aber der weitere Inhalt seines Schreibens hatte nicht weniger den weströmischen Kaiser beleidigt. Basilius hatte angedeutet, von ihm hätte Ludwig sich den Kaisertitel erbitten sollen, den er ihm seiner Zeit bewilligt haben würde, wofern er das in Aussicht Gestellte glücklich zu Ende geführt haben würde. Dagegen bemerkt Ludwig, er werde jedenfalls sein Wort halten, und schwanke nicht zwischen Ja und Nein, [42]) aber den Kaisertitel habe er nicht durch Fleisch und Blut erlangt

[41]) n. 61: Ita quoque nos propter bonam opinionem, i. e. orthodoxiam, regimen Imperii Romani suscepimus; Graeci vero propter cacodoxiam, videl. malam opinionem, Romanorum imperatores existere cessaverunt, deserentes scil. non solum urbem et sedem imperii, sed et gentem Romanam et ipsam quoque linguam penitus amittentes atque ad aliam urbem, sedem, gentem et linguam per omnia transmigrantes. Vgl. Nicol. ep. 8. ad Mich. (oben B. III. Abschn. 4.), wo ebenfalls von der Unkenntniß der lateinischen Sprache bei den Byzantinern die Rede ist.

[42]) Quae diximus, haec et nunc dicimus; non enim est in nobis est et non est (ganz wie Hadr. ep. ad Basil. oben Abschn. 9.) et a verbo nostro neque ad dexteram, neque ad sinistram divertimus, sed in ipso immoti persistimus.

und wolle ihn auch nicht durch bloße Menschen haben; was er von Gott, dem Vater des Lichtes, erhalten, wolle er nicht von Menschen oder durch Menschen, die Söhne Gottes; durch die Väter, nicht durch die Söhne sei man bei ihnen Ehre zu erlangen gewohnt. Den ihm zugesprochenen Titel Riga versteht Ludwig nicht; entweder sei das ein ganz barbarisches Wort oder es bedeute den König (Regem);[83]) in letzterem Falle könne es im Griechischen nur durch Basileus übersetzt werden, wie aus allen Uebersetzungen und Erklärungen des alten und des neuen Testaments hervorgehe.

Der zweite Theil des Schreibens geht auf die anderen Vorfälle ein, die dem Basilius Gegenstand zu Klagen gegeben hatten. Mit tiefem Erstaunen las Ludwig in dem erhaltenen Schreiben, seine Leute hätten bei der Belagerung von Bari, theils als müssige Zuschauer, theils mit ihren Mahlzeiten beschäftigt, gar keine Hilfe den griechischen Truppen geleistet, weßhalb diese Stadt auch nicht habe genommen werden können.[84]) Und doch, ruft er aus, haben Unsere Leute, obschon gering an Zahl, bei allen ihren Gelagen, bei allen ihren anderen Beschäftigungen Bari mit Gottes Hilfe erobert, während Euere Leute, zahlreich wie die Heuschrecken, beim Mißlingen ihres ersten Angriffs den Muth verloren und plötzlich in aller Stille sich zurückzogen; Einige von ihnen aber hatten blos Christen zu Gefangenen gemacht. Basilius möge also aufhören, die Franken zu verspotten und über die geringe Anzahl der in's Feld gestellten Truppen zu klagen, da diese Wenigen vielen Gewinn gebracht.[85]) Daß es so Wenige gewesen, habe, wie er schon früher geschrieben, darin seinen Grund, daß die byzantinische Flotte so lange ihre Ankunft verzögert und man daher geglaubt, es werde in diesem Jahre (870) nichts mehr für die Erstürmung von Bari geschehen können, weßhalb er seine Dienstleute in die Heimath entlassen und nur so viele bei sich behalten habe, als zur Verhinderung der Zufuhr von Lebensmitteln für die Belagerten hinreichend erschienen sei. So habe die griechische Flotte nur geringe abendländische Streitkräfte vorgefunden; aber mit noch Wenigeren, da Viele erkrankt, habe das Abendland drei Emire, die Calabrien verwüsteten, und eine große Schaar Saracenen geschlagen und dann siegreich deren Herrschaft in Bari zerstört.[86]) Doch wolle er nicht, daß

---

[83]) Statt: Nihil enim fore ist wahrscheinlich zu lesen: Nisi forte ad idioma propriae linguae tractum Riga Regem significare monstraveris.

[84]) Basilius wußte also die erfolgte Einnahme von Bari bei Absendung seines Schreibens noch nicht.

[85]) Vestri autem sicut bruchi multitudine apparentes et sicut locustae primum impetum dantes, eo ipso quo conatum suum in prima fronte monstraverunt, pusillanimitate superati protinus infirmati sunt, et more locustarum repente quidem salierunt, sed confestim fatigati, quasi a viribus volandi desiderunt, ac per hoc neque laetando neque prandendo neque bellando quibuslibet insignibus triumphi monstratis motu subitaneo et clandestino recesserunt et inefficaces, nonnulli e contra, christianis solummodo captivatis, ad propria repedaverunt.

[86]) Ergo, frater, noli de cetero Francos ridere, quia etiam inter mortis vicina student et prandia et omnia caritatis indicia proximis exhibere, et tamen a proposito non lentescere; quoniam secundum Apostolum (Phil. 4, 12.) sciunt abundare et penu-

Basilius dem Patricier Niketas, obschon dieser (durch seine mißgünstigen Berichte) ihn schwer beleidigt, deßhalb etwas Uebles zufüge, da er ihm nicht Böses mit Bösem vergelten wolle und da dieser sich sonst um die Sicherheit des adriatischen Meeres viele Verdienste erworben. [57])

Die von Basilius sehr übel mitgenommenen päpstlichen Legaten nimmt Ludwig energisch in Schutz; sie seien auserlesene und erprobte Männer, die der Papst und die ganze Kirche wohlgekannt und die sie auf Bitten des Kaisers nach Constantinopel gesendet hätten. Basilius hätte ihnen sicheres Geleite geben und ihre Reise vor allen Piraten schützen sollen; seine Nachlässigkeit hierin habe bei Papst Hadrian und bei der ganzen Kirche großen Unwillen erregt. Zwar habe der vorgenannte Niketas mit seiner Flotte gleichsam von diesen Vorgängen Anlaß nehmend von den Sclavinen große Beute fortgeführt, einige Castelle zerstört, ihre Besatzung gefangen genommen; aber was den päpstlichen Apokrisiariern dort geraubt worden, sei bis jetzt noch nicht zurückgegeben, und außerdem habe man mit schwerem Unrecht viele Angehörige dieses Volkes ganz unerwartet, während ihre Streiter vor Bari standen, um dem gemeinsamen Zwecke zu dienen, in ihrer Heimath des Ihrigen beraubt und viele als Gefangene weggeschleppt. Ludwig bittet, Basilius möge dieses baldigst wieder gut machen.

In Bezug auf die gegen seine Gesandten und deren Gefolge vorgebrachten Klagen, die stets mit gezücktem Schwerte ausgegangen sein und Vieh und Menschen getödtet haben sollten, wünscht Ludwig eine genaue, die Sache bis zur Gewißheit bringende Untersuchung, da diese fortwährend alles das läugneten und kein Beweis gegen sie habe erbracht werden können, zudem man sie an seinem Hofe nichts der Art gelehrt und ein solches Benehmen schwer zu glauben sei; Furcht vor den Griechen sei bei ihnen sicher nicht vorhanden gewesen. [58]) Wenn Basilius ferner sich beschwerte, daß Ludwig seine Leute gegen Neapel gesandt, um Bäume zu fällen, die Felder zu verwüsten und seiner Herrschaft die Gegend zu unterwerfen: so antwortet Ludwig, obschon Neapel von Alters her zu seinem Reiche gehöre und seinen Vorfahren Tribut gezahlt, so habe er doch nichts Anderes von seinen Bürgern verlangt, als daß sie den Verkehr mit den Saracenen, die Unterstützung derselben mit Waffen und Lebensmitteln und die Verfolgung der Christen aufgeben sollten; dieselben hätten erst die Grenzen des Kirchenstaats mit den Ungläubigen räuberisch überzogen und ihre Stadt sei wie Palermo ein Wohnsitz der Saracenen geworden, denen sie stets eine Zufluchtsstätte sei; ja ihr Bischof sei von ihnen seiner nachdrücklichen Ermahnung wegen vertrieben, eine Anzahl von angesehenen Männern in Bande gelegt worden; solange sie bei dieser Stellung verharren, könne man sie nur

---

riam pati, et saturari, et esurire, et ut compendio dicamus, omnia possunt in eo, qui illos confortat (Phil. 4, 13.).

[57]) Hadriatici freti servator wird er bald hernach genannt.

[58]) n. 68: Sed nec in regno tuo positi quidquam horum penitus formidarent, quinimo nec tanti numeri viros et adhuc alios totidem (Deo gratias) expavescerent.

gleich ihren muhamedanischen Bundesgenossen bekämpfen. Endlich bemerkt Ludwig, daß er bereits nach der Eroberung von Bari die Saracenen in Tarent und in Calabrien sehr gedemüthigt und sie ganz vernichten werde, wenn eine Flotte auf der See ihnen Zufuhr und Verstärkungen aus Afrika und Sicilien abschneiden würde, weßhalb er den oströmischen Kaiser um diesen Beistand ersucht, da der Strateg Georg nicht genug Macht habe und er auch Sicilien zu befreien gedenke. Es müsse aber die Flotte bald kommen. Am Schluße empfiehlt Ludwig seinen Gesandten Autprand, den der Kaiser nicht länger als acht Tage bei sich behalten und schleunig zurückkehren lassen möge.

Als Ludwig dieses Schreiben (zwischen Februar und August 871) nach Constantinopel absandte, war er mit großen Entwürfen beschäftigt, die aber in vielfacher Weise ihm durchkreuzt wurden. Es verschwor sich gegen ihn der Fürst Adelchis von Benevent [89]) mit dem Dynasten von Salerno und den Neapolitanern; überhaupt waren die italienischen Großen ihm wenig geneigt; dazu waren die bereits, wie der Brief des Basilius zeigt, gegen ihn gereizten Griechen, immer bedacht, in Italien festeren Fuß zu fassen, mit ihnen in's Einvernehmen getreten; Basilius hatte den Adelchis bald für sich gewonnen und viele Städte in Süditalien unterwarfen sich seiner Herrschaft. [90]) Auch Saracenen, namentlich der von Ludwig bei der Eroberung von Bari gefangene Emir, sollen dies Komplott gegen den Kaiser begünstigt haben. Im August 871 belagerte Adelchis, der den vor Capua siegreichen Kaiser hinterlistig zur Entlassung seines Heeres beredet, den kaiserlichen Palast in Benevent; Ludwig vertheidigte sich drei Tage lang, mußte sich aber zuletzt dem treulosen Vasallen ergeben. Doch sah sich dieser bald genöthigt, den Kaiser wieder frei zu geben; er ließ sich aber von Ludwig schwören, daß er für seinen Verrath keine Rache nehmen wolle. [91]) Bei Ludwig ließ dieser Vorfall eine tiefe Wunde zurück. Als im September 871 neue Verstärkungen für die Saracenen aus Afrika anlangten und das von Guaiferio tapfer vertheidigte Salerno belagerten, wollte er anfangs nichts für die bedrängte Stadt thun, weil ihr Fürst in jenes Attentat verwickelt schien; endlich sandte er doch ein Heer, das die Muselmänner nöthigte, die Belagerung von Salerno, dem auch Marinus von Amalfi zu Hilfe gekommen war, völlig aufzugeben. [92]) Von da an that Ludwig nichts mehr in Italien, was von einiger Bedeutung gewesen wäre. Aus Capua, dessen Bürger ihn durch eine feierliche Procession mit den Gebeinen des heili-

---

[89]) Seit 854. Annal. Benev. Pertz III. 174.

[90]) Regino Chron. a. 871. (Pertz I. 583.): Adalgisus dux Beneventanus Graecorum persuasionibus corruptus adversus Ludovicum imperatorem manum levavit. Etenim ejus hortatu plurimae civitates provinciarum Samnii, Campaniae et Lucaniae a Ludovico recedentes Graecorum dominationi se subdiderunt.

[91]) Erchemp. c. 34. p. 762. 763. Anon. Salernit. c. 109 ed. Murat. Chron. Comit. Capuan. c. 5. ap. Murat Ann. It. a. 871. Regino l. c. (p. 583. 584.) Baron. a. 872. n. 2. Pag. a. 871. n. 8. Amari p. 383. 384. Von dem geleisteten Eide entband nachher Johann VIII. den Kaiser. Regino a. 872. p. 584. Baron. a. 873. n. 1.

[92]) Amari l. c. p. 385—387.

gen Germanus versöhnten, hatte er schon vor dem Verrath des Adelchis die griechischen Truppen vertrieben.[63]) Hier verdient nur noch die Erzählung der Griechen[64]) eine Erwähnung, nach denen der von Ludwig in Haft gehaltene saracenische Fürst der Urheber des feindlichen Ueberfalls gegen denselben war, was sich mit den abendländischen Quellen theilweise noch vereinigen läßt. Darnach führte Ludwig den gefangenen „Soldan" (Sultan) mit sich nach Benevent und Capua und während zweier Jahre sah Niemand denselben lachen, weßhalb der Frankenkönig dem eine große Geldsumme versprochen haben soll, der ihn zum Lachen bringen würde. Einst fand man ihn lachend; über den Grund befragt, soll der Saracene gesagt haben: „Ich sah einen Wagen und die an ihm sich drehenden Räder; ich lachte darum, weil auch ich einst Haupt war und jetzt unter Allen bin; Gott kann mich aber wieder erhöhen." Diese Antwort gefiel dem Ludwig dermaßen, daß er von da an den Sultan an seine Tafel zog und ihm eine freiere Bewegung gestattete. Begierig seine Freiheit zu erlangen warnte der schlaue Muhamedaner die Großen vor Ludwigs Anschlägen, der sie gefesselt über die Alpen fortführen wolle, während er diesem selbst zu seiner Sicherheit ein solches Verfahren anrieth. Die italienischen Großen, heißt es weiter, in ihrem Verdachte durch die Ketten bestärkt, die Ludwig anfertigen ließ, und ganz von dem Saracenen getäuscht, verrammelten, als der Franke auf der Jagd war, ihre Thore und ließen ihn nicht wieder hinein, so daß er in seine Heimath zurückkehrte, gaben aber zugleich auch dem Sultan ihrem Versprechen gemäß die Freiheit, worauf er nach Afrika zurückging. Nachher kam er wieder mit großer Heeresmacht und zog gegen Capua und Benevent. Die Bewohner baten Ludwig um Hilfe, der sie ihnen aber ihrer Empörung wegen verweigerte; ja er erklärte, ihn werde ihr Verderben freuen. Sie wandten sich darauf nach Constantinopel; ihr Gesandter kam mit günstigen Nachrichten zurück, ward aber von den Saracenen gefangen. Diese forderten, er solle vom Lager aus seinen Mitbürgern verkünden, daß sie keine Hilfe von Byzanz hoffen könnten; der Gesandte ging scheinbar darauf ein, verkündete aber, an die Mauer geführt, das Gegentheil und fand deßhalb durch die wüthenden Saracenen seinen Tod, die sich, den Feind nicht erwartend, zurückzogen.[65]) — Dieser Erzählung, so fabelhaft sie ausgeschmückt ward, liegen doch die Thatsachen zu Grunde, einmal daß die List der Saracenen an dem Attentat gegen Ludwig mitgewirkt (wofern die Griechen nicht vielleicht blos ihre Mitschuld läugnen wollten), sodann daß Ludwig anfangs den neuerdings von den Muhamedanern angegriffenen Italienern keine Hilfe zu bringen geneigt war.

---

[63]) Regino l. c. Baron. l. c.

[64]) Theophan. Cont. V. 56—58. p. 294—297. de adm. imp. c. 29. p. 131—136, darnach Cedr. II. 222—225. Zon. p. 136. 137. Cf. Sym. c. 20. p. 691—697.

[65]) Theoph. Cont. p. 297: ἀπὸ τούτου δίδεσθαι καὶ βασιλεῖ οἱ τῶν τοιούτων ἐξηγούμενοι κάστρων καὶ ταῦτα πρὸς τὴν αὐτοῦ δεσποτείαν δουλεύειν. Das heben die Griechen ganz besonders hervor, obschon es nicht genau ist.

Ein vollständiges Zusammenwirken der griechischen und fränkischen Streitkräfte kam nicht zu Stande; beide Theile machten Anspruch auf Italien und selbst das augenblickliche Bedürfniß konnte sie nicht enger verbinden. Was Basilius auf Ludwigs langes Schreiben geantwortet, ist nicht bekannt; aber gewiß ist, daß darauf zweimal Gesandte des griechischen Kaisers an den Hof Ludwig des Deutschen nach Regensburg kamen, während Kaiser Ludwig noch lebte, der hierbei nicht im Geringsten erwähnt wird.[66]) Ludwig II. und Basilius unternahmen nichts Bedeutendes mehr im südlichen Italien; erst nach Ludwigs[67]) Tod (12. August 875) gegen 880 traten die Byzantiner daselbst mit größerem Nachdruck auf. Jene Gesandten, die nach Regensburg 872 und 873 kamen, scheinen den Plan einer Vertheilung Italiens unter Griechen, Franken und longobardische Dynasten mit Ausschluß Ludwigs II. vorgebracht zu haben; vielleicht wandten sie sich ebenso an den neustrischen Herrscher Karl den Kahlen, der mit dem abendländischen Kaiser zerfallen und mit mehreren italienischen Dynasten verbündet war.[68]) Wäre dieses Bündniß zu Stande gekommen, so drohte dem römischen Stuhle wie den Italienern eine neue große Gefahr. Aber Ludwig der Deutsche wies das Ansinnen der Byzantiner zurück und schloß mit seinem kaiserlichen Neffen einen diesem günstigen Vertrag[69]) (Mai 872), während Karl der Kahle seinen ehrgeizigen Hoffnungen auf Italien vorerst entsagen mußte.[70])

---

[66]) Annal. Fuldens. P. III. (Pertz I. 584.) a. 872: Mense Januario circa Epiphaniam Basilii Graecorum Imperatoris legati cum muneribus et epistolis ad Ludovicum Regem Radesbonam venerunt. A. 873 (ib. 587.): mense Nov. Agathon Archiepiscopus Basilii Graecorum Imperatoris legatus ad renovandam pristinam amicitiam cum epistolis et muneribus ad Ludovicum Regem Radesbonam venit, quem Rex honorifice suscepit et absolvit. Cf. Baron a. 872. n. 16.

[67]) Regino Chron. a. 874. (Pertz I. 586.) sagt von ihm: Fuit iste princeps pius et misericors, justitiae deditus, simplicitate purus, ecclesiarum defensor, orphanorum et pupillorum pater, eleemosynarum largus largitor, servorum Dei humilis servitor, ut justitia ejus maneret in saeculum saeculi et cornu ejus exaltaretur in gloria. Vgl. das Epitaphium bei Baron. a. 875. n. 1.

[68]) Gfrörer Karol. II. S. 52.

[69]) Gfrörer S. 52. 53.

[70]) Das. S. 51.

Fünftes Buch.

Photius im Exil und abermals Patriarch.

1. Stimmung des Photius bei seinem Sturze. Seine Ergüsse über das achte Concil und Verwerfung jeder Transaktion.

Der entsetzte Photius schien für immer alles Einflußes, aller geistlichen Macht beraubt. Was er dem Papste Nikolaus bereiten wollte, das hatte ihn selbst getroffen — Verlust seines Amtes und Verurtheilung durch ein ökumenisches Concil. Fünfmal war über ihn ein Verdammungsurtheil ergangen: durch die in der Irenenkirche versammelten Bischöfe seines Sprengels (858), dann durch das römische Concil des Papstes Nikolaus 862, darauf 863 neuerdings durch denselben (zugleich mit Gregor Asbestas und Zacharias von Anagni) nachher im Juni 869 durch Hadrian II. und endlich durch das Concil von Constantinopel 869—870.¹) Am stärksten hatte ihn das Anathem der letzteren Versammlung angegriffen, die am genauesten seine Blößen enthüllt, und in seiner Nähe gehalten eine um so furchtbarere Waffe gegen ihn geworden war; es war schwer, ja unendlich schwer, alle diese Eindrücke zu verwischen, schwer, dem vom Volke geliebten Ignatius noch mit einiger Hoffnung auf Erfolg in der öffentlichen Meinung das Gleichgewicht zu halten, sich die Achtung und die Anhänglichkeit seiner Anhänger zu bewahren. Ja der Name des Photius schien für immer gebrandmarkt, ein Fluch der Mitwelt, ein Abschen der Nachwelt geworden.

Und dennoch — dennoch blieb der riesige Geist dieses Mannes ungebeugt, sein Stolz unbezwinglich. Buße und Unterwerfung waren ihm Feigheit. Er unternahm es, nachdem fast Alles sich gegen ihn verschworen, trotz aller inneren Aufregung mit aller Consequenz seine Stellung zu wahren, seine Gegner anzugreifen im engeren und in weiteren Kreisen, neue Plane zu entwerfen für die Zukunft und auf's Neue das gefährliche Spiel zu spielen, das ihm lange gelungen, doch zuletzt mißglückt war. Groß in Allem, selbst im Be[illegible], Meister in der Verstellungskunst, treu seinem Axiom, nie rückwärts zu [illegible],

---

¹) Diese fünf Verurtheilungen zählt Metrophanes von Smyrna ep[illegible] Manuel. Patr. (Baron. a. 870. n. 51. Mansi XVI. 420.) auf.

auch wo kein Vorschreiten möglich, ging er mit Ausdauer an das schwierige Werk. Eines kam ihm vor Allem zu Statten: die Situation des Verfolgten, das natürliche Mitleid, das man gern dem harten Loose des begabten Mannes gönnt, die Sympathie, welche das Unglück, auch das verschuldete, so oft in Anderen hervorruft, sodann die treue Ergebenheit seiner Schüler und Freunde, die mehr oder weniger an sein Loos das ihrige geknüpft sahen und jetzt, wenn auch entmuthigt und zaghaft, doch immer noch seinen Worten lauschten, bauend auf die reichen Hilfsquellen seines unternehmenden und gewandten Geistes. Die Strenge, die man gegen alle Photianer angewendet, die Absetzung derselben ohne Aussicht auf Restitution, ihre Degradation zu Laien schien ihnen keine andere Wahl zu lassen als fest an ihren Patriarchen sich anzuschließen. Es konnten hier die Worte des Photius Anwendung finden: „Eine mäßige Strafe, die den Menschen trifft, ohne ihn zu gewaltig zu erschüttern, wird oft Anlaß und Grund zur Belehrung und Sinnesänderung, da die Bestrafung einerseits an sich schon erschreckt, andererseits durch die Milde in derselben wieder einigermaßen das Harte gelindert und die Erkenntniß dessen, was sich ziemt und was Pflicht ist, angebahnt wird. Wenn aber die Strafe wegen Uebermaß der Frevel auch übermäßig ausfällt, so pflegen die Menschen, weit entfernt, Verzeihung nachzusuchen, sich der Verzweiflung und wildem Wahnsinn zu überlassen, auch wo es nicht nöthig wäre, und auch zu Unrecht und zu Lästerungen vorzuschreiten, wofern sie nicht durch Thaten ihren Zorn an den Tag legen können.“ [1]) Es war den Photianern aber Alles genommen, wenn man ihnen ihre geistlichen Aemter nahm, ihre gesellschaftliche Stellung wie ihr Lebensunterhalt; selbst ihre wissenschaftliche Thätigkeit war verkümmert und beeinträchtigt, ihre Zukunft hoffnungslos. Die so auf das höchste gestiegene Erbitterung seiner Anhänger wußte Photius wohl zu benützen, ja er suchte auch sie auf das Neue für seine Sache zu begeistern, sie auszurüsten mit aller Kraft eines energischen Widerstands; er stempelte sie zu Heiligen und Martyrern, die um der Gerechtigkeit willen Verfolgung litten, [2]) ihre standhafte Anhänglichkeit an ihn stellte er als einen Kampf für den Glauben und die Wahrheit dar; er selbst wußte die Rolle des Heilands fortzuspielen, die ihn mit neuem Glanze vor den Augen der enthusiasmirten Bewunderer umgab. Wie er selbst dem Mißgeschicke Trotz bot, so sollten es auch seine Freunde, und das mit einem religiösen Fanatismus, der die eigene Sache in die Sache Gottes verkehrt und sich einredet, für himmlische Zwecke zu streiten, während er seine irdischen und nur zu menschlichen Interessen verfolgt. Dazu hatte aber Photius schon zu viele politische Veränderungen in Constantinopel erlebt, zu viele Wandlungen des Kaiserhofes erfahren, als daß er — damals noch in

---

[1]) Amph. q. 39. p. 233. (p. 61 ed. Scotti) Vgl. Hefele Conc. IV. S. 420. 421.

[2]) οἱ πιστοί, οἱ ἅγιοι, οἱ εὐσεβεῖς, ἀθληταί sind in seinen Briefen vom Exil seine Freunde, seine Gegner sind οἱ ἀνίεροι, οἱ ἀποστάται, οἱ κακόχριστοι καὶ θεοστυγεῖς, ἠλλοτριωμένοι Χριστοῦ, προδόται, τὰ ὄργανα τοῦ πονηροῦ (ep. 174. p. 258.), οἱ ἐχθροὶ τῆς ἀληθείας (ep. 218. p. 321.), πονηροὶ ἀνθρώπων ἐνανθρωπήσαντες δαίμονες. (Amph. q. 133. ff.)

den kräftigsten Jahren, ein angehender Fünfziger — so leicht die Hoffnung hätte aufgeben können, es seien noch bessere Tage für ihn aufbewahrt. Sein stolzes Selbstbewußtsein verließ ihn auch im Unglück nicht; ja er wußte hier eine größere Würde zu zeigen, als in den Tagen seines Glücks und seines Glanzes.

In seiner Einsamkeit in Stenos, einem der schönsten Häfen auf der europäischen Seite, so benannt von der benachbarten Enge des Bosporus, mit vielen Klöstern, wohin schon andere Patriarchen relegirt worden waren,[3]) wo sein Onkel Tarasius ein Kloster erbaut und seine Ruhestätte gefunden, wohin auch der Patriarch Nikephorus verbannt worden war,[4]) suchte Photius Trost und Erleichterung seines Herzens im Briefschreiben. Diese Briefe waren zugleich das Mittel, seine kleinmüthig gewordenen Freunde aufzurichten, alte Verbindungen zu unterhalten, neue anzuknüpfen, und so theils seinem inneren Groll Luft zu machen, theils eine bessere Zukunft anzubahnen oder doch dafür Mittel und Werkzeuge sich zu verschaffen. Aber auch hier bemeisterte er mit kluger Berechnung seine Gefühle und Worte; auch nachdem er auf das heftigste sich geäußert, lenkt er wieder ein, wird sanfter und milder, der wild rauschende Strom wird zum leicht dahin gleitenden Bächlein, der stärkste Ausbruch des Zornes verliert sich zuletzt in den Ausdruck der stillen Ergebung und der Gott vertrauenden Hoffnung. Ein Gemisch von widerstreitenden Gefühlen — bald gänzliche Niedergeschlagenheit und maßloser Schmerz, bald kühner Trotz und männliche Ruhe, bald heftige Rachsucht, bald schonende Milde, Stolz und Demuth, Verzweiflung und Hoffnung, Lebensüberdruß und neue gesteigerte Erwartungen gehen hier durcheinander, nicht blos nach seiner momentanen Stimmung, sondern öfters auch nach dem beabsichtigten Eindruck auf das Gemüth des Empfängers. Die aus dem Exil von ihm geschriebenen Briefe bestätigen die uns auch sonst bezeugte Elasticität seines Geistes, seine Kunst, die Menschen für sich zu gewinnen, seine Welterfahrung, seinen tiefen psychologischen Blick, seine wunderbare Gewalt über die Herzen seiner Freunde, wie sie kaum Jemand in diesem Maße besaß;[5]) sie mußten ihm auch jetzt früher oder später einen glänzenden Erfolg erringen und alle Bemühungen seines Gegners vereiteln, die auf Herstellung der kirchlichen Einheit im ganzen Patriarchate gerichtet waren. Ein Mißton geht aber durch alle diese Briefe: dieser nur leicht verhüllte Egoismus, dieser stete Mißbrauch des Namens Gottes, diese fortgesetzte Identificirung seiner Sache mit der Sache Christi und der Kirche, diese konstante Lästerung Aller, die nicht auf seiner Seite waren, —

---

[3]) Vgl. not. in Theophan. p. 562 ed. Bonn. Hammer Cpl. II. S. 231.

[4]) Bd. I. S. 260. N. 221. Nicet. p. 213 E.

[5]) Die wenigen Bischöfe von der Ordination des Methodius und Ignatius, die ihm angehangen, aber auf dem Concil von 869 von ihm sich abwandten, sagen in der dort (act. II. Mansi XVI. 38.) verlesenen Eingabe: Quia vir erat alia quidem loquens et alia cogitans et operam dans mendacio; ex arte gentilium semper proponebat bona, deveniebat autem in mala; et erat potens ad superandum et decipiendum, ut non est factus nec fiet alius hominum.

hat etwas Widerliches, Ekelerregendes. Wer die wahre, aus tiefstem Herzensgrunde stammende Religiosität von einer erheuchelten Frömmigkeit zu unterscheiden versteht, der fühlt das Geschraubte, Gekünstelte, nach Effekt Haschende in den meisten der anscheinend so demüthigen und innig christlichen Herzensergießungen wohl heraus, und der schärfere Beobachter findet, daß, wenn auch Photius bisweilen in der täuschendsten Weise den rechten Ton zu treffen weiß, doch bald wieder ein gellender Mißton den Mangel an innerer Wahrheit und an voller Harmonie der geistigen Potenzen verräth.

Der erste Eindruck der Entsetzung und Verurtheilung mußte für den stolzen Mann ein betäubender und vernichtender gewesen sein; er mochte im Anfang seines Exils der trüben Stimmung kaum widerstehen; er zeigt sich muthlos und von Schmerz übermannt. Die drei ersten Jahre seiner Verbannung waren die härtesten, besonders die Zeit nach dem achten Concil; nachher ließ die Strenge, mit der man gegen ihn verfuhr, allmälig nach. Aeußerst schmerzlich war es ihm, daß man ihm seine Bücher entzogen; darüber klagt er wiederholt;[7]) ebenso tief betrübte ihn das Verbot alles Verkehrs nach Außen, des Umgangs mit seinen Freunden, die Verbannung und Zerstreuung vieler seiner Anhänger, die strenge Bewachung aller seiner Schritte, die Cassation seiner Amtshandlungen, die Nachforschungen und Verhöre, denen die Seinigen ausgesetzt waren. In einer solchen bitteren Stimmung schrieb er seinem Bruder Tarasius: „Das Leiden ist auf das Höchste gestiegen, das Uebel zum Aeußersten gekommen. Außer Gott und der Hoffnung auf ihn bleibt mir kein Trost übrig; überall Nachstellungen, Drohungen, Terrorismus; in Vergleich zu diesen scheint alles früher Erlittene gering. Wer wird ein Ende machen? Vielleicht der Tod, den man mir zugedacht hat. Entweder nimmt er den Feinden die Macht noch weiter mich zu peinigen und zu quälen, oder er wird mich von allen Trübsalen befreien.“[8])

In einem während des Concils von 869—870 geschriebenen Briefe an den Protospathar Michael[9]) schildert Photius seine Lage also: „Der Leib ist durch Krankheiten geschwächt, die Seele durch innere Leiden;[10]) mein ganzes Leben zehrt sich auf und ist entkräftet durch die steten von Menschen mir zugefügten Mißhandlungen. Die Verlassenheit von Freunden, die Mißhandlung und Einkerkerung meiner Diener, die Zerstreuung meiner Verwandten in Folge der heftigsten Drohungen, die harte Entbehrung, die Entziehung selbst der nothwendigsten Dinge, die Wegnahme meiner Bücher, die Verwüstung und Zerstörung der Gott geweihten Häuser, die ich zur Sühne meiner Sünden gegründet, wo gesungen, vorgelesen und Gott in jeder Weise gedient werden sollte,[11])

---

[7]) Vgl. ep. 85. 97. 114. 174. p. 218. c. Man. IV. 1. (Gall. XIII. p. 660.) Amph. q. 180. (ed. Basnage II. 425)

[8]) ep. 78. p. 126. 127. L. III. ep. 25 ed. Migne. Baron. a. 870. n. 56.

[9]) ep. 88. p. 131. Cf. Baron. a. 870. n. 55. (L. III. ep. 30. M.)

[10]) τοῖς παθήμασιν.

[11]) ἱερῶν ἀφαιρεθέντων οἴκων, οὓς ἱλαστήριον ἡμεῖς ἱδρυσάμεθα, ψαλλόντων, ἀναγινωσκόντων, ἐν πᾶσι θείως ὑπηρετούντων. Die Patriarchen pflegten besondere Kirchen und

dann die überaus harten Befehle an Alle, daß Niemand sich mir zu nahen wage — kurz Alles kommt hier zusammen. Was soll ich noch die tagtäglichen Verhöre, gerichtlichen Verfolgungen und Verurtheilungen erwähnen, wobei Niemand Zeuge ist, Niemand als Richter urtheilt, ja gar kein Ankläger auftritt, [12]) und zwar Verfolgungen und Verurtheilungen nicht nur gegen mich, sondern auch gegen meine Freunde, Verwandten und Diener, ja gegen Alle, die nur in den Verdacht kommen, mich nicht ganz zu vernachlässigen? Wenn sie mir mit ihren Fragen und Verhören einmal Ruhe lassen, so ist davon weder ihr guter Wille noch meine Tugend die Ursache, sondern Gottes hocherhabene Barmherzigkeit, von der ich allein abhänge, unter der ich diesen so stürmisch bewegten Lebenslauf vollbringe, umhergeworfen von so vielen und so schrecklichen Wogen. [13]) Statt der Verwandten, statt der Freunde, statt der Diener, statt der Psalmensänger, statt jedes menschlichen Trostes umgeben mich ringsum Soldaten, Wachen, Tribune, Vikarien und Kriegsschaaren. [14]) Wie soll da nicht die Seele unter so harten Schlägen vom Leibe sich losreißen und entfliehen? Das ist es, was ich nicht begreifen kann." [15])

Wie das achte Concilium ihm den furchtbarsten Schlag versetzt hatte, so spricht sich auch Photius in einer Reihe von Briefen auf das heftigste über dasselbe aus und stellt es als den Triumph der Gottlosigkeit und der Lüge über die Heiligkeit und Gerechtigkeit dar, die in ihm und den Seinigen repräsentirt waren. „Was wunderst du dich" — so schreibt er dem Anachoreten Theodosius — „darüber, daß die Unheiligen mit stolzer Miene den Vorsitz führen, die ruhmreichen Priester Gottes aber vor ihnen gleich Schuldigen stehen müssen, die Verurtheilten das Gericht sich anmaßen, und die Unschuld, von Schwertern umringt, verurtheilt wird — deßhalb, weil sie nicht einmal einen Laut von sich gab? [16]) Davon gibt es viele ältere und neuere Beispiele. Annas, Kaiphas und Pilatus saßen zu Gericht, und Jesus, mein Herr und Gott, unser Aller Richter, stand vor ihm als ein zu Richtender. Stephan, der große Siegesheld und der erste unter den Martyrern Christi, stand vor Gericht und das mordbelastete Synedrium ließ den Gottes Wahrheit verkündigenden Streiter steinigen. Jakobus, der erste der Bischöfe, der durch die Hand des Herrn selbst die heilige Salbung und die Vorstandschaft über die

---

Klöster zu gründen, die ihr Andenken fort erhalten, öfter ihnen auch zur Ruhestätte dienen, und in denen für sie besonders Gebete und Opfer dargebracht werden sollten.

[12]) Τί δεῖ τὰς ἐφημερίους ἀνακρίσεις λέγειν καὶ κρίσεις καὶ καταδίκας, ὧν οὐδεὶς οὔτε μάρτυς, οὐδὲ κριτής, ἀλλ' οὐδὲ κατήγορος;

[13]) Εἰ δὲ καὶ διέλιπόν ποτε ἐξερευνήσεις ἐξερευνῶντες (ψ. 61, 6. LXX.), οὔτε τῆς ἐκείνων γνώμης οὔτε τῆς ἡμῶν ἀρετῆς, ἀλλὰ τῆς βαθείας καὶ ὑψηλῆς φιλανθρωπίας τοῦ θεοῦ, ἧς μόνης ἠρτήμεθα καὶ ἐφ' ᾗ τὸν βίον διανύομεν τοσούτοις καὶ τηλικούτοις περιαντλούμενοι κύμασιν.

[14]) στρατιῶται καὶ κουστωδία, καὶ τριβοῦνοι καὶ βικάριοι καὶ στρατιωτικοὶ λόχοι περιεκάθηνται.

[15]) τοῦτο καὶ ἡμᾶς εἰς ἀπορίαν περιΐστησιν.

[16]) ep. 117. p. 158. (M. II. ep. 81.)

Kirche von Jerusalem erhalten,[17]) ward vor Gericht geschleppt und Ananus der Sadducäer berief den hohen Rath, der sogleich über den Gerechten den Tod der Verbrecher verhängte. Paulus, der große und erhabene Herold der gesammten Erde, erfuhr dasselbe, und Ananias, der, sowie er der Zeit nach dem Ananus voranging,[18]) so auch in seinen Sitten ihm nicht nachstand, befahl, den Verkündiger der Wahrheit in's Angesicht zu schlagen. Wenn du dich an Paulus erinnerst, so wirst du noch eine beträchtliche Anzahl solcher Concilien auffinden können; warum sollte ich sie alle mit Namen aufzählen? Die ganze unsinnige Wuth und Grausamkeit der Verfolger und Tyrannen, die gegen die Bekenner und Martyrer Christi gewüthet, gibt dir ein anschauliches Bild von jenem herrlichen Sanhedrin. Denn, wie aus allen seinen Verhandlungen hervorgeht, es saßen diejenigen, die nicht nur einmal, sondern mehrmals den Tod verdient, mit stolzer und ernster Miene oben an, und brüsteten sich mit dem Titel von Gesetzgebern und Richtern und Jene, deren die Welt nicht einmal würdig war, standen als Angeklagte vor ihnen und wurden zum Tode verurtheilt.[19]) Wundere dich also nicht zu sehr über das, was man zu thun sich erkühnt hat, noch halte die Geduld und Langmuth, die Gott diesen Verbrechern angedeihen läßt, für ein Zeichen, daß er die menschlichen Angelegenheiten außer Acht lasse. Nein, Gottes Vorsehung hat nicht einen Augenblick aufgehört, über uns zu wachen und zu regieren, sondern immerfort lenkt sie unsere Angelegenheiten mit einer höchst weisen, unaussprechlichen und die Vernunft übersteigenden Oekonomie."

In einem weiteren Briefe an denselben Theodosius spricht sich Photius nicht minder stark gegen die Theilnehmer an diesem Concilium und insbesondere gegen die Apokrisiarier der Patriarchen aus: „Obschon es bis jetzt noch nicht versucht ward und völlig ohne Beispiel ist, Abgeordnete und Diener der gottlosen Ismaeliten in Repräsentanten der hohenpriesterlichen Würde umzugestalten,[20]) ihnen die Vorrechte der Patriarchen zu ertheilen und sie zu Präsi-

---

[17]) ὁ πρῶτος ἀρχιερέων καὶ δεσποτικῇ χειρὶ τὸ ἱερὸν χρῖσμα καὶ τὴν ἐπαρχίαν Ἱεροσολύμων λαχών. So auch Niceph. H. E. II. 38: τὴν Ἱεροσολύμων ἐκκλησίαν πρῶτος παρὰ τοῦ σωτῆρος Χριστοῦ ἐγκεχείρισται. Nach Hegesipp. ap. Eus. H. E. III. 5 erhielt Jakobus das Bisthum von Petrus, Johannes und (dem älteren) Jakobus.

[18]) καθάπερ τοῖς χρόνοις Ἀνάνου πρότερος.

[19]) Πᾶσα τῶν διωκτῶν καὶ τυράννων ἡ κατὰ τῶν ὁμολογητῶν Χριστοῦ καὶ μαρτύρων ὠμότης καὶ ἀπόνοια ὑπάρξει σοι τοῦ λαμπροῦ τούτου συνεδρίου παραδείγματα. Ἐν ἅπασι γὰρ ἐκείνοις δῆλον ὡς οἱ μὲν οὐχ ἅπαξ, ἀλλὰ πολλάκις θανεῖν ἄξιοι μετὰ σοβαροῦ φρονήματος προυκάθηντο, νομοθετῶν καὶ κριτῶν περιβεβλημένοι ὄνομα· ὧν δ' οὐκ ἦν ἄξιος οὐδ' αὐτὸς ὁ κόσμος (Hebr. 11, 38.), παρεστῶτες τὴν ἐπὶ θανάτῳ κατεκρίνοντο. Das Todesurtheil ist hier die Excommunications- und Absetzungssentenz, die als ein trucidari gladio spirituali bei den griechischen wie bei den lateinischen Kirchenschriftstellern aufgefaßt wird. Vgl. Cyprian. ep. 62. ad Pompon. ed. Baluz. c. 4. Aug. q. 39 in Deuter.

[20]) ep. 118. p. 159. (L. III. ep. 84. M.): Ἰσμαηλιτῶν ἀθέων πρέσβεις καὶ ὑπηρέτας εἰς ἀρχιερατικοὺς ἄνδρας μεταπλάσαι. Die ἀρχιερατικοὶ ἄνδρες sind nicht Archiepiscopi, wie Montacutius übersetzt, sondern Männer, die von den Patriarchalstühlen (ἀρχιερατικοὶ

Agenten eines so bewunderungswürdigen Conciliums zu machen, so darf dich das doch keineswegs so sehr befremden; es ist das ihren (der Gegner) sonstigen Thaten ganz entsprechend, ganz ihren übrigen Verwegenheiten gemäß. Sie wußten eben, daß die Gnade des Priesterthums ihnen wie diesen ganz gleichmäßig zukomme; es war für die, welche sie in ihre Mitte aufnahmen, da sie selbst unheilig und befleckt geworden waren, nicht möglich, andere Leute zur Vervollständigung ihres Synedriums zu finden, und Jene konnten als Abgesandte der Feinde Christi nicht die Vorsteher und Leiter von anderen Leuten werden, als eben nur von solchen.[91]) Denn wer sonst konnte sich mit ihnen vereinigen und mit ihnen gegen so viele und so würdige Bischöfe und Priester Gottes seine Wuth ausüben, als eben nur die Diener, die Pfleglinge und Sprößlinge der Gott befehdenden Barbaren?[92]) Ihr halbbarbarisches Synodalgericht ist eigentlich ein Räuberhinterhalt zu nennen;[93]) weder Zeugen noch Ankläger noch irgend einen Gegenstand der Anklage konnten sie vorbringen, obschon man Alles von Oben nach Unten kehrte und durcheinander warf, noch irgend eine ausgemachte Thatsache sich zum Stoff des Tadels nehmen. Herumstand ein Heer von Soldaten, das mit Schwertern bewaffnet die Athleten mit dem Tode bedrohte, so daß sie keinen Laut von sich zu geben wagten; man ließ sie sechs oder auch neun Stunden in Einem fort dastehen, weil man nicht ablassen wollte, sie zu beschimpfen und sich nicht sättigen konnte an ihrer Schmach. Es war wie eine Theaterproduktion, wo man wunderbare Schaustücke aufführte, wo nach einander barbarische und gotteslästerliche Briefe auf die Scene kamen.[94]) Das Spektakelstück beendete man spät und nur sehr ungern; nichts Menschliches kam dabei zum Vorschein, weder in der Handlung noch in den Reden, obschon man sich den Schein davon geben wollte; wie Korybanten und Bacchanten schrieen sie laut mit weithin schallender Stimme: „Wir sind nicht zusammengekommen, Euch zu richten, noch richten wir Euch in der That; wir haben Euch schon vorher verurtheilt und Ihr müsset Euch dieser Verurtheilung unterwerfen.“[95])

θρόνου) kommen. Er hat hier zunächst die orientalischen Vikarien im Auge, die er nachher 879 direkt als Abgesandte nicht der Patriarchen, sondern der Saracenen bezeichnet hat.

[91]) οὔτε ἄλλοτε, ματαχειρότονοι ἀποστάται ὄντες, ἄλλων τινῶν κορυφαίους καὶ ἐξάρχους, εἰ μὴ τούτων, (ἦν) ἀναδειχθῆναι.

[92]) εἰ μὴ θεομάχων βαρβάρων καὶ ὑπηρέται καὶ θρέμματα καὶ γεννήματα.

[93]) p. 160: τὸ δὲ κριτήριον μὲν καὶ συνέδριον τῶν μιξοβαρβάρων κυρίως ληστρικὸν ἀποκαλεῖν. Den von Photius oben gebrauchten Namen Räubersynode hatte Theodor der Studit (Refut. poemat. Iconocl. p. 473 B.) der Synode der Ikonoklasten gegeben.

[94]) πολλῆς ἄλλης τερατείας ἐπιδεικνυμένης καὶ δραμάτων, ὥσπερ ἐπὶ σκηνῆς, ἄλλων ἐπ' ἄλλοις τῶν βαρβαρικῶν καὶ βλασφήμων γραμμάτων εἰσαγομένων. Er meint hier besonders die lateinischen Schreiben der Päpste, die ihm natürlich vor Allem widerlich waren und ihm, der seine Sache mit der Sache Gottes identificirte, als Gotteslästerungen erschienen. Statt εἰσαγομένων hat Mon. 553. f. 69: ἐπεισαγομένων.

[95]) ὡς ἡμεῖς οὔτε κρίνειν συνήλθομεν οὔτε κρίνομεν ὑμᾶς· ἤδη γὰρ κατεκρίναμεν καὶ δεῖ στέργειν τὴν κατάκρισιν. Es sind das dem Sinne nach die etwas verdrehten Worte der römischen Legaten an Photius und seine Anhänger act. IV, V, wie auch Jager (L. VI. p. 219. note 3) richtig bemerkt hat.

In einem anderen Tone, aber mit derselben leidenschaftlichen Erbitterung fährt er dann fort: „Obschon diese gottlose, unverschämte und beispiellose Gräuelthat alle Verbrechen der Juden, welche die Sonne gesehen oder der Mond verborgen hat, noch in Schatten stellte, die Missethaten und Gottlosigkeiten der Heiden, die Wuth und Stumpfsinnigkeit aller barbarischen Völker der Erde weit hinter sich zurückließ: so laß dich doch darüber nicht in Verwirrung bringen,[26]) noch gegen Gottes weise Gerichte irgend einen unvernünftigen Gedanken oder ein Murren und Tadeln in dir aufkommen. Ich meinestheils bin weit davon entfernt, darüber zu erstaunen oder darüber verwirrt zu werden; und du wirst bald, wie ich nicht zweifle, ebenso hierin gesinnt sein; im Gegentheil finde ich, wenn es auch Manchen parador scheinen mag, ebendarin die sprechendsten Belege für das untrügliche und Alles durchdringende Walten der göttlichen und übernatürlichen Vorsehung. Wie so aber und inwieferne? Wenn der Zorn derjenigen, welche die Gewalt in Händen haben, gegen die Gläubigen, deßhalb weil sie Zunge und Herz rein bewahrten von Blutschuld, so schwer und heftig entflammt, wenn die Wahrheit auf jede mögliche Weise mißhandelt ist, die Lüge aber in vollem Glanze sich dreist erhebt, wenn die gottlose Verwegenheit jede Handlung, jede Rede, jede Bewegung in der bittersten Weise ausspähet und durchmustert,[27]) wenn bei solchem Anblick die Gerechten nur noch seufzen und Blick und Hände zu dem Auge der Gerechtigkeit emporheben, wenn die Gegner Sykophanten und Zeugen bearbeiten, wenn Viele suchen den Gewalthabern zu gefallen und ihren Wünschen zu dienen, wenn Schrecken und Todesdrohungen über Alle ergehen, die für die Wahrheit noch etwas sagen wollen; wenn noch dazu neben so vielen anderen Leiden und Qualen, welche man ungeahndet ihnen zufügen darf, ihnen nicht einmal gestattet wird zu schreiben oder das Geschriebene abzusenden, und gegen keinen der Heiligen ein Zeuge aufgebracht, nicht einmal gegen sie die selbst bei Barbaren gebräuchlichen gerichtlichen Formen eingehalten werden, sondern in so schimpflicher und lächerlicher Weise, so schamlos und formlos selbst der Schein eines gerechten Verfahrens beseitigt wird — — wenn man, sage ich, das Alles wahrnimmt, wie sollte man dann nicht die stärksten und unzweifelhaftesten Belege und Zeugnisse von der göttlichen Vorsehung finden, die da Alles mit Weisheit lenkt und mit der, wenn auch oft dem menschlichen Verstande verborgen, eine rächende Gerechtigkeit zugleich einherschreitet, welche die Ungerechten bestraft und den Mißhandelten als erhabene Rächerin zu Hilfe kommt? Durch diese seine Vorsehung hat Gott auch jetzt die übermüthigen Bedrücker, mögen sie auch mit Glanz und mit hohem Ansehen ihre Tyrannei zu üben scheinen,

---

[26]) τοῦτο δὴ τοῦτο τὸ ἄθεον καὶ ἀναίσχυντον καὶ ἀνεκδιήγητον τόλμημα, εἰ καὶ πάσας Ἰουδαίων τόλμας, ὅσας ἥλιος ἐπεῖδε καὶ σελήνη συνέκρυψεν, ἀπεκρύψατο, καὶ τῶν ἀθεότητα νενοσηκότων Ἑλλήνων τὸ ἀναιδὲς ὑπερέσχε καὶ παράνομον, καὶ βαρβάρων, ὅποι γῆς εἰσι, τὸ μανικὸν ὑπερεβάλλετο καὶ ἐμβρόντητον· ἀλλ' οὖν μηδὲν τούτῳ καταπεπληγμένος ἴσθι.

[27]) τῆς ἀνείγου τόλμης πᾶσαν πρᾶξιν καὶ λόγον καὶ κίνημα πικρῶς πολυπραγμονούσης.

mit Schmach und Schande bedeckt, seine Streiter aber, die Verfolgten, obschon sie das Aeußerste erleiden müssen, mit Wonne und Freude erfüllt und mit dem fortwährenden Beifall und dem Lob aller Zungen wie mit unverwelklichen Siegeskränzen geschmückt. Jenen bereitet die Vorsehung wegen ihrer schweren Missethaten schon den Anfang ihrer Strafe und gibt ihnen den Vorgeschmack des namenlosen und unausweichlichen Elends, das sie jenseits erwartet, diesen aber legt sie den Kampfpreis zurecht und gibt ihnen ein Unterpfand der jenseitigen unaussprechlichen Belohnung und der heiß ersehnten ewigen Seligkeit. Hier hast du, wie ich glaube, einen deutlichen und sicheren Beweis der untrüglichen und über Alles wachenden Thätigkeit von Gottes bewunderungswürdiger und über die Natur erhabener Vorsehung."

Nicht minder stark spricht Photius den Grundgedanken aller schismatischen Parteien aus, daß nur er und die Seinigen die wahre Kirche, ihre Gegner aber als ausgeschlossen von Christus zu betrachten seien, nicht minder macht er seinem Zorne gegen die päpstlichen Legaten und die Ignatianer, gegen die Abendländer und das achte Concilium Luft in dem kurzen Schreiben an den Metropoliten Michael von Mitylene, der zu seinen eifrigsten Anhängern gehörte und dessen unverbrüchliche Treue er vielfach belobte.*) „Wie das jüdische Synedrium voll Haß gegen Christus, als es die Jünger des Herrn aus den Synagogen stieß, diese nur noch inniger mit dem Herrn und Meister verband, sich selbst aber gänzlich ausschloß von der Theilnahme an den heiligen Geheimnissen und vom Himmelreiche: so haben auch jetzt die Nacheiferer der Juden, welche die Nachahmer der Apostel aus den Synagogen stießen, uns nur desto mehr mit jenen heiligen Männern, den Augenzeugen des göttlichen Wortes, verbunden und vereinigt — denn die Gemeinschaft im Leiden bewirkt nur die Kräftigung der Verbindung im Leben und im Glauben — sich selbst aber haben sie von der Lehre der Apostel und von unserer Rechtgläubigkeit auf die elendeste und kläglichste Weise losgerissen, und indem sie sich ganz von dem Namen und von der Verfassung wie vom Leben der Christen getrennt, haben sie sich in dem Hasse gegen Christus und in dem furchtbaren Morde des Herrn den Juden, denen sie nacheifern, völlig gleichgestellt."**)

Das Anathem war in der griechischen Kirche vorzüglich seit den Zeiten der Monotheliten und Ikonoklasten leichtfertig und nach dem Wechsel der Hofparteien willkürlich gebraucht worden und dieser Mißbrauch hatte ihm viel von seinem Schrecken benommen. Photius weiß diese Thatsache recht gut für sich zu benützen. So beruft er sich auf das Anathem, das eine Ikonoklastensynode einst über ihn und seine Verwandten gesprochen, und stellt damit die neue Verdammung zusammen, die ebenso von Solchen herrühre, welche die Gebote des Herrn verachten und aller Ungerechtigkeit ein weites und breites Thor eröffnen, und nur dazu diene, auch bei seiner Schlaffheit ihn von der Erde

*) Cf. ep. 225. 227. (L. II. ep. 42. 43 ed. Migne.)

**) ep. 116. p. 157: Ὥσπερ τοῖς τοῦ Δεσπότου μαθηταῖς κ. τ. λ. Baron. a. 870. n. 57. L. II. ep. 18 ed. Migne.

in den Himmel zu verpflanzen. Wie man ihn trotz jenes ersten Anathems zum Patriarchen erhoben, so werde auch dieses ihn nur um so höher erheben, ihn um so leichter zum ewigen Leben führen.[30]) „Ehemals" — so schreibt er an den Metropoliten Ignatius von Klaudiopolis[31]) — „war das Anathem furchtbar und schien etwas, das man vor Allem meiden müsse, da es noch von den Verkündigern des wahren Glaubens gegen die Gottlosen ausgesprochen ward. Seitdem aber die unverschämte und sinnlose Verwegenheit der Verbrecher gegen alle göttlichen und menschlichen Gesetze und gegen alle vernünftige Rücksicht, wie sie auch Heiden und Barbaren nehmen, auf die Vorkämpfer der Rechtgläubigkeit ihre Anatheme zu schleudern gewagt hat, seitdem sie auch noch die barbarische Wuth für kirchliche Gesetzmäßigkeit angesehen wissen wollen,[32]) ist sofort diese einst so furchtbare und schreckliche Strafe zur Fabel und zum Kinderspiele geworden.[33]) Vielmehr ist ein solches Anathem religiösgesinnten Männern sogar etwas Erwünschtes. Denn wenn die zu Allem bereite Verwegenheit der Feinde der Wahrheit ein Strafurtheil ausspricht, so macht nicht dieses die Strafen, zumal die kirchlichen, furchtbar, sondern nur die Schuld derjenigen, die sie treffen, während deren Unschuld die Strafen lächerlich und nichtig macht und sie gegen die Urheber zurückkehren läßt; denen, die solch' ein Strafurtheil getroffen, dient es nur zu größerer Verherrlichung. Deßhalb wird jeder unter den Heiligen und Gerechten lieber tausendmal von denen, die von Christus getrennt sind, sich beschimpfen und excommuniciren lassen, als an ihren Ungerechtigkeiten Theil nehmen, mit ihren Gottverhaßten und Christusfeindlichen Schandthaten unter Lob und Beifall Gemeinschaft halten wollen."[34])

Diese Haltung bewahrte Photius mit aller Consequenz; seine Verurtheilung bezeichnete er stets als ein fluchwürdiges Verbrechen, seine Unschuld, seine Legitimität, die Identität seiner Partei mit der wahren Kirche setzte er stets als unzweifelhaft voraus. Sein Haß gegen die Ignatianer und gegen die Lateiner war gleich groß; auch gegen letztere setzte er, wie es scheint, die vor seinem Sturze begonnene Polemik fort, wenigstens in der Frage über den heiligen Geist, die immer noch von Einigen ventilirt ward;[35]) er klagt nicht nur über Profanation der Kirchen, Entweihung der Sakramente, Verfolgung

[30]) ep. 113 Gregorio Diac. et Chartulario p. 155. 156. (Migne L. II. ep. 61.)

[31]) ep. 115. p. 156. 157: Ἦν ποτε σεπτὸν καὶ φοβερὸν τὸ ἀνάθεμα. (Migne L. II. ep. 17.)

[32]) In dem Satze: καὶ τὴν βαρβαρικὴν μανίαν ἐκκλησιαστικὴν παρανομίαν ἐριδοτεί-χησαν ἀπεργάσασθαι ist das Wort παρανομίαν verdächtig und die Uebersetzung: furores barbaricos, ecclesiasticas transgressiones magna contentione habendas contendunt befriedigt nicht. Ich würde lieber εὐνομίαν lesen.

[33]) εἰς μύθους καὶ παίγνια μεταπέπτωκε.

[34]) δι' ὃ καὶ ἕκαστος τῶν εὐσεβῶν καὶ ἁγίων ὑπ' αὐτῶν ἠλλοτριωμένων Χριστοῦ μυριάκις αἱρεῖται προπηλακίζεσθαι καὶ ἀναθεματίζεσθαι, ἢ τοῖς αὐτῶν μισοχρίστοις καὶ θεοστυγέσιν μετὰ λαμπρᾶς εὐφημίας κοινωνῆσαι πονηρεύμασιν.

[35]) Vgl. Amph. q. 28. (Scott. p. 26 seq.), wo eine Schwierigkeit gegen seine Lehre vom heiligen Geiste gelöst wird. Am Schlusse wird der Freund ermahnt, aus dem hier Gesagten den ἀντιλέγειν ἐθέλουσι den Mund zu verstopfen.

der Diener Gottes, sondern auch über Lästerung des heiligen Geistes durch gottlose Zungen und noch gottlosere Herzen. [36]) Die Seinen sieht er, wie sich selbst, nur der Gerechtigkeit wegen verfolgt; sehr oft wiederholt er den Gedanken, sie möchten beim Anblick so schwerer Leiden nicht irre werden an der göttlichen Vorsehung; er weiset es nicht geradezu ab, wenn man ihn mit den Martyrern vergleicht, sucht aber demüthig zu erscheinen, indem er ausspricht, es seien diese Leiden vielleicht auch zu seiner Läuterung bestimmt. In seinem Briefe über die Vorsehung schreibt er seinem Bruder Tarasius: „Wenn ich, wie ich es wünsche, durch meine Leiden von meinen zahlreichen Makeln gereinigt werde, so zeigt sich hier glänzend die erhabene Weisheit und Liebe der Vorsehung; wenn ich aber, wie du glaubst, die schwersten Kämpfe des Martyriums zu bestehen habe, so mißgönne mir nicht die Kronen des Jenseits, sondern bewundere vielmehr und erkenne das wohlthätige und erhabene Walten der ewigen Vorsicht. Möchten nur meine Leiden Eines von beiden sein durch Christi Erbarmung, nicht aber der Anfang einer noch schwereren und ganz trostlosen Strafe!" [37])

Ganz in dieser Weise erließ Photius an die mit ihm exilirten Bischöfe ein tiefe Frömmigkeit athmendes Trostschreiben: [38]) „Die Verfolgung ist hart, aber die Seligkeit des Herrn ist süß, peinlich ist die Verbannung, aber wonnevoll das Himmelreich. Selig sind die, welche verfolgt sind um der Gerechtigkeit willen; denn ihnen ist das Himmelreich. (Matth. 5, 10.) Zahlreich sind die Trübsale und alles Maß übersteigend; aber die jenseitige Freude und Wonne kann nicht nur alle Bitterkeit erleichtern, sondern sie verwandelt sie auch für diejenigen, die ihr Leben nach der dort oben hinterlegten Hoffnung einrichten, in einen Grund des Trostes und der Ermuthigung. Lasset uns also den Kampf nicht scheuen, um den Kampfpreis zu erlangen, [39]) damit auch wir mit Paulus sagen können: Ich habe den guten Kampf gekämpft u. s. f. (II. Tim. 4, 7. 8.) Was kann es Süßeres oder Angenehmeres geben, als diese Worte des Triumphs? Was ist kräftiger und wirksamer, um den allgemeinen Feind der Menschheit zu beschämen? „Ich habe den Lauf vollendet, den Glauben bewahrt; mir ist die Krone der Gerechtigkeit hinterlegt." O erhabenes Wort, das alle Stürme der Leiden beschwichtigt, die Seele mit geistiger Wonne erfüllt, die Verfolger in Erstaunen und Verwirrung setzt, den Verfolgten die Krone verleiht, die Schwachen kräftigt, die Darniederliegenden aufrichtet und erhebt! Diese Seligkeit werde ich erlangen, wenn meine Werke mit meinen Worten in Einklang sind, zugleich mit Euch, meine würdigen Kampf-

[36]) ep. 183. Arsenio mon. p. 272: τὰ ἅγια βεβηλοῦνται, τὰ ἱερὰ ἐμπεπάτηνται, τὸ πανάγιον πνεῦμα (ὢ χειλέων ἀσεβῶν καὶ διανοίας δυσσεβεστέρας!) ὥσπερ τι τῶν ἐκ τριόδου δυσφημεῖται καὶ διασύρεται.

[37]) ep. 81. p. 93. 94. Amph. q. 172. (Mai Nov. Coll. I, II. 178.)

[38]) ep. 168. p. 286. 287: Ἀπὸ τῆς ὑπερορίας τοῖς συνδεδιωγμένοις ἐπισκόποις. Ὁ διωγμὸς κ. τ. λ. (Migne L. I. ep. 15.)

[39]) Ἐχώμεθα τοιγαροῦν τῶν ἄθλων, ἵνα τύχωμεν τῶν ἐπάθλων.

genossen im Herrn, unter der Fürbitte unserer hochheiligen Frau, der Gottesmutter, und aller Heiligen. Amen."

In demselben Sinne hatte er auch an viele einzelne Bischöfe geschrieben. „Ich weiß", — so heißt es in einem dieser Briefe [40]) — „daß viele der Gläubigen nach einer Gelegenheit suchen, die Größe ihrer Tugend zu offenbaren, und daß sie die Martyrer selig preisen, denen die Grausamkeit der Tyrannen ein ewiges Denkmal ihrer Heldengröße verschafft hat. Jetzt ist diese Gelegenheit gegeben, ja in noch größerem Maße, als selbst der Hochherzigste erwartet haben dürfte. Ich hege aber das Vertrauen, daß derjenige, der gegen deine starkmüthige Gesinnung sich erhebt, eine ewig denkwürdige Beschämung, die äußerste und größte Beschämung seiner Ohnmacht wie seiner Frechheit erfahren und durch deine Festigkeit zurückgeschlagen jeden weiteren Versuch aufgeben wird, so daß du durch einen einzigen Kampf zwei herrliche Trophäen erringst, einerseits als Sieger verherrlicht wirst, andererseits durch dein eigenes Ringen und Dulden den Brüdern das Uebermaß ihrer Leiden und ihre zahlreichen Mühsale erleichterst." Wenn dagegen Einer seiner Anhänger, wie eben der Theodor von Laodicea, an den dieses Schreiben gerichtet war, seiner Sache untreu wurde, so fand Photius darin die schmachvollste Apostasie und übergoß den einst hochgepriesenen Freund mit allen möglichen Schmähungen. [41]) Ebenso erging es den Mönchen, die seine Partei verließen. Dem Einsiedler Sabas, dem er die Lösung mehrerer theologischen Fragen zugesandt, [42]) stellte er sich dar als von Scham und Schmerz erfüllt, nicht weil jener jetzt gegen ihn alle Würfel ausspiele, sondern weil derselbe ehemals zur Zahl seiner Freunde gehört zu haben scheine; daß er, sonst so langsam in allen seinen Bewegungen, jetzt so schnell und heftig sich gegen ihn erhoben, sei nur daher zu erklären, daß, sobald man einmal das Natur- und Vernunftgemäße verlassen, zugleich alle Thaten und Regungen einen unruhigen, unnatürlichen und wahnsinnigen Charakter annehmen. [43]) Gegen den sicilischen Mönch Metrophanes, der wider Papst Nikolaus sich erhoben hatte und von Photius als ein für „Christus verfolgter Athlet" gepriesen worden war, [44]) hat er ebenso den bittersten Tadel für eine „Apostasie" in Bereitschaft, die nur durch strenge Buße gesühnt werden könne, [45]) und die er zuletzt als unheilbar ansieht. [46]) Ganz so erinnerte er schon früher den abtrünnigen Mönch Paulus an die Verläugnung Petri, den Unglauben des Thomas, den Verrath des Judas und forderte ihn zur Reue und Buße auf für das, was er mehr gegen sein eigenes Heil als gegen ihn Schändliches begangen. [47])

---

[40]) ep. 140. p. 198. 199. Theodoro Laodic. (L. II. ep. 20. M.)

[41]) Vgl. oben B. IV. Abschn. 6. S. 113 ff. und ep. 176. p. 262. (L. II. ep. 26) an Paul von Cäsarea. Baron. a. 870. n. 58 oben Bd. I. S. 465.

[42]) ep. 176. 177. p. 262 seq. (Amph. q. 95. 96.)

[43]) ep. 90. p. 131: [illegible] κατὰ τῶν ἀποστατῶν [illegible]. (L. II. ep. 50.)

[44]) ep. 149. p. 215. 216. (L. II. ep. 48.)

[45]) ep. 65. 66. p. 118. 119. (L. II. ep. 76. 77.)

[46]) ep. 103. p. 149. (L. II. ep. 82.)

[47]) ep. 7. p. 71. (L. II. ep. 69) oben II. 9. N. 28.

Mehrmals wurden, zunächst, wie es scheint, nach dem Wunsche des Kaisers, der schon aus politischen Gründen eine Verschmelzung der beiden kirchlichen Parteien anstrebte, Versuche gemacht, Transactionen zwischen den zwei Obedienzen herbeizuführen und einen Frieden zu vermitteln. Photius erklärte sich auf das Heftigste gegen diese Bestrebungen. So schreibt er dem Diakon und Chartularius Gregor,[48]) wie er höre, verkündigten Einige der Gegner ringsumher Frieden und suchten dadurch die Einfältigeren zu ködern; wofern sie den Frieden meinten, den der Herr verleihe, so hätten nicht sie den Frieden anzukündigen, sondern von ihm (dem legitimen Patriarchen) zu erhalten;[49]) meinten sie aber den Frieden, den Christus aufzuheben gekommen (nach den Worten: Non veni pacem mittere, sed gladium), so sollten sie wissen, daß sie gegen Christus kämpfen und unter dem Namen des Friedens gegen ihn als Belagerer und Bedränger ausziehen.[50])

Höchst merkwürdig ist ein ausführliches an die Bischöfe seiner Partei von Photius erlassenes Schreiben,[51]) worin er auf das entschiedenste jede Aussöhnung, jede Transaktion mit seinen Gegnern zurückweiset und deßhalb gegen einen zu seinem Anhang gehörigen Ungenannten sich stark ereifert, der ihm eine solche Gesinnung zugeschrieben, die er als Verbrechen und als Wahnsinn verabscheuen zu müssen erklärt. Sei es, daß wirklich einer seiner Freunde solche Gedanken hegte, sei es, daß Photius diesen Anlaß nur fingirt hat, um desto besser dieselbe unbeugsame und trotzige Haltung allen seinen Freunden einprägen zu können,[52]) er bekämpft mit allem Eifer die gegen ihn ausgestreute Verläumdung, als könne er je eine Sache aufgeben, die ihm Christi Sache ist, und sucht in der imponirenden Menge und in der Standhaftigkeit der Seinen einen Beweis für deren Gerechtigkeit, während er die Gegenpartei mit allen möglichen Schmähungen überhäuft. Dieses mit öfteren Unterbrechungen diktirte, den Fanatismus seiner Gesinnungsgenossen entflammende und

---

[48]) ep. 99. p. 141. 142: Ἀκούω τινὰς τῶν ἐναντίων εἰρήνην περιαγγέλλειν καὶ τοὺς ἁπλουστέρους ἐπιχειρεῖν ταύτῃ δελεάζειν τῇ προσηγορίᾳ. (Migne L. II. ep. 59.)

[49]) ἀλλὰ παρ' ἡμῶν ταύτην ὀφείλουσιν λαμβάνειν.

[50]) ὅτι χριστομαχοῦσιν, ὑπὸ τῷ τῆς εἰρήνης ὀνόματι τὴν κατ' αὐτοῦ πολιορκίαν ἀναστάντες.

[51]) ep. 174: Ἀπὸ τῆς ὑπερορίας πρὸς τοὺς ἐπισκόπους p. 215—261. Baron. a. 871. n. 27—46. Migne L. I. ep. 14.

[52]) Baron. l. c. n. 26: Rursum vero versutissimus homo, ne in tanto rerum suarum naufragio aliquis ex suis, quos sibi tanto labore conjunxerat, a se desciscens ad adversarios se transferret, encyclicam ad omnes Episcopos suos scripsit, in qua miro artificio, dum unum labantem firmiter stabiliendum proponit, omnibus, ne fluctuent, opportunum medicamentum apponit, et dum unum severe corripit vacillantem, sollicitos reliquos reddit, ne vel leviter nutent.. Invenies ista artificio miro contexta, si cuncta exacte perlegeris, miraberisque hominem ad fallendum aptissime prae ceteris comparatum. Dictio duriuscula, quae videatur interdum esse concisa non vitio codicis, sed animi depravati affectantis eam orationem, quae solet progredi ab homine ingenti cordis dolore mirum in modum exulcerato. Was Montakutius p. 261 dagegen bemerkt, vermag dieses Urtheil nicht umzustoßen. — Im ersten Satze des Briefes ließ Mon. 553. f. 141 a noch ἐκείνοις: ὅς τῆς κ. τ. λ.

pathetische Schreiben zeigt viele Kunst und Berechnung, so ermüdend auch hier die schwülstige und affektirte Sprache ist. Es verdient dasselbe dem Hauptinhalte nach eine genauere Darstellung; wir lassen den Photius auch hier selber reden.

„Ich wundere mich, wie Jener, den ich meine, so schnell meine Natur vergessen hat — denn ich will ihn in meiner Widerlegung nicht mit Namen nennen, wenn er sich auch noch heftiger und dreister erhebt, da ich wohl sehe, daß Viele leichter durch den ohne Bezeichnung der Person ausgesprochenen Tadel auf den rechten Weg sich zurückbringen, als daß sie eine gegen sie namentlich gerichtete Ermahnung sich gefallen lassen. Wie hat mich Jener so schnell aus dem Gedächtnisse verloren, daß er mich einer so großen Thorheit und der Verachtung der göttlichen Gesetze beschuldigt? [83]) Woher kommt es, daß er in solcher Weise gegen meine Geringfügigkeit auftritt? Oder vielmehr wer hat ihn plötzlich zu einer solchen erhabenen Höhe emporgehoben, daß er, auch wenn ich gar nichts sage, doch mich hört, und während ich nicht einmal auf einen derartigen Gedanken kam, doch aus seiner eigenen Phantasie, wie von einer hohen Warte aus, in die Herzen herabblickt und sie durchdringt und dort dasjenige entdeckt und wahrnimmt, wessen man sich selbst nicht einmal bewußt ist? Ihm bedünkte es, er kenne das Innere der Menschen besser, als der Geist, der in ihnen wohnt, wenn auch Paulus, der nicht erwartete, daß noch solche Männer aufstehen würden, nicht einmal eine gleiche Erkenntniß Anderen hinterließ. (Vgl. 1. Kor. 2, 11.)

Aber aus welchem Grunde werde ich denn so vielfältiger Thorheit, des Verraths an der ganzen Kirche, der Verachtung der bestehenden Gesetze beschuldigt? Was habe ich denn gethan, was ausgesonnen, was habe ich gegen irgend Jemand darüber geäußert? Denn Jener möge nicht glauben und bei sich denken, daß er deßhalb, weil er die Beschimpfung in seinen Worten selbst nicht deutlich ausdrückte, etwas Besseres gegen mich vorbringe, als die, welche etwa laut solche Schmähungen gegen mich ausstoßen. [84]) Denn nicht die Worte geben dem Gedanken sein schweres Gewicht, sondern die Bitterkeit der Gesinnung ist es, welche die Worte hart und heftig und kaum erträglich macht. [85]) Wenn aber die Ausdrücke mit den Gesinnungen in Einklang sind und die Bitterkeit der Gesinnung der Heftigkeit der Aeußerung entspricht, was macht es da noch für einen Unterschied, ob man das durch eben dieselben Worte ausdrücklich aussagt oder durch gleichbedeutende den Gedanken zu erkennen gibt?

Wofern er aber im Hinblick auf den Sturm der Leiden, der über mich hereinbrach, und auf den Andrang der von allen Seiten mich umgebenden Mühseligkeiten dem Wahnsinn mich verfallen glaubte, so hat er wenigstens

---

[83]) ἐπιβαλεῖν Ed.; Mon. 553. f. 141: ἀποκαλεῖν.

[84]) ἄμεινόν τι καθ' ἡμῶν εἰπεῖν τῶν, εἴ τις ἡμῖν τὰ τοιαῦτα λοιδορῆται. (Mon. 553. p. 141.)

[85]) οὐ γὰρ αἱ λέξεις βαρύνουσι τὰς ἐννοίας, τὰς δὲ λέξεις τραχεῖς καὶ δυσφόρους τὸ πικρὸν τῆς διανοίας ἐργάζεται.

etwas, was Menschen zustoßen kann, sich gedacht und ersonnen (und das allein ließe sich zu seinen Gunsten sagen), da das Uebermaß der Leiden und der Mißhandlungen meistens in dem Mißhandelten eine Störung und Abwesenheit des Geistes herbeiführt; mag er auch immer seiner Meinung gemäß dem Satan über mich eine größere Gewalt einräumen, als er einst gegen den heiligen Job hatte; denn über die Seele des Job hatte der Satan keine Gewalt (Job 2, 6.), gegen mich aber hat Jener ihm auch die Herrschaft über die Seele übertragen. Eben damit nämlich, daß er nebst der Gesetzesübertretung einen völligen Wahnsinn mit beimißt, legt er deutlich an den Tag, daß er eine solche Meinung gefaßt und bei sich völlig festgestellt hat.[56]) Jedoch wenn er auch nur zu solchem Verdacht gegen mich fortgerissen worden wäre (aus Unbedachtsamkeit), so findet er doch auch darin einen bequemeren Anlaß zu anderen Schmähungen.[57]) — Um von der gekünstelten und wohlausgestalteten Vertheidigung zu schweigen, so durfte er nicht noch mit Nachstellungen bereiten und das Leiden noch schwerer machen durch die Zuthat neuer von ihm ausgegangener Beschimpfungen, sondern er mußte vielmehr durch einigen Trost und erquickende Reden den Schmerz zu lindern und nach Kräften eine Art von tröstlichem Zuspruch zu ersinnen suchen. Aber erbittern, insultiren, das Mißgeschick vorwerfen, das ist Sache eines Menschen, der am Unglück des Nächsten seine Wonne findet, nicht eines Solchen, der mittrauert und Mitleid hegt, nicht dessen, der als Freund handelt, sondern dessen, der sich benimmt wie die Feinde und gleich ihnen Andere mißhandelt."

Photius schildert nun mit den lebendigsten Farben seine Leiden — die Trennung von seinen Freunden und Verwandten — besonders, was das Härteste, von den ihm treuen Bischöfen,[58]) — die Trennung von seinen Dienern — das harte Gefängniß, in dem er sich mit Wächtern und Kerkermeistern auf allen Seiten umgeben sah, damit er nicht einmal, auch wenn er es noch so sehr wünsche, sein Unglück beweinen und betrauern und von keiner Seite auch nur etwas Erbarmen in Wort und That zu ihm hereindringen könne[59]) — die Qual, die man allen seinen Sinnen[60]) auferlegt — das Verbot des Verkehrs mit Menschen, seien es Freunde oder Feinde, ja selbst des Verkehrs mit seinen Büchern, deren Lektüre vor Allem ihm Trost hätte verschaffen können, des Verkehrs mit frommen Mönchen und Psalmensängern — dann die Leiden seiner Seele, besonders bei der Zerstörung und Entweihung der von

---

56) σαφῶς ἑαυτὸν ἀπενόει τοῦτο καὶ λογισάμενον καὶ κυρώσαντα. p. 217.

57) Doch dürfte die Interpunktion, welcher der Uebersetzer des Baronius l. c. n. 29 folgt, der des Montakutius vorzuziehen sein: Indessen wenn er auch auf diesen Verdacht gegen uns verfiel und (καὶ kann hier auch und und sein) dieses zur Empfehlung (Sanktion) seiner sonstigen Schmähungen erfindet, so dürfte er doch, um — — zu schweigen u. s. f.

58) p. 247: ὑμῶν αὐτῶν (τῶν ἐμῶν παθῶν τὸ πικρότατον) προδιασπάσαντες καὶ ἀποσπάσαντες.

59) ἵνα μηδὲ τὰ οἰκεῖα βουλόμενος κατακλαίειν ἐξῇ καὶ ἀποδύρεσθαι, μηδέ τις ἔλεος πόθεν ἡμῖν παρεισδύῃ μὴ λόγῳ μὴ πράγματι.

60) πάσας δὲ ἡμῶν ἀποπεφραγμένοι τὰς αἰσθήσεις καὶ πρὸς πάσας παραταξάμενοι καινὰς μηχανὰς πρὸς ἐπίδειξιν ἐπενόησαν.

ihm gestifteten und eingeweihten Kirchen, Klöster und Wohlthätigkeitsanstalten, bei der Verfolgung seiner Anhänger und Diener, von denen man, obschon vergeblich, Aussagen über Schätze erwartet, die er verborgen haben sollte, wie überhaupt bei der eingetretenen kirchlich-politischen Reaktion. Dann fährt er fort:

„Daß dieses und noch viel Anderes der Satan oder — ich weiß nicht, was ich sagen soll — gegen mich aussann und ich darunter schwer zu leiden habe, das will ich nicht läugnen; daß aber diese so vielfache Mißhandlung mich des Verstandes beraubt oder zum Verächter der göttlichen Gebote und zum Verräther der gemeinsamen Sache gemacht, das ist eine Anklage, die weit stärker und schwerer ist als das, was offenbare Feinde gegen mich sagen könnten. Wenn aber Einer bei diesen Worten erröthet, es verneint und läugnet, daß er jemals etwas der Art gegen mich gesagt oder auch nur gedacht habe — denn es steht die Sünde, sobald sie durch gerechten Tadel enthüllt und aufgedeckt ist, weit häßlicher da als zuvor, so daß sie nicht einmal von ihrem Urheber mehr als sein ächtes Erzeugniß anerkannt, sondern als Bastard und als abscheuliche Mißgeburt betrachtet wird, zumal wenn das Gewissen durch den Stachel, den der allweise Schöpfer in die Natur gelegt, zur Erkenntniß dessen, was zu thun ist, erweckt wird — wenn er, sag' ich, deßwegen behaupten sollte, daß nichts der Art ihm auch nur in den Sinn gekommen, wenn er vielmehr gegen diejenigen, die je Solches gewagt, mit furchtbaren Verwünschungen und Worten des Abscheus sich ergeht, so fraget ihn bei seiner Freundschaft selbst, worin sich eine solche Rede über mich von der Behauptung unterscheidet, daß ich auf Seite der Feinde stehe und zwischen Freunden und Feinden nicht unterscheide,[81]) und zwar (o furchtbare Unbill!) zwischen Freunden Christi und Feinden Christi. Denn darauf läuft es hinaus, daß man zur Schaar derjenigen, die für Christus leiden, sowohl uns als diejenigen rechnet, die uns und mit uns zugleich Christum bekämpfen — diejenigen die das Blut des Bundes entweiht, die — um von Anderem zu schweigen — die Altäre des Herrn geschändet, das heilige Chrisma oder vielmehr den heiligen Geist, von dem es stammt, verhöhnt und gelästert.[82]) Fraget ihn, ich bitte, wiederum: Wie unterscheidet sich das Eine von dem Anderen als blos durch das größere Uebermaß von Schlechtigkeit? Kann er beweisen, daß das Eine (das von ihm Gesagte) geringer und leichter ist als das Andere (meine Deutung seiner Worte), dann möget ihr in der That glauben, daß ich Unsinn rede, Jenen aber auf alle Art verherrlichen. Uebrigens war die von ihm vertheidigte Behauptung nicht, daß er mir geringere Unbilden

---

[81]) p. 200: ὅτι μετὰ τῶν πολεμίων γενόμεθα καὶ φίλων μεταξὺ καὶ ἐχθρῶν οὐ διαστέλλομεν.

[82]) Εἰς ταὐτὰ γὰρ ἀποτελευτᾷ τὸ βούλεσθαι καταλέγειν ἡμᾶς τῷ κλήρῳ τῶν ὑπὲρ Χριστοῦ παθόντων καὶ τοὺς ἅμα Χριστῷ πολεμοῦντας ἡμᾶς, οἱ τὸ αἷμα τῆς διαθήκης αὐτοῦ κοινὸν ἡγησάμενοι.. τὰ θυσιαστήρια κυρίου ἐξεβεβήλωσαν καὶ τὸ ἅγιον χρίσμα, μᾶλλον δὲ τὸ πανάγιον πνεῦμα, δι' οὗ τὸ χρίσμα, ἐξεμυκτήρισαν. Das bezieht sich zunächst auf das Verfahren gegen die von Photius eingeweihten Kirchen und gegen seine Amtsfunktionen.

als Andere zugefügt noch daß er auch Anderen ein größeres Maß von Beleidigungen übrig gelassen, sondern dafür trat er in die Schranken, daß er nichts, was mir zum Tadel gereichen könnte, zu sagen sich erdreistet habe.[63]). Dennoch wenn er beweisen könnte, daß seine Behauptungen nicht viel von Lobeserhebungen sich entfernen, so stoßet ihn nicht zurück. Wenn er es aber nicht beweiset, wie er es auch nicht beweisen kann, so bringt ihn mit Nachdruck zum Schweigen, erwäget aber auch von dieser Seite mein schweres Mißgeschick, daß ich Nachstellungen von Feinden, Verschwörungen und Lästerungen von Freunden erdulden muß.

Denn wie sollte der, welcher so redet oder denkt, wie jener gute Freund mich reden und denken läßt,[64]) nicht bis zum höchsten Grade des Wahnsinns gekommen, nicht ein Verräther an der ganzen Kirche, nicht ein Verächter und Uebertreter der Ueberlieferungen der Väter, nicht unzähliger anderer Vergehen schuldig sein, der Lüge, des Betrugs, gottloser und treuloser Gedanken, inneren Unfriedens und aller möglichen Uebel, die darin eingeschlossen sind? Hat nun jener treffliche Maler nicht mit passenden und lebendigen Farben mein Bild gemalt, der da versichert, er habe nichts Böses von mir gesagt? Wofern das aus seiner Einfalt stammt, so müssen wir dem Worte des Herrn folgen: „Seid klug wie die Schlangen und einfältig wie die Tauben" (Matth. 10, 16.); war es Bosheit, so müssen wir die anderen Worte des Herrn vorbringen: „Wenn ihr euch nicht bekehrt und nicht werdet wie die Kinder, so werdet ihr nicht in das Himmelreich eingehen" (Matth. 18, 3.), besonders da wir zugleich wissen, welche Strafe den erwartet, der einem seiner geringsten Brüder Aergerniß gibt (das. V. 6 f.). Wenn aber derjenige, der einen Einzigen ärgert, unerbittlich bestraft wird, so gebe ich dem, der die ganze Kirche erschüttert und niederreißt, wohl zu bedenken, welcher schrecklichen Uebel er sich schuldig macht. Möge mit dem Beistand und dem Schirme Christi Keiner sich mit einer solchen Schuld belasten.

Aber das kann ich nicht ohne tiefen Schmerz und ohne Thränen ertragen: „Wenn er" (Photius) — sagt Jener — „diejenigen (zur Gemeinschaft) aufnimmt, die man nicht aufnehmen und zulassen soll, warum sollten wir uns nicht auf ihre Seite stellen? Wollte er sie aber nicht aufnehmen, so werden wir aus Furcht vor der bevorstehenden Strafe, auch wenn wir nicht wollen, die jetzige religiöse Haltung ferner bewahren.[65]) Ueber Gott aber, über den Glauben, über das jenseitige

---

[63]) ἠγωνίζετο ... ὅτι οὐδὲν εἰς μομφὴν ἡμῶν δυσβαῖνον ἐναφῆκε[?].

[64]) ὁ τοσαῦτα λέγων ἢ ἐννοῶν, οἷα λέγειν καὶ φρονεῖν ἡμᾶς ὁ καλὸς ἐκεῖνος φίλος ἀνεπλάσατο.

[65]) Diese Stelle ist schwierig und dunkel; sie ist verschieden interpretirt. Ἀλλ' ἐκεῖνο πῶς ἀναλγήτως καὶ χωρὶς δακρύων οἴσω; εἰ μὲν οὖν, φησίν, οὓς δεῖ δέχεσθαι, δέχοιτο, τί μὴ μετ' ἐκείνων γενώμεθα; Montac.: Illud autem nequaquam sine lacrymis vel sine dolore sufferam, si illos admittat et ad se recipiat, quos Christus edicit non recipiendos, in quorum numero quidni et nos ipsos habet? Der Uebersetzer des Baronius l. c. n. 32 schreibt die Worte: τί μὴ μετ' ἐκ. γενώμεθα; εἰ δὲ μὴ δέχοιτο,

Gericht, über das Gewissen, die Wahrheit, den festen Entschluß — darüber kein Wort [66]) — das Alles hat die Charybdis in Vergessenheit begraben. Ich aber hätte gewünscht, daß er das Gegentheil sowohl gedacht als ausgesprochen hätte: „Wenn er (Photius) die in seine Gemeinschaft aufnimmt, die man nicht aufnehmen soll, werden wir Alle mit kräftiger und lautschallender Stimme rufen, ohne die geringste Scheu, ohne die mindeste Rücksicht auf die Vaterliebe, deren wir uns rühmen und die wir so hoch halten, auf die Pietät, die den Vätern zu erweisen wir stets gelehrt und angehalten wurden, noch auf die Ehrfurcht, die wir sonst gegen ihn bewahrten, [67]) sondern mit Zurückweisung alles dessen werden wir, sag' ich, laut ausrufen: Wie kannst du das thun, Mensch? Wohin läßt du dich fortreißen? Warum überlieferst du dich, ohne es zu wissen, in die Gewalt deiner Feinde? Was willst du unsere Heldenkämpfe zu leerem Geschwätz und eitel Nichts machen? [68]) Was entehrst und schändest du die Versammlung der Gottesfürchtigen? Was erhebest du die Gesinnungen deiner Feinde?" — Ich hätte gehofft, daß er mehr auf diese und ähnliche Gedanken seine Aufmerksamkeit richten würde, wofern er irgend einen Fehltritt an mir wahrgenommen, nicht aber auf das, was er jetzt nach dem Beispiele derjenigen treibt, die da scherzen und höhnen. Ich hätte ferner gehofft, daß er, falls irgend Einer der Feinde vor ihm solche Reden vorzubringen sich erdreistet hätte, wie er sie jetzt vorbringt, mit Steinen ihn verfolgt, als Lügner, Betrüger u. dgl. ihn bezeichnet hätte. Denn es ist wohl für uns Gebot, die sonst uns Verachtung zeigen, zu dulden und zu ertragen, da wir Jünger des sanftmüthigen und friedfertigen Heilands sind; die aber den Glauben beschimpfen, die dürfen wir nicht dulden, wie auch Christus, der sonst alle Beleidigungen ertrug, diejenigen, die das Haus seines Vaters zu einem Kaufhaus machen wollten, mit strengem Tadel hinaustrieb (Joh. 2, 15. 16.) und die Lästerer des heiligen Geistes mit einer doppelten Strafe bedrohte. Doch solche Hoffnungen nährte ich vergebens. — Wer aber hat denn nun ihm angezeigt, daß ich auf den Stuhl des Oberhirtenamtes gestiegen bin und die volle Autorität im Handeln und Wollen erlangt habe? [69]) Dergleichen Reden und Fra-

die auch in Mon. 553. f. 114 a fehlen, in seinem Exemplar nicht gehabt zu haben; er gibt die Stelle so: Siquidem, inquit, quod non decet excipere, excipiat, metu futuri supplicii, vel inviti praesentem pietatem taebimur. Vor οὔτι ist wohl Komma zu setzen. Klar ergibt sich, daß das τότε auf eine Aeußerung des hier bekämpften falschen Freundes sich bezieht, der im Namen aller Anhänger des Photius von dem diesem beigemessenen Verfahren gegenüber den Ignatianern redet. Er sagt: Nimmt Photius die Gemeinschaft der Ignatianer an, warum sollen wir es nicht thun? Thut er es nicht, so bewahren wir unsere jetzige Stellung. Dagegen sagt nun Photius im Folgenden, er hätte viel eher sagen müssen: Wenn Photius mit ihnen in Gemeinschaft treten sollte, so trennen wir uns von ihm ohne alle Scheu; so verwerflich wäre ein solches Uebergehen zum Feinde.

[66]) περὶ δὲ τούτων οὐδέν.

[67]) ἣν (αἰδῶ) περὶ αὐτὸν ἐτετηρήκειμεν. Es ist hier sicher Photius gemeint, der von seinen Schülern so hochgeehrte, als Vater betrachtete.

[68]) τί δὲ ὅσον τῶν ἐχθροῖς ἀγῶνας ἐγχειρίζων; τί τοὺς ἡμῶν ἄθλους εἰς ὕθλους ἐξήνεγκας;

[69]) p. 252: Τίς ποτε δὲ ἄρα τῶν θρόνων ἐπιβῆναι ἡμᾶς τῶν ἀρχιερατικῶν καὶ τὸ κῦρος ἀπαίτης πράξεως καὶ βουλήσεως ἐγχειρισθέντας αὐτῷ κατεμήνυσεν;

gen sind kränkend und wenn sie bei Jemand vorgebracht werden müssen, so muß es bei denen geschehen, die mit Glanz und Herrlichkeit die Zügel der Regierung wieder erhalten haben und den Vorsitz im öffentlichen Tribunale führen. Da, wo die Sünder auf den Knieen liegen, mit vielen Thränen die Erde benetzen und Vieles sagen, um Mitleid zu erregen, diejenigen aber, die bis an's Ende für Tugend und Wahrheit muthig gestritten, mit glänzenden Kronen sitzen und die Stelle der Richter einnehmen, die Einen leicht zur Nachsicht gegen ihre Mitmenschen sich bewegen lassen, die Anderen dem Rechte und den kanonischen Gesetzen nichts vergeben wissen wollen, sondern Alles nach der Natur und dem Maße der Gerechtigkeit auszugleichen und einzurichten suchen, dort, ja dort, wenn es je eine Gerechtigkeit gibt, ist Solches vorzubringen am rechten Ort, bei denen, die eine solche Stellung erlangt, aber nicht jetzt, nicht bei denen, die mit Hunger, Durst, strenger Beaufsichtigung und tausendfältigem Elend zu ringen haben, die ihr Leben sogar gefährdet sehen; denn ihnen ist zum Richten, Verurtheilen und Lossprechen dort Raum und Zeit bestimmt, nicht in der Gegenwart.

Aber, du Vortrefflicher, wenn man Jene nicht zulassen darf, wie kommt es, daß du dich nicht schämst, zu ihnen gerechnet zu werden, während du dich mit einer Krone geschmückt zeigen könntest, den Gefangenen dich beizugesellen, und von der Menschenliebe Anderer zu träumen, während du dich als des himmlischen Adels und der Freiheit verlustig, ja als Verräther gezeigt hast? Wenn es dir aber nicht für eine Schande gilt, zu ihnen gerechnet zu werden, so wisse, daß du der Gesinnung nach auf der Seite derjenigen stehst, deren Thaten du verläugnest,[70]) und jene Heerde hochhältst, der nach deiner Aussage statt der Hirten Wölfe vorstehen; ja du dienest dieser Heerde mehr, als selbst manche ihrer Angehörigen. Denn es sind darunter Solche, die zwar dem Leibe nach bei ihr sind, aber da ihr Gewissen widerstrebt, dabei ermüden und sich zögernd zurückhalten. Du aber suchst, bevor du noch dem Leibe nach mit ihnen verbunden bist, in deinen Gesinnungen und Gedanken dich mit ihnen zu verbinden; daß jenes noch nicht geschehen, davon ist Feigheit, nicht Religiosität, Scham, nicht deine freie Wahl der Grund. Wer ist es also, der sie (die Gegner in die Gemeinschaft) aufnimmt?[71]) Etwa derjenige, der nicht einmal im Traume an ihre Aufnahme dachte oder der, welcher bis jetzt blos durch die Furcht sich gehindert zeigte, zu ihnen überzugehen, und lieber mit den Feinden Schande erleiden will, wofern ihn nur nicht später dafür Strafe treffe, als daß er ein Gegenstand der Bewunderung mit den Seinen für immer

[70]) p. 263: Ἀλλ' ὦ καλὲ καὶ ἀγαθέ, εἰ μὴ δεῖ δέχεσθαι, πῶς οὐκ αἰσχύνῃ μετ' ἐκείνων ἐξετάζεσθαι, καὶ ἐξὸν στεφανηφόρον ὀφθῆναι, τοῖς αἰχμαλώτοις ἐγκαταλέγεσθαι, καὶ τὴν ἑτέρων ὀνειροπολεῖν φιλανθρωπίαν, τῆς ἄνωθεν εὐγενείας καὶ ἐλευθερίας γυμνὸν καὶ προδότην ἑαυτὸν καταστήσαντα; εἰ δ' οὐκ αἰσχρὸν ἡγεῖτο συντάττεσθαι, ἴσθι ὅτι ἐκείνοις ὢν τῇ γνώμῃ (Mon. 553. f. 185. τὴν γνώμην) ὧν ἔλαττον ὑπάρχεις τῆς πράξεως.

[71]) Τίς οὖν ὁ δεχόμενος; ὁ μηδ' ὄναρ τοῦτο παραδεξάμενος; Montac. unrichtig: Quis autem ea admitteret, quae nec somnians approbavit aliquando? Das Vorhergehende zeigt, was das Object zu δεχόμενος ist.

werde? Wenn man sie nicht zulassen und aufnehmen darf, wie sollte Jemand, der sie doch aufgenommen, nicht viel eher mit ihnen sich selber zu Grunde richten, als daß er Andere dem Scheine nach in die Gemeinschaft aufnimmt, die zu derselben einmal zuzulassen nicht erlaubt ist? Denn die Worte machen die Thaten nicht besser, sondern durch die Thaten erhalten auch die Worte Ansehen und Gewicht."

Sodann erklärt Photius, es seien die oben angeführten Worte des Unbesonnenen, den er bekämpft, ganz analog der Aeußerung eines noch von Verbrechen freien Menschen, der beim Anblick allgemein verhaßter Räuber und Bösewichter zu der Obrigkeit sagen würde: „Lasset ihr die Bösewichter, die man ausrotten sollte, ungestraft, was hindert mich, mich zu ihnen zu gesellen, selbst Räuber und Missethäter zu werden, um so Verzeihung zu erlangen? Bestraft ihr sie aber, so will ich aus Furcht vor der Strafe sie nicht nachahmen." — Man sieht in der ganzen Deutung die Bosheit und den Groll des Photius, der die Ignatianer mit Räubern, Plünderern und Verräthern auf eine Stufe stellt, die Gemeinschaft mit ihnen als Theilnahme an den schändlichsten Verbrechen, den Versuch einer Aussöhnung als baaren Wahnwitz betrachtet. Die Gegner sind ihm Verräther am Glauben, Räuber an den Gesetzen der Kirche, also strafwürdig im höchsten Grade, ausgeschlossen von der Kirche; mit ihnen in Gemeinschaft treten hieße derselben Verbrechen sich schuldig machen, den Missethätern Straflosigkeit gewähren, zu neuen Schandthaten ermuthigen, den Glauben und die Disciplin mit Füßen treten. Die schüchternen Worte für eine Vereinigung mit ihnen verdienen nach Photius noch ein härteres Urtheil, als die angeführte Aeußerung zu Gunsten der Räuber.[72]) Ironisch meint Photius, jener Unbesonnene hätte sich nicht die Mühe geben sollen, so viele Worte zu machen, wenn doch von den Gegnern nach den Canonen verfahren werde; vielmehr hätte er sich sogleich ihnen anschließen und für sein Zögern von ihnen Verzeihung erbitten sollen;[73]) wofern sie aber ungesetzlich verfahren, warum mache er sich so viel mit der Frage zu schaffen, ob sie hienieden schon ihre Strafe erleiden oder nicht.[74]) Im ersteren Falle würden sie besser daran sein, weil dann das jenseitige Gericht minder strenge ausfallen würde; es sei das geringere Uebel, hienieden abzubüßen, das größere sei, alle Mittel aufwenden wollen, um nur auf Erden der Strafe zu entgehen; auch sei nicht der Kranke hoffnungslos aufgegeben und in verzwei-

[72]) p. 253. 254: Ἂν δέ τις ἀντὶ μὲν προδοτῶν πόλεως προδότας πίστεως, ἀντὶ δὲ λῃστῶν σωμάτων λῃστὰς θείων νόμων εἰς μέσον παράγοι, ἔπειτα τὰς αὐτὰς φωνὰς ἀναφθέγξῃ, οὐχὶ τὴν ἴσην αὐτὸν ἢ καὶ μείζονα ψῆφον παρά γε τῶν ὀρθοφρονούντων ἀπενεγκεῖν οἰησόμεθα;

[73]) p. 254: Χωρὶς δὲ τῶν εἰρημένων, εἰ μὲν τοῖς ἐκκλησιαστικοῖς θεσμοῖς τὰς πράξεις ἰθύνοντες, τίς (l. τί) δεῖ τῶν ἀπείρων ζητημάτων καὶ λογισμοῖς παλαίειν καὶ ἀποκναίεσθαι; ἀλλὰ μὴ θᾶττον αὐτῶν τῆς μοίρας γενόμενος πολλὴν τὴν συγγνώμην ἐξαιτεῖς τῆς βραδυτῆτος;

[74]) εἰ δὲ ἐκθέσμων ἔργων ὑπηρέτας ἐπίστασαι, τί πολυπραγμονεῖς, ἄν τι δῶσιν ἐνταῦθα δίκην, ἄν τι μή;

feliger Lage, den die Thätigkeit der Aerzte, ihr Schneiden und Brennen von der Krankheit befreit, sondern derjenige, dem die ärztliche Kunst keinen Beistand mehr zu leisten vermag.

Mit der Andeutung, daß noch vieles Andere gegen das gegnerische Raisonnement sich sagen ließe, geht nun Photius seiner Art gemäß auf eine ruhigere und sanftere Behandlung der Frage ein; nachdem er den Freund, der in einen Feind verwandelt schien, niedergeschmettert, sucht er ihn wieder aufzurichten und ihn, sowie durch ihn alle Leser der Encyklika, zu gewinnen. Er nennt ihn Freund und Bruder, weil er die Hoffnung auf seine Besserung noch nicht aufgeben will; er ergeht sich in sanften Klagen, sucht die Herzen zu rühren und die Seinen in der Anhänglichkeit an seine Person zu befestigen. „Wenn das Salz schlecht geworden, sagt der Herr (Matth. 5, 13.), womit soll man würzen? Wenn der Standpunkt meiner Freunde, meiner Brüder, meiner Kinder, meiner Glieder, die ich wie mein eigenes Ich betrachte, die mir von Allen am theuersten sind, derjenigen, um derentwillen ich noch das Verweilen im Fleische der Auflösung und der Vereinigung mit Christus vorziehe (Phil. 1, 23. 24.), um derentwillen ich geschlagen und mißhandelt bin und die Thränen mein Brod werden — wenn ihr Standpunkt ein solcher ist, was habe ich von Anderen zu erwarten? Doch nicht Alle haben Geduld und Ausdauer; nur wer ausharrt bis an's Ende, wird selig (Mark. 13, 13.). Diese Einsamkeit und Verlassenheit hatte David (Ps. 11, 2) zu beklagen; Paulus empfand sie (II. Tim. 4, 11. 16.), ja der Herr selbst (Matth. 26, 56.). Nach solchen Beispielen darf es einen armseligen, aller Mittel beraubten Menschen nicht Wunder nehmen, wenn ihn irgend Einer zu verlassen Willens war. „Aber wäre es nur das allein! Aber sie verlassen nicht blos mich, sondern unter dem Scheine der Trennung von mir trennen sie sich selbst von der Wahrheit, von der rechtgläubigen Kirchenlehre, für die sie bis jetzt alles Mögliche zu erdulden bereit waren; das ist es, was mir am allermeisten das Herz betrübt und mich aufreibt: Glieder zu sehen, die zu unserem Leibe, zu unserem Fleisch und Blut gehören, getrennt von Christus, dem Haupte, und so dem Verderben geweiht! Und dennoch wäre auch dieses an sich unerträgliche Uebel erträglich geworden im Hinblick auf die angeführten Beispiele; daß aber auch die Ursache dieses Verlassens arglistigerweise mir zugeschrieben werden will, wofür bis jetzt noch gar kein Beleg aufgebracht werden konnte, wie sollte man das, wenn auch noch so sehr an das Dulden gewöhnt, irgendwie ertragen können?"

Mit Schmerz und Bitterkeit gedenkt Photius der Beweise von Liebe und Anhänglichkeit, die er dem unbesonnenen Freunde gegeben und von ihm erhalten;[78]) nach einer kurzen Unterbrechung geht er von Neuem darauf ein, wie

[78]) Baron. l. c. n. 89: Καλά γε, οὐ γὰρ ἀπέχω, ταῖς ἀμοιβαῖς τοῦ παρά σε θεῖου καὶ πατρικοῦ φίλτρου καὶ τῶν [illegible] ἐπαίνων καὶ [illegible] καὶ [illegible] (so ist mit Mon. 658. f. 147, b statt des wiederholten ἐπαίνων zu lesen), ἐν οἷς οὐ [illegible] ἐν πάσῃ λόγου [illegible] ἐπέχειν τῇ [illegible] τῆς [illegible] κ. τ. λ. (Nach ἃ σπουδάζεις [illegible] ist mit Mon. cit. λαθεῖν zu setzen). Καὶ εἰ μὴ τῶν ἐπαινο-

hoch und erhaben jener früher stand und wie sehr seine jetzige Unbesonnenheit zu beklagen. In triumphirendem Tone führt er aus, wie der Satan nichtswürdige, schon früher der geistlichen Würde entsetzte, aus der Kirchengemeinschaft ausgestoßene und ausgerottete, dem doppelten Tode verfallene Menschen, wahren Unrath und Auswurf, verwegene und anmaßende Subjekte[76]) — mit solchen Namen bezeichnet er seine Gegner — zur Ausführung seiner boshaften Anschläge gewonnen und mittelst derselben die ganze Kirche zu bewältigen und zu zerstören gesucht, wie aber Gott, der allein Wunderbares wirke und diejenigen, die in der Trübsal ihn anrufen, tröste und stärke, alle seine Pläne vereitelt und ihm die größte Beschämung und die schwerste Niederlage bereitet habe,[77]) indem alle Getreuen der Kirche standhaft ausharrten, seine Künste und Versuchungen überwanden, und zwar mit so allgemeiner, so entschiedener Eintracht und mit solchem Erfolge, daß noch viele ihrer Gegner sich ihnen anschloßen. Mit Vergnügen verweilt er bei dem Lobe der Standhaftigkeit seiner Kampfgenossen, die eine pars magna bei diesem erhebenden Schauspiel gewesen, und findet darin einen großen Trost in seinen Leiden. Er dankt der Vorsehung, daß sie das nicht zur That werden ließ, was der unbesonnene und schwankend gewordene Freund ausgesponnen,[78]) und bittet ihn jetzt mit aller Zärtlichkeit, keine solchen Gedanken mehr zu hegen, wofern ihm etwas am Leben seines geistlichen Vaters liege, das Ende seinen Anfängen entsprechen, die Siegerpalme sich nicht entreißen zu lassen. Die Bischöfe seiner Partei[79]) aber fordert er auf, Jenen durch ihre Ermahnungen und Zusprachen zu befestigen, daß er nicht ferner den Rathschlägen folge, die zum Abfall führen, sondern zu seiner früheren edlen Haltung zurückkehre. Am Schluße ermahnt er sie, wiederum unter Anführung vieler Schrifttexte, wie Phil. 2, 1—3; 1, 27—30; I. Joh. 2, 27. 28, zur

---

λῶν ὁ νόμος ἐπιλέγει (dieser hat aber doch die Weitschweifigkeit des Schreibens nicht verhindert) καὶ τοῦ ὑπαγορεύοντος ἡ χεὶρ καὶ τάχα κἀκεῖνα ἐμπαθῶν ἔδειξε. ἔδειξα ἂν ἀκριβέστερον καὶ διὰ πλειόνων τό τε ἡμέτερον ἄλγος καὶ οἷς ἐκείνως ἡμᾶς ἐλυμήναντο.

[76]) p. 236. 237: ἀνθρώπους τρισαλιτηρίους, ἀνθρώπους οὐδ' εἰς ἀριθμόν τινα συντελοῦντας, πάλαι τῆς ἱερατικῆς ἀξίας ἀπογυμνωθέντας καὶ τῶν ἐκκλησιαστικῶν συλλόγων (δι' ἃς αἰτίας οὐδὲ θέμις λέγειν ἡμῖν) ἐξοστρακισθέντας, δὶς ἀποθανόντας, ἐκριζωθέντας (Jud. V. 12.) κατὰ τὴν ἀποστολικὴν περὶ αὐτῶν προαναφώνησιν σπίλους καὶ μώμους, τολμητὰς αὐθάδεις.

[77]) Καινὸν μὲν γὰρ καὶ παράλογον ὁ πολυμήχανος ἄρτι κόσμῳ παραδεῖξαι ἐνεανιεύσατο, ἀλλὰ καινότερον καὶ παραδοξότερον καὶ θεῖον ἔργον ὡς ἀληθῶς ὁ τῆς φύσεως ἡμῶν πλάστης καὶ δημιουργὸς ἀντιδείξας (Mon. f. 148, a: ἀντανέστησεν). Jener habe gesucht, durch die vorgenannten elenden Subjekte πᾶσαν καταστρέψαι καὶ καταλαβεῖν (l. καταβαλεῖν) τὴν ἐκκλησίαν, Gott aber dermaßen ihn beschämt, ὡς οὐ μόνον ἀντίρροπον τῆς κακουργίας τῶν πονηρῶν τὴν πληγὴν δέξασθαι, ἀλλὰ καὶ χαλεπωτέραν καὶ ἀλγεινοτέραν εἰσπράττεσθαι.

[78]) ἡ δὲ θεία χάρις ἣν ἔχει περὶ ἡμᾶς πρόνοιαν, καὶ νῦν ἔδειξεν (so richtig Cod. Mon., während Montac. ἔδοξεν hat), ὡς ἔργον ἐλθεῖν τὴν βουλὴν οὐκ ἐάσασα.

[79]) Er nennt sie τῆς ἀρετῆς ἐρασταὶ καὶ τῆς εὐσεβείας κήρυκες καὶ τῆς ἀληθείας πρωταγωνισταί. Baron. l. c. n. 41. 45.

Liebe und Eintracht, zur Standhaftigkeit und zum Vertrauen, im Hinblick auf den großen Lohn, der den hienieden Verfolgten im Himmel hinterlegt ist.

Höher konnte man den religiösen Parteifanatismus nicht treiben, als es in diesem Schreiben geschehen ist. Der Gegensatz zwischen Ignatianern und Photianern schien ein unversöhnlicher geworden zu sein; wir werden aber später sehen, daß er es nicht mehr war, als die unterdrückte Partei abermals die herrschende wurde, ihre Interessen auch ihre Taktik veränderten. Die Nichtanerkennung der activen und passiven Ordinationen des Photius erschien als Verbrechen gegen die Kirche selbst, als Beleidigung des heiligen Geistes, als Verletzung der Orthodoxie; insoferne erschienen die Ignatianer als außerhalb der wahren Kirche befindlich und zudem war ihr Haupt wiederholt von den photianischen Synoden mit dem Anatheme belegt worden.

Wann die geschilderten Transactionsversuche gemacht wurden, ist nicht genau zu erkennen. Man könnte an die Zeit vor dem achten Concil, vom Winter 867 bis Sommer 869 denken, in der die Verdammung des Photius noch nicht feierlich ausgesprochen war, oder auch an die Zeit nach dem Concil, als der Kaiser sich bereits überzeugt, daß die strengen Maßregeln gegen die Photianer sie zu keiner Unterwerfung bringen, vielmehr nur ihren Trotz befestigen konnten, und daher an eine andere kirchliche Politik zu denken begann. Welcher Epoche aber auch diese Bestrebungen angehören, die Aeußerungen des Photius liefern den deutlichen Beweis, daß er kein Haar breit von seinem vermeintlichen Rechte abzuweichen, seine Legitimität fortwährend zu behaupten und keiner anderen kirchlichen Autorität sich zu unterwerfen entschlossen war.

2. Weitere Bemühungen des Photius zur Befestigung und Verstärkung seiner Partei.

Auf das deutlichste und bestimmteste hat Photius seinen Standpunkt und seine Haltung dem Patriarchen Ignatius und seinen Anhängern gegenüber in den bisher angeführten Briefen ausgesprochen: es war die Haltung des an seinem angeblichen Rechte unverrückt festhaltenden Usurpators, der Standpunkt der organisirten kirchlichen Revolution. Wie im byzantinischen Reiche das Kirchliche und das Politische sich stets auf das engste verbanden und sich wechselseitig durchdrangen: so nahm auch das religiöse Schisma ganz das Gepräge und die Organisation politischer Parteien an; es war der Kampf nicht wesentlich von dem früheren unterschieden; der einzige Unterschied bestand in der äußeren Lage, vermöge der die früheren Unterdrücker jetzt als die Unterdrückten erschienen. Photius hatte eine Kirche in der Kirche oder vielmehr eine Gegenkirche gebildet; er hatte in den Tagen seines Glanzes ihr so festen Bestand zu geben, ihre Glieder so fest an einander zu kitten gewußt, daß er in den Tagen des Unglücks ihre Auflösung immer noch zu hindern, ja sogar noch sie zu befestigen und zu mehren Mittel genug fand.[1]) Im Geheimen

[1]) ep. 174. p. 258: τὴν ἐκκλησίαν οὕτως ἀνδρείως καὶ στεῤῥῶς ἁρμοζομένην ἀντι-

arbeitete diese revolutionäre Verbindung mit aller Thatkraft, sie beutete Alles zu ihren Gunsten aus, was nur von ferne dazu geeignet schien, ja sie konnte es bald wagen, frei an die Oeffentlichkeit herauszutreten und der herrschenden Partei Schwierigkeiten und Verlegenheiten aller Art zu bereiten. Die Häupter der Verbrüderung waren größtentheils noch dieselben wie unter Michael und Theodora; einmal hatten sie bereits die Macht der Legitimität gestürzt; sie gaben die Hoffnung nicht auf, es werde ein zweitesmal gelingen.

Die photianische „Kirche“ hatte ihre eigene, wohlgeordnete Hierarchie, ihre besonderen Versammlungen und Kirchen; trotz des Exils und der Gefängnißhaft der Anführer hatte sie, von offenen und geheimen Freunden unterstützt, durch die Nachläßigkeit und theilweise Begünstigung der Staatsbeamten gefördert, sich noch mehr zu befestigen Gelegenheit. An seinen alten Freund, den gleichfalls mit ihm gestürzten und verbannten Gregor Asbestas schreibt Photius,[2]) daß er mit Allem demjenigen einverstanden sei, was er „zur Aufrichtung und Befestigung der Kirche Gottes“ arbeite, und ermahnt ihn im Hinblick auf den jenseitigen Lohn für das treue Ausharren in der Verfolgung, die sie beide um Christi willen, „wegen der treuen Beobachtung der Gebote des Herrn“, zu erleiden hätten,[3]) damit muthig fortzufahren und die „Heerde Christi“ zu vermehren, Geistliche zu ordiniren, die Sakramente zu spenden, Kirchen einzuweihen,[4]) zumal da so viele Gotteshäuser öde und zerstört seien und wenig fehle, daß das wahre Christenthum von Grund aus vernichtet werde. Asbestas, ein gewandter Schismatiker seit alter Zeit, wußte trefflich für diese Perpetuirung der Spaltung zu sorgen; er und Photius brachten unbedenklich die Grundsätze in Anwendung, denen die Orthodoxen während der Ikonoklastenherrschaft gefolgt waren; die Ihrigen sollten nicht aus der Hand der Ignatianer die Sakramente nehmen, sondern nur von Geistlichen ihrer Partei, der Gegensatz sollte auf's schärfste durch besondere Versammlungen und Gotteshäuser ausgeprägt, durch die Ordination eines zahlreichen Clerus neue Stützen gewonnen werden. Derselbe Photius, der in der Zeit seiner vollen Macht auf das härteste gegen die Ignatianer, die doch sicher weit triftigere Gründe für ihre Trennung von seiner Gemeinschaft hatten, die alten Canones gegen Separatkonventikel, die sich gegen den öffentlich anerkannten Bischof bilden,[5]) erneuert und verschärft,[6]) trug kein Bedenken, selber solche gegen seinen wiedereingesetzten Nebenbuhler zu organisiren, um sie dann, wenn er wiederum die Zügel der Kirchenregierung vollständig an sich gerissen, seinen Gegnern abermals

---

συστασθῆναι (τῷ διαβόλῳ) . . . τὴν ἐκκλησίαν οὕτω κραταιουμένην καὶ ἀκμάζουσαν . . καὶ λαμπρὸν ἱστῶσαν κατὰ πάσης αὐτοῦ τῆς δυναστείας τὸ τρόπαιον.

[2]) ep. 111. p. 151. Migne L. II. ep. 16. (Baron. a. 870. n. 59.)

[3]) κοινὸς ὑπὲρ Χριστοῦ διωγμός, καὶ τὰ κοινὰ πάθη καὶ ἀνιστόρητα, οἷς ἐπαθλεῖν διὰ τὴν συντήρησιν τῶν δεσποτικῶν ἐντολῶν καὶ παραφυλακὴν ἀξιούμεθα.

[4]) Κοπιᾶτε τοίνυν καὶ κατευοδοῦ (Vgl. φ. 45, 4.) χειροθετῶν τε καὶ ἱερουργῶν, καὶ τὸ ποίμνιον αὔξων καὶ πληθύνων Χριστοῦ, ναούς τε θείους ἐγείρων καὶ τελεσιουργῶν.

[5]) Phot. Nomoc. II. 3. IX. 37.

[6]) B. II. Abschn. 7. S. 432.

auf das strengste zu verbieten und sie an ihnen zu bestrafen. Was für seine Partei ein heiliges Recht war, das war für die Gegenpartei ein fluchwürdiges Verbrechen. Die Kirchengesetze, die er überall heuchlerisch hervorhebt, waren ein Spiel in seinen Händen; sie durften nur zu seinen Gunsten gebraucht, nie gegen ihn selber gekehrt werden;[7]) der Glaube, die ganze Religion war in ihm concentrirt, er war das Haupt der wahren Kirche; wer von ihm sich trennte, war schuldig des Schisma und der Häresie. Nichts hat dem Christenthum so geschadet, als diese Selbstvergötterung eines kirchlichen Demagogen, der sein Ich überall an die Spitze stellt, die Namen von Recht und Unrecht, von Tugend und Laster vertauscht und das Heiligste zum Fußschemel seines Ehrgeizes erniedrigt.

Aber auch auf die Masse des Volkes suchte man zu Gunsten des Expatriarchen zu wirken. Wie wir früher sahen, pflegten in Constantinopel alle politischen und religiösen Parteien die dort so häufigen Erdbeben als Zeichen des göttlichen Zornes über bedeutendere, ihren Interessen oder Wünschen zuwiderlaufende Ereignisse zu betrachten und bei der Menge zu accreditiren. So wurden denn auch zwei Erdbeben vor und nach dem Concil von 870 von den Photianern als Zeichen des Zornes der Gottheit über die Absetzung und Verurtheilung ihres Hauptes erklärt, während die Gegner darin ein göttliches Mißfallen über die zu große Milde, die man gegen den Usurpator und seinen Anhang beobachtet, sowie die Vorbedeutung eines späteren, noch größeren Sturmes, den die trotzigen Schismatiker erregen würden, ausgesprochen sahen.[8]) Am 9. Januar 869 hatte ein heftiger Erdstoß die Hauptstadt in Furcht gesetzt, durch den viele Kirchen und Häuser sowie mehrere Säulengänge zerstört und selbst die Sophienkirche stark bedroht ward, die nur durch umsichtige Maßregeln des Kaisers vor dem Einsturz geschirmt wurde.[9]) Gegen den Oktober wiederholte sich die gefürchtete Erscheinung; es stürzten viele Kirchen und Paläste ein, das bleierne Dach über der Patriarchenwohnung fiel herab, im Hippodrom wurde der eherne Zapfen (Kreisel) auf der Höhe des vieredigen aus einem Steine behauenen Obelisken herabgeschmettert. Auch war der Verlust von Menschenleben dabei zu beklagen; die Verwirrung und die Angst in der Hauptstadt war allgemein.[10]) Unter den Briefen des Photius beziehen sich zwei

---

[7]) Nicet. p. 284: οὕτως ἔτρεχεν ἐν δίψει πάντα κανόνα θεῖον καὶ πᾶσαν θεσμοθεσίαν ἱερὰν διὰ τῆς αὐτοῦ φιλαρχίας συγχέων καὶ δοξομανίας.

[8]) Nicet. p. 268: Οὐκ εἰκῇ δὲ ταῦτα παρηκολούθησε τὰ σημεῖα, ἀλλὰ τῆς μελλούσης αὖθις ἀντιστασίας καὶ ταραχῆς διὰ τοῦ ταραχοποιοῦ δαίμονος ἐπὶ τῆς ἐκκλησίας ἐνίστατο τεκμήρια σαφῆ, ἅπερ ἴσως οὐκ ἂν συνέπεσεν, εἰ .. τὰ κατ' αὐτὸν (l. αὐτῶν) ἐκρίθη μετὰ τῶν ἀποστολικῶν θεσμῶν.

[9]) Ibid.: Ἐννάτην εἶχεν Ἰανουάριος, καὶ πολλαὶ μὲν ἐκκλησίαι, ἔπαυλεις δὲ πλεῖσται καὶ οἶκοι ἐδαφίσθησαν, στεγνῶν τε καὶ ἀνθρώπων ἀνάριθμος γέγονε πανωλεθρία· καὶ αὐτὸς δὲ ὁ μέγας τῆς τοῦ Θεοῦ Σοφίας οἶκος κατὰ πολλὰ μέρη διεκινδύνευσε ῥηγνύμενος, εἰ μὴ τῆς ἀξίας πρὸς τῶν κρατούντων ἐτύγχανεν ἐπιμελείας. Ταῦτα μὲν πρὸ τῆς συνόδου. Das wäre wohl der Jan. 869.

[10]) Καὶ μετ' αὐτὴν ἐξαίφνης ἐπῆλθε κινήματος σφοδρὰ καταιγίς. Ὀκτώβριος ἐνίστατο μὲν καὶ οὕτω βιαίως ἐπίεζε τὸ πνεῦμα, ὡς πολλῶν μὲν ἐκκλησιῶν, πολλῶν δὲ

auf diese Vorfälle,[11]) beide an den Diakon und Chartularius Gregor gerichtet, der ein Mann von nicht geringem Einfluß gewesen zu sein scheint.[12]) In dem ersten[13]) dankt er Gott, daß er nicht als Patriarch in der Hauptstadt zugegen war und das große Unglück mit eigenen Augen ansehen mußte, das er nicht ohne eine starke Hyperbel als das größte darstellt, das je Constantin's Stadt getroffen.[14]) Jetzt, fährt er fort, habe er sich nur um seine persönlichen Angelegenheiten zu bekümmern, darauf sei alle seine Sorge beschränkt.[15]) Wäre er als Patriarch in der Stadt gewesen, die jetzt mehr ein Grab als eine Stadt sei,[16]) so hätte er wegen der von Anderen begangenen Sünden erzittern, über ihr Leiden Mitleid und den heftigsten Schmerz empfinden, dazu aber noch befürchten müssen, durch die Gemeinschaft der Sünden, da er dann als Hirt und Vorsteher erschienen,[17]) zur gleichen Strafe mitverurtheilt zu werden; von dem Allen habe ihn, wie man meine, die feindselige Conspiration der Menschen, eigentlich aber Gottes Huld und Liebe befreit.[18]) Hier spricht Photius bestimmt aus, daß er diese Naturereignisse als Strafen der Sünden ansah, während man ihm sonst die gegentheilige Ansicht zur Last legte;[19]) nur sehr fein und leise deutet er darauf hin, daß das Erdbeben auch als eine Strafe für die an ihm begangene Ungerechtigkeit betrachtet werden könne und

---

παλατίου, καὶ τοῦ πατριαρχικοῦ δὲ οἴκου τὸν φιλιβδὸν οὐκ περιφανῶς ἀνακλίσεων . . . καὶ τοῦ τετραπλεύρου κατολισθὸν κίονος ἐν τῷ ἱπποδρομίῳ, τὸ ἐπὶ τῆς κορυφῆς ἐστηριγμένον χαλκοῦν στροβίλιον ἀνέτρεψεν ὡς ὡς παχύτατον συντριβῆναι αὐτόν.

[11]) Sym. Mag. Bas. c. 5. p. 688, Georg. mon. c. 4. p. 840, Leo Gr. p. 254 — Ersterer mit der Angabe des dritten Regierungsjahres des Basilius (869–870), erzählen von einem Erdbeben am Feste des heiligen Polyeuktus, das vierzig Tage angedauert und die Sigma genannte Muttergotteskirche zerstört haben soll, wobei alle dort anwesenden Psalmensänger, Leo den Philosophen und sieben Andere (Georg. mon. Leo; Sym. zählt elf) ausgenommen, den Tod gefunden hätten. Auch stürzte die *σφαῖρα τοῦ ζῳδίου τοῦ φόρου* (Leo, Georg.) herab. Die Kirche Sigma, die Basilius wiederherstellen ließ, wird auch Theoph. Cont. V. 80. p. 323 erwähnt. Das Fest des heiligen Polyeuktus, der in Cpl. sehr verehrt war (Greg. Tur. de gloria Mart. c. 103. Baron. a. 527), ward immer glänzend begangen, und zwar gerade am 9. Januar (Acta SS. Febr. t. II. p. 650.). Am 13. Januar ward ein anderer Martyrer dieses Namens mit Candidian und Philoromus gefeiert (ib. Jan. I. p. 606, 607.). Der 9. Januar 869 war ein Sonntag. Auf einen solchen verlegt das Erdbeben auch der Anonymus bei Band. Imp. Or. II. p. 46.

[12]) Vgl. ep. 99. 113. L. II. ep. 59. 61 ed. Migne.

[13]) ep. 100. p. 142. Baron. a. 870. n. 60.

[14]) *ἀλλὰ καὶ αὐτῆς τῆς γῆς . . ὡς μέρη πολλὰ συγκατασφαγείσης καὶ τὰ ἐξ αἰῶνος τῆς πόλεως κάλλη τῷ μεγέθει τῶν κακῶν ἀποσκεψάσης.*

[15]) *Νῦν μὲν γὰρ τὰ ἐμαυτοῦ μόνον σκοπῶ καὶ εἰς ἐκεῖνά μοι τὰ τῆς φροντίδος καὶ τῆς ἀγωνίας ἀνατείνεται.*

[16]) *ἐν αἷς (ἡμέραις) τάφος ἀντὶ πόλεως ἡ Κωνσταντίνου.* Die Schilderung, daß nicht blos Privathäuser, sondern auch Kirchen schwer gelitten, daß keine einzige ganz verschont geblieben, einige ganz zerstört worden, andere dem Einsturz nahe gebracht, stimmt, die Uebertreibungen abgerechnet, recht gut mit den sonstigen Angaben über dieses Erdbeben zusammen.

[17]) *καὶ αὐτοὶ δοκοῦντες προεστάναι.*

[18]) *ὧν ἀπήλλαξεν ἀνθρώπινος μὲν, ὡς ἐνόμισαν, ἐπιβουλή, θεὸς δὲ τῇ οἰκείᾳ χάριτι καὶ φιλανθρωπίᾳ ἐρρύσατο.*

[19]) Vgl. Bd. I. S. 464. Sicher hat er sich je nach der Absicht verschieden geäußert.

Gott ihm hier als dem Unschuldigen einen besonderen Schutz habe angedeihen lassen. Wahrscheinlich schrieb ihm Gregor in diesem Sinne, weßhalb Photius in seinem zweiten Briefe, in dem er sein Mitgefühl für die schwer heimgesuchte Hauptstadt zu erkennen gibt, bescheiden in Ansehung der Geringfügigkeit seiner Person diese Annahme ablehnt, die er aber doch nicht geradezu als unbegründet zurückweisen will. „Ich für meine Person möchte nicht sagen, daß die Stadt zur Strafe für die an mir begangenen Ungerechtigkeiten zu einem weiten Begräbnißplatze geworden, ja ich ermahne deine Heiligkeit das nicht zu denken.[40]) Denn wer bin ich, obschon ich Unsägliches gelitten, daß ich eine so starke Aeußerung des göttlichen Zornes herabrufen könnte? Zudem leide ich noch mehr durch das, was die Stadt leidet, und zwar vermöge des allgemeinen Gesetzes der Natur und des Mitleidens, als durch das, was ihre Bewohner mir Uebles zugefügt.[41]) Wenn diese aber dafür, daß sie den Kirchen im ganzen römischen Reiche ihre Herrlichkeit weggenommen,[42]) die Mysterien der Christen muthwillig verhöhnt, die Bischöfe und Priester Gottes mit jeglicher List und mit jeglicher Gewaltthat von ihren Stühlen und Kirchen verjagt, und mitten in der Herrschaft des Christenthums die Thaten und Werke der Heiden frei vollbringen ließen, der gänzlichen Vergessenheit oder vielmehr der völligen Vernichtung die erhabenen Gebräuche und Mysterien der Religion Preis gaben[43]) — wenn sie für solche Frevel die gerechte Strafe gefunden haben sollten: so bin ich wohl nicht im Stande, dem gegenüber das Gegentheil zu behaupten und zu versichern, daß die Sache sich anders verhalte, bis das jenseitige Gericht noch andere größere Missethaten, die sie begangen, enthüllen wird."

Wahrscheinlich suchte dieser Diakon Gregor die Bewohner der Hauptstadt zu gewinnen; aber bei dem niederen Volke, das dem Ignatius anhing, war der gewandte und gelehrte Photius, ihm an sich schon fremd, leichter vergessen, als bei den höheren und gebildeten Classen, deren geistiger Mittelpunkt er so lange gewesen war. Die „Kirche" der Photianer war überhaupt keine Volkskirche, sondern die Kirche der Gelehrten, das Werk einer Schule, die er gegründet; sein Anhang war die Vereinigung seiner blind ergebenen, durch persönliche Freundschaft enge verbundenen Schüler, denen sich die von ihnen unmittelbar abhängigen Handwerker und andere Leute des Volkes sowie die persönlich mit den kirchlichen Verhältnissen Unzufriedenen theilweise anschlossen; der Kern

[40]) ep. 101. p. 142. (Lib. II. ep. 61 ed. Migne): Ἐγὼ μὲν οὐκ ἂν φαίην δίκας τίνουσαν τὴν πόλιν τῶν εἰς ἡμᾶς ἀδικημάτων ἀντὶ πόλεως πολυάνδριον γενέσθαι, παραινῶ δέ, μηδὲ τὴν ὑμῶν ὁσιότητα ταῦτα ἐννοεῖν. (Ungenau Mont.: ast hortor tuam sanctitatem, ut eandem foveas mecum opinionem. Jager p. 246: et je vous prie d' avoir les mêmes sentiments).

[41]) p. 143: πλέον πάσχοντες νῦν ἐν οἷς ἐκεῖνοι πάσχουσι, τῷ κοινῷ νόμῳ τῆς συμπαθείας καὶ φύσεως, ἢ ἐν οἷς αὐτῶν διαφθαρέντων ἐπάσχομεν.

[42]) ὅτι τὸν ἀνὰ τὴν Ῥωμαίων ἀρχὴν ἐκκλησιῶν τὴν δόξαν ἀπεστέρουν.

[43]) καὶ ἐν καιρῷ χριστιανισμοῦ τὰς Ἑλλήνων πράξεις παῤῥησιάζεσθαι παρεσκεύαζον, σιγῇ βαθείᾳ, μᾶλλον δὲ καταστροφῇ τελείᾳ τὰς θείας τελετὰς καὶ τὰ φρικτὰ παραδεδωκότες ἔργα.

und Stern dieser Kirche blieben immer die Ersteren, die besondern Freunde und Schüler des Photius. Daher mußte er vor Allem diese Bande der Freundschaft zu erhalten und zu festigen, das Feuer der Begeisterung zu nähren, die Hoffnung auf eine schönere Zukunft bei ihnen zu erwecken suchen. Und das that er in zahlreichen Briefen unter verschiedenen Wendungen mit Aufgebot seiner ganzen Beredsamkeit und seiner Menschenkenntniß, nicht blos bei den Gliedern seiner Hierarchie, sondern auch bei hochgestellten und einflußreichen Laien.

Die Säulen der photianischen „Kirche" und seine treuesten Apostel [24]) waren außer Gregor Asbestas die von ihm ordinirten Metropoliten Zacharias von Chalcedon, Euschemon von Cäsarea, Georg von Nikomedien, Amphilochius von Cyzikus, Zacharias von Antiochien in Pisidien, dann Michael von Mitylene, Johannes von Heraklea. Vor Allen zeichnete Photius den Metropoliten Zacharias aus. „Wenn ich meinen Zacharias vergesse," schrieb er ihm, [25]) „so werde ich meiner selbst vergessen." Er beklagt sich, keine Nachrichten von ihm erhalten zu haben, so daß Jener vielmehr ihn vergessen zu haben scheine, und versichert ihn in den zärtlichsten Ausdrücken seiner Liebe und Freundschaft. Er möge ja nicht an das Gerede glauben, als habe er (Photius) ihn, den er von Jugend auf kenne, dessen Ruhm und dessen herrlicher Kampf für seine Sache oder vielmehr für die Sache Christi so bekannt seien, zu lieben aufgehört und sei gegen ihn mißtrauisch geworden; das zu befürchten, sei ohne Grund, ja nicht einmal die Vermuthung sei im geringsten gerechtfertigt, bei denen, die ihn (den Photius) kennen gelernt. Photius erklärt, er müsse sich für ebenso thöricht als schlecht halten, wenn er nicht von den edlen Gesinnungen seines Zacharias die vollste Ueberzeugung hegte. [26]) Dieser möge mit ihm die Schwächen der minder Starken tragen, die Brüder, die etwas Menschliches erleiden, mit Liebe und Schonung behandeln, da man Anderen nicht wegen desjenigen zürnen dürfe, wofür man Dank sagen müsse, noch den Schuldigen um desjenigen willen, woraus sich ein leuchtender Beleg unseres Uebergewichts ergibt, zu grollen habe, wodurch ihre unvernünftige Leidenschaft eine vernünftige Rechtfertigung erhalten würde. Photius redet dann mit Nachdruck und im Hinblick auf 1. Kor. 13, 4 ff. von der Kraft der Liebe, die Alles gerne trage und auch die Gegner zu gewinnen suche, und empfiehlt sich dem Gebete des Freundes. Hier suchte er den Zacharias vor Allem zu überzeugen, daß er ihn am meisten schätze und liebe, und gegen die Eifersucht und Mißgunst Anderer über seine Vorzüge [27]) mild und günstig zu stimmen. Zacharias hatte den Photius in der

[24]) Er nennt sie seine συναθλητὰς καὶ συναιχμαλώτους, ψυχὰς διὰ Χριστὸν ταλαιπωρουμένας (ep. 210. L. III. ep. 65), οἱ τῆς εὐσεβείας ἀγωνισταί (ep. 172. L. III. ep. 62).

[25]) ep. 106. p. 151. (L. II. ep. 11 ed. Migne.)

[26]) Ibid.: Εἰ γὰρ ἡμᾶς ὁ μακρός, ὃν ἐκ παιδὸς σχεδὸν ἔγνωμέν σε, χρόνος, καὶ ὁ πολὺς καὶ οὐ μέγα κλέος ὑπὲρ ἡμῶν, μᾶλλον δὲ Χριστοῦ καὶ τῶν αὐτοῦ θεσπισμάτων ἀγὼν καὶ δρόμος οὔπω πεῖραν ἔχειν τῆς σῆς ἐνεργήσασιν ἀρετῆς, οὐκ οἶδα, ὅπως ἡμεῖς τε οὐχὶ κακοὶ κατὰ τοῦ ἀνδρὸς δόξαιμεν ἄν.

[27]) Dahin deuten die Worte: ταῖς σαῖς ἀνεριθεύσονται προτερήμασι.

sechsten Sitzung des gegen ihn gehaltenen Concils am lebhaftesten vertheidigt und damit ein besonderes Anrecht auf seine Liebe erhalten. Er scheint aber doch, sei es vorher, sei es nachher, eine Zeitlang in seiner Haltung geschwankt zu haben. Wie gut es der entsetzte Patriarch verstand, seine Leute zu behandeln, zeigt ein anderer Brief an denselben Zacharias,[28]) in welchem er seinem Herrn und Heiland dankt, der ihn in Allem tröste, der edle und hochherzige Naturen, wenn sie auch einen Augenblick ihrer Tugend untreu werden,[29]) schnell zur Besinnung und zur Wiederaufnahme ihrer früheren würdevollen und erhabenen Haltung bringe; Christus habe nun auch den theuren Sohn Zacharias nicht durch die Macht der ermunternden Worte des väterlichen Freundes, wie er sagen möchte, sondern durch seine eigene hochherzige Gesinnung dahin geleitet, daß er die niedrigen und seiner unwürdigen Gedanken völlig aufgegeben.[30])

Die Trennung und Entfernung, die das Exil herbeigeführt, brachte es mit sich, daß bei dem nur sehr mangelhaften Verkehr bisweilen Mißverständnisse sich ergaben und die enge verbundenen Freunde durch falsche Deutungen irre aneinander zu werden schienen, sich hintangesetzt, verlassen, Preis gegeben wähnten, weßhalb Photius solche Anwandlungen von Mißmuth öfter zu bekämpfen Anlaß nahm. Derselbe Zacharias hatte einmal sich bitter über den Meister beklagt, daß er ihm keinen Trost und keine Erleichterung zukommen ließ, ja nicht einmal ihm gestattete, zu ihm zu kommen, wodurch er so tief betrübt worden sei, daß er selbst das Leben zu hassen begann.[31]) Photius fand Muße, weitschweifig theils in ernstem, theils in scherzhaftem Tone zu antworten: „Du bringst eine Klage gegen mich vor von der Art, daß, falls sie ein Anderer vorbrächte, du billigerweise wegen ungerechter Anklage ihn verfolgen dürftest, und du schreibst eine Apologie, ohne daß dich Jemand angeklagt ...[32]) Ich glaube nicht gefehlt zu haben und sehe eine Beschuldigung gegen mich erhoben, die noch weit über die der Feinde des Sokrates hinaus geht. Und während du zu deiner eigenen Vertheidigung die Luft mit leeren Worten erfüllst, streitest du heftig wider mich mit raschem Anlauf, aber mit unsicherem Schritt und ohne Grund. Die Masse von Lobsprüchen gegen mich kann nicht nur die Beleidigungen nicht entschuldigen, sondern erhöht die Vorwürfe noch um Vieles. Es fehlen und fallen auch Ackerbauer, Matrosen, Soldaten, Schenkwirthe; aber

---

[28]) ep. 107. p. 152. (L. II. ep. 15. M.)

[29]) ἐπειδὰν τῆς οἰκείας ἀρετῆς μικρὸν ἀπονεύσωσι.

[30]) ὡς καὶ νῦν, οὐ τῇ τῶν ἡμετέρων λόγων, ὡς ἂν αὐτὸς φαίης, δυνάμει καὶ παραινέσει, ἀλλὰ τῆς οἴκοθεν καὶ ἐξ αὐτοῦ σοι παρασχεθείσης μεγαλονοίας τῇ ῥώμῃ τὸ γῄδιον μὲν καὶ ταπεινὸν τῶν λογισμῶν ἐχαρίσατό σε ἀποσκευάσασθαι.

[31]) Die einzigen Worte des Zacharias, die Photius in seiner Antwort ep. 221. p. 329. 330. (L. II. ep. 89.) anführt, sind folgende: Ἀλλ' ἴδει σε (φησὶ) μεταπαιδευθέντα(?) με ψυχαγωγῆσαι, ἤ, εἰ μὴ τοῦτο, τὸ γοῦν δεύτερον, ἀρρωστοῦντι ἐπιτρέψαι παραγίνεσθαι. τὰ δὲ μηδέτερον πράξῃς τούτων, πῶς οὐ τοῖς ἐσχάτοις με περιβάλλεις κακοῖς καὶ πρὸς μῖσος ἀπάγεις καὶ αὐτοῦ τοῦ ζῆν; Der sonstige Inhalt des Briefes ist nur aus dem Gedankengange der Antwort zu errathen.

[32]) ep. 221. p. 329: Γράφεις ἡμᾶς γραφήν, ἣν κἂν ἑτέρου γράφοντος δίκαιος αὐτὸς ἦσθα τοῦτον διώκειν ἀδίκου γραφῆς, καὶ γράφεις ἀπολογίαν, μηδενός σε διώξαντος δίκην.

wenn Jemand ihre Vergehen einem Freunde der Wahrheit beimißt, einem Befehlshaber, einem Bischof oder überhaupt einem Manne, der vor der Menge an Tugend sich auszeichnen muß, wie groß ist da die Abgeschmacktheit, die der, welcher einen solchen Kunstgriff braucht, an den Tag legt! So hast du mich, da du mich auf der einen Seite mit Lobsprüchen bis in den Himmel erhebest, auf der anderen Seite in die äußerste Tiefe hinabgestürzt, mich beschuldigt, die Leute zu beschimpfen und zu mißhandeln,[33]) und zwar zu der Zeit, wo ich mit tausendfachem Elend, und was das Schwerste ist, für die Sache der Wahrheit kämpfte und durch die Größe meiner Leiden Alle, selbst die Feinde, zu Mitleiden hinzog. Wer, der nicht ungerecht, nicht grausam, nicht an Geist und Natur ein Barbar ist, nicht alles vernünftige und menschliche Gefühl nebst der Befähigung dazu abgelegt hat, wer sollte so schwer Heimgesuchten, ich sage nicht neue Trübsale ersinnen, sondern nicht Rührung und Theilnahme erweisen?" — Auf die Beschuldigung, Photius hätte den Freund wenigstens zu sich kommen lassen sollen, entgegnet er: Zacharias habe ja gewußt, wie groß die Wuth der Verfolger gegen ihn gewesen, welche Nachstellungen sie allenthalben zu Wasser und zu Land bereiteten, wie er selbst erfahren und in seinem Briefe hervorhebe;[34]) er hätte also andere beliebige Vorwände suchen, nicht aber klagen sollen, daß Photius keine Gegenliebe zeige;[35]) wo der wahre Grund so offenkundig, da sei es keine ehrliche Taktik, nach einem anderen zu forschen: eine solche Unterlage habe die ganze Komödie, die er aufführe, die Tragisches und Komisches vereinige und Ernst im Lächerlichen zeige.[36]) Pathetisch und mit steter Mischung von Scherz und Ernst fährt er fort, er wolle nicht sagen, Jener möge sich nicht so sehr um einen Anderen bekümmern, der ihn nichts angehe, möge ihn in seiner Schuld bleiben, ihn allenfalls geplagt und gezüchtigt werden und leiden lassen, was er verdiene, da er sich schlecht gegen ihn bezeigt und fast die Tugend selbst beleidigt — denn in scherzhaften Dingen dürfe man wohl nicht ernsthaft zu Werke gehen; aber so viel zieme sich zu sagen, daß das Ganze jener Apologie der Weisheit des Aristophanes angehöre.[37]) Wäre nicht ein ihm angetragener Eid dabei im Spiele,[38]) so würde er sich mit der Bewunderung dieses komischen Bühnenstücks, dieser aristophanischen Weisheit begnügt haben; da aber, was nicht hätte geschehen sollen, Gott in dieses Spiel hineingebracht worden sei, so müsse er wohl, auch wenn er nicht wolle, die Wahrheit sagen: er wolle ihn nicht bestimmt als schuldig bezeichnen, aber auch nicht geradezu freisprechen, bis er durch seine eigenen

[33]) ἄνδρας ἐκκωμῳδεῖν ἡμᾶς καὶ κακῶς ποιεῖν αἰτιώμενος, οἷς οὐδὲν πίστεως διακείμεθα.

[34]) p. 330: τὸ δὲ καὶ γενέσθαι αὐτῷ πείρᾳ καὶ ἐκτραγῳδεῖν αὐτὸν τοῖς γράμμασι.

[35]) ὅτι μὴ στέργω στεργόμενος.

[36]) Ἀλλ' ἡ μὲν περὶ ἡμᾶς σκηνὴ καὶ τὸ θέατρον τοιαύτην εἶχε τὴν ὑποβάθραν· τὰ δ' ἄλλο σπουδὴν ὁρῶ παιδιᾷ συνδεομένην καὶ κατήφειαν γέλωτι καὶ κωμικὸν χορὸν ᾄδοντα δάκρυα.

[37]) ἀλλ' ἐκεῖνο πάντως εἰπεῖν προσαποδίδωμεν, ὡς ἐκείνης ἐστὶ τῆς σοφίας, τοιαύτας φέρειν τὰς ἀπολογίας, ἧς Ἀριστοφάνης ὁ καλὸς κορυφαῖος καθέστηκεν.

[38]) p. 331: ἀλλ' εἰ μὲν ἦν μὴ προτεθειμένος ὅρκος κ. τ. λ.

Worte seine Gesinnungen deutlicher erkenne: er könne zuversichtlich behaupten, daß ein solches Spiel noch Niemanden von Schuld und Verantwortung befreit. Er beschwört nun den Freund bei der Gerechtigkeit und den Mysterien der Wahrheit, die Sache, wie sie ist, zu sagen;[39]) er habe das Alles nur gesagt, damit er nicht den Schein auf sich lade, obschon er so laut beschworen wurde, zu schweigen und die Lüge der Wahrheit vorzuziehen, und Zacharias erkennen möge, mit wie viel Lust und wie wenig oberflächlich er seinen Brief gelesen.[40]) Er corrigirt, ihm für die Zukunft grammatische Genauigkeit empfehlend, Einiges an seinem Briefe. Am Schluße wendet er sich voll Wärme an seinen Zacharias; mit ihm in Liebe verkettet verachtet er alle Gefahren und umarmt ihn in der Liebe Christi, wenn er nicht die Last tragischer Erzählungen mitbringt, sondern seinen eigenen edlen Geist, seine ganze reine Seele ihm darlegt.[41])

Auch seine medicinischen Kenntnisse benützte Photius, sich seinem Zacharias gefällig zu erweisen. Er sandte ihm Medikamente und gab ihm genaue Verordnungen.[42]) Dasselbe that er dem Georg von Nikomedien, dem er schrieb, er schätze sich glücklich seinen Freunden und Kampfgenossen mit seinem medicinischen Wissen einige Dienste zu leisten.[43])

Es war schwer, alle Bischöfe gleichmäßig in der Treue zu erhalten; selbst solche, die Photius neu erhoben und denen er die größte Liebe bezeigt, kamen bisweilen auf den Gedanken, zu den Ignatianern überzugehen. Der neuerhobene Metropolit Paulus von Laodicea, im Geheimen im Exil geweiht an Stelle des von beiden Parteien gebrandmarkten Theodor,[44]) stand zu Photius in einem sehr vertrauten Verhältnisse, erhielt von ihm Briefe über gelehrte Fragen,[45]) sowie über andere Angelegenheiten. Einmal schrieb ihm Photius,[46]) er erwarte ungeduldig seine Ankunft, die heiteren Tage berechnend, es scheine die Windstille für jenen zum Sturm geworden zu sein;[47]) er klagte anderwärts über

---

[39]) p. 331: Καὶ σύ, πρὸς αὐτῆς δίκης καὶ ἱερῶν ἀληθείας ὀργίων, εἰπὲ τὴν ἀληθῆ καὶ τὰ ὄντα λέγων.

[40]) ἵνα μὴ δόξωμεν ἐμπαθέστερον (Mon. 553. f. 217 hat ἐμφανέστερον) εἰπεῖν καὶ τὸ ψεῦδος πρὸ τῆς ἀληθείας τιμᾶν, καὶ ἵνα μᾶλλον ἐπιγνῷς, ὡς ἡδέως τε καὶ οὐ περιέργως τὴν σὴν ἀνελεξάμην ἐπιστολήν.

[41]) ἀσπαζόμενος ἐν σπλάγχνοις Χριστοῦ καὶ δέχομαι προσιόντα χαίρων, καὶ πάντας κινδύνους ὑπερορῶν, οὐ τραγικῶν ἡμῖν διηγημάτων ἄγοντα φόρτον, ἀλλὰ τὸν οἰκεῖον νοῦν καὶ τὴν ἑαυτοῦ ψυχὴν προσφιλοῦ πάσης ἀχλύος φέροντα καθαράν.

[42]) ep. 179. p. 267; ep. 223. p. 333. (L. II. ep. 27. 41.)

[43]) ep. 160. p. 213: μικρά τις κατὰ τῶν σωματικῶν παθῶν τοῖς φίλοις καὶ συνάθλοις ἐπικουρία. (L. II. ep. 28.)

[44]) Theodor von Laodicea, „Verräther“ an Photius (Phot. ep. 77. 150. 171. 184) und zugleich vom achten Concil ausgestoßen (s. oben B. IV. Abschn. 6. Schluß), erscheint fortan nicht mehr; seinen Stuhl hatte durch Ignatius Sisinnius erhalten. Auf der Synode von 879 erscheinen Paul und Simon, von denen wohl der letztere noch von Ignatius dem wahrscheinlich verstorbenen Sisinnius zum Nachfolger geweiht worden war (vgl. Le Quien I. 796.), Paul offenbar von Photius erhoben wurde, der noch im Exil an ihn bereits als „Metropoliten von Laodicea“ schrieb.

[45]) ep. 167. p. 242; ep. 230. p. 324. (Amph. q. 91; L. II. ep. 38.)

[46]) ep. 201. p. 301. (L. II. ep. 36.)

[47]) ἀλλ' ὡς ἔοικε, χειμῶνές σοι αἱ εὐδίαι γεγόνασι.

sein langes Ausbleiben;[48]) habe der Freund keine, unversehrte, weittragende Schwingen wie die Taube und wäre er in der Liebe stark, so mache der Sturm (Winter) ihm nichts noch sonst irgend etwas; habe die Liebe aber, wie er nicht glauben wolle, eine Beeinträchtigung erfahren, so werde es nöthig sein, in der Tiefe zu bleiben, bis die Fittiche[49]) wiederum gewachsen, und auch nicht bei Windstille zu ihm zu kommen; er möge die Liebe doch nicht schwinden lassen, sondern sie immer stärker zu entfalten suchen. Derselbe Paulus aber kam doch einmal, wie es scheint, in Versuchung, die Partei seines Gönners zu verlassen und Andere zu einem gleichen Schritte zu bewegen. Photius, davon benachrichtigt, bot Alles auf, die Fluchtgedanken ihm zu benehmen und sein Schwanken zu bekämpfen; es gelang. Diesem Paulus schrieb er daher unter Anderem: „Die Ueberläufer, welche jene, die solches Beginnen tadeln, zu bereden suchen, mit ihnen in das feindliche Lager überzugehen, sind nicht blos von keiner gegen sie vorgebrachten Anklage freizusprechen, sondern sie zeigen sich auch selbst doppelt, ja vielfältig schuldig und strafbar.[50]) Denn die Theilnahme Anderer an dem Verbrechen kann für denjenigen, der damit den Anfang macht, keine Schuldlosigkeit herbeiführen, sondern die Nachahmung desselben durch Andere in Folge der Anreizung ist eine unendliche Steigerung des anfänglichen Unrechts. Ein solcher ist der Fahnenflucht schuldig, Ausreißer, Anführer der Deserteure und Verführer Anderer, und was das Schwerste ist, auch derjenigen, denen ein solches Verfahren, bevor sie zu Sklaven wurden, ein großes Verbrechen war, das sie abgeschworen. Siehe nun zu — oder vielmehr sehet ihr zu (denn ich gebe dir zum Genossen deines Anschlags deinen ächten Jünger in den Fluchtgedanken) — was du sagen kannst, wenn du darüber vor mir Rechenschaft ablegen solltest.[51]) Nun aber lebe wohl und hege keine Flüchtlingsgedanken mehr noch locke Andere zur Flucht an, und es wird das furchtbare und unvermeidliche Gericht für dich nicht über die bloße Drohung hinausgehen.“[52])

Es mögen wohl viele Photianer daran gedacht haben, in solcher Weise Fahnenflüchtige und Ausreißer zu werden. Photius, der fast allenthalben seine Kundschafter hatte, war von jeder Regung und jedem Schritte der Seinen unterrichtet, um zu warnen, zu drohen, zu strafen oder zu ermuntern, zu bestärken, zu beloben. Das bestätigt uns auch eines seiner Schreiben, das schon früher, wahrscheinlich bei Beginn des Concils von 869, an den Metro-

---

[48]) ep. 216. p. 317. (L. II. ep. 37.): „Wäre nicht jener Wintersturm (χειμὼν Winter, auch Sturm, stürmisches Wetter), von dem Christus Matth. 24, 20 spricht (bei Photius die Zeit der Verfolgung), so würde ich mit Recht gegen dich einen Sturm von Worten erregen.“

[49]) Das Bild des geflügelten Eros ist dem Photius sehr geläufig. Vgl. ep. 217. p. 323. (L. II. ep. 91.)

[50]) ep. 222. p. 332. (L. II. ep. 40.): Οἱ δραπέται τοὺς περὶ τὴν πρᾶξιν αἰτιωμένους πείθοντες συνδραπετεύειν οὐ μόνον οὐδενός, ὧν αἰτιῶνται, ἀφίενται, ἀλλὰ καὶ διπλῆς αἰτίας ὑφ' αὐτοὺς, μᾶλλον δὲ πολλαπλῆς ἐνόχους δεικνύουσιν.

[51]) Statt βουληθείη μὲν ist mit Cod. Mon. 553. f. 208 zu lesen: βουληθείημεν.

[52]) καὶ μηκέτι μήτε σὺ δραπέτην ἔχε λογισμὸν μήτε δραπετεύειν ἄλλους ὑπόθελγε καὶ τὰ τῆς ἀφύκτου καὶ φοβερᾶς δίκης εἰς μόνας ἀπειλὰς διαλύεται.

politen Euthymius von Catana auf Sicilien gerichtet ward. Euthymius, einer der älteren Prälaten, der schon vor der Erhebung des Photius ordinirt war, hatte sich diesem angeschlossen, wandte sich aber nach seinem Sturze wieder von ihm ab. Anfangs mochte er Schritte der Annäherung an Ignatius versucht und sich blos von der Partei des gestürzten Patriarchen zurückgezogen haben. Photius, der davon hörte, erließ an ihn folgendes Schreiben: „Ich wünschte Muße zu haben, um mich um deine Angelegenheiten zu bekümmern; du aber hast im Voraus dafür gesorgt, daß ich sie nicht einmal vernehme. Was klagst du daher, daß ich nicht vernahm, was ich hoffte, und das mit Stillschweigen übergehe, worauf ich nur ungern hören konnte? Wenn ich aber, weil ich überhaupt mit Geduld dergleichen anhörte, der Vernachläßigung der Freunde beschuldigt werde, was würden die thun, die das gethan haben, wodurch sie auch die Freunde der Möglichkeit beraubten, zu ihren Gunsten frei zu reden, und die Zungen der Uebelgesinnten schärften nicht blos gegen sich selbst, sondern auch gegen Jene, die einst mit ihnen vertrauten Umgang gehabt? Was ist nun zu thun? Das ist deine Sache, o du — ich weiß nicht, wie ich dich nennen soll. — Möchtest du mir den Freimuth, den ich im Reden hatte, zurückgeben, nichts Unangenehmes mehr von dir mich hören lassen, aber auch denen den Mund verstopfen, die jetzt übel von dir reden, dadurch, daß du zu deiner früheren Haltung zurückkehrst.“ [33]) Wir haben keinen anderen Brief des Photius an diesen Metropoliten; wir wissen aber, daß er unter den Prälaten war, die am 7. Oktober 869 dem Ignatius ihre Reue bezeigten, und seit der dritten Sitzung Antheil an den Berathungen des achten Conciliums nahm. [34]) Sein Name erscheint noch in dem Verzeichnisse der Bischöfe am Anfange der zehnten Sitzung, fehlt aber in den Unterschriften. Wenn letzteres nicht zufällig ist, was bei der Genauigkeit des einhundertundzwei Namen zählenden Anastasius kaum glaublich, so zog er sich vielleicht zuletzt wieder zurück; er scheint aber bald gestorben zu sein; sein Name kehrt später nicht mehr wieder.

Aber solche Fälle waren Ausnahmen; nur ältere Bischöfe von der Ordination des Methodius und des Ignatius traten wirklich zu letzterem über, diese erlangten Wiedereinsetzung in ihre Aemter, während den von Photius Ordinirten die Aussicht darauf verschlossen war. Um so treuer hielten letztere zu ihrem Haupte und ertrugen gerne die Mühsale des Exils und der Verfolgung, die übrigens keinem das Leben gekostet hat. Am härtesten erscheint, der Correspondenz des Photius nach zu schließen, der Metropolit Michael von Mitylene mitgenommen worden zu sein, dem Photius schrieb: „Was du von den Verfolgern erduldet hast, könnte wohl ein Anderer als keinerlei Trost zulassend erklären, ich aber möchte es mit deiner Erlaubniß als erhaben über alles Lob bezeichnen; du hast nun zu erwägen, ob du zu denen gehören willst, die das stärkste Mitleid, oder aber zu denen, welche die größte Seligpreisung verdienen. Wenn du das mit Dank gegen Gott erträgst — und ich weiß, daß das der

[33]) ep. 148. p. 205. (L. II. ep. 22.)
[34]) Acta Anast. Mansi XVI. 44.

Fall ist — so wünsche ich noch mehr an deinen Kronen und an deinen Leiden Theil zu nehmen; wo nicht — was ich nicht wünsche — doch ich will es nicht sagen, überzeugt, daß ich alsdann thöricht reden würde. Möchte ich darum ebenso deine Kämpfe wie deine Siegerkronen theilen." [55]) Und wiederum: „Andere möchten deine Siegerkronen erlangen, ohne deine Leiden zu erdulden, ohne deinen Kampf für die Religion zu kämpfen; mir aber sind deine Leiden kostbar, auch wenn noch Niemand die Hand ausstreckend meinem Haupte die Krone aufsetzt. Daher darf ein solcher Mann nicht verzagt werden, der als beneidenswerth und selig eben in den Gefahren und in den Trübsalen sich bewährt und erglänzt. Denn alles Irdische bleibt, wie du siehst, auch wenn die Stimmen, sei es der Gesetzgeber, sei es der Propheten oder der frommen Könige oder der sonstigen Freunde der Wahrheit, schweigen würden, die so laut und tragisch dessen Eitelkeit verkünden (Ekkl. 1, 1 ff.), stetigem Wechsel und der Vergänglichkeit unterworfen, umgestürzt wird aller Ruhm, der Reichthum, das Glück, aller Glanz, und nichts findet sich unter dem Vorhandenen, was einen besonnenen Geist an sich zu ziehen und zu fesseln vermöchte. Was aber das Jenseitige betrifft, das über jede Rede hinausgeht und durch seine Unveränderlichkeit und Unvergänglichkeit den Würdigen den Genuß der wahren Güter bietet, wie sollte der, welcher darauf seine Hoffnungen gerichtet, dafür seine Augen geöffnet hat, mit den gegenwärtigen Uebeln, die nur wie Träume uns traurig stimmen, zusammenfallen und in den Kämpfen muthlos werden, aus denen für ihn der größte Ruhm erblüht? Deßhalb ist es, wie ich glaube, besser und der Vernunft entsprechender, die Uebel dieser Welt zu den Träumen zu zählen und den unaufhörlichen Genuß der wahren Güter, die wir auch wachend als solche erkennen und die unaussprechlich sind, zu erlangen, als durch den Schein und die Träume von geringen, vorübergehenden, trügerischen Gütern getäuscht unaufhörliche Uebel sich zuzuziehen." [56])

An die ihm enge befreundeten Erzbischöfe Euschemon von Cäsarea und Georg von Nikomedien schrieb Photius: [57]) „Ich verliere den Muth nicht bei dem Anblicke des heftig tobenden Sturmes der Leiden und der Tyrannei; denn ich höre, daß Ihr durch euere Zuversicht auf Gott und euere Frömmigkeit in herrlicher Frühlingsblüthe dasteht, ja ich freue mich noch, daß die Unverschämtheit Jener, die Euch mit Schmach und Schande zu bedecken suchten, Euch noch glänzender und bewährter gezeigt hat. Aber, o Freunde, Brüder und Kinder, und wenn sonst noch ein Name der Zärtlichkeit und der natürlichen Zuneigung mehr entspricht, [58]) lasset uns bis zum Ende für Gott diese edle Gesinnung, diese reine Liebe bewahren, und wie jener hochherzige Job über den Anführer der Bösen durch seine bewunderungswürdige Geduld und seine persönliche Tapferkeit triumphirte, so lasset auch Ihr und jenes heilige Volk Christi, die-

[55]) ep. 225. p. 341. (L. II. ep. 42.)
[56]) ep. 227. p. 344. (L. II. ep. 43.)
[57]) ep. 126. p. 166. 167. (L. II. ep. 19.)
[58]) καὶ εἴ τι θωπείας καὶ φίλτρου φυσικῆς οἰκειότερον.

ses königliche Priesterthum, wie jetzt, so auch immerfort, Euch und Uns zeigen und bewähren als dessen edle und ausgezeichnete Jünger in Leiden und Trübsal; denn, wie Ihr wohl wisset, die Kronen und Siegespalmen gehören denen, die da streiten und ausharren bis an's Ende." Aehnlich ermahnt er den Erzbischof Johannes von Heraklea, sich zu freuen, daß er den Herrn in seinem Leiden nachahmen und ewigen Lohn sich erringen könne.[59])

Photius wußte wohl, daß er nicht alle Freunde auf die gleiche Weise zu behandeln habe, und er fand für jeden das geeignete Mittel, ihn fester an sich zu fesseln. Wo er keinen Erfolg seiner Vorstellungen voraussah, da wollte er seine Worte nicht verschwenden, auch wenn ihm seine besten Freunde dazu riethen. Amphilochius von Cyzikus hatte ihn zu bewegen gesucht, einen abtrünnigen oder schwankenden Genossen mit der Kraft seiner Worte zu gewinnen; aber der Meister erwiederte dem minder weltkundigen Jünger: „Eine richtige Ueberzeugung wird nicht sowohl durch die Macht des Redenden als durch die Gesinnung des Hörenden hervorgebracht. Daher will ich mich nicht durch Ermahnung eines Hartnäckigen dem Gelächter aussetzen für den Fall, daß ich nicht überzeuge; möchte nur der Hartnäckige blos sich Gespötte zuziehen, nicht aber auch in der jenseitigen Welt die Verdammung!"[60])

Auch an ihm ergebene, ihrer Frömmigkeit wegen berühmte Mönche und Einsiedler wandte sich Photius und flehte sie unter pathetischer Schilderung seiner Leiden um ihr Gebet bei Gott an. „Einst" — so schrieb er dem Anachoreten Arsenius[61]) — „war die Zeit zu schreiben, jetzt ist die Zeit zu schweigen. Damals war es Zeit zu schreiben, als noch über das ganze Reich Ruhe und Friede ausgegossen war, als die jetzt verhöhnte Tugend noch bewundert, als die Frömmigkeit noch in Geltung war; damals als die Wahrheit (wohin ist sie jetzt entflohen?) noch im Munde und im Gehör frei auftreten konnte, als das Reich in besonnener Freude Feste feierte, als das philosophische Leben (der Mönche) die Nachahmung der heiligen Männer erstrebend noch der Nacheiferung für werth galt, die hohe und höchste Priesterschaft nicht sowohl durch die Symbole der Weihen als durch die Tugenden, mit denen sie die Geweihten strahlen ließ, sich kenntlich machte.[62]) Jetzt aber was soll ich schreiben? Klagelieder? Aber darin ist mir der so gefühlvolle Jeremias schon zuvorgekommen. Denn der jetzige Zustand ist so unerträglich wie der damalige. Oder Seufzer? Aber welche und was für Seufzer würden genügen für einen sol-

---

[59]) ep. 218. p. 324. fin. Zu derselben Art gehört die Ermahnung am Schlusse der Amphil. q. 130. (Gall. n. 31. p. 728.): Σὺ δέ μοι τὰ τοῦ Χριστοῦ καὶ Παύλου [illegible]

[60]) ep. 198. p. 295. (L. II. ep. 32.)

[61]) ep. 181. p. 271—273. (L. II. ep. 69.) Aehnlich ep. 59. p. 113. (L. III. 21.): Die Tugend ist jetzt in den Koth getreten (προπηλακίζεται), jede Schlechtigkeit bewundert.

[62]) τὸ ἱερατικὸν καὶ ἀρχιερατικὸν οὐχ οὕτω διὰ τῶν τελεστικῶν συμβόλων ὥσπερ ἀπὸ τῶν κατορθωμάτων, οἷς περιέλαμπον τοὺς φορέσαντας, ἐγνωρίζοντο.

chen Strom von Unheil? Von Thränen hat ein um das andere Leiden solche Bäche hervorgebracht, daß die Quellen vertrocknet sind.[83]) Die Einsamkeit, die Berge, die Höhlen, die letzten Winkel der Erde geben kaum noch eine Zuflucht den Priestern und Hohenpriestern Gottes, die nicht vorher schon hartes Gefängniß oder schwere Verbannung getroffen hat. Ich will nichts Weiteres sagen. Denn die Furcht vor den ausgestoßenen Drohungen gestattet nicht einmal, all' die Leiden zu beklagen, denen wir unterworfen sind, was doch in solchen Trübsalen der einzige Trost gewesen wäre. Das schreibe ich: Aber du hast davon Kenntniß, wie mit den Augen und den Ohren, so mit deinem Mitgefühl für Christus und durch die Erfahrung selbst. Ich habe, was ich schreiben soll: Stelle dich hin vor Gott, den Schöpfer mit seinem Geschöpfe zu versöhnen, strecke deine heiligen Hände aus, indem du seine am Kreuze ausgespannten Arme, wie um Schutz zu erflehen, hinhältst, dazu die Nägel, die Lanze, das Blut, den Tod, das Grab, wodurch wir erlöset worden sind;[84]) du hast genug, um damit ihn, der leicht sich versöhnen läßt, zu erweichen: die Schwere der Verfolgungen, die unverbrüchliche Treue der Verfolgten für die Religion, die Zerstreuung der Heerden und der Hirten, unter denen einige sind, von denen man nicht einmal weiß, wo auf der Erde sie sich befinden, die Theilung und Spaltung (wehe mir!) der Kirche Gottes. Denn es spaltet die Kirche die Furcht vor Gott und die Furcht vor den Menschen.[85]) Der göttliche Ausspruch (Matth. 26, 41) kann nicht lügen: „Der Geist ist willig, aber das Fleisch ist schwach." Das bringe vor, oder vielmehr du kennst besser das, wodurch du Gott erweichen kannst. Denn die reinen Herzens sind, wissen als solche, die Gott schauen, soweit ihn zu schauen dem Menschen möglich ist, besser auch das, wodurch er erweicht wird. Zur Mittlerin der Fürbitte nimm die jungfräuliche Mutter des Wortes, rufe ihr die Schwäche des menschlichen Geschlechtes zu, diese lange und unerzählbare Trauergeschichte; sie weiß Mitleid zu hegen mit ihrem Geschlechte. Nimm auch den Chor der Martyrer hinzu; sie haben durch ihre Leiden für Christus das Anrecht und die Freiheit, denen, die um seinetwillen leiden, beizustehen; die Gemeinsamkeit der Leiden ist an sich schon eine Ermunterung zum Beistande für die Leidenden. Von allen Seiten her wird die Fürsprache leicht, das Flehen ist hoffnungsreich; einer Sache nur bedarf es: deines beharrlichen, deines anhaltenden Gebetes."

Sicher gehört dieses Schreiben zu dem Schönsten, was Photius damals geschrieben hat. Aber die Darstellung seiner Sache als der Sache Gottes begegnet uns auch hier; die Gottesfurcht wird blos für die standhaften Photianer in Anspruch genommen, während als Motiv der zu Ignatius Uebergetretenen nur die Menschenfurcht erscheint; darauf wird die ganze Spaltung

83) τῶν δακρύων ἄλλο ἐπ' ἄλλο πάθος προσκαλούμενον (Mon. 582 f. 157: προσκαλούμενον) τὸ ῥεῖθρον.

84) δι' ὧν (Mon. cit. f. 158: δι' ὃν) ἐσώθημεν.

85) τὴν ἐκκλησίαν θεοῦ κατατεμνομένην (οἴ μοι) καὶ μεριζομένην· μερίζεται γὰρ αὐτὴν φόβος θεοῦ καὶ φόβος ἀνθρώπινος.

reducirt. Nur wegen der Schwäche der Menschen wünscht er zunächst das Ende der Verfolgung; als die Leiden der Seinen erscheinen Gefängniß, Verbannung, Umherirren im Elend, nicht Tod, Verstümmelung und andere Qualen. Mit seiner Herrschaft ist Tugend, Wahrheit und Gerechtigkeit verschwunden; das Laster und die Lüge triumphirt. Ganz dieselbe Idee herrscht in einem anderen Briefe an denselben Arsenius.[66]) „Wozu schreibe ich? Verschwunden ist das Gebet, verschwunden ist die Tugend der Menschen, die freie Bewegung zu Gott hin ist abgeschnitten, einsam und verlassen ist das Leben der Männer, welche Gottes Vorsehung herabziehen auf die Erde; die Gerechtigkeit (wie soll ich sagen? Ich möchte es wohl nicht sagen) schläft, die Ungerechtigkeit macht sich breit, es gibt keine Scheu mehr, weder vor göttlichen noch vor menschlichen Gesetzen. Die Männer von jener alten Tugend, soweit sie nicht Bande und Wachen und Verurtheilungen zur Verbannung vorher getroffen haben, verschließen sich auf Bergen und in Höhlen und indem sie wie ganz unerwartet auf das allgemeine Mißgeschick stoßen, stehen sie zwar soweit als möglich von den stürmischen Wogen des Lebens entfernt, leisten aber auch keine Hilfe und haben keine Sorge für diejenigen, die noch im Strudel der Welt von den Wogen umher getrieben und untergetaucht werden; sie heben nicht um Hilfe flehend ihre Hände zu Gott empor, noch sagen sie mit Moses: „Wenn du vergeben willst, so vergib" und was weiter noch in jener wunderbaren und von Liebe überströmenden Rede folgt (Exod. 32, 32 ff. gr.), noch erwirken sie Befreiung von den unbezwingbaren Leiden, durch welche Menschen ihresgleichen fortwährend aufgerieben werden. Wofern ich nicht die Wahrheit sage, so ist es deine Sache, mich zurechtzuweisen, meine aber, mich eines Anderen belehren zu lassen, und zu bekennen, daß ich Scham empfinde, die mir aber ewige Freude bringen wird."

Dem Gebete eben dieses Arsenius schrieb Photius die Befreiung von einer schweren Krankheit zu, die ihn nahe an den Rand des Grabes gebracht; Gott, bemerkt er, habe ihm das Leben, vielleicht zur Buße, gelassen;[67]) er lebe noch, wenn auch die Nachwirkungen und Ueberbleibsel der Krankheit seinen körperlichen Zustand schwer herabdrückten. Zugleich äußert er sich damals über die der Leitung des Arsenius unterstellten Bulgaren, die sich dem Mönchsstande widmen wollten,[68]) und freute sich über die Brüder, die aus den Wogen dieser Welt sich zu erheben und durch einen so ausgezeichneten Führer in den Hafen der Ruhe und des philosophischen Lebens eingeführt zu werden verlangten. Der zur Leitung der bulgarischen Novizen ausersehene Einsiedler hatte vorher an Photius geschrieben und unter Anderem gesagt, daß derselbe immer noch mit den Augen sehe, mit denen er früher gesehen, und ihn vielfach gepriesen.[69]) Photius wies damals das Lob zurück, indem er als Sehender

[66]) ep. 231. p. 345. (L. II. ep. 89.) Baron. a. 870. n. 67.

[67]) ep. 236. p. 357. (L. II. ep. 95.) ibid.

[68]) In der Aufschrift: μετὰ τὸ ἀποσταλῆναι πρὸς αὐτὸν τοὺς ἐκ Βουλγαρίας ζητοῦντας μονάσαι.

[69]) Εἰ βλέπω ἐγὼ καὶ τότε ὀφθαλμοῖς τοῦ πάλαι βλέποντος· τοῦτο γάρ με τὸ σὸν ἀνύμνησε γράμμα.

nicht wohl einen Blinden (als solchen hatte Arsenius sich wohl in seiner Demuth bezeichnet) denen, die zum Lichte der Wahrheit eilten, zum Führer habe geben können, was vielmehr nur Sache eines nicht blos für sich Blinden, sondern auch eines Solchen sei, der Andere, die sehen wollten, blind mache und vom rechten Wege abführe. „Wenn also das gespendete Lob nicht gänzlich ein Traum und ein Geschenk wie in einem Schauspiel ist, so habe ich die der Leitung Bedürftigen nicht einem Blinden, sondern einem wohl Sehenden anvertraut,[70]) und es war das die Wahl eines gerechten Urtheils, es geschah mit rechter Gesinnung, und nicht mit einer das Recht verhöhnenden Vorliebe, nicht mit einer zu ungebührlicher Zuneigung gehenden Kindesliebe." Demnach soll Arsenius nicht mehr von einer unverdienten Ehre, einem über alle Wunder gehenden Wunder, von einer über das gewöhnliche Maß hinausgehenden Bevorzugung seiner Person reden, als habe er ihm etwas aufgebürdet, dem er nicht gewachsen sei. Man sieht daraus, wie Photius auch in anderen Zeiten — denn der Brief gehört wohl einer früheren oder späteren Epoche an — einflußreiche Mönche zu gewinnen wußte.

Der Abt Dorotheus vom Kloster der Kedrener hatte dem Photius gemeldet, daß er es bitter beklage und beweine, von seiner Freundschaft im Herrn einst getrennt gewesen zu sein;[71]) Photius belobte diese Reue, da es vor Allem zur Tugend gehöre, den Verlust der Liebe zu beklagen, und nicht blos sich Besserung vorzunehmen, sondern auch den früheren Fehltritt bitter zu beweinen; er erklärte aber, er sei so weit entfernt, seine frühere Entfremdung und Meinungsverschiedenheit zu tadeln, da er die Aufrichtigkeit seiner jetzigen einträchtigen Gesinnung wahrnehme, oder mit der Verzeihung zu zögern, daß er vielmehr der Alles mit ihrer Weisheit lenkenden Vorsehung danke und auch ihn zu diesem Danke auffordere. Daß Dorotheus in solcher Zeit eine so aufrichtige und männliche Freundschaft an den Tag lege, sei ein großes Lob für seine jetzige Gesinnung und eine unzweifelhafte Bürgschaft für die Zukunft, sowie eine Rechtfertigung für das Vergangene, die sonst nichts Anderes erheische; ja sie verleihe an und für sich für die gegenwärtige edle Handlung alle Ehre und Glaubwürdigkeit vor dem unbestechlichen Gerichte, indem sie die frühere Trägheit mit aller Nachsicht richten lasse. Dieser Abt sandte an den exilirten Patriarchen ein diesem sehr willkommenes Geschenk, wofür dieser herzlich dankte.[72]) Das Geschenk, schrieb er, sei ein Ausdruck ächter Liebe; daß es in solcher Zeit gegeben, beweise ein glühendes Verlangen; daß es unter so viel drohenden Gefahren gespendet worden, beweise den Eifer des Martyriums.[73]) Christus der Herr und Gott werde dafür, auch wenn er schweige, jenen zum Antheil an seinem Reiche berufen. Möchte nur seine Anwesenheit

---

[70]) Die Uebersetzung und Interpunktion bei Montakutius ist unrichtig; nach ἀληθῶς vor βλέποντι ist Komma zu setzen.

[71]) ep. 221. p. 311. (L. II. ep. 51.): Σὺ μὲν ἀλγεῖς καὶ θρηνεῖς ἐφ' οἷς πάλαι τῆς ἡμῶν ἐν κυρίῳ ἀγάπης διέστης.

[72]) ep. 220. p. 313. (L. II. ep. 52.)

[73]) μαρτυρικοῦ ζήλου.

ihn bald erfreuen mit dem großen und hohen Troste, den sie biete, mit den heiligen Hoffnungen, denen seine hochheilige Seele sich hingebe.

Mit der Disciplin der Mönche beschäftigte sich Photius auch in dieser Zeit angelegentlich und er gab Entscheidungen gerade so wie wenn er noch den Patriarchenstuhl inne hätte. Der Metropolit Zacharias von Antiochien in Pisidien [74]) hatte ihn befragt, wie es mit dem dreijährigen Noviziate [75]) der Mönche in dieser schweren Zeit zu halten sei. Seine Antwort [76]) beginnt Photius mit dem Hinweise auf den Apostel Paulus, der seine zahlreichen Schüler von dem Umgang mit den Schlechten abmahnte, aber selber mit solchen umging, ja den Gesetzlosen wie ein Gesetzloser ward (I. Kor. 9, 21.), nicht weil er sich selbst das Anderen Verbotene nach Willkür gestattete, nicht weil er Anderen Sicherheit schaffen, sich selbst aber einen Nachtheil zuziehen wollte, nicht als hätte er seine eigenen Vorschriften vergessen, sondern weil er wohl wußte, daß er, zur Vollkommenheit gelangt und unbeweglich zum Schlechten, keine Makel vom Umgange mit den Bösen zu fürchten hatte, vielmehr ihnen von seiner Reinheit mittheilen zu können hoffen durfte, seine Jünger aber, unvollkommen und leicht verführbar, davon Schaden erleiden und ihre guten Sitten in schlechtem Umgang einbüßen könnten. Daraus glaubt Photius die ihm vorgelegte Frage lösen zu können. [77]) Ebenso müsse man bei der Frage über das dreijährige Noviziat einen Unterschied zwischen Vollkommenen und Unvollkommenen machen. [78]) „Diejenigen, die einer vorgängigen Reinigung bedürfen, wohl die größere Zahl, einer solchen Prüfung zu unterwerfen ist jedenfalls das Bessere; diejenigen aber, die sich selbst zuvor geläutert haben und so zu dem philosophischen Leben übergehen, haben die Einhaltung dieser Zeit nicht nöthig. [79]) Gleichwie aber unter denen, die sich diesem erhabenen Stande widmen, ein vielfacher und großer Unterschied sich zeigt, und deßhalb auch eine verschiedene Art der Prüfung gestattet wird, so zeigt sich auch bei denen, die zur Vorstandschaft und zur erziehenden Leitung der Anderen berufen werden, [80]) nicht dieselbe Weisheit und Erziehungskunst. Deßhalb wäre es wohl am Besten, daß die minder Einsichtigen nichts von sich aus vornehmen, sondern Alles thun im Hinblick und in genauer Ausführung der Vorschrift der Canones; was aber diejenigen von den Vorstehern betrifft, die theils durch ihre vielfache Erfahrung und Uebung in menschlichen Dingen, theils durch die Gnade und den Beistand Gottes hinlänglich befähigt sind, die Neigungen und

---

[74]) Le Quien Or. chr. I. 1040.

[75]) Das dreijährige Noviziat hatte can. 5 des 861 von Photius gehaltenen Concils eingeschärft. Vgl. auch Thomassin. P. I. L. III. c. 25. n. 12.

[76]) ep. 191. p. 289. 290. L. II. ep. 30.

[77]) Πρὸς τί δέ σοι ἀφορᾷ ὁ λόγος καὶ τί βούλεται; ἢ δῆλον ὅτι τὸ παρὰ τῆς ὑμῶν τελειότητος ἀσφαλὲς προϊστάμενον.

[78]) οὕτω χρὴ καὶ περὶ τοῦ διορισμοῦ τῆς τριετίας λογίζεσθαι, ὃν ἐπὶ τῶν προσιόντων τῷ μονάδι βίῳ ὁ ἀκριβὴς λόγος διωρίσατο.

[79]) ὅσοι δὲ αὐτοὺς προκαθάραντες οὕτως πρὸς τὸν φιλόσοφον βίον ἀναβαίνουσιν οὐκ ἀναγκαῖον ἔγνωσε τὴν ἄγαν παρατήρησιν.

[80]) ἐπὶ αὐτῶν τῶν προστατούντων καὶ καθηγεμονευόντων τοὺς ἄλλους αἱρουμένων.

Stimmungen der Novizen zu unterscheiden und zu beurtheilen, so möchte für diese, wenn auch das vorschriftsmäßige Triennium nicht strenge eingehalten wird, die Entscheidung ihrer eigenen Ueberzeugung und ihres Gewissens eine nicht weit von dem geraden Wege abirrende Richtschnur sein, da sie nicht blos das Seelenheil ihrer Mitmenschen zum Ziele ihres Strebens gemacht, sondern auch die Gnade des Himmels und Weisheit aus der Erfahrung gewonnen haben. Was aber am meisten und mit höchster Nothwendigkeit dazu dient, die Sachlage zu ändern und Nachsicht zu heischen, das ist die gegenwärtige Lage. Da haben die Vögel ihre Nester und die Füchse ihre Höhlen, ja wenn du willst, es wohnen die Wölfe, Drachen, Panther, kurz die den wilden Thieren ähnlichen Menschen in glänzenden und herrlichen Häusern und haben alle Freiheit zu thun, was sie nur wollen; aber die Jünger und Nachahmer des Menschensohns haben nicht einmal einen Ort, wohin sie ihr Haupt legen können (Matth. 8, 20.), nicht einmal den freien Gebrauch dessen, was schlechterdings zum Leben gefordert ist. Wie soll nun der, welcher selbst des Nothwendigsten beraubt und dem nicht einmal frei zu athmen gestattet ist, den, welcher in der Tugend sich unterrichten will, drei volle Jahre hindurch vorbereiten und die Uebung der künftigen Askese ihm an die Hand geben? Schon muß es ihm lieb sein, wenn er ihn auf was immer für eine Weise*) aus der vielfältigen Schlechtigkeit herausziehen und fest an das Ordensleben ihn binden kann. Wo ist denn das Kloster, in welchem der Novize drei Jahre hindurch bleiben könnte, da die Verfolgung Alles ergriffen hat**) und weder auf Bergen noch in Höhlen noch in den Löchern der Erde die Frommen ohne Mißhandlung verweilen läßt? Wo ist die sonstige Ordnung und die Aufeinanderfolge, nach der sich die Mönche den asketischen Anstrengungen zu unterziehen haben, da Alles von dem gewaltigen Strudel des Unheils überfluthet wird? Wenn die Dinge ganz nach Wunsch gehen und kein dringender Fall die Beobachtung der strengen Regel hindert, da ist es auch meines Erachtens besser, daß jeder die festgestellten Normen beobachtet; wo aber Alles verkehrt und in völliger Auflösung ist, wie sollte es da nicht besser sein, soweit es möglich und die Umstände es erlauben, an dem Heile Anderer zu arbeiten, als an dem bloßen Namen der genauen Regel festhaltend sich als Verräther an menschlichen Seelen und als schlechten Verwalter zu erweisen? Deßwegen und da ich wohl weiß, daß euere erzbischöfliche Vollkommenheit das, was Noth thut, vollständig zu beurtheilen im Stande ist, und die Zeitlage betrachte, die Alles der regelmäßigen Strenge entgegen zeigt, stelle ich die Entscheidung der vorliegenden Frage ganz deinem Ermessen anheim und ertheile dir die Vollmacht, Alles das zu thun, was dein reines Gewissen oder vielmehr die durch dein lauteres Gewissen wirksame Gnade des heiligen Geistes dir an die Hand geben mag."

*) Mon. HS. f. 171 a.: *εἰ ὁπωσδήποτε τρόπῳ.*

**) *Ποῦ γὰρ τὸ φροντιστήριον, ἐν ᾧ ἡ τοῦ τριετοῦς χρόνου διατριβή, ἅπαντα τοῦ διωγμοῦ καταλαβόντος;*

Nichts entging so der Aufmerksamkeit des Photius; er wollte auch als Verbannter wie die Pflichten seines Oberhirtenamtes, so auch die der Freundschaft und der Liebe erfüllen, soweit es nur immer die Umstände zuließen. Unerschöpflich ist er für die Freunde in Trostgründen; er weiß sie zu rühren und zu beschwichtigen, mitten in seinen Leiden noch Andere zu trösten.

In einem Briefe an den Diakon und Kubikularius Georg [83]) klagt Photius bei Gelegenheit des Todes eines seiner Freunde aus dessen Verwandtschaft bitter über das Unglück, das er mit seinen besten Freunden habe, so daß Jener, obschon sein Freund, sich nicht mehr so nennen möge. Er belobt die Tugenden des verstorbenen gemeinsamen Freundes, des Oekonomen, und wünscht, Georg möge an seiner Stelle für dessen Todtenfeier Sorge tragen, der die irdischen Freunde mit den himmlischen vertauscht. Auch hier schildert er seine Leiden; er erinnert daran, daß er unter seinen Freunden die reinsten Genüsse gehabt, von denen er jetzt sich ausgeschlossen sehe; er sei außer sich im Uebermaße der Schmerzen, tief betrübe es ihn, daß Georg sich seiner, des Exilirten und Eingekerkerten, nicht erbarmt und den geliebten Freund von ihm weggerissen. Er bittet dringend um Liebe und Freundschaft; Thränen hätten ihn gehindert, noch mehr zu schreiben.

Alle seine Beredsamkeit bot Photius auf, seine ehemaligen Freunde, die erkaltet schienen, wieder zu begeistern und zu entflammen. So schrieb er dem Patricier Johannes, Strategen von Hellas: [84]) „Wofern du (gegen mich noch) Liebe hegst, hast du dich schwach erwiesen; hegst du keine, so bist du ungerecht. Wenn du Liebe hegest und doch nicht schwach bist, wie kannst du so die Freunde vernachlässigen, die ungerechterweise verfolgt sind? Ich flehe zu Gott, daß er dich nicht in eine solche klägliche Lage kommen lasse oder, wofern es doch der Fall ist und du dich in Noth befindest, du kein solches Wohlwollen und keinen solchen Beistand finden mögest, wie du ihn deinen Freunden angedeihen läßt. Du aber rufe dir den Ausspruch des Herrn in das Gedächtniß: Mit dem Maße, mit dem ihr ausmesset, wird euch wiederum eingemessen.“ In einem anderen Briefe an denselben [85]) sagt er: „Von dem Lokrer Eunomus wird erzählt, daß, wenn ihm eine Saite sprang, ein Vögelchen auf die Cither hüpfte und sie ersetzte. [86]) Wenn du die abgesprungene Saite unserer Freundschaft wieder ausbessern willst, so kann auch unser Leben zur alten Harmonie zurückkehren und ein frohes Wonnelied an die Stelle der jetzigen Trauergesänge und Tragödien treten.“ So spricht sich überall die Hoffnung auf künftige bessere Zeiten aus, für deren Herbeiführung alle Potenzen in Anspruch genommen, alle Freunde je nach ihrem Charakter und ihrer Lage aufgeboten werden.

„Ein Glück ist es“ — so schrieb Photius dem mit ihm früher befreundeten

---

83) Montac. p. 160: κουβουκλείσιος a claudendis et obserandis cubiculis, idem qui cubicularius. — ep. 104. p. 149. (L. II. ep. 63.)

84) ep. 60. p. 113. 114. (Lib. III. ep. 22.) Aehnlich ep. 57. p. 112. (L. III. ep. 20.)

85) ep. 93. p. 134. 135. (L. III. ep. 33.)

86) Cf. Clem. Alex. Cohort. ad gent. c. 1. p. 1 ed. Sylb.

Logotheten Leo[*]) — „in der Zeit der Prüfung und der Noth Freunde zu besitzen, die wahre Freundschaftsdienste erweisen; aber auch diejenigen, die sich nicht als solche erweisen, sind für den, der sie liebt, nicht unnütz, vielmehr lassen sie in eben dem Maße, in dem sie der Freundschaft untreu geworden, die Tugenden des liebenden Freundes in ihrer ganzen bewunderungswürdigen Stärke an den Tag kommen, da er trotz dieses ihres Charakters sie gleichwohl zu lieben nicht aufhörte, nicht Alles um der Vergeltung willen that, sondern ohne Lohn zu lieben und den Vater im Himmel nachzuahmen wußte, der auch nicht von den Feinden sich abwendet. Daher wirst auch du das von mir befolgte Gesetz der Liebe nicht aufheben, obschon du, wie man sagt, als undankbar und nur Freundschaft heuchelnd erscheinst. Denn auch durch das, worin du dich ungerecht erzeigest, habe ich, wie du siehst, Anlaß gefunden, daß ich auch so nicht zum Hasse gegen dich verleitet werde. Du aber bedenke die Meinung, welche die Menschen von dir haben werden, vor Allem aber dein Gewissen und das jenseitige Gericht."

Während Photius eindringlich untreue oder wankende Freunde mahnte, wußte er auch für andere Freunde zu handeln und in der nachdrücklichsten Weise verwendete er sich in seinem eigenen Unglück für gefährdete Freunde. Bei einem derselben handelte es sich um das Leben; für ihn intercedirte Photius bei dem Patricier Johannes mit warmen Worten.[**]) Auch wenn du nie, schreibt er ihm, in einer ähnlichen Lage gewesen wärest, würdest du verpflichtet sein, Barmherzigkeit zu erweisen; denke aber an das, was dir selbst einst begegnet. „Ich erinnere mich (wofern nicht das fortwährende schwere Leiden mich in das Reich der Träume versetzt hat), daß einst dir (möchte es nicht ferner geschehen!) etwas der Art zugestoßen, da wo dein trockenes Auge gegen Alle sich öffnete und durch die Thränen alle natürliche Feuchtigkeit aufgezehrt war, wo die Hände, noch bevor die Worte kamen, das flehentliche Bitten kundgaben und das verstörte Gesicht in allen Zuschauern, noch ehe sie auf die Hände sahen, Mitleid erregte, da wo Verwirrung, Niedergeschlagenheit und Finsterniß dich ganz einnahm; doch es ist besser, davon zu schweigen als den damaligen Vorgang zu erzählen. An diese Lage, in die du nie mehr kommen mögest, dich mit weiser Mäßigung erinnernd, da ja doch die Erinnerung an frühere Trübsale oft von hohem Nutzen ist, werde jetzt für den, der in ähnliches Mißgeschick gefallen, ein solcher Retter, wie du ihn damals für dich gewünscht hättest, ich will nicht sagen — ihn wirklich gefunden hast. Denn du mußt wohl wissen, daß du mir alsdann die Schuld zurückbezahlen und den, welchem du beistehst, in allen Fällen zum unbedingten Schuldner haben wirst; es ist aber herrlich, im Leben viele Schuldner zu haben und dazu solche, die von Dankbarkeit erfüllt sind." Wie Photius einst diesem Patricier geholfen, so soll er jetzt dem Freunde desselben helfen und dadurch ihn sich zum Dank verpflichten, der in edelmüthiger Gesinnung nichts für sich, aber Vieles für seine Freunde erfleht.

*) ep. 41. p. 180. (L. III. ep. 10.)
**) ep. 165. p. 273. (L. III. ep. 53.)

Seinen Gegnern gegenüber behauptete Photius die alte stolze Haltung; vor ihnen wollte er nicht schwach, nicht herabgestimmt erscheinen. „Laßt uns" — so schrieb er an seinen Bruder Tarasius in einem Trostschreiben — „den Feinden keine Freude machen durch zu große Traurigkeit; denn die Niedergeschlagenheit der Verfolgten bereitet den Feinden eine große Lust." [89]) Keinen Triumph sollten die Seinen den Gegnern gönnen. Für Spott war Photius sehr empfindlich, suchte aber seine Empfindlichkeit zu verbergen. Ein Notar Constantin hatte sich Spöttereien über ihn erlaubt; Photius schrieb ihm Folgendes: [90]) „Der Gott Momos (Gott des Spottes) — denn ich erkenne es jetzt leider als überflüssig, mich der göttlichen Worte der heiligen Schrift zur Ermahnung dir gegenüber zu bedienen — hat gewissermaßen eine doppelte und entgegengesetzte Natur. Denn wenn derjenige, der ihn vorbringt, die Wahrheit über den redet, gegen den er ihn aufführt, so weiset er den Schuldigen zurecht und versetzt ihn in Betrübniß; wenn er aber in lügenhafter Weise gegen den Nächsten [91]) sich seiner bedient, so springt derselbe von diesem ab und nimmt seinen Sitz auf dem, der ihn vorgebracht, und kehrt Alles das gegen ihn selbst, was jener Schlechtes gegen den, der zur Anklage keinerlei Anlaß gegeben, ausgesonnen hatte. Siehe nun aber zu, [92]) du der sich zur Verhöhnung eines Mannes erhoben, den die Streiter der Religion als den ächten Freund der Tugend ansehen, was du thun wirst, wenn der hierin an sich ganz gerechte Momos, dem nicht die Schattengebilde verläumderischer Anklagen, sondern nur wirkliche Thaten eine feste Stätte bereiten können, da er an dem unschuldig Angeklagten keine Stütze findet, mit aller Zuversicht und Gewalt auf den ungerechten Ankläger zurückspringt und ihn mit einer gerechten, nie zu vertilgenden Schmach überdeckt." Ebenso stark ergeht sich Photius gegen andere abtrünnige Freunde, wie den Spathar Johannes, dem er [93]) sagt, er habe ihn nicht betrübt, weil er ihn getäuscht, denn lange schon habe er die Schlange in Menschengestalt verborgen, wohl aber weil er sich als schlecht erwiesen, als Feind seiner Freunde, als Sklave der wechselnden Zeitverhältnisse, als ganz gestützt auf Trug, den Verräther Judas nachahmend, der seinen Wohlthäter mit schändlichem Undank belohnt. Dem Diakon und Waisenhausvorstande Georg schrieb Photius: [94]) „Wenn du nach der Absicht die Handlungen beurtheilst und auf den Willen siehst, wie es sich ziemt und nach den göttlichen Aussprüchen gebührt, so bin ich glänzend, wenn es nicht zu stark ist, es zu sagen, deinetwegen gekrönt; wenn du aber den Thaten die Krone gibst, so wirst du auch so mich in keinen Nachtheil bringen, denn ich habe auch hierin, obschon die Zeitumstände mir entgegen waren, nichts unterlassen. Das aber sollst du

[89]) ep. 231. (L. III. ep. 63. p. 972 ed. Migne.): Μηδὲ τοῖς ἐχθροῖς χαριζώμεθα· μέγα γὰρ ἐχθροῖς εἰς θυμηδίαν ἡ κατήφεια τῶν ἐπηρεαζομένων.

[90]) ep. 178. p. 214. (L. III. ep. 52.)

[91]) Statt αὐτὰ τὸν πλησίον ist mit Mon. 553. f. 140 κατὰ τοῦ πλ. zu lesen.

[92]) ἄρα οὖν καὶ σύ Mon. cit. ἄρα δὲ καὶ σύ.

[93]) ep. 79. p. 127. (L. III. ep. 26.)

[94]) ep. 136. p. 180. (L. II. ep. 65.)

wissen, daß du mit diesem Ausspruche nicht mich einer der beiden Kronen beraubst, sondern dir selber beide entziehst, sowohl die, welche die Werke verleihen, als die, welche der gute Wille uns gibt."

So strenge auch Photius den Abfall von seiner Partei verdammte, so wußte er doch bei denen, die ihm in der Folge noch Dienste leisten und für ihn wieder gewonnen werden konnten, oder die aus Furcht äußerlich sich von ihm abgewendet, aber doch ihrer Ergebenheit gegen ihn nicht entsagten, bisweilen eine Ausnahme zu machen und nicht blos Verzeihung, sondern auch Anerkennung und neue Freundschaftserweisungen zu gewähren.[94]) Er sah es überhaupt sehr ungern, wenn seine Freunde vom öffentlichen Leben sich ganz in die Einsamkeit zurückzogen, wo sie nichts mehr für Andere thun konnten und nur sich selbst vor Unruhen bewahrten;[95]) er haßte diese Passivität an denen, die blos den Gefahren von Außen entgehen wollten; er bedurfte energischer, einflußreicher Genossen. Aber er wollte auch keine Uebereilung,[96]) die seine Sache irgendwie compromittiren konnte. Von seinen Freunden waren, die von ihm eingesetzten Bischöfe abgerechnet, nur eine leicht zu zählende Schaar ihm ganz ergeben geblieben; Einige hatten aus Furcht sich von ihm abgewendet, Andere erwiesen sich, wie Photius sagt, als Schmeichler und Heuchler, Einige traten sogar gegen ihn offen auf, was er nie erwartet, wobei es vorkam, daß auch diejenigen, die mit ihnen auf derselben Seite standen, nicht ihrem Argwohn entgingen.[97]) Photius seinerseits wußte Alles zu benützen und seine Klugheit leitete ihn. Nicht weniger, sagt er selbst in früherer Zeit, als Widerwärtigkeiten vorherzusehen und ihnen durch weisen Rath zu begegnen, ist es Sache einsichtiger Männer, die Ereignisse gehörig aufzunehmen und zu benützen.[98])

3. Photius und der römische Bibliothekar Anastasius.

Rastlos in seinem Exile thätig hatte Photius auch seine Blicke nach dem Occident gerichtet. Sicher war es ihm nicht entgangen, daß seit 871 wegen Bulgariens ein ernstes Zerwürfniß zwischen Ignatius und dem Papste bevorstehe, und auch daran scheint er manche Hoffnungen geknüpft zu haben. Wir wissen, daß er später noch (880) an den ihm 861 bekannt gewordenen Zacha-

[94]) ep. 83. p. 129. (L. II. ep. 55.) ep. 229. p. 311. (L. II. ep. 51.)

[95]) ep. 231. p. 315. AG: αὐτοὶ μὲν ὡς παῤῥησιάσαι τῆς ἐν κόσμῳ ζάλης ἐδόκουν, οὐδεμίαν δὲ τῶν ἐν αὐτῷ κλυδωνιζομένων καὶ βαπτιζομένων ἰδεῖν ὤν φροντίδα βάλλοντας.

[96]) ep. 197. (L. III. ep. 57.) Er nennt die allzu große Raschheit, wofern sie nicht auf einem göttlichen Instinkt oder einer Nothwendigkeit beruht, unbesonnen und erklärt, daß nichts vorschnell und mit Ueberstürzung geschehen soll. Dem Theodor von Laodicea hatte er geschrieben ep. 191. (L. II. 31.): „Die Ueberlegung ist die Mutter des richtigen Handelns; aber ein unvorsichtiger Drang ist nahe bei der Sünde."

[97]) ep. 229. p. 311. 315. (L. II. ep. 51.)

[98]) ep. 1. ad Mich. n. 110: τὰ ἀπροβλέπτως καλῶς διαθέσθαι καὶ οἰκονομῆσαι.

rius von Anagni und an andere abendländische Bischöfe schrieb; [1]) wir dürfen annehmen, daß er in der Zeit seiner Verbannung auch Stützen im Abendlande zu suchen nicht versäumt hat. Wir haben in seiner Briefsammlung noch ein kurzes und selber ziemlich dunkles Schreiben, das an den römischen Bibliothekar und Abt Anastasius gerichtet ist. Photius bezeichnet ihn darin als seinen Freund und beklagt sich nur, daß sein Freund so spät zu seinem mitleidigen und edlen Entschluß gekommen sei. [2])

Der Brief setzt eine frühere Correspondenz voraus. [3]) Anastasius war wohl bei seinem Aufenthalt in Constantinopel mit dem gestürzten Patriarchen bekannt geworden und seine literarischen Bestrebungen mochten ihn noch anderweitig mit ihm in Berührung gebracht haben, wie namentlich die Scholien von Maximus und Johannes Scythopolitanus zu Pseudodionys, die er in Constantinopel gesehen und dann selber erhielt, [4]) ihm durch Photius zugekommen sein mögen. Es scheint der römische Abt demselben seine Unterstützung zugesagt zu haben [5]) und jedenfalls wirft der Brief des Photius ein zweideutiges Licht auf ihn, [6]) zumal in Anbetracht seiner strengen Aeußerungen über den Usurpator des byzantinischen Stuhles in der Vorrede zu seiner Uebersetzung des achten Concils. Außerdem könnte Anastasius noch sehr verdächtig werden durch die Art und Weise, wie er sich über das Dogma vom Ausgange des heiligen Geistes geäußert hat. Aus Anlaß des Briefes von Maximus an Marinus sucht er aus der Verwechslung der Procession mit der Mission den

[1]) S. unten B. VI. Abschn. 9.

[2]) ep. 170, p. 244: *Ἀναστασίῳ πρεσβυτέρῳ καὶ βιβλιοθηκαρίῳ Ῥώμης. Ἀφ' ἱερᾶς μὲν σοι, τὸ παροιμιῶδες, ὁ ἀγών* (Diogen. Cent. β., 86.), *ἀπὸ δὲ τῆς χρείας καὶ τῆς γνώμης οὐ κάμπτομαι, τὸν καιρὸν δ' ὁρῶ παρελάσαντα.* (Die Uebersetzung und Interpunktion bei Baron. a. 878. n. 9 ist der des Montakutius hier vorzuziehen.) *Καὶ μοι δοκεῖ τοῦτον οὐκ ἀπόβλητος ὁ αἰνιγματώδης ἀπεικάζων λόγος, ἔμπροσθεν μὲν ἀναφαινόμενον, ὄπισθεν δὲ κουρίαν ἐν χρῷ διαγράφεσθαι.* (Jager l. VII. p. 253: L'occasion a des cheveux longs par devant, il faut la saisir; mais elle est chauve par derrière, et lorsqu'on la laisse passer, on ne peut plus la saisir, quelque effort qu'on fasse.) *Κἂν ἐάν γάρ τις ὀπίσω χρόνον γένηται, κἂν κυρίως αὐτὸν ἐπιδιώκῃ τέχναις, οὐκ ἔστιν αὐτοῦ περιδράξασθαι. Ἀλλ' εὐγε σοι καὶ τῆς διὰ βραδέος ἐλθούσης ἐμμελοῦς προαιρέσεως· φίλων γὰρ οὐχὶ τῇ χρείᾳ τὴν χάριν μετρεῖν, τῇ προθέσει δὲ κρίνειν τὴν εὔνοιαν.*

[3]) Baron. l. c. n. 8: Homo callidus et veterator consuetudine literarum aliquam cum Anastasio Bibl. Rom. contraxerat familiaritatem, quem apud Joh. Pontificem plurimum posse sciret.

[4]) Anast. ep. ad Carol. Calv. ap. Usser. Vet. Epist. Hib. Syll. p. 15. (Migne Patrol. CXXIX. p. 739—741.) d. d. VIII. Kal. Apr. Indict. VIII. a. 875: cum ecce repente paratheses sive scholia in eum, quae Cpli positus videram, ad manus venere, quibus uterque interpretatio mihi aliquantulum magis emicuit etc.

[5]) L. Cozza t. II. p. 123. n. 557: Auxilium suum promisisse Anastasium Photio atque Photium in eo sperasse ex una ejusdem Photii ep. ad Anast. manifestum fit. Eam recensent Baronius a. 878. n. 9. Cf. Oudin. de script. eccl. (Migne CXXVII. 10.)

[6]) Baron. l. c.: magna inter eos ex amicitiae usu fiducia, quae in damnato saepius et multipliciter homine non potuit esse absque suspicione inhaerentis Anastasio culpae. Quae enim haec secuta sunt .. nonnisi malum aliquid suspicandi ingerunt argumentum.

Gegensatz zwischen den Griechen und den Lateinern zu erklären und damit die Uebereinstimmung beider Theile zu konstatiren, indem er die Schwierigkeit der Uebertragung von der einen in die andere Sprache hervorhebt. [7]) Man möchte fast vermuthen, daß hierin ein Einfluß des Photius im Spiele war, der so oft die Dürftigkeit der lateinischen Sprache urgirte und dem die Erklärung der von der Procession des Geistes handelnden Väterstellen durch die Sendung des Geistes vom Sohne ganz entsprechend war.

Leider gestatten uns weder die vorhandenen Briefe und Schriften des Photius noch die sonst über den Bibliothekar bekannten Data die Möglichkeit, die jedenfalls höchst interessanten Beziehungen zwischen beiden Männern allseitig und mit Sicherheit aufzuhellen, und wie die geheimnißvolle Correspondenz des Ersteren, so scheint auch trotz vieler Anhaltspunkte die Lebensgeschichte des Letzteren noch in ein undurchdringliches Dunkel gehüllt. Welches war die von Anastasius zu benützende günstige Gelegenheit? [8]) Wann schrieb Photius diesen Brief? [9]) In welcher Weise konnte der Bibliothekar damals ihm behilflich sein? Wie war sein Charakter und seine Stellung beschaffen? — Das Alles sind Fragen, die wir mit den vorhandenen Materialien noch keineswegs befriedigend zu beantworten vermögen. Doch wir wollen es versuchen, das Leben des berühmten Bibliothekars einigermaßen aus den dürftigen Quellen festzustellen.

Drei Männer dieses Namens finden wir nach der Mitte des neunten Jahrhunderts in Rom: 1) den Cardinalpriester Anastasius, der von Leo IV. am 16. Dez. 850 und am 19. Juni 853 verurtheilt und am 8. Dez. 853 ohne Aussicht auf Restitution anathematisirt ward, dann nach dem Tode dieses Papstes sich Benedikt III. als Gegenpapst entgegenstellte, [10]) 2) den Abt und Bibliothekar Anastasius, der als Schriftsteller sich hervorthat und dem die Biographieen der Päpste zugeschrieben werden, besonders bekannt durch seine Theilnahme an dem achten Concil, [11]) sowie 3) einen notarius regionarius et

---

[7]) Anast. ep. ad Joh. Diac. (Galland. XIII. 31.): Praeterea interpretati sumus ex op. ejusdem S. Maximi ad Marinum scripta Presb. circumstantiam de Spiritus S. processione, ubi frustra causari contra nos innuit Graecos, cum nos non causam vel principium Filium dicamus Spiritus S., ut autumant, sed unitatem substantiae Patris ac Filii non nescientes, sicut procedit ex Patre, ita eum procedere fateamur ex Filio, missionem nimirum processionem intelligentes, pie interpretans, utriusque linguae gnaros ad pacem erudiens, dum scil. et nos et Graecos edocet, secundum quiddam procedere et secundum quiddam non procedere Spiritum S. ex Filio, difficultatem exprimendi de alterius in alterius linguae proprietatem significans. Petav (de Trin. VII. 17. 12.) nennt diese Ansicht eine sententia inanis und kann scheint sie aus abendländischen Quellen geschöpft. Combefis Opp. Max. II. 69 will für missionem gelesen haben: emissionem.

[8]) Jager l. c. sagt: C'est probablement l'occasion de faire punir Ignace.

[9]) Baron. gibt den Brief zum Jahr 878, wo Johannes VIII. den Ignatius neuerdings mit Censuren bedrohte. Aber das hatte er schon früher gethan, wie vor ihm Hadrian II. 871.

[10]) Mansi XIV. 1026. 1009. — Vita Bened. III. Mansi XV. 103 seq. Baron. a. 853. 855.

[11]) S. oben B. IV. Abschn. 7. S. 119 ff.

scriniarius S. R. E., der unter Johann VIII. namentlich um 870 auf mehreren Diplomen [12]) erscheint. Schon früher tauchte die Ansicht auf, [13]) es seien die beiden erstgenannten — der dritte hatte sicher nur eine untergeordnete Bedeutung — identisch; jedoch haben die meisten Gelehrten [14]) diese Identität theils bezweifelt, theils entschieden verworfen, auch nachdem Hinkmar's Annalen bekannt waren, die dieser Ansicht vielfach günstig sind. Vergleichen wir nun die bekannten Data über beide.

Der Cardinalpriester Anastasius war von Leo IV. (847) ordinirt worden mit dem Titel von St. Marcellus, [15]) zeigte sich aber bald als einen Mann von unruhigem und unstetem Geiste; er verließ seinen Posten (848), schweifte lange umher, hielt sich namentlich in Aquileja auf und kehrte auf mehrfache Aufforderungen nicht zurück. Daher wurde er 850 auf einem römischen Concil exkommunicirt, und da er nach Ablauf dreier weiterer Jahre nicht erschien, wurde der Bann auf einer neuen Synode wiederholt ausgesprochen (19. Juni 853). [16]) Da er auch jetzt nicht folgte, so ward ihm alle Aussicht auf Wiederherstellung benommen, er ward anathematisirt und entsetzt (Dez. 853). Wahrscheinlich war er das Haupt der unter Leo IV. in Rom niedergehaltenen kaiserlichen Faktion. Nach Leo's IV. Tode suchte er den päpstlichen Stuhl einzunehmen und zwar mit Hilfe einer ansehnlichen Partei, zu der die Bischöfe Arsenius von Gubbio, Rodwald von Portus, Agatho von Todi gehörten. Die zur Anzeige der Wahl Benedikts III. von Rom an die Kaiser Lothar und Ludwig abgeordneten Gesandten, Nikolaus Bischof von Anagni und der magister militum Merkurius, wurden unterwegs für Anastasius gewonnen; für ihn waren auch die kaiserlichen Gesandten, die Grafen Adalbert und Bernhard, denen die Anhänger des Gegenpapstes bis Horta, vierzig Miglien von Rom, entgegenkamen. Sie zogen mit Anastasius in Rom ein und dieser ließ in St. Peter mehrere Bilder zerstören und verbrennen, namentlich ein Gemälde über der Thüre der Kirche, das die von Leo IV. gegen ihn gehaltene Synode darstellte. Am 22. Sept. 855 drang der Usurpator auch in den Lateran und gab Benedikt III. zwei abgesetzten Priestern Johannes und Hadrian in Haft. Aber die Standhaftigkeit des Clerus und des Volkes wie die beigebrachten Beweise der Rechtmäßigkeit seiner Wahl bewogen endlich die Sendboten Ludwigs, den legitimen Papst anzuerkennen und den Usurpator aus dem päpstlichen Palaste (Patriarchium) zu vertreiben. [17]) Benedikt III. zeigte gegen die Auf-

[12]) Mansi XVII. 251. 252. 253. 261.

[13]) Possevin. Apparat. sac. I. p. 71. Lambec. Bibl. Caesar. VIII. p. 211 ed. vet. Auch Voss. de hist. lat. l. II. c. 35. p. 318 wird für diese Ansicht citirt, wie Oudin. de script. eccl. II. 252 bemerkt, mit Unrecht.

[14]) Cave hist. lit. II. 57. Natal. Alex. H. E. Saec. IX. c. 6. art. 18. Remy Ceillier Hist. des aut. sacr. t. XIX. chap. 27. p. 414. 415. Paris. 1754. 4. Pag. a. 868. n. 5. Schröckh K. G. XXI. 160. 161.

[15]) presbyter cardinalis nostri, quem nos in titulo B. Marcelli Mart. atque Pontificis ordinavimus, sagt Leo IV. Vgl. Baron. a. 853. Pag. h. a. n. 13.

[16]) Gfrörer Karol. I. S. 293.

[17]) Baron. a. 853. 855. Vignol. Lib. Pontif. III. 151. Hincm. Annal. a. 855. Pertz M. G. Scr. I. 479.

rührer große Milde und nahm auch den Anastasius in die Laienkommunion auf.[18]) Von da bis 868 finden wir durch ihn keine weiteren Unruhen erregt. Unter Papst Nikolaus genoß er den Frieden der Kirche, ja er erfreute sich sogar eines großen Ansehens.[19]) Hadrian II. erhob ihn gleich beim Anfange seines Pontifikates zum Bibliothekar der römischen Kirche[20]) — ein damals sehr bedeutendes Amt, das schon vorher Bischöfe wie Megistus oder Megetius von Ostia[21]) bekleidet hatten. Aber nach dem bereits früher[22]) erwähnten Verbrechen des Eleutherius wurde er von diesem Papste am 12. Oktober 868 auf's Neue exkommunicirt.[23]) Von da an wird nichts mehr über ihn berichtet.

Von dem Schriftsteller Anastasius nun haben wir in den Pontifikaten Leo's IV. und Benedikt's III. keinerlei Notiz; wir wissen auch nicht, wann er die Priesterweihe erhielt; er taucht unter Nikolaus I. auf als ein am päpstlichen Hofe angesehener Mann. Wenn nun in einem von Baronius mitgetheilten Exemplare des von Günther und Thietgaud gegen diesen Papst gerichteten Manifests der früher abgesetzte und anathematisirte Priester Anastasius als vorzüglicher Gehilfe und Rathgeber desselben bezeichnet wird,[24]) so muß es, da kaum zwei Männer dieses Namens gleichzeitig sich in einer so hervorragenden Stellung beim Papste befunden haben, sehr wahrscheinlich werden, daß der Schriftsteller Anastasius eben jener früher entsetzte Priester ist. Unser Schriftsteller sagt uns, daß er unter den Päpsten Nikolaus und Hadrian in kirchlichen Angelegenheiten gearbeitet;[25]) von den früheren Päpsten sagt er nichts, was wohl begreiflich wird in der obigen Annahme. Ferner der ehemalige Cardinal-

---

[18]) Hincm. Annal. l. c.: alter (Bened.) vero sacerdotalibus exspolians vestimentis inter laicos in communione recepit.

[19]) L. c.: Nicolaus eum postea, si fideliter erga S. R. Ecclesiam incederet, in gremio pari modo recepit Ecclesiae. Die Strafsentenz will sicher das ihm Ungünstige, nicht das Günstige hervorheben. Aber andere Zeugnisse (s. unten N. 21 ff.) sagen, daß er seine Gunst genoß.

[20]) Die Worte (oben S. 31. N. 29.) sind zu bestimmt und zudem war der Bibliothekar Anastasius dem Hincmar zu gut bekannt, als daß wir hier mit Hefele (Conc. IV. S. 259.) eine Verwechslung annehmen könnten.

[21]) Joh. Diac. de vita Greg. IV. 86. Baron. a. 855. und in einem Diplom Bened. III. (Mansi XV. 120.) So auch unter Leo IV. ein Bischof Leo Flodoard Hist. Rhem. III. 20. p. 234.

[22]) S. oben S. IV. Abschn. 2. N. 20. S. 31.

[23]) Hincmar. Annal. l. c. Mansi XIV. 1028. Pag. a. 868. n. 13.

[24]) Baron. a. 863. n. 26: assistente latere suo Anastasio olim presbytero damnato et deposito et anathematizato, cujus scelerato ministerio tam praecipitatur fertur. Zwar fehlt in anderen Exemplaren diese Stelle; aber sie ist sicher ursprünglich; ein Späterer hatte kein Interesse, etwas der Art einzuschieben; eher lag ein Interesse vor, diese Worte zu beseitigen.

[25]) Anastas. Bibl. Praef. in Conc. VIII. Mansi XVI. 8: Dei nutu actum est, ut tanti negotii cum loci servatoribus Apost. Sedis et ipse fine gauderem et veniens fructuum in exultatione portarem manipulos, qui per septennium ferme (wohl 861—868) pro eo indefesse laboraveram et per totum orbem verborum semina sedulo scribendo disperseram .. Ego summis pontificibus obsecundans, decessori scil. vestro ac vobis, exposui etc.

priester von St. Marcellus war sicher vom Anfang des Pontifikates Hadrian's II. an Bibliothekar; nun nennt sich auch der Schriftsteller Anastasius in seinem eben im Anfange dieses Pontifikates an Ado von Vienne gesandten Briefe [26]) „Bibliothekar der römischen Kirche“ und Hadrian selbst erwähnt ihn in seinen Schreiben [27]) vom Februar und März 868 mit dieser Bezeichnung als Freund und Fürsprecher des Hinkmar von Rheims, mit dem dieser, wie uns auch sonst bekannt ist, in gelehrtem und freundschaftlichem Briefwechsel stand. [28]) Hinkmar selbst sagt in einem Briefe (von 867) an Abt Anastasius, daß er ihm Vieles verdanke, ihn sehr liebe und auf ihn großes Vertrauen setze. [29]) Nicht leicht lassen sich gleichzeitig (Dez. 867—Okt. 868) zwei Bibliothekare der römischen Kirche mit gleichem Namen annehmen, beide dem Hinkmar befreundet, wie wir von dem Abte und von dem Bibliothekar wissen. Es sind also wohl die beiden vorher angeführten Männer eine und dieselbe Person, der in Hadrian's Briefen erwähnte Bibliothekar ist derselbe mit dem, der an Ado von Vienne schrieb, dem Schriftsteller, dem Abte, von dem sonst Hinkmar spricht. [30])

Dazu kommt, daß sich in keiner Weise zeigen läßt, daß der literarisch thätige Anastasius schon unter Papst Nikolaus Bibliothekar war. Von seinen noch vorhandenen Arbeiten scheinen nur zwei in dieses Pontificat [31]) zu gehören: die Uebersetzung der von Bischof Leontius von Neapolis auf der Insel Cypern verfaßten Vita S. Johannis Eleemosynarii [32]) sowie die der Miracula S. Basilii. In dem der letzteren Arbeit vorausgehenden Schreiben an den römischen Subdiakon Ursus, unter Nikolaus I. päpstlichen Leibarzt, der selbst ein Leben des heiligen Basilius übersetzt hatte, [33]) bezeichnet er sich nur als

---

[26]) ep. ad Adonem Vienn. de morte Nicol. I. et de Hadr. electione Mansi XV. 453. Migne PP. lat. CXXIX. 741. 742.

[27]) Hadr. ep. „Licet frequens“ et ep. „Si secundum“ Baron. a. 868. n. 27 seq. 31—33. Mansi XV. 827—829.

[28]) Flodoard. Hist. Eccl. Rhem. III, 23. (c. 24. p. 270. 271 ed. vet.): Scripsit Anastasio venerabili abbati ac bibliothecario S. R. E. gratiarum referens actiones pro benedictionibus sc. ab eo sibi per Actardum Ep. directis, suas eidem quoque abbati mittens munerum benedictiones, quaedam etiam opuscula suo labore confecta ipsi delegans, nec non pro beneficiis sibi ab eo collatis et ut suggestionem suam D. Papae acceptabilem faciat, scripsit et de memoria benedictionis, quam dirigebat. Cf. Hincmari Opp. t. II. p. 824 seq. Nach dem Oktober 868 finden wir keine Correspondenz mit dem Abt Anastasius verzeichnet.

[29]) ep. 18. (Migne PP. lat. CXXVI. 257. 258.): Pauca scribo cui multa debeo et quem multum diligo ac de quo multum confido.

[30]) Adlectissimum fratrem et religiosum abbatem nennt ihn Hinkmar.

[31]) Anast. Praef. in Conc. VIII. p. 9: nonnulla jam ad aedificationem plurimorum et praecipue vestri decessoris hortatu (er redet Hadrian II. an) interpretatus edidisse dignoscar.

[32]) Migne PP. lat. t. LXXIII. p. 337 seq. Vgl. Mabillon. Mus. ital. I, 2. p. 81 annot. In der Vorrede an Papst Nikolaus wird es als Unrecht bezeichnet, ut absque vicario Dei, absque unico Papa aliquid consummetur aut divulgetur.

[33]) Opp. Basil. ed. Migne PP. gr. t. XXIX. p. CCXCIV. seq. Ganz mit den eben angeführten Worten des Anastasius in Einklang sagt Ursus in dem Widmungsschreiben an Herzog Sergius II. von Neapel, daß er vor Uebernahme der Arbeit sich zum Papste

Abt des Klosters der heiligen Maria jenseits der Tiber,[34]) während er sich in dem nach 870 verfaßten Prolog zur achten Synode Abt und Bibliothekar nennt. Er war also wohl unter Nikolaus Abt, aber noch nicht Bibliothekar. Auch das 867 verfaßte, durch Bischof Actard überbrachte Schreiben des Hinkmar von Rheims, das von dem durch Erzbischof Egilo von Sens überbrachten päpstlichen Schreiben redet, kennt den Anastasius nur als Abt,[35]) nicht als Bibliothekar, was er erst durch Hadrian II. wurde. Wie leicht konnte sich der früher anathematisirte Cardinal durch seinen Uebergang zum Ordensstande, der ein Stand der Buße war, das Wohlwollen des Papstes Nikolaus verschafft haben, der zudem seiner Kenntnisse sich wohl bedienen konnte, so einen Schleier über seine Vergangenheit decken, die ihm sonst ein ferneres Wirken sehr erschwert haben würde, und zugleich der Strenge des gegen ihn erlassenen Urtheils insoferne sich beugen, als eine Ausübung der priesterlichen Funktionen nicht einmal absolut vom Abte gefordert war.[36]) Gregor der Große hatte gefallenen Priestern nach geleisteter Buße Klöster als Aebte zu leiten gestattet mit Ausschluß der priesterlichen Funktionen.[37]) Wahrscheinlich trat unser Anastasius noch unter Benedikt III. in das Kloster, erlangte durch sein Wissen und sein Ansehen die Abtswürde und wohl später auch noch das Recht, die geistlichen Funktionen zu üben.[38]) Natürlich konnte er die frühere Titularkirche von St. Marcellus, die längst vergeben war, nicht mehr zurückerhalten und im Ordensstande hatte er ein neues Leben begonnen, das sein früheres völlig vergessen werden ließ.

Noch weiter zeigt sich die Identität beider Männer durch die engste Verbindung und Verwandtschaft mit dem Apokrisiar und Bischof Arsenius. Der Abt Anastasius bezeichnet sich selbst als dessen Neffen;[39]) es ist kein Zweifel, daß hier der berühmte Bischof von Horta, Apokrisiar und Rathgeber Nikolaus I.,[40]) gemeint ist. Dieser erscheint als ein stattlicher und hochbegabter

---

degebat, ad dominum Nicolaum, praesulem peritissimum, graecorum atque philosophum.

[34]) Mabillon l. c. p. 82. Cf. Iter ital. p. 59: Urso venerabili subdiacono R. E. seu medico et domestico Domini nostri sanctissimi Papae Nicolai Anastasius abbas monasterii S. Mariae Virg. siti trans Tiberim. Aehnlich Cod. Vatic. 1596. Vgl. Le Quien Or. chr. III 396.

[35]) Anastasio religioso abbati ist der angeführte Brief überschrieben.

[36]) Im neunten Jahrhundert waren im Occident noch viele Aebte Laien (Conc. Aquisgr. 817. c. 60.) und die Bestimmung des römischen Concils unter Papst Eugen von 827 c. 27 war nicht allgemein in die Praxis übergegangen. Thomassin. P. I. L. III. c. 17. n. 3.

[37]) Thomassin. P. II. L. I. c. 59. n. 6.

[38]) Die Vita Hadr. II. (Baron. a. 867. n. 149.) sagt, daß unter Hadrian Theutgaud von Trier, Zacharias von Anagni und der Priester Anastasius „ecclesiasticam communionem sub congrua satisfactione receperunt." Allein sie macht doch einen Unterschied zwischen den beiden ersteren und dem letzteren, von dem sie sagt, daß er schon früher unter den Laien die Gemeinschaft hatte, deren jene entbehrten. Es muß also für ihn etwas mehr verstanden werden. Vgl. oben N. 19.

[39]) ep. ad Adon. cit.

[40]) Nikolaus nennt ihn ep. ad Episc. in regno Caroli Calvi 865. (Migne CXIX. 915.

Mann, [41]) der anfangs in hohem Grade die Gunst dieses Papstes genoß, später sie aber verloren zu haben scheint. Er soll unter Anderem prachtliebend und geldsüchtig gewesen sein. So wird von ihm erzählt, daß ihn Papst Nikolaus wegen seines Verkehrs mit den Juden, die ihm kostbare Gewänder lieferten, ernst getadelt habe. [42]) Es scheint auch, daß er bei seiner Reise nach Frankreich unter diesem Papste auch in Deutschland die Einkünfte der dortigen Güter des römischen Stuhles einsammelte, aber nichts davon an den Papst ablieferte. [43]) Ebenso soll er von Günther und Thietgaud in Rom Geschenke erpreßt haben unter der Vorspiegelung, ihre Restitution erwirken zu wollen. [44]) Unter Hadrian II. wird er zugleich mit Anastasius in dem schon angeführten Schreiben vom Febr. 868 als Freund Hinkmars erwähnt und aus dem Briefe an Ado von Vienne erfahren wir bestimmt, daß er im Anfange sehr viel bei diesem Papste vermochte, obschon er vielfach von der kirchlichen Strenge abgewichen, von dessen Vorgänger Manches zu leiden gehabt und der kaiserlichen Partei sehr ergeben gewesen. [45]) In dem Briefe an den Abt Anastasius bittet Hinkmar, es möge derselbe den Bischof Aktard dem Papste, dem Arsenius, sowie seinen übrigen Freunden (Verwandten) empfehlen. [46]) Nun begegnet uns in der Geschichte der Synode vom Oktober 868 abermals ein Arsenius, der nahe mit dem mehrmals censurirten Anastasius verwandt, sehr reich und am Hofe Kaiser Ludwigs II. vielvermögend war. Er wird dargestellt [47]) als

---

und öfter) Arsenium Hortensem Episcopum, apocrisiarium et missum Apost. Sedis et dilectum consiliarium nostrum. Horta in Etrurien am Zusammenflusse der Tiber und des Naris (Pag. a. 865. n. 2) war ein Sammelpunkt für die Anhänger des Gegenpapstes von Benedikt III. gewesen.

[41]) Regino Chron. a. 866. (Pertz I. 573.): Arsenius Ep., apocrisiarius et consiliarius Nicolai P., vice ipsius directus est in Franciam: quo perveniente tanta auctoritate et potestate usus est ac si idem summus Praesul advenisset.

[42]) Joh. Diac. Vita Greg. IV. 50. Baron. a. 865. n. 2.

[43]) Embolum ep. Nicol. ad Ludovic. Germ. Reg. 867. (Mansi XV. 311.): Porro si, sicut per multos et hunc eundem vestrum legatum cognovimus, Arsenius inde aliquid collegit, licet nobis aliquid non detulerit, de praeteritis annis collegit, non de futuris.

[44]) Hincmar. Annal. a. 867. p. 476: Arsenius autem magnae calliditatis et cupiditatis homo, spe falsa seducens Theutgaudum et Guntharium de restitutione ipsorum ut ab eis xenia acciperet, Romam venire fecit, qui diutius ibi manentes paene omnes suos amiserunt.

[45]) Anast. ep. cit.: Pendet anima ejus (Hadr.) ex anima avunculi mei, vestri vero (servi?) Arsenii, quamvis idem eo quod inimicitias multas obeuntis Praesulis pertulerit ac per hoc imperatori faveat, a studio ecclesiasticae correctionis paululum refrigueret. Quem vestris ... monitis rursus infocillate etc. Gfrörer's Uebersetzung dieser Stelle (Karol. II S. 2.) kann ich durchaus nicht als dem Sinne entsprechend anerkennen.

[46]) Hincmar. ep. 38 cit.: De quo (Actardo) ... vestram peto indubiam charitatem, ut Domino Apostolico et Patri nostro (? fort. vestro) Arsenio et ceteris familiaribus vestris eum commendetis. Da in Hinc. Annal. Anastasius als Sohn des Arsenius bezeichnet und der Ausdruck „ceteri familiares vestri" dafür günstig ist: so könnte man leicht versucht werden, patri vestro zu lesen. Aber auch wenn wir patri nostro lesen, erscheint Arsenius als naher Verwandter des Anastasius.

[47]) Hincmari Annal. l. c.

Vater des Eleutherius, Bruders (wahrscheinlich Consobrinus) des Anastasius. Leicht konnte der Bischof Arsenius früher verheirathet gewesen sein, wie Hadrian II. es gewesen war. Er suchte, um den Frevel des Eleutherius an der Tochter des Papstes ungestraft zu machen, die Kaiserin Ingelberge zu gewinnen, zu der er mit seinen vielen Schätzen nach Benevent eilte. Dort aber starb er (zwischen April und Oktober 868) eines plötzlichen Todes. Wirklich finden wir seit dieser Zeit keine Spur mehr von dem Bischofe Arsenius. Wir sind jedenfalls berechtigt, die Uebereinstimmung in allen diesen Umständen für etwas mehr als eine bloße Zufälligkeit zu halten. Die Verwandtschaft mit einem Bibliothekar Anastasius, der aufgehäufte Reichthum, die Verbindung mit Kaiser Ludwig und seiner Gemahlin, die einzelnen Züge weisen auf denselben Arsenius hin und, wie uns scheint, auch auf denselben Anastasius.

Wenn nebstdem in Hadrians Urtheil bei Hinkmar dem Anastasius „depraedatio Patriarchii nostri et ablatio synodalium scripturarum“ [48]) vorgeworfen wird, so paßt das nicht weniger auf den die römischen Archive eifrig durchforschenden Abt, der sich mit den Uebersetzungen aus dem Griechischen beschäftigte, als auf den früher anathematisirten Presbyter, der Alles, was an seine früheren Unordnungen erinnern konnte, zu vertilgen und die ihm nachtheiligen Aktenstücke zu entwenden suchte. Es stimmt auch dieser Zug durchaus überein mit den Interessen und dem Charakter der beiden vorgeblichen Bibliothekare. Von 868 an findet sich aber gar nichts mehr, was auf zwei verschiedene Männer dieses Namens mit gleichem Amte schließen ließe; wir finden nur noch den einen Abt. Wenn nun das, was zwischen 850 und 868 vorkommt, auf einen und denselben bezogen werden kann, so lassen sich nicht mehr zwei Bibliothekare dieses Namens unterscheiden.

Man wendet ein: 1) der Biograph der Päpste, der nach der gewöhnlichen Ansicht der Bibliothekar und Abt ist, muß von dem Cardinal Anastasius verschieden sein, da dieser im Leben Leo's IV. und Benedikt's III. nicht sich selbst gebrandmarkt haben würde. Allein es ist die Annahme von der Autorschaft unseres Anastasius eine sehr unsichere und nach den besten Forschern, wie Schelstrate, L. Holstein und Blanchini, gehört unserem Anastasius nur die Vita Nicolai I. zu, [49]) aus der nichts gegen unsere Ansicht folgt. Auch das ist nicht sicher, ob und inwieweit er die Lebensbeschreibungen früherer Päpste gesammelt habe; keiner seiner Zeitgenossen spricht davon.

2) Man sagt ferner: Unmöglich hätte Kaiser Ludwig II. den 868 auf's Neue entsetzten Bibliothekar Anastasius [illegible] nach Constantinopel senden können. Es müssen also der mit dieser Gesandtschaft betraute Abt und der entsetzte Anastasius verschiedene Personen sein. [50]) Ja, Ersterer war auch mit Geneh-

---

[48]) Onuphr. Panvinius init. chron. eccles. Pag. a. 867. n. 25 nimmt an, mit Nikolaus höre die Papstgeschichte des Anastasius auf.

[49]) Ciampini legt ihm die Biographien der Päpste von Gregor IV. bis Nikolaus I. bei; aber entscheidende Beweise gibt er nicht. Die Meinung von Schelstrate wird auch von Wattenbach Deutschlands Geschichtsquellen, Berlin 1858 S. 156 vorgezogen.

[50]) Remy Ceillier l. c.

migung des Papstes dahin abgegangen und hatte auch von ihm Aufträge erhalten,[61] die er sicher dem eben Bestraften nicht ertheilt habe würde. Allein was zunächst den Kaiser betrifft, so hatte jener Cardinalpriester schon 865 von der kaiserlichen Partei viele Gunst erfahren, ihr hingen seine Verwandten an und es ist sehr gut denkbar, daß er bei seiner abermaligen Entsetzung Zuflucht bei demselben Kaiser suchte, der ihn als einen der griechischen Sprache kundigen Mann für diese Gesandtschaft bestimmte. Sodann konnte Anastasius sich bei Hadrian sehr leicht gerechtfertigt und die Gunst des Papstes, besonders unter kaiserlicher Vermittlung, schon 869 wieder erlangt haben. Seine Mitschuld an dem von Eleutherius begangenen Mord war nicht erwiesen, ebenso wenig, daß er den Adelgrimus, der in die Kirche geflohen war, zu blenden rieth u. s. f. Er ward nur censurirt, „bis er sich vor der Synode rechtfertige."[62] Wenn er daher sich ausreichend verantwortete, so fiel die Verdammung weg. Er scheint nun dem Papste Genüge geleistet zu haben, was zwischen dem Herbste 868 und dem Herbste 869, in dem er nach Constantinopel ging, leicht geschehen konnte, und nachher machte er sich bei dem Papste durch die Aufbewahrung eines Exemplars der Concilienakten sowie durch deren Uebersetzung (871—872) auf's Neue verdient. Darum ward er auch 872 mit dem Abte Cäsarius nach Neapel gesandt, um die Stadt wegen der Vertreibung des Bischofs Athanasius mit dem Interdikt zu belegen.[63] Auf diese Weise lassen sich, wie uns däucht, alle Data wohl vereinigen.

Auch unter Johann VIII., dem er um 873 die Uebersetzung der Akten des siebenten Concils widmete, bekleidete Anastasius das Bibliothekariat, von ihm in dieser Würde bestätigt.[64] In dieses Pontifikat fallen die meisten seiner gelehrten Arbeiten.[65] So namentlich die Uebersetzung der vereinten

[61] Praef. in Conc. VIII. p. d. 9: Accidit me ... missum a Ludovico piissimo Imperatore cum duobus aliis viris insignibus, interesse, ferentem etiam legationem ab apostolicis meritis decorato Praesulatu vestro, causa nuptialis commercii, quod efficiendum ex filio Imp. Basilii et genita praefati Dei cultoris Augusti ab utraque parte sperabatur simul et parabatur. In tam enim pio negotio et quod ad utriusque Imperii unitatem, imo totius Christi Ecclesiae libertatem pertinere procul dubio credebatur, praecipue summi Pontificii vestri quaerebatur assensus.

[62] „donec in Synodo rationem ponat" l. c.

[63] Baron. a. 872 n. 10.

[64] Anast. Praef. in vers. Conc. VII. (Migne CXXIX. 195. 196.): cum sacrae bibliothecae vestrae, cujus minister vestra dignatione existo. Die Worte: ex interpretato nuper decessori vestrae beatitudinis rev. mem. Adriano P. etc., sowie die Ermahnung am Schlusse: Superest, ut fidem, quam credis, doceas etc. deuten auf ein erst seit Kurzem begonnenes Pontifikat. Vgl. Pag. a. 873 n. 6.

[65] Vita Joh. VIII. in Cod. Reg. in Theoph. Chronogr. ed. Bonn. II. p. 5 heißt es nach der Aufführung von Johannes VIII. Reise nach Frankreich (878): Hujus etiam temporibus floruit Anastasius Rom. Eccl. bibliothecarius, qui tam graeco quam latino eloquio pollens septimam universalem Synodum de graeco in latinum ipso jubente transtulit. Transtulit de graeco in lat. Jerarchiam Dionysii Areopagitae .. scriptam ad Timotheum Ep. Ephesi et direxit Carolo Imperatori. Transtulit etiam de graeco in latinum passionem S. Petri Alex. Archiep. et passionem S. Acacii sociorumque ejus et vitam Johannis Eleemosynarii.

Geschichtswerke von Theophanes, Nikephorus und Syncellus,[56]) welche bestimmt war, der größeren Kirchengeschichte des Diakonus Johannes Hymonides[57]) einverleibt zu werden.[58]) In der Vorrede bemerkt Anastasius selbst, Theophanes habe seine Geschichte bis zu dem Nachfolger des Vaters von Ignatius fortgeführt, der noch jetzt Patriarch sei.[59]) Es war die Uebersetzung noch nicht ganz vollendet, als Anastasius diese Vorrede schrieb; es scheint aber diese Arbeit doch zwischen 873—875 vollendet worden zu sein.[60]) Denn die Collectanea de causa Honorii,[61]) die demselben Diakon Johannes zugesendet wurden, sind nach der Uebersetzung dieser Historia tripartita gesammelt und das damit verbundene Schreiben an den Bischof Martin von Narni trägt das Datum der achten Indiktion (1. Sept. 874—31. August 875.)[62]) In den Januar 875 fällt auch die Vollendung der Uebersetzung der Passio Sanctorum Cyri et Johannis.[63]) Ungefähr in derselben Zeit, dem vom 25. März 875 datirten Briefe an Karl den Kahlen über die areopagitischen Schriften und die Uebersetzung des Johannes Scotus zufolge,[64]) beschäftigte er sich auch mit dem Studium des Pseudodionys und im Jahre 876 sandte er demselben Kaiser die (nun verlorene) Uebersetzung der Akten desselben mit einem Schreiben vom Juni desselben Jahres, worin er sich gegen die Meinung derjenigen erklärte, die da behaupteten, der Areopagit sei nicht der erste Bischof von Paris.[65]) In das Jahr 876 fällt ferner die Uebertragung der Akten des heiligen Demetrius,[66]) die er auf die Mahnung des Johannes Diakonus verfertigte und ebenfalls an Karl den Kahlen sandte. Früher als diese Uebersetzungen verfaßt wurden, hatte Anastasius die Akten des Petrus von Alexandrien[67]) und etwas

---

[56]) Theophan. Chron. ed. Bonn. 1841. vol. II. p. 288.

[57]) So heißt er in dem Briefe, den Gauderich von Velletri seiner Vita S. Clementis voranschickte und worin er dem Papste dessen Tod meldete. Mabillon Mus. Ital. I, 2. p. 79. Der frühe Tod des Johannes hinderte die Ausführung seines Planes.

[58]) Anast. ep. ad Joh. Diac. p. 6—8: quo et ipsa quoque proposito inserta operi et intexas.

[59]) Ib.: (ad Leonem), qui post Michaelem (I.) imperavit, patrem scil. Ignatii, qui adhuc superest habenas Cplitanae tenens ecclesiae.

[60]) Diese Arbeit erwähnen die obengenannte Vita Joh. und Anselm. Luc. Lib. II. c. Guibert.

[61]) Galland. Bibl. PP. XIII. p. 29 seq. Migne CXXII. 558 seq.

[62]) Migne l. c. p. 586. dat. Indict. VIII. tempore Domini Johannis VIII. Papae. Bischof Martin von Narni erscheint häufig in den Concilien dieser Zeit; so 861, 879. Mansi XV. 603. 604. XVII. 473. 474. Ughelli Italia Sacra I. p. 1087.

[63]) Migne l. c. p. 700—701. Der zuerst von Mai (Spicil. Rom. IV. 226.) edirte Prolog ist datirt IV. Kal. Febr. Indict. VIII. anno Domini nostri Joh. VIII. Papae...

[64]) S. oben N. 4. Er tadelt die Uebersetzung des Scotus als zu sehr nach dem Worte gearbeitet und oft undeutlich, während er dessen Person rühmt. Vgl. Pag. a. 875. n. 18.

[65]) Surius Acta SS. 8. Oct. Migne l. c. p. 737—739. d. d. mense Junio Indict. IX, anno Pontif. Joh. VIII. quarto, Imper. Caroli primo. Vgl. Baron. a. 876. n. 37. Pag. h. a. n. 11.

[66]) Mabillon. Vet. Annal. p. 172. Migne l. c. p. 716—726. Passio Sancti Demetrii Martyris ad Carolum Calvum Imp. hortatu Joh. diaconi.

[67]) Passio B. Petri Alex. Ep. Mai Spic. III. 671. Migne l. c. p. 689—701.

später (laut dem Prolog) die Akten der 1480 Martyrer[68]) übertragen, welche beide dem Bischof Petrus Gaviuensis oder Gabiensis gewidmet sind. Diesem Bischofe begegnen wir auf den römischen Concilien von 853, 861 und 869,[69]) während schon 876 Leo Gabiensis, ein Neffe Johannes VIII., erscheint,[70]) der auch 879 auf der Synode zu Rom war.[71]) Unter diesem Papste sandte Anastasius wohl auch an den in dessen Briefen[72]) von 877 und 879 öfter vorkommenden Bischof Ajo von Benevent die versio sermonis S. Theodori Studitae de S. Bartholomaeo Apostolo,[73]) dessen Reliquien von den liparischen Inseln um 809 nach Benevent gekommen sein sollen. Die einzige Arbeit, die von den unzweifelhaft dem Anastasius zugehörigen uns noch zu besprechen erübrigt[74]) — die Akten der heiligen Crispina[75]) — gibt uns keine Zeitbestimmung an die Hand, scheint aber in dieselbe Periode gesetzt werden zu müssen, so daß die Thätigkeit des Anastasius als Uebersetzer der Zeit von 862—876 angehörte.

Das Todesjahr des Anastasius ist nicht sicher bekannt. Wir glauben aber bezweifeln zu müssen, daß er über das Pontifikat Johannes VIII. hinaus lebte, wie mehrere Gelehrte[76]) vermuthet. Die letzte sichere Spur von ihm finden wir im Jahre 879, wo dieser Papst ihn ermahnt, die dem Bischof Gaudericus weggenommene cella S. Valentini in Sabinis posita zurückzugeben oder sich darüber zu rechtfertigen.[77]) In demselben Jahre erscheint Bischof Zacharias von Anagni als bibliothecarius apostolicae Sedis,[78]) und zwar als erst seit Kurzem dazu ernannt;[79]) es ist höchst wahrscheinlich, daß Anastasius noch in diesem Jahre gestorben ist, und so Zacharias sein Nachfolger wurde,[80]) um so mehr als seine literarische Thätigkeit keinesfalls über diese Zeit hinaus-

[68]) Bolland. Acta SS. 22. Jan. Prolog. ep. Migne l. c. p. 713. 744.

[69]) Baron. a. 853. Mansi XV. 602. 604. XVI. 130.

[70]) Conc. Pontig. Mansi XVII. 309. 310. Joh. ep. 9. p. 10. ep. 7. p. 9 und sonst.

[71]) Mansi XVII. 473. 477.

[72]) ep. 83. p. 31; ep. 45. p. 41; ep. 157. p. 109. Cf. Baron. a. 877. n. 2.

[73]) D'Achery Spicil. t. II. Migne l. c. p. 729 seq.

[74]) Denn die ihm zugeschriebenen Uebersetzungen der canones Trullani und des Concilium sextum, wovon Fabricius und Walch reden, haben nicht das mindeste Zeugniß für sich. Die versio vitae S. Donati Ep. in Syria (Mabill. Iter ital. II. p. 85.) ist mindestens sehr zweifelhaft.

[75]) Acta S. Crispinae Virg. et Mart. auctore Anastasio bibliothecario. Migne l. c. p. 727—730 nach Mabill. Vett. Anal.

[76]) Fabric. Harl. Bibl. gr. X. 602. Nach Baronius lebte er bis 886, nach Pagius (a. 885. n. 5.) bis 885.

[77]) Joh. VIII. ep. 183. p. 132.

[78]) Conc. Rom. 879. Mansi XVII. 862.

[79]) Der Cardinal Petrus sagt 879 (Conc. Phot. act. II. Mansi l. c. p. 425.) ausdrücklich, daß eben erst (νῦν) Johann den Zacharias zum Bibliothekar bestellt. Im J. 877 finden wir ihn noch blos als Episc. S. Anagniensis Ecclesiae unterschrieben (Diplom für Pavia Mansi l. c. p. 259—261. Concil von Ravenna ib. p. 312.)

[80]) Le Quien Or. chr. III. 393. 394: nec ultra a. 882 vitam produxit; p. 396: intra a. 878 et 882 obiit, quo Zacharias bibliothecarius erat. Vgl. Oudin. l. c. Migne CXXVII. 14.

reicht und Anastasius sicher unter Johann längere Zeit das Bibliothekariat bekleidet hat, nachweisbar noch 876.[81]) Im Jahre 877 sandte ihn der Papst zugleich mit einem Abte Johannes nach Amalfi.[82]) Wenn er bei dieser Gelegenheit wie in dem Briefe von 879 ihn blos Abt nennt, so beweiset das an und für sich noch nicht, daß er nicht mehr Bibliothekar war; es lag hier kein Grund vor, beide Titel anzuführen. Anastasius selbst nennt sich bald „Abt und Bibliothekar,"[83]) bald blos „Bibliothekar,"[84]) bald blos mit dem Demuthsprädikate exiguus.[85])

Nichts steht somit unserer Annahme im Wege, daß der mehrmals entsetzte Cardinalpriester von St. Marcellus mit dem Abt und Bibliothekar Anastasius identisch ist.[86]) Wird das angenommen, so ist die Freundschaft desselben gegen Photius und die Hoffnungen, die dieser auf ihn setzte, auch noch anderweitig als durch die literarische Thätigkeit beider Männer zu erklären. Wie Photius, so hatte Anastasius sich des Episkopates mit weltlichem Beistand zu bemächtigen gesucht; er hatte weit früher als jener seine Hoffnungen vereitelt gesehen; er war zu Intriguen geneigt gleich jenem. Aehnliche Schicksale schienen geeignet, die beiden Männer enger mit einander zu verbinden. Anastasius, schon 867 von dem einflußreichen Metropoliten Hinkmar um seine Verwendung angegangen,[87]) hatte offenbar unter Johann VIII. eine noch einflußreichere Stellung erlangt und eine noch größere Thätigkeit entfaltet, als unter den beiden vorigen Päpsten; zwischen 870 und 877 sehen wir ihn am meisten thätig und das war gerade die Zeit, in der Photius sich im Exil befand. Jedenfalls hat die Vermuthung Vieles für sich, daß Letzterer das Zerwürfniß zwischen Ignatius und dem Papste wegen Bulgariens zu benützen und eine Verdammung des Ersteren herbeizuführen suchte; war Ignatius einmal entsetzt, so hatte er große Hoffnung, auf die eine oder die andere Weise mit Hülfe seiner zahlreichen Anhänger das Patriarchat wieder zu erlangen. Auch konnte Anastasius noch 878 und 879 zu Gunsten des Photius bei Johann VIII. intercediren, und da er bald darauf starb, so erklärt sich, daß Photius nachher 880, von den Vorgängen in Rom durch die päpstlichen Legaten unterrichtet, eher an andere Occidentalen als an diesen früheren Freund sich gewendet hat.

Kehren wir nun zu dem oben angeführten Briefe des Photius zurück. Anastasius scheint demselben zufolge einen Plan, wie dem Photius beizustehen

---

[81]) Im Prolog der Passio 1480 Mart., in der ep. ad Ados, in der ep. ad Carolum Calv. von 875 (Migne CXXIX. 737.) bezeichnet er sich ausdrücklich als Bibliothekar. Auch auf einem Diplom von 875 (Mansi l. c. p. 253.) erscheint er mit dieser Bezeichnung.

[82]) Joh. ep. 69 ad Landulph. Cap. p. 58: quia utrique abbates, Johannes videlicet ac Anastasius, quos illuc ex nostra parte direximus.

[83]) Praef. in Conc. VIII.

[84]) ep. ad Martin. Narb. l. c. und anderen N. 81. angeführten Stellen.

[85]) Praef. in Conc. VII — ep. ad Joh. Diac. N. 61. — Praef. in Pass. S. Demetr.

[86]) Anastasius konnte 812—817 geboren, 847 Priester geworden, 879 verstorben sein, etwa 62—67 Jahre alt.

[87]) Gfrörer Karol. I. S. 463—503.

sei, entworfen und Letzterer diesen gebilligt zu haben; es waren wohl frühere Bitten des Expatriarchen vorausgegangen und eine geraume Zeit verflossen, bis Anastasius die συμπαθὴς παραίνεσις faßte, die Photius, obschon sie so spät eintrat, doch vollkommen anerkennen will. „Die günstige Gelegenheit, die einmal versäumt ist, kommt nicht so leicht wieder; man muß sie im rechten Momente erfassen, sie vorne an der Stirne ergreifen, wo sie Haare hat, (sie am Stirnhaar fassen); hinten ist sie kahl und läßt sich nicht anfassen.“ **) Inwieweit Anastasius für Photius gehandelt, läßt sich bei dem Mangel an Nachrichten nicht bestimmen; daß er bei Johann VIII. im Interesse desselben zu wirken suchte, dürfen wir als sicher annehmen.

Aber mehr als vom Occident durfte sich Photius von seinem und seiner Freunde Wirken in Byzanz selbst versprechen und bald ging ihm am Kaiserhofe ein neuer Stern der Hoffnung auf.

4. Briefe des Photius an den Kaiser. Verbesserung seiner Lage und neue Hoffnungen.

In seiner ersten Regierungszeit war Basilius unermüdlich thätig gewesen, das in jeder Beziehung tief herabgekommene Reich wieder zu heben und ein neues Leben in die verrostete Staatsmaschine zu bringen. Er hatte theils durch Rückforderung der von Michael III. planlos verschenkten Summen, theils durch Heranziehung der von diesem eingeschmelzten Gold- und Silbergeräthe und des kaiserlichen Privatschatzes wie durch Entdeckung verborgener Schätze, später durch Kriegsbeute und größere Sparsamkeit den Staatsschatz wieder in eine bessere Lage gebracht; er hatte strengere Aufsicht über die Beamten gehalten und Maßregeln gegen ihre Bestechlichkeit und ihre Ungerechtigkeiten ergriffen; [1]) er hatte auch das Heer neu organisirt und besser eingeübt [2]) und dann mit ihm mehrere Expeditionen gegen die Paulicianer unternommen, deren Haupt Chrysocheres, mit den Saracenen verbündet, öfter in die östlichen Provinzen des Reiches eingefallen war.

Um 867 hatte Chrysocheres seine verheerenden Streifzüge bis nach Nikomedien und Nicäa, ja sogar bis Ephesus ausgedehnt, wo er die Kirche des heiligen Johannes für seine Pferde zu benützen wagte. Zuerst suchte ihn Basilius durch vortheilhafte Anerbietungen zu gewinnen, er erhielt aber die stolze Antwort: „Willst du Frieden mit uns haben, so gib die Herrschaft im Osten auf und bewahre dir den Westen; außerdem werden wir dir Alles nehmen.“ [3]) Um 868 ward Petrus Siculus nach Tephrika, seinem Hauptsitze,

**) Vgl. Hefele Conc. IV. S. 126.

1) Theoph. Cont. V. 28—31. p. 255—261. Manass. v. 5255 seq. Glycas. P. IV. p. 547. 548.

2) Theoph. Cont. V. 36. p. 265. 266.

3) Genes. L. IV. p. 121. 122.

behufs der Auswechslung der Gefangenen gesandt und verweilte dort neun Monate.[4]) Im Jahre 871 unternahm Basilius, durch neue Gewaltthaten herausgefordert, einen Feldzug gegen das feste Tephrika; aber er konnte es nicht erobern; er nahm nur einige kleinere Castelle, die reiche Beute lieferten, und verwüstete die Umgegend der Festung.[5]) Der Stadt Tauras (Taranta, Tarace) gab er nachher auf Bitten der saracenischen Einwohner den Frieden; auch der Armenier Kurtikius in Lokana unterwarf sich ihm. Bei einem weiteren Zuge wurden Zapetra und Samosata geplündert; auch der Euphrat überschritten, Rhapsakium genommen und Melitene belagert. Doch vermochte Basilius diese feste Stadt nicht zu nehmen; mit reicher Beute kehrte er in seine Hauptstadt zurück, wo er bei der Dankfeier in St. Sophia von dem Patriarchen Ignatius mit dem Siegerkranze sich schmücken ließ.[6])

So glänzend als man es den Byzantinern vorspiegelte, scheint dieser kaiserliche Feldzug nicht ausgefallen zu sein. Die bedeutendsten Festungen der Paulicianer und Saracenen hielten gegen das griechische Heer Stand und Basilius scheint viele seiner Leute verloren zu haben. Nach einigen Berichten war der Kaiser selbst bei seinem ersten Zuge in Gefahr, gefangen zu werden, hätte nicht Theophylaktus Abastaktus, der Vater des späteren Kaisers Romanus, ihn gerettet.[7]) Nach seiner Rückkehr soll er den Christophorus gegen Chrysocheres abgesendet haben, der demselben die schwersten Niederlagen beigebracht.[8]) Es wird erzählt, Basilius habe flehentlich unter Anrufung seiner Schutzpatrone, des Erzengels Michael und des Propheten Elias, zu Gott gebetet, er möge ihn nicht eher sterben lassen, als bis er den gefährlichen Chrysocheres besiegt und das Raubnest Tephrika zerstört habe.[9]) Sein Wunsch ging endlich in Erfüllung. Als im folgenden Jahre Chrysocheres neuerdings verheerende Einfälle machte, sandte der domesticus scholarum gegen ihn zwei Abtheilungen seines Heeres aus; unerwartet stürmte das kaiserliche Heer mit dem Rufe „das Kreuz hat gesiegt!" das feindliche Lager und schlug die Paulicianer in die Flucht, auf der Chrysocheres durch einen gewissen Pulades, der früher sein Gefangener gewesen war, schwer verwundet und von den Genossen desselben getödtet ward. Sein Haupt wurde dem Kaiser nach Constantinopel gebracht, der es seinem früheren Wunsche gemäß mit drei Pfeilen durchschoß und nicht eben heldenmäßig und ritterlich den gemordeten Feind verhöhnte. Die Macht der Paulicianer war aber seit dieser Zeit gebrochen.[10])

---

[4]) Petri Sic. Praef. ad hist. Manich. Gieseler Stud. u. Krit. 1829. S. 98. — Pag. a. 871. n. 4. 5 setzt diese Expedition zu spät an.

[5]) Theoph. Cont. V. 37. p. 266. 267. Cedren. II. 206. 207. Genes. p. 121. Nach Weil (Gesch. der Chalifen Bd. II. S. 470.) setzt diese Expedition auf 871.

[6]) Theoph. Cont. V. 38—40. p. 267—271. Genes. L. IV. p. 115. Cedren. p. 207—208. Leo Gr. p. 258. Pag. a. 871. n. 2. 3.

[7]) Sym. Mag. Bas. c. 8. p. 690. Georg. mon. c. 6. p. 841. Leo Gr. p. 255. Statt [illegible] τῶν εἰς [illegible] ist bei Symeon Τεφρικῆς zu lesen. (G. Leo: τῶν εἰς Τεφρικὴν.)

[8]) Sym. Georg. Leo l. c.

[9]) Genes. p. 121. Theoph. Cont. l. c. c. 41. p. 271.

[10]) Genes. p. 122—124. Theoph. Cont. l. c. c. 41—43. p. 272—276. Cedren.

Im Ganzen war Basilius einer der tüchtigsten Herrscher auf dem byzantinischen Throne, so wenig auch seine persönlichen Leistungen im Kriege als hervorragend bezeichnet werden können. Nach Außen hin ward die Macht des Reiches geschirmt und gemehrt; nach dem Osten wie nach dem Westen hatte er seine Blicke gerichtet. Im Inneren galt er als der Wiederhersteller der Ordnung und einer besseren Verwaltung;[11] intelligenter und thätiger als sein Vorgänger griff er auch persönlich in alle Zweige des öffentlichen Lebens reformatorisch ein, wie er denn auch Anstalten für Revision der Gesetzbücher traf, selbst im Circus und im Magnaurapalaste Recht sprach,[12] neue Bauten ausführte, die Flotte reorganisirte und vermehrte, und seine Beamten ebenso strenge zu überwachen als seine Unterthanen mit Milde zu regieren schien.

Aber die Macht der thatsächlichen Verhältnisse war stärker als der Wille des Herrschers; gewisse Uebel waren im byzantinischen Reiche nicht auszurotten, die Schmeichelei und die Intrigue nicht mehr vom Hofe zu verbannen. Nach und nach kehrten die Dinge wieder in ihren alten trägen Gang zurück; die Günstlinge des neuen Alleinherrschers waren kaum um Vieles besser als die von ihnen verdrängten; Verläumdungen und Einflüsterungen aller Art spielten auch unter dieser kräftigeren Regierung die alte Rolle fort. Basilius selbst war nicht konsequent, sein Eifer erkaltete in vielen Dingen, es wechselten auch seine Launen wie die Personen, die bei ihm Einfluß und Vertrauen genoßen.

Photius kannte den Monarchen genau. Er ließ zuerst ruhig dessen volle Strenge über sich ergehen, um dann, wenn die Zeit einigermaßen die Abneigung gegen ihn schwächte und günstigere Constellationen eintraten, ernstliche Schritte zu thun, sich seine Gunst zu verschaffen. In allen seinen an Andere gerichteten Briefen aus dem Exil hatte er sich sorgfältig alles dessen enthalten, was den Kaiser persönlich hätte verletzen und beleidigen können. Manche von den strengen Maßnahmen, die ihn getroffen und die er so bitter beklagte, waren sicher nicht von den Ignatianern ausgegangen, sondern von der Staatsgewalt, wie z. B. die Requisitionen zur Auffindung verborgener Schätze, in Folge deren seine Diener manche Mißhandlung zu erdulden hatten;[13] diese Nachforschungen wurden wohl dadurch veranlaßt, daß einerseits Photius durch die unter Michael und Bardas ihm eingeräumten Befugnisse[14] über große Geldsummen zu verfügen hatte, die er aber sicher nicht geizig aufgehäuft,[15] sondern zur Mehrung seines Anhangs gut verwendet hatte, andererseits Basilius beim

---

p. 209—213. Cf. Const. Porph. de themat. Or. them. 10. p. 31. Zonar. p. 135. Pag. a. 871. n. 2. 3.

[11]) Manass. v. 5291—5308. p. 225. 226. Vgl. v. 5301 seq.

[12]) Glyc. P. IV. p. 547. 548. Genes. L. IV. p. 126.

[13]) ep. 174. p. 218: καὶ θεραπόντων σώματα ...... ἵνα χρυσὸν καὶ ἄργυρον, ὃν ἐθησαυρίσαμεν, ὃν οὐδ' ὄναρ εἶδον οἱ ἄθλιοι, ἐμφανίσωσι.

[14]) S. oben B. III. A. 2. B. I. S. 528.

[15]) ep. cit. p. 218. 219: καίτοι ἀκριβέστερον αὐτοὶ τῶν ἄλλων οἱ κολάζοντες εἰδότες, ὡς ἡμεῖς ἀεὶ πρὸς χρήματα διεβλήθημεν. καὶ οὐχ οὕτως ἐκεῖνοι φιλάργυροι, ὡς ἡμᾶς ἡ τούτων ἀπορία οὐδὲν ἄλογον αὐτοῖς ἴσως οὐδ' ἄτοπον πεισθῆναι, μή τί γε θησαυρίζειν παρασκευάζειν.

Antritt seiner Alleinherrschaft den Staatsschatz fast ganz (bis auf drei Centenarien) geleert fand und deßhalb strenge Untersuchung verfügt hatte, in Folge deren auch der Eunuch Basilius, einer der Protospathare, betreffs der Rückerstattung unnütz verausgabter Summen beigezogen wurde; [16]) so hatte auch Photius leicht in Verdacht kommen können, da notorisch viel Geld durch seine Hände gegangen war. Die ganze Behandlung des Exilirten, die Absperrung desselben von der Außenwelt, die Entziehung seiner Bücher — das Alles war nur Folge kaiserlicher Befehle und doch schreibt Photius das Alles seinen Gegnern, den Ignatianern zu, zu denen wohl auch viele Beamte gehörten — niemals aber bringt er dabei die leiseste Klage gegen den Kaiser vor, nie redet er sonst von dessen Härte bei Anderen. Vielmehr ist er stets bemüht, sich als loyalen Unterthan zu erweisen; er schärft seinen Bischöfen die kirchlichen Gebete für den Kaiser und seine Söhne ein, sowie den strengsten Gehorsam gegen sie als eine Pflicht der Gerechtigkeit, als eine Gott wohlgefällige und ihnen durchaus entsprechende Handlung. [17]) Auf den Kaiser hatte Photius vor Allem die Hoffnung einer einstigen Wiederherstellung zu setzen Grund; ihn mußte er schonen und ehren, wo möglich aber für sich gewinnen.

Sicher in einem günstigen, wohl gewählten Moment sandte der exilirte Patriarch ihm ein gut berechnetes Schreiben, worin er Alles, was den Monarchen rühren und besänftigen konnte, zusammenstellte, nur um schonendere, menschlichere Behandlung bittend, nicht um Würden und um Ansehen, und das in der Art, daß er kaum alles und jedes Erfolges verlustig gehen konnte. Das Schreiben [18]) lautet also:

„Vernimm mich, gnädigster Kaiser! Ich will jetzt nicht unsere alte Freundschaft anführen, nicht die furchtbaren Eide und Verheißungen, nicht die (von mir dir ertheilte) feierliche Salbung bei deiner Krönung, nicht das hochheilige und erhabene Sakrament, das du aus meiner Hand empfangen, [19]) nicht das Band, mit dem uns die geistliche Verwandtschaft in deinem herrlichen Sohne verband [20]) — nichts von dem Allen will ich anführen, sondern nur die allgemeinen Menschenrechte, die jedem Menschen gebührende Gerechtigkeit rufe ich an. [21])

---

[16]) Theoph. Cont. V. 28. p. 255.

[17]) ep. 171. p. 261: Ὑπὲρ δὲ βασιλέων εὔχεσθαι Παῦλος ὁ θεσπέσιος πρὸ ἡμῶν παραινεῖ (I. Tim. 2, 1. 2.), καὶ Πέτρος δὲ τῶν μαθητῶν ἡ ἀκρότης ὑποτάγητε πάσῃ ἀνθρωπίνῃ κτίσει διὰ τὸν κύριον, λέγων (I. Petr. 2, 13), εἴτε βασιλεῖ ὡς ὑπερέχοντι καὶ πάλιν τὸν βασιλέα τιμᾶτε. (Das. V. 17.) ἀλλά γε πρὸ τούτων αὐτὸς ὁ κοινὸς δεσπότης . . . (Matth. 22, 21.) Διὸ καὶ ταῖς μυστικαῖς ἡμῶν καὶ φρικταῖς ἱερουργίαις εὐχὰς ὑπὲρ βασιλέων ἀναφέρομεν ἃ δὴ προοίμια συντηρεῖν καὶ συνδιασώζειν καὶ τοὺς ὑπολειπομένους ἡμῶν βασιλεῖς δίκαιόν τε καὶ φίλον θεῷ καὶ ἡμῖν ἁρμοδιώτατον.

[18]) ep. 97. p. 136 seq. Baron. a. 871. n. 18 seq. Migne L. I. 16.

[19]) οὐχ ὅτι ταῖς ἡμετέραις χερσὶ τρωγοῖν τῶν φρικτῶν καὶ ἀχράντων μετέχες μυστηρίων. Diese „Mysterien“ sind durchgängig die eucharistische Communion.

[20]) τὸν θεσμόν, ὃν [σὺ] ἡμεῖς ἡ τοῦ καλοῦ παιδὸς υἱοθεσία συνέδησεν. Montac. p. 140: de sacro fonte Basilii filium adhuc in minori fortuna constituti susceperat Photius ἀναδοχεύς. Cf. Pag. a. 870. n. 25.

[21]) ἀλλὰ τὰ κοινὰ τῶν ἀνθρώπων προτείνω δίκαια.

Alle, die Barbaren wie die Hellenen, nehmen denen das Leben, die sie einmal zum Tode verurtheilt; denen sie aber das Leben lassen, die nöthigen sie nicht, die überantworten sie nicht durch Hunger und tausend andere Leiden gewaltsam dem Tode. Ich aber muß ein Leben führen, das härter ist als der Tod; ich bin gefangen, von Allem entblößt und abgeschnitten, von Verwandten, Freunden und Dienern, kurz von aller menschlichen Hilfe. Als der heilige Paulus gefangen abgeführt ward, hinderte man ihn nicht, den Beistand seiner Freunde und Bekannten zu genießen, und selbst als er zum Tode geschleppt ward, fand er noch Schonung und Menschlichkeit von Seiten der Christus hassenden Heiden. Doch vielleicht zeigt die Geschichte älterer Zeiten, daß, zwar nicht hohe Priester Gottes, so doch irgendwelche Missethäter Derartiges erlitten; daß mir aber auch die Bücher entzogen wurden, das ist neu und unerhört, das ist eine neue, erst gegen mich ausgesonnene Strafe.[22]) Zu welchem Zwecke aber ist das geschehen? Etwa damit ich nicht einmal das Wort des Herrn vernehme? Gott sei davor, daß nicht unter deiner Regierung sich jener Fluch erfülle: „In jenen Tagen wird eine Hungersnoth auf Erden sein, und zwar der Hunger, das Wort Gottes zu vernehmen.“[23]) Weßhalb wurden mir die Bücher genommen? Wenn ich Unrecht gethan, so mußte man mir noch mehr Bücher geben und dazu noch Lehrer, damit ich durch das Lesen noch größeren Nutzen fände und schnell eines Besseren belehrt mich bekehre; habe ich aber nicht Unrecht gethan, weßhalb muß ich Unrecht leiden?[24])

Nie noch hat ein Rechtgläubiger von den Häretikern Solches erlitten. Athanasius, der vielgeprüfte Streiter, ward oft sowohl durch Irrlehrer als durch Heiden von seinem Stuhle vertrieben; aber keiner hat ihm den Verlust seiner Bücher zuerkannt. Eustathius erfuhr dieselben Nachstellungen von Seite der Arianer, aber man nahm ihm nicht, wie mir, alle Bücher weg. Der Bekenner Paulus (von Byzanz), Johannes Chrysostomus, Flavian, — sie Alle, die im Buche des Lebens eingeschrieben stehen — was soll ich sie Alle aufzählen? — waren glücklicher als ich. Und was rede ich von rechtgläubigen und heiligen Bischöfen? Den Eusebius, den Theognis und andere Häretiker verbannte der große Constantin wegen ihrer Gottlosigkeit und ihrer schwankenden Haltung, aber er beraubte sie nicht ihres Vermögens noch ihrer Bücher; er schämte sich, die von vernünftiger Beschäftigung abzuhalten, die er wegen ihrer unvernünftigen Handlungen mit dem Exil bestraft.[25]) Auch der gottlose Nestorius ward verbannt, ebenso Dioskorus, Petrus Mongus, Severus u. A.; aber Keiner hatte die Trennung von seinen Büchern zu ertragen. Und was zähle ich ältere Beispiele auf? Viele von unseren Zeitgenossen kennen noch den gott-

---

[22]) p. 137: ἀλλ' ὅτι ἐστερήθημεν καὶ βιβλίων, καινὸν τοῦτο καὶ παράδοξον, καὶ νῦν καθ' ἡμῶν ἐπινενοημένη τιμωρία.

[23]) Amos 8, 11. Die Stelle ist nur ungenau angeführt.

[24]) εἰ μὲν γάρ τι ἠδικήκειν, πλείονα ἔδει (βιβλία) δοθῆναι, καὶ δὴ καὶ τοὺς διδάξοντας, ἵνα καὶ ἀναγινώσκοντες μᾶλλον ὠφελοίμεθα καὶ ἐλεγχόμενοι διορθούμεθα· εἰ δὲ μηδὲν ἠδίκησα, τί ἀδικούμεθα;

[25]) [illegible] λόγων κυρίους, οὓς, ὅτι ἀλόγως ἔπραττον, ἐξορίᾳ κατεδίκασε.

losen (Kaiser) Leo (V.), der mehr die Natur der wilden Thiere als der Menschen an sich trug; als aber dieser den großen Nikephorus, der seinem Namen in der That entsprach, von seinem Stuhle in die Verbannung stieß, trennte er ihn nicht von seinen Büchern und ließ ihn nicht den Hunger erdulden, den ich dulden muß; und doch wünschte er nicht weniger den Tod dieses tapferen Streiters als lange Dauer seiner Herrschaft; aber er scheute sich, den Namen eines Mörders sich aufzuladen; er ließ auch nicht die Leiber seiner Diener schwer mißhandeln, als wären es Räuber und Verräther, so gottlos, grausam und blutdürstig er sonst war; er hinderte den Verkehr mit Blutsverwandten nicht, noch strafte er mit dem Verluste des Vermögens; er trug Scheu, grausamer zu handeln als die Heiden, da er noch das Christenthum heuchelte. Denn diese tödteten wohl die Martyrer, aber sie hinderten den Beistand nicht, den sie von ihren Angehörigen erhielten, und entzogen ihnen nicht die freie Verfügung über ihr Vermögen. Derselbe Leo verbot auch das Psalmensingen nicht, sondern ließ es zu, daß viele Mönche sich dazu als ihrem Troste vereinigten. Er zerstörte nicht die Tempel und die Gott geweihten Häuser; obschon er die Menschen zu beleidigen kein Bedenken trug, so schämte er sich doch, die Gott geweihten Gebäude zu vernichten.

Gegen mich aber — wehe mir! — ist Alles neu, Alles grausam und tragisch. Ich bin gänzlich eingeschlossen, verlassen von Freunden, Verwandten und Dienern, von Psalmensängern, von Mönchen; statt ihrer umgeben mich Wachen von Soldaten; Gotteshäuser wurden zerstört, viele Arme von ihrem Obdach weggeschleppt und ihr Vermögen ward wie eine dem Feinde abgenommene Beute konfiscirt und öffentlich ausgeboten. Wozu das Alles? Um mich noch mehr zu quälen und zu martern. Schon ward ich furchtbar genug gequält; denn jene Gott geweihten Häuser und ihre Bewohner sollten mir zur Sühne meiner Sünden dienen; sie wurden nun dem Dienste Gottes entzogen. Man hätte wohl überlegen sollen, ob nicht Gott, der dadurch (indem ihm die Zerstörung dieser Widmungen die Ehre entzieht) beeinträchtigt wird, noch weit mehr als ich (der Stifter) dadurch beleidigt werde, da ja er es ist, der der Sache der Nothleidenden wie seiner eigenen sich annimmt. Körperliche Strafen setzten die Gesetze der Römer gegen die im Akt des Verbrechens Betroffenen fest zur Läuterung der Seele; Strafen für die Seele aber und Nachstellungen gegen diese hat man bisher nirgends ersonnen; erst ich habe diese schmerzliche Erfahrung machen müssen. Denn es ist klar, daß die Wegnahme der Bücher und die Zerstörung der Gott gewidmeten Gebäude dieses erzielt, indem die erstere das Licht der Betrachtung hindert und auslöscht, die letztere die edelste aller Handlungen — die Verehrung Gottes — vernichtet und zerstört. Wer hat je gehört, daß Menschen gegen die Seelen von Menschen Krieg führen? Es schien, als ob zur Auslassung des Zornes die körperlichen Strafen nicht ausrichteten — Exil, Gefängniß, Hunger, stete Umgebung von Wachen, täglich drohender Tod, der nur insoweit das Leben schont, als nöthig ist, um nicht zugleich mit dem Leben die Empfindung der Schmerzen zu beseitigen. Das ist der furchtbarste Stachel des Todes, die unerträglichste Qual, daß ich die

Leiden der Sterbenden ertragen muß und dabei den einzigen Trost derselben in so schweren Leiden entbehre, daß der Tod denselben ein Ende macht.

Erwäge, o Kaiser, das in deinem Inneren, und wenn dein Gewissen dich freispricht, so füge noch neue Leiden für mich hinzu, wofern noch irgend etwas bisher dazu gefehlt hat; wenn es dich aber verurtheilt, so erwarte nicht die jenseitige Verdammung, wo auch die Reue vergeblich sein wird. Ich stelle an dich eine Bitte, die wohl von ungewöhnlicher Art ist, aber ganz meiner ungewöhnlichen Lage entspricht.[26]) Thu' Einhalt meinen Leiden, auf welche Art du immer willst; entweder nimm mir baldmöglichst das Leben, nicht aber mit so unsäglicher und vielfacher Langsamkeit, oder vermindere das Uebermaß meiner furchtbaren Drangsal. Gedenke, daß du ein Mensch bist, wenn auch Kaiser, gedenke, daß wir Alle mit demselben Fleische umgeben sind, Regenten wie Privatpersonen, und Alle Theil haben an derselben Natur; erinnere dich, daß wir einen und denselben Herrn, Schöpfer und Richter haben. Warum verläugnest du die dir eigene Milde, indem du so hart gegen mich verfährst? Warum verletzest du deine Güte, indem du mich so sehr mißhandelst? Warum willst du deine Menschlichkeit geschmäht, zur Heuchelei gestempelt, deinen sanften Charakter durch deinen Zorn und deine Strenge gegen mich Lügen gestraft sehen?[27])

Ich flehe dich nicht an um Würde und Herrschaft, nicht um Ruhm, nicht um glückliche Tage, nicht um äußeres Wohlergehen,[28]) sondern um dasjenige bitte ich, was man auch denen, die in Fessel gelegt sind, gewährt, was man den Gefangenen nicht verweigert, was auch die Barbaren noch aus Menschlichkeit den in Ketten befindlichen Sklaven zugestehen. Soweit ist es mit mir gekommen, daß ich das von dem Kaiser und von dem Volke der Römer, dem menschlichsten von allen, erbitten muß. Und um was bitte ich? Entweder mögest du mir ein Leben gönnen, das wenigstens nicht härter ist, als der Tod, oder mich so schnell als möglich von diesem Leibe befreien. Achte die Rechte der Natur, achte die gemeinsamen Gesetze der Menschheit, achte die allgemeinen Gerechtsame des römischen Reiches. Gib es nicht zu, daß man von dir einst ein unerhörtes Beispiel entnehme und der Nachwelt erzähle: Einst hat ein Kaiser, der Milde und Barmherzigkeit verließ, seinen Erzbischof, den er als einen Freund, als den zweiten, geistlichen Vater seines Hauses behandelte, aus dessen Händen er zugleich mit der Kaiserin die Salbung und die erhabenen Insignien des Kaiserthums erhielt,[29]) von dem er über Alles geliebt ward, gegen den er sich durch die feierlichsten eidlichen Versicherungen verpflichtet, gegen den er seine innigste Liebe vor Allen an den Tag gelegt — den hat er

---

[26]) p. 139: καινὴν ἴσως δέησιν, ἀλλ' ἐπὶ καινοπαθέσι προσαγομένην.

[27]) Τί τὴν σὴν ἐπιείκειαν ταῖς καθ' ἡμῶν κακώσεσιν ἐξελέγχεις; τί τὴν σὴν χρηστότητα ταῖς εἰς ἡμᾶς ἐπηρείαις διαβάλλεις; τί δὲ τὴν φιλανθρωπίαν εἰς ὑπόκρισιν καὶ σχῆμα πρᾳότητος τῇ καθ' ἡμῶν ὀργῇ καὶ βαρύτητι διαστρέφεις;

[28]) p. 140: Οὐκ αἰτοῦμεν θρόνους, οὐ δόξαν, οὐκ εὐημερίαν, οὐκ εὐπάθειαν.

[29]) ἐφ' οὗ χερσὶν αὐτός τε καὶ ἡ βασιλὶς τὸ χρῖσμα τῆς βασιλείας ἐχρίσθη καὶ τὰ ἀξιώματα ἐνεδύσαντο.

dem Exil, dem Hunger, dem Elend und unzähligen Leiden überantwortet und endlich ihn, der noch für ihn betete, dem Tode geweiht!"

Diese beredten Worte, würdevoll und ergreifend, blieben nicht ohne allen Eindruck und Erfolg.[30]) Wenn auch noch so sehr die kirchlichen Verbrechen des Photius erwiesen waren, Basilius hatte sich nicht persönlich über ihn zu beklagen; die früheren Bande, die ihn mit dem „Patriarchen des Bardas" verknüpft, die Ueberzeugung von der eminenten Befähigung des Mannes, vor Allem die Bescheidenheit der gestellten Bitte, der kein Gehör zu geben, unmenschlich schien, die Scheu, als herzloser Tyrann zu erscheinen — das Alles mußte den Kaiser bestimmen, dem exilirten Photius wenigstens mehrfache Erleichterungen zu gewähren und die gegen ihn in Vollzug gesetzten strengen Maßregeln zu ermäßigen. Darauf bezieht sich unseres Erachtens das zweite kürzere, aber nicht minder gut angelegte Schreiben, das Photius sicher nicht lange nach dem vorigen an den Kaiser sandte. Es ist nicht, wie man es sonst gedeutet hat, ein Gratulationsschreiben zu einem von Basilius über die Saracenen erfochtenen Siege, das von allen Klagen Umgang nehmend den Ausdruck der Theilnahme an der allgemeinen Freude und der Liebe eines treuen Unterthanen enthält, sondern ein Danksagungsschreiben für die wenigstens theilweise gewährte Milderung der mit dem Exil verbundenen harten Leiden, die noch keineswegs alle Erwartungen befriedigte, aber ihn doch zu neuen Hoffnungen ermuthigte, die noch immer an der Voraussetzung der Strafwürdigkeit des Verbannten festhielt und ihm mehr scheinbar als wirklich Vortheile zu bringen schien, immer aber der Anerkennung und des Dankes werth war.[31]) „Ich hatte geglaubt", — schreibt Photius — „daß ich nach deiner Thronbesteigung oftmaligen Anlaß zu Danksagungen wegen der von dir mir zuströmenden Wohlthaten haben würde, sowie wegen meiner Freunde, Verwandten, Vertrauten und überhaupt für Alles, was du mir zu Gunsten ohne Ueberdruß und Beschwerde gewähren könntest. Zu dieser Hoffnung bestimmte mich einerseits meine aufrichtige Gesinnung gegen dich voll ungeheuchelter Anhänglichkeit, andererseits die Macht der unzähligen eidlichen Verheißungen und Betheuerungen, die du auch gegen meinen Willen vor Anderen laut auszusprechen nicht unterlassen hast. Aber jetzt sind meine Hoffnungen so tief herabgesunken, daß ich, wenn auch zu spät und ungelegen, doch noch deiner Majestät Dank sagen kann — — weßwegen aber und worin? Deßwegen, weil du begonnen hast, die Strafen der Räuber und Missethäter, mit denen ich bis zur Erschöpfung meiner Kräfte zu ringen hatte, auf ein bescheideneres Maß zurückzuführen."[32])

---

[30]) Jager nimmt das Gegentheil an — aber, wie wir sehen werden, ohne Grund.

[31]) ep. 98. p. 111. Baron. a. 871. n. 23.

[32]) [illegible] Jager (Livre VII. p. 250.) läßt das τιμωρίας unübersetzt und versteht mit Baronius unter [illegible] die Saracenen. Aber ist das nicht der Sinn, Photius wünsche Glück zu dem Siege über die Saracenen, die das Volk aufgerieben hätten; das ἡμᾶς ist wie in der Regel für ἐγώ gebraucht und die ihm auferlegten Strafen (hier τιμωρίαι was sonst [illegible]) vergleicht Photius auch

Es konnte sich nicht fehlen, daß in einer Hauptstadt wie Byzanz die geringste Erleichterung, die einem berühmten, in Ungnade gefallenen Manne zu Theil ward, verschiedenartige Gerüchte hervorrief und Manche daraus die Wiederherstellung des Gestürzten prophezeiten. Solche verfrühte Nachrichten von einer Annäherung des Basilius an Photius müssen mehrfach aufgetaucht sein und auf sie wie auf sonst ihm eröffnete günstigere Aussichten scheint ein Brief des Photius an die Geheimschreiber Leo und Galaton, zwei von ihm in den Wissenschaften unterrichtete Brüder, der sonst für uns ziemlich dunkel ist, in der Hauptsache bezogen werden zu dürfen. Photius schreibt:[33]) „Von den Fiktionen des trefflichen Anatolius — ich weiß nicht, ob er sie selbst aus sich erzeugt oder ob er die Bastardgeburten Anderer sich zu eigen gemacht — ist der ganze Pontus erfüllt und es wehen die Winde der Lüge so gewaltig, so anhaltend, daß im Vergleiche dazu nicht einmal dasjenige, wodurch die Irrfahrten der Argoschiffer verherrlicht werden, das goldene Vließ, die Feuer sprühenden Stiere, die vielgestaltigen Drachen und der sonstige ungeheuerliche Apparat mehr zu den Fabeln gerechnet werden können. Denn durch die neueste Ueberschwänglichkeit der Lüge sind jene alten Fabeln fast dahin gekommen, Glauben zu verdienen. In Wahrheit nämlich kam weder vor fünf, noch vor zwei Tagen, ja auch nicht einmal erst vor einer Stunde irgend Jemand zu mir, weder von denen, welche die Herrschaft inne haben, noch von denen, die Anderen darin gehorchen, Keiner, der Briefe überbrachte oder anzeigte, kein Bote, der Gutes verkündigte oder das Gegentheil zu melden beauftragt war; vielmehr ist auch das, was jetzt verheißen war, zugleich mit dem Früheren untergegangen und hat allein die Luft mit leerem Schall erfüllt. Aber was soll ich von Verheißenem reden? Nicht blos Versprochenes war es, sondern das, was diesen so gefälligen Leuten schon ganz deutlich vor Augen lag, wenn es auch noch nicht einmal im Traume geschaut wurde. Denn da es schon im Anfang in bestandlose und unhaltbare Phantasien ausgestaltet war, ist es um sie herum auch dahin geflossen; übrigens wird das von mir nicht gehoffte Fortbestehen der Lüge einem Jeden Anlaß geben, die Weissagung selber genau zu prüfen. Wofern es aber, wenn auch gegen die Erwartung, einst zur Wahrheit sich umgestalten sollte, so dürfte von mir Alles das dem Manne zu Theil werden, was er durch Euch zu erlangen sich verbeten hat."

Es mochte sich das Gerücht verbreitet haben, der Kaiser oder einer seiner Söhne, oder doch ein hoher Staatsbeamter sei bei Photius gewesen, oder er habe einen günstigen Brief vom Hofe erhalten, vor so und so viel Tagen, man habe ihm die Wiedereinsetzung oder doch ein günstigeres Loos in Aussicht gestellt, an der Sache sei gar nicht mehr zu zweifeln. Die geschäftige Fama,

---

anderwärts mit denen, die über Räuber und sonstige schwere Verbrecher verhängt wurden, z. B. ep. 111. p. 156. Montac. hat: Quasi latronum et suspendiosorum hominum supplicia, cum quibus neque ad assimilationem conflictabar, in eorum temperantiorem convertere polliceris. (Allat. c. Creyght. p. 256: aggravans eo.) Ueber den Schluß des Briefes s. oben B. IV. Abschn. 1. S. 14.

[33]) ep. 232. p. 346. (L. III. ep. 61.)

die auf jede Regung des Hofes lauerte, hatte wohl die dem Photius zu Theil gewordene freiere und günstigere Lage zu den weitgehendsten Muthmaßungen benützt.

Wohl aus einem früheren Anlaße hatte Photius an den einen dieser Brüder, den Sekretär Galaton, einen nicht minder dunklen Brief[36]) geschrieben, worin er ihn vor den Lügen eines ironisch als trefflich bezeichneten Freundes warnt, der noch in der Zeit der Verfolgung sich als „faules Glied" erwiesen. „Die Lüge deines trefflichen Freundes ist meiner Ansicht nach Original, nicht Imitationsversuch. Man könnte sie nicht mit den Dichtern, so sehr diese Fabeln lieben, vergleichen, ich will nicht sagen mit den Komikern, nicht einmal mit den Tragikern, noch viel weniger mit den Epikern, die sich des heroischen Versmaßes bedienen. Da sie sich aber in der Kühnheit der Erfindung über alle Dichter stolz erhebt, so brauchen wir nicht an Historiker oder sonstige Prosaiker zu denken, um sie damit zu vergleichen. Nur mit einem Einzigen unter denen, die im Lügen groß sind, könnte sie noch in einen großen und ebenbürtigen Wettkampf treten. Wer ist der nun? Er wohnt weder unter den Griechen noch unter den Barbaren; vielmehr bewohnt er ein den Menschen unbekanntes, ja sogar nirgends vorfindliches Land, hat eine namenlose Abstammung; von daher kommt er und mit einer furchtbar kühnen Stirne nimmt er als Erzähler des Unerzählbaren den Vorsitz in den Mythen ein. Du hast vielleicht als Knabe oder Jüngling in den Schulen von Timokles gehört oder vielmehr von Chlonthakonthlos dem Ophlokaner (denn man muß, wie es scheint, auch in den Namen Monströses haben), der von jenen Ophlokanern, die er selber in's Dasein rief, Geschlecht, Natur, Verfassung, Kämpfe, Siege, Lebensdauer und Alter und die Glückseligkeiten, und nicht blos von den Menschen, sondern auch von Pflanzen, Thieren, Land und Meer und Luft, kurz eine Unmasse von Lügen vorzubringen wußte. Aber wenn auch mit diesen dein wackerer Freund sich in einen Lügenwettstreit einlassen wollte, würde er noch die Kampfrichter in die größte Verlegenheit darüber versetzen, wem von Beiden sie die Siegespalme zuerkennen sollten. Laß also nun das geöffnete Lügengrab bei Seite (denn besser ist es durch die wahre Weisheit jenen Elenden darzustellen und zu brandmarken) und halte dich fern von dem üblen Geruch, der daraus hervorströmt. Denn wenn uns befohlen ist (Matth. 5, 29.), nicht einmal das rechte Auge oder die Hand zu schonen, sondern vielmehr sie auszureißen und abzuschneiden (wo sie Aergerniß geben), obschon sie uns einerseits zum Sehen des Nützlichen, andererseits zur Ausführung des im Leben Nothwendigen behilflich sind, was von der Gewandtheit der Freunde gilt: was soll man mit dem thun, der schon in Verwesung übergegangen ist, und nicht erst jetzt, sondern stets unnütz, schon längst losgetrennt, niemals ein Glied unseres Leibes war, sondern viele Glieder von

[36]) ep. 55. p. 110. (L. III. ep. 18.) Der Brief kann, wie der Schluß zeigt, nicht auf die Kritik einer schriftstellerischen Arbeit bezogen werden, wofür beim ersten Lesen namentlich der Anfang zu sprechen scheint.

Anfang an schwer verwundet hat?" In solchen Worten werden gewöhnlich die Apostaten der photianischen Partei gebrandmarkt, über die sich Photius in den verschiedenartigsten rhetorischen Deklamationen ergeht, die von ihnen verbreiteten Gerüchte bald im Ernste, bald scherzhaft bekämpfend, letzteres zumal, seitdem seine äußere Lage sich bedeutend verbessert hatte.

Im Hinblick auf solche dem Photius in der letzten Hälfte seines Exils zu Theil gewordene Erleichterungen konnte Constantin Porphyrogenitus [35]) wohl sagen, daß Basilius, obschon er der strengen Gerechtigkeit gemäß denselben entsetzt und verbannt, doch eifrige Sorge trug, sein Loos zu mildern, und seine Milde ihn nie ganz verließ, auch bevor er ihn aus der Verbannung zurückrief. Uebrigens hat Photius seine Leiden sicher übertrieben; [36]) namentlich beweisen seine eigenen Briefe und seine gerade im Exil in großer Anzahl verfaßten theologischen Abhandlungen, daß das Verbot der Communikation mit Anderen auch in der ersten Zeit desselben nicht so strenge zur Ausführung kam und ihm auch Bücher und Schriften zu Gebot standen, wenn auch nicht alle, die er gewünscht hätte. Er erhielt und schrieb Briefe; er fand immer Mittel, mit seinen Anhängern in steter Verbindung zu bleiben, sie zu trösten und zu ermuthigen. Bei seinen Antworten auf gelehrte Fragen, von denen die meisten in eben diese Zeit fallen, [37]) hat er doch oft wenigstens frühere Aufzeichnungen und Excerpte benützen können, so lange ihm noch die Bücher fehlten; [38]) nachher erhielt er auch diese, soweit sie noch zusammenzubringen waren. Rastlos benützte er auch dieses Mittel, seine Anhänger für sich zu begeistern; den Ruhm der Gelehrsamkeit allein konnte er unverkürzt bewahren und wenn seine Freunde diese theologischen Abhandlungen lasen, worin er so oft beklagt, wegen der Leiden des Exils, bei seiner gedrückten Stimmung, bei seiner angegriffenen Gesundheit, bei dem ihn quälenden Chiragra, beim Schwinden des Gedächtnisses, beim Abgang der zum Forschen nöthigen Ruhe, bei dem fast gänzlichen Mangel an literarischen Hilfsmitteln wie an tauglichen Abschreibern und Copisten nicht so genau und gediegen, als er es gewünscht, die ihm vorgelegten Fragen beantworten zu können, [39]) so mußte das sie nicht wenig erbittern,

---

[35]) Theoph. Cont. V. 44. p. 276: οὐδὲ μὴν οὐδὲ περὶ τοῦτον (ante restitutionem scilicet) [illegible] φιλοφρονούμενος αὐτὸν καὶ [illegible] διὰ τὴν ἐν αὐτῷ [illegible] [illegible] ἀλλὰ μὴν εἰ τῆς [illegible], οὐδὲ τοῦ [illegible] [illegible] ἐπιλανθάνεσθαι, ὅπως τὸν εἰς παραμυθίαν οὐδὲν [illegible] [illegible].

[36]) z. B. ep. 241. p. 361. 362, wo er sich mit einem Lebendigbegrabenen vergleicht.

[37]) Vgl. Amphil. q. 21. n. 7. (Mai Nov. Coll. I. p. 71.) q. 23. (Mai ib. IX. p. 26. 27.) q. 110. al. 141. (Galland. XIII. 715. n 20.) c. 1. q. 133 fin. (Migne p. 736.) q. 180. (Migne p. 889.)

[38]) Amph. q. 148. (Cod. Vat. 1923. f. 134) fin.: ταῦτα μὲν ἀπὸ σχεδαρίων, ὡς ἠδυνήθημεν, μετεγράψαμεν· τὰ δὲ βιβλία, ὡς καὶ ἡ σὴ ἀρχιερατικὴ τελειότης ἐπίσταται, μετὰ τῶν ἄλλων, ἐξ ὧν ἦν δυνατὸν ζῆν, ἡ αἰχμαλωσία λάφυρον ἔθετο. (Migne Cl. p. 1280.)

[39]) Amph. q. 23. (Mai Nova Coll. IX. p. 26. 27.): Τάχα δ' ἂν καὶ ἑτέρως τεθεώρηται τῶν εἰρημένων θειότερά τι καὶ τελειότερα. Ἐμὲ δὲ μήτε μνήμην ἔχειν τούτων ἡ τῶν πολλῶν καὶ ἀλληλαλλήλων περιστάσεων πληγὴ παραχωροῦσα μηδ' εἰς ἔρευναν καθι-

daß man einen solchen Mann, der Allen als eine Leuchte erschien, die der Neid gehässig viel tiefer Stehender verfolge, in der Einsamkeit seiner Haft hinsiechen und verkümmern lasse. Photius ließ es nicht daran fehlen, in den Seinen solche Gedanken zu erregen; in mannigfachen Wendungen legt er sie ihnen nahe. Seinen Freund Amphilochius bewundert er, daß er trotz so vieler Mühen und Sorgen seine Studien unausgesetzt verfolge; er preist die selig, die von seiner rühmlichen Thätigkeit Augen- und Ohrenzeugen sind. Ich fühle da tief, sagt er, wie schwer mich die Feinde verfolgen, welches erhabene und wonnevolle Schauspiel die Mißgunst meinen Blicken entzogen, da ich nicht mehr die Weisheit in ihrem freien Auftreten sehen kann, die einst auch mir zugehörte und deren Frucht das Himmlische ist;[40]) jetzt bin ich unthätig und verachtet; krank und schwach.[41]) Gleichwohl geht er nach solchen Aeußerungen zur Lösung exegetischer und dogmatischer Fragen über; er wundert sich, wie seine Freunde noch mit wissenschaftlichen Problemen sich beschäftigen können,[42]) er erklärt, der Gegenstand seiner Betrachtungen und seiner Studien sei jetzt noch allein der Tod.[43]) Die Wissenschaft und die Bildung schienen um einen Mann zu trauern, der so viel für sie gethan; seine Worte mußten den tiefsten und nachhaltigsten Eindruck hervorbringen.

Auch am Hofe mußte man diesen Eindruck fühlen. Kaiser Basilius, den gelehrten Studien gewogen, wenn auch selbst nur mittelmäßig unterrichtet, kannte den Ruf der Gelehrsamkeit, durch den der exilirte Photius hervorragte, und auf ihn hinzuweisen unterließen sicher die heimlichen Anhänger desselben nicht. Auf ihr Veranstalten ließ wohl Basilius demselben gelehrte Fragen,

---

στῆναι ῥᾳθυμίαν ἄδειαν παρεχούσης (εἰς τοῦτο γὰρ ἡμᾶς ὁ τῶν ἀνθρώπων φθόνος ἀπῴκισεν) ἃ παρῆν εἰπεῖν εἴ τις ἠβούλετο κατὰ τὴν σὴν φιλομαθεστάτην ἀξίωσιν οὐκ ἐνῆγεν οὐδεμία ἀργῆς ἀφορμῆς. Von chiragrischen Schmerzen spricht er im Eingange der blos im Cod. M. Ath. erhaltenen q. 111. 111. p. 183. 186 ed. Athen. 1858.

[40]) Amph. q. 119 (Galland. l. c. Wolf. Anecd. p. 780): καὶ τότε ἐπεπόθησα τῆς τῶν ἐχθρῶν ἐπηρείας καὶ οἵου με καλοῦ καὶ ἡδίστου θεάματος ὁ φθόνος ἐστέρησεν, ἐν παλαίστρᾳ ὁρᾷν φιλοσοφίαν γυμναζομένην, καὶ ταύτην ἡμετέραν, καὶ ἧς ὁ καρπὸς τὸ οὐράνιον.

[41]) Ib.: ἡμεῖς μὲν νῦν κατὰ τοὺς Μεγαρέας οὔτε τρίτοι οὔτε τέταρτοι (Wolf.: Proverbium in ignavos et contemtos homines dici solitum secundum oraculum illud, quod recitat Stephan. Byz. p. 36. ὑμεῖς δ' ὦ Μεγαρεῖς οὔτε τρίτοι οὔτε τέταρτοι) εἰς τοῦτο γὰρ τὰ ἡμέτερα τὴν λῆξιν οὐκ οἶδα τὸ φύλλον, οὐκ οἶδα τὸ ὄστρακον, οὐκ οἶδα, εἰ τῷ κανίσκῳ διὰ τοῦ σχοινοῦ καθιεμένῃ ψήφῳ, οὐκ οἶδα εἴ τι ἄλλο. (Wolf.: Indicatur mos veterum, ex quo judices calculos in cadum demittebant per vasculum ex junco vel vimine textum, speciem instar in summo latius, in imo angustius.) Photius sagt weiter: ἐπὶ μὲν, ὅτε τὸ γράμμα ἧκεν, νόσος ἐπίεζε χαλεπή, μακροῦ καθ' εἰπεῖν τι πρὸς τὴν αἴσθησιν τοῖς ἐπεσκεμμένοις ἀλγηδόσι τὴν ἄδειαν ἐμπαρέχουσα. Ἀλλ' οὖν, ὡς ἐν τάφῳ κατακείμενος ἐκεῖνο ἐν χαίρε.

[42]) ep. 211. p. 311: τί πάσχω, τί δὲ καταφρονεῖς … ἐκεῖνα προτείνειν ἔγνως, ἃ τοῖς ἐντρυφῶσι τῷ παρόντι βίῳ καὶ σπουδαζομένῳ πολυπραγμονεῖσθαι εἴωθεν;

[43]) ibid.: ἓν μόνον ἡμῖν φιλοσοφεῖται, ὁ θάνατος, οὐ διὰ ταῦτα ἀπαλλακτικὸς, ὅτι βραδύνει καὶ οὐκ ἀπάγει θᾶττον τῶν θλίψεων, αἷς ἀδιαλείπτως οὐκ ἐκδιδόντων τῶν ἐπιτιθεμένων συνεχόμεθα.

an denen ihm Interesse erweckt worden war, zur Beantwortung vorlegen, um die Gewandtheit des Mannes zu erproben, jedoch ohne daß er wissen sollte, der Kaiser habe selbst die Fragen gestellt, und ohne mit ihm in Berührung zu treten; der Diakon und Protonotar Theophanes diente als Mittelperson. Die Fragen, die Photius in dem uns erhaltenen Briefe an diesen Theophanes [44]) erörtert, sind sämmtlich der Art, daß ein Monarch wie Basilius sich lebhaft dafür interessiren konnte.

Die erste derselben betrifft die Weisheit Salomons und diejenigen, die er an Weisheit übertroffen hat, kurz die Stelle III. Kön. 4, 31, die leicht in einer Lobrede auf den Kaiser oder in einem für ihn bestimmten Schriftstücke im Geschmacke jener Zeit benützt sein konnte. Aeman, Chalkad und Kardala (al. Dara, Darala) waren nach Photius alte Männer, Weise in Aegypten vor Moses, Nachkommen des Zara, Sohnes des Judas und der Thamar, berühmt als Verfasser von Oden, deren Namen einige Psalmen tragen. Dagegen sollen Aethan (al. Gaethan) und Aeman Zeitgenossen des Salomon gewesen sein, berühmte Sänger und Musiker; Aethan war Abkömmling des Merari, dritten Sohnes des Levi (I. Paral. 6, 1. 44—47.), Aeman (oder Heman) Sohn des Joel, Enkel des Propheten Samuel aus der Nachkommenschaft des Kaath, zweiten Sohnes des Levi (das. V. 33—38.). Photius hat statt vier in der Schrift genannter Namen deren fünf, trennt dabei die I. Paral. 2, 6. verbundenen, bezieht den Beinamen Söhne Mahols nur auf die drei Letzteren und weicht von anderen griechischen Erklärern [45]) ab, die alle als Zeitgenossen Salomons behandeln, nicht blos die I. Paral. 15, 19 mit Asaph genannten Sänger Aeman und Aethan. Die Stelle soll nach ihm besagen, Salomon sei weiser gewesen als seine Zeitgenossen, ja auch als die Weisen älterer Zeit. Die Frage des Basilius war ganz entsprechend, wenn seine Weisheit, wie es damals oft geschah, [46]) als die des Salomon überflügelnd gepriesen und dabei zur Gradation der Verherrlichung vorher jener Schrifttext, wenn auch nur in einer Anspielung, benützt war.

Die weitere Frage über die verschiedenen Salbungen Davids zum Könige hatte für Basilius schon insoferne eine Bedeutung, als er selbst noch bei Lebzeiten Michaels III. zum Kaiser gekrönt und gesalbt, nachher blos in feierlichem Aufzuge als Alleinherrscher proklamirt worden war, frühzeitig aber daran dachte, bei Vollendung der von ihm projektirten Kirchenbauten sich nochmals

[44]) Die Aufschrift des Briefes (Amph. q. 115 ed. Migne; q. 126. p. 202 ed. Athen.) mit dem Beisatze: ἀπηγόρευσεν ὡς ῥᾷδιον ἐξ ἑαυτοῦ λύσιν ἀπορῶν, ἐκ βασιλικοῦ δὲ τῇ πληθύι προστάγματος τὴν οἰκείαν πεποιηκότι stammt sicher aus der Zeit des Photius und die Stelle τάχα γὰρ καὶ γνοὺς τὴν [illegible] [illegible] κ. τ. λ. im Eingange (§. 1) deutet auf Umstände, die besondere Umsicht bei der Erörterung erheischten.

[45]) Theod. in L. III. Reg. (Migne LXXX. 680. 681.) Procop. Gaz. in h. l. (ib. LXXXVII. 1153).

[46]) In der zweiten der uns erhaltenen Oden des Photius, worin die Kirche den Basilius verherrlicht, heißt es Str. 18: Στίλβων καὶ μὴ μέγα ἰσάζων τῇ σοφίᾳ, τὸν ὑπέρτερον βλέπων, Σολομῶν, βασιλεῦ.

krönen zu lassen.[47]) Von David wird nun berichtet, daß er zuerst von Samuel noch unter Sauls Regierung (I. Kön. 16, 13.), dann wieder nach Sauls Tod (II. Kön. 2, 4.) und endlich bei der Anerkennung Aller (das. 5, 3.) gesalbt ward. Photius will jedoch, daß David nur einmal von Samuel die Salbung erhielt, nachher in Hebron als König proklamirt und sieben Jahre später allgemein anerkannt ward, die Schrift aber jene Proklamationen nach gewöhnlicher Ausdrucksweise ebenfalls Salbung nenne; das königliche Diadem habe David bei der Einnahme von Remmath (Rabbath II. Kön. 12, 30.) sich aufgesetzt. Photius, scheint es, will strenge die von ihm einst an Basilius vollzogene Salbung als völlig ausreichend und eine Wiederholung ausschließend geltend machen und dabei jedem Zweifel an seiner Legitimität und der Giltigkeit des von ihm vorgenommenen Aktes zuvorkommen.

Ebenso war die Stelle I. Kön. 9, 24 in Bezug auf die dem zukünftigen Könige Saul am Tische Samuels zu Theil gewordene Auszeichnung für einen Herrscher von Bedeutung. Photius bemerkt, Samuel habe dem Saul dadurch, daß er ihm solche Theile des Thieres vorsetzen ließ, welche gleichsam die Last des ganzen Leibes halten — die Schenkel — vor Anderen eine große Ehre erzeigt und ihm angedeutet, daß er als Herrscher für Alle Gefahren übernehmen, den ganzen Körper des Gemeinwesens zusammenhalten, stützen und beschützen müsse. Er scheint hier an die Aufgabe des Kaisers gegenüber allen seinen Unterthanen erinnern zu wollen und im Verlaufe der Erörterung weiß er sehr geschickt die Größe seiner Leiden und deren Folgen für seinen Geist, für sein Gedächtniß u. s. f. anzudeuten.[48])

Mochte nun Basilius von sich aus auf jene Fragen gekommen oder von Anderen, von äußeren Anlässen dazu angeregt worden sein, immerhin war diese Consultation nicht ohne hohe Bedeutung. Es war schon viel damit gewonnen, daß der Kaiser in seiner Umgebung den Namen des Photius öfter nennen, sein Wissen und seine Talente preisen hörte; das beharrliche Zusammenwirken seiner Freunde am Hofe mußte nach und nach für ihn günstigere Aussichten eröffnen, zumal da er selbst auch die Kunst sehr gut verstand, die Höflinge allmälig für seine Sache zu gewinnen, und selbst im Exil noch Vielen derselben imponirte, die wenigstens im Verborgenen ihm ergeben bleiben wollten.

Zu diesen scheint selbst der Patricier und Präpositus Baanes, der auf dem achten Concil als kaiserlicher Commissär eine bedeutende Rolle gespielt, eine Zeitlang gehört zu haben; derselbe ließ dem Photius erklären, er sei außer Stand, etwas für ihn zu thun, sei aber wie ein anderer Joseph von Arimathäa sein geheimer Freund. Darauf gab Photius folgende Antwort:[49]) „Wohl war Joseph einst Freund im Verborgenen und in nächtlicher Stunde

---

[47]) Vgl. Genesius B. IV. Abschn. 1. N. 84. S. 21.

[48]) J. B. p. 362: εἰ μὴ καὶ αὐτὴν ἡμῶν τὴν μνήμην προκατειλοντο αἱ θλίψεις. p. 361: μᾶλλον τοῖς ἐν ᾅδου τὰ τοιαῦτα πράττειν, ἀλλ' ἐκείνας, οἷς τὰ αὐτὰ τὸν βίον πέρασι καὶ ὁ νοῦς καὶ οἱ λόγοι καὶ αἱ χεῖρες οὐ παρείθησαν.

[49]) ep. 91. p. 133 seq. (L. III. ep. 32.) Baron. a. 871. n. 25.

Schüler meines Herrn und Gottes; aber später sprengte er die Bande der Furcht und wurde in noch höherem Maße ein eifriger und erklärter Jünger Jesu, als diejenigen, so ihm öffentlich angehangen. Er nahm den schmachvoll gekreuzigten Leib des Herrn herab und widmete ihm alle mögliche Sorgfalt. Wie lange wirst nun du nur in der Nacht mich lieben, ohne ein Sohn des Lichtes und des Tages zu werden, und wann wirst du einen Laut, der des freimüthigen Auftretens jenes Joseph würdig wäre, von dir geben, nicht zwar den Leib vom Kreuze herabnehmen, aber die Seele mir von tausend Kümmernissen und Trübsalen, von einem furchtbaren und täglichen Todeskampfe befreien? Wofern die Liebe zur Welt und menschliche Rücksichten und Affekte dich davon abhalten, hast du vergebens eine Ausflucht und ein Beispiel an diesem Joseph gesucht."

Es scheint aber Baanes in Folge gemessener kaiserlicher Befehle noch in der ersten Zeit den Exilirten sehr hart behandelt zu haben; in einem anderen, wahrscheinlich später geschriebenen Briefe an denselben [50]) klagt Photius bitter über die Tyrannei, mit der man ihm, der schon dreißig Tage krank darniederliege und dringend eines Arztes bedürfe, alle Hilfe verweigert habe, da doch selbst Barbaren, ja die Thiere noch Schonung gegen das Unglück bewiesen; wofern er so sterbe, werde sein Tod für ihn, den Verfolgten, ein Triumph, für den herzlosen Verfolger aber ein ewiges Schandmal blutdürstiger Grausamkeit sein. Wahrscheinlich hatte man damals den Befehl, keinen Verkehr mit dem Expatriarchen zu gestatten, strenge gedeutet und gehandhabt, seine Krankheit aber als Verstellung angesehen, mittelst der er neue Communicationsmittel sich verschaffen wolle; mehrere Aerzte, von denen nicht wenige Mönche waren, [51]) standen auch in enger Beziehung zu dem gestürzten Prälaten. Indessen scheint er doch noch einen Arzt erhalten zu haben, da er in so vielen anderen, einzeln alle ihm zugefügten Unbilden und Mißhandlungen aufzählenden Briefen, von denen einige später geschrieben wurden, die Verweigerung aller ärztlichen Hilfe nicht anführt; vielleicht war auch der Brief bestimmt, dem Kaiser vorgelegt zu werden und dadurch Erleichterungen zu erwirken.

Auch den Patricier Manuel, wahrscheinlich denselben, an den Metrophanes seinen Brief über die Wirren der byzantinischen Kirche um 870 richtete, [52]) rechnete Photius zu seinen Bedrückern und Verfolgern. Wahrscheinlich, sagt er in einem Briefe an denselben, sei er noch dreister geworden durch das Gebet, das er in seinem Leiden vorgebracht: „Herr, verzeih' ihnen, denn sie wissen nicht, was sie thun" (Luk. 23, 34.), und verfolge ihn deßhalb noch heftiger;

---

[50]) ep. 114. p. 156. (L. III. ep. 32.)

[51]) So z. B. Acacius, an den ep. 119. p. 162. (L. II. ep. 85.) gerichtet ist. Von seiner Krankheit spricht Photius auch ep. 236. p. 358. (L. II. ep. 95.)

[52]) Baron. a. 870. n. 45 seq. Pag. h. a. n. 20. Mansi XVI. 413—420. In den Akten des achten Concils kommen zwei Patricier mit dem Namen Manuel vor (Mansi l. c. p. 18.) Auch in der Biographie des Studiten Nikolaus (Acta SS. t. I. Febr. p. 550. c. 10.) wird ein Patricier Manuel erwähnt, an dem wie an dessen Gattin Helena der heilige Wunder gewirkt haben soll.

er aber fahre in seinem Gebete fort und übe so an seinen Verfolgern Vergeltung; jener müsse, wenn auch spät, doch noch einmal von seiner Grausamkeit ablassen; wo nicht, so gebe er jenes Gebet doch nicht auf, um den Himmel nicht zu verlieren; deßhalb habe er ihm geschrieben und mahne ihn zuzusehen, wie er seine Angelegenheiten in Ordnung bringe. In einem zweiten Briefe sagt er ihm: „Magst du dich auch noch so sehr verbergen, so wirst du doch dem allsehenden Auge Gottes nicht verborgen bleiben, da du darauf ausgehst, mit Gewalt mir das Leben zu rauben. Auch wer kein Schwert in die Hand nimmt und es mit Blut tränkt, auch wer keinen Henker herbeiruft, sondern wer immer auf sonst eine Weise den Menschen das Leben zu rauben sucht, ist ein Mörder. Wenn solche Thaten das jenseitige Gericht noch furchtbarer machen müssen, wie lange willst du noch bei denen beharren, die jenseits erscheinen müssen, um ihre schweren Strafen zu erhalten, und zwar Strafen, die ich dich nicht leiden sehen möchte, selbst wenn du noch heftiger gegen mich wüthen solltest?“ [53]) In dieser und ähnlicher Weise suchte der Expatriarch die ihm abgeneigten Staatsbeamten zu beschämen und zu schrecken, [54]) während er die ihm günstig gestimmten noch mehr zu gewinnen und ihre guten Dienste zu erlangen bestrebt war.

Viele Prälaten der photianischen Partei hatten mit dem äußersten Mangel zu kämpfen, litten Frost und Hitze, mußten Geld mit schweren Wucherzinsen auftreiben oder von Almosen ihrer Freunde leben, unstät und ohne festen Sitz umherirren. [55]) Daher bat Photius in einem besonderen Schreiben den seiner Sache ganz ergebenen Protospathar Niketas, der Noth dieser „um Christi willen auf das äußerste Verfolgten“, insbesondere der Erzbischöfe Amphilochius von Cyzikus und Paulus von Laodicea, [56]) zu steuern. Ueberhaupt verwendete er sich in seinem eigenen Unglück in der eindringlichsten Weise für bedrohte und verfolgte Freunde; er bot Alles auf, ihre Lage zu erleichtern, sie zu trösten, ihnen Fürsprecher und Vertheidiger zu gewinnen. Er wußte ja auch die ihm befreundeten Großen an frühere Leiden und Verfolgungen treffend zu erinnern, gegen deren Wiederkehr Barmherzigkeit für Andere das beste Schutzmittel sei. [57])

Es muß in der That Staunen erregen, welche große Thätigkeit Photius noch im Exil entfaltet, wie sorglich er alle die Seinigen um sich geschaart hält,

---

[53]) ep. 146. p. 203; 226. p. 331. (L. III. ep. 45. 60.)

[54]) Es ist keineswegs sicher, daß alle jene Briefe, in denen er verschiedene Große und Beamte als Tyrannen, Mörder, Dämonen, wilde Thiere u. s. f. schildert, hieher gehören. Jager (L. VII. p. 251 seq.) rechnet u. A. hieher ep. 73. p. 122, ep. 193. p. 292, worin sich keine sicheren Anhaltspunkte finden. Auch sind die einzelnen Personen geschichtlich zu wenig bekannt, als daß sich bestimmen ließe, ob sie mit Recht oder Unrecht so gezeichnet sind. Hier dürfen uns nur die in den Briefen selbst vorkommenden Andeutungen, die auf die Zeit des Exils und auf die Stellung der Adressaten Bezug haben, maßgebend sein.

[55]) ep. 210. p. 309. Lib. III. ep. 65.

[56]) Diese Erzbischöfe nennt die Aufschrift. Das agenti in der Uebersetzung ist zu streichen.

[57]) Vgl. ep. 185. p. 273. 274. Johanni Patricio oben Abschn. 2. S. 226.

wie treu diese an ihm festhalten. Er konnte sich in den ersten Zeiten seines Exils rühmen, daß von allen Bischöfen, die er eingesetzt und die mit ihm verbannt wurden, kein einziger von ihm abließ, keiner mit dem Strome zu schwimmen Lust gezeigt, fast Alle den entschiedensten Widerstand geleistet.[54]) Keiner brachte eine Klage gegen ihn vor, nicht einmal die Enthüllung seiner Umtriebe, Intriguen und Gesetzwidrigkeiten, noch weniger seine Verdammung waren im Stande, ihre Anhänglichkeit an ihn zu erschüttern, die sich nicht blos auf den ihm geleisteten Obedienzeid und das eigene Interesse, sondern weit mehr noch auf den Einfluß seiner Persönlichkeit gründete. Photius hatte es verstanden, ein ihm ganz ergebenes Episkopat zu schaffen, und selbst von Jenen, die dem Ignatius und theilweise dem Methodius ihre Erhebung verdankten, dann aber ihm sich angeschlossen hatten, blieb ein beträchtlicher Theil auf seiner Seite und selbst andere Gegner schienen jetzt zu ihm übertreten zu wollen. Hier zeigte sich am meisten seine an das Wunderbare grenzende Gabe, die Menschen zu fesseln.[55]) Von seinem feinen Takte, seiner Menschenkenntniß, seiner Beredsamkeit geben die bis jetzt von uns benützten Briefe einen glänzenden Beleg; sie zeigen uns aber auch, daß er fortwährend der Mittelpunkt einer starken kirchlichen Partei war, die alle Kräfte anzuspannen und ihre Plane mit beharrlicher Consequenz zu verfolgen wußte. Er hatte zahlreiche geheime Agenten, die seine Weisungen nach allen Richtungen hin verbreiteten, das Terrain auskundschafteten und ihn über alle bemerkenswerthen Vorfälle unterrichteten. Nach dem Eindruck der eigenen Briefe des Photius können wir dem Niketas nicht Unrecht geben, wenn er behauptet, jener habe fortwährend gegen Ignatius bis nach Constantinopel agirt. Diese Bemühungen waren nicht ohne Erfolg und Photius konnte immer mehr auf einen Umschwung hoffen. Ignatius war hochbejahrt, seine Gesundheit geschwächt, dazu drohte ein Streit mit Rom; der Stuhl von Constantinopel konnte bald wieder erledigt werden; Niemand konnte sich so sehr Hoffnung auf ihn machen, als Photius mit seinen Talenten und Kenntnissen, mit seinen zahlreichen Anhängern, mit seinen älteren, wenn auch sehr zweifelhaften Ansprüchen, zumal nachdem der Kaiser selbst seine Erudition zu schätzen und ihn zu Rath ziehen zu wollen schien. Genau alle Verhältnisse kennend bereitete Photius zugleich seine Freunde für künftige Triumphe vor.[56]) Dem Metropoliten Euschemon schrieb er, es möge derselbe

---

[54]) ep. 171. p. 257: *Πῶς γὰρ οὐχὶ μεγίστη καὶ ἀνίατος τῷ διαβόλῳ ἡ πληγή, ὅτιπερ ἐν τοσαύτῃ ζάλῃ καὶ τηλικαύτῃ συγχύσει καὶ μεταβολῇ οὐ μικρός, οὐ μέγας, οὐκ ἀσήμου πόλεως ἀρχιερεύς, οὐ τὸ ἐπίσημον ἐχούσης, οὐκ ἐν λόγῳ ἰδιώτης, οὐκ ἀπροσί-φωθεν ἀπλασμένος καὶ σύνδρομον ἔχων τῇ ... τῆς διανοίας τὸ ῥεῦμα τῆς γλώσσης, οὐκ ἐν βίῳ λαμπρός, οὐκ ἐν ἀκριβείᾳ δογμάτων περίβλεπτος, ἀλλ' ὅλως οὐδεὶς οὐδαμοῦ τῷ καιρῷ συναλλοιωθεὶς ἠλέγχθη, οὐδὲν ἴδωμεν τῇ ῥύμῃ τοῦ φέροντος; ἅπαντες ἁπλῶς, ὅσοι τοῦ χοροῦ τῆς εὐσεβείας γεγόνασι (τίς ἅπαξ παλαιῷ, μήτε γε ἐλπίδι νέᾳ, πρὶν πρηχθῆναι, τοῦτο παρεδέξατο;) πάσης πληγῆς τοῦ πονηροῦ καὶ πάσης ἐπιβουλῆς, καὶ παντὸς τεχνάσματος καὶ βίας κρείττους ὤφθησαν.*

[55]) Baron. a. 871. n. 47.

[56]) Am Schlusse einer gelehrten Abhandlung, die Photius an Georg von Nikomedien

den Muth nicht verlieren, wenn die Schlechtigkeit offen und unverhüllt vor Allen ihren Muth zeige; ihr Reich werde nicht von langer Dauer sein und er sie noch mit großem Geräusch in den Abgrund stürzen sehen. Er erinnert an die Worte des Psalmisten (Ps. 36, 35. 36. Vulg.): „Ich sah den Gottlosen erhöht wie die Ceder auf dem Libanon. Ich ging vorüber, und siehe! er war nicht mehr; ich suchte ihn und seine Stelle ward nicht mehr gefunden.“ [81])

5. Photius vom Exil zurückgerufen und Lehrer der Söhne des Kaisers.

Mit welchen Mitteln Photius wieder die Gunst des Kaisers erlangte und sich von Neuem den Weg zu dem Patriarchenstuhle bahnte, darüber haben wir einen näheren Bericht bei Niketas,[1]) welcher aber von vielen Seiten angefochten ward[2]) und deßhalb einer näheren Prüfung zu unterstellen ist.

Der Bericht ist folgender: Photius, der die Schwächen des Monarchen nur zu gut kannte, verfertigte eine falsche Genealogie des Basilius in Form einer historisch-prophetischen Schrift, worin er den Basilius von dem armenischen König Tiridates, der, von einem jüngeren Zweige der Arsaciden entsprossen, von Gregor dem Erleuchter bekehrt ward, herstammen ließ. Er gab eine Reihenfolge falscher Descendenten dieses Königs bis auf den Vater des Basilius, von dem gesagt ward, er werde einen großen König zum Sohne haben, der alle früheren Monarchen durch seinen Ruhm verdunkeln werde; die einzelnen Züge dieses großen Herrschers paßten ganz auf Basilius. Die Descendenz des Vaters von Basilius ward akrostichisch mit dem Namen Beklas bezeichnet, welcher die Anfangsbuchstaben der Namen Basilius, Eudokia, Constantin, Leo, Alexander und Stephan enthielt. Das Alles ward mit großer Gewandtheit durchgeführt, wie es geeignet schien, dem Stolze des Herrschers zu schmeicheln. Als das geheimnißvolle Buch wohl ausgearbeitet war, schrieb es Photius auf ganz altem Papier mit alexandrinischen Schriftzügen ab, die sehr glücklich den ältesten Handschriften nachgeahmt waren;[3]) er wußte dem Ganzen den Anstrich eines sehr hohen Alters zu geben und gab dem Codex eine Decke, die er von einem der ältesten Manuscripte wegnahm. So ließ er das Machwerk durch einen mit ihm enge verbundenen Geistlichen Theophanes, der die Aufsicht über die kaiserliche Bibliothek hatte und von Basilius seiner

---

sandte (ep. 165. p. 235. Amph. q. 92 fin.), erklärt er, er werde demselben, wenn sie einst wieder zusammen sein würden, ausführlicher den Gegenstand behandeln; daß jenes der Fall sein werde, verkündige ihm ein göttliches Anzeichen vorher (συνδώσειν δὲ θεῖον καὶ τοῦτο μήνυμα προςεπαγγέλλεται).

[81]) ep. 186. p. 274. (L. II. ep. 29.)

[1]) Nicet. apud Mansi XVI. 284. Baron. a. 878. n. 36 seq.

[2]) Fontani Nov. del. erud. I. p. LIV. LV. Schröckh K. G. XXIV. S. 186. Neander 2. 315. N. 1.

[3]) ἐπὶ παλαιοτάτων μὲν ταῦτα χαρτίων γράμμασιν Ἀλεξανδρίνοις, τὴν ἀρχαϊκὴν ὅτι μάλιστα χειροθεσίαν μιμησάμενος, γράφει.

Kenntnisse wegen sehr geschätzt war, unter den Büchern des Kaisers aufstellen. Dieser Theophanes benützte eines Tages eine günstige Gelegenheit, dem Kaiser dieses Manuscript als einen der kostbarsten Schätze seiner Bibliothek zu bezeichnen und vorzulegen; dabei gestand er, daß er nicht im Stande sei, das merkwürdige Buch zu lesen und zu entziffern und auch im ganzen Reiche Niemanden für dazu befähigt halte — außer Photius. Die Neugier des Basilius war rege geworden: er befahl, den Photius zur Untersuchung und Erklärung dieses Buches an den Hof zurückzurufen. Das war Alles, was dieser wünschte. Er kam, studirte eifrig in dem selbstverfertigten Codex, erklärte aber, den Inhalt desselben könne er nur dem Kaiser selbst eröffnen. So erlangte er bei diesem die gehoffte Audienz; mit ihr gewann er von Neuem die lang entbehrte Gunst des Monarchen. So der Bericht des Niketas.

Auch wir waren eine Zeitlang geneigt, diese Erzählung als bloße Erdichtung zu betrachten. Allein bei näherer Prüfung schwanden viele unserer Bedenken und wie schon früher viele Gelehrte, darunter bedeutende Kritiker, [4]) sie adoptirt, so fanden wir noch manche andere Gründe, die sie als keineswegs ganz unglaubwürdig erscheinen lassen, ganz abgesehen davon, daß sie eine fühlbare Lücke in den anderen Dokumenten ausfüllt.

Einmal hat auch Symeon Magister, der sonst vielfach von Niketas abweicht, das Wesentliche dieser Erzählung: die Erdichtung der Genealogie im Kloster Skepe durch Photius, die Uebertragung des Buches in die kaiserliche Bibliothek durch Theophanes mit dem Beinamen Sphenodämon, die Erklärung des Allen unverständlichen Beklas durch Photius. [5]) Ebenso geben den Hauptinhalt die späteren Chronisten. [6]) Eine indirekte Bestätigung ist es ferner, daß während sonst die Herkunft des Basilius von niedrigem Stande einfach erzählt wird, [7]) bei Constantin Porphyrogenitus [8]) und den von ihm abhängigen Chronisten [9]) weitläufig die Abstammung des Basilius von den Arsaciden sich entwickelt findet und auch Genesius [10]) die Eltern des Kaisers als von berühmtem Geschlechte entstammend, als Sprößlinge von Arsaces und Tiridates bezeichnet. Es war also sicher unter Constantin Porphyrogenitus die Fabel von dem alten arsacidischen Adel der macedonischen Dynastie verbreitet und am byzantinischen Hofe geglaubt. Es setzt aber die Art und Weise, wie sie vorgetragen wird,

---

[4]) Natal. Alex. H. E. Saec. IX. Diss. IV. §. XXV. Cuper l. c. n. 656. 657. p. 112. Fleury t. XI. p. 412. L. 53. n. 1. Le Quien Or. chr. I. 381. 382. Döllinger Lehrb. d. K. G. I. 394. So auch Tosti L. IV. p. 393—396.

[5]) Sym. Mag. Bas. c. 7. p. 689. 690.

[6]) Glycas Annal. P. IV. p. 552. Constant. Manass. v. 5311—5318. p. 226. 227. Merkwürdig ist, daß später im Leben des Michael Paläologus ebenfalls das Wort Beklas eine Rolle spielt. Pachym. I. 11.

[7]) Cf. Georg. mon. Mich. c. 6. p. 817 seq. Leo Gr. p. 231. Luitpr. Antap. I. 8.

[8]) Theoph. Cont. V. 2. 3. p. 212 seq.

[9]) So Cedren. II. 180. 181.

[10]) Genes. L. IV. p. 107: *ἐπῆγε δὲ ὁ Βασίλειος ἐκ γένους μὲν πρεσβυτέρου Πάρθων Ἀρσάκου ἀρχὴν.. ἐνδοξῆς δὲ καὶ Τηριδάτου τοῦ βασιλέως τῆς αὐτῆς ἐπαρχίας ἐξημμένου.*

einen ausführlichen Stammbaum des Basilius voraus, der die Mittelglieder zwischen Arsaces und ihm genau anführte und dabei die bekannten Schicksale der Eltern dieses Kaisers wohl mit aufnahm; [11]) es ist wohl hierin eine kunstfertige Hand anzuerkennen, welche die gut erfundene Genealogie mit einem historischen Rahmen zu umgeben und der Sache Ansehen zu verschaffen wußte; jedenfalls stimmen die Berichte in diesem Sinne wohl zusammen und weder von Constantin Porphyrogenitus noch von Photius selbst war zu erwarten, daß sie diesen Kunstgriff des Letzteren mit einer Sylbe erwähnten. Der Umstand, daß im zehnten Jahrhundert diese Fabel noch festgehalten und von Chronisten angeführt wird, die von Niketas unabhängig sind, gibt seiner Angabe ein größeres Gewicht und läßt auf ein historisch-prophetisches Machwerk wie das bezeichnete recht gut schließen. [12]) Auch ist die Sache an sich keineswegs so völlig unglaublich, wie man oft behauptet hat. Sicher war Basilius in hohem Grade leichtgläubig, wie sich auch aus seinem späteren Benehmen gegen den Prinzen Leo [13]) ergibt; wie so viele andere Emporkömmlinge war er schwach genug, sich seiner niedrigen Herkunft zu schämen, und diese Ahnensucht bot für eine schlaue Machination einen guten Stützpunkt. Seinen Wankelmuth sehen wir auch in anderen Dingen und seine Sinnesänderung bezüglich des Photius ist unbestreitbare Thatsache; was sich zu ihrer Erklärung sonst noch beibringen läßt, steht mit jenem Berichte nicht nur nicht in Widerspruch, sondern wird dadurch nur noch besser gestützt. Photius galt als ein Mann von außerordentlicher Gelehrsamkeit, was auch Basilius wohl an ihm zu schätzen

---

[11]) Theoph. Cont. l. c.: τὸ γένος εἶλκεν ἐξ Ἀρμενίων ἔθνους Ἀρσακίων. Aus dieser in Parthien, Medien und Armenien mächtigen Dynastie sollen Artabanus und Kleines entsprossen sein, die, durch eine Revolution ihrer Rechte beraubt, unter Leo I. sich nach Constantinopel geflüchtet und dort eine gute Aufnahme gefunden haben sollen. In Folge von Nachstellungen der Perserkönige, die sie nach dem Osten zurückbringen und mit ihrem Namen ihr Volk sich unterwerfen wollten, ließ dann Leo sie mit ihren Familien nach Macedonien bringen und wies ihnen Nike zum Wohnsitz an. Unter Heraklius kam, da ein sarazenischer Herrscher dieselbe List versuchte, die Familie nach Philippi, zuletzt nach Adrianopel. Unter Constantin und Irene (c. 780) kam ein Sprößling dieses unvermischt erhaltenen Geschlechtes Namens Maikes nach Cpl., wo er einen anderen Abkömmling desselben Namens Leo traf, dessen Tochter er heirathete. Der Sohn dieser Ehe war der Vater des Basilius, welcher eine ihre Abstammung vom großen Constantin herleitende Wittwe in Adrianopel zur Frau nahm. Demnach stammte Basilius von väterlicher Seite von den Arsaciden, von mütterlicher Seite von Constantin I. ab. Dazu wird beigefügt: καὶ ἀπὸ θατέρου μέρους τὴν Ἀλεξάνδρου ηὔχει λαμπρότητα und Genesius hat: ἀλλὰ τὴν καὶ Φιλίππου καὶ Ἀλεξάνδρου τῶν ἀοιδίμων ἡγεμόνων εἴχετο.

[12]) Zonar. p. 131 konnte die ganze Genealogie für fabelhaft erklären; gleichwohl hielten an ihr noch viele Spätere fest. — Sophokles Oekonomos, der den Bericht des Niketas ganz verwirft (Prol. §. 27. p. κ' not. β), hat bei der Erhebung des Basilius (ib. §. 17. p. ι', ια' not. ε) nach der Citation des Zonaras die Bemerkung: Καὶ οὕτως ἐξεπληρώθη ἡ προφητεία, ἣν Ἰωάννης (τῷ 817) ἀπεφοίβαζεν ὅτι ἐκ τῶν Ἀρσακιδῶν βασιλεὺς ἀναγορευθήσεται ἐν τῷ Βυζαντίῳ. Ἴδε Muralt. Essai de Chronogr. byz. p. 413.

[13]) Genes. L. IV. p. 114: ἐθείρουσι δὲ κἂν τούτῳ τὰ φρενικὰ σπλάγχνα οἱ πονηροί, τῆς πατρῴου φιλοστοργίας κατά τι παραθεωρηθείσης ἐπὶ τῷ Λέοντι μακρὸν ὅσον. Cf. Georg. mon. in Basil. c. 21.

wußte;[14]) er konnte den Kaiser um so mehr gewinnen, als Lieblingsgedanken oft den Verstand blenden und das Urtheil bestechen; sein Auftreten war wohl berechnet, einnehmend, überzeugend. Niemand war zu einem solchen Betruge mehr geeignet als ein Meister sowohl in der Kenntniß des Alterthums als im Fälschen. In der ganzen Erzählung ist nichts dem Charakter jener Zeit absolut Widersprechendes; abgesehen davon, daß Niketas nicht so leicht sich eine Erdichtung erlaubt haben würde, die bei seinen Zeitgenossen den Stempel der Unwahrscheinlichkeit an sich getragen hätte, finden wir in ähnlicher Weise auch von Theophilus erzählt, daß er in der Bibliothek eine ihm unverständliche Schrift fand, für deren Erklärung der Philosoph Leo und dann Methodius zu Rathe gezogen wurden;[15]) wir finden in der byzantinischen Geschichte den Aberglauben der Kaiser,[16]) die Tendenz, für ein neues Geschlecht berühmte Ahnen aufzufinden, wie denn z. B. unter Michael II. der Gegenkaiser Thomas Sohn der Irene sein wollte,[17]) das feste Vertrauen siegreicher Feldherren auf die den Purpur weissagenden Mönche und Geistlichen,[18]) sowie auf Vorbedeutungen, Omina und Prophezeiungen aller Art, die gerade bei Basilius in sehr großer Anzahl registrirt werden,[19]) dann das Haschen nach jedem für die Ehre des Herrscherhauses einigermaßen günstigen Effekt, selbst wenn der Anstoß dazu von den bornirtesten Schmeichlern gegeben ward, so vielfältig bezeugt, daß es uns fast wundern müßte, wenn ein Mann wie Photius in seiner damaligen Lage solche Dispositionen ganz unbenützt und unausgebeutet gelassen hätte.[20]) Wenn uns Photius sagt, der Kaiser habe ihn ganz aus eigenem Antriebe, ohne sein Zuthun aus dem Exil zurückgerufen,[21]) so ist das von seinem Standpunkte aus ganz wohl erklärlich auch unter Voraussetzung jener

---

[14]) S. Note 85 des vor. Abschn.

[15]) Sym. Mag. p. 641. c. 21.

[16]) Theoph. Cont. II. 6. p. 45. 46.

[17]) ib. c. 10. p. 50. 51.

[18]) So bei Leo V. und Michael II. Theoph. Cont. I. 15. 21. 22. 24. p. 26 seq. I. II. 5. 7. 11. p. 44 seq.

[19]) Hieher gehören: die Sage vom Adler, der ihn als Knaben vor der Sonnenhitze beschirmte (Th. Cont. V. 5. p. 218 seq. Genes. IV. p. 108. Cedr. II. p. 184—187. Glyc. P. IV. p. 546. Zon. p. 132), die Träume seiner Mutter mit einer Erscheinung des Propheten Elias (Th. Cont. V. 8. 10. p. 222. 225. Gen. Cedr. p. 195.), die des Mönches in der Kirche des heiligen Andreas in Achaja und des Mansionars bei St. Diomedes (Th. Cont. l. c. c. 9. 11. p. 223. 226. Cedr. 188. 191.), die Prophezie Leo des Philosophen (Th. C. c. 14. p. 232. Cedr. p. 196.), die prophetischen Worte Theodom's (Th. C. c. 15. p. 233. Leo Gr. p. 214 seq. Cedr. p. 196. 197. Manass. v. 5182 seq. p. 221.) u. A. m.

[20]) Dositheus im Τόμος Χαρᾶς weiß gegen den Bericht des Niketas außer der allgemeinen Verdächtigung desselben wie der ihm folgenden Autoren nur den Grund vorzubringen, daß er nicht zum Charakter des Photius und des Kaisers passe, die beide kluge Männer gewesen seien. Gleichwohl wußte doch der klügere Photius den minder klugen Basilius so mit schönen Reden zu umstricken, daß dieser seinen eigenen Geschöpfen völlig untreu ward.

[21]) Conc. Phot. 879. act. II. Mansi XVII. 424. Τόμος Χαρᾶς p. 51. Wenn Photius jede Vermittlung eines Freundes in Abrede stellt, so läßt sich das sehr wohl erklären, da ja Niemand dem Kaiser direkt zur Zurückberufung des Photius aus dem Exil gerathen.

Machination; er konnte mit doppeltem Grunde so sagen, da ja Basilius ihn zurückrief, um sich seiner Kenntnisse zu bedienen, ähnlich wie Theophilus einst den Methodius, und das, was das Werk schlauer Veranstaltung war, als ganz zufällig gekommen erscheinen mußte. Was ferner Niketas von Theophanes, dem Genossen des Photius, berichtet, stimmt sehr gut mit dem überein, was sich aus den Briefen des Photius an den Diakon und Protonotar dieses Namens ergibt. Wir haben schon oben (S. 253 ff.) gesehen, daß dieser Theophanes eine Mittelsperson zwischen Photius und dem Kaiser war und jenem im Auftrage des Letzteren verschiedene Fragen vorlegte, und zwar Fragen aus der Geschichte der drei ersten jüdischen Könige; diese Fragen sind von der Art, daß eine mysteriös und dunkel abgefaßte, halb historische, halb poetische Schrift wie die hier fragliche sehr leicht dazu Veranlassung geben konnte und es scheint, daß Basilius, der für sich wenig biblischen und theologischen Fragen nachging, von Außen dazu angeregt wurde. Sicher war es Theophanes, der die Aufmerksamkeit des Monarchen wieder auf den gelehrten Expatriarchen lenkte. Das Wissen des Photius bot den besten Anknüpfungspunkt dar und jedenfalls wäre die dem Berichte des Niketas zu Grunde liegende Thatsache, daß Photius durch Erklärung dunkler Worte unter Vermittlung des Theophanes wieder die Gunst des Basilius gewann, auch dann noch als außer Zweifel gestellt zu betrachten, wenn der Bericht nicht in allen Theilen auf Wahrheit beruhen, vielmehr weiter ausgeschmückt sein sollte.[92]) Jener Theophanes hatte äußerlich den Photius verlassen und „nur mit der Zunge, nicht aber mit dem Herzen" seiner Freundschaft entsagt, der er innerlich ergeben blieb,[93]) so daß ihn der entsetzte Patriarch — gegen seine sonstigen Grundsätze — sogar belobte und als Muster ausstellte.[94]) Die erlittene Verfolgung, noch mehr aber das geheime Einverständniß mit Photius[95]) hatte dem Theophanes die vollständigste Vergebung gesichert; ganz glaubwürdig ist es, daß er nachher zum Danke für die geleisteten Dienste zum Erzbischof von Cäsarea erhoben ward; nach 879 finden wir wirklich einen Theophanes als Inhaber dieses Stuhls.[96]) Auf ein Zeugniß des Mönches Paläsirius, das ebenso unsere Erzählung bestätigen soll, können wir kein Gewicht legen, da außer dem Citate bei Le Quien[97]) uns nichts Sicheres darüber vorliegt und die Einsicht in die angeführte Quelle fehlt.

[92]) Hefele Conc. IV. S. 428. 429.

[93]) Phot. ep. 83. p. 129. (L. II ep. 35.): [illegible] ... [illegible]

[94]) [illegible] Die Schlußworte der ep. 241. p. 363. (q. 115) sagen nicht: „Diene nicht mehr länger der Hölle," sondern: Lege solche Fragen nicht mehr denen vor, die in der Unterwelt leben (vor Elend fast schon gestorben sind), nicht mir, sondern denen, die ein glückliches Leben führen u. s. w.

[95]) Photius rühmt es an ihm, daß er nicht Werkzeug der Schlechtigkeit der gewaltthätigen Verfolger ward, und erwähnt, daß er ihn schon längst zu dem [illegible] gerechnet habe.

[96]) S. unten B. VII. Abschn. 7. 8.

[97]) Le Quien Or. chr. I. 382: Narrat Palaestrius monachus apud Georgium

Ein weiterer Bericht, der des Stylian von Neucäsarea, sagt dagegen, Basilius sei durch magische Künste des Theodor Santabarenus, des mit Photius befreundeten Mönches,[28]) insbesondere durch die von diesem zubereiteten Zaubertränke und Speisen, die der mit Geld bestochene Kämmerer Niketas Klainsa dem Kaiser vorgesetzt, wiederum für die Sache des Photius gewonnen worden.[29]) Hier haben wir sicher ein beim Volke verbreitetes Mährchen vor uns, welches sich auf die dem Santabarener zugeschriebenen Gaukeleien und auf dessen Freundschaft mit Photius stützte und wohl daraus entstand, daß die Menge[30]) den wenigstens dem äußeren Anschein nach plötzlichen Wechsel in den Gesinnungen des Kaisers gegen den Expatriarchen nicht auf eine natürliche Weise sich erklären konnte und daher zu Hexen- und Zauberkünsten, zu Liebestränken[31]) u. dgl. ihre Zuflucht nahm. In diesem Stücke blieben die Byzantiner überhaupt dem krassesten Aberglauben ergeben. Stylian gibt die Nachricht, wie er sie durch das Gerücht vernommen, wie sie bei den Gegnern des Photius und besonders bei dem leichtgläubigen Volke verbreitet war, und ebenso hat sie in der Hauptsache Symeon Magister aufgenommen, nach dem das von Theodor Santabarenus bereitete magische Wasser durch einen der Kämmerer im Gemache des Kaisers ausgespritzt und ausgegossen ward.[32]) Jedenfalls trug dieser Theodor Vieles bei, dem Photius die Gunst des Kaisers wieder zu verschaffen oder doch ihn darin zu befestigen, wie auch aus Niketas hervorgeht.[33]) Wahrscheinlich hatte Theodor zuerst nur im Geheimen zu Gunsten seines Freundes agirt und ward erst durch Photius mit dem Kaiser näher bekannt, dessen Gunst er sich im höchsten Grade zu erwerben wußte. Wenn

---

Metochitam in Ecthesi historica octavae synodi, Gregorium Syracusanum, qui toties ab Ecclesia diris devotus fuit, moribundo ore retulisse sacerdoti, cui peccata sua confitebatur, se illa omnia declarasse, quae Photius una cum Theophane commentus erat circa vocem Beclas ... sacerdotem vero ea detulisse Ignatio, qui hunc sacerdotii gradu amovit, quod rem sola confessione sacra acceptam aperuisset.

[28]) S. über ihn oben B. II. Abschn. 5. Bd. I. S. 395 f.

[29]) ep. ad Steph. P. Mansi XVI. 432. D E.: *ἐπανῆλθεν αὐτῷ ὁ Σανταβαρηνοῦ υἱός ... εὑρὼν τινα τῶν τοῖς βασιλείοις θαλαμηπόλων ἀνέπεισεν· γὰρ ἔλεγε διὰ τούτου ἀποκαταστῆσαι πάλιν τὸν Φώτιον. εὑρὼν οὖν Νικήτας τοιουτόςτις ὁ ἐπιλεγόμενος Κλαίνσα καὶ δώροις πλείοσιν ἀναπεισθεὶς τὰ κατασκευασθέντα παρὰ τοῦ γόητος Σανταβαρηνοῦ μαγικὰ ὕδατά τε καὶ βρώματα τῷ βασιλεῖ παραθεὶς πεποίηκε φίλον αὐτῷ τὸν μισούμενον Φώτιον.* Der Verfasser der Vorrede zur photianischen Synode von 879 in Hdschr. des fünfzehnten Jahrh. (Mansi l. c. p. 461) hat die Berichte von Stylian und Niketas verbunden.

[30]) Georg. mon. p. 480. c. 22. Sym. Mag. p. 693. c. 18.

[31]) Die *φίλτρα* und andere magische Mittel werden sehr häufig bei den Alten erwähnt; vgl. z. B. über den Gnostiker Marcus Iren. I. 13 seq. Philos. L. VI. c. 39. p. 200 seq. Epiph. haer. 34, 1 seq.

[32]) Sym. Mag. p. 691. c. 18.

[33]) Nicet. p. 265: *Θεόδωρον γὰρ ἐκεῖνον ἄχρι τοῦ σχήματος τῶν ἱερατικῶν ἀξιῶν, κρύπτων δὲ δεινὸν ὄντα πανοῦργον καὶ πανούργων πανουργότατον, τὸν Σανταβαρηνὸν ... ὡς ἄνδρα ἅγιον καὶ θαυματουργότατον καὶ προφητικώτατον ... τῷ αὐτοκράτορι προσάγει καὶ πυρίοις ἐπαίνοις προσεπιτείνει* (Photius). Sym. Mag. l. c. ähnlich. Stylian p. 433: (Phot.) *τὸν Σανταβαρηνὸν τῷ βασιλεῖ θαύματα φαίνεσθαι.*

einige Chronisten [34]) sagen, daß Theodor durch Leo Salibaras erst dem Photius, und durch diesen dem Kaiser vorgestellt und befreundet wurde, so ist erstere Angabe entweder ungenau, da beide sicher sich schon länger kannten, oder es ist die Rede von einer förmlichen Vorstellung, von einer ostensiblen Empfehlung, wonach Theodor als Prophet und Wunderthäter, als Asket und Heiliger [35]) bei Photius gerühmt ward, der dann das bei dem Kaiser benützte. Sicher bedurfte Photius, als ihm wieder die Sonne der kaiserlichen Gnade aufging, eines Freundes, der nicht seine Antecedentien hatte, dem Hofe bisher unbekannt geblieben, dort noch nicht abgenützt war und im Nothfalle, wenn der Kaiser auf das Vergangene zurückkam, ihm zur Stütze diente. Dazu war wohl am besten, zumal da Basilius überhaupt fromme Mönche liebte, [36]) der heuchlerische Santabarener geeignet, der traurig und melancholisch einherschritt, alle lärmenden Versammlungen mied, und sich den Ruf eines großen Gelehrten und Asketen verschafft hatte, gewandt genug, ebenso die Schwächen des Monarchen auszuspähen wie der Menge zu imponiren. Nachher stand er, wie die spätere Reichschronik [37]) sagt, beim Volke nicht in gutem Rufe und ward mit Argwohn betrachtet, wohl um so mehr, je fester er nach und nach den Kaiser an sich zu ketten vermochte. Wir wissen nicht, ob die vier in der Londoner Briefsammlung des Photius enthaltenen Schreiben an den „Hegumenos Theodor“ [38]) an einen und denselben Abt gerichtet sind, da es wohl mehr als einen Klostervorsteher dieses Namens gab; wir wissen nicht, ob das eine oder das andere derselben gerade an diesen Theodor gerichtet war; es ist indessen sehr wahrscheinlich, daß Photius an diesen Mann, der nachher mit ihm auf das engste verbunden erscheint, ebenfalls geschrieben, und es steht der Annahme nichts entgegen, daß an ihn die Abhandlungen über die Bilder und über den vorzeitigen Tod des Abel [39]) gesendet wurden. In den zwei anderen Briefen erscheint der angeredete Abt als besonderer Freund der heidnischen Classiker, [40]) namentlich des Homer; [41]) in dem einen wird derselbe ermahnt, nicht zu sehr sich auf Worte zu verlassen, die oft leerer Schall seien, da die Schweigsamkeit des klugen Mannes oft lange Reden widerlege und die Wortreichen beim Handeln nicht immer die tüchtigsten seien, [42]) gleichwie Odysseus den Belagerern

---

[34]) Leo Gr. p. 259. Georg. mon. c. 21. p. 485. Georg. Ham. Contin. p. 762.

[35]) ὡς εὐλαβὴς καὶ ποιοῦντα τεράστια καὶ προορατικόν.

[36]) Theoph. Cont. V. 72. p. 314. 315.

[37]) ib. V. 101 p. 318. 319: ἦν τις τῶν πάνυ φιλουμένων καὶ πιστευομένων παρὰ τῷ ἀοιδίμῳ Βασιλείῳ μοναχός, ὡς ἐδόκει, καὶ ἱερεὺς καὶ φίλος αὐτῷ καὶ συνεργὸς δεξιός, ὃν Σανταβαρηνὸν ἀπεκάλουν· ὃς εἰ καὶ παρὰ τοῦ βασιλέως ἐστέργετο, ἀλλ' οὐκ εἶχε παρὰ τοῖς ἄλλοις δόξαν χρηστὴν οὐδ' ὑπόληψιν ἀνεπίληπτον.

[38]) ep. 61. 112. 143. 203.

[39]) ep. 61. p. 115. (Amph. q. 265.) ep. 203. p. 300. 301. (Amph. q. 101.)

[40]) So ep. 143. p. 200. (L. II. ep. 49), wo Photius eine Sentenz des Aesop anführt: ἐξ ὧν γὰρ ποθεῖς ταμιεύων, τὸν τῆς παρρησίας ἀεὶ καιροῦ κρατῆρα.

[41]) ep. 142. p. 199. (L. II. ep. 48) heißt er ὁμηρίζων.

[42]) op. cit.: Οὐχ ὁ τὸ ῥεῦμα τῶν λόγων ἐν γλώσσῃ σωρεύων ἤδη καὶ χεῖρα δραστήριος.

Troja's nicht den Proviant zu verschaffen wußte, während dem viel weniger beredten Palamedes dieses vollkommen gelang. Der andere Brief enthält eine Warnung vor Hochmuth; möge Theodor auch hoch zu stehen scheinen, so möge er doch auf das tief unten Liegende blicken, damit er nicht plötzlich und unerwartet falle [43]) und ganz und gar verwirrt nicht mehr wisse, wohin er sich wende, einem vom Schwindel Befallenen ähnlich, so daß er alsdann bei denen Gelächter errege, die jetzt als Schmeichler ihn selig priesen, [44]) ihm aber, dem Freunde, der ihm freimüthig guten Rath ertheile, schwere Trauer bereite; alsdann würde er vergebens und zu spät das Geschehene bereuen. Beide Briefe lassen sich mit dem sonst bekannten Charakter des Santabareners wohl vereinbaren. Den Rath, im Reden besonnener zu sein, machte wohl dieser sich zu Nutzen und seinen Stolz wußte er im Gewande der Demuth zu verbergen; sein feuriges Temperament, das ihn auch zu vielem Reden fortgerissen und zur Selbstüberhebung geführt, suchte wohl der besonnenere und ältere Freund zu zügeln, wohl schon unter seinem ersten Patriarchate, als Theodor noch Abt des Klosters Studium war. Sei dem indessen wie ihm wolle, einen solchen Mann wußte Photius gut zu benützen; beide konnten zusammenwirken, beide einander vor dem Kaiser verherrlichen, sich wechselseitig rühmen, ohne den Schein der Tugend zu beeinträchtigen.

Der Ruf des ausgebreiteten Wissens, die dem Kaiser neuerdings davon abgelegten Proben, die Thätigkeit seiner verborgenen Freunde am Hofe wirkten zu Gunsten des Photius auf Basilius mächtig ein und die ganze Lage der Dinge förderte des Ersteren Bestreben dergestalt, daß der Kaiser ihn nicht nur aus der Verbannung zurückrief, sondern ihn auch höchst wahrscheinlich zum Nachfolger des Ignatius noch bei dessen Lebzeiten bestimmte, wozu allerdings politische Gründe ihn besonders bewegen mochten. Seine Erwartung, durch die Entscheidung des achten allgemeinen Concils und die Verbannung des Photius die kirchliche Einheit wiederhergestellt zu sehen, war nicht in Erfüllung gegangen. Die Photianer waren zu zahlreich, zu einflußreich, zu hartnäckig, zu sehr ihrem entsetzten Parteihaupte ergeben, zu gut organisirt, um den Kampfplatz zu räumen; da die Mittel der Strenge nicht gefruchtet, schien es eher im Interesse des öffentlichen Wohles zu liegen, den Weg der Milde zu versuchen und irgend eine Ausgleichung anzustreben, als diese Partei zum Aeußersten zu treiben. Vielleicht mochte der Gedanke, den der Brief des Alexandriners Michael I. [45]) ausgesprochen, jetzt Anklang bei Basilius gefunden haben; jedenfalls hatte er beschlossen, [46]) den entsetzten Photius bei neuer Erledigung des Patriarchenstuhls wiedereinzusetzen, beide Parteien zu verschmelzen und ihre

---

[43]) ep. 113: κἂν ἄνω δοκῇς ἑστάναι, ὁρᾶσθαι τὰ κάτω καὶ ταπεινά, ἵνα μὴ ἀθρόον ἀπὸ παρ' ἐλπίδας πεσὼν εἰς ἀμηχανίαν ὅλως καταστῇς.

[44]) γέλωτα κινήσῃς (ὦ φίλος ἀνθρώπων τάλαινα) τοῖς δὲ νῦν ἐν κολακείᾳ μακαρίζουσι.

[45]) S. oben B. IV. Abschn. 8. S. 51.

[46]) Die Contin. Theoph. V. p. 202 stellt die Sache so dar, als ob Basilius dem Photius schon früher eine Eröffnung auf Wiedereintritt gegeben habe (ἀγαλλιάσεσθαι καλέσας, ὡς τούτων (lgn.) πρὸς ἑαυτὸν μεταστήσας ὁ κύριος).

bisherigen Differenzen dergestalt in Vergessenheit zu bringen, daß der Principienkampf nur noch als ein persönlicher, mit der Zeit geschlichteter und bald veralteter persönlicher Streit erschien.[47]) Nachdem das momentane Interesse an friedlichen Verhältnissen mit dem Papste und den Fürsten Italiens geschwunden, mit Hadrian II. und Kaiser Ludwig Zerwürfniß eingetreten war, ließ sich Basilius von der photianischen Partei viel leichter gewinnen[48]) und für Photius selbst erschien es als eine große Empfehlung, daß er mit seltener Kühnheit und Kraft den Ansprüchen des römischen Stuhles entgegengetreten und gegen die Abendländer als gewaltiger Streiter erschienen war. Eine solche geistige Kraft, zumal dem frommen, aber altersschwachen Ignatius gegenüber, war in jedem Falle dem Reiche höchst zweckdienlich und erwünscht. Alles traf zusammen, dem Photius die Wiedererhebung auf den Patriarchenstuhl zu sichern, den er nach allen Seiten hin mit so viel Glanz einst zu behaupten gewußt, und selbst seine Erniedrigung seit 867 war nur zu seinem Vortheil ausgeschlagen, da er mit so viel Würde sie zu tragen verstand.

Vorerst schien die Zurückberufung des Verbannten zu genügen. Aber bei den großen Lehrgaben und den seltenen Kenntnissen desselben war es sehr natürlich, daß Basilius ihm bald die Erziehung seiner Prinzen, des Constantin und des Leo, nachher auch der beiden jüngeren Alexander und Stephan übertrug;[49]) zudem war Photius der Pathe des einen der beiden älteren Prinzen.[50]) Diese Stellung sicherte ihm einen immer steigenden Einfluß, so daß bald die Höflinge dem wieder glänzend emportauchenden Gestirne freudig huldigten. Frühere Gegner waren rasch wieder seine Freunde geworden und buhlten um seine Gunst. In dem von Basilius ihm angewiesenen Magnaurapalaste eröffnete Photius wiederum seine Schule; auf's Neue sammelte er Bücher; alte und neue Freunde schaarten sich um ihn; man pries sein Wissen wie seine Tugend; Alles vereinigte sich, ihn mit neuem Glanze zu umgeben; sein Exil ließ ihn nur noch als edlen Dulder erscheinen, und höher als je stieg das Vertrauen auf ihn, nachdem seine Voraussagungen sich so wunderbar erfüllt. Da die Söhne des Kaisers noch in sehr zartem Alter waren, so konnten sie nicht seine ganze wissenschaftliche Thätigkeit in Anspruch nehmen; viele andere jüngere Männer schloßen sich an ihn an, deren Durst nach Wissen und Ruhm bei ihm Befriedigung suchte.

Die Zurückberufung des Photius aus dem Exil wird gewöhnlich auf den 17. November 870 gesetzt;[51]) mit völliger Sicherheit ist indessen der Zeitpunkt nicht zu ermitteln.

---

[47]) Hefele a. a. O. S. 128.

[48]) Vgl. Schlosser Weltgesch. II, I. S. 582.

[49]) Theoph. Cont. l. V. c. 44. p. 277: καὶ τοῖς βασιλείοις [illegible] αὐτῷ δοὺς τῶν οἰκείων παίδων ἀπέδειξε παιδευτὴν καὶ διδάσκαλον· οὕτως αἰδέσιμον, καθ' ὅσον οἷός τε ἦν, [illegible], ἀλλὰ πᾶσιν [illegible] τε καὶ προσηνῶς προσεφέρετο καὶ τὸν δίκαιον τρόπον οὐκ [illegible].

[50]) Pag. a. 870. n. 25.

[51]) Jager L. VIII. p. 3?? n. 1. Wolfes Oekonomos in der Vorrede zu den Amphi-

Sicher war die Thätigkeit des Photius nicht auf die bescheidene Wirksamkeit des Lehrers und Erziehers beschränkt; ein Mann von so hochstrebendem Geiste und von solchem zähen Beharren bei seinen Ansprüchen wollte mehr als einfacher Lehrer und Gelehrter sein und seine „Kirche" mußte aus seiner veränderten Stellung auch dann großen Nutzen ziehen, wenn er es über sich bringen konnte, der Amtsverrichtungen eines Patriarchen sich völlig zu enthalten. Daß das aber nicht der Fall war, das bezeugen ebenso seine eigenen Aeußerungen wie die Berichte seiner Gegner.

Wie sehr Photius auch jetzt noch an seinem früheren Standpunkte festhielt, zeigt ein sehr kunstvoll angelegtes Trostschreiben an den Metropoliten Georg von Nikomedien,[32]) den der noch während der Verfolgung erfolgte Tod eines hoffnungsvollen Clerikers, dem er die Priesterweihe ertheilt, in tiefe Betrübniß versetzt hatte. „Ich wünschte, seit ich die Trauerbotschaft erhalten (o daß ich sie nie erhalten hätte!) mit tröstenden Worten deinen Schmerz zu mildern und mit allen mir zu Gebote stehenden Zusprüchen die Trauer zu beseitigen. Da ich aber selber ganz von der gleichen Betrübniß — ich will nicht mehr sagen, indem ich zwar nicht befürchte, Unwahres zu sagen, wohl aber nicht vollkommen Glauben zu finden — ergriffen bin und meine Seele tief in Trauer versenkt ist, bin ich wohl viel zu schwach, die Trauer Anderer zu heben über das, wofür ich selbst keinen Trost zu finden im Stande war. Spät jedoch und mit Mühe richtete ich mich wieder auf und indem ich vor Allem beherzigte, daß jene hohepriesterliche und heilige Hand noch thätig ist — (und möchte sie noch lange Zeit in Thätigkeit bleiben, sie die uns solche würdige Priester bildet und formt),[33]) da wurde ich meiner wieder mächtig und ich fühle nicht mehr das tiefe Leiden, ja ich schöpfte Muth, auch Euere Vollkommenheit zu derselben Stimmung hinführen zu können. Denn ich dachte wohl vorher etwas, was an sich ungereimt ist; was wir aber Unerhörtes erlitten haben sollen, weiß ich nicht. Ein Glied ist von uns weggenommen; aber es ist Gott geweiht, aber es mußte als eine Erstlingsfrucht von den herrlichen Gaben ihm gegeben werden, an denen wir durch Gott reich geworden sind; es ist das ein altes Gesetz, daß die Erstlingsfrüchte von werthvollen Dingen dem Verleiher und Gebieter Aller geopfert werden; ein schön blühender und herrliche Frucht tragender Zweig ward abgerissen; aber die Wurzel bleibt, sie wird nicht geringere Zweige noch tragen.... Das schöne und wundervolle Bild der Tugend ist geschwunden; aber derselbe Maler kann noch seine Hand bewegen und wird, da er das Edle liebt, nicht blos noch ein

lechien §. 27. p. 10 hat, daß Photius nur drei Jahre im Exil war, vermag ich nicht abzusehen.

[32]) ep. 201. p. 196—200. (l. II. ep. 31.) Die Interpunktion und die Uebersetzung des Montakutius sind öfter ungenau.

[33]) ὡς ἔτι (so richtig Mon. 553. f. 174 statt ὅτι bei Mont.) περιόντων ἡ ἀρχιερατικὴ καὶ ἁγία χεὶρ .. ἡ τοιαύτους ἡμῖν ἀναπλάττουσα καὶ ἀναμορφοῦσα τοὺς τῆς ἱερᾶς ἡμῶν ὑπηρέτας ἀγιστείας. Diese Stelle bestätigt wiederum, daß die Photianer auch im Exil Ordinationen vornahmen.

solches Bild, sondern mehrere uns schaffen. Mir ist das wohl ein Heilmittel gegen den Schmerz, ich glaube aber auch, daß Jeder von den Gutgesinnten gerne dazu greifen wird; du selber, dürftest du nicht wohl dafür halten, daß das, was uns, den ganzen Leib der Kirche, tröstet, auch zum Troste für dein oberhirtliches Mitgefühl gereichen werde? Denn was ist es? „Vor der Zeit ward er weggenommen." Und wer sollte genauer die rechte Zeit einhalten und beurtheilen, als der, welcher Alles nach Vernunft und rechter Ordnung lenkt? „Aber er starb in der Blüthe des Alters." Aber gerade die jungen Männer gehen hochherzig in den Kampf und hohes Alter schwächt oft die hochherzige Gesinnung. „Er eilte mit uns zum Ziele der Tugend." Wir dürfen ihn nicht beneiden, wenn er die Rennbahn eher durchlaufen hat.[54]) „Aber er war ein Trost in den Trübsalen." Er hat nicht alle Trostgründe mit fortgenommen, vielmehr wird noch mehr Trost vorhanden sein sowohl durch sein männliches Wirken und Dulden im Leben als durch seine Fürbitten bei Gott; näher der Gottheit gekommen zieht er vielmehr auf uns himmlische Gnade herab für uns zum Beistand und um uns Gerechtigkeit zu verschaffen. Es schweigen seine Lippen, aber seine Thaten rufen laut; seine Zunge ist verstummt; aber seine Zurechtweisungen und Widerlegungen der Gesetzesverächter[55]) geißeln für immer deren Gedanken und erfüllen jeden der wahren Christen mit Wonne und Kraft. Was sonst noch? „In der Verfolgung, in Trübsal und Elend hat er das Leben verlassen." Da nennst du mir gerade den größten Trost. Denn es ziemte sich nicht, daß der irdische Freuden genieße, der nach dem Himmelreiche strebte und das jenseitige Erbe als sein Ziel im Auge hatte; es ziemte sich nicht, daß der Streiter in träger Ruhe lebe, daß der für den Kampf Bestimmte unter dem Schatten der Bäume in einem Lustgarten liege und schlafe, sondern er mußte mitten in den Kämpfen, in den Versuchungen, mitten in der Blutschuld der Verfolger bewährt werden, so herrlich vor dem Kampfrichter erscheinen, noch von Schweiß aus dem Kampfe triefend, und keuchend vom Laufe und von seinen Anstrengungen selig erscheinen. Das halte ich für glückseliger als selbst die Kronen. Denn sie zu geben, ist Sache dessen, der den Kampf anordnet und richtet, dieses aber ist Sache der Anstrengung und der Bewährung des Kämpfers. Eben auf dem Höhepunkte der Verfolgung ging er heim zum Verleiher der Krone. Wozu wolltest du, daß der Kämpe in's Unendliche sich abmühe und nicht vielmehr schneller das erlange, wofür er das Alles ertragen und erduldet? Da sprichst du den Wunsch der Feinde aus, nicht aber die weise Voraussicht der Freunde, nicht ihr Streben, nicht ihre Art der Liebe. Aus unseren Augen schwand der gemeinsame Sohn der Kirche, der edle Mann Gottes und der Menschen, aber er ging in den Himmel, aber er kam zu unser Aller Herrn, aber er ging weg als Einer, der

---

[54]) Συνδραμὼν ἐν τάχει (Mon. [illegible]) [illegible] τὸ στάδιον [illegible].

[55]) Die κατηγοροῦντες sind auch hier die Gegner wie die εὐσεβοῦντες die Anhänger des Photius. Ganz im früheren Ton redet er nachher von κακονοίᾳ τῶν [illegible].

eintritt in den Chor der Engel, aber er ging weg als Priester. O wie großen Trost habe ich darin gefunden! Denn es mußte, es mußte auch die Erstlingsfrucht von uns, den wegen der Ehre Gottes und seiner heiligen Gesetze Verfolgten,[56]) als Priester Gott dargebracht werden; als Priester, der mit großem Freimuth den Mund der Unheiligen verstopft und die Zungen in Zaum hält, die nur auf Eitles zu sinnen wissen;[57]) als Priester, wenn es auch die unheilige Rotte nicht gelten lassen will.[58]) Noch mehr: in ihm waren alle Blüthen der Tugend vereinigt. Deßhalb ging er schneller ein zum unverwelklichen Leben des Paradieses, damit keine der Blüthen seiner guten Werke verwelke.[59]) Denn wenn keiner von Flecken rein, auch nicht einmal wenn sein Leben nur einen Tag zählt (Job 14, 4. 5. LXX.), so ist der, welcher schneller die Rennbahn dieses Lebens verläßt, einem großen Theil der Flecken entronnen. Er war eine gemeinsame Bestärkung für alle Rechtgesinnten; er hinterließ ihnen eine herrliche Regel und ein Muster, indem er in seinen Kämpfen für die Religion das Leben verließ. Er hat die Restauration der Kirche, für die er gestritten, nicht gesehen;[60]) deßhalb hat er jenseits den reinen und unvermischten Lohn für seine Kämpfe. Denn wenn das, wofür man streitet, hienieden ein günstiges Geschick erfährt, wird die Wiedervergeltung der jenseitigen Seligkeit verringert. Er sah die kirchliche Restauration nicht mit leiblichen Augen, aber er sieht sie jetzt mit denen des Geistes, aber er beschleunigt vielleicht, der Gottheit näher gekommen, für die, welche noch in der Sinnenwelt sich aufhalten, wofern es zuträglich, dieselbe.[61]) Der Leib liegt im Grabe, aber die Seele umfängt das himmlische Brautgemach; den Staub hat die Erde, aber Abrahams Schooß umfaßt den Geist. Er ward der Freunde beraubt, aber er hat bessere gefunden, und die er verlassen, wird er in Bälde wieder finden, wenn sie in der That in ihrem Zustande, wenn sie Freunde Gottes verbleiben. Er ist entgangen den Nachstellungen der leiblichen und geistigen Feinde, mögen sie offen oder verborgen, äußerlich oder innerlich sein. Er sah, wenn auch wie im Spiegel (denn das sehe ich in gottgesandten Träumen),[62]) was er erstrebte, wornach er unaufhörlich trachtete, wohin er seine Seele beflügelte und wornach er sich trotz der beschwerenden Hülle emporschwang.[63]) Er sah den ihn rufenden König, die dieser Einladung dienenden glanzvollen Engel, jenen heiligen, den Profanen

---

[56]) ἡμῶν ὑπὲρ ἱερᾶς δόξης καὶ ἱερῶν νόμων διωκομένων. In der Uebersetzung hat Montac. διωκόμενον gelesen.

[57]) χαλινὸν γλώσσαις κενὰ μελετῶν ἐπιστομίζων. So auch Mon. 553. f. 175, b.

[58]) ἱερουργός, κἂν μὴ τὸ ἀνίερον βούλοιτο. Das bezieht sich auf die Nichtanerkennung der von den Photianern ertheilten Weihen.

[59]) θᾶττον εἰς τὴν ἀμάραντον ἀνεφοίτησεν (Mon. 553. f. 176 a. r. ἐπεφοίτησε) τοῦ παραδείσου κατάστασιν, ἵνα μηδὲν αὐτῷ τῶν κατορθωθέντων ἀπομαρανθῇ.

[60]) ἰδὼν οὐδὲν τῆς ἐκκλησίας, ὑπὲρ ἧς ἤθλησε, ἀποκατάστασιν.

[61]) τυχὸν τοῖς ἐν αἰσθήσει στρεφομένοις ἔτι (nicht vor ἔτι ist das Komma zu setzen), εἴπερ ἄρα συμφέρον, ἐπιταχυνεῖ.

[62]) τοῦτο γὰρ ἔγωγε τὸ ἐν τοῖς θεοπέμπτοις ὀνείρασιν ὁρῶ.

[63]) εἰς τὴν ψυχὴν ἀνεπτέρωσε καὶ πρὸς ὃ καὶ τῷ ἀχθεινῷ περιβλήματι ἀνεφέρετο.

unnahbaren und unsichtbaren Chor, in den er aufgenommen ward, jene unaussprechliche und endlose Wonne und Herrlichkeit. O des Genußes aller Süßigkeit und des seligen, ihm vorausgehenden Schauens! O des seligen und bewunderungswerthen Hingangs, der nicht Thränen hervorrufen, der nicht betrauert werden soll! Auf glänzende Weise bestattet stieg er auf zu den Pforten des Himmels, mit der hellen Lampe, die nicht blos durch Oel hell erleuchtet, sondern auch vom Schweiß seiner Anstrengungen und seiner Kämpfe benetzt, nicht blos durch die Jungfräulichkeit, sondern auch durch die Würde des Priesterthums ruhmvoll strahlend war,[63]) und nicht blos dadurch, sondern auch durch die sonstigen Tugenden, durch welche der immerwährende Reichthum des Lichtglanzes sich kundgibt. Das ist es, was mir Trost und Linderung der Schmerzen verschaffte oder vielmehr was mich, mit der Tröstung beginnend, zur geistlichen Freude und zu wahrem Frohlocken führte. Das möge auch für deine erzbischöfliche Vollkommenheit ein Trost und zugleich der Grund zur Freude und zur Wonne sein, und das um so mehr, weil die herrlichen Tugenden des Dahingeschiedenen deiner Unterweisung und deiner Sorgfalt zuzuschreiben sind.“ [64])

So hatte die photianische Kirche einen für sie direkt wirksamen Heiligen, wenn auch keinen Martyrer, doch einen Confessor; Martyrer gab es überhaupt in dieser Verfolgung nicht; sonst würde Photius in den vielen zur Zeit seiner Absetzung geschriebenen Briefen sie irgendwo erwähnt, nicht so sehr mit dem Tode eines Clerikers Parade gemacht haben, der wohl in der Fremde,[65]) wohl zur Zeit der Verfolgung starb, aber doch nicht (was er mit keinem Worte andeutet), von den Feinden zu Tode gemartert ward. Diese Verherrlichung eines im Dienste der photianischen Kirche verstorbenen Geistlichen sollte zugleich für die Anhänger des großen Patriarchen ein Sporn und eine Ermunterung zu weiteren Kämpfen für seine Sache sein, ihren Fanatismus steigern, ihre Standhaftigkeit für alle kommenden Zeiten erhöhen. Die „Apokatastasis“ seiner Kirche scheint Photius schon in seiner Zurückberufung vom Exil gefunden zu haben und unser Brief nach derselben verfaßt zu sein. Denn da der betrauerte Priester noch in der Zeit der Verfolgung, und zwar mitten in dem Höhepunkte derselben,[66]) gestorben war und es nicht denkbar ist, daß Photius erst lange Zeit, etwa ein Jahr und darüber, nach diesem Trauerfall seinen Freund Georg über den Verlust getröstet; da ferner auch nicht angenommen werden kann, es sei der Tod des Ignatius und die abermalige Erhebung des Photius unmittelbar sogleich oder ganz kurz nach dessen Zurückberufung aus der Verbannung erfolgt, indem dazwischen doch eine längere Lehrthätigkeit des Photius im Magnaurapalast und die Vornahme mehrerer Bischofsconsekrationen

---

[63]) μετὰ λαμπρᾶς τῆς λαμπάδος οὐκ ἐλαίῳ μόνῳ φαιδρυνομένης (Mon. Bibl: λαμπρυνομένης), ἀλλὰ καὶ ταῖς ἀπὸ τῶν ἄθλων ἱδρῶσιν ἀρδευομένης, οὐ παρθενίᾳ μόνῃ λαμπρυνομένης, ἀλλὰ καὶ ἱερωσύνης ἀξιώματι κατελλαμπομένης.

[64]) ὅθεν καὶ μᾶλλον εἰς τὴν σὴν ἀνήκει διδασκαλίαν καὶ σπουδὴν τὰ τοῦ μεταστάντος κατορθώματα.

[65]) τελευτήσαντος ἐν τῇ ὑπερορίᾳ in der Aufschrift des Briefes.

[66]) ἐν θλίψεσι καὶ ταλαιπωρίαις, ἐν διωγμῷ, ἐν αὐτῇ τῇ μέσῃ τῇ τῶν διωγμῶν ἀκμῇ.

liegen muß: so erübrigt nur die Annahme, daß derselbe den Trostbrief verfaßte, als er bereits vom Kaiser wieder in Gnaden aufgenommen, aber noch nicht in die frühere Würde wieder eingesetzt war. Dafür scheint auch der ganze Inhalt des Briefes zu sprechen; die „Wiederherstellung der Kirche" scheint noch keine vollkommene gewesen zu sein; der neue Heilige „beschleunigt dieselbe für die noch in der Sinnenwelt Wandelnden, wofern es zuträglich ist"; [68]) noch herrscht der alte bittere Ton gegen die Ignatianer, die Photius nachher mit seiner Restitution zu versöhnen trachtete; Klagen über gegenwärtige Bedrängnisse seiner Partei bringt er nicht vor, ebenso wenig aber verräth irgend eine Aeußerung, daß er wieder in den völligen Besitz seiner Macht gelangt war.

Natürlich suchte Photius seine da und dort zerstreuten Freunde wieder um sich zu schaaren und lud sie, der kaiserlichen Zustimmung sicher, zu sich ein, mit desto größerer Sorgfalt ihre Studien fördernd und ihnen Muth und Vertrauen zusprechend. Er hatte unter Anderem dem Philosophen Nikephorus, der Mönch geworden war, geschrieben, [69]) in seiner Betrübniß über die Leiden seiner Blutsverwandten und Freunde, die er wie die seinigen betrachte, sei ihm noch durch vielfache Mißgeschicke des Freundes ein Trost bereitet; Nikephorus möge, so bald als möglich, zu ihm kommen, er wolle ihn theilweise mit Gottes Beistand von seinem Kummer befreien und seine eigene Traurigkeit an seiner Anwesenheit erleichtern. [70]) Der Freund war nicht gekommen; abermals schrieb ihm Photius, der Winter sei vorbei, heiterer Himmel sei erschienen, [71]) Nikephorus sei nicht gekommen; er habe viel darüber nachgedacht, was geschehen, welche Hindernisse [72]) sich ihm in den Weg gestellt, und trotz der eingetretenen günstigeren Zeit sich mit Sorgen überhäuft gesehen; die in Versen gegebene Rechtfertigung, die einen gewissen Stolz und Selbstgefühl zur Schau trage, habe ihm, der dafür vielleicht etwas zu ungebildet sei, [73]) nicht genügt, und mehr einen Vorwand als den wahren Grund des Ausbleibens zu enthalten geschienen; übrigens freue er sich, daß jener sich besser befinde und wolle ihn vollkommen lossprechen, wenn er nicht mehr sich in ähnlicher Weise verfehle. Der ganze Brief zeigt eine heitere Stimmung und eine günstigere Situation. In einem anderen Briefe [74]) kritisirt Photius eine ihm von Nikephorus zur Censur zugesandte Arbeit, eine Lobrede auf eine Martyrin, in der keine Fehler seien als einige gegen die Syntax, und klagt ihn an, daß er furchtsam in der Freundschaft und noch furchtsamer hinsichtlich seiner Gesinnungen gegen ihn sei; trotz dieser Furcht werde er ihn nicht schonen, sondern seine Furchtsamkeit

---

[68]) S. Note 61.

[69]) ep. 237. p. 358. (L. II. ep. 96.)

[70]) Eine [illegible]dere Einladung an denselben mit der Bitte, er möge noch vor der festgesetzten Zeit kommen, [illegible] von Ausdrücken der Liebe, ist ep. 217. p. 323. (L. II. ep. 91.)

[71]) ep. [illegible] p. 359. (L. II. ep. 97.)

[72]) Statt πολυπράτων ist mit Mon. 553. f. 226 a. zu lesen: πολυπράτων.

[73]) τοῖς ἀγροικοτέροις ἴσως ἡμῖν πρὸς τὰ τοιαῦτα βιοῦσιν.

[74]) ep. 242. p. 365. (L. II. ep. 98.): Δειλὸς μὲν εἶ (f. εἰ) τὴν φιλίαν, δειλότερος δὲ περὶ τὴν ἡμετέραν διάθεσιν.

noch erhöhen, indem er ihn deßhalb table und zurechtweise,[75]) so großes Vertrauen hege er zu ihm; Nikephorus möge männlichen und starken Muthes sein und ihn als den Mann erkennen, der nicht sei sowie er sich einbilde, sondern, da der jetzige Augenblick nicht genüge, ihm eine feste Ueberzeugung zu verschaffen, so, wie ihn der nächste passende Zeitpunkt („so Gott will.") zeigen werde, wenn er dazu komme, seine Furchtsamkeit durch Thaten zu widerlegen.[76]) Ebenso schreibt er theils scherzend, theils ernsthaft an denselben Nikephorus, von dem er wieder einen sehr angenehmen Brief[77]) erhalten, der eine Rechtfertigung seines kleinmüthigen Benehmens enthielt, einen ziemlich langen Brief, der von nichts weniger als einer gedrückten Stimmung zeugt. Hier konstatirt Photius vor Allem, daß der Freund seine Furchtsamkeit und seinen Kleinmuth weder abläugnen könne noch wolle, wie er schon vor Empfang seines Briefes überzeugt gewesen sei, da sie viel zu sehr hervorgetreten, als daß sie verborgen gehalten werden könnten. Nikephorus hatte einerseits seine Verzagtheit als ein Unglück dargestellt, andererseits als Nachahmung der Heiligen bezeichnet, was Photius nicht wohl einsehen zu können versichert.[78]) „Wehe mir, ich bin unglücklich, darum bin ich auch verzagt in der Freundschaft, aber mit mir ist es auch die ganze Schaar der Heiligen. Paulus, Petrus und die Heiligen insgesammt sind mir darin Muster und heilige Furcht ist die Grundlage aller Tugend." Gegen diese Aeußerungen[79]) erhebt sich Photius. Das Eine, meint er, schließe das Andere aus. Sei Nikephorus wirklich unglücklich, so könne er unmöglich die Heiligen nachahmen, ahme er sie aber in seiner Verzagtheit nach, dann sei er nicht mehr unglücklich; wäre das ein Unglück, wo sollte dann wahres Glück sein? Paulus sei kein Beispiel dieser Art von Furchtsamkeit, seine Furcht sei ganz anderer Art, kein die Freundschaft verletzender Kleinmuth,[80]) keine Muthlosigkeit ohne Freude; nichts habe Jener darin mit Paulus gemein; er möge sich an dessen Nachahmung, an seinen Kämpfen erfreuen, aber nicht sich weibisch zieren, spröde thun und Unglück affektiren und so Alles durcheinander werfen und vermengen, nicht durch eine gemeinsame Benennung das, was himmelweit von einander verschieden ist, mit Gewalt unter dasselbe

---

[75]) τὸ δειλὸν ἐπιτιμῶντες καὶ ἐξονειδίζοντες.

[76]) Ἀλλ' ἀνδρίζου καὶ ἔῤῥωσο καὶ γίνωσκε ἡμᾶς οὐχ οἵους νομίζεις, ἀλλ' ἐπεὶ ὁ παρὼν καιρὸς οὐκ ἀποχρῶν ἐστί σοι πρὸς βεβαίωσιν (hier ist Komma zu setzen) οἵους ὁ προσέχων (σὺν Θεῷ δὲ φάναι) δείξει τὴν σὴν δειλίαν ἔργοις ἐλέγχοντας. Die Uebersetzung und Interpunktion des Montakutius ist ganz falsch; statt ὁ προσέχων ist mit Mon. 553. f. 220 b. zu lesen: ὁ προσήκων (sc. καιρός).

[77]) πρὸ ταύτης σου τῆς γνησίας ἐπιστολῆς.

[78]) ep. 213. p. 365—370 (L. II. ep. 99.): Ὅπως δὲ σὺ τὰ περὶ τὴν φιλίαν δειλὸν ἅμα μὲν εἰς δυστυχημάτων κλῆρον, ἅμα δὲ εἰς ἁγίων (so ist statt ἁγίαν mit Mon. 553. f. 230 zu lesen) μίμησιν ἀναφέρεις, τοῦτο συμβαλεῖν οὐκέτι δυνατὸς ἐγενόμην.

[79]) Παῦλός, φησιν, ὁ κῆρυξ καὶ μυσταγωγὸς ἀνθρώπων, Πέτρος, ἐφ' ᾧ τὰ τῆς πίστεως κεῖται θεμέλια, τῶν ἄλλων ἁπάντων ἁγίων ἡ πληθὺς παράδειγμά μοι τῆς δειλίας καθεστήκασιν. Ἀλλὰ σοῦ τῶν ἐμῶν κακῶν, τοσαύτας ἔχων εἰκονίζειν εἰς ὅσον δυστυχῶ· διὰ τοῦτο γὰρ καὶ περὶ ὧν οὐκ ἴσασιν ἄλλοι τὴν δειλίαν ἐγὼ δειλιῶ.

[80]) δειλία ὑβρίζουσα εἰς φιλίαν.

Wesen zusammenfassen, damit seine Furchtsamkeit ein schönes und rühmliches Ansehen gewinne.[81]) Nikephoras hatte die Stelle I. Kor. 9, 27 angeführt und dabei erklärt: „Ich hege Liebe, wie sie nur irgend einer hegen kann, ich will nicht sagen, wie sie Keiner mehr hat; aber ich fürchte die Seeräuber im Leben, die mich leicht der Frucht der Freundschaft berauben, hinterlistig mir meine kostbare Perle (Matth. 13, 45. 46.) entreißen könnten." [82]) Photius entgegnet, indem er auf II. Tim. 4, 8 verweiset,[83]) eine solche Furcht sei dem Apostel ferne gewesen, er habe nicht den Verlust seiner kostbaren Perle gefürchtet, sondern nur, er möge etwas ihrer Unwürdiges thun, etwas Mangelhaftes, etwas der schwankenden menschlichen Gesinnung Zukommendes sich zu Schulden kommen lassen.[84]) Nicht in guter Absicht bezeichne jener seine Freunde als Perlen, nicht um ihre Vortrefflichkeit zu bewundern, sich an ihrem Glanze zu erfreuen und in besseren Hoffnungen Wonne zu finden, sondern einerseits um eine Auslieferung von gleichsam leblosen Dingen, den Andrang der Räuber und den Raub vorschützen zu können, anderseits um künstlich die verächtliche Behandlung zu verbergen[85]) und dabei noch den Schein der Religiosität zu erhaschen, zugleich aber die Freunde desto härter und heftiger anzugreifen. „Die mit schlauer Kunst ausgesprochene Beleidigung wird, wenn sie verborgen bleibt, leicht auch einen Nutzen bringen,[86]) indem sie die aufgeblasene Hoffart der Seele bricht, sie ermuntert und besänftigt, wofern sie aber bekannt wird, bringt sie viele Ungereimtheiten mit sich, einen heftigen Affekt, einen Tadel, der in die Gestalt des Lobes sich hüllt, eine Beschämung, deßhalb, weil man verbergen wollte, was nicht verborgen blieb. War es nöthig, in beleidigender Weise zu tadeln, wozu das künstliche Verbergenwollen? War es nöthig, die Sache geheim zu halten, so wäre es besser gewesen, gleich von Anfang an die Beleidigung zu unterlassen. Wer aber unter der Perle die Beleidigung birgt und doch seine listige Kunst nicht verbergen kann, der wird nothwendig das Gewollte nicht erreichen; denn es bleibt seine Schmähung nicht verborgen und sein ganzes Schaugepränge, um nicht mehr zu sagen, ist als vergebens aufgewendet erwiesen. Willst du deine Freunde Perlen nennen? Nun so schwanke nicht in Ungewißheit hin und her, so daß das Weiße und Glänzende der Liebe in das Schwarze und Finstere der Feindschaft übergeht, so fürchte nicht, daß die feste und allseitig gleichmäßige und aufrichtige Gesinnung in ungleiche Winkel einer

---

[81]) ὡς ἂν καλλωπίζοιτό σου καὶ εὐπρόσωπος ἡ δειλία δόξῃ.

[82]) p. 368: Ἀλλὰ γὰρ φιλῶ, φησίν, ἵνα μὴ ὡς οὐδεὶς εἴπω πλέον, ὥς εἴ τις ἄλλος· δέδοικα δὲ τοὺς ἐν βίῳ πειρατάς, μή με συλήσωσι τῆς φιλίας ἀπόνασθαι, μὴ τὸν ἐμὸν μαργαρίτην λοχήσωσι.

[83]) Διὰ τοῦτο γὰρ καὶ (add. Mon. cit.) ἀγωνιῶν ἔλεγεν. Οὕτω τρέχω κ. τ. λ.

[84]) p. 3[illegible]

[85]) [illegible] τοὺς φίλους ποιεῖς οὐκ ἐκ τοῦ βελτίονος, ἵνα τὸ κάλλος θαυμάζῃς, ἀλλ' ἵνα [illegible] τοῦτο μὲν ὡς περὶ ἀψύχων προδοσίαν πλάττειν καὶ λῃστῶν ἐφόδους καὶ ἁρπαγήν, τοῦτο δὲ ὡς ἂν συγκαλύψῃς τὸν προπηλακισμὸν κρύπτειν τῷ τεχνάσματι.

[86]) Statt συνεχέει ist, wie auch die Uebersetzung zeigt, συνελέει zu lesen; das λανθάνουσα μὲν und das ἐκφανεῖσα δὲ κατάφωρος γίνεται sind zwei zusammengehörige Glieder.

erheuchelten Meinung sich verkehren läßt . . . Du fürchtest, es möchte dein Kostbarstes eine Beute der Räuber werden.[87]) Warum sagst du nicht geradezu: Aber ich fürchte, daß der Freund von uns sich abkehre und sich mit den Räubern verbinde, daß er der Freundschaft, der Mühsale, der Kämpfe vergesse, die wir um Christi und seiner Kirche willen ertragen haben?[88]) Wer so spricht und den Grund seiner Beängstigung offenbart, der sorgt für sich ohne eine künstliche Machination, führt den Schuldigen leichter zur Besserung und zeigt, daß er auf die Vertrauen setzt, die er anruft. Wer aber ein Bühnenstück vorbereitet und in ihm eine Rolle spielt, die Lästerungen verblümterweise vorbringt, der versetzt sich, ohne es zu wissen, anstatt Andere auf die Bühne zu bringen, selber in ein Labyrinth, aus dem kein Ausgang zu finden ist, wie du jetzt siehst, und wohin ein Solcher sich wenden wird, auf allen Seiten wird ihm das Labyrinth begegnen. Nebstdem wenn du etwa jetzt Furcht hegst in Bezug auf die Freundschaft, was wirfst du sie nicht von dir, sie, die dich durch das ganze Leben in Schwanken versetzt und täuscht? Wenn du aber Vertrauen hast, warum dient dir nicht das Gegenwärtige für das Zukünftige zur Bürgschaft?[89]) So aber erfreuest du dich nicht an dem, was du hast, was du aber als zukünftig argwöhnst, darüber seufzest du, als wenn es dich schon ergriffen hätte; ja noch mehr könnte ein Anderer (denn ich möchte es nicht sagen) dich anklagen, daß du, obschon nicht mit Worten, doch in der That gestehst, nicht einmal zu dem Gegenwärtigen Zutrauen zu haben wegen dessen, was dich für die Zukunft in Schrecken setzt. Aber, o Freund, erwäge mit mir, was ich sage, einfach und klar. Ich befehle dir nicht, deine Perle auszuliefern, aber halte sie auch nicht für etwas, was so leicht ausgeliefert wird; denn das wäre ein viel härterer und schwerer Verrath als jenes.[90]) Gib deine Perle nicht Preis, aber halte sie auch nicht für empfindungslos und unbeweglich, noch für so leicht von den Feinden zu erobern. Fürchte nicht wegen der Freundschaft; das wäre durchaus eine Beleidigung entweder für den Fürchtenden oder für das, wofür man fürchtet. Die gewöhnliche Perle ist als leblos von der Anklage frei, der Mensch aber nicht, solange er Mensch bleibt und Herr über seine Handlungen nach beiden Seiten ist. Denke nicht, daß die Heiligen diese Art von Furcht verstanden haben, glaube nicht, daß du, o Bester, wegen dieser Furcht frei von Tadel ausgehen und mit ihnen die Kronen erlangen wirst. So verkehre ich mit dir; so ziemt es sich auch, daß du mit mir umgehst; bedarf es einer Zurechtweisung, so spreche sie aufrichtig aus; habe ich dir Anlaß zur Furcht gegeben, so weise ihn nach. Du kannst es nicht. Bringe

---

87) Ἀλλὰ δεδιὼς μὴ ἁρπαγῇ σου τὸ τιμιώτατον... φοβῇ μὴ ἅρπ[illegible]α τοῖς λοχῶσι γένηται.

88) Καὶ τί μὴ λέγεις ἁπλῶς „Ἀλλὰ φοβοῦμαι, μὴ αὐτὸ[illegible]ς ἡμῶν μετὰ τῶν λοχώντων γένηται, μὴ ἐπιλάθηται φιλίας, πόν[illegible]ν, οὓς διὰ Χριστὸν καὶ τὴν αὐτοῦ ἐκκλησίαν ἠνέγκαμεν;“

89) πῶς ἐκ τοῦ παρόντος καὶ περὶ τῶν μελλόντων οὐ λαμβάνεις τὴν ἀσφάλειαν;

90) ἀλλὰ μηδ' εὐπρόδοτον λογίζου· τοῦτο γὰρ πρὸ ἐκείνου πικροτέρα μᾶλλον καὶ βαρυτέρα προδοσία.

nicht in der Rolle der Feinde gegen mich Tadel vor.[91]) Vieles Andere hätte ich noch zu sagen, wozu dein Brief mir Anlaß gibt, aber vielleicht geht das Gesagte schon weit über die Schranken eines Briefes hinaus. Uebrigens sei stark in der Freundschaft, gehe kräftig und glücklich vor; wirf die Seeräuber und Plünderer und alle anderen Arten von Missethätern in den Meeresgrund der Schmach, du aber mache dich davon los und trage deine kostbare Perle mit Glanz umher, auch wenn jedes Auge sich auf sie richtet und sie beliebäugelt oder an ihrer Schönheit sich weidet, glaube, daß du sie ganz bei dir hinterlegt hast. Das schreibe ich theils im Ernste, theils im Scherze;[92]) im Scherze, damit du erkennen mögest, daß auch ich, wenn ich von gewaltigen Rhetoren niedergeredet werde, noch die Schärfe der Rache und die zur Lösung von Sophismen nöthige Gewandtheit besitze,[93]) im Ernste aber, damit du ferner nicht mehr verzagt seiest in Dingen, wo es sich ziemt, sich männlich zu erweisen. Deine Hinterlage bei mir (das ist für dich wieder ein Anlaß zur Furcht) wird aufbewahrt und wird ferner aufbewahrt werden."

Die neue Stellung des Photius am Hofe hatte viele seiner Freunde, die noch zerstreut waren und nicht wohl alle, solange Ignatius noch lebte, zurückgerufen werden konnten, verwirrt und mißtrauisch gemacht; sie konnten sich von ihm aufgegeben erachten und eine düstere Zukunft vor sich sehen; sie konnten glauben, seine eigenen früheren Grundsätze gegen ihn geltend machen zu müssen. Und doch wagten sie das nicht offen auszusprechen; in verschiedenen künstlichen Wendungen, in rhetorischen Deklamationen deuteten sie ihre Bedenklichkeiten und Besorgnisse schüchtern an; sie ließen ihre Gedanken mehr errathen als erkennen. So sind ihre einzelnen Aeußerungen für uns oft sehr dunkel, zumal da wir ihre Briefe nur aus den Antworten des Photius kennen und diese selbst ebenso geschraubt und gekünstelt sind, wofern sie nicht gar an gesuchten und schwerfälligen Phrasen und Satzbildungen wie an rednerischen Figuren jene überboten haben. Wenn bei so großer Schwierigkeit, den einzelnen Briefen des Photius die richtige Stelle anzuweisen, irgend etwas sich mit Wahrscheinlichkeit bestimmen läßt, so scheint das eben angeführte Schreiben die hier gekennzeichnete Situation vorauszusetzen.

Nikephorus bewunderte in seinem folgenden Briefe die große Gewandtheit und Redekunst des Meisters und erklärte in derselben schwülstigen Weise wie früher, daß er seine Furcht abgelegt und innig um seine ganze Freundschaft bitte. Photius schrieb ihm:[94]) „Ich habe nichts Wunderbarliches geredet, kein Schaustück, kein Theater versteckterweise producirt, vielmehr mit gerechter Redefreiheit die Wahrheit vertreten, noch habe ich gegen die Freunde, ja nicht einmal gegen die Feinde, Geschoße, Pfeil und Bogen und Schlachtreihen ausge-

[91]) p. 370: μηδὲ ἐν ἐχθρῶν προσώπῳ καθ' ἡμῶν ῥίπτε (so ist statt ἅπτῃ mit Mon. 553. f. 238 zu lesen) τὸν ὄνειδον.

[92]) παίζων ἅμα καὶ σπουδάζων.

[93]) ὡς ἴδῃς καὶ ἡμᾶς καταῤῥητορευομένους ὑπὸ τῶν δεινῶν τὴν ῥητορείαν ἀμύνης ἀκμὴ καὶ λόγους λύειν σοφίσματα.

[94]) ep. 214. p. 371. 372. L. II. ep. 100.

rüstet, keine Feinde, keine Schilde mir im Traume eingebildet, wie die thun, die da mit der Luft fechten, sondern ich habe freimüthig zu Gunsten der Freunde gesprochen, wofern du willst, auch zu dem Zwecke, daß Lazarus von den ihm belästigenden Geschwüre frei werde, von ihm ferner keine Beschwerde mehr erfahre, jeden Andrang der Wogen auf die Häupter der Piraten zurückwälze und in Zukunft furchtlos durch das Meer dieses Lebens hindurchsegle. Bemerke wohl, daß ich dir durch Anführung dieses Beispiels keine Nachstellungen bereite, noch die Absicht dessen verkehre, der sich seiner bedient,[95]) wenn ich seufze über den Reichen, über den unauslöschlichen Durst,[96]) über jene Klaft, über die Qualen des Feuers (Luk. 16, 19—21); denn es ist dieses Beispiel nicht von seiner üblen Seite (Dank dir, der es an die Hand gab), sondern von seiner günstigen Seite verstanden.[97]) Ich glaube aber, daß auch das freie Reden und die Ungebundenheit der Zunge nicht vergeblich das Ziel meines Strebens gewesen ist,[98]) da ich meinen theuersten Freund, wie ich zu meiner größten Freude aus deinem Briefe ersehen,[99]) die ihm nach keiner Beziehung ziemende Furchtsamkeit und Feigheit von sich stoßen, dafür die seinem sonstigen Charakter und seinen edlen Thaten entsprechende männliche Haltung annehmen, die Seeräuber mit ihren Künsten und abscheulichen Machinationen in die Tiefe hinabsenken, ihn selbst aber erhaben über alles Tosen der widrigen Winde und durch schöne Hoffnungen emporgehoben sehe. Die Beispiele und Gleichnisse sind jedoch von mir nicht böswillig ersonnen, sondern damit sie nicht böswillig gebraucht werden, vorgebracht worden. Was sage ich? Daß nicht ferner Jemand die Quelle und den Fluß bei der göttlichen Natur[100]) zum Beispiel nehme (was nach deiner Annahme auch deinen Fehler stützt), dann aber fürchte, daß die Verehrung derselben damit schwinde und zerfließe, noch dieselbe, als in andere Kanäle abgeleitet beklage, noch Furcht hege, daß es den lauernden Feinden je gelingen möge, über die Eroberung zu jubeln, daß er nicht die Räuber übersehe, welche seine innigsten Freunde des gebührenden Genusses zu berauben bemüht sind. So habe ich nach der Weise besonnener Alten und der Liebe zur Wahrheit gemäß, aber nicht zu berechneter Demonstration nach Art der jungen Leute das genau durchgangen, was dessen bedurfte; deßhalb habe ich auch nicht die Weisung ertheilt, der Freundschaft zu entsagen (es sei ferne von mir, nicht in

---

95) οὐδὲ περιτρέπω τοῦ κεχρημένου τὸ βούλημα nicht: nec indigentis voluntatem subverto, sondern voluntatem ejus qui eo exemplo usus est.

96) τὴν ἄσβεστον δίψαν Mon. cit. f. 238, b. Montac.: ἄδιψαν.

97) οὐ γὰρ ἐκ τοῦ χείρονος, ἀλλ' (σοὶ δὸς μεταχειρισαμένῳ) κατὰ τὸ βέλτιον εἴληπται. So ist die Parenthese zu setzen.

98) ἡ παῤῥησία καὶ τὸ ἐλεύθερον τῆς γλώττης μοι διεσπούδασται.

99) ὡς καὶ σὺ γράφεις, χαρᾶς ἡμᾶς καὶ εὐφροσύνης πληρῶν.

100) Die ἀκήρατος φύσις ist bei Photius gewöhnlich die göttliche Natur. Das Bild von fons und fluvius ist bei den Vätern in der Trinitätslehre gebräuchlich, aber zugleich sprechen sie Furcht aus, es möge das Bild zu Mißverständnissen führen. Nikephorus hatte wohl dieses Bild gebraucht und dann seine Besorgniß darüber geäußert. Photius ging zugleich als Censor dessen Elaborat durch, wie er sonst (z. B. ep. 204. p. 301. L. II. ep. 90.) mit dessen Arbeiten gethan.

der Art möge eine gewaltige Rhetorik über meine allzu große Einfalt übermüthig triumphiren!), sondern nur jener, welche mit den Freunden spielt, jener, die da schwankt; jene Freundschaft sei zu verwerfen und aufzugeben, die schon vorher, soviel an ihr lag, untreu geworden und geschwunden war, jene, die keine Beschwerde zu tragen vermag, die blos mit Worten zulächelt, in der That aber mit den Feinden finstere Miene macht und beschämende Trauer bereitet. Das Uebrige haben, wie du wünschtest, die Schwingen der Freundschaft davongetragen und es wartet seiner vorsichtige Pflege; ich mache mich mit meinen Angelegenheiten vertraut; ich bedarf nicht mehr der Arznei, nicht der Heilung, nicht mehr eines mitleidigen Helfers, nicht mehr eines Fürsprechers; denn ich besitze den Ersehnten, der jetzt über alle Schwäche erhaben ist und der die letzte Spur seiner Krankheit in hochherziger Weise und ganz so, wie ich es gewünscht, von sich weggestoßen hat."

Alles verlief so in gemüthlichen rhetorischen Stylübungen. Diesem Nikephorus gab Photius früher rhetorische Anweisungen, sowohl mündlich als durch Bücher; jener hatte fortwährend von ihm Werke verlangt;[101]) dieser wollte nähere Bezeichnung der gewünschten Bücher;[102]) da er nicht eine unübersehbare Reihe derselben[103]) da und dort durchforschen und dann ohne Nutzen ihm senden wolle. Verdrießlichkeit hatte sich mehrfach bei dem fleißigen Mönche kundgegeben; Photius mahnte ihn, nicht ungegründeten Verdacht zu hegen, ihm nicht zuzumuthen, in so weiter Entfernung mit Stentorstimme zu reden; er solle seine Wünsche näher formuliren und wenn er sonst noch etwas Anderes beklage, worin er ihn vernachläßigt, es seinem durch die Länge der Zeit und die schwere Krankheit etwas geschwächten Gedächtnisse zuschreiben.

In solcher Weise kam Photius noch vielen anderen Freunden entgegen, die er alle zum fortgesetzten Studium ermunterte, indem er dabei den größten philosophischen Gleichmuth zur Schau trug. „Wenn die Verfolgungen ruhen," — so schrieb er einem seiner treuen Freunde — „so widme dich dem Studium der heiligen Schrift; wenn sie wiederum gegen die Religion sich rasend erheben, so fürchte nichts und laß dich nicht erschrecken und zeige nicht im Hinblick auf das, was dir etwa noch an Vorbereitung abgeht, vor den Tyrannen die Kraft deines Geistes und deine Fassung in Furchtsamkeit geschwächt. Denn du hast den Herrn, für den du den Kampf übernimmst, der nicht blos das dir Fehlende ergänzt, sondern auch dir in noch viel reicherem Maße die Mitwirkung seiner Gnade und die Kraft verleiht." [104]) In diese Zeit scheinen sehr viele gelehrte Arbeiten des Photius zu fallen, obschon die an Amphilochius gesandten Abhandlungen größtentheils während der Verbannung verfaßt worden sind; er corrigirte wie vorher Arbeiten seiner Schüler, munterte sie auf zu neuen Bestrebungen und setzte mit dem größtem Erfolge sein bisheriges Wirken fort,

---

[101]) ep. 235. p. 856. L. II. ep. 91.

[102]) τίνων ἐστὶ σοι χρεία βιβλίων, καὶ ποίας τῶν ῥητορικῶν τεχνῶν πραγματείας καὶ τίνος τεχνογράφου.

[103]) βιβλίων πλῆθος ἀόριστον.

[104]) Amphil. q. 35. (ed. Scotti p. 81. Migne p. 219 fin.)

während er zugleich seine kirchliche Thätigkeit mehr und mehr wieder entfaltete. Niemals hatte Photius auf seine Patriarchenwürde verzichtet. Alles, was gegen ihn geschehen war, blieb in seinen Augen rechtswidrig und ungiltig; er gerirte sich stets als legitimen Patriarchen. Sowie es ihm daher möglich ward, seine geistliche Jurisdiktion in vollerem Umfange zu üben, nahm er alle ihre Funktionen wieder auf; er that jetzt mehr öffentlich, was er bisher im Verborgenen gethan, ordinirte Bischöfe und Priester, vergab Aemter und Stellen an seine Anhänger, besonders in solchen Klöstern, in denen die Mehrzahl der Mönche auf seiner Seite war. Wie er schon vorher den Gregor Asbestas zur Vornahme von Ordinationen beauftragt, wie andere Bischöfe seiner Partei solche vorgenommen, so nahm er jetzt selbst im Magnaurapalaste für den ganzen Umfang des byzantinischen Sprengels die Pontifikalhandlungen wieder auf;[105]) seinen Freund Theodor Santabaren ordinirte er, wahrscheinlich noch in der Verbannung, zum Erzbischof von Patras;[106]) man nannte ihn, da er von seinem Sprengel nicht Besitz ergreifen konnte, Erzbischof von Aphantopolis (der unsichtbaren Stadt). Er scheint überhaupt mehrere Bischöfe wie in partibus infidelium aufgestellt zu haben, denen ihre Diöcesen erst später zugänglich gemacht werden sollten, und machte wohl von can. 37 Trullan. bereits einen ziemlich ausgedehnten Gebrauch.[107]) In der That beherrschte er schon jetzt wieder faktisch die byzantinische Kirche und schien mehr Patriarch zu sein als der altersschwache und gebeugte Ignatius.[108]) Doch zu diesem haben wir uns nun wieder zu wenden.

6. Photius und Ignatius. Des Letzteren Tod.

Ignatius hatte gewissenhaft und getreu sein wieder erlangtes Amt zu verwalten sich bemüht, dessen Beschwerden der fromme Dulder allenthalben fühlte. Er war umsichtiger und erfahrener geworden, aber in seinem Hirteneifer ließ er in keiner Hinsicht nach und durch seine tiefe Frömmigkeit erbaute

[105]) Stylian. l. c. p. 429: Ἔτι ἐν τῷ οἰκείῳ θρόνῳ Ἰγνατίου ἐπιδημοῦντος ὁ ὑπὸ οἰκουμενικῆς συνόδου ἐκκηρυχθεὶς καὶ ἀναθεματισθεὶς Φώτιος ἐν τῇ Κλειστῶν ἐκκλησίᾳ χειροτονίας ἀναφανδὸν ἐποιήσατο. p. 432: καὶ χειροτονίας ἐποίει. Nicet. p. 286: καὶ ἤδη πρὸς τοῖς βασιλείοις ἐπὶ τῇ καλουμένῃ Μαγναύρᾳ καταγόμενος ἐξάρχειν τε προεβάλλετο καὶ χειροτονίας ἐτέλει. Append. ad Conc. VIII. p. 452 E.: ἀλλὰ καὶ ἐν τῇ Μαγναύρᾳ καθήμενος ἐποίει χειροτονίας ὡς πατριάρχης.

[106]) Nicet. p. 288 E. Ob Patras zu lesen (Baron. a. 878. n. 52 hat Pathmorum), könnte bezweifelt werden; 879 erscheint auf der Synode des Photius Sabas als Erzbischof von Patras und Euphemian als Erzbischof von Euchaita, welchen Sprengel nachher Theodor erhielt. Vielleicht weilte zur Zeit der Synode Theodor noch als Gesandter des Photius in Rom und Sabas war übergetretener Ignatianer.

[107]) Vgl. Balsam. in c. 37. Trull. Thomassin. P. I. L. I. c. 19. n. 5. c. 28. n. 4 seq.

[108]) Stylian. p. 432: ὡς μᾶλλον τοῦτον πατριάρχην εἶναι ἢ τὸν Ἰγνάτιον, κἂν ἐν τῷ θρόνῳ καθίδρυτο.

er fortwährend die Gläubigen. Mehrmals sollen, während er die Liturgie feierte, besonders wenn er die heilige Hostie erhob, Wunder vorgekommen und das Kreuz über dem Altare zum Staunen aller Anwesenden erschüttert und in Bewegung gebracht worden sein. [1]) Besonders sorgfältig verfuhr er bei der Ordination der Geistlichen [2]) und die Mönche suchte er zu einem ihrem Stande entsprechenden Leben anzuleiten. [3]) Schlicht und einfach glänzte er durch ein heiliges und strenges Leben vor den Augen des Volkes, weit mehr als Photius durch seine Gaben und sein Wissen; seine männliche Festigkeit, seine Liebe und Sanftmuth machten ihn Allen ehrwürdig. [4])

Aber die Spaltung in seiner Kirche auszurotten war ihm nicht gelungen. Die wohlorganisirte photianische Partei hatte nicht nur die Unterwerfung verweigert, sondern auch jede Transaktion verschmäht, die nicht von der Voraussetzung ihres vermeinten Rechtes ausging. So tief es den Patriarchen schmerzen mußte, einen bedeutenden Theil seiner Heerde von seiner Gemeinschaft getrennt zu sehen, so wenig vermochte er gegen die Schismatiker auszurichten. So groß bei allen Freunden der kirchlichen Legitimität die Freude über seine Wiederherstellung gewesen war, wie z. B. der Erzbischof Epiphanius auf Cypern in einem nach der Synode von 869 an ihn gerichteten Schreiben [5]) bezeugte und wie es auch von Seite der orientalischen Patriarchate geschehen sein soll, [6]) so konnte man sich doch nicht verhehlen, daß seine Stellung eine äußerst dornenvolle und auch dem römischen Stuhle gegenüber wegen des Conflikts über Bulgarien, in dem der Patriarch nicht von dem Willen des Kaisers sich unabhängig machen konnte, [7]) eine gefährdete war. Dazu stand Ignatius dem gewandtesten und schlauesten Gegner gegenüber, dessen Partei auch während seines Exils fortwährend an Zahl, Macht und Einfluß gestiegen war; die Spaltung hatte neue Kraft erhalten; in vielen Städten gab es zwei Bischöfe, die einander den Stuhl streitig machten; nicht wenige der Prälaten, die auf Seite des Ignatius standen, waren schwankend und neigten sich zu jeder Maßregel, die der selbst wankelmüthige Kaiser für gut befand. Auch starben nach und nach viele der älteren Prälaten, die treue Anhänger des Ignatius gewesen waren; die jüngere Generation war weniger zuverlässig und von den Gegnern vielfach beeinflußt; die Rückkehr eines Rivalen wie Photius aus dem Exil mußte für den Patriarchen neue Gefahren bringen, die um so mehr stiegen,

---

[1]) Nicetas l. c. p. 268—273. Baron. a. 878. n. 48.

[2]) Nicet. p. 269: λίαν ἀκριβὴς ἐν ταῖς χειροτονίαις.

[3]) Ib. p. 273: τοὺς μοναχοὺς καὶ ἐρημικούς, ὡς πνευματικωτέρους ταῖς ἐγκρατέσιν ὁμιλίαις ψυχαγωγῶν, καὶ τὸν πόθον αὐτοῖς τῆς ἀσκήσεως ἐκτείνων.

[4]) Auch die Cont. Theoph. V. 41. p. 276 nennt ihn ὁσίως καὶ θεαρέστως τὸν βίον ἀνύσαντα καὶ ὑπὸ πλουσίᾳ τῇ πολιᾷ καὶ τῇ ποικίλῃ δορυφορίᾳ τῶν ἀρετῶν καὶ τῷ παρὰ πάντων μακαρισμῷ τὴν παροῦσαν ζωὴν ἀλλαξάμενον.

[5]) cp. Epiphan. Mansi XVI. 309.

[6]) Encom. Michael. Sync. ib. p. 280: ὃ δὴ μαθόντες (Ignatii restitutionem) καὶ οἱ τῶν ἄλλων πατριαρχικῶν θρόνων προεστῶτες σφόδρα ἡδύνθησαν,

[7]) Baron. a. 878. n. 49 sucht hierin den Ignatius zu vertheidigen.

je mehr dessen Ansehen an dem Hofe sich erhöhte, je freiere Thätigkeit ihm jetzt gestattet ward.

Ueber das Verhältniß des Photius zu Ignatius in der letzten Zeit vor dem Tode des Letzteren haben zwei sich widersprechende Annahmen Anhänger gefunden. Die Einen behaupten, beide Männer hätten sich aufrichtig mit einander versöhnt und seien noch innige Freunde geworden, ja Photius habe dem Ignatius in seiner letzten Krankheit die liebevollste Theilnahme erwiesen und dieser habe ihm sterbend die Sorge für seine Freunde anvertraut. Es stützen sich diese Angaben auf die Aussagen des Photius in dem nachher (879) von ihm gehaltenen Concilium,[8]) sowie darauf, daß dieser vor so vielen Zeugen nicht leicht etwas Falsches sagen konnte.[9]) Dagegen behaupten Andere, den Zeugnissen von Stylian und Niketas folgend, Photius habe fortwährend gegen Ignatius konspirirt, dieser sei von ihm bis zum Tode verfolgt worden und habe niemals den Usurpator als Bischof anerkannt; ja nach Stylian soll Photius sogar Schuld am Tode des Ignatius gewesen sein.[10]) Wir glauben die beiderseitigen Berichte einer näheren Prüfung unterstellen zu müssen. Abgesehen von den später zu untersuchenden Bedenken, denen die Akten des photianischen Concils unterliegen, gestatten die bisher an Photius gemachten Wahrnehmungen nicht, unbedingt an seine, wenn auch noch so feierlich gemachten Versicherungen zu glauben und die von ihm aus dem Exil gesandten Briefe zeigen einen Standpunkt, der allzuweit von solchen Gesinnungen entfernt scheint; dazu strafte das nachherige Verfahren des Photius seine Betheuerung Lügen, daß er niemals die mit Ignatius angeknüpften Freundschaftsbande verläugnen werde.[11]) Auf der anderen Seite ist von den entgegenstehenden Berichten Stylians Angabe, Photius und Santabarenus hätten das Lebensende des Ignatius beschleunigt,[12]) was sicher auch Niketas, hätte er daran geglaubt, anzuführen nicht unterlassen haben würde, nicht wohl annehmbar und wir haben Grund genug, den ohnehin schon schwer belasteten Photius von diesem Verdachte freizusprechen.[13])

Es lassen wohl die einzelnen Data am besten sich in folgender Weise vereinigen. Immerhin mochte Photius in seinem Exil dem Patriarchen die verschiedensten Nachstellungen bereitet und auf dessen Sturz hingearbeitet,[14]) auch mochte er, in die Residenz zurückgerufen, anfangs noch keineswegs auf alle Machinationen gegen ihn Verzicht geleistet haben.[15]) Allein da er sich davon

[8]) Conc. Phot. act. II. Mansi XVII. 421. Hard. VI, I, 253.

[9]) Neander a. a. O. S. 316. N. 2.

[10]) Natal. Alex. H. E. Saec. IX. diss. IV. §. 25.

[11]) act. II. l. c.: φιλίαν πρὸς αὐτὸν ἔτι περιόντα τῷ βίῳ ἐσπεισάμεθα καὶ οὐκ ἂν ἠθετήσαμεν ταύτην ποτέ· μὴ δὲ γένοιτο.

[12]) Stylian. ep. p. 429: παρανόμους ἄνδρας, γόητάς τε καὶ ἀπατεῶνας συνήγαγε καὶ συνεσκεύασε φονεῖς κλαδάμενος, τὸν . . Ἰγνάτιον τῆς ζωῆς δυστήνως ἀπαλλαγῆναι παρεσκεύασε. Cf. p. 433.

[13]) Jager L. VIII. p. 282.

[14]) Nicet. p. 284: μυρίας κατὰ τοῦ ἁγίου κακονοίας αὐτοῦ.

[15]) Ib. p. 285: τῷ πατριάρχῃ μὲν ἐπεβούλευε καὶ τὴν ἀπὸ τοῦ πατριαρχείου ῥίψιν δι᾽ αὐτοῦ ῥᾳδίως ἐπάγειν ἐπειρᾶτο, ἑαυτῷ δὲ αὖθις ἀνόμως τὴν ἀνάβασιν ἐμνᾶτο.

überzeugt, der Kaiser werde es als eine Ehrensache betrachten, den Ignatius in seiner Würde zu belassen, die er ihm beim Beginne seiner Alleinregierung zurückgegeben, und daher auf eine abermalige Entsetzung desselben nicht eingehen, da er zugleich wahrnahm, der bejahrte und schwächliche Patriarch werde nicht mehr lange zu leben haben und nach dessen Tod der Wiedereintritt in das nie aufgegebene Patriarchat für ihn sicherer und ehrenvoller sein, so lag es in seinem Interesse, den Versuch zu machen, bei dem altersschwachen Manne eine wenn auch nur theilweise Anerkennung zu erlangen und Schritte zu thun, die man als eine Aussöhnung und freundschaftliche Annäherung betrachten konnte. [16]) Niketas erzählt wirklich, Photius habe, als er die Schwierigkeit erkannte, den Ignatius zu verdrängen, Alles aufgeboten, dessen Anerkennung seiner geistlichen Würde zu erlangen. [17]) Glaubte nun auch der Patriarch nach der Strenge der Canonen, im Hinblicke auf die Autorität des achten Concils und alle früheren Vorfälle, nicht darauf eingehen zu können, [18]) wie das auch seinem Charakter und seiner Stellung entsprach, so ist es doch im hohen Grade wahrscheinlich, daß derselbe in seiner letzten Krankheit, zumal auf dem Sterbebette, dem Photius die durch ihn verursachten Leiden verzieh, um ganz in Frieden aus der Welt zu scheiden. Photius seinerseits mochte sich angelegentlich nach seinem Befinden erkundigt, manche Theilnahmsbezeugungen zur Schau getragen, vielleicht ärztlichen Rath ertheilt, zuletzt auch Zutritt bei dem Sterbenden erlangt haben. [19]) Daß er in seiner gewohnten Weise nach erfolgtem Tode des Ignatius solche Vorgänge benützte und zu Beweisen inniger Freundschaft stempelte, konnte nur ihm zum Vortheil gereichen. Haß und Feindschaft verbarg Photius sorgfältig; gegen Alle, auch gegen seine Widersacher, trug er die wohlwollendsten Gesinnungen zur Schau, und so konnte er vor einer Versammlung seiner treuen Anhänger, auch wenn diese nicht, wie es wirklich der Fall war, die stärksten Uebertreibungen und Entstellungen sich erlaubten, sehr gut von seiner Freundschaft für Ignatius reden, die er in jeder Weise gepflegt. Im kai-

---

[16]) Phot. l. c.: τὴν πρὸς αὐτὸν (Ign.) εἰρήνην πάσι τρόποις συνείργειν καὶ κρατύνειν διεπραγματευόμεθα.

[17]) Nicet. p. 285: ἐπεὶ δὲ τοῦτο συνεῖδε σκληρὸν ὄν, φανερῶς εἰς ἱερωσύνην παρὰ τοῦ ἁγίου δεχθῆναι πᾶσαν ἐμηχανᾶτο μηχανήν.

[18]) Ib.: Ἀλλ' ὁ πατριάρχης κανόσι θεοῦ καὶ θεσμοῖς ἐκκλησιαστικοῖς ἀκολουθῶν, καίτοι γε πολλὰ παρενοχληθεὶς, οὐ κατεδέξατο, οὐδὲ τῷ φανῷ λύκῳ κατὰ τοῦ ποιμνίου πάροδον παρέσχεν, ἵνα μὴ αὐτὸς ἑαυτῷ περιπεσὼν, καὶ ταῖς ἰδίαις ἐναντιωθεὶς ὁμολογίαις, ἐνδίκως ἀποστερηθῇ τῆς τιμῆς· τὸν γὰρ ὑπὸ συνόδου κανονικῶς καθῃρημένον, οὐ μερικῆς μόνον, ἀλλὰ καὶ οἰκουμενικῆς, μᾶλλον δὲ ὡς μηδὲ τὴν ἀρχὴν ἐνθέσμως τῆς ἱεραρχίας ἁψάμενον, πλέον αὐτὸν ἀποκεκηρυγμένον, ἀμήχανον εἶναι διετείνετο ἄνευ συνόδου μείζονος καὶ κυριωτέρας ἀθωωθῆναι.

[19]) Phot. l. c.: μετὰ ταῦτα νόσῳ καταληφθέντος καὶ τὴν ἡμετέραν ἐπιζητήσαντος παρουσίαν, οὐχ ἅπαξ καὶ δὶς, ἀλλὰ πολλάκις ἐπισκεψάμενος αὐτὸν παρεγενόμην καὶ ὅσα μὲν ἦν ἐμοὶ δυνατὸν, ἐκείνου τοῦτο ἀξιοῦντος, [illegible] (Mon. 436. p. 156: ἐστομάζειν) τὴν νόσον συνεβαλόμην· εἰ τι δὲ (Mon.) καὶ λόγος παραμυθίας ἐπάγειν ἰσχὺν εἶχε, καὶ τὴν ἀπὸ τούτων προςῆγον θεραπείαν ὥστε καὶ πολλὴν αὐτὸν τὰ τελευταῖα τὴν πρὸς ἡμᾶς τὴν πληροφορίαν δεξάμενον, τοῖς οἰκειοτάτοις αὐτῷ (Mon. cit.: αὐτοῦ) τῶν ἀνθρώπων εἰς τὰς ἡμετέρας χεῖρας παραδίδοσθαι.

serlichen Palaste konnten leicht beide Männer zusammengetroffen und diese zufällige Begegnung für die Sache des Photius gedeutet worden sein; daß Ignatius vor ihm niedergefallen und ihn um Verzeihung für etwaige Beleidigungen gebeten, gleichwie er es ihm gethan,[20]) klingt nicht sehr wahrscheinlich und hat zu viel mit anderen Prahlereien gemein. Die Thatsache, daß Photius einmal mit Ignatius vor dessen Krankheit im kaiserlichen Palaste zusammentraf und daß er während derselben sich öfter nach der Patriarchenwohnung begab, mag zugestanden werden; diese Thatsachen hat aber Photius weiter ausgeschmückt und vergrößert. Dem schlichten Volke waren seine wahren Gesinnungen gegen Ignatius nicht verborgen, weßhalb sich auch das von Stylian referirte Gerücht bilden konnte, Photius habe durch Intriguen beim Kaiser und sonstige Machinationen den Tod des Ignatius herbeigeführt[21]) — ein Gerücht, das um so leichter geglaubt und verbreitet werden mußte, als die treuen Anhänger des Letzteren durch seinen Tod zumal bei dem eingetretenen Umschwung in der Stimmung des Hofes und dem wiederhergestellten Einfluß des Usurpators in die tiefste Trauer und Bestürzung versetzt werden mußten und die Theilnahme des Volkes bei dem Leichenbegängniß des geliebten Oberhirten von Photius mit sichtbarem Mißvergnügen wahrgenommen sahen.[22]) Eben der Umstand aber, daß dieser in der letzten Zeit sich zu Ignatius hingedrängt und freundschaftliche Gesinnungen gegen ihn an den Tag gelegt, mußte bei einem Manne, von dem man nichts Gutes erwarten zu dürfen glaubte, Verdacht erregen und ein solches Gerücht veranlassen oder begünstigen.

Ein alter Autor in der dem achten Concil beigegebenen Sammlung von Aktenstücken erwähnt des Gerüchtes, Photius habe dem Patriarchen Ignatius seine Reue bezeugt und um Verzeihung nachgesucht, worauf Ignatius die Antwort gegeben haben soll: „Was du gegen mich gethan, wird Gott dir vergeben; was du aber gegen die Kirche unternommen, das wird dir Gott dann vergeben, wenn du von nun an dieselbe in Ruhe lassen und keine geistliche Funktion ausüben wirst. Ich will aber an die Patriarchate eine Fürbitte schreiben und wenn sie dich vom Banne lösen, so werde auch ich Dispens eintreten lassen.“ Da aber Photius mit einer Begnadigung nicht zufrieden war, die ihm nur Lösung vom Banne, aber keinen Wiedereintritt in geistliche Funktionen gewährte, und er sah, daß man nicht die Suspension für immer beseitigen würde, so soll er durch den Kaiser es verhindert haben, daß der Patriarch in dem von ihm angedeuteten Sinne an die anderen Patriarchalstühle schrieb.[23]) —

[20]) Phot. l. c.: ἥνικα (ἡ εἰρήνη) γέγονεν ἐν τῷ παλατίῳ πρὸς ἡμᾶς παραγεγονότων ἀλλήλων μὲν ταῖς χερσὶν ἀμφοῖν περιπλεκόντων, καὶ εἴ τι ἑκατέρῳ πρὸς τὸν ἕτερον διημάρτηται, τῆς συγγνώμης τούτων ἀφ' ἑκατέρου αἰτουμένης.

[21]) Stylian. l. c. p. 431: τοσοῦτον τὸν βασιλέα κατὰ τοῦ Ἰγνατίου ἐξήγειρεν, ὡς καὶ τὸ ζῆν αὐτὸν κακῶς ἀφαιρεθῆναι· οὗ καὶ κακῶς οὕτω ἀποθανόντος κ. τ. λ. Der Scholiast zur VIII. Synode nennt p. 452 E den Ignatius τελευτήσας πικρῶς ἀπὸ ἐπιβουλῆς Φωτίου.

[22]) Auct. append. p. 452 E. Nicet. p. 281.

[23]) Mansi XVI. 453 D.: λέγουσί τινες, ὅτι μετάνοιαν ἔβαλεν ὁ Φώτιος εἰς τὸν πατριάρχην Ἰγνάτιον καὶ ὁ πατριάρχης εἶπε πρὸς αὐτόν· εἴ τι ἐποίησας εἰς ἐμέ, ὁ Θεός

An und für sich scheint es nicht wahrscheinlich, daß Photius ein förmliches Schuldbekenntniß und ein Begnadigungsgesuch vorgelegt; aber in einer oder der anderen Weise hatte er jedenfalls eine Versöhnung mit Ignatius herbeizuführen gesucht. — Die hier mitgetheilte Antwort des Ignatius entspricht ganz dessen Standpunkt und insofern sie eine Verzeihung persönlicher Unbilden, die ihm von Photius widerfahren, enthielt, konnte sie zur Grundlage der von ihm behaupteten wechselseitigen Vergebung dienen, auch wenn er in seinem Stolze eine Intercession nicht acceptirte, die ihm nicht das in Aussicht stellte, was er vor Allem wünschte, vielmehr ihn für die Zukunft noch mehr kompromittirte. Jedenfalls bestätigt diese Quelle die Angaben des Photius zum Theil; denn ohne Zweifel ist der Sachverhalt von ihm in dem ihm günstigsten Lichte mittelst weiterer Zuthaten berichtet. Wenn dasselbe Referat von jenem Zeitpunkt an den Photius noch mehr gegen Ignatius konspiriren läßt,[24]) so ist das sicher nur von geheimen Machinationen zu verstehen, die nach Außen doch den Schein einer wie immer erfolgten Versöhnung wahren konnten.

Die von Photius behauptete Versöhnung bleibt immer auffallend und wirft keinesfalls ein günstiges Licht auf seinen Charakter. Er, der jede Transaktion, jede Art der Anerkennung des Ignatius und der Ignatianer geradezu als Verrath an der Wahrheit, als Gottlosigkeit und als schändliches Verbrechen bezeichnet, schon den bloßen Gedanken daran als schwere Sünde gebrandmarkt,[25]) er brüstet sich später nach dem Tode seines Rivalen mit der wechselseitigen Anerkennung, mit seinen freundschaftlichen Beziehungen zu Ignatius! Die Gemeinschaft von Christus und Belial, die er so tief verabscheut,[26]) soll doch noch von ihm verwirklicht worden sein und jetzt bildet sie sogar für ihn einen Gegenstand des Ruhms und der Erhebung, einen Beweis für seine edle und friedfertige Gesinnung; die früheren Unheiligen und Sünder, die er sorglich gemieden, sucht er nachher mit aller Mühe auf und die Feinde Christi von ehemals werden jetzt des Christus liebenden Patriarchen Freunde.

Aber für den ächten Byzantiner waren solche Widersprüche ohne Gewicht; für ihn war die Aenderung der Umstände entscheidend. Damals hatte seine stolze und unversöhnliche Haltung ihm allein den Einfluß bei den Seinen gesichert; jetzt konnte die Versöhnung ihm allein die ungeschmälerte Herrschaft in seinem zweiten Patriarchate verbürgen. Damals hätte die Versöhnung ihn in den Augen seiner Anhänger wie in der Meinung der Welt erniedrigt; jetzt

---

συγχωρήσει σοι· τὰ δὲ εἰς τὴν ἐκκλησίαν, ὁ θεὸς συγχωρήσει σοι, ἐὰν ἀπόσχῃ ἀπὸ τοῦ νῦν διατηρήσῃς ταύτην καὶ οὐδὲν ἱερατικὸν ἐνεργήσῃς. ἐγὼ δὲ γηραιὸς κατακλιθεὶς εἰς τὰ πατριαρχεῖα, καὶ ἐὰν λείψῃ σε τοῦ θρόνου, ἀπολέσαι καὶ τὸ πνεῦμά μου. Ἀλλ' ὁ Φώτιος ἐσπούδασε διὰ τοῦ βασιλέως τὴν πρὸς τὰ πατριαρχεῖα γνώμην, γινώσκων ὅτι ἀδύνατόν ἐστι λυθῆναι αὐτὸν ὥστε ἱερουργεῖν.

[24]) Ibid.: ἔκτοτε οὖν οὐκ ἐπαύσατο πολλάκις ἐγείρων κατὰ τοῦ πατριάρχου.

[25]) ep. 174. Vgl. oben Abschn. 1. S. 197 ff.

[26]) ep. cit. Vgl. ep. 95. p. 135. (L. II. ep. 12.) Eclamp. AEp.: Οὐκ οἶδεν τῷ φωτὶ συμπαρεῖναι τὸ σκότος, καθὸ δὲ καὶ τὴν σύνοδον τοῦ ψεύδους ἡ ἀλήθεια. Cf. ep. 184. p. 273. (L. II. ep. 28.)

konnte sie nur im Angesichte Aller ihn erhöhen. Starre Consequenz hatte ihm eine glänzendere Zukunft gewahrt, versöhnliche Milde mußte jetzt eine noch glänzendere ihm verheißen. Verbrauchte Waffen warf ein großer Geist hinweg, er wußte sich bei geänderter Situation neuer und zweckmäßigerer Waffen zu bedienen. Jetzt galt es, den Wunsch des Kaisers zu befriedigen, der aus einem Gegner und Verfolger ein Freund und Beschützer geworden war; im Exil war Starrsinn gegen dessen Mahnungen, nach demselben Geschmeidigkeit und Nachgiebigkeit gegen seine Forderungen am rechten Ort. Basilius mochte wohl darauf gedrungen haben, daß Photius mit dem Patriarchen sich aussöhne; sein Machtwort hatte dann eine persönliche Begegnung herbeigeführt, die von Photius nachher ganz wie es in seinem Plane lag, gedeutet werden konnte.

Soviel ist gewiß: Photius konnte damit nur gewinnen, wenn es ihm gelang, seine Beziehungen zu Ignatius in der letzten Zeit als freundschaftlich gestaltet darzustellen; das mochte manche Ignatianer mit ihm versöhnen und so seine zweite Herrschaft ruhiger und glücklicher als die erste gestalten. Wenn ferner wahr ist, was Stylian[27]) berichtet, daß Photius, um den römischen Stuhl zu täuschen, eine Schrift im Namen des Ignatius und des ihm ergebenen Episkopates verfaßt, die in Rom die Aufnahme und Anerkennung des Photius nachsuchte, so war es dem ganz entsprechend, daß dieser vor Rom's Abgesandten seine Aussöhnung und seine Freundschaft mit Ignatius hervorhob und von seinen Anhängern sie bezeugen ließ, da doch manche äußere Umstände und Thatsachen sie plausibel machen konnten, während von dem (bereits verstorbenen) Patriarchen der wahre Sachverhalt nicht mehr zu erfragen war. Jedenfalls war auch hier byzantinische Arglist im Spiele, die sich vergebens hinter einfachen Worten verbarg, ganz wie Photius in derselben Synodalrede, obschon er darauf hinweiset, wie Alles ihn aufforderte, nach Wiedererlangung der verlorenen Würde zu streben,[28]) doch nicht das Mindeste gethan zu haben betheuert, was zu diesem Ziele hinführen konnte. Wir werden später noch mannigfaltige Belege des trügerischen Spieles finden.

Bereits konnte Photius, auf die Gunst des schwankenden und leicht bethörten Kaisers[29]) sowie fast des ganzen Hofes[30]) gestützt, dreist mit seinen Anhängern Alles wagen[31]) und deren Zahl ungehindert vermehren. So soll er auch nach Stylians Erzählung noch bei Lebzeiten des Ignatius, nach Anderen[32]) drei Tage nach dessen Tod mit bewaffneten Schaaren in die Sophien-

[27]) Styl. p. 432: Κἀκεῖνον δὲ καὶ τὸν ὑμέτερον ἀποστολικὸν θρόνον ἀπατῆσαι βουληθεὶς γραμμάτιον συνεγράψατο ὡς ἐκ προσώπου Ἰγνατίου τοῦ πατριάρχου καὶ τῶν συλλειτουργῶν, ὡς δῆθεν παρακαλούντων τὴν ἱερὰν ὁσιότητα τοῦ ἀποστολικοῦ θρόνου, ὥστε δεχθῆναι τὸν Φώτιον, καὶ ταῦτα πρὸς ὑμᾶς ἐξαπέστειλεν.

[28]) Syn. Phot. act. II. (Mansi XVII. 421.): καίτοι πολλῶν ὄντων τῶν εἰς τοῦτο (τὸ τὸν θρόνον ἀναλαβεῖν) οὐ μόνον προτρεπομένων, ἀλλὰ καὶ ἀνάγκην ἐπαγόντων.

[29]) Von der βασιλικὴ εὐήθεια redet Nicet. p. 285.

[30]) πᾶν τὸ περὶ τὸν βασιλέα θεραπευτικὸν καὶ οἰκίδιον ὑποποιούμενος. Nic. l. c.

[31]) Ib.: ἐνδομυχοῦσαν αὐτῷ κακίαν καὶ πονηρίαν πολὺ μᾶλλον ἢ πρώην ἐναντιωτέραν ἐπιδεικνύμενος.

[32]) Append. Conc. VIII. p. 853 A.

kirche eingedrungen sein, nach Art des Macedonius, während dort gerade die Liturgie gefeiert ward. Die Geistlichen ergriffen bei seiner Ankunft die Flucht.[33]) Viele nöthigte er zu seiner Partei überzutreten, die mehr und mehr erstarkte, so daß die kirchliche Verwirrung immer höher stieg.

Zur rechten Zeit für ihn starb Ignatius noch im Jahre 877 am 23. Oktober, an welchem Tage die Griechen das Fest des heiligen Jakobus begehen, sanft und ruhig, an achtzig Jahre alt, tief vom Volke betrauert. Als er um Mitternacht seinem Ende nahe war und der das Offizium vor ihm recitirende Diakon mit kräftiger Stimme den Segen vor der Lektion sich erbat, bezeichnete Ignatius seinen Mund mit dem Kreuzeszeichen und fragte mit kaum vernehmbaren Worten nach dem Heiligen, dessen Fest im Brevier gefeiert werde. Als er die Antwort erhielt: „Es ist das Fest des Jakobus, Bruders des Herrn, deines Freundes, o Herr," entgegnete der Patriarch: „Meines Herrn, nicht Freundes." Er sagte noch: „Lebet wohl" und starb mit den Worten: „Gepriesen sei unser Gott jetzt und allzeit und von Ewigkeit zu Ewigkeit."[34])

Nach seinem Wunsche ward er mit dem ihm aus Jerusalem gesandten[35]) Omophorion des heiligen Jakobus Theadelphus begraben, dessen er sich bei kirchlichen Feierlichkeiten oft bedient hatte.[36]) In einem hölzernen Sarge ward der Leichnam nach St. Sophia gebracht, wo die Todtenfeier für ihn unter großem Zulauf des Volkes gehalten wurde. Das Volk, das wohl ihn würdigte und wußte, wie ein erbaulicher Tod unter Gebet und Hymnen ein erbauliches Leben gekrönt, ehrte ihn wie einen Heiligen; das Ruhebett, auf dem er gelegen, und der Schleier, der ihn bedeckt,[37]) wurden in tausend Stücke zertheilt und als Reliquien aufbewahrt; nur sehr schwer konnte man den Leichnam den Händen der gläubigen Menge entreißen.[38]) Nachher kamen seine irdischen Reste in die Kirche des Martyrers Menas; später wurden sie in die Kirche des Erzengels Michael übertragen, die Ignatius sammt dem Kloster selber erbaut hatte;[39]) hier hatte er sich seine Ruhestätte gewählt. Niketas berichtet von

---

[33]) Styl. p. 429: ἀλλὰ μετὰ στρατιωτικῆς χειρός, καθάπερ ὁ πάλαι δυσσεβὴς Μακεδόνιος, εἰς τὴν τοῦ Θεοῦ ἐκκλησίαν εἰσεπήδησε, τῶν συλλειτουργῶν ἡμῶν τὴν θείαν μυσταγωγίαν ἐν τῷ περιβλέπτῳ ναῷ τῆς ἁγίας Σοφίας ἐπιτελούντων· οἳ καὶ θεασάμενοι αὐτὸν ἀναισχύντως εἰς τὸ θυσιαστήριον εἰσιόντα, καταλιπόντες ἡμιτελῆ τὴν λειτουργίαν, ἔφυγον.

[34]) Nic. p. 276. Bar. a. 878. n. 43—45.

[35]) Theodos. Patr. ep. ad Ignat. in Conc. VIII. act. I. Mansi XVI. 27. 313.

[36]) Mich. Sync. Encom. p. 292. Nic. l. c.

[37]) Das Angesicht verstorbener Priester ward verhüllt. Goar Euchol. gr. p. 561. 582. n. 7.

[38]) Nic. l. c.: Ἐπὶ τοσοῦτον δὲ τὸ εἰς αὐτὸν σέβας ἀνῆπται τοῖς λαοῖς, ὥστε καὶ τὰ ἐπὶ τοῦ σκίμποδος, ἐν ᾧ κατέκειτο, θρύμματα ἀντὶ λειψάνων διηρπάσθαι, καὶ τὸ ἐπ' αὐτοῦ δὲ κείμενον πέπλον μυρίοις μεταδιαιρούμενον τμήμασιν εἰς ἁγιασμοῦ δῶρον καταμερίζεσθαι τοῖς πιστοῖς· μόγις οὖν τότε τὸ σῶμα τοὺς κρατοῦντας διαφυγεῖν κ. τ. λ.

[39]) Nic. p. 276. 277: πρὸς τῷ ἱερῷ καὶ περικαλλεῖ τοῦ ἀρχιστρατήγου ναῷ. Mich. Sync. l. c.: ἐν τῇ τοῦ Σατύρου μονῇ, ἣν αὐτὸς ἐδομήσατο. Theoph. Cont. I. 10. p. 20—22. Leo Gr. p. 255: (Ign.) οἰκοδομήσας ἐκκλησίαν εἰς τὰ ἐπέκεινα Σάτυρος περικαλλῆ ἐπ' ὀνόματι Ἀρχιστρατήγου τοῦ ἀναστήλαντος καὶ μονὴν πεποίηκε ἀνδρείαν,

mehreren Wundern, die sowohl bei der Uebertragung seines Leichnams als nachher Statt gefunden haben sollen. Das vorher stürmisch erregte Meer soll sofort sich beruhigt haben, als das Schiff, das den Sarg des Verblichenen trug, darüber fuhr.[40]) Dabei wird auch erzählt, wie der von Photius nach diesem Kloster zur Verjagung der dort Betenden und am Grabe des Heiligen Hilfe Suchenden abgesandte Sacellar Lydus, der den Sarg desselben herausgraben ließ, sei es, um nach verborgenen Schätzen zu suchen, sei es, um den verlebten Patriarchen noch im Grabe zu beschimpfen, einen raschen Tod fand.[41])

Wir haben oben als Todesjahr des Ignatius 877 gesetzt. Diese Annahme ist um so mehr hier zu begründen, da einerseits gegen die Gelehrten, die für 877 stehen,[42]) viele Andere sich für 878 entschieden haben,[43]) andererseits von der richtigen Erledigung dieser chronologischen Controverse viele andere Bestimmungen in der Geschichte des Photius abhängig sind. Wir stellen hier die wichtigsten Momente der Entscheidung zusammen.

1) Für das Jahr 877 spricht der Biograph Niketas. Derselbe gibt a) dem zweiten Patriarchate des Ignatius zehn Jahre; diese sind, vom November 867 an gerechnet, inkomplet bis zum 23. Oktober 877 verstrichen, während im Oktober 878 nahezu eilf Jahre zu rechnen wären. b) Nach demselben war Ignatius im Ganzen etwas über dreißig Jahre Patriarch;[44]) im Oktober 878 wäre er, wenn seine Erhebung vom Juli 846 an gerechnet wird, über zweiunddreißig Jahre, im Oktober 877 aber einunddreißig Jahre der byzantinischen Kirche vorgestanden; ward er 847 erhoben, im ersteren Falle einunddreißig, im letzteren dreißig Jahre. Es kommt also jedenfalls das Jahr 877 diesen Angaben näher. Die Vertreter der anderen Ansicht könnten dagegen geltend machen: α) Niketas liebt sehr die runden Zahlen; die dreißig Jahre des Patriarchats sind, wenn wir auf die Monate der Consekration (Juli) und des

---

ἔνθα καὶ τὸ σῶμα αὐτοῦ ἀπόκειται. Cf. Sym. M. c. 9. p. 690. 691. Georg. m. c. 7. p. 841 seq.

[40]) Nicet. p. 276—281. Cf. Mich. Sync. p. 293 C.

[41]) Nic. p. 281: ὃς ὑποβολῇ Φωτίου .. εἰς τὸ μοναστήριον εἰσελθών, ὥστε πάντας τοὺς τῷ ἁγίῳ τάφῳ προσκαρτεροῦντας ἀθέσμως μετὰ μαστίγων ἐξῶσαι καὶ ὕβρεων, καὶ τοῦτο δ' ἀσεβῶς προστίθησι κακὸν τῷ κακῷ, καὶ προστάσσει πλησιάζοντα τοῦ ἱεροῦ τάφου ἀνορύσσειν καὶ εἰς βάθος ἀνασκάπτειν τὴν γῆν .... εὐθὺς οὖν μεγάλα βοῶν ὁ σαβαρὸς οἷα φρυγιζόμενος ἄνωθέν τε καὶ κάτωθεν τῷ οἰκείῳ αἵματι πρηνηδὸν πεφυρμένος καὶ φοράδην οἴκαδε ἀναγόμενος, ἄφωνος ἐν ἡμέραις δ' ἀπέψυξε τεταρταῖος. Baron. a. 878. n. 48.

[42]) Pag. a. 878. n. 11. 12; a. 886. n. 5. Cuper. de Patr. Cpl. n. 655. p. 112. Fabric. Bibl. gr. X. 672 ed. Harl. Le Quien Or. chr. I. 248. De Rubeis Diss. de Theophyl. §. I. Opp. Theoph. I. p. II. ed. Ven. 1754. Asseman. Bibl. jur. or. t. I. c. 9. n. 232. p. 339. J. B. Malou Praef. in Phot. Opp. ed. Migne t. I. p. 11.

[43]) Baron. a. 878. n. 41. Hanke op. cit. p. 359. n. 142. Cave Hist. lit. I. Saec. IX. p. 47. Fontani Diss. de Photio p. LVII. Schröckh K. G. XXIV. S. 184. Gieseler K. G. II, 1. 311. Neander a. a. O. S. 314. So auch Jager, Damberger, Hefele (S. 483.), Tosti (L. IV. p. 307.), Soph. Oecon. (Prol. §. 28. p. κ')

[44]) Nic. p. 277: δέκα μὲν ἔτη τὸ δεύτερον, τὰ πάντα δὲ τριάκοντα καὶ μικρόν τι πρὸς ὁ μέγας ἀρχιεράτευσεν Ἰγνάτιος.

Todes (Oktober) sehen, jedenfalls nicht genau; für zehn Jahre neun Monate des zweiten Patriarchats (November 867—Oktober 878) können leicht zehn Jahre schlechtweg gesetzt sein. Niketas spricht auch von einem zehnjährigen Exil des Photius,[45]) während er doch in der letzten Zeit vor seiner Restitution kein Verbannter mehr war; doch hatte er wohl dabei nur seinen Ausschluß vom Patriarchate im Auge und insoferne gehört die Stelle nicht hieher. β) Nach demselben Niketas erreichte Ignatius das achtzigste Lebensjahr[46]) und bei dem Sturze seines Vaters 813 zählte er etwa vierzehn Jahre. War er 798 geboren,[47]) so erreichte er noch 878 achtzig Jahre; fiel seine Geburt auf 799 (später kann sie nicht fallen), so hätte er das achtzigste Jahr nicht mehr erreicht; keinesfalls war er aber schon 877 in dasselbe eingetreten. — Allein darauf läßt sich entgegnen: Wenn die Zahlbestimmungen des Niketas sowohl über die Dauer seines zweiten Patriarchats als über die seiner Amtsführung überhaupt als runde Zahlen betrachtet werden, warum sollte man nicht auch seine Angabe über dessen Lebensdauer als eine solche anzusehen berechtigt sein? Sodann sind jene beiden ersten Data weit bestimmter, anderweitig noch gestützt, und schwerer mit dem Jahre 878 zu vereinbaren als dieses dritte mit 877; war z. B. Ignatius im Januar 798 geboren, so war er im Oktober 877 bereits neunundsiebenzig Jahre und gegen neun Monate alt. Zudem konnte der Biograph leichter das Lebensalter des Patriarchen bei Abgang einiger Monate mit der Zahl achtzig bezeichnen, die ihn noch ehrwürdiger darzustellen schien, als die Zeit seiner Amtsführung um ein oder zwei Jahre verkürzen; jene Angabe von achtzig Jahren der Lebensdauer kommt in unserer Annahme der Wahrheit viel näher, als in der gegentheiligen die Bestimmung der Amtsdauer von „dreißig Jahren und etwas darüber."

2) In mehreren alten Katalogen[48]) werden dem zweiten Patriarchate des Photius, das mit dem Frühjahr oder Sommer 886 endete, acht Jahre eilf Monate zugetheilt; fiele der Tod des Ignatius auf 878, so würde man nur sieben Jahre und einige Monate rechnen können. Wenn dagegen der Katalog bei Leunclau[49]) dem zweiten Patriarchate des Ignatius eilf Jahre gibt, so ist derselbe als durchaus ungenau und fehlerhaft zu verwerfen, wie er denn dem ersten Patriarchate des Heiligen nur vier Jahre zwei Monate zugewiesen hat. Auch darauf kann kein Gewicht gelegt werden, daß Symeon Magister[50]) berichtet, Ignatius sei im zwölften Regierungsjahre des Basilius gestorben, das mit dem Sommer 878 begann; die Zahlen bei Symeon erweisen sich häufig als unzuverläßig; sodann war, wenn von der Krönung des Basilius im Mai 866 an gerechnet wird, im Oktober 877 bereits dessen zwölftes Jahr begonnen.

---

[45]) Nic. p. 284.

[46]) Nic. p. 277: ὀγδοηκοστὸν δὲ ἤδη γεγονὼς ἔτος.

[47]) Pag. a. 878, n. 12.

[48]) Catal. Cod. Oxon. membran. saec. X. ap. Montfaucon Palaeograph. Gr. p. 510. Catal. Episc. Cpl. in cod. Vatic. 1150. f. 208. Letzterer Katalog geht bis auf den Patriarchen Johann VIII. (1064—1075.)

[49]) Jus Gr. Rom. t. I. p. 301.

[50]) Sym. M. Basil. c. 14. p. 692.

3) Entscheidend aber ist das Datum, daß nach Niketas,[51] mit dem auch eine Aeußerung des Nikolaus Mystikus[52] übereinstimmt, die Stadt Syrakus von den Saracenen erst nach dem Tode des Ignatius erobert ward. Da nun diese Eroberung auf den 21. Mai 878 fällt,[53] so muß Ignatius im Oktober 877 gestorben sein.

4) Laut Stylians Bericht kamen die Bischöfe Paulus und Eugenius, die von Rom Ende April 878 nach Constantinopel gesandt worden, daselbst nach dem Tode des Ignatius an;[54] es ist aber kaum wahrscheinlich, daß sie erst nach dem 23. Oktober 878 eintrafen; im Jahre 869 waren Hadrian's Gesandte, die erst im Juni abreisten, noch vor Ende des September daselbst eingetroffen; Paulus und Eugenius scheinen schon im Mai die Reise angetreten und unterwegs kaum sich aufgehalten zu haben, da sie nach Bulgarien erst unter Vermittlung des Kaisers Basilius sich begeben sollten;[55] ihr Aufenthalt scheint auch bis zum August 879 ein überaus langer gewesen zu sein; in Rom hatte man sie längst zurückerwartet.[56] Dagegen läßt sich nun einwenden: α) die genannten Legaten konnten leicht bei ihrer Reise auf Hindernisse stoßen und erst gegen Ende des Oktober 878 ankommen, und da sie im Frühjahre 879 nicht zurückkehrten, in Rom ihr Zögern in jedem Falle auffallen; auch dann noch währte ihr Aufenthalt allzulange. β) Im Gegensatze zu Stylian sagt ein alter Autor im Anhange der achten Synode ausdrücklich, Paulus und Eugenius seien noch bei Lebzeiten des Ignatius nach Constantinopel gesandt worden.[57] γ) Gewiß ist, daß Papst Johann VIII. am April 878 noch nichts vom Tode des Ignatius wußte,[58] obschon er kurz vorher zwei Schreiben des Basilius erhalten hatte;[59] ja vor dem 16. August 879 findet sich keine sichere Spur, daß der Tod des Ignatius in Rom bekannt geworden wäre. Freilich wäre an sich denkbar, daß die Kunde von dem 877 erfolgten Tode des Ignatius erst spät nach Rom gelangte, gleichwie Nikolaus im November 866 noch nichts von der im April geschehenen Ermordung des Bardas wußte;[60] aber es kamen doch byzantinische Gesandte nach Rom, die davon Kunde haben mußten und daß der Papst damals nichts davon erfuhr, scheint kaum zu glauben. Diese Einreden erscheinen uns nicht geeignet, unser Argument zu entkräften.

---

[51]) Nicet. p. 280.

[52]) Nicol. ep. 76. (Mai Spic. Rom. X, II. p. 319. 350.)

[53]) Chron. Sicul. ap. Murator. script. rer. ital. I, II. p. 245. Pag. a. 878. n. 13 seq. Amari l. c. I. p. 403 seq.

[54]) Styl. ep. 1. p. 432: *Παῦλον καὶ Εὐγένιον παρὰ τοῦ πάπα Ἰωάννου ἀποσταλέντας πρὸς Ἰγνάτιον, εὑρόντας, ὅτι ὁ μακάριος Ἰγνάτιος τέθνηκεν, παραλαβὼν ὁ Φώτιος κ. τ. λ.*

[55]) Joh. VIII. ep. 80. p. 70.

[56]) Joh. ep. 203. p. 151.

[57]) Mansi XVI. 452 B.: *ὁ Ἰωάννης τοὺς περὶ Εὐγένιον διὰ τὴν πρόφασιν τῆς Βουλγαρίας ἀπέστειλεν ἔτι ζῶντος Ἰγνατίου τοῦ πατριάρχου, καὶ κρατήσας αὐτοὺς ὁ Φώτιος κ. τ. λ.*

[58]) Joh. ep. 78 ad Ignat. p. 67.

[59]) Joh. ep. 80 ad Basil. p. 69.

[60]) Pag. a. 878. n. 1.

Das unter α) Gesagte hat an sich kein Gewicht, da es sich um eine bloße Möglichkeit handelt; die unter β) angeführte Nachricht läßt sich daraus erklären, daß die beiden Legaten Aufträge für Ignatius überbrachten, den der Papst noch am Leben glaubte, und wäre so mit Stylians jedenfalls glaubwürdigerer Angabe nicht absolut unvereinbar. Zu γ) ist es uns nicht blos wahrscheinlich, sondern sogar gewiß, daß Johann VIII. allerdings vor 879 noch nichts vom Tode des Ignatius wußte, daß ihm aber derselbe 878 absichtlich verschwiegen und blos bezweckt ward, die gewünschten Legaten zu erhalten, wie wir sogleich zeigen werden. Wir wissen, daß Gesandte des Patriarchen Theodosius von Jerusalem nach dem April 878 in Rom ankamen, als der Papst auf der Reise nach Frankreich sich befand, und diese erst im Mai 879 abreisten.[61]) Wahrscheinlich waren sie im Frühjahre 878 von Jerusalem weggegangen; wußten sie etwas vom Tode des byzantinischen Patriarchen, so hörte Johannes 879 wohl von ihnen davon, noch ehe er das zweite kaiserliche Schreiben erhielt; sie konnten aber auch, noch bevor die Nachricht in ihrer Heimath angetroffen war, die Reise angetreten haben. Doch wenden wir uns nun zu den kaiserlichen Briefen.

Es ist gewiß, daß Kaiser Basilius gegen Ende des Jahres 877 oder Anfang 878 zwei Briefe an den römischen Stuhl abgehen ließ, worin über die in Byzanz noch fortbestehende Spaltung, die Mißhandlung vieler Geistlichen und Mönche und Unterdrückung vieler Unschuldigen geklagt und die Absendung päpstlicher Legaten erbeten ward.[62]) Zugleich wurden bestimmte Personen bezeichnet, die der Kaiser als Gesandte zu empfangen wünschte;[63]) leider sind uns deren Namen ebenso wenig wie die kaiserlichen Schreiben selbst erhalten. Es ist nun auffallend, daß der Kaiser erst so spät mit diesem Wunsche sich nach Rom wandte; denn daß er früher nicht darüber geschrieben, beweisen die Worte der päpstlichen Antwort, die klar an den Tag legen, daß man in Rom die frühere Spaltung beseitigt und die völlige Ordnung (seit dem 870 beendigten Concil) wiederhergestellt glaubte.[64]) Es erleidet keinen Zweifel, daß diese Briefe des Basilius durch den bereits wieder in seiner Gunst stehenden Photius veranlaßt waren, wahrscheinlich waren sie sogar von ihm verfaßt. Nur in seinem Munde und in dem seiner Anhänger hatte die Klage ihre volle Bedeutung, daß das Aergerniß der Zwietracht in der Kirche von Constantinopel fortwähre, daß mehrere Ordensleute dahin und dorthin zerstreut und schimpflich behandelt seien, viele Geistliche verschiedene Unbilden zu ertragen hätten.[65]) Die

---

[61]) Joh. ep. 170. d. d. 2. Mai 879. p. 116.

[62]) Die Antwort des Papstes ep. 80. p. 69—70 zeigt das klar; es heißt: utraque siquidem epistola vestra pontificio nostro missa (pacis) vos flagrare desiderio patenter insinuat, et hanc vos ad statum ecclesiae, unde pravorum dissensione repulsa est, inhianter velle reducere indicio evidenti demonstrat.

[63]) Ib. p. 70: Quia vero Deo amabiles viros, quos nominatim literis expetistis, quibusdam incommodis impeditos destinare nequimus.

[64]) p. 69: quam (pacem) per multos Sedis Apostolicae labores jam credebamus aedificatam .. quos (sacratos viros) ab omni oppressionis face sperabamus ereptos.

[65]) Ib.: audientes, in CPlitanam ecclesiam dissensionum adhuc scandala fluctuare,

Legaten wurden also zu Gunsten der photianischen Partei, die allein zerstreut und unterdrückt war, erbeten und die dazu vorgeschlagenen müssen Leute gewesen sein, die dem Photius einigermaßen bekannt und ihm genehm waren. Man wird hierbei mit Grund an den damals wieder restituirten Zacharias von Anagni, sowie an Anastasius, ja auch, wie sich später zeigen wird, an Marinus denken; aber sicher hatte Photius noch Andere, von denen er sich Gutes versprechen konnte, unter seinen Bekannten. Es ist ferner auffallend, daß das Gesuch um Legaten ganz ähnlich motivirt ist, wie bei der ersten Stuhlbesteigung des Photius: die Legaten sollten in Byzanz Friede und Eintracht wieder herstellen; es scheint nicht beigefügt gewesen zu sein, was man doch sonst nicht unterließ: „in Gemeinschaft mit dem Patriarchen von Constantinopel," da dieser in der Antwort auch mit keiner Sylbe erwähnt wird; ja es scheint, man wollte nur Legaten, wie einst den Zacharias und Rodoald, die unbedingt den neuen Anordnungen des Hofes beipflichten und das Patriarchat des Photius befestigen helfen sollten, das jedenfalls, den eigenen Aussagen des Letzteren zufolge, schon vor dem Tode des Ignatius von seiner Partei intendirt und vorbereitet ward. Die Antwort des Papstes, nur in allgemeinen Ausdrücken gehalten, wie sie den vagen und unbestimmten Aeußerungen des Basilius entsprachen, wurde nachher von Photius so gedeutet, als habe er allen kaiserlichen Anforderungen zuzustimmen versprochen, und zugleich unter den Gründen angeführt, weßhalb er die kirchliche Regierung bereits früher übernommen.[**]) Man hatte in Rom einstweilen den Tod des Ignatius noch nicht officiell anzeigen, sondern durch die Legaten die Gesinnungen des päpstlichen Stuhles betreffs eines Wiedereintritts des Photius in das Patriarchat erforschen, vorerst deren Zustimmung erlangen und ihre Anwesenheit zum Beweise der von Photius wiedererlangten Kirchengemeinschaft Roms vor den Augen der Menge benützen wollen. Dafür sprechen alle Umstände; man verfuhr genau so wie 859 und 860; man wollte Legaten, die man bearbeiten, bestechen und gewinnen konnte, wofür noch speciell geeignete Persönlichkeiten ausgesucht wurden; man wollte von diesen eine Anerkennung des Geschehenen erwirken, ehe der Papst sich ungünstig darüber aussprechen konnte; man ging auch hier nicht ohne Hinterlist zu Werk. Diese Annahme wie unsere Chronologie wird aber noch weiter bestätigt

---

nonnullosque religiosi habitus viros hac illacque dispersos atque dejectos ignominiose tractari .. pacem sentimus illic continua contentione turbatam .. et sacratos quosdam diversas injurias .. passos.

[**]) Syn. Phot. act. II. p. 425: *Ἔτι δὲ καὶ τῶν ἐμπροτέρων γραμμάτων, ὧν ὁ ἁγιώτατος πάπας Ἰωάννης παρακαλεσάμενος πρὸς τὸν ... βασιλέα ἡμῶν, ἐπὶ πᾶσαν αἴτησιν αὐτοῦ κατανεύειν ὑπισχνούμενον, ἀφήλθομεν εἰς τὸν θρόνον τοῦτον.* Unter diesen *ἐμπρότερα γράμματα* im Gegensatze zu der in dieser Sitzung (p. 396 seq.) verlesenen ep. 199 kann nur die ep. 60 dieses Papstes verstanden werden. Vergleicht man hiermit den in Byzanz umgeänderten Text der ep. 199 (p. 397 C.): *ἀποστείλαμεν ἀποκρισιαρίους* (Paul und Eugen) *ἐκπληρώσοντας τὸ θέλημα ὑμῶν* und die folgenden Worte, wonach Photius vor der Ankunft dieser Apokrisiarier den Patriarchenstuhl wieder eingenommen, so wird der Verdacht gegen die photianische Umarbeitung des päpstlichen Briefes noch stärker. Man scheint eine andere Sprache in Rom geführt, eine andere in Constantinopel dem Papste in den Mund gelegt zu haben.

5) durch die Aeußerungen des Photius selbst, der übereinstimmend mit Stylian ausspricht, daß er zur Zeit der Abordnung der Bischöfe Paulus und Eugenius bereits wieder Patriarch war,[87]) ja sogar den Papst in dem an ihn gerichteten Schreiben sich damit entschuldigen läßt, daß er 878 bei Absendung jener beiden noch nicht gewußt, daß Photius den Stuhl von Byzanz wieder bestiegen.[88]) Das setzt klar voraus, daß Photius im Frühjahre 878 schon wieder das Patriarchat inne hatte; die Aenderung war ja für die Byzantiner berechnet.

6) Dazu kommt noch, daß das spätere Schreiben des Basilius an den Papst, das dieser am 16. August 879 beantwortete, das aber wohl schon vor dem März geschrieben war, ausdrücklich die Zustimmung der drei orientalischen Patriarchen zur Wiedereinsetzung des Photius erwähnt. Wäre nun Ignatius erst im Oktober 878 gestorben, so hätte binnen fünf Monaten die Absendung von Boten nach Alexandrien, Jerusalem und Antiochien und deren Rückkehr von da oder auch die Ankunft ihrer Gesandten erfolgen müssen, wofür dieser Zeitraum zu kurz erscheint, wenn wir die damaligen Verhältnisse berücksichtigen. Wäre auch der hier gemeldete Consens ein fingirter oder präsumirter gewesen, so hätte man doch kaum so schnell nach dem Tode des Ignatius ihn erhalten zu haben behauptet, zumal da dazu doch Synoden nöthig waren, von denen auch die in den Akten der photianischen Synode vorfindlichen Schreiben reden. War aber Ignatius 877 gestorben, so war Zeit genug, diese Patriarchen zu befragen und ihre Antworten zu erhalten, auf die man sich in Rom berief, und auch wenn das nur ein Gaukelspiel war, brauchte man nicht gegen alle Wahrscheinlichkeit zu verstoßen. Somit ist auch von dieser Seite unsere Chronologie als die richtige erwiesen.

---

7. Papst Johann VIII., seine Lage und seine Stimmung. Seine Briefe an Basilius und an die Bulgaren.

In Rom war Papst Hadrian II., der noch 871 den Ignatius wegen seiner Einmischung in Bulgarien mit Censuren bedroht hatte, im November oder Dezember 872 gestorben. Sein am 14. Dezember 872[1]) erwählter Nachfolger, der römische Archidiakon Johannes, ein Mann von vielen staatsmännischen Talenten[2]) und voll der Thatkraft,[3]) war vorzugsweise durch die

---

[87]) Mansi XVII. 881 A. 397 C.

[88]) ibid. p. 418 C.

[1]) Hincmari Annal. a. 872. (Pertz I. p. 494.) Jaffé Reg. Rom. Pont. p. 260. 261.

[2]) Phot. de Sp. S. m. c. 89. p. 100: ἀλλὰ καὶ πολιτικοῖς ἔπαινον δυνάμενος. Annal. Xantens. a. 872. (Pertz II. 235.): vir praeclarus nomine Johannes.

[3]) Johannes Grabschrift (Watterich Vitae Pont. I. 63.) sagt:

Judicii custos mansit, pietatis amator
Dogmatis et docens plurima verba veri...

Angelegenheiten Italiens, namentlich durch die Einfälle und Verheerungen der Saracenen, in Anspruch genommen. Leider fehlen uns über die ersten Jahre des Pontifikats Johann's VIII. genauere Nachrichten und namentlich dessen eigene Briefe, deren vorhandene Sammlung erst mit 870 beginnt; es scheint in diesen Jahren keine engere Verbindung mit dem Orient Statt gefunden zu haben und nur die Warnung Hadrians vor Eingriffen in Bulgarien wiederholt worden zu sein.[4])

Johann VIII. schloß sich enge an Kaiser Ludwig II. an, der in Italien allein noch mit einigem Erfolge kämpfte und zu ihm nach Rom kam, um Entbindung von dem durch Adelgis von ihm erpreßten Eide nachzusuchen.[5]) Bei den Zerwürfnissen der Karolinger war er gleich seinem Vorgänger bemüht, den Uebergang des italienischen Reiches an die deutsche Dynastie zu verhindern, und zeigte sich gegen Karl den Kahlen überaus günstig gestimmt; doch sandte er endlich dem von Ludwig dem Deutschen, der auf dem linken Rheinufer festen Fuß zu fassen sich alle Mühe gab, auf das angelegentlichste empfohlenen Willibert, der 870 auf den durch Günthers Absetzung erledigten Stuhl von Köln erhoben, aber von Hadrian wie von ihm selbst[6]) beanstandet worden war, im Jahre 873 das Pallium.[7]) Nach dem Tode Kaiser Ludwigs, mit dessen Wittwe Engelberga Johann in freundschaftlichem Briefwechsel blieb,[8]) ließ er König Karl den Kahlen, dem schon sein Vorgänger darauf eine gewisse Anwartschaft gegeben,[9]) durch eine ansehnliche Gesandtschaft von vier Bischöfen zum Empfang der Kaiserkrone nach Italien einladen und krönte ihn zu Rom im Dezember 875.[10]) Bei dieser Krönung erlangte Johann VIII. ansehnliche Zugeständnisse und sprach überhaupt das päpstliche Recht zur Ertheilung der Kaiserkrone auf das entschiedenste aus;[11]) von Karl dem Kahlen, den er über die Maßen pries, hegte er damals die weitgehendsten Hoffnungen, und besonders hielt er ihn für geeignet, Italien zu befreien und die römische Kirche vor den Ueberfällen der Saracenen zu schützen, weßhalb er ihn auch seinem Bruder Ludwig vorzog.[12]) Aber diese Erhebung Karls, die in Deutschland

---

Prudens et doctus verbo linguaque peritus,
Sollertem seseque omnibus exhibuit. Aehnlich Flodoard ib. p. 636.

[4]) Das ergibt sich aus Joh. VIII. ep. 78 ad Ign. (Mansi XVII. 67.)

[5]) Regino Chron. a. 872. Mansi XVII. 263. 264. Pag. a. 873. n. 1.

[6]) Grat. c. 4. d. 100. — Mansi l. c. p. 242.

[7]) Floß die Papstwahl unter den Ottonen. Urkunde Nr. XIX. S. 102. Vgl. auch die Dokumente VII—XVIII. S. 59—101 und S. 116—127 des Textes.

[8]) Joh. ep. 43. 86. 91. Baron. a. 875. n. 6.

[9]) Baron. a. 871. n. 82.

[10]) Baron. a. 875. n. 7 seq. Pag. h. a. n. 1. 2.

[11]) Conc. Rom. 875. Conc. Ticin. et Pontigon. Capitular. Caroli Calvi tit. 51. Mansi l. c. p. 303. 304. 308—315. Append. p. 171 seq. Baron. a. 876. n. 1 seq. Gfrörer Karolinger II. S. 121 ff.

[12]) Joh. VIII. ep. 21. p. 20: praestare opem Ecclesiae (Rom.), quae .. in ultimo, spreto bono et magno fratre, vos more Dei gratuita voluntate tamquam alterum David elegit et praeelegit atque ad imperialia sceptra provexit.

sehr übel aufgenommen und theilweise der Bestechung der römischen Großen [13]) zugeschrieben ward, brachte dem Papste nicht die gewünschten Früchte. Kaiser Karl II., stolz auf seine neue Würde, die er auch in der von den Griechen entlehnten Bekleidung zur Schau trug, [14]) ließ sich von dem schwerbedrängten Johannes oftmals um Hilfe bitten, ohne je Anderes als Versprechungen zu ertheilen. [15]) Von Deutschland aus ward er beunruhigt und von seinem Bruder Ludwig mit Krieg bedroht; als dieser (28. August 876) gestorben war, suchte er seine Macht in Deutschland auszubreiten, erlitt aber (am 8. Oktober 876) durch seinen Neffen, den jüngeren Ludwig, eine entscheidende Niederlage. [16]) Feinde hatte er allenthalben, auch in Rom und in Frankreich; Hinkmar von Rheims ward auf der Versammlung zu Ponthion schwer gekränkt durch die Erhebung des Ansegisus von Sens zum Primas und päpstlichen Vikar und durch die Abforderung eines neuen Huldigungseides; [17]) die Großen seines Reiches, das von den Normannen viel zu leiden hatte, waren übel gelaunt, selbst sein Schwager Boso sann auf Empörung; seinen Kriegszug nach Italien gab er rasch wieder im Angesicht der drohenden Gefahren auf und starb noch auf der fluchtähnlichen Heimkehr (Oktober 877) [18]) zu einer Zeit, in der Johann VIII., der so sehr auf ihn gebaut hatte und bis Vercelli ihm entgegengereist war, [19]) sich auf das äußerste bedrängt sah. [20])

Fast die ganze Briefsammlung dieses Papstes, soweit sie uns noch erhalten, ist voll von Klagen über die von den Muhammedanern angerichteten Verwüstungen, die „gleich Heuschrecken die ganze Oberfläche der Erde bedeckten, so daß fast alle Einwohner fortgeschleppt, der Sklaverei und dem Schwerte geweiht waren, das Land aber in eine Einöde und in eine Lagerstätte wilder Thiere verwandelt schien." [21]) Sie hatten drei feste Plätze, von denen aus sie fortwährend die Westküste Italiens infestirten, das südlich von Pästum auf einem Vorgebirge gelegene Agropolis, ein Castell am Fuße des Vesuv (vielleicht Castellamare), ein drittes in der Nähe des heutigen Molo di Gaeta. [22]) Durch immer neue Zuzüge aus Sicilien, Sardinien und Afrika verstärkt, drangen sie den Garigliano aufwärts bis nach Monte Cassino und überschwemmten dann, auf der Straße von Ceprano vordringend, die Campagna bis unter

---

[13]) Annal. Fuld. a. 875: omnem Senatum populumque Romanum pecunia more Jugurthino corrupit sibique sociavit. Cf. Regino a. 877.

[14]) Imperator graecanico more paratus et coronatus. Annal. Bertin. a. 876. Mansi l. c. p. 310.

[15]) Joh. VIII. ep. 1 ad Boson. Com. p. 4. ep. 7 ad eund. p. 8. ep. 21 ad Carol. ep. 30. p. 28. ep. 31. p. 29. ep. 32. p. 30. ep. 54. p. 47. ep. 35. p. 83. Cf. Baron. a. 876. n. 17.

[16]) Baron. a. 876. n. 26 seq.

[17]) Conc. Pontigon. a. 876. l. c. Joh. ep. 313. p. 225. 226.

[18]) Regino Chron. a. 877. Baron. h. a. n. 17. Pag. n. 6.

[19]) Baron. a. 877. n. 15.

[20]) Erchemp. c. 41. Joh. ep. 51. dat. 21. Mai 877.

[21]) ep. 7 ad Boson. p. 8. 9.

[22]) Erchemp. c. 40. Leo Ost. Chr. Casin. I. 43.

die Thore Rom's, verheerten allenthalben das Land, so daß der Feldbau vernichtet ward.[63]) Die Bischöfe der kleineren Orte flohen nach Rom, vieles Volk ward getödtet. Johann VIII. entwarf Karl dem Kahlen darüber in einem Briefe vom November 876 eine traurige Schilderung.[64]) Hatten sich die Verwüstungen anfangs auf die Gegend zwischen dem Anio und der Tiber beschränkt, so dehnten sie sich bald, wie der Papst am 10. Februar 877 klagt,[65]) über das Sabinerland und das rechte Tiberufer aus. Was die Saracenen nicht verheerten und plünderten, thaten die Barone und Markgrafen,[66]) die es hierin oft noch den Muselmännern zuvor thaten, besonders Lambert von Spoleto und Adelbert von Tuscien.[67]) In Unteritalien standen Calabrien und die Terra d'Otranto theils unter byzantinischer, theils unter muhammedanischer Hoheit; der Staat von Benevent hatte den östlichen Abhang der Apenninen, den westlichen hatte im Süden das Fürstenthum Salerno, im Norden das von Capua; zwischen ihnen lagen die Republiken von Neapel, Amalfi, Gaeta. Diese sechs Staaten waren sehr kriegerisch, argwöhnisch und auf einander eifersüchtig.[68]) Ihre Häupter waren oft mit den Saracenen verbündet und Johann VIII. gab sich alle Mühe, sie von diesem den christlichen Interessen so schädlichen Bündnisse abzuziehen, ohne jedoch mehr als vorübergehenden Erfolg zu haben.

Diese Zeiten waren nicht dazu angethan, den Kirchenstaat zu vergrößern, und es konnte dem Papste nicht einfallen, die Noth seiner Landsleute zur Vermehrung seiner politischen Macht zu benützen.[69]) Er mußte bemüht sein, für

---

[63]) Papencordi Gesch. der Stadt Rom im M. A. Paderborn 1857. S. 165. 166. Pag. a. 876. n. 10.

[64]) Joh. VIII. ep. 21. p. 19.

[65]) ep. 30 ad Carol. Imp. p. 28. Cf. ep. 32 ad eund. p. 30; ep. 35 ad Episc. in regno Caroli p. 33.

[66]) Joh. ep. 21. p. 19: Quid de paganis dicimus, cum christiani nihil melius operentur? Quidam videl. ex confinibus et vicinis nostris, quos marchiones solito nuncupatis. Nam, ut prophetice dicamus, Residuum locustae comedit bruchus. ep. 30 ad eund. p. 28: Alia Saracenorum incursibus, alia autem christianorum ita sunt exterminata tyrannide, ut non nostra sint, quae nostra fuerunt. Cf. ep. 31 ad Richild. p. 29.

[67]) Schon 876 hatten Lamberts Leute viele päpstliche Unterthanen schwer mißhandelt. Joh. ep. 22. p. 20. 21.

[68]) Amari Storia de' Musulm. I. p. 434. 436.

[69]) Amari, nach der Weise aller italienischen Revolutionäre entschiedener Feind des Papstthums, das „nie Italien zu einigen vermochte" (I. p. 433), bringt gegen diesen Papst so furchtbare Anklagen vor, wie sie nur Parteileidenschaft erklären kann. Unter dem Vorwand, daß der Kirchenstaat von den durch die Christen Süditaliens unterstützten Muhammedanern verwüstet werde, soll er, Ludwigs II. Pläne wiederaufnehmend, Süditalien zu unterjochen versucht, der Widerstand gegen seine Pläne soll diese kleinen Staaten zum Bund mit den Saracenen geführt, der Papst die frommen Deutschen und Franken nur angelogen haben (ib. p. 444. 446. 447.). Wenn er von den Griechen Schiffe zur Vertheidigung gegen die Corsaren, von den Franken ein ansehnliches Heer und persönliche Ankunft des Kaisers forderte, so hatte er deshalb noch keinen Eroberungskrieg im Sinne; zur See konnten die Griechen helfen, wie zu Land die Franken, und gegen die immer neu verstärkten Saracenen waren kaum Truppen in hinreichender Anzahl zu gewinnen.

sein schwer bedrängtes Land Beistand und Hilfe zu suchen;[30]) die schlechten Christen, die er bekämpfen wollte, waren die mit den Saracenen alliirten; sich ganz Unteritalien zu unterwerfen, daran konnte er nicht denken. Wohl machte er seine Rechte auf Capua, das damals unter dem Bischof Landulph stand, geltend und Karl der Kahle hatte sie anerkannt;[31]) aber einerseits waren seine Ansprüche wirklich begründet,[32]) andrerseits mußte er im Süden einen festen und verläßigen Punkt haben, von dem aus der Befreiungskampf gegen die Ungläubigen, der ihm vor Allem am Herzen lag, mit Erfolg geführt werden konnte. Darum war Johannes im November 876 selbst nach Capua gegangen, um die Liga der christlichen Fürsten mit den Saracenen zu lösen. Er brachte den Fürsten Guaiferio von Salerno auf seine Seite, dessen Festigkeit er bald nachher sehr rühmte, wie auch die des Bischofs Landulph.[33]) Sergius von Neapel war schwankend; aber bald befestigte er wiederum den Bund mit den Ungläubigen, da der Fürst von Benevent ihn dazu ermunterte, sowie Lambert von Spoleto, der im Dienste des Papstes nach Neapel gekommen war.[34]) Seinem Bruder Athanasius, dem Neffen und Nachfolger des gleichnamigen Heiligen,[35]) gelang es nicht, ihn von diesem Bunde abzuziehen und so die Excommunikation von ihm abzuwenden.[36]) Es kam zwischen Neapel und Salerno zum Kriege, wobei Guaiferio viele Saracenen und mehrere neapolitanische Ritter tödtete.[37]) Der Papst setzte seine Unterhandlungen fort und traf im Frühjahre 877 die Anordnung, daß der Bischof und Graf von Capua, sowie die Regenten von Amalfi, Gaeta und Neapel zu Gaeta unter dem Vorsitze seiner Legaten Walpert von Portus und Eugen von Ostia sich versammeln sollten, um die Auflösung des Bundes mit den Saracenen zu berathen.[38]) Der Congreß ward verschoben und nachher im Juli vom Papste selbst mit dem Fürsten von Salerno zu Traietto gehalten;[39]) seine Frucht war ein Vertrag zwischen Johann VIII. und den Amalfitanern, deren Anführer Pulchar schon

---

[30]) Vgl. ep. 29. p. 27: calamitatem populi nobis commissi sustinere non possumus etc.

[31]) ep. 9 ad Landulph. Cap. p. 10. Sept. 876.

[32]) Pertz Mon. t. IV. Leg. t. II. p. 7—9.

[33]) ep. 28. 29. p. 26. 27. Dez. 876.

[34]) Amari I. 447—448.

[35]) Leo Ost. I. 42. Vgl. über ihn Acta SS. t. IV. Jul. p. 72—74.

[36]) Joh. ep. 5 ad Athanas. p. 6. 7. (876 Sept.) ep. 41 ad eund. p. 37. 38. (April 877.)

[37]) Erchemp. c. 39.

[38]) Joh. ep. 38 ad Landulph. Cap. 16. März 877. Darnach hatten der magister militum Sergius und der Hypatus (Consul) Docibilis sich bei ihm entschuldigt und die Geneigtheit zu erkennen gegeben, auf das Bündniß mit den Saracenen zu verzichten. Der Papst traute ihnen nicht ganz. Am 13. April mahnte der Papst beide sowie den Pulcharis von Amalfi ernstlich, das saracenische Bündniß aufzugeben, am strengsten den Sergius (ep. 38—40. p. 35—37.) Vgl. Baron. a. 877. n. 1. 2. Amari p. 419. 450.

[39]) Joh. ep. 50 ad Landulph. Cap. — ep. 51 ad Pulchar. Praef. — ep. 52 ad Guaifer. Salern. p. 44—46. Vgl. ep. 59 ad Archiep. Ravenn. p. 50. — Baron. a. 877. n. 6.

früher dazu aufgefordert worden war. Endlich ward auch Neapel auf unverhoffte Weise für die christliche Liga gewonnen, da im Oktober oder November 877 der Bischof Athanasius seinen Bruder Sergius gefangen nahm und sich zum Regenten erheben ließ; Sergius ward geblendet nach Rom gesandt.[40]) Capua, Amalfi, Salerno, Neapel schienen so zu einer christlichen Liga unter sich vereinigt, zu der auch Benevents Beitritt erfolgte. Gewiß hatte Johann VIII., der mit so viel Eifer und mit so viel Anstrengungen diese natürliche und von den gemeinsamen Interessen der Christen geforderte Vereinigung betrieb, weit mehr für das Wohl Italiens gethan, als die mit den Saracenen verbündeten und unter sich gespaltenen Dynasten und Capitani, die den Muselmännern die völlige Unterjochung der Halbinsel ermöglichen zu wollen schienen.

Aber gerade mitten unter diesen Entwürfen ward der rastlos thätige Papst in Rom selbst schwer bedrängt und sah sich durch Kaiser Karls Tod in neue Verlegenheiten verwickelt. Lambert von Spoleto und Adalbert von Tuscien, seine erklärten Feinde, konnten jetzt offener gegen ihn auftreten. Karlmann, Ludwigs des Deutschen Sohn, ließ (Oktober 877) die lombardische Krone sich reichen und schien mit dem Papste über die Kaiserkrönung unterhandeln zu wollen,[41]) der auch darauf einging, aber mit Ludwig dem Stammler von Frankreich ebenso Negociationen begann, was jene beiden Fürsten, Vikare und Anhänger Karlmanns, sehr erbitterte.[42]) Schon hatte Lambert Geißeln für die Treue der Römer im Namen des Kaisers gefordert, was Johannes als unerhört und auch den Gesinnungen desselben nicht entsprechend (21. Oktober 877) zurückwies;[43]) er hatte in Rom die Feinde des Papstes ermuthigt und ihnen allen Vorschub geleistet;[44]) jetzt wollte er mit Adalbert selbst nach Rom kommen, wovon ihn Johannes durch Briefe und seine Gesandten, die Bischöfe Gaudericus und Zacharias, abzubringen suchte.[45]) Es war vergebens. Unvermuthet erschienen die beiden verbündeten Fürsten vor Rom, besetzten alle Thore, brachten die aus der Stadt Verbannten wieder zurück, und verlangten von allen Großen den Eid der Treue für Karlmann. Sie insultirten den Papst und setzten sich mit den Saracenen in Verbindung.[46]) Da nun in Rom dem

---

[40]) Joh. ep. 66. 67. p. 55 seq. Wohl belohnt Johannes den Athanasius übermäßig, aber nicht er war es, der den Sergius blenden ließ. Erchempert: Sergius a proprio germano captus est et Romam mittitur effossis oculis, ibique miserabiliter vitam finivit. Leo Ost. ap. Baron. a. 877. n. 3: ab Athanasio captus atque coecatus Romam translatus est. Aus Joh. ep. 66. p. 56 ersehen wir, daß in Neapel unter Sergius nach griechischem Brauche die oculorum erutiones häufig geworden waren. Darnach ist wohl der Text im Chron. Vulturn. (Murat. Rer. It. Scr. I, II, 404) zu verbessern.

[41]) Vgl. Joh. ep. 63. Nov. 877. p. 53. ep. 68 ad Lamb. p. 57.

[42]) Amari p. 451.

[43]) ep. 61 ad Lambert. p. 51. 52.

[44]) ep. 72 ad Lamb. Com. p. 62.

[45]) ep. 72. 73. p. 60—62.

[46]) Annal. Fuld. a. 878. Pertz I. 392. Baron. a. 878. n. 10 seq. Joh. ep. 82. 84. 85. 87. 88. 89. 90. In der ep. 89. p. 76 ad Ludov. Balb. sagt er ausdrücklich, Lambert habe Geschenke an die Saracenen nach Tarent gesandt und von ihnen Hilfstruppen erbeten.

Papste eine mächtige spoletanisch-deutsche Partei entgegenstand, jede Verbindung zu Lande geplündert ward, auch Lambert mit einem neuen Heere wiederzukommen drohte, verließ der schwergebeugte Papst, der eben von den Saracenen mit einem jährlichen Tribut von fünfundzwanzigtausend Mankosi Silber sich hatte loskaufen müssen,[47]) das zerrüttete Italien[48]) und begab sich nach Frankreich (nach dem April 878), von wo er erst mit Anfang des Jahres 879 nach Rom zurückkehrte.

Bei diesem ersten Kampfe gegen die Saracenen hatte Johannes die bittersten Erfahrungen gemacht. Alles hatte ihn verlassen, Karl der Kahle hatte nicht das Geringste für ihn gethan; die Herren von Spoleto und Tuscien hatten ihn schmählich mißhandelt; die mit ihm hätten kämpfen sollen, hatten sich seinen und ihren Feinden angeschlossen und seine Bemühungen vereitelt, so daß sie nur dem Namen nach noch Christen zu sein schienen.[49]) Ja er mußte es später noch erleben, daß selbst Bischof Athanasius von Neapel gleich seinem Bruder sich den Saracenen anschloß,[50]) und daß der Präfekt Pulchar von Amalfi die ihm unter der Verpflichtung zum Schutze der päpstlichen Küste 877 ausgezahlten zehntausend Mankosi für sich behielt und wiederum sich zu den Ungläubigen gesellte.[51]) Auch seine Aufrufe an norditalienische Bischöfe, ihm soviel tapfere Männer als möglich zur Vertreibung der Saracenen aus Italien zu senden,[52]) scheinen erfolglos geblieben zu sein. Als Oberhaupt der Kirche wie als Landesherr hatte er Alles aufgeboten, die tief verkommenen und noch mit der Invasion fremder Barbarei bedrohten Christen zu vereinigen, ein seiner Natur wie seinen Folgen nach höchst nachtheiliges Bündniß mit den Ungläubigen, das eine Schmach für die Christenheit war, zu vernichten;[53]) aber er sah all sein Bemühen fruchtlos und das Elend nur gemehrt.

In dieser traurigen Lage hatte der Papst schon im Sommer 877 daran gedacht, durch den Kaiser des Orients eine Unterstützung zu erlangen. Am

---

[47]) Joh. ep. 69 ad Carlom. p. 78: exactione census 25 millium in argento mancosorum. Den Neapolitanern hatte er im November 877 auf Ostern 878 — 1400 mancusi zu zahlen versprochen (ep. 67. p. 67.) Ueber diese Münze s. Carli: Delle monete e zecche d'Italia t. II. p. 109 seq.

[48]) Hincmar. Ann. a. 878. (Pertz I. 506): Joh. P. irascens contra Landbertum et Adalbertum Comites, quia villam et civitatem ejus depraedati sunt, eis horribiliter excommunicatis Roma exiit. Cf. Annal. Vedast. h. a. Annal. Floriac. h. a. Pertz II. 197. 254. Jaffé Reg. p. 274 seq.

[49]) ep. 83 ad Ajon. p. 81: pro his qui nobiscum certare debuerant et non solum inimicis Christi favent, sed etiam nostrum laborem impediunt, immensis angustiis aestuamus. p. 82: et pro christianis nobis certantibus opem tribuat (frater tuus).. Quid nobis proficit christianum vocabulum, si opere christiano caremus?

[50]) Joh. ep. 241. 265. 270.

[51]) ep. 218. 220. 225. 227. Cf. ep. 69. 74.

[52]) ep. 41 ad Wigbodum Ep. Parm. p. 40. (März 877.)

[53]) Er schrieb an Gualferis von Salerno Dezember 876. ep. 28. p. 26: State in fide, viriliter agite et confortetur cor vestrum, non in Sultan, qui Satan congruentius dicitur, sed sperantes in Domino, ita ut omnes a paganorum consortio subducatis et vos ad pacem in invicem et concordiam unitatis in Christo J. D. N.

17. April 877 ließ er durch den Bischof Ajo von Benevent dessen Bruder Herzog Adelgis ersuchen, dem ersten griechischen Befehlshaber, der ankomme, ein beigelegtes Schreiben zu übergeben und dahin bei ihm zu wirken, daß er zehn Kriegsschiffe dem Papste baldmöglichst zu Hilfe sende.[54]) In dem Briefe vom gleichen Datum,[55]) den der kaiserliche Pädagog Gregor erhielt, sprach Johannes angelegentlich diese Bitte aus und erkundigte sich zugleich nach dem Wohlergehen des Kaisers Basilius, des „gottesfürchtigsten Vertheidigers des rechten Glaubens;" er sprach seine Freude darüber aus, daß derselbe gegen die Feinde des Kreuzes Christi eine starke Flotte und ein tüchtiges Heer gesandt, und einen so tüchtigen Befehlshaber zu dieser Expedition erkoren, und erklärte ihm, derselbe werde ganz nach dem Wunsche seines Monarchen handeln, wenn er der römischen Kirche die erbetene Unterstützung zukommen lasse,[56]) die von arabischen Piraten so sehr beunruhigt werde; schnell könne er von ihnen mit Gottes Hilfe die päpstlichen Küsten säubern. So sehr aber Johannes den Beistand der Griechen in Italien suchte, so wenig war er geneigt, deßhalb den Rechten seines Stuhles auf Bulgarien etwas zu vergeben; er scheint vielmehr um diese Zeit in einem neuen Schreiben an Ignatius aufs Neue dieselben reklamirt zu haben.[57])

Die im Frühjahr 878 vor seiner Reise nach Frankreich eingelaufenen Schreiben des Kaisers Basilius boten dem auch bei schwächlicher Gesundheit[58]) rastlos thätigen Papste die erwünschte Gelegenheit, eine Gesandtschaft sowohl nach Constantinopel als nach Bulgarien abzuordnen. Er wählte dazu die Bischöfe Paulus von Ankona und Eugen von Ostia, zwei jüngere Bischöfe, wovon der Letztere noch als Priester zugleich mit dem damaligen Bischof Donatus, dem früheren Legaten auf dem achten Concilium, in den ersten Jahren seines Pontifikats (872—876) nach Neapel, Salerno und Amalfi gesandt,[59]) dann 877, bereits Bischof, zu der obenerwähnten Versammlung von Gaeta abgeordnet worden war.[60]) Wohl mochte der staatskluge Johannes Gründe haben, die vom Kaiser erbetenen Personen nicht mit dieser wichtigen Mission zu betrauen; aber ebensoviel Grund hatte er sicher, den Gesandten die strengste Berufstreue einzu-

---

[54]) ep. 45 ad Ajonem Benev. p. 41.

[55]) ep. 40 ad Gregorium Imperialem Paedagogum p. 12. 43. Jaffé n. 2721. p. 267. 268.

[56]) In quo, mihi crede, gratum animum piissimo imperatori facies, si in hoc admonitiones nostras audieris, quia, cum sit christianissimus Dei amator et ecclesiarum Domini fervidus propagator, non poteris illum tibi gratiorem reddere, quam si tantum hanc S. Ecclesiam per te studueris adjuvare, quae prima ecclesiarum, magistra et caput est.

[57]) Es war das die zweite Monition dieses Papstes; nur die dritte ist uns erhalten in ep. 78.

[58]) Vgl. ep. 73. p. 61 ad Lamb.

[59]) Fragm. ex Ivone P. IV. c. 133. Mansi XVII. 217: Dilectioni vestrae Donatum venerabilem Episcopum, cujus laus est in sancta octava Synodo, et Eugenium religiosum presbyterum, dilectos filios et consiliarios nostros, dirigimus.

[60]) S. oben N. 38. Vgl. Ughelli Ital. sacra I. 70.

schärfen, an die er andere Gesandten früher erinnert hatte.[61]) Diesen Legaten übergab er sieben Briefe,[62]) wovon vier für Bulgarien, drei für Constantinopel bestimmt waren.

Von den zwei an Kaiser Basilius gerichteten Schreiben belobt das erste den Eifer des Kaisers für den Frieden der Kirche, der dem Papste in dieser gottlosen Zeit zu hohem Troste gereiche,[63]) und bedauert die Spaltung und die Verfolgung von Geistlichen und Mönchen in Byzanz. Der Papst müsse das um so tiefer empfinden, als er die Lasten aller Bedrückten zu tragen habe, ja in ihm der heilige Petrus sie trage,[64]) und ihm die Worte gesagt seien: Siehe, ich habe dich heute über Völker und Reiche gesetzt, damit du ausrottest und zerstörest und entfernest und pflanzest (Jerem. 1, 10).[65]) Deßhalb habe auch der Kaiser vom apostolischen Stuhle Legaten begehrt, die den Unfrieden ausrotten und zerstreuen, Friede, Liebe und Eintracht pflanzen und anbauen sollen. Der Papst entschuldigt sich, daß er nicht die vom Kaiser gewünschten Männer, die verhindert seien, sende, empfiehlt die beiden Bischöfe als Männer erprobter Treue und leuchtenden Wissens.[66]) Zuletzt bittet er den Kaiser, diese Legaten sicher zu dem Fürsten der Bulgaren geleiten zu lassen, scheint aber wohlweislich den eigentlichen Zweck dieser Sendung zu verschweigen, indem er dieselbe nur als einen Besuch der Höflichkeit und eine Begrüßung darstellt.[67]) Doch da der Papst wohl sich denken konnte, durch Ignatius werde der Kaiser alle seine Maßnahmen bezüglich Bulgariens erfahren, so läßt sich nicht annehmen, daß er ihn habe täuschen wollen; ja es ist sogar wahrscheinlich, daß Basilius selbst in dem Papste die Hoffnung auf Wiedererlangung dieses Landes hatte anregen lassen. Das zweite Schreiben an den Kaiser, welches das Datum vom 28. April trägt,[68]) ersucht diesen unter großem Lobe auf seine Klugheit, Fröm-

---

[61]) Joh. ep. 6. p. 8 ad Petrum et Leonem Episc.: memores antiquorum S. R. E. legatorum, qui nullis minis, nullis terroribus nullisque mortibus a suis legationibus discesserunt.

[62]) ep. 75—81. — Jaffé n. 2357—2363. p. 271. 272. Pag. a. 878. n. 1. seq.

[63]) ep. 80. p. 69. J. n. 2362: Benedictus Deus .... qui misertus et consolatus est nos in praesenti saeculo nequam, visitans et redemtionem faciens tam plum tamque benignum imperii vestri cornu salutis erigendo in domo David, Christi videlicet pueri sui. Cf. Baron. a. 878. n. 2.

[64]) imo portat haec (onera) in nobis amator vester B. Petrus Ap., qui nos in omnibus sollicitudinis suae protegit ac tuetur haeredes.

[65]) Diese Stelle führt Johannes sehr häufig an.

[66]) sanctissimos et reverendos Episcopos dilectosque consiliarios nostros, quorum nobis et fides probata et scientia manifesta est. Quibus scripto dedimus in mandatis, ut omnibus simultatibus sopitis atque sedatis quae ad pacem sunt, sanctorum magistra regula Patrum, toto conamine construant et omni contentione sublata justitiae tribuant Deo propitio palmam. Man ersieht daraus, daß die Legaten ihre besondere schriftliche Instruktion erhielten und über die Streitigkeiten nach Befund der Sache erst entschieden werden sollte.

[67]) ut causa tantum visitationis ... bulgaricae (so ist statt ejusdem zu lesen, wenn anders nicht ein Satz vorher ausgefallen ist) provinciae principem adeant et de optata memoria et Apostolorum, ut condecet, expletis officiis persalutationes edicant.

[68]) ep. 81. „Scimus, venerabilis" p. 70. J. n. 2363.

migkeit und Liebe zur römischen Kirche um Hülfe gegen die Feinde derselben und verweiset bezüglich der Attentate gegen deren Privilegien und Rechte [69]) auf die mündlichen Berichte der Legaten, deren Aussagen der Kaiser ebensoviel Glauben beimessen möge, als wenn der Papst persönlich ihm Alles sagen würde. [70]) Er wolle ihm Alles anvertrauen, was er auf dem Herzen habe und baue auf des Kaisers Schutz, der diesem an den Apostelfürsten mächtige Beschützer, an ihm einen aufrichtigen Fürsprecher verschaffen werde.

Sehr strenge ist das Schreiben an den Patriarchen Ignatius. [71]) Zum drittenmale fordert ihn der Papst auf, die Bischöfe und Priester aus seinem Patriarchate, die in der Bulgarei seien, von da abzuberufen, sich mit der Jurisdiktion über seinen durch das Ansehen und die Gunst des römischen Stuhles zurückerlangten Sprengel zu begnügen, [72]) und die kanonischen Grenzen seiner Gewalt nicht zu überschreiten durch Usurpation eines ihm nicht zustehenden Gebietes. Er begründet das Recht seines Stuhles auf dieses Land durch die von den Päpsten seit Damasus bis zum Eindringen der Heiden ausgeübte Jurisdiktion [73]) sowie durch die rechtliche Forderung, daß dasjenige, was der Krieg in Unordnung gebracht, der Friede wiederherzustellen habe, daß nach Aufhören der Feindseligkeiten Jeder seinen Besitz wieder erhalten solle, daß das alte Recht wiederauflebe, nachdem die Ursache seiner Störung entfernt sei. [74]) Das Alles habe Ignatius mißachtet und verkannt, die Gesetze der Väter mit Füßen getreten, seine Wohlthäterin, die römische Kirche, mit Undank belohnt, sei mit seiner Sichel eingedrungen in die Ernte eines Anderen und habe die bereits zweimal an ihn ergangene Monition des römischen Stuhles nicht befolgt. Schon jetzt sei dieser berechtigt, ihn nach apostolischer Strafgewalt (II. Kor. 10, 6. II. Theſſ. 3, 14) von seiner Gemeinschaft auszuschließen, aber dem Geiste der Milde gemäß ziehe er es vor, ihn zum drittenmale durch seine Legaten und durch gegenwärtiges Schreiben zu ermahnen, daß er unverzüglich taugliche Männer nach Bulgarien sende, die alle dort vorfindlichen Geistlichen, die er oder seine Untergebenen geweiht, abberufe und nach Constantinopel zurück-

---

[69]) quod his diebus contra Dei voluntatem, contraque salutem totius christianae fidei ac contra privilegium S. Rom. Ecclesiae seu contra morem reique publicae statum Romae peractum est.

[70]) Quae vos ita credere deprecamur ac si nos vobiscum loquamur.

[71]) ep. 78. „Secunda jam" p. 67. 68. Jaffé n. 2060. Bar. a. 878. n. 5 seq.

[72]) Jure tibi CPolitanae dioeceseos, quod per ejusdem primae Sedis auctoritatem et favorem annuente Deo receperas, rite contentus.

[73]) Nullus autem ignorat, regionem Bulgarum a s. mem. Damaso Papa et deinceps usque ad paganorum irruptionem a Sedis Apost. praesulibus, quantum ad ecclesiasticae provisionis attinet privilegium, moderatam; praesertim cum hoc nonnulla scripta, sed praecipue diversorum Pontificum Rom. res gestae, quae in archivis antiquitus nostrae reservantur Ecclesiae, clarius attestentur.

[74]) Er bezieht sich auf Leo's I. Wort: Adhibenda curatio est, ut vulnera, quae adversione hostilitatis illata sunt, religionis maxime ratione sanentur .... Remotis malis, quae hostilitas intulit, unicuique id quod legitime habuit, reformetur; omnique studio procurandum est, ut recipiat unusquisque quod proprium est ... Quod bellica necessitate turbatum est, pacis remedio reformetur.

bringe, so daß nach Ablauf von dreißig Tagen kein Bischof und kein Geistlicher seines Patriarchats daselbst mehr sich antreffen lasse; denn der römische Stuhl [75]) könne nicht gestatten, daß die auf unrechtmäßige Weise dort aufgestellten und deßhalb von ihm excommunicirten Geistlichen mit dem Irrthum ihres Ungehorsams die Herzen der Neubekehrten beflecken, die durch seine Hand gepflanzt und mit dem Wasser der heilspendenden Lehre getränkt worden seien. Wofern Ignatius nicht binnen dreißig Tagen alle von ihm oder seinen Bischöfen Geweihten abberufe und nicht von jedem weiteren Eingriff in die kirchliche Regierung des Landes sich enthalte, so solle er nach zwei Monaten vom Empfange dieses Schreibens an gerechnet, vom Genuße des Leibes und Blutes des Herrn ausgeschlossen sein, und zwar auf so lange, als er nicht diesen päpstlichen Dekreten Folge geleistet. Wofern er aber hartnäckig bei diesen Eingriffen beharre und sich als halsstarrig erweise, solle er seines Patriarchates und aller Privilegien des bischöflichen Amtes entsetzt und verlustig sein. [76])

Noch strenger ist der päpstliche Erlaß [77]) an die griechischen Bischöfe und Geistlichen in Bulgarien, die als Unwürdige, als Eindringlinge und Gebannte bezeichnet werden. Da sich dieselben unerlaubter Weise in die der geistlichen Obsorge des römischen Stuhles unterstehenden illyrischen Provinzen eingedrängt, daselbst ungesetzliche Ordinationen vorgenommen, und vielfach gegen die Canones sich versündigt, so wird ihnen erklärt, daß sie die Exkommunikation sich zugezogen haben; [78]) sie werden mit Absetzung bedroht, wofern sie nicht binnen dreißig Tagen das Land räumen; falls sie diesen Dekreten gehorchen, so solle den Bischöfen, die vorher im Kaiserreiche [79]) ein Bisthum inne hatten, dieses

[75]) Non enim patimur eos, quos ibidem tu illicite constituisti, quos et ab Apostolica esse jam Sede hujus rei gratia constat excommunicatos, errore suae praevaricationis corda novorum Domini famulorum inficere, quos videl. in fide instructionis manu plantavimus, et aqua salutaris fontis doctrinarum rigavimus, atque bonum auctori Deo ad incrementum Spiritus dandum, ut sit ipse in omnibus primatum tenens, obtulimus.

[76]) Porro si intra 30 intervalla dierum omnes, quos vel tu vel Episcopi tui consecrasse.. putantur, a totius regionis bulgaricae terminis non eduxeris, et temetipsum ab omni ecclesiastico illius jure dioeceseos non subduxeris, tamdiu sancto corpore ac pretioso sanguine Domini N. J. Chr. post duos menses a die numerandos, qua hujus epistolae tenorem acceperis, esto privatus, quamdiu his obstinatus decretis nostris minime obedientiae colla submiseris. Jam vero si pertinaciter in hac indisciplinatione atque pervasione permanseris, et Episcopos et quotquot illic vel alii vel tu consecrasse videris, foras illinc minus expuleris, omnipotentis Dei judicio et B. Apostolorum principum auctoritate nostraeque mediocritatis sententia, omni patriarchatus esto dignitate, quam favore nostro receperas, alienus et exors, nullo penitus summi sacerdotii privilegio praeditus vel potitus. Damberger (Kritikheft zum III. Bd. Kirchg. S. 820) wollte dieses Schreiben als „kaum ächt" verwerfen; wir können seiner Kritik mit Nichten beistimmen.

[77]) ep. 79. „Miramur vos" p. 68. 69. J. n. 2361. Der Erlaß trägt das Datum vom 16. April 878.

[78]) excommunicavimus vos et estis excommunicati.

[79]) in regione Graecorum.

zurückgegeben, falls sie keines besaßen, ein erledigtes verliehen werden, vorausgesetzt, daß ihnen die nöthigen kanonischen Eigenschaften nicht fehlen.

Wir sehen aus diesem Schreiben, daß bereits mehrere griechische Bischöfe in Bulgarien weilten. Aber die religiösen Verhältnisse waren noch immer sehr verworren; ganz und gar hatte der Fürst Michael die Verbindung mit Rom doch nicht aufgegeben; er sandte bisweilen noch dahin Geschenke und hatte eben kürzlich einen Mönch Ursus mit einem solchen dahin gesandt.[50]) Noch trieben sich Missionäre verschiedener Nationalitäten im Lande umher; ein Eunuche und Slave von Geburt, Namens Sergius,[51]) der auf unkanonische Weise das Presbyterat erlangt hatte und von seinem Bischofe abgesetzt worden war, hatte durch einen Bischof Georg die Weihe als Bischof von Belgrad[52]) erhalten, Johann VIII. aber ihn abgesetzt. Es war dieser Georg höchst wahrscheinlich ein Grieche, vielleicht ein von Ignatius gesetzter Erzbischof, da die Consekration von Bischöfen Sache der Metropoliten war, und der Papst, der ihn als illegitim betrachten mußte, konnte wohl von ihm sagen, daß er mit Unrecht den Namen eines Bischofs sich anmaße.[53])

In seinem Schreiben an den Bulgarenfürsten vom 16. April 878 dankt der Papst für das durch Ursus gesandte Geschenk und meldet kurz die Absetzung des Sergius. Vor Allem aber bemüht er sich, den Fürsten zur Rückkehr unter die römische Patriarchaljurisdiktion zu bewegen, indem er versichert, er dringe so sehr in ihn, nicht um Ehre oder einen Zins an Geld zu erhalten, nicht weltlicher Herrschaft wegen, sondern aus Liebe zu dem durch die römische Kirche bekehrten Volke sowie vermöge seiner Pflicht, die kirchlichen Rechte seines Stuhles zu wahren.[54]) Wohl mochten die dem Papste entgegen arbeitenden

---

[50]) Joh. VIII. ep. 75. p. 64: Xenium nobis ex vobis transmissum, quodam (ist wohl für quondam zu lesen) religiosi habitus Urso deferente, suscepimus, de quo benignitati vestrae gratias agentes etc.

[51]) ib.: Gloria vestra sciat, Sergium eunuchum, qui, cum genere Sclavus esset et multis pravitatibus irretitus, sacerdotium per subreptionem obtinuit, et post etiam super aliis detectus et convictus excessibus, ab Episcopo tunc suo depositus fuisse dignoscitur, et post indigne satis a Georgio, qui falso sibi Episcopi nomen usurpat, ad episcopatum Belogradensem provectus est, apostolorum principum et sanctorum canonum auctoritate, etiam nostri esse sententia decreti depositum.

[52]) Le Quien Or. chr. I. p. 101. 105. Diss. de Patr. Cpl. c. 14. §. 15 glaubt, es sei nicht Belgrad (Belogradum) am Zusammenflusse der Save und der Donau, sondern ein anderes Belgrad (Beligradum) in Bulgarien, das nachher unter dem Erzbischofe von Achrida gestanden, obschon nach spätern Zusammenstellungen der Sprengel auch jenes Belgrad diesem angehört. Nach der Vita Clem. c. 16. p. 21. 22. war aber in dem an der Donau gelegenen Belgrad (τῇ Βελαγράδων προσελθόντες πόλις δὲ αὕτη τῶν περὶ Ἴστρον ἐπιφανεστάτη) ein gewisser Boritakanus Hypostrateg des Bulgarenfürsten und es gehörte also auch dieses zu Bulgarien. Merkwürdig ist, daß diese Biographie nichts von früheren Bischöfen in Bulgarien zu wissen scheint; sie hebt überall nur ihren Helden Clemens hervor. Nach Farlati ist hier aber das Bellegradum in Dalmatien gemeint. (Illyr. sacr. I. 161. 848.)

[53]) Le Quien t. II. p. 283.

[54]) ep. 75. (Jaffé n. 2357. p. 271.) p. 63: Dioeceseos ejusdem regionis curam et dispositionem more prisco resumere volumus, ut sollicitudinem, quam universis debemus ecclesiis, tanto pro eadem dioecesi solertius exerceamus, quanto ad ordina-

Griechen ihm Nachtheiliges eingeflüstert und den Verdacht erregt haben, der römische Stuhl suche nur irdischen Gewinn aus dem Lande zu ziehen; deßhalb glaubte Johannes die Reinheit seiner Absichten so sehr betonen und in einer so scharfen Weise sich gegen die Byzantiner erklären zu müssen, denen er durchaus mißtraut zu haben scheint. Schon im Eingange des Briefes bezeugt er dem „durch die Hinterlist der Böswilligen getäuschten“ Fürsten seinen tiefen Schmerz und seine Besorgniß, er und die Seinigen könnten, indem sie den Griechen folgten, die so häufig in Häresieen und Spaltungen gefallen seien, ebenfalls ein solches Loos erleiden,[85]) und gleich der Eva durch die Schlange getäuscht von der Einfalt und Reinheit, die in Christus ist, abgezogen werden. Es möge der Fürst die Geschichte zu Rathe ziehen, ob je die Griechen ohne diese oder jene Häresie gewesen seien, und wenn er finde, daß sie niemals davon frei blieben, ihren Trug und ihren Umgang fliehen, damit er nicht in die Irrthümer und Gotteslästerungen verstrickt werde, in die jene fallen könnten, und dann keine rettende Hand mehr finde, die ihn davon zu befreien vermöge. Zwar wolle er nicht sagen, daß der Glaube der Griechen und der Römer nicht derselbe sei, aber weil so oft die Bischöfe oder die Kaiser von Byzanz oder beide zugleich Irrlehren ersonnen und Viele dazu verführt,[86]) müsse er ihn mahnen, zurückzukehren zum Apostelfürsten Petrus, den er früher geliebt, aufgesucht und erwählt, dessen Schutz er in Nöthen erfahren, dessen Beistand er sich und seine Unterthanen empfohlen.[87]) Er ruft mit Paulus aus (Gal. 3, 1.): Wer hat euch verblendet und bezaubert, daß ihr der Wahrheit nicht folgt? Er hält dem Fürsten das Wort des Heilandes entgegen: „Niemand, der seine Hand an den Pflug legt und wieder rückwärts schaut, ist für das Reich Gottes geeignet“ (Luk. 9, 62). Er fragt ihn, was er und sein Volk thun würden, wenn sie zur Zeit des Pneumatomachers Macedonius, Bischofs von Constantinopel, und des gottlosen Kaisers Constantius lebten und sie in deren Gemeinschaft ständen, ob sie da nicht auch die Lästerung des Ersteren gegen den heiligen Geist annehmen und so sich dem ewigen Feuer aussetzen wollten. Dagegen, fährt er fort, biete

---

tionem specialius vestram (leg. nostram) hanc antiquitus pertinuisse non ignoramus, tantoque pro vestrae salutis custodia instantius vigilare valeamus, quanto, ut confirmet Deus quod operatus est in vobis, enixius nobis optandum est et districtius a nobis divinitus exigendum clarius scimus, si circa instructionem et munitionem vestram desides (quod absit) inventi fuerimus.

[85]) p. 62: ne si forte Graecos secuti fueritis, cum illi in diversas haereses et schismata solito more ceciderint, vos quoque cum ipsis in erroris profunda ruatis.

[86]) p. 63: Nos autem dicimus, quod nos una sit fides, unum baptisma, unus Deus noster pariter et illorum; sed quia in eis saepe praesule Cpolitano vel imperatore aut plerumque utroque auctore facto haereses plures, qui sub ipsis sunt, admonitione aut certe timore illis efficiantur consimiles: et vae tunc eis est, qui societatem sequuntur eorum.

[87]) Revertimini ergo ad B. Petrum, apostolorum principem, quem amastis, quem elegistis, quem quaesistis, cujusque in necessitatibus patrocinium percepistis et lucerna doctrinae salubriter et convenienter luxistis, cujusque vos protectioni cum subjectis omnibus commendastis et tradidistis.

der Anschluß an die römische Kirche, die niemals einer Irrlehre gehuldigt und viele andere davon befreit, völlige Sicherheit.[88]) Noch stärker ergeht sich der Papst sodann gegen die Griechen, die stets auf Trugschlüsse und hinterlistige Machinationen bedacht seien,[89]) und mahnt zur Wachsamkeit, damit es nicht den Bulgaren ergehe, wie einst den Gothen, die, von dem Wunsche beseelt, vom heidnischen Wahne frei zu werden, einem äußerlich frommen, aber der Gottlosigkeit des Arius ergebenen Bischofe in die Hände gefallen und so, statt wahre Christen, Arianer geworden seien; sie sollten sich vor dem Umgang mit den Griechen hüten, weil böse Gespräche gute Sitten verderben (1. Kor. 15, 33.) Es sei nicht zu verwundern, wenn sie bisweilen auch etwas Gutes vorbrächten, da ja auch die Dämonen den Sohn Gottes bekannt, dieser aber habe ihnen Stillschweigen auferlegt, damit nicht, wer sie Wahres predigen höre, ihnen auch, wenn sie Irrthümer lehren, folge. Dem Apostelfürsten Petrus, der zuerst den Sohn Gottes bekannt, der die Schafe des Herrn zu regieren und die Binde- und Lösegewalt auszuüben erkoren sei, sollten sie folgen; die römische Kirche nehme sie als theuerste Söhne auf und werde unaufhörlich für ihr Heil in der Liebe Christi besorgt sein.

Ebenso ermahnte der Papst den Comes Petrus, der um die Bekehrung des Volkes und dessen früheren Anschluß an Rom sich vielfache Verdienste erworben,[90]) den Fürsten zu der Mutterkirche zurückzuführen und in deren Glauben fest zu beharren. Es wird in diesem Briefe der Primat des Petrus, sein Wirken in Rom, sein und des Apostels Paulus, der von Jerusalem bis Illyricum das Evangelium verkündigt,[91]) glorreicher Martertod, sowie Roms Glaubensfestigkeit gepriesen und gefolgert, daß man den wahren Glauben nicht anderswo suchen solle als in Rom, wo er in voller Reinheit und Unversehrtheit sich finde.[92]) Würden die Bulgaren diesem mahnenden Rufe nicht Folge leisten, so werde der Papst sie wie Heiden und Publikanen, von der wahren Kirche ausgeschlossen, betrachten und sie möchten selbst zusehen, wenn sie in verschiedene Verlockungen und Fallstricke der Irrthümer gerathen seien.

---

[88]) Credimus autem, quod jam vos non lateat, numquam apostolicam B. Petri sedem ab aliis sedibus (ed. sensibus) reprehensam, cum ipsa alias omnes, et praecipue Cpolitanam, saepissime reprehendens aut ab errore liberaverit, aut certe in his, qui resipiscere noluerunt, sententiae suae judicio condemnaverit.

[89]) quia (Graeci) argumentis semper fallacibus student, semper dolosis intendunt versutiis. Nachher p. 64 heißt es: Igitur scitote, carissime, si ex hoc ad Graecos conversio vestra fuerit, partem vestram divinitus cum his ponendam, qui primam fidem irritam faciunt.

[90]) ep. 76. (J. n. 2358.) p. 64.

[91]) p. 65: cum Paulo, qui ab Jerusalem usque ad Illyricum, regionem scil., in qua nunc vos habitatis, evangelio replevit, Domino Deo consecravit et dedicavit.

[92]) Hanc itaque fidem suggere semper et suade, carissime, pio regi scire, hanc non alibi praecipue quaerere, nisi Romae, ubi plantata est et radicata a B. Petro.. quoniam sicut aqua numquam poterit alibi tam munda vel tam limpida, quemadmodum in fonte, unde originem protrahit, inveniri: ita et fides numquam omnino poterit alibi tam pura vel tam nitida reperiri, sicut in ecclesiae nostrae vivario etc.

Deßgleichen schrieb Johannes einem anderen bulgarischen Großen,[93]) der ebenso der römischen Kirche bekannt und Zeuge ihrer früheren Bemühungen für die Christianisirung seiner Nation war, um ihn zu bestimmen, auf den Fürsten in demselben Sinne einzuwirken, wodurch er sich das größte Verdienst erwerben könne, da es nichts Gottgefälligeres gebe, als Andere vom Irrthume zu befreien und für die Gerechtigkeit zu gewinnen.

Die harten Aeußerungen des Papstes über die Griechen, denen wir in diesen Briefen begegnen, sind zwar zunächst durch das Bestreben hervorgerufen, die Bulgaren von dem kirchlichen Verbande mit ihnen abzuziehen; aber sie drücken wohl nichtsdestoweniger seine eigene Ueberzeugung aus, die er natürlich in den Schreiben an Basilius nicht hervortreten lassen durfte, wo sie keinerlei Nutzen, wohl aber vielfachen Nachtheil bringen mußte und sicher als niedrige Beleidigung erschienen wäre. Er war in der That mißtrauisch gegen die Griechen und von jener leichtfertigen und leichtgläubigen Deferenz weit entfernt, die man in Folge der späteren Ereignisse so oft ihm zum Vorwurfe gemacht hat. Als Archidiakon unter seinem Vorgänger, an dessen Synode von 869 er Theil nahm, hatte er das byzantinische Wesen zur Genüge kennen gelernt; er scheint auch in den ersten Jahren seines Pontifikates schon mancherlei Maßregeln ergriffen zu haben, vorkommenden Falls neuen Anklagen der Griechen zu begegnen. Leider fehlt uns aus der ersten Zeit seiner Regierung das Register seiner Briefe wie die Akten seiner Synoden; aber es finden sich doch mehrere Spuren, die im Zusammenhange uns erschließen lassen, wie sehr sein Augenmerk auf die unter seinen beiden Vorgängern zum Vorschein gekommenen Divergenzen beider Kirchen gerichtet war, so umsichtig er auch vermied, Controversen, die begraben schienen, auf's Neue in Anregung zu bringen. Er munterte dazu befähigte Männer, wie den Abt Anastasius, den Diakon Johannes, der eine Biographie Gregors des Großen auf seinen Wunsch verfaßte und von ihm eine Approbation des ersten Buches erhielt,[94]) sowie den Bischof Gauderich von Velletri zu literarischen Arbeiten auf, die für die Kirche von Nutzen waren, und suchte so in einem der Barbarei immer mehr zueilenden Zeitalter, freilich mit geringem Erfolge, eine höhere geistige Thätigkeit zu wecken, die dem wissensstolzen Orient gegenüber dringend gefordert war. Der in der Diktion dem schwerfälligen und barbarischen Anastasius[95]) weit überlegene Johannes Diakonus scheint ihm sehr nahe gestanden zu haben und wurde wohl von ihm zur Ausarbeitung einer Kirchengeschichte angeregt, die sein Tod aber verhindert hat.[96]) Die enge Ver-

---

[93]) ep. 77. p. 66. (J. n. 2359.). Die Aufschrift: Michaeli glorioso regi Bulgarum ist sicher falsch; es war der Empfänger wohl Michaels Bruder oder Verwandter.

[94]) Joh. Diac. Vita Greg. M. Praef. ad Joh. Papam Migne LXXV. 61. Remoldi Chron. a. 873. (Pertz V. 421.)

[95]) Mai Nov. PP. Bibl. V, II. 148: Sane Anastasium nec graecitatis peritia satis commendat, nec ejus latinitas lectores oblectat.

[96]) Johannes schrieb auch de variis ritibus ad baptismum pertinentibus (Mabillon Itin. ital. p. 69.) und einen Commentar zum Heptateuch. Vgl. Oudin. de script. eccles. II. p. 307.

bindung mit Karl dem Kahlen, dessen wissenschaftlichen Sinn er sehr rühmte,[97]) schien dieses Streben zu begünstigen; allein die steten Unruhen und Invasionsgefahren wie Karls baldiger Tod ließen von der ohnehin auf das unmittelbar Praktische beschränkten Regsamkeit wenige Früchte zur Reife kommen. Andere Spuren von dem Augenmerk des Papstes auf die in der früheren Polemik mit den Griechen angeregten Controverspunkte finden sich in einer Aeußerung des Bibliothekars Anastasius über eine Verhandlung betreffs der von Photius angerufenen fünfunddreißig letzten apostolischen und der trullanischen Canonen;[98]) es scheint auf einer Synode von ihm ausgesprochen worden zu sein, er lasse überhaupt alle Canones gelten, die dem rechten Glauben, den guten Sitten und den Dekreten des apostolischen Stuhles nicht zuwider seien.[99]) Der Widerstreit mehrerer dieser Canones mit der Disciplin der römischen Kirche war aber offenbar und so blieb diese beschränkte Reception auch in der Folgezeit in Geltung. Um ferner die von den Griechen oft vorgebrachte Anschuldigung wegen Nichtanerkennung der Oekumenicität der zweiten nicänischen Synode von 787, die bis zu seinem Pontifikate noch keine ausdrückliche päpstliche Bestätigung gefunden,[100]) völlig zum Schweigen zu bringen,[101]) ließ er deren Akten durch Anastasius neu übersetzen, da die ältere Uebersetzung voll von Fehlern und Verstößen war und namentlich in den fränkischen Reichen großen Anstoß erregte.[102])

---

97) In der Rede vor Karls Erhebung zum Kaiser (Mansi XVII. Appendix. p. 172.) rühmt er ihn als sacerdotes Domini honorans, hos ad utramque philosophiam informans .. viros peritos amplectens etc.

98) Unde Apostolatu vestro decernente non solum illos 50 canones (ap.) Ecclesia recipit, sed et omnes eorum utpote Spiritus S. tubarum, quin et omnium omnino probabilium patrum et SS. conciliorum regulas et institutiones admittit, illas dumtaxat, quae nec rectae fidei nec probis moribus obviant, sed nec Sedis Romanae decretis ad modicum quid resultant, quin potius adversarios, i. e. haereticos, potenter impugnant. Ergo regulas, quas Graeci a sexta Synodo perhibent editas, ita in hac Synodo principalis sedes admittit, ut nullatenus ex his illae recipiantur, quae prioribus canonibus vel decretis SS. hujus sedis pontificum aut certe bonis moribus inveniuntur adversae, quamvis hactenus ex toto maneant apud Latinos incognitae, quia nec interpretatae. — So Anast. Praef. in Conc. VII. Hefele Conc. III. S. 317. N. 1.

99) Hadrian I. ep. ad Taras. sagte ausdrücklich, er nehme die sechs Synoden an cum omnibus regulis, quae jure ac divinitus ab ipsis promulgatae sunt (ungenau bei Gratian c. 6. d. 16. Vgl. die Correct. Rom. zu d. St.)

100) Anastas. Bibl. Praef. ad Joh. VIII. (Migne PP. lat. CXXIX. 195 seq.): Indecorum et inconveniens arbitratus sum, septimam synodum, quae praesidente in vicariis suis b. rec. praedecessore vestro Adriano apud Nicaeam secundo conveniens .. celebrata est, non habere Latinos. (Nam nulla ratione octava dicitur vel teneri poterit, ubi septima non habetur). Non quod ante nos minime fuerit interpretata, sed quod interpres paene per singula relicto utriusque linguae idiomate adeo fuerit verbum e verbo secutus, ut quid in eadem editione intelligatur, aut vix aut nunquam possit adverti etc.

101) So erwähnt auch Hadrian II. noch 872 nur sechs ökumenische Synoden ep. ad Carol. Calv. Mansi XV. 857 und Hinkmar von Rheims (Opp. II. 457.) verwirft die siebente bei seiner Anerkennung der sechs anderen ausdrücklich.

102) Anastas. l. c. p. 198: Quae super venerabilium imaginum adoratione (προσ-

Nebstdem haben die von demselben Anastasius gesammelten Collectanea pro causa Honorii,[103]) die hauptsächlich die Apologie Johannes' IV., die Briefe von Maximus und Papst Theodor enthalten, den Griechen gegenüber ihre Bedeutung, da diese unablässig die Verurtheilung des Honorius urgirten.[104]) Endlich zeigen sich auch Spuren, daß man die von Seite der Griechen angeregte Controverse über den Ausgang des heiligen Geistes nicht ganz aus dem Auge verloren hat, um nöthigenfalls auch hierin denselben antworten zu können. Dafür spricht einmal die Aeußerung des Diakonus Johannes über die untreue Uebersetzung der Worte Gregors des Großen vom heiligen Geiste, wobei die astuta Graecorum perversitas die Erwähnung des Ausganges auch vom Sohne beseitigt habe,[105]) wie es wirklich in dem nachher, nach dem Tode unseres Diakons und des gleichnamigen Papstes, von Photius angeführten Texte der Fall ist;[106]) dafür spricht wenigstens einigermaßen die oben angeführte, wenn auch ungeschickte oder hinterlistige Deutung der Controverse bei dem Bibliothekar Anastasius,[107]) dafür die Sorgfalt Johannes VIII. bei der Prüfung der Orthodoxie des mährischen Erzbischofs Methodius, dem von mehreren Lateinern das photianische Dogma zur Last gelegt ward.[108]) Daß man damals in Rom überhaupt keineswegs sehr griechenfreundlich gesinnt war, zeigt die von dem Diakon Johann ausgesprochene Hoffnung, das mehr im Drange der Nothwendigkeit als mit Absicht dem griechischen Ritus übergebene Gregorianische Kloster werde mit Gottes Hilfe wieder an den lateinischen Ritus kommen.[109])

Das Zusammentreffen solcher Aeußerungen, Bestrebungen und Arbeiten in diesem Pontifikate mitten in großer geistiger Verwilderung hat sicher nichts Zufälliges; das Alles setzt einen organisirenden und leitenden Mittelpunkt voraus und dieser ist sicher nur in dem Papste Johann VIII. zu finden.

[illegible]) praesens Synodus docet, haec et Apost. Sedes vestra, sicut nonnulla conscripta innuunt, antiquitus tenuit et universalis Ecclesia semper venerata est et hactenus veneratur, quibusdam Gallorum exceptis, quibus utique nondum est harum utilitas revelata.

[103]) Galland. Bibl. PP. t. XIII. p. 30 seq.

[104]) S. unten B. VI. Abschn. 9.

[105]) Vita Greg. M. l. IV. c. 75. (Migne PP. lat. LXXV. 225.)

[106]) S. m. Ausgabe des Buches de Spir. S. mystag. c. 81 mit den Noten p. 88—91.

[107]) Abschn. 3. N. 7. S. 230.

[108]) S. unten B. VII. Abschn. 3.

[109]) Vita S. Greg. IV. 82: Sicut constat, Gregorianum monasterium a latinitate in graecitatem necessitate potius quam voluntate conversum, ita fideliter praestolatur in latinitatis cultum favente Domino denuo reversurum.

8. Die Wiedereinsetzung des Photius und seine ersten Maßregeln.

Es waren noch nicht drei Tage seit dem Tode des Ignatius vergangen, als Photius wieder auf dem Stuhle desselben Platz nahm.[1]) Der Kaiser, jetzt ganz von ihm gewonnen, glaubte so am besten den kirchlichen Frieden wiederherzustellen, nachdem es ihm bei der Vertreibung des Photius mißlungen war und er sich überzeugt, wie bedeutend sein Anhang, wie unbeugsam dessen Gesinnung, wie unerschütterlich dessen Treue gegen den ungewöhnlich begabten Lehrer war. Die letzten Ereignisse hatten die Gemüther darauf vorbereitet; Photius war wieder in den Glanz des öffentlichen Lebens eingetreten, er war Rathgeber des Monarchen und Erzieher seiner Söhne, er war faktisch schon für einen großen Theil der Byzantiner kirchliches Oberhaupt; es schien sich wie von selbst zu verstehen, daß er und kein Anderer in das erledigte Patriarchat einzutreten habe.

Nach den Angaben des Photius sandte Basilius gleich nach dem Tode des Ignatius einige Vertrauten zu ihm, um ihn über seine Geneigtheit zur Uebernahme des Patriarchats zu befragen,[2]) dann ließ er ihm durch einige Patricier sein Vorhaben kund geben[3]) mit dem Bemerken, jetzt sei kein Anlaß zu Aergernissen gegeben, keine Friedensstörung zu befürchten, die Bischöfe wünschten seinen Wiedereintritt, die Freiheit der Exilirten, die Zustimmung der Patriarchalstühle erheische ihn; er möge also die von Christus früher ihm anvertraute Heerde wieder leiten.[4]) Photius dagegen will die Antwort ertheilt haben: „Nicht ohne tiefen Schmerz habe ich das, was mir früher widerfahren, ertragen, ich könnte diese Wahrheit nimmer verläugnen; aber der größte Schmerz war mir das Elend der Bischöfe und Priester Gottes, ihre Verbannung; diesen möge insgesammt Trost und Linderung zu Theil, ihre Stühle ihnen wieder zurückgegeben werden; es mögen die Verläumdungen gegen mich aufhören, nicht

---

[1]) Nicet. p. 285: Οὔπω τρίτη μετὰ τὴν τοῦ ἁγίου παρῆλθε μετάστασιν ἡμέρα, καὶ τὸν πατριαρχικὸν ἐπανακαλαμβάνει θρόνον. Stylian. p. 433: εὐθὺς εἰς τὸν θρόνον ἐκάθισεν. Cedren. II. 213: Ἰγνατίου δὲ τοῦ πατριάρχου τὴν παροῦσαν μεταλλαξαμένου ζωήν, ἀπέδωκεν αὖθις τὴν ἐκκλησίαν Φωτίῳ ὁ βασιλεύς. Ebenso Leo Gr. p. 258. Vgl. Zonar. p. 135. Theoph. Cont. V. 44. p. 276: τοῦ ἀοιδίμου Ἰγνατίου .. τὴν παροῦσαν ἀλλαξαμένου ζωήν .. ἀπέδωκεν αὖθις τὴν ἐκκλησίαν καλῶς τῷ μὴ καλῶς ἀντικαθίστασθαι τὸ πρότερον δόξαντι καὶ κατέστησε ἐννόμως τότε καὶ κανονικῶς τὸν σοφώτατον Φώτιον ἐπὶ τὴν σχολάζουσαν καθέδραν.

[2]) Phot. Syn. act. II. (Mansi XVII. 424.): ἐπεὶ δὲ ἐκεῖνος τῶν ἀνθρωπίνων μετέστη, αὐτίκα ὁ φιλόχριστος .. βασιλεὺς πρῶτα μὲν διά τινων μυστικωτέρων τῆς ἐμῆς ἀπεπειρᾶτο γνώμης (die sicher nicht fraglich war!)

[3]) Ib.: εἶτα δὲ ἐν τῷ φανερῷ διὰ τῶν αὐτοῦ πατρικίων τὰ τῆς αὐτοῦ βουλῆς διεδήλου.

[4]) Ib.: νῦν μὲν οὐδεμία ἐστὶν ἀφορμή, οὐδὲ σκανδάλων τινῶν ὑπολογισμὸς οὐδ' ἀθέτησις τῆς μεταξὺ ἀλλήλων εἰρήνης· ὁ τῶν ἐπισκόπων χορὸς ζητεῖ τὴν σὴν ἄνοδον, ἡ τῶν [illegible] ἐλευθερία (als ob diese der Kaiser nicht auch außerdem hätte begnadigen können), οἱ ἀρχιερατικοὶ θρόνοι σύνεφοροι. ἄπελθε εἰς τὸν θρόνον σου καὶ ποίμανε τὸ ποίμνιόν σου, ὃ ὁ Χριστὸς ἄνωθεν ἐν σοὶ κατεπίστευσε.

um meinetwillen, sondern damit nicht meinetwegen an der Kirche Gottes ein Tadel hängen bleibe; ich habe gar kein Bedürfniß; statt alles Anderen ist mir die wohlwollende Gesinnung unseres heiligen Kaisers genug." [5]) Nachdem in dieser Weise, so erzählt Photius weiter, die Patricier zweimal bei ihm gewesen, ohne seine Einwilligung zu erlangen, sei der Kaiser in eigener Person zu ihm gekommen und habe ihn mit vielen Gründen, die er (aus Bescheidenheit?) anzuführen nicht für passend halte, zu derselben genöthigt. [6]) Alles habe zugestimmt, die drei orientalischen Patriarchalstühle hätten seine Wiedererhebung verlangt, das Schreiben Johann's VIII. vom April 878 habe dessen Zustimmung zu allen Wünschen des Kaisers sicher verheißen; so sei er denn auf seinen Stuhl zurückgekehrt, auf Gottes Erbarmungen hinblickend, durch den plötzlichen Umschwung ganz betroffen, und in der Meinung, hier widerstehen hieße gegen den Willen Gottes kämpfen, sowie auch ermuthigt durch die große Liebe, Billigkeit und Menschlichkeit des Papstes und durch die Gewißheit, daß er die Eintracht des christlichen Volkes vor Allem hochhalte.

In dieser Erzählung ist sicher Wahres und Falsches vermischt. Photius bezeichnet sich ganz wie bei seiner ersten Erhebung als gezwungen und sicher hatte er sich diesesmal noch besser den Schein zu geben gewußt, als lasse er sich blos von dem Willen des Kaisers zur Annahme der schweren Bürde bewegen. Er ließ sich äußerlich zu dem drängen, was er innerlich längst gewünscht und im Geheimen vorbereitet. Er nahm auch dem Kaiser gegenüber um so zuversichtlicher diese Miene an, je sicherer er wußte, daß unter den vorhandenen Umständen dessen Wahl auf keinen Anderen fallen könne; die Rolle der Demuth brachte ihm nur Vortheil, der Gehorsam gegen den kaiserlichen Willen war für ihn eine neue Empfehlung wie sein anfänglicher Widerstand. Soweit unterliegt der Bericht keinem Bedenken. Auch daß der Kaiser zu ihm, dem Erzieher seiner Söhne, sich in eigener Person begeben, um seinen Consens zu erlangen, hat nicht die geringste Schwierigkeit. Aber die Einwilligung Aller [7]) ist schon zweifelhafter. Waren denn nicht seine treuesten Freunde verbannt? Waren nicht die herrschenden Geistlichen Ignatianer? Sagt er nicht später selbst, daß es noch viele Gegner gab? Und wie konnten die drei orientalischen Patriarchen durch Synodalbeschlüsse ihn zur Annahme ermahnen, [8]) wenn diese Verhand-

---

[5]) p. 425: ὅτι μὲν οὐκ ἀναλγήτως ἤνεγκα τὰ συμβεβηκότα πάλαι, οὐκ ἂν τὴν ἐμὴν διαψευσαίμην ἀλήθειαν· πλὴν τὸ μέγα τῶν ἀλγημάτων ἦν ἡ τῶν ἀρχιερέων Θεοῦ καὶ ἱερέων ταλαιπωρία καὶ φυγὴ ὑπερόριος· γενέσθω οὖν ἐν αὐτοῖς ἅπασιν ἡ πρέπουσα παραμυθία καὶ ἀνάληψις καὶ τῶν οἰκείων θρόνων ἀποκατάστασις (in Mon. 416. p. 156.). ἐξέβαινον δὲ καὶ αἱ καθ' ἡμῶν δυσφημίαι, οὐχ ἡμῶν χάριν, ἀλλ' ἵνα μὴ τῇ ἐκκλησίᾳ τοῦ Θεοῦ δι' ἐμὲ μῶμος ἐπιτρίβοιτο· ἐγὼ μὲν χρείαν τινὸς οὐκ ἔχω, ἀλλ' ἀντὶ πάντων ἔχω τὸ ἥμερον καὶ τὸ γάληνον τῆς τοῦ βασιλέως ἡμῶν τοῦ ἁγίου περὶ ἐμὲ διαθέσεως.

[6]) αὐτὸς ἐκεῖνος ὁ φιλάνθρωπος καὶ ἀγαθὸς ἡμῶν βασιλεὺς πρὸς ἡμᾶς παραγεγονὼς πολλοῖς λόγοις τὴν ἀνάγκην ἐπήγαγεν· ἃ μὲν οὖν ἐλαλήθη τότε, καὶ οἷς ἔπεισεν ἡμᾶς πεισθῆναι, οὐ τοῦ παρόντος λέγειν καιροῦ.

[7]) πλὴν πάντων συμφωνησάντων.

[8]) καὶ τῶν τριῶν ἀρχιερατικῶν θρόνων ταῖς συνοδικαῖς αὐτῶν ἡμᾶς παρακαλεσάντων ψήφοις.

lungen sogleich nach dem Tode des Ignatius Statt hatten, und wie diese Beschlüsse für ihn ein Motiv der Annahme sein? Entweder rechtfertigt Photius seine dem Kaiser nach wenigen Tagen gegebene Zustimmung mit einem Grunde, der zur Zeit, als sie gegeben ward, für ihn noch nicht existirte, oder er hatte sich vorher günstige Briefe derselben zu verschaffen gewußt, die seine Legitimität im Voraus beurkundeten. Nehmen wir aber auf das Folgende Rücksicht, was von dem päpstlichen Briefe vom April 878 handelt, so sehen wir, wie weit Photius alles ihm Günstige interpretirt hat, und der Umstand, daß er jede genauere Zeitangabe vermeidet, ist sicher Verdacht zu erregen geeignet. — Wir glauben, Photius habe dem Kaiser einfach nachgegeben, und die Schreiben der Patriarchen, die, falls sie ächt waren, nicht vor dem Sommer 878 eintrafen, nur zu seiner öffentlichen Rechtfertigung dafür nachträglich bemüht, daß er ohne Weiteres sogleich den Patriarchenstuhl bestiegen, ohne Synodalverhandlungen abzuwarten. Den Orientalen, die fast allenthalben dem byzantinischen Hofe sich fügten, konnte er im Winter 877—878 sogleich seinen Wiedereintritt anzeigen und von ihnen 878—879 Gemeinschaftsbriefe erhalten (wofern hier nicht, wie Einige glauben, ein neues Gaukelspiel vorliegt); von Rom begehrte man Legaten, und zwar Personen, die man für vollkommen willfährig hielt, ohne einstweilen des Patriarchenwechsels zu gedenken.

Verdammt von einer ökumenischen Synode mußte Photius vor Allem darauf Bedacht nehmen, durch eine andere ebenso glänzende, wo möglich noch zahlreichere Versammlung seine Wiedereinsetzung in das Patriarchat zu legitimiren; er wollte vollständig das achte Concil beseitigen und mit allen Mitteln das Brandmal der früheren Usurpation von sich abwälzen. Dazu bedurfte es weitgehender und großartiger Vorbereitungen nach Innen und nach Außen; erst mußte er seine vollkommene Anerkennung in seinem eigenen Sprengel durchsetzen, seine Anhänger auf ihre Bischofsstühle zurückbringen, die Gegner entwaffnen oder zu seiner Partei hinüberführen; er mußte dann die Autorität des römischen Stuhles wie die der orientalischen Patriarchen, jeden auf die entsprechende Weise, gewinnen, dabei den Kaiser stets in guter Stimmung erhalten, die Massen an sich ziehen, List, Beredsamkeit und Geschäftsgewandtheit nach allen Richtungen hin entfalten. Dem Manne, der sich aus dem Exil in die Nähe des Kaisers, aus der trostlosesten Lage in die glänzendste Stellung emporzuarbeiten gewußt, war die Befestigung und Sicherung des wieder errungenen Besitzes nicht schwer.

Das Exil hatte den heftigen Charakter des Photius nicht gemildert und der Tod des Ignatius hatte die Spaltung nicht gehoben. Er verfolgte die Freunde und Diener des Verstorbenen; Gefängniß, Schläge und Exil kamen gegen sie in Anwendung.[9]) Alle, die seine Erhebung und Wiedereinsetzung für illegitim hielten und seine Gemeinschaft flohen, wurden auf jede mögliche Weise bearbeitet und verfolgt.[10]) Ein Theil wurde durch Geschenke und

[9]) Nicet. p. 285.

[10]) Ib.: πάντας δὲ τοὺς ἀντιλέγοντας αὐτοῦ τῇ ἀνόδῳ, ὡς οὐ κανονικῇ, ἀλλ' ἀθέσμῳ καὶ παρανόμῳ γενομένῃ, ποικίλαις ἐπινοίαις κατεδίωκεν.

Aemter, durch Verheißungen und Beförderungen [11]) gewonnen, ein Theil mit schweren Drohungen geängstigt und mit den stärksten Anklagen belastet, die aber alle wegfielen, sobald man sich ihm unterwarf. Wer ihm vorher als Ehebrecher, Kirchenräuber, Dieb und Unheiliger galt, der wurde ihm sogleich, wie er sich ihm fügte, ein großer, ehrwürdiger Diener des Heiligthums. [12]) Daß diese Behauptung des Niketas vollkommen begründet ist, beweisen die Briefe des Photius, die wir oben angeführt, sowie viele andere; plötzlich wechselt sein Urtheil und seine Sprache über dieselben Männer, sobald sie sich ihm zuwenden oder von ihm sich abkehren. So sehr er sich über Apostaten ereifert, so zuvorkommend, so liebevoll nimmt er die „bußfertig Zurückkehrenden" auf, auf jede Weise bemüht, sie zu trösten und zu ermuntern. So schrieb er wohl Vielen wie einst dem Abt Dorotheus: [13]) „Du beklagst und betrauerst, daß du einst von meiner Liebe im Herrn geschieden warst, und du thust recht daran; denn es ist nicht das geringste von dem, was die Tugend erheischt, den Verlust der Liebe zu beweinen und nicht blos das wieder gut machen wollen, sondern auch bitterlich beklagen, daß ein so schwerer Fall sich die Oberhand verschafft hat. [14]) Ich aber bin so weit davon entfernt, deine frühere Gesinnung zu tadeln, und zwar wegen der Reinheit deiner jetzigen Freundschaft, oder mit der Vergebung zu zögern, daß ich vielmehr der Alles weise leitenden göttlichen Vorsehung selbst Dank erstatte und von dir das Gleiche verlange. Denn von den früheren Freunden haben nicht allzuviele die edelmüthige Gesinnung gewahrt; von den übrigen hat die Einen die drohende Furcht von der Tugend abgezogen, Andere hat die Zeit als heuchlerische Schmeichler überführt, Andere wiederum die bis zum Moment der That nicht erwartete Verwegenheit auch auf die Seite der Gegner gestellt; es begegnete dem, der auf ihrer Seite stand, daß auch er nicht frei blieb von dem Verdachte, der sie traf. Aber in solcher Zeit eine so reine und männliche Freundschaft bewiesen zu haben, das ist auch für die jetzige Gesinnung ein großes Lob, für die Zukunft eine unzweifelhafte Bürgschaft, und für das Vergangene eine Rechtfertigung, die keiner anderen Ausstattung bedarf, [15]) vielmehr die Lässigkeit mit aller Nachsicht richtet und von dem unbestechlichen Gericht für die gegenwärtige edle That sich durch sich selbst alle Achtung und Glaubwürdigkeit erlangt." In dieser Weise wußte Photius frühere Gegner noch mehr für seine Sache zu gewinnen.

Gleichwohl gab es noch immer Manche, die nicht so leicht den Photius anzuerkennen bereit waren. Die Metropoliten Stylian von Neucäsarea und

---

[11]) θρόνων μεταθέσεις. Die unter ihm so häufigen Translationen.

[12]) Nicet. lb.: καὶ συλλειτουργὸς αὐτῷ σήμερον ὁ ἱερόσυλος χθὲς καὶ ἱεροφάντης μέγας καὶ εἰπεῖν ὁ κλέπτης καὶ πάροινος καὶ βέβηλος σήμερον ὑπ' αὐτοῦ μεθ' ὅρκων ἀποδεικνύμενος.

[13]) ep. 229. p. 314. 315: Δωροθέῳ ἡγουμένῳ μονῆς Κεδραίνων. S. oben Abschn. 2. N. 71.

[14]) Die Worte ὅτι τὴν ἀρχὴν ἡ πταῖσμα ἐκράτησεν gibt Montac.: quod aliquando lapsus invaluit; sie sind vieldeutig.

[15]) καὶ τῆς παρούσης ἐστὶ διαθέσεως ἐγκώμιον μέγα, καὶ τῶν μελλόντων οὐκ ἔχουσα ἀδιστακτὸν ἐγγύη, καὶ τῶν παρεληλυθότων ἀπολογία.

Metrophanes von Smyrna nebst mehreren Prälaten, Aebten, Priestern, Mönchen und einer Anzahl von Laien schloßen sich von seiner Gemeinschaft aus.[16]) Sie erklärten, Photius könne nie wieder Patriarch werden, er sei wegen seiner Verbrechen abgesetzt von einem ökumenischen Concil, seine Verdammung hätten sie dort unterzeichnet und beschworen, die römische Kirche nehme ihn nicht an, und ihr, namentlich den Dekreten der Päpste Nikolaus und Hadrian, müsse man unbedingt gehorchen.[17]) Es sei eine Gefahr für das Seelenheil, mit dem gesetzmäßig anathematisirten und entsetzten Usurpator, der für immer gebunden sei, in Gemeinschaft zu treten.[18])

Diesen entschiedenen Gegnern suchte Photius mit allen Mitteln entgegenzutreten. Viele geistliche Würdenträger, die ihm widerstrebten, setzte er ab, Andere suchte er einzuschüchtern; die Einflußreicheren wurden je nach ihren Verhältnissen verschieden behandelt, die Meisten traf Gefängniß mit schweren Entbehrungen.[19]) Viele der Widerspenstigen sollte der mit Photius verschwägerte und durch ihn beförderte Hauptmann Leo Katakalos[20]) zu Paaren treiben, ein höchst grausamer Mensch, der sich durch Härte und Strenge noch mehr zu empfehlen bemüht war.[21]) Die angewendeten Grausamkeiten sollen noch die der ersten Regierung des Photius übertroffen haben. Gegen die Meisten wurden falsche Anklagen gebraucht; Manche, die deßhalb Absetzung traf, wurden wieder eingesetzt, sobald sie sich herbeiließen, zur Obedienz des neuen Patriarchen überzutreten, bisweilen noch zu höheren Würden befördert. So oft sich der Abfall von ihm und die Rückkehr zu ihm wiederholte, wiederholten sich Verdammung und Lossprechung, Entsetzung und Erhebung.[22]) Wir dürfen hierin den wiederholten Angaben des Niketas um so mehr Glauben beimessen, als ja hier Photius ganz seinen Grundsätzen gemäß das gegen die „Abtrünnigen" beobachtete Verfahren in Anwendung brachte. Diejenigen unter den von Ignatius Ordinirten, die nicht Entsetzung traf, wurden erst nach reconciliatorischen Riten[23]) in den Clerus wieder aufgenommen, da dem Kaiser eine massenhafte Entsetzung als Störung des Friedens mißfiel.[24]) Die von seinem

---

[16]) Styllan. ep. 1 ad Steph. p. 432. Sie sagten: ὅτι οὐκ ἀποδεχόμεθα αὐτόν, εἰ μὴ συναινέσει καὶ ὁ ἀποστολικὸς θρόνος Ῥώμης τῆς πρεσβυτέρας.

[17]) Viele dieser Gründe werden nachher in der photianischen Synode angeführt.

[18]) Nicet. p. 285—288.

[19]) Styllan. l. c. p. 429 seq. Nicet. l. c.

[20]) Vielleicht der Katakalo, der unter Leo VI. mit dem Patrikier Theodosius gegen die Bulgaren gesandt, besiegt und getödtet wurde. Theoph. Cont. VI. 10. p. 359. 360. Leo Gr. p. 269. Georg. mon. c. 14. p. 855.

[21]) Nicet. p. 288 B.

[22]) Nicet. l. c.: Πολλοὺς πολλάκις ὁ δόλιος δολίῳ γλώσσῃ συνορφανῶν ἢ ἐπ' ἐγκλήμασι δῆθεν καθαιρῶν, εἰ συνέθεντο μετὰ ταῦτα κοινωνεῖν, τούτους αὖθις ἀποκαθίστη συντόμως, καὶ ἐπὶ μείζονας ἐνίοτε θρόνους καθιστῶν· καὶ μετὰ ταῦτα δὲ εἴ τις αὐτοῦ προσοχθήσας ταῖς ἀτοπίαις ἀπείχετο τῆς κοινωνίας, αὖθις καθῄρει τοῦτον καὶ ὑποκύπτοντα προσίετο πάλιν.

[23]) So fassen wir die Erzählung des Niketas; auf die Reordinationen werden wir unten (B. 9.) zurückkommen und dabei diese Ansicht begründen.

[24]) Nicet. l. c.: οὐκ ἤρεσεν οὕτω τῷ βασιλεῖ.

Vorgänger Entsetzten erhielten wieder ihre Stellen und die von ihm Entsetzten mußten weichen, jedoch so, daß sie im Falle ihrer Unterwerfung und „Belehrung" einen Theil der Einkünfte und die Anwartschaft auf neue Bisthümer erhielten. Den Ignatianer Nikephorus von Nicäa zwang er zur Abdankung und machte ihn zum Vorsteher eines Waisenhauses, während er seinen Freund Amphilochius von Cyzikus auf das erledigte Erzbisthum transferirte. Als dieser (gegen 878) starb, erhielt Gregor Asbestas, der alte Freund des Patriarchen, dessen Metropole eben durch die Saracenen ganz zerstört worden war, diese wichtige Stelle, die er auch 879 auf der Synode in Constantinopel inne hatte.[25])

So ward zwischen 878 und 879 der Umgestaltung des Patriarchats bedeutend vorgearbeitet; eine große Epurgation in den Metropolen und Erzbisthümern in das Werk gesetzt. Durch den Tod vieler Ignatianer, von denen manche in Folge der erlittenen Mißhandlungen gestorben sein sollen,[26]) und durch die Absetzung Anderer war den Freunden des Photius der Weg zu den höchsten kirchlichen Dignitäten gebahnt. Abermals ließ sich Photius die im achten Concil so nachdrücklich verpönten Chirographa ausstellen, die alle Ordinirten und mit kirchlichen Aemtern Bedachten zur unbedingten Ergebenheit gegen ihn verpflichteten.[27]) Die Zügel der Kirchenregierung zog er straff an und seine Gewandtheit[28]) half ihm rasch über die größten Schwierigkeiten hinüber. Denjenigen Prälaten, die in seine Verdammung eingewilligt, nun aber zu ihm zurückkehrten, soll er eine fünfzehntägige Buße auferlegt haben.[29])

Nun galt es, die römischen Legaten zu gewinnen und ihr Verweilen in Constantinopel auszubeuten. Paulus und Eugenius waren vor dem Winter 878 eingetroffen und fanden bereits den Ignatius, an den sie vorzüglich gesendet waren, nicht mehr am Leben. Die Wiedereinsetzung des Photius setzte sie natürlich in Verlegenheit; sie hatten keinerlei Instruktion zu seinen Gunsten und den kirchlichen Regeln gemäß mußten sie ihn als einen Gebannten fliehen. Sie wollten auch in der That Anfangs nicht mit ihm in Gemeinschaft treten und zogen sich ängstlich zurück;[30]) doch konnten sie ohne den Patriarchen nicht darauf rechnen, sich ihrer Aufträge genügend entledigen zu können, und dieser bot alle seine Mittel auf, sie zu bewegen, mit ihm den Gottesdienst zu feiern. Aus dem von ihnen überbrachten Schreiben an den Kaiser suchte er zu beweisen, der Papst werde sicher mit der von diesem getroffenen Anordnung zufrieden

[25]) Nicet. p. 289 A. B. Cf. Stylian. p. 434

[26]) Nicet. p. 288 B.: καὶ πολλοὺς μὲν ἀνεῖλε.

[27]) Ib. p. 288 D.: πανταχοῦ ὅρκοι, πανταχοῦ τῶν χειρογράφων ἀπαιτήσεις, ἐν χειροτονίαις, ἐν αἰτήσεσιν, ἐν μεταθέσεσιν, ἐν πᾶσιν, οἷς εὐεργετεῖν ἐνομίζετο, κατεδεῖτό τε καὶ ἰδιοχείροις ἰσχυροτάτοις ἠσφαλίζετο, πανταχόθεν τὴν ἰδίαν δόξαν ζητῶν καὶ χαίρων ταῖς κακοτροπίαις. Cf. de stauropat. p. 441 C.

[28]) Seine πολυτεχνία ἢ κακοτεχνία, wie sich Niketas ausdrückt.

[29]) Auctor de stauropatis p. 445 B.: καὶ κατεδίκασέ τινας αὐτῶν λαβεῖν δὲ αὐτοὺς ἐπιτίμιον ιε΄ ἡμερῶν, ὡς ἀναθεματίσαντας αὐτόν.

[30]) Joh. ep. 201. p. 318. In dem griechischen Texte des Photius heißt es: οὐδόλως σοι ἤθελον συλλειτουργῆσαι.

sein, und verwies auf eine neue Gesandtschaft, die darum nach Rom abgehen werde. Sie gaben sich endlich zufrieden, zumal da man bald ihnen Briefe von anderen Patriarchen zeigte, namentlich von Jerusalem, die ein Mönch Andreas überbrachte, mit dem sie länger umgingen und von dem sie orthodoxe und beruhigende Versicherungen erhielten.[31]) Man hielt sie absichtlich in Constantinopel zurück, um auf jeden Fall bei der beabsichtigten großen Synode römische Legaten zu haben und um vorerst nach Rom keine anderen Nachrichten gelangen zu lassen, als die, welche die neue kaiserliche Gesandtschaft überbrächte. Einstweilen benützte Photius die Anwesenheit der zwei italienischen Bischöfe zu seinen Gunsten; bearbeitet von Seite des Photius durch Geschenke und von Seite des Kaisers durch Drohungen — so erzählt Stylian — mußten sie endlich[32]) öffentlich vor dem Clerus und den Bischöfen erklären, sie seien vom Papste gesendet, um den Ignatius zu anathematisiren und den Photius als Patriarchen zu proklamiren.[33]) Das Erstere hatte allerdings seine theilweise Richtigkeit durch die in Folge des bulgarischen Zerwürfnisses ausgesprochene päpstliche Drohung; das Letztere aber war ganz erfunden, da Johannes bei der Absendung der zwei Legaten nicht im Entferntesten an Photius gedacht hatte. Wenn nun aber auch dadurch viele Gegner des Photius sich täuschen und zur Unterwerfung unter ihm bestimmen ließen,[34]) so entging es doch den Scharfsichtigeren unter ihnen nicht, daß hier Betrug im Spiele sei; wie einst Zacharias und Rodoald, so konnten jetzt diese Legaten zu Werkzeugen des Photius gegen die Intentionen des Papstes geworden sein, was sie in der That bereits waren. Gegen sie bedurfte man, um für die Zukunft sicher zu sein, einer feierlichen Erklärung des Papstes selbst, der allein die MiD verhängten Censuren aufheben und den Photius in sein Amt restituiren konnte, ohne daß ihm Jemand eine rechtliche Schwierigkeit mehr in den Weg legte.

Photius hatte von den beiden Bischöfen Alles erfragt, was ihm dienlich sein konnte; er kannte die Gesinnungen und die Verhältnisse Johann's VIII. genau, er wußte, welche Hoffnungen man in ihm erregen, welche Bedenken man verscheuchen, welche von seinen Rathgebern man besonders gewinnen müsse, und Zacharias von Anagni, der großes Vertrauen beim Papste genoß, war seit 861 sein Freund. Eine Manifestation des ganzen Orients zu seinen Gunsten mußte dem Papste imponiren, die Gefahr eines neuen Schisma ihn

[31]) In der dritten Sitzung der photianischen Synode (Mansi XVII. 464.) sagen Paulus und Eugenius, daß Andreas mit ihnen *ἡμέρας ἱκανάς* zusammengewesen und daß sie von ihm einen *λίβελλον πίστεως* erhalten, wie sie ihn auch ganz orthodox befunden.

[32]) Daß der Widerstand derselben ziemlich lange andauerte, können wir mit Sicherheit aus den in Johann's VIII. Briefen aufbewahrten Klagen des Photius erschließen; ob sie aber erst bei der Synode des Photius sich diesem fügten, ist sehr zweifelhaft. Vorher hatte sie Photius für sich gewinnen müssen, ehe er sie öffentlich in einem Concilium auftreten ließ.

[33]) Stylian. p. 132: *Παῦλον καὶ Εὐγένιον παραλαβὼν ὁ Φώτιος δώροις ἠπάτησε καὶ βασιλικαῖς ἀπειλαῖς, εἰπεῖν ἐνώπιον τοῦ κλήρου καὶ τῶν ἐπισκόπων καὶ τοῦ λοιποῦ λαοῦ, ὅτι κατὰ Ἰγνατίου ἀπεστάλησαν παρὰ τοῦ πάπα Ἰωάννου, ὥστε ἀναθεματίσαι μὲν αὐτόν, τὸν δὲ Φώτιον πατριάρχην ἀναγορεῦσαι.*

[34]) Stylian. l. c.: *Διὸ καὶ πλεῖστοι τῶν συλλειτουργῶν ἡμῶν ἠπατήθησαν.*

erschrecken, die Aussicht auf thätige Unterstützung von Seite des Kaisers in Italien ihn völlig herüberziehen. Photius wählte zu seinem Apokrisiar in Rom seinen Vertrauten, den listigen Theodor Santabarenus, von dem er gewiß war, daß er seiner Sache keine Blöße geben werde. In dem ihm mitgegebenen Schreiben an den Papst, das wir leider wie so viele andere Dokumente vermissen, klagte er ganz in seinem einst gegen Nikolaus I. eingehaltenen Tone, den er auch nachher in seiner Synode beibehielt, über den Zwang, mit dem man ihn genöthigt, abermals den Patriarchenstuhl zu besteigen; nur dem einmüthigen Verlangen des Kaisers, des Clerus und des Volkes habe er nachgegeben; fast alle Bischöfe seien für ihn, nur wenige, stets unzufriedene, ihm entgegen; der Papst werde das aus den mitgesendeten Aktenstücken, worunter auch Schreiben von den orientalischen Patriarchen,[35]) ersehen. Er überhäufte den Papst mit den größten Lobeserhebungen und beklagte sich über die anfänglich von den beiden Bischöfen Paulus und Eugenius gegen ihn beobachtete Zurückhaltung, Alles im Tone der größten Unbefangenheit, der kein Zweifel über die sicher zu erwartende päpstliche Zustimmung beikommt.[36]) Er erlangte zudem die Unterschriften vieler Metropoliten; von einigen soll sie mittelst Täuschung erlangt worden sein, indem man ihnen vorspiegelte, es handle sich um einen lukrativen Kaufvertrag für die Kirche, während der Geheimschreiber Petrus, nachher mit der Metropolitenwürde von Sardes belohnt, die entwendeten Siegel beigedruckt habe.[37]) Nebstdem wird berichtet, daß er einen falschen Brief unter dem Namen des verstorbenen Patriarchen mit nach Rom sandte, worin der Papst gebeten ward, den mit ihm versöhnten Photius wieder in seine Gemeinschaft aufzunehmen.[38]) Das wäre wohl mit den Aeußerungen des Photius über sein späteres Verhältniß zu Ignatius, aber nicht so leicht mit den päpstlichen Briefen, die von einer Verwendung des Ignatius nichts wissen, in Einklang zu bringen. Es mag der falsche Brief vorbereitet, aber nicht abgegeben worden sein. Mit dem Schreiben des Photius ging auch ein von einem Staatsbeamten zu überreichendes Schreiben des Kaisers ab, welches den dringenden Wunsch aussprach, der Papst möge den Photius anerkennen und in seine Gemeinschaft aufnehmen, damit die schon so lange beunruhigte Kirche nicht länger getheilt bleibe,[39]) und das sich ebenso auf das allgemeine Verlangen Aller, auch der von Methodius und Ignatius ordinirten Bischöfe, berief. Als Gegner des Photius wurden nur die Metropoliten Stylian,

---

[35]) Daß wirklich solche Dokumente nach Rom kamen, beweist Joh. ep. 200. p. 146: Quorumdam sane vestrum .. scripta suscipientes etc.

[36]) Der Inhalt des Schreibens ist aus den dadurch veranlaßten Briefen des Papstes, dann den früheren Briefen des Photius zu entnehmen, sowie theilweise aus Nicetas p. 259.

[37]) Nicet. l. c. Baron. a. 878. n. 52.

[38]) Stylian. l. c.

[39]) Joh. ep. 199. p. 137: petistis a nobis, quatenus, Sede Ap. sua pandente viscera caritatis, Photium reverentissimum in patriarchatus honore, in summi sacerdotii dignitate et in ecclesiastici collegii societate reciperemus, nostraeque communionis participem faceremus, ne Ecclesiam Dei tanto jam tempore perturbatam pateremur amplius manere divisam scandaloque commotam.

Johannes und Metrophanes, die Patricier Johannes, Leo und Paulus nebst einigen Anderen bezeichnet. Es ward eine in Constantinopel abzuhaltende Synode beantragt, zu der der römische Stuhl Legaten senden oder die bereits dort weilenden bevollmächtigen möge, und dabei auch der Beistand und die kräftige Unterstützung des Papstes durch den kaiserlichen Hof in Aussicht gestellt. Die Gesandtschaft mußte außerdem die Bischöfe des griechischen Italiens zu der Synode nach Constantinopel entbieten.[40])

Bald nach der Wiedereinsetzung des Photius trafen den Kaiser harte Schläge, die von den Ignatianern als göttliche Strafgerichte betrachtet wurden.[41]) Wohl ward die Verschwörung des Kurkuas, die viele angesehene Theilnehmer zählte, rechtzeitig durch einen der Verschworenen entdeckt und von Basilius im Hippodrom ein strenges Gericht über die Anstifter gehalten, von denen viele an dem für den Ausbruch bestimmten Tage (25. März 878 oder 879) nackt und in Fesseln zum Forum geführt, gegeißelt, geschoren und mit Confiscation ihrer Güter relegirt wurden, während Kurkuas selbst geblendet wurde.[42]) Aber der Kaiser sah dabei, wie groß immer noch die Zahl der Mißvergnügten war und wie sehr er auf seine Sicherheit Bedacht zu nehmen habe; auch eine kräftige und entschlossene Regierung vermochte die Empörungslust der Großen nicht zu zähmen; so nahm das Mißtrauen gegen seine Umgebung auch bei Basilius überhand.

Noch viel härter traf ihn der Tod seines ältesten und zugleich ihm theuersten Sohnes, des Prinzen Constantin. Noch 877 hatte er denselben, einen zarten Knaben, auf seinem Zuge nach Syrien mitgenommen. Nachdem man schon bei einer früheren Expedition (876) die Burg Lulum (Lulia) erobert, Melnos sich ergeben hatte, Katabatala, ein Hauptsitz der Paulicianer, der Zerstörung verfallen war,[43]) übte Basilius für den neuen Feldzug seine Truppen zu Cäsarea in Kappadocien ein, während die zur Recognition vorausgeschickten Abtheilungen zwei Castelle einnahmen und Phalakron zur Uebergabe zwangen. Der Kaiser selbst machte Fortschritte, setzte über den Onopnikles und Sarus, nahm Kukusus und verwüstete die Umgegend von Germanicia, das ihm widerstand; der Emir von Anazarbus Amri Ben Abdalla hatte vor ihm die Flucht ergreifen und der Türke Esma, Statthalter von Antiochien, sich unterwerfen müssen. Basilius bedrohte Adana, mußte aber bei herannahendem Winter die Belagerung aufgeben.[44]) Mit reicher Beute nach Constantinopel zurückgekehrt,

---

[40]) Es waren in der That nachher auch solche anwesend.

[41]) Nic. p. 289.

[42]) Daß das Complott (Leo Gr. p. 261. Georg. m. c. 25, p. 847 seq. Zonar. p. 136) nach der Restitution des Photius fällt, sagt Cedr. II. 213 ausdrücklich, während auch Theoph. Cont. V. 45. p. 277 es unmittelbar darnach erzählt. Die Zeitbestimmung bei Sym. M. c. 22. p. 690. anno 19 ist sicher unrichtig.

[43]) Theoph. Cont. V. 46. p. 277 seq. Cedr. l. c. (wo *Κάσαρα* statt Katabatala steht). Weil Chalifen II. 471.

[44]) Theoph. Cont. l. c. c. 46—48. p. 278—282. Cedr. l. c. p. 213—215. Georg. m. p. 844. Sym. M. p. 692. Glyc. p. 549. Pag. a. 878. n. 13 seq. Weil a. a. O. S. 172. 473. Adana (bei Theoph. C. Adala, bei Cedr. Adapa) ist sonst Germanicopolis.

wurde er vom Volke mit Jubelliedern empfangen und von dem Patriarchen mit dem Siegeskranze geschmückt.[45]) Aber sein Sohn Constantin, den er frühzeitig an die Beschwerden des Feldzugs hatte gewöhnen wollen, denen sein jugendliches Alter noch nicht gewachsen war, trug von da an den Keim des Todes in sich und starb bald darauf an einem heftigen Fieber (zw. 878—879).[46]) Wohl sagten die offiziellen Berichte, Basilius habe den Verlust des mit herrlichen Eigenschaften ausgestatteten und ihm vor allen seinen Kindern theueren[47]) Erstgeborenen sehr standhaft ertragen und Gattin und Kinder zu trösten gesucht;[48]) es scheint aber unzweifelhaft, daß ihn dieser Todesfall in die äußerste Betrübniß versetzte.[49]) Photius soll Alles aufgeboten haben, den Schmerz des Monarchen zu lindern; ja zum Troste des bekümmerten Vaters versetzte er den Knaben Constantin in die Zahl der Heiligen.[50])

Es scheint das in der griechischen Kirche das erste Beispiel einer feierlichen, vom Patriarchen aus höchster Machtvollkommenheit ohne vorausgegangenen allgemeinen Ruf der Heiligkeit vorgenommenen Canonisation zu sein,[51]) wie sie später häufig wurden. Das Beispiel fand schon unter der Regierung Leo des Weisen, der auf gleiche Weise seine verstorbenen Frauen Theophano und Zoe canonisiren und ihnen zu Ehren Kirchen errichten ließ,[52]) die vollständigste Nachahmung. Anfangs scheint aber noch mancher Widerstand gegen solche Canonisationen sich erhoben zu haben. In der Legende der heiligen Theophano z. B. wird erzählt, daß die ihr zu Ehren von Leo VI. errichtete Kirche nachher (statt ihr allein) allen Heiligen gewidmet worden sei, und zwar wegen der nicht begründeten Mißgunst einiger Bischöfe, die darin mehr ein selbstsüchtiges, ehrgeiziges und fleischliches Verlangen, als Eifer für die Ehre Gottes hatten erkennen wollen.[53]) Doch blieb die Heiligkeit der Theophano, deren Leib wieder in die von ihr hergestellte Kirche Constantin's übertragen ward, in der griechischen Kirche fortwährend anerkannt. Im Abendlande ist die erste solenne Canonisation durch die Päpste die des heiligen Ulrich von Augsburg, die Johann XV. (985—986) vornahm.[54])

---

[45]) Th. C. c. 49. p. 284. Cedr. p. 215. 216.

[46]) Sicher noch vor dem 17. November 879. (Syn. Phot. Mansi XVII. 398.) Das εὐθὺς μὲν τότε des Nic. p. 289 C. ist wohl nicht zu strenge zu nehmen. Vgl. noch Cedr. p. 243. Glyc. p. 550. Bar. Pag. a. 878. n. 13; a. 879. n. 11.

[47]) Genes. L. IV. p. 114: ταύτῃ μᾶλλον προστετηκὼς τῶν ἄλλων.

[48]) Th. C. V. 98. p. 344—346. Cedr. II. 243.

[49]) Leo Gr. p. 258: ὃν πολλὰ ἐθρήνησε Βασίλειος.

[50]) Nic. l. c. Leo Gr. p. 260. Sym. M. c. 17. p. 693. Georg. c. 21. p. 846.

[51]) Assemann. Bibl. jur. or. t. I. p. 345 seq. n. 234. 235.

[52]) Sym. M. in Leone c. 5. p. 702 seq. Th. C. VI. 12. 13. 18. p. 361. 364. Leo Gr. p. 270. Georg. p. 856. 860. So verfuhr auch später der Patriarch Philotheus († 1376) mit Palamas. Allat. Diss. II. de eccl. off. Graec. p. 194. Assem. l. c.

[53]) Niceph. Greg. Or. in S. Theophan. Cod. Mon. 10. p. 57.

[54]) Bened. XIV. de canon. l. 7, 13; 8, 2; 10, 4. Assem. l. c. p. 347. Einige wollen die Canonisation des Swibert durch Leo III. (Bar. a. 801, 2.) als erstes Beispiel geltend machen; aber der Brief des heiligen Ludger von Münster ist unterschoben und grund-

Wenn Photius Kirchen und Klöster zu Ehren des „heiligen Constantin des Jüngeren“ einweihte,[35]) so fand sein Freund Theodor Santabarenus andere Mittel, den betrübten Monarchen zu trösten und aufzuheitern. Mit magischen Künsten soll er ihm die Gestalt seines verstorbenen Sohnes, herrlich gekleidet, auf einem edlen Rosse gezeigt haben, was den getäuschten Kaiser noch mehr für den Gaukler gewann.[36]) Wahrscheinlich geschah das erst nach der Rückkehr desselben von der römischen Gesandtschaft, da Constantin's Tod, von dem Johann VIII. im August 879 noch nichts wußte, in die Zeit seiner Abwesenheit von Constantinopel zu fallen scheint.

Noch vor Constantin's Tod[37]) hatte eine andere Calamität den Kaiser und das Reich getroffen — die Eroberung von Syrakus durch die Saracenen, die für die griechische Macht in Italien einer der schwersten Schläge war, zumal da sie noch 869 vor dieser Stadt einen Sieg erlangt hatte.[38])

Seit 875 hatten die Muhammedaner im südlichen Italien einen doppelten Kampf begonnen; sie operirten vom Golf von Tarent aus, um die Reste ihrer Colonien gegen die Byzantiner zu schützen, sodann vom Golf von Salerno, Neapel und Gaeta aus, um die Terra di Lavoro und die römische Campagna zu plündern; die östlichen wie die westlichen Küsten waren gleichmäßig von ihnen bedroht und in Calabrien war es ihnen gelungen, an vielen Punkten sich festzusetzen.[39]) Der im Jahre 876 von Basilius gesandte Strateg Gregor, der mit der Flotte nach Otranto gekommen war, hatte Bari noch in demselben Jahre für den Kaiser eingenommen;[40]) aber die Fürsten von Benevent, Salerno und Capua schloßen sich dem Kampfe gegen die Saracenen nicht an, ja der von Salerno wie die Republiken Neapel, Gaeta und Amalfi verbanden

gende Beweise fehlen. Erst Alexander III. (c. 1. Audivimus III. 45 de reliqu. et venerat. 88) reservirte die Canonisationen dem römischen Stuhle.

[35]) Neuere Griechen wollen aber, daß sich das auf die von Basilius Constantin dem Großen erbaute Kirche beziehe. Sophocl. Oecon. l. c. p. ..

[36]) Leo Gr. p. 259. Georg. m. c. 21. p. 845 seq. Sym. M. c. 17. p. 693. Zon. p. 140. Bas. ed. Glyc. l. c. Bar. a. 879. n. 74. Nikephorus Gregoras (l. c. p. 46 seq.) erzählt, wie der Santabarener durch den Dienst der Dämonen, ähnlich wie die Pythonissa dem Saul die Gestalt Samuels, das Bild des verstorbenen Sohnes dem Kaiser vorgeführt und dieser mit dem Verstorbenen sich wirklich unterredet zu haben glaubte.

[37]) Niketas scheint zwar den Tod Constantins früher anzusetzen, allein da bestimmte Data zeigen, daß dieser später fällt als das Unglück in Sicilien, können wir wohl annehmen daß bei ihm das „erstens“ und „zweitens“ nicht nach der Zeitfolge, sondern nach der Wichtigkeit des Ereignisses für den Kaiser zu deuten ist; sonst müßten wir den Bericht für ungenau halten. Vgl. Pag. a. 879. n. 11.

[38]) Im Jahre 868 war ein Patricier von Basilius nach Sicilien gekommen, der Anfangs besiegt ward, aber nachher (869) bei Syrakus den Saracenen eine Niederlage beibrachte. Amari l. l. p. 351.

[39]) Amari l. p. 435. 436.

[40]) Erchemp. c. 38. p. 764. 765: Hoc audientes qui Barim residebant, Gregorium imperialem bajulum Graecorum, qui tunc in Otronto degebat, cum multis exercitibus asciverunt et Barim introduxerunt ob Saracenorum metum. Qui statim apprehensum gastaldeum illiusque primores Cplim misit, quibus jurejurandum fidem dederat. Ebenso Chron. Vulturn. (Murat. R. J. Ser. I, II. 403.)

sich sogar mit denselben.[61]) Nur in Puglia ergaben sich den Byzantinern einige Burgen;[62]) sonst richteten sie nicht viel aus, außer daß sie mit Hilfe des Papstes Salerno und dann Benevent von der saracenischen Liga abzogen.[63]) Glücklicher hatten die Heere des Basilius, obschon nicht zahlreich, auf der Insel Sicilien gegen die Muhammedaner gekämpft, so daß diese bereits eine Invasion der afrikanischen Küsten zu befürchten begannen.[64]) Als sie aber keine neuen byzantinischen Schiffe und Truppen ankommen sahen und diese anderweitig beschäftigt glaubten, begannen sie seit 877 die Belagerung von Syrakus zu Wasser wie zu Land und verwüsteten die ganze Umgegend.[65]) Bald wüthete in der ringsum eingeschlossenen Stadt, welche der Patricier Bealissimus, Johannes Patrianus und Niketas von Tarsus heldenmüthig vertheidigten,[66]) der Hunger auf eine furchtbare Weise.[67]) Der Schäffel Weizen kostete 150 Goldstücke; ein Brod von zwei Unzen war nur mit Gold zu bezahlen; die äußerste Noth griff um sich[68]) und dazu kam noch die Pest.[69]) Vergebens harrte die bedrängte Stadt auf Entsatz. Damals sollen die Soldaten der Flotte auf Befehl des Kaisers in der Hauptstadt bei dem Bau seiner neuen Kirche beschäftigt worden sein, so daß die Ausrüstung der Hilfstruppen für Syrakus verspätet ward.[70]) Wohl sandte Basilius den Flottenbefehlshaber Hadrian zu Hilfe; allein dieser gelangte, sei es wegen widriger Winde,[71]) sei es aus Nachlässigkeit und Feigheit,[72]) gar nicht nach Syrakus, sondern kam nur bis zum Peloponnes, nahe bei Monembasia, wo ihm auf wunderbare Weise der Fall der herrlichen Stadt angezeigt worden sein soll, den er nachher durch entronnene Mardaiten und

---

[61]) Erchemp. c. 39. p. 765. Chron. Vult. l. c. p. 403. 404. — Anonym. Salernit. Chron. c. 131.

[62]) Theoph. Cont. V. 68.

[63]) Amari l. c. p. 489.

[64]) Theoph. Cont. V. 69. p. 309.

[65]) Vgl. Amari l. c. p. 393 seq.

[66]) Theodos. mon. ep. ad Leon. archidiac. de expugnatione Syracus. Vers. lat. ap. Gaetani Vitae SS. Sicul. t. II. Append. Murat. Rer. It. Scr. I, II. p. 251—265. bes. p. 259. 261.

[67]) Theoph. Cont. l. c. Genes. L. IV. p. 110. Theodos. mon. l. c. p. 259.

[68]) Theodos. l. c.: posteaquam aegre diuturnam famem herbarum victu toleravimus, posteaquam sordida quaeque, rerum egestate compulsi, in os congessimus, quia et ad liberorum etiam comestiones (rem nefariam et silentio praetereundam) processimus, cum antea, nec ab humanae carnis esu (heu quam horrendum spectaculum) abhorreimus — sed quis haec pro dignitate tragice deploraverit?

[69]) Theodos. p. 260.

[70]) Georg. mon. Bas. c. 11. p. 843. Leo Gr. p. 256. 257. Sym. Mag. c. 11. p. 691. Die Cont. Theoph. V. 69. p. 308 bemerkt, daß auch Syrien bestimmte Heer sei auf die Kunde der Belagerung von Syrakus dahin beordert worden.

[71]) ἀπλοίᾳ χαλεπωτάτῃ, sagt Genesius l. c., der den Hadrian lobt und entschuldigt und bemerkt, daß er fünfzig Tage lang am Vordringen verhindert worden sei. Von widrigen Winden spricht auch die Contin. Theophan.

[72]) Theoph. Cont. p. 310: ῥᾳθυμότερον, ὡς ἔοικεν, ἢ καὶ μὴ ἔχων ἐλαύνειν τὴν ναῦν.

Peloponnesier sicher erfuhr. Die Stadt ward am 21. Mai 878 [72]) im Sturm erobert; es entstand ein furchtbares Blutbad. [73]) Der Erzbischof Sophronius ward mit mehreren Geistlichen gefangen nach Palermo abgeführt; [74]) es scheint, daß er nachher bei der 885 vorgenommenen Auswechslung der Gefangenen wieder frei ward, wofern er nicht vorher im Kerker starb. [75]) Der Admiral Hadrian sah wohl, daß der Kaiser den herben Verlust ihn schwer büßen lassen werde, hoffte aber doch noch seinen Zorn beschwichtigen zu können. Auf die Nachricht vom Falle der Stadt war er mit der Flotte nach Constantinopel zurückgesegelt, wo er noch im Sommer 879 eintraf; er ward aber nicht begnadigt, obschon er in der Hauptstadt in die Sophienkirche floh und der Patriarch Photius für ihn intercedirte; nur das Leben ward ihm geschenkt. [76])

Zum Glück für das byzantinische Reich lähmten Palastverschwörungen unter den Saracenen zu Palermo von 878 bis 879 die Macht derselben und im Sommer 879 ward Hosein Ibn Ribah geschlagen. Aber zuletzt siegte er wieder und die Christen hatten einen sehr harten Stand. [77]) Um die Lage in Sicilien auszukundschaften, bediente sich Basilius der Mönche sicilischen Ursprungs, die damals nach allen Richtungen hin zerstreut waren. Der heilige Elias der Jüngere, [78]) früher Johannes genannt, geboren im Castrum Johannis (zwischen 823 und 829), war nach längeren Reisen im Orient [79]) nach Afrika und von da nach Palermo gekommen, um seine Mutter wieder zu sehen, ging dann nach Taormina und Reggio in Calabrien; überall feuerte er die Christen zu muthigem Kampfe gegen die Ungläubigen an, frohe Siegeshoffnungen in ihnen erweckend. Aber sie hatten nur vorübergehende Erfolge; nur wenige Besatzungen schützten noch das eingeengte christliche Gebiet; der größte Theil der Insel war von den Byzantinern ganz aufgegeben. [80]) Auch der 879 von ihnen bei Neapel erfochtene Seesieg über die Muselmänner von Afrika und Sicilien [81]) konnte keine Aenderung für sie bewirken. Zum Glück für das oströmische Reich war ferner die muhammedanische Macht im Osten noch tiefer als zuvor zerrüttet; [82]) die Chalifen Mutaz Billahi (866—869) und Muhtadi

---

[72]) Das Datum gibt das Chron. Sicul. bei Muratori l. c. p. 245, den 21. Mai nennt auch Theodosius p. 260. Vgl. Pag. a. 878. n. 11. 15.

[73]) Nicet. l. c. Theodos. p. 261 seq. Theoph. Cont. p. 69. 70. Constant. de themat. II. 10. p. 59. Leo Gr. l. c. Cedren. II. 234. 235.

[74]) Theodos. p. 263. Pag. a. 878. n. 16.

[75]) Amari l. c. p. 403. 408. 409.

[76]) Theophan. Cont. l. c. c. 70. p. 312. Cf. Genes. p. 118. Cedr. II. 236.

[77]) Amari l. p. 410 seq. L. II. c. 10.

[78]) Cf. Vita S. Eliae apud Gaetani Vita SS. Siculorum II. p. 63 seq. Bolland. Acta SS. tom. III. Aug. die 17. p. 479 seq. Amari l. c. p. 411. 412.

[79]) Acta SS. Aug. l. c. p. 482. Er besuchte Jerusalem und soll von dem Patriarchen Elias den Namen erhalten haben. Da aber dieser erst 879 erhoben war, so scheint seine Reise nach Jerusalem nicht auf 875 gesetzt werden zu können.

[80]) Amari p. 423—425.

[81]) Joh. VIII. ep. 240. Amari p. 413.

[82]) Pag. a. 869. n. 29.

(869—870) waren auf grausame Weise ermordet worden; Mutamid (870—892) hatte große Mühe, sich unter fortwährenden Empörungen zu behaupten.[64])

9. Die Reordinationen der alten Kirche.

(Excurs.)

In den Geschichtsquellen stoßen uns die verschiedensten Aeußerungen über das Weihesacrament auf, insbesondere aber Ungiltigkeitserklärungen und Wiederholungen der von der Gegenpartei ertheilten Weihen, die von den katholischen Theologen mehrfach besprochen worden sind und um so mehr Berücksichtigung verdienen, als es sich hier um einen Punkt der Disciplin handelt, der enge, ja untrennbar mit dem Dogma zusammenhängt. Die Geschichte des Photius veranlaßte uns, näher die hieher gehörigen Fälle zu untersuchen; mit Zugrundlegung einer unserer früheren Arbeiten,[1]) die hier nach der einen Seite hin in erweiterter, nach der anderen, namentlich was die Zeit nach dem zehnten Jahrhundert betrifft, in verkürzter Gestalt erscheint, sollen nach Feststellung einiger allgemeinen Gesichtspunkte die wichtigsten hieher gehörigen Fälle sowohl aus der abendländischen als aus der morgenländischen Kirchengeschichte bis zu dem Zeitpunkte verfolgt werden, in dem eine größere Uebereinstimmung und eine entschiedenere Fassung in den katholischen Schulen erzielt, das frühere Schwanken und die lange andauernde Unsicherheit beseitigt worden ist.

I. Die dogmatischen Definitionen der Kirche legen dem Sacramente des Ordo, gleichwie der Taufe und der Firmung, einen unzerstörbaren Charakter bei, vermöge dessen jede Wiederholung einer einmal giltig ertheilten Weihe ausgeschlossen bleiben muß. Dabei hält die Kirche die Regel fest, die in Betreff der höheren Weihen keinerlei Ausnahmen unterliegt, daß nur der Bischof der Spender und Minister der Ordines ist,[2]) und diese Regel fassen Theologen und Canonisten in der weitesten Ausdehnung, so daß jeder, der durch giltige Consecration den character episcopalis erhalten hat, unter Voraussetzung der Einhaltung der wesentlichen Bestandtheile des Ritus giltig zu ordiniren fähig ist. Sodann wird stets zwischen Befähigung und Berechtigung zur Ordination, zwischen Validität und Erlaubtheit unterschieden. Erstere hängt nur ab von dem wirklichen bischöflichen Charakter des Ordinators und dem Vorhandensein der wesentlichen Form und Materie; dagegen ist die Rechtmäßigkeit und Erlaubtheit von der Beobachtung der kanonischen Vorschriften und insbesondere auch davon bedingt, daß der Weihende legitimer Bischof, in Gemeinschaft mit dem Oberhaupte der Kirche lebend, nicht des Ordinations-

[64]) Weil Chalifen II. S. 409 ff. 421—477.

[1]) In der österreichischen Vierteljahrsschrift für kath. Theologie. I. Jahrg. 1862. II. S. 207 ff.

[2]) Eugen. IV. Instr. pro Armenis. De Sacr. in gen. Trid. Sess. VII. de Sacr. in gen. c. 9. Sess. XXIII. de ord. can. 4. 7.

rechtes verlustig, sondern vollkommen und überhaupt zu der Weihespendung auch dem einzelnen Weihecandidaten gegenüber competent ist. Die von häretischen, schismatischen, simonistischen und verbrecherischen, von intrudirten, excommunicirten, abgesetzten und degradirten Bischöfen ertheilten Weihen sind unkanonisch, illegitim, unerlaubt, aber darum der Substanz nach noch nicht ungiltig, null und nichtig; denn der bischöfliche Charakter wird weder durch Häresie und Schisma oder sonst ein Verbrechen, noch durch irgend einen Act menschlicher Gewalt, selbst nicht durch die Degradation, ausgelöscht und vernichtet; die Weihegewalt bleibt, auch wenn ihre Ausübung strengstens verboten, unrechtmäßig und unerlaubt geworden ist, und die so empfangene Weihe darf nicht wiederholt empfangen, die ordinatio illicita nicht durch eine neue Ordination verbessert und sanirt werden.[3])

2. Diese von den späteren Theologen consequent und allseitig entwickelten Sätze waren nicht in jeder Zeit Allen so evident und unzweifelhaft, daß nicht vielfache und ernste Bedenken gegen den Valor unkanonischer Ordinationen aufgetaucht wären; ja manche Aeltere, vielleicht sehr Viele, haben verschiedene Arten derselben für schlechterdings nichtig und wirkungslos erklärt, zumal die von häretischen und schismatischen Bischöfen vorgenommenen, wie ja auch die von Ketzern ertheilte Taufe von Cyprian und vielen Andern verworfen worden war.[1]) Was jene von der Taufe behauptet, das ließ sich analog auch bezüglich des Ordo vertheidigen, ja noch stärkere Gründe schienen gegen die Validität der von Irrlehrern ertheilten Weihen als gegen die Geltung der von ihnen gespendeten Taufe zu sprechen. Die Verwerflichkeit der angeführten Kategorien von Weihen wird in den älteren Kirchengesetzen oft mit so scharfen Worten ausgesprochen, daß ihnen alle und jede Wirksamkeit abgeläugnet scheint; der Unterschied zwischen Invalidität und Illegitimität scheint von vielen Alten gar nicht gemacht worden zu sein; es werden die von häretischen, schismatischen und sonst verurtheilten Bischöfen vorgenommenen Ordinationen als irritae bezeichnet; es heißt von ihnen, sie seien keine consecrationes, sondern exsecrationes, von den Weihenden, sie seien keine Bischöfe mehr oder es nie gewesen, von den Geweihten, sie seien eher vulnerati und maledicti als consecrati und benedicti geworden.[2]) Noch mehr: es kommen in der Kirchengeschichte mehrere eclatante Fälle vor, die man wenigstens auf den ersten Blick als ganz unzweideutige Beweise dafür anzunehmen versucht und vielleicht genöthigt ist, es seien in den früheren Jahrhunderten den oben angegebenen Principien zuwider, und zwar sehr häufig, eigentliche **Reordinationen** vorgekommen.

3. Das vertheidigt auch in der That der gelehrte Johannes **Morinus**, der eine Masse hieher gehöriger Dokumente aus den Concilien, Kirchenvätern

---

[3]) Hallier de sacr. ordinat. II. p. 230. III. p. 118 seq. Barbosa de potest. et off. Episc. P. II. Alleg. III. n. 3. 20. Tournely Praelect. theol. Paris 1765. t. X. p. 143. De Sacr. Ord. q. VI. a. 1. Phillips Kirchenrecht I. §. 39. S. 341. 342.

[1]) Cf. Chr. Lupus Synod. gen. ac prov. Decret. P. IV. p. 99 seq.

[2]) Vgl. die Stellen des canonischen Rechtsbuchs bei Phillips a. a. O. S. 342.

und Theologen bis zum Ende des dreizehnten Jahrhunderts gesammelt hat.[1]) Die daraus hervorgehenden Schwierigkeiten sucht er durch folgende Bemerkungen und Distinctionen zu erklären oder zu beseitigen. 1) Man müsse unterscheiden zwischen dem, was im Weiheritus göttlicher Einsetzung ist, und dem, was von der Kirche herrührt; letzteres könne wohl in verschiedenen Zeiten und Orten mannigfachen Veränderungen unterliegen; solange aber die Kirche noch nichts allgemein bestimmt, noch die einzelnen Gesetze und Gebräuche abrogirt, könnten diese bei der Weihe nicht umgangen werden, ohne daß man deren Giltigkeit gefährde, zumal sich beide Momente nicht überall scharf trennen lassen. 2) Es könne die Kirche Bedingungen und Gesetze für die Ertheilung und den Empfang der Weihen festsetzen, deren Nichtbeachtung die Nullität nach sich ziehe, ähnlich wie bei der Buße und ganz wie bei der Ehe (die trennenden Ehehindernisse);[2]) diese kirchlichen Bedingungen afficiren und determiniren dann die Materie in der Art, daß bei ihrem Abgang diese nicht mehr fähig ist, ihre eigenthümliche Wirkung hervorzubringen. Aus Liebe zum Frieden und zur Beseitigung von Spaltungen habe aber die Kirche oft mittelst Dispensation die so ertheilten uncanonischen Weihen nachträglich anerkannt.[3]) 3) Man müsse unterscheiden zwischen der substantia characteris und seiner virtus agendi; der Charakter, einmal eingeprägt, sei nicht wieder abhängig von der Gewalt der Kirche, dessen Wirksamkeit aber unterstehe der kirchlichen Regierung in der Art, daß falls diese sie suspendirt, sie nichts mehr zu leisten und hervorzubringen vermöge, also in der That bei solcher Gebundenheit der Weiheact null und nichtig werde, für den Geweihten ohne allen Erfolg bleibe trotz des Beharrens des character indelebilis im Collator. Es sei 4) der Fall der quaestio dubia von dem der quaestio definita zu trennen. Solange die Frage im Stande des Zweifels beharre, könne jeder Bischof sich an die Meinung halten, die ihm als die probablere und dem Nutzen der Kirche mehr entsprechende erscheine, und daher auch derjenigen folgen, die einer Reordination das Wort rede. Endlich 5) sei der Unterschied einer zweifelhaften und einer gewissen Administration des Sacramentes nicht zu vergessen. Bis zu Anfang des dreizehnten Jahrhunderts habe in der Kirche die Gewohnheit bestanden, wenn ein Zweifel über die Ertheilung eines Sacramentes, sei es in seiner Totalität, sei es in einem dazu gehörigen Punkte entstand, das Sacrament zu wiederholen, und zwar meist ohne daß eine Bedingung ausdrücklich beigesetzt ward.[4])

---

[1]) De sacris ordinationibus P. III. Exercit. V. p. 58 seq.

[2]) Phillips a. a. O. bemerkt hier, daß Morinus über die Gebühr die Analogie des Ordo mit der Ehe urgirt, während doch die Analogie mit der Taufe weit näher liegend und entscheidender ist.

[3]) Konnte aber — so fragt man — eine bloße Dispensation einen ungiltigen Weiheact zum giltigen machen?

[4]) Die forma conditionata wird überhaupt zuerst 745 vom heiligen Bonifacius erwähnt (Statuta apud D'Achery Spicil. I. p. 508) und dann in Capitul. Car. L. VI. c. 184. Erst Alexander III. schrieb sie cap. 2 de bapt. III. 42 ausdrücklich vor, was nachher

4. Diese Theorie des Morinus konnte die katholischen Gelehrten nicht allseitig befriedigen und durch schärfere Kritik wurden ihr nach und nach viele ihrer Stützen entzogen.[1]) Es stellte sich in der That heraus, daß viele Thatsachen und Dokumente für dieselbe nicht völlig beweisend sind und ihnen zudem viele andere entgegengesetzter Art, zum Theil von denselben Personen und Quellen, sich an die Seite stellen lassen, wenn auch dadurch noch keineswegs alle Schwierigkeiten behoben werden können und namentlich das oben sub Nr. 4 Bemerkte immerhin seine volle Richtigkeit behauptet. Im Allgemeinen lassen sich über den Sinn der hieher gehörigen Zeugnisse und zu Gunsten der Möglichkeit, sie mit der im Eingang (§. 1) entwickelten Doctrin in Einklang zu bringen, wenigstens zum großen Theile, manche beachtenswerthe Bemerkungen geltend machen. Hieher gehört vornehmlich Folgendes:

a) In den ältesten Zeiten der Kirche war der Unterschied zwischen nichtiger und unerlaubter Ordination so ziemlich ohne praktische Bedeutung, weil dem illicite Geweihten nur höchst selten eine Dispens zu Theil ward; wurde aber nicht dispensirt, so kam es nicht darauf an, ob die Weihe als total nichtig der Substanz nach, oder nur als eine unberechtigte und deßhalb wirkungslose erklärt wurde.[2]) Die alte Kirche verbot auf das strengste die jetzt gebräuchlichen absoluten Ordinationen,[3]) d. h. die Weihe eines nicht zugleich für eine bestimmte Kirche und ein besonderes Kirchenamt auserlorenen Individuums; wer nun das betreffende Kirchenamt nicht erhielt, der hatte die Weihe gewissermaßen vergebens erhalten. Die Weihe ward nur ertheilt zum Besten des christlichen Volkes und zur Ausübung bestimmter Functionen; wer diese nicht vornehmen konnte (durfte), war nicht wirklich Bischof oder Priester, nicht als ob der Charakter ihm fehlte, sondern weil ihm das Amt abging, für das die Weihe ertheilt ward.

b) Die Alten unterschieden nicht ausdrücklich wie die Späteren zwischen Ordo und Jurisdiktion und reden in der Regel nur von der potestas sacerdotalis oder episcopalis, von dem Ministerium, dem Amte schlechtweg. Wer daher die bischöfliche Jurisdiktion gar nicht besaß (wie der Intrusus) oder canonisch verloren hatte (wie der Abgesetzte), ward als „Nichtbischof" oder „nicht mehr Bischof" bezeichnet.[4])

Johannes XXII. einschärfte. (Raynald. ad a. 1335. n. 42.) Vgl. Benedict XIV. de Synodo dioec. L. VII. c. 6. n. 1.

[1]) Casp. Juenin Comment. de Sacram. Lugduni 1696. Dissert. VIII. q. 4 et 6. p. 826 seq. — Hallier op. cit. P. II. c. 2. q. 476 seq. — Selvaggio Antiqu. christ. L. III. c. 14. Append. §§. 1—III.

[2]) Thomassin. de vet. et nova Eccl. disciplina P. II. L. 1. c. 65. n. 6: Jam ad nauseam illud inculcavimus, quod quae illicitae erant ordinationes, irritae passim dictitarentur, in causa fuisse raritatem et infrequentiam dispensationum: quas si nullae concederentur, non magnopere referret, illicitae an irritae essent ordinationes. At nunc faciles et obviae passim dispensationes paene nimio plus distinguere cogunt, quid illicitum, quid praeterea irritum sit.

[3]) Conc. Chalced. c. 6. (Gratian c. 1. d. 70.) Das μηδὲ δύνασθαι ἐνεργεῖν läßt sich sehr gut als nähere Erklärung des ἄκυρον ἔχειν fassen.

[4]) Vgl. Conc. VIII. c. 4. Hard. VIII. 1370. Grat. c. 6. C. VII. q. 1. So erklären auch Viele die Worte in Conc. Cpl. I. cap. 4: Μάξιμον ἐπίσκοπον μήτε γενέσθαι ἢ εἶναι.

c) Viele Stellen reden von der Nichtigkeit der fraglichen Weihen in rechtlicher, nicht aber in sacramentaler Beziehung; sie wollen sagen, daß derlei Ordinationen keine rechtliche Folge für den Empfänger haben, daß dieser nicht das mindeste Recht daraus ableiten kann;[3]) sie gehen aus von der juristischen Anschauung: Quae contra jus fiunt, debent utique pro infectis haberi.[4]) Das römische Recht übte seinen unzweifelhaften Einfluß auch auf die kirchliche Gesetzgebung, die viele Grundsätze aus ihm adoptirt hat und zumal in ihren Canonen die allgemeinen Rechtsprincipien voraussetzte.

d) Der Ausdruck irrita ordinatio (bei den Griechen *ἄκυρος*, *ἀβέβαιος χειροτονία*) bezeichnet darum auch keineswegs in allen Dokumenten das, was wir jetzt unter ungiltig verstehen, sondern sehr oft nur das Uncanonische, Unerlaubte, das als nicht zu Recht bestehend, keine rechtliche Folge nach sich ziehend zu betrachten ist; er bedeutet nicht ausschließlich die völlige Nullität, sondern, und zwar zunächst und in der Regel, nur die Wirkungslosigkeit in Betreff der Ausübung, da den uncanonisch Ordinirten die Funktion in ihren Weihen untersagt war, oder wenn man will die Nullität quoad executionem, gradum et honorem, nicht quoad characterem.[7]) Wäre letzteres anzunehmen, so würde der geringste Verstoß gegen irgend einen Canon stets die absolute Nichtigkeit nach sich gezogen haben. So wird die ohne Consens des episcopus proprius an einem Geistlichen einer fremden Diöcese, wenn auch nicht absolut, vorgenommene Weihe als irrita bezeichnet[8]) und doch wird einerseits eine mit Einwilligung des Ordinarius vorgenommene Weihe dieser Art als giltig anerkannt, wobei doch schwer anzunehmen ist, daß der Consens des Ordinarius von solchem Einfluß gedacht ward, daß er den Weiheact in seiner Substanz afficire, anderseits wird anderwärts[9]) für den obigen Fall Deposition verhängt, was den Valor der Weihe voraussetzt. Zudem wurden oft solche von einem fremden Bischofe ohne Erlaubniß ihres Ordinarius geweihte Cleriker von letzterem zurückverlangt, um sie in ihren Weihegraden in der eigenen Diöcese fungiren zu lassen.[10]) So werden wiederum unerlaubte Ordinationen für ungiltig (wirkungslos) erklärt, wenn nicht (dem berechtigten Bischof) Satisfaction geleistet ist;[11]) so wird wiederum[12]) die Aufstellung eines Verwandten

---

[3]) So bestimmte Nikolaus II., ut in posterum quicumque pateretur se a simoniaco provehi, nihil penitus ex ea deberet promotione lucrari et sic ministrandi jura deponeret, tamquam si nullatenus percepisset. (Cf. Petr. Dam. ep. ad civ. Florent.) Cf. can. 109. c. I. q. 1. Dasselbe wird anderwärts mit viel schärferen Worten gesagt.

[4]) c. 64 de R. J. in 6.

[7]) Holtzclau in Theol. Wirceburg. Tract. de Sacram. Ordinis c. II. art. 9. n. 149 seq. — Phillips a. a. O. S. 361.

[8]) Conc. Nic. I. can. 16. Conc. Sard. c. 15. (*ἄκυρος καὶ ἀβέβαιος*.) Conc. Arelat. II. c. 13. (Gratian c. 3. d. 71; c. 7. C. IX. q. 2.)

[9]) can. apost. 35 (al. 34). Conc. Aurel. V. a. 554. can. 7.

[10]) Greg. M. L. III. ep. 42 ad Syrac. Thomassin l. c. c. 8. n. 1—3.

[11]) Conc. Turon. II. c. 10. Vgl. Hefele, Conc.-Gesch. II. S. 568. Hier ist offenbar an keine Invalidität in unserem modernen Sinne zu denken.

[12]) can. apost. 76. Antioch. c. 23.

oder Freundes als Nachfolger im Episcopat von Seite eines Bischofs ἄκυρος genannt; ebenso die Weihe eines Bischofs ohne Synode, ohne Anwesenheit des Metropoliten, ohne Zustimmung der Mehrzahl der Provincialbischöfe [13]) u. s. f. So steht ἄκυρον, irritum in vielen Fällen, in denen man sicher keine völlige Nichtigkeit des Actes angenommen hat. Rata ordinatio war die allseitig als canonisch, legitim anerkannte Weihe, die mit Beobachtung aller Kirchengesetze vorgenommen ward; für ihr Gegentheil [14]) steht oft non rata, [15]) irrita, bisweilen vana. [16]) Sodann wird oft der Ausdruck ἀκυρωθήσεσθαι, ἀκυρωθῆναι gebraucht, [17]) der nicht von dem an sich Nichtigen, sondern von dem erst richterlich zu Irritirenden steht, wie man eine sententia per se nulla und eine sententia a judice infirmanda, irritanda unterscheidet.

c) Es konnte aber auch die Ordination als irrita bezeichnet werden, bei der keine Ertheilung der Gnade stattfand, [18]) und dieser Gesichtspunkt trat ebenfalls bei den Alten in den Vordergrund. Obschon die außerhalb der Kirche und von einem illegitimen Bischof Geweihten den Character empfangen, so erhalten sie doch in der Regel propter obicem peccati die Gnade nicht, die aber bei ihrem Eintritt in die Kirche oder bei ihrer Aussöhnung mit derselben und deren Gesetzen ihnen zu Theil werden kann. [19]) Sehr oft heben die alten Canones hervor, daß die Gnade des heiligen Geistes bei unwürdiger Collation und Susception der Weihen fehlt, [20]) namentlich wenn Simonie dazu kommt; [21]) von denen, welchen die Gnade des Amtes abging, ward daher auch gesagt, daß sie nicht Bischöfe, nicht Priester seien, [22]) und besonders in diesem Sinne wurde das Wort des Hieronymus viel gebraucht: Non omnes Episcopi sunt Episcopi. [23]) In Anbetracht der nicht erlangten Gnade, in Anbetracht der traurigen Folgen der Weihe bei Häretikern und Schismatikern, durch welche die Spaltung immer fortgesetzt, erneuert, vermehrt, perpetuirt ward, in Anbetracht des großen Mißbrauchs, den ein degradirter oder schismatischer Bischof mit der erhaltenen Weihegewalt treibt, der schweren Schuld, mit der sich gewöhnlich sowohl Ordinator als Ordinatus beflecken, zumal wenn Letzterer das Vitium

---

[13]) Conc. Antioch. c. 19.

[14]) Gratian post. can. 43. C. I. q. 1: Desinit esse ratum, quod non fuerit rite perfectum. Vgl. Kober Suspension S. 45—47.

[15]) can. 1. §. 1. d. 71. (Conc. Sard.)

[16]) Leo M. can. 40. c. I. q. 1. Cf. c. 1. d. 62. §. si qui.

[17]) Z. B. Nic. I. c. 16. Cpl. I. c. 4: πάντων τῶν παρ' αὐτοῦ (Max.) γενομένων ἀκυρωθέντων.

[18]) Gratian. post can. 97. C. I. q. 1. §. 7: Irrita et non vera dicuntur, quia quod promittunt et conferre creduntur, non tribuunt, et ideo damnanda, ut ea dari vel recipi ab haereticis non approbetur, sed interdicatur. Non enim quantum ad se polluta sunt, quamvis ab haereticis polluta dicantur.

[19]) Selvaggio l. c. §. III. n. 13. p. 306.

[20]) c. 29. C. I. q. 1. (Aug. de bapt. III. 16.) c. 38. 92 eod. (Gelas. I. P.)

[21]) c. 1. 12. 14—17. 20 eod. Gregor I. L. X. ep. 30 ad Vict. nennt die simonistische Weihe illicitam et effectu (gratiae) carentem.

[22]) c. 12. d. 40 (Ps. Chrys.) c. 2. C. I. q. 1 (Greg. M. L. VII. ep. 110.)

[23]) Hier. ep. ad Heliod. (c. 29. C. II. q. 7.) Cf. Const. apost. VIII. 2.

seiner Weihe kennt, haben die Väter ganz Recht, wenn sie dergleichen Weihen verabscheuen, als vulneratio, damnatio, exsecratio bezeichnen, darin einen an der Kirche verübten Raub [14]) erblicken. Oft ist das Verbrechen nur auf Seite des Weihenden, der dann sich und seiner Seele schadet, während er Anderen dabei sogar nützen kann,[15]) besonders dem unwissenden Volke; öfter ist es auf beiden Seiten, und dann ist der Abscheu der Kirche um so größer. „Vollkommen wirksam in allen ihren Aeußerungen ist eine Weihe nur in der Kirche; außerhalb derselben ist sie gleichsam eine Exsecration; ja außerhalb der Einheit, da sie den Riß nur vergrößert, ist sie in vieler Beziehung wirksam wie das Gegentheil einer Weihe und ist daher gleichsam keine Weihe,[16]) sowie auch der sie ertheilende Bischof, weil er außerhalb der Kirche steht, in gewisser Hinsicht trotz seines unvertilgbaren bischöflichen Charakters doch auch für keinen eigentlichen Bischof gelten kann. Er kann dem Ordo, den er ertheilt, nicht die wahre Ausübung der übertragenen Vollmachten geben, da er zwar diese selbst, aber nicht das Recht sie auszuüben hat. Es kann daher in diesem Sinne sehr wohl von ihm gesagt werden: er gibt, was er nicht hat,[17]) oder: er gibt, was er hat, nämlich die Damnation,[18]) er verwundet das Haupt des Empfangenden,[19]) der nun allerdings der Arznei der Buße bedarf.“ [20]) Er profanirt und befleckt das Sacrament, das in unwürdiger und unerlaubter Weise gespendet wird; wenn er es aber befleckt und profanirt, so ist wohl das sacramentum, aber ohne die res sacramenti, wohl der Charakter, aber ohne die Gnade vorhanden.

f) Wie der Ausdruck ordinare sehr oft auch in weiterem Sinne für einsetzen, wählen, constituere, eligere u. s. f. gebraucht wird;[21]) so bezeichnet auch ordo nicht allein das einen Charakter einprägende Weihesacrament, sondern auch den bestimmten Rang und Grad, dessen Ehren und Insignien, die Stellung in der Hierarchie nach ihrer äußeren Seite.[22]) Den Ordo verlieren

---

[14]) Pudenda in divisione rapina, sagt Papst Pelagius c. 33. C. XXIV. q. 1.

[15]) Nicol. I. ad consulta Bulgar. c. 71.

[16]) c. 1. C. IX. q. 1. (Greg. M. L. III. ep. 20.): Nos consecrationem nullo modo dicere possumus, quae ab excommunicatis hominibus est celebrata. Der Canon Pudenda erklärt: Consecrare est simul sacrare. Sed ab Ecclesiae visceribus divisus et ab apostolicis sedibus separatus exsecrat ipse potius et non consecrat. Jure ergo exsecratus tantum', et non consecratus poterit dici, quem simul sacrare in unitate conjunctis membris non agnoscit Ecclesia. — Aug. ep. 23: Consecratio reum facit haereticum, extra Domini gregem portantem characterem.

[17]) can. 21. 25. C. I. q. 1.

[18]) can. 18. C. I. q. 1. Cf. c. 17. §. 1 eod.

[19]) can. cit. et c. 25. C. I. q. 7.

[20]) Phillips a. a. O. S. 350. 351.

[21]) Vgl. Hieron. catal. in Jacobo; c. 1—3. d. 60. Balsamon et Zonar. in can. 1 apost.: πάλαι καὶ ἡ αὐτὴ ψῆφος χειροτονία ὠνόμαστο. — Justell. in can. Nic. 5. Fontani Nov. delic. erudit. I, II. p. 68. nota 1. — Hallier de sacr. ordin. Proleg. c. 4. — Georg Hamartolus in seinem Chronikon (Cod. Monac. 139. fol. 292 b.) sagt von Kaiser Leo V.: Νικηφόρον ἐξορίσας Θεόδοτον πατριάρχην ἀντιχειροτονήσας.

[22]) So Morinus op. cit. Exerc. I. c. 2. Holtzclau l. c. Prooem. n. 1 seq. Selvaggio l. c.

heißt bei den Alten oft des geistlichen Amtes entsetzt werden, die Privilegien und Vorrechte des geistlichen Standes einbüßen, deponirt und degradirt werden. Dafür stehen auch die Ausdrücke: deordinari, ab ordine amoveri, a clero cessare, a clero abjici, extorrem, alienum fieri ab ordine, πέπαυσθαι τῆς διακονίας, τῆς τάξεως, τοῦ βαθμοῦ ἐκπίπτειν, ἀλλότριον εἶναι τῆς ἱερωσύνης u. s. f., besonders wenn von voller Deposition die Rede ist.[33]) Von dem, der den Dekreten des römischen Stuhles nicht gehorcht, heißt es: nec locum deinceps inter sacerdotes habeat, sed extorris a sancto ministerio fiat.[34]) Auch ab altari removeri, ecclesiastica dignitate carere findet sich nicht selten.[35]) Zur genaueren Würdigung der hieher gehörigen Stellen sind aber hier mehrere Stufen[36]) der ehemals gebräuchlichen Strafen zu unterscheiden. α) Einige wurden nicht bloß vom Clerus, sondern auch von der Kirche überhaupt ausgeschlossen (degradirt und excommunicirt),[37]) was seltener und meist nur bei Wiederholung größerer Verbrechen vorkam; denn die Verbrechen, die bei Laien mit Excommunication bestraft wurden, strafte man bei Geistlichen in der Regel mit Deposition,[38]) wozu dann erst als Schärfung und weitere Strafe die Ausschließung hinzukam.[39]) β) Einige wurden in perpetuum vom heiligen Dienste entfernt, nicht aber aus der Kirche, sondern nur aus dem Clerus gestoßen; sie blieben nur noch zur Laiencommunion zugelassen, wie in vielen Fällen die von Häretikern ordinirten Kleriker.[40]) γ) Andere durften im Clerus bleiben, seine Ehren genießen, aber keine geistlichen Functionen mehr vornehmen,[41]) ganz wie die Kleriker, die ohne literae formatae[42]) in eine fremde Diöcese kamen und nur der communio peregrina theilhaftig waren.[43]) δ) Andere wurden nur auf eine niedrigere Stufe im Clerus gesetzt,

---

[33]) Vgl. Conc. Ancyr. c. 10. 14. Nic. c. 2. 18. Antioch. c. 5. Collect. can. s. Ps. Conc. Carth. IV. 398. c. 48—50. (Hard. I. p. 982.) Ephes. c. 2. 6. Chalced. c. 2. 10. 12. 18. 27. Das ἀναδύνειν εἰς τοὺς ἰδίους βαθμούς Chalc. c. 22. und sonst deutet gewissermaßen auf eine poena ferendae sententiae hin. Andere Ausdrücke s. bei Kober l. c. S. 5. N. 8.

[34]) Gregor. IV. can. 5. §. 1. dist. 19.

[35]) Z. B. Conc. Nannet. 658. c. 11 (c. 5. §. 1. d. 81).

[36]) Vgl. Devoti instit. jur. can. L. I. tit. 8. sect. 4. §. 19. nota 2.

[37]) Conc. Arel. II. a. 443. c. 14; Trullan. c. 86.

[38]) Das zeigen besonders die apostolischen Canones, die dasselbe Verbrechen bei Laien mit Ausschließung (ἀφορίζεσθαι), bei Geistlichen mit Absetzung (καθαιρεῖσθαι) belegen, wie can. 22. 23. 62—66. 69. 70. Vgl. Trull. c. 92. Nic. II. c. 5.

[39]) can. apost. 6. 28 (31). 51 (al. 50). Neocaes. c. 1. Wo wie c. 31 apost. (al. 29) καθαιρεῖσθω καὶ ἀφοριζέσθω vereint steht, ist das letztere vielleicht milder zu deuten; sonst gilt die allgemeine Regel: Ne bis in idem. (can. ap. 25. al. 24; Basil. ep. 188. Opp. III. p. 293 ed. Paris. 1639.)

[40]) Sardic. c. 1. 2. can. ap. 15 (al. 14). Agath. c. 1. Trull. c. 21. Socr. H. E. I. 9. Soz. I. 24. Basil. ep. 199 ad Amphil. c. 27. Cf. c. 52. d. 50; c. 18. d. 55. Conc. Aurel. III. 538. c. 19. Juenin. l. c. p. 827.

[41]) Conc. Ancyr. c. 1. 2. Trull. c. 26.

[42]) Cf. c. 6—9. d. 71. Conc. Chalc. c. 13.

[43]) can. ap. 15 (16). 34 (32). Agath. c. 2. 5. Die zur communio peregrina zuge-

z. B. Diakonen nur als Subdiakonen beim heiligen Dienste gebraucht;[44] bei Bischöfen geschah das in der Regel nicht,[45] wenn sie nicht von einer häretischen oder schismatischen Partei herübergekommen waren;[46] doch erhielten diese sehr häufig Dispensen. e) Bisweilen wurde einem Cleriker nur ein Theil seiner Functionen entzogen, der andere gelassen,[47] analog der partiellen Suspension. f) Hie und da wurde strafwürdigen Geistlichen nur der letzte Platz unter Clerikern ihres Ranges angewiesen.[48] Die Stufenreihe der Strafen kann uns viele ältere Bestimmungen erläutern.

g) Mehrfach wird auch eine neue Handauflegung bei der Rückkehr oder Wiedereinsetzung außerhalb der Kirche oder uncanonisch Ordinirter erwähnt. Aber die Handauflegung hatte in der alten Kirche eine sehr vielfache Bedeutung[49] und mehrere der für uns in Betracht kommenden Stellen beziehen sich auf einen die Reconciliation ausdrückenden Ritus, wie denn auch die Cheirothesie zur Wiederversöhnung der Häretiker und Schismatiker überhaupt im Gebrauche war, ganz verschieden von der sacramentalen Weihe.[50] Daß ein feierlicher Ritus bei der Wiedereinsetzung in geistliche Functionen vorkam, zeigt in Bezug auf die spanische Kirche der Canon 28 der vierten Synode von Toledo ganz deutlich[51] und durch ihn werden mehrere andere Canones vollkommen erklärt.[52] Fulbert von Chartres sagt von einem Geistlichen, der durch Simonie von einem fremden Bischofe das Presbyterat erhalten hatte, derselbe solle abgesetzt und der canonischen Buße unterworfen werden, wenn er diese gebührend geleistet, sei er wieder in seine Würde einzusetzen, nicht zwar durch neue Weihung, sondern benedictione aliqua et vestium atque instrumentorum sacerdotalium restitutione;[53] das war also eine ceremonielle Nachahmung der Weihe, keine eigentliche Ordination. Man gab dem früher Entsetzten bei der Restitution die geistlichen Gewänder zurück sowie die Insig-

---

lassenen Geistlichen konnten den vollen Genuß ihrer Rechte wieder erlangen, nicht aber die ad communionem laicam redigirten.

[44]) Conc. Neocaes. c. 10. Tolet. I. a. 400. c. 4.

[45]) Conc. Chalc. Sess. IV. Mansi VII. 95.

[46]) Unter gewissen Bedingungen, namentlich wenn schon ein katholischer Bischof in der Gemeinde war, erhielten die zurückkehrenden Bischöfe nur die Stellung eines Priesters. Vgl. Nic. c. 8.

[47]) Conc. Neocaes. c. 9. Conc. Carth. IV. s. Collect. can. (Hard. I. 983.) c. 68. — Arelat. IV. 524. c. 3. Aurel. III. 538. c. 1. — Clem. III. cap. 2. de eo qui furtive V. 30. Vgl. Kober Suspension S. 19 ff.

[48]) Nic. II. 787. c. 5 im ersten Theile.

[49]) c. 74. C. I. q. 1 (Aug. de bapt. III. 16.): Quid est manus impositio aliud quam oratio super hominem?

[50]) Selvaggio l. c.

[51]) Conc. Tolet. a. 638. c. 28 (Hard. V. 1714).

[52]) So z. B. Conc. Caesaraugustan. II. 592. c. 1.: Presbyteros ex Ariana haeresi revertentes accepta denuo benedictione Presbyterii ministrare. Die benedictio ist an und für sich keine ordinatio und ein viel weiterer Begriff. Vgl. Natal. Alex. H. E. Saec. VI. c. 5. art. 34.

[53]) ep. 25 ad Leuteric. Senon.

nien seiner Weihe und ertheilte ihm feierlich den Segen.[64]) Daß in der griechischen Kirche dasselbe vorkam, beweisen unter Anderem die Acten des achten ökumenischen Concils.[65]) Gleichwie nun durch die Degradation nur die Insignien und die äußere Seite des Ordo genommen und entzogen wird: so werden auch durch die Reconciliation[66]) nur die äußeren Vorrechte und Insignien zurückgegeben, nicht aber ein neuer Charakter, nicht eine wirkliche Weihe ertheilt. Diese war nur eine Benediction, eine consecratio ceremonialis, eine restitutio instrumentorum, welche die volle Versöhnung mit der Kirche oder die Reintegration des seines Amtes Entsetzten auch äußerlich aussprach, ein Ritus, der das, was die Deposition und Degradation hinwegnimmt und allein hinwegnehmen kann, wieder ertheilt, nämlich das exercitium ordinis, das jus utendi ordine et in eo ministrandi. Dieser Ritus ist es nun, den man oft fälschlich für eine eigentliche Reordination gehalten hat.

6. Dieses sind hauptsächlich die Gesichtspunkte, aus denen sich die der jetzt allgemein in der Kirche angenommenen Doctrin entgegenstehenden Zeugnisse erklären lassen. An und für sich scheint klar, daß durch kein Recht die Weihe eines, sei es quoad animam, sei es quoad corpus[1]) außerhalb der Kirche befindlichen Bischofs, der die Weihegewalt einmal erhalten und die wesentliche Form bei deren Ausübung beobachtet, ungiltig gemacht ist; darüber liegt kein Ausspruch des jus divinum vor, das jus ecclesiasticum aber kann sie nicht invalidiren, weil die Weihegewalt der Bischöfe von Christus selbst stammt und unzerstörbar ist, wie der Charakter, den Gott selbst einprägt, aus dem sie entspringt, und die Kirche diesen Charakter dem nicht mehr entziehen kann, der ihn einmal erhalten hat.[2]) Auch ist der allgemeine Grundsatz, daß der Valor der Sacramente nicht abhängt von dem Glauben, der Heiligkeit und Frömmigkeit des Spenders, und der Charakter nicht von der Würdigkeit des Empfängers, wie er gegen Donatisten, Waldenser, Wikleffiten und Hussiten[3]) geltend gemacht ward, wenigstens bezüglich des lasterhaften und verbrecherischen Bischofs außer Zweifel, so daß die active und passive Ordination eines solchen durch Verbrechen und Sünden nicht ungiltig gemacht werden kann[4]) und stets zwischen Fähigkeit und Berechtigung zur Weihe unterschieden werden muß. Wenn aber das vom episcopus improbus überhaupt gilt, so kann auch die

---

[64]) Rebaptizationes et reordinationes fieri canones vetant. Propterea depositum non reordinabitis, sed reddetis ei suos gradus per instrumenta et per vestimenta, quae ad ipsos gradus pertinent, ita dicendo: Reddo tibi gradum ostiarii.... Novissime autem benedictione laetificabis eum.

[65]) act. II. Mansi Conc. XVI. p. 42. 261.

[66]) Dieser Ritus hat vielfache Analogie mit der Reconciliation der Kirchen und die alten Canones stellen beide, wie auch die execrirten und pollnirten Kirchen mit den clericis exsecratis et pollutis, oft zusammen. Vgl. Conc. Aurelian. I. can. 10.

[1]) Nach der Unterscheidung Augustin's Brevical. Collat. cum Donat. die III.

[2]) Holtzclau de Sacr. Ord. l. c. c. 2. a. 9. n. 147. p. 151.

[3]) Conc. Constant. in prop. Wicleffi n. 45 et prop. Hus. n. 30 damn. Trid. Sess. VII. de Sacr. in gen. c. 12.

[4]) Bernard. Serm. 66 in Cantica.

erfolgte Absetzung oder auch die Resignation die Weihefähigkeit ihm nicht rauben, durch die er zunächst doch nur die Jurisdiktion verliert, das Recht, einen bestimmten Sprengel zu leiten. Auch bei dem gewaltsam und gegen die Canones eingesetzten oder eingedrungenen Bischof (episcopus intrusus, invasor, usurpator), der an sich gar keine Jurisdiktion hat, diese aber doch unter bestimmten Voraussetzungen erlangen kann, kommt es nur auf den wahren bischöflichen Charakter an, der ebenso die von häretischen und schismatischen Bischöfen vorgenommenen Ordinationen in ihrer Giltigkeit allein bedingt; nur ob der Charakter ihnen je eingeprägt war, kann streitig sein. Sehr oft wurde aber in der Kirche große Milde geübt gegen Geistliche, die sich vergangen hatten, und die einfache Wiederaufnahme nach geleisteter Satisfaction ihnen gestattet;[5]) das galt auch von höheren Clerikern und selbst von Bischöfen, ohne daß — einzelne Fälle abgerechnet — die Ordinationsbefugniß davon ausgeschlossen worden wäre; Excommunication und Deposition hatten demnach diese Gewalt nicht vernichtet. Es ist ferner Thatsache, daß in vielen Fällen von ganz gleicher Art, wo es sich um dasselbe Verbrechen oder um denselben Defect handelte, je nach der Verschiedenheit der Orte, Zeiten und Umstände die Canones bald den Geweihten für abgesetzt oder der Absetzung würdig, bald für nichtig geweiht erklärten, daß ferner oft Stellen der einen Art Texte der anderen erläutern und daß die Deposition eigentlich nur einen Sinn hat, wo die wirkliche Erlangung der Weihe vorausgesetzt wird. Daß die Kirche den Charakter des Ordo wieder entziehen könne, widerspricht ihren späteren Definitionen, und solange nicht die zwingendsten Gründe vorliegen, dürfen wir nicht das Verfahren der alten Kirche als diesen zuwider laufend annehmen. Nur wo keine der oben (§. 4) gegebenen Erklärungen Platz greifen kann, sind wir berechtigt, eine andere Theorie und Praxis der älteren Kirche beizumessen, um so weniger, als die heutige genauere Sprachweise auch in anderen theologischen Materien bei den Alten vermißt wird und viele härtere Ausdrücke unserer Quellen geradezu als bildlich und hyperbolisch, als nur secundum quid gebraucht erscheinen. Erinnnern doch schon mittelalterliche Theologen daran, daß das Heilige und Gute, obschon an sich heilig und ehrwürdig, durch den unrechtmäßigen Besitzer uns befleckt erscheint und sowie man von einem fröhlichen Tage spricht, weil er die Menschen fröhlich macht, so auch das Sacrament der Unwürdigen und Außerkirchlichen, weil es ihnen zur Verdammung gereicht, verdammlich genannt wird.[6]) Die Redeweise der Alten, auch der Väter und der Concilien, sind keine strikten dogmatischen Formeln, sie sind meist mit biblischen Bildern und Beziehungen untermischt, die zu dem nächsten Gegenstande ihrer Erörterung oft nur entfernte Beziehungen und Analogien haben.

6. Eine Reordination im eigentlichen Sinne des Wortes hat sicher Niemand in der Kirche je gewollt. Wenn einem Geweihten abermals die Weihe ertheilt ward, so geschah es nur darum, weil man die erste für keine Weihe

---

[5]) Vgl. die Stellen can. 13—25. dist. 50.

[6]) Alger. Leod. L. III. de Sacr. alt.

ansah oder an deren Wirklichkeit ernstlich zweifelte; auch hier gilt der Satz: Non intelligitur iteratum, quod ambigitur esse factum.[1]) In irrthümlicher Voraussetzung von der Nichtigkeit der früheren Weihe können also Reordinationen vorgekommen sein, die objectiv solche waren, wenn sie auch subjectiv den sie Vornehmenden nicht als solche erschienen. Da wo Jemand, der nicht getauft war, ordinirt wurde, muß auch jetzt noch nach ertheilter Taufe der Weiheakt wiederholt werden;[2]) Häretiker, deren Taufe nicht anerkannt ward, konnten auch nicht giltig weihen, weßhalb auch schon frühzeitig zwischen den verschiedenen Classen von Häretikern ein Unterschied gemacht ward.[3]) Insofern war auch die Giltigkeit der von Häretikern gespendeten Ordines schwieriger zu beurtheilen, als die der Weihen anderer Kategorien, die von Solchen ausgingen, die dem äußeren Verband der Kirche angehörten; losgerissene Zweige vom Lebensbaum der Kirche, verfielen die verschiedenen Häresieen in immer größere Verirrungen, die auch die Substanz der Sacramente beeinträchtigten.[4]) Man wollte schon überhaupt gewesene Häretiker nicht so leicht in den Clerus aufnehmen, was einzelne Particularconcilien[5]) sogar verboten; und doch mußte man vielfach von dieser Strenge abgehen, zumal beim Uebertritt ganzer Gemeinden. Wiederum war der in der Kirche ordinirte und dann zur Häresie abgefallene Ordinator von demjenigen zu unterscheiden, der selber durch Häretiker ordinirt worden war; bei ersterem zeigte sich meist größere persönliche Strafwürdigkeit, aber bezüglich seiner sacramentalen Acte größere Sicherheit, während die späteren Generationen von Häretikern weit geringere Bürgschaften boten.[6]) Daß nur ein rechtgeweihter Bischof giltig weihen könne, das stand in kirchlichen Kreisen außer Zweifel;[7]) aber darüber, ob in concreto dieser oder jener, der den bischöflichen Titel führte, wirklich recht geweiht war, war es schwer, in allen Fällen Gewißheit zu erlangen.

7. In der älteren griechischen Kirche fehlt es nicht an Dokumenten, die für unsere Frage von Bedeutung sind. Die pseudoapostolischen Canonen verbieten die *δευτέρα χειροτονία* eines Geistlichen bei Strafe der Absetzung für den Ordinator und den Ordinatus; nur nehmen sie den Fall einer von Häre-

[1]) Innoc. III. c. Veniens 3 de presb. non baptizato III. 43.

[2]) c. 1—3 de presb. non baptiz. Bonavent. Breviloqu. VI. 6. p. 223. ed. Hefele. Cf. Conc. Nic. I. c. 19.

[3]) Conc. Laodic. c. 7. 8. Conc. Cpl. I. can. 7. Basil. ep. can. ad Amphiloch. 188. c. 1. p. 664 seq. ed. Migne. Conc. Trullan. c. 95.

[4]) Die späteren Montanisten und Sabellianer z. B. brauchten nicht mehr die kirchliche Taufformel; Erstere sollen nach Basilius l. c. sogar statt des heiligen Geistes den Namen des Montanus oder der Priscilla gesetzt haben.

[5]) Z. B. Illiber. c. 51.

[6]) Basilius l. c. p. 669.

[7]) Das beweist schon die Antwort des Athanasius auf die Anklage wegen des Ischyras, sowie das constante Factum der nur von Bischöfen gespendeten Weihe, sodann das Zeugniß der Tradition bei Epiphanius, Chrysostomus, Hieronymus u. s. f. Vgl. Holtzclau de Sacr. Ord. c. 2. art. 9. n. 130 seq. p. 137 seq. Thomassin. P. I. L. I. c. 51. n. 10; c. 52. n. 7. 10. c. 53. n. 3.

tikern ertheilten Weihe aus.[1]) Diese Bestimmung hängt mit der anderen[2]) über die Wiedertaufe zusammen und stützt sich auf die Ansicht des Cyprian und des Firmilian, welche die von Häretikern Getauften und Geweihten nicht als Gläubige und Geistliche gelten ließ. Einige wollten sie nur von den Häretikern verstanden wissen, welche die Form der Sacramente nicht einhalten,[3]) wogegen aber die allgemeine Fassung spricht. Es ist sicher zu gestehen, daß jene Ansicht längere Zeit hindurch Vertreter hatte und daß in der Frage der Häretikerweihe zwei Strömungen sich forterhielten; nur war sie nie die allgemein herrschende und in der Praxis festgehaltene, wie sich sowohl aus einzelnen Schriftstellern[4]) als aus den geschichtlichen Thatsachen ergibt. Sehen wir jetzt ab von der Frage über die von Ketzern ertheilten Weihen, so erscheint das Verbot der Reordination als Regel; im fünften Jahrhundert hielt der byzantinische Clerus daran strenge fest,[5]) und schon im vierten finden wir es ohne Einschränkung und ohne irgend eine Ausnahme vom heiligen Basilius vertreten. Dieser klagt den Eustathius von Sebaste an, daß er reordinirt, was bis dahin keiner der Häretiker gewagt.[6]) Anderwärts wirft er demselben seine Inconsequenz vor, weil er, nachdem er dem von vielen Bischöfen ausgegangenen Absetzungsurtheil den Gehorsam verweigert mit dem Vorgeben, seine Gegner seien keine Bischöfe, weil sie den heiligen Geist nicht hätten, später gleichwohl die von diesen Ordinirten als Bischöfe ansah.[7]) Im Allgemeinen läßt er das Princip, Häretiker und Schismatiker seien unfähig zu taufen und zu weihen, so wenig bestimmt und präcis auch seine Erklärungen sind, doch nicht gelten, und erwähnt selbst, daß er den Izoïnus und Saturnin, die von der Häresie der Enkratiten zurückkehrten, als Bischöfe anerkannt.[8]) In dem Briefe

[1]) can. ap. 68 (al. 67).

[2]) can. ap. 46.

[3]) Tournely de Sacr. Ord. t. X. p. 169. 170. Holtzclau l. c. n. 157. Binius meinte, es seien die Kataphrygen zu verstehen. Morinus sah, daß der Canon zu viel beweisen würde und bemerkte, in Betreff der Taufe seien jene Häretiker gemeint, die nicht die rechte Form derselben beobachteten; dann ist es aber auch ungerechtfertigt, nicht auch die gleiche Limitation in Bezug auf den Ordo zu setzen. Selvaggio l. c. n. 21. p. 310.

[4]) So z. B. der wahrscheinlich dem fünften Jahrhundert angehörige Pseudo-Justinus q. 14 ex quaest. ad orthod. (Opp. Justini ed. Venet. p. 478. 479.) Die Frage setzt voraus, daß die Katholiken Taufen und Weihen der Häretiker als giltig ansahen, und hat nur das Bedenken, ob das tadelfrei und recht sei. Die Antwort erklärt, der Fehler der Häretiker werde bei ihrem Uebertritt wieder gut gemacht, der Irrthum im Glauben durch Sinnesänderung, der Mangel an der Taufe durch Salbung mit dem heiligen Oele, das vitium ordinationis (χειροτονίας) durch Handauflegung (τῇ χειροθεσίᾳ). Sicher sind Cheirotonie und Cheirothesie als verschiedene Handlungen gedacht und letztere nach §. 4 g. zu erklären.

[5]) Bei Theodoret. Hist. relig. c. 13. p. 1401—1404 ed. Migne in der Geschichte des Mönchs Macedonius; das οὐ δυνατὸν τὴν αὐτὴν ἐπιτεθῆναι χειροτονίαν ist hier nach dem Context: Zum zweitenmale die Priesterweihe ertheilen ist unmöglich.

[6]) Basil. ep. 130. c. 1 ad Theodot. Nicop. (Migne XXXII. p. 564.): ὅς γε, ὡς ἀκούω [εἴ γε ἀληθὴς ὁ λόγος καὶ μὴ πλάσμα ἐστὶν ἐπὶ διαβολῇ συντεθέν] ὅτι καὶ ἀναχειροτονῆσαί τινας ἐτόλμησεν, ὃ μέχρι σήμερον οὐδεὶς τῶν αἱρετικῶν ποιήσας φαίνεται.

[7]) Basil. ep. 244. c. 6. p. 920; ep. 226. p. 845; ep. 251. p. 933. 936.

[8]) ep. 188. c. 1. p. 669. Cf. not. 91 in ep. 244. p. 280 und Conc. VII. act. I. Mansi XII. 1023 seq.

an die Nikopolitaner erklärt er, daß er den Fronto, der das Bisthum von den Arianern erhalten und von ihnen sich weihen ließ, nicht als Bischof anerkennen werde,[9]) und hier war er sicher dem sich ausbreitenden Arianismus gegenüber in vollem Recht; er macht die Nikopolitaner hierauf aufmerksam, damit nicht Jemand mit dem illegitimen Bischof sich in Gemeinschaft einlasse und die von Arianern Geweihten nachher nach hergestelltem Frieden drängen möchten, ihre Anerkennung im Clerus zu erlangen.[10]) Er läßt deutlich durchblicken, daß das an sich möglich wäre; er setzt das klar voraus; aber er will nicht die Strenge der Kirchenzucht und die Wahrheit des Glaubens preisgeben; er benimmt im Voraus den illegitim Geweihten die Aussicht auf Dispens; die Ungültigkeit jener Weihen spricht er nicht aus, wohl aber nennt er den von Arianern intrudirten Fronto die communis exsecratio totius Armeniae und bezeigt seinen tiefen Abscheu vor dessen Verbrechen,[11]) aus dem eine schwere Verfolgung für diese Diöcese hervorging.[12]) Nach Athanasius ward mit den zurückkehrenden Arianern das Verfahren eingehalten, daß man denen, die Vorsteher der Gottlosigkeit waren, wohl Verzeihung, aber nicht das Verbleiben im Clerus gewährte, während denen, die nicht an der Spitze der Häresie gestanden, aber durch Zwang zu derselben sich hatten hinüberziehen lassen, beides zugestanden ward.[13]) Viele behaupteten, sie hätten die Häresie nie angenommen, sondern damit nicht ganz gottlose Menschen, zum Episcopate erhoben, die Kirche verwüsteten, lieber dem Zwang der herrschenden Partei nachgeben, als das Volk zu Grunde richten lassen wollen.[14]) Diese Entschuldigung brachten Viele vor, die von den Arianern sich zu Bischöfen hatten einsetzen lassen; Basilius scheint einer ähnlichen Rechtfertigung des Fronto und seiner Anhänger hier zuvorkommen zu wollen. Nach den Worten des Athanasius aber scheint man, da solche Weihen überwiegend von Arianern ertheilt worden waren,[15]) die Weihen dieser Häretiker als vollgiltig anerkannt, und nur nach dem Maße der größeren oder geringeren Schuld die Nichtanerkennung oder Anerkennung, oder vielmehr die Deposition und die Belassung der Einzelnen bestimmt zu haben. Da er das aber nicht als seine Privatmeinung, sondern als gemeinsamen Be-

[9]) ep. 240. c. 3. p. 897: *Οὐκ οἶδα ἐπίσκοπον μηδὲ ἀριθμήσαιμι ἐν ἱερεῦσι Χριστοῦ τὸν παρὰ τῶν βεβήλων χειρῶν ἐπὶ καταλύσει τῆς πίστεως εἰς προστασίαν προβεβλημένον. αὕτη ἐστὶν ἡ ἐμὴ κρίσις.*

[10]) *ὡς μὴ προληφθῆναί τινα εἰς κοινωνίαν, μηδὲ τῆς χειρὸς αὐτῶν ἐπιβολὴν δεξαμένους μετὰ ταῦτα εἰρήνης γενομένης βιάζεσθαι ἑαυτοὺς ἐναριθμεῖν τῷ ἱερατικῷ πληρώματι.*

[11]) ep. 239. Eusebio Samos. c. 1. p. 892.

[12]) ep. 246. 247. Nicopolitanis p. 925 seq.

[13]) Athan. ep. ad Rufin. (Migne PP. gr. XXVI. p. 1180.)

[14]) *Διαβεβαιώσαντο γὰρ μὴ μεταβεβλῆσθαι εἰς ἀσέβειαν, ἵνα δὲ μὴ κατασταθέντες τινὲς ἀσεβέστατοι διαφθείρωσι τὰς ἐκκλησίας, εἵλοντο μᾶλλον συνδραμεῖν τῇ βίᾳ καὶ βαστάσαι τὸ βάρος, ἢ λαοὺς ἀπολέσθαι.* Athanasius läßt das als eine *πιθανὴ ἀπολογία* gelten.

[15]) So ward Meletius von Antiochien, so Eustathius von Sebaste von Arianern ordinirt (Athan. hist. Arian. ad mon. §. 4. Ep. ad Episc. Aeg. §. 7.), und doch hatte Basilius letzteren anerkannt.

schluß vieler Synoden anführt: so liegt hier wohl ein entscheidendes Zeugniß für die herrschende Ansicht von dem Valor der von Arianern ertheilten Weihen vor.

8. Hieran schließen sich nun auch die Verfügungen des ersten allgemeinen Concils in Betreff der Novatianer und Meletianer. Es ist klar, daß die nicänischen Väter anders über sie urtheilten, als über die Paulianisten, deren Taufe und Weihe als schlechterdings nichtig bezeichnet ward.[1]) In Sachen der Novatianer beschlossen sie *ὥστε χειροθετουμένους αὐτοὺς μένειν οὕτως ἐν τῷ κλήρῳ.*[2]) Ueber diese Stelle machten sich hauptsächlich zwei Ansichten geltend: a) Das *χειροθετουμένους* bezieht sich auf einen in der novatianischen Gemeinschaft empfangenen Weihegrad und die Stelle lautet: eos qui manus impositionem perceperunt, ita in clero permanere, oder: qui ex illis sunt ordinati, manere in clero. So verstanden sie Rufinus,[3]) Ferrandus,[4]) die griechischen Canonisten Balsamon, Zonaras, Aristenus, dann Beveridge, van Espen, die Brüder Ballerini u. A. m.[5]) Ist diese Erklärung richtig, so erhellt, daß das Concil die Validität der novatianischen Weihen durchaus anerkennt. b) Andere dagegen sagen: Es ist die Rede von einer erst in der katholischen Kirche zu ertheilenden Handauflegung und mit der Prisca und Dionys Exiguus zu übersetzen: ut impositionem manus accipientes sic in clero permaneant, oder: ut ordinentur et sic maneant in clero.[6]) Auch in dieser Annahme ist keineswegs, wie Gratian[7]) fälschlich meint, an eine Wiederholung der Weihe zu denken, sondern vielmehr an eine Händeauflegung, wie sie bei der Wiederaufnahme von Ketzern überhaupt vorkam, oder zunächst an den reconciliatorischen Ritus.[8]) Für die letztere Erklärung lassen sich folgende Momente anführen: 1) Da der Artikel vor *χειροθετουμένους* fehlt und *αὐτούς* beigesetzt ist, so scheint ersteres viel besser mit ordinari et sic manere[9]) gegeben werden zu müssen, während bei der ersteren Erklärung viel eher *τοὺς χειροθετουμένους ἐξ αὐτῶν* stehen würde. 2) In der ersten Sitzung der siebenten Synode, da wo von der Wiederaufnahme der von Häretikern Ordinirten gehandelt wird, wurde unter dieser Cheirothesie eine bloße Benediction verstanden, die zur Ausübung der früher empfangenen Weihen wieder berechtigt. Der Text setzt hier,

---

[1]) Conc. Nic. c. 19.

[2]) Nic. c. 8.

[3]) Rufin.: clericos in ordine quidem suo recipi debere, sed in ordinatione data.

[4]) Ferrand. Brev. can. c. 172: Ut hi qui nominantur Cathari accedentes ad Ecclesiam, si ordinati sunt, sic maneant in clero.

[5]) Bevereg. Pand. can. t. I. p. 67. Van Espen Com. in can. p. 94. Ballerini annot. in Leon. M. ep. 167. (Opp. Leon. I. p. 1491 ed. Migne.) Selvaggio l. c. §. 2 n. 2.

[6]) Mansi Conc. II. p. 680. VI. 1128.

[7]) In der Aufschrift zu can. 8. C. I. q. 7.

[8]) Tournely l. c. p. 146. Fontani Novae delle. erudit. Flor. 1785. t. I.-II. p. 30. not. 1. Hefele Conc. I. S. 393. Vgl. oben §. 4 g. und §. 7. Note 5.

[9]) In den afrikanischen Canonen lautet die Bestimmung also: Si aliquando venerint ad Ecclesiam catholicam Cathari, placuit sicut magnae Synodo (Nicaenae) eos ordinatos sic manere in clero.

wie schon das μένειν zeigt, voraus, daß die novatianischen Geistlichen wirklich dem Clerus angehörten,[10]) und der Hauptgedanke bleibt, wie auch Hefele[11]) bemerkt, hier derselbe. Für die Erklärung a) läßt sich anführen: 1) Die Eingangsworte des Canons reden von Katharern oder Novatianern überhaupt, unter denen doch sicher auch viele Laien waren; nehmen wir nun an, das χειροθετουμένους beziehe sich auf eine nachfolgende Händeauflegung, so wäre der Canon nicht sehr geschickt abgefaßt und würde sagen, alle Novatianer ohne Unterschied seien nach Ertheilung der Händeauflegung im Clerus zu belassen, was absurd wäre. Sicher mußte vor den Worten μένειν οὕτως doch der allgemeine Name der Katharer irgendwie auf die Cleriker restringirt werden.[12]) 2) Das οὕτως bezieht sich auf die χειροθετουμένους zurück, was nur der Fall sein kann, wenn eine Cheirothesie oder Cheirotonie vorausgegangen war;[13]) diese konnte nicht völlig unerwähnt bleiben, weil eher die gewissermaßen sich von selbst verstehende Reconciliation. 3) Daß τοὺς χειροθ. ἐξ αὐτῶν genauer wäre, ist kein Zweifel; aber nicht selten findet sich der Artikel ausgelassen, wo man ihn erwartet, und der ganze Context scheint dafür zu sprechen, daß χειροθετουμένους eben so zu fassen ist, wie das einige Zeilen später folgende χειροτονηθέντες: wenn auch in einigen der Quellen χειροθετεῖν oder χειροτονεῖν[14]) verschieden gebraucht werden, so sind sie doch meistens promiscue angewendet. Indessen, welcher Erklärung man sich auch anschließt, Niemand findet hier eine von der jetzigen kirchlichen Theorie und Praxis abweichende Bestimmung.

9. Die auf die Meletianer bezügliche Anordnung derselben Synode[7]) hat verschiedene Deutungen erfahren, die aber eben so wenig hier eine ernstliche Schwierigkeit bereiten können. Während Valois[8]) mit seiner Ansicht, daß die „heiligere (oder mehr mystische) Cheirotonie" sich auf die Vornahme der Weihe durch den in Aegypten ausschließlich ordinationsberechtigten Bischof von Alexandrien beziehe, ziemlich isolirt dasteht, wollen die Einen dieselbe auf die früher von den Meletianern erlangten Weihegrade bezogen wissen,[9]) die Anderen

[10]) Hier. dial. adv. Lucifer. in fine (Opp. IV, II, 305) sagt, das Nicänum habe alle Häretiker aufgenommen: exceptis Pauli Samosateni discipulis (c. 19) und setzt bei: et quod his majus est, Episcopo Novatianorum, si conversus fuerit, Presbyterii gradum servat.

[11]) Hefele a. a. O. S. 394.

[12]) Ballerin. l. c.

[13]) Beveregg. l. c.

[14]) Vgl. Holtzclau de Sacr. Ord. Prooem. n. 8. p. 8 seq.

[7]) Ep. synod. apud Socr. H. E. I. 9. Theod. I. 9. Gelas. Cyzic. II. 33. Es heißt hier: τοὺς δὲ ὑπ' αὐτοῦ (Melet.) κατασταθέντας μυστικωτέρᾳ χειροτονίᾳ βεβαιωθέντας κοινωνηθῆναι ἐπὶ τούτοις, ἐφ' ᾧ τε ἔχειν μὲν αὐτοὺς τὴν τιμὴν καὶ λειτουργίαν, δευτέρους δὲ εἶναι κ. τ. λ.

[8]) Nota in Socr. l. c. n. 65. (Migne PP. Gr. LXVII. p. 80.)

[9]) Die Ballerini l. c. p. 1494 wollen die Worte μυστικωτέρᾳ χειροτονίᾳ βεβαιωθέντας zu den vorhergehenden τοὺς κατασταθέντας, nicht aber zu den folgenden bezogen wissen und übersetzen: Illos vero, qui ab ipso constituti sunt (in ecclesiis) sacra manuum impositione firmati, in communionem (statuit Synodus) recipiendos hac conditione,

verstehen unter ihr eine electio canonica,[4]) wieder Andere verstehen den reconcilatorischen Ritus, der die meletianischen Cleriker in ihren Funktionen bestätigte und die Ertheilung der Ordines gleichsam revalidirte.[5]) Die letztere Erklärung dürfte wohl den Vorzug verdienen; eine reconciliatorische Handauflegung, wie sie bei den von einer Secte Zurückkehrenden überhaupt im Orient wie im Occident im Gebrauch war,[6]) konnte recht gut als *μυστικωτέρα χειροτονία* bezeichnet werden. Wenn es wahr ist, was Sozomenus[7]) berichtet, daß Petrus von Alexandrien die Taufe der Meletianer nicht anerkennen wollte, so bewies sich die Synode, die ihre Taufe völlig anerkannte, nicht nur gegen diese Schismatiker äußerst rücksichtsvoll, sondern sie corrigirte und reformirte auch zugleich jenes Urtheil des Alexandriners. Demnach sehen wir im ersten allgemeinen Concil Weihen von Schismatikern und Häretikern anerkannt; denn daß die Novatianer nur zu den ersteren, nicht zu den letzteren gerechnet worden wären, ist Angesichts der Aussprüche der Alten[8]) nicht anzunehmen. Auch stehen diese Thatsachen nicht vereinzelt und wir finden nicht, daß den zurückkehrenden Arianern und Halbarianern gegenüber eine andere Praxis eingehalten worden wäre; Athanasius und Basilius, die so strenge am Concil von Nicäa festhielten, haben sicher nicht gegen den Geist desselben gehandelt, als sie die von Arianern ertheilte bischöfliche Consecration als solche anerkannt haben.

10. Auch das Concil von Sardika könnte für unsere Frage einige Anhalts-

---

ut honorem ipsi quidem habeant et operentur sacra. Sozomenus H. E. I. 24 gibt einfach: τοὺς ἤδη παρ' αὐτοῦ καταστάντας κοινωνεῖν καὶ λειτουργεῖν.

4) Tournely l. c. p. 173. Juenin de Sacr. P. II. Diss. VIII. p. 843.

5) Hoitscian l. c. n. 158. Tillemont Mém. t. VI. Conc. Nic. note 12. Hefele, Concil.-Gesch. I. S. 337. N. 2. Kober a. a. O. S. 180. Vgl. übrigens auch Goar in Theophan. t. II. p. 325. 326 ed. Bonn.

6) Siricius P. ep. ad Himer. Tarrac. c. 1: Quos (Arianos) nos cum Novatianis aliisque haereticis, sicut est in Synodo (Nic.) constitutum, per invocationem solam septiformis Spiritus episcopalis manus impositione catholicorum conventui sociamus, quod etiam totus Oriens Occidensque custodit. Cf. Innoc. I. ep. 22 ad Episc. Maced.

7) Soz. H. E. I. 15: *Πέτρου τοὺς Μελετίου σπουδαστὰς ἀποκηρύξαντος καὶ τὸ αὐτῶν βάπτισμα μὴ προσιεμένου.*

8) Obschon ursprünglich Schismatiker, wurden doch die Novatianer, namentlich im IV. und V. Jahrhundert, allgemein den Häretikern beigezählt. Eusebius (H. E. VI. 43.), der sonst (z. B. VII. 24) genau das Schisma von der Häresie unterscheidet, spricht von der *κατὰ Νοουάτον αἱρέσεως* und sagt von Novatian: *ἰδίας αἱρέσεως ἀρχηγὸς καθίσταται.* Im Conc. Laod. l. c. Cpl. l. c. 7 (der Synode von 382 angehörig oder einem ältern Stück entnommen), coll. Trull. c. 95, bei Soz. H. E. I. 14. p. 904 ed. Migne, bei Theod. Haer. Fab. III. 5, Epiphan. haer. 59, Pacian. ep. 3, bei Siricius l. c. (oben §. 9. N. 6), bei Theodosius II, L. 5 Cod. de haer. I. 5, bei Innocenz I. ep. 17 ad Ruf. (a Novatianis aliisque haereticis) erscheinen die Novatianer als Häretiker; ja Cyprian selbst betrachtet den Novatian als Häretiker und erwähnt die dirissima pravitas haereticae praesumptionis (L. de lapsis und ep. 67 ad Stephan.). Wenn anderwärts, z. B. C. 2. Cod. Theod. de haer. und Basil. ep. 1 ad Amphil. c. 1, dieselben von den Häretikern geschieden werden, so erscheint das, abgesehen von besonderen Erklärungsgründen, doch nicht als die vorherrschende Auffassung. Vgl. Natal. Alex. H. E. Saec. III. c. 3. art. 4. §. 3.

punkte darzubieten scheinen.[1]) In der Kirche von Thessalonich waren Ruhestörungen vorgefallen, Eutychian und Musäus stritten um den Bischofssitz und ertheilten an Verschiedene die geistlichen Weihen. Aber keiner von beiden durfte den Stuhl behalten und erst nach der Erhebung des Aetius ward die Ruhe wiederhergestellt. In Sardika beantragte nun Bischof Gaudentius von Naissus, zur Beseitigung aller Zwietracht solle man die von Musäus und Eutychian aufgestellten Geistlichen wieder aufnehmen, da keine Schuld an ihnen gefunden werde. Ob nun bloß Wiederaufnahme in die Kirche oder Wiederaufnahme in den Clerus gemeint sei, darüber hat man mehrfach gezweifelt; uns scheint das Letztere richtig, weil es in der Antwort des Hosius heißt, die einmal in den geistlichen Stand Erhobenen sollen dann (als Solche) nicht mehr aufgenommen werden, wenn sie nicht zu den Kirchen zurückkehren wollen, für die sie ernannt waren,[2]) was voraussetzt, daß sie im Falle dieser Rückkehr Anerkennung sowohl in der Kirche als im Clerus finden sollten. Mithin wurde wohl ihre Ordination anerkannt. Wenn es weiter heißt, Eutychian und Musäus sollen sich nicht den bischöflichen Titel anmaßen, sondern mit der Laiencommunion begnügen, so ist das die Strafe ihrer Usurpation und sonstigen Vergehen, keineswegs aber ein Beweis, daß jene beiden die bischöfliche Consecration nicht in gehöriger Weise erhalten hatten; für diesen Fall würde Gaudentius die Aufnahme der von ihnen Ordinirten zur Beseitigung der Zwietracht nicht haben beantragen können. Hosius aber wollte nur die beiden Parteihäupter vom Clerus ausgeschlossen wissen und es scheint das Dekret dem des Nicänums in Betreff der Meletianer analog.[3]) Indessen ist der ganze Vorgang zu dunkel und zu wenig bekannt, als daß sich mit völliger Sicherheit hierüber urtheilen ließe.

11. Wohl scheint das zweite ökumenische Concil die Weihe des Cynikers Maximus als ungiltig zu bezeichnen;[1]) aber sicher handelt es sich hier nicht um den Charakter, sondern um das exercitium, die jurisdictio, den honor et gradus[2]) und der Synode kam es vor Allem darauf an, daß er den Stuhl von Constantinopel nicht einnehmen dürfe, der nicht ihm, sondern dem Gregor von Nazianz gebührt hatte. Die Alexandriner[3]) sowie die Abendländer[4]) waren aber gleichwohl zur Anerkennung des Maximus geneigt und wollten

---

[1]) In den nur griechisch erhaltenen Canonen 19 und 20. S. Hefele, Conc. I. S. 578—580.

[2]) c. 19: ἅπαξ τοὺς εἰς κλῆρον ἐκκλησιαστικὸν προαχθέντας ὑπό τινων ἀδελφῶν ἡμῶν, ἐὰν μὴ βούλοιντο ἐπανέρχεσθαι εἰς ἃς κατωνομάσθησαν ἐκκλησίας, τοῦ λοιποῦ μὴ ὑποδέχεσθαι.

[3]) Hefele a. a. O. S. 580.

[1]) Conc. Cpl. I. 381. can. 4. (Gratian c. 10. d. 19). Die Correctores Romani (zu Gratian l. c.) erklären zwar die Sache dahin, Maximus sei gar nicht zum Bischofe geweiht gewesen; allein diese Thatsache kann nach der Erzählung des Gregor von Nazianz (carm. de vita sua v. 815—933, 999 seq.) keinem Zweifel unterliegen.

[2]) Tournely l. c. Holtzclau l. c. p. 158.

[3]) Greg. Naz. carm. de vita sua v. 1572 seq. Poemat. l. II. sect. I. carm. 12, 14, 30.

[4]) Ambros. ep. 13, 14. Mansi III. p. 630 seq.

den bei Gregors Resignation erwählten Nektarius anfangs nicht anerkennen, so sehr auch die Illegalität der Weihe des Cynikers feststand, sie hielten also seine Weihe nicht für nichtig. Der Ausspruch: Maximus sei weder Bischof gewesen, noch sei er es jetzt, war dem Usurpator gegenüber völlig gerechtfertigt und seine Amtshandlungen wurden cassirt (ἠκυρώθησαν), so daß die von ihm Geweihten nicht in ihren Graden anerkannt wurden, sonach seine Ordinationen aller Wirkung entbehrten. Da die Synode in ihrer ersten Zeit den von den Arianern ordinirten Meletius von Antiochien zum Präsidenten hatte, so hat sie mindestens stillschweigend auch die von Häretikern ertheilten Weihen anerkannt.[5]) Auch die anderen ökumenischen Concilien sprechen nicht gegen die Lehre vom unzerstörbaren Charakter des Ordo, sondern prägen sie vielmehr immer deutlicher aus. Das Concil zu Ephesus bestätigte ein zu Constantinopel unter Sisinnius erlassenes Synodaldekret, wornach massalianische Kleriker, die den Irrthum abschwören wollten, im Clerus verbleiben durften.[6]) Dasselbe Concil ging ferner, wenn es dem pamphilischen Bischof Eustathius, der resignirt und bereits einen Nachfolger erhalten hatte, die Fortführung des bischöflichen Titels und der entsprechenden Insignien mit der Beschränkung gestattete, keine Ordinationen mehr vorzunehmen, was die kirchliche Ordnung gestört hätte,[7]) von der Voraussetzung aus, daß auch ein Bischof, der keine Heerde mehr hat, noch zu weihen befähigt sei und ihm die Ausübung dieser Fähigkeit erst untersagt werden müsse. Gegen die Nestorianer, welche zur Kirche zurückkehrten, hielt man wesentlich dasselbe Verfahren wie bei Arianern und Massalianern ein.[8]) Im Concil von Chalcedon sehen wir die von Dioskorus auch nach der Räubersynode Ordinirten als Bischöfe anerkannt, wie namentlich den Anatolius von Constantinopel, deßgleichen im sechsten Concil die von Monotheliten Ordinirten. Im siebenten Concil tritt vor Allem der Patriarch Tarasius zu Gunsten der von Häretikern und Verurtheilten vorgenommenen Ordinationen auf. Als es sich in der ersten Sitzung um die Wiederaufnahme der von den Ikonoklasten Ordinirten handelte, wurden verschiedene (zum Theil auch nicht hieher gehörige)[9]) Zeugnisse aus den Concilienacten, aus den Schriften von Athanasius, Basilius, Cyrill von Alexandrien, aus den kirchengeschichtlichen Werken von Rufinus, Sokrates und Theodorus Lektor, sowie aus der Biographie des heiligen Sabas zu Gunsten der fraglichen Bischöfe und Geistlichen vorgelesen. Bei Verlesung des achten nicänischen Canons über die zurückkehrenden Novatianer bemerkte Tarasius, daß er für alle Häresieen gelte[10]) und die im Nicänum erwähnte Handauflegung erklärte er von einer

---

[5]) Das ward auch in der ersten Sitzung des VII. Concils hervorgehoben. Mansi XII. 1038.

[6]) Hard. I. p. 1627. Hefele II. S. 198.

[7]) Hard. I. p. 1626. Hefele II. S. 195.

[8]) Cyrill. Alex. ep. ad Maxim. et Gennad. Taras. in Conc. VII. act. I. Mansi XII. p. 1022. 1023. Cf. Greg. M. L. XI. ep. 67.

[9]) Z. B. can. 3. Ephes.

[10]) Mansi XII. p. 1022: περὶ πάσης αἱρέσεώς ἐστι.

bloßen Benediction.[11]) Auch sonst sucht er die Giltigkeit der häretischen Weihen und die Aufnahme der in der Häresie Ordinirten, und zwar, wie der Zusammenhang zeigt, mit und in ihren Weihegraden, wofern sonst nichts vorliege,[12]) zu rechtfertigen. Unter Anderem wird das Beispiel des Cyrill von Jerusalem angeführt, der von Acacius und Patrophilus nach Vertreibung des Maximus eingesetzt, zuerst unrechtmäßiger Bischof gewesen,[13]) und doch allgemein, zumal im zweiten ökumenischen Concil, anerkannt worden sei;[14]) dann die Beispiele des Meletius von Antiochien und des Anatolius von Constantinopel,[15]) sowie das Verfahren der dritten und sechsten Synode,[16]) bezüglich welcher letzteren auch von den Vertretern Roms bemerkt ward, daß der dort verurtheilte Makarius bei Papst Benedict II. Aufnahme gefunden habe.[17]) In der That nahm man auch jetzt die ikonoklastischen Bischöfe und Geistlichen in ihrem Range wieder auf. Wenn derselbe Tarasius anderwärts[18]) von den simonistisch Geweihten Ausdrücke braucht, die eine Nichtigkeit der Ordination auszusprechen scheinen, so zeigt der Zusammenhang, daß er nur von dem Abgang der Gnade spricht, die ein durch Simonie zur Weihe Beförderter nicht erlangt.[19])

12. Ganz andere Ansichten scheint Theodor der Studit gehegt zu haben, der in so manchen Fragen mit dem Patriarchen Tarasius wie auch mit dessen Nachfolger Nikephorus nicht einverstanden war und in seinem Eifer gegen die Ikonoklasten und andere Parteien sicher sehr weit ging. Er nennt die Eucharistie der Bilderstürmer „häretisches Brod, nicht Christi Leib“,[1]) ein „wahres Gift“;[2]) er behauptet: „Wenn die Häretiker auch die Formeln der Rechtgläubigen gebrauchen, so verstehen sie doch dieselben falsch und glauben nicht an das, was die Worte bedeuten;[3]) daher reden sie trotz der Anwendung des

---

[11]) Ibid.: ἐπ' εὐλογίας τὴν χειροθεσίαν λέγει, καὶ οὐχὶ χειροτονίας.

[12]) Die Mönche sagen l. c. p. 1039: ὅτι κατὰ τὰς ἐξ ἀρχῆς καὶ οἰκουμενικὰς συνόδους δεχόμεθα τοὺς ἐξ αἱρέσεως ἐπιστρέφοντας, μὴ οὔσης τινὸς αἰτίας ἀπηγορευμένης ἐν αὐτοῖς. Darauf Tarasius: καὶ ἡμεῖς πάντες οὕτως ὁριζόμεθα διδαχθέντες παρὰ τῶν ἁγίων πατέρων ἡμῶν.

[13]) Das ist übrigens nach der Synodika des Concils von 382 (Theod. H. E. V. 9.) und anderen Zeugnissen nicht völlig richtig, obschon Sokrates (II. 27. 38. 88.) und Rufinus (vgl. auch Soz. IV. 20) dafür angeführt werden. (Touttée Vita S. Cyr. Hieros. §§. 20—30. Vgl. Pag. a. 351. n. 7. 8.) Aber wenn auch hier wie anderwärts die historische Voraussetzung falsch ist, die Ueberzeugung, die sich in der Ausführung ausspricht, ist es allein, auf die es hier ankommt.

[14]) Mansi l. c. p. 1042.

[15]) Ibid. p. 1038. 1042.

[16]) Ibid. p. 1022. 1026.

[17]) Ibid. p. 1035. Cf. Thomassin. P. II. L. 1. c. 63. n. 9.

[18]) ep. synod. ad Hadr. Pap. c. Simon. (Bever. II. p. 185.): οὐκ ἔλαβον οὐδὲ ἔχουσι.

[19]) Das zeigen die Worte: οὐκ ἔστιν ἐν αὐτοῖς ἡ χάρις τοῦ ἁγίου πνεύματος ἤτοι ἡ τῆς ἱερωσύνης ἁγιστεία.

[1]) L. II. ep. 107 ad Doroth. (Migne t. XCIX. p. 1697.)

[2]) L. II. ep. 24 ad Ignat. p. 1189.

[3]) Ibid.: Εἰ δὲ ὀρθοδόξων αἱ εὐχαὶ τῆς ἱερουργίας, εἰ ταῦτα, εἰ παρὰ αἱρετικῶν γίνοιτο, ἀναβάλλεται; οὐ γὰρ ὡς ὁ ποιήσας αὐτὰς φρονοῦσιν, οὐδὲ ὡς αὐταὶ αἱ φωναὶ σημαίνουσι, πιστεύουσι.

orthodoxen Ritus doch nur vergebens, führen ein bloßes Gaukelspiel auf und beschimpfen die Liturgie, gerade wie Zauberer und Gaukler bei den Orgien der Dämonen heilige Gesänge mißbrauchen.“ [4]) So sagt er auch: „Die können nicht für wahre Diener Gottes gehalten werden, die ein häretischer Bischof geweiht hat.“ [5]) Anderwärts [6]) wendet er Matth. 7, 18 auf einen Priester an, den ein wegen Verbrechen entsetzter Bischof ordinirt. Er scheint die strengen Aeußerungen vieler Väter, wie des Basilius, [7]) des Pseudo-Areopagiten, [8]) buchstäblich und im strengsten, schroffsten Sinne gefaßt zu haben, in dem diese sie kaum verstanden. Doch ließe sich noch immer der Versuch machen, die Aeußerungen des Studiten dahin zu erklären, daß die Sacramente der Häretiker nicht die Gnade verleihen und nicht die gewünschte Frucht haben und die durch sie gegebene Gemeinschaft mit den Irrlehrern mehr beflecke, als die von ihnen ertheilten und durch sie vermittelten Sacramente nützen können. Theodors ganzes Bestreben ist es, die Gemeinschaft mit den Häretikern zu widerrathen und von ihr abzuschrecken. Es ließe sich darauf insistiren, daß in der erstangeführten Stelle von denen die Rede ist, die in Gemeinschaft der Häretiker mit deren Viaticum verschieden sind, und daß hervorgehoben wird, wie die Verstorbenen, je nachdem sie von Orthodoxen oder von Irrgläubigen das Viaticum genommen, jenseits zu den Einen oder zu den Anderen werden gezählt werden. [9]) Ebenso sucht Theodor in dem Briefe an seinen geistlichen Sohn Ignatius von der Gemeinschaft mit den Häretikern abzuhalten, die, weil sie nicht den rechten Glauben haben, mit der Liturgie ihr Spiel treiben und sie beschimpfen; er will in Ermangelung eines orthodoxen Geistlichen die Taufe von Mönchen oder Laien (die rechtgläubig sind) ertheilt wissen, [10]) keineswegs aber absolut die excommunicirten Geistlichen ganz davon ausschließen, die im Nothfalle auch die Taufe und andere Sacramente spenden können; [11]) er erkennt ausdrücklich mit Basilius [12]) die Taufe mehrerer häretischer Parteien als giltig an [13]) und bemerkt, der apostolische Canon verstehe diejenigen als Häretiker, die nicht im Namen der drei göttlichen Personen die Taufe empfangen haben

---

[4]) Ibid. p. 1192: Ὅπως οὖν οὐδὲ ἐνταῦθα πιστεύσῃς ὡς λέγει, κἂν ὀρθόδοξος ᾖ ἡ μυσταγωγία, ἀλλ' εἰκονολογεῖ ὁ τοιοῦτος, μᾶλλον δὲ ἐνυβρίζει παίζων τὴν λειτουργίαν, ἐπεὶ καὶ γόητες καὶ ἐπαοιδοὶ χρῶνται θείαις ᾠδαῖς ἐν τοῖς δαιμονιώδεσι.

[5]) L. I. ep. 40 ad Naucrat. p. 1057: οὐχ οἷόν τε οὓς χειροτονεῖ (αἱρετικός) τῇ ἀληθείᾳ εἶναι λειτουργοὺς Θεοῦ.

[6]) L. II. ep. 215 ad Method. q. 13. p. 1652.

[7]) Die Worte des Basilius, die wir oben (§. 7. N. 9) anführten, gebraucht Theod. Stud. L. II ep. 11 ad Naucrat. p. 1149.

[8]) Dionys. ep. 8 ad Demophil. §. 2 (Migne III. p. 1092), wo es heißt: Der gottlose Priester ist kein wahrer Priester, sondern ein Feind, Betrüger, Wolf im Schafspelz u. s. f.

[9]) L. II. p. 197, l. c.: καὶ οἷον ἐφόδιον εἴληφε πρὸς τὴν αἰώνιον ζωὴν τούτῳ καὶ συναριθμηθήσεται.

[10]) L. II. ep. 24 nach den N. 4 angeführten Worten.

[11]) L. II. ep. 215. q. 11. p. 1652.

[12]) S. oben §. 7. N. 8.

[13]) L. I. ep. 40 ad Naucrat. p. 1019 seq.

und ertheilen.[14]) Auch die Ikonoklasten haben nach ihm die rechte Lehre von Christus nicht;[15]) und doch ließ er im Nothfalle ihre geistlichen Functionen gelten, er konnte daher unmöglich im Sinne einer absoluten Nichtigkeit jene schroffen allgemeinen Sätze ausgesprochen haben, wenn auch diese Aeußerungen sehr schwierig und dunkel erscheinen mögen. In dem Briefe an Naucratius gibt Theodor zu, daß der in Gemeinschaft mit Häretikern stehende Bischof, wenn er sich von der Häresie förmlich losgesagt, Ordinationen vornehmen kann, die völlig annehmbar sind,[16]) denen nichts abgeht, die zur sofortigen Ausübung der erhaltenen Grade berechtigen;[17]) der Gegensatz scheint zu fordern, daß die von einem wirklichen Häretiker Geweihten insoferne nicht wahre Liturgen Gottes sind, als sie den Ordo auszuüben nicht befugt sind. Das εἴργεσθαι τῆς λειτουργίας[18]) erklärt offenbar den Ausdruck, daß sie nicht wahre Liturgen sind. In dem Briefe an Methodius ist ebenfalls die Rede von der Ausübung der durch einen abgesetzten Bischof[19]) ertheilten Priesterweihe, wobei auf die canonischen Vorschriften verwiesen wird, die mittelst der Suspension solche Ordinirte vom Altardienste ausschließen, sowie von dem Mangel der Gnade; mit Recht wird behauptet, daß die von einem Klostervorsteher auferlegte Buße nicht die Wirkung haben kann, das Hinderniß des Celebrirens und des Dienstes am Altare zu entfernen. Ueberhaupt will Theodor die Geistlichen, die zu den Ikonoklasten übergingen, bestraft und von der Kirche ausgeschlossen wissen; sodann verlangt er, daß sie nicht ohne Weiteres, ohne alle Genugthuung wieder aufgenommen werden,[20]) und in der Regel nicht in ihren früheren Graden[21]) ohne Dispens, gesteht aber einer orthodoxen Synode dazu durchaus das Recht zu.[22]) So haben denn auch frühere Gelehrte[23]) die Worte

---

[14]) Ibid. p. 1052: *Τὸ δὲ εἰρηκέναι σε, μὴ διακρίνειν τὸν κανόνα, ἀλλ' ὁριστικῶς ἀποφαίνεσθαι, τοὺς ἀπὸ αἱρετικῶν χειροτονηθέντας ἢ βαπτισθέντας οὔτε κληρικοὺς εἶναι δυνατὸν οὔτε πιστούς, ἐκεῖνο λογίζου, ὅτι αἱρετικοὺς ὁ ἀποστολικὸς κανὼν ἐκείνους ἔφη τοὺς μὴ εἰς ὄνομα πατρὸς καὶ υἱοῦ καὶ ἁγίου πνεύματος βαπτισθέντας καὶ βαπτίζοντας.*

[15]) L. II. ep. 21. nach den N. 3 angeführten Worten: *ἐπείπερ πᾶσα ἡ μυσταγωγία Χριστὸν ἄνθρωπον ἀληθῶς γεγενῆσθαι δοξάζει, οἱ δὲ ἀρνοῦνται, κἂν λέγωσι, διὰ τὸ φρονεῖν μὴ εἰκονίζεσθαι αὐτόν.*

[16]) L. I. ep. 40. p. 1056: *Διὰ τί γὰρ ὁμολογῶν οὐ φεύγει τὴν ἀπώλειαν, ἀποστείλων ἑαυτὸν τῆς αἱρέσεως, ἵνα μένῃ παρὰ Θεῷ ἀπόδεκτος; καὶ οὐδὲν αὐτοῦ δεῖται αἱ χειροτονίαι αὐτίκα.*

[17]) Ibid. p. 1057: *ἂν οὖν ὁ χειροτονήσας ὤρθωσεν, ἦν αὐτοῖς εὐθὺς ἱερουργεῖν.*

[18]) Ibid. p. 1058 D.

[19]) p. 1052. q. 13: *ἐπίσκοπος εἰς ἔγκλημα περιπεσὼν καὶ ὑπὸ συνόδου καθαιρεθείς*

[20]) L. II. ep. 11. p. 1149. L. II. ep. 85. p. 1318.

[21]) L. II. ep. 20. p. 1177; ep. 119. p. 1392. 1393; ep. 191. p. 1681.

[22]) L. II. ep. 6. p. 1128. ep. 11. p. 1149: *τῆς ἐγκρατήσεως τῆς ἱερουργίας παρὰ συνοδικῆς ἐπισκέψεως ἡ λύσις.*

[23]) Praefat. ad posthum. Sirmondi Opp. Migne l. c. p. 61: Pariter Theodori locos sic explicari posse existimamus, ut dumtaxat voluerit, tum episcopis haereticis vel depositis, tum iis, qui ordinationem ab ipsis scientes acceperint, sacris functionibus interdictum esse. In quo nihil est, quod abhorreat a regula catholica aut porro ab Scholae placitis, cum sit communis et constans Theologorum sententia, Ecclesiae ritu ordinatos ab episcopo haeretico vel deposito sacramentum quidem recepisse, at,

Theodors erklärt und keinesfalls ist es sicher, daß er hierin in einem principiellen Gegensatze zu dem Patriarchen Tarasius stand. Nach diesem Ueberblick können wir als sicher annehmen, daß die ältere griechische Kirche in keiner Weise der nun unter den Theologen herrschenden Lehre vom character ordinis positiv entgegen gewesen ist. Auch die Häretiker des Ostens, besonders die Monophysiten, waren den Reordinationen durchaus abgeneigt, wie sich aus Johannes von Ephesus ergibt. Wenn aber dieser monophysitische Kirchenhistoriker dem byzantinischen Patriarchen Johann III. vorwirft, daß er viele monophysitische Bischöfe, die er zu seiner Gemeinschaft genöthigt, wieder geweiht habe, bis Kaiser Justin II. durch einen pragmatischen Typus es verbot,[24]) so ist, davon abgesehen, daß von einem derartigen kaiserlichen Edikte sich keine Spur findet, diese Erzählung um so mehr verdächtig, als der Autor auch sonst viel Unglaubliches und mindestens Entstelltes über diesen Johannes berichtet, z. B. daß er vor Tiberius erklärt haben soll, die Monophysiten seien keine Häretiker, daß er die Beseitigung des vierten Concils als etwas ihm Mögliches darstellte und mit einem Eide sich dazu bereit erklärte, falls die Monophysiten herüberkämen, daß er einen monophysitischen Syncellus, ohne daß dieser in Gemeinschaft mit ihm trat, zu seinem Oekonomen, und sofort nach erfolgtem Uebertritt zum Bischof jeder beliebigen Stadt machen wollte und konnte.[25]) Leicht konnte der Autor die bei der Rückkehr von der Häresie übliche Handauflegung mit der bei der Weihe gebrauchten verwechselt und den reconciliatorischen Ritus absichtlich oder unabsichtlich mißdeutet haben; er läßt den Patriarchen von einer „Verbesserung" reden, „die an der Cheirotonie geschieht."[26]) Von Eutychius sagt er ausdrücklich, daß er die Weihen und Amtshandlungen des Johannes bei seiner Wiedereinsetzung, nur — wie er meint — um den Bischofssitz zu erhalten, ohne Untersuchung und Erforschung anerkannte.[27]) Auch spätere Orientalen führen das Verbot der zweiten Weihe an.[28])

13. Was die abendländische Kirche betrifft, so fehlt es auch hier nicht an positiven Zeugnissen aus der Väterzeit, die eine Wiederholung der einmal in forma Ecclesiae, wenn auch gegen die Canones und von einem unwürdigen Spender, ertheilten Ordination für unstatthaft erklären und den Valor der hier in Rede stehenden unkanonischen Weihen anerkennen. Zwar haben wohl consequent Cyprian und seine Anhänger ihre Grundsätze von der Ketzertaufe auch in Beziehung auf den Ordo geltend gemacht;[1]) aber sie konnten in den mei-

---

quia per nefas accesserint, aut ipsi quoque in haeresi versentur, tunc neque Spiritus sancti gratiam . . . . . neque jus officii sacri legitime exercendi recepisse.

[24]) L. I. c. 12. 14. 15. 16. p. 9—14; L. II. c. 3. 25. 42. 43. p. 43. 67. 83 seq. ed. Schönfelder.

[25]) L. I. 37. III. 12. p. 35. 106 seq. — L. I. 21. p. 21 seq. — L. II. c. 13. p. 57.

[26]) L. I. 18. p. 16.

[27]) L. III. 17. p. 112.

[28]) Z. B. Ebedjesu Coll. can. Tract. VI. (Mai N. C. X, I p. 116.)

[1]) Cyprian spricht sich entschieden für die Ungiltigkeit des Episcopates von Novatian aus (ep. ad Anton. Cf. c. 6. C. VII. q. 1.) und finden sich in seinem Munde Ausdrücke wie: Episcopus non est, Episcopi nec potestatem potest habere nec honorem, nicht

sten Ländern nicht durchdringen und verloren immer mehr an Terrain, wie auch schon früher in den Kreisen, die von entgegengesetzten Anschauungen ausgingen, eine ganz andere Praxis sich gestaltet haben muß. Zu den positiven Zeugnissen, die wir hier anzuführen haben, gehört nicht nur das allgemeine Verbot: Non liceat fieri rebaptizationes et reordinationes et translationes Episcoporum,[2]) sondern auch der klar sich kundgebende Abscheu über die Reordinationen, die namentlich in Armenien frühe vorgekommen zu sein scheinen,[3]) und besonders der sehr bestimmte Ausdruck der achten Synode von Toledo.[4]) Vor Allem aber tritt uns Augustinus, der Cyprian's Theorie, namentlich in seinen gegen die Donatisten gerichteten Schriften, energisch bekämpft hat, als der bedeutendste Zeuge der kirchlichen Lehre auch hier entgegen. Sehr oft urgirt er, auf I. Cor. 3, 7 und andere Stellen gestützt, den Grundsatz, daß der valor sacramentorum nicht von der Würdigkeit und Tüchtigkeit des Spenders bedingt ist,[5]) erinnert an die nahe Verwandtschaft des Ordo mit der Taufe und spricht die Initerabilität beider Sacramente aus,[6]) die er auch den genannten Schismatikern gegenüber praktisch festhielt, bei denen, wie in der Regel,[7]) mit dem Schisma die Häresie verbunden war. Vor Augustin und Optatus hatte sich die Controverse mit den Donatisten hauptsächlich um persönliche Fragen gedreht. Dieselben hatten die Ungiltigkeit der Weihe des Cäcilian behauptet, weil dessen Consecrator des Verbrechens der Auslieferung der heiligen Bücher sich schuldig gemacht.[8]) Wenn Cäcilian nicht das suppo-

---

bloß die Bedeutung, daß sie dem Novatian die bischöfliche Jurisdiktion absprechen, sondern sie sind nach seinen klar ausgesprochenen, allgemeinen Grundsätzen zu beurtheilen. Vgl. ep. ad Magnum c. 31. C. XXIV. q. 1: Didicimus omnes omnino haereticos et schismaticos nihil habere potestatis et juris. Die von der Häresie zurückkehrenden Bischöfe und Priester will er nur zur Laiencommunion zugelassen wissen (c. 1. C. I. q. 7). Ja, Cyprian dehnt das auf alle kirchlichen Acte der Häretiker aus: Ita fit, ut cum omnia apud illos inania et falsa sint, nihil eorum, quae illi gesserint, probari a nobis debeat (ep. 70 ad Episc. Numid.).

[2]) c. 107. d. 4 de consecr. ex Conc. Carth. III. c. 38. Conc. Capuan. 391. Hefele II. S. 50.

[3]) Libellus precum Faustini et Marcell. apud Galland. Bibl. PP. VII. p. 461 seq. Vgl. Klee, Dogmengeschichte II. S. 281. 282.

[4]) Conc. Tolet. VIII. a. 653. c. 7: Nequaquam poterit aliquando profanari, quod divina jussione simulque apostolicae traditionis auctoritate sacrum noscitur exstitisse. Verum sicut sanctum chrisma collatum et altaris honor evelli nequeunt: ita quoque sanctorum decus honorum, quod his compar habetur et socium, qualibet occasione fuerit perceptum, manebit omnibus modis inconvulsum.

[5]) Aug. tract. 5 in Joh. (cf. c. 30. C. I. q. 1.) contra lit. Petil. (cf. c. 87. §. 6 eod.) de bapt. V. 19 (c. 32. Vgl. c. 31—37. 78. 82. 87. 88 eod.)

[6]) Aug. c. Parmen. II. 13: Nulla ostenditur causa, cur ille, qui ipsum baptismum amittere non potest, jus dandi potest amittere. Utrumque enim sacramentum est et quadam consecratione utrumque homini datur, illud cum baptizatur, istud cum ordinatur; ideoque in Catholica utrumque non licet iterari. (c. 9. C. I. q. 1.) Sermo de Emerito Caesar. (Opp. t. IX. p. 690 ed. Migne.)

[7]) Hier. Com. in Tit. c. 3. (c. 26. C. XXIV. q. 3.)

[8]) Quia Felix Aptungensis, quem librorum sacrorum traditorem fuisse dicebant, eum ordinasset. — Aug. ep. 105. n. 16.

nirte Princip angriff, sondern nur die Wahrheit der Thatsache läugnete, so kann uns das nicht befremdlich erscheinen.[9]) Mit dem Erweise des Gegentheils jener Voraussetzung erlangte Cäcilian zugleich auch eine persönliche Rechtfertigung, die ihm vor Allem nöthig war,[10]) ohne daß dabei das falsche Princip der Gegner zugestanden wurde. Dieses ward vielmehr bald ebenso theoretisch als praktisch, wenn auch noch nicht mit der Schärfe wie von Augustin bekämpft. Das Urtheil, mit dem Papst Melchiades schon 313 die bei den Donatisten Ordinirten in ihren Weihen belassen,[11]) rühmt der Bischof von Hippo als sententia innocens, provida, integra et pacifica[12]) und nach ihm verfuhr auch die afrikanische Kirche.[13]) Non sunt iterum ordinati, sagt Augustin, sed sicut in eis baptisma, ita ordinatio mansit integra; dabei redet er ausdrücklich von Solchen, die außerhalb der Kirche geweiht worden waren.[14]) Das Vitium, bemerkt er, lag in ihrer Trennung von der Einheit, nicht im Sacrament, sacramenta, ubicumque sunt, eadem sunt; eine neue Ordination würde nicht dem Menschen, sondern dem Sacramente zur Schmach sein;[15]) die Sacramente gehören alle der katholischen Kirche an[16]) und auch im Schisma werden sie nicht von ihr verworfen.[17]) Augustin hat es zunächst mit dem Schisma zu thun; aber das Gleiche gilt nach seinen Principien und seinen ausdrücklichen Worten auch von der Häresie.[18]) Ebensowenig als die Lehre Augustins kann die Lehre Gregors des Großen einem Zweifel unterliegen. Gleich jenem stellt der genannte Papst Taufe und Ordo zusammen und verbietet die Wiederholung beider;[19]) auch läßt er die Aufnahme nestorianischer Cleriker in ihren Weihegraden zu ohne das geringste Bedenken.[20]) Wenn andere Stellen dieses Papstes dagegen zu sprechen scheinen, so sind diese offen-

---

[9]) Aug. Brevic. Collat. die 3: Id dici potuit ad illos irridendos, quibus hoc mandasse perhibetur, quia certus erat, ordinatores suos traditores non esse.

[10]) Tournely l. c. p. 171.

[11]) Routh, Reliqu. sacr. IV. 60—70. Mansi II. 163. Hefele Conc. I. S. 168. 169.

[12]) Aug. ep. 43 ad Glorium et Eleus. Thomassin. P. II. L. I. c. 60. n. 2.

[13]) Aug. c. Parm. II. 13. Conc. Carth. VI. 401. c. 2. Hefele, II. S. 70.

[14]) Aug. ep. 185 ad Bonifac. Cf. c. Crescon. II. 11. 12.

[15]) Aug. c. Parm. II. 13.

[16]) Aug. ep. 48 ad Vincent. (c. 31. C. I. q. 1.)

[17]) De bapt. l. 1 (c. 32. d. 4. de cons.): Ostenditur ... nos recte facere, qui Dei sacramenta improbare nec in schismate audemus.

[18]) Andere Stellen s. bei Hallier. de sacr. ordin. p. 482 ed. Paris. 1636.

[19]) Greg. M. L. II. ep. 32 ad Joh. Ep. Raven. (c. 1. d. 68.): Illud autem quod dicitis, quod is qui ordinatus est, iterum ordinetur, valde ridiculum est, et ab ingenii vestri consideratione extraneum; nisi forte quod exemplum ad medium deducitur, de quo ille judicandus est, qui tale aliquid fecisse perhibetur. Absit autem de fraternitate vestra sic sapere. Sicut enim baptizatus semel iterum baptizari non debet: ita qui ordinatus est semel in eodem ordine iterum consecrari non debet. Sed si quis forsitan cum levi culpa ad sacerdotium venit, pro culpa poenitentia indici debet et tamen ordo servari.

[20]) L. XI. ep. 67: absque ulla dubitatione eos sanctitas vestra, servatis eis propriis ordinibus, in suo coetu recipiat. Thomassin. l. c. c. 63. n. 2.

hat nach den von ihm ausgesprochenen und ausgeübten Grundsätzen zu beurtheilen und nach den erörterten allgemeinen Gesichtspunkten zu interpretiren.[90]) Was uns im Orient begegnete, zeigt sich auch hier: die Häresiarchen und Urheber von Spaltungen und Unruhen wollte man für immer ihrer kirchlichen Würden beraubt wissen, die übrigen Cleriker aber ließ man meist bei ihrer Versöhnung mit der Kirche in ihren Graden, nur nahm man solchen gewöhnlich die Aussicht auf Beförderung zu höheren Weihen.[91]) Dispensen zur Beseitigung der Irregularität[92]) sind häufig, aber die Ungiltigkeit einer Weihe wurde noch nie durch bloße Dispensation gehoben.[93])

14. Ueberhaupt ist die Praxis der früheren Päpste eine durchaus consequente und wir sehen den gegen die Donatisten eingenommenen Standpunkt auch anderen Schismatikern, Häretikern und Verbrechern gegenüber nicht verläugnet. Uncanonische Weihen werden nach Augustins Grundsätzen von ihnen behandelt und sehr häufig den illegitim Geweihten Dispens ertheilt. Siricius indulgirte, daß die in Spanien contra canones, aber in Unwissenheit darüber Geweihten begnadigt und in ihren Weihegraden belassen werden sollten.[1]) Anastasius I. erlaubte den donatistischen Clerikern ebenso, ihre Weihen auch in der Kirche auszuüben.[2]) Leo der Große erkannte auf Bitten des byzantinischen Hofes den von Dioskorus an die Stelle des Flavian gesetzten Anatolius von Constantinopel, der in seinen Augen ein Intrusus war, nebst seinen Ordinationen an.[3]) Derselbe Papst ließ den novatianischen Bischof Donatus bei seiner Rückkehr zur Kirche als Bischof gelten und verlangte von ihm nur die Verdammung des früheren Irrthums.[4]) Gleiches that er mit dem aus dem Laienstande erhobenen Donatisten Maximus[5]) und mit den in der Provinz Aquileja vom Pelagianismus zurückgekehrten Geistlichen,[6]) die nur dazu ange-

---

[90]) L. VIII. ep. 65 ad Mediol. (c. 6. C. IX. q. 1) redet er nur von der Anerkennung der von Nichtkatholischen Geweihten. Auch das hat keine Schwierigkeit, daß Gregor L. VII. ep. 3 sagt, dem würde die benedictio zur maledictio, qui ad hoc, ut fiat haereticus, promovetur, und daß er in der Weihe von Excommunicirten keine wahre Consecration anerkennen will. L. III. ep. 20; c. 1. C. IX. q. 1. — Vgl. auch L. VII. ep. 3. 110. V. 107. IV 55; c. 4. 13. C. I. q. 1.

[91]) Leo M. ep. ad Januar. Aquil. c. 18 (Opp. ed. Ball. I. 730. Mansi V. 1317.) c. 111. 112. C. I. q. 1; c. 21. C. I. q. 7.

[92]) Vgl. Morinus l. c. c. 9. n. 7. p. 106.

[93]) Tournely l. c. p. 149. 150.

[1]) Siric. ep. ad Himer. Tarrac. 1. n. 19. Constant. p. 636.

[2]) Constant. p. 733. 734. Justell. Bibl. jur. can. I. 205 ed. Paris. 1661.

[3]) Leo M. ep. 104 (al. 80.) c. 2; ep. 111 (al. 84.) c. 1.

[4]) Leo ep. 12 ad Episc. Maurit. c. 6 (c. 20. C. I. q. 7.): Donatum autem Salicinensem ex Novatianis cum sua, ut comperimus, plebe conversum ita dominico gregi volumus praesidere, ut libellum fidei suae ad nos meminerit dirigendum, quo et Novatiani dogmatis damnet errorem et plenissime confiteatur catholicam veritatem.

[5]) Ibid. (c. 19. C. I. q. 7.): Maximum quoque ex laico licet reprehensibiliter ordinatum, tamen si Donatista jam non est et a spiritu schismaticae pravitatis alienus, ab episcopali, quam quoquo modo adeptus est, non repellimus dignitate, ita ut et ipse libello ad nos edito catholicum se esse manifestet.

[6]) ep. 1 (al. 6.) ad Aquilej. Ep. Cf. ep. 2 (al. 7.)

halten worden, die Häresie abzuschwören und sich des Umherschweifens zu enthalten. Er tadelt nicht, daß man sie als Geistliche aufgenommen, sondern nur, daß es ohne vorgängige Abschwörung geschehen sei, und daß hier nicht bloß schon in der katholischen Gemeinschaft Ordinirte gemeint sind, lassen nebst der Stellung der Pelagianer in jener Provinz die Worte erschließen: relictis ecclesiis, in quibus clericatum aut acceperant aut receperant. Ebenso sehen wir die gegen die nicänischen Canones vorgenommene Weihe des Bischofs von Antiochien von Papst Simplicius genehmigt. [7]) Im acacianischen Schisma tritt die Haltung des römischen Stuhles noch bestimmter hervor. Der als Begünstiger der Häresie von Felix III. 484 gebannte und für abgesetzt erklärte Acacius von Constantinopel hatte viele Weihen und andere Sacramente gespendet, unbekümmert um das Urtheil des römischen Stuhles, und es gab Viele, auch im Orient, die alle von ihm seit dieser Zeit vorgenommenen Taufen und Ordinationen als nichtig betrachteten. Wie schon Gelasius I. für die von ihm Ordinirten Dispensationen eintreten ließ, [8]) so war dazu noch mehr Anastasius II. geneigt, der in einem eigenen, an den gleichnamigen Kaiser gerichteten Schreiben jene Meinung nachdrücklich bekämpfte [9]) und, die Worte Augustins sich aneignend, den Valor der von Acacius gespendeten Sacramente trotz seiner Illegitimität entschieden vertrat. [10]) Er wies einerseits auf die Analogie der Taufe und den Charakter der Sacramente überhaupt, [11]) andererseits auch darauf hin, daß der Hochmuth des Verurtheilten nur ihm allein geschadet haben könne. [12]) Er bedient sich des Beispiels: Wie die Strahlen der sichtbaren Sonne, wenn sie auch durch die häßlichsten und schmutzigsten Orte hindurchgehen, doch nicht durch deren Berührung befleckt werden: so wird auch nicht im Geringsten die

---

[7]) Simpl. ep. 14 ad Zenon.

[8]) Gelas. ep. 9 ad Euphem. Baron. a. 492: Igitur per literas, quas per Sinclitium diaconum destinastis de his, quos baptizavit, quos ordinavit Acacius, majorum traditione confectam et veram praecipue religiosae sollicitudinis congruam praebemus sine difficultate medicinam: Quo nos vultis ultra descendere?

[9]) ep. 1 ad Anast. Imp. (cf. c. 8. §. 1 seq. d. 19.)

[10]) Quod nullum de his, quos baptizavit Acacius vel quos sacerdotes sive levitas secundum canones ordinavit, ulla ex nomine Acacii portio laesionis attingat, quo forsitan per iniquum tradita Sacramenti gratia minus firma videatur.

[11]) Mit den Worten: Meminerint in hac quoque parte similiter tractatum praevalere superiorem weist der Papst auf die vorausgehende Erörterung zurück: Nam et baptisma (quod procul sit ab Ecclesia) sive ab adultero vel a fure fuerit datum, ad percipientem munus pervenit illibatum, quia vox illa, quae per columbam sonuit, omnem maculam humanae pollutionis excludit, qua declaratur ac dicitur: Hic est qui baptizat spiritu sancto et igne etc.

[12]) Nam superbia semper sibi, non aliis facit ruinam. Quod universa Scripturarum coelestium testatur auctoritas, sicut et jam per Spiritum S. dicitur a propheta: Non habitabit in medio domus meae, qui facit superbiam. Unde cum sibi sacerdotis nomen vindicaverit condemnatus, in ipsius verticem superbiae tumor inflictus est; quia non populus, qui in mysteriis donum ipsius sitiebat, exclusus est; sed anima sola illa, quae peccaverat, justo judicio propriae culpae erat obnoxia, quod ubique numerosa Scripturarum testatur instructio.

Kraft Christi, der geistigen Sonne, die diese sichtbare geschaffen hat, durch irgend eine Unwürdigkeit des instrumentalen Spenders verkümmert und entwürdigt.[13]) Ferner wird urgirt: Obschon Judas des Diebstahls und des Sacrilegiums schuldig war, so wurden doch die durch ihn gespendeten Wohlthaten dadurch nicht benachtheiligt, und Gott fragt nicht, wer predigt, sondern wen er predigt, nicht welches Werkzeug den Dienst verrichtet, sondern welcher Dienst verrichtet wird. Anastasius II. ist der erste Papst, der ex professo unsere Frage, wenigstens dem wichtigsten Theile nach, erörtert hat, und er löset sie zu Gunsten der jetzt bei den Theologen herrschenden Ansicht ganz bestimmt, so daß Spätere in ihren Vorurtheilen deßhalb sogar die schwersten Anklagen gegen ihn vorbrachten.[14]) Seine Entscheidung ward auch von seinen Nachfolgern festgehalten; in dem unter Hormisdas und Justin I. abgeschlossenen Kirchenfrieden findet sich keine Spur davon, daß von seinen Grundsätzen abgegangen worden wäre. Ebensowenig finden wir ein Beispiel, daß die Dispositionen der früheren ökumenischen Concilien im Orient bezüglich der von Häretikern u. s. f. Ordinirten in Rom Widerstand gefunden hätten. Auch sonst finden wir in der römischen Kirche bis zum achten Jahrhundert häufig Weihen von verurtheilten oder intrudirten, häretischen oder schismatischen Bischöfen anerkannt; bei den älteren Schismen in derselben, wie in dem des Ursicinus, Eulalius, Laurentius, Dioskorus, Vigilius finden wir keine Spur von Zweifeln an dem Valor der von den Eindringlingen, Usurpatoren und Schismatikern ertheilten Weihen, noch von Reordinationen, die in deren Folge vorgenommen worden wären; auch die Weihen des bei Lebzeiten des Silverius illegitimen Vigilius blieben unbeanstandet, und als er nach dem Tod des erstern legitim ward, wurde an keine Wiederholung derselben gedacht.[15])

15. Gleichwohl scheinen diesen Zeugnissen und Beispielen andere entgegengesetzter Art gegenüber gestellt werden zu können. So äußert sich Innocenz I. über die Arianer und andere Häretiker in einer Weise, als ob er nur ihrer Taufe, nicht aber ihren Weihen Validität zuerkenne.[1]) Allein es ist sein Gedanke wohl so zu erklären: Der zur Kirche zurückkehrende Häretiker hat sogleich alle Ehren und Wirkungen der Taufe, ist sogleich Sohn und Glied der Kirche; aber der häretische Geistliche hat nicht sogleich die Folgen der

---

[13]) Nam si visibilis solis istius radii, cum per loca foedissima transeunt, nulla contactus inquinatione maculantur: multo magis illius, qui istum visibilem fecit, virtus nulla ministri indignitate constringitur.

[14]) Ganz falsch behauptet Gratian (can. 8. d. 19.), Anastasius II. habe die Ordinationen des Acacius für canonisch und erlaubt gehalten und so die Decrete seiner Vorgänger verletzt; vielmehr hat Gratian dessen Worte wie auch die der letzteren gänzlich mißverstanden. (Correct. Rom. not. in h. l.) Der can. 9 eod. mit der Aufschrift: Anastasius a Deo reprobatus nutu divino percussus est, sagt ebenso irrig, Papst Anastasius (496—497) habe den Acacius zurückrufen wollen, der schon 489 unter Felix III. verstorben war. Dasselbe wiederholt Gratian post can. 69. C. I. q. 1.

[15]) Auf dieses Beispiel stützt sich Petrus Damiani bei Morinus l. c. mit dem Bemerken: Ordinationes ejus in sua perpetua stabilitate permanserunt.

[1]) Innoc. ep. 18 ad Alexandr. Antioch. n. 3 (Gratian c. 73. C. I. q. 1.)

Weihe, er muß von den Censuren befreit und in seine Würde wieder eingesetzt werden, er wird nicht eum sacerdotii aut ministerii cujuspiam dignitate aufgenommen. Diese Worte, das Hervorheben der honores, der dignitas, die Ueberschriften der Codices [2]) — Alles deutet darauf hin, daß der Papst nicht den Charakter, sondern zunächst die Ehren und Ehrenrechte des geistlichen Standes im Auge hat. [3]) Da ferner die Gnade fehlte, so war die plenitudo und perfectio Spiritus nicht vorhanden, die Priester waren in ihrem Herzen profan, nicht geheiligt, darum unwürdig der priesterlichen Ehren. Die wahre Ueberzeugung des Papstes zeigt deutlich der Umstand, daß Anysius von Thessalonich die bonosianischen Cleriker in ihren Würden aufgenommen hatte und Innocenz die Giltigkeit ihrer Weihen nicht im mindesten bestritt, sondern nur aus dieser Nachsicht keine Regel gemacht wissen wollte, also Dispens für möglich, wenn auch selten anwendbar hielt. [4]) Aber gerade hier scheinen sich neue Schwierigkeiten zu erheben. Man führt an, daß dieser Papst die von Bonosus vor seiner Verurtheilung Ordinirten wohl zu reordiniren verbot, [5]) also die Nothwendigkeit der Reordination für die post Bonosi damnationem Geweihten voraussetzte. Allein zunächst war der Papst über die Geistlichen der ersteren Kategorie befragt worden und diese stellt er denen der letzteren Kategorie keineswegs in Bezug auf Wiederholung der Weihe, sondern in Bezug auf die Anerkennung in ihren Weihegraden gegenüber. Es war Praxis der römischen Kirche, die in haeresi Geweihten in der Regel nicht in ihren Würden zu belassen, die vor dem Abfall zur Häresie in der katholischen Gemeinschaft Geweihten erst nach geleisteter Buße nur in dem Grade anzuerkennen, den sie früher in derselben inne gehabt, aber nicht zu höheren Weihen zu befördern. [6]) Eben darin lag die Meinungsverschiedenheit zwischen dem Papste und den Bischöfen Macedoniens. Diese setzten die von Bonosus vor seiner Verurtheilung Geweihten sogleich in ihre Funktionen ein, der Papst aber wollte sie der Buße vorerst unterworfen wissen, weil sie unrein seien und als vulnerati der Arznei (der Buße) bedürften. [7]) Die nach der Damnation von

---

[2]) Der Titel lautet: quod Arianorum clerici non sunt suscipiendi in suis officiis. Bei Gratian: Sacerdotes haereticorum Christi honoribus non habentur digni.

[3]) Tournely p. 170. Holtzclau l. c. n. 159.

[4]) Innoc. I. ep. 22 ad Episc. Maced. a. 414. Mansi III. 1038. Jaffé n. 100.

[5]) Innoc. I. ep. 21 ad Marcian. Mansi III. 1037. Jaffé n. 96. a. 409.

[6]) ep. 22 cit. c. 4 (c. 18. C. I. q. 1.): Nostrae vero lex est Ecclesiae, venientibus ab haereticis, qui tamen illic baptizati sunt, per manus impositionem laicam tantum tribuere communionem nec ex his aliquem in clericatus honorem vel exiguum subrogare. Vgl. Leo M. ep. 18 ad Jan. Aquilej.: In magno habeant (clerici qui in haereticorum atque schismaticorum sectam delapsi se correctos videri volunt) beneficio, si adempta sibi omni spe promotionis, in quo inveniuntur ordine, stabilitate perpetua maneant, si tamen iterata tinctione non fuerint maculati (c. 21. C. I. p. 7.)

[7]) Innoc. ep. 22: Quum nos dicamus ab haereticis ordinatos vulneratum per illam manus impositionem habere caput, ubi vulnus infixum est, medicina est adhibenda, ut possit recipere sanitatem (das vulnus ist also nicht insanabile). Quae sanitas post vulnus secuta sine cicatrice esse non poterit, atque ubi poenitentiae remedium necessarium est, illic ordinationis honorem locum habere non posse decernimus.

Novatus Geweihten sollten wohl in die Kirche aufgenommen, aber nur zur Laiencommunion zugelassen werden, die vor derselben Ordinirten erst nach geleisteter Buße Wiedereinsetzung hoffen dürfen. Das vulnus bei der Ordination der Häretiker ist die Sünde und der Mangel an Legitimität. Der Papst argumentirt: 1. Wo Buße nöthig, da kann die Ehre des geistlichen Standes nicht zugestanden werden. 2. Der Häretiker hat die Ehren des geistlichen Amtes verloren, diese kann er nicht ertheilen; 3. die Nothwendigkeit, die den Anysius zur Nachsicht bewog, hat jetzt aufgehört; man soll demnach nach der Strenge der Canones verfahren.[8]) In dem Punkte der Belassung solcher Cleriker bei ihren Funktionen verfuhr man je nach Umständen bald strenger, bald milder. An eine Reordination ward hier in keiner Weise gedacht.[9])

16. Eine weitere Schwierigkeit bereitet eine wichtige Stelle Leo des Großen über Pseudobischöfe,[1]) von der P. Quesnell[3]) bemerkt, daß er sich wundere, wie sie einem Hallier und Morinus habe entgehen können. Rusticus von Narbonne hatte den Papst über einige Geistliche befragt, die sich (seiner Ansicht nach) fälschlich für Bischöfe ausgaben, weil sie nicht von den Clerikern erwählt, nicht vom Volke verlangt, nicht von den Bischöfen der Provinz nach dem Urtheil des Metropoliten geweiht waren. Daß sie gar keine bischöfliche Weihe erhalten, ist nicht anzunehmen; sie waren nur unbefugterweise von nicht competenten Bischöfen consecrirt und konnten so auf die bischöfliche Jurisdiktion keinen Anspruch machen.[4]) Es werden diese pseudo-episcopi darum auch den episcopi proprii gegenübergestellt.[5]) Hätten sie nicht den bischöflichen Charakter erhalten, so würde Leo unter keiner Bedingung die von ihnen ertheil-

---

[8]) Der Papst sagt: Quod autem pro remedio ac necessitate temporis factum est, primitus non fuisse et cessante necessitate cessare pariter debere quod urgebat, quia alius est ordo legitimus, alia usurpatio, quam ad praesens fieri tempus impellit.

[9]) Natal. Alex. H. E. Saec. V. cap. 2. art. 1. Tournely l. c. p. 170. Holtzclau l. c. n. 158—161.

[1]) ep. 167 (al. 2) ad Rustic. Narbon. Inquisitio I. De presbytero vel diacono, qui se Episcopos esse mentiti sunt et de his, quos ipsi clericos ordinarunt. Resp. Nulla ratio sinit, ut inter Episcopos habeantur, qui nec a clericis sunt electi, nec a plebibus sunt expetiti, nec a provincialibus Episcopis cum metropolitani judicio consecrati. Unde cum saepe quaestio de male accepto honore nascatur, quis ambigat, nequaquam istis esse tribuendum, quod non docetur fuisse collatum? Si qui autem clerici ab istis pseudoepiscopis in eis ecclesiis ordinati sunt, quae (al. in eorum ecclesiis, qui) ad proprios Episcopos pertinebant, et ordinatio eorum consensu et judicio praesidentium facta est, potest rata haberi, ita ut in ipsis ecclesiis perseverent. Aliter autem vana habenda est creatio (al. consecratio vel ordinatio), quae nec loco fundata est nec auctore munita (al. auctoritate munita). Bei Gratian can. 1. d. 62 und can. 40. C. I. q. 1.

[3]) Quesnell. not. in Leonis M. epp. Opp. Leon. I. p. 1189 ed. Migne.

[4]) Ballerin. annot. in h. l. Opp. Leon. I. p. 1187. 1188 ed. cit.

[5]) Die Lesarten quae und qui ad proprios Episcopos etc. machen hier keinen erheblichen Unterschied. Wählt man quae, so ist die Rede von Ordinationen, die in Kirchen einer fremden Diöcese ertheilt wurden und nachher die Zustimmung des competenten Bischofs erhielten. Wählt man qui (clerici), so versteht man am besten Kirchen einer Diöcese, die eine Zeitlang einen illegitimen Bischof, vorher und nachher aber legitime Bischöfe hatten.

ten Weihen haben gelten lassen können; so aber läßt er dieselben unter bestimmten Voraussetzungen in der Art gelten, daß die Ordinirten ihre Weihen ausüben dürfen. „Potest rata haberi“ bezieht sich auf die Anerkennung der Weihe behufs ihrer Ausübung, wie es auch sonst steht;[5]) vana ist ihm die Ordination, die nicht auf eine bestimmte Kirche sich bezieht, an der der Geweihte beständig zu leben hat, und die aus Mangel an Zustimmung der „Vorsitzenden“ der Legitimität entbehrt.[6]) Nicht mit Unrecht vermuthet Quesnell, es habe der Beschluß der 439 gehaltenen Synode von Riez[7]) auf die Zweifel des Rusticus Einfluß geübt. Diese hatte den von einer kleinen Partei von Laien ohne Theilnahme der Bischöfe der Provinz und des Metropoliten auf den Stuhl von Embrun erhobenen und nur von zwei Bischöfen geweihten Armentarius abgesetzt und seine Weihe für „nichtig“ erklärt; jedoch ihm den Rang unter den Chorbischöfen und vor den Priestern zuerkannt, ihm die Befugniß zu firmen, den Segen in den Landkirchen zu geben und Jungfrauen zu benediciren eingeräumt, und die von ihm Geweihten, falls sie guten Ruf genößen, dem neuen Bischof oder ihm selbst beizubehalten gestattet, was offenbar zeigt, daß die Nichtigkeitserklärung der Consecration des Armentarius sich nicht auf den Abgang des bischöflichen Charakters bezog. Jene „Pseudobischöfe“ waren ebenso weder von den Provinzbischöfen geweiht, noch von ihnen als solche anerkannt, illegitim und ohne Jurisdiktion;[8]) Rusticus fragte nun, was mit ihnen und den von ihnen Geweihten zu geschehen habe. Der Papst betrachtet erstere als entsetzt, und als Nichtbischöfe; die incompetenten Prälaten, die sie ordinirt, konnten ihnen keine Jurisdiction ertheilen und ihre Würde war honor nude acceptus; dagegen setzt er ihre Weihegewalt in den Wirkungen voraus, die er ihr beilegt; er läßt die von ihnen Ordinirten in ihren Funktionen zu, wenn die gestellten Bedingungen erfüllt sind; also war die Weihe an sich nicht nichtig, sondern nur irregulär und uncanonisch und als

---

[5]) Analog kann der Ausdruck erscheinen: susceptum sacerdotium tenere permittimus Leo ep. 12. c. 5 ad Episc. Afr. Hier ist die Rede von der Ordination Solcher, die Bigami waren, und Solcher, die plötzlich aus dem Laienstande erhoben wurden. Der Papst will so mild als möglich verfahren, er gestattet die Beibehaltung der Letzteren, während er die Ersteren als entsetzt betrachtet wissen will, und will aus seiner Dispens keine Folgerung für die Zukunft abgeleitet wissen. Denen, die Unwürdige weihen, soll das Ordinationsrecht entzogen sein. c. 9: Si qui episcopi talem consecraverint sacerdotem, qualem esse non liceat, etiamsi aliquo modo damnum proprii honoris evaserint, ordinationis tamen jus ulterius non habebunt nec unquam ei sacramento intererunt, quod neglecto divino judicio immerito praestiterunt.

[6]) Quesnell. l. c. p. 1487: Quae nec loco fundata est, quia si in ecclesia, in qua ordinatus est, non perseverat, vagus erit et contra canones nullius loci clericus, dejecto praesertim pseudoepiscopo ab ea, cui male praepositus fuerat, ecclesia; nec item auctore munita, cum contra praesidentium unitum et consensum attentata sit.

[7]) Conc. Reg. c. 1—5. Mansi V. 1189 seq.

[8]) Bei Aug. de bapt. c. Don. I. 1 sagt: non administrarunt, sed sacramentum ordinationis esse tantum gesserunt.

solcher konnte ihr die Ausübung gestattet werden, wo die Kirchengesetze nicht sämmtlich und nicht allzustark verletzt waren, während sie im gegentheiligen Falle nimmermehr erlaubt werden durfte.

17. Aber eine weit größere Schwierigkeit ergibt sich aus der dritten Sitzung der im April 769 von Papst Stephan III. (al. IV.) zu Rom gegen den Afterpapst Constantin, der als Laie den päpstlichen Stuhl usurpirt hatte, gehaltenen Synode.[1] Dort heißt es nicht nur, daß alle von dem Gegenpapste (mit Ausnahme der Taufe und der Firmung) gespendeten Sacramente und Culthandlungen wiederholt,[2] sondern auch die von ihm zu Bischöfen geweihten Priester und Diakonen bloß als solche gehalten und höchstens von Papst Stephan auf's Neue geweiht werden sollen.[3] Wir haben nun hierüber nicht den authentischen Text der Synodalacten, sondern nur den kurzen Bericht des unter dem Namen des Anastasius erhaltenen Liber pontificalis. Wenn nun auch Auxilius die Thatsache der Reordination anerkennt und sie aus Leidenschaft und Bosheit ableitet,[4] so haben doch die meisten Theologen[5] die Richtigkeit dieser Auffassung bestritten und die consecratio benedictionis nur von dem reconciliatorischen Ritus verstanden. Allerdings sind manche ihrer Gründe nicht stichhaltig;[6] aber wahrscheinlich ist es doch, daß man zwar nach der Strenge der alten Gesetze die von Constantin Geweihten für entsetzt von der durch den Usurpator erlangten Weihe erklärte und sie nur in ihrer früheren Stellung beließ, aber zugleich die Reactivirung derselben mittelst neuer, den Canonen entsprechender Wahl und einer feierlichen Zurückgabe der Insignien offen hielt, sohin nur in Bezug auf das Verbot der Ausübung ihre Ille-

[1]) Hefele, Conc. Gesch. III. S. 406. 407.

[2]) Vita Steph.: Ita enim in eo concilio statutum est, ut omnia, quae idem Constantinus in eccl. sacramentis ac divino cultu egit, iterata fuissent praeter s. baptisma atque s. chrisma.

[3]) Ibid.: Ut episcopi illi, si aliquis eorum presbyter aut diaconus fuerit, in pristinum honoris sui gradum reverterentur, et si placabiles fuissent coram populo civitatis suae, denuo facto decreto electionis, more solito, cum clero et plebe ad Apostolicam venissent Sedem et ab eodem S. Stephano Papa benedictionis suscepissent consecrationem. Aehnlich von den Priestern und Diaconen.

[4]) Auxil. Inf. c. 4: Constantinus neophytus ... jure damnatus atque dejectus est. Jam vero quod eum oculis privarunt, non apostolicum, sed apostaticum est. Ordinationem quoque ejus, non rectitudinis intuitu, sed invidiae zelo, contra SS. Patrum sanctiones in pristinos deposuerunt gradus ... Manifeste in eis peccaverunt, qui secundum canones ordinati fuerant, et eos deponere non formidarant, eosque nefario ausu iterum in eadem ordinatione consecrandos esse sanxerunt. Alioqui frustra S. Leo P. consuluit, ut pseudoepiscopi abjicerentur, et eorum ordinatio rata consistere posset. Frustra enim Papa Anastasius praefixit ut ordinationes Acacii nulla portio laesionis attingeret. (Die oben angeführten Texte.)

[5]) Baron. a. 769. Natal. Alex. Saec. VIII. cap. 1. art. 8. Juenin l. c. p. 837. 838. Holtzclau l. c. n. 150.

[6]) Man stützte sich besonders darauf, daß das Concil die von Constantin geweihten Priester und Diaconen, wenn sie vorher Laien waren, im geistlichen Stande belassen habe. Allein das permanere in religioso habitu reliquo vitae tempore wird mit gutem Grund auf die lebenslängliche Buße bezogen.

giltig erlangten Weihen verwarf; die benedictionis consecratio muß keineswegs absolut auf die Reordination bezogen werden, auch fehlt es, wie wir gesehen haben, keineswegs an Analogien, die dieser Auffassung durchaus günstig sind. Indessen zur Evidenz kann das kaum erhoben werden und es wäre auch dem Gesagten gemäß keineswegs unstatthaft, hierin ein Vorspiel der Ereignisse, die nach dem Tode des Papstes Formosus statthatten (die unten näher zu betrachten sind), sowie eine Verirrung anzunehmen, die freilich bei dem edleren Stephan III. (oder IV.) schwerer zu erklären wäre, als bei seinem gleichnamigen, aber weit unter ihm stehenden Nachfolger am Ende des neunten Jahrhunderts.

18. Sicher ist bis zum achten Jahrhundert die Doctrin und Praxis des Abendlandes trotz vieler harten Aussprüche im Allgemeinen den fraglichen Reordinationen durchaus entgegen, sowohl was gottlose, verbrecherische, simonistische und verurtheilte, als was häretische und schismatische Bischöfe betrifft, wofern nur die häretischen einer Secte angehörten, deren Taufe als giltig anerkannt ward. [1]) Vom ersten Concil von Arles, welches den sonst tauglichen Klerikern aus der Ordination, die sie von einem Traditor erhalten, keinen Nachtheil entstehen läßt, [2]) bis auf Hadrian I., der durchaus mit der im siebenten allgemeinen Concil geübten Milde einverstanden war, spricht die Mehrzahl der Zeugnisse sich in diesem Sinne aus.

19. Unter den vielen und höchst wichtigen Fällen, welche das neunte Jahrhundert für unsern Gegenstand darbietet, nimmt sicher die active und passive Ordination unseres Photius die erste Stelle ein. Photius war 1. ein bei Lebzeiten des rechtmäßigen Patriarchen Ignatius intrudirter Bischof, widerrechtlich eingesetzt, Usurpator eines nicht erledigten Stuhles; 2. geweiht von einem mit kirchlichen Censuren belasteten, ja für abgesetzt erklärten Prälaten, dem Gregor Asbestas; 3. gegen die Canones plötzlich aus dem Laienstande erhoben und ohne Beobachtung der Interstitien in sechs Tagen durch alle Weihen befördert; 4. schon vorher als Schismatiker, als Theilnehmer an der von Gregor Asbestas organisirten Parasynagoge angeklagt. Er war in mehrfacher Beziehung irregulär, seine Consecration durchaus uncanonisch, Denen, die nicht zu seinen Anhängern zählten, ein Gegenstand des Abscheu's. [3]) Dieser Abscheu gab sich in den stärksten Ausdrücken bei den Ignatianern, bei den Päpsten Nikolaus I. und Hadrian II. kund, wie auch auf dem achten ökume-

[1]) Daß aber auch Viele höchst schwankend waren, zeigt z. B. Erzbischof Egbert von York, der Freund des ehrwürdigen Beda. In seiner Schrift de eccles. instit. interrog. 5. (Galland. Bibl. PP. XIII. p. 265) sagt er von der Taufe ganz bestimmt, quod iterari non debet, setzt aber dann bei: Reliqua vero ministeria per indignum data minus firma videntur.

[2]) Conc. Arelat. I. 314. c. 13: si iidem (qui Scripturas sacras tradidisse dicuntur vel vasa dominica vel nomina fratrum suorum) aliquos ordinasse fuerint deprehensi et hi, quos ordinaverunt, rationabiles subsistunt, non illis obsit ordinatio.

[3]) Vgl. Natal. Alex. H. E. Saec. IX. Dissert. IV.

nischen Concil. Nichts, erklärte Nikolaus, konnte der verdammte Asbestas ihm verleihen; unwirksam war diese Weihe schon wegen des Consecrators und ein verwundetes Haupt trug der unwürdig Geweihte davon.[1]) Dasselbe erklärte Papst Formosus nach der zweiten Absetzung des Schismatikers bezüglich der von ihm selbst ertheilten Weihen;[2]) auch Hadrian II. sprach von dessen „angeblichen" Weihen, die viel eher Exsecrationen seien, und hob ebenso hervor, Photius habe nichts gehabt, also nichts geben können.[3]) Ja, Photius wurde geradezu von Nikolaus und mehreren seiner Nachfolger, von Synoden und Anderen als bloßer Laie bezeichnet;[4]) Laien hieß man auch die von ihm Ordinirten.[5]) Die römischen Geistlichen in Bulgarien ertheilten den von griechischen Priestern seines Anhangs Gefirmten die Firmung auf's Neue[6]) und das

---

[1]) Nicol. I. ep. Quanto majora (Migne PP. lat. CXIX, 1027.): Qui (Photius), ut cetera nunc omittamus, a Gregorio Syracusano vel ceteris schismaticis institutus, imo destructus, contra omne fas alterius praesidere non potest Ecclesiae. Nam merito destructus esse creditur, qui a destructo aedificari sperans, etiam si qua alia bona fortasse habuit, nimiae ejus praesumtionis temeritati communicans perdidit. Nam Gregorius quo modo quempiam aedificare poterat, qui multipliciter jam noscebatur elisus? ... Gregorius ergo, qui canonice ac synodice depositus et anathematizatus erat, quemadmodum posset quempiam provehere vel benedicere, ratio nulla docet. Igitur nihil Photius a Gregorio percepit, nisi quantum Gregorius habuit; nihil autem habuit; nihil dedit. Per eorum quippe, ut legitur, manus impositionem et invocationem dabatur Spiritus S., qui noverant mundas ad Dominum manus levare. Ceterum Gregorius, qui transgressor factus est legis, ad iracundiam sui magis, quam ad consecrationem alicujus Spiritum S. per impositionem suae manus sine dubio provocavit, etiamsi is, qui ordinandus erat, nullas alias haberet sibi regulas obviantes. Hinc enim scriptum est (Prov. 28, 9.): Qui obturat aures suas, ne audiat legem, oratio ejus erit in peccatum. Si execrabilis, utique et non audibilis; si non audibilis, ergo inefficax; si inefficax, profecto Photio nihil praestans; nimirum qui vulneratum caput per illam manus impositionem potius habere dignoscitur. ... Nec damnatus justificare, nec depositus erigere, nec ligatus potest quempiam per impositionem manus provehere; impossibile est enim horum aliquid fieri. Ebenso ep. ad clerum „Ea quae nuper" l. c. p. 1078. 1079.

[2]) Formos. ep. Mansi XVI. 410: *τιμὴν οὐκ ἠδύνατο δοῦναι, ὅστις τιμὴν οὐκ ἔσχεν. οὐδὲν ἠδυνήθη δοῦναι Φώτιος ἐκτὸς κατακρίσεως, ἣν ἔσχε διὰ τῆς ἐπιθέσεως τῆς δουλικῆς χειρός, καὶ ἐγκατάκριτον ἔδωκε.*

[3]) Hadr. II. ep. ad Ignat. 869. Mansi XVI, 50: Quos Photius in gradu quolibet ordinasse putatus est, ab episcoporum numero vel dignitate, quam usurpative ac ficte dedit, merito sequestrantes ... ordinatio ejus vel potius exsecratio ... p. 51: nihil habuit, quod se sequentibus propinaverit. Griech. p. 827: *οὐδὲν εἶχεν, οὐδὲν ἔδωκεν.*

[4]) Metrophanes ep. ad Man. Patric. (Mansi XVI. 416) sagt von Nikolaus: *καὶ κατέκρινε λαϊκὸν ὀνομάσας τοῦτον.* Die Briefe des Papstes an Photius bezeichnen diesen nur als vir prudentissimus. Ebenso nannten die römische Synode unter Hadrian II. (Mansi l. c. p. 381), die Legaten Roms in der fünften Sitzung des achten Concils (ib. p. 311), Papst Stephan (ep. ad omnes christianos l. c. p. 430 *ὁ προῤῥηθεὶς λαϊκός*, ep. ad Basil. Imp. ib. p. 421 *πρὸς λαϊκόν, δηλονότι τὸν Φώτιον*), Papst Formosus (ep. ad Styllan. ib. p. 440) den Photius nur „Laien".

[5]) Formos. ep. cit.

[6]) Phot. ep. 2 encycl. Cf. Metrophan. ep. cit.

achte ökumenische Concil [8]) erklärte analog dem zweiten von 381 in dem Canon über den Usurpator Maximus (s. oben §. 11.), Photius sei nie Bischof gewesen, noch sei er es jetzt, die von ihm Geweihten seien ihrer Aemter verlustig, die von ihm eingesetzten Kirchenvorsteher und Aebte seien abzusetzen, die von ihm geweihten Kirchen wieder zu weihen. „Anathema dem Laien Photius!" wurde laut gerufen, „Anathema dem Ehebrecher und Apostaten!" hieß es mehrfach; [9]) man ließ auf dieser Synode nicht die Analogie von der Häresie zurückkehrender Bischöfe zu, deren Vergünstigungen nicht einem solchen Ehebrecher zu gut kommen könnten. [10])

20. Dessenungeachtet haben viele Gelehrte, [1]) und zwar mit nicht zu verachtenden Gründen, diese Zeugnisse dahin interpretirt, daß nur die Irregularität, nicht die absolute Nichtigkeit [2]) der activen und passiven Ordination des Photius damit ausgesprochen sei. Sie bemerken, keiner der hier gebrauchten Ausdrücke sei stärker als die in den früheren Jahrhunderten in ähnlichen Fällen gebrauchten; sie seien einfach daraus zu erklären, daß man dem Usurpator und Schismatiker ein unauslöschliches Brandmal für alle Zeiten habe ausdrücken, seine Handlungen dem allgemeinen Abscheu habe überliefern wollen; man habe ihn λαϊκός und κοσμικός genannt zur Strafe seines Ehrgeizes, zur kräftigen Bezeichnung seiner Illegitimität und der Profanation des Sacramentes. Es sei ihm damit nicht der bischöfliche Charakter abgesprochen worden, sondern nur die Legitimität, die Jurisdiktion, das Recht der Ausübung des Ordo, der wirkliche Besitz des Amtes; durch eine fictio juris werde angenommen, daß der, welcher mit Verachtung aller Gesetze in eine neue Stellung sich eindrängt, in seiner früheren Stellung, die ihm allein rechtlich zukomme, verblieben; so heiße er auch curialis, forensis, saecularis. [3]) Man habe ihn zu den Laien zurückversetzt wegen der Irregularität seiner Consecration und die von ihm vorgenommenen Ordinationen als quoad effectum nichtig betrachtet; ihm sei der usus et actus potestatis, nicht aber potentia und habitus entzogen gewesen, und wie im Rechte illegitime agere gleich non agere gedacht werde, so könne man von dem, der die Gewalt nicht rechtmäßig habe, auch sagen, er habe sie nicht. Daß aber die Giltigkeit quoad substantiam nicht verkannt worden, setze eben die Deposition, die über Photius und die von ihm Ordinirten verhängt ward, voraus; sodann habe man bei diesen Weihen eine Dispensation für möglich gehalten, was bloße Irregularität, aber keine Invalidität zu erkennen gebe; so habe der Patriarch Ignatius selbst für

---

[8]) can. 4. Mansi XVI. p. 162. 400.

[9]) act. VII. Mansi l. c. p. 381.

[10]) act. VI. Rede des Metrophanes ib. p. 92. 353.

[1]) Siehe das Schreiben des Jesuiten Melchior Imhofer an Leo Allatius in L. Allatii de perpet. Orient. et Occident. consens. L. II. c. 6. n. 12—19. p. 593—599. Juenin. l. c. p. 814. Holtzclau l. c. n. 151. p. 154 seq.

[2]) So heißt es von den durch Photius Ordinirten Conc. VIII. can. 4: nec ab illo creatos in eo sacerdotii gradu, in quem ab eo promoti sunt, permanere.

[3]) Baron. a. 869. n. 38.

den Chartophylax Paulus, den Photius zum Bischof geweiht, bei Hadrian II. um Dispens und Belassung in der bischöflichen Würde nachgesucht,[3]) Erzbischof Stylian für die von Photius Ordinirten an Papst Stephan V. (al. VI.) seine Fürsprache gerichtet;[4]) endlich habe Papst Johann VIII. 879 den Photius bei seiner Wiedererhebung sammt den von ihm eingesetzten Bischöfen anerkannt und nirgends eine Iteration der Weihen vorgeschrieben;[5]) und obschon der genannte Papst von den Zeitgenossen vielfach der allzugroßen Schonung für den schlauen Byzantiner beschuldigt worden, so habe ihm doch Niemand aus seinem Verhalten in Betreff der Weihen einen Vorwurf gemacht.[7]) Die angeführten Argumente können wir auch noch durch Folgendes verstärken. Käme es auf die bloßen Worte an, so müßten wir auch annehmen, Johann VIII. habe alle vom byzantinischen Patriarchen, und zwar von dem als legitim anerkannten Ignatius, für Bulgarien mit Verkennung der Jurisdiktionsrechte Rom's ordinirten Geistlichen als ungiltig geweiht betrachtet; denn seine Worte[8]) lauten kaum minder scharf als die seines Vorgängers Hadrian II. über die Photianer. Aber Johann VIII. bezeichnet jene Geistlichen auch als illicite constituti;[9]) er erkennt an, daß sie im griechischen Kaiserreich und in den Grenzen ihres Patriarchates kirchlich fungiren dürfen; Jene, die seinem Decrete gehorchen, sollen, sofern sie vor dem Abgang nach Bulgarien ein Kirchenamt hatten, dieses behalten, und Jene, die keines hatten, ein erledigtes erhalten, und wiederum werden ganz adäquat ihre Ordinationen als unerlaubt bezeichnet.[10]) Was die in der Bulgarei von den Abgeordneten des Papstes Nikolaus wiederholte Firmung betrifft, so hat man zwar behauptet, die photianischen Geistlichen hätten vorher non rite neque ex forma Ecclesiae die Firmung gespendet;[11]) aber dafür liegt kein Beweis vor und weit richtiger läßt sich sagen,[12]) daß die Firmung der Photianer darum als ungiltig angesehen ward, weil sie Priester, und nicht Bischöfe ertheilt,[13]) wozu aber noch hinzugenommen werden muß, daß Bulgarien de jure zum römischen Patriarchate gehörte, in dem nur Bischöfe, nicht auch bloße Priester firmen konnten.[14]) Gleichwohl läßt sich auch sagen,[15]) daß die römischen Geistlichen, in dieser Frage noch unklar und

---

[3]) Baron. a. 871. n. 5. 8.

[4]) Baron. a. 889. n. 4 seq.

[5]) Baron. a. 879. n. 4 seq.

[7]) Selvaggio l. c. §. 11. p. 303.

[8]) Joh. VIII. ep. 78 ad Ign. (Mansi XVII. p. 67. 68.): Qui a te vel a subjectis tibi consecrationis munus accepisse dicuntur . . . qui tuae ordinationis, imo inordinationis sunt . . . quos vel tu vel episcopi tui consecrasse in aliquo gradu putantur Ecclesiae etc.

[9]) Joh. ep. 79. p. 68. 69 ad Episc. et Clericos Graec. in Bulg.

[10]) Ibid.: ordinationes illicitas perpetrantes.

[11]) Inhofer bei Allatius l. c. n. 16. p. 538.

[12]) Holtzclau l. c. n. 151.

[13]) Das sagt Photius selbst ep. encycl. Vgl. Baron. a. 863. n. 37.

[14]) Vgl. Benedict. XIV. de Synod. Dioec. L. VII. c. 7.

[15]) Der Erklärung des Arcudius (2. Bd. I. S. 610) stimmt nicht nur Benedict XIV., sondern auch der doctor Sorbonnicus Isaak Habert zu (Archieraticon Graec. p. 710).

an die lateinische Praxis gewöhnt, das Chrisma des Photius als das eines Pseudopatriarchen und Eindringlings nicht anerkennen zu dürfen glaubten (Bd. I. S. 640. II. 165.), ganz wie viele ignatianisch gesinnte Byzantiner in strengem Festhalten an dem Wortlaut der gegen ihn erlassenen Urtheile die sämmtlichen Amtshandlungen desselben ohne Unterschied verwarfen, auch die von ihm consecrirten Kirchen als nicht consecrirt ansahen, worüber Photius, wie wir oben sahen, so bitter klagt. Praktisch war es für ihn und die Seinen gleich, ob man seinen Pontifikalacten alle und jede Gültigkeit oder nur die rechtliche Wirksamkeit absprach.

21. Was insbesondere den Papst Nikolaus I. betrifft, so hat dieser sonst Grundsätze ausgesprochen und ein Verfahren eingehalten, welche die eben entwickelte Ansicht vielseitig bekräftigen. Er hat ganz die Grundsätze Augustin's adoptirt,[1]) und indem er die von einem Pseudopresbyter ertheilte Taufe für giltig erklärt, führt er als Analogie an, daß auch Acacius von Constantinopel, vom päpstlichen Stuhle entsetzt, nach dem Briefe des Papstes Anastasius (§. 14) wohl ein unwürdiger Spender war, aber Diejenigen, die von ihm Sakramente erhielten, keinen Schaden erlitten; er beruft sich auf I. Kor. 3, 7, gleich Augustin (§. 13), und schärft nachdrücklich ein, daß der Schlechte, der Anderen das Gute reicht, nicht Anderen, sondern sich den größten Schaden bringt.[2]) In seinem Absetzungsurtheil über die verbrecherischen Erzbischöfe Günther und Thietgaud[3]) braucht er für die Amtsentsetzung durchaus genaue und präzise Ausdrücke und nennt dieselben omni sacerdotii officio alienos, omni episcopali regimine exutos; ganz ähnlich sagt er von Photius in dem entscheidenden Synodalurtheil:[4]) sit omni sacerdotali honore et nomine alienus, et omni clericatus officio prorsus exutus; von Gregor Asbestas heißt es in dem Urtheil (Cap. 2): cum omni sacerdotali carere atque privatum fore ministerio, ohne Hoffnung auf Wiedereinsetzung. Ebenso correct ist die Censur über die von Photius Ordinirten: eos omni clericali officio privamus et eos penitus sequestramus.[5]) Die Worte der Sentenz können nur die gegebene Erklärung bestätigen. Dazu kommt, daß ein anderer wichtiger Fall, der unter seinem Pontifikate verhandelt ward, ebenso bestimmt die Grundsätze dieses Papstes erhärtet.

22. Erzbischof Ebbo von Rheims hatte im Jahre 835, mit Absetzung bedroht, besonders wegen seiner Vergehen gegen Kaiser Ludwig, sich selbst des bischöflichen Amtes für unwürdig erklärt und war von allen bischöflichen Funktionen entfernt worden; aber 840 ward er zu Ingelheim von Kaiser Lothar restituirt, bei welcher Gelegenheit er seine frühere Resignation als erpreßt und ungiltig bezeichnete.[6]) So nahm er in Rheims die kirchliche Verwaltung wieder

[1]) S. die oben §. 4 e. Note 25 angeführte Stelle und c. 5. C. XV. q. 8.
[2]) Ad consulta Bulgar. c. 15 (Migne CXIX, p. 985. 987).
[3]) Baron. a. 863. n. 4. 5. ep. 7. Migne l. c. p. 850 seq.
[4]) Baron. a. 863. n. 21 seq.
[5]) Ibid. c. 2. 3. n. 7. 8.
[6]) Mansi XIV. 658 seq. 771 seq.

auf und ordinirte mehrere Geistliche. Aber er wurde bald von Karl dem Kahlen verjagt und eine Synode von Bourges soll ihn, wie sein Nachfolger Hinkmar behauptete, abgesetzt haben.[2]) Hinkmar, der 845 den erzbischöflichen Stuhl von Rheims bestieg, setzte die in jener Zeit von Ebbo geweihten Geistlichen ab, und um seine eigene Legitimität gegen die Ansprüche des noch lebenden Ebbo (dieser starb erst 851 in Deutschland) zu behaupten, sah er diese Ordinationen desselben (nach der Abdankung) als uncanonisch und, wie es scheint, auch als ungiltig an.[3]) Die abgesetzten Geistlichen klagten 853 auf der Synode von Soissons gegen Erzbischof Hinkmar; aber diese entschied zu Gunsten Hinkmar's, excommunicirte jene Cleriker und erklärte, alle kirchlichen Anordnungen und Funktionen Ebbo's seit seiner Verurtheilung für eitel und nichtig mit Ausnahme der Taufe. In diesem Sinne hatte Bischof Immo oder Emmo von Noyon eine Schrift vorgelegt, worin er mit Autoritäten, Stellen von Papst Innocenz I. u. a. m. nachzuweisen suchte, Ebbo habe nichts mittheilen können als seine Verdammung, und die mit dem Verurtheilten in Gemeinschaft Stehenden könnten keine Ehre und Würde in der Kirche genießen.[4]) Man wünschte für dieses Urtheil die Bestätigung des römischen Stuhles und schützte auch vor, eine solche erhalten zu haben. Aber Leo IV. hatte erst genaueren Bericht und Vorlage aller Acten verlangt, die er aber nicht mehr erhielt, und Benedikt III. gab 855[5]) eine Genehmigung mit der Clausel: „wenn es sich in Allem so verhalte, wie Hinkmar berichtet," und vorbehaltlich aller Rechte des römischen Stuhles;[6]) mit der gleichen Einschränkung erneuerte

---

[2]) Vgl. Hefele Conc. IV. S. 82, 96, 97, 99. Natal. Alex. H. E. Saec. IX. et X. Dissert. VII. de causa Wulfadi.

[3]) Juenin. l. c. p. 838.

[4]) Natal. Alex. l. c. p. 846 ed. Bing. bemerkt hiezu: De ordinis executione, non de ordine ipso agebatur, eaque intelligendum Immonis suffragium. Ordinem habuit Ebbo legitimo et canonico ritu consecratus episcopus, non habuit jurisdictionem et ordinis exequendi potestatem, canonice depositus; sic itaque ab illo ordinem, quem habebat, suscipere potuere, qui ab illo jam exauctorato sunt ordinati, non ordinis exequendi potestatem, qua carebat. Sic etiam intelliguntur haec verba: „Damnationem utique, quam habuit, per pravam manus impositionem eis dedit." Quod nimirum illi qui ipsi canonice deposito nec legitime restituto scientes volentes communicaverunt, non potuerint ab illo gratiam quoque sacramenti cum ordine recipere, ut rei scil. inobedientiae adversus Ecclesiae decreta. Act. V. decretum est a Synodo, ut quidquid in ordinationibus eccles. idem Ebbo post damnationem suam egerit, secundum traditionem apost. Sedis... praeter S. baptisma, quod in nomine S. Trinitatis perfectum est, irritum et vacuum habeatur, et ordinati ab eo eccles. gradibus privati perpetuo habeantur. Quae exceptio de baptismo id unum significat, ut qui scientes ab episcopo deposito ordinati fuerant, suorum ordinum executione privarentur, qui vero ab eodem baptizati nulli propterea poenae canonicae addicerentur. Aehnlich Juenin l. c. p. 839. In der zweiten Sitzung ist nur vom Fungiren der fraglichen Geistlichen die Rede; wenn Ebbo, heißt es, gerecht entsetzt war, ministrare nec potuerunt nec debuerunt; war er ungerecht entsetzt, so konnten sie am Altare dienen.

[5]) Baron. a. 855 n. 15.

[6]) Nicol. I. ep. Reverentissimum Migne p. 1093 seq. Baron. a. 866 n. 55—59.

Nikolaus 863 auf Hinkmar's Ansuchen diese Genehmigung.[7]) Bald kamen aber Klagen an den Papst über das jenen Geistlichen zugefügte Unrecht, und Karl der Kahle interessirte sich lebhaft für einen derselben Namens Wulfad. Daher schrieb Nikolaus im April 866 an Hinkmar, er habe aus den Acten des Archivs ersehen, daß die Legitimität des Urtheils von 853 nicht ganz feststehe, Hinkmar würde am besten thun, jene Cleriker selbst wieder einzusetzen, würde er das nicht wollen, so solle eine neue Synode zu Soissons zusammentreten und das Ergebniß ihrer Berathungen dem apostolischen Stuhle vorlegen. Darüber schrieb der Papst auch an andere Bischöfe und an Karl den Kahlen.[8]) Die Synode entschuldigte den Hinkmar, daß er die Cleriker nicht restituirt, weil ihm das gegen die Canones zu verstoßen scheine, hielt den Beschluß von 853 als zu Recht bestehend fest, erklärte aber, man könne Gnade für Recht ergehen lassen, das überlasse sie dem heiligen Stuhle.[9]) Obschon der Papst viele Kunstgriffe und Täuschungen, die Hinkmar sich hatte zu Schulden kommen lassen, rügte und mit der bloßen Begnadigung der betreffenden Geistlichen, die ein Recht forderten, nicht einverstanden sein konnte,[10]) so löste sich diese Sache, deren weiterer Verlauf nicht hieher gehört, in ganz befriedigender Weise; ja einer dieser Geistlichen, Wulfad, war von den Bischöfen selber, inconsequent genug, auf den Stuhl von Bourges erhoben worden.[11]) Der Papst spricht hier entschieden mit Berufung auf Leo den Großen aus, daß, was immer für ein Mensch Ebbo gewesen sein möge, die von ihm Ordinirten keinen Nachtheil erlitten, und ebenso führt er das Zeugniß Anastasius II. an;[12]) obschon er den Ebbo für unschuldig und ungerecht entsetzt gehalten zu haben scheint,[13]) so ordnet er doch die Wiedereinsetzung der Entsetzten auch für den Fall an, daß sich das anders verhalte. In der ganzen Controverse war bis dahin die Rechtsfrage, ob Ebbo's, des Entsetzten und nicht canonisch Restituirten, Ordinationen ungiltig und unerlaubt gewesen, der anderen, ob Ebbo wirklich canonisch entsetzt und nicht canonisch wiedereingesetzt worden, nachgesetzt worden — und letztere war es auch, die jetzt noch auch nach der Restitution jener Geistlichen von Hinkmar und der Synode von Troyes ventilirt ward.[14]) Sonst finden wir in der französischen Kirche keine Reordination indicirt; Agobard

---

[7]) Baron. a. 863. n. 61.

[8]) Baron. a. 866 n. 49 seq. Vgl. Hefele a. a. O. S. 300—302.

[9]) Natal. Alex. l. c. p. 389—392. Hefele S. 303—306.

[10]) Baron. a. 866. n. 53 seq. 66.

[11]) Baron. l. c. n. 61.

[12]) ep. Reverentissimum Migne l. c. p. 1161. Baron. 866. n. 65: Verumtamen qualiscumque fuerit vel quaecumque pertulerit Ebbo, a se ordinatis, qui nihil praeter humilitatem et obedientiam exhibuerunt, nullum prorsus intulit offendiculum, quoniam, ut B. Leo ad Mauros scribens ita de quodam Maximo (s. §. 11. Note 1) etc. Et Anastasius ejusdem apostolicae Sedis praesul, quod mali bona ministrando sibi tantummodo noceant, nec Ecclesiae sacramenta commaculent, ad Anastasium principem scribens evidentissima ratione demonstrat.

[13]) ep. 108 ad Hincmar. p. 1109; ep. 110. p. 1112 ed. Migne.

[14]) Ueber die weiteren Verhandlungen s. Hefele a. a. O. S. 309 ff., 313 ff.

von Lyon stützt sich auf Gregor I. und Anastasius II. und gibt wohl zu erkennen, daß er die richtige Ansicht von den Sacramenten hegte. [15])

23. Wohl macht der römische Bibliothekar Anastasius, der dem Schluße des achten ökumenischen Conciliums anwohnte, einen Unterschied zwischen den Ordinationen des Ebbo und denen des Photius zum Nachtheile des letzteren, aber nicht insofern, als letztere absolut nichtig gewesen wären, sondern nur insofern, als die von Photius Ordinirten ohne alle Hoffnung auf Dispensation, Begnadigung und Wiedereinsetzung gelassen wurden, während man diese den von Ebbo Ordinirten gewährte. Ebbo sei doch einmal legitimer Bischof gewesen, wie auch Acacius; Photius aber, wie auch Maximus, niemals, sondern stets Invasor und Ehebrecher; die von den Ersteren Ordinirten seien darum wie die in Häresie gefallenen Bischöfe bei ihrer Rückkehr in ihren Graden aufgenommen worden, die Ordination der Letzteren aber sei für immer entsetzt; seien ja auch im Ehebruch erzeugte Kinder von der Erbschaft ausgeschlossen, während ein anderes, wenn auch noch so schweres Verbrechen des Vaters sie nicht davon ausschließe. [1]) Diese Vergleichung hat allerdings manches Schiefe, aber ohne alle Wahrheit ist sie nicht. Freilich haben einige Jahre, nachdem Anastasius dieses geschrieben, die Söhne des „Ehebrechers" und dieser selbst volle Anerkennung erlangt.

24. Wie verhielt sich nun aber Photius selbst zu unserer Frage? Hat er, wie einige Berichte aussagen, wirklich die für seine Sache gewonnenen Ignatianer reordinirt? Sicher scheint uns, daß er den von seinem vielgefeierten Oheim, [1]) dem Patriarchen Tarasius, ausgesprochenen Grundsätzen (§. 11) huldigte, wenigstens in seinen Schriften. Nicht nur führte er in dem von ihm bearbeiteten Nomocanon das Verbot der *ἀναχειροτονήσεως* nach dem oben (§. 7) besprochenen apostolischen Canon und den afrikanischen Concilien an, [2]) sondern er behandelte noch in einem größtentheils zu seiner eigenen Vertheidigung bestimmten Schriftchen [3]) auch besonders die Frage: „Welches sind Diejenigen, die von der Ordination durch verurtheilte Bischöfe keinen Nachtheil erlitten?" [4]) wobei er durch verschiedene kirchenhistorische Facta, von denen mehrere bereits von uns angeführt worden, die Initerabilität des Ordo darzulegen suchte. Unter den verurtheilten Bischöfen werden auch wegen Häresie und Schisma, sowie wegen verschiedener anderer Verbrechen abgesetzte und excommunicirte angeführt. Wir wollen die Antwort des Photius auf jene Frage vollständig wiedergeben. „Als Paulus von Samosata verurtheilt ward, wurde keiner von seinen unter-

---

[15]) Agob. lib. de privil. et jure sacerdotali c. 16—18. (Galland. XIII. p. 137.)

[1]) Anastas. apud Baron. a. 871. n. 14. Mansi XVI. 209. Aehnlich Metrophanes von Smyrna in der sechsten Sitzung des achten Concils. Mansi l. c. p. 352. 353.

[1]) Phot. ep. 2. encycl. n. 42. p. 42. ep. 2 ad Nicol. P.

[2]) Nomoc. tit. I. c. 25. (Cf. Mai, Spic. Rom. VII, II. p. 86. 87.) Dieselben Canones führt auch Constantin. Harmenopolus Epitome canonum tit. 3 an. (Leuncl. Jus Gr. Rom. I. p. 25.)

[3]) *Συναγωγαὶ καὶ ἀποδείξεις* bei Jontani Novae deliciae eruditorum Florentiae 1785 vol. I. P. II. p. 29 seq. Migne PP. gr. t. CIV.

[4]) q. 4: *Τίνων καταχριθέντων οἱ ὑπ' αὐτῶν χειροτονηθέντες οὐδὲν ἐβλάβησαν;*

gebenen Geistlichen seiner Würde beraubt, obschon sie mit ihm zugleich Dasjenige begangen hatten, was der Grund seiner Absetzung war.[5]) Bei der Entsetzung des Nestorius wurde keiner der von ihm Geweihten entsetzt.[6]) Petrus Mongus, der schon als Priester vom heiligen Proterius entsetzt war, conspirirte mit dem Mörder Timotheus zu dessen Tödtung, nahm nachher den Stuhl von Alexandrien nach dessen Tod gewaltthätig ein, und anathematisirte täglich die Synode von Chalcedon;[7]) und doch wurden die von ihm Geweihten, obschon er abgesetzt, obschon er Mörder und Ketzer war, obschon sie selber zu den Häretikern gehörten, als sie Buße thaten, aufgenommen und anerkannt.[8]) Felix von Rom nennt in seinem Schreiben an Kaiser Zeno dessen Verordnung, wornach Petrus wohl aus der Kirche ausgeschlossen, Jene aber, wofern sie Reue zeigten, aufgenommen werden sollten, einen göttlichen Typus;[9]) er tadelt ihn aber in seinem Schreiben, daß er den Petrus, den er aus der Kirche gestoßen, gleichwohl wieder in dieselbe eingeführt, und daß er den Johannes verfolge.[10]) Meletius von Antiochien, der von Häretikern die Weihe erhalten und an die Stelle des Eustathius von Sebaste kam, dann nach Berrhöa transferirt, darauf wieder von ihnen in Antiochien als Bischof eingesetzt ward, wurde von der Kirche anerkannt, während Jene als Häretiker gebrandmarkt wurden.[11])

---

[5]) *Παῦλον τοῦ ἐν Σαμοσάτοις καταιρεθέντος οὐδεὶς τῶν ὑπ' αὐτοῦ καθῄρηται, καίτοι συναπενεχθέντων αὐτῷ ἐκείνων δι' ἃ ἐκεῖνος καθῃρέθη.* Wir haben hierüber kein bestimmtes positives Zeugniß, dem Photius lagen aber sicher ältere Quellen vor. Die späteren Anhänger dieses Paulus wurden aber nicht in solcher Weise anerkannt. Vgl. oben §. 8.

[6]) *Τοῦ Νεστορίου καθαιρεθέντος οὐδεὶς τῶν ὑπ' αὐτοῦ χειροτονηθέντων καθῄρηται.* Vgl. oben §§. 11, 13.

[7]) Vgl. Liberat. Brev. c. 15. Natal. Alex. Saec. V. c. 5. §§. 4. 5.

[8]) *οἱ ὑπ' αὐτοῦ χειροτονηθέντες, καίπερ καθῃρημένου ὑπὸ φόνους καὶ αἱρετικοῦ, αἱρετικοὶ ὄντες καὶ αὐτοὶ ὅτε μετανοήσαντες ἐδέχθησαν.*

[9]) *Καὶ Φῆλιξ ὁ Ῥώμης γράφων πρὸς Ζήνωνα τὸν βασιλέα τὴν διάταξιν αὐτοῦ, ἥτις Πέτρον μὲν τῆς ἐκκλησίας ἐξέβαλλεν, ἐκείνους δὲ μετανοήσαντας ἐδέχετο, θεῖον ἀποκαλεῖ τύπον.* Das Schreiben des Papstes Felix III. an Zeno (bei Baron. a. 481. n. 31 seq.) bezeichnet die kaiserlichen Erlasse nur als Sacras venerabiles, paginas tuae serenitatis, apices vestros; im Griechischen wurde ein in Byzanz geläufiger Terminus substituirt. Ueber die kaiserliche Verfügung selbst heißt es in dem Schreiben: Vos Petrum speciali notantes elogio, quod illicite se Alexandrinae injecisset ecclesiae, omnes, qui tam ab eo quam ab haeretico Timotheo jam defuncto fuerant ordinati, si infra finita tempora resipiscerent, ad communionem catholici Timothei mandastis recipi, non etiam ad male praesumti gradus privilegia decrevistis admitti, consequenter addentes, ceteros deteriora subituros, si eligere meliora noluissent. Felix wollte also nicht ohne Weiteres diese Geistlichen als solche aufgenommen wissen, sondern möglichst die Strenge der Canones wahren.

[10]) *ἐγκαλεῖ δὲ αὐτῷ δι' ὧν γέγραφε, τίνος χάριν τὸν Πέτρον ἐκβαλὼν τῆς ἐκκλησίας αὖθις αὐτὴν εἰσήγαγε καὶ τὸν Ἰωάννην ἐδίωξε.* Felix III. ep. cit.: Quo igitur animo bestiam, quam a gregibus Christi duxistis abigendam, in eorum denuo pascuis permovere permisistis etc. Vgl. Evagr. H. E. III. 11. 20. Niceph. XVI. 12.

[11]) p. 91: *Μελέτιος ὁ Ἀντιοχείας ὑπὸ αἱρετικῶν χειροτονηθεὶς [ἀντὶ Εὐσταθίου Σεβαστείας ἐκβαλόντων ἐκεῖθεν μετενεχθεὶς] εἰς Βέῤῥοιαν, εἶτα πάλιν ὑπ' αὐτῶν κατὰ τῆς Ἀντιοχείας ἐπίσκοπος, ἐκείνων ὡς αἱρετικῶν ἀποκηρυττομένων, αὐτὸς παρὰ τῆς ἐκκλη-*

Die von Sergius, Pyrrhus und Makarius Geweihten wurden, während jene als Häretiker aus der Kirche ausgestoßen wurden, als sie Buße thaten, anerkannt; [12]) ebenso die von dem Pneumatomacher Macedonius Ordinirten. Den Acacius belegten die Römer noch bei dessen Lebzeiten mit Anathem und Absetzung, nach seinem Tode aber, als Justinus auf dem Throne dem Anastasius gefolgt war, sandten sie an diesen eine Gesandtschaft, und indem sie den Acacius aus den Diptychen strichen, nahmen sie unter dem damaligen Patriarchen Johannes die von Jenem Ordinirten als Amtsgenossen auf und hielten mit ihnen Gemeinschaft. [13]) Die von den Häretikern Anastasius und Niketas Geweihten wurden von der siebenten Synode anerkannt. [14]) Und Meletius (von Lykopolis) war unzähliger Verbrechen schuldig, usurpirte fremde Bischofsstühle, bedrängte und quälte die Martyrer, erhob sich gegen den eigenen Patriarchen, raubte ihm seinen Stuhl, verband sich mit Arius, ja er opferte sogar, wie Sokrates berichtet, in der Zeit der Verfolgung den Götzen, und wurde deßhalb von dem Patriarchen Petrus abgesetzt. Und dessenungeachtet, obschon er öfter entsetzt war, erhielt er später doch, wenn auch nicht die volle Macht, doch den Titel eines Bischofs zurück.“ [15]) Klar ist es, daß Photius hier zeigen will, daß die Kirche stets die von häretischen und verurtheilten Bischöfen in gehöriger Form ertheilten Weihen als giltig anerkannt hat. In ähnlicher Tendenz machte einer der Schüler und Lieblingsjünger des Photius, [16]) Erzbischof Zacha-

---

σίας ἀπεδέχθη. Die in Klammern eingeschlossenen Worte fehlen im Cod. Monac. 68. f. 85. Soz. H. E. I. 2 sagt vom antiochenischen Eustathius, der hier mit dem von Sebaste in Armenien verwechselt scheint, daß er von Berrhöa nach Antiochien transferirt ward. Ueber Meletius vgl. §. 11.

[12]) *Οἱ ὑπὸ Σεργίου καὶ Πύῤῥου χειροτονηθέντες καὶ Μακαρίου, τούτων ὡς αἱρετικῶν τῆς ἐκκλησίας ἐκδιωχθέντων, μετανοήσαντες προσεδέχθησαν.* Vgl. die Rede des Tarasius im siebenten Concil §. 11.

[13]) p. 361: *Τὸν Ἀκάκιον οἱ Ῥωμαῖοι ἔτι μὲν περιόντα καθαιρέσει καθυπέβαλλον* (Baron. a. 484. n. 10 seq.) *καὶ ἀναθέματι, μετὰ τελευτὴν δὲ Ἰουστίνου μετὰ τὸν Ἀναστάσιον βασιλεύσαντος, πρεσβευσάμενοι πρὸς αὐτὸν καὶ τῶν διπτύχων ἐξαλείψαντες (Ἀκάκιον), Ἰωάννου τηνικαῦτα τὸν θρόνον διέποντος Κωνσταντινουπόλεως, τοὺς ὑπ' αὐτοῦ χειροτονηθέντας συλλειτουργοὺς εἶχον καὶ ἐκοινώνουν αὐτοῖς.* (Baron. a. 517. n. 3 seq. a. 519. n. 2 seq.)

[14]) *Οἱ ὑπὸ Ἀναστασίου καὶ Νικήτα τῶν αἱρετικῶν χειροτονηθέντες παρὰ τῆς ἑβδόμης ἐδέχθησαν συνόδου.* Anastasius und Niketas waren die ikonoklastischen Patriarchen von Constantinopel, die im siebenten Concil anathematisirt wurden. (Mansi XIII. 398 seq.) Ihre Ordinationen ließ man aber nach dem Antrage des Tarasius unangefochten.

[15]) *Καὶ Μελέτιος δὲ μυρίων ἔνοχος γέγονε* (Mon. 68: *γεγονώς*), *ἐπεπήδησε θρόνοις ἀλλοτρίοις, ἐλύπησε μάρτυρας, ἐπανέστη τῷ οἰκείῳ πατριάρχῃ καὶ τὸν αὐτοῦ θρόνον ἥρπασε, συναπήχθη Ἀρείῳ, ὡς δὲ λέγει Σωκράτης* (H. E. I. 6.) *καὶ εἰς τὸν διωγμὸν ἐπέθυσε καὶ διὰ ταῦτα ὑπὸ τοῦ Πέτρου καθῃρέθη. ἀλλ' ὅμως εἰ καὶ καθῃρέθη πολλάκις, ὕστερον εἰ καὶ μὴ τὴν ἱερωσύνην, ἀλλά γε τὸ ὄνομα τοῦ ἐπισκόπου ἀπείληφε.* Ueber Meletius vgl. Epiph. haer. 68. Theod. Haer. Fab. IV. 7. Nach Sokrates I. 9 gab ihm die Synode von Nicäa *ψιλὸν τὸ ὄνομα τῆς τιμῆς*, den von ihm Ordinirten aber *τὴν τιμὴν καὶ τὴν λειτουργίαν.* Vgl. oben §. 9.

[16]) Vgl. Phot. ep. 106. 107. p. 151 seq.; ep. 221. p. 320 seq.; ep. 179. 223. p. 267. 333 ed. Londin.

rius von Chalcedon, in der sechsten Sitzung des achten Conciliums [17]) das Beispiel von Petrus Mongus geltend, dessen Ordinationen nicht verdammt worden seien, obschon er hauptsächlich an den Beispielen des Marcellus von Ancyra, des Flavian von Antiochien und des afrikanischen Priesters Apiarius rc. nachweisen will, daß das Urtheil der Römer nicht stets Geltung und volle Wirkung gehabt habe. Des Photius Schüler und späterer Nachfolger Nikolaus Mystikus scheint ganz dieselben Grundsätze gehegt zu haben; er setzte zwar nach seiner Wiedereinsetzung die von Euthymius Ordinirten ab, ließ aber nach hergestelltem Kirchenfrieden viele derselben, die sich ihm unterwarfen, und zwar nach ihrem Ordinationsalter zu, wie sich aus seinen Briefen erschließen läßt. [18]) Depositionen finden wir häufig, Ungiltigkeitserklärungen nicht.

25. Im Angesichte solcher Aeußerungen und Thatsachen ist es schwer zu glauben, daß Photius die auf seine Seite übertretenden Ignatianer reordinirt haben soll. Abgesehen davon, daß er bei seiner zweiten Erhebung mit seiner Aussöhnung und seiner Freundschaft gegen seinen heiligen Vorgänger prahlte, [1]) war Ignatius in seinen Augen höchstens ein verurtheilter und abgesetzter Bischof, [2]) sicher nicht hinter Denen stehend, deren Weihen, wie Photius versichert, in der Kirche Anerkennung gefunden haben. Oder sollte seine Praxis nicht mit seiner Theorie in Einklang gewesen sein? Aber einem solchen Vorwurf wird sich der gewandte Mann kaum ausgesetzt haben, zumal da das oben erwähnte Schriftchen höchst wahrscheinlich in die Zeit fällt, in der er die fraglichen Reordinationen vorgenommen haben müßte. Uebrigens sind die Worte des Niketas [3]) von der Art, daß sie nicht nothwendig eine wirkliche Vornahme derselben ausdrücken, sondern leicht so gedeutet werden können, es hätte Photius wohl gerne Wiederholung der Ordination gewagt, Lust dazu getragen, aber bei dem allgemeinen Abscheu dagegen sich darauf beschränkt, die Amtsinsignien unter bestimmten von ihm verfaßten Gebeten den früheren Ignatianern zu überreichen. Das war sicher ein reconciliatorischer Ritus, wie ihn auch Ignatius auf der Synode von 869 angewendet; [4]) von diesem hatte Niketas, wohl mit einigen Entstellungen, gehört. Dahin führt auch der Bericht De stauropatis, wornach Photius seine angebliche Reordination μυστικὴ χειροτονία genannt haben soll, [5]) vielleicht mit Rücksicht auf die vom Nicänum (s. oben §. 9)

[17]) Mansi Conc. t. XVI. p. 348. 349.

[18]) Vgl. z. B. Nicol. ep. 100. p. 387—389. (Mai Spicil. Roman. t. X, II.) Baron. a. 920. n. 1. 2.

[1]) Syn. Phot. act. II. Mansi XVII. 424.

[2]) Besonders nach der Synode von 861.

[3]) Nicet. p. 264: τοὺς ὑπὸ τοῦ ἁγίου (Ignat.) τετελεσμένους ἐπεχείρει ἀναχειροτονεῖν, ἐπεὶ δὲ τοῦτο τῶν ἀτοπωτάτων ἔδοξε καὶ ἀπευκτῶν, οὐδ᾽ αὐτοῖς ἠπόρησεν ἡ πανουργία. ὠμοφόρια δὲ καὶ ὀράρια αὐτοῖς καὶ ὅσα τῆς ἱερατικῆς σύμβολα χρηματίζει τελειώσεως, καὶ τούτοις ἐν μυστηρίῳ δῆθεν ἐπιλέγων εὐχὰς (εἴ γε ταύτας εὐχὰς ἀλλ᾽ οὐ δυσφημίας ἀραῖς ὀνομάζειν χρεών), οὕτως ἰδίῳ λόγῳ οἰκονομίας ἐδίδου καὶ χαρισάμενος.

[4]) S. oben §. 4. Note 55.

[5]) De stauropatis p. 445: τοὺς πλείστους δὲ καὶ ἀνεχειροτόνησε, μυστικὴν χειροτονίαν καλέσας αὐτήν.

erwähnte μυστικωτέρα χειροτονία. Wenn bei Niketas steht: „er versuchte zu reordiniren," so ist hier eine wirkliche Reordination daraus gemacht worden, was um so leichter geschehen konnte, als aus Niketas wahrscheinlich ist, daß Photius dafür besondere Gebetsformulare verfaßte.[6]) Daß er die geistlichen Gewänder kaufte und als Geschenke gab, spricht ebenso gegen eine eigentliche Reordination.[7]) Aus dem von den Ignatianern dem Photius gemachten Vorwurfe ergibt sich aber auch, daß diese Partei hierin keine anderen Grundsätze als die von Photius angedeuteten verfolgte.

26. Indessen sind hier noch keineswegs alle Schwierigkeiten beseitigt. Es könnte immer noch Photius die Meinung gehabt haben, in den von ihm angeführten Fällen habe die Kirche durch ihre Anerkennung die fehlerhaften Weihen sanirt, sei es mit was immer für Mitteln, den Ignatianern gegenüber könne er als legitimer Patriarch die bei ihnen ertheilten Weihen irritiren. Aber dafür hätte er in der älteren Kirche kein Fundament gehabt; der apostolische Canon 68 redet nur von Häretikern, was Ignatius sicher nicht war; eine Irritation quoad effectum lag schon in der über die Widerstrebenden verhängten Deposition, die völlig seinen Zwecken genügte, während die Klugheit forderte, die sich ihm Anschließenden nicht zurückzustoßen; die angeführten Fälle setzen ein allgemeines Princip voraus, dem Photius sicher nicht offen zuwiderhandeln wollte; die Meinung, daß ein an sich giltiger sacramentaler Act erst nachträglich völlig irritirt werden könne, dürfen wir bei ihm nicht ohne sprechende Belege voraussetzen. Ueberhaupt ist mit dieser Auffassung nicht das Mindeste gewonnen und die Analogie der von ihm angeführten Thatsachen spricht völlig zu seinen Gunsten.

27. Aber — könnte man sagen — in dem Concil von 861 scheint wirklich der Antrag gestellt worden zu sein, alle Weihen des Ignatius für nichtig zu erklären und zu verdammen — ein Antrag, der wohl fälschlich in den Acten oder in dem Briefe Michael's III. den ziemlich unfreien römischen Legaten in den Mund gelegt, in der That aber von den Freunden des Photius, und dann sicher nicht ohne seine Billigung, vorgebracht ward. Dafür sprechen die Briefe des Papstes Nikolaus.[1]) Hierüber ist indessen bei dem Abgang der betreffenden Acten schwer zu urtheilen. Doch war es höchst wahrscheinlich eine List und ein Betrug der Photianer, die dem Abscheu vor dem verurtheilten Ignatius einen um so schärferen Ausdruck verleihen zu können glaubten, wenn das gegen ihn gesprochene Verdammungsurtheil auch auf seine Ordina-

[6]) Μυστικαὶ εὐχαί hießen insbesondere die bei der Spendung der Sacramente gebräuchlichen Gebete und Worte. Balsam. in c. 1 ap.: ἡ ἐπ' ἐκκλησίας χειροτονία διὰ μυστικῶν εὐχῶν τελεῖται. (Bever. Pand. can. I. p. 1.)

[7]) Daß Photius Kirchen wieder geweiht habe, die Ignatianer geweiht, ist nicht befremdlich; abgesehen davon, daß die Consecration der Kirchen kein sacramentaler Ritus ist, war die Reconciliation derselben allenthalben im Gebrauch.

[1]) Nicol. I. ep. 5. Serenissimi Jaffé n. 2031: Quod autem asseveratis, falsos fuisse legatos nostros post damnationem religiosissimi viri Ignatii Patriarchae, omnem ejus consecrationem debere cassari, damnari atque evelli. Absit, ut hoc fieri patiamur.

tionen ausgedehnt ward; daß man hierzu die römischen Legaten die Initiative ergreifen ließ, ohne den Antrag zu einem förmlichen Beschluß zu erheben, könnte vielleicht darauf hindeuten, daß man von der römischen Kirche eher als von der byzantinischen die Irritation von Weihen angenommen glaubte; übrigens ist die Cassation und Damnation der Weihen von der Suspension und Deposition zu deuten, wie das auch in anderen Urkunden vorkommt.

28. Weiter läßt sich aus den Briefen Hadrian's II. einwenden, daß das von Photius 867 gehaltene Concil die Nullität der Weihen der Gegner ausgesprochen habe und diese Aussprüche zu Rom gegen Photius und die Seinen retorquirt worden seien. Die betreffende Stelle in der römischen Synode weist klar auf die photianischen Acten hin und will das in diesen gesprochene Urtheil auf seine Urheber angewendet wissen; insbesondere auf Photius selbst, der die Aeußerungen seiner Synodalgenossen sehr wohlgefällig aufgenommen haben soll. Darauf läßt sich antworten, daß diese Aeußerungen [1]) nichts Ungewöhnliches enthalten. Der unwürdig Geweihte, heißt es, erhält nicht nur den heiligen Geist nicht, sondern verliert auch den, den er vorher hatte. Darunter ist offenbar die Gnade als Wirkung des heiligen Geistes verstanden; denn der heilige Geist als solcher ist untheilbar, die Gnadenwirkungen aber sind einer Scheidung wie einer Steigerung fähig. Weitere Aeußerungen liegen nicht vor; der Abgang der Gnade wie der Jurisdiktion scheint allein von den unerlaubten Ordinationen ausgesagt zu sein. Sodann konnte leicht ein Synodalmitglied sich den Gegnern gegenüber in sehr harter Weise aussprechen, ohne daß Photius das zu corrigiren für gut fand, was in gewissem Sinne auch von seinem Standpunkte aus gesagt werden konnte.

29. Nicht minder wichtig als die Geschichte des Photius ist für unsere Frage die des Papstes Formosus (891—896), namentlich aber das gegen ihn und die von ihm Geweihten nach seinem Tode beobachtete Verfahren. Neun Monate nach seinem Tode, im Februar 897, ließ Stephan VI. (al. VII.) dessen Leiche ausgraben, sie vor ein Synodalgericht bringen und dort wegen der angeblichen Usurpation des römischen Stuhles befragen. Ein Diakon mußte den Vertheidiger des Verstorbenen spielen; da er nicht befriedigte und die Anklagen, ausgeführt von Paschalis, Petrus (wahrscheinlich der Bischof von Albano) und Sylvester (des Formosus Nachfolger im Bisthum Porto) aufrecht erhalten wurden, ward Formosus anathematisirt, sein Leichnam der

[1]) Hadrian. ep. ad Ign. Mansi XVI. 51: Photio certe praesidente dictum est: Ab anathematizatis consecratus non solum non accipit Spiritum sanctum, sed et quod antea habuit flamen aufertur ab eo. Verum quamvis hoc tyranni Photii dictum favore, ipseque super hujusmodi sententia delectatus cum male a se promotis consensum ei praebuerit, quamvis etiam non iis, de quibus hoc frustra dictum est, valeat coaptari: quia tamen veraciter dictum est, eorum magis damnationi procul dubio congruit, qui ab anathematizato et damnato Photio per impositionem manus non lucrum, sed vulnus in capite susceperunt. In quo ergo judicio judicaverunt, secundum Evangelium judicandum est de eis et in qua mensura mensurati sunt, est eis utique remetiendum. Das gleiche Maß und die Vergeltung lag offenbar in der Deposition und dem Anathem.

Pontificalgewänder beraubt, ihm einige Finger abgeschnitten, und nach einer schimpflichen Beisetzung in der Ruhestätte der fremden Pilger abermals ausgegraben und in die Tiber geworfen. Er ward für einen Usurpator erklärt, die von ihm vorgenommenen Ordinationen verworfen.[1]) Dieses schändliche Verfahren Stephan's, der schon im August 897 einen schmählichen Tod fand, erregte bei Vielen die tiefste Entrüstung. Papst Theodor II., von Stephan V. ordinirt, suchte den Frevel möglichst wieder gut zu machen und setzte die Abgesetzten wieder ein.[2]) Noch mehr that für die Reparation des Unrechts Johann IX. auf der römischen Synode von 898. Die Theilnehmer an Stephan's VI. Pseudosynode wollten theils nur gezwungen zugegen gewesen sein, wie die Bischöfe Johann von Velletri und Stephan von Ostia, theils gar nicht unterschrieben haben, wie Petrus von Albano; der Protoscriniar Benedikt läugnete, daß er die Protokolle geschrieben; Sylvester von Porto und der Priester Paschalis stellten ihre Betheiligung oder ihre Unterschrift in Abrede. Die Synode cassirte die Decrete Stephan's VI., jedoch mit Schonung für dessen Andenken, verurtheilte jene Acten zum Feuer, verbot die Reordinationen, gab den von Formosus geweihten Geistlichen ihre Würde zurück und begnadigte zugleich die reuigen Theilnehmer jener Pseudosynode. In Betreff der Person des Formosus ward noch erklärt, daß die Verdienste desselben und das Bedürfniß der Kirche seine Erhebung auf den römischen Stuhl gerechtfertigt, daß aber die ausnahmsweise nur zulässigen Translationen auch in Zukunft verboten sein sollten.[3]) Diese Beschlüsse wurden zu Ravenna[4]) wiederum bestätigt; überhaupt soll Johann IX. zur Sicherstellung der kirchlichen Ordnung drei Concilien gehalten haben.[5]) Aber damit war die Sache noch nicht zu Ende. Nach Benedikt IV., einem der von Formosus Ordinirten, hatte Leo V. den römischen Stuhl nur dreißig Tage inne; ihn verdrängte Christophorus, diesen wieder Sergius III., ein alter Gegner des Formosus, der schon bei der Wahl Johann's IX. sich der päpstlichen Würde bemächtigt, aber vertrieben worden war und nun mit dem Beistande des tuscischen Markgrafen Adalbert nach fast siebenjähriger Verbannung 904 sich am Ziele seiner Wünsche sah.[6]) Er erneuerte die Verfolgung Stephan's gegen die Formosianer, ja es wird ihm sogar die förmliche Reordination derselben zur Last gelegt, die selbst

---

[1]) Annal. Fuld. Alam. Herm. Contr. a. 896. Liutpr. I. 8. Invect. in Romam ed. Blanch. (Anast. Opp. IV. p. LXX.) Auxil. Inf. et Def. c. 4. 30. Conc. Rom. 898. (Mansi XVIII. 182. 221.)

[2]) Auxil. Inf. et Def. c. 4. Append. in defens. Form. p. 95 ed. Dümmler. Flodoard. de Rom. Pontif. Conc. Rom. l. c.

[3]) Conc. cit. p. 221—224. Hefele IV. 512 f. Dümmler Auxil. u. Vulgarius S. 13.

[4]) Mit dreiundsiebzig Bischöfen Auxil. Append. p. 96 ed. Dümmler. Ein griech. Chronist (Migne CXI. 409) zählt vierundsiebzig.

[5]) Flodoard. Carm. cit.:

Conciliis tamen hic ternis docuisse refertur
Dogma salutiferum, novitasque abolita malorum etc.

[6]) Dümmler S. 14. 15.

Stephan VI. sich nicht vorzunehmen getraute.[7]) Die Verwirrung in Rom, ja in Italien stieg auf das Höchste; in mehreren Schriften bekämpfte der von Formosus ordinirte fränkische Priester Auxilius die von Sergius und seinem Anhang verfochtenen Grundsätze;[8]) dasselbe that ein in Unteritalien lebender Autor, Eugenius Vulgarius, der den Ruf eines bedeutenden Gelehrten genossen zu haben scheint,[9]) von Sergius selbst gleich Auxilius nach Rom entboten ward, aber die Einladung ablehnte, sich die päpstliche Benediktion und Absolution erbittend.[10]) Er, der heftig den neuen Papst angegriffen, verherrlichte ihn später in überschwänglicher Weise;[11]) wir wissen nicht, ob das aus Schmeichelei, gepaart mit Furchtsamkeit, geschah, ob der Autor seine Gesinnungen änderte oder ob der Papst später eine andere Bahn betrat.[12]) Auffallend ist, daß sowohl Stephan VI. als Sergius III., die gegen Formosus die Unerlaubtheit des Ueberganges von einem anderen Bisthum auf den römischen Stuhl geltend gemacht hatten, vor ihrer Erhebung nach Auxilius selbst Bischöfe, und zwar von der Ordination des Formosus gewesen sein sollen, und zwar Stephan Bischof von Anagni (fünf Jahre), Sergius Bischof von

---

[7]) Von Sergius und seiner Partei heißt es bei Auxil. Lib. post. in def. Form. c. 1. p. 78 D.: Quosdam ex illis, tamquam si nihil sacrae unctionis habuerint, novum imitati sacrilegium iterum consecrare non timuerunt. Cf. c. 11. p. 92. Ebenso beziehen sich auf die Zeit des Sergius die Worte des Vulgarius c. 1. p. 121. 122: Unde est, quod Judaeo baptizati non rebaptizantur, alterius vero ordinati reordinantur? Luitprand hat das iterum ordinavit ebenso von Sergius III. Sigeb. Gembl. a. 901 (der auch den Auxilius gelesen): Theodorus .. reconciliavit a Formoso ordinatos, quos Stephanus P. per vim intus et non foris exordinaverat, nec tamen praesumpserat eos iterum consecrare (aus Auxil. in defens. Form. App. p. 95). Von Stephan heißt es nur: irritas faciens cunctas ipsius (Form.) ordinationes (Chron. S. Bened.) — deposuit et neminem ex his, quos idem P. ordinaverat, sacrum in ecclesia vestiri permisit (Auxil. Inf. et Def. c. 4). Im Conc. Rom. 898. c. 4: qui a Formoso canonice consecrati et per quorumdam libitum temere dejecti sunt.

[8]) Die bekannten Schriften des Auxilius gehören sämmtlich in die Zeit des Sergius, zwischen 908—911. Dümmler S. 32 f. Der Anhang des zweiten der von Dümmler edirten Bücher zählt seit Johann VIII. (882) sechsundzwanzig Jahre, fällt mithin auf 908; die Abhandlung in defens. Stephani Ep. ist später geschrieben, da hier p. 101 eine Stelle aus jenen Büchern (L. 1. c. 6. p. 66) citirt wird.

[9]) Dümmler S. 39 ff. Von den zwei Schriften dieses Autors wurde die eine von Mabillon Analecta vet. p. 28—31 edirt, die andere (Regnante Domino) erst von Dümmler S. 117—139. Letztere zeigt einen schlechten Zusammenhang; im Eingange ist die Rede von einer angeblich um 910 gehaltenen Pariser Synode, während gleich darauf (p. 118) die Synode Johann's IX. zu Ravenna 898 als „praeterito anno“ gehalten genannt ist.

[10]) ep. ad Serg. P. et ep. ad Vital. p. 113—116.

[11]) l. c. p. 139—142. Sergius wird p. 143 sogar als divinitas angeredet; p. 146 heißt er: Praeclarus natu, multo praeclarior actu, p. 152: Dignus Apostolicus divino munere lectus etc.

[12]) Sollten darauf die in den Lobgedichten vorkommenden Aeußerungen über die Rückkehr des Friedens (p. 141: Jam silet murmur litui fragoris, alta pax urbi revocata canit etc. — causarum reparator natorum populorum; p. 149: Nunc gaudeat aurea Roma, surgunt quia pergama fracta etc.) zu beziehen sein?

Cäre.[13]) Beide sollen aber ihre Bisthümer niedergelegt haben und zu ihren früheren Weihen zurückgekehrt sein; da mit den Weihen des Formosus auch ihre eigene Bischofsweihe fiel, so suchten sie sich durch eine Rechtsfiction der bischöflichen Würde zu entledigen, um ihrem Hasse gegen Formosus zu fröhnen.[14]) Doch machen sich gegen jene Angabe immer noch mehrere Bedenken geltend. Von Sergius wissen wir, daß er von Papst Marinus zum Subdiakon,[15]) von Stephan V. zum Diakon[16]) geweiht war; gewöhnlich wird angenommen, er sei der Priester, der auf der Synode Stephan's VI. gegen Formosus auftrat und den Johann IX. 898, c. 6 zugleich mit zwei anderen Priestern Benedikt und Marinus für abgesetzt und gebannt erklärte. Nun wird aber erzählt, daß er nicht zum Grade eines Priesters, sondern zu dem eines Diakons zurückkehrte.[17]) Der Widerspruch wäre wohl dadurch zu lösen, daß er auch die Priesterweihe von Formosus erhalten hatte und diese für ebenso ungiltig hielt, wie die bischöfliche Consecration; er mochte wohl Ende 891 zum Priester, dann 892 oder 893 zum Bischof erhoben worden sein; das Bisthum Cäre soll er nur drei Jahre administrirt haben. Allein es ist damit noch nicht erklärt, wie Johann IX., der alle Weihen des Formosus aufrecht hielt, ihn einfach als Priester bezeichnen konnte; selbst wenn er für unrechtmäßig des Episcopates entsetzt galt, wäre er wohl als dudum (olim) episcopus oder als depositus anzuführen gewesen. Sicher ist, daß Sergius den Formosus als verdammt betrachtete,[18]) Johann IX. als illegitim ansah,[19]) Stephan VI. hoch hielt[20]) und in der Strenge gegen die Ordination des Formosus noch weiter ging als dieser, da er nicht blos in Rom, sondern überallhin die von ihm Geweihten verfolgte;[21]) in seinen sonstigen Handlungen aber scheint er sich vielfach Ruhm und Lob erworben zu haben.[22])

30. Das tyrannische Verfahren Stephan's VI. haben mehrere Gallikaner benützt, um die Päpste eines krassen Irrthums und Widerspruchs in der Lehre vom Ordo zu bezichtigen.*) Abgesehen davon, daß von einem loqui ex cathedra hier nicht die Rede sein kann, so gab Stephan keine dogmatische Entscheidung und irrte nicht im Glauben, wohl aber folgte er blindlings seiner

---

[13]) Append. Auxil. p. 95. Von Stephan sagt eine von Mai edirte griechische Papstchronik dasselbe. Migne CXL 408.

[14]) Dümmler S. 24.

[15]) Auxil. App. p. 95.

[16]) Invect. in Rom. p. LXXII.

[17]) Dümmler S. 16. 86. (Aux. L. II. c. 5.)

[18]) Serg. ep. ad Amel. Ep. Bouquet Recueil IX. 213. Jaffé n. 2714.

[19]) S. dessen Worte bei Auxil. L. I. c. 2. p. 61.

[20]) Dafür zeugt das dem Stephan gesetzte Epitaphium.

[21]) Auxil. in defens. P. L. I. c. 10. p. 71 D. erzählt, wie Stephan more cruentae bestiae gegen die Leiche des Formosus gewüthet, setzt aber bei: ordinationes tamen ejus procul existentes, sicut omnes nostrarum regionum testes existant, exagitare non ausus est.

[22]) S. Flodoard, Joh. Diakonus und das Epitaphium bei Hefele IV. 551.

*) Defens. Declar. Cleri Gall. P. II. L. XIV. c. 38.

Leidenschaft und verfuhr gewaltthätig und tumultuarisch.[2]) Von Sergius III. läßt sich ebenso sagen, daß er erbittert über vermeintlich erlittenes Unrecht, namentlich bei seiner Verdrängung durch Johann IX., dem Andenken Stephan's ebenso blind ergeben wie dem Formosus feindlich, die Praxis seiner Partei auf die Spitze trieb, sich nicht mit der Absetzung der Formosianer begnügend, sondern auch bis zu Reordinationen fortschreitend. Es wäre an sich möglich, daß seine Gegner eine die Degradation aufhebende Reconciliation für eine Reordination erklärten; doch lauten die Aeußerungen zu bestimmt, als daß wir, obschon der Wortlaut der Decrete des Sergius uns abgeht, ihn ganz von dem Vorwurfe frei sprechen könnten; Gewaltthaten gegen die Gegner kamen jedenfalls vor.[3]) Morinus[4]) suchte das Verfahren Stephan's zu entschuldigen, indem er hervorhob: 1) sicher habe Johann VIII. aus wichtigen Gründen den Formosus mit Bann und Absetzung bestraft; 2) die römische Kirche habe die Translationen der Bischöfe bis dahin sehr verabscheut, zumal wenn sie der Ehrgeiz bewirkte, dessen Formosus beschuldigt ward; 3) das Verfahren gegen die Ordinationen des Gegenpapstes Constantin gebe ein früheres Beispiel; 4) das Verfahren gegen die Leiche des Formosus lasse sich aus Eifer für die Kirchengesetze, aus gerechter Entrüstung und persönlicher Strenge erklären;[5]) 5) die Lehre von der Initerabilität des Ordo sei noch nicht definirt und fixirt gewesen. Diese Vertheidigung unterliegt, mit Ausnahme des letzten Punktes, gerechter Beanstandung; soviel ist zuzugeben, daß unsere Frage keine damals völlig entschiedene war, daß speculative und praktische Zweifel sich erhoben, daß Absetzung und in manchen Fällen Reordination als die pars tutior erschien oder doch mit einem solchen Vorwande die Manifestation des Hasses gewissermaßen legitimirt werden konnte. Bei den Zeitgenossen begegnet uns hierin eine große Aengstlichkeit, selbst bei Bischöfen, wie denn der von Formosus ordinirte Bischof Leo von Nola, sich im Gewissen beängstigt fühlend, sich von auswärtigen Gelehrten hierüber Gutachten erbat.[6]) Auxilius, der so entschieden den Valor des von einem wahren, obschon illegitimen Bischof in der kirchlichen Form erlangten Ordo vertheidigte, hielt doch zur völligen Entscheidung dieser Frage ein allgemeines Concil für nöthig.[7]) Sehr Viele mochten wie

---

[2]) Baron. a. 897. n. 2; 908. n. 3. Natal. Alex. Saec. IX. c. 1. art. 14. 17. Juenin p. 840. Morin. p. 283. Tournely-Collet. l. c. a. 1. p. 159. Selvaggio l. c. p. 307.

[3]) Auxil. in Defens. Form. L. I. c. 1. p. 60 D.: clerum S. Rom. Ecclesiae partim carceribus, partim minis exiliisque terruit, quatenus ad deponendam reverentissimi P. Formosi ordinationem et ad cunctas propagines extirpandas, quae ab ejus consecrationis radice hactenus derivatae sunt, assensum praeberent.

[4]) Praef. ad duos libellos Auxilii. (Migne PP. CXXIX. 1055 seq.) Cf. Papebroch. Acta SS. t. I. Mai. p. 258.

[5]) S. dagegen Eug. Vulg. de causa Form. c. 14. p. 134 seq.: Quod mortui non sint a vivis judicandi. — Auxil. L. I. in defens. Form. c. 10. p. 71.

[6]) Auxil. L. Inf. et Def. ep. praevia. (Migne CXXIX. 1075 seq.)

[7]) Auxil. de ord. Form. c. 40. l. c. p. 1074. Inf. et Def. c. 28. 30. In defens. Steph. Ep. c. 4. 8. Cf. Vulg. c. 19. p. 139 D.

auch Luitprand[8]) die Ansicht des Auxilius theilen, Andere aber schwankten,[9]) wieder Andere, wie höchst wahrscheinlich der oben genannte Eugenius Vulgarius,[10]) fielen von ihrer früheren besseren Ueberzeugung wieder ab. Darin mochten wohl Viele übereinkommen, daß es besser gewesen wäre, etwaige Gebrechen in der Sache des Formosus stillschweigend zu bessern, als mit Bruch des Bandes der Liebe der Welt so großes Aergerniß zu geben.[11])

31. Der damalige Streit drehte sich hauptsächlich um zwei Fragen: 1) War Formosus rechtmäßiger Papst? 2) Wo nicht, waren seine Ordinationen giltig? Die erste Frage ward von dem Anhange des Stephanus und Sergius verneinend beantwortet auf Grund disciplinärer Canones; die zweite Frage, ebenso verneint, berührte direkt das dogmatische Gebiet, ward aber ebenso als disciplinäre behandelt. Die Gegner des Formosus stützten sich betreffs der ersten Frage auf folgende Gründe: 1) Formosus hat die gegen die Translation der Bischöfe gerichteten Canones verletzt, 2) wegen schwerer Verbrechen schon vorher die Degradation sich zugezogen, 3) den 878 geleisteten Eid gebrochen, 4) sich bei seiner Invasion des obersten Pontifikates selbst als Nichtbischof betrachtet und sich noch einmal consecriren lassen. Darauf antworteten die Vertheidiger: 1) Nicht alle Translationen sind verboten, insbesondere nicht diejenigen, die necessitatis vel utilitatis causa geschehen, wie es nach Johann IX. bei Formosus der Fall war. Beispiele von Translationen haben wir an Gregor von Nazianz, Perigenes von Korinth, Dositheus von Seleucien, Germanus von Byzanz u. A., an Bischof Aktard; zudem sind die Aussprüche der Päpste Leo I. und Gelasius, wie früher des (Pseudo-) Anterus, klar.[1]) Ja auch auf dem römischen Stuhle kam vorher der Fall an Marinus

[8]) Luitprand stützt sich auf die von Augustin und Anastasius II. gebrauchte Stelle I. Kor. 3, 7 und bemerkt: Benedictio siquidem, quae ministris impenditur, non per eum qui videtur, sed per eum qui non videtur, sacerdotem infunditur.

[9]) Sigeb. a. 896: multa per multos annos quaestio et controversia agitata est in Ecclesia, aliis ejus (Form.) et ab eo ordinatorum consecrationem irritam esse debere praejudicantibus, aliis e contra, qualiscunque fuerit Formosus, tamen propter sacerdotalis officii dignitatem et fidem eorum, qui ordinati fuerant, omnes consecrationes ejus ratas esse debere saniori consilio judicantibus.

[10]) Auxil. de ord. c. 13. p. 112 ed. Dümmler redet von einem verstorbenen scholasticus, der in zwei Schriften, wovon die eine in Apulien, die andere in Neapel verfaßt ward, ehedem mit ihm dieselbe Ansicht verfocht, dann aber das Gegentheil vertrat und behauptete, man müsse der Obrigkeit, vor Allem dem Papste, in Allem und Jedem unbedingt gehorchen. Vieles spricht dafür, daß dieser Gegner Vulgarius war. (Dümmler S. 42. N. 2.) Dagegen spricht es nicht, daß Vulgarius mehrere Schriften in dieser Sache verfaßt zu haben scheint; denn einerseits sind seine Aeußerungen sehr unbestimmt, andererseits mochte eben Auxilius nur zwei libellos für Formosus gekannt haben, wie auch wir nur zwei besitzen. Mit dem Verfasser der späteren Invectiva in Romam ist Vulgarius nicht identisch; jener Autor hat blos die früheren Schriften benützt, wie namentlich Auxil. Inf. et Def. c. 21. In def. Form. I. 6.

[11]) Vulgar. de causa Form. c. 18. p. 137. 138.

[1]) Auxil. de ord. c. 1—10. p. 1059—1065. Inf. et Def. c. 22. 23 seq. p. 1091—1095. L. 1. in defens. F. c. 7. p. 67. 68. In defens. Steph. Ep. c. 4. p. 99 seq. Invect. in Rom. p. 823 seq.

vor; man kann bei Formosus nicht verdammen, was bei Marinus nicht verdammt ward.[2]) 2) Formosus ward nicht auf canonische Weise abgesetzt;[3]) seine Flucht konnte dazu nicht berechtigen;[4]) zudem hat Papst Marinus ihn wieder eingesetzt,[5]) wie das in der Kirche schon oft mit ungerecht entsetzten Bischöfen (Marcellus, Chrysostomus, Asklepius, Lucian, Cyrill von Jerusalem, Ibas, Rothad u. A.) geschah.[6]) 3) Der Eid des Formosus war erzwungen;[7]) Papst Marinus hat ihn davon entbunden. Was der eine Papst gebunden, konnte der andere lösen; Formosus ist so wenig ein Meineidiger als ein Verbrecher. 4) Die abermalige Consecration ist nach den Aussagen der Augenzeugen erdichtet; es fand vielmehr nach der Wahl des Formosus zum Papste nur eine Inthronisation[8]) Statt. Diese Wahl war eine einhellige und regelmäßige; Formosus war in keiner Weise Usurpator.[9]) Ebenso wenig war es Johann IX., der ihn gerechtfertigt, wenn auch sein früherer Nebenbuhler Sergius ihn nicht anerkennen will; dieser ist vielmehr selbst Usurpator.[10]) Was die zweite Frage angeht, so behaupten Auxilius und die Gleichgesinnten die Validität der von Formosus ertheilten Weihen auch für den Fall, daß er unwürdig und illegitim gewesen wäre.[11]) Sie berufen sich auf Leo den Großen, der den intrudirten Anatolius anerkannte und die Weihen der „Pseudobischöfe" gelten ließ (§. 16), auf Gregor den Großen (§. 13),[12]) auf den oben (§. 7)

---

[2]) Eug. Vulg. de causa Form. c. 11. p. 131: Si destruitur ordinatio Formosi, quare non calumniatur et Marini, qui similiter episcopus fuit? Cf. c. 16. p. 135.

[3]) Auxil. L. I. in def. Form. c. 4. p. 63: non canonice facta est ejus depositio; p. 64: non praesens, sed absens per vim furoris depositus est.

[4]) Aux. L. I. in def. F. c. 5. p. 64—66.

[5]) Eug. Vulg. de causa F. c. 15. p. 135. Aux. L. I. in def. c. 6. p. 67.

[6]) Aux. in def. F. L. I. c. 6. p. 66. 67. Inf. et Def. c. 20. 21. p. 1089—1090.

[7]) Aux. in def. L. I. c. 4. p. 61. Inf. et Def. c. 20.

[8]) Auxil. Inf. et Def. c. 26. p. 1097. In der Invect. in Rom. ist sacrare in weiterem Sinne (sacris orationibus inaugurare) zu nehmen; bei Vulgarius c. 15. p. 135 ordinatus wie constitutus. Einige sagten, Formosus habe das Pontificat nur in commendatione erhalten, was Vulgarius absurdissimum nennt, da sonst die römische Kirche sechs Jahre verwaist gewesen wäre.

[9]) Eug. Vulg. de causa F. c. 1. p. 120. 121. Aux. L. I. in def. c. 9 fin. p. 70.

[10]) Auxilius L. I. in def. F. c. 2. p. 61 läßt Sergius III. sagen: Ego quidem ante istos, quos carceri mancipavi, imo ante alios, qui nuper Apostolici fuerant, fui advocatus et annulo ecclesiastici juris sponsam meam, i. e. S. Ecclesiam, subarrhatam habui, sed alii per vim abstulerunt illam mihi; quando potui, recepi sponsam meam. Auxilius läugnet die legitime Wahl, wenigstens sei sie nicht von der major et sanctior cleri et populi pars wie die des Symmachus ausgegangen. Vulg. de causa Form. c. 11. p. 135 sagt, daß Leo V. und Christophorus durch Sergius um das Leben gekommen sind, und Auxilius L. II. in def. Form. c. 6. p. 87 hat: Sergius duobus viventibus Apostolicis superpositus.

[11]) Lib. de ord. Form. c. 16—27. p. 1066—1077. Inf. et Def. c. 1. 2. p. 1077 seq.

[12]) Beide Päpste citiren auch Radelgrim und Guiselgard in ihrem Briefe bei Dümmler S. 106, Gregor I. nach Auxilius in def. F. L. II. c. 1. p. 79.

besprochenen apostolischen Canon, auf Papst Anastasius II. (§. 14),[13]) auf Augustin (§. 13), auf Innocenz I. in seinem Verfahren gegen die Ordination des Bonosus (§. 15), auf den nicänischen Beschluß über die Novatianer (§. 8),[14]) auf die nicht beanstandete Ordination der Päpste Liberius und Vigilius, die sicher mehr gesündigt hätten als Formosus, so daß man nach den Vorgängen im christlichen Alterthum schließen müsse, wer die Weihen des Formosus für nichtig halte, sei ein Feind der christlichen Religion und wer sich eidlich verpflichte, sie zu bekämpfen und zu verfolgen, wirke zu einem Verbrechen mit und sei kein wahrer Priester oder Levit.[15]) Fest steht bei Auxilius der Satz: Iteratio ordinis aeque scelesta ac iteratio baptismi[16]) und die absolute Unverlierbarkeit des Weihecharakters wird mit der des Taufcharakters zusammengestellt.[17]) Der Spender der Sacramente ist Christus; der Mensch, ob würdig oder unwürdig, nur Werkzeug;[18]) auch die von Judas Ischarioth gespendeten Sacramente waren giltig.[19]) Verwerflich sind die Reordinationen durchaus,[20]) die Entsetzung der Geweihten um so weniger gerechtfertigt, als Formosus sicher kein Häretiker oder Schismatiker war.[21]) Wie keine Obrigkeit ein Verbrechen anbefehlen kann, so ist es nicht erlaubt, dem Papste zu gehorchen, wenn er gegen diese Grundsätze zu handeln vorschreibt.[22]) Jede Neuerung ist in der Kirche zu fliehen;[23]) als eine solche Neuerung erscheint aber das Verfahren des Sergius.[24])

32. Dieser Vertheidigung konnte keine theologisch haltbare Einrede entgegengesetzt werden. Nur ein Punkt hat größeres Gewicht. Sergius III. behauptete (und wahrscheinlich ebenso früher sein Gesinnungsgenosse Stephan VI.), Formosus habe ihn gegen seinen Willen per vim vom Diaconat zum Episcopate befördert. Von ihm und anderen „Leviten" wird in der That erzählt, daß sie wider ihren Willen und durch Zwang zum Episcopate befördert wurden, vielleicht um sie so von der Nachfolge im Stuhle Petri auszuschließen, daß sie nach längerer Ausübung der bischöflichen Funktionen die Insel aufgegeben und in die Reihe der Leviten zurückgekehrt seien, und zwar aus ehr-

---

[13]) Vulg. c. 16. 17. p. 136. 137. Aux. L. I. in def. c. 3. p. 63.

[14]) Cf. Aux. L. II. in defens. F. c. 2. 12. p. 80 seq. 93.

[15]) De ord. Form. c. 28. 30—39. p. 1070—1074. Inf. et Def. c. 11—10. 32.

[16]) Inf. et Def. c. 5. 6. p. 1062.

[17]) Inf. c. 1. p. 1077 seq. Cf. (Vulg.) Lib. inquir. et resp. p. 1107 seq. ed. Migne.

[18]) L. I. in def. Form. c. 9. p. 69 seq. de ord. F. c. 42. p. 111. Vulg. de causa Form. c. 1. p. 121; c. 11. p. 129.

[19]) Vulg. l. c. c. 1. p. 120—122.

[20]) Aux. Inf. c. 8 seq. L. I. in def. F. c. 8. p. 80. 69.

[21]) L. I. in def. c. 10. p. 70. L. II. c. 2. p. 80 seq.

[22]) L. I. in def. c. 12 seq. p. 73 seq. L. II. c. 3. p. 81 seq.; c. 9. p. 89 seq. de ordin. c. 43. p. 111 seq.

[23]) Vulg. de causa F. c. 4. 8. p. 124. 126.

[24]) aliquid novi et ante haec tempora invisi et inauditi. Invectiva in Rom. p. 823.

geizigem Verlangen nach dem culmen apostolicum.[1]) Von Sergius wird die Aeußerung angeführt: „Kinder, die unter Widerstreben getauft wurden, glauben, wenn sie zur Reife gelangt sind, denen, die ihnen ihre Taufe erzählen, und betrachten sich als Christen, ohne Wiederholung der Taufe, da ihr Widerstreben bei der Taufe nicht aus vernünftigem Wollen hervorging. Mich aber, einen erwachsenen und im vollen Vernunftgebrauche befindlichen Mann, hat man gewaltthätig zur Weihe geschleppt; ich habe vor den Anwesenden laut gerufen: Gedenkt, daß geschrieben steht: Voluntarie sacrificabo tibi; ich empfange die heilige Weihe keineswegs freiwillig. Himmel und Erde mögen aufmerken und sagen, ob man das als Clerici bezeichnen kann, was mehr mit Zwang mir aufgelegt, als empfangen worden war.“[2]) Wohl macht absoluter Zwang die Weihe ungiltig[3]) und hierin konnte eine theilweise Rechtfertigung des Sergius liegen; es scheint auch Formosus gewaltthätig gehandelt zu haben. Hier ist die Antwort des Auxilius[4]) keineswegs genügend, der unter Anderem hervorhebt, daß von den gewaltsam unter Kaiser Basilius getauften Juden die wenigen, die nach seinem Tode Christen blieben, nicht wiederum getauft wurden, und die Wiederholung der Weihe auch in dem Fall verwirft, daß die frühere invite empfangen ward. Es ließ sich aber sagen, daß der jede Zustimmung aufhebende Zwang nichts weniger als erwiesen und durch Ausübung der Pontificalien die frühere bischöfliche Consecration anerkannt war, wie denn Sergius drei, Stephan fünf Jahre als Bischof fungirte;[5]) überhaupt hatten diejenigen, die Formosus geweiht, sowie diejenigen, die seine Weihe anerkannt,[6]) keine Verfolgung, keine physische Vergewaltigung erlitten. Sodann paßte diese Rechtfertigung nicht auf alle Fälle; so nicht auf Auxilius, nicht auf den von Formosus ordinirten Leo von Nola, nicht auf den Bischof Stephan von Sorrent, der unter Johann VIII. von seinem Stuhle vertrieben, nach vielen widrigen Schicksalen auf das Bisthum Neapel versetzt worden war;[7]) ihn konnte man nur wegen der Translation oder Invasion und wegen der angeblichen Illegitimität Benedikt's IV. als eines Formosianers verdächtigen;[8]) daß er widerstrebend Bischof ward oder Widerstrebende geweiht, davon ist nirgends die Rede. Man erklärte zudem alle Weihen der Formosianer für ungiltig, während doch von diesen sicher nicht alle per vim ordinirt worden waren. Dürfen wir der von Bianchini edirten Invectiva in Romam glauben,[9]) so

---

[1]) Auxil. in defens. Form. L. II. c. 5. p. 84. 85.
[2]) de ord. F. c. 39. p. 108. 109.
[3]) c. Majores 3. de bapt. III. 42.
[4]) l. c. p. 109. 110.
[5]) Auxil. App. p. 95.
[6]) L. II. in def. F. c. 8. p. 67.
[7]) Dümmler S. 34 ff.
[8]) Aux. in def. Steph. Ep. c. 5. 6. p. 100. 101.
[9]) Migne PP. lat. CXXIX. 823—838. Bekanntlich scheint: 1) daß die Schrift sich als unter Johann X. und dreißig Jahre nach Johann VIII., also 912 verfaßt zu erkennen gibt, aber den Frevel an der Leiche des Formosus (897) als etwas kürzlich Vorgefallenes

trat auch Johann X. in die Fußstapfen des Sergius. Das ist um so auffallender, als nach eben dieser Quelle dieser Johannes seine Diakonatsweihe auf Formosianer zurückführen mußte. Denn Formosus hatte den nachmaligen Johann IX. zum Priester geweiht; dieser consecrirte als Papst den Kailo zum Erzbischof von Ravenna, dieser wieder den Bischof Petrus von Bologna, von dem Johann X. das Diakonat erhielt.[19]) In der Geschichte dieser Wirren ist noch Vieles nicht genügend aufgehellt.

33. Das zehnte Jahrhundert liefert uns einen Fall, der mit mehreren der angeführten in naher Verwandtschaft steht. Auf der römischen Synode von 964 schritt Johann XII. gegen den durch Kaiser Otto I. eingesetzten Gegenpapst Leo VIII. und dessen Ordinationen ein.[1]) Merkwürdig ist es, daß das Decret des Papstes in der dritten Sitzung sich wohl auf das Verfahren Stephan's IV. gegen den Gegenpapst Constantin beruft,[2]) aber an das viel näher in der Zeit stehende Verhalten Sergius' III. gegen Formosus nicht von ferne erinnert. Morinus[3]) führt dasselbe als ein späteres Beispiel zur Rechtfertigung Stephan's VI. an. Die Synode von 964 zählte viele Mitglieder, die an dem Concil für Johann's XII. Absetzung Theil genommen; jetzt stießen sie das dort widerrechtlich Beschlossene, obschon in einer für sie wenig ehrenvollen Weise, um. Zur genauen Würdigung der Decrete ist es nothwendig, im Einzelnen die Verhandlungen näher zu charakterisiren. In der ersten Sitzung ward nach Verdammung der Synode Leo's auf die Frage, was über den Consecrator des Gegenpapstes, Sico von Ostia, zu beschließen sei, gerufen: Deponatur ipse qui ordinavit et qui ab eo est ordinatus. Aehnliche Strafe ward für die beiden Assistenten der Weihe Leo's, die Bischöfe Benedict von Porto und Gregor von Albano, begutachtet. Von dem Gegenpapste erklärte Johann XII.: Sit omni sacerdotali honore et nomine alienus et omni clericatus officio prorsus exutus. Ueber die von ihm Ge-

---

darstellt (p. 825: Nuper audivimus etc.); 2) daß die Verzeichnisse transferirter und restituirter Bischöfe ganz aus Auxilius entnommen und nur je zwei weitere Beispiele hinzugefügt sind, anderes aus Vulgarius herübergenommen ist, so daß das Ganze das Gepräge einer Compilation trägt; 3) daß Sergius III. gar nicht als Frevler gegen Formosus, überhaupt nur einmal (p. 833) in einem anderen Zusammenhange genannt wird.

[19]) Migne p. 830.

[1]) Baron. a. 964. n. 6 seq. Mansi XVIII. 471 seq. Vgl. Hefele Conc. IV. S. 588. 589.

[2]) Eos vero, quos ipse Leo, neophytus et invasor s. cathol. et apostol. Rom. Ecclesiae, in quolibet ecclesiastico ordine provexit, apostolica atque canonica auctoritate et synodali decreto in pristinum revocamus gradum, quia ordinator eorum nihil sibi habuit, nihil illis dedit. Sicuti olim noster praedecessor p. mem. P. Stephanus sententiam tulit de iis, qui ordinati fuerant a Constantino quodam neophyto et invasore S. Sedis apostolicae, et postmodum quosdam eorum sibi placabiles presbyteros aut diaconos consecravit, statuens, ut hi, qui ab eo consecrati erant, nunquam ad superiorem honorem ascenderent, nec ad pontificatus culmen promoverentur, ne talis impiae novitatis error in Ecclesia pullularet.

[3]) Morinus Praef. ad lib. Aux. Migne l. c. p. 1059.

weihten ward gesagt: Priventur honore quem ab ipso acceperunt. Bis hieher findet sich nichts, was auf eine völlige Nichtigkeitserklärung schließen lassen könnte. Nun folgte die Degradation der herbeigeführten Geistlichen von der Ordination Leo's, welche die Worte schreiben mußten: „Mein Vater Leo hatte selbst nichts und hat mir auch nichts gegeben." Wenn wir bedenken, daß diese längst in Decretalen und Canonen gebräuchlichen Worte sehr oft nur auf die executio ordinis bezogen wurden, so könnten wir hier annehmen, daß die Deposition und Degradation dadurch nur auffälliger gemacht werden sollten, und die erstangeführten Aeußerungen scheinen ihren Sinn zu bestimmen. Man versetzte diese Geistlichen auf den Grad zurück, den sie vor Leo's Ordination gehabt; man suspendirte sie für immer von den verbrecherischer Weise erlangten Weihegraden. In der dritten Sitzung erklärt nun der Papst über den am meisten schuldigen Consecrator Sico, eum omni sacerdotali carere atque privatum fore ministerio, so daß ihm jede Hoffnung auf Restitution benommen sei. Das Decret des Papstes spricht diese Entsetzung auf immer ohne Aussicht auf Begnadigung aus; eine absolute Nichtigkeit ist damit noch nicht, dem damaligen Sprachgebrauch gemäß, sanctionirt. Dürfen wir von dieser Synode auf das Decret Stephan's IV. zurückschließen, so erscheint es nicht unwahrscheinlich, daß auch dieses nicht von einer absoluten Nullität der fraglichen Weihen zu verstehen ist und die gegebene Erklärung (§. 17) völlig haltbar erscheint. Auf Stephan's VI. und Sergius' III. Gewaltthaten konnte man sich nicht nur deßwegen nicht berufen, weil es sich dort nicht um einen Gegenpapst wie hier gehandelt und der Fall nicht die Analogie mit dem gegenwärtigen hatte, wie der von 769, sondern auch darum nicht, weil jene Freve allgemeinen Abscheu erregt und man weit davon entfernt war, die uncanonisch ertheilten Ordinationen zu wiederholen, deren Empfänger für immer von ihrer Ausübung ausgeschlossen bleiben sollten.

34. Nachdem im eilften Jahrhundert ein heftiger Streit über die Weihen der Simonisten, die man mit den Häretikern auf eine Stufe stellte, ausgebrochen war, in dem Petrus Damiani [1]) für, Cardinal Deusdedit [2]) gegen ihren Valor auftrat, und noch im zwölften Jahrhundert, namentlich von Gratian, [3]) unsere Frage mit großer Unklarheit erörtert wurde, brachten es die Theologen und Canonisten [4]) des dreizehnten Jahrhunderts zu einer klaren Anschauung, indem sie Augustin's Principien consequent fortentwickelten, zwischen Ordo und Jurisdiktion, zwischen Validität und Legalität genau unterschieden

---

[1]) Lib. „Gratissimus" s. Opusc. VI. et Op. XXX. (Migne PP. Gr. CXLV. p. 99 seq. 523 seq.)

[2]) Lib. contra invas. et simon. (Mai N. PP. Bibl. VII. P. ult. p. 77 seq.)

[3]) Im zweiten Theile des Decrets, bes. C. I. q. 1; C. XXIV. q. 1. Vgl. c. 1. 2 d. 68.

[4]) Alex. Hal. in L. IV. Sent. dist. 25. q. 8. a. 5. Thom. 2. 2. q. 89. a. 5. Bonav. Brevil. P. VI. c. 5.

und den im Ordo gegebenen unzerstörbaren Charakter hervorgehoben. Die Griechen blieben nicht minder schwankend, namentlich bezüglich der von Häretikern ertheilten Weihen, wie aus Zonaras und Balsamon hervorgeht, denen übrigens Demetrius Chomatenus u. A. gegenüberstanden.[*])

*) Ausführlich ist hievon in der im Eingang dieses Exkurses genannten Abhandlung die Rede.

Sechstes Buch.

Die photianische Synode von 879–880.

1. Papst Johann VIII. und seine Nachgiebigkeit gegen Photius.

Johannes VIII., der im Frühjahr 878, nachdem er die Bischöfe Paulus und Eugenius nach Constantinopel abgeordnet, über Genua nach Frankreich gereist war und dort im September eine Synode zu Troyes gehalten hatte, war an Hoffnungen ärmer, als er dahin gekommen,[1]) von da nach Rom im Anfange des Jahres 879 zurückgekehrt. Die gesuchte Hilfe gegen die Saracenen und die Dynasten von Tuscien und Spoleto hatte er nicht gefunden; ein von ihm für den Dezember 878 anberaumtes Concil in Pavia[2]) war nicht zu Stande gekommen oder doch resultatlos geblieben; für das abendländische Kaiserthum fand sich kein entsprechender Bewerber und Italien schien auch ferner der Verwüstung Preis gegeben zu sein.

Die Wahl eines Kaisers und der Kampf gegen die Saracenen beschäftigten unausgesetzt den Papst; ein am 1. Mai 879 in Rom abzuhaltendes Concil ward deßhalb ausgeschrieben.[3]) In Unteritalien waren, nachdem der Papst sich mit einer Geldsumme auf kurze Zeit den Frieden mit den Saracenen erkauft, Neapel und Amalfi zum Bunde mit ihnen zurückgekehrt. Am 12. März 879 starb Bischof Landulf I. von Capua; seine vier Neffen theilten die Lehen der Grafschaft, Pandenulfus, Sohn seines ältesten Bruders, Pando, erhielt den Grafentitel.[4]) Alle suchten mit Hilfe der Nachbarn einander zu berauben. Benevent ward von den Saracenen verwüstet,[5]) im März auch das Gebiet Pandenulf's,[6]) der sich als Vasallen des Papstes erklärt hatte, da

---

[1]) ep. 156 ad Anspert. Mediol. p. 108: Sed quia humanum praesentialiter subsidium non reperimus, divinum ut potius quaeramus communique voto, ut a Domino flagitemus, frater mi, necesse est. Cf. Pag. a. 878. n. 2 seq.

[2]) Mansi XVII. 357. 358.

[3]) ep. cit. ad Ansp. — ep. 153 ad Roman. Rav. p. 107.

[4]) Erchemp. c. 40. p. 766. Amari l. c. p. 452.

[5]) Joh. ep. 156. 158. p. 109. 110.

[6]) ep. 168. p. 115.

dieser selbst zu ihm nach Capua kam.[7]) Athanasius von Neapel stellte sich vor dem Papste nicht und temporisirte mit Botschaften;[8]) im Mai und Juni trafen auch das päpstliche Gebiet neue Verheerungen.[9]) Ludwig der Stammler war am 10. April gestorben; Unruhen in seinem Reiche waren erregt; Karlmann, der älteste Sohn Ludwig's des Deutschen, war siech und kraftlos; mit dessen Bruder Karl dem Dicken trat der Papst bereits in Unterhandlung.[10]) Wohin er sich wandte, überall fand er Kraftlosigkeit, Noth und Zerrüttung.

In dieser trüben Stimmung erhielt der Papst durch den Candidaten Stephan, der unter dem Schutze des Grafen Pandenulf von Capua nach Rom gekommen war, ein Schreiben des byzantinischen Primicerius Gregor, welches ihm die bevorstehende Ankunft von Gesandten des Kaisers Basilius meldete. Johann, der keine Gelegenheit versäumte, einen neuen Schutz und eine Stütze in Italien zu finden, und sicher auf den näheren Inhalt der kaiserlichen Schreiben sehr gespannt war, da der Primicerius Gregor nur im Allgemeinen meldete, der Kaiser wolle mit Hilfe des römischen Stuhls den gestörten Kirchenfrieden in Constantinopel wiederherstellen, was schon ein Jahr zuvor von Byzanz aus geschrieben worden war, traf alle Maßregeln für die Sicherheit der kaiserlichen Gesandten auf dem Wege nach Rom, der damals mehr als je von den Muhammedanern bedroht war. Er schrieb deßhalb dem Grafen von Capua, dankte ihm für das dem Stephan gegebene sichere Geleite und ersuchte ihn, die kaiserlichen Gesandten ungefährdet nach Rom geleiten zu lassen.[11]) Dem Primicerius Gregor antwortete er,[12]) der Friede der Kirche von Constantinopel liege ihm sehr am Herzen und dafür werde er alles Mögliche thun;[13]) die Gesandten des Kaisers werde er ehrenvoll empfangen, er wünsche ihre baldige Ankunft und habe bereits für deren ungefährdetes Weiterreisen bis nach Rom Vorsorge getroffen. Es war von vielen Seiten gewünscht und vom Papste selbst versprochen worden, daß er nach Benevent und Capua sich begebe; der Primicerius meldete diesen Wunsch ebenfalls; der Papst erwiederte am 6. Mai,[14]) er könne nicht kommen, da er in Rom den Frankenkönig erwarte (Karl den Dicken); die Gesandten des Kaisers möchten über Benevent und Capua nach Rom reisen, da auf diesem Wege für ihre Sicherheit alle Anstalten getroffen seien. Kurz vorher hatte der Papst die Mönche Theodosius, David und Saba von Jerusalem, die im Vorjahre während seiner Abwesenheit in Rom eingetroffen waren, mit einem vom 2. Mai datirten Schreiben

[7]) Erchemp. c. 47. Leo Ost. I. 43.

[8]) Joh. ep. 159. p. 110.

[9]) Joh. ep. 172. 178. 179. 186. 197. 218.

[10]) Joh. ep. 160. p. 110. 111. ep. 172. p. 117. Pag. a. 879. n. 1 seq.

[11]) ep. 168. p. 114. 115. Jaffé n. 2456.

[12]) ep. 169. p. 115. J. n. 2460.

[13]) More praedecessorum nostrorum Pontificum CPolitanam ecclesiam multiplicibus scandalis nunc perturbatam, prout justum est atque possibile, sedare volumus et pacem perpetuam stabilire.

[14]) ep. 176. p. 120. J. n. 2469.

an den Patriarchen Theodosius [17]) entlassen, worin er deren langes Verweilen entschuldigte und zugleich bemerkte, daß die Gewaltthätigkeit der Heiden ihm nicht gestatte, größere Geschenke als er mitsende, zu geben.

Im Mai oder Juni scheinen die Gesandten von Constantinopel in Rom angekommen zu sein; sie verließen es erst in der zweiten Hälfte des August. [18]) Allem Anschein nach stießen ihre Unterhandlungen anfangs auf Schwierigkeiten und erst nach längerem Bedenken gab der Papst ihren Wünschen nach. Sicher hat Theodor Santabaren die Sache des Photius mit Geschick geführt und alle Künste der Griechen in Anwendung gebracht; daß er die vornehmsten Rathgeber des Papstes durch Geschenke und Artigkeiten zu gewinnen suchte, läßt sich sowohl aus den früheren Vorgängen als aus den späteren Schritten des Photius erschließen. An Versprechungen ließ er es auch bei dem Papste nicht fehlen und alle Motive, die ihn zur Anerkennung des in Byzanz Geschehenen bestimmen konnten, stellte er in das gebührende Licht. Johannes VIII. war in Verlegenheit, zumal da seine Apokrisiarier Paul und Eugen wider sein Erwarten nicht mit der kaiserlichen Gesandtschaft zurückkamen, ja nicht einmal einen genauen und erschöpfenden Bericht über das in Constantinopel Wahrgenommene ihm zukommen ließen. Die Entscheidung war für ihn äußerst schwierig. Auf der einen Seite mußte er, wofern er auf das Ansinnen des griechischen Hofes einging, sich der Gefahr aussetzen, einen der gefährlichsten Feinde der römischen Kirche zu stützen, die Autorität der Dekrete seiner Vorgänger Nikolaus und Hadrian, denen er selbst beigepflichtet, sowie das achte ökumenische Concil, das er stets anerkannt, zu beeinträchtigen, einem mit den feierlichsten Anathemen belasteten kirchlichen Verbrecher zur höchsten kirchlichen Würde des Orients zu verhelfen, zu einer neuen Ungerechtigkeit und Bedrückung von treuen Katholiken mitzuwirken; das Andenken an den von demselben Manne so schändlich gelästerten Nikolaus, der Hinblick auf die Verurtheilung desselben, die keine Aussicht auf Wiedereinsetzung übrig ließ, die Aussicht, selbst als Verächter seiner Vorgänger, als Werkzeug fremder Frivolität, als Feigling und Mitschuldiger an neuen Verwicklungen zu erscheinen, das Alles mußte ihn zurückhalten vor einer unverweilten und durchgängigen Genehmigung der byzantinischen Patriarchenwahl. Auf der anderen Seite stritten aber auch gewichtige Gründe für deren Anerkennung. Der legitime Patriarch war gestorben, Photius war nicht mehr der Usurpator, der einem noch lebenden Bischof seine Kirche wegnahm; er war ein Mann von großen Kenntnissen, hatte viele Freunde, hatte — so schienen die Unterschriften zu beweisen — die Mehrzahl der Bischöfe auf seiner Seite und nur ein kleines Häufchen gegen sich, dazu auch die Anerkennung von Alexandrien, Antiochien und Jerusalem, wie der Kaiser bezeugte; sollte der Papst diesem allgemeinen Consens des Orients allein gegenüberstehen? Nur durch die Einsetzung dieses Mannes schien der Friede der byzantinischen

---

[17]) ep. 170. p. 116. Jaffé n. 2162.

[18]) Tosti p. [illegible] sagt, Johann habe sich an vier Monate über diese Sache besonnen; es werden aber wohl nur 2½ Monate zu rechnen sein.

Kirche wiederhergestellt werden zu können, während im Falle seiner Verwerfung eine neue, vielleicht noch größere Spaltung zu erwarten stand. Da der Kaiser Basilius jetzt auf seiner Seite war, so hätte dieser auch gegen Rom's Urtheil, wie Michael III. gethan, ihn in seiner Würde erhalten und die frühere Trennung zwischen Alt- und Neu-Rom zu einer dauernden machen können, wodurch dem römischen Stuhle alles fernere Einwirken auf den Osten abgeschnitten ward. Dem griechischen Kaiser in einer Zeit widersprechen, wo seine Macht in Italien einen neuen Aufschwung nahm, wo der Papst von den immer mächtiger um sich greifenden Saracenen auf das äußerste bedrängt und, von den abendländischen Fürsten verlassen, seines Beistandes am meisten bedürftig war, wo die Aussicht auf eine solche Hilfe ihm eröffnet wurde, wo die Rückgabe Bulgariens wie anderer Jurisdiktionsrechte zu erwarten stand, schien unklug und gefährlich und die erregten günstigen Hoffnungen mußten das Gewicht der anderen Gründe verstärken. [17]) Alle Zeitumstände waren von der Art, daß der Papst Vieles zu dulden, nachzusehen und mit Dispensationen freigebig zu verfahren genöthigt schien. [18])

Wir dürfen annehmen, daß Johann VIII. alle diese Gründe für und wider in reifliche Erwägung nahm. Er berieth sich auch auf einer Synode mit siebenzehn in Rom anwesenden Bischöfen, an deren Spitze freilich Zacharias von Anagni stand, über diese wichtige Frage [19]) und hier trug die Sache des Photius den Sieg davon. Der Papst beschloß, an der Illegalität der ersten Erhebung des Photius festhaltend, aus Rücksicht auf die jetzigen Umstände unter gewissen Bedingungen eine Dispens von den allgemeinen Kirchengesetzen und von den Bestimmungen des achten ökumenischen Concils eintreten zu lassen, den Photius und seine Anhänger von den über sie verhängten Censuren loszusprechen und denselben als Patriarchen von Constantinopel anzuerkennen. Dabei sollten das Ansehen der früheren Päpste und die Principien des römischen Stuhles möglichst gewahrt und die Anerkennung des Photius als Akt der Gnade und Milde, die von der strengen Gerechtigkeit absieht, hervorgehoben, damit nach beiden Seiten hin der folgenschwere Schritt gerechtfertigt werden. Selbst solche Bischöfe stimmten der Anerkennung des Photius zu, die früher gegen ihn entschieden sich erhoben, wie Gauderich von Velletri und Stephan von Nepi.

In Folge dieses Beschlusses schrieb der Papst am 16. August 879 an

---

[17]) Vgl. Baron. a. 879. n. 2.

[18]) Joh. ep. 34 ad Anspert. Mediol. p. 32: Moderatio Sedis Apostolicae et universalis Ecclesiae dispositio in hoc periculoso tempore (ad) paene cuncta dispensatorie moderanda compellit — ein Satz, der den Charakter des ganzen Pontifikates bezeichnet.

[19]) Conc. Rom. Mansi p. 359—361. 471. Nur die Unterschriften der Bischöfe, die von fünf Cardinalpriestern und zwei Cardinaldiakonen bei der dem Legaten Petrus ertheilten Instruktion sind noch übrig. In dem Cod. Mon. 436. p. 181, wie bei Baron. h. a. n. 64 steht nach Petrus von Forum Sempronii noch Leo von Terracina, während sonst fünfzehn Bischöfe vorkommen. Tosti L. IV. p. 408 zählt siebzehn Bischöfe mit Baronius.

den Kaiser Basilius und seine Söhne folgendermaßen:[19]) Obschon Photius nach dem Tode des Ignatius ohne Vorwissen des apostolischen Stuhles, der nach dem Rechte seines (im Eingange ausführlich entwickelten) Primates hätte vor Allem zu Rathe gezogen werden müssen, den Patriarchenstuhl abermals bestiegen, so wolle er doch der Bitte und dem Wunsche des Kaisers nachgeben, um die Spaltung und das Aergerniß in der Kirche von Constantinopel zu beseitigen.[20]) Indem Johannes die Ehrerbietung gegen den Stuhl Petri belobt, welche das Schreiben wie das Verfahren des Kaisers an den Tag gelegt,[21]) erklärt er sich bereit, das durch die Umstände Gebotene zu thun, jedoch nicht um damit die apostolischen Statuten und die Regeln der Väter zu abrogiren, sondern um ihnen gemäß zu verfahren,[22]) wie denn das Concil von Nicäa im zweiten Canon[23]) anerkannt habe, daß Vieles aus Noth und Gewalt der Menschen gegen die kirchlichen Regeln geschehen sei, wie Papst Gelasius sage, daß man die Vorschriften der Väter unverbrüchlich beobachten müsse, wo keine Nothwendigkeit dränge, wie Leo dasjenige für entschuldbar und unsträflich erklärt, was die Nothdurft herbeigeführt, wie Papst Felix dasjenige unterscheide, was aus der Nothwendigkeit und das, was aus dem freien Willen stammt.[24]) Ebenso habe ein afrikanisches Concil[25]) wegen des Friedens und des Nutzens der Christenheit die donatistischen Geistlichen, die zur Kirche zurück-

[19]) ep. 199. p. 136—140. „Inter claras." Vgl. Mansi XVI. 479. Jaffé n. 2491. p. 262. Merkwürdig ist, daß unter den Söhnen des Basilius Leo nicht genannt wird, wohl aber statt seiner der wahrscheinlich schon verstorbene Constantin. Vgl. Hefele S. 459. N. 2.

[20]) p. 137: Nos itaque serenitatis vestrae preces congrua ratione admittentes, quia Ignatium piae memoriae patriarcham de praesenti vita jam migrasse cognoscimus, temporis ratione perspecta, hoc modo decernimus ad veniam pertinere, quod nuper de ipso Photio, licet ipse absque consultu Sedis nostrae officium sibi interdictum usurpaverit, gestum constat fuisse.

[21]) p 136: Inter claras sapientiae mansuetudinis vestrae laudes, o christianissimi principes, aliquod cum pariore luce summae devotionis lumen longe lateque resplendet, quod amore fidei, quod caritatis studio, disciplinis ecclesiasticis edocti, Romanae Sedi reverentiam more praedecessorum vestrorum piissimorum imperatorum conservatis, et ejus cuncta subjicitis auctoritati, ad cujus auctorem, h. e. Apostolorum omnium principem, Domino loquente praeceptum est: Pasce oves meas ... Nihil est enim, quod lumine clariore praefulgeat, quam pia devotio et recta fides in principe. Et quia pontificii nostri reverentiam hoc ardore mentis, hoc religionis studio inculcantes vestris mellifluis literis exoratis: id nos ratione seu temporis necessitate inspecta cum Sedis Apost. nobis commissae consensu et voluntate perficere jure apostolico decet.

[22]) Nos statuta apostolica non praejudicantes, nec beatorum Patrum regulas resolventes, quin potius multiplicibus eorum auctoritatibus freti.

[23]) Gratian c. 1. d. 48.

[24]) aliter tractandam esse necessitatis rationem, et aliter voluntatis. Vgl. auch Hadr. ep. „Legationis" (oben S. 45. N. 71).

[25]) Das 393 zu Hippo gehaltene Concil (Hefele Conc. II. S. 55.) hatte auch die Vorschrift, kein rebaptisirender Donatist solle zum Clerus befördert werden, im Allgemeinen aufrecht gehalten. Die VI. Synode von Carthago 401 hatte c. 2 (bei Dionys Nr. 68) zurückkehrende donatistische Geistliche da, wo es zur Herstellung des Friedens nöthig sei, im Clerus belassen (das. S. 70). Diese Bestimmung wird hier als capitulum 87. angeführt.

kehrten, in ihren geistlichen Würden aufgenommen, nicht um das in einem jenseits des Meeres gehaltenen Concil festgestellte Dekret aufzulösen; ebenso habe Papst Innocenz die von Bonosus Ordinirten aufgenommen, damit nicht das Aergerniß in der Kirche zurückbleibe.[27]) Es nehme daher der Papst, dem einmüthigen Willen der Patriarchen von Alexandrien, Antiochien und Jerusalem, aller Metropoliten, Bischöfe und des gesammten Clerus von Constantinopel, auch der von Ignatius und Methodius Geweihten, entsprechend, aus Rücksicht auf den Frieden und das Wohl der Kirche den Photius als Bischof und Mitbruder auf, jedoch unter der Bedingung, daß er vor einem Concilium der kirchlichen Gewohnheit gemäß um Verzeihung bitte und Barmherzigkeit erflehe.[28]) Er spreche den Photius und seine Anhänger los von allen Censuren und kirchlichen Strafen[29]) kraft der vom Heiland ihm durch den heiligen Petrus übergebenen Schlüsselgewalt,[30]) wie auch schon die Legaten des Papstes Hadrian die Synodalakten von 870 nur mit der Clausel „vorbehaltlich der päpstlichen Genehmigung" unterschrieben[31]) und wie schon früher von Synoden verurtheilte Patriarchen, Athanasius und Cyrillus von Alexandrien, Flavian und Johannes (Chrysostomus) von Constantinopel, Polychronius von Jerusalem[32]) durch den apostolischen Stuhl freigesprochen worden seien. Zugleich füge er die Bestimmung hinzu, daß nach dem Tode des gegenwärtigen Patriarchen kein Laie, kein weltlicher Beamter mehr zum Patriarchate erhoben werde, sondern nur der Kirche von Constantinopel incardinirte Priester und Diakonen, wie die heiligen und allgemein verehrten Canones[33]) erheischen; plötzliche Promotionen seien sorgfältig

[27]) capitulo 55. aus Innoc. I. ep. 27.

[28]) Nunc itaque aliis Patriarchis, Alexandrino videl. et Ant. et Jeros., atque omnibus archiepiscopis, metropolitis, episcopis et sacerdotibus, cunctoque clero Cpltanae ecclesiae, qui de ordinatione b. mem. Methodii et Ignatii reverendissimorum Patriarcharum existunt, una voluntate parique voto consentientibus, eumdem Photium satisfaciendo misericordiam coram Synodo secundum consuetudinem postulantem, in vera dilectione fratrem, in pontificali officio comministrum, in pastorali magisterio consacerdotem pro Ecclesiae Dei pace et utilitate, amodo, Christo favente, recipimus et habemus.

[29]) p. 138: hunc ipsum Patriarcham cum omnibus sive Episcopis sive presbyteris seu ceteris clericis et omnibus laicis, in quos judicii fuerat censura prolata, ab omni ecclesiasticae sanctionis vinculo absolvimus.

[30]) illa scil. potestate fulti, quam Ecclesia toto orbe diffusa credit nobis in ipso Apostolorum principe a Christo Deo nostro esse concessam, eodem Salvatore B. Petrum Ap. prae ceteris specialiter delegante: Tibi dabo claves regni coelorum et quaecunque ligaveris etc. Sicut enim ex his verbis nihil constat exceptum, sic per apostolicae dispensationis officium et totum possumus procul dubio generaliter alligare, et totum consequenter absolvere, praecipue cum ex hoc magis praeberi cunctis oporteat apostolicae miserationis exemplum.

[31]) S. oben B. IV. Abschn. 8. S. 117.

[32]) Der Papst hat hier wohl apokryphe Synodalakten über Polychronius im Auge. Hard. I. p. 1472.

[33]) secundum sacros canones Spiritu Dei conditos et totius mundi reverentia consecratos.

zu vermeiden, die hohen geistlichen Würden sollten die Belohnung ausgezeichneter Verdienste um die Kirche sein und so nur von Stufe zu Stufe nach gehöriger Vorbereitung erlangt werden.[24]) Ferner soll der byzantinische Patriarch auf alle Ansprüche bezüglich Bulgariens verzichten, welches der Papst Nikolaus auf Bitten des Königs Michael im Christenthum habe unterrichten lassen, für dasselbe keine Geistlichen mehr weihen noch das Pallium senden, die dort anwesenden Geistlichen seines Sprengels zurückrufen und diese Diöcese dem römischen Stuhl überlassen. Sodann schärft Johannes dem Monarchen die in Byzanz sehr gesunkene Achtung gegen den Patriarchen ein; die Kaiser sollen diesen als geistlichen Vater ehren und behandeln; für die zeitliche Ehre, die sie ihm erzeigten, würden sie hienieden Ruhm und dazu jenseits noch vielfältige Verherrlichung finden. Den Verläumdern und Ohrenbläsern, die stets die Einheit und Eintracht zu zerstören bemüht seien, möge man kein geneigtes Gehör leihen und sich nicht von ihnen verleiten lassen, den Patriarchen zu verunehren, was der Würde und Majestät der Herrscher nur nachtheilig und entwürdigend sei.[25]) Die von Ignatius ordinirten Bischöfe und Geistlichen sowohl in der Hauptstadt als im übrigen Sprengel solle man mit Milde zur Einheit zurückrufen und mit offenen Armen aufnehmen, Jedem derselben seinen Stuhl zurückgeben, damit, gleichwie Ein Glaube, Eine Taufe, und Alle Eines in Christus, so auch diese, die zur Gemeinschaft des Leibes Christi zurückkehren und dasselbe sagen und festhalten, Eine Heerde bilden und nicht mehr der Eine dem Kephas, der Andere dem Paulus, der Dritte dem Apollo sich zuwende, sondern Alle Christo angehören, der unser Friede ist, der das Getheilte geeinigt und für unsere Sünden den Tod erlitten hat, um die zerstreuten Söhne Gottes zu einem Ganzen zu verbinden. Diejenigen aber, die mit dem Patriarchen Photius keine Gemeinschaft halten wollten, sollen zwei- und dreimal ermahnt, im Falle sie aber hartnäckig bleiben, durch die päpst-

---

[24]) Quoniam non est subito praecipiendum vel usurpandum, quod vita diu probata meretur accipere. Nam si in quibuslibet Ecclesiae gradibus providenter curandum est, ut in Domini domo nihil sit inordinatum, quanto magis elaborandum est, ut in electione ejus, qui supra omnes gradus constituitur, non erretur? Nam totius familiae Domini status et ordo nutabit, si, quod requiritur in corpore, non sit in capite; et inde fiet, ut omnis ecclesiastica disciplina resolvatur, omnis ordo turbetur.

[25]) p. 180: Nec eorum verba falso prolata, qui scandalorum zizania super conspicuam segetem Domini seminare non cessant, vestra imperialis dignetur audire majestas, nec pro talium susurrationibus hominum, qui semper student scindere unitatem Dei, vestem Domini, Ecclesiam Christi, quique linguis suis semper dolose agere non cessant, venenum aspidum portantes sub labiis suis, animum clementiae vestrae adversus eum aliqualenus commoveatis, ut (M. et) summum sacerdotem vestrum Dei providentia in Ecclesiae Christi regimine constitutum sic facile exhonoretis, quod nimirum sancto vestro imperio valde inhonestum et indecens esse videtur. Diese Mahnung hatte vielleicht Theodor Santabarenus hervorgerufen, um den Photius desto mehr gegen den Erfolg der Anklagen beim Kaiser zu sichern und diesen dagegen um so mißtrauischer zu machen, je mehr er vorher von einer ganz unverdächtigen Seite her darauf aufmerksam gemacht war.

lichen Legaten zugleich mit der Synode exkommunicirt werden,[36]) bis sie zu ihrem Patriarchen und der Einheit der heiligen Kirche zurückkehren. Würde der Patriarch die dem Banne Verfallenen für sich allein wieder zulassen, so solle er auf die gleiche Weise mit ihnen der kirchlichen Gemeinschaft verlustig sein.

Das an Photius gerichtete Schreiben[37]) lautete also: „Nachdem Wir durch das an Uns gelangte Schreiben Deine Einsicht hinreichend kennen gelernt, haben Wir Gott den Allerhöchsten mit dem tiefsten Danke gepriesen, der Allen auf ihr Gebet Weisheit verleiht und sie einträchtig in einem Hause wohnen läßt, so Alle, die auf ihn hoffen, rettet, Alle, die ihn in Wahrheit suchen, beschützt, der weder die Rechtschaffenen schuldbelastet, noch die Frommen Tyrannen sein läßt, aber nach seinem gerechten Gerichte allen Tugendhaften ewigen Lohn, den Unglücklichen aber, denen er inzwischen Zeit zur Buße gestattet, falls sie sich nicht bekehren, ewige Strafen zutheilt. Indem Wir auch in dem genannten Schreiben die Uns gespendeten Lobsprüche lasen, haben Wir Deine Gesinnung erkannt und vollkommen Uns überzeugt, wie sehr Du jetzt Uns ergeben bist;[38]) aber Wir überlassen das Gott, worin Unsere Verdienste Uns nicht zur Seite stehen,[39]) und in den Stücken, in denen Uns Sterbliche, wer sie immer seien, mit menschlichem Lobe zu erheben bemüht sind, betrachten Wir mit größter Furcht und unter steter Vergegenwärtigung Gottes die Gebrechlichkeit Unserer Natur, da Wir aus seinen Worten wissen, daß, wer sich erhöht, erniedrigt, und wer sich erniedrigt, erhöht werden wird" (Matth. 23, 12).

„Was das anlangt, daß die heilige Kirche von Constantinopel in Deiner Erhebung sich einige und Du den früher verlorenen Stuhl[40]) wieder einnimmst, aber Unsere Abgesandten das heilige Opfer nicht mit Dir feiern wollen, so sagen Wir Gott wegen der Vereinigung Aller Dank, Unseren Abgesandten aber haben Wir hierüber keine Weisung gegeben, weil Wir vorher über die Lage dieses Stuhles keine Gewißheit erlangt. Nun aber sind Wir, gleichwie über den Frieden und die Einigung jener Kirche hocherfreut, so auch über die Uneinigkeit derer, die sich nicht fügen wollen, tief betrübt; denn nach Salomon (Samuel Vgl. I. Sam. 15, 23) ist Ungehorsam wie die Sünde der Zauberei und sich nicht fügen wollen eine Art von Götzendienst."

„Allein wegen der Wiedereinnahme des Dir entzogenen Stuhles hätten Wir vorher konsultirt werden sollen. Indessen, da Wir vernommen, daß nach dem Tode Unseres Bruders und Mitbischofs Ignatius Du dem Stuhle von

[36]) p. 140: etiam eos communione his praesentibus Missis nostris una cum Synodo jussimus privare.

[37]) ep. 201. p. 148. 149. „Experientia tuae prudentiae." Jaffé n. 2196. p. 282.

[38]) quam sis nunc erga nos devotus, satis evidenter reperimus.

[39]) Verum in quo nobis nostra merita non suffragantur, Deo dimittimus.

[40]) (neque privatam Sedem recipere nisi nachher super receptione privatae Sedis ist nach der schlechten Latinität jener Zeit von Sedes, qua privatus es. Die photianische Uebersetzung p. 413 hat: Θρόνος, ὃν ἐστερήθης, fehlt aber noch bei ὃς ἂν ἴδιος ὄν. Photius hatte wohl gesagt: Θρόνος, ὃν (σὺ) ἐστερήθης.

Constantinopel vorstehest, so stimmen Wir mit vielfältigem Danke gegen Gott zu, damit nur der Friede sich mehre und die Streitigkeiten aufhören. Du aber mögest unausgesetzt bemüht sein, die Gemüther Aller zu besänftigen, Alle mit offenen Armen zu empfangen, alle Zerstreuten zu versammeln, weil, wie der heilige Papst Leo der Große schreibt, der apostolische Stuhl in seiner Mäßigung die Regel beobachtet, mit größerer Strenge gegen Verhärtete zu verfahren, aber denen, die sich gebessert, Verzeihung angedeihen zu lassen.[41]) Und da nun gegen Einen, der sich gebessert hat, eine auch noch so große Milde[42]) keinem Tadel unterliegt, so vergönnen Wir, wofern Du vor der Synode Genugthuung leistest, um Erbarmen der Gewohnheit gemäß bittest, Dich wirklich gebessert zeigest und der gemachten Erfahrungen eingedenk auf keines Menschen Nachtheil sinnest, vielmehr das Exil derjenigen, die, wie man sagt, Dir nicht zustimmen wollen, aufzuheben Dir alle Mühe gibst, sie in ihre Kirchen und Würden wieder einsetzest, wenn ferner Alle einmüthig, einstimmig und in voller Eintracht Deiner Wiedereinsetzung beipflichten, so vergönnen Wir, sag' ich, da Unser geistlicher Sohn, der allerchristlichste Kaiser Basilius mit vielen Bitten für Dich fürgesprochen hat, um des Friedens der heiligen Kirche von Constantinopel willen Dir Verzeihung[43]) und geben Dir Unsere Gemeinschaft und die Würde nach abgelegter Bitte um Vergebung vor der Synode[44]) zurück und stimmen zu, daß Du der heiligen Kirche von Constantinopel in würdiger Weise vorstehen dürfest, jedoch mit der Bestimmung für die Zukunft, daß in eben dieser Kirche Niemand mehr gegen die Verordnungen der heiligen Väter aus dem Laienstande zum Episkopate erhoben werde, ganz nach dem Canon, der hierüber in der ehrwürdigen Synode, die zur Zeit Unseres Vorgängers Hadrian II. zu Constantinopel gehalten ward,[45]) in höchst zweckmäßiger Weise promulgirt worden ist."

„In Betreff des Uebrigen, was sonst Dein Schreiben von Uns geregelt und erledigt sehen will,[46]) haben Wir mittelst besonderer Instruktion Unseren Legaten, dem ehrwürdigen Cardinalpriester Petrus und Unseren geliebten Räthen Paulus und Eugenius,[47]) theils schriftliche, theils mündliche Aufträge gegeben; dieselben sollen nach dem Urtheile Unseres Apostolats, von Allem gehörig unterrichtet und in Berücksichtigung aller Umstände Gott vor Augen behaltend, wo es gestattet ist, das Annehmbare annehmen, und was zu verbessern ist, nach Gerechtigkeit und Billigkeit verbessern."

„Nebstdem gleichwie Ihr von Euerer Seite Euch bemüht, daß Euer Wille

---

[41]) Vgl. Buch I. Abschn. 8. Note 57. Bd. I. S. 62.

[42]) quantacumque miseratio.

[43]) veniam pro pace S. CPlitanae Ecclesiae tibi concedimus.

[44]) coram Synodo misericordiam quaerendo. Hier wäre wohl quaerenti zu lesen.

[45]) Johannes war also weit davon entfernt, die achte Synode antiquiren oder verurtheilen zu wollen. Er hält sie als venerabilis synodus hier wie anderwärts aufrecht.

[46]) Reliqua vero, quae literae tuae a nobis fore censenda vel finienda exspectant.

[47]) Diese sind nach ep. 80, p. 70 die deliciosi consiliarii.

Kraft erlange,[48]) so wollen auch Wir, daß Unsere bulgarische Diöcese, die der apostolische Stuhl durch die Bemühungen des heiligen Papstes Nikolaus apostolischen Andenkens wieder erlangt und zur Zeit des seligsten Papstes Hadrian besessen hat, so schnell als möglich Uns zurückgegeben werde. Wir verbieten für die Zukunft mit apostolischer Autorität[49]) jede kirchliche Ordination in dieser Diöcese von Seite der Bischöfe von Constantinopel; Du hast dafür Sorge zu tragen, daß die dort geweihten Bischöfe und alle Geistlichen niederen Ranges aus derselben sich entfernen und von der Invasion dieser Unserer Diöcese abstehen. Solltest Du entweder denselben das Pallium verleihen oder sonst für jene Provinz eine Ordination vornehmen, oder mit jenen Geistlichen, bevor sie Uns gehorcht, Gemeinschaft halten, so sollst auch Du mit derselben Exkommunikation belegt sein."

Ein anderes Schreiben erließ Johannes an sämmtliche Bischöfe des byzantinischen Patriarchats, welches zugleich auch für die Prälaten der drei anderen Patriarchalstühle bestimmt war.[50]) Er erklärt darin, daß er den von ihnen vorgetragenen Bitten entsprechend den Photius nach seiner apostolischen Gewalt wieder eingesetzt,[51]) und geht von der Anerkennung des Patriarchen Tarasius durch Papst Hadrian I., dessen Worte er anführt,[52]) zu dem Verbote von Laienpromotionen über, welches er in allen Kirchen ohne Ausnahme[53]) strenge beobachtet wissen will. Sodann berührt er die Rückforderung der bulgarischen Diöcese, erörtert die hauptsächlichsten der dem Photius gestellten Bedingungen, und erklärt sich erfreut, daß er den Wünschen seiner Mitbrüder habe nachgeben können[54]) und dem, welchem sie die Hand gereicht, sie ebenfalls zu reichen sich in den Stand gesetzt sehe. Schon im Eingange hatte er zu stetem Frieden und unverbrüchlicher Eintracht gemahnt; er schließt mit dem Wunsche, daß alle Gutgesinnten ohne Unterschied dem nun gefällten und reformirten Urtheil[55]) folgen.

---

[48]) Sicut vestra pars suum velle conatur vires accipere ist nicht zu übersehen: Wie Ihr das Eurige erhalten wollt.

[49]) auctoritate apostolica amputamus.

[50]) ep. 200. p. 146—148. „Quorumdam sane vestrum." Jaffé n. 2493.

[51]) p. 146. 147: Quod vero sollicita intentione vestra petit dilectio, ut auctoritate B. apostoli principis apostolorum Petri vobis Photium patriarcham in regia urbe Cpolitana fore consentiamus, illud animo luce clarius retinentes, quod in evangelio primo pastori Dominus ait (folgt Luc. 22, 32). Illis hortatibus succensi, imo potius corroborati, in quantum sine gravi offensione valemus auxilium ferre tam cunctis Domini sacerdotibus, quam universo in orbe terrarum christiano populo, nunquam desinimus, sequentes praedecessorum exempla.

[52]) S. oben B. I. Abschn. 9. Bd. I. S. 248.

[53]) apud cunctam ecclesiam, quae in vobis est.

[54]) Er führt Innocenz I. ep. 12. c. 7 an: Quia res ad salutem rediit veniae, hanc, in tantum vobis annitentibus, post condemnationem more apostolico abrogamus, tantisque vestris assertionibus vobisque tam bonis, tam caris non dare consensum, omnibus duris rebus durius arbitramur.

[55]) sententiam in uno spiritu ductam ac reductam, wie vorher nostram in melius conversam sententiam.

Deßgleichen schrieb der Papst den ihm als widerspenstig bezeichneten Patriciern und Geistlichen, die unter dem Metropoliten Stylian und Metrophanes die Anerkennung des Photius verweigerten,[56]) und bedrohte sie mit dem Banne für den Fall fortgesetzten Ungehorsams gegen ihren Patriarchen[57]) — ein Verfahren, das nach dem Geschehenen consequent war, aber gerade die treuesten Anhänger der römischen Kirche im Orient auf das Tiefste verletzen mußte. Auffallend war es, daß diesen einst schwergeprüften Anhängern des Ignatius der sicher von Santabaren inspirirte Vorwurf gemacht ward, daß sie seit vielen Jahren bis jetzt in Zwietracht, Spaltung und Aergernissen verharrt hätten.[58]) Sie werden zur Liebe und Eintracht gemahnt und wie böswillige Verbrecher an der Einheit der Kirche behandelt.[59]) Auch wird der Einwurf, daß sie ja früher durch feierliche Unterschriften erklärt, dem Photius nie zu folgen, damit entkräftet, daß die Kirche Christi solche Bande zu lösen vermöge.[60]) Diese Männer, die noch gar nicht wußten, daß der Papst den Photius anerkannt, die den zwei Legaten Paulus und Eugenius, mit denen Johannes selbst nicht ganz zufrieden war, nicht trauten, die der römischen Kirche bisher so eifrig ergeben waren, hätten eine weit größere Schonung verdient, als hier gegen sie in Anwendung gekommen ist. Fast wäre man versucht, diesen Brief als ein gefälschtes Dokument anzusehen, das vielleicht Zacharias, der neue Bibliothekar, oder ein anderer gewonnener Römer auf Andringen des Santabarenus ausfertigen ließ, wäre er nicht in der Sammlung der ächten Briefe enthalten.

Diese vier Briefe erhielt der in dem Schreiben an Photius genannte Cardinalpriester Petrus vom Titel des heiligen Chrysogonus zu besorgen, der dem römischen Concil von 869 angewohnt[61]) und von Johann VIII. mit verschiedenen Gesandtschaften betraut worden war.[62]) Derselbe sollte in Gemein-

---

[56]) Reg. ep. 202. p. 153. 154. „Omnium ecclesiarum." Jaffé n. 2492.

[57]) Vestram salutem cupientes monemus et apostolica benignitate jubemus, vos omnes S. Ecclesiae nostri vestrique patriarchae, Photio videlicet, quem pro Ecclesiae pace et unitate recepimus, adhaerere communicareque studete. Nam si haec nostra apostolica monita .. audire contempseritis, in vestra pertinacia manere volentes, scitote, quia Missis nostris praecipimus, tamdiu vos omni ecclesiastica communione privare, quamdiu ad unitatem corporis Christi et ad vestrum contempseritis redire pontificem.

[58]) multis jam labentibus annis usque ad praesens in discordiae divisione et in scandalorum perturbatione vos videmus promptos manere nec per caritatis custodiam ad unitatem Ecclesiae reverti.

[59]) Quam sibi pacem promittunt inimici fratrum? Quae sacrificia celebrare se credunt sacerdotes, caritatis Dei qui non sunt veste induti? — Possidere non potest indumentum Christi, qui scindit et dividit Ecclesiam Christi. Quis ergo sic sceleratus et perfidus? Quis sic discordiae furore vesanus?

[60]) Nec aliquis vestrum hanc habeat in reddendo excusationem, pro scripturis de hac causa compositis, quia divina potestate, quam accepit Ecclesia Christi, cuncta solvuntur vincula, quando per pastoralem auctoritatem, quae fuerant ligata, solvuntur, quoniam, sicut dicit S. Papa Gelasius, nullum est vinculum insolubile, nisi circa eos, qui in errore persistunt.

[61]) Mansi XVI. 131.

[62]) Vgl. Joh. ep. 82. p. 71; ep. 89. p. 78.

schaft mit den noch in Constantinopel anwesenden Bischöfen Paulus von Ancona und Eugenius von Ostia handeln und erhielt nebstdem noch eine besondere Instruktion (Commonitorium) sowie ein an die beiden früheren Legaten gerichtetes Schreiben.

In diesem letzteren Schreiben spricht der Papst seinen Unwillen darüber aus, daß die beiden Bischöfe gegen seinen Willen gehandelt, nicht den Rückweg angetreten und ihm einen genauen Bericht erstattet hätten. Deßhalb hätte er eigentlich sie nicht mit einer zweiten Mission betrauen sollen;[43]) er habe sich dennoch aus apostolischer Milde[44]) dazu entschlossen und geselle ihnen den Cardinalpriester Petrus bei, um mit ihnen Alles, was zur Herstellung des Friedens und der Eintracht in der Kirche von Constantinopel diene, genau und gewissenhaft, so daß sie die verlorene päpstliche Gnade sich wieder erwerben könnten,[45]) nach Maßgabe der beigelegten Instruktion[46]) zu regeln und anzuordnen.

Das Commonitorium, an die drei Legaten gerichtet und von den Mitgliedern der Synode unterzeichnet,[47]) war in eilf Capitel getheilt. Im ersten ward den Legaten, hier speciell dem Petrus, vorgeschrieben, bei der Ankunft in Constantinopel die vom Kaiser angewiesene Wohnung zu beziehen und vor der Audienz bei demselben keinem Anderen die päpstlichen Schreiben zu übergeben. Bei der Audienz sollen sie dem Monarchen dieselben mit den Worten überreichen: „Es grüßt Euere von Gott erhobene Majestät[48]) euer geistlicher Vater, der apostolische Papst Johannes, der alle Tage in seinen Gebeten Ew. Majestät dem höchsten Gott empfiehlt, damit er, der derselben dieses Verlangen nach dem kirchlichen Frieden eingeflößt, auch Dir seine Gnade verleihe,

---

[43]) ep. 203. p. 151. Jaffé n. 2494: Quamvis contra nostram egeritis voluntatem, et Cpolim venientes, inquisita causa Ecclesiae pacis et unitatis, Romam reverti nobisque omnia sub certa relatione referre; et quia primam legationem vobis commissam idonee non peregistis, secundam vobis ideo committere non debebamus.

[44]) apostolicae miserationis benignitate utentes.

[45]) ita ut gratiam nostram, quam prius inobedienter agendo exasperastis, nunc fideliori devotione operando placabilem habere possitis.

[46]) secundum apostolicos nostrae auctoritatis apices et secundum commonitorii nostri tenorem capitulatim descriptum.

[47]) Jaffé n. 2495. Mansi XVII. 361—362. 468—472. Wir haben dieses Dokument zwar nur in der Gestalt, die ihm nachher Photius gegeben; aber mit Hilfe der ächten päpstlichen Briefe lassen sich leicht die Fälschungen erkennen. Ganz unterschoben ist es sicher nicht, wie Damberger S. 831 annimmt; es ist nicht blos davon die Rede in der von ihm verworfenen ep. 203, sondern auch ep. 201 ad Phot. p. 149 „dato Commonitorio nostris legatis.“ Warum aber in ep. 203 das Datum mense Aug. indict. XII. von einem Späteren herrühren soll, vermögen wir nicht einzusehen. Diese Instruktion ist sicher in den drei ersten Artikeln nach einem älteren Formular gearbeitet, namentlich nach dem von Papst Hormisdas 515 dem Ennodius und Fortunatus gegebenen Indiculus (Baron. a. 515. n. 24.), womit sie fast genau übereinstimmt.

[48]) Mansi p. 468 D. steht ὁ πνευματικὸς ὑμῶν πατὴρ ὁ κύριος I. Aber mehrere Handschr. wie Mon. 436. p. 180 haben ἡμῶν. Vgl. übrigens Const. de cerem. II. 47. p. 392.

Dich mit seinem Schutze tröste und in allem Guten Deine Wünsche erfülle." Nach Cap. 2. sollen die Legaten, wofern der Kaiser, bevor er die Briefe gelesen, nach ihren Aufträgen frage, erwiedern: „Wenn Ew. Majestät es genehm ist, möge Sie die Briefe lesen" und auf die weitere Frage, was diese enthalten, ihm sagen, es seien Begrüßungen und Ehrfurchtsbezeugungen sowie Aeußerungen bezüglich der Herstellung und Befestigung des kirchlichen Friedens. Tags darauf sollen die Legaten nach Cap. 3. den Photius begrüßen, ihm das päpstliche Schreiben überreichen und ihn anreden: „Es grüßt Dich unser Herr, der apostolische Papst Johannes, und will Dich zum Bruder und Mitbischof haben." **) Das vierte Capitel betraf die Anerkennung des Photius wegen des Friedens der Kirche, die auf einer Synode ausgesprochen werden sollte, wo Photius vor den Gesandten erscheine, Genugthuung leiste und die Barmherzigkeit der römischen Kirche anerkenne; das fünfte die Ignatianer, die von Photius aufgenommen und mild behandelt werden sollen, das sechste die Vorlesung der päpstlichen Rescripte auf der Synode und die Annahme derselben, das siebente das Verfahren gegen die in der Renitenz gegen Photius Beharrenden, das achte die Feststellung der Verordnung, daß nach dem Tode des Photius kein Laie mehr zum Episkopate erhoben werden dürfe, das neunte den auf der Synode ebenfalls zu stellenden Antrag wegen der Rückgabe Bulgariens. Das zehnte Capitel scheint sich auf die Anerkennung der vom Papste für Photius ertheilten Dispens und Absolution bezogen zu haben, wodurch die gegen ihn 869 festgestellten Dekrete in diesem Stücke suspendirt seien. Am Schluße stand eine nachdrückliche Mahnung an die Legaten, sich durch keine Geschenke bestechen, nicht durch Schmeichelworte verlocken, nicht durch Drohungen einschüchtern zu lassen, sondern den königlichen Weg zu wandeln, ihrer Würde als Stellvertreter des Papstes wohl bewußt, und so sich die Gnade desselben und des apostolischen Stuhles sowie die Gemeinschaft desselben zu sichern.

Damit glaubte Johannes Alles gethan zu haben, was seine Stellung, sein Amt und die Rücksicht auf die Umstände erheischte. Wohl würde ein Nikolaus sich nicht so rasch gefügt und die Anerkennung des Photius bis auf eine weitere genaue Untersuchung suspendirt haben; da ihm die griechische Verfälschungskunst wohl bekannt war, hätten auch die Urkunden der Bischöfe ihn schwerlich so rasch überzeugt und vielmehr der Widerstand eines Metrophanes und seiner Genossen nur noch vorsichtiger gemacht. War er so zurückhaltend, bevor Photius in Rom näher bekannt war, er wäre es unter diesen Umständen auch da gewesen, wo es sich nicht um Verdrängung eines legitimen Prälaten handelte, wohl aber das Ansehen eines vom päpstlichen Stuhle genehmigten Concils wenn auch nicht absolut vernichtet, doch immer gefährdet war. Darum fand denn auch Johannes vielfach sowohl im Orient als im Occident eine sehr strenge, oft nur allzu harte Beurtheilung, so lauten und fortgesetzten Tadel, nicht nur bei vielen Zeitgenossen, von denen Einige ihn nur mit Unkenntniß der

**) Das ist mehr der griechischen Redaktion als dem römischen Style entsprechend.

Dinge entschuldigten,[70]) sondern auch bei der katholischen Nachwelt,[71]) so daß auch streng kirchlich gesinnte Männer der Ansicht waren, sein Verfahren lasse sich zwar vielseitig entschuldigen, völlig rechtfertigen aber keineswegs. Nur darin gehen die Urtheile auseinander, daß während die Einen ihm schimpfliche Schwäche und unwürdige Feigheit vorwerfen, vermöge der er die Gunst des byzantinischen Hofes den Dekreten seiner Vorgänger und dem auch von ihm beschworenen Urtheil gegen Photius vorgezogen,[72]) die Anderen nur darin die Schwäche erblicken, daß er von den Griechen, gegen die er selber so oft sein Mißtrauen ausgesprochen, sich täuschen und hintergehen ließ, obschon er sonst durchaus nicht so gefügig, vielmehr ziemlich herrisch sich erwiesen.[73]) Diejenigen selbst, die ihn damit vertheidigen zu können glauben, daß er nach der allgemeinen Uebereinstimmung der Orientalen handeln zu müssen glaubte und die übrigens strenge nicht hieher gehörigen Beispiele seiner Vorfahren in dem Benehmen gegen Athanasius, Chrysostomus und Flavian befolgen wollte,[74]) müssen eine solche Täuschung und Uebereilung eingestehen. Das aber beweisen seine Briefe unwidersprechlich, daß er alle Vorsorge zu treffen bemüht war, das Ansehen seiner Vorgänger nicht zu verletzen, daß er das achte Concil nicht abschaffen, sondern nur ihm derogiren und von seinen Gesetzen dispensiren wollte, ferner daß seine Anerkennung des Photius an Bedingungen geknüpft war, deren Nichterfüllung ihn berechtigte, das Geschehene für nichtig und wirkungslos zu erklären. Das war denn auch der Punkt, auf den eine Zurück-

---

[70]) Erchempert. Hist. Longob. c. 52 (Migne PP. lat. CXXIX. 771.): (Photius) . . . a Johanne Papa, ut ita dicam, ignaro ad pristinum gradum resuscitatus.

[71]) Severin. Binius ap. Mansi XVII. 3: Photii reditum ad Sedem patriarchalem non sine gravi existimationis suae jactura notaque cathedrae pontificiae turpissime approbavit. Rader. in Conc. VIII. Mansi XVI. 526: Photius ipsi quoque Pontifici imposuit, ex quo ille non mediocrem infamiam contraxit.

[72]) Baron. a. 879. n. 45. Natal. Alex. H. E. Saec. IX. Diss. IV. §. 26: Tam ignavum, tamque indignum Romano Pontifice facinus . . aeternum ejus nomini dedecus ac probrum inussit. Vgl. Defensio declarationis Cleri gallicani L. II. c. 24.

[73]) So Jager L. VIII. p. 291, der übrigens zu zeigen sucht, daß die Täuschung sehr leicht möglich war. . Darüber sagt Laurentius Cozza Historia polemica de Graecorum schismate. Romae 1719 t. II. P. III. p. 218. n. 583: At Johannes Papa non sine piorum omnium admiratione honorifice legatos suscepit, et quod pejus est, postulatis acquievit, licet sub quibusdam conditionibus (Baron. l. c. n. 4.). p. 219. n. 585: Attento hujusmodi Imperatoris zelo (in der früheren Vertreibung des Photius) ex ante actis ostenso probabiliter existimare poterat Romanus Pontifex, nonnisi causa majoris boni pacis atque ecclesiasticae utilitatis imperatorem petere jam defuncto Ignatio Photii restitutionem et eadem de causa postulare idem universos Episcopos, etiam ab Ignatio et Methodio ordinatos, prout in literis suis fatebatur Basilius. Facile ergo potuit Pontifex decipi.

[74]) De Marca de Concord. Sac. et Imp. L. III. c. 14. n. 4: Ceterum a culpa Johannem liberat principis et ceterorum patriarcharum totiusque synodi consensus, quem datum fuisse Johannes suis literis significat. Profert autem ad confirmationem sententiae suae exempla Athanasii, Chrysostomi et Flaviani, qui a Synodis damnati cum fuissent, a Sede Apostolica in integrum restituti sunt. Diesem schließt sich auch Pag. a. 879. n. 10 an.

rufung der ertheilten Einwilligung sich stützen konnte. Johannes ward sicher von den Griechen getäuscht, auch in seinen Erwartungen, die er auf den Kaiser setzte; deßhalb hat er aber doch nicht leichtfertig und unbesonnen gehandelt.[75]) Er hatte, wie wir gesehen, gute Gründe für diesen Schritt,[76]) wovon sicher einer der stärksten war, daß wofern er seine Beistimmung verweigerte, der Kaiser doch seinen Willen durchgesetzt und die Trennung zwischen Orient und Occident herbeigeführt haben würde. Wenn er hingegen, bemerkt Neander[77]) richtig, sich nach dem Wunsche des Kaisers aussprach, konnte er hoffen, daß man, weil man nur das materielle Interesse hier im Auge hatte, über die Form, welche für das Interesse der römischen Kirche in dieser Sache das Wichtigste war, nicht so viel rechten und nicht dagegen protestiren werde, wenn er seine Erklärung, die so ausfiel, wie man sie haben wollte, als eine Entscheidung des Streites geltend machte, und so sein im Orient in den letzten Zeiten sehr beeinträchtigtes oberstrichterliches Ansehen befestigte. Nach diesem Gesichtspunkte handelte der Papst; er wollte seine richterliche Entscheidung geltend machen und dem Ansehen seiner Vorgänger nichts vergeben. Er absolvirte den Photius, beseitigte quoad effectum und dispensweise die gegen ihn erlassenen Dekrete und suchte so seinen Primat den Orientalen gegenüber auf das glänzendste zu entfalten. Weit entfernt, das Ansehen seines Stuhles aus pur menschlichen Rücksichten beeinträchtigen zu wollen, beabsichtigte er es in einem eklatanten Fall zu erhöhen. Trug die durch die Wirren seiner Zeit veranlaßte und hervorgerufene Neigung zu Ermäßigung der strengen kirchlichen Regeln, die Hoffnung auch auf materielle Vortheile für die römische Kirche, sowie die Gewandtheit, mit der die griechischen Abgeordneten ihre Sache führten, auch zu seinem Entschluße Vieles bei, so war er doch weder so schwach, um aus Condescendenz seinen Pflichten völlig untreu zu werden, noch so egoistisch, um zeitliche Vortheile den höheren Interessen der Kirche vorzuziehen, noch so leichtgläubig, um jeden trügerischen Schein unbedingt für Wahrheit zu nehmen. Auf der einen Seite war das von den Griechen vorgebrachte Beweismaterial höchst vielseitig und umfassend; die Dokumente von Bischöfen lagen vor, der Consens der anderen Patriarchen wurde beigebracht, vielleicht auch der Wunsch des verstorbenen Ignatius, den Photius begnadigt zu sehen, glaubhaft bezeugt, vom Kaiser selbst, von dem man damals in Rom keine ungünstige Vorstellung hatte, war feierlich das allgemeine Verlangen gemeldet. Auf der anderen Seite war der Papst trotzdem nicht von aller Besorgniß frei und umgab sich mit vielen Cautelen, seine Dispens war nur in der Voraussetzung der Wahrheit

---

[75]) Tosti l. c. L. IV. p. 402. 406 hebt hervor, daß Johannes nachgab, weil der Photius von 879 als ein Anderer erschien als der von 860 (perchè i rapporti erano mutati, mutata la ragione del fatto), sowie daß nicht er für den schlechten Erfolg verantwortlich gemacht werden kann, sondern Photius und der tief gesunkene Episkopat des Orients. (Se alle buone providenze del Pontefice non risposero gli eventi, non egli, ma Fozio e l'avvilito episcopato d'Oriente è da incolpare.)

[76]) Vgl. Hefele a. a. O. S. 442.

[77]) Neander a. a. O. S. 315.

aller Umstände erlassen und im Briefe an Photius hebt er selbst die Unanimität der Postulanten, wie sie behauptet ward, als eine derselben hervor. Mochte er auch über die Gebühr nachgiebig[78]) und minder fest und consequent als seine Vorgänger sein,[79]) seine Würde und seinen Charakter hat er in diesem Falle nicht entehrt. Der Umstand, daß er vor jeder Genugthuung, vor jedem Reuebekenntnisse die Censuren aufhob, sowie seine Strenge gegen die standhaften Ignatianer lassen sich wohl nicht durchaus rechtfertigen; aber die Rücksicht auf den Frieden und das größere Wohl der Kirche, die Johannes so oft anführt, war ihm auch hier maßgebend.

An und für sich wäre die Vermuthung des Cardinals Baronius,[80]) das Mährchen von der Päpstin Johanna — jenes historische Phantom, das gewöhnlich zwischen Leo IV. und Benedikt III. 855 eine ganz ungerechtfertigte Stelle erhielt[81]) — sei durch die von Vielen getadelte Schwäche Johann's VIII. in Sachen des Photius veranlaßt worden, nicht ganz unwahrscheinlich und eine größere Probabilität scheint sie, wie Mai[82]) geltend machte, dadurch zu erhalten, daß Photius in seiner Schrift vom heiligen Geiste[83]) seinen vielgerühmten Johannes in höchst emphatischer Weise dreimal den „Männlichen" nennt, gleich als wollte er damit den ihm von seinen Tadlern gegebenen Beinamen des „Weibischen" abwehren, und das um so mehr, als die Ansicht, jene Fabel sei aus einer Satyre auf irgend einen Papst Johannes entstanden, viele und bedeutende Vertreter schon früher gefunden hatte.[84]) Es erscheint auch diese

[78]) Allatius de act. et interst. in ordin. coll. Rom. 1638. p. 122: ingenio mitis et Photii machinis ultra quam par erat credens.

[79]) Combefis Auctar. noviss. I. p. 545: Joh. Pont. non satis ex decessorum Pontificum more firmo pectore.

[80]) Baron. a. 879. n. 5. Ebenso Binius not. ap. Mansi XVII. 3.

[81]) Dagegen streiten bekanntlich das Diplom Benedikt's für Corvei vom 7. Oktober 855 (D'Achery Spic. III. 313. Jaffé n. 2008. p. 236.), die Münzen und Medaillen mit Benedikt's III. und Kaiser Lothar's († 28. Sept. 855) Bildnissen (Garampi de nummo argenteo Bened. III. Romae 1749), die begründete Annahme, daß Leo IV. am 17. Juli starb und noch in demselben Monat Benedikt erwählt ward (Jaffé p. 235), Hinkmar's Brief an Nikolaus I. von 867 (Sirmond. Opp. II. 298.) über die Gesandtschaft, die an Leo IV. abgeordnet war, auf dem Wege dessen Tod erfuhr und in Rom mit Benedikt III. verhandelte. Der ehrliche Schröckh (K. G. XX. 10.) gesteht, es falle „manchen Protestanten schwer, diese ihrer kirchlichen Gesellschaft brauchbare, aber, auf's gelindeste gesagt, schon lange nicht mehr haltbare Erzählung aufzugeben." In der That haben auch noch nachher Akatholiken, meist inferioris subsellii, die Fabel wieder zu erzählen kein Bedenken getragen, die eine so reiche Literatur hervorgerufen hat. Vgl. darüber Baron. a. 853. Allat. Diss. Fab. de Joh. Papissa. — Bucanelli de Johanna Pap. (Mansi XV. 35—102). Natal. Alex. Saec. IX. diss. 3. Le Quien Or. chr. III. 390—400. Schröckh K. G. XXII. S. 75—110, dann Smets, Haas, Gieseler, Aschbach, bes. Döllinger Die Papstfabeln des M. A. München 1863. S. 1 ff.

[82]) Mai Vett. Scr. N. C. t. I. Proleg. de Photio p. XLVII.

[83]) de Sp. S. mystag. c. 89. p. 99.

[84]) Nach Blondell entstand sie aus einer Satyre auf Johann XI., nach Panvinius (not. ad Platin. Cf. Heumann Diss. de origine trad. falsae de Joh. Papissa. Goetting. 1733) aus einer solchen auf Johann XII., nach Aventin (Ann. Boj. L. IV. c. 20.) auf

immerhin beachtenswerthe Conjektur in Rücksicht auf die Verhältnisse vom neunten bis dreizehnten Jahrhundert objektiv weit haltbarer, als die kühne und geistvolle Hypothese von Carl Blascus u. A.,[85]) die sie auf die pseudoisidorischen Dekretalen, deren Gebrauch durch die Päpste, deren Ursprung durch Johannes Anglikus zu deuten suchte. Solange man über die ersten Spuren der Fabel nicht klar war, ließ sich schwer ihr eigentlicher Ursprung erhärten. Es hat sich aber herausgestellt, daß die Handschriften des Liber Pontificalis, des Marianus Scotus und des Sigebert, die in ein höheres Alter hinaufreichen, davon nichts wissen;[86]) sicher ist nur, daß Stephan de Borbone und Bartholomäus von Lucca sie gelesen hatten, während erst seit der Mitte des vierzehnten Jahrhunderts die Fabel in größerer Ausdehnung Glauben fand und die Griechen, nach dem Mönche Barlaam zu schließen, sie erst damals in Italien kennen gelernt zu haben scheinen.[87]) Wenn Andere,[88]) auf Leo IX.[89]) gestützt, der wohl dem Chronicon Salernitanum[90]) folgte, das Mährchen von Byzanz nach Rom übertragen glauben, so hat auch diese Annahme keine hinreichenden Stützen; nur so viel zeigen die Data, daß man im Abendlande früher von Byzanz die Erhebung eines Weibes zur höchsten kirchlichen Würde erzählte, als von Rom.

Mag es auch wahr sein, daß Johann VIII. von Einigen den Namen eines weibischen Schwächlings erhielt und Photius darum seine Männlichkeit so stark betonte, wobei jedoch gegen Ersteres das sonstige Auftreten dieses Papstes deutlich spricht: so war das jedenfalls bald vergessen und gab sicher nicht allein den Anlaß zu der späteren Entstehung des vielbesprochenen Mährchens, das allerdings längere Zeit mündlich fortgepflanzt werden konnte, ehe es schriftlich aufgezeichnet ward.

Johann IX. — Neander (a. a. O. S. 210. N. 1) glaubt, daß der verderbliche Einfluß der Weiberherrschaft in Rom und der Name Johannes, den einige dieser unwürdigen Päpste führten, zur Entstehung dieser mährchenhaften Sage einigen Anlaß gaben.

[85]) C. Blascl Diatriba de Joh. Papissa. Neapoli 1779. Gfrörer (K. G. III, III. S. 978, Karol. I. S. 288—290) faßte, zwei Hypothesen combinirend, die Fabel als Satyre auf die pseudoisidorischen Dekretalen, die in Mainz entstanden, und auf die Verbindung Leo's IV. mit den Griechen, welche die Stadt Athen in der Erzählung des Martinus Polonus repräsentire. Allatius hatte sie aus einem Vorgange in Mainz um 847 mit einer Frau Thiota ableiten wollen, Leibnitz von einem Bischofe Johannes Anglikus, der nach Rom gekommen und dort als Weib erkannt worden sei.

[86]) Pertz Mon. Germ. t. V. p. 551. t. VI. p. 310. 370. Cf. Le Quien l. c. p. 381 seq. 389 seq.

[87]) Döllinger a. a. O. S. 2. 5 ff. 27 ff.

[88]) Bellarm. de Rom. Pont. L. III. c. 24.

[89]) ep. ad Caerul. Mansi XIX. 619.

[90]) Pertz t. V. p. 481.

2. Die Umgestaltung und Fälschung der päpstlichen Briefe in Byzanz.

In der ersten Hälfte des November 879 traf der Cardinal Petrus in Constantinopel ein, theilte den beiden anderen Legaten daselbst die gemeinsamen Instruktionen mit und suchte sich durch sie über den Schauplatz seiner Thätigkeit einigermaßen zu orientiren. Die Lage der römischen Apokrisiarier, von denen keiner genug Griechisch verstand, um sich ohne Interpreten mit den Byzantinern zu verständigen, war stets eine mißliche; dem gewandten und schlauen Photius gegenüber war sie es doppelt.

Für diesen war die Thatsache seiner Anerkennung durch den römischen Stuhl von der größten Wichtigkeit; er verstand es sie nach Kräften auszubeuten. Er verlangte und erhielt von den Legaten noch vor dem Zusammentritt der Synode die von Petrus mitgebrachten Briefe, selbst das Commonitorium, behufs der Uebersetzung in die griechische Sprache, in der sie den anwesenden Bischöfen mitgetheilt werden mußten. Es war hier kaum etwas Anderes zu erwarten, als daß Alles, was der Papst gesagt, die photianische Censur zu passiren und in der Uebertragung vielfache Aenderungen zu erfahren hatte; an Ausmerzung unbequemer Stellen war man in Byzanz längst gewöhnt und schon im ersten Patriarchate des Photius waren, wie wir gesehen, bedeutende Fälschungen vorgenommen worden. In den neuen Schreiben war trotz des befriedigenden Inhalts in der Hauptsache gar Manches für Photius anstößig; dieses mußte beseitigt, Anderes substituirt, Einzelnes modificirt, Anderes amplificirt werden, um für Photius und die Prälaten seiner Partei mundgerecht zu erscheinen.

Aus der Vergleichung der griechisch in der Synode des Photius verlesenen Briefe mit den lateinischen Originalien ergeben sich folgende wesentliche in Constantinopel gemachte Veränderungen: 1) Das achte Concilium, dessen Autorität der Papst anerkannt und vorausgesetzt hatte, ist nach den ihm hier in den Mund gelegten Worten völlig abgeschafft und förmlich verdammt.[1]) Johannes wollte unter Voraussetzung seiner Legitimität dispensiren, hier proscribirt und cassirt er es. Da wo er die ehrwürdige unter Hadrian II. gehaltene Synode anführt, ist dafür die Synode unter Hadrian I. und Tarasius (787) gesetzt.[2])

[1]) ep. ad Phot. Mansi XVII. 416: *Τὴν δὲ γενομένην κατὰ τῆς σῆς εὐλαβείας σύνοδον ἐν τοῖς αὐτόθι ἠκυρώσαμεν καὶ ἐξωστρακίσαμεν παντελῶς καὶ ἀποβαλλόμεθα διά τε τὰ ἄλλα, καὶ ὅτι ὁ πρὸ ἡμῶν μακάριος πάπας Ἀδριανὸς οὐχ ὑπέγραψεν ἐν αὐτῇ.* Commonit. c. 10. ib. p. 472: *Θέλομεν ἐνώπιον τῆς ἐνδημούσης συνόδου ἀνακηρυχθῆναι, ἵνα ἡ σύνοδος ἡ γεγονυῖα κατὰ τοῦ .. Φωτίου ἐν τοῖς καιροῖς τοῦ Ἀδριανοῦ τοῦ ἁγιωτάτου πάπα ἐν τῇ Ῥώμῃ καὶ ἐν ΚΠ. ἀπὸ τοῦ παρόντος ᾖ ἐξωστρακισμένη καὶ ἄκυρος καὶ ἀβέβαιος καὶ μὴ συναριθμηθήσεται αὕτη μεθ' ἑτέρας ἁγίας συνόδους.*

[2]) ep. ad Phot. l. c.: *τοῦτο δὲ λέγομεν κατὰ τὸν κανόνα τὸν ἐκτεθέντα τῇ συνόδῳ ἐν τοῖς καιροῖς Ἀδριανοῦ τοῦ ἁγιωτάτου πάπα καὶ Ταρασίου τοῦ ἐν μακαρίᾳ τῇ μνήμῃ πατριάρχου ΚΠ.* Aber gegen die plötzliche Promotion von Laien zum Episkopate, wovon hier der Papst auch im griechischen Texte spricht, ist keiner unter den zweiundzwanzig Canones gerichtet, die das siebente Concil festgestellt; vielleicht glaubte man hieher c. 1 rechnen zu

2) Die ausdrücklich von Johann VIII. gestellte Forderung, Photius solle auf der Synode seine Schuld bekennen und um Verzeihung bitten, ist hier ganz weggefallen [3]) oder doch so abgeschwächt, daß sie völlig bedeutungslos erscheint. [4]) 3) Ueberhaupt ist die blos bedingt ausgesprochene Anerkennung im griechischen Texte zu einer völlig unbedingten geworden. [5]) 4) Die Erwähnung des Patriarchen Ignatius ist ganz beseitigt, [6]) 5) deßgleichen jeder Tadel für Photius, auch die Androhung der Exkommunikation für den Fall fernerer Eingriffe in Bulgarien, [7]) dagegen wird er mit vielen und glänzenden Lobsprüchen überhäuft.

Es sind aber doch die Veränderungen zu bedeutsam, als daß sie nicht hier noch eine genauere Würdigung finden sollten. In dem Briefe an den Kaiser und seine Söhne, [8]) wo in der Aufschrift an die Stelle des verstorbenen Constantin Leo gesetzt wird [9]) und diese statt „christlichste Fürsten" mit dem volleren Ausdruck „christlichste und großmächtigste Kaiser der Römer" angeredet werden, ist vorerst das Lob derselben viel weiter ausgesponnen, neben ihrer Weisheit und Milde die strahlende Reinheit ihrer Rechtgläubigkeit gepriesen, sowie ihr Streben, in Allem Gott wohlgefällig zu handeln. Nichts sei aber, heißt es weiter, Gott wohlgefälliger, als daß alle Kirchen im Glauben und in der Liebe verbunden alle Tage ihre Danksagungen gegen ihn aussprechen; deßhalb habe der Kaiser, vom Verlangen geleitet, diese Liebe und Eintracht in der byzantinischen Kirche erblühen zu lassen, durch seine Apokrisiarier und sein göttliches Schreiben (seine Sacra) die heilige Kirche der Römer um ihre Mitwirkung zur Verwirklichung seiner wohlwollenden Absichten angegangen, überzeugt, daß sie hierin nicht nachläßig sein werde, [10]) worin er ganz der

können, der auch die Befolgung von Canonen der Partikularsynoden befahl, wohin man das Concil von Sardika rechnete. Die Synode von 861 sprach das Verbot aus.

[3]) So ep. ad Basil. p. 397 coll. p. 137 E.

[4]) In dem verfälschten Commonitorium c. 4. p. 469 wird nur von Photius verlangt, *ἵνα εὐχαριστίαν καὶ ἔλεος τῆς ἐκκλησίας τῶν Ῥωμαίων προσαιτῇ.* Aehnlich ep. ad Phot. p. 413—416.

[5]) Vgl. ep. 199 ad Basil. p. 137 E. mit dem griech. Texte p. 397—400. ep. 201 ad Phot. p. 149 A. B. mit demſ. p. 413—415.

[6]) ep. ad Basil. p. 137 B. coll. p. 397 B. C. — ep. ad Phot. p. 148 E. coll. p. 413.

[7]) ep. ad Phot. p. 149 D.: Si tu aut pallium dederis, aut quamcunque illic ordinationem feceris vel donec nobis obediant cum eis communicaveris, pari excommunicatione cum eis teneberis annexus. Dieser Schlußsatz des lat. Briefes fehlt im Griech. p. 416. 417 ganz. Ebenso fehlt p. 408 der Schluß vom Briefe an den Kaiser p. 110: Si eos in consortium suum receperit aliquamve cum eis communionem habuerit, simili modo eumdem patriarcham cum ipsis episcopis ecclesiastica communione judicamus esse privatum.

[8]) Mansi XVI. 487. XVII. 141. 396: *Τὸ καθαρόν.*

[9]) *τοῖς γαληνοτάτοις, ἀγαπητοῖς ἡμετέροις πνευματικοῖς υἱοῖς καὶ θεῷ ἠγαπημένοις Βασιλείῳ, Λέοντι καὶ Ἀλεξάνδρῳ, νικηταῖς, τροπαιούχοις, βασιλεῦσι καὶ αἰωνίοις Αὐγούστοις* (*αὐθένταις* liest Mon. 436. p. 139 und Anthimus, oder vielmehr Dositheus, der im *Τόμος Χαρᾶς* einen diesem Codex meist ganz entsprechenden Text der Synode veröffentlichte.)

[10]) *Διὰ τοῦτο τὴν ὁμόνοιαν καὶ ἐν τῇ καθ' ὑμᾶς ἐκκλησίᾳ ἀνθῆσαι καὶ προτι-*

Gewohnheit der frommen Vorfahren gefolgt sei; das habe er von dem Apostel Petrus gelernt, dem der Herr seine Schafe zu weiden aufgetragen. Während so der Eingang des päpstlichen Schreibens bedeutend amplificirt ist, wird hier wie auch anderwärts dasjenige, was über den Primat des römischen Stuhles gesagt ward, zwar abgeschwächt, aber doch in der Hauptsache wenigstens beibehalten; der Begründung desselben aus Joh. 21, 15, ist noch die Erwähnung der Synoden und der Beschlüsse der Väter angefügt, die der Papst ebenfalls, aber in anderer Satzverbindung, zum Zeugnisse gebraucht.[11]) Die Bereitwilligkeit des Papstes, auf den Wunsch des Kaisers einzugehen, ist mit noch stärkeren Worten ausgedrückt,[12]) der Hinweis auf die Nothwendigkeit und den Drang der Zeitumstände ist dahin umgewandelt, daß die Zeit jetzt ganz günstig dafür sei und der Lauf der Dinge von selbst dazu treibe.[13]) Ueberhaupt werden die Ausdrücke so umgestaltet, daß der Papst, der nach seinen lateinischen Briefen nur sehr schwer sich zur Anerkennung des Photius entschlossen zu haben scheint, hier mit wahrem Vergnügen und größter Freude dem Wunsche des Kaisers entgegenkommt.

Merkwürdig ist, daß während Johann VIII. die bereits von den drei

---

γενέσθαι ἐπιποθοῦντες, τὴν τῶν Ῥωμαίων ἁγίαν ἐκκλησίαν διὰ τῶν ἀποκρισιαρίων ὑμῶν καὶ θεοστέπτων γραμμάτων ὑμῶν κατελάβετε, δυσωποῦντες εἰς τὸ σπουδαζόμενον ὑμῖν ἐσομένην, καὶ μὴ ῥαθυμοῦσαν κατεστήσατε.

[11]) p. 396 D.: Ἀλλὰ γὰρ ἐκ ποίων διδασκάλων ταῦτα (Rom. Sedem consulere) παρελάβετε ποιεῖν, ἄξιον διερωτῆσαι· ἢ (ἢ) δῆλον ἐκ τοῦ κορυφαίου τῶν ἀποστόλων Πέτρου, ὃν κεφαλὴν πασῶν τῶν ἐκκλησιῶν τέθεικεν ὁ κύριος εἰπών· Ποίμαινε τὰ πρόβατά μου· οὐ μόνον δὲ, ἀλλὰ (καὶ) ἐκ τῶν ἁγίων συνόδων καὶ διατάξεων, ἔτι δὲ καὶ ἐκ τῶν ἱερῶν καὶ ὀρθοδόξων καὶ πατρικῶν ὁσίων θεσπισμάτων τε καὶ διαταγμάτων, καθὼς καὶ αἱ θεῖαι καὶ εὐσεβεῖς ὑμῶν ἐπιστολαὶ μαρτυροῦσιν. Nur das: cuncta subjicis auctoritati ejus (Rom. Sedis) ist hier weggefallen. Auch die andere Stelle über die Schlüsselgewalt des päpstlichen Stuhls (s. oben Abschn. I. N. 30.) ist p. 400 im Wesentlichen wiedergegeben: Καθάπερ γὰρ ὁ ἀποστολικὸς θρόνος οὗτος λαβὼν τὰς κλεῖς τῆς βασιλείας τῶν οὐρανῶν παρὰ τοῦ πρώτου καὶ μεγάλου ἀρχιερέως Ἰ. Χρ. διὰ τοῦ κορυφαίου τῶν ἀποστόλων Πέτρου εἰπόντος πρὸς αὐτόν· σοὶ δώσω τὰς κλεῖς τῆς β. τ. οὐρ. καὶ ὃν ἂν δήσῃς (das quaecunque ligaveris wird hier auf die Personen bezogen und die weiteren Worte p. 138: Sicut enim etc., wornach nichts von dieser Binde- und Lösegewalt ausgeschlossen ist, sind weggelassen) ἐπὶ γῆς, ἔσται δεδεμένος ἐν τοῖς οὐρανοῖς καὶ ὃν ἂν λύσῃς ἐπὶ τῆς γῆς, ἔσται λελυμένος ἐν τοῖς οὐρανοῖς, ἔχει ἐξουσίαν καθόλου (dieses Adverbium soll wahrscheinlich den Satz Sicut enim ersetzen) δεσμεῖν τε καὶ λύειν, καὶ κατὰ τὸν προφήτην Ἱερεμίαν ἐκριζοῦν καὶ κατασκάπτειν (diese Stelle wird hier im lat. Texte nicht angeführt, wohl aber im früheren Briefe von 878. S. oben V. 7. S. 299.) διὰ τοῦτο καὶ ἡμεῖς τῇ αὐθεντίᾳ τοῦ κορυφαίου τῶν ἀποστόλων Πέτρου χρώμενοι, μετὰ πάσης τῆς καθ' ἡμᾶς ἁγιωτάτης ἐκκλησίας παραγγελλόμεθα ὑμῖν κ. τ. λ.

[12]) p. 397 A.: κατευφρανθέντες καὶ ἐξαρθέντες περισσοῦ δίκην καὶ μετὰ πάσης τῆς καθ' ἡμᾶς.. ἐκκλησίας διανέστημεν εἰς τὰ παρ' ὑμῶν ἅπαντα γραφέντα προθυμῶς καὶ περιχαρῶς πεπληρωμένα δεῖξαι. Johann hatte aber gesagt: Et quia pontificii nostri reverentiam hoc ardore mentis (den ardor legt hier Photius dem Papste bei), hoc religionis studio luculenter vestris mellifluis literis exorastis: id nos.. perficere jure apostolico decet. (p. 137.)

[13]) ratione seu temporis necessitate inspecta. Dafür: μάλιστα τοῦ παρόντος καιροῦ ἐπιτηδειοτάτου ἡμῖν καὶ τῆς τῶν πραγμάτων φορᾶς εἰς τοῦτο γεγονότων.

anderen Patriarchen sowie von allen Metropoliten und Bischöfen zu Gunsten des Photius abgegebenen Erklärungen als ein Motiv seiner Anerkennung anführt, hier wie in dem Briefe an Photius alle und jede Erwähnung dieser günstigen Aeußerungen beseitigt ward. Ob es deßwegen geschehen, weil dieser Consens nur ein fingirter oder zu der Zeit der Abfassung der päpstlichen Schreiben ein präsumirter war, ist zweifelhaft; um den Papst desto geneigter und günstiger gestimmt darzustellen, um ihn ohne Rücksicht auf den Wunsch Anderer mit desto größerer Bereitwilligkeit auf die Anerkennung des Photius eingehen zu lassen, war diese Weglassung nicht ohne Bedeutung; sie war wohl für die Verlesung auf der Synode berechnet.

Nach dem Eingange lautet der Text im Griechischen also: „Du hast uns, vielgeliebter Sohn, geschrieben, Wir möchten unser mitfühlendes apostolisches Herz eröffnen [13]) und nicht blos alle Angehörigen Euerer Kirche, die durch ihre schriftlichen Versicherungen oder auf irgend eine andere Weise als strafbar sich erwiesen haben und den kanonischen Strafen verfallen sind, [15]) aufnehmen, für den Frieden und die Eintracht Sorge tragen, sondern auch und vor diesem den gottesfürchtigsten Bischof Photius Unserer Gemeinschaft theilhaftig machen und ihn in die große Würde des Hohenpriesterthums und in die Ehre des Patriarchats wieder einsetzen, [16]) damit die Kirche Gottes nicht länger durch die Wogen der Gott verhaßten Spaltungen und böser Aergernisse verwirrt und erschüttert bleibe. Wir aber haben die Bitte Deiner Majestät als eine vernünftige, gerechte und Gott wohlgefällige aufgenommen, und da Wir die Zeit günstig fanden, wie Wir sie längst suchten und wünschten, [17]) und es für passend hielten, die Kirche Gottes zum Frieden zu bringen, so haben Wir Unsere Apokrisiarier gesendet, die Eueren Willen erfüllen sollten. Wenn nun auch Euere Frömmigkeit dem Manne Gewalt anthat und ihn schon vor Uns, d. h. bevor Unsere Legaten angekommen waren, wieder einsetzte, [18]) so saniren Wir doch [19]) das Geschehene, indem Wir nicht aus Unserer Machtvollkommenheit, obschon Wir dazu die Gewalt besitzen, [20]) sondern aus

[13]) ἀποστολικὰ καὶ συμπαθῆ σπλάγχνα ὑπανοίξαντες. Sede Ap. suae pandente viscera pietatis.

[14]) ὅσοι γεγόνασιν ἢ δι' ἰδιοχείρων (Mon. 436. p. 140 läßt das διά hier weg) ἐν παραβάσει ἢ ἄλλως πως κανονικῆς ὑπέπεσον ἐπιτιμίας. Die Worte πάντας τούς bis ἀλλά γε καὶ πρῶτον τοῦτον sind eingeschoben.

[16]) ἀποκαταστήσωμεν. — Mit diesem Verbum wird die kanonische Wiedereinsetzung von Bischöfen gewöhnlich ausgedrückt.

[17]) ὡς εὔλογον οὖσαν καὶ δικαίαν καὶ θεάρεστον (τὴν ἱκεσίαν), τόν τε καιρὸν ἐπιτήδειον ὄντα, οἷον καὶ πρὶν ἐπεζητοῦμεν καὶ ηὐχόμεθα εὑρόντες. Der Papst sagte blos: temporis ratione perspecta.

[18]) εἰ καὶ ἡ ὑμετέρα εὐσέβεια τὸν ἄνδρα ἐκβιασαμένη ἔφθασεν ἀποκαταστήσασα πρὸ ἡμῶν (Mansi fälschlich: ὑμῶν), ἤτοι πρὸ τοῦ παραγενέσθαι τοὺς ἡμετέρους τοποτηρητὰς ἐν τοῖς αὐτόθι. Damit ist sowohl die Erwähnung des Ignatius als der Satz: licet Photius absque consultu Sedis nostrae officium sibi interdictum usurpaverit beseitigt.

[19]) ὅπως θεραπεύσομεν — in der lat. Rechtssprache sanamus. Der Papst sagte: decernimus ad veniam pertinere.

[20]) οὐκ ἐκ τῆς ἡμετέρας αὐθεντίας, καίπερ ἔχοντες ἐξουσίαν τοῦτο ποιεῖν.

den apostolischen Verordnungen und den Sanktionen der Väter dazu den Grund entnehmen, nicht die uralten kirchlichen Regeln aufheben, wohl aber aus ihnen die Lehre ziehen, da wo die strenge und unverrückte Beobachtung derselben dem ganzen Leibe der Kirche schädlich und verderblich wird, Alles deren Nutzen gemäß einzurichten." Darauf werden der zweite nicänische Canon und die Aussprüche der Päpste Gelasius, Leo und Felix, die der beiden Letzteren jedoch in Umschreibungen,[21]) angeführt, wobei aber der zweideutige Zusammenhang gestattet, das von der Nothwendigkeit Gesagte auch auf die angeblich dem Photius zugefügte Gewalt zu beziehen. Der verkürzte Text des afrikanischen Concils in Sachen der donatistischen Geistlichen wird hier zu der Bemerkung benützt, wie eine Synode die andere aufhebe wegen des Friedens und der Eintracht der Kirche.[22]) Nachdem noch die Bestimmung des Papstes Innocenz betreffs der von Bonosus Ordinirten angeführt ward, wird weiter gezeigt, daß nicht blos gegen abgesetzte Häretiker sich die Milde und der Beistand des apostolischen Stuhles gezeigt, sondern auch gegen orthodoxe Bischöfe und Patriarchen, wie Athanasius, Cyrillus, Polychronius, Chrysostomus, Flavianus;[23]) es wird aber auch aus den zuletzt angeführten Texten noch ein argumentum a minori ad majus gestaltet: „Wenn nun Jene, die von den Donatisten und von Bonosus die Weihe erhalten hatten und von einer zahlreichen Synode aus der Gemeinschaft der rechtgläubigen Kirche ausgeschlossen worden waren, von einer anderen Synode aufgenommen und in den Canon der Geistlichen eingereiht werden, damit die Kirche Gottes ungetheilt, frei und rein von allen Spaltungen verbleibe (denn nichts ist vor den Augen Gottes so verabscheuungswürdig und hassenswerth, als der Haufe von Spaltungen, der in seiner Kirche Eingang findet, nichts seiner Güte angenehmer und wohlgefälliger, als eine Kirche, die ihre volle Integrität sowohl in der Liebe zu Gott, als in der Eintracht gegen den Nächsten bewahrt): um wie viel mehr muß man Männer, die im rechten Glauben hervorleuchten, durch Strenge und Reinheit des Wandels Ruhm erlangen, nicht gleich Schuldigen dem Joche der Buße unterwerfen, sondern vielmehr sie zu ihrer früheren Ehre zurückführen?"[24])

---

[21]) Leo: ὅπου οὐ προηγεῖται βία, ἀδιάλυτοι διαμενέτωσαν οἱ θεσμοὶ τῶν ἁγίων πατέρων· ὅπου δὲ ἀνάγκη καὶ βία ἐπιβάλεται, διὰ πρὸς τὸ συμφέρον τῆς ἐκκλησίας τοῦ θεοῦ ὁ τὴν ἐξουσίαν ἔχων οἰκονομείτω· ἐξ ἀνάγκης γὰρ κατὰ τὸν θεῖον ἀπόστολον καὶ νόμου μετάθεσις γίνεται. Felix: καὶ περὶ τούτου χρὴ διαλαβέσθαι, ἵνα ὅπου ἀπαντήσῃ ἀνάγκη, πολλάκις αἱ διατάξεις τῶν πατέρων παραβαίνωνται. Die kurzen Sentenzen sind hier bedeutend verlängert.

[22]) σύνοδος ὁρᾶται σύνοδον λύουσα διὰ τὴν ἕνωσιν καὶ ὁμόνοιαν τῆς ἐκκλησίας.

[23]) Im lat. Text findet sich diese Stelle später p. 138 C; hier ward sie vorangeschoben statt des Passus über das Verlangen der drei orientalischen Patriarchen und der Bischöfe zu Gunsten des Photius, dessen Bitte um Rom's Unterstützung hier hervorgehoben wird: p. 400 A.: ὥσπερ καὶ νῦν ὁ εὐλαβέστατος Φώτιος κ. καταφεύγει εἰς τὴν τῶν Ῥωμαίων ἐκκλησίαν.

[24]) p. 400 C: πολλῷ μᾶλλον ἄνδρας τοὺς ἐν ὀρθοδόξῳ πίστει διαπρέποντας, βίου σεμνότητι καὶ ἀκριβεῖ πολιτείᾳ περιφανεῖς ὄντας, καὶ σχεδὸν μηδὲ ἐπὶ τοσοῦτον, οὔτε καὶ

Damit ist die Forderung des bußfertigen und reumüthigen Bekenntnisses wie auch die Ertheilung der Absolution von den kirchlichen Censuren beseitigt; die Berufung auf Petri Schlüsselgewalt, mit der die letztere motivirt war, ist stehen geblieben;[25]) aber sie hat weder mit dem Vorausgehenden noch mit dem Folgenden einen rechten Zusammenhang. Nur dazu dient sie, die Weisung an alle Orientalen, den Photius anzuerkennen, zu begründen. „Indem auch Wir Gebrauch machen von der Autorität des Apostelfürsten Petrus, tragen Wir in Uebereinstimmung mit unserer ganzen hochheiligen Kirche Euch auf, und durch Euch unseren heiligsten Mitbrüdern und Amtsgenossen, den Patriarchen von Alexandrien, Antiochien und Jerusalem, sowie den übrigen Bischöfen und Priestern und der Kirche von Constantinopel, in Allem, was Ihr verlangt habt, Unserem Willen, der vielmehr Gottes Wille ist, zuzustimmen und beizutreten,[26]) und vor Allem den bewunderungswürdigsten und gottesfürchtigsten Hohenpriester Gottes und Patriarchen Photius als Mitbruder und Amtsgenossen anzuerkennen,[27]) der die volle Gemeinschaft der heiligen römischen Kirche besitzt, sowohl wegen der ihm innewohnenden Tugend,[28]) als zur Beseitigung der Aergernisse und zur Befestigung des Friedens Gottes und der gegenseitigen Eintracht in Euerer Kirche."

Hieran wird nun sogleich die im lateinischen Original erst nach der Entwicklung der zwei Forderungen betreffs des Verbotes von Laienpromotionen und bezüglich Bulgariens vorkommende Ermahnung geknüpft, dem Photius in Allem zu folgen; sie ist hier in den Vordergrund gestellt, um jeden Schein einer bedingten Anerkennung zu entfernen, und zugleich paraphrasirt und erweitert, wie es den Wünschen des Photius angemessen erschien, ja mit den stärksten Lobsprüchen auf ihn ausgestattet. „Nehmet ihn auf mit zweifelloser Gesinnung, in festem Glauben und in wahrer Liebe,[29]) jegliches Gift der Bosheit und der Arglist aus eueren Herzen entfernend, ganz so wie ihn die römische Kirche aufgenommen hat. Denn Wir haben fast von Allen, die von Euch zu Uns sich begeben, vernommen, daß dieser Mann vor Gott durch alle Vorzüge sich auszeichnet, sowohl durch Weisheit und Einsicht in allen

---

ἐπιτιμίας ἔργα διαπράξασθαι, οὐ χρὴ παρορᾶσθαι ὡς ὑπευθύνους τῷ τῆς ἐπιτιμίας βαρυνομένους ζυγῷ, ἀλλ' ἐπὶ τὴν κρείττονα αὐτοὺς ἐπανάγειν (Mon. 436. p. 142. *αὐτὴν στέργειν*) *τιμήν.*

[25]) Cf. p. 400 C. D. — p. 142. 143. — p. 134 B.

[26]) *ὁμονοῆσαι καὶ ὁμογνωμονῆσαι ἡμῖν. μᾶλλον δὲ τῷ θεῷ, ἐν πᾶσιν οἷς ὑμεῖς ἐζητήσατε* (al. *ἐξητήσασθε*). Das *παρεγγυώμεθα* ist hier eigentlich auftragen. Die Stelle ist nach Verschiedenheit der Lesarten (statt *ἡμῖν* kommt auch *ὑμῖν* vor) verschieden zu deuten. Vgl. p. 113: affirmamus vobis .. nos convenire et consentire vobis vel potius Deo in omnibus quae petistis; dieser Beisatz *οἷς ὑ. ἐζ.* paßt besser zu dieser Erklärung. Die obige Deutung entspricht aber mehr dem Zusammenhange und dem *παρεγγυώμεθα*.

[27]) *ἀποδέξασθαι*, hier abhängig von *παρεγγυώμεθα*. Anderwärts wie Mon. 436. p. 143 steht *ἀποδέξασθε*, wie nachher p. 401 A. *δέξασθε δέ*. Statt *ἀδελφὸν ὑμῶν* haben einige Codd. wie der genannte *ἀδ. ἡμῶν*.

[28]) *διά τε τὴν ἄλλην ἀρετὴν τὴν προσοῦσαν αὐτῷ.*

[29]) Mon. l. c.: *ἀδιστάκτῳ καὶ ἀναμφιβόλῳ γνώμῃ καὶ ἀγάπῃ καὶ πίστει.*

göttlichen und menschlichen Dingen, als in der Uebung jedweder Tugend und in der treuen Befolgung der göttlichen Gebote als ein unermüdlicher Arbeiter [30]) hervorragt; Wir hielten es nicht für gerecht, daß ein solcher, ein so großer Mann in Unthätigkeit und ohne den gebührenden Wirkungskreis bleibe; sondern Wir waren überzeugt, daß er wieder auf den hohen Leuchter euerer Kirche gestellt, von dort sein Licht verbreiten und seine gewohnten Gott theueren Werke gegen die Bischöfe und Priester verrichten müsse. [31]) Deßhalb nehmen Wir von Neuem diese Rede auf und sagen euch Allen: Nehmet den Mann auf ohne alles Bedenken, ohne Ausflucht. [32]) Keiner möge die gegen ihn gehaltenen ungerechten Synoden vorschützen; [33]) Keiner möge, wie es Vielen von den Einfältigeren gut scheint, die Dekrete Unserer hochseligen Vorgänger Nikolaus und Hadrian tadeln; denn es wurde von ihnen dasjenige nicht anerkannt, was gegen den heiligsten Photius hinterlistig geschehen ist. [34]) Keiner möge aus eueren Unterschriften, die gegen ihn gesammelt wurden, einen Vorwand zu einer Spaltung gegen ihn und unter euch selbst entnehmen. Alles, was gegen ihn verhandelt ward, ist beseitigt und verworfen, ist cassirt und für nichtig erklärt. [35]) Alles ist durch Uns, obschon Wir unwürdig und die Geringsten sind, in die Hand des Apostelfürsten Petrus gelegt und durch ihn auf die Schultern Jesu Christi, des Lammes, welches die Sünde der Welt hinwegnimmt. [36]) Empfanget ihn also mit offenen Armen als unseren [37]) Bruder und Amtsgenossen, als einen tadellosen Hohenpriester Gottes, bestärkt euch in der Liebe zu ihm, in der Treue, im ehrfurchtsvollen Gehorsam gegen ihn, und durch ihn auch zur heiligen römischen Kirche. Denn wer ihn nicht annimmt, der nimmt offenbar Unsere Dekrete und die der heiligen römischen Kirche nicht an, und nicht etwa gegen Uns führt ein Solcher Krieg, sondern gegen den heiligsten Apostel Petrus, ja gegen Christus den Sohn Gottes, der seinen Apostel so geehrt und verherrlicht hat, daß er ihm die Binde- und Lösegewalt übergab." [38])

---

[30]) *ἐργάτην ἀνεπαίσχυντον*: ein Arbeiter, der über keine seiner Handlungen zu erröthen hat.

[31]) *Καὶ οὐ δίκαιον ἐκρίναμεν εἶναι, τοιοῦτον καὶ τηλικοῦτον ἄνδρα ἀργὸν καὶ ἄπρακτον διαμένειν, ἀλλ' ἐφ' ὑψηλοῦ τῆς καθ' ὑμᾶς ἐκκλησίας πάλιν ἀνατεθέντα καὶ ἀναλάμποντα τά τε αὐτῷ συνήθη καὶ Θεῷ φίλα ἱερεῦσι καὶ ἀρχιερεῦσι ἔργα διαπράττεσθαι.*

[32]) *ἀπροφασίστως.*

[33]) *Μηδεὶς προφασιζέσθω τὰς κατ' αὐτοῦ γενομένας ἀδίκους συνόδους.*

[34]) *οὐ γὰρ ἀπεδέχθησαν* (so Necc. bei Bev.; Mansi: *ἀπεδείχθησαν*) *παρ' αὐτῶν τὰ κατὰ τοῦ ἁγιωτάτου Φωτίου τεχνασθέντα.* Wahrscheinlich gab dazu die Aeußerung des Papstes Anlaß, worin er hervorhebt, daß die römischen Legaten 870 nur mit der Klausel unterschrieben: usque ad voluntatem Pontificis (p. 134 C.), welche Stelle hier nicht aufgenommen ward.

[35]) *πάντα γὰρ λέλυνται καὶ ἐξωστράκισται. πάντα τὰ κατ' αὐτοῦ ἠκύρωται καὶ ἠχρείωται.*

[36]) Wahrscheinlich aus ep. 202. p. 153 E. mit Erweiterungen herübergenommen.

[37]) *ὑμέτερον.* Bei Beveridge und im Mon. cit.: *ἡμέτερον.*

[38]) Auch diese gegen die standhaften Ignatianer gerichtete Stelle scheint nach ep. 202 redigirt.

Erst nach dieser ganz eingeschalteten Ermahnung an die gesammte Geistlichkeit des Orients, die der Kaiser ihr zur Kunde bringen soll, wird der Monarch in gleicher Weise gemahnt: „Wir mahnen Euere gottesfürchtige Majestät, auch daran sich zu erinnern, seit wie langer Zeit die Aergernisse und Spaltungen in der Kirche Eueres Reichs deren Integrität beeinträchtigen.[39]) Diese Uebel aber haben keinen anderen Grund, als den, daß Ihr, o Kaiser, Verläumdungen und Lästerungen gegen Euere Bischöfe und Patriarchen wie gegen die anderen Priester Gottes leicht angenommen habt und in der Liebe, der Treue, Verehrung und Pietät gegen sie nachläßig geworden seid. Deßhalb bitten Wir Euere erhabene Majestät, von nun an die Ohren gegen solche Verläumdungen und Ohrenbläsereien zu verschließen, die böswillige und schadenfrohe Menschen gegen die Hohenpriester Gottes ausstreuen, und als einen Gegenstand des Abscheu's und des Hasses ihre Personen und ihre schlechten Reden von Euch ferne zu halten, dagegen Euere Patriarchen zu achten und zu ehren, sie wie Väter zu betrachten, wie Mittler zwischen Gott und den Menschen sie anzusehen.[40]) Denn sie halten eifrig Wache für Euere Seelen, erflehen stets von Gott Euer Wohlergehen, und wofern Ihr, wie es bei Menschen geschieht, einen Fehler begangen habt, der Gott beleidigt, so bringen sie für Euere Versöhnung mit Gott Opfer dar; ja sie legen auch für die Festigkeit und Dauer Euerer Herrschaft, für Eueren sieggekrönten und triumphreichen Kampf gegen die Feinde, für das Heil aller Christen bei dem allgütigen Gott als seine Gesandten Fürsprache ein; sie sind Euere Führer und Lehrer, indem sie Euch das zu thun ermahnen, was Euch das Himmelreich erwirbt; nebstdem zeigt sich auch, daß sie Euch mehr als alle Anderen lieben; denn sie können Euch nicht mit der Liebe, die Schmeichler hegen, lieben, sondern nur mit derjenigen, die Jesus Christus durch die heiligen Apostel gelehrt hat. Ihr dürft also Euere Patriarchen nicht mißachten, sowohl wegen der bereits angeführten Gründe, als darum, weil sie Euch so lieben, wie es der Herr befohlen hat. Erkennet wohl, daß, wenn Ihr das thut und ehrerbietig gegen sie gesinnt seid, ihr nicht sie ehrt und achtet, sondern den, der durch ihre Hände sich opfern läßt und für die Sünde der ganzen Welt Gott dem Vater dargebracht wird. Es möge also Euere gottesfürchtige Majestät die lügenhaften Gespräche und Ohrenbläsereien gegen dieselben, durch die Unkraut, Spaltungen und Aergernisse in die Kirchen Gottes sich einschleichen und das von Oben gewebte Kleid Christi zerrissen wird, wie Schlangengift[41]) von sich wegweisen, und vielmehr dem heiligsten Photius,[42]) Unserem Bruder und Mitbischof, zu Allem Beistand leisten, was zur Bewahrung und Sicherung der Kirche dient, aber

[39]) p. 401 D.: *ἐν πόσῳ χρόνῳ τὰ σκάνδαλα καὶ τὰ σχίσματα ἐν τῇ καθ' ὑμᾶς ἐκκλησίᾳ παρεισελθόντα τὴν ταύτης ὁλοκληρίαν λυμαίνεται.* Vgl. p. 139 B.: Porro pro tantis perturbationibus, quibus ecclesia vestra longo jam tempore manet turbata, augustali vestrae pietati obnixe suggerimus.

[40]) Diese letzteren Worte hat der lat. Brief l. c.

[41]) venenum aspidum portantes sub labiis suis. l. c.

[42]) Der Papst nannte hier den Photius nicht.

auch diejenigen, die ihn verunehren, bestrafen, damit sie zur Einsicht kommen.[43]) Denn sehr oft hat diejenigen, welche die Furcht Gottes und die Ehrfurcht vor dem Göttlichen nicht zur Vernunft gebracht hat, die Strenge und Strafgewalt der Kaiser, Fürsten und Obrigkeiten auf besonnenere und sanftere Wege geführt. Wirst Du das thun, so erwirbst Du Dir das Himmelreich und einen friedfertigen und glücklichen Zustand Deines Reiches; wofern es aber nicht geschieht, werden die Spaltungen in der Kirche von Constantinopel niemals aufhören."

Nun erst folgen die Anträge wegen des Verbots der Promotionen vom Laienstande zum Episkopate und wegen der Zurückgabe Bulgariens. Die Ausführung des ersten Punktes ist so ziemlich genau beibehalten, ohne daß eine wörtliche Uebersetzung sich fände;[44]) beigesetzt ist noch: Niemand möge eine Gewohnheit und Regel daraus entnehmen, daß der römische Stuhl aus Rücksicht auf den Frieden der Kirche von Constantinopel den Photius anerkannt, gleichwie früher Papst Hadrian dessen Oheim Tarasius;[45]) das Gute, das selten geschehe, könne für die Menge keine Regel abgeben.[46]) Der Papst habe den Wünschen des Kaisers sowohl bezüglich des Photius als bezüglich der anderen Geistlichen, die ein Anderer ordinirt,[47]) hierin aus Liebe und Theilnahme nachgegeben; von nun an aber soll keine Verzeihung mehr Statt finden,[48]) wenn dieser Fall wiederkehre. Im Wesentlichen ist auch die Stelle über Bulgarien beibehalten; nur ist die Form der Bitte gesetzt,[49]) dabei die Zugehörigkeit des Landes zum römischen Patriarchate, die Thätigkeit des Papstes Nikolaus sowie der an dem römischen Stuhle begangene Raub[50]) noch schärfer

---

[43]) p. 404 C.: ἀλλὰ καὶ τοὺς ἀτιμάζοντας αὐτὸν ἐπιπλήττειν, ἵνα σωφρονῶσιν.

[44]) Die Worte des Papstes p. 138 C.: apostolica,, auctoritate decernimus sind hier wiedergegeben: καὶ τοῦτο θεσπίζειν παραινοῦμεν τὴν ὑμῶν θεοφρούρητον βασιλείαν, als ob der Papst durch den Kaiser den Canon sanktionirt wissen wollte.

[45]) p. 405 A.: Καὶ μὴ διότι ἡμεῖς πρόνοιαν ποιούμενοι καὶ φροντίδα τῆς ἐν τῇ καθ' ὑμᾶς ἐκκλησίᾳ εἰρηνικῆς καταστάσεως Φώτιον τὸν θεοσεβέστατον ἀδελφὸν ἡμῶν ἀπεδεξάμεθα, ὥσπερ καὶ ὁ πάλαι Ἀδριανὸς Ταράσιον τὸν αὐτοῦ θεῖον (dieser Beisatz rührt offenbar von einem Byzantiner her; Rom hatte um diese Verwandtschaft sich nie gekümmert), ἤδη τοῦτο ὑμῖν εἰς συνήθειαν καὶ κανόνα λογιζέσθω.

[46]) τὰ γὰρ σπάνια ἀγαθὰ οὐ δύναται νόμος εἶναι τοῖς πολλοῖς. Es entspricht das den Worten des Papstes in der römischen Ausgabe: quia remissio peccati non dat licentiam iterum delinquendi nec quod potuit aliqua ratione semel concedi, fas erit amplius impune committi, die sicher ächt sind. Die griechische Redaktion hat das Mißliebige davon beseitigt.

[47]) ὥσπερ καὶ περὶ τῶν ἄλλων ἱερέων τῶν ἐξ ἑτέρας χειροτονίας ὄντων — wovon Johannes nichts hat. Wollte Photius sagen, auch andere Bischöfe hätten Laien konsekrirt und der Papst dieses bis zur Zeit dieses Erlasses genehm gehalten?

[48]) ἀσυγχώρητος αὐτῷ ἔσται ἡ ἐκ τοῦ κανόνος καὶ παρ' ἡμῶν ἐπιτιμία καὶ καθαίρεσις.

[49]) Wo Johannes hat: Hoc modo etiam ista, excellentiae vestrae precibus moti, fieri jubemus (p. 139 A.), hat der griech. Text: Ἀξιοῦμεν δὲ καὶ τοῦτο τὴν ὑμῶν εὐσέβειαν, ἵνα (aus Mon. 436. p. 145 beizufügen) μήτε ὁ ἀδελφὸς κ. τ. λ.

[50]) ἐπ' ἀλλοτρίῳ γὰρ θεμελίῳ οὐ δεῖ ἐποικοδομεῖν ἄλλους . . . . εἰ καὶ τινες τολμηρῶς ἀφήρπασαν ἀφ' ἡμῶν τὴν μὴ προσήκουσαν αὐτοῖς ἐπαρχίαν, καὶ χειροτονίας καὶ καθιερώσεις ἐκκλησιῶν, καὶ ἁπλῶς πάντα ὅσα οὐκ ἐχρῆν ἐποίησαν.

betont; der Kaiser möge, heißt es dann, den in diesem Lande befindlichen Bischöfen, wenn sie irgend ein Verbrechen begangen, keine Zuflucht gewähren,[51]) vielmehr in dieser Sache ihn unterstützen und mit ihm übereinstimmen.

Der Paragraph über die ignatianischen Bischöfe hat folgende Fassung erhalten: „Wir ermahnen[52]) Euere Christum liebende Majestät, die Bischöfe, Priester und alle Cleriker und Laien[53]) zu versammeln, die von Euch sich zu trennen scheinen, wo sie sich immer innerhalb Eueres Reiches befinden mögen, und sie zu vermahnen, daß sie sich mit der Kirche Gottes und mit Photius, dem heiligsten Patriarchen, Unserem Bruder und Mitbischof, vereinigen. Wenn sie sich mit ihm vereinigt, so möget Ihr ihnen ihre geistlichen Würden und Stellen aus Barmherzigkeit gegen sie zurückgeben.[54]) Sowie aber Ein Gott, Eine Taufe und Ein Glaube ist, und wir Alle in Christus Eins sind: so sollen auch sie mittelst Euerer hochheiligen Lehre und Ermahnung Eines mit Uns werden und in der Fülle und dem vollkommenen Bande der Kirche Christi mit Uns enge verbunden werden zu dem heiligsten Leibe Christi, damit wir im gleichen Geiste und im gleichen Willen den über Alles erhabenen Gott verherrlichen und künftig Keiner mehr sage: Ich bin des Kephas, ich des Paulus, ich des Apollo (Anhänger), sondern Alle dieses sagen, daß wir Alle Christo gehören, der für uns gekreuzigt ward und starb, der durch sein Leiden uns den Frieden brachte, das Irdische und das Himmlische versöhnte, uns durch sie mit Gott dem Vater sowie durch wechselseitige Liebe und Gemeinschaft verbunden hat.[55]) Wenn aber, nachdem Ihr dieselben versammelt und vorgerufen, sie zum Frieden der Kirche eingeladen habt, nicht einmal und zweimal, sondern öfter, dieselben Euch nicht folgen, noch Unseren Briefen gehorsamen und ihr eigenes Heil gewinnen wollen, sondern in ihrer früheren Keckheit und Hoffart verharren, so befehlen Wir, daß dieselben von dem Empfange des Leibes und des Blutes unseres Herrn Jesu Christi auf so lange ausgeschlossen bleiben, bis sie sich mit der heiligen Kirche Gottes und mit Photius, dem heiligsten Patriarchen, Unserem Bruder und Mitbischof, vereinigen.“[56])

---

[51]) διὸ ... καὶ ταῦτα παρεγγυώμεθα, ἵνα, ὅταν ἡμεῖς τοὺς νῦν ἐπισκοποῦντας εἰς αὐτοὺς ἐγκλήματι ἐκλιπόντας φυγαδεύωμεν καὶ κανονικοῖς ἐπιτιμίοις ὑποβάλωμεν, μὴ εὑρίσκωσιν ὑμᾶς καταφύγιον.

[52]) Der Papst sagte mandamus; hier steht παρακαλοῦμεν.

[53]) Von Laien hat der Papst nichts; dagegen spricht er von Clerikern, qui de consecratione Ignatii bonae memoriae patriarchae consistunt, was hier weggelassen ist; dafür sind die δοκοῦντας ἀφ' ὑμῶν ἀποδιΐστασθαι (Mon. ἀφ' ἡμῶν) gesetzt.

[54]) τὰς οἰκείας ἀρχιερατικὰς καὶ ἱερατικὰς τιμάς (Mon. στολάς) καὶ τοὺς βαθμοὺς ἀποδώσετε, σπλάγχνα οἰκτιρμῶν εἰς αὐτοὺς ἀνοίγοντες. Im lat. blos: Jubeatis proprias unicuique illorum reddere sedes.

[55]) Amplifikation des lateinischen Textes.

[56]) Joh. l. c. p. 140: Quod si forte quidam exstiterint cum eodem patriarcha communicare nolentes, admoneantur secundo et tertio, ut S. Ecclesiae se unire procurent. Quod si acquiescere noluerint, in sua pertinacia manere volentes, sacra eos communione (his praesentibus Missis nostris una cum synodo fällt im Griech. weg,

Statt der Androhung des Bannes für den Patriarchen, falls er die Gebannten unbefugterweise in seine Gemeinschaft aufnehme, ist ein anderer Schluß gesetzt, der aus dem Briefe an Photius oder auch aus einem speziellen (nicht mehr vorhandenen) Beglaubigungsschreiben für den Cardinal Petrus entnommen scheint. Damit das Schreiben nicht allzulange werde,[57]) habe der Papst das Uebrige, was sich auf die gerechte Verurtheilung der Renitenten[58]) beziehe, nicht in demselben aufgeführt, wohl aber in dem Commonitorium, das er durch den Cardinalpriester Petrus den Bischöfen Paulus und Eugenius sende. Mit diesen solle Petrus zugleich mit der gerade versammelten Synode und dem heiligsten Patriarchen Photius, gewissenhaft und Gottes Gerechtigkeit vor Augen behaltend, alle Angelegenheiten der Kirche von Constantinopel, sowohl was einer augenblicklichen Verbesserung bedürfe als was für die Zukunft beseitigt werden solle,[59]) auf die beste und für die Kirche heilsamste Weise verhandeln. Die Schlußformel lautet: Der Herrscher des Himmels möge Euere gottesfürchtige Majestät beschützen und den Nacken aller (Heiden-) Völker Eueren Füßen unterwerfen.[60])

Nicht minder verändert ist das Schreiben an Photius.[61]) Schon im Eingange sind die vom Papste gebrauchten Ausdrücke in ganz anderer Weise verarbeitet und das zum Preise der göttlichen Gerechtigkeit Gesagte auf Photius bezogen. „Indem Wir die Weisheit und Einsicht Euerer brüderlichen Heiligkeit in dem von Euch an Uns gesandten Schreiben erkannten, die wie ein Donner aus dem Himmel erschallt,[62]) von Gott gesendet, allenthalben ihren Klang verbreitet, haben wir zu Gott fromme Danksagungen und eifriges Lob[63]) emporgeschickt, der Allen, die ihn darum bitten, nach ihrem Wunsche Weisheit verleiht, im Hause der Eintracht sie wohnen läßt,[64]) und diejenigen, die in Wahrheit ihre Hoffnung auf ihn setzen, schützt und erhält, der weder die Bösen für immer verwirft, noch die Guten über ihre Kräfte in die Tyrannei fallen läßt,[65]) sondern durch die Heiligkeit der Gerechtigkeit und das Gewicht seiner

---

wahrscheinlich weil der Patriarch richten sollte) jussimus (hier ist im Griech. κελεύομεν gesetzt), quousque ad unum redeant patriarcham et ad S. Ecclesiae unitatem.

[57]) ἵνα μὴ πλέον τοῦ μέτρου ἐκταθῇ τὰ γράμματα. Daß aber der Brief viel länger wurde, dafür hat man in Byzanz gesorgt.

[58]) Wo der ächte Brief hat: in sua pertinacia manere volentes, ist hier prior pertinacia et temeritas gesetzt, um auch das bisherige Verhalten derselben zu einem völlig ungerechtfertigten zu stempeln.

[59]) ἐπί τε τὰ νῦν ἐπιδεόμενα διορθώσεως, καὶ τὰ, ὡς εἰκός, ἀνασκευῆς μέλλοντα.

[60]) πάντων τῶν ἐθνῶν τοὺς αὐχένας ὑμετέροις ποσὶν ὑποτάξαι (al. ὑποτάξοι).

[61]) Mansi XVI. 605 seq. XVII. 150 seq. 411—418. „Τὴν σοφίαν καὶ φρόνησιν τῆς ἐν ὑμῖν ἀδελφότητος."

[62]) Der „altitonans Dominus" bei Johannes p. 148 D. ward Anlaß, die Weisheit und Einsicht des Photius zu preisen ὥσπερ βροντὴν ἀπηχοῦσαν ἐξ οὐρανοῦ, πεμπομένην τε ἐκ Θεοῦ καὶ πάντα τὰ πέρατα τοῦ ἤχου πληροῦσαν.

[63]) ἐπαίνων ὕμνος (al. ὕμνους. Uns. Codd. haben ὕμνος, laudum contentiones.)

[64]) κατοικίζων nicht qui habitat (Mansi p. 411.); richtig Baron.: in domo faciens unanimes (?) habitare.

[65]) Lat. qui neque probos — reos neque plus facit tyrannos. Griech.: τῷ μήτε

Gerichte und Rathschlüsse alle menschlichen Dinge regiert und auf gute Bahnen leitet. Glückselig ist, wer mit Eifer in dem jetzigen Weltlauf die Gefallenen durch Buße aufrichtet und so sich einen Schatz im Himmel bereitet; denn dieser verbleibt in der Glückseligkeit und wird den Glanz genießen, der in den zukünftigen ewigen Gütern sich enthüllt..[66]) Da Wir nun Dein vorerwähntes Schreiben voll der Artigkeit erhalten und darin ein Gewebe von Lobsprüchen auf Uns gefunden haben, so erkannten Wir wohl die Gesinnung, die Du gegen Uns hegest, wie sehr Du gegen Uns von Pietät und von richtigen und edlen Gefühlen durchdrungen bist.[67]) Gleichwohl sind Unsere Werke gegen das von Dir gespendete Lob[68]) noch weit zurück. Da Wir nämlich ein sterbliches und wandelbares Leben haben, so können Wir nicht fest auf solche schöne Lobsprüche vertrauen und können Uns der Furcht nicht entschlagen vor dem Auge, das da Alles sieht und betrachtet,[69]) das Verborgene und das Offenbare, daß Wir nicht etwa vor ihm ganz anders erscheinen, als vor den Menschen, und statt wahren Lobes und wünschenswerther Ehre ewige Schmach Uns bereiten. Doch das wollen Wir inzwischen Gott überlassen,[70]) der Alles weiß, dem auch an Uns nichts verborgen bleibt. Denn Wir wissen, daß er sagt: Wer sich erhöhet, der wird erniedrigt werden."

„Du hast Uns geschrieben, daß die heiligste Kirche der Constantinopolitaner in der Wahl und Anerkennung Deiner Person sich vereinigte und Du den

---

τοὺς κατηχθέντας εἰς τέλος ἀποδοκιμάζων, κἂν τοὺς ἀγαθοὺς ἐμπίπτειν εἰς τυραννίδα ὑπὲρ δύναμιν (nach Mon. cit., der die Lücke bei Mansi ergänzt) συγχωρήσῃ. Die griechische Redaktion beseitigte so den Verdacht einer Anspielung auf die frühere Tyrannis des Photius.

[66]) Diese Worte stehen statt der lateinischen: tamen juste judicans (umschrieben mit ἀλλὰ δικαιοσύνης ὁδηγεῖ [die L.-A. ὁδηγεῖ hat keine Sicherheit] καὶ ζωῇ ἀμείβεται) beatis quibuslibet aeterna praemia, et infelicibus, reservato interim poenitudinis tempore, nisi resipuerint, aeterna confert supplicia — τὰ ἀνθρώπινα πάντα διευθύνοντι καὶ κατευοδοῦντι· καὶ μακάριος ὅστις ἂν προθύμως ἐν τῷ νῦν καιρῷ διὰ μετανοίας διανιστῇ (so Mon. cit.; bei Mansi fälschlich: διαμετοίας διανιστῶν) τοὺς πεσόντας ἐν οὐρανοῖς ἐθησαύρισε (Mansi: θησαυρίσῃ). οὗτος γὰρ ἐν μακαριότητι διαμένων ἀπολαύσει τῆς (Mon. ἀπολαύσῃ τε) εἰς τὰ μέλλοντα αἰώνια ἀγαθὰ ἀποκειμένης λαμπρότητος. An diesen Umänderungen muß aber eher die Unbehilflichkeit des Uebersetzers, der vor Allem die ihm näher bekannten Worte angriff und darnach den Sinn zu errathen suchte, die Schuld tragen, als eine absichtliche Entstellung. Wahrscheinlich ließ man erst das Lateinische in's Griechische übertragen und dann den Text, der schlecht genug ausgefallen war, nach bestimmten Wünschen verbessern.

[67]) τήν τε διάθεσιν, ἣν πρὸς ἡμᾶς φέρεις, ἐπέγνωμεν, καὶ ὅπως πρὸς ἡμᾶς εὐσεβῶς καὶ ὑγιῶς διάκεισαι. Im Lat.: quam sis nunc erga nos devotus. Photius hatte guten Grund, das nunc wegzulassen.

[68]) p. 413 A.: εἰς τοὺς ἐπαίνους, οὓς ἔγραψας εἰς ἡμᾶς, διαφ. So dürfte wohl zu interpungiren sein.

[69]) ἐν θνητότητι γὰρ καὶ τρεπομένῃ φύσει τὸν βίον ἔχοντες οὐ πάνυ τὸ βέβαιον ἐν τοῖς ἐπαίνοις τοῖς καλοῖς ἔχομεν καὶ δεδοίκαμεν καὶ τῷ φόβῳ συνεχόμεθα τοῦ πάντα βλέποντος τοῦ ἄνω ὀφθαλμοῦ κ. τ. λ. Lat. ganz kurz: fragilitatem naturae nostrae cum summa formidine, eodem Deo prae oculis habito, contemplamur.

[70]) R. W. des vor. Absch.

Stuhl, der Dir früher genommen ward und der Dir zugehörte,[71]) wieder eingenommen hast. Dafür, nämlich für die Kirche und Deine Wiedereinsetzung in das Dir zugehörige Amt, haben Wir Gott von ganzer Seele und von ganzem Herzen Dank gesagt.[72]) Der Brief Deiner Frömmigkeit sprach ferner davon, daß Unsere Apokrisiarier nicht sogleich mit Dir die Liturgie feiern wollten. Wir entgegnen: Das ist geschehen, einmal weil das, was Wir ihnen zu thun aufgetragen, das nicht gestattete;[73]) wäre Unser Befehl vorausgegangen, so würde kein Bedenken bei ihnen sich gezeigt und sie keinen Anlaß gehabt haben, Deine Frömmigkeit irgendwie zu betrüben; ferner hatten Wir noch keine sichere Kunde, daß Gott Deine brüderliche Heiligkeit auf Deinen Stuhl zurückgeführt und Du ihn wieder eingenommen; sonst würden Wir das Geziemende gethan, durch Unsere Gesandtschaft Dich getröstet und Dir Unsere Theilnahme über die Wiedererlangung Deines Stuhles bezeugt haben. Darüber mögest Du nicht ungehalten sein. Denn das, was früher abging, ist nun reichlich ersetzt worden."[74])

Hier hat man dem Papste nicht blos die Voraussetzung der Legitimität des Photius in den Mund gelegt, sondern ihn auch die Wiedereinsetzung desselben als eine That Gottes bezeichnen lassen; dazu muß er sich wegen der dem Patriarchen mißfälligen anfänglichen Zurückhaltung seiner Apokrisiarier förmlich entschuldigen. Noch reichere Gelegenheit zu Erweiterungen und Einschaltungen bot die folgende Aeußerung des Papstes über die Renitenten, wobei die Erwähnung des Ignatius und die Aufzählung der von Jenem gestellten Bedingungen völlig beseitigt ward.

„Wir haben in Erfahrung gebracht, daß unter Euch einige Schismatiker sind, die nicht ruhen, sondern vergeblich sich anstrengen und einen teuflischen Kampf unternehmen, nach dem Worte des Propheten: „Sie haben sich getrennt und hegten keine Zerknirschung,"[75]) so daß sie Einige der Einfältigeren mit sich fortreißen und zu ihrer Verkehrtheit hinüberziehen. So sehr wir Uns über Deine Wiederherstellung freuten, die Gott gewirkt hat, sowie über die vollbrachte Vereinigung der Kirche,[76]) so sehr wurden Wir über das Verderben

---

[71]) Die Worte: ὃς ἦν ἴδιός σου sind im Interesse des Photius beigesetzt.

[72]) de adunatione omnium Deo gratias agimus. Dieses und das Folgende über die Legaten hat der griech. Text genau geschieden und deutlicher gemacht.

[73]) τοῦτο συνέβη διὰ τὸ μὴ παρακεχωρῆσθαι ἡμᾶς ἃ προσετάξαμεν ποιεῖν αὐτοῖς, quod non permiseramus, ut quae mandaveramus efficerent. Der Sinn kann aber nicht sein, der Papst habe nicht gestattet, seine Aufträge auszuführen, sondern, wie das Folgende zeigt, etwas gegen seine Weisung zu thun. Entweder ist ἡμᾶς zu streichen oder ἡμεῖς nach προσετάξαμεν zu setzen.

[74]) πλὴν οὐδὲ ἡμεῖς πληροφορηθέντες περὶ τῆς σῆς ἀδελφότητος, ὅτι τέλεον ὁ Θεὸς ὑπέστρεψέ σε εἰς τὸν θρόνον σου, καὶ ὅτι ἀπέλαβες αὐτόν· ἐπεὶ τὸ καθῆκον ποιοῦντες ἀπεστείλαμεν ἂν καὶ παραμυθούμενοί σε καὶ συγχαίροντες εἰς τὴν ἀποκατάστασιν τοῦ θρόνου σου. καὶ ἐν τούτῳ μηδὲν ἀγανακτήσῃς· τὸ γὰρ ὑστέρημα καὶ ὑπὲρ ἐκ περισσοῦ ἀνεπληρώθη.

[75]) Διεσχίσθησαν, καὶ οὐ κατενύγησαν. Ps. 35 (Vulg. 34.) v. 15. (16.)

[76]) ἐπὶ τῇ ἀποκαταστάσει σου, ἣν ὁ Θεὸς ἀπεκατέστησέ σε, καὶ τῇ ἑνώσει τῇ γενομένῃ τῆς ἐκκλησίας. Lat. blos: de pace et adunatione ipsius ecclesiae.

jener Schismatiker betrübt. Du aber suche nach der Dir verliehenen Weisheit und Einsicht und der Dir von Gott gegebenen Gnade (denn was hast Du, was Du nicht empfangen hättest? Wenn Du es aber auch empfangen hast, so wissen Wir, daß Du Dich nicht rühmest, als hättest Du es nicht empfangen), [77]) suche Alle zu Dir hinzuziehen und die von Dir Getrennten und Entfernten, dadurch daß Du ihnen Deine Milde und Barmherzigkeit offenbarst, zu sammeln halte nicht unter Deiner Würde, [78]) damit Wir, gleichwie der heiligste Papst Leo der Große sagt, diejenigen, die vor Gott sich demüthigen wollen und nach Eintracht mit uns streben, aufnehmen, die Hartnäckigen aber mit Härte behandeln. Ebenso sollen wir auch denen, die Buße suchen, welche die Gefallenen aufrichtet, die hilfreiche Hand darbieten; [79]) denn die Reuigen werden nicht verdammt, noch trifft die Schande, die um Barmherzigkeit bitten." [80])

„Deßhalb bitten Wir [81]) auch Deine brüderliche Heiligkeit, in Nachahmung des Wandels Christi und seiner Demuth, der er sich um des Heiles unseres Geschlechtes willen unterzog, halte es nicht unter Deiner Würde, in der Synode Gottes Erbarmen gegen Dich, seine Hilfe und den kräftigen Beistand der heiligsten römischen Kirche zu preisen, [82]) die schwere Mühe, die sie sich für die liebevolle Gesinnung und die Zuneigung zu Dir gab, indem sie Alle für die Eintracht mit Dir und für das von Uns Genehmigte zu gewinnen suchte, weil Du, sowie Du von ihr es verlangt, also auch erhalten hast; wie sie Allen, die *ungerechterweise* etwas zu leiden haben, Hilfe zu bringen gewohnt ist, so hast auch Du ihrer Hilfe nicht entbehrt, sondern mit Gottes Beistand, durch *ihre Mühe* und Anstrengung bist Du auf Deinen Stuhl wieder eingesetzt." [83]) Diese scharfe Betonung dessen, was die römische Kirche für die Wiedereinsetzung des Photius gethan haben sollte, wovon Johann's VIII. Brief keine Spur hat, ist auffallend; fast will es scheinen, daß man den Papst lächerlich machen wollte, der sich zum Verdienst anrechne, was er nicht bewirkt, gleichsam um die Neigung Rom's, sich alles Bedeutende zuzuschreiben, in den Augen der Orientalen bloß zu stellen; obschon der Papst von seinem Standpunkte aus die Restitution des Patriarchen erst von seiner Anerkennung her zu datiren berechtigt war.

---

[77]) *Τί γὰρ ἔχεις, ὃ μὴ ἔλαβες; εἰ δὲ καὶ ἔλαβες* (diese vier Worte ergänzen wir aus Mon. 436. p. 150), *οἴδαμεν, ὡς οὐ καυχᾶσαι, ὡς μὴ λαβών.* (I. Kor. 4, 7.)

[78]) *φιλανθρωπίας αὐτοῖς ὑπανοίγων σπλάγχνα καὶ οἰκτιρμῶν χρηστότητι περιλαμβάνων* (Mon. *λαμβάνων*) *συναγαγεῖν μὴ ἀπαξιώσῃς.*

[79]) Mansi: *ὀρέγωμεν.* Mon. cit.: *ὀρέγομεν.*

[80]) *οὐ γὰρ ἴσασι κατάγνωσις τοὺς μετανοοῦσι καὶ τοὺς αἰτοῦσιν ἔλεον οὐκ ἴσασιν αἰσχύνη.*

[81]) *ἀξιοῦμεν.* Im Folgenden ist die Forderung des Papstes abgeschwächt, aber doch immer noch erkennbar.

[82]) *μὴ ἀπαξιῶσαι ἐπὶ τῇ συνόδῳ κηρῦξαι* (Mon. 436. p. 151: *ἀνακηρῦξαι.*)

[83]) p. 416 A.: *τῆς ἁγιωτάτης τῶν Ῥωμαίων ἐκκλησίας τὸν ὑπερασπισμὸν καὶ τὸν κόπον, ὃν ὑπὲρ τῆς ἀγαπητικῆς διαθέσεως καὶ φίλτρου κατεβάλλετο, πληροφοροῦν ἅπαντας ἐν τῇ ὁμονοίᾳ τῇ πρὸς ὑμᾶς καὶ τῇ ἡμετέρᾳ συγκαταθέσει· ὅτι καθὼς ᾔτησω παρ' αὐτῆς, καὶ ἔλαβες* κ. τ. λ.

Nun folgen neue Mahnungen zur Milde. „Vergiß nicht Deiner gewohnten hilfebereiten und theilnehmenden Liebe, welche Du tagtäglich durch die That selbst bewährst und deren Ruf sich weithin bei Allen verbreitet, sondern halte an ihr fest. Sorge, daß Du keinen verlierest, noch auch von Deiner Barmherzigkeit diejenigen zurückstoßest,[84]) die bis jetzt sich mit Deiner Frömmigkeit nicht vereinigen wollten. Gib Dir vielmehr Mühe und scheue keine Anstrengung, theils durch Belehrung, Unterweisung und langmüthige Ermahnung, theils durch freundliches und gütiges Entgegenkommen im Aeußeren, nach dem Apostel entweder Alle oder doch die meisten zu gewinnen und zu Dir hinzuziehen, durch Dich aber mit Gott zu vereinigen. Wenn sie aber zu Dir kommen und durch Dich zu Gott, so lasse es Dir gefallen, ihnen ihre geistlichen Würden und ihre Kirchen zurückzugeben.[85]) Und gleichwie unser geistlicher Sohn, der allerchristlichste Kaiser Basilius, Uns für Dich gebeten hat und Wir dieser vernünftigen, gerechten und Gott wohlgefälligen Bitte entsprechend ganz darnach mit Dir verfahren, ebenso ermahnen wir Dich auch, denen, welche von Dir entfremdet waren, es nicht zu vergelten;[86]) vielmehr möge Deine in Ehre bekannte Frömmigkeit die, welche mit ganzer Seele zurückkehren, mit offenen Armen zu empfangen sich würdigen,[87]) damit wir Alle in erhabener Eintracht und völliger Uebereinstimmung betreffs Deiner Rückkehr und Wiedereinsetzung auf Deinen Stuhl[88]) in Eines zusammenkommend die gemeinsame Freude des hohen Festtags und der jubelvollen Feierlichkeit begehen mögen.“[89])

Nun folgt noch die hier zur Bitte[90]) gestaltete Forderung, es solle festgesetzt werden, daß künftig kein Laie mehr plötzlich zu der bischöflichen Würde erhoben werde, sondern nur ein Geistlicher, der durch alle Stufen des Clerus hindurch gegangen;[91]) wer auf andere Weise handle, der handle den kirchlichen Canonen der Römer zuwider;[92]) es solle daher dieser Brauch, der nicht zu

---

[84]) *Καὶ μηδένα ζημιωθῇς* (So richtig Mon. cit.) *μηδὲ ἐκ τῶν σπλάγχνων τοῦ ἐλέους ἐξωθήσῃς.*

[85]) *ἐρχομένων δὲ αὐτῶν πρός σε, καὶ διὰ σοῦ πρὸς τὸν Θεόν, ἀπολαμβάνειν αὐτοὺς εὐδόκησον* (Mon.) *τάς τε ἱερατικὰς τιμὰς καὶ τὰς ἐκκλησίας αὐτῶν.*

[86]) *τὸν αὐτὸν τρόπον* (die lat. Uebersetzung p. 415 hat wohl übersehen, daß hier der Nachsatz beginnt) *καὶ σὲ παρακαλοῦμεν* (so Mon.; bei Mansi: *παρακαλέσαμεν*) *μὴ μνησικακῆσαι εἰς τοὺς μακρυνθέντας ἀπὸ σοῦ.*

[87]) *ὑποδέξασθαι κατανεύσατο* ist jedenfalls fehlerhaft; dafür wäre *κατανευσάτω* zu lesen. Mon. *κατανεῦσαι.*

[88]) *εἰς τὴν σὴν ἐπαναστροφὴν* (Mon.) *καὶ ἀποκατάστασιν τοῦ θρόνου.*

[89]) *κοινὴν εὐφροσύνην καὶ ἑορτῆς ἡμέραν καὶ ἀγαλλιάσεως πανήγυριν ἐκτελέσωμεν.*

[90]) *καὶ τοῦτο δὲ αἰτοῦμεν τὴν σὴν ἀδελφότητα σὺν ἡμῖν θεσπίσαι.*

[91]) *κατὰ βαθμὸν καὶ τάξιν εἰς τὴν ὑπηρεσίαν προβαίνων καὶ τὴν οἰκείαν καθ' ἕκαστον βαθμὸν* (Mon. *καθ' ἑκάστου βαθμοῦ*) *ἀνάβασιν* (Mon. Bever. p. 279.) *ἐπιδεικνύμενος ἀρετὴν* (Bev. *εἰς ἀρετήν*), *οὕτως τοῦ ἀρχιερατικοῦ θρόνου τὴν ἀξιόπρεπον λαμβάνῃ* (Bev. *λάβῃ.*)

[92]) *ὁ γὰρ ἑτέρως γινόμενος, ἐναντίως τῶν ἐκκλησιαστικῶν ἡμῶν κανόνων ποιεῖ* (*ἡμῶν* haben Monac. Vat. Mansi u. Allat. de interstit. p. 121.) *καὶ βουλόμεθα τοῦτο τὸ ἔθος, ὅπερ οὐκ ἔστιν αἴδιον* (All. *αἴδιον* add. *οὐδέ*, was sonst fehlt) *ἐξ ἀρχῆς ἐν τῇ καθ' ὑμᾶς* (Bev. *ἡμᾶς*) *ἐκκλησίᾳ εὑρημένον, ἀπὸ τοῦ νῦν ἄπρακτον διαμένειν.*

loben sei, der von Anfang an in der Kirche von Constantinopel sich vorgefunden, von nun an aufhören, und zwar nach dem Canon der unter Hadrian I. und Tarasius gehaltenen Synode.

Die Forderung wegen Bulgariens ist, als schon im Briefe an den Kaiser enthalten und nach byzantinischer Anschauung nur vor ihm vorzubringen, unterdrückt. Dagegen ist der Hinweis auf die den Legaten ertheilte Instruktion beibehalten, welchen man auch in den Text des für den Kaiser bestimmten Briefes aufgenommen.[93]) Vorher ist unmittelbar nach der Anführung der Synode unter Hadrian I., welche man der Synode unter Hadrian II. substituirt, im grellsten Widerspruche mit dem lateinischen Original eine Verdammung dieser letzteren Synode ausgesprochen, welche Hadrian II. gar nicht unterzeichnet habe. „Gott beschütze Dich bis an's Ende, geliebter und heiligster Bruder und Amtsgenosse." Mit diesem Segenswunsche (statt der bei Johann VIII. stehenden Drohung) schließt der Brief.

Interpolirt ist ebenso das Schreiben, welches der Papst an die Bischöfe des Orients gerichtet hat;[94]) aber hier ist das Wesentliche des Originals bis auf die Forderung, daß Photius vor der Synode sich schuldig bekenne, beibehalten worden, Alles in die asiatische Breite gezogen, das dem Photius Günstige noch mehr paraphrasirt. „Als Wir euere aufrichtigen Briefe, die euere Eintracht und Einigkeit betreffs des heiligsten Patriarchen Photius[95]) melden, empfingen, haben Wir Uns darüber sehr gefreut... Wir freuen Uns, bewogen von der Barmherzigkeit des apostolischen Stuhles,[96]) ebenso sehr als Wir über die vom Leibe Christi Getrennten trauern,[97]) über das Band des Friedens und der Liebe unter euch und wünschen, daß ihr ohne Unterlaß tadellos und einfältig beharret und der Gott des Friedens immer mit euch sei. In der That hat euer sorgfältiger Wetteifer im Guten Liebe erlangt durch das Ansehen des seligen Apostelfürsten Petrus, daß Wir nämlich den in dem ganzen Sprengel der Kirche von Constantinopel wieder eingesetzten Patriarchen Photius anerkennen und mit euch seiner Erhebung zustimmen möchten.[98]) Das

---

[93]) *Τὰ δὲ λοιπὰ πάντα τῶν ἐκκλησιαστικῶν πραγμάτων, ὅσα διηγόρευσεν ἡ ἐπιστολὴ ὑμῶν* (Monac.; ed.: *ἡμῶν*), *ἐν κομμονιτορίῳ γράψαντες, ἐν ᾧ καὶ πάντας ὑπεγράψαμεν εἰς τὴν σὴν ἀποδοχὴν ... ἀπεστείλαμεν τοῖς περὶ Κύριακον καὶ Παῦλον.* Das Uebrige entspricht so ziemlich dem lateinischen Texte bei Baron. a. 879. n. 36.

[94]) ep. 200. „Quorumdam sane" (Mansi XVI. 479. XVII. 116) adulterirt Mansi XVI. 509. XVII. 419 seq. „*Τὰ γραφέντα ὑμῶν.*" Die Aufschrift im lat. Text p. 116 ist sicher nicht ganz vollständig erhalten.

[95]) In parte Photii hat das Latein.; das Griech. wörtlich: *ἐν μέρει Φ.* Die scripta quorumdam vestrum sind hier blos *γράμματα ὑμῶν.*

[96]) p. 468: *τῇ συμπαθείᾳ* (lat. moderatione) *τοῦ ἀποστολικοῦ θρόνου κινούμενοι.*

[97]) Sicut divina contentione et scisma errore dolemus — *ὥσπερ δυσπαθοῦμεν καὶ συναλγοῦμεν ἐπὶ τοῖς διεστῶσι καὶ ἀποσχιζομένοις τοῦ σώματος τοῦ Χριστοῦ καὶ εὐλογοῦσι τὸ τῆς στάσεως καὶ πλάνης μᾶλλον ἢ τὰ τοῦ Χριστοῦ φρονεῖν.*

[98]) *Τοιγαροῦν ἀληθῶς ἡ πολυφρόντιστος ὑμῶν ἐπ' ἀγαθῷ φιλονεικία ἐκτήσατο ἀγάπην δι' ἀποδείξεως τοῦ μακαρίου καὶ κορυφαίου τῶν ἀποστόλων Πέτρου, ὥστε Φώτιον τὸν ὁσιώτατον* (Mon. *ἁγιώτατον*) *πατριάρχην ἐν τοῖς κλίμασι τῆς ἐπαρχίας τῆς Κ[illegible]*

haben Wir recht gerne und mit aller Bereitwilligkeit gethan,[99]) indem Wir an dem, was im Evangelium dem ersten Hirten gesagt ward, festhielten: „Ich habe für Dich gebetet, Petrus, daß Dein Glaube nicht wanke und Du sollst einst Deine Brüder bestärken.“ [100]) Durch diese göttlichen Worte aufgemuntert und im Besitze der höchsten Gewalt, soweit Wir ohne Tadel und ohne uns die Verdammniß zuzuziehen es vermögen, allen Christen Hilfe und Beistand zu gewähren, wovon der Ruf bis zu den Gränzen der Erde hin gedrungen ist, sowie den Beispielen Unserer Vorgänger folgend, haben Wir den Photius anerkannt.“ [101])

Hier wird nun die Aeußerung des Papstes Hadrian I. über die Erhebung des Tarasius [102]) in sehr erweiterter Fassung angeführt, und zwar um das Citat besser mit dem Vorhergehenden zu verbinden, in dem von der Hilfe der römischen Kirche die Rede war, als auf Anlaß der Empörung einiger seiner Untergebenen [103]) von dem Papste gemacht. In dem Texte selbst, der die Erhebung des Tarasius aus dem Laienstande beklagt, wird insinuirt, daß dieses nur mit den Canonen der römischen Kirche in Widerspruch stehe, [104]) und der Ausdruck der Mißbilligung ist nur unbedeutend gemildert, [105]) die Abmahnung von solchen Promotionen aber vollständig beibehalten. Auch darin wird nicht vom Geiste des Originals abgewichen, daß die Anerkennung des Photius mit der des Tarasius, dessen Orthodoxie und Glaubenseifer jenen Mangel habe übersehen lassen, zusammengestellt wird. Das Citat aus Hadrian ist im griechischen Texte verwischt und Alles dem Papste Johannes zugeschrieben. [106])

ἐκκλησίας ἀποκατασταθέντα ἀδελφοποιήσαμέν τε καὶ συναπεδεξάμεθα. Vgl. den lat. Text oben Abschn. 1. N. 51.

[99]) τοῦτο δὲ προθύμῳ καὶ λαμπροτάτῃ ψυχῇ .. ἀπεπληρώσαμεν.

[100]) Die Stelle Luk. 22, 32 hatte der Papst in ganz anderer Verbindung angeführt, daß nämlich die griechischen Bischöfe sie vor Augen gehabt hätten.

[101]) καὶ ἐξουσίαν ἔχοντες ἐνδυναμουμένην, ἐφόσον ἀμέμπτως καὶ ἀκατάγνωστοι δυνάμεθα (die Uebersetzung p. 451 C. hat: possitis) ὑπερασπίζειν, βοηθεῖν καὶ συνάρχειν πᾶσι χριστιανοῖς, τὴν ἐξηχηθεῖσαν εἰς πάντα τὰ πέρατα (Hier wie bei dem folgenden Particip fehlt das Schlußverbum; entweder ist ἀπεπληρώσαμεν wieder hieher zu denken oder, da das lateinische nunquam desinimus fehlt, οὐδέποτε παραλείπομεν oder etwas Aehnliches zu ergänzen), μάλιστα δὲ ἑπόμενοι τοῖς τῶν πρὸ ἡμῶν ἀρχιερέων θεοῦ παραδείγμασι, λέγω δὴ Ἀδριανοῦ κ. τ. λ.

[102]) Tarasius ist hier immer ὁ ἐν ἁγίοις πατριάρχης genannt.

[103]) ἀνηγείρει τινὰς πρὸς αὐτὸν ταραχὰς καὶ στάσεις ἐποίουν.

[104]) ὅτι ἀπὸ κοσμικοῦ τάγματος καὶ βασιλικῆς ὑπηρεσίας, ἀπὸ καλίγων εἰς τὸν μέγαν θρόνον ἀνῆλθε, καὶ οὐ κατὰ τοὺς παρ' ἡμῖν κανόνας ... πατριάρχης. So ist aus Mon. 136. p. 171 die Stelle p. 452 D. zu verbessern.

[105]) Wo im Lat. p. 117 B. steht: Quod dicere pudet et grave tacere est, steht hier: καὶ τὸ μὲν λαλῆσαι ἦν χαλεπόν, τὸ δὲ σιωπῆσαι πάλιν ἐπισφαλέστερον.

[106]) p. 452 D.: ἃ (γράμματα) ἡμεῖς (die Römer) ἀποδεξάμενοι ... ἠσπασάμεθά τε καὶ ἐνεκαρδιώσαμεν. In den folg. Worten E. lin. 4 von unten hat Mon. statt αὐτόθεν: τῆς ἱερατικῆς ἀξίας. Der Satz p. 453 A.: ὅτι τοῦτο δὲ καὶ ὁ προρρηθεὶς ἁγιώτατος Ταράσιος ἀπὸ λαϊκοῦ εἰς ἀρχιερωσύνην ἐλθεῖν ἐθορυβήθη τινας ist eingeschaltet und

Ebenso ist auch die Ermahnung wegen Zurückgabe Bulgariens beibehalten.[107]) Dann heißt es weiter: „Wir wollen aber auch," daß wenn Jemand verfolgt oder ausgeschlossen ist, ihr durch eure Mühe und Anstrengung in Gemeinschaft mit dem heiligsten Patriarchen Photius, für den ihr den regsten Eifer an den Tag gelegt habt, mit allen eueren guten Werken auch diesen zu gewinnen trachtet, damit ihr auch hierin vor Gott tadellos befunden werden möget.[108]) Unser heiligster und gottesfürchtigster Bruder Photius aber möge es nicht verschmähen, vor der Synode Unsere Gnade und Unseren Eifer, oder vielmehr die liebevolle Barmherzigkeit der römischen Kirche zu preisen,[109]) gleichwie auch Wir ihm brüderliche Gunst erwiesen haben, indem Wir ihn als völlig legitimen und kanonischen Patriarchen, als theilhaftig der Gemeinschaft des seligen Apostels Petrus anerkannt,[110]) und die ganze römische Kirche gegen ihn väterliche Liebe beurkundet, den Beispielen der früheren Päpste nachfolgend,[111]) besonders des seligsten Innocenz, des Gelasius und vieler Anderen.[112]) Denn Alles, was zum gemeinsamen Heil beiträgt, muß man bereitwillig thun. Viele Bischöfe, die auf ungerechte Weise ihre Stühle verloren hatten und von ihnen vertrieben waren, haben durch die Disposition des apostolischen Stuhles sie wieder erhalten. Da Ihr aber gut seid und etwas Gutes zum Gegenstand Euerer Bitte macht, etwas was zum allgemeinen Nutzen der Welt dient, wer sollte so hart und grausam sein, geliebte Brüder, Euere Bitte stolz zurückzuweisen und das gemeinsame Heil der Kirchen zu mißbilligen? Wir haben also Euerem Verlangen nachgegeben und geben ihm nach,

---

dann gesagt: ἀλλὰ διὰ τοῦ πιστοτάτου αὐτοῦ δρόμου, τουτέστι διὰ τὴν ἐπανόρθωσιν τῶν ἁγίων εἰκόνων (per ejus fidelem concursum pro ss. imaginum erectione), τούτου χάριν ἅπαντες οἱ ἐνταῦθα εἰς τὴν αὐτοῦ ἀρχιερωσύνην ὑπενοήσαντες συνευδοκήσαμεν, καὶ ἡμεῖς μετ' αὐτῶν.

[107]) Nur die Worte: subducta, quam ibi fecistis, illicita ordinatione blieben unübersetzt.

[108]) p. 147: si abjectos quosque fratres ac discordantes (dafür ist gesetzt: ἐάν γέ τις δεδιωγμένος ἢ ἀποσχιστής) vestro labore (ac) studio (διὰ τοῦ ὑμετέρου κόπου μοχθήσαντες ὑμεῖς [Mon. μοχθῆσαι ὑμᾶς] cum praedicto Photio, quem patriarcham in regia urbe desideratis habere, [reconciliaveritis oder besser incriscoritis ist zu ergänzen] aliisque piis operibus offensionem, quam coram Deo et sanctis canonibus contraxistis in hac parte, recompensaveritis (hier weicht der Text ganz ab: μετὰ πάντων ὑμῶν τῶν εὐσεβῶν ἔργων [ἵνα add. Mon.] καὶ αὐτοὺς κερδήσητε, ὡς ἂν καὶ ἐν τούτῳ ἀμέμπτως ἐνώπιον τοῦ θεοῦ εὑρεθείητε).

[109]) μὴ ἀπαξιώσῃ ἐνώπιον τῆς συνόδου τὴν χάριν καὶ τὴν σπουδὴν ἡμῶν, μᾶλλον δὲ τὰ σπλάγχνα τῆς τῶν Ῥωμαίων ἐκκλησίας, ἀνακηρύξαι. — Das misericordiam quaerendo coram Synodo.

[110]) ὡς καὶ ἡμεῖς χάριτας αὐτῷ ἀδελφικὰς μετεδώκαμεν, πατριάρχην αὐτὸν ἀποδεξάμενοι ἐννομώτατον καὶ κανονικώτατον, σύγκοινωνόν τε (Mon. 436. p. 172.) τοῦ μακαρίου Πέτρου.

[111]) τῶν τε ἄλλων προηγησαμένων ἡμῖν (so Mon. statt ἡμῶν).

[112]) Die Worte des Innocenz werden theilweise angeführt (Vgl. oben B. I. N. 54), aber als Worte des Johannes. Mit ihm wird der in anderen Briefen (vgl. N. 60) genannte Gelasius verbunden; die Restitution des Photius wird mit dem allgemeinen Satze, daß Rom viele Bischöfe wieder eingesetzt, vermischt.

indem Wir Eueren Hirten, den heiligsten Patriarchen Photius, bestätigen.[113]) Wir ermahnen Euere Frömmigkeit, in dieser guten Haltung zu beharren, damit unter Euch keine Spaltungen seien, sondern Ihr, indem Ihr ihn Alle in gehöriger Weise mit aufrichtigem Vorsatze, mit truglosem Herzen, wie Ihr es selbst gesagt habt, aufnehmt, die gleiche Verbindung und die gleiche Liebe in Christus, dem Haupte Aller, sich fest kitten lasset und keiner mehr sich gegen ihn auflehne. Denn wer ihn nicht anerkennt, der hat mit Uns keinen Theil; der ihn anerkennt, erkennt auch Uns an.[114]) Wem Wir die Hand darreichen, dem müsset auch Ihr sie mit Uns darreichen, damit auch Wir, wem Ihr sie bietet, sie gleichfalls mit Euch bieten können.[115]) Denn so wird das Wort erfüllt: In Einem Geiste und in Einem Herzen verherrlicht den aller Ehre würdigen Namen des Vaters und des Sohnes und des heiligen Geistes jetzt und in alle Ewigkeit. Amen.“ [116])

Minder interpolirt scheint die Instruktion für die drei Legaten.[117]) Einzelne Ausdrücke scheinen stärker und bezeichnender, wie es die Griechen wollten, wiedergegeben,[118]) die Forderung, daß Photius vor der Synode um Verzeihung bitte, ist in der oben angegebenen Weise abgeschwächt, die Verdammung des achten Conciliums eingeschoben.[119])

So sind die Verfälschungen der päpstlichen Briefe durch die Byzantiner als unzweifelhaft zu betrachten.[120]) Die Annahme, daß die zuerst entworfenen Schreiben der griechischen Gesandtschaft in Rom mißfielen und vom Papste zuletzt mit anderen, dem Photius günstigeren vertauscht worden seien, hat keine einzige Stütze. Denn daß sich bei Ivo von Chartres ein lateinischer Text von einem Briefe Johann's VIII. findet,[121]) der dem in Constantinopel verlesenen entspricht, ist einfach aus dem noch durch andere Spuren bestätigten Vorhandensein einer älteren lateinischen Uebersetzung der griechischen Concilienakten zu erklären, welche jetzt noch nicht wieder aufgefunden worden ist.[122]) Daß Photius den in der lateinischen Briefsammlung des Papstes uns noch

---

[113]) ἐπικυροῦντες καὶ ἐπιβεβαιοῦντες τὸν ποιμένα ὑμῶν Φ.

[114]) p. 458 A.: ὁ γὰρ αὐτὸν μὴ ἀποδεχόμενος, οὐκ ἔχει μέρος μεθ' ἡμῶν, ὥσπερ ὁ δεχόμενος αὐτὸν καὶ ἡμᾶς δέχεται. Diese Sätze sind reines Einschiebsel.

[115]) p. 148: cui manum porrigitis, vobiscum porrigo; cui porrigo, mecum porrigite.

[116]) Die Doxologie am Schlusse statt des chronologischen Merkmals ist offenbar von Griechen ausgegangen.

[117]) Mansi p. 468 seq. Κομμονιτώριον. (In mehreren Handschriften wie Mon. 436 geht das Ἰωάννης ἐπίσκοπος δοῦλος τῶν δούλων τοῦ Θεοῦ voraus). Μετὰ τῆς (τοῦ) Θεοῦ βοηθείας.

[118]) Z. B. προσκυνεῖ σε (für salutat te) ὁ πνευματικὸς ἡμῶν (M. ὑμῶν) πατήρ.

[119]) Vgl. Assem. Bibl. jur. or. I. p. 160.

[120]) Vgl. Baron. a. 879. n. 6 seq. n. 18 seq. darnach Severin Binius not. ad Joh. ep. 200. 201. 203. Leo Allat. Diss. II. de libris eccles. Graecor. — de Occid. et Or. Eccl. perpet. consens. L. II. c. 4. §. 6; c. 5. §. 3. de Syn. Phot. c. 7. p. 120—144. 146—151.

[121]) Mansi XVII. 527—530. ex supplem. Vgl. Hefele S. 438. N. 1.

[122]) Vgl. Mansi not. in Natal. Alex. H. E. Saec. IX. Dissert. IV. §. 27.

erhaltenen ursprünglichen Text sehr wohl kannte, und also nicht einen günstiger gestalteten von Rom aus erhielt, beweist der Umstand, daß er die in jenem enthaltene, in der griechischen Version aber unterdrückte Anforderung, er solle vor einer Synode um Verzeihung bitten, ausdrücklich in seinem Schreiben vom Jahre 880 zurückgewiesen hat.[193]) An und für sich ist es ganz gleichgiltig, ob Photius in eigener Person oder durch einen Anderen[194]) diese Redaktionsänderungen vornahm; denn es konnte nicht ohne sein Vorwissen geschehen und dann sind dieselben von der Art, daß sie auf einem bestimmten und wohlberechneten Plane beruhen, der nur von ihm ausgegangen war; ferner dürfen wir daraus, daß er die Anforderung des Papstes betreffs des von ihm abzulegenden Schuldbekenntnisses kannte, wohl darauf schließen, daß ihm auch alles sonst der ursprünglichen Fassung Eigene wohl bekannt und diese nur unter seinen Auspicien umgestaltet war. Ein späterer Bearbeiter, an den Einige dachten, hätte kaum ein so planmäßiges Verfahren eingehalten, er hätte wohl die zahlreichen, im Wesentlichen doch auch im griechischen Texte erhaltenen Stellen, die vom päpstlichen Primate handeln, entfernt. In der Absicht des Photius lag es dagegen, die Römer mit Höflichkeiten, mit Lobsprüchen, mit glänzenden Ehrfurchtsbezeugungen zu bethören, um seine eigentlichen Absichten desto mehr zu verbergen, die Legaten zu Allem willfährig zu machen und nachher seinen Stuhl durch die Gleichstellung mit Altrom desto mehr zu erhöhen. Seiner Tendenz war die von Johann VIII. so nachdrücklich hervorgehobene Berufung auf seinen Primat nicht gefährlich, ja eher förderlich; er konnte sie stehen lassen, um so desto mehr dem Verdacht einer gefälschten Uebersetzung[195])

---

[193]) Joh. VIII. ep. 250 ad Phot. a. 880. p. 185: scribens submittitati, quod (te innocens) non nisi ab iniqua gerentibus misericordia sit quaerenda...... tua prudentia non moleste ferat, quod ab Ecclesia Dei miserationem jussa est postulare. Der ganze Brief spricht gegen obige Annahme.

[194]) Schröckh (K. G. XXIV. S. 191. 192) nimmt mit Hanke (l. c. n. 171. p. 377) an, ein Verehrer des Photius habe die päpstlichen Schreiben verfälscht, und setzt bei: „Ob sie schon mit den Abänderungen auf der Synode vorgelesen worden sind, oder, weil Solches in Gegenwart der päpstlichen Abgeordneten geschah, erst nach derselben solche erhalten haben, kann freilich nicht ausgemacht werden." Allein wofern nicht die ganze Synode ein Betrug ist (was wir, wie sich unten zeigen wird, nicht annehmen können) war Ersteres sicher der Fall. Denn die Verurtheilung des achten Concils — eine der wichtigsten Aenderungen — kam ohne allen Zweifel auf der Synode zur Sprache; um so mehr waren die anderen „Verbesserungen" schon gemacht. Auch ist kaum anzunehmen, daß zuerst eine wortgetreue Uebersetzung aus dem Lateinischen existirte, die dann erst umgearbeitet ward; eine solche haben die damaligen Griechen sonst nicht gemacht. — Fontani (Dissert. cit. p. LIX. seq.) urgirt zu Gunsten des Photius: 1) aus der Divergenz der lat. Exemplare und des griech. Textes folge noch nicht, daß Photius die Aenderungen gemacht; 2) man könnte eher sagen, daß die Lateiner später geändert. (Ganz so Dositheus im Τόμος Χαρᾶς: kamen Fälschungen vor, so rühren sie von den Lateinern her, die stets Falsifikatoren waren — die gewöhnliche griechische Retorsion); 3) die päpstlichen Legaten, die sicher griechisch verstanden, hätten im Concil nicht dazu geschwiegen. Aber warum sagen denn die Alten, daß sich die Legaten der Dolmetscher bedienten (z. B. Mansi p. 390 D. p. 508 A.)?

[195]) Dositheus von Jerusalem bemerkt in seinem Τόμος Χαρᾶς p. 121 seq. gegen

zu entgehen. Spätere unirte Griechen haben sogar zur Begründung des zu Lyon und Florenz ausgesprochenen Dogma von der obersten Jurisdiktion der römischen Kirche die hieher gehörigen Stellen aus diesen Concilienakten sorglich zusammengestellt. [126])

Uebrigens müssen wir auch hier erinnern, daß es längst bei den Griechen Sitte geworden war, die päpstlichen Schreiben nur theils epitomarisch, theils paraphrastisch mit Weglassung mißliebiger Stellen zu publiciren. Das hatte schon Anatolius gethan (I. S. 84, 86.), deßgleichen der gefeierte Tarasius (Bd. I. S. 249), ja auch die Synode von 869/70. Auch hier lieferte die Vorzeit Beispiele und Präcedenzfälle genug.

9. Die Abgesandten und die Briefe der orientalischen Patriarchen.

Wenn es feststeht, daß die Briefe Johann's VIII. in Constantinopel in einer veränderten Fassung übersetzt und der dort versammelten Synode vorgetragen wurden, so scheinen auch die daselbst mitgetheilten Briefe der orientalischen Patriarchen dem Verdachte der Fälschung oder der Supposition kaum entgehen zu können. Dafür bietet auch ihr unten zu besprechender Inhalt viele Anhaltspunkte dar; die Tendenz des Photius, dem achten Concilium jede Glaubwürdigkeit zu benehmen, tritt allzu offen an den Tag und der Widerspruch zwischen den Synoden von 869 und 879 scheint unauflöslich, da die letztere durchweg behauptet, Photius sei immerfort und von Anfang an in den drei orientalischen Patriarchaten anerkannt gewesen,[1]) zugleich auch die Gesandten auf der ersteren für Pseudolegaten und elende Betrüger erklärt.[2]) Da nun Photius schon auf seiner Synode gegen Papst Nikolaus falsche Legaten des Orients producirte,[3]) so wird er hier des gleichen Betruges in hohem Grade verdächtig.

Indessen verdient immerhin der Widerstreit beider Synoden in Bezug auf die Stellvertreter des Orients und der Inhalt der in der photianischen

---

den Einwand, die griechisch producirten Briefe Johann's seien verdächtig, weil sie nicht den Charakter des lateinischen Idioms an sich trügen wie die anderen, ganz naiv, es habe die vatikanische Bibliothek sich Fälschungen an den Briefen dieses Papstes erlaubt und die griechischen Synodalakten seien weit glaubwürdiger als die Handschriften des Vatikan.

[126]) Cod. Vatic. 606. p. 314—337. (Cf. Mai Spic. Rom. t. VI. Praef.) Μαρτυρίαι περὶ τοῦ πρωτείου καὶ μεγαλείου τῆς ἁγίας τῶν Ῥωμαίων ἐκκλησίας παρεκβληθεῖσαι ἐκ τῶν πρακτικῶν τῆς παρὰ Φωτίου πατριάρχου ΚΠ. συγκροτηθείσης συνόδου ἐν τῇ ἑνώσει τῆς ἐκκλησίας ἐκείνης, ἐν ᾗ συνόδῳ παρῆσαν καὶ τοποτηρηταὶ τοῦ ἁγιωτάτου πάπα Ἰωάννου. Anfang: Πρᾶξις α'. Πέτρος.. εἶπεν κ. τ. λ.

[1]) Syn. Phot. act. II. p. 409 (Elias von Jerus.) act. IV. p. 476 (der Legat von Antiochien) act. V. p. 505 D. (die Legaten der drei Patriarchen) und sonst öfter.

[2]) Ib. act. III. p. 461. Card. Petrus: παρ' οὐδενὸς τῶν πατριαρχῶν ἀποσταλμένοι ἦσαν, οὐδεμίαν ἐκκλησιαστικὴν ἐμπεπιστευμένοι δουλείαν.

[3]) Im VIII. Concil act. VII. sagt der kaiserliche Commissär: Ὁ Φώτιος ἀνέπλασεν, ὡς ἤθελε, καὶ τοὺς λόγους καὶ τὰ πρόσωπα.

Synode verlesenen Briefe noch eine genauere Prüfung. Wir haben dabei die drei Patriarchate zu unterscheiden.

Was Alexandrien betrifft, so sind zunächst die Patriarchen und ihre Stellvertreter in beiden Synoden verschieden. Im Jahre 870 erschien in Byzanz der Legat Joseph als Bevollmächtigter des Patriarchen Michael I.; dieser starb um 872 und es folgte Michael II., der um 903 erst gestorben sein soll;[4]) ihn vertrat 879 in der griechischen Hauptstadt der Priester Kosmas. Der frühere Legat Joseph soll dieser Synode gemäß bereits ein trauriges Ende gefunden haben. Der in der neunten Sitzung des achten Concils verlesene Brief Michael's I. hat nichts Gemachtes und Gekünsteltes in Bezug auf die kirchliche Streitfrage; er setzt die größte Unkenntniß der byzantinischen Verhältnisse voraus und war insoferne dem Photius günstig, als er sogar einer gleichzeitigen Anerkennung der beiden Prätendenten das Wort redete und Alles dem Kaiser überließ; es ist nicht wohl denkbar, daß man 869 einen solchen Brief fingirte, mit dem der Sache des Ignatius nicht das Geringste gedient war.[5]) Er entspricht der Lage dieses Patriarchats, das unter allen am meisten verkommen war, da die Mehrzahl der christlichen Bevölkerung Aegyptens, die Kopten, der monophysitischen Lehre anhing und gemeinsam mit den Muhamedanern die Melchiten auszurotten suchte, die meisten Kirchen an sich zog und ihr koptisches Patriarchat auf Kosten des griechisch-orthodoxen vergrößerte,[6]) auch die Zahl der Melchiten immer unbedeutender ward, wie wir namentlich im zwölften Jahrhundert bezeugt finden.[7]) Man schien in Alexandrien mit Allem zufrieden, was in Byzanz der Kaiser, dessen Subsidien man wünschte, anordnen möge. Zur Zeit der Wiedereinsetzung des Photius scheint der alexandrinische Priester Kosmas sich in Constantinopel aufgehalten zu haben und von da an seinen Patriarchen mit einem auf die byzantinischen Angelegenheiten bezüglichen Schreiben abgesendet worden zu sein; nach einigen Monaten kam er mit den gewünschten Dokumenten zurück, die den Namen Michael's II. an der Stirne trugen und weit günstiger für die damals in Byzanz herrschende Richtung lauteten, als der 870 übergebene Brief Michael's I. Das erste dieser Schreiben lautet also:

„Unserem dreimal seligen Amtsgenossen Photius, dem Patriarchen von Constantinopel, Michael von Alexandrien. Die unermeßliche Güte des großen Hirten Christus, die weder in Worten ausgedrückt, noch im Gedanken erfaßt werden kann,[8]) kennt jede Gott liebende Seele mit völliger Gewißheit; sie weiß, daß dieselbe alle Tage und Monate und im ganzen Verlauf der Jahre das Werk ihrer Hände beschirmt und leitet und die versammelten Gemeinden,

---

[4]) Le Quien Or. chr. II. 471—474. n. 61 seq. Eutych. II. p. 455 seq.

[5]) Assem. Bibl. Jur. or. I. p. 287.

[6]) Macrizi Hist. Coptorum christ. ed. Wetzer 1828. p. 89. Renaudot. Hist. Patr. Alex. P. II.

[7]) Balsam. ep. ad Marc. Alex. q. 14. Leuncl. I. p. 384.

[8]) Mansi XVII. 433—437. *Καὶ λόγοις ἀνέφραστον καὶ λογισμοῖς ἀνέφικτον τὸ μεγαλεῖον* (Cod. Mon. 436. p. 161: *τὸ μεγαλεῖον*) κ. τ. λ.

ihrer Gläubigen *) in ihre Obhut nimmt und mit Wohlthaten überhäuft, die Betrübten tröstet und die Stehenden nicht fallen lassen will. Wir sind nicht im Stande, die hocherhabene Größe seiner Güte für das Alles zu verkündigen. Indem Wir nämlich von den uns so theueren Aeußerungen Deiner vollendeten Heiligkeit dieses vernehmen und gleichsam als ein väterliches Erbe von Unserem Vorgänger die vollkommene hohepriesterliche Erhabenheit ersehnen, verherrlichen auch Wir mit Dir in gleicher Weise die Gottheit und bringen Ihr Unseren Dank durch Dich dar für die wundervollen Erweisungen ihrer Güte gegen Dich.[10]) Denn durch Unseren Priester Kosmas über alle Deine Verhältnisse belehrt, haben Wir von den Trübsalen, durch die von Unserer nächsten Umgebung Unser Leben bedrängt wird, einigermaßen auszuruhen vermocht, indem Wir Deine Freude an die Stelle jedes anderen Trostes treten ließen.[11]) Aber sowie es Uns geschah, so möge es auch, bitten Wir, bei Dir der Fall sein, damit die jetzt Dir zu Theil gewordene Freude die Erinnerung an die Leiden, die Du früher erduldet, verwischen möge. Denn Kosmas, der Uns die Briefe überbracht, verschaffte Uns die volle Gewißheit,[12]) daß der erhabene Kaiser, denjenigen nachahmend, der Ihm die Herrschaft verliehen, neben vielen anderen edlen Thaten ihren gebührenden Schmuck der Braut Christi, der Kirche, wiedergegeben und den Frieden ihr vermittelt hat, indem Er allen häretischen und schismatischen Wahnsinn von ihr entfernt, die, welche lange geduldet hatten, getröstet, den Kleinmuth beseitigt und Alle zur Einheit geführt hat. Wer sollte nicht eine solche That als eine wahrhaft kaiserliche verherrlichen? O Oberhirt der Kirche Gottes, der Du vom Lichte den Namen und die Thaten hast![13]) Du bist wahrhaft der Mann, der da Licht schafft, der Vollender der priesterlichen Würde, die Richtschnur der Wahrheit, die unerschütterliche Regel der Tugend, der Sitz der Wissenschaft und der Weisheit, das ehrwürdige Kleinod alles Guten, die stets zum Almosen bereite Hand, die Zuflucht der Fremden, der Trost der Unglücklichen, die Herberge für alles Edle und Gute.[14]) Da Du mit solchen glänzenden Eigenschaften geziert bist, hat Dich Gott durch seinen Diener den Kaiser wiederum auf den Leuchter des Priesterthums gestellt[15]) und so die

---

*) τὰς ἐκκλησιαζομένας αὐτοῦ χριστιανῶν συναγωγάς.

[10]) καὶ γὰρ ἀπὸ τῶν φίλων ἡμῖν λογίων τῆς σῆς τελεταρχικωτάτης ἱερωσύνης ταῦτα ἐνηχουτισάμενοι ὥσπερ πατρικὸν κλῆρον τοῦ πρὸ ἡμῶν τὴν τελεταρχικωτάτην ἱερωσύνην ποθήσαντες καὶ ἡμεῖς τὰ αὐτὰ σοι συνανυμνοῦμεν τὸ θεῖον καὶ εὐχαριστοῦμεν ὑπὲρ σοῦ τὰ εἰς σὲ φθάσαντα τῆς αὐτοῦ ἀγαθότητος τεχνουργήματα.

[11]) τῆς μὲν ἐπικρατούσης ἡμῶν τὴν ζωὴν ταλαιπωρίας ἀπὸ τῶν ἐν (die Präp. fehlt bei M.) κύκλῳ μικρὸν ἀνεπαύσαμεν ἀντὶ χαρᾶς ἄλλης τὴν σὴν ἡγησάμενοι χαράν.

[12]) Ἐπιστώσατο γὰρ ἡμᾶς ὁ ἐπιστοληφόρος Κ.

[13]) φωτώνυμε καὶ φωτόεργε — Anspielung auf den Namen des Photius.

[14]) σὺ γὰρ ὄντως ὁ φωτοποιὸς ἄνθρωπος, ὁ τῆς ἱερωσύνης τελειωτής, ὁ γνώμων τῆς ἀληθείας, ὁ ἀδιάστροφος τῆς ἀρετῆς κανών, τὸ τῆς γνώσεως καὶ τῆς σοφίας ἐνδιαίτημα, τὸ κειμήλιον (τῶν καλῶν) τὸ σεβάσμιον, τῆς ἐλεημοσύνης ἡ χεὶρ ἡ διαρκής, τῶν ξένων τὸ καταφύγιον, τῶν ἐν συμφοραῖς ἡ παράκλησις, τὸ πάντων τῶν καλῶν καταγώγιον.

[15]) τοσοῦτον γάρ σε ὄντα καὶ αὖθις ἐπὶ τὴν λυχνίαν τῆς ἱερωσύνης ἀναβιβάσας διὰ τοῦ θεράποντος αὐτοῦ βασιλέως ὁ θεός.

Wunden [16]) seiner Kirche geheilt; denn Du erfüllst den Leib der Kirche mit herrlichem Glanze durch die Gaben der Weisheit und der Wissenschaft. Daß Du ein solcher Mann bist, haben auch Wir von dem hochseligen Michael, der vor Uns auf dem Stuhle des heiligen Evangelisten Markus saß, vernommen und Wir erkennen Dich als Oberhirten und Amtsgenossen an und wünschen Dich als solchen zu haben bis zu Unserem letzten Tage und bis zum letzten Athemzuge; Allen, die auf thörichte und unüberlegte Weise an Deiner geistlichen Regierung Anstoß nehmen, geben Wir die feste Versicherung [17]) und verkündigen das mit lauter Stimme, was Wir vor Unserer Synode ausgesprochen haben, in der Versammlung nämlich der benachbarten Metropoliten und Bischöfe, so viele Wir eben in Unserem Elend zusammenbringen konnten, der trefflichen Metropoliten Zacharias von Tamiatha, Jakob von Babylon, Stephan von Theben, Theophilus von Bare (oder Barka) [18]) und anderer, nicht weniger Bischöfe. [19]) Was aber nun in Unserer Synode ausgesprochen wurde, ist in Kürze Folgendes. Wir empfehlen Jedermann und rathen Allen schriftlich und mündlich, mit Euch Gemeinschaft zu halten, ohne alle schlechte Absicht und böses Vorhaben, mit reinem Gewissen. Denn wer mit Euch in Gemeinschaft steht, der steht offenbar auch mit Uns in Gemeinschaft. Sollten aber Einige es versuchen, sich loszureißen von Deiner heiligsten Kirche, welche der Leib Unseres Herrn Jesu Christi ist, so mögen diese ausgeschlossen sein von der Hoffnung der Christen, und wenn Jemand nicht mit Dir Gemeinschaft hält und Dich nicht als durch Gottes Wohlgefallen rechtmäßig eingesetzten Patriarchen [20]) anerkennt, so habe er seinen Antheil mit den Gottesmördern (den Juden). Ja auch auf die Berge hinaufsteigend will ich meine Stimme erheben im Angesichte Aller, die es hören können (und rufen): Wer nicht in Gemeinschaft steht mit dem heiligsten Photius, Patriarchen der kaiserlichen Stadt Constantin's, Unserem Mitbruder, der sei gebannt und verflucht von der heiligen und Leben spendenden Trias! [21]) Wer die Weihe und die geistliche Gewalt Unseres Amtsgenossen Photius verwirft, der habe keinen Antheil an dem Reiche Gottes! Wer an der Rechtmäßigkeit der Einsetzung des Patriarchen Photius

---

[16]) *συντρίμματα* hat cod. Mon. richtig.

[17]) p. 460: *καὶ πᾶσι τοῖς εἰκαίως σκανδαλιζομένοις ἐπὶ τῇ σοῦ ἀρχιερωσύνῃ ἐξασφαλιζόμεθα.*

[18]) *συναθροισθέντων δηλονότι τῶν ἄγχιστα ἡμῶν μητροπολιτῶν καὶ ἐπισκόπων, ὅσους ἡ ταλαιπωρία ἡμῶν εἴασε ἠδυνήθη συναγαγεῖν· λέγω δὲ τοὺς περὶ Ζαχαρίαν Ταμιάθεως καὶ Ἰακωβὸν Βαβυλῶνος, Στέφανον Θηβῶν* (Dosith. et Mon. cit. p. 102: *Θαιμῶν*) *καὶ Θεόφιλον Βάρη* (Assem.: *Βάρκης*), *ἐκκρίτους μητροπολίτας.* Barka ist bei Le Quien Or. chr. II. p. 617—630 das sechste Bisthum der Provinz Libya Pentap. (VIII), Bara aber das zwölfte von Augustamnica prima (Prov. II. ib. p. 531—552.) Theben wird als siebentes Bisthum der siebenten Provinz Thebais II. (p. 606—616) aufgeführt, Babylon als drittes der dritten Provinz Augustamnica secunda, Tamiatha als achtes der fünften Provinz Arcadia, Heptanomus (ib. p. 592.).

[19]) *σὺν καὶ ἑτέροις οὐκ ὀλίγοις ἐπισκόποις.*

[20]) *πατριάρχην εὐδοκίᾳ Θεοῦ προκεχειρισμένον.*

[21]) *ἀνάθεμα καὶ κατάθεμα ἔστω ἀπὸ τῆς ἁγίας καὶ ζωαρχικῆς Τριάδος.*

zweifelt, der sei ferne und verworfen von Gott dem Vater! Wer den Hohenpriester Gottes Photius wegen seiner Erhebung und Consekration[21]) anklagt, auf den soll Dunkel und Finsterniß herabkommen, der soll aussätzig werden wie Naaman der Syrer, den soll der Fluch des Brudermörders Kain treffen, der soll unstät und zitternd auf Erden sein! — Wir aber, o heiliges Haupt und Erzhirte der vernünftigen Schafe Christi, stimmen nach dem Beispiele Unseres seligen Vorgängers Michael mit Dir in Allem vollkommen überein und erkennen Deine hohepriesterliche Vollkommenheit an; wir haben Deinen Namen in den heiligen Diptychen eingeschrieben für alle Zeit.[22]) Es möge also Gott Dir Deinen Thron viele Jahre schenken,[23]) Deine Kirche in Deinen Tagen in Einheit bewahren und alle Anschläge derjenigen, die Böses im Sinne haben, zu nichte machen. Es gewähre Dir der Herr unser Gott lange Lebensdauer, Gehorsam und Unterwerfung von Seite Deiner Untergebenen, Lehrweisheit, Reinheit, Keuschheit und Gnade. Denn Er ist es, der die Hirten bestellt zum Heile der Untergebenen; Er ist es, der Dich zum Erzhirten und Hierarchen schon vom Mutterleibe an auserkoren. Er möge Deine rechte Hand führen und Dich in seinem Rathe leiten und Dich verherrlichen! — Diejenigen aber, die gegen Dich in blindem Wahnsinn sich erhoben, theuerer Bruder und Amtsgenosse, Elias und Joseph der Thor, sind wegen ihres gottlosen Planes den ewigen Tod gestorben, wie ich glaube, durch Gottes Strafgericht, wie Du bei näherer Erkundigung wirst erfahren können, da sie nicht um Verzeihung wegen ihrer schweren Sünde gebeten haben.[24]) Ihr Genosse aber, Thomas von Berytus, erkannte seinen Fehltritt und Wir haben ihn auf seine Bitte der Vergebung gewürdigt.[25]) Wir wurden gebeten, auch jetzt bei Dir, theuerer Bruder, für ihn Fürbitte einzulegen (er selbst hat mich zum Mittler für sich auserwählt), auf daß Dein gotterfülltes Gemüth das vergessen möge, was er einst, trunken von Wahnsinn, gegen Dich gefrevelt hat,[26]) wie auch sein schriftliches reuevolles Geständniß bezeugt, das ich den gegenwärtigen Zeilen angeschlossen habe.[27]) — Die priesterlichen Geschenke, welche Deine erhabene

---

[21]) *ἕνεκεν προχειρίσεως καὶ χειροτονίας αὐτοῦ.*

[22]) *Ἡμεῖς δὲ, ὦ ἱεροκέφαλε καὶ ἀρχιποίμην τῶν λογικῶν προβάτων τοῦ Χριστοῦ, ἀκολούθως τῷ πρὸ ἡμῶν τῆς Ἀλεξανδρείας ἱεραρχήσαντι μακαρίτῃ Μιχαὴλ, καὶ συναινοῦμεν καὶ συνευδοκοῦμέν σοι ἐν πᾶσι, καὶ ἀποδεχόμεθά σου τὴν ἀρχιερατικὴν τελειότητα καὶ κατεγραμμένον ἔχομεν τὸ ὄνομά σου ἐν τοῖς ἱεροῖς διπτύχοις μέχρι αἰῶνος.* (*ἀμὴν* add. Mon. 436. p. 103.)

[23]) Mansi: *Χαρίσαιτο οὖν θεός σοι.* Mon. cit.: *Ἀλλ' οὖν ὁ θεὸς χαρίσεταί σοι.* So auch unten.

[24]) *οἱ δὲ κατὰ σοῦ λυσσήσαντες ... ἐναπέθανον τῇ ἀποστατικῇ γνώμῃ αὐτῶν θάνατον αἰώνιον .. τῆς θείας, οἶμαι, δίκης αὐτοὺς ὑπεξελθούσης.* (So Mon.)

[25]) *ὁ δὲ ἕτερος αὐτῶν Θ. ὁ Βηρυταῖος ἐπέγνω τὸ πταῖσμα ἑαυτοῦ καὶ αἰτήσαντα* (Mon. *ᾐτήσατο*) *συγγνώμην* (*καὶ* add. Mon.) *κατηξιώσαμεν αὐτὸν συγχωρήσεως.*

[26]) p. 437: *ἀμνημονῆσαί σου τὴν ἔνθεον γνώμην τῶν παρ' αὐτοῦ εἰς σέ ποτε πεπαρῳνημένων.*

[27]) *ὡς αὐτὴ ἡ τοῦ ἀνδρὸς πρεσβευτικὴ μετάνοια δηλοῖ, ἣν ταῖς παρούσαις ἡμῶν συλλαβαῖς ὑπετάξαμεν.*

Heiligkeit durch Unseren oft erwähnten Schüler Uns übersendet hat, haben Wir in der Eigenschaft, welche Du bezeichnetest, entgegengenommen. Der Herr Unser Gott sei Dein Schuldner[29]) für einen solchen Dienst. Wisse wohl, theuerer Bruder, daß Wir größtentheils in der Unterwelt wohnen und ein Leben wie die Todten führen müssen wegen der Uebermacht der Tyrannen.[30]) Wollten Wir auch mit Worten die tagtäglich Uns zustoßenden Trübsale erzählen, Wir vermöchten es nicht. Gleichwohl finden Wir, wenn Wir auch nur einen kleinen Theil davon melden, damit Wir auch Andere zu Zeugen für Unser Elend haben, einige Linderung in Unserem herben Schmerz. Um es mit einem Worte zu sagen, Wir leben in Wahrheit und athmen für Christus, der Uns täglich stärkt und kräftigt, damit Wir hochherzig gegen alle Leiden, die Uns bedrängen, Stand halten; für alles Andere aber sind Wir fast gänzlich abgestorben.[31]) Sollte es Deiner Heiligkeit gefallen, für diese heiligen Orte Almosen zu senden[32]) gleich Deinen Vorgängern, so laß nicht durch Jedweden, sondern entweder durch den Priester Kosmas oder durch einen ähnlichen, ebenso zuverlässigen Mann dieselben Uns zukommen. Ich wollte mit ihm auch noch einen anderen Apokrisiar absenden; aber die Furcht vor den Heiden (den Muselmännern) hat mich daran gehindert. Wenn aber Kosmas wieder zu Uns zurückkehren will, so möge es Deiner Heiligkeit gefallen, ihn ohne Hinderniß reisen zu lassen. — Durch den Mund desselben habe ich auch die Tugenden der erhabenen Kaiser[33]) kennen gelernt, ihre Barmherzigkeit, ihre Freigebigkeit gegen die Armen, ihren heiligen Ernst, ihre Liebe zu den Fremden und zu den Mönchen, ihre Sanftmuth und Friedfertigkeit, ihr strenges Leben, mit dem sie alle Tage in Fasten, Nachtwachen und in Reinheit hinbringen.[34]) Ueber das Alles haben Wir Uns gewundert und sie hochgepriesen und für sie drei Messen gelesen, sowie Gott Bitten und Gebete wegen ihrer guten Werke dargebracht.[35]) Gott möge ihnen in Fülle alle Güter verleihen, ihr Reich für immer bewahren[36]) und mit den irdischen Gütern ihnen auch das Himmelreich gewähren; er möge ihre Tage gleich machen den „Tagen des Himmels“ und vor ihrem Angesichte die Völker zerstreuen, „die da Krieg wollen,“ ihnen die (alten) Grenzen des Reiches zurückgeben, die Heidenvölker unter ihre Füße legen;[37]) Gott schenke ihnen langes Leben, Gesundheit sowie den Untergang aller Heiden — unter Fürbitte der

---

[29]) Mon.: χρεώστης, Mansi: ὀφειλέτης.

[30]) ὅτι τῷ πλείστῳ μέρει τὸν ᾅδην οἰκοῦμεν, ζῶντες ὡς οἱ νεκροί, διὰ τὴν τῆς τυραννίδος ἐπικράτειαν.

[31]) τοῖς δὲ ἄλλοις ἅπασι μικροῦ λείποντος ἀποτεθνήκαμεν.

[32]) εὐλογίαν ἀποστεῖλαι ἐν τοῖς ἁγίοις τόποις τούτοις.

[33]) τὰς ἀρετὰς τῶν (θεοστέπτων add. Monac.) ἀνάκτων.

[34]) πάσας τὰς ἡμέρας αὐτῶν ἐν νηστείᾳ καὶ ἀγρυπνίᾳ καὶ καθαρότητι ἀναλίσκουσι.

[35]) καὶ τρεῖς ὑπὲρ αὐτῶν συνάξεις πεποιήκαμεν καὶ τῷ Θεῷ δεήσεις καὶ ἱκετηρίας προσηνέγκαμεν ὑπὲρ τῶν (Mon. add.: εὐσεβεστάτων καὶ) ἀνδραγαθημάτων αὐτῶν.

[36]) καὶ φυλάξαι τὴν βασιλείαν αὐτῶν αἰωνίζουσαν.

[37]) καταθέσθαι πάντων τῶν ἐθνῶν.

Gottesmutter und aller Heiligen und (besonders) durch die Gebete Unseres heiligen Vaters, des Apostels und Evangelisten Markus."

Dieses ausführliche und schwülstige Schreiben hat zwar in der Hauptsache ein ächt orientalisches Gepräge, ist aber in mehr als einer Beziehung verdächtig. Auch abgesehen von der durchaus unwahrscheinlichen Angabe von dem ascetischen Leben am Hofe des Basilius, die indessen bei einem entfernt Lebenden in Folge mißverstandener und erweiterter Erzählungen leichter erklärlich ist, zudem da die Töchter des Kaisers im Kloster der heiligen Euphemia Nonnen wurden [38]) und sein jüngster Sohn dem geistlichen Stande geweiht ward, auch abgesehen von dem unheilbaren Widerspruch mit dem, was aus den Akten des schon äußerlich mehr Glauben verdienenden achten Concils und den antiphotianischen Dokumenten bezüglich der Anerkennung des Photius in den drei östlichen Patriarchaten und deren Abgeordneten bei jener Synode hervorgeht, auch abgesehen von den überschwänglichen, fast an Apotheose streifenden Lobeserhebungen des Photius, die doch allzu ungewöhnlich und von der zwischen Patriarchen geführten Sprache abweichend erscheinen und auf ganz analoge Interpolationen durch eine kunstgeübte Hand schließen lassen, wie sie Johann's VIII. Briefe erfuhren, nur daß man weislich den Papst weniger hyperbolisch reden ließ als den Alexandriner [39]), sind manche Momente geeignet, den Verdacht der Supposition oder starken Interpolation zu erregen.

1) Auffallend ist, daß vier Metropoliten und „nicht wenige" Bischöfe bei der Synode Michaels II. gewesen sein sollen und die Existenz zahlreicher Bisthümer in Aegypten vorausgesetzt wird, während notorisch seit der arabischen Eroberung (641) die ägyptischen Bischofsitze immer mehr verwaisten und bis zum neunten Jahrhundert die Zahl der melchitischen Bischöfe ganz unbedeutend war. [40]) Auffallend ist, 2) daß der Erzbischof Thomas von Tyrus bei dem so weit entfernten, ihm nicht vorgesetzten Patriarchen von Alexandrien um Verzeihung bittet und diesem seinen libellus poenitentiae einreicht, [41]) dieser ihn losspricht und dieses Dokument an Photius einsendet, nicht aber sein Oberer, der Patriarch von Antiochien, in dessen Briefe an Photius wohl die Sache erwähnt, das Dokument selbst aber nicht mitgetheilt wird. Hatte Thomas zwei Patriarchen seine Schuld bekennen zu müssen geglaubt, warum wählte er nicht den von Jerusalem, der leichter zugänglich war, warum brachte er nicht unter Vermittlung seines Patriarchen, des antiochenischen, seine Reue-Erklärung dem

[38]) Theoph. Cont. V. 35. p. 261. Cedr. II. 206. Zon. p. 135.

[39]) Vgl. den vorigen Abschn. N. 21.

[40]) Assemani Bibl. jur. orient. t. I. c. 7. p. 175 nota: Verba Alexandrini Patriarchae suspicionem augent; scimus enim ex historia aegyptiaca, per id tempus in Aegypto praeter Patriarcham vix duos aut tres Episcopos graeci ritus exstitisse; nullum in tota Aegypto, neque apud Graecos neque apud Coptos, Metropolitam, si excipias Copticum Damiatensem antistitem, qui duobus post saeculis Metropolitae sibi nomen assumsit, quum tamen nullum sibi subjectum Episcopum haberet.

[41]) Le Quien Or. christ. t. II. p. 173: Quasi vero Metropolita Tyri, Antiochenae Sedis Protothronus, poenitentiae libellum dederit alieno Patriarchae potius, quam suo.

Photius in Vorlage? [42]) 3) Auffallend ist, daß von jenem Elias, der 869 als Abgesandter von Jerusalem aufgetreten war, hier nicht blos gesagt wird, er sei unbußfertig gestorben, sondern auch er sei von Gott mit dem Aussatze bestraft worden, [43]) während die beiden Briefe des Patriarchen Theodosius von Jerusalem, wovon der an den Kaiser gerichtete in der dritten, wie der an Photius in der zweiten Sitzung verlesen ward, davon keine Sylbe haben; das Schicksal dieses Mannes hätte doch der Bischof von Jerusalem am besten kennen müssen. — Daß Thomas hier Thomas von Berytus genannt wird, während er sonst, nicht blos im achten Concil, sondern auch in seiner 879 verlesenen Retractationsurkunde Erzbischof von Tyrus heißt, kann nicht auffallen; Berytus gehörte zu derselben Kirchenprovinz von Phönicia Prima, deren Metropole Tyrus war. Nach Einigen war Thomas früher Bischof von Berytus und dann nach Tyrus transferirt, welche Translation noch nicht allenthalben gutgeheißen war; [44]) einen besseren Aufschluß erhalten wir aber aus dem in der vierten Sitzung verlesenen Schreiben des Theodosius von Antiochien, wornach Thomas aus Berytus gebürtig war. [45]) Daß hier die Anerkennung des Photius durch Michael I. behauptet wird, ließe sich so deuten, Michael sei demselben nicht entgegen gewesen und habe dem vom Kaiserhofe eingesetzten Patriarchen sich nicht widersetzt; aber die Aeußerung über den früheren alexandrinischen Legaten macht das Ganze äußerst verdächtig. Eine specielle Vollmacht zur Vertretung Michael's II. auf einer byzantinischen Synode erhält aber Kosmas nicht; der Patriarch fordert nicht einmal strenge dessen Rückkehr nach Alexandrien und es drängt sich die durch die anderen Briefe noch bestätigte Vermuthung auf, dieser Kosmas sei ein sehr thätiges Werkzeug des Photius gewesen. Endlich müssen noch 4) verschiedene Aeußerungen im Briefe Michael's II. Verdacht erregen; der „häretische und schismatische Wahnsinn" ist ein dem Photius sehr geläufiger Ausdruck; [46]) die Worte: „Wer mit Euch in Gemeinschaft steht, steht auch mit Uns in Gemeinschaft," die auch in anderen Briefen vorkommen, [47]) erinnern an das Einschiebsel in dem Briefe des Papstes an die orientalischen Bischöfe; [48]) die „hohepriesterliche Vollkommenheit" ist eine von unserem Patriarchen häufig gebrauchte Titulatur, [49]) die mündliche und schriftliche Weisung an Alle, mit diesem Gemeinschaft zu pfle-

---

[42]) Es hätte sich außerdem Thomas sehr gut mit seiner Passivität auf der Synode von 869 und seiner Unkenntniß der griechischen Sprache entschuldigen können, wovon aber nicht das Geringste vorkommt.

[43]) Nach dem Briefe an den Kaiser soll aber Elias nach Alexandrien gegangen sein, wo er von Gott mit dem Aussatze bestraft wurde.

[44]) So Le Quien Or. chr. II. 809. 820.

[45]) Mansi p. 477 D.: Θωμᾶ τοῦ ἐκ Βηρυτοῦ τὴν Τύρον ἐπιτροπεύοντος.

[46]) Conc. a. 861 c. 13 (Bd. I. S. 432. N. 73.) L. I. ep. 2 ad Nicol. p. 613 ed. Migne.

[47]) S. unten den Brief des Alexandriners an den Kaiser.

[48]) Abschn. 2. N. 114.

[49]) ep. 11 (L. II. ep. 2.) ep. 191 (L. II. ep. 30. p. 841. Migne.) ep. Append. Montac. p. 385 (ibid. I. ep. 19. p. 781).

gen „ohne alles Uebelwollen, ohne Störrigkeit, ohne beflecktes Gewissen“ [50]) erinnert wiederum lebhaft an die so nachdrückliche und in verschiedenen Wendungen vorkommende Einschärfung des dem byzantinischen Kirchenoberhaupte schuldigen Gehorsams.

Mit diesem Schreiben stehen zwei andere Aktenstücke in enger Verbindung: einmal die dem dort genannten ehemaligen antiochenischen Legaten Thomas, der nach der achten Synode des Griechischen unkundig war, beigelegte Bittschrift an Photius um Vergebung seines Frevels, sodann der mit jenem Schreiben nahe verwandte Brief Michael's II. an Kaiser Basilius, die beide ebenfalls vielfachem Verdachte unterliegen. [51])

Der Libellus poenitentiae oder die Retraktationsschrift des Thomas von Tyrus, der 869 den Stuhl von Antiochien vertreten, gerichtet an den byzantinischen Patriarchen, [52]) lautet folgendermaßen:

„Gütigster und erhabenster Hoherpriester Gottes! Gar nicht zu sündigen kommt Gott allein zu, der ersten und ursprunglosen Natur. Aber von der Sünde sich zu belehren und durch Eingeständniß des begangenen Fehlers zur Besserung sich hinführen zu lassen, das ist ganz besonders den Menschen eigen, aber denen, die bescheiden und gottesfürchtig sind. [53]) Ich thörichter und unbesonnener Mensch nun habe, wie Ew. Heiligkeit besser weiß, mich von Elias und Joseph, den elenden Betrügern, überreden lassen, wurde hinkend an beiden Füßen, kam mit ihnen weit vom rechten Pfade ab. [54]) Vieles haben wir gegen die Wahrheit mit Hundegekläff vorgebracht und gegen Dich, den Hohenpriester Gottes, o größter Herrscher der Geister, Photius, gesündigt. [55]) Deßhalb haben beide die gerechte Strafe für ihr unsinniges Beginnen bei dem gerechten Richter gefunden, beide haben ihr elendes Leben auf eine verschiedene, aber gleichmäßig schlechte Weise geendigt. Der Eine (Elias) starb mit unheilbarem Aussatz behaftet; Joseph aber wurde von dem Tributeinnehmer gefangen und mit furchtbaren Mißhandlungen gequält, die er nur um wenige Tage überlebte. Er hat die Religion verfälscht und gegen den Gerechten Ungerechtigkeit geredet (Ps. 30, 19.), oder, was dasselbe ist, gegen Gott seinen Schöpfer. [56]) Ich aber, der ich allein durch Gottes Langmuth, die nicht den

---

[50]) δίχα πάσης κακοβουλίας καὶ διεστροφίας καὶ ῥυπαρᾶς συνειδήσεως. Aehnlich im Briefe an den Kaiser.

[51]) Assemani. l. c. p. 172.

[52]) Mansi p. 137—140. (Im Cod. Mon. 136. p. 161 geht dem Texte die Aufschrift voran: Μετάνοια Θωμᾶ μητροπολίτου Τύρου.) Πρώτατε τοῦ Θεοῦ ἀρχιερεῦ καὶ γαληνότατε. Τὸ μηδὲν ἁμαρτεῖν κ. τ. λ.

[53]) p. 140: ἀνθρώπων, ἀλλ' ἐπιεικῶν καὶ φοβουμένων τὸν κύριον ἰδιαίτατον (Mon.: ἰδιαίτατον).

[54]) Ἐγὼ γοῦν ὁ μάταιος καὶ ἠλίθιος, ὡς ἡ ὑμετέρα ἁγιότης μᾶλλον ἐπίσταται, Ἠλίᾳ καὶ Ἰωσήφ, ἀνδράσι βεβήλοις καὶ ἀπατεῶσι, συμπεισθεὶς ἀμφοτέροις ἐχώλευσα τοῖς ἴχνεσι, πόρρω τῆς εὐθείας σὺν αὐτοῖς ἀποπλανηθείς.

[55]) καὶ πολλὰ τῇ ἀληθείᾳ ἐξυλακτήσαντες καὶ κατὰ σοῦ τοῦ ἀρχιερέως Θεοῦ, μέγιστε πνευματάρχα Φώτιε, ἐξαμαρτήσαντες.

[56]) ὁ μὲν γὰρ λέπρᾳ ἀθεραπεύτῳ ἀπέῤῥηξε τὴν ζωήν, Ἰωσὴφ δὲ ὑπόδικος τῷ

Tod des Sünders will, noch übrig gelassen bin, habe mein Gewissen durchforscht und suche nun Heilung für meine Sünde." [57])

Diesem Bekenntnisse waren folgende Zeilen des alexandrinischen Patriarchen beigefügt: „Das ist das Reuebekenntniß des Thomas von Tyrus, welches er mit zerknirschtem Herzen vor Uns abgelegt hat. Es möge nun Euere brüderliche Liebe ihn aufnehmen, wie auch Wir gethan. Denn Wir müssen die Bußfertigen gerne aufnehmen. Die Gnade des Herrn bewahre Deine hohepriesterliche Heiligkeit und leite die Werke Deiner Hände; sie erstatte Dir das Gute zurück zum Lohn der Uns erzeigten Wohlthaten, [58]) unter der Fürbitte des Apostels und Evangelisten Markus. Amen."

Das an die Kaiser gerichtete Schreiben lautet also:

„Den von Gott erhobenen Kaisern Basilius, Leo und Alexander, Michael Erzbischof von Alexandrien. Alles menschliche Denken, wenn auch noch so tüchtig an Weisheit und Einsicht, jede menschliche Zunge, wenn auch noch so beredt und gewandt, wenn auch ein ganzes Leben der Sorge für diese Gewandtheit gewidmet wäre, auch ein von Leidenschaften freier, von irdischen Sorgen ganz ungetrübter Geist — das Alles, o gnädigster und weisester Kaiser, wäre, wie wir genau wissen, nicht hinreichend, um die Größe Deiner erhabenen Thaten zu preisen und das Lob mit Deinen Handlungen in Gleichgewicht zu bringen. [59]) Nicht blos deßwegen, weil Du mit dem allzeit wachen Auge Deines Geistes und mit rastlosem und nie ermüdendem Schritt allenthalben zu Land und zur See, oben und unten umherziehst, die barbarischen und fremden Völker theils in eigener Person, theils durch Deine siegreichen und unbezwinglichen Heere verjagst und dadurch Deinen Unterthanen vielfältiges Heil erwirkest, was die beste, dauerhafteste und sicherste Art ist, ihre Liebe zu gewinnen. Auch nicht allein deßwegen, weil Du das Dir untergebene Volk, das, um mit dem Propheten zu reden, wie ein hoher Mast auf dem Berge und wie ein Wahrzeichen auf dem Hügel durch die Nachläßigkeit und Sorglosigkeit der früheren Herrscher verlassen stand und nach Ruhe suchte, als Du es Deiner Fürsorge bedürftig fandest, auf Deine mitleidigen Schultern nahmst und an den Ort der Weide, an das Wasser der Ruhe und Erholung (Ps. 22, 2.) durch Deine mächtige Hilfe verpflanztest, wo Du es bald aus einer unfrucht-

---

πράκτορι γεγενημένος καὶ πληγαῖς ἀνηκέστοις βεβιασμένος ἐπὶ μικρὰς ταύτας καὶ πονηρὰς ἡμέρας ἐπεβίωσα καὶ αὐτὰς διανύσας ἔτη που παραχωρείτων (so Mon. cit.) τὴν συνείδησιν καὶ κατακλαίω κατὰ τοῦ δικαίου ἀδικίαν, ἔτι δὲ εἰπεῖν, κατὰ τοῦ θεοῦ τοῦ ποιήσαντος.

[57]) ἀνέπτυξα τὴν οἰκείαν συνείδησιν καὶ ζητῶ τοῦ ἁμαρτήματος τὴν ἰατρείαν.

[58]) ἀντιμισθίαν τῶν εἰς ἡμᾶς εὐεργεσιῶν.

[59]) p. 429: Πᾶσα μὲν ἀνθρώπων διάνοια σοφίᾳ καὶ συνέσει κοσμουμένη, πᾶσά τε γλῶσσα εὔλαλος οὖσα καὶ εὔστροφος καὶ πρὸς ταχύτητα λόγων πάντα τὸν βίον μελέτῃ πεπονημένη, νοῦς τε ἀνθρώπων ἀπαθὴς καὶ ἐλεύθερος ἐπὶ βιωτικῶν φροντίδων ἄπειρος καὶ ἀθόλωτος, βασιλέων κράτιστε καὶ σοφώτατε, οὐκ ἐξαρκέσουσιν, ἴσμεν σαφῶς, τῷ βουλομένῳ αὐτῷ τῶν σῶν κατορθωμάτων ἐγκωμιάζειν τὸ μέγεθος καὶ ταῖς πράξεσιν ἐξισοῦν τὰς εὐφημίας ἐπειγομένῳ.

baren und verkümmerten zu einer höchst blühenden Heerde gemacht hast,[60]) so daß Du freimüthig zu Gott sagen kannst: Siehe ich und die Kinder, die mir Gott gegeben hat (Jsai 8, 18.) — Ich habe die bewahrt, die Du mir gegeben hast (Joh. 17, 12.). Sondern deßwegen vorzüglich (bist Du zu preisen und zu verherrlichen),[61]) weil Du den erhabenen und von jeder Zwietracht freien Leib Christi, die Kirche, dieses heilige Volk, dieses königliche Priesterthum, für welches, die Himmel neigend, der gute Hirt Christus herabstieg und freiwillig sein Blut vergoß, welches er den Schlingen des Bösen entriß und Gott dem Vater zum Geschenke darbrachte, weil Du, sag' ich, dieses priesterliche Geschlecht, das von der Herrschsucht oder vielmehr von dem Neid und der Anfechtung des Teufels und derjenigen Menschen, welche die Furcht Gottes abgeschüttelt haben, so verwirrt und verwüstet war, daß jeder eine andere Meinung hegte, nicht länger ansehen konntest, sondern es wiederum in Eintracht versöhnt und mit dem Erzhirten Christus vereinigt hast. Du hast gezeigt, daß Du nicht blos für die, welche abwichen und verloren gingen,[62]) sondern auch für die, welche fest blieben und ausharrten, vermöge Deiner Frömmigkeit und Deiner Liebe zu Gott die eifrigste Fürsorge übernommen hast und mit Deinen Gütern nicht blos das römische Reich erfülltest, sondern fast alle Länder, welche die Sonne bescheint und mit ihrem Glanze erfüllt. Denn siehe, auch Uns, die Wir weit entfernt sind von Deiner erhabenen Herrschaft, erschien nach einer langen, um Christi willen unternommenen Pilgerfahrt[63]) der gottesfürchtige Mönch und Priester Kosmas, der wahre Nacheiferer und Schüler des Evangelisten Markus, und brachte Uns freudige Botschaft und hochwillkommene Geschenke,[64]) die Uns mit Freuden erfüllten. Er benachrichtigte Uns,[65]) daß die heiligste und gleichwesentliche Dreieinigkeit, die Alles im Himmel und auf Erden aus dem Nichts zum Dasein rief und erhält, in drei Sonnen von gleicher Natur und gleichem Willen, Dir, gütigster Kaiser, und Deinen ebenso religiös gesinnten Söhnen Leo und Alexander das römische Reich zu regieren befahl, Dich stets durch Siege verherrlichte, die Verläugner ihres heiligsten Namens (Geistes) Euch zu

---

[60]) οὐδ' ὅτι ὡς ἰσχὺν ἐπ' ὄρους καὶ ὡς σημαίαν ἐπὶ βουνοῦ κατὰ τὴν τοῦ προφήτου φωνήν, ῥαθυμίᾳ καὶ ὀλιγωρίᾳ τῶν ἀποβεβληκότων πλανώμενον καὶ ζητοῦν ἀνάπαυσιν, τοῦτο (sc. τὸ ποίμνιον) εὑρὼν καὶ τῆς σῆς ἐπιμελείας δεόμενον, αὐτὸς ἐπὶ τῶν ὤμων τῆς σῆς εὐσπλαγχνίας ἀναλαβὼν εἰς τόπον χλόης καὶ ἐφ' ὕδωρ ἀναπαύσεως τῆς σῆς κραταιᾶς ἐπικουρίας κατεσκήνωσας καὶ πεῖναν ἐκ παρειμένου καὶ ἐκλελοιπότος αὖθις ἀπέδειξας.

[61]) p. 429 A.: ἀλλ' ὅτι τὸ μέγα κ. τ. λ. Die lateinische Uebersetzung hat das Verhältniß dieses Satzes zu dem vorangehenden (οὐ μόνον ὅτι — οὐδ' ὅτι ὡς) ganz verwischt.

[62]) Die φθειρόμενοι im Gegensatze zu den ἐνστάντες καὶ μένοντες sind hier entweder die dem Reiche entrissenen Unterthanen oder aber die durch ihre Spaltung zu Grunde gerichteten. Obschon für erstere Deutung das Folgende sprechen könnte, so ist das Vorangehende doch für die letztere von größtem Gewicht.

[63]) μετὰ πλείστην ὁδὸν καὶ χρονίαν διὰ Χριστὸν ἀποδημίαν ἐπέστη (ἡμῖν add. Mon. 436.) K.

[64]) εὐαγγελίοις εὐκταίοις καὶ δωρήμασιν ἀσμενιστοῖς καὶ ἱεροῖς ἡμᾶς δεξιούμενος.

[65]) So ist der Satz mit ὡς ὅτι zu verstehen, wie auch das folgende ἐφ' οἷς ἡσθέντες ἡμᾶς zeigt.

Füßen legte und ihren stolzen Nacken von Eueren verehrungswürdigen und heiligen Füßen zertreten ließ, ihren frechen Uebermuth zu Boden warf und vernichtete.[66]) Darüber freuten Wir Uns, Wir athmeten auf von den schweren Trübsalen, die Uns umgeben,[67]) Wir erhoben Unsere Hände zum Himmel in Eintracht, und erstatteten der über alle Wesenheit erhabenen und allerheiligsten Dreieinigkeit den geziemenden Dank. So bitten Wir deren erhabene Güte, o allergütigste und gottgekrönte Kaiser, daß sie Euere Herrschaft für alle Zeit und in die Ewigkeit bewahre, Euere Tage gleichmache den Tagen des Himmels, Euch die Himmel Seines Reiches verleihe, Euch bestärke, daß vor Euerem und Euerer Heere Angesicht die Völker, die da Krieg wollen, zerstreut werden,[68]) mit den irdischen zugleich auch die himmlischen Güter Euch ertheile, zugleich mit der allerfrömmsten Kaiserin Eudokia und Eueren von Gott gegebenen Sprossen, den im Purpur geborenen, unter Fürbitte der allerheiligsten Gottesmutter, der Gott ähnlichen Engel und aller Heiligen. Amen.[69])

Es war aber, o Herr, überaus gut, daß dieser Auftrag Unserem Sohne, dem Priester Kosmas, anvertraut ward, der ein vielseitiger und in vielen Sprachen wie in der Behandlung der Geschäfte gewandter Mann[70]) ist und die Geheimnisse der Könige (Tob. 12, 7) wohl bewahren kann. Wenn es Deiner von Gott erhobenen Majestät gefallen sollte, zehn Metropoliten zu Unserer Unwürdigkeit[71]) zu senden, so würden Wir durch sie nicht mehr zur Liebe gegen den heiligsten Photius, den ökumenischen Patriarchen und Unseren Mitbruder, bewogen werden können. Denn obschon Wir Uns viele Mühe gaben, den Priester Kosmas bei Uns zurückzuhalten, so ließ er sich doch wegen der mit Deiner Majestät und dem ökumenischen Patriarchen getroffenen Vereinbarung nicht dazu bewegen, da er sich alle Mühe gibt, unverbrüchlich sein Wort zu halten.[72]) Er wollte nicht dem vermaledeiten Joseph ähnlich werden, der im

---

[66]) σοί, τῷ καταγαθῷ βασιλεῖ καὶ Λέοντι καὶ Ἀλ. τοῖς υἱοῖς καὶ ὁμοφρόνως τῇ εὐσεβείᾳ, τὸ φρυαττόμενον φῦλον ἰθύνειν ἐδίδωκας, οἵτινες ἀεὶ μεγαλύνουσιν, καὶ τοὺς ἀρχηγοὺς τοῦ παναγίου ὀνόματος (Mon. 27. et 436: παναγίου αὐτοῦ) αὐχένα ὑπὸ τοὺς πόδας αὐτῶν (l. ὑμῶν, wie auch sonst öfter vorkommt; so haben auch unten p. 129 D.: χαριζόμενος ὑμῖν die Codices: αὐτοῖς) τιθεῖσα, τοὺς αὐχένας συμπατεῖσθαι ὑπὸ τῶν τιμίων καὶ ἁγίων ποδῶν αὐτῶν (l. ὑμῶν) ἐδικαίωσε, κατεστρώσατο εἰς γῆν τὰ φρυάγματα αὐτῶν καὶ ἠφάνισε.

[67]) καὶ τῶν κακῶν περιειληφότων ἡμᾶς ἀναπνεύσαντες.

[68]) φυλάττειν τὴν βασιλείαν ὑμῶν εἰς αἰῶνα καὶ ἐπ' αἰῶνα καὶ ἔτι — καὶ ποιῆσαι τὰς ἡμέρας ὑμῶν ὡς ἡμέρας τοῦ οὐρανοῦ (ψ. 88, 30.), καὶ ἀποδοῦναι αὐτοῖς (l. ὑμῖν) τοὺς οὐρανοὺς τῆς βασιλείας αὐτοῦ (diesen Satz hat Mon. 436. p. 160.) καὶ ἐνισχῦσαι ὑμᾶς, ὥστε διασκορπίζειν (die Worte καὶ — ὥστε fehlen im Mon. cit.) ἔμπροσθεν ὑμῶν καὶ τῶν ἐπιστρατευμάτων ὑμῶν ἔθνη τὰ τοὺς πολέμους θέλοντα (ψ. 67, 31. Vulg.)

[69]) Diese Schlußformel könnte darauf hindeuten, daß das Folgende bloße Nachschrift ist; es scheint aber dieselbe nur den Eingang des Schreibens zu beschließen.

[70]) ἄνθρωπον ὄντα παντοίως καὶ διαφόροις γλώσσαις πεπαιδευμένον, καὶ εἰδότα πραγμάτων ἀντέχεσθαι.

[71]) πρὸς (statt πρὸ richtig aus Mon. zu setzen) τὴν ἀναξιότητα ἡμῶν.

[72]) διὰ τὰς συνθήκας τὰς πρὸς τὴν βασιλείαν σου καὶ τὸν οἰκουμενικὸν πατριάρχην τὸν ἁγ. Φ., οὐκ ἠδυνήθημεν πεῖσαι, φυλάττειν τὴν ἀλήθειαν ἀπαράβατον σπουδὴν ποιούμενον. (Monac.: οὐκ ἐπείσθη, φυλάττειν τὴν ἀλ. ἀπ. σπ. ποιούμενος.)

Angesichte Deiner Majestät mit dreister Lüge versicherte, er sei Archidiakon des Herrn Michael, Patriarchen von Alexandrien. Als der Patriarch seine Schlechtigkeit erfuhr, belegte er ihn mit dem Anathem. Ebenso hat auch der gottlose Elias die Menge zu täuschen und zu behaupten gewagt, er sei Syncellus des Patriarchen Sergius von Jerusalem; als er hieher kam, wurde er vom Aussatz befallen und endete so sein schlechtes Leben. [73]) Diesen wollte der Priester Kosmas nicht ähnlich werden und darum wollte er nicht bei Uns verbleiben. Doch genug hievon; Wir wollen jetzt von der Hauptursache unserer Danksagung und der Pflicht einer so hohen Freude sprechen. [74])

Es hat Uns der vorgenannte frömmste Kosmas die sichere Kunde gebracht, daß Deine erhabene Majestät, o Herr, der Kirche ihren Glanz zurückgegeben hat, dadurch daß sie den heiligsten Patriarchen Photius, diesen wahrhaft lichtähnlichen und lichtspendenden Mann, dieses erhabene Muster des Priesterthums, diese Richtschnur der Wahrheit, diese Regel der Tugend, den Sitz der Weisheit, dieses ehrwürdige Kleinod alles Guten, diese stets zum Almosen bereite Hand, diese Zuflucht der Fremden, diesen Trost der Betrübten, diese Herberge für alles Edle und Gute, [75]) daß sie, sag' ich, diesen herrlichen Mann wiederum auf den Leuchter des Hohenpriesterthums gestellt hat, damit er die ganze Kirche durch die Reden seiner Weisheit und Wissenschaft erleuchte. Denn diesen Mann, den Wir schon durch das Zeugniß unseres Vorfahrers Michael als einen solchen kennen lernten, hielten Wir stets und halten ihn noch für Unsern Mithirten und Mitbischof und als solchen wünschen wir ihn zu haben bis zum letzten Tage unseres Lebens. Wer nicht mit ihm Gemeinschaft hält und ihn nicht als völlig legitimen Patriarchen anerkennt, dessen Antheil soll mit den Gottesmördern sein. Denn Wir rathen und ermahnen Alle ohne Ausnahme durch dieses Unser geringes Schreiben und weisen Alle an, [76]) mit ihm Gemeinschaft zu halten ohne alle schlechte Absicht und ohne beflecktes Gewissen. Wer mit ihm in Gemeinschaft ist, der ist sicher auch mit Uns in Gemeinschaft. Wenn aber Einige sich bemühen, sich von dem Leibe der Kirche loszureißen, so sollen sie von der Hoffnung der Christen ausgeschlossen sein.

Auch das müssen Wir noch beifügen, o Herr. Wenn Gott Deine heilige Seele dazu bewegen sollte, an diese heiligen Orte einiges Almosen zu senden, wie die früheren Kaiser gethan, so möge dieses durch keinen Anderen, als durch den Priester Kosmas geschehen; denn Wir haben sonst auf keinen Anderen festes Vertrauen. [77]) Hätten Wir auch mit ihm noch einen Anderen senden

---

[73]) καὶ ἐλθὼν ὧδε λεπρωθεὶς τὴν πονηρὰν αὐτοῦ κατέστρεψε ζωήν.

[74]) τὸ δὲ κεφάλαιον τῆς ἡμετέρας εὐχαριστίας καὶ τὸ ὄφλημα τῆς τοσαύτης περιχαρείας ἔνθεν ἐροῦμεν.

[75]) Die beiden letzten dieser Prädikate, die gleichlautend sind mit den im Briefe an Photius enthaltenen, fehlen bei Mansi p. 132 C.; Cod. Mon. cit. gibt sie aber hier wie dort.

[76]) ἡμεῖς γὰρ παντὶ ἀνδρὶ καὶ πάσῃ ψυχῇ παραινοῦντες συμβουλεύομεν διὰ τοῦ εὐτελοῦς ἡμῶν γράμματος καὶ ἐντελλόμεθα.

[77]) εἰ κλίνοι κύριος ὁ Θεὸς τὴν ἁγίαν σου ψυχὴν καὶ θελήσειε (Mansi; Mon.: θελήσεις) τινὰ εὐλογίαν ποιῆσαι εἰς τοὺς ἁγίους τόπους τούτους, ὡς καὶ οἱ πρὸ σοῦ βασι-

wollen, so waren Wir durch die Furcht vor den Heiden daran verhindert. — Gott, der Alles erschaffen, der die Herrscher zum Heile ihrer Untergebenen aufstellt, der Dich, den getreuesten Kaiser, vom Mutterleibe an auserwählt, Dein heiliges Haupt mit dem Diadem und mit kostbaren Edelsteinen gekrönt hat, er möge Deine rechte Hand stark machen, wie die Deiner Söhne und Mitkaiser, er möge in seinem Willen Euch leiten zugleich mit der gottgekrönten Kaiserin und den im Purpur geborenen Söhnen, und mit den irdischen auch die himmlischen Güter euch verleihen.[78]) Also geschehe es! Amen."

Auffallend ist, daß in diesem Briefe der Patriarch von Jerusalem, den 869 Elias vertrat, Sergius heißt, während es Theodosius war. Statt der in dem Briefe an Photius enthaltenen Angabe vom Tode des Legaten Joseph wird hier erzählt, daß ihn Michael I. anathematisirt und als Lügner gebrandmarkt; nur der plötzliche Tod des Elias wird berichtet. Jedenfalls bestehen gegen diese alexandrinischen Aktenstücke starke Bedenken, zum mindesten scheinen sie vielfach interpolirt,[79]) wenn auch an der Bereitwilligkeit des Alexandriners, dem jedesmaligen Wunsche des kaiserlichen Hofes nachzugeben, kaum zu zweifeln ist.

Was den Stuhl von Jerusalem betrifft, so ist der Patriarch derselbe Theodosius, der in der achten Synode für Ignatius durch seinen Stellvertreter sich erklärt. Der Legat trägt denselben Namen Elias, ist aber von dem Elias des Jahres 869 verschieden, der bereits verstorben sein soll. Der Elias von 879 ist Stylit und war schon längere Zeit vor der Synode bei Photius in Constantinopel; ihm ward sein Bruder Andreas nachgesandt mit Briefen an Photius und an den Kaiser, die in der zweiten und dritten Sitzung der photianischen Synode vorgelesen wurden. Da aber noch während der Synode der Patriarch Theodosius starb, so mußte auch sein Nachfolger sich für Photius aussprechen und schon in der vierten Sitzung verlas man ein Schreiben desselben, das den Elias in seiner Eigenschaft als Legat von Jerusalem bestätigte.[80]) Es scheint, man habe alles Mögliche aufgeboten, um ja den Consens der Orientalen zu der Erhebung des Photius recht eklatant zu constatiren. Gerade diese große Sorgfalt ist im Hinblicke auf die entsprechenden Akten der Synode von 869 den Verdacht des Betruges zu erregen geeignet. Der Patriarch Theodosius nennt den Elias direkt seinen Legaten und bevollmächtigt dessen Bruder Andreas zur Synode in Byzanz, während sein Nachfolger die Legation bestätigt.

λεῖς, μὴ δι' ἄλλου, ἀλλὰ διὰ τοῦ πρεσβυτέρου Κοσμᾶ τὴν τοιαύτην εὐλογίαν ἐξαποστεῖλαι προθυμήθητι· εἰς γὰρ ἄλλον οὐ πληροφορούμεθα.

[78]) χαριζόμενος lesen die Codd. Mon. richtig.

[79]) Nach Assemani besonders in den Stellen, die sich auf den Metropoliten Thomas beziehen, dessen Bußerklärung als ganz unterschoben erscheint. Kaum wahrscheinlich ist es, daß der Alexandriner von der Sorglosigkeit und Nachlässigkeit der früheren Kaiser in dem Briefe an Basilius in dieser Weise geredet habe; diese Schmeichelei für letzteren ist wohl auf byzantinischem Boden entstanden.

[80]) S. unten Abschn. 6.

Prüfen wir nun die beiden Schreiben des Patriarchen Theodosius, zunächst das an Photius gerichtete.[81])

„Dem von Gott auserwählten, heiligen und ehrwürdigsten Photius, Patriarchen von Constantinopel, meinem Mitbischof, Theodosius, der geringste Patriarch von Jerusalem, Heil im Herrn. Der heilige David, der der Mann nach dem Herzen des Alles Vorhersehenden genannt ward, hatte das Zusammenwohnen in Eintracht und im Hause Gottes[82]) sowie in brüderlicher Gesinnung im Sinne, da er sprach: Der Herr läßt die, so gleichen Sinnes sind, im Hause wohnen (Ps. 67, 7. Vulg.).[83]) Derjenige, der ihn von der Schafheerde hinweg[84]) in seiner Vorsehung zum Könige und zum Propheten auserkor, derselbe hat in unserer Zeit das vorher Geweissagte in Erfüllung gehen lassen. Denn durch Gottes Gnade wird Deine unvergleichliche Heiligkeit, o erhabener Hierarch und Grundstein der Kirchen,[85]) die Harmonie in den Tugenden, die Religiosität und die brüderliche Eintracht[86]) allenthalben in Gottes Kirchen verkündigt und befestigt, und das durch Deine von Gott geleitete Sorgfalt und oberhirtliche Wachsamkeit,[87]) die Unser Gehör wie das aller einzelnen heiligen Kirchen mit Freude und Wonne erfüllt, die ihren Vorstehern wahres Frohlocken bereitet und sie die gemeinsame geistliche Festlichkeit fröhlich begehen läßt.[88]) Denn Alle sind wir Ein Leib und Glieder von einander (Eph. 4, 25); wenn ein Glied stark ist, so vertheilt sich seine Stärke auch auf die übrigen, und wenn ein Glied leidet, so leidet der ganze Körper.[89]) Das ist auch der Fall bei den geistigen Gliedern, die dem Ganzen der katholischen Kirche eingefügt sind. Auch Wir also, die wir ein Theil der Kirche sind, haben, wofern ein Theil der Kirche sich übel befindet, Antheil an diesem Leiden. Deßhalb,

---

[81]) Mansi l. c. p. 441—444. Mehrfach abweichend im Τόμος Χαρᾶς p. 61, wo der Anfang lautet: Ὁ κατὰ τὴν καρδίαν τοῦ πάντων προνοητοῦ χρηματίσας θεῖος Δαβίδ. Wo Mansi συνοικεῖν hat, steht συνοικίζειν Mon. 436. p. 166.

[82]) ἐν (Mansi καὶ) οἴκῳ θεοῦ. Dos. s. Auth. Mon.

[83]) Mansi: διαθ. δεικνύμενος, κύριος, ἔφη, κατοικίζει μονοτρόπους ἐν οἴκῳ. Tom. Char. A. et Mon.: διαδείκνυ γινόμενος ὑπὸ θεσπιότητος καὶ καλλονῆς ταῦτα τέταχε.

[84]) ὁ ἐκεῖνον οὖν (A. καὶ ὁ ἐκ. Mon. καὶ γὰρ ἐκ.) ἐκ ποιμνίου (A. Mon. ποιμνίων) προβάτων ἐκλεξάμενος.

[85]) ὦ θεσπέσιε ἱεράρχα καὶ τῶν ἐκκλησιῶν βάσις. Damit wird der byzantinische Patriarch geradezu zum Oberhaupte der Kirche gemacht. Das Epitheton ist hier nicht unverdächtig.

[86]) A.: ἀρετῶν ὁμόνοια, εὐσεβείας τε καὶ ἀδελφότητος συμφωνία. Mansi: εὐσέβειά τε καὶ ἀδελφικὴ ὁμόνοια.

[87]) ὑπὸ τῆς σῆς θεοκυβερνήτου ἐπιμελείας καὶ ποιμαντικῆς ἐγρηγορήσεως (— ήσεως). Mon.: ἐγρηγορητικῆς ποιμάνσεως.

[88]) Mansi: καὶ πνευματικὴν κοινὴν εὐφροσύνην ἑορταστικὴν ἐπιτελεῖσθαι. A.: καὶ πνευματικὴ εὐφροσύνη ἐπιτελεῖται ἑορταστική. So auch Mon. cit., wo aber ἐπιτελεῖται steht.

[89]) Im Mon. wie bei Auth. steht das zweite Glied voran: ὅταν ἓν μέλος πάσχῃ κ. τ. λ. Statt: τοῦτο δὴ συμβαίνει καὶ ἐν τοῖς π. steht im Mon.: τοῦτο δὲ καὶ ἐν τοῖς ψυχ.; dann heißt es: εὐδαιμονοῦντος; καὶ ἡμεῖς, (f. — τὸ ἓν μέρος), τὸ ἕτερον μέρος, εἰ καὶ ἑτεροίως πάσχει, διὰ τὴν συνάφειαν μετέχει τῆς εὐδαιμονίας. Ebenso A.

o hocherhabener, o großer Hort der Kirche Christi,[90]) da auch Wir in den Schlingen der Gottlosen Uns befinden und Unerträgliches von ihnen erdulden müssen, sowohl in der Entziehung der kirchlichen Einkünfte als in der Plünderung Unserer geringen Habe,[91]) nimm Dich Unser an in Deinen Gebeten und Bitten zu Gott, Du hochheiliges Haupt des Leibes der Kirche,[92]) Du, der Du eine beseelte Gottesstadt für eine andere Stadt bist, werde Mittler bei den Gottesfürchtigen und von Gott erkorenen Kaisern,[93]) auf daß sie sich über die heilige Kirche Gottes von Jerusalem und die heilige Sion erbarmen. Lasse Dich darin keine Mühe gereuen; denn eine schwere Zeit ist über sie gekommen, in der sie der Erbarmung bedürfen.[94]) Einzeln alle die Arten von Leiden aufzuzählen, die Uns Unglückliche betroffen,[95]) erachte ich für ungeziemend und nicht der Ehrfurcht entsprechend, die Deiner durchaus lauteren Heiligkeit geziemt; doch haben Wir, weil so viele und unsägliche Leiden und Gefahren Uns fortwährend bestürmen und beängstigen,[96]) unter heißen Thränen den sehr frommen Mönch Herrn Andreas, der wie kein Anderer das ihm Anvertraute bewahrt und leiblicher Bruder Unseres heiligen Legaten, des Herrn Elias des Studiten, ist, der mit Euerer Heiligkeit gemeinsam schweren Kampf bestand,[97]) gebeten, daß er zu Euch reisen möge zur Feststellung kanonischer Beschlüsse und zur Beseitigung der auftauchenden Aergernisse; dieser wird Euch noch viel deutlicher die uns so verderblichen Angriffe der Heiden schildern.[98]) Es möge sich also Deine Gotterregte Gesinnung zum Mitleid gegen uns stimmen lassen und die nöthige Fürsorge Uns zuwenden.[99]) Ich aber habe in

---

[90]) ὦ θεσπεσιώτατε (so A. u. Mon.; Mansi: θεσπίσιε) καὶ τῆς τοῦ Χριστοῦ ἐκκλησίας μέγα πρόβολε (A. Mon.: καὶ τοῦ Χρ. ὁ μέγας πρόβολος).

[91]) καὶ ἡμῶν (A. Mon. τὰ καθ' ἡμᾶς) τῶν ἐν βρόχοις ὄντων ἀνόμων καὶ πασχόντων τὰ ἄλγεινα (A. ἄστεκτα) ἔν τε ζημιώσεσι προσόδων (A. προσόδων) ἐκκλησιαστικῶν καὶ ἁρπαγαῖς τῶν προσόντων ἡμῖν εὐτελῶν (A. καὶ ἁρπαγὴν πενιχρῶν [Mon. πραγμάτων] ὑπαρχόντων καὶ ταπεινώσεως ἀνυποίστου, ἧς τὸ τέλος ὄλεθρος. So auch Mon.)

[92]) πρεσβευσον ταῖς εἰς θεὸν (diese drei Worte fehlen im Mon. u. bei A.) εὐχαῖς καὶ δεήσεσιν, ὦ ἱερὰ κεφαλὴ τοῦ τῆς ἐκκλησίας σώματος (A. Mon. κεφ. σώματος ἐκκλησιαστικοῦ) — abermals der kirchliche Primat von Byzanz.

[93]) A. und Mon. abweichend vom Texte Harduin's und Mansi's: καὶ ὡς πόλις θεοῦ πόλιν ἑτέραν τῶν εὐσεβῶν καὶ θεολέκτων βασιλέων μεσίτευσον, ὡς πατήρ τε (τε omitt. Mon.) καὶ προστάτης λογικῶν θρεμμάτων (Mon. προβάτων) ταῖς πρὸς τὸ θεῖον (Mon. πρ. θεὸν) ἀλήκτοις δεήσεσιν ἐλεῆσαί τε καὶ κατοικτειρῆσαι.

[94]) Mansi p. 444: ὅτι καιρὸς χαλεπὸς ἐφέστηκεν ἐν ᾧ δέονται ἐλέους. A. Mon.: ἐφέστηκεν ἐν αὐταῖς (Mon. αὐτῇ) δεῖσθαι καὶ (omitt. Mon.) ἐλέους.

[95]) τὰ γενόμενα ἡμῖν τοῖς ἐλεεινοῖς κακὰ (A. Mon., Mansi: τοὺς ἐλεεινοὺς ἡμᾶς κ.) ἄδικον ἡγοῦμαι τῇ ἀκραιφνεστάτῃ ἁγιότητί σου (ἱστορῆσαι).

[96]) ἐκ τῆς ἀῤῥήτου (sic. A. Mon.; Mansi: ἀφορήτου) καὶ πολυτρόπου (Mansi: πολυειδοῦς) κινδύνων ποικίλων ἐπικειμένης (Mon. —μένων) ἡμῖν συνοχῆς (Mansi: τῶν ἐπικειμένων ἡμῖν ποικ. κινδ. συνοχῆς).

[97]) ὁμαίμονα (ὄντα add. Mansi.) τοῦ ὁσίου τοποτηρητοῦ ἡμῶν κυρίου Ἠ. τοῦ καὶ στυλίτου, τοῦ τῇ ἁγιότητί σου συναθλήσαντος.

[98]) ὃς καὶ σαφῶς διηγήσεται μᾶλλον τὰ καθ' ἡμῶν φθοροποιὰ ἐπιπτώματα τῶν ἐθνῶν (A. Mon.: τὰ ἐλλειπτικὰ ἐθνικὰ συμπτώματα).

[99]) Δέομαι (A. Mon. haben καὶ) ἡ θεοκίνητός σου διάθεσις κινηθήτω (A. κινηθεῖσα)

Folge der unerträglichen Mißhandlungen[159]) eine demüthige Bittschrift durch den vorgenannten Legaten Andreas an die hochheilige und gütige Majestät der Kaiser abgesandt,[160]) worin in gedrängter Kürze die schweren Leiden dargestellt sind, die Wir zu erdulden haben.[161]) Ich beschwöre demnach Deine Heiligkeit, Uns mit Erbarmen beizustehen und dazu mitzuwirken, daß das, was Wir von Ihrer geheiligten Majestät erflehten, auch wirklich seine Erfüllung finde.[162]) Oefter aber flehe Uns selbst in eigener Person bei mittelst Deiner heiligen Gebete. Wofern aber Jemand Dich, heiligster Vater, als Bischof und Patriarchen der kaiserlichen Stadt nicht anerkennen will, so sei er verflucht vom Vater, vom Sohne und vom heiligen Geiste und jeder priesterlichen Würde entsetzt. Denn so hat auch die mit mir versammelte Synode entschieden."[163])

Dieser Brief gibt sich als ein Begleitschreiben zu dem an den Kaiser gerichteten Unterstützungsgesuch zu erkennen, das der byzantinische Patriarch bei diesem empfehlen und befürworten soll. Da die Bitte um die frommen Gebete des Adressaten gewöhnlich den Schluß solcher Schreiben bildet, und die Erwähnung der zu Gunsten des Photius in Jerusalem gehaltenen Synode hier am Ende in sehr kurzer und oberflächlicher Weise geschieht, so scheint diese wie die anderen darauf zielenden Aeußerungen in Byzanz beigesetzt und aus anderen Briefen eingeschaltet worden zu sein. Aehnliches ist wohl der Fall mit dem in der dritten Sitzung der photianischen Synode verlesenen, übrigens noch einen passenderen Schluß enthaltenden Briefe an den Kaiser.[164])

„Dem von der göttlichen Vorsehung vom Himmel herab gekrönten, geleiteten und geführten Herrscher, dem Gutes wirkenden, friedfertigen, siegreichen, mit Gottes Beistand streitenden, Christus liebenden, allerchristlichsten, gütigsten und gnädigsten Kaiser der Römer Basilius[165]) Theodosius der Geringste, durch Gottes Barmherzigkeit Patriarch von Jerusalem.[166]) — Groß ist der Herr und groß ist seine Kraft. Nach seiner großen Barmherzigkeit, der unaussprech-

---

εἰς ἡμᾶς οἶκτον (Mansi: οἶκτον ἡμ.) καὶ παρασχεῖν (A. παρέσηται; Mon. παρέσεται) τὴν προσήκουσαν ἐπιμέλειαν.

[159]) A. Mon.: ἀφορμήσας δὲ ἐκ τῆς προλεχθείσης ἀνηκέστου βίας. Mansi: ἐγὼ δὲ ἐκ τῆς ἀνηκέστου ταύτης, ὡς προεῖπον, παρακινηθεὶς βίας.

[160]) σύντομόν τε γράμμα ἱκετευτικὸν (A. Mon. δεητικὸν) μετὰ τοῦ προειρηθέντος ἐν ἀποστόλοις (Mansi: ἐν ἀποστολῇ) κ. Ἀνδρέου πρεσβυτέρου (ἀνέπεμψα Mansi), τῷ φιλοικτίρμονι κράτει τῶν ἁγίων βασιλέων.

[161]) ἐν ᾧ δηλοῦται (A. Mon. περιγράφεται) συλληπτικῶς τὰ καθ' ἡμᾶς πάνδεινα (κακά add. Mansi).

[162]) Ἐκλιπαρῶ (A. ἐκλιπαροῦ) οὖν .. φιλανθρωπευθῆναι ἡμῖν συμπαθῶς καὶ τὰ ὑφ' ἡμῶν παρακληθέντα παρὰ τῆς θείας αὐτῶν βασιλείας πέρας λαβεῖν (A. Mon.: καὶ ἐκ θείας αὐτῶν βασιλείας τὰ ἐρωτηθέντα φέρειν εἰς συμπλήρωσιν.)

[163]) οὕτω γὰρ καὶ ἡ σὺν ἡμῖν ἁγία σύνοδος ὥρισεν.

[164]) Mansi p. 460 seq. Μέγας ὁ κύριος.

[165]) Τῷ ὑπὸ τῆς ἄνωθεν θείας προμηθείας ἐστεμμένῳ [ὁδηγουμένῳ καὶ διακυβερνωμένῳ] δεσπότῃ, ἀγαθοποιῷ, εἰρηνικῷ, νικοποιῷ, θεοσυμμάχῳ, φιλοχρίστῳ, φιλοχρίστῳ [χριστιανικωτάτῳ, ἐπιεικεῖ καὶ πραοτάτῳ] Βασιλείῳ βασιλεῖ Ῥωμαίων. Die in Klammern eingeschlossenen Worte fehlen im Mon. 436. p. 176.

[166]) ταπεινὸς γράφω ist noch beigefügt.

lichen, hat er großes Heil den Christen gewirkt, die auf der ganzen Erde seine unbeschreibliche Tröstung erwarten,[108]) indem er die große und unvergleichliche Macht Eurer Herrschaft aufgerichtet hat,[109]) durch welche die Hörner aller Sünder, d. i. aller Feinde, zerbrochen werden, in Bälde auch dasjenige, was ihnen noch erübrigt, völlig vernichtet,[110]) durch die das Horn der Gerechten und Gottesfürchtigen mit Glückseligkeit durch die ruhmvollen Siege und die erhabene Regierung hoch erhoben werden wird.[111]) In dieser Herrschaft blüht einer Lilie gleich der vielfältige Ruhm des orthodoxen Glaubens und wer immer in langem Leide niedergeschlagen sich fühlte,[112]) zeigt in seiner Seele neue Blüthen[113]) in der Hoffnung des freudevollen Beginnes, wie wenn er schon darin den vollen Genuß erreicht;[114]) alle Trauer ist verschwunden. Daß das zu seiner Vollendung kommen möge, darum bitten wir, die wir wegen unserer Sünden unter der Gewalt der Gottlosen schmachten, ohne Unterlaß;[115]) denn, um mit dem Propheten zu reden, wir sind über die Maßen arm und elend geworden und unser kummervolles Leben ist der Unterwelt nahe gekommen. Es möge Gott der Herr uns helfen, der Deine heilige Herrschaft begründet hat, durch welche er das Andenken der beschwerlichsten Feinde und der härtesten Tyrannen von der Erde vertilgen und unsere Seelen, die wir in der tiefsten Erniedrigung allen Mangel erleiden, retten und von ihrer Ungerechtigkeit erlösen möge.[116]) Da die Hoffnung, die nicht zu Schanden werden läßt (Röm. 5, 5.), o Gottgekrönte Kaiser, den Christen aller Orten aus dem Glanze der Großthaten Eurer Regierung verkündigt wird, so wird auch das Werk unserer Befreiung endlich zur Ausführung kommen und wir Unglückliche, die wir sie noch nicht erlangt, unter Fügung der göttlichen Vorsehung durch Euch eine glückliche Wandlung erfahren.[117]) Jetzt aber flehe ich in der Bedrängniß

---

[108]) p. 461: τοῖς ἀπανταχοῦ χριστιανοῖς προσδοκοῦσι (Mon. A.: προσδοκωμένην) τὴν ἀνεκδιήγητον παράκλησιν.

[109]) ἀναστήσας τὸ μέγα κράτος καὶ ἀσύγκριτον τῆς βασιλείας ὑμῶν (Mon. A. τὴν ἀσύγκριτον βασιλείαν ὑμ.)

[110]) Mon. A.: καὶ εἰς τὸ παντελὲς μετ' ἄλλων τὸ κατάλοιπον συνθλασθήσεσθαι (Mon. θλασθήσεσθαι) μέλλει.

[111]) καὶ κέρας δικαίων καὶ εὐσεβῶν σὺν εὐδαιμονίᾳ (A. εὐδαιμονίαις) ὑψωθήσεται (A. Mon. ὑψωθήσονται) τροπαιοφόροις νίκαις καὶ μεγαλοπρεπεῖ δημιουργίᾳ (A. μεγαλοπρεποῦς δημιουργίας) ὑμῶν.

[112]) καὶ πᾶς κατηφὴς ἐν χρονίῳ (Mon. χρονίᾳ) ἀθυμίᾳ.

[113]) θάλλει τῇ ψυχῇ (Mon. A.: ἡ ψυχή) αὐτοῦ.

[114]) ὡς ἤδη ἐν αὐτοῖς ἐντρυφώμενος (A. Mon. ἐντρυφῶν). Der Brief scheint in den ersten Regierungsjahren des Basilius verfaßt und später benützt worden zu sein.

[115]) εἰς τέλειον δὲ ἔργον ἐλθεῖν ταῦτα, ἡμεῖς οἱ ἀνόμων χερσὶ κατατρυχθέντες (A. Mon.: συμπλακέντες) διὰ τὰς ἡμῶν ἁμαρτίας ἀδιαλείπτως λιτανεύομεν.

[116]) Βοηθήσοι (— ἤσαι Mansi) ἡμῖν κύριος ὁ Θ., ὁ τὴν ἁγίαν βασιλείαν ὑμῶν ἀναστήσας, δι' ἧς τὸ μνημόσυνον τῶν (Mon. τούτων) ἐπαχθεστάτων ἐχθρῶν καὶ πικρῶν τυράννων ἐκ γῆς ἐξολοθρεύσει καὶ (τὰς) ψυχὰς ἡμῶν τῶν (ἐν add. Mon.) ἐσχάτῃ ταπεινώσει πενητευόντων διασώσει (A. Mon. διασώσαι) καὶ ἐξ ἀδικίας αὐτῶν λυτρώσεται (A. λυτρώσαιτο, Mon. — σηται.)

[117]) ἐπεὶ ὡς ἡ ἀκαταίσχυντος ἐλπὶς, θεόστεπτοι βασιλεῖς, τοῖς ἁπανταχοῦ χριστιανοῖς εὐαγγελίζεται (A. — ονται, A. M. τῇ χριστιανῶν σύμπ. πανταχοῦ ὡς) ἐξ ἀστραπῆς

des Weheklagens, mit der Zerknirschung eines betrübten Herzens, indem ich Deiner von Gott erlorenen Majestät die tiefste Verehrung erweise.[118]) Erbarme Dich der Kirche der heiligen Auferstehung unseres Herrn Jesu Christi, erbarme Dich Sion's, der Mutter der heiligen Kirchen, damit nicht zur Zeit Euerer unvergleichlichen Herrschaft die heiligen Orte der Gefahr der Vernichtung unterliegen.[119]) Denn wir sind nicht im Stande,[120]) mit Worten die ihnen so häufig zustoßenden unerträglichen Leiden zu schildern. Denn der Gefahren sind unzählige, die Versuchungen unerträglich, so daß man sie nicht beschreiben kann. Daher möge uns ein die Güte Gottes nachahmendes Mitleid von Seite Euerer Majestät zu Theil werden. Da wir zur äußersten, völligen Untergang drohenden Erniedrigung[121]) kamen, so baten wir unter dem Druck der Gewalt den ehrwürdigsten Herrn Andreas, leiblichen Bruder unseres Legaten, des Herrn Elias des Styliten, zu Euerer erhabenen Majestät zu reisen, und ihr diese unsere geringe Bittschrift zu überreichen.[122]) Er wird Euerer Majestät mündlich die furchtbare Tyrannei schildern, unter der wir leiden,[123]) während dessen eben genannter Bruder bei Euch verweilen wird für die Feststellung kirchlicher Regeln und Würden sowie für die Befestigung der schlechten Unternehmungen des Feindes;[124]) denn wir haben zu keinem Anderen in Bezug auf diese Geschäfte[125]) solches Vertrauen wie zu Andreas, dem Bruder des Elias;[126]) die Noth brachte uns dazu, ihn zu dieser hoffnungsreichen Sendung auszuwählen. Bei allen diesen Bedrängnissen, die den heiligen Kirchen widerfahren sind, wagten wir es Deiner von Liebe und Mitleid erfüllten Majestät Kunde davon zu geben und sie flehentlich zu bitten, soweit es möglich, uns Hilfe zu leisten.[127])

(A. — ων) τῶν (omitt. A. Mon.) ἀμαρτημάτων (τῆς) ὑμῶν δεσποτείας τὰ τῆς ἀπολυτρώσεως [ἡμῖν εἰς πέρας ἥκει]· καὶ (γὰρ add. A. Mon.) ἡμεῖς οἱ ἐλεεινοὶ (A. ἐλεημένοι) οὔπω τυχόντες αὐτῆς (οὔπω καθάπαμεν αὐτὴν εὐμοιρίαν A. Mon.), τῆς θείας προνοίας ἀργούσης (ὡς ἡ θ. πρόνοια ἀργεῖ A. Mon.) τὰ καθ' ἡμᾶς, δι' ὑμῶν εὐπλοήσομεν.

[118]) A. Mon.: ἀλλὰ τοῦτο ἱκετηρίας (Mansi: τὸ δὲ νῦν ἔχον ἱκετικῶς) ἐν ὀδυνηρῷ οἰμωγῶν μετὰ συντριμμοῦ ἀλγεινῆς καρδίας προσκύνησιν δουλικὴν προσάγω τῇ θεοψηφίστῳ ὑμῶν βασιλείᾳ.

[119]) καὶ ἐν καιρῷ ἐπισκοπῆς τῆς ἀσυγκρίτου βασιλείας ὑμῶν μὴ ὑποπέσωσι κινδύνῳ ἀφανισμοῦ.

[120]) ἐξισχύομεν (A. ἐξισχύομεν) διηγήσασθαι· οἱ γὰρ (Mon. μὲν) κ. τ. λ.

[121]) εἰς ἐσχάτην ταπείνωσιν ἀπωλείας ἀπειληθῆσαν ἡμῖν (A. Mon. γενομένην ἀπωλείας ἡμῶν).

[122]) τότε ὑπὸ τῆς κατεχούσης (A. Mon. ἀκολουθούσης) βίας ἠξιώσαμεν (Mon. ἠξιώθημεν) τὸν εὐλαβέστατον κ. Ἀνδρέαν ... ἐπάρας πρὸς τὸ ὑμέτερον θεόθρεπτον κράτος, ἐπιφερόμενον καὶ τὸ φαῦλον ἡμῶν ἱκετικὸν (A. Mon. δεητικὸν) τοῦτο γράμμα.

[123]) ὃς βεβαιώσει (A. ὡς βεβαιώσων Mon. ὡς βεβαιώσων).. τὰ καθ' ἡμῶν δεινὰ καὶ τυραννικὰ (Mon. τυραννίδας).

[124]) χάριν καταστάσεως τῶν ἐκκλησιαστικῶν θεσμῶν τε καὶ βαθμῶν, καθαιρέσεως δὲ καὶ ἀφανισμὸν τῶν τοῦ ἐχθροῦ πονηρευμάτων.

[125]) ὥστε τούτῳ ὑπηρετῆσαι, Mon. bloß: ὑπηρετῆσαι τούτῳ.

[126]) τοῦ προῤῥηθέντος (προσονομασθέντος Mon.)

[127]) Ἐν τούτοις οὖν (Mon. δὲ) πᾶσι τοῖς ταῖς ἁγίαις ἐκκλησίαις συμβεβηκόσι (Mon. add. ἐπὶ νῦν καὶ) δεητικῶς τολμῶντες (Mon. τολμηρῶς) ἀνηγγείλαμεν τῇ φιλοσυμπαθεῖ

Das aber sprechen wir feierlich aus oder vielmehr wir haben es auf einer Synode mit den bei uns befindlichen Bischöfen der apostolischen Stühle ausgesprochen und verkündigen es laut aller Welt als ein unüberschreitbares Gesetz: Wenn Jemand unseren heiligen und berühmten Amtsgenossen und Mitbruder, den Herrn Photius, den Patriarchen der Kaiserstadt, nicht gerne anerkennt [118]) und mit ihm nicht das heilige Opfer feiern will, der sei Anathema und entsetzt durch die Autorität der heiligen apostolischen Stühle. Durch deren Gebete möge Eure geheiligte Majestät die Grenzen der ganzen Erde besitzen [119]) und die zerstreuten Kinder der katholischen Kirche in Eines versammeln (Joh. 11, 52. Ps. 146, 2.). Denn Du hast Dich erhoben, Dich über Sion zu erbarmen, weil die Zeit des Erbarmens über sie gekommen ist."

Mit diesen, aus Ps. 101 (102.) V. 14 entlehnten Schlußworten, die hier auf den Kaiser übertragen sind, schließt das Schreiben. Dasselbe schildert die Noth der Christen in Palästina am schärfsten und kläglichsten, stimmt aber in der Hauptsache mit den anderen Briefen von Jerusalem und Antiochien an den Kaiser und an Photius in diesen Klagen überein. Desto auffallender ist die Aeußerung des Legaten Elias von Jerusalem in der vierten Sitzung, daß so viele saracenische Emire dem Christenthume geneigt seien, viele unter Vermittlung des Photius Vasallen des Kaisers Basilius werden wollen, daß sie den Photius so hoch verehren und von ihm sich belehren lassen. [120]) Waren solche Gesinnungen wirklich vorhanden, wie konnte da der Druck der Christen ein so furchtbarer sein? Wie reimt sich mit der unsäglichen Tyrannei gegen die einheimischen Religionsverwandten des Kaisers ein solcher Wunsch nach Anschluß an das oströmische Reich, nach Verbindung mit seinem Patriarchen? [121]) Wohl muß in einer der beiden Angaben eine grelle Uebertreibung sein.

In seinem Briefe an Photius bezeichnet der Patriarch Theodosius seinen Apokrisiar Elias als einen Leidens- und Kampfgenossen des Ersteren und dieser selbst sagt in der fünften Sitzung der photianischen Synode, er habe vielfaches Gefängniß, Verbannung, Mühsale, Hunger und Schmach wegen des Photius erduldet. [122]) Wir erfahren aber nicht, wer ihn verfolgt. Doch nicht die Saracenen, die dem Photius so ergeben waren? Sicher ist das nicht geeignet, die Glaubwürdigkeit des Legaten zu erhöhen.

Halten wir diese Briefe mit dem im achten Concilium verlesenen Schreiben desselben Patriarchen Theodosius zusammen, so zeigt das letztere viel mehr Einfachheit und Natürlichkeit, es hat nicht solche überschwängliche Lobeserhebungen für Ignatius wie diese für Photius, es beruft sich nicht auf eine gehaltene Patriarchalsynode, die damals auch in Jerusalem nur schwer zu Stande

---

στάτῃ ὑμῶν βασιλείᾳ, ἐξεῶσαι αὐτοὺς ἔλεγε, καὶ τὸν δυνατὸν τρόπον βοηθῆσαι αὐτοῖς (Mon. ὑπερμαχεῖν).

[118]) οὐκ ἀποδέχεται ἀσμένως (Mon.) p. 461 A.

[119]) κατάσχοι (Mon. καθέξει) τὸ ἅγιον κράτος ὑμῶν (Mon. τῆς ὑμῶν βασιλείας).

[120]) Mansi l. c. p. 481 D.

[121]) Vgl. Assemani l. c. p. 187.

[122]) Mansi p. 505 E.

kommen konnte; es erregt nicht in gleicher Weise den Verdacht byzantinischer Fiktion oder Interpolation.

Der Stuhl von Antiochien war damals ebenfalls durch einen Theodosius besetzt. Derselbe ward durch den Alexandriner Kosmas von der Restitution des Photius unterrichtet und sprach in einem Briefe ebenso die vollständigste Anerkennung des Photius aus. Sein Brief entspricht übrigens genau der damaligen Situation. Namentlich erwähnt er die durch Achmed Ibn Tulun der Kirche von Antiochien zugefügten Unbilden.[133]) Dieser war zuerst als Babkials Stellvertreter Präfekt von Fostat, dann im J. 257 H. (870—871) als Stellvertreter Jardjucks Präfekt von ganz Aegypten, nach dessen Tod im folgenden Jahre wirklicher Statthalter dieses Landes.[134]) Im Jahre 264 (877—878) fiel Achmed Ibn Tulun in Syrien ein, indem er seinen Sohn Abbas als Statthalter in Aegypten zurückließ; er vertrieb den Ali Ibn Amadjur aus Damaskus, belagerte und nahm Antiochien, das der Türke Simas vergeblich vertheidigte,[135]) und drang bis Tarsus vor.[136]) Erst nach vielen Siegen kehrte er nach Aegypten zurück, wo sich sein Sohn Abbas gegen ihn empört hatte; er besiegte diesen (Jan.—Febr. 881) und ließ ihn im folgenden Jahre gefangen nach Fostat bringen.[137]) Unter Achmed, der im Mai 884 mit Hinterlassung von dreiunddreißig männlichen Nachkommen starb, stand Aegypten weit besser als sonst; er hatte einen christlichen Arzt Saad Ibn Theophil[138]) und ward sonst seiner Gerechtigkeit und seiner Almosen wegen sehr gerühmt; gleichwohl ließ er sich aber auch viele Grausamkeiten zu Schulden kommen[139]) und einer eroberten Stadt ließ er die ganze Härte seines Kriegsrechts fühlen.

Der um 879 verfaßte Brief des Patriarchen Theodosius[140]) an Photius lautet nun also: „Gott sei gegen Dich gnädig, mein Vater, auf immerdar! Ich weiß, von Gott gesegneter Vater, daß Dir ein sehr guter Ruf vorangeht, und ich habe Deinen Ruhm durch den Abt Kosmas, Schüler des Abtes Michael,

---

133) Assem. l. c. c. 7. p. 169. n. 128.

134) Weil Chalifen II. 405 ff. 425. 426. Cf. Eutych. Ann. t. II. p. 469.

135) Eutych. II. p. 471. Elmacin. hist. Saracen. L. II. p. 169. a. 265: Obsedit praefectus Aegypti Achmed filius Tuluni Antiochiam, in qua erat Sima Longus, neque ante discessit, quam eam coepit et occidit Simam. Der hier genannte Simas ist nach Assemani derselbe mit dem Σημᾶς ὁ τοῦ Ταξῆ, der von den Engpässen des Taurus aus nach den griechischen Chronisten öfter in das oströmische Gebiet einfiel und nachher zu Kaiser Basilius bei dessen Eindringen in Cilicien geflohen sein soll, wovon Cedren. II. p. 213. 215 ed. Bonn. spricht. Derselbe ward wohl von Basilius wieder eingesetzt, nachdem er den Oströmern einen Tribut verheißen oder ein Bündniß mit ihnen geschlossen. Deßhalb scheint er vom Statthalter Achmed, obschon dieser sich ebenfalls unabhängig zu machen suchte, als Rebell und Verräther am Chalifate bekriegt worden zu sein. Assem. l. c. p. 171. 172. n. 129.

136) Weil a. a. O. S. 428.

137) Das. S. 429. 430.

138) Das. S. 435—437.

139) Elmacin. p. 169.

140) Mansi l. c. p. 444. 445. Ἐν ὀνόματι τοῦ πατρός.

des Patriarchen von Alexandrien, (dessen Gebete uns Gott schenken möge!) [141]) vernommen. Ich habe mich höchlich darüber gefreut, daß Gott Dich auf den Dir gebührenden Stuhl geführt, zum Besten Deine Sache geleitet hat. [142]) Wir erkennen Deine Heiligkeit an und siehe, Du bist gleichsam Einer von uns und in uns geworden. Uns aber ist durch den Ebintaklum (Achmed Sohn des Tulun) [143]) großes Mißgeschick widerfahren. Wir flehen zu Gott, daß er seine Mißhandlungen von uns abwehren möge. Denn er hat die Kirche von Antiochien um vieles Geld gestraft. [144]) Das haben wir aber Alles unserer Sünden wegen erduldet. Darüber jedoch freuten wir uns, daß Gott den Abt und Priester Kosmas erhalten hat, so daß er bis zu uns gelangte; [145]) Gott hat ihn auf seinem Wege beschützt und (den Feinden) Deine Botschaft sowie die Aufträge des Kaisers verborgen gehalten, bis sie uns eröffnet wurden. Es war aber bei mir der Abt Thomas der Metropolit, der aus Tyrus hieher kam, um uns zu trösten über das uns zugestoßene Unglück. Er kam zur Buße [146]) und bat um Verzeihung sowohl bei mir, als bei dem Patriarchen Michael von Alexandrien, indem er seine Schuld eingestand und uns bat, Deiner Heiligkeit [147]) über ihn zu schreiben; er legte auch ein schriftliches Geständniß ab. Heiliger Vater, wende nicht Deine Barmherzigkeit von ihm ab. Ehre sei Gott, der Dich auf Deinen Stuhl geführt. Die drei Patriarchen haben Dir eigenhändig geschrieben, daß sie Dich anerkannten, nicht blos jetzt, sondern auch früher, nach Gottes Wohlgefallen. Und siehe, wir bekennen mündlich und schriftlich: Wer Dich nicht als Patriarchen anerkennt, der ist verflucht vom Vater, vom Sohne und vom heiligen Geiste. Christus möge Dich, heiliger Vater, sowie Deine Heerde in Schutz nehmen, und in dieser wie in jener Welt Deinen Ruhm erhöhen unter der Fürbitte des Apostelfürsten Petrus und aller Apostel." [148])

---

[141]) χαρίσαιτο Mon.: χαρίσεται.

[142]) εὐφράνθην οὖν ἐπὶ τούτῳ μεγάλην εὐφρασύνην, ὅτι ὁ θεὸς ἤγαγέ σε εἰς τὸν θρόνον σου, ἤγουν προηγήσατό σου ἐν καλοῖς.

[143]) παρὰ τοῦ Ἐβιντακλούμ.

[144]) ἐζημίωσε τὴν ἐκκλησίαν Ἀντιοχείας χρήματα πολλά. Wahrscheinlich legte er den Kirchen eine schwere Contribution auf, wie er nach Elmacin. p. 176 auch in Alexandrien dem Patriarchen Michael zwanzigtausend Goldstücke abforderte, die dieser nur zur Hälfte aufbringen konnte, obschon er den Juden viele Kirchen und deren Güter verkaufte. Assem. p. 170. 171.

[145]) διέσωσεν μέχρις ἡμῶν (ὁ θεός).

[146]) Von den Worten an: καὶ ἦλθεν εἰς μετάνοιαν bis zu dem Satze: μὴ ἀποστρέψῃς .. τὰ σπλάγχνα καὶ τὸ ἔλεός σου ἐξ αὐτοῦ incl. hält Assemani den Brief für verfälscht. Die vorausgehende Erwähnung des Thomas und seiner Ankunft in Antiochien gab dem Photius nach seiner Ansicht sehr gut Gelegenheit zu dieser seinen Zwecken sehr dienlichen Einschaltung (l. c. n. 180. p. 172). Im Vorhergehenden p. 445 A. hat Mon. 436. p. 167 für ἐπὶ τῇ συμφορᾷ: ὑπὲρ τῆς συμφορᾶς τῆς λαχούσης.

[147]) Mansi: τῇ ἀρχιερατικῇ σου. Mon.: τῇ ἁγιωσύνῃ σου.

[148]) οἱ δὲ (Mon. γὰρ) τρεῖς θρόνοι τὰ ἰδιόχειρα γεγράφασί σοι, ὅτι ἐδέξαντό σε, καὶ οὐ μόνον νῦν, ἀλλὰ καὶ πάλαι, θεοῦ εὐδοκίᾳ. καὶ ἰδοὺ λέγομεν καὶ γράφομεν, ὅστις οὐκ ἀποδέχεταί σε πατριάρχην, ἀναθεματισμένος ἔστω ἀπὸ πατρὸς καὶ υἱοῦ καὶ ἁγίου

Das letzte der in dieser zweiten Sitzung vorgelesenen Dokumente ist der Brief [149]) des Abramius, Metropoliten von Amida und Samosata, der sich in der Aufschrift einen Schüler des Photius nennt. [150])

„Gott möge Dir, hochheiliger geistlicher Vater, ein langes Leben gewähren, Deiner Ehrwürdigkeit eine dauernde und feste Regierung verleihen, an Dir seinen Willen [151]) erfüllen, und mit der Fülle aller Güter Dich überhäufen; er möge Dich auf lange Zeit seiner heiligen Kirche schenken kraft Deiner ihm wohlgefälligen Gebete durch die Kraft und Wirksamkeit des heiligen Geistes. [152]) Auch ich habe an den vom heiligen Geiste geläuterten heiligen Vater zugleich mit meiner gesammten Heerde geschrieben, die von Gott mir verliehen ward und in der besten Richtung beharrt; [153]) für sie sei Gott Ehre. Ich habe aber nicht abgelassen, mich zu erkundigen und nachzuforschen, wie es mit Dir stehe, bis ich von Deiner Botschaft Kunde erhielt, wie sie, Gottes Willen nach, uns gegeben werden mußte. [154]) Wir freuen uns nun in Deiner Freude, gleichwie wir auch mit Dir das Leiden getheilt; denn wir haben eine festgegründete Ueberzeugung von Deiner Heiligkeit und Deiner geistlichen Gesinnung, von Deiner Liebe zu den Armen und Deiner regen Theilnahme für die Bedrängten; darum freuen wir uns und frohlocken und wir bitten den barmherzigen und allgütigen Gott, daß Du viele Jahre in gutem Alter verbleibest und in Fülle und reichem Ueberfluß seine heiligen Kirchen und die Klöster durch Deine Hände zur höchsten Blüthe gelangen, [155]) daß er in Deinen Tagen von ihnen jeden Nachtheil und jedes Aergerniß ferne halten, Alles, was in den Banden des Irrthums sich verstrickt, zum Gehorsam gegen Dich zurück-

---

πνεύματος. Φυλάξαι (Mon. Φυλάξοι) σε ὁ Χριστός, πάτερ ἡμῶν ἅγιε, καὶ τὴν ποίμνην σου καὶ προσθείη σοι δόξαν .... λιταῖς τοῦ ἁγίου Πέτρου τοῦ κορυφαίου καὶ πάντων τῶν μαθητῶν. Der Antiochener hält auch hier an dem Ursprung seiner Würde von Petrus fest.

149) Mansi l. c. p. 445—448. Μακροχρονιώτατε δέ, πνευματικὲ πάτερ. (Mon. μακροημερεύσαι).

150) Le Quien Or. Chr. t. II. p. 996 führt diesen Abramius auf als Metropoliten von Mesopotamien, der zehnten Kirchenprovinz des antiochenischen Patriarchats, aber p. 936 auch als Bischof von Samosata in der achten Provinz (Euphratensis). Da Martyropolis, dessen Erzbischof Basilius nachher als Legat erscheint, zur Provinz Mesopotamien gehörte (ib. p. 1002.) und dieser nichts von ihm erwähnt, so hat letztere Annahme Vieles für sich.

151) τὴν αὐτοῦ θέλησιν. Mon.: τὴν ἀπόλαυσιν.

152) Amen setzt Mon. 436. p. 168 dem Schluß des Segenswunsches bei.

153) Diese Stelle ist vielfach dunkel. Sie lautet: Γέγραφα πρὸς τὸν ὑπὸ τοῦ ἁγίου πνεύματος κεκαθαρμένον πατέρα ἅγιον κἀγὼ σὺν πάσῃ μου τῇ ποίμνῃ, καὶ (Mon. ἐν) βελτίστῃ τῇ ὑπὸ θεοῦ χαρισθείσῃ μοι διαγωγῇ (Auth. Mon. διαδοχῇ) ὑπάρχων. Die lat. Uebersetzung hat: cum universo meo grege, quem Deus in optimo vitae instituto mihi tuetur; es müßte hier eine Verbesserung eintreten. Nach der L. A. διαδοχῇ wäre der Sinn: praeclara successione, quae a Deo mihi donata est, existens s. fruens.

154) Οὐκ ἐπαυσάμεθα δὲ διερωτῶντες ἀκριβῶς, ἕως ἀνεμάθομεν περὶ τῶν ἀγγελιῶν σου, ὡς ἐκ θεοῦ ἐπεφοίτησαν ἡμῖν. (Mon. liest: ἀκριβάζοντες .... ἐφοίτησαν.)

155) p. 445. 448: ἐν πολλοῖς σε διαμένειν ἔτεσιν ἐν γήρᾳ ἀγαθῷ, καὶ μεγαλῦναι ἐν περιουσίᾳ τὰς αὐτοῦ ἁγίας ἐκκλησίας τε καὶ μονὰς διὰ τῶν χειρῶν σου.

führen möge, unter Fürbitte [156]) der heiligsten Frau, der Mutter des Lichtes, des heiligen Johannes des Täufers und aller Heiligen. Amen."

Das ist der gewöhnliche Schluß solcher Briefe; was nun nachfolgt, könnte man entweder als eine — freilich das Schreiben selbst an Umfang weit übertreffende — Nachschrift oder als einen neuen, vielleicht unterschobenen Brief zu betrachten versucht sein. Es ist indessen nur das Exordium mit dieser Formel beendigt.

„Es kamen mir, heiliger Vater, Schreiben von unserem heiligen Vater Theodosius, Patriarchen von Antiochien, zu, zugleich mit Briefen von Michael von Alexandrien, [157]) und zwar durch Abt Kosmas. Der Inhalt dieser Schreiben war, daß sie und ihre Heerden in Frieden leben, welchen Frieden der Herr ihnen und uns bewahren möge. Es sprachen aber auch diese Briefe von Thomas von Tyrus, von Elias und von Joseph, der sich eine Würde beilegte, die er nicht besaß. [158]) Aber Gott hat ihm nach Verdienst vergolten, sowie auch seinem Genossen Elias. Der Metropolit von Tyrus aber hat vor den Patriarchen [159]) seine Missethat bekannt sowie der Anderen Untreue und sündhafte That. Gott aber ist ihr Richter. Er bittet nun dringend um Verzeihung. [160]) — Gott sei Richter über die, welche seine heilige Kirche spalteten, und möge uns in Barmherzigkeit heimsuchen unter Beistand Deiner heiligen Gebete.

Es sprachen aber die Patriarchen in ihren Briefen an mich aus, daß Alle, die nicht den Herrn Photius als Patriarchen von Constantinopel anerkennen wollen, gebannt seien vom Vater und vom Sohne und vom heiligen Geiste. Wir, deren demüthige Schüler, anathematisiren diese mit demselben Anathem und erkennen an, was sie anerkennen. [161]) Wenn Jemand, sagen wir, unseren heiligsten Vater, den Herrn Photius, nicht als Patriarchen von Constantinopel anerkennt und ihn nicht als solchen offen und öffentlich bekennt, mag er Metropolit oder Bischof oder eine obrigkeitliche Person oder wer immer, Kleriker oder Laie sein, der soll wissen, daß er unter das Anathem und die Exkommunikation der Kirche Gottes fällt [162]) und mit Judas Ischarioth seinen Antheil hat; und wer das hört, der sage: Also geschehe es! So sei es! Wir flehen zu dem, der seinen Dienern Wohlthaten erzeigt, daß Du lange leben mögest zu unserem Heile, [163]) daß er die Jahre des guten Kaisers und seiner

---

[156]) πρεσβείᾳ τῆς μ. Bei Mansi p. 448 A. Nr. 8 ist αἱ zu streichen.

[157]) p. 448: Ἀπεστάλη δέ μοι, πάτερ ἅγιε, γράμματα ... μετὰ καὶ γράμματος τοῦ ἀββᾶ Μιχαὴλ τοῦ πάπα Ἀλεξανδρείας.

[158]) Ἰωσὴφ τοῦ προσεπιγραψάμενος ἑαυτὸν ἐν ᾧ οὐκ ἦν βαθμῷ.

[159]) ὁ δὲ τῆς Τύρου πρόεδρος ἐξηγόρευσεν αὐτοῦ τὸ πταῖσμα ἐνώπιον τῶν πατριαρχῶν. Daß er bei allen Patriarchen persönlich war, läßt sich kaum annehmen.

[160]) Die Stelle Ἀπεστάλη δέ μοι — αἰτεῖται συγχώρησιν erklärt Assemani l. c. wieder für eine Interpolation des Photius.

[161]) ἀποδεχόμεθα ὃ αὐτοὶ ἀποδέχονται (Mon. 436. p. 169 τὴν ἀποδοχὴν αὐτῶν).

[162]) ὅτι ὑπὸ ἀνάθεμα ἔστω καὶ ἀφωρισμένος (Mon. cit. ὅτι ἀναθεματισμένος καὶ ἀφωρισμένος.)

[163]) εὐεργετῆσαι ἡμῖν (Mon. ἡμᾶς) τὴν μακροβιότητά σου.

Söhne vermehre und uns des erhabenen Anblicks Eurer Persönlichkeit würdige, und das Christenthum in unseren Tagen verherrliche. Er möge Dich schirmen und durch seine Barmherzigkeit beschützen, von Dir alle Bosheit und jedes Aergerniß entfernen, sowie auch von dem besten Kaiser und seinen Kindern; Gott der Herr möge sie erhöhen. Dich möge er, heiliger Vater, mit dem süßesten Frieden beglücken. Wir wünschen aber Deiner Gottgeliebtesten Heerde und der gesammten Geistlichkeit: die Barmherzigkeit und der Friede Gottes sei mit euch!

Du mußt aber wissen, heiligster Vater, daß unserem Vater [164]) in Antiochien eine schwere Trübsal durch Ebintaklum zugestoßen ist; doch läßt sich das nicht in einem Briefe erzählen. Der Abt Kosmas wird Alles berichten. Der Patriarch von Jerusalem ist in Frieden entschlafen. Sein Nachfolger ward der Abt Elias von Damaskus."

Wirklich war Theodosius schon im Sommer 879 gestorben; noch vor Mitte des Juni scheint Elias erhoben worden zu sein, [165]) der dieses Patriarchat über zwanzig Jahre inne hatte und von dem wir noch mehrere Briefe mit Bitten um Almosen [166]) besitzen.

Von diesem Elias III. von Jerusalem ward in der vierten Sitzung der Synode des Photius ein durch Basilius von Martyropolis überbrachtes Schreiben an Photius verlesen, das also lautet:

„Unserem dreimal seligen Mitbruder dem Herrn Photius, Patriarchen von Constantinopel, Elias von Jerusalem.

Euer hocherhabenes und von Gott regiertes hohepriesterliches Haupt hat würdig und herrlich gehandelt, da es eine Gesandtschaft abgeordnet, um das Leiden des schweren Unglücks zu heilen, welches die heilige Kirche der Auferstehung des Herrn erlitten hat. [167]) Wir läugnen nicht, daß dieses Leiden ein allgemeines unserer ganzen Kirche ist, obschon noch weit mehr die Mutter aller

---

[164]) *Γνῶθι δέ, ὦ πανάγιε πάτερ, ὅτι τῷ πατρὶ* (so Mon. richtig; Mansi hat: *πνεύματι*) *ἡμῶν ἐν Ἀντιοχείᾳ συνέβη συμφορὰ ἐκ τοῦ Ἐβεσταλέου.*

[165]) Elmacin. hist. Sarac. II. 15. Le Quien III. 461. Cf. Eutych. II. p. 471.

[166]) So 1) ep. ad Carolum III. Imp. et Episcopos Gallianim a. 881. Ind. 14. (D' Achery Spicil. II. 372) — eine Bitte um Almosen; 2) einen Brief (bei Mabillon Vet. Anal. t. III. p. 431 ed. Paris. 1682), worin er die traurige Lage des Episcopus Malacenus in Iberia und der fünfzig Mönche, die von den Türken gefangen gehalten wurden, beschreibt. Diesem Briefe ist ein Empfehlungsschreiben des Papstes Benedict IV. zu Gunsten jenes Bischofs beigegeben (also nach Aug. 900, vor Oct. 903 verfaßt). Pag. a. 869. n. 5 nimmt aus Asserius Vita Alfredi Anglorum regis einen Patriarchen Abel an; er scheint dieser wohl identisch mit Elias, von dem auch Eutych. Alex. p. 481 spricht, der berichtet, Leo VI. habe im Streite gegen Nikolaus Mystikus unter Anderem auch an Elias, den Sohn des Mansur, Patriarchen von Jerusalem, geschrieben. Vgl. Le Quien l. c. p. 462. 463. Acta SS. t. III. Mai Catal. Patr. Hierosol. p. XLII.

[167]) Mansi p. 480. 481 (die Aufschrift aus Bellus bei Beveridge): *Καλῶς ποιοῦσα ἡ ἱεραρχικωτάτη καὶ θεόθεν πρυτανευθεῖσα ὑμῶν* (Mon. 436. p. 187. *θεοπρύτανος ὑμῶν*) *ἀρχιερατικὴ κορυφὴ τὸ ἐπὶ τῆς ἁγίας τοῦ Χριστοῦ Ἀναστάσεως πάθος τοῦ συμβάντος ἀπέσταλεν ἰατρεῦσαι.*

Kirchen, diese heilige Sion, [168]) leidet. Nicht erst jetzt wurde das Leiden unter uns offenbar, sondern seit der heilige Mann Theodosius, unser Vorfahr, diese heilige Kirche leitete. Denn dieser war in großer Trübsal und Bekümmerniß wegen derjenigen, die gleich einer Flamme durch ihre Bosheit die Spaltungen der Kirche nährten und gegen Dein Patriarchat, o heiligster Mitbruder, wie bellende Hunde sich erhoben. [169]) Da er aber die Betrügereien des elenden und unwürdigen Elias befürchtete, sandte er den edlen und verläßigen Diener Christi, den Herrn Elias, der viele Gefahren für die Religion zu bestehen die Kraft hat. [170]) Denselben hat er auch zu verschiedenenmalen durch seine verehrungswürdigen Briefe sowohl dem allerfrömmsten Kaiser als auch Deiner brüderlichen Liebe empfohlen, da er ganz würdig ist, die Weisungen eines solchen Mannes zu vollziehen. Jetzt bestätigen auch wir denselben in dieser Eigenschaft als zuverläßigen Stellvertreter für uns und unsere Kirche, der das Wort unseres Herrn Jesu Christi, das er in unserer heiligen Stadt zu seinen Jüngern sprach, bekräftigen soll: [171]) „Ich hinterlasse euch den Frieden, meinen Frieden gebe ich euch." Und wiederum nach seiner heiligen Auferstehung von den Todten: „Friede sei mit euch." Diesen Frieden nun verkündigen auch wir, die Unwürdigen, die wir auf demselben Stuhle unseres Heilands Jesu Christi sitzen: [172]) Friede sei mit euch Allen, die ihr die rechten Lehren der Kirche verkündigt. Und wenn Jemand an dieser Regel festhält, so sei Friede über ihn und Barmherzigkeit. (Gal. 6, 16.) Wer aber auf Streit und Zwietracht sinnt und sich von der vollkommenen Einheit und Gemeinschaft mit den Patriarchen [173]) loszutrennen sucht, der sei getrennt und gebannt von Gott, der da gesagt hat: „Wen du immer auf Erden binden wirst, der wird gebunden sein im Himmel, und wen du auf Erden lösen wirst, der wird auch im Himmel gelöst sein." (Matth. 16, 19.) Ich hoffe nun, daß dieses Uebel, welches schon lange Zeit in Euere heilige Kirche eingedrungen ist, durch Dich, geliebter Bruder, und durch die heilige Sion, die Mutter aller Kirchen, vollständig geheilt wird. [174]) Deßhalb stellen wir den gottesfürchtigen Elias als unseren Stellvertreter auf, wie schon der heilige und hochselige Patriarch Theodosius gethan, damit in seiner Gegenwart, wofern auch Ihr es wollt, durch die

---

[168]) p. 481: ἡ μήτηρ πασῶν τῶν ἐκκλησιῶν, ἡ ἁγία αὕτη Σιών.

[169]) οὗτος γὰρ ἐν πολλῇ ἀγωνίᾳ καὶ θλίψει γενόμενος ἐπὶ τοῖς τρέφουσιν ὡς φλόγα διὰ τῆς οἰκείας κακίας τῆς ἐκκλησίας τὰ σχίσματα καὶ κατὰ τῆς σῆς πατριαρχίας .. ἐξυλακτοῦσι.

[170]) πλὴν δὲ τοῦ ταπεινοῦ καὶ ἀθλίου Ἠλία πτοούμενος τὰς μαγγανείας ἐξαπέστειλε τὸν κύριον Ἠλίαν τὸν καλὸν καὶ πιστὸν δοῦλον Χριστοῦ τοῦ θεοῦ, [illegible] ὄντα πολλοὺς ὑπὲρ εὐσεβείας ἀγῶνας κινδύνους.

[171]) ὃν δὴ νῦν καὶ ἡμεῖς ἐπικυροῦμεν πιστὸν ἀνθ' ἡμῶν καὶ τῆς καθ' [illegible] ἁγίας ἐκκλησίας ἐπιτροπευτὴν τῆς φωνῆς τοῦ κυρίου (Mon. Χριστοῦ τοῦ θεοῦ ἡμῶν).

[172]) ἡμεῖς οἱ ἀνάξιοι, τὸν αὐτὸν θρόνον τοῦ σωτῆρος ἡμῶν Ἰ. Χρ. παρακαθήμενοι

[173]) τῆς ἀρχιερατικῆς τελειότητος καὶ κοινωνίας καὶ ἑνώσεως.

[174]) Ταύτην τὴν πληγὴν ἐντεθῆσαν ἐκ μακροῦ τοῦ χρόνου εἰς τὴν ἁγίαν ὑμῶν ἐκκλησίαν, ἀδελφὲ ἀγαπητέ, ἐλπίζω νῦν ἐγὼ ὁ ταπεινὸς (Mon. ἐλπ. ὁ ἐλάχιστος ἐγὼ νῦν) διὰ σοῦ (Mon. δι' ὑμῶν) καὶ διὰ τῆς ἁγίας Σιὼν ... ἰατρευθῆναι.

Verhandlungen einer Synode, das was sich auf den Frieden und die Ordnung der Kirche Gottes bezieht, festgestellt werde, [175]) sowie auch damit er, was immer Euch der Religion zum Heile und zum Wohlgefallen Gottes zu beschließen gefallen möge, an unserer Stelle bekräftige und besiegle, so daß nach Gottes Gnade alle Aergernisse beseitigt werden. [176]) Denn diejenigen, welche auf der Seite der Rechtgläubigen stehen, müssen auch den rechtgläubigen Vätern gehorchen oder vielmehr dem göttlichen Paulus, dem Herold der Kirche, daß Alle Ein Leib in Christo Jesu, dem Haupte Aller, seien. — Wir werden uns aber nicht scheuen, unser Mißgeschick Euerer Brüderlichkeit zu schildern. Die Menschenfreundlichkeit ist Dir angeboren, das Mitgefühl und die liebevolle Theilnahme Dir allgewohnt. Gedenke auch der Todten, Du der Du lebendig bist, gedenke der weit zerstreuten Schafe, Du großer Hirt! [177]) Erbarme Dich über Sion als Nachahmer Gottes. Und er möge Dir Hilfe aus dem Heiligen senden und von Sion Dich schützen. Er sei eingedenk aller Deiner Opfer, er verleihe Dir Alles nach den Wünschen Deines Herzens und lasse alle Deine Pläne zur Ausführung kommen!" (Ps. 19, 2—5.)

Zwei Patriarchen von Jerusalem also sollen sich für Photius ganz unbedingt ausgesprochen haben. Der Gewährsmann dafür ist zunächst der mit Photius enge befreundete Elias, dann die beiden beigelegten Briefe, von denen die zwei des Theodosius von Jerusalem in den Handschriften so viele abweichende Lesarten haben, daß diese nicht alle auf die Abschreiber zurückgeführt werden können; vielmehr scheinen diese auf zwei verschiedene Exemplare [178]) zurückzuweisen, die leicht verschiedene Uebersetzungen desselben Textes gewesen sein mögen.

Und in der That scheint es sehr fraglich, ob diese Briefe, selbst wenn man ihre Aechtheit gelten lassen will, als sämmtlich in griechischer Sprache ursprünglich abgefaßt betrachtet werden können. Seit die drei Patriarchate unter die arabische Herrschaft gekommen waren, behauptete die Sprache der Sieger ein bedeutendes Uebergewicht und die griechische wurde mehr und mehr verdrängt. Im alexandrinischen Patriarchate, wo die Kopten den Kern der Bevölkerung bildeten, war seit der muselmännischen Eroberung die Zahl der Griechen in bedeutender Abnahme; schon bei der Einnahme Alexandriens hatte sich ein bedeutender Theil derselben mit ihrer Habe zur See geflüchtet; [179]) sogar die koptische Sprache wich mehr und mehr der arabischen und erhielt sich

[175]) ὡς ἂν παρουσιάζοντος αὐτοῦ, εἴτε βούλεσθε καὶ αὐτοί, συνοδικῶς τὰ τῆς εἰρηνικῆς καταστάσεως τῆς ἐκκλησίας τοῦ Θεοῦ βεβαιωθῇ.

[176]) ὥστε Θεοῦ εὐδοκοῦντος πάντα περιαιρεθῆναι (Mon. περιαιρεῖν) τὰ σκάνδαλα.

[177]) Μνήσθητι καὶ νεκρῶν, ὁ ζῶν, καὶ προβάτων διεσκορπισμένων μνημόνευε, ὁ μέγας ποιμήν.

[178]) Das eine repräsentirt der in den Conciliensacten gebrauchte Text, das andere der Text des Anthimus und des Cod. Mon. gr. 436. Die Wortverschiedenheiten stammen sicher nicht von den Abschreibern allein her. Im Briefe des Abramius erinnert das γέγραφα (S. 151.) für das sonst gebrauchte γράφω an die orientalischen Sprachen.

[179]) Weil Gesch. der Chalifen I. S. 114. 116 A.

nur noch in der Liturgie.[160]) Bei den Jakobiten war ohnehin der Gebrauch des Griechischen fast ganz abgekommen;[161]) sie bedienten sich der koptischen und arabischen Sprache;[162]) als etwas ganz Besonderes wird es von dem jakobitischen Patriarchen Jacob oder Joseph (c. 831) hervorgehoben, daß er von einem Diakonus, der Syncell des Patriarchen Markus war, griechische Schrift und Sprache erlernte.[163]) Auch bei den Melchiten gab es sicher nur wenige, denen das Griechische geläufig war; mit Ausnahme einer dem Christophorus (Patriarch 805—836)[164]) zugeschriebenen Homilie[165]) haben wir auch von den melchitischen Patriarchen Alexandriens in dieser Zeit keine griechisch verfaßten Schriften mehr und der um 940 verstorbene Patriarch Eutychius verfaßte sein Geschichtswerk[166]) in arabischer Sprache. Wenig besser scheint es in Antiochien gewesen zu sein, dessen Repräsentant Thomas von Tyrus 869 erklären ließ, daß er des Griechischen nicht vollkommen mächtig sei,[167]) und überhaupt damals eine stumme Rolle spielte; seine 870 vorgetragene „Retractation" war also nicht wohl in griechischer Sprache von ihm selbst concipirt. Was Jerusalem betrifft, so war schon das Sendschreiben des Patriarchen Thomas, das am Anfange des neunten Jahrhunderts an die Armenier gesendet wurde, nach dem ausdrücklichen Zeugnisse der Handschriften ursprünglich arabisch durch Theodor Abukara verfaßt und von dem Syncellus Michael in das Griechische übertragen worden.[168]) Theodor Abukara von Charran, ein (wahrscheinlich mittelbarer) Schüler des gelehrten Johannes von Damaskus, der öfter mit dem Theodor von Carien, dem von uns öfter genannten Zeitgenossen des Photius, verwechselt wurde,[169]) soll um 770—820 geblüht haben und als Bischof von Charran in der Provinz Phönicia Secunda gestorben sein; er war des Griechischen wohl ebenso wie des Arabischen mächtig und verfaßte apologetische Schriften gegen die Muhamedaner.[170]) In Jerusalem

---

[160]) Renaudot Liturg. Orient. t. I. Diss. de Copt. liturg. n. I.

[161]) Renaudot Hist. Patr. Alex. Jacob. p. 122. Patr. 26.

[162]) Ib. p. 167. 214. 292. Patr. 38. 46. 52. Vansleb Hist. de l'église d'Alexandrie. Paris. 1677. p. 14.

[163]) Renaudot l. c. p. 279. Patr. 52.

[164]) Le Quien Or. chr. t. II. p. 463. Fabric. Bibl. gr. t. XI. p. 591 ed. Harl.

[165]) Migne PP. gr. t. C. p. 1215—1232.

[166]) Eutych. Annal. ed. E. Pococke. Oxonii 1652. 4 voll. 2.

[167]) Conc. VIII. act. I. (Mansi XVI. 25.): quod graece difficile loquatur.

[168]) Ἐπιστολὴ περιέχουσα τὴν ὀρθὴν καὶ ἀμώμητον πίστιν πεμφθεῖσα παρὰ τοῦ μακαριωτάτου Θωμᾶ .. ἀραβιστὶ μὲν ὑπὸ Θεοδώρου τοῦ ἐπίκλην Ἀβουκαρᾶ ..., ἑρμηνευθεῖσα, ὑπὸ δὲ Μιχαὴλ ἐμοῦ τοῦ ἐλαχίστου πρεσβυτέρου καὶ συγκέλλου ..., μεταφρασθεῖσα in Cod. Mon. 52. saec. 15. f. 124; 66 f. 26 seq.; 152 f. 236; Cod. 207. fol. 8 seq.; Vatic. 1135 f. 11 seq.; Vindob. gr. theol. 206. n. 2. Lambec. V. 12, [illegible] bei Gretser Anastas. Sinait. Hodeg. Ingolst. 1604. 4. Theodori Abucarae Opusc. var. p. 428. Migne t. XCVII. p. 1504 seq.

[169]) Fleury L. 52. n. 52. t. XI. p. 311. S. Bd. I. S. 403. N. 65.

[170]) Fabric. Bibl. Gr. t. X. p. 176 (363. H.) Galland. Bibl. PP. t. XIII. Proleg. c. XIII. Allat. Dissert. de Theodoris (Mai Nov. Bibl. PP. VI, II. p. 170 seq.) Le Quien Or. chr. I. 724. II. 819. 850.

konnte übrigens schon wegen der dahin häufig pilgernden griechischen Mönche der Gebrauch dieser Sprache nicht ganz untergehen, wenn auch manche minder unterrichtete Patriarchen derselben nicht hinreichend mächtig waren. Unter den uns vorliegenden Briefen ist der des Theodosius von Antiochien an Photius, der zuerst vorgebracht wurde, von der Art, daß Vieles an eine arabische Abfassung erinnert, zumal im Eingang, während die des jerusalemischen Theodosius, in zwei Texten erhalten, auf eine mehrfach überarbeitete Uebersetzung schließen lassen und der des Elias, der mit unbedeutenden Varianten in den Handschriften ganz gleich sich findet, nur auf manche Interpolationen hinweist.

Ziemlich abweichend von den anderen Briefen desselben Patriarchen in Styl und Fassung ist das zuletzt durch den antiochenischen Theodosius an Photius gesandte Schreiben, das letzte der Dokumente, die wir noch näher zu betrachten haben. Es wurde durch Basilius von Martyropolis überbracht und in der vierten Sitzung der photianischen Synode verlesen. Es lautet also:[191])

„Es gibt keine Art von Danksagung, die wir nicht Christo, unserem wahren Gott, erstatten müßten, in dem die ganze Fülle der Gottheit leibhaftig wohnt. (Col. 2, 9.) Denn durch ihn und in ihm leben und sind wir und bewegen uns (Akt. 17, 28.), ja durch ihn sind wir auch der Ehre der Aehnlichkeit mit ihm gewürdigt und werden das der Gnade nach, was er der Natur nach ist. Da Alle verschiedene Wohlthaten erlangt haben, für die zu danken ist, so senden auch wir Dank zu Gott empor für die Wohlthat, die Euerer Würdigkeit zu Theil geworden, und umfassen Euch wie ein Bruder den Bruder, wie sich's gebührt, indem wir uns ohne Unterlaß an der Hoffnung der Güter erfreuen, die denen verheißen sind, so um Christi willen leiden, alles Andere aber Gott überlassen, der die ganze Welt regiert. Deßhalb grüßen wir Deine hochheilige Brüderlichkeit, in Gott hochverehrter Vater, verlangen zu Euerem Bruder und Amtsgenossen gezählt zu werden, und melden, daß, was das irdische Wohlergehen betrifft, wir den Todten gleich geworden sind, von unerträglichen Leiden gequält, nur in der Hoffnung auf Gott noch athmen und vegetiren; was aber unsere heiligste Kirche angeht, so ist sie orthodox und hat unsere Geringfügigkeit zum Hirten und Patriarchen von Theopolis erwählt.[192]) Seit langer Zeit hegte unsere heilige Kirche der Antiochener tiefen Kummer wegen der Spaltungen der heiligen Kirche der Constantinopolitaner, und besonders wegen der Ankunft[193]) des Herrn Thomas von Berytus, Bischofs von Tyrus. Diesen hat vermöge Euerer Gebete die Gnade Gottes nicht zugleich mit jenen gottlosen Verhandlungen zu Grunde gehen lassen, welche er gegen Euer hohepriesterliches Haupt zugleich mit dem dreimal unseligen Elias vorzunehmen sich verleiten ließ;[194]) durch seine innige Reue hat er die ihm

---

191) sq. „Οὐκ ἔστιν εὐχαριστία" Mansi p. 477. 478. — hier ohne Aufschrift (wie auch der Brief des Elias in einigen Exemplaren, während andere eine solche ihm geben).

192) Τὰ δὲ τῆς καθ' ἡμᾶς ἁγιωτάτης ἐκκλησίας, ὀρθοδοξεῖ καὶ τὴν ἡμετέραν εὐτέλειαν εἰς ποιμένα καὶ πατριάρχην τῆς Θεουπόλεως προεχειρίσατο.

193) καὶ μάλιστα διὰ τὴν ἔλευσιν.

194) ὃν ἡ θεία χάρις δι' εὐχῶν ὑμῶν ἁγίων οὐκ εἴασε συναπολέσθαι ταῖς ἀνοσίοις

drohende Flamme (der Strafe) ausgelöscht.[195]) Denn wer weiß besser als wir, geliebter Bruder, daß die Kirche der Antiochener niemals gegen Deine Heiligkeit je eine Unbill anerkannte oder aussann? Denn von jenen Tagen an, seit denen bis jetzt mehr als zwanzig Jahre verflossen sind, haben wir Bischöfe und Priester mit der gesammten Kirche von Antiochien, über Deine Tugend, Wissenschaft und hohepriesterliche Vollkommenheit allseitig unterrichtet, Dich immerfort als unserer Gemeinschaft theilhaftig und als Amtsgenossen anerkannt, wie wir jetzt thun,[196]) und diejenigen, welche nicht also denken, halten wir für Feinde und Widersacher der kirchlichen Ordnung. Nicht wenig wurden wir betrübt über die Trübsale, die Deiner Liebe zugestoßen sind, als wir einzeln das erfuhren, was die Hinterlist des Bösen gegen Dich ausgesponnen hat, obschon Hilfe zu leisten nicht vergönnt war.[197]) Nun aber von dem friedfertigen, von Gott beschützten Kaiser und von Deiner brüderlichen Liebe gebeten, zu Euch zu reisen, waren wir über die große Schwierigkeit dieser Bitte betrübt, daß wir nicht bei denen, die uns bedrängen, als schuldig erscheinen möchten. Bis jetzt ist einmal unsere Lage so beschaffen; wenn aber der Herr, der Alles zum Besseren leitet, das was uns schwierig scheint, leicht machen wird, so möge das, was vor ihm wohlgefällig ist, geschehen.[198]) Da nun einer unserer gottesfürchtigsten Bischöfe, der die Stadt der Martyrer Christi regiert, gerade bei uns war, so haben wir ihm das gegenwärtige Schreiben eingehändigt und ihn zu Euerer Würde gesandt, indem wir ihm auftrugen, unsere Stelle zu vertreten.[199]) Derselbe soll in unserem und unserer Kirche Namen zugleich mit Euch Alles das feststellen, was sich auf den Frieden Gottes, die Vereinigung und die Ruhe der Kirche bezieht und was sonst noch der heiligsten Synode, die sich bei Euch versammelt, gut scheinen wird.[200]) Alles, was er vollbringen wird und was er thun wird zur Herstellung des Friedens der Kirche, werden wir mit Freuden annehmen. Du wirst uns aber für die Gebete, die wir für Dein hohepriesterliches Haupt darbringen, Dank erstatten,

---

πράξεων ἐκλείπειν, ὡς κατὰ τῆς ὑμῶν ἀρχιερατικῆς κεφαλῆς συμπαρασάσης (συμπαραστάσης Man. 436. p. 186.) τῷ τρισαθλίῳ Ἠλίᾳ παρηγορηθῆναι ἐπιεργάσασθαι.

[196]) καὶ γὰρ ἀπὸ τῆς αὐτοῦ θερμῆς ὑποστάσεως (nicht, wie die lat. Uebersetzung hat: per latinae subitam ruinam) τὴν κατ' αὐτοῦ ἀγαλλομένην κατασβέσαι φλόγα.

[197]) ἀπὸ γὰρ τῶν ἡμερῶν ἐκείνων, ἀφ' ὧν μέχρι καὶ δεῦρο ὑπὲρ τοὺς εἴκοσι χρόνους διέδραμεν (d. i. seit der ersten Erhebung des Photius), τὰ τῆς σῆς ἀρετῆς τε καὶ γνώσεως καὶ ἀρχιερατικῆς τελειώσεως ἐνηχηθέντες καὶ κοινωνὸν καὶ συλλειτουργὸν καὶ ἀποδεξάμενοι καὶ ἀποδεχόμενοι, ἀρχιερεῖς τε καὶ ἱερεῖς καὶ ἅπαν τῆς καθ' ἡμᾶς ἐκκλησίας τὸ σύνταγμα.

[198]) κἂν ᾖ τὸ ἐπαμύνειν οὐκ εὔπορον.

[199]) p. 480: ἠλγήσαμεν διὰ τὸ φορτικὸν τῆς αἰτήσεως, μήποτε ὑπόδικοι τοῖς [illegible] γενώμεθα, καὶ τέως μὲν οὕτω διακείμεθα (hier nicht: sic affecti sumus). ὁ δὲ ὁ πάντα κατασκευάζων πρὸς τὸ λυσιτελέστερον κύριος εὔχαρις ποιήσει τὸ δοκοῦν δυσχερές, τὸ ἀρεστὸν ἐνώπιον αὐτοῦ γένεσθαι.

[200]) πρὸς τὴν ὑμῶν πατριαρχικὴν κεφαλὴν, τὸ ἡμέτερον ἀναπληρώσοντα πρόσωπον, ἀπεστείλαμεν.

[201]) ὅσα ἂν εὐσεβῇ τῇ καθ' ὑμᾶς ἁγιωτάτῃ δόξει συνόδῳ, ἅπαντα σὺν ὑμῖν ἐκπεραίνειν.

wenn Du den Christum liebenden Kaiser ermahnst, den gefangenen Saracenen sich wohlthätig zu erweisen; denn Du wirst uns dadurch von vielfacher Trübsal befreien,[301]) und uns und unaufhörliche Gebete, von Gott aber unentreißbaren Lohn erhalten. Lebe wohl in Christus,[302]) heiligster und verehrungswürdigster Bruder und Amtsgenosse."

Es war dieser Brief ein eigentliches Beglaubigungsschreiben für den Legaten Basilius, während das frühere, durch Kosmas überbrachte, diesen officiellen Charakter nicht an sich trug. Gleichwohl ist es auffallend, daß Theodosius auf dieses nicht zurückweist, wozu doch aller Anlaß vorhanden war. Ferner ist die Stelle, worin er sich als gewählten Patriarchen von Antiochien zu erkennen gibt, von der Art, daß sie auf eine nicht vor zu langer Zeit erst stattgehabte Erhebung desselben deutet, von der jener erste Brief nichts hat; zudem war Theodosius längst vor 879 antiochenischer Patriarch; er soll sogar von 871 bis 891 diesen Stuhl inne gehabt haben, wie nach Eutychius gemeinhin angenommen wird.[303]) Die Briefe stehen offenbar in schlechtem Zusammenhang. Sollte man etwa aus dem Patriarchalarchiv ältere Schreiben entnommen und nach Belieben und Bedürfniß zugerichtet, den Umständen angepaßt haben? In Byzanz war das wohl möglich und hier wird es sehr wahrscheinlich, wenn es auch bei dem Mangel sonstiger Data nicht zur Gewißheit erhoben werden kann.

Fassen wir nun das Wahrscheinliche zusammen. I. Es ist möglich, ja sehr plausibel, daß die drei orientalischen Patriarchen, von denen viele selbst in besseren Tagen alle Bischöfe anerkannten, die der kaiserliche Wille dem Stuhle von Byzanz gegeben, wie z. B. Petrus von Jerusalem unter Justinian den Anthimus recipirte,[304]) jedesmal den Wünschen des Kaiserhofes, den sie um Almosen angingen, bereitwillig entsprochen und die diesem erwünschte Sprache geführt, daher auch ihre Zustimmung zur Reinthronisation des Photius leicht gegeben haben; das scheint an sich wenigstens nicht beanstandet werden zu müssen.[305]) Aber II. unmöglich ist es, die von der photianischen Synode so entschieden behauptete stete und ununterbrochene Anerkennung des Photius seit seiner ersten Stuhlbesteigung Seitens dieser Patriarchen als hinreichend begründet anzuerkennen, zumal da vor 869 eine sehr unentschiedene Haltung derselben in der Streitfrage an den Tag tritt. Dafür sprechen: 1) die Ungewißheit des Papstes Nikolaus vor seinem Ende, 2) die Versicherung des Anastasius, daß die orientalischen Stühle nichts in dieser Sache gethan, 3) der auf dem achten Concil verlesene, ganz das Gepräge der Einfalt und

[301]) εἰ τὸν φιλόχριστον βασιλέα παρακαλέσεις, τοὺς αἰχμαλώτους Σαρακηνοὺς ἀγαθοποιῆσαι· πολλῶν γὰρ ἡμᾶς διὰ τούτου θλίψεων ἀποσπάσεις.

[302]) ἔρρωσο ἐν Χριστῷ.

[303]) Le Quien II. 749. Fleury t. XI. p. 496. n. 25.

[304]) ep. Agapeti P. Mansi VIII. 921.

[305]) Fleury l. c. p. 497. 498: La servitude, où ces patriarches vivaient, rend moins étonnante leur facilité à envoier des légats pour ou contre Photius: selon que ceux qui les demandaient, étaient plus puissans et leur donnaient plus d'aumônes.

der Unkenntniß der Verhältnisse an sich tragende Brief Michael's I. von Alexandrien, 4) die Aussagen der jedenfalls minder verdächtigen Legaten von 869, die sich wohl aus der früheren, bis dahin nicht förmlich aufgehobenen Anerkennung des Ignatius erklären lassen, 5) gerade das ängstliche Hervorsuchen des Gegentheils in der photianischen Synode und den in ihr producirten Dokumenten, wodurch das „Qui nimium probat, nihil probat“ sehr nahe gelegt wird, 6) die Behauptung des Verfassers des von Rader veröffentlichten Anhangs zum achten Concil, der als Zeitgenosse erscheint und nachdrücklich festhält, Photius sei von den anderen Patriarchen nicht anerkannt worden. Da dieser Autor nicht wenig über die Römer mißstimmt ist und ihnen den Satz entgegenhält: „Ein Patriarch (der römische) kann den gemeinsamen Beschluß aller nicht aufheben,“ [206]) so ergibt sich, daß er wohl verläßige Kunde von einer Anerkennung des Photius durch Altrom (879), aber keine von dessen Reception bei den anderen Patriarchalstühlen hatte. Unmöglich hätte der alte Autor geradezu die Verwerfung des Photius durch alle Patriarchen, wie sie 869 erfolgt war, gegen Rom urgirt, hätte Photius wirklich die ununterbrochene Anerkennung der drei Stühle des Orients für sich gehabt. Daraus ergibt sich auch, daß die ignatianische Partei auch nach dem Schritte Johann's VIII. von einer Anerkennung des Photius bei den anderen Patriarchen nichts gewußt hat. Alle diese und die anderen Indicien zusammengenommen sind wohl geeignet, die Behauptung der Synodalen von 879 Lügen zu strafen. Photius, der in seiner Ueberarbeitung den Papst Johann sagen lassen konnte, sein Vorfahr Hadrian habe das 869/70 Verhandelte nicht anerkannt, [207]) konnte ebenso gut den Orientalen die Behauptung in den Mund legen, daß die drei östlichen Patriarchate stets auf der Seite des „heiligsten Photius“ gestanden, mit Verwerfung jener Beschlüsse immer in seiner Gemeinschaft verblieben seien. III. Es erscheinen aber die Legaten von 879/80 in mehrfacher Beziehung äußerst verdächtig. Denn 1) der „Synathlet“ Elias von Jerusalem und der alexandrinische Mönch Kosmas, der Unterhändler in Alexandrien und Antiochien wie bei Abramius war, eine specielle Vollmacht aber nicht vorbrachte, erscheinen ganz wie Genossen, Agenten und Werkzeuge des Photius, ungefähr wie die auf der früheren Synode gegen Papst Nikolaus gebrauchten Mönche; sie sind in Alles eingeweiht, nicht linkisch und unbeholfen, wie die Legaten von 869 und die von Altrom 879, vertraut mit den byzantinischen Verhältnissen, des Griechischen wohl kundig. 2) Die vorzüglichste Einrede gegen die Gesandten von 869 war die, daß sie nur Bevollmächtigte der Saracenen gewesen seien, wie denn Photius sie schon früher als Abgeordnete der Ismaeliten bezeichnete. [208]) Das stützte man darauf, daß nach dem Briefe des jerusalemischen

---

[206]) Mansi XVI. 452. Cf. Panopl. adv. schisma Graec. p. 168. 169.

[207]) Abschn. 2 N. 84.

[208]) Syn. Phot. act. III. p. 464. Card. Petrus: Οἱ περὶ Θωμᾶν καὶ Ἠλίαν ... Σαρακηνοῖς μὲν αἰχμαλώτους ἐπεζήτουν καὶ παρὰ Σαρακηνῶν ἐπὶ τῇ τῶν δεσμίων αὐτῶν ἀπολύσει ἀπεστάλησαν καὶ Σαρακηνῶν ἀποκρισιάριοι ἐχρημάτιζον. Die Synode nennt

Theodosius und den Worten seines Stellvertreters Elias ihnen nur unter dem Vorwande des Loskaufs von saracenischen Gefangenen oder auch behufs der Auslösung derselben die Reise nach Byzanz von den muselmännischen Gewalthabern gestattet worden war.[309]) Allein aus dem gleichen Grunde wäre der antiochenische Legat von 879 ein „Gesandter der Saracenen," da ja auch er saracenische Gefangene auszulösen beauftragt war.[310]) Nebstdem zeigt sich bezüglich dieses Gesandten Basilius eine Fälschung in den Akten,[311]) auf die indessen hier kein Gewicht gelegt werden soll. 3) Da die Synode von 869 zuerst dem Photius vorgeworfen, daß er Pseudolegaten producirt, so scheint Photius ihr diesen Vorwurf zurückgegeben und sie völlig zu discreditiren versucht zu haben, wozu ihre angebliche Verwerfung durch Hadrian II. ebenso dienen mußte als die mährchenhaft klingenden Nachrichten über den schlimmen Tod der beiden Legaten Joseph und Elias. Zu diesem Behufe war es leichter und bequemer, wohl instruirte Getreue auftreten zu lassen, die in Allem sich gewandter zeigen, von den römischen Apokrisiariern nicht entlarvt werden konnten, denen sie jedenfalls an genauer Kenntniß des Orients, selbst wenn sie ihn nicht öfter bereist hätten, überlegen waren; sie konnten fast noch bessere Dienste leisten als wirkliche Bevollmächtigte der stets um Geschenke bettelnden Patriarchen. War, wie wir früher sahen,[312]) die Fiktion orientalischer Stellvertreter wirklich eine stehende Lüge bei den Griechen geworden, so war sie es wohl vor Allem auf der Synode des Photius. IV. Gesetzt aber auch, Basilius von Martyropolis sei wirklich aus Antiochien gekommen (diese Annahme hat keine Schwierigkeit), Kosmas im Dienste des Photius umhergereist, das Brüderpaar Elias und Andreas von Jerusalem gesendet, so sind deßhalb die in der Synode vorgebrachten Briefe noch ebenso dem Verdachte der Fälschung unterworfen; Rom war durch wirkliche Legaten vertreten, die päpstlichen Schriftstücke aber waren verfälscht. Wir haben an den einzelnen Briefen der östlichen Patriarchen zahlreiche Spuren von Interpolationen und Fälschungen gefunden, namentlich in dem, was sich auf die immerwährende Anerkennung des Photius, die zu seinen Gunsten in Alexandrien und Jerusalem gehaltenen Synoden, die ihm gespendeten überschwänglichen Lobsprüche, die Schicksale der Legaten auf dem achten Concil, die Retraktation des Thomas von Tyrus u. A. m. bezieht. Verdächtig ist auch, daß alle drei Patriarchen bei so erschwertem Verkehr an Abramius, den von ihnen so entfernt wohnenden Schüler des Photius, geschrieben haben sollen, um den sich höchstens der Antiochener bekümmerte, daß der Brief des Theodosius von Jerusalem an den Kaiser in einer Weise die Hoffnung

---

zu Ib. p. 465: [illegible]. Vgl. Phot. ep. 118 (oben S. 190. Baletta ep. 161. p. 494.) Le Quien III. 876.

[309]) Mansi XVI. 26. 27. In den Worten: tam ab Ilamera (Emir) quam ab dominatoriis literis jussi sumus will Mansi dominatoriis, Assemani commentatoriis literis gelesen haben.

[310]) ep. Theod. in act. IV. p. 490 B. Assem. l. c. p. 186.

[311]) Vgl. Hefele Conc. IV. S. 459. N. 1.

[312]) Buch IV. Abschn. 3. S. 62.

auf Befreiung vom saracenischen Joche ausspricht, wie sich sonst, aus Furcht vor ihren muhamedanischen Herrschern, denen leicht ein solcher Brief in die Hände fallen konnte, diese Prälaten nicht auszusprechen wagten; daß die Patriarchen von Alexandrien und Jerusalem wiederholt erklären, daß sie zu Niemanden so großes Vertrauen haben, als zu ihren Abgesandten, gerade als sollten diese recht augenfällig als ἀξιοπιστότατοι bezeichnet werden; daß mehrere Phrasen, wie z. B. „den Todten sind wir gleich geworden" so oft wiederkehren u. A. m. Mochten jene schwach unterrichteten, in steter Noth und Gefahr lebenden Patriarchen auch noch so gefügig sein, die **verbessernde Hand der Byzantiner hat ihren Briefen erst die Gestalt gegeben, in der sie der Synode producirt und ihren Akten einverleibt worden sind.** Es geschah ähnlich wie mit den Briefen Johann's VIII. Einzelnes, wie z. B. die Leiden der antiochenischen Kirche unter Achmed Ibn Tulun, war sicher aus ächten Briefen, wie sie der hilfesuchende Theodosius an den Kaiser gerichtet, Anderes aus älteren, noch im Archiv vorhandenen Schreiben, Anderes beigesetzt und fingirt. Es scheint ein großes Gaukelspiel mit den Legaten Rom's, denen man stets das vorgängige und bedingungslose Zustimmen der Orientalen entgegenhielt, getrieben worden zu sein — ein Gaukelspiel, dessen Stützpunkte wir wohl im Allgemeinen erkennen, aber nicht in allen Detailausführungen mehr nachweisen können. Wir sehen, vor welcher Bühne wir uns als Zuschauer befinden; hinter die Coulissen einen forschenden Blick zu werfen ist uns äußerst schwer.

4. Die Theilnehmer an der Synode des Photius.

Photius hatte alle Vorbereitungen zu einer glänzenden Synode getroffen. Er hatte für Vertreter aller Patriarchalstühle gesorgt; die Bischöfe Paulus und Eugenius, die früher von Rom abgesandt worden waren, standen, nachdem sie lange widerstrebt, jetzt ganz auf seiner Seite und sie hatten bei ihrer besseren Lokal- und Sachkunde den neu angekommenen Cardinal Petrus, der sich anfangs nicht minder gewissenhaft und muthig, aber im Ganzen auch nicht minder unbehilflich benommen zu haben scheint, vermöge des für Photius in der Hauptsache so günstigen Inhalts seiner Instruktionen wohl ohne Schwierigkeit zur kirchlichen Gemeinschaft mit dem wieder eingesetzten Patriarchen auch vor Erfüllung der vom Papste gestellten Bedingungen zu bestimmen vermocht. Dazu hatte Photius eine Masse alter und neuer Anhänger unter den Bischöfen, und diesen war eine Reihe neugeweihter Prälaten beigesellt, durch die es ihm gelang, ein **dreifach stärkeres Concil** als das vor zehn Jahren gegen ihn gehaltene zu Stande zu bringen.

Von den Prälaten, die auf der Synode von 869 gewesen waren, finden wir in dem Verzeichnisse der 879 Versammelten [1]) nur die Metropoliten und

[1]) Mansi XVII, 373 seq. Wir haben mehrere vatikanische und Münchener Handschriften

Erzbischöfe Cyprian von Klaudiopolis im Pontus, Theodor von Thessalonich, Ignatius von Hierapolis in Phrygien, Stephan von Kypsella in Thracien, Basilius von Misthium in Lykaonien, Euphemian von Euchaites, vielleicht auch Theophilus oder Theophylakt von Ikonium,[2]) und gegen neun andere Bischöfe, namentlich Basilius von Hadrianum, Demetrius von Squillacium, Johannes von Polemonium, Georg von Daskylium, Leo von Sagalassus, Nikephorus von Aspona, Germanus von Elektorium, Basilius von Kratelo, Basilius von Tzorulus. Viele Stühle, deren Inhaber an jener Synode Theil genommen, haben jetzt andere Männer eingenommen und sicher waren nicht alle durch Todesfall erledigt worden; Metrophanes von Smyrna z. B. lebte noch, an dessen Stelle erscheint hier der Photianer Niketas. Wie bereits bemerkt, hatte Photius schon vorher zwar keine totale, aber doch eine ziemlich ausgedehnte Neubesetzung vieler Stühle vorgenommen; dabei hatte er auch, wie sich unten zeigen wird, in der hierarchischen Ordnung manche Veränderungen eingeführt. Von vielen Stühlen erscheinen zwei Bischöfe, bisweilen noch mehr, auf der Synode. Das läßt sich theils dadurch erklären, daß viele Bischofsitze verschiedener Provinzen die gleichen Namen führten, wie z. B. Anastasiopolis in Galatia Prima, in Carien, in Phrygia Pacatiana und in Rhodope sich findet,[3]) theils auch dadurch, daß der eine Bischof der von Photius eingesetzte wirkliche Inhaber des Stuhles, der andere ein von ihm abgesetzter, dann aber begnadigter Ignatianer war, der in der Hoffnung, sein Bisthum oder doch ein anderes zu erhalten, sich ihm angeschlossen und das Recht seinen Titel fortzuführen erlangt hatte. So finden sich zwei Exarchen von Heraklea, beide mit dem Namen Johannes;[4]) der eine war sicher der von Photius eingesetzte, der mit ihm in vertrauter Correspondenz gestanden[5]) und ihn in der sechsten Sitzung des achten Conciliums vertheidigt hatte, während der andere der zu Photius übergegangene Ignatianer war.[6]) Dasselbe scheint der Fall zu sein mit Zacharias und Georg, Erzbischöfen von Antiochien in Pisidien,[7]) mit

---

damit verglichen, daraus manche Lücken ergänzt und geben im Folgenden die Resultate dieser Vergleichung. Die Namen sind oft sehr korrupt; bei Mansi p. 377 A. fehlen nach Nikolaus von Cinlandos drei Bischöfe, die unsere Handschriften haben, während in diesen wieder andere Namen fehlen, die dort verzeichnet sind.

[2]) Ob Theophilus von Ikonium mit dem 869 vorkommenden Theophylakt (für den auch Cyprian erscheint), identisch ist, wie Le Quien (Or. chr. I. 1072) vermuthet, ist zweifelhaft.

[3]) Vgl. Le Quien I. 824. 1207. 486. 913.

[4]) Das bemerkt auch Becus bei Beveregii Pand. can. t. II. p. 274: ὑπεδέχθησαν ἐν τῇ ἀναμνήσει τῶν ἀρχιερέων δῆλοι οἱ τῆς Ἡρακλείας Ἰωάννου. Es ist hier keineswegs mit Fleury (l. XI. L. 53. n. 12. p. 462) an ein doppeltes Heraklea, an ein thrazisches und an ein pontisches, zu denken; letzteres kommt besonders vor, aber nicht an so hervorragender Stelle.

[5]) Phot. ep. 9. 28. 218 (L. II. ep. 1. 6. 45 ed. Migne. Bal. p. 486. 543.)

[6]) Le Quien Or. chr. I. 1109. 1110.

[7]) Le Quien I. 1040. Im Katalog der Synodalmitglieder stehen sie Nr. 13. 14; Zacharias (fehlt im Cod. Vat. 1918.) war ursprünglich Photianer, Georg Ignatianer und Nachfolger des Basilius.

Paulus und Symeon von Laodicea,[8]) mit Neophytus und Markus oder Makarius von Derkus.[9]) Mehrere andere Bischöfe sind, wie die Vergleichung der Handschriften zeigt, vielleicht aus Versehen der Abschreiber, doppelt gesetzt.[10])

Aber auch noch in anderer Beziehung ist das Verzeichniß der Synodalmitglieder höchst wichtig; es gibt uns mit Hilfe anderer Data, namentlich der alten Series sedium,[11]) einen genaueren Einblick in die damaligen Verhältnisse des byzantinischen Patriarchats sowie in die Rangordnung der einzelnen Stühle, die im griechischen Reiche manche Veränderungen erfuhr. Es lassen sich zwar nicht alle, aber doch die meisten der aufgezählten Bischofssitze genau bestimmen; nur etwa zwölf sind uns noch nicht bekannt.[12]) Im Ganzen

---

[8]) Beide haben Vat. 1147. 1918. Mon. 436. Bevereg. l. c. p. 274. 301, sowie Mansi; act. III. p. 613 erscheint nur Symeon, act. V. im Cod. Mon. cit. wieder beide. An Laodicea aduata (Le Quien I. 1062.) kann wohl hier kaum gedacht werden, schon wegen der Rangordnung nicht.

[9]) Le Quien I. 1163. 1164. Neophytus fehlt Vat. 1183. Markus hat statt des sonstigen Makarius Cod. Mon. 27.

[10]) So steht Basilius von Mistheum in Mon. 27. und Mon. 436. act. I. zweimal: Nr. 89 nach Paul von Cherson und dann wiederum nach Euphemian von Euchaites (Nr. 74), dagegen in den vatic. Hdschr. und darnach bei Harduin und Mansi nur einmal. Wiederum finden wir bei letzteren den Demetrius von Polystylum doppelt (Mansi p. 376. n. 148 und p. 377), während er in Monac. 27 das erstemal fehlt. Ebenso steht Anton von Neapolis doppelt (Nr. 64. 131.), während er Mon. 436. act. V. fehlt. Aber Anton von Daphnusium steht überall doppelt, ebenso Constantin von Tralula, Makarius von Kotrune, Symeon von Keramos.

[11]) Wir haben mehrere Kataloge der dem byzantinischen Patriarchen unterstehenden Bischöfe. Eine dem Epiphanius von Cypern zugeschriebene *Ἔκθεσις πρωτοκαθεδρίας* bei Const. Porph. de caerem. aul. byz. L. II. p. 791 ed. Bonn. (Migne PP. gr. t. LXXXVI. p. 787 seq.) zählt dreiunddreißig Metropoliten, vierunddreißig Erzbischöfe und dann die Suffraganbischöfe der ersteren, hat die süditalienischen und illyrischen Provinzen nicht. Dieselben dreiunddreißig Metropolen, denen noch acht der von Altrom losgerissenen angehängt werden, dazu einundvierzig Archiepiscopate (dieselben vierunddreißig nebst Trapezunt, Amastris, Misthria, Neapolis, Aegina, Kotyäum, Selge), dazu ein vollständigeres Verzeichniß der Episkopate gibt die *Τάξις τῶν ὑποκειμένων μητροπολιτῶν κ. τ. λ.* im Cod. Mon. 380. f. 527 seq. Unter dem Namen Leo's VI. erscheint bei Leunol. Jus. Gr. R. t. I. p. 88 seq. die Reihenfolge von einundachtzig Metropoliten und neununddreißig Erzbischöfen; die daselbst p. 213—216 gedruckte hat achtzig Metropoliten, die meistens dieselben sind, die Erzbischöfe ebenso. Dieser letztere Ordo Episcoporum steht mit einigen Abweichungen auch Cod. Monac. 380. f. 526. Andere Verzeichnisse s. Catal. bibl. Reg. Taurin. I. p. 201, A. Bandur. Imper. Or. t. I. p. 230. 236, Fabric. Salut. lux Evang. p. 312 seq. Dazu Le Quien Or. chr. t. I. und t. II. Rhalli et Potli *Σύνταγμα* Athen. vol. V. p. 400 seq.

[12]) Dahin gehören namentlich: Nr. 116 *Ἰωάννης Σταβαρώτου* Vat. 1183: *Βερροίου*. Anthim.: *Σταβαρωτῆς* — Stabarotes erscheint 1391 als ein Ort bei Sozopolis in der Schenkungsurkunde eines Mönches Theophylakt für das Patriarchalkloster St. Kerykus (Acta Patr. Cpl. t. II. p. 152. Doc. 421.) Nr. 181: *Εὐστάθιος Τείχους* (Vat.); Mansi: *Τύχους*, Mon. 436: *τειχῶν*, Mon. 27: *τείχων*. — Nr. 201: *Εὐστάθιος Ἀλδελοῦ* (*Ἀλδηλοῦ*) — Nr. 108. 200: *Κωνσταντῖνος Τρασσίλων*. — Nr. 261: *Μεθόδιος Δαδαλείας*. — Nr. 266: *Νικόλαος Ἡλιοδωρίδος*. — Nr. 271: *Βασίλειος Τουλλίης*. — Nr. 280: *Νικηφόρος Στρανίου*. — Nr. 330: *Δαμιανὸς Παρδανούτας* (Mon. 27: *Παρδανουτίας* Vat. 1918: *Παρ-*

finden sich achtzig Metropoliten und Erzbischöfe;[13]) die lange Reihe der einfachen Bischöfe beginnt mit Nikephorus von Limyra in Lycien.[14]) Von diesen achtzig Oberbischöfen waren die ersten sechsunddreißig sicher wahre Metropoliten mit Suffraganbischöfen; der letzte davon scheint Leo von Rhegium zu sein; von den übrigen waren viele nur Titular-Erzbischöfe,[15]) wie sie längst vor Balsamon im griechischen Reiche bestanden[16]) und in ihrer Reihenfolge in den verschiedenen Katalogen der Bisthümer aufgeführt zu werden pflegten.

Betrachten wir nun die einzelnen Jurisdiktionsgebiete, so ist vor Allem das pontische Exarchat vertreten durch Prokopius von Cäsarea, der als Protothronos des ganzen byzantinischen Patriarchats die erste Stelle, unmittelbar nach den Abgeordneten der Patriarchen, einnimmt.[17]) An ihn reihen sich die Metropoliten Gregor Asbestas von Nicäa,[18]) Daniel von Ancyra, Georg von Nikomedien, Zacharias von Chalcedon, Cyprian von Klaudiopolis, Eustratius von Pissinus, Nikolaus von Gangra in Paphlogonien[19]) und Eudolimus von Amastris.[20]) Merkwürdig ist, daß der Nicäner den Platz fast unmittelbar nach den drei Exarchen und dem Metropoliten von Cyzikus einnimmt, während 869 Nikephorus von Nicäa den Metropoliten von Ancyra, Chalcedon und Gangra nachstand und Nikomedien seinen in der vierten Synode erhaltenen Vorzug noch auf der siebenten behauptet hatte, obschon Nicäa schon seit 787 zu den Metropolen gezählt ward. Es erschien nachher als Haupt von Bithynia secunda mit sechs Suffraganaten. Da der Vorgänger des Gregor Asbestas, Amphilochius, von dem mit ausgedehnten Jurisdiktionsrechten ausgestatteten Cyzikus dahin transferirt ward, so muß es schon zu des Photius Zeiten eine so hervorragende Stellung eingenommen haben; der Rang nach den vier ersten Metropoliten war aber vielleicht ein besonderes Privilegium für den alten Freund des Photius.[21]) An diese neun größeren Metropoliten reihen sich dann noch

---

σινότας.) — Nr. 339: *Νικηφόρος Σπείρος* (Mansi; Vat. 1918: *Πείρας.*) — Nr. 345: *Κωνσταντῖνος Κάββων* (Mon. 27: *Κάββων*) — Nr. 366: *Εὐστάθιος Φλώγων.* —

[13]) Mit dem act. III. eintretenden Nikephorus von Carien sind es einundachtzig.

[14]) Vgl. Le Quien I. 972. Im s. g. leonianischen Katalog ist Limyra das dritte Suffraganbisthum von Myra, der zwanzigsten (al. 19) Metropole. Leuncl. Jus. Gr. Rom. I. p. 94.

[15]) Die auf Leo folgenden Prälaten von Bosporus, Cherson, Leontopolis sind in dem Verzeichnisse Leo's die Erzbischöfe Nr. 33. 16. 2, bei Ps. Epiphanius Nr. 32. 24. 6. Vgl. noch Thomassin. P. I. L. I. c. 41. n. 7.

[16]) Thomassin. l. c. c. 43. n. 12.

[17]) Vgl. Leuncl. l. c. L. III. p. 249. Ps. Epiph. l. c.

[18]) Bei Bevereg. l. c. p. 273 steht wohl unrichtig Theodor von Nicäa.

[19]) Nikolaus von Gangra (fünfzehnte Metropole bei Ps. Epiphanius und Leo VI.) hat Vat. 1918. f. 91.

[20]) Amastris ist bei Leo VI. unter den Metropolen Nr. 53, Klaudiopolis Nr. 17, Pissinus Nr. 19. Dagegen hat Ps. Epiphanius, bei dem die fünfzehn ersten Metropolen dieselben sind, da er Thessalonich wie die illyrischen Provinzen überhaupt übergeht, Klaudiopolis als sechzehnte, Pissinus als achtzehnte Metropole; Amastris, das ehedem unter Gangra stand, fehlt.

[21]) Vgl. Le Quien I. 639. 640. 647. Bei Ps. Epiphanius und Leo ist die Reihenfolge diese: 4. Ancyra, 5. Cyzikus, 6. Sardes, 7. Nikomedien, 8. Nicäa, 9. Chalcedon,

folgende Erzbischöfe an: Theodosius von Pompejopolis[22]) in Paphlagonien, Niketas von Germia[23]) in Galatia II., Constantin von Koloneia[24]) in Kappadokia III., Epiphanius von Kios und Sophronius von Apamea in Bithynien,[25]) Johannes von Rhizäum im Pontus Polemoniakus, Georg von Keltzene in Armenia Prima, Euphemian von Euchaites im Helenopontus und Leontius von Tyana in Kappadokia II.[26]) Zu diesen achtzehn Erzbischöfen kommen nun noch zwischen achtundvierzig und fünfzig Bischöfe, wovon drei, Ignatius von Nyssa,[27]) Georg von Kamuliana und Johannes von Nazianz[28]) zu Kappadocien, vier oder fünf, nämlich Meletius von Heraklea Ponti, Constantin von Tium, Leo von Prusias (Hdschr. Plusias), Basilius von Krateia und wahrscheinlich auch Sophronius von Hadrianopel,[29]) zur Provinz Honorias, zwei, nämlich Johannes von Polemonium und Symeon von Kerasus, zur Provinz Pontus Polemoniakus gehören. Die Provinz Bithynia I. vertreten Constantin von Kados (Kadosia), Michael von Apollonias, Eugen von Pränetus, Leo von Helenopolis, Anthimus von Basilinopolis, Basilius von Hadriani, Theopist von Cäsarea, Tarasius von Criste oder Neocäsarea, Germanus oder Georg von Daskylion, Anton von Daphnusia (Thynias), Niketas von Prusa. Bithynia II. repräsentiren: Paulus von Meta, Basilius und Cyrillus von Linoe, Stephan von Gordoserba, Paphlagonien: Constantin von Sora, Christoph von Dadybra, Gregor von Junopolis; den Helenopontus: Johann von Zalichus, Paul von Zela, Basilius von Amisus oder Aminzus, Anton oder Antiochus von Andrapa,[30]) Nikolaus von Ibora und Theodosius von Sinope.

---

10. Side; dagegen in der Synode des Photius: 4. Cyzikus, 5. Nicäa, 6. Ancyra, 7. Sardes, 8. Nikomedien, 9. Side, 10. Chalcedon. Sicher hat Nicäa nicht stets diesen Rang behauptet. In den Unterschriften des Cod. Mon. 436. p. 203 steht Markus von Side unmittelbar nach Georg (Gregor) von Cyzikus; Nicäa war aber inzwischen erledigt worden.

[22]) Bei Leo unter den Metropolen Nr. 60, bei Ps. Epiph. Erzbisthum Nr. 4.

[23]) Vgl. Le Quien I. 416. Bei Leo ist Germia (Vat. 1918. f. 91, b. hat: *Γερμίων*) Nr. 4 unter den *αὐτοκεφάλοις*; bei Ps. Epiph. unter denselben Nr. 10.

[24]) Le Quien l. c. *Κολωνείας* hat Mansi richtig mit Vat. 1183. 1918. u. a., während Mon. 27. 436. *Κωνωλίας* haben. Koloneia ist bei Leo Metropole Nr. 57, bei Epiph. das zweite Bisthum unter Melitene.

[25]) Bei Leo ist Kios *ἀρχ.* 10, Apamea *μητροπ.* 70, bei Epiph. ersteres *ἀρχ.* 21, letzteres *ἀρχ.* 8. Vgl. Le Quien I. 635. 658.

[26]) Bei Leo ist Rhizäum nur das fünfte Bisthum unter Neocäsarea, Keltzene die sechsundfünfzigste, Euchaita die zweiundfünfzigste, Tyana die vierzehnte Metropole. Dieselbe Stellung hat Tyana bei Epiphanius, Euchaita ist das achtundzwanzigste Erzbisthum. Sicher hatte es in der Zeit des Photius viel an seiner alten Würde eingebüßt; in unserer Synode erscheint es erst Nr. 75.

[27]) Wohl kommt auch eine *Νύσση ἐπίσκ.* vor (Notitia ap. Leuncl. I. p. 90) unter Ephesus wie Nisa in Lycien, aber auch für Nysa in Asien findet sich ein Bischof (Michael) als Vertreter. Vgl. Le Quien I. 392—394.

[28]) Nazianz ist hier unter den letzten Bisthümern (Nr. 377); in der Notitia Leonis ist es die dreiundvierzigste Metropole. Romanus IV. soll es zur Metropole erhoben haben. Baron. a. 1072. n. 14. Thomassin. l. c. c. 45. n. 21. Auch dieser Stuhl erfuhr wohl öfteren Wechsel. Le Quien I. 413. 414.

[29]) Le Quien I. 578—580.

[30]) Codd. *ἀνδράπων, ἀνδραπῶν*.

Aus Galatia I. waren sieben bis acht,[31]) aus Galatia II. vier[32]) Prälaten anwesend; wahrscheinlich kamen auch drei von Armenien dazu.[33])

Am stärksten vertreten ist das ephesinische Exarchat, dem fast die Hälfte aller Bischöfe angehört. Gregor, Exarch von Ephesus, steht als der zweite im Verzeichnisse der Prälaten. Es zählte diese „asianische Diöcese" zwölf Kirchenprovinzen, die allmählig durch Theilung mehrerer Metropolen an Zahl vermehrt, an Umfang verkleinert worden waren. So waren von der Provinz Asia, die zweiundvierzig Bisthümer zählte, sechs Episkopate der neuen Metropole Smyrna nach der siebenten Synode (denn in dieser ist der Inhaber dieses Stuhls noch einfacher Bischof) zugewiesen worden.[34]) In Phrygia Salutaris gab es im neunten Jahrhundert vier, ja sogar fünf Metropolen, Synnada, Hierapolis, Kotyäum, Amorium, Nakolia.[35]) Auf unserer Synode erscheinen nächst dem Exarchen: der Metropolit vom Hellespont Gregor von Cyzikus, Theophylakt von Sardes in Lydien, Markus von Side (Pamphylia I.), Zacharias und Georg von Antiochien in Pisidien, Ignatius von Hierapolis, Petrus von Synnada, Euthimius von Kotyäum, Bessarion von Amorium und Aquila oder Achillas von Nakolia in Phrygia Salutaris, Theodosius von Myra

---

[31]) Ignatius von Juliopolis oder Basileion, Nikephorus von Aspona, Julian von Minzi (Mizus), Anton von Kinna, Nikolaus von Kalamne, Eliseus von Verinopolis (Veropolis), ein Bischof (Elisäus oder Basilius) von Lagania. Ob Anastasiopolis, dessen Bischof Marianus angeführt wird, hieher gehört, ist aber zweifelhaft, da es so viele Bisthümer dieses Namens gab.

[32]) Constantin von Troknada (Mon. 27: τρωκνάδων; Mansi: τρωκνάδων: richtig Vat. 1183. 1918 u. A.), Eustathius von Germokolonia (Le Quien I. 497. 498. Codd. ἑρμοκολωνίας, ἑρμοκολωνίας, ἑρμοκολίας, γερμοκολίας) und Michael von St. Agapet (auch Myricium, Thermä. Le Quien I. 497. 498), Saba von Tergasus (27. Bisthum unter Pisinus bei Bandur. Imp. Or. P. III. L. VIII. p. 282.)

[33]) Philipp von Satala wird in den Akten aufgeführt; es gab indessen auch ein Satala in Lydien. Le Quien I. 433. 895. 896 führt bei beiden Bisthümern diesen Philipp von Satala an, der doch nur einem derselben angehören kann. Doch da auch der Erzbischof von Keltzene (Justinianopolis) hier erscheint und fast alle Sprengel ihre Repräsentanten auch unter den Bischöfen haben, dürfen wir ihn wohl zu Armenia I. rechnen. Auch lesen wir einen Eustratius τοῦ κωμανῶν (auch κωμανοῦ, κωλωνοῦ), worunter wahrscheinlich Amalium, das sechzehnte Bisthum unter Keltzene bei Leo, zu verstehen ist. Hieher gehört wohl auch Georg von Armenien (Nr. 212), wenn nicht Θεοδοσιουπόλεως Ἀρμενίας zu lesen ist, das unter Cäsarea stand. (Migne l. c. p. 792 D.)

[34]) Bei Epiph. ist Smyrna das fünfte der Erzbisthümer, bei Leo l. c. p. 100. Metropole 44. Vgl. Le Quien I. 713. 714.

[35]) In unserer Synode steht Hierapolis, das früher unter Synnada stand, diesem voran. Bei Leo (l. c. p. 91. 98) ist Synnada die dreiundzwanzigste Metropole mit zwanzig Bisthümern, Hierapolis erst die zweiundvierzigste mit neun Episkopaten, bei Epiphanius ersteres Stadt die zweiundzwanzigste, letztere die dreiunddreißigste Metropole; auch 869 geht Synnada dem Stuhl von Hierapolis vor. Es muß also Photius auch hierin eine Veränderung gemacht haben, die keinen Bestand hatte, aber es ging der ältere Metropolit hier dem jüngeren vor, wenn auch sonst das Alter für Photius nicht entscheidend war. Amorium ward wahrscheinlich unter Michael II. Metropole; bei Leo ist es die sechsundvierzigste mit fünf Bisthümern; Kotyäum ist die achtundvierzigste mit drei Suffraganen, Nakolia die siebenundsechzigste (letzteres bei Epiph. bloßes Bisthum). Vgl. Le Quien I. 827—839. 852. 856.

in Lycien, Paul und Symeon von Laodicea, dann Samuel von Chonä oder Kolossä (in Phrygia Pacatiana), Theophilus von Ikonium und Basilius von Misthium in Lykaonien, Nikelas von Smyrna in Asien, Gregor von Selge in Pamphylien,[36]) Leontius von Rhodus[37]) (Provinz der cycladischen Inseln), Theodor, später auch Nikephorus von Carien,[38]) so daß hier alle Provinzen der asianischen Diöcese repräsentirt sind. Dazu kommen die Erzbischöfe Photius von Parium[39]) im Hellespont, Basilius von Mitylene,[40]) Arsenius von Lemnus,[41]) Philipp von Karpathus[42]) (alle drei früher zu der Provinz der Cycladen gehörig), Leontius von Neapolis in Pisidien,[43]) Ignatius von Prokonesus,[44]) Petrus von Ilium,[45]) Stephan von Germa[46]) (im Hellespont) und Ignatius von Milet in Carien.[47]) Zu diesen dreißig Metropoliten und Erzbischöfen kommen nun nahe an einhundertfünfzig Bischöfe, sechzehn von der Provinz Asia,[48]) zehn vom Hellespont,[49]) achtundzwanzig von Phrygia Pacatiana,[50])

---

[36]) Der von Selge (bei Leo ἀρχ. 16.) erscheint auch 869 unter den Erzbischöfen und zwar nach Kolosia. Statt Basilius von Myssus (Μύσσου Mansi) lesen unsere Codd.: Μίσθου, Μισθίου.

[37]) Ῥόδου (Vat. 1918: Ῥόδης) bei Leo Metr. 39, bei Epiph. Metr. 20. Vgl. Le Quien I. 926.

[38]) act. III. Bevereg. l. c. p. 301. Le Quien p. 901.

[39]) Bei Mansi steht fehlerhaft: Φωτίου πατριάρχου. Mon. 436. p. 128: Φ. Παρίου Vat. 1183. 1918: Παρίου. Es ist Parium bei Epiphanius ἀρχ. 11, bei Leo Nr. 6. Le Quien p. 789.

[40]) Der Name Basilius fehlt bei Mansi; er findet sich in Mon. 27. 436. Vat. 1147. 1183. 1918. Mitylene ist bei Epiphanius ἀρχ. 13, bei Leo Metr. 50; Le Quien (p. 953. 954.) glaubt, daß es bald nach der VII. Synode den Rang einer Metropole erhielt.

[41]) Bei Leo ἀρχ. 22. — Doch könnte auch Lemnus in Macedonien (Le Quien II. p. 85) gemeint sein.

[42]) Bei Epiph. Erzb. Nr. 29, bei Leo Nr. 33.

[43]) Anderwärts wie Vat. 1918 steht: Leo (Leuncl. l. c. 215. 216. ἀρχ. 11.)

[44]) Epiph. Erzb. 17., Leo Erzb. 8.

[45]) Codd.: Helias, Ilias, Ilium. Vgl. Le Quien I. 778.

[46]) Germe (Le Quien I. 768.), verschieden von Germia im Pontus, ist bei Leo ἀρχ. 28.

[47]) Vat. 1918: μιθήνου. 1183: μηλήτης. Mon. 27: μηλήτου. 436: μιλήτου. Bei Leo Erzb. Nr. 7.

[48]) Dahin gehören: Gregor von Hypäpa, Ephraim von Margara, Michael von Nisa, Theopistus von Tralles, Theophilus von Magnesia, Johannes von Metropolis, Symeon von Arkadiopolis (eine Stadt dieses Namens in Thrazien, die aber sonst Bargyla heißt, war ebenfalls Bischofssitz; Anthimus und die Münch. Hdschr. lesen hier Arkopolis), Methodius von Pergamus, Constantin von Alandrus, Julian von Palaia oder Palaiopolis, Athanasius von Anäus, Theophanes von Maschakome (bei Leo Bisth. 13. unter Ephesus; auch Makrokome lesen die Hdschr.) Anastasius und Constantin von Tyräum, dann Lukas von Magnesia Aeolii, Paulus von Phote oder Phokäa (beide letztere bei Leuncl. p. 100 Suffragane von Smyrna).

[49]) Nikephorus von Pömanium, Samuel von St. Cornelius (auch Skepsis Le Quien I. 781), Strategius von Cla, Gregor von Hadrianotherä, Theophanes von Miletopolis, Johannes und Leo (beide auch Mon. 436. act. V.) von Dardanus, Nikolaus oder Basilius von Hadriana (Adrania), Michael von Troas, Stephan von Bare oder Baris.

[50]) Theoktist von Tiberiopolis, Theophanes von Azana, Michael und Photius von Ancyra.

einundzwanzig von Phrygia Salutaris,[51]) eilf bis dreizehn von Lydien,[52]) dreizehn von Carien,[53]) achtzehn von Lycien,[54]) etwa sieben von Pamphylia Prima,[55])

Thomas von Kibistus, Niketas und Arsenius von Attyda (ἀττυνδων, ἀττινδων al.), Basilius von Apia (Appia), Leo von Trapezopolis, Eustratius von Trajanopolis, Paulus und Epiphanius von Eumenia, Leo oder Georg von Aksi, Nikephorus von Silbium (Sybllum), Eustathius von Sinza, Symeon von Keretapa (Chairetopa), Sisinnius von Sindam, Eustathius von Almoria, Philotheus von Albanassum, Nikephorus von Orala oder Harala (Lenncl. I. p. 91. Bisth. 11.), Eustathius von Lunda, Constantin von Mosyna oder Mosynopolis, Constantin von Sebaste oder Sebastein, Theognost von Apamea Kiboti, Michael von Metellopolis, Georg (so die Hdschr., Mansi: Germanus) von Pelts (Philitä, Pelitä), Lukas von Azara, Michael von Nacpolymanta.

[51]) Michael von Pisa oder Pissia (Lenncl. p. 100 fünftes Bisthum unter Amorium), Paul von Torylläum, Methodius von Midäum, Theodegetus von Phytria, Constantin von Eukarpia, Thomas von Hypsus (Ipsi, wofern nicht die L. A. des Vat. 1918 ἐγχλοῦ statt ἴσων die richtige ist, wornach Hypselos unter Neocäsarea im Pontus Lenncl. I. p. 92–94 zu verstehen wäre), Constantin von Lysias, Michael von Ceros, Georg von Stektorium (Stiorium), Damian von Daphnudium, Johannes von Dokimium (der letzte in unserem Katalog), Theodor von Kaborlium (18. Suffraganat von Synnada bei Lenncl. p. 94.), Theodor von Spora (unter Kotyäum Lenncl. p. 100), Eusebius und Basilius von Synaum (6. Bisth. unter Hierapolis Lenncl. p. 98), Anthimus von Phobi (1. Bisth. ib.), Photius und Nikephorus von Akeri (20. Bisth. unter Synnada bei Lenncl. p. 94 und Monac. 380), Theoktist von Alroinos (Alroaus, 4. Bisth. unter Synnada Mon. cit.); Daniel von Neoraum oder Kana (8. Bisth. unter Hierapolis bei Lenncl.). Nikolaus von Tepuha (Tzuda) gehört wahrscheinlich ebenfalls hieher.

[52]) Basilius von Thyatira, Sisinnius von Tripolis am Mäander, Eustathius von Silandus, Leo von Gordus, Georg (der Name fehlt bei Mansi) von Mäonia, Symeon von Attalia, Agathon von Cerasa, Epiphanius von Talda, Constantin von Atrassus, Theodor oder Theodulus von Hierocäsarea, Nikephorus von Hermokapelia, wahrscheinlich auch Clemens und Basilius von Bage (Bar).

[53]) Gregor von Herakleia Latmi (Latri), Basilius von Herakleia Salbake, Constantin und Kerykus von Neapolis, Theophilus von Alindus, Johannes von Alabandus, Joseph von Larymna (Lorymna), Leo von Harpassus, Philipp von Milassus, Johannes von Barghia, Symeon von Keramus, Gregor von Jassus, Symeon von Kindramus (Lenncl. p. 91. Bisth. 26.). Bei Symeon von Keramus könnte man auch an den Θρόνος Κεραμέων, nach Mon. 380 das fünfte Bisthum Lazirus, denken.

[54]) Nikephorus von Limyra, Johann von Bobalis, Athanasius von Pinara, Theodor oder Theodulus von Patara, Andreas von Tlos (τλῶ, al. τλοῦ), Eustratius von Korydala, Basilius von Kandyba, Nikolaus von Choma, Constantin von Phellus, Nikolaus von Oenanda, Constantin von Komba, Johann von Barbura oder Balbura, Theodor oder Theodosius von Oenoanda, Petrus von Meloe (ein Bisth. Meloe kommt aber auch in Isaurien vor Leo l. c. p. 102 n. 6), Symeon von St. Tala (Mon. 380 ὁ ἀγαθοπόλεως, 10. Bischof unter Myra), Eusebius von Lyrnäa (25. Bisth. ib.), Mennas und Michael von Kaunus oder τῆς ἁγίας (6. Bisth. ib.)

[55]) Petrus von Etenna (ἐτενῶν — Lenncl. p. 92 unter Side 8. Bisth.), Makarius von Kotrane, Ignatius von Kaß, Methodius von Orymna, Athanasius von Semnea (so die Codd.; Mansi: Σελγησέων), Theodor von Myla oder Mylomena (Codd. μυλομενῶν, μιλομενῶν, μύλων — 10. Bisth. bei Lenncl., auch Justinianopolis genannt) und Platon von Isba (ἰσβῶν haben die Handschriften; es ist aber sicher nicht Esbus in Arabien [Le Quien II. 863. 864] zu verstehen, sondern wohl Isbon zu lesen, das Lenncl. p. 92 als dreizehntes Bisthum unter Side anführt.

zwei von Pamphylia Secunda,[56]) dreizehn von Pisidien,[57]) sieben von Lykaonien.[58]) Die Provinz der cykladischen Inseln vertreten noch Constantin von Cos und Philipp von Andros; andere Prälaten dieser Inseln hatten, wie wir gesehen, die erzbischöfliche Würde.

In dritter Reihe erscheint das Exarchat von Heraklea. An die zwei Exarchen der thrazischen Diöcese reihen sich, da man hier mit dem erzbischöflichen Titel besonders freigebig gewesen war, achtzehn Erzbischöfe, zu denen noch vierunddreißig Bischöfe, meistens Inhaber sehr unbedeutender Stühle, kommen. Die Provinz Europa ist repräsentirt durch die Erzbischöfe Saba von Apros, Basilius von Arkadiopolis, Symeon von Selymbria und Petrus von Bizya,[59]) sodann durch die Bischöfe Gregor von Metra, Clemens von Daonium, Methodius von Heramilion oder Lysimachia, Constantin von Madytus, Johannes von Theodoropolis,[60]) Nikolaus von Rhädestus, Petrus von Pamphilus, Basilius von Tzorulus, Strategius von Panium,[61]) Johannes von Sergentza, Georg oder Germanus von Ligisum, Kosmas von Chariopolis — vier Erzbischöfe und zwölf Bischöfe. Die Provinz Haemimontium vertreten die Erzbischöfe Philipp von Hadrianopel,[62]) der neunzehnte in der ganzen Reihe, Niketas von Brysis[63]) und Timotheus von Mesembria,[64]) dann die Bischöfe Constantin von Bulgarophygon, Ignaz von Sozopolis,[65]) Bardanes von Skopelus, Constantin von Trapobizya, Johannes von Buccellum, Leo und

---

[56]) Ignatius von Isindus und Basilius von Lagania. Da Basilius und Elisäus Λαγηνῶν (Λαγίνων, Λαγηνῶν) erscheinen, so wird der eine wohl am besten zu Lagania in Galatia I. (Le Quien I. p. 487. 488.), der andere zu Lagania in Pamphylien gerechnet, welches bei Leuncl. p. 96 und Mon. 380 als Suffraganat von Perge ebenfalls mit der Bezeichnung Λαγηνῶν angeführt wird.

[57]) Leo von Sagalassus, Nikolaus oder Ignaz von Sozopolis, Theognost oder Theodor von Apamea Kibori (Le Quien I. 1016), Basilius von Adada, Euthymius von Philomelium, Paul und Stephan von Bindäum, Constantin von Laodicea, Nikolaus von Pappa, Basilius von Sinlandus, Anthimus von Parlaum oder Paralaum, Theodosius von Tymbriadum, Johann oder Joseph von Tyräum (Tyrium Le Quien I. 1050).

[58]) Johannes von Amblada, Basilius von Lystra, Nikolaus und Nikephorus von Vasada (Codd. Βασάδων, Βασάδων, Le Quien I. 1078), Sabas von Laranda, Georg von Baratta oder Baretta (auch in der Provinz Asien bestand ein Bischofssitz dieses Namens Le Quien I. 732), Michael von Hyaata (Mansi Ἀμίτρων; 6. Bisth. unter Ikonium Leuncl. p. 94—96. Statt Ὑαάτρων hat Mon. 380: Σαβάτρων.). Es könnte aber auch Sabatra in dieser Provinz verstanden werden (Le Quien I. 1084.), worauf die Lesarten Σαβάτρων (Mon. 436. act. I.) Λαβάτρων (Mon. 27) hinweisen.

[59]) Diese Erzbisthümer sind bei Ps. Epiph. Nr. 22. 11. 19. 3 verzeichnet, bei Leo Nr. 11. 5. 9. 1. Vgl. Le Quien I. 1125. 1137. 1147. Statt Selymbria hat Vat. 1918 Selybie, statt Bizye: Βιζύης.

[60]) Auch Euthania (Le Quien I. 1143), das 1. Bisth. der Prov. Europa bei Leuncl. p. 90.

[61]) Πανίου, das bei Mansi fehlt, ergänzen die Codd.

[62]) Le Quien I. 1171. Bei Ps. Epiph. die 31., bei Leo die 41. Metropole.

[63]) Sonst war Brysis nur Bisthum (Le Quien I. 1187); bei Leo nimmt es unter den Erzbisthümern die neunzehnte Stelle ein.

[64]) Mesembria bei Leo Erzb. Nr. 53, bei Epiph. Nr. 32.

[65]) Ein anderer Bischof von Sozopolis (Nikolaus) ward oben zu Pisidien gerechnet. Vgl. Le Quien I. p. 1183.

Manuel von Probaton,[66]) Symeon von Tebelus; auch Israel von Tzolus scheint hieher zu gehören. Der Provinz Thracien gehören an die Erzbischöfe Theodor von Nike oder Nikopolis,[67]) Neophytus und Markus (oder Makarius) von Derkus (Derkus), Basilius von Garella,[68]) sowie die Bischöfe Theodor von Bukuba,[69]) Symeon von Leuke, Johannes von Johannitza, Methodius von Bleption.[70]) Rhodope vertreten die Erzbischöfe Nikephorus von Trajanopel,[71]) Johannes von Aenus, Niketas von Maronia, Stephan von Kypsellus,[72]) Tryphon von Rhusium oder Toperus,[73]) die Bischöfe Nikephorus von Didymoteichos, Georg von Xanthia, Nikephorus von Pori,[74]) Jakob von Peritheorium, Paulus von Mosynopolis, Nikolaus und Antiochus von Makre. Zu der Provinz Zichia gehören wohl die Erzbischöfe Lukas von Bosporus[75]) und Paulus von Cherson,[76]) die Bischöfe Baanes von Metracha (Mastraba) und Paul von Zichia.[77])

Aber nicht blos die alten Provinzen des byzantinischen Patriarchats sollten auf der Synode des Photius vertreten sein, sondern auch die neuerworbenen mußten zu derselben ihr Contingent stellen. Von der ursprünglich zum antiochenischen Patriarchate gehörigen, seit Leo III. aber zu Constantinopel gekommenen Provinz Isaurien,[78]) die damals die südöstliche Grenzmark des Patri-

---

[66]) Mansi hat p. 376: προβάτων. Unsere Münchener Handschriften haben: προβάτων. Probaton oder Probata, bei Leo das siebente Bisthum unter Hadrianopel, wird als πολίχνιον Θρᾳκικὸν Προβάτων λεγόμενον erwähnt in der Vita S. Evaristi saec. 10 bei Hase not. 10 in Leon. Diacon. L. VIII. p. 133 not. p. 475 ed. Bonn. Vgl. Le Quien I. 1186.

[67]) Le Quien I. 1169. 1170, bei Leunel. Erzb. 13.

[68]) Leunel. Erzb. 20. 18.

[69]) Leunel. Bisth. 10 unter Philippopolis — fehlt bei Le Quien.

[70]) Die Editionen unseres Katalogs und viele Hdschr. haben: κλεπτῶν, κλεπτῶν; bei Leunel. p. 98 ist Blepton das fünfte Bisthum von Thracien.

[71]) Bei Epiph. Metr. 29, bei Leo Diöc. 38. Vgl. Le Quien I. 1195. 1196.

[72]) Bei Epiph. Nr. 30, bei Leo Nr. 63. Vat. 1918 hat [illegible] — statt: [illegible].

[73]) Maronia ist das dritte Erzbisthum bei Leo, Kypsellus die zwölfte, Rhusium (Vat. 1918: ῥουσίου. Vat. 1183. Mon. 27: τοῦ ῥου. Mon. 436: ῥουσίου) die achtundsiebenzigste Metropole. Bei Epiphanius hat erstere Stadt als das siebente, die zweite als das dreiundzwanzigste Erzbisthum.

[74]) Codd. περῶν, ὁπερῶν, ἀπερῶν. Bei Migne l. c. p. 197: Πέρου, Πέρων. Froh. Leich. πέρων.

[75]) Bosporus war im VII. Concil noch Bischofssitz (Le Quien p. 1328). Bei Epiph. steht es Nr. 25, bei Leo Nr. 29 unter den Erzbisthümern.

[76]) Um 692 noch Bischofssitz (Le Quien p. 1331), bei Epiph. Nr. 21, bei Leo Nr. 16 unter den Erzbisthümern. Auch gab es ein Bisthum Chersonesus in der Provinz Europa (Le Quien p. 1128).

[77]) Vgl. Le Quien l. c. Baanes Μαστραβῶν hat Mansi mit den meisten Handschriften, will aber Μαστραβῶν, Le Quien (I. 1325) dagegen Μετράχων gelesen haben. Statt Ζιχίας oder Ζιχία ist vielleicht besser Ζίχνα (in der illyrischen Provinz Macedonien Le Quien II. 94) zu lesen.

[78]) Die Metropole war Tekendra, bei Leo Nr. 31 mit dreiundzwanzig, im Cod. Mon. 380. f. 532. Nr. 30 mit zweiundzwanzig Bisthümern. Vgl. Le Quien t. II. p. 1009. 1010.

archates bildete, begegnen uns der Erzbischof Athanasius von Leontopolis,[79]) die Bischöfe Gregor von Kodadeia,[80]) Theophanes von Kleinantiochien,[81]) Basilius von Germanikopolis, Paulus von Domitiopolis, Euschemon von Irenopolis, Georg oder Germanus von Musbada, Michael von Philadelphia, Niketas von Zenopolis, Euschemon von Tityum oder Tityopolis.[82])

Auch die dem römischen Stuhle entrissenen illyrischen Provinzen haben auf der Synode des Photius ihre ausreichende Vertretung gefunden. Unter den Metropoliten und Erzbischöfen erscheinen Sabas von Patrā oder Patras,[83]) Nikolaus von Philippi,[84]) Basilius von Larissa,[85]) Philipp von Messene,[86]) Johann von Korinth, Sabas von Athen,[87]) Anton von Naupaktus, Lucian von Dyrrachium[88]) und Theodor von Thessalonich. Es fällt auf, daß der Letztgenannte, der 869 die eilfte Stelle annahm und vor den Metropoliten von Myra, Laodicea, Synnada, Ikonium, Korinth und Larissa saß, hier als der achtzigste und zwar der letzte unter den Erzbischöfen erscheint, vielen ganz neu begründeten Archiepiskopaten nachstehend; in Hinsicht auf das Ordinationsalter ging er sicher fast allen derselben voran. Wohl mochte die griechische Hierarchie den einst so mächtigen apostolischen Vikar herabgedrückt und unter andere Prälaten degradirt haben, so daß er nach und nach seine Suffragane verlor, namentlich an Philippi, das man auf seine Kosten zu erheben und zu vergrößern suchte;[89]) indessen war wohl auch der letzte Platz unter den Erzbischöfen dem Theodor aus persönlichen Rücksichten zugewiesen worden, namentlich weil

---

[79]) Bei Epiph. Nr. 6, bei Leo Nr. 2 unter den Erzbisthümern.

[80]) Codd. κοδραείας, κοδαδείας. Bei Leo zweiundzwanzigstes Bisthum unter Seleucien.

[81]) Le Quien II. 1020. Weniger geeignet scheint es, hier an Antiochien am Mäander (Le Quien I. 908.) zu denken.

[82]) Le Quien II. 1021—1034. Was Zenopolis betrifft, so gab es auch einen Bischofssitz dieses Namens in Lykien (Le Quien I. 994), dem der auf dem siebenten Concil erscheinende Bischof Stauratius anzugehören scheint. Germanus von Musbada liest Mansi, während unsere Handschriften Georg haben. Noch hatte jedenfalls der Stuhl von Byzanz die Jurisdiktion über Isaurien; 869 ward über einen Bischof von Kelenderis (in dieser Provinz das zweite Bisthum) gerichtet. Vgl. Le Quien II. 1016.

[83]) Patras ward im neunten Jahrhundert unter Kaiser Nikephorus Metropole (Leuncl. t. I. l. IV. p. 278.) Bei Leo nimmt es die dreiunddreißigste Stelle ein, im Katalog unserer Synode die siebenzehnte. Vgl. Le Quien II. 177—182

[84]) Le Quien II. 69 (coll. I. 1157) zweifelt, ob nicht Philippopolis in Thrazien gemeint ist; unsere Handschriften haben alle Φιλίππων.

[85]) Metropole von Thessalien, bei Leo l. c. p. 9[a]. Nr. 35. Le Quien II. p. 103—107.

[86]) Sonst war Messene Suffraganbisthum von Korinth (Le Quien II. 198), bei Leo ist es Erzbisth. Nr. 17.

[87]) Athen stand ehemals unter Korinth und ward erst im neunten Jahrhundert, sicher vor 869, Metropole. Bei Leo ist Korinth die siebenundzwanzigste Metropole mit sieben, Athen die achtundzwanzigste mit zehn Bisthümern. Auch Naupaktus, bei Leo Metr. 30., stand ehedem unter Korinth.

[88]) Dyrrachium, die Metropole von Neu-Epirus, hatte vom zehnten bis vierzehnten Jahrhunderte fünfzehn Bisthümer unter sich.

[89]) Le Quien II. 65. 66. In der Notitia Leonis ist Philippi die vierzigste Metropole mit sieben Bisthümern.

er früher Ignatianer gewesen war. Nachher nahm Theodor's streng photianisch gesinnter Nachfolger auf derselben Synode einen viel ehrenvolleren Platz ein[90]) und Thessalonich wird späterhin auch als die sechzehnte Metropole aufgeführt.[91]) Korinth steht hier dem Stuhle von Athen voran und beiden geht Larissa vor, während 869 das Umgekehrte der Fall war. Neben den genannten neun Erzbischöfen erscheinen noch über zwanzig illyrische Bischöfe, und zwar aus Hellas: Theophylakt von Euripus,[92]) Anton von Kephalonia, Athanasius von Methone, Anton von Lakedämon, Stephan von Pyrgium, Nikolaus von Acheloum,[93]) Basilius von Oreus,[94]) Theotimus von Argos, Andreas von Nauplia, Thomas von Aegina, ein Bischof (Georg oder Michael) von Eleus.[95]) Aus Thessalien: Stephan von Pharsalus, Xenophon von Demetrias, Damian von Ezerus, Leo von Neu-Paträ, Gregor von Zetunium.[96]) Aus Macedonien: Petrus von Drygobitia, Philipp von Chrysopolis,[97]) Demetrius von Polystolus, Methodius von Cäsaropolis, Germanus und Methodius von Kitrus oder Pydna.[98]) Daran schließen sich noch drei Bischöfe von der Insel Creta[99]) sowie zwei oder drei von Alt-Epirus,[100]) drei von Neu-Epirus,[101]) sowie einige der für das Gebiet der Bulgaren und anderer Stämme geweihten Prä-

[90]) S. unten Abschn. 7.

[91]) Leuncl. l. c.

[92]) Bei Leo erstes Bisthum unter Athen (Le Quien II. p. 214), sonst auch Chalcis oder Negroponte genannt.

[93]) Drittes Bisthum unter Naupaktus bei Leo p. 98.

[94]) Codd. [illegible]. Vgl. Le Quien II. p. 207.

[95]) Vgl. Le Quien I. 810. II. 224 und oben N. 50. Elisi.

[96]) Vielleicht gehört auch Saba von Belunium (Nr. 241) hieher, da dafür wohl auch Zetunium zu lesen ist. Was den Bardanes von Stoprius betrifft, den Le Quien sowohl hier (II. p. 118.) als bei der thrazischen Provinz Haemimontus (I. 1167. 1188) aufführt, so können wir ihn, da er nur einmal vorkommt, auch nur einmal rechnen; derselbe hat bereits oben seine Stelle gefunden.

[97]) Auch Amphipolis und Christopolis genannt (Le Quien II. 83. 61, wo aber der Bischof Johannes heißt.) Statt Drygobitia steht auch Dragubitia.

[98]) Polystolus ist bei Leo das zweite, im Mon. 380 das erste Bisthum unter Philippi, Cäsaropolis bei ersterem das sechste, in letzterem das fünfte Bisthum derselben Provinz. Bei Methodius haben mehrere Handschriften [illegible], [illegible], Mon. 436. p. 206 aber deutlich [illegible]. Man könnte angesichts der angeführten Lesarten auch an Ikron in Phrygia Salutaris denken, welches bei Leuncl. I. p. 94 als vierzehntes Bisthum unter Synnada erscheint.

[99]) Dahin gehören wohl: 1) Theodor von Gilela (Codd. [illegible]). Le Quien I. 1004 schwankt indessen und will lieber an Cyrene in Pamphylien denken, von dem schon oben ein Bischof aufgeführt ward. 2) Stephan oder Theodor von Agrium (Mansi liest nach Vat. 1918: [illegible], aber Anthimus, Vat. 1183. Mon. 27: [illegible]; Agrium ist bei Leuncl. p. 96 das sechste Bisthum der Insel Creta; Argos kam schon oben vor). 3) Theodor von Eleutherä oder Eleutheropolis, von welchem Sitz ein Bischof in der siebenten Synode erschien.

[100]) So Zacharias von Johannina (Le Quien II. 151), wohl auch Nikolaus von Nikopolis und Georg von Venle.

[101]) Kosmas von Stephaniakus, Paul von Strymon (s. Const. de them. II. p. 48), David von Kroia (bei Leo drittes Bisthum unter Dyrrachium.) Wir lesen [illegible] statt [illegible]. Kroia in Albanien ward im fünfzehnten Jahrhundert als Festung berühmt.

laten.[102]) Ueberhaupt muß Photius damals sehr weit gehende Pläne auf kirchliche Eroberungen gehegt haben, von denen wir unten noch manche Spuren entdecken werden, so dürftig auch im Ganzen die erhaltenen Dokumente uns von der Thätigkeit seines zweiten Patriarchates unterrichten.

Selbst der damals noch griechische Theil von Unteritalien hatte auf der Synode des Photius seine, wenn auch (in Folge der saracenischen Invasionen) schwache Vertretung und mußte den Glanz des Patriarchen wiederum erhöhen. Es erschienen der mit Photius sehr befreundete Metropolit Leo (oder Leontius)[103]) von Rhegium in Calabrien und Markus, Erzbischof von Hydrunt. Die Griechen hatten in dem von Rom losgetrennten Unteritalien viele Bischöfe zu Erzbischöfen erhoben, um sie so fester an sich zu ketten; nach dem zehnten Jahrhundert hatte Rhegium dreizehn, Severiana drei Suffraganate, während von Sicilien dreizehn gezählt wurden,[104]) die aber bei der saracenischen Herrschaft für Byzanz ihre Bedeutung verloren hatten. Selbst Neapel hatten die Griechen durch den angebotenen erzbischöflichen Titel im achten Jahrhundert zu gewinnen gesucht, obschon es ihnen damals mißlungen war.[105]) Markus von Otranto (Hydrunt) scheint ein solcher bloßer Erzbischof gewesen zu sein; später[106]) hatte Otranto, obschon die fünfundfünfzigste Metropole, noch keine Bisthümer unter sich; erst Nikephorus Phokas unterwarf diesem Stuhle fünf Episkopate.[107]) Von den Suffraganen des calabrischen Erzbischofs Leo war Demetrius von Skylakium (Squillace)[108]) zugegen. Von Sicilien, das damals noch immer schwer bedrängt war, findet sich kein Vertreter außer Samuel von Lipara, dem Bischof der liparischen Inseln,[109]) die der griechischen Flotte zugänglich waren. Hier im Südwesten war das Patriarchat ebenso wie das griechische Reich nicht minder durch die muselmännische Herrschaft beschränkt als im Südosten.

---

[102]) Agatho von Moraben, Gabriel von Achrida u. A. Von Einigen wird noch unten die Rede sein.

[103]) Anthimus und einige Münchener Handschriften lesen Leontius, dagegen Vat. 1147. 1918. Mansi u. A. richtig Leo. So wird er in dem an ihn gerichteten kanonischen Schreiben des Photius genannt.

[104]) Vgl. Leo VI. Nov. l. c. p. 96. Calabrien ist die zweiunddreißigste Metropole, Severiana die neunundvierzigste.

[105]) Joh. Diac. Chron. Neap. n. 37 (Murat. rer. It. Scr. I, II. p. 307.): Hic (Sergius Neapolit.) dum a Graecorum pontifice archiepiscopatum nancisceretur, ab antistite Romano correptus veniam impetravit. Fuit autem temporibus Gregorii et Zachariae Papae.

[106]) Nov. cit.

[107]) Liutprandi Leg. p. 370 ed. Bonn. (post Leonem Diac.): Nicephorus .. livore, quo in vos abundat, Cpolitano Patriarchae praecepit, ut Hydruntinam ecclesiam in archiepiscopatus (eigentlich metropoleos) honorem dilatet ... scripsit itaque Polyeuctus Cpolitanus Patr. privilegium Hydruntino Ep., quatenus sua auctoritate licentiam habeat Episcopos consecrandi in Acirentila, Turcico, Gravina, Maceria, Tricaria, qui ad consecrationem Domini Apostolici pertinere videntur.

[108]) Ein Bischof von Squillace kommt bei Gregor M. l. VII. ep. 33 vor. Bei Leo ist Skylakium das fünfte Bisthum von Calabrien l. c. p. 96.

[109]) Lipara ist bei Leo p. 100 das dreizehnte Suffraganat von Syrakus.

So bot das von Photius versammelte Concil im Ganzen eine wahrhaft imposante Erscheinung, wie sie seit dem Concil von Chalcedon nicht mehr gesehen worden war. Noch nie hatte der Patriarch der Stadt Constantin's aus seinem Sprengel eine solche Zahl von Prälaten [110] zusammengebracht; nur durch die Erfolge der byzantinischen Seemacht war ihre Vereinigung möglich geworden in einer Zeit, in der die römische Kirche mit Noth eine geringe Zahl von Bischöfen zu den so häufig von ihr ausgeschriebenen Synoden zusammenbringen konnte. Die Meinung, es seien alle diese Namen von Photius nur fingirt, vermögen wir in keiner Weise zu theilen. Hätte dieser nur mit einer erdichteten Anwesenheit so vieler Prälaten prunken wollen, er hätte noch viele andere Bischöfe hinzufügen können, und zwar von gar manchen berühmten Stühlen, die hier nicht vertreten sind und doch wohl nicht alle damals unbesetzt waren. [111] Auch war damals, wo es ignatianische und photianische Bischöfe gab, leichter als sonst eine solche Anzahl aufzubringen, wie denn auch viele Bischofssitze zwei Vertreter haben; Photius gebot über reiche Mittel und konnte alle Vorbereitungen getroffen haben, die Reise vieler geistlichen Würdenträger nach Constantinopel zu beschleunigen, während andere ohnehin in der Residenz verweilten.

Aus der Vergleichung der Reihenfolge der Prälaten in den Concilien von 869 und 879 sowie den uns erhaltenen Ordines sedium ergibt sich, daß ein vielfacher Wechsel in der Rangordnung der Metropoliten und Erzbischöfe mit Ausnahme der den drei Exarchen gebliebenen Ehrenvorzüge Statt fand und die Patriarchen mit dem Hofe hierin ziemlich willkürlich verfügten; ferner daß seit dem siebenten Concil viele Veränderungen in der hierarchischen Ordnung eingetreten waren, die unter Photius noch viel zahlreicher wurden, obschon manche nur vorübergehender Natur gewesen sind. Noch konnte Neurom mit den Spolien von Altrom sich brüsten, illyrische, calabrische und sicilische Bischöfe erkannten in dem byzantinischen Patriarchen zu Byzanz ihr Oberhaupt; nur war der größere Theil Siciliens, wie auch der zum pontischen Exarchate gehörigen kappadocischen und armenischen Provinzen durch die muhamedanischen Gewalthaber den direkten Einwirkungen desselben entrückt. Ueber dreihundertachtzig Bischöfe konnte der byzantinische Patriarch in seinem Gefolge vereinen, weit mehr als irgend ein anderer Patriarch es damals vermochte. Bliebe es auch noch fraglich, ob alle diese Prälaten ganz so, wie unsere vorhandenen Synodalakten sie aufführen, wirklich sofort zusammengekommen sind, so war es doch in keinem Falle unmöglich, so viele damals zu versammeln; auch 861

---

[110] Daß Photius zur Vermehrung seines Anhangs für viele kleine Ortschaften Bischöfe geweiht hat (Hard. Index. Geograph. tom. XI.), ist allerdings sehr wahrscheinlich. So erscheint Nr. 99 ein Philipp von Lukum; es ist aber nur ein unbedeutendes castrum Lulum bekannt. So Nr. 105 Stephan [illegible] ([illegible]). S. oben N. 12.

[111] So z. B. fehlt der Erzbischof von Amasia im Helenopontus, der von Neocäsarea in Pontus Polemoniakus, der von Methymna auf den Cykladen, der Bischof von Adramyttus in Asien, der von Aureliopolis u. A., die sich 869 finden.

waren weit über dreihundert Bischöfe zugegen; nur zweifelhaft könnte es sein, ob alle auch in ihren Sprengeln residirt.

So konnten die photianischen Synodalakten sogleich bei dem Protokoll der ersten Sitzung im November 879 ein glänzendes Verzeichniß anwesender Bischöfe geben, das merkwürdig gegen die geringe Zahl von Theilnehmern bei der zehn Jahre früher gegen Photius gehaltenen Synode abstach. Der Ort der ersten Sitzung war das große Sekretarium der Sophienkirche. Den Vorsitz führte gleich von der ersten Sitzung an Photius selber, dem Elias von Jerusalem zur Seite war,[111]) während die römischen Legaten erst durch ihn Einlaß erhielten und nach und nach die anderen Vertreter der orientalischen Patriarchalstühle erschienen. Als die vorzüglichsten Redner erscheinen neben Photius selbst und den Abgeordneten der Patriarchen zwei eifrige Anhänger und Bewunderer des byzantinischen Kirchenoberhaupts, Zacharias, Metropolit von Chalcedon, und Prokopius, Exarch von Cäsarea; neben ihnen traten noch der eine Johannes von Heraklea, Niketas von Smyrna, Daniel von Ancyra, Gregor von Ephesus und Theophilus von Ikonium als Sprecher auf; die anderen Bischöfe bildeten nur einen zustimmenden und Beifall rufenden Chor. Ohne Zweifel war, falls die Synode wirklich so Statt fand, wie die Akten[112]) aussagen, Alles im Voraus verabredet und es wurde nur ein der Menge imponirendes glänzendes Schaustück aufgeführt.

Wir haben nun die uns erhaltenen Akten für sich selber reden zu lassen. Zu bemerken ist nur noch, daß die Synode bald oder sogleich nach der Ankunft des Cardinalpriesters Petrus, der sicher überrascht und überrumpelt werden sollte, ihren Anfang nahm; sonst hätte Photius die Ermüdung der Legaten nicht als Grund für die Vertagung der Verhandlungen in der ersten Sitzung angeben können.[113])

---

5. Die drei ersten Sitzungen der photianischen Synode.

Als allgemeines Stillschweigen eingetreten — so berichten die Akten[1]) — trat der Diakon und Protonotar Petrus in die Mitte der Versammlung und sprach: „Petrus, der gottesfürchtigste Cardinalpriester und Stellvertreter des heiligsten Papstes Johannes von Altrom, und seine Begleiter Paulus und Eugenius sind angekommen. Von diesen ist nun der sehr fromme Petrus zugegen

[111]) συγκαθεσθέντος αὐτῷ hat Mon. 436. f. 127 — wo Mansi p. 373 blos συγκαθ. hat.

[112]) Πρακτικὰ τῆς ἁγίας συνόδου συγκροτηθείσης ἐν ΚΠ. ὑπὸ Φωτίου τοῦ ἁγιωτάτου καὶ οἰκουμενικοῦ πατριάρχου ἐπὶ ἑνώσει τῆς τοῦ Θεοῦ ἁγίας καὶ ἀποστολικῆς ἐκκλησίας. Vat. 1183. saec. 16. f. 81. Hard. Conc. t. VI. P. I. p. 214 seq. Mansi XVII. 373 seq. Im Τόμος χαρᾶς: Πρακτικὰ τῆς συγκροτηθείσης ἐν ΚΠ. συνόδου ἐπὶ τοῦ Φωτίου, ὅτε θανόντος τοῦ Ἰγνατίου ἐπανῆλθεν εἰς τὸ πατριαρχεῖον.

[113]) Mansi XVII. 392. B.

[1]) Mansi XVII. 374 seq. Hard. VI, 1, 214 seq.

und überbringt ehrwürdige Schreiben von dem heiligsten Papst Johannes.“ Nun sprach Photius, der heiligste Patriarch: „Dank sei unserem guten Gott, der ihn unversehrt erhalten und ihn uns in Frieden und guter Gesundheit geschenkt hat. Sie (die Gesandten) sollen eintreten.“

Nachdem die Legaten eingetreten, hielt Photius „der heiligste und ökumenische Patriarch“ wiederum eine kurze Rede in Form einer Doxologie: „Ehre unserem Gott, der konsubstantialen und lebenspendenden Trias, überall, jetzt und immer und in alle Ewigkeit!“, worauf die Synode mit Amen antwortete. Nachdem „dem Gebrauche gemäß“ ein Gebet verrichtet war,[1]) umarmte und küßte Photius den Cardinalpriester Petrus und die anderen Legaten und sprach: „Gott hat Euch glücklich hieher geführt. Der Herr nehme gnädig eure Anstrengungen auf, segne und heilige eure Herzen und Leiber, er nehme gnädig auf die Obhut und Sorgfalt unseres heiligsten Bruders und Amtsgenossen, unseres geistlichen Vaters, des allerseligsten Papstes Johannes.“[2])

Schon hier tritt uns der große Unterschied zwischen dieser und der vor zehn Jahren gehaltenen Synode entgegen; bei der Wiedereinsetzung des Ignatius sind es die römischen Legaten, die Alles anordnen, die erst die Synode konstituiren; hier ist Photius gleich anfangs das Haupt der Versammlung, der die römischen Apokrisiarier erst eintreten läßt, nachdem die Synode konstituirt ist, und nebstdem werden keine kaiserlichen Commissäre erwähnt, die dort die ersten einleitenden Schritte veranlassen. Dazu sind hier die sämmtlichen Reden, voll wechselseitiger, mit Gebet vermischter Höflichkeiten überaus breit und deklamatorisch. Wohl spricht Photius sehr ehrenvoll von dem römischen Stuhle; aber überall tritt das Bestreben hervor, diesem den Stuhl von Byzanz als gleichberechtigt an die Seite zu stellen, und wenn er ihm doch einen Vorzug einräumt, diesen stets auf Rechnung der persönlichen Heiligkeit und der glänzenden Eigenschaften Johann's VIII. sowie der ihm von seinem Mitbruder in Byzanz gezollten Verehrung zu setzen.

Auf die Worte des Cardinals Petrus: „Gepriesen sei Gott, daß wir Ew. Heiligkeit in guter Gesundheit antreffen. Es sucht Euch der heilige Petrus heim,“ entgegnet der Patriarch: „Christus unser Gott möge durch den Apostelfürsten Petrus, den deine Frömmigkeit erwähnt hat, sich über uns Alle erbarmen und seines Reiches uns würdig machen.“[3]) Petrus: Es grüßt mit Verehrung Ew. Heiligkeit der heiligste und ökumenische Papst Johannes. Photius: Er wird wiederum von Uns ehrerbietig begrüßt mit aufrichtiger

---

[1]) τῆς εὐχῆς γενομένης κατὰ τὸ εἰωθός.

[2]) Mansi p. 380. B. Mit den letzten Worten des Photius beginnen die bei Bever. Pand. canon. II. p. 273 seq. abgedruckten Auszüge, die nebst den in den ältern Conciliensammlungen abgedruckten Canones und den Mittheilungen bei Baronius (a. 879. n. 61 seq.) bis auf Harduin (1714) allein bekannt waren, da der Τόμος Χαρᾶς (1705) nur Wenigen zugänglich war. Clemens XI. hatte für Harduin eine Abschrift dieser Akten aus der vaticanischen Bibliothek fertigen lassen, die Mansi reproducirte.

[3]) Mansi p. 380 C. Am Schlusse des Absatzes liest Mon. 436. p. 100 ἀνακαλέσαι statt: ἀναδεῖξαι.

Gesinnung[5]) und Wir bitten Gott, daß er Uns dessen heilige Gebete und seine schätzbare Liebe zuwenden möge und von unserem gemeinsamen Herrn, Christus, unserem wahren Gott, möge ihm seine innige Liebe und seine aufrichtige Zuneigung gegen Uns vergolten werden. — Petrus: Es will derselbe Deine Ehrwürdigkeit zum Bruder, Amtsgenossen und Mitbischof haben. — Photius: Gott, der alles Gute vollendet, erfülle seinen Willen mit himmlischer Weisheit! Und auch Wir nehmen ihn zu unserem Bruder, Mitliturgen und zu unserem geistlichen Vater an.

Nun bemerkt der Cardinalpriester Petrus, der Papst habe dem Patriarchen ein Schreiben gesandt, damit Alle erkennen möchten, welche Sorgfalt und welchen Eifer er für die heilige byzantinische Kirche und welche Liebe und welches Vertrauen er zu ihrem hochheiligen Hirten im Herzen trage. Photius erwiedert, auch schon vor dem Eintreffen dieses Schreibens habe er durch die Thatsachen selbst sich vollkommen davon überzeugt, dasselbe sei dafür nur eine weitere Bestätigung und füge nur einen neuen Beweis zu den früheren hinzu.[6]) Hier scheut sich Photius nicht, geradezu den Sachverhalt so darzustellen, als habe der Papst die ersten Schritte gethan, um sich mit ihm zu vereinigen, als wären ferner die an Ignatius gesandten Bischöfe Paulus und Eugenius an ihn gesendet gewesen; diese Entstellung der Thatsachen weiß er in das Lob des Papstes einzuflechten, dessen Liebe und Zuneigung zu seiner Person sich darin auf das glänzendste bewiesen habe und ihn auch verpflichte, dessen vollkommene hohepriesterliche Heiligkeit wie einen Vater und obsorgenden Pfleger zu achten[7]) und ihm für so viele Mühe und Beschwerden dankbar und erkenntlich zu sein.[8]) Johannes, fährt er in derselben Weise fort, habe Christus den ersten und erhabensten Hohenpriester nachgeahmt, der sich nicht damit begnügt, von den reinen Engelchören im Himmel sich verehren zu lassen, sondern in voller Selbstentäußerung bis zur Annahme der Knechtsgestalt das ihm entfremdete und dem Irrthum verfallene Menschengeschlecht an sich gezogen habe; ganz so habe Johannes sich nicht damit begnügt, daß seine Kirche im Genuße des Friedens war, sondern durch seine ehrwürdigen Legaten, zuerst durch die Bischöfe Paulus und Eugenius, dann durch den heiligen Priester Petrus Umfrage halten und erforschen lassen, ob es anderwärts Solche gebe, die der Wahrheit widerstrebten, und eine gehörige Ermahnung an dieselben angeordnet, daß sie von dem früher gehegten schismatischen Irrthum Christo dem wahren Gott, dem gemeinsamen Haupte Aller, insgesammt sich zuwenden und mit dem

[5]) ἀντιπροσωνεῖται παρ' ἡμῶν ἐγκαρδίῳ πόθῳ.

[6]) καὶ νῦν οὐ διδασκαλίας τὰ γράμματα γίνεται, ἀλλὰ τῶν προεγνωσμένων προσθήκη καὶ ἐπιβεβαίωσις.

[7]) διὰ ταῦτα χρέος ἡμῖν καθέστηκεν ἐν μοίρᾳ πατρὸς καὶ φροντιστοῦ τὴν αὐτοῦ ἀρχιερατικὴν τελειότητα ποιεῖσθαι. Die Bezeichnung φροντιστής erinnert hier an den ganz ähnlich in dem Schreiben der Eusebianer an Papst Julius (Soz. III, 8) von der römischen Kirche gebrauchten Ausdruck φροντιστήριον.

[8]) Statt συγχαρσίαν ἀναλαμβάνειν p. 391 A. ist mit Mon. 436. p. 131 ἀντιλαμβάνειν (entgegennehmen) zu lesen.

einen vollkommenen Leibe desselben sich vereinigen möchten.[9]) Daher sage er vor Allem Gott Dank, der dem Papste eine solche Sorgfalt und Liebe eingeflößt, dann diesem selber, der sich erhoben und sich zur Ausführung der göttlichen Rathschlüsse, ohne dagegen sich zu sträuben, als gehorsames Werkzeug erwiesen, darum verehre und liebe er ihn so sehr. Indessen von dem geistigen Wohlergehen, von der Gesundheit seiner ganzen Seele habe er volle Gewißheit, er müsse sich nur nach seinem körperlichen Wohlergehen, nach der Gesundheit seines Leibes erkundigen.[10])

Der Legat Petrus antwortet nun, daß der Papst sich wohl befinde, Dank den heiligen Gebeten des Patriarchen Photius. In ganz gleicher Weise beantwortet er die Frage nach dem Befinden der mit ihm vereinigten Bischöfe und Priester des römischen Sprengels[11]) und rühmt abermals die große Liebe des Papstes gegen Photius, worauf dieser wiederholt, diese habe Johannes längst durch die That bewiesen, allbekannt sei sein heiliger Eifer für die Kirche, seine aufrichtige und liebevolle Gesinnung.

Nun meldet der Legat den versammelten Bischöfen,[12]) die er als Brüder und Mitliturgen anredet, „ebenfalls Grüße des Papstes, die diese erwiedern; er versichert sie der vollsten Liebe desselben und seines Eifers, die Einheit der Kirche wiederherzustellen, damit Ein Hirt und Eine Heerde sei. Darauf antwortet der Metropolit Johannes von Heraklea im Namen der Synode, die Einheit sei durch die heiligen Gebete des Papstes schon vorher zu Stande gekommen, sie Alle hätten einen wahren Hirten, den heiligen und tadellosen Photius, ihren allerheiligsten Herrn und ökumenischen Patriarchen. Darauf folgt eine schwülstige Lobrede des Zacharias von Chalcedon auf den „göttlichen Photius." Im Eingang preiset er die Erhabenheit des Friedens, die daraus hervorgehe, daß Gott sich selbst den Frieden nennen lasse, beklagt dann, daß dieser Friede in der byzantinischen Kirche eine Zeitlang eine Störung erlitten habe und auch früher dieselbe nicht ganz frei von Unruhen gewesen sei durch die Einfalt des Obern (Herrschers),[13]) und erklärt, er wolle den Grund dieser

---

[9]) p. 381: οὕτω καὶ ὁ μακάριος ἐκεῖνος ὁ πνευματικὸς ἡμῶν πατὴρ οὐχ οἷς καθ' ἑαυτὸν ἐκκλησίας τὸ ἀρχαῖον εἶχεν ἠθέλησεν, ἀλλὰ διὰ τῶν αὐτοῦ τιμίων τοποτηρητῶν, πρῶτον μὲν διὰ τῶν ὁσιωτάτων Π. καὶ Κύρ., ἔπειτα δὲ καὶ διὰ τῆς ὑμῶν ἱερατικῆς τελειότητος ἐπισκέψασθαι ἐσπούδασε πάντας, εἴ τινες εἶεν, ἀπειθοῦντας τῇ ἀληθείᾳ, καὶ νουθεσίαν τὴν πρέπουσαν εἰσαγαγεῖν, ὡς ἂν ἀποστάντες τῆς πραγματευθείσης αὐτοῖς σχισματικῆς πλάνης, ὅλοι Χριστῷ ... κολληθῶσι καὶ εἰς ἓν ἅγιον αὐτοῦ ἀποτελεσθῶσι σῶμα.

[10]) ἀλλὰ γὰρ τὰ μὲν τῆς ψυχῆς οἴδαμεν τοῦ θείου ἀνδρὸς ἐκείνου, ὡς εὖ τε ἔχει καὶ καλῶς διάκειται· τὰ δὲ περὶ τοῦ σ ώ μ α τ ο ς διάθεσιν αὐτοῦ ἀναπυνθανόμεθα, ἐν ποίᾳ ὑπάρχει καταστάσει.

[11]) ἡ κατ' αὐτὸν ἁγία τοῦ Θεοῦ ἐκκλησία καὶ πάντες ἀρχιερεῖς καὶ ἱερεῖς, πῶς ἔχουσι; (Mansi: ἔχωσι; Codd. Mon. richtig ἔχουσι.)

[12]) πρὸς τὴν ἁγίαν σύνοδον ἐπιστραφεὶς εἶπεν Mon. 436. p. 132.

[13]) p. 384: ἀλλὰ τοῦτο τὸ πρᾶγμα, καίπερ ὂν ἐπὶ τοσούτων δεινόν, χρόνον ἐστὶν οὐ πάνυ πολύς, ἀφ' οὗπερ ἐν τῇ καθ' ἡμᾶς ἐκκλησίᾳ λώβην ὑπέστη, οὐδὲ πρότερον ἀστασίαστος ταύτης οὔσης τῇ τοῦ κρατοῦντος ἁπλότητι. Der κρατῶν ist wohl der Kaiser; der Text läßt es (vielleicht absichtlich) zweifelhaft, ob Michael oder Basilius oder wer gemeint

Störung, der Alle interessire, näher erörtern; scheine er auch unglaublich, er sei doch wahr. Der Grund der beklagenswerthen Störung des Friedens sei darin zu suchen, daß die erhabenen Eigenschaften und die ruhmvollen Thaten des Photius, die hohe Wissenschaft und Gelehrsamkeit sowohl in heiligen als in profanen Dingen, die Reinheit seiner Gesinnung, die fast über die Menschennatur hinausgehe,[14]) seine hocherhabene Einsicht, die ihm angeborene Weisheit, die Milde, seine in Allem besonnene und gemäßigte Haltung, seine über alle Lüste weit erhabene Enthaltsamkeit, seine Barmherzigkeit gegen Alle, seine Christum nachbildende Demuth (!), die allen Christen ziemt, am meisten aber den Bischöfen, der Eifer für die Bekehrung der Sünder, der Häretiker, der Ungläubigen — kurz mit einem Worte, daß die hehren Tugenden dieses göttlichen Mannes ihm Neid und Haß zugezogen gerade wie dem göttlichen Heilande,[15]) gegen den die ganze Wuth der Juden sich erhob. Das habe das Leiden über die byzantinische Kirche gebracht, das man jetzt mit Stillschweigen übergehen möge; der tugendhafte Kaiser habe dieses Unglück wieder gutgemacht und klar an den Tag gelegt, daß die lügenhaften Fiktionen von Akten des Orients nichts Gesundes in sich hatten;[16]) der Papst Johannes habe zu erkennen gegeben, daß er nicht bei dem beharre, was zum Verderben und zur Auflösung der Kirche geschehen sei,[17]) und daß, was gegen die Canones geschehen, ungiltig bleiben müsse. Alles, was gegen Photius verhandelt worden, sei eitles Geschwätz und leeres, nichtiges Gebahren.[18]) Die Kirche habe das Ihrige, habe ihren rechtmäßigen Bräutigam zurückerhalten; Viele seien sogleich, Viele bald nachher ihm beigetreten; nur Wenige, die man leicht zählen könne, seien aus Mißgunst gegen den Frieden der Kirche und aus leidenschaftlicher Eigenliebe noch Schismatiker. Frage man sie nach dem Grunde ihrer Spaltung und Trennung von der Kirche, so sei die Entschuldigung, so wolle es die römische Kirche.[19]) Das sei aber gerade soviel, als wenn ein Tempelräuber oder ein Mörder damit sich entschuldige, er habe die That mit Erlaubniß oder aus Auftrag der Römer gethan.[20]) So werde die römische

ist; sonst würde τοῦ τότε κρατοῦντος oder κρατήσαντος stehen. Ungewöhnlich ist es, unter dem κρατῶν den Patriarchen Ignatius zu verstehen (Hefele S. 450), aber doch besser passend.

[14]) τοῦ καθαρότητι μακρὰν καὶ τὴν ἀνθρωπίνην ὑπερακοντίζοντα φύσιν.

[15]) καλόν τι, εἰπεῖν ἁπλῶς, ἀρετή, ὅτῳ πλεῖστον ἐν ἀνθρώποις ὁρᾶσθαι ... αὐτὴ δέ, καλὸν οὖσα, κακοῦ γίνεται παραιτία, ἐπιστρέψασα πρὸς ἑαυτὴν τὸν φθόνον, ὃς τῶν γεγονότων εἰς ἡμᾶς ἁπάντων ἐγχρημάτισεν αἴτιος. Ἔχει τοῦ λεγομένου παράδειγμα τὸν πρῶτον καὶ μέγαν ἀρχιερέα Χριστὸν κ. τ. λ.

[16]) καιρὸς μὲν γὰρ ἅπασιν οὕτως φανερὰ τὰ παρὰ τῆς ἀνατολῆς ἥκειν ψευδῶς λεγόμενα πλάσματα καὶ ὡς οὐδὲν ὑγιὲς ἦν ἐκεῖθεν.

[17]) ὡς οὐδαμῶς ἐμμένει τοῖς ἐπ' ὀλέθρῳ καὶ καταλύσει γενομένοις τῆς ἐκκλησίας.

[18]) Die Worte des Zacharias p. 341. 385: ἀφαιρεῖ δὲ πρὸ τούτων καὶ πρὸς αὐτὸν τὸν κατόπιν καὶ τὴν τοῦ δαίμονος φύσιν, πρὸς ἣν τὰ μὲν γινόμενα ἅπαντα λῆρον ἔχει καὶ συλλέγεται πᾶσι, τούτων δὲ χωρὶς ὑγιὲς οὐδὲν εἴ τι γίνεται καὶ ἄκυρον ἀναφαίνεται sind ganz den Aeußerungen des Zacharias in der sechsten Sitzung von 869 entsprechend. S. oben B. IV. Abschn. 6. S. 100 f.

[19]) πρόχειρον ἡ ἀπολογία· ὅτι ἡ τῶν Ῥωμαίων ἐκκλησία οὕτως βούλεται.

[20]) ὅτι ἐπιτροπῇ τῶν Ῥωμαίων πράττει τὸ κακόν.

Kirche, die bis jetzt im eigenen Hause Frieden genossen und Anderen wo möglich[11]) den Frieden brachte, jetzt als die Urheberin aller Unruhen, Feindschaften und Aergernisse, ja aller Uebel, unter denen die Kirche von Constantinopel geseufzt, wenn auch nicht mit Recht, doch immer auf Grund jener Ausreden betrachtet und bezeichnet.[12]) Deßhalb habe der Kaiser römische Legaten berufen, um diesen fast von Allen gegen die Römer vorgebrachten Beschuldigungen entgegenzutreten; ihretwegen allein werde das Concil eigentlich gehalten, das nur dazu nöthig sei, um die Verläumdungen der Schismatiker und den Verdacht fast Aller zu entkräften, die Ehre der römischen Kirche zu wahren und vor den Angriffen der Separatisten zu schützen;[13]) sonst stehe Alles sehr gut und sei keiner Verbesserung bedürftig.

Schamloser konnte man die Thatsachen nicht entstellen, als es hier der Fall ist. Die Rede gibt einen tiefen Einblick in die Versunkenheit und Verkommenheit der griechischen Prälaten; ein solches Lügengewebe wäre in einer Versammlung abendländischer Bischöfe eine Unmöglichkeit gewesen. Die kriechende Schmeichelei gegen Photius, die dieser sich ganz ruhig gefallen läßt und alle Anwesenden in der Ordnung finden, setzt diesem ein für seinen Charakter schmachvolleres Denkmal, als selbst seine früheren Gewaltthaten, und nur mit Ekel lassen sich diese Stellen lesen, wo die Verherrlichung des Photius an Apotheose grenzt und das Uebermaß pomphafter Worte eine niederträchtige und sklavische Gesinnung verbirgt. Dazu ward die ganze Stellung des Papstes in der Restitutionssache des Photius total verkehrt und in lügenhafter Weise alterirt. Die anwesenden Bischöfe zollten in lauten Acclamationen dem Redner ihren Beifall: „Wir ließen uns von unserem allerheiligsten Herrn und ökumenischen Patriarchen, mit dem wir von Anfang an vereinigt waren, niemals trennen, ja wir sind bereit, auch unser Blut für ihn zu vergießen, wenn es verlangt werden sollte. Diejenigen aber von uns, die sich je in eine Auflehnung gegen ihn eingelassen, verdammen ihre frühere Gesinnung und erkennen ihn von ganzem Herzen und mit festem Willen als Hohenpriester, Herrn und Hirten an; diejenigen, die daran zweifeln, erachten wir für Feinde der Kirche und der Verdammung werth."

Noch von einem anderen Gesichtspunkte aus sucht Zacharias zu zeigen, daß die Römer ein besonderes Interesse an dieser Synode und an der Widerlegung jener verdammungswürdigen Schismatiker haben müßten. Denn diese hätten es darauf abgesehen, die seit vielen Jahren im Genuße völliger Freiheit befindliche römische Kirche unter ein unerträgliches Sklavenjoch zu bringen.[14])

---

[11]) εἴπερ δύναιτο — wofern sie es vermöchte.

[12]) τῶν ταραχῶν καὶ τῆς ἔχθρας καὶ τῶν σκανδάλων καὶ ἁπλῶς πάντων τῶν κακῶν, ὧν τὴν ἡμετέραν κατείληφεν ἐκκλησίαν, αἰτίαν, εἰ καὶ μὴ ἀληθείᾳ, ἀλλὰ ταῖς ἐκείνων λόγοις καὶ καλεῖσθαι καὶ ὀνομάζεσθαι.

[13]) ὥστε, εἰ δεῖ τἀληθὲς εἰπεῖν πρὸς ὑμᾶς, ὑπὲρ ὑμῶν ἐστιν ἡ παροῦσα σύνοδος.

[14]) p. 385: αὐτὴν τὴν Ῥωμαίων ἐκκλησίαν τὴν ἐκ πολλῶν χρόνων ἐλευθερίᾳ τετιμημένην, ἀξιώματι δὲ κράτους βεβοημένην ὑποθρασύνονται πρὸς δουλείαν ἕλκειν καὶ πρὸς τὴν τῶν ἀγεννεστέρων ταπεινότητα καταγαγεῖν.

indem sie erklärten: „Die Verfügungen und Verhandlungen des Papstes Nikolaus sind von uns angenommen, die von Hadrian ebenfalls; denn sie sind uns angenehm;[85]) aber die von Papst Johannes nehmen wir nicht an.“ Ueber den Grund befragt, äußerten sie: „Jene beiden Päpste sind ganz unserem Willen gefolgt; dieser aber will nicht wie wir wollen.“[86]) — „Was heißt das Anderes“ — ruft Zacharias aus — „als daß diese Menschen keineswegs den Dekreten der römischen Päpste folgen, sondern diese großen und bewunderungswürdigen Oberhirten zwingen wollen, ihrem Eigenwillen zu gehorchen? Denn wenn sie jene von den Dekreten der Römer annehmen, die sie schon zuvor sich festgesetzt hatten, diejenigen aber, die ihrem Willen nicht gemäß sind, auch wenn die Römer tausendmal es verlangen, auch wenn die Canones damit völlig in Einklang sind, auch wenn eine höhere Inspiration daraus hervorleuchtet, verwerfen und gegen das Alles ihrem eigenen Willen übermüthig Geltung verschaffen wollen: was ist da noch für ein größerer Wahnsinn möglich?[87]) Eilet also, Geliebteste, und streitet tapfer, um die heilige Kirche der Römer von einer barbarischen und ungeheuerlichen Knechtschaft zu befreien, beseitigt die bis jetzt auf euch lastende Unehre und den schimpflichen Tadel, und tauscht dafür Ehre und hohen Ruhm ein unter dem Zusammenwirken des gemeinsamen Friedens aller Kirchen.“

Nachdem der Legat Petrus für das Gesagte seinen Dank sowie die Hoffnung, Gott werde das, was Allen fromme, verwirklichen, ausgesprochen hatte, sagte der Metropolit Johannes von Heraklea in Thrazien: „Wir haben Gott vielfach Dank erstattet und erstatten ihm fortwährend, weil die früheren Aergernisse in der Kirche beseitigt sind und dieser Friede als Siegespreis durch dieses Zusammenstimmen Euerer Heiligkeit und der hohenpriesterlichen Stühle des Orients wie durch die treffliche Vermittlung unseres heiligsten Herrn und Patriarchen errungen worden ist.“

Prokopius von Cäsarea und der Legat Elias von Jerusalem sprachen noch besonders ihren Dank gegen Gott und den Kaiser aus, der diese Synode zur Vernichtung jedes schismatischen Truges versammelt; Letzterer fügte noch bei, daß diese Schismatiker nie in der Kirche von Jerusalem Anklang gefunden; seit der allerheiligste Herr Photius den Patriarchenstuhl bestiegen und an den Patriarchen Theodosius sein Glaubensbekenntniß gesandt, sei diese stets mit ihm

---

[85]) Mit Mon. 436. p. 131 ist zu lesen: καὶ τὰ τοῦ Ἀδριανοῦ ὁμοίως· ἀρέσει γὰρ ἡμῖν ταῦτα.

[86]) p. 389: Ὅτι ἐκεῖνοι μὲν τῷ ἡμετέρῳ κατηκολούθουν θελήματι, οὗτος δὲ οὐχ ἃ βουλόμεθα ποιεῖ. Eine offenbare Entstellung der von den Ignatianern vorgebrachten Gründe ihres Widerstands.

[87]) κἂν μυριάκις Ῥωμαῖοι θελήσωσι, κἂν τοὺς κανόνας συμφώνους ἔχωσι (mit den Dekreten von 869 waren sie nach Zacharias nicht in Einklang), κἂν τὴν ἄνωθεν προλάμπουσαν ἐπίπνοιαν, τότε κατὰ πάντων τούτων τὸ οἰκεῖον θέλημα κρατεῖν ἀγωνίζονται. Dieses Alles gehört noch zum Vordersatz; der Nachsatz ist: εἰς ποίαν ὑπερβολὴν μανίας ὑπολείπεται; In der lat. Uebersetzung müßte zu den Worten: quae vero ipsi nolunt ergänzt werden: non suscipiunt, da dieses Glied zum zweiten Theile des Conditionalsatzes gehört.

in Gemeinschaft geblieben und seinen Gegnern habe sie niemals dieselbe gewährt.[28]) Der Metropolit Daniel von Ancyra bemerkte: „Unser allerheiligster Herr und ökumenischer Patriarch hat Christum, unseren wahren Gott, nachgeahmt und auch diejenigen, welche erst gegen die eilfte Stunde kamen (das waren auch die Römer), den Ersten beigezählt; er läßt die Ersten der gebührenden Ehre genießen und bringt Alles zur Einheit,[29]) gegen Alle eröffnet er seine Alle umfassende und väterliche Barmherzigkeit."

Darauf erklärte der römische Legat Petrus nochmals, er und die Anderen seien gesendet, um die in der byzantinischen Kirche bestehenden Aergernisse zu beseitigen, Papst Johannes sei mit dem heiligsten Patriarchen Photius Ein Geist und Ein Leib, und habe ihm auch als Zeichen der Gemeinschaft und der Anerkennung die hohepriesterliche Stola sowie andere Insignien des heiligen Amtes übersandt: das Pallium (Omophorion), die Alba (Sticharis, Sticharion), die Casula (Phelonion)[30]) und Sandalien.[31]) Auf Verlangen der Bischöfe zeigte er nun die mitgebrachten Geschenke vor und Photius dankte emphatisch in Gebetsform: „Möge Jesus Christus, unser Gott, der den Himmel mit Wolken bedeckt, der sich mit unserer Natur bekleidet, um sie zu erlösen und zu reinigen, unseren Mitbruder und geistlichen Vater in diesem Leben mit seinem Schutze beschirmen und in jener Welt ihn mit dem hochzeitlichen Gewande bekleiden, um ihn würdig zu machen, in das Gemach jenes himmlischen Bräutigams eingelassen zu werden!"

Hier nahm nun auch der Bischof Eugenius von Ostia das Wort, um zu bemerken, wie das schon vorher von ihm und seinem Collegen Paulus über die Gesinnungen des Papstes Gesagte hier neuerdings bestätigt werde; so groß das Verlangen nach der Vereinigung mit Gott sein könne, so groß sei in Papst Johannes die Sehnsucht nach Vereinigung mit dem heiligsten Patriarchen Photius.[32]) Die Synode fand das thatsächlich bewiesen. Petrus hob nun hervor, daß drei Briefe von Papst Johannes angekommen seien, gerichtet an Photius, an die Bischöfe der Synode und dann an die Schismatiker; den an die Synode gerichteten, habe er heute nicht mitgebracht, da nicht alle Bischöfe beisammen seien,[33]) werde ihn aber an einem anderen Tage überreichen. Auf

---

[28]) Schol. Cod. Mon. 436. p. 135: Ὅρα ταῦτα πάντα ποιεῖ συναλλάγματα Φωτίου καὶ τὰ ἀπ' ἀρχῆς ἄχρι εἰδὼς βουλομένου παρασχεῖν ἑαυτὸν ἀποφῆναι καινικὸν πατριάρχην.

[29]) ἑνοποιεῖ τὰ πάντα M. p. 389. Hard. VI. 229.

[30]) Cf. Suic. II. 1122. 1498 (sonst φελόνης).

[31]) Es ergibt sich klar, daß dieses Geschenke waren und nicht damit eine Einsetzung, sondern nur eine Anerkennung des Photius ausgesprochen war. Neander (S. 316. N. 4) hat darauf zu viel Gewicht gelegt.

[32]) καὶ ὥσπερ ἐπιθυμεῖ τις εἶναι μετὰ τοῦ Θεοῦ, οὕτως ἐπιθυμεῖ ὁ ἀποστολικὸς Πάπας Ἰωάννης εἶναι μετὰ τοῦ ἁγιωτάτου πατριάρχου.

[33]) Wir haben bei den anderen Sitzungen keine Verzeichnisse von Bischöfen als nur bei der ersten und dieses weiset eine sehr große Zahl auf. Doch wird darin außer Elias von Jerusalem kein Legat des Orients genannt. Das Verlangen der Römer, ihre Briefe vorzulesen, ward in dieser Sitzung beharrlich abgelehnt.

die Aeußerung des Prokopius von Cäsarea ward über den Tag dieser Mittheilung gesprochen; Photius bemerkte, die Legaten bedürften der Ruhe von den Anstrengungen der Reise, und beantragte den Schluß dieser Sitzung. Aber vor dem Schluße trug noch der Legat Petrus eine Aufforderung an die „Schismatiker“ vor, ihre Gründe vorzubringen, sowie an die Versammelten, jene zur Vereinigung mit der Kirche zu ermahnen, nach welcher Mahnung die hartnäckig Bleibenden verurtheilt werden sollten, und Elias von Jerusalem hielt noch eine kurze Rede des Inhalts: Wen Gott verherrlicht, dem kann kein Mensch durch Verunehrung schaden und wer vor Gott keine Ehre hat, dem nützt die Ehre vor den Menschen nichts. Gott hat den heiligsten Patriarchen Photius verherrlicht und die anderen Patriarchen haben ihn als durch göttlichen Ausspruch erhoben anerkannt; daher wird sein Name verherrlicht werden im Himmel und auf Erden von Geschlecht zu Geschlecht und seine etwaigen Widersacher wird Schmach auf Erden treffen und im Jenseits ihr Antheil mit den Verdammten sein.[34])

Die Synode rief: Wir Alle beten so, Wir Alle denken so. Gott möge unsere Gebete mit seinem Rathschluß besiegeln! Nun folgten die Acclamationen: Viele Jahre den großen Kaisern und Selbstherrschern Basilius, Leo und Alexander! Der frömmsten Kaiserin Eudokia viele Jahre! Dem im Purpur geborenen, von Gott berufenen Syncellus Stephan viele Jahre! Den heiligsten Patriarchen Johannes und Photius[35]) viele Jahre! Wahrscheinlich ward hier Photius von vielen Bischöfen vor Johannes genannt, was sicher gegen alles kirchliche Herkommen verstieß.

Auf diese einleitende Sitzung folgte am 17. November 879 die zweite, die mit noch viel größerem Pomp in der Sophienkirche, gerade da, wo vor zehn Jahren die achte Synode gehalten worden war, auch hier vor dem ausgelegten Evangelienbuche, gehalten ward. Hier wird dem Photius nicht nur ausdrücklich der Vorsitz beigelegt und die römische Gesandtschaft erst nachher aufgeführt,[36]) sondern es wird auch gegen die alte Ordnung dem Stellvertreter von Jerusalem der Vorrang vor dem Apokrisiar von Alexandrien eingeräumt,[37]) der erst jetzt zur Synode kam.

---

[34]) Mansi p. 392. 393. Im Cod. Mon. p. 138 steht das Scholion: *Βαβαὶ τῆς βλασφημίας!*

[35]) Bei Harduin und Mansi steht Photius nach Johannes, aber bei Anthimus, wie in mehreren Handschriften, auch in der von Fleury benützten, steht Photius voran. Die Handschriften divergiren übrigens; Vat. 1115 hat wie Hard. Im Cod. Mon. (ol. Aug.) 436. saec. 11. bombyc. ist p. 138, sowie im Cod. Mon. 27. saec. 15. vel 16, wo diese Synode f. 387—418 steht, ist f. 391, b der Name des Photius vorangestellt; dazu aber das Scholion beigefügt: *ὅρα καὶ ἐνταῦθα τὴν κακοτροπίαν(?) ... Φωτίου καὶ ὑπόκρισιν ... ὡς.. αὐτὰ εἰσὶ ... καὶ τεχνάσματα ταῦτα τὰ λεγόμενα πρακτικὰ τῆς ἁγίας συνόδου· ἐν γὰρ τῇ παρούσῃ ... προτάττει ἑαυτὸν τοῦ Ῥώμης Ἰωάννου.*

[36]) p. 393: *Προσκαθισθέντος Φωτίου τοῦ ἁγιωτάτου ἡμῶν πατριάρχου .... καὶ συγκαθισθέντων αὐτῷ Εὐγενίου καὶ Παύλου τῶν ἁγιωτάτων τοποτηρητῶν κ. τ. λ.*

[37]) Vgl. Asseman. Bibl. jur. orient. t. I. p. 166. n. 126. Das Datum der Sitzung ist in einigen Handschriften verschieden; bei Baronius ist es der 16. November. Von den anwesenden griechischen Prälaten sind nur die drei ersten namentlich aufgeführt.

Photius begann die Verhandlungen mit der Doxologie: „Preis, Danksagung und Verherrlichung der dreipersönlichen, lebenspendenden und durchaus einigen Gottheit, jetzt und immer und in alle Ewigkeit", wozu die Versammlung Amen rief. Die römischen Legaten sprachen in lateinischer Sprache einen Lobgesang.[38]) Darauf hielt der Cardinalpriester Petrus eine lateinische Rede, die der kaiserliche Protospathar und Dollmetscher Leo übersetzte.[39]) Darin ward gesagt, Basilius und seine zwei kaiserlichen Söhne hätten des Friedens der Kirche von Byzanz wegen zweimal nach Rom, zu der Mutter der Kirchen, gesendet, ebenso hätten Alexandriner, Jerusalemiten und Antiochener den heiligsten Papst Johannes aufgefordert, den vereinbarten Frieden[40]) anzuerkennen und zu bestätigen; dieser, durch deren und der anwesenden Legaten Bitten bewogen, habe diese Apokrisiarier abgeordnet und mit ihnen Briefe an die Kaiser, an Photius und an die Synode gesandt; ihr Antrag gehe nun dahin, daß man vor Allem das päpstliche Schreiben an die Kaiser verlese. Als die Synode beigestimmt, las der Sekretär[41]) und Protospathar Leo dieses Schreiben nach der in der griechischen Uebersetzung von Photius ihm vorher gegebenen Fassung laut und vernehmlich vor, in der es den Akten der Synode einverleibt ward. (S. 397 ff.)

Nach der Verlesung dieses Briefes nahm zuerst Prokopius von Cäsarea das Wort und erklärte: „Wir haben, wie bereits öfter bemerkt, schon vor Eurer (der Legaten) Ankunft und schon vor der in dem hochverehrlichen Schreiben enthaltenen Ermahnung[42]) unseren heiligsten Patriarchen und Hirten Photius anerkannt, wie wir ihn jetzt anerkennen; wir haben uns mit ihm als unserem wahren Hirten und Herrn auf das innigste vereinigt und er hat uns mit väterlicher Liebe von ganzem Herzen umfaßt. Darin aber hat der heiligste Papst Johannes ganz gut und so, wie es seiner Religiosität würdig[43]) war, gehandelt, daß er den frommen Willen unserer erhabenen und großmächtigen Kaiser und unserer Geringfügigkeit vollkommen erfüllt und Eure Heiligkeit gesandt hat, die mit uns in Allem übereinstimmt. Wir danken Gott und erflehen Heil voll tiefer Verehrung für unsere gottesfürchtigen Herrscher und den heiligsten Papst Johannes; wir verehren auch Euch als seine Stellvertreter und Diener, die den Stuhl des Apostelfürsten Petrus vertreten."

Elias, der Apokrisiar von Jerusalem, bemerkte, man müsse Gott danken, daß die alte und unverrückbare Ueberzeugung der Jerusalemiten betreffs des heiligsten Patriarchen Photius nun von der ganzen Welt getheilt und fest-

---

[38]) ἐμμελόν τινα οἱ ἁγιώτατοι τοποτηρηταὶ τῇ Ῥωμαίων γλώσσῃ.

[39]) μετὰ τὴν συμπλήρωσιν τῆς ψαλμῳδίας Πέτρος ὁ θεοσεβέστατος πρεσβύτερος καὶ καρδηνάλις τοῦ ἀποστολικοῦ θρόνου διὰ Λέοντος βασιλικοῦ πρωτοσπαθαρίου καὶ ἑρμηνέως διελάλησεν οὕτως. In der ersten Eingang wird nirgends angedeutet, daß sich Petrus eines Dollmetschers bediente.

[40]) τὴν παρ' ἡμῶν συναφθεῖσαν εἰρήνην. Mansi p. 393 E. Mit Mon. 436. p. 130 ist zu lesen: παρ' ὑμῶν.

[41]) Bei Anthimus πρωτασηκρῆτις.

[42]) p. 408 D.: καὶ πρὸ τῆς ὑμετέρας τιμίας ἐλεύσεως (Mon. φιλίας ἐλεύσεως) καὶ πρὸ τῆς ἐγκειμένης τοῦ τιμίου γράμματος παραινέσεως.

[43]) ἀγαθὸν καὶ ἄξιον τῆς αὐτοῦ εὐλαβείας (Mon. cit. εὐσεβείας).

gehalten werde.[44]) Damit ist bereits dem Vertreter dieses Patriarchats auf der Synode von 869 sowie den dort verlesenen Briefen des Theodosius von Jerusalem entschieden widersprochen und vorausgesetzt, derselbe habe nie einen anderen byzantinischen Patriarchen als den Photius anerkannt.

Hierauf sagte der Cardinal Petrus: „Der heiligste Papst Johannes hat uns gesandt, um die Eintracht und den Frieden der Kirche zu befestigen,[45]) damit ihr mit Einem Munde und Einem Glauben Gott verherrlichen und die Liebe zu dem heiligsten Patriarchen Photius ohne alles Bedenken bewahren möget. Da wir Euch aber, wie Ihr selbst bezeugt, mit ihm vereinigt finden, so danken wir Gott, der auch vor unserem Hierherkommen den Frieden glänzend hergestellt hat."

Das veranlaßte den Prokopius von Cäsarea zur nochmaligen Betheuerung der tiefsten Ehrfurcht und Ergebenheit gegen „den ökumenischen Patriarchen, den Herrn Photius" und zur Erklärung, warum die Bischöfe den Bemühungen des römischen Stuhles hätten zuvorkommen und mit der Anerkennung des Photius vorausgehen müssen. Es könnten ja doch die in der Nähe befindlichen Bischöfe des Orients die Dinge besser kennen und würdigen, als die ferne weilenden, die sich blos auf das Gehörte verlassen müßten (die Abendländer); sie, die Alles geprüft hätten, von Allem unterrichtet seien, wären zu der Einsicht gekommen, daß in nichts Anderem ihr Heil liege und nichts so das Wohlgefallen Gottes finde, als die Vereinigung mit Photius, dem heiligsten Patriarchen.[46]) „Da jedoch Einige, obschon, wie schon früher gesagt ward, nur Wenige, noch außerhalb der Kirche sind, so muß Euere Frömmigkeit dieselben ermahnen und ermuntern; dieselben bedürfen noch der Heilung und Stärkung, da sie in Sachen der Wahrheit noch schwach sind. Denn wenn diese, die noch zurück sind, nicht an ihren Unterschriften einen Anlaß und Vorwand der Trennung hätten, so würde Keiner, weder von den Geringen noch von den Großen, von der Vereinigung mit dem heiligsten Photius zurückbleiben.[47]) Aber

---

[44]) p. 409 A.

[45]) ἐκβεβαιῶσαι.

[46]) Ἡμεῖς πολλάκις εἴπομεν περὶ τῆς ἡμετέρας (so auf. Hdschr. richtig) διαθέσεως, ὡς ἀδιάσπαστον τὴν γνώμην πρὸς τὸν ἁγιώτατον ἡμῶν δεσπότην τὸν οἰκουμενικὸν πατριάρχην τὸν κύριον Φ. κεκτήμεθα· καὶ γὰρ ὀφείλομεν προλαβεῖν· οἱ γὰρ ἐγγίζοντες τοῖς πράγμασι τῶν πόῤῥωθεν μᾶλλον αὐτῶν τὴν ἀκρίβειαν ἐπίστανται, καὶ ὧν αἱ χεῖρες ἐψηλάφησαν καὶ οἱ ὀφθαλμοὶ ἑωράκασι (nach I. Joh. 1, 1.), τῶν δὲ ἀκοῇ τὴν γνῶσιν παραλαμβανόντων οὗτοι τῆς ἀληθείας, καθάπερ εἴπομεν, ὡς ἐγγίζοντες ἀκριβέστερον (Mon. ἀκριβέστερον) μᾶλλον καὶ κριταὶ καὶ ἐξετασταὶ καὶ ἐρευνηταί. Διὸ ἡμεῖς πάντα ἐρευνήσαντες καὶ ἀναμαθόντες εὑρήκαμεν ἐν οὐδενὶ ἄλλῳ τὴν σωτηρίαν ἡμῶν εἶναι καὶ τὸ εὐάρεστον τῷ Θεῷ (Mon. τοῦ Θεοῦ), ἀλλ' ἐν τῷ ἑνωθῆναι Φωτίῳ τῷ ἁγιωτάτῳ πατριάρχῃ.

[47]) Πλὴν ἐπειδή τινες, καὶ οὗτοι, ὡς προείπομεν, εὐαρίθμητοι, ἔξω τῆς ἐκκλησίας ἔτι εἰσί, χρὴ τὴν ὑμετέραν εὐλάβειαν ἐκείνους νουθετῆσαι καὶ παραινέσαι, ὅσοι χρῄζουσι ἰατρείας (so Mon. 436. p. 148) ὡς ἀσθενοῦντες περὶ τὸν τῆς ἀληθείας λόγον. καὶ γὰρ εἰ μὴ τὴν χειρογραφίαν εἶχον καὶ αὐτοὶ οἱ ὑπολειπόμενοι ἀφορμὴν τῆς διαστάσεως αὐτῶν, οὐκ ἂν οὐδεὶς, οὐ μικρὸς, οὐ μέγας, τῆς πρὸς τὸν ἁγιώτατον Φ. ἑνώσεως ἀπελείπετο.

der böse Feind hat die Sache so eingerichtet, daß das Kreuz, dieses Symbol des Friedens und des gemeinsamen Heiles, jetzt den minder Einsichtigen Anlaß des Aergernisses wird." Das Kreuz, das die Prälaten ihren Unterschriften voraussetzten, schien die Heiligkeit der übernommenen Verpflichtung noch zu erhöhen; gerade die Besseren von denen, welche die Verdammung des Photius unterzeichnet hatten, glaubten dieser treu bleiben zu müssen; sie wollten nicht Meineidige, die das Kreuz mit Füßen treten, nicht Stauropaten werden, wie man damals sich auszudrücken pflegte.

Petrus der Cardinal erklärte, daß er und seine beiden Collegen, soviel in ihren Kräften stehe,[48]) sich Mühe geben, im Verein mit den Prälaten des Patriarchats den Irrenden vor Allem die Hand zu bieten[49]) und nach Matth. 18, 15—17 zuerst dieselben zu ermahnen und zurechtzuweisen, zugleich mit den Mitgliedern der Synode, im Falle sie nicht gehorchen, auf einem kürzeren Wege gegen sie einzuschreiten, dem Wege der Strenge, da vielleicht die Furcht das ausrichte, was der Güte nicht gelinge;[50]) sei das geschehen und doch noch keine Sinnesänderung erfolgt, so würden sie nach der Vorschrift und der Weisung des heiligsten Papstes Johannes die Strafen gegen sie aussprechen.[51]) Von den Unterschriften der achten Synode schwieg er völlig.

Darauf äußerte sich Prokopius dahin, er hoffe, daß man mit Langmuth und Milde zum Ziele komme, da Jene keinen anderen Grund oder Vorwand hätten, als ihre nicht in rechter Weise gegebenen Unterschriften.[52]) Die übrigen Bischöfe (die „heilige Synode") stimmten dem bei; auch Einige von ihnen, sagten sie, die vorher von Photius getrennt gewesen, hätten keinen anderen Grund gehabt, als die auf üble Weise von ihnen geleistete Unterschrift, nun aber seien sie durch die Gnade Gottes alle mit Photius vereinigt.[53])

Nachdem nun nochmals die römischen Legaten und die versammelten Bischöfe in Form einer Danksagung an Gott sich wechselseitig wegen dieser glücklichen Uebereinstimmung und Eintracht beglückwünscht, fragten die Ersteren, ob die Synode das päpstliche Schreiben an den Kaiser vernommen, und als dieses bejaht wurde, ob sie dasselbe nach seinem ganzen Inhalt annehme.[54])

---

[48]) ὅσον ἰσχὺν εἰς δύναμιν. So ist die Lücke bei Mansi aus Mon. 436. und 27 zu ergänzen.

[49]) ταῖς πλανωμέναις χεῖρα ὀρέγειν.

[50]) ἔπειτα εἰ οὐκ ἀνέχονται, ἐλευσόμεθα πρὸς αὐτοὺς δι' ἄλλης ὁδοῦ ἀποτομωτέρας ἵνα ὅπερ εὔνοια οὐκ ἐποίησεν εἰς αὐτούς, φόβος ποιήσῃ.

[51]) κατὰ τὴν πρόσταξιν καὶ ἐπιτροπὴν τοῦ ἁγιωτάτου πάπα Ἰωάννου καὶ τὴν πρὸς αὐτοὺς ἐπακολούθησιν (Mon. ἐπακολούθησιν) ποιησόμεθα.

[52]) p. 418 A.: ἐκεῖνοι γάρ.. οὐδένα λόγον, οὐδὲ ἀφορμὴν ἄλλην ἔχουσιν, ἢ ὅπερ οὐκ εὐαγῶς ἐποίησαν ἰδιόχειρα.

[53]) ἡ ἀλήθεια οὕτως ἔχει· καὶ γὰρ καὶ ἐξ ἡμῶν αὐτῶν, εἴ τινες (Mon. οἵτινες) ποτὲ ἐν διαστάσει ἦσαν Φωτίου τοῦ ἁγιωτάτου ἡμῶν πατριάρχου, δι' οὐδὲν ἄλλο διεστήκαμεν, ἀλλ' ἢ διὰ τὰ κακῶς γινόμενα παρ' ἡμῶν ἰδιόχειρα. νῦν δὲ χάριτι Θεοῦ πάντες ἡνωμένοι ἐσμέν.

[54]) ἀποδέχεσθε (in Mon. 436 p. 149) αὐτὴν καὶ πάντα τὰ περιεχόμενα ἐν αὐτῇ κεφάλαια;

Hierauf antworteten die Griechen mit einer Unterscheidung: „Alles was sich auf die Anerkennung und Verherrlichung der Kirche und unseres heiligsten Patriarchen Photius bezieht, nehmen wir an; was aber dem Kaiser und der Verwaltung des Reiches zugehört (dahin rechneten sie die Jurisdiktion über Bulgarien), das müssen wir seiner Autorität überlassen." [55]) Es beantragten darauf die Bischöfe auch die Verlesung des vom Papste an Photius gerichteten Schreibens, welches nun gleichfalls in der ihm in Constantinopel gegebenen Fassung durch den Diakon und Protonotar Petrus laut und vernehmbar vorgetragen ward. (S. 406 ff.)

Nach Beendigung dieser Verlesung richtete der römische Legat Petrus an Photius die Frage, ob er dieses Schreiben nach seinem ganzen Inhalte annehme, [56]) welche dieser dahin beantwortete, er halte Alles, was recht- und gesetzmäßig sei und sich auf seine geringe Person beziehe, der Annahme und der treuen Anhänglichkeit würdig. [57]) Der Legat erinnerte an die Bestimmung über die von Photius noch getrennten Bischöfe und sprach seine Ansicht dahin aus, daß die früher Geweihten ihre Stühle wieder erhalten, die an ihre Stelle getretenen einstweilen in Ruhe treten, jedoch von diesen Kirchen den nöthigen Unterhalt empfangen sollten, bis man sie auf dieselben oder auf andere Stühle erheben könne, die im Exil befindlichen möchten zurückgerufen und zur Vereinigung mit der Kirche ermahnt werden. [58]) Bezüglich der Letzteren wiederholte Photius seine schon früher (außerhalb des Concils) den römischen Abgeordneten gegebene Erklärung, daß der Kaiser überhaupt nur zwei Bischöfe verbannt habe, und zwar aus Gründen, die nicht kirchlicher Natur seien, den Einen als Anstifter, den Anderen als Theilnehmer an bürgerlichen Tumulten, den Letzteren aber besonders noch wegen seiner in Gegenwart von vielen Zeugen vorgebrachten Schmähungen gegen den heiligsten Papst Johannes. [59]) Wenn die Legaten es verlangten, wolle er aber gleichwohl die Kaiser um deren Begnadigung anflehen. [60]) Ueber den Antrag wegen Wiedereinsetzung der ignatia-

---

[55]) Ὅσα εἰς ἀποδοχὴν καὶ ἀνακήρυξιν τῆς ἐκκλησίας καὶ Φωτίου τοῦ ἁγ. ἡμῶν πατριάρχου, ἀποδεχόμεθα· ὅσα δὲ ἀνήκουσι τῷ βασιλεῖ καὶ ταῖς βασιλικαῖς διοικήσεσιν, ἐκείνῳ καὶ τὸ κῦρος τῆς ἐπὶ αὐτὰ διοικήσεως καὶ τὴν ἐξουσίαν ἀνατίθεμεν.

[56]) p. 117 A: στέργεις πάντα τὰ γεγραμμένα ἐν τῇ ἐπιστολῇ καὶ ἀποδέχῃ;

[57]) Ὅσα τῷ αἰδίῳ καὶ ἐνθέσμῳ λόγῳ περιέχεται καὶ εἰς τὴν ἡμετέραν ἀνήκει (so Mon. 436, p. 152 richtig; Mansi wollte für das ἀνήκει seines Textes ἀφίκει gelesen haben) μετριότητα, τὸ ἔργον αὐτῶν καὶ τὸ τέλος καὶ στοργῆς καὶ ἀποδοχῆς ἄξια νομίζομεν.

[58]) καὶ οἱ μὲν προχειροτονηθέντες ἀπολάβωσι τοὺς οἰκείους θρόνους, σχολαζόντων δηλονότι τῶν ἐσχάτως (Bev. εὐλαβεστάτων) χειροτονηθέντων καὶ λαμβανόντων ἐκ τῶν αὐτῶν ἐκκλησιῶν διατροφὰς καὶ διαπάσματα, ἕως ἂν ἢ (Mansi: καὶ) εἰς τοὺς αὐτοὺς θρόνους ἢ εἰς ἑτέρους ἀποκατασταθῶσι· καὶ ὅσοι εἰσὶν ἐν ἐξορίᾳ παντὶ τρόπῳ, ἵνα ἀνακληθῶσι καὶ νουθετηθῶσιν ἑνωθῆναι τῇ ἐκκλησίᾳ.

[59]) τὸν μέν, ὡς πολιτικῶν θορύβων καὶ ταραχῶν φωραθέντα αἴτιον, τὸν δέ, ὡς καὶ αὐτὸν μετέχοντα μὲν τῆς τοιαύτης αἰτίας, τὸ δὲ μεῖζον, ἀπυλώτῳ στόματι καὶ ἀχαλινώτῳ γλώσσῃ ἐνυβρίσαντα δημοσίως καὶ πολλῶν ἐν ὄψει εἰς τὸν ἁγιώτατον πάπαν Ἰωάννην.

[60]) πλὴν ἐπεὶ κελεύει ἡ ἁγιωσύνη ὑμῶν, ἐκλιπαροῦμεν τὸ ὑψηλὸν κράτος τῶν μεγάλων βασιλέων ἡμῶν, καὶ ἐλπίζομεν ὡς ἐπακουσθῆναι ἔχει ταῖς αἰτήσεσιν ἡμῶν, εἰς τὸ καὶ τούτους ἐνταῦθα παραγενέσθαι καὶ τῆς παρ' ὑμῶν συμπαθείας ἀξιωθῆναι.

nischen Bischöfe ging er hinweg; bereits hatte er genugsam gezeigt, daß er zu ihren Gunsten seine Anhänger keineswegs ihrer Stellen entheben werde; vielmehr ließ er diese in ihrem Besitz und wandte die vorgeschlagene Maßregel der Darreichung von Subsidien und der Exspektanz auf erledigt werdende Bisthümer auf die „bußfertigen“ ignatianischen Prälaten an.

Der Cardinal Petrus gab sich in der Frage über die exilirten Bischöfe ganz zufrieden und brachte nun nach Maßgabe seiner Instruktion die bulgarische Frage in Anregung, indem er darauf hinwies, daß laut derselben Photius nicht ferner das Pallium (Omophorion) in dieses Land senden, noch für dasselbe eine Weihe vornehmen solle. Photius nahm hier ganz dieselbe Haltung ein, wie in seinem zweiten Briefe an Papst Nikolaus, auf den er sich auch ausdrücklich berief.[81]) Er betheuerte, daß er stets den Frieden geliebt und die Liebe über Alles hochgehalten,[82]) für seine Person ganz bereit sei, Alles zu geben und zu schenken; er sprach sich über die Jurisdiktion nur in sehr allgemeiner und vager Weise aus, ohne sich zu Etwas zu verpflichten, behauptete auch, obschon er dazu wohl in der Gerechtigkeit und in dem Beispiel Anderer die Berechtigung gehabt haben würde,[83]) habe er dennoch weder das Pallium in dieses Land gesendet noch auch Ordinationen für dasselbe vorgenommen, und zwar auch nicht vor diesem Schreiben seines Mitbruders und geistlichen Vaters, des heiligsten Papstes Johannes, weder früher, noch jetzt, obschon er bereits so lange Zeit den erzbischöflichen Stuhl (wieder) eingenommen;[84]) er sei überhaupt bereit, auch das Seinige den Freunden zu schenken, soweit es auf ihn ankomme und alte Regeln dadurch nicht verletzt würden; eine Ausdehnung der eigenen Grenzen, ohne daß sie ein Gesetz gebiete, wäre nichts als die Vermehrung der Mühen und Sorgen.[85]) Er gab dabei deutlich

[81]) Photius gibt nicht den Wortlaut seines Briefes (bei Jager p. 451), aber doch den Sinn p. 420 A.: οὕτως ἀντείπων τῷ γράμματι· ὅτι τοὺς θρόνους, οὓς ἐπεζήτει σου ἡ ἁγιωσύνη, τῇ τῆς ἀποστολῆς βουλῇ (so Cod. Mon. 436. p. 153.) συμπεριέχονται ἀρχῇ. εἰ δὲ τὸ τῆς ἐμῆς ἐν κυρίῳ ἀγάπης πλάτος μὴ ταῖς βασιλικαῖς ἐπεχωρήσειε ἀνάγκαις, μηδέ τις ἄλλη με κανονικὴ ἀπεχαλίνιζε δίκη, εἶχον δὲ καὶ τὸ ὑποτελοῦν ἱερατικὸν συμφωνεῖν ἐπὶ τούτῳ, οὐχ οὕστινας λέγεις ὑπὸ τὸν Ῥώμης θρόνον τελέσαι φησί, ἀλλὰ καὶ αἳ μηδέποτε ὑπ' ἐκεῖνον (Mon. ὑπ. ἐκείνου) γεγόνασι, καὶ τούτους ἕτοιμος ἂν κατέστην, ὅσον εἰς φιλίας ἀνήκει διάθεσιν, αἰτουμένῳ σοὶ παρασχεῖν· καὶ γὰρ ἡ ἀληθὴς φιλία οὐ ζητεῖ τὸ ἑαυτῆς, ὡς τὸ τοῦ πλησίον ἐκτελεῖν θέλημα.

[82]) ἡμεῖς ἀεὶ τῆς ἀγάπης ὄντες καὶ τῆς εἰρήνης ἐρασταί p. 417.

[83]) καίτοι δικαιολογίας ἴσως καὶ τῆς πρὸς ἑτέρους μιμήσεως πάντα ἡμῖν εἰς κράτος ἐγχειριζούσης.

[84]) οὔτε πάλαι οὔτε νῦν … ἤδη τοσοῦτον χρόνον ἐν τῷ ἀρχιερατικῷ θρόνῳ ἐνιδρυμένοι. Für τοσοῦτον haben mehrere Handschriften, wie die des Baluze und Monac. 436. p. 153: ἤδη τρίτον χρόνον (χρόνος sehr häufig für ἐνιαυτός.) So liest auch nach Fleury's Vorgang Abbé Jager, der bemerkt, daß Photius seit seiner Zurückberufung aus dem Exil sein zweites Patriarchat zähle. Es hat diese Lesart jedenfalls gute Stützen.

[85]) καὶ τὰ οἰκεῖα ἕτοιμοι ὄντες, ὅσον εἰς ἡμᾶς ἀνήκει γνώμης, θεσμῶν παλαιῶν οὐ λυομένων, τοῖς φίλοις χαρίζεσθαι· τί (Mon. τίς) γὰρ ἂν εἴη πλεονασμὸς ὁρίων, τῆς θεσμοθεσίας οὐ συναναγκαζούσης, ἀλλ' ἡ αὔξησις φροντίδων καὶ προσθήκη μείζονος μερίμνης καὶ ἐπιπονωτέρας;

zu verstehen, daß nicht nur der Kaiser, sondern auch der gesammte griechische Clerus einer etwaigen Verzichtleistung auf die Jurisdiktion in Bulgarien sich widersetzen würde und er selbst die römische Anforderung nicht als rechtlich begründet gelten zu lassen geneigt sei.

Der Cardinal Petrus belobte laut den Akten die große Liebe des Photius,[66]) hatte aber für dessen Ausflüchte keinerlei entschiedene Antwort, wie er in denselben überhaupt vielfach eine klägliche Rolle spielt. Die Metropoliten Prokopius von Cäsarea und Gregor von Ephesus vertrösteten die Römer auf die Zeit, wo Gott ihrem Kaiser alle Völker der Erde unterwerfen und dieser dann nach Gutbefinden die Grenzen der großen Diöcesen in unwiderruflicher Weise feststellen werde,[67]) während die übrige Synode diesem beistimmend erklärte, man sei nicht zusammengekommen, um die Grenzen der Patriarchate zu bestimmen, das müsse einer anderen Zeit vorbehalten sein.[68])

So von den Griechen auf diesem Punkte zurückgeschlagen richtete der Cardinal Petrus, der allein unter den Legaten einigen Muth und Pflichteifer an den Tag gelegt zu haben scheint, eine andere Frage an die Versammlung, die ihm ebenso aufgetragen worden war. „Der heiligste und ökumenische Papst Johannes", sprach er, „fragt Euch durch uns, seine Diener, auf welche Weise der Herr Photius, der heiligste Patriarch, jetzt seinen Stuhl wieder eingenommen hat. Denn wir müssen erklären, daß es nicht recht war, vor unserer Ankunft ihn wieder einzunehmen."[69]) Elias, der Repräsentant von Jerusalem, entgegnete, Photius sei stets von den drei orientalischen Patriarchaten als Patriarch anerkannt worden,[70]) von den Bischöfen und Priestern von Constantinopel sei er fast ohne Ausnahme anerkannt; so habe ihn nichts gehindert, wieder seinen Stuhl zu besteigen.[71]) Die römischen Legaten nahmen darauf keine Rücksicht; sie wandten sich an die Bischöfe des byzantinischen Sprengels mit den Worten: Brüder, saget ihr, auf welche Weise er seinen Stuhl wieder einnahm. Diese (die „heilige Synode") erklärten: „Mit Zustimmung der drei Patriarchalstühle,

---

[66]) p. 420 A.: καλῶς ἔγνως καὶ καλῶς ποιεῖς· καὶ διὰ τοῦτο τὴν ἀγάπην συντηρεῖς ἀδιάσειστον, ὅτι ἡ ἀγάπη πάντα νικᾷ. — Sollte das Weitere seiner Rede von den Akten weggelassen worden sein?

[67]) Gregor sagt: ὁ περὶ ἐνοριῶν λόγος οὐκ ἔχει νῦν χώραν, μὴ ἀνακεφαλαιουμένων εἰς μίαν βασιλείαν ὁμοιότροπον πάντων τῶν ἀρχιερατικῶν θρόνων (Also sollte auch der römische Stuhl unter die griechische Herrschaft zurückkehren, und zwar, wie das Folgende zeigt, noch unter Basilius). τῆς δὲ θείας νεύσεως τοῦτο τελεσάσης, ὅπερ ἐλπίζομεν ἐπὶ τοῦ μεγάλου καὶ ὑψηλοῦ βασιλέως ἡμῶν γενέσθαι, τότε καὶ ἡ περὶ τῆς ἐνορίας διαλογία χώραν ἕξει, καὶ διορισθῆναι καὶ ἀντιδιορισθῆναι ἑκάστῳ ἀρχιερατικῷ θρόνῳ ἐξέσται (ἐξέσται) βουλομένῳ τῷ πλησίον. Erzbischof Prokopius will, daß wenn alle Völker dem Reiche unterworfen seien, nach dem Willen der Kaiser (ὡς κελεύει ἡ κρατίστη αὐτῶν βασιλεία) eine genaue Ordnung (τακτικά) entworfen und von einer Synode genehmigt werde (τῆς κατὰ καιροὺς ἐπιψηφιζομένης συνόδου).

[68]) Πάντες οὕτω λέγομεν· οὐκ ἐπὶ τῷ διαστέλλειν ἐνορίας ἡ ἁγία σύνοδος αὕτη συνηθροίσθη· ταῦτα καιρὸς ἕτερος δοκιμάσει.

[69]) λέγομεν γάρ, ὅτι οὐκ ἦν καλὸν πρὸ τῆς ἐλεύσεως ἡμῶν ἀνελθεῖν αὐτόν.

[70]) τὰ τρία τῆς ἀνατολῆς πατριαρχεῖα ἀεὶ πατριάρχην αὐτὸν εἶχον.

[71]) καὶ τί ἐκώλυε τοῦ ἀνελθεῖν αὐτόν;

wie bereits der heiligste Elias gesagt hat, dann unter großem Zuspruch und lebhaften Ermahnungen, oder um es richtiger zu sagen, unter starker Nöthigung von Seite unserer erhabenen und allerchristlichsten Kaiser, und vor dieser Nöthigung mit Zustimmung und auf Bitten der ganzen Kirche von Constantinopel." Petrus fragte wiederum: „Hat er den Stuhl etwa auf tyrannische (gewaltthätige) Weise wieder eingenommen?" Die Bischöfe entgegneten: Zwischen Gewaltthat und Ermahnung sei ein großer Unterschied; sie hätten bereits früher erklärt, es sei geschehen auf ihr Bitten und ihre Ermunterung und mit Zustimmung der drei Patriarchalstühle; so sei die Frage nach gewaltthätigen Schritten nicht an ihrem Orte, da Gewaltthätigkeit keine Sehnsucht erzeuge und die Liebe nicht bestärke, auch die Einigung der Kirche nichts von ihr wisse. Der Legat Petrus gab sich nun zufrieden. „Gott sei gepriesen," rief er aus, „daß wir, ganz sowie in eueren Briefen dem heiligsten Papste Johannes die Eintracht und Harmonie, die euch mit dem Herrn Photius, dem heiligsten Patriarchen, verbindet, gemeldet ward, heute die Worte durch die That selbst bekräftigt sehen. Wir danken Gott, daß ihr mit der Kirche geeinigt in Einem Geiste und in Einem Glauben seinen hochheiligen Namen verherrlicht." [72]) Die Synode sagte: „Durch die Gnade Christi und die Mitwirkung unserer großmächtigsten Kaiser, sowie durch die Gebete unseres heiligsten Patriarchen Photius ist Alles bei uns leicht von Statten gegangen; wir sind Eine Heerde, Ein Hirt, Eine Eintracht in Christus. Alle Ein Leib in Christo unserem wahrhaftigen Gott verbunden und geeinigt, geweidet von dem heiligsten und ökumenischen Patriarchen Photius und von ihm angeleitet zur Beobachtung der Gebote des Herrn."

Nun hielt Photius selbst eine wohlberechnete Vertheidigungsrede: „Obschon auf die Frage Eurer Heiligkeit über die Art und Weise unserer Wiedereinsetzung bereits unsere Brüder und Mitbischöfe geantwortet, so wollen doch auch wir selbst im Herrn es euch sagen, und Niemand möge hier den Glauben verweigern. Zum Richter über die Wahrheit nehme ich nicht meine Gesinnung, sondern den Willen Anderer. [73]) Ich habe niemals nach diesem Stuhle gestrebt; [74]) das wissen von meinen anwesenden Mitbrüdern und Amtsgenossen, wo nicht alle, so doch die meisten und euch, den heiligsten Legaten, möge hierin kein Zweifel zurückbleiben. [75]) Deßhalb habe ich schon das erstemal [76]) nur unter vielen Thränen, nach langem Zaudern und nur vermöge unerbittlicher Gewalt, diesen erzbischöflichen Stuhl bestiegen, da der damalige Kaiser mir einen unabwendbaren Zwang auferlegte, deßgleichen auch Jene, die damals nach ihm die höchste Gewalt hatten, [77]) während auch die Bischöfe und Priester

---

[72]) Statt *δοξάζοντες* bei Mansi p. 121 B. ist *δοξάζετε* zu lesen, wozu das Particip *ἑνωθέντες* gehört.

[73]) *κριτὴν τῆς ἀληθείας οὐ τὴν ἐμὴν γνώμην, ἀλλὰ τὸ ἑτέρων ποιούμενος βούλημα.*

[74]) *ὡς οὐδέποτε τοῦ θρόνου τούτου ἐν ἐπιθυμίᾳ γέγονα.*

[75]) *μὴ καταλειφθῇ τὸ ῥῆμα ἀμφιδοξούμενον.*

[76]) *πρώην* nicht super, wohl priori vice, früher.

[77]) *τοῦ μὲν κατ' ἐκεῖνον τὸν καιρὸν βασιλεύοντος τὸ τῆς ἀνάγκης ἀδιάφευκτον ἐπάγοντος, ἔτι δὲ καὶ τῶν παραδυναστευόντων* (Bardas und seine Partei).

ganz ohne mein Vorwissen[78]) in gemeinsamer Abstimmung und durch ihre Unterschriften die mir vom Kaiser auferlegte Nöthigung bekräftigten und erhöhten. Ja ich wurde sorgfältig bewacht und eingeschlossen und so ganz wider meinen Willen und zu meinem tiefen Schmerze auf diesen Stuhl erhoben." Hier unterbrachen ihn die Bischöfe mit dem lauten Zuruf: Das haben die Meisten von uns mit ihren eigenen Augen gesehen; diejenigen von uns, die es nicht mitangesehen, haben von den Augenzeugen und von dem bis jetzt unveränderlich gebliebenen, allgemein verbreiteten Gerüchte es vernommen; wir wissen genau, daß es sich so verhält.[79]) Photius fuhr nun folgendermassen fort: „Also geschah es damals und mit dem Gerichte gegen mich ward der von Allen mir zugefügte Zwang betraut.[80]) Nachher wurde ich nach Gottes unerforschlicher Zulassung von diesem Stuhle vertrieben. Ich habe gegen Niemanden Aufruhr erregt, ich habe mir keine Mühe gegeben, meine Rückkehr zu erwirken, noch habe ich die Wiedergewinnung dieses Stuhles zum Gegenstande meiner Sorgen gemacht.[81]) Ich blieb in Ruhe, Gott dankend, ganz ergeben in seine Gerichte und Fügungen, ohne Unruhen zu erregen, ohne die Ohren des Kaisers zu belästigen;[82]) kein Verlangen nach dem Throne war in mir rege, ja es war nicht einmal, selbst wenn ich gewollt hätte, irgend eine Hoffnung übrig. Aber Er, der Herr des Großen und Wunderbaren, der König der Barmherzigkeit, der wider alles Erwarten die Hoffnungslosen mit Gütern erfüllt,[83]) hat das Herz unseres großmächtigsten Kaisers gerührt, daß es Liebe und Barmherzigkeit wieder aufnahm, nicht gegen mich vielleicht, wohl aber gegen das zahlreiche, ja unzählige Volk Christi. Da schon alle meine Hoffnungen aufgegeben waren, kein Freundestrost, keine sonstige Erleichterung und Pflege mir zu Theil ward, da gefiel es ihm, mich aus der Verbannung zurückzurufen und gegen alles menschliche Erwarten aus großer Gunst und Milde in die Hauptstadt kommen zu lassen.[84]) Solange noch der selige Ignatius lebte (denn wir preisen ihn selig, weil wir noch bei seinen Lebzeiten Freundschaft gegen ihn gehegt und diese werden wir nie — das sei ferne! — ver-

---

[78]) ἐμοῦ μηδενὸς ἐν αἰσθήσει τῶν δρωμένων γενομένου. So Mon. 436. p. 105.

[79]) ταῦτα οἰκείοις ὀφθαλμοῖς ἐθεασάμεθα οἱ πλείονες ἡμῶν· καὶ ὅσοι μὴ ἑωράκασι, ἀπὸ τῶν ἑωρακότων τότε μέχρι νῦν τῆς φήμης ἀκαταστρεπτήτου διακρατούσης ἀνεμάθομέν τε καὶ ἀκριβῶς ἐπιστάμεθα, ὅτι οὕτως ἐγένετο.

[80]) καὶ ἡ πάντων βία τὴν καθ' ἡμῶν ἐπιστεύθη κρίσιν.

[81]) p. 421 A.: οὐχὶ θορυβεῖν (so Mon. cit.) τινας καὶ ἐμαυτῷ τοῦτον ἀνακαλέσασθαι προειλόμην, οὐδὲ ταῖς ἐμαῖς φροντίσι κατεπλέξαμεν τὴν ἀποκατάστασιν τούτου. Bei einem Manne wie Photius müßte eine so starke Betheuerung, selbst wenn wir sonst von ihm keine Nachricht hätten, schon befremden.

[82]) οὔτε βασιλικὰς ἀκοὰς ἐνοχλῶν. — Aber die Briefe, die er vom Exil aus an den Kaiser schrieb, so zurückhaltend und demüthig sie auch sind, zeigen doch, daß er, soviel er konnte, „die Ohren des Basilius belästigte."

[83]) ὁ δὲ τῶν παραδόξων (so richtig Dosith.) κύριος καὶ βασιλεὺς τοῦ ἐλέους καὶ τῶν ἀνελπίστων πληρωτὴς ἀπεγνωσμένων.

[84]) ἤδη πασῶν τῶν καθ' ἡμᾶς ἐλπίδων ἀπεῤῥηγμένων.. καὶ μήτε φίλου παρακλήσεως μεθεστηκυίας, μήτε τινὸς ἄλλης μελέτης ἢ σπουδῆς ἐξεστηκυίας.

läugnen), solange, sag' ich, Ignatius noch lebte, konnte ich es nicht über mich gewinnen, meinen Stuhl wieder einzunehmen,[85]) obschon es Viele gab, die mich nicht blos dazu ermahnten, sondern auch dazu nöthigen wollten, und was mehr als alles Andere wog, die Gefangenschaft, die Verfolgung, die Verbannung meiner Brüder und Mitbischöfe. Dennoch wollte ich nicht darauf eingehen, wie Alle wissen, die hier zugegen sind." Abermals unterbrach ein die Wahrheit des Gesagten betheuernder Zuruf[86]) den Redner. Dieser setzte darauf seine Erzählung fort, indem er hervorhob, wie sehr er sich Mühe gegeben, feste Freundschaftsbande mit Ignatius zu knüpfen, im kaiserlichen Palaste sie geschlossen, in der letzten Krankheit desselben öfter ihn besucht und getröstet, von ihm deutliche Beweise vollen Vertrauens erhalten.[87]) Sodann erzählte er ausführlich die uns bekannten Verhandlungen mit dem Kaiser über seinen Wiedereintritt in das Patriarchat, wozu er sich wiederum nur nach längerem Sträuben verstanden, um dem Willen Gottes nicht zu widerstehen,[88]) zugleich ermuthigt durch die Uebereinstimmung Aller, die Synodalbriefe der drei orientalischen Patriarchen, sowie das frühere Schreiben des Papstes an den Kaiser. So habe er seinen Stuhl wieder eingenommen, einmal im Hinblicke auf Gottes Erbarmungen und seine Barmherzigkeit, dann auch durch den unerwarteten Umschwung der Dinge verwirrt, zugleich auch in Rücksicht auf die Menschenfreundlichkeit und Gerechtigkeitsliebe des heiligsten Papstes Johannes.[89])

Nach dieser Rede riefen die Bischöfe: Ganz so war es, wie der Hohepriester Gottes und unser Hirt erzählt hat. Viele Trübsale hat er ertragen; aber Gott hat sie alle zerstreut und auf wunderbare Weise uns unseren Oberhirten zurückgegeben.[90]) Der Cardinal Petrus hob die schon im Schreiben des Papstes angeführte Thatsache hervor, daß die römische Kirche schon viele Bischöfe, die von ihren Stühlen vertrieben waren, wieder eingesetzt,[91]) wie Flavian und Chrysostomus von Constantinopel, Cyrill und Polychronius von

---

[85]) οὐκ ἠνεσχόμεθα τὸν οἰκεῖον θρόνον (so ist sicher statt ἄκρον zu lesen; Mon. 436. p. 156) ἀπολαβεῖν. Gehörte also der Patriarchenstuhl damals dem Ignatius nicht zu?

[86]) ἡ ἀλήθεια οὕτως ἔχει.

[87]) Ignatius soll ihm seine Getreuen empfohlen haben, ὡς δὲ μετὰ τὴν ἐκδημίαν ἐκείνου προστάτας τε καὶ σωτῆρας (ἡμᾶς αὐτῶν) γενέσθαι. Das sei mit Gottes Gnade auch geschehen. καὶ οὐδεὶς ἂν μέμψαιτο τὴν αὐτοῦ τὴν ἐκείνου τελευταίαν περὶ αὐτοὺς φροντίδα καὶ διοίκησιν.

[88]) p. 425 C.: θεομαχεῖν τὸ ἀντιλέγειν ἡγούμενος.

[89]) δεύτερον δὲ (ἀφορῶντες) καὶ εἰς τὴν διάθεσιν τοῦ ἁγιωτάτου πάπα Ἰωάννου, εἰδότες, ὅτι χαίρει καὶ στέργει τῇ ἑνώσει τῶν τοῦ θεοῦ ἐκκλησιῶν καὶ τῇ ὁμονοίᾳ τοῦ χριστιανικοῦ λαοῦ.

[90]) Jager läßt hier den Metropoliten Johannes von Heraklea eine Rede voll heftiger Invectiven gegen die Päpste Nikolaus und Hadrian als Urheber der so langen Leiden der byzantinischen Kirche und Verfolger des Photius halten, worin deren Nachfolger Johannes sehr gerühmt ward. (L. VIII. p. 381.) In den Akten bei Mansi und in unseren Handschriften findet sie sich nicht, ebenso wenig bei Fleury (t. IX. L. 53. n. 14. p. 471 ed. Paris. 1720. 4.)

[91]) ἰδίᾳ ἐξουσίᾳ hat Mansi richtig (Bever. εἰς τὰς ἰδίας ἐξουσίας).

Jerusalem; ferner daß Gregor Dialogus[92]) einen Bischof Dalmatiens wegen Verläumdung entsetzte, nachher aber wieder einsetzte, daß der von Papst Nikolaus entsetzte Bischof Zacharias durch den Papst Hadrian wieder eingesetzt und vom Papste Johannes zum Bibliothekar ernannt ward; Papst Johannes sei also nicht geringer in der Vorsorge für den Nutzen der Kirche Gottes als Hadrian oder Nikolaus.[93]) Die Bischöfe bemerkten: Darin erlange er desto größeren Ruhm, daß er Christum nachahme, den ersten Hohenpriester, der auf die Erde kam, um alle Bande der Ungerechtigkeit zu lösen und das seit so langer Zeit mit Gott verfeindete Menschengeschlecht mit seinem Vater zu versöhnen, so das Irdische mit dem Himmlischen einend. So wurde nun auch Johannes ein guter Mittler und Nachahmer Christi und wandte großen Eifer an, um die von ihrem Hirten Getrennten und durch Irrthum von ihm ferne Gehaltenen[94]) mit ihm auszusöhnen. Der Legat Petrus wandte sich wieder an Photius mit den Worten: „Solche Beispiele vor Augen, gab der heiligste Papst Johannes Euerer Heiligkeit ihren Stuhl zurück, er umarmt Dich als Bruder und Amtsgenossen und nimmt mit Freuden Deine Gemeinschaft an. Die ganze Kirche soll es wissen, daß Du der wahre Bruder des ökumenischen Papstes bist, wie es vor Dir alle orthodoxen Bischöfe und Priester waren." Photius erwiederte: „Wir sagen Dank Christo, unserem wahren Gott, dem ersten und großen Hohenpriester, sowie auch dem heiligsten Papst Johannes, der da fest sich erwies gegen jeden Trug der Schismatiker, die allgemeine Eintracht aller Kirchen beförderte und den Stab der Sünder von dem Antheile der Gerechten entfernt hat."[95])

Es folgten freudige Acclamationen der Versammlung auf den heiligsten Patriarchen Photius.[96]) Die römischen Legaten beantragten sodann die Verlesung der Briefe der orientalischen Patriarchen. Es wurde zunächst der Priester Kosmas, Apokrisiar des Patriarchen Michael II. von Alexandrien, eingeführt,[97]) der die zwei von ihm mitgebrachten Briefe dem Photius überreichte. Das Schreiben an den Kaiser[98]) wurde sofort durch den Diakon und Charto-

---

[92]) Γρηγόριος ὁ διάλογος (Gregor I. wegen seiner Dialoge; bei den Griechen wird aber auch Gregor II. öfter so genannt; so auch in der Aufschrift seiner Briefe an Leo den Isaurier. Baron. a. 726.) τὸν Δαλματίας ἀποδοκιμάσας ἐπίσκοπον διὰ συκοφαντίαν τινά, πάλιν εἰς τὸν ἴδιον θρόνον ἀποκατέστησε. Fleury (t. XI. p. 471. L. 53. n. 14) erinnert an den Bischof Maximus von Salona.

[93]) οὐκ ἔστιν οὖν οὗτος ἐλάττων ἢ τοῦ πάπα Ἀδριανοῦ ἢ τοῦ πάπα Νικολάου εἰς τὸ τὰ συμφέροντα τῇ τοῦ Θεοῦ ἐκκλησίᾳ οἰκονομεῖν.

[94]) p. 428 A.: τοὺς ποτε διαστάντας καὶ πλανηθέντας ἐξ αὐτοῦ.

[95]) κατὰ πάσης μὲν σχισματικῆς ἐσταμένῳ πλάνης, πᾶσαν δὲ ὁμόνοιαν τῶν ἐκκλησιῶν ἀσπαζομένῳ καὶ ἀφελόντι τὴν ῥάβδον τῶν ἁμαρτωλῶν ἀπὸ τοῦ κλήρου τῶν δικαίων.

[96]) πάσης τῆς ἱερᾶς συνόδου ἐπὶ τοῖς λαληθεῖσιν ἀσμενισάσης καὶ εὐφημίας εἰς Φ. τὸν ἁγ. πατρ. ἀναπεμψάσης.

[97]) καὶ δὴ εἰσελθὼν Κοσμᾶς. Warum Kosmas jetzt erst eintrat, während Elias von Jerusalem schon vorher an der Sitzung Theil nahm, sagen uns die Akten nicht.

[98]) S. oben Abschn. 3. N. 59. S. 425.

phylax Photius vorgelesen. Darnach riefen die Bischöfe: „Wir wissen, daß die orientalischen Stühle sich niemals von der Gemeinschaft des heiligsten Patriarchen Photius getrennt haben. Deßhalb nehmen wir das früher von ihnen ausgesprochene, jetzt auf's Neue bekräftigte Urtheil gerne an und halten die, welche nicht so denken, für getrennt von Gott. [99]) Doch lasset uns auch das an den heiligsten Patriarchen gerichtete Schreiben hören." Nun wurde das nicht minder schwülstige zweite Schreiben des Alexandriners durch den Diakon und Protonotar Petrus verlesen, worauf ein ähnlicher Ausruf der Bischöfe [100]) erfolgte, die nun auch die Mittheilung der in diesem Briefe erwähnten Retraktationsakte des Thomas von Tyrus verlangten. Sie wurde vom Chartophylax Photinus vorgelesen. Abermals folgten Acclamationen für Photius mit Segenswünschen für ihn [101]) und Lobsprüchen auf den Kaiser; die Bischöfe rühmten die Barmherzigkeit ihres Patriarchen, die er ihnen erwiesen, und baten ihn auch für den Sünder Thomas um Gnade.

Da nun die römischen Legaten sich zwar ebenfalls für Begnadigung des Verbrechers aussprachen, aber die Bestimmung über denselben dem Papste überlassen wissen wollten, weil das Verbrechen so groß und eine schwere Sünde gegen Gott sei, [102]) traten ihnen die griechischen Bischöfe mit der Bemerkung entgegen, die Sünde des Thomas sei zwar eine Sünde gegen Gott, aber zunächst gegen ihren Patriarchen begangen, weßhalb dieser mehr als alle Anderen die Macht habe, denselben zu lösen. [103]) Photius selbst sagte, aus Rücksicht auf die Fürsprache der orientalischen Patriarchen erkläre er den Thomas für absolvirt; wenn aber auch der heiligste Papst Johannes noch dieser Absolution zustimme, so sei das desto besser. [104]) Darauf erklärten die römischen Apokrisiarier, auch hierin wolle der heiligste und ökumenische Papst Johannes sich nicht von Photius trennen, sondern sein Urtheil bekräftigen. [105])

Photius beantragte hierauf die Verlesung des Schreibens, welches Theodosius von Jerusalem durch den Mönch Andreas und dessen Bruder, den Priester Elias, gesandt habe; obschon dasselbe schon in früheren Zusammen-

---

[99]) p. 433 A.

[100]) p. 437 E.

[101]) p. 440 C.: *Γένοιτο· ἀμήν. Καὶ κατευθύνοι κύριος τὴν ἀμώμητον ἀρχιερωσύνην φι. τοῦ ἁγ. ἡμῶν πατριάρχου, καὶ ἀντὶ τοῦ μεγίστου κατορθώματος τούτου, τῆς κοινῆς εἰρήνης, συμμέτοχον τῆς αὐτοῦ δόξης, ὡς ἄξιον, ἡ αὐτοκρήτη, ὁ Θεὸς ἡμῶν ἀποδείξαι* (Mon. *ἀποδείξοι*).

[102]) *ἐπειδὴ δὲ τὸ ἁμάρτημα χαλεπὸν κατανοοῦμεν καὶ πρὸς Θεὸν τὴν ὕβριν ἀναφερομένην, ἀνατίθεμεν τοῦτο τῷ ἁγιωτάτῳ καὶ οἰκουμενικῷ πάπᾳ Ἰωάννῃ.*

[103]) *Εἰς Θεὸν μὲν οἴδαμεν ὅτι ἀνατρέχει τὸ ἁμάρτημα· πλήν, κατὰ πρῶτον λόγον, εἰς τὸν ἀρχιερέα ἡμῶν ἐγένετο, καὶ αὐτὸς πρὸ πάντων μᾶλλον, διὰ τὸ εἰς αὐτὸν γενέσθαι τὸ ἁμάρτημα, τὴν ἐξουσίαν ἔχει τοῦ λῦσαι αὐτόν.*

[104]) p. 441: *λελυμένον αὐτόν.. ἔχομεν· εἰ δὲ καὶ ὁ ἁγιώτατος πάπας Ῥώμης Ἰ. ὁ πνευματικὸς ἀδελφὸς καὶ συλλειτουργὸς καὶ πατὴρ ἡμῶν συνεπιψηφίζεται τῇ λύσει τούτου, ἄριστον.*

[105]) *Οὐδὲ ἐν τούτῳ ὁ ἁγ. καὶ οἰκ. πάπας Ἰ. ἔχει πρὸς τὴν ὑμετέραν ἁγιωσύνην διαφωνῆσαι, ἀλλὰ καὶ τούτῳ τὴν ἡμετέραν* (l. *ὑμετέραν*) *ψῆφον ἐπικυρῶσαι ἔχει.*

künften verlesen worden, denen die meisten angewohnt, die jetzt zugegen seien,[106]) so scheine es doch gut, es ebenfalls den Akten einzuverleiben. Die Legaten stimmten bei, indem so die allseitige Bestätigung der Wahrheit deutlicher erhelle.[107]) Nachdem der Chartophylax Photinus das Aktenstück (S. 430) vorgelesen, erklärten die Versammelten ihre Zustimmung und sprachen das Anathem gegen Jeden aus, der die Legitimität des Photius läugne.[108])

Ganz in derselben Weise wurden auf Antrag des Patriarchen[109]) die Briefe des Theodosius von Antiochien und des Abramius von Amida und Samosata durch denselben Photinus vorgelesen. Die Bischöfe wiederholten noch ihren früheren Ausspruch, daß die Macht, die Sünden gegen ihren Patriarchen zu vergeben, bei diesem ruhe,[110]) und priesen unter Segenswünschen den Photius, auf dessen Verherrlichung Alles abgesehen war. Die Apokrisiarier des Orients hoben hervor, daß die Wunden der Kirche durch die Hehelfe des großen Patriarchen Photius nun geheilt seien; die von Altrom priesen den Kaiser und den ökumenischen Papst Johannes; die Bischöfe riefen: „Wir Alle müssen Gott für diese große und vollkommene Eintracht Dank sagen, wir Alle ihn verherrlichen; Gott möge diesen Frieden ungestört erhalten, ihn für alle Zeiten bewahren!" Mit den üblichen Acclamationen „Viele Jahre den Kaisern!" u. s. f. schloß diese zweite Sitzung.

Zwei Tage später, am 19. November,[111]) ward die dritte Sitzung gehalten. Hier ward zuerst auf den Antrag des Cardinals Petrus das päpstliche Schreiben an die orientalischen Bischöfe[112]) durch den Protonotar und Diakon Petrus verlesen. Bei der Frage des Cardinals Petrus, ob Alle den Brief annehmen und die Gemeinschaft mit Photius halten wollten,[113]) erklärten die griechischen Bischöfe, über deren Gesinnung betreffs des Photius doch kein Zweifel mehr sein konnte, sie hätten sich schon oft dahin geäußert, daß sie auch vor dem Eintreffen dieses hochverehrten Schreibens sich mit Photius vollkommen vereinigt und unzertrennlich bei ihm bleiben wollten;[114]) diejenigen, die ihm

---

106) εἰ καὶ ἐν ταῖς προτέραις συνελεύσεσιν ἀνεγνώσθησαν, καὶ οἱ πλείους τῶν νυνὶ παρόντων ἀκροαταὶ τῆς τούτων διδασκαλίας καὶ παραινέσεως γεγόνασιν.

107) ἵνα πανταχόθεν ἡ τῆς ἀληθείας βεβαίωσις ἀκριβεστέρα τε καὶ τελειοτέρα πᾶσι φαίνηται.

108) p. 444 C. D.

109) In den Worten des Photius: εἰ κελεύει ἡ ἁγία σύνοδος ὑμῶν ist mit Mon. 436. p. 167 ἁγιωσύνη zu lesen.

110) p. 448 E. Hier scheint eine Lücke in den Akten zu sein; es mögen einige Zwischenreden ausgefallen sein.

111) Einige Handschriften haben den 17. (Beveridge), andere den 18. Nov. (Baron. Jager.) In den zuerst vom Cardinal Petrus gesprochenen Worten Mansi p. 449 D. haben Mon. 436 und andere Handschriften statt: τῇ παρελθούσῃ συνόδῳ τῇ π. ἡμέρᾳ; es ist aber jedenfalls die vorhergehende Sitzung gemeint.

112) cp. Τὰ ὑγιαίνοντα. p. 449—456. oben S. 411. A. 2. N. 94.

113) p. 456 A.: Ἀποδέχεται τὴν ἐπιστολὴν ἡ ὑμετέρα ἁγιωσύνη καὶ ἀσπάζεσθε τὴν πρὸς τὸν ἁγιώτατον πατριάρχην Φώτιον (Mon. 436, p. 173) ἕνωσιν καὶ κοινωνίαν;

114) ὡς καὶ πρὸ τῆς τιμιωτάτης ἐπιστολῆς ταύτης καὶ ἐνώθημεν καὶ ἀποδεξά-

widerstreben, seien in ihren Augen gottlos und Feinde der kirchlichen Regeln; übrigens seien sie voll Dank gegen Gott und den heiligsten Papst Johannes, der mit ihnen gleichgesinnt die Vereinigung der Kirche gutheiße, mit ihnen an deren Befestigung arbeite und ganz mit Photius eines Sinnes sei.[115] Auf die Frage, ob sie bereit seien, ganz nach dem Inhalte des päpstlichen Schreibens zu verfahren, erwiederten sie im Hinblick auf die bulgarische Streitfrage mit einer der früheren ähnlichen Unterscheidung zwischen dem, was von ihrem Willen, und dem, was vom Willen des Kaisers abhänge.[116]

Es gab aber noch einen Punkt, welchen die Griechen nicht ganz ohne Bemerkung hinnehmen wollten — den Tadel wegen der bei ihnen häufigen Erhebung von Laien zum Episkopate. Da früher schon so viel hierüber verhandelt worden war, so waren die Anhänger des Photius hinlänglich vorbereitet, um auch hierin eine Rechtfertigung ihrer Praxis zu versuchen. Als daher der römische Legat Petrus sagte, es sei in dem eben verlesenen Schreiben nichts enthalten, was nicht wohl begründet wäre,[117] ergriff Erzbischof Prokopius von Cäsarea das Wort, um die in demselben enthaltenen strengen Ausdrücke[118] über die Laienpromotionen zu rügen. Er wisse wohl, bemerkte er, daß die Synode von Sardika eine hieher gehörige Bestimmung enthalte; allein erstens gehe diese nicht auf alle Classen von Laien, sondern nur auf bestimmte Kategorien, wie Reiche und Rechtsgelehrte vom Forum, welche Personen niemals zu geistlichen Würden befördert worden seien;[119] zweitens selbst wenn jener Canon alle Laien ausschlöße, auch nicht blos einer partikularen, sondern einer allgemeinen Synode angehörte, so würde er doch durch die entgegenstehende Gewohnheit der orientalischen Kirche als abrogirt angesehen werden müssen und da öfters das Gewohnheitsrecht kirchliche Verordnungen beseitigt, so erwachse daraus, daß man in Byzanz sich nicht an jenen Canon halte, nicht die geringste Schande.[120] Zudem bringe es gewiß keinen Nutzen, etwa

μεθα (Mon. cit.) Φώτιον ... καὶ ἀχώριστοι αὐτοῦ διατελοῦμεν πάσας τὰς ἡμέρας τῆς ζωῆς ἡμῶν.

[115] ὡς ὁμονοοῦντι καὶ ὁμοφρονοῦντι ἡμῖν, καὶ ἀσπαζομένῳ τὴν ἕνωσιν τῆς τοῦ Θεοῦ ἐκκλησίας, καὶ συνεργοῦντι ἡμῖν εἰς πᾶσαν τὴν τῆς καθ' ἡμᾶς ἐκκλησίας κατάστασιν, καὶ (Mon. ὡς) περιπτυσσομένῳ καὶ ἀσπαζομένῳ, καὶ ὁλοψύχῳ διαθέσει ἡνωμένῳ πρὸς Φ. τὸν ἁγιώτατον ἡμῶν δεσπότην καὶ ἀρχιερέα.

[116] Ὅσα εἰσὶν εἰς δόξαν τῆς τοῦ Θεοῦ ἐκκλησίας, καὶ ἐποιήσαμεν καὶ ἀπεδεξάμεθα καὶ ἀποδεχόμεθα ... ὅσα δὲ εἰσιν ἕτερα, ἃ οὐκ ἀνήκουσιν εἰς τὴν ἡμετέραν γνώμην, ἀλλ' εἰς τὴν τοῦ μεγάλου βασιλέως ἡμῶν καὶ ὑψηλοῦ δεσπότου καὶ κρίσιν, ταῦτα ἐκείνου τῇ φροντίδι καὶ προνοίᾳ ἀνατίθεμεν.

[117] Οὐδὲν περιέχει τὸ γράμμα ἔξω τοῦ προσήκοντος λόγου.

[118] Besonders die Worte: ὅτι αἰσχύνη ἐστὶ τοῦτο ποιεῖν. In dem griechischen Texte kommt dieser Ausdruck dem Wortlaut nach nicht vor; aber die ganze Argumentation zielt darauf hin. Man konnte aber auch das pudet des lateinischen Originals (S. 2. N. 105) im Sinne haben. Prokopius war sicher auf diesen Gegenstand gerüstet.

[119] πλὴν οὐδὲ αὐτὴ πάντα λαϊκὸν κωλύει, ἀλλ' ἀφωρισμένα ἔχει πρόσωπα, τουτέστι τὸν ἀπὸ ἀγορᾶς πλουτοῦντα καὶ τὸν ἀπὸ ἀγορᾶς σχολαστικόν (Hard. c. 10.). τοιούτους δὲ ἡ ἐκκλησία αὕτη χάριτι Χριστοῦ οὐδέποτε ἐδέξατο.

[120] πλὴν εἰ καὶ κανὼν ἦν καθάπαξ ἅπαντα λαϊκὸν κωλύων, καὶ τότε οὐχὶ τοσαύτης

Cleriker oder Mönche zu befördern, die nicht ihrem Stande gemäß leben, [181]) während doch sicher der natürliche Haarwuchs kein Hinderniß sei, Jemanden, der sich unter den Laien ausgezeichnet, nach den evangelischen Vorschriften sein Leben eingerichtet, sich durchaus würdig der priesterlichen und hohenpriesterlichen Würde erwiesen habe, zu derselben zu erheben.

Noch von einer anderen Seite her führte Zacharias von Chalcedon das Recht der Byzantiner aus. Nachdem er zuerst seine volle Ergebenheit gegen den Papst Johannes und dessen Legaten zu erkennen gegeben und den Wunsch geäußert, daß nöthigenfalls auch die römische Kirche eine ebenso eifrige Fürsorge finden möge, [182]) hob er hervor, man müsse auch darauf achten, aus welchem Grunde jener Canon die plötzliche Erhebung von Laien zum Episcopate verbiete; diesen Grund gebe er mit deutlichen Worten an, es schließe derselbe nur solche Laien aus, die noch nicht hinlängliche Belege ihrer Tugend gegeben, deren Sitten noch nicht bewährt seien; wo das der Fall, finde er keine Anwendung. [183]) Zeuge dessen sei auch die zweite Synode durch ihre Handlungen, durch die Erhebung des kurz zuvor getauften Nektarius zum Patriarchen von Constantinopel. Beispiele dieser Art fänden sich ferner an Ambrosius von Mailand, Ephrem von Antiochien, Eusebius von Cäsarea und vielen Anderen, die insgesammt aufzuzählen zu weit führen würde. [184]) Der heilige Basilius [185]) schreibe an Amphilochius von Ikonium, man dürfe auch die erst vor Kurzem Getauften zu geistlichen Würden erheben, wenn sie nur als Katechumenen Beweise eines frommen Wandels gegeben. [186]) Die Heiligen, die vom Laienstande aus zu Bischöfen befördert worden, seien völlig hinreichend, um jede Schmach und Unehre von der byzantinischen Kirche abzuwehren. [187]) Die römische Kirche habe diese heiligen Männer anerkannt, ja

---

συνόδου, ἀλλὰ οἰκονομικῆς. εἰ μὲν οὖν εἴχεν ἀντιμαχόμενον τὸ ἔθος, ἀνάγκη φυλάττεσθαι αὐτόν· ἐπεὶ δὲ πολλὰ τῷ ἐπιχωρίῳ ἔθει ὁρῶμεν καταφρονήσαντα πολλάκις κανονικῶν διατάξεων, οὐδεμίαν ἔχομεν αἰσχύνην προστριβομένην ἡμῖν.

[181]) τί γὰρ ὄφελος, ἐάν τις ὢν κληρικὸς ἢ μοναχὸς ἀλλότρια τοῦ ἐπαγγέλματος πολιτεύηται; (Mon. πολιτεύοιτο, wie nachher παρρησιάζοιτο).

[182]) p. 457 A.: Καὶ γένοιτο καὶ ὑμῖν τυχεῖν τῶν ἴσων, τῆς χρείας ἀπαιτούσης.

[183]) Ὁ κανὼν φανερῶς καὶ διαρρήδην λέγει τὴν αἰτίαν, δι' ἥντινα κωλύει ἀπὸ λαϊκῶν εὐθὺς ἐπὶ τὸν μέγαν τοῦτον ἀναβιβάζεσθαι θρόνον. λέγει γὰρ οὕτως· ὥστε εἰ μή τις τῆς οἰκείας ἀρετῆς πεῖραν παράσχοι, καὶ ὁ τρόπος αὐτοῦ δοκιμασθείη· ὥστε εἰ ἦν ἱκανὰ τῆς οἰκείας ἀρετῆς ἔργα παρεσχηκὼς καὶ τὸν τρόπον ἔχων δοκιμασθέντα, ὁ κανὼν τὸν τοιοῦτον οὐ κωλύει.

[184]) οὓς οὐδὲ ἐξαριθμήσασθαι διὰ τὸ πλῆθος δυνάμεθα.

[185]) Zu ἄνδρας p. 457 B. Z. 10 ist mit Mon. 436. p. 174 zu setzen: ἁγίου.

[186]) Οὕτω πώς φησιν· „εἰ δέ ἐστί τις τῶν νεοφωτίστων, κἂν δοκῇ τῷ Μακεδονίῳ, κἂν μή, ἐκεῖνος προβληθήτω διάκονος· τοιοῦτος δὲ αὐτὸς πρός τε θεὸν καὶ ἐν πᾶσι συνεργοῦντος τοῦ κυρίου (Mon. 436. p. 175.) καὶ τὴν εἰς τοῦτο χάριν παρεχομένου.“ ὥστε οὐ μόνον ἀπὸ λαϊκῶν (δεῖ hat Mansi, was im Mon. fehlt) προβιβάζειν εἰς ἀρχιερατικὸν ἀξίωμα, ἀλλὰ καὶ ἀπὸ νεοφωτίστων, ὡς αὐτὴ ἡ λέξις τρανῶς ἐδήλωσεν. Die Stelle steht Basil. ep. 217 ad Amphil. III. (p. 796 ed. Migne), setzt aber die damaligen Nothstände voraus.

[187]) ἱκανοὶ εἰσι, πᾶσαν αἰσχύνην καὶ πᾶσαν μέμψιν ἀφ' ἡμῶν ἀφελεῖν.

auch in ihr seien Laien zum Episkopate erhoben worden, deren Namen wohl die Legaten besser wüßten.[128]) Dazu komme, daß die Gewohnheit den Canon zu verdrängen im Stande sei, was auch bei den Römern selbst geschehe,[129]) sowie daß eine Gewohnheit von einer anderen aufgehoben werde;[130]) so werde im Orient keiner (?) Bischof oder Patriarch, der geschoren sei, während der Occident auch die, welche Mönche seien, zu Clerikern mache, was man in Byzanz nicht kenne.[131]) Auch müsse man, wie schon der Erzbischof von Cäsarea bemerkt, daran festhalten, daß der (sardicensische) Canon von einem „Scholastiker vom Forum" rede, einen solchen habe die Kirche von Constantinopel nicht promovirt. Was den heiligsten Patriarchen Photius betreffe, so sei dieser soweit von der geräuschvollen Beschäftigung des Forums entfernt gewesen, daß ihn die Leute desselben nicht einmal mit geradem und aufmerksamen Blicke ansehen konnten.[132]) „Denn er wurde wegen seiner Tugend[133]) unter die vornehmsten Mitglieder des Senates aufgenommen, so sehr er auch menschliche Ehre verschmähte,[134]) und in dem Maße floh er die Unruhen des Marktes aus Verlangen nach höheren Gütern, daß die auf den Bergen lebenden Anachoreten für nichts im Vergleich zu ihm geachtet wurden.[135]) Auch das will ich noch hinzufügen. Viele Cleriker und Mönche erhielten zugleich mit ihm Stimmen; er aber wurde damals Allen vorgezogen.[136]) Sodann ist es nicht

---

[128]) καὶ ἐν αὐτῇ τῇ Ῥωμαίων ἐκκλησίᾳ ἐκ λαϊκῶν τινας εἰς ἀρχιερατικὸν θρόνον κατέστησαν, ὧν τὰ ὀνόματα ἡ ὑμετέρα ἀρετωτάτη ἡμῶν μᾶλλον ἐπίσταται. Es ist aber nur der Fall des Gegenpapstes Constantin bekannt, gegen den die Lateransynode unter Stephan III. 769 die alte Regel erneuerte. So der auct. append. Conc. VIII. Mansi XVI. 469.

[129]) ἀλλὰ καὶ τὸ ἔθος αὐτὸ ἱκανόν ἐστι νικᾷν τὸν κανόνα· ὑμεῖς, οἱ φωστῆρες τῆς ἐκκλησίας, οἱ τὰς ἀκτῖνας αὐγὰς ἀνὰ (Mon.) πᾶσαν τὴν οἰκουμένην πέμποντες (diese Prädikate der Römer können im Munde dieses Schülers des Photius sehr leicht ironisch gebraucht sein) εὑρεῖν ἔχετε ἑαυτοὺς (Mon. Lever.) σχολάζοντες καὶ ἐρευνῶντες πολλὰ ποιοῦντας παρὰ τὸν κανόνα τοῖς ἔθεσιν ἑπομένους (Mon. ποιοῦντες — ἑπόμενοι.)

[130]) ἀλλὰ καὶ τὸ ἔθος πολλάκις νικᾷ τὸ ἔθος.

[131]) Εἰς τὴν ἀνατολὴν εἰ μὴ (μὲν) ἐστί τις κεκαρμένος ἐν Χριστῷ, ἐπίσκοπος ἢ πατριάρχης οὐ γίνεται· ἡ δὲ δύσις καὶ τοὺς ὄντας μοναχοὺς κληρικοὺς ποιεῖ· τοῦτο δὲ ἡμεῖς οὐ γνωρίζομεν. Vgl. Phot. ep. 2 ad Nicol. oben Bd. I. S. 450, dazu S. 379. N. 24.

[132]) Τί γὰρ χρὴ λέγειν περὶ (sic Mon.; Mansi hat ἐπὶ) τοῦ ἁγιωτάτου ἡμῶν ἀρχιερέως, ὃς τοσοῦτον ἀπεῖχε σχολῆς ἀγοραίου, ὡς οὐδ' ἀτενέσιν ὀφθαλμοῖς ἐμβλέπειν αὐτῷ οἱ τοιοῦτοι ἠδύναντο; (So Mon. und Anth., während der gewöhnliche Text hat: ἐμβλέπειν αὐτῇ ἢ τοιούτῳ τινὶ ἠδύνατο — qui neque fixis oculis scholam forensem intueri aut aliquid simile potuit.)

[133]) διὰ τὴν προσοῦσαν αὐτῷ ἀρετήν.

[134]) p. 460: εἰ καὶ τὴν ἀνθρωπίνην παρῃτεῖτο τιμήν.

[135]) τοσοῦτον δὲ ἔφευγε τοὺς ἐν τῇ ἀγορᾷ θορύβους, ἐφέσει τῶν κρειττόνων, ὡς καὶ τοὺς ἐν τοῖς ὄρεσιν ὄντας ἀσκητὰς καὶ πολίτας (das ἢ bei Mansi, wofür dieser καὶ gelesen wissen will, fehlt im Mon. und bei Anthimus, und ist hier sicher zu streichen) οὐδὲν πρὸς τοῦτον (nicht τοῦτο, wie die Editoren wollen) νομίζεσθαι. Der Sinn ist nicht: ut qui in montibus sunt, hos urbanos et municipes censeat, neque quidquam huic rei par., sondern: Seine Zurückgezogenheit übertraf in der allgemeinen Meinung die der Einsiedler.

[136]) πολλοὶ μετὰ τούτου ἐψηφίσθησαν, καὶ κληρικοὶ καὶ μοναχοί, καὶ πάντων προεκρίθη κατὰ τὸν καιρόν.

unvernünftig und ungeziemend, daß die, welche früher die Letzten waren und in zweiter Reihe standen, wieder als die Ersten erachtet werden, und die, welche den letzten Platz einnahmen in der Tugend, den bischöflichen Stuhl besteigen, Jener aber, der nach allen Stimmen die Oberhand hatte, als dem letzten Platze zugehörig, vergeblich die den einzelnen Stufen zugetheilte Zeit zurücklegen soll, da er schon durch seine Tugenden dieselbe längst durchlaufen und diese überflügelt hat?" [137]) Endlich erinnert Zacharias noch an Tarasius, gegen den dasselbe Bedenken vorlag, der aber durch seinen Glaubenseifer sich ausgezeichnete und so viele Häretiker bekehrte; dasselbe sei bei Photius der Fall, dessen Eltern ihr Leben für den Glauben geopfert, der von Jugend auf ihrem edlen Beispiele nachgeeifert, der auf dem Patriarchenstuhle so Großes geleistet, eine so bewunderungswürdige, weit über die Grenzen seines Sprengels hinausgehende Missionsthätigkeit entfaltet, daß, wen man auch immer mit ihm hierin vergleichen wolle, der Vergleich stets nur zu seinen Gunsten ausfallen könne. [138])

So endete auch diese Diskussion mit einer neuen Verherrlichung des Photius. Die römischen Legaten hatten — den Akten zufolge — kein Wort der Widerlegung; nicht einmal auf das bezüglich ihrer Kirche Gesagte gingen sie ein. Der Cardinal Petrus führte aus der Apostelgeschichte die Wahl eines Nachfolgers des Judas nicht einmal in ganz richtiger Weise an. „Die Apostel erwählten den Joseph, der auch Barsabas hieß, um ihr Collegium zu ergänzen; allein die Gnade des heiligen Geistes hatte den heiligen Mathias für dasselbe auserfehen und brachte sie dadurch, daß sie das Loos auf diesen lenkte, zu derselben Ansicht. [139]) Es ist also nichts Ungereimtes, wenn Euere Heiligkeit mit Gottes Gnade den heiligsten Patriarchen Photius erwählte, der apostolische Papst aber, der nun hinzutrat, hat mit euch diesen bestätigt und anerkannt." [140]) Wahrscheinlich wollte oder sollte er damit sagen: Obschon der römische Stuhl früher nicht für den Auserwählten Gottes, Photius, war, so hat er sich doch nachher dem göttlichen Willen, als er ihn erkannte, hierin gefügt und ihn gleichfalls anerkannt; der Himmel selbst hat die früheren Bedenken beseitigt — worin eine ebenso große Schmeichelei für die Griechen als eine Herabsetzung des päpstlichen Ansehens liegen würde. Hier hat man dem

[137]) εἶτα οὐκ ἔστιν ἄτοπον (Mon. ἄλογον) καὶ παράλογον, τοὺς τότε ὄπισθεν γενομένους καὶ δευτέραν τάξιν λαχόντας, τοὺς αὐτοὺς πάλιν πρώτους τεθῆναι, ἐκείνους μὲν τὴν ἐσχάτην ἔχοντας χώραν ταῖς ἀρεταῖς, εἰς τὸν ἀρχιερατικὸν ἀνέρχεσθαι θρόνον, τοῦτον δὲ ἁπάσαις ψήφοις κρατήσαντα ἐκείνων, ὡς τὴν ἐσχάτην χώραν ἀναπληροῦντα, βαθμοὺς καὶ καιροὺς ἀναμετρεῖν εἰς μάτην, τὸν ἤδη ταῖς ἀρεταῖς προδιαμετρήσαντα τούτους; (Mon. cit.)

[138]) καὶ ὅσους ἄν τις τῷ λόγῳ παραστῆσαι βουληθείη, πολὺ τῶν ἔργων καταδεεστέρους ἀποδείξει.

[139]) ἀλλ' ἡ χάρις τοῦ παναγίου πνεύματος τὸν ἱερώτατον Ματθίαν τῆς ἀποστολικῆς ὁμηγύρεως τῷ χορῷ συγκαταλέξασα συμψήφους αὐτοὺς γενέσθαι τῷ ἐπιπεσόντι αὐτῷ κλήρῳ παρεσκεύασεν.

[140]) οὐδὲν οὖν ἄτοπον, εἰ καὶ ἡ ὑμετέρα ἁγιωσύνη χάριτι θεοῦ Φ. τὸν ἁγιώτατον πατριάρχην ἐψηφίσατο· ὁ δὲ ἀποστολικὸς πάπας τὰ νῦν ἐλθὼν καὶ ἐπικυρώσας μεθ' ὑμῶν καὶ συναπεδέξατο.

Legaten doch wohl zuviel in den Mund gelegt. Derselbe mußte sodann die Verlesung des vom jerusalemischen Patriarchen an den Kaiser gerichteten Schreibens beantragen, um so von einem ihm gefährlichen Gegenstand völlig loszukommen.

Nachdem der Diakon und Protonotar Petrus das Schreiben verlesen, sprachen die Versammelten ihren Beifall zu dem Beschluße wegen des Photius aus und anathematisirten die Andersgesinnten.[141]) Die römischen Legaten befragten den Apokrisiar Elias, woher das Schreiben gekommen und wer es gebracht. Dieser entgegnete: Theodosius, der heiligste Patriarch von Jerusalem, habe es gesandt, nachdem er zuvor auf einer Synode, der er, der Apokrisiar, persönlich angewohnt, die Anerkennung des Photius ausgesprochen oder richtiger seinen früheren Ausspruch über ihn auf's Neue bekräftigt habe;[142]) der Ueberbringer sei Andreas gewesen, der ehrwürdigste Mönch und der leibliche Bruder des Sprechers Elias; dem angeführten Synodalurtheil habe nicht blos der Patriarch von Jerusalem, sondern auch der von Antiochien beigepflichtet.[143])

Abermals mußte der Cardinal Petrus oft Gesagtes wiederholen, indem er auf die Synodalschreiben der orientalischen Patriarchen und die zustimmenden päpstlichen Briefe in Sachen der Restitution des Photius hinwies, aber zugleich auch die orientalischen Legaten, die auf dem achten Concil erschienen waren, als Gesandte der Saracenen, als Verbrecher und Lügner brandmarken, die nur Gefangene auslösen sollten,[144]) weßhalb es nöthig sei, die gegenwärtigen Apokrisiarier genau zu prüfen, da die Wahrheit durch die Untersuchung nur glänzender hervortrete. Seine Collegen Paul und Eugen bemerkten, sie hätten selbst früher die Briefe der Patriarchen gesehen und den Andreas von Jerusalem als zuverläßig erprobt. Die Synode erklärte sich laut gegen die Glaubwürdigkeit der orientalischen Apokrisiarier von 869, die Diener der Saracenen und saracenisch Gesinnte, auch von der Kirche Ausgestoßene gewesen seien, während sie die anwesenden Stellvertreter als wahre Repräsentanten ihrer Stühle, als ächte Apostelschüler pries.

Das benützte Photius zu einer Auslassung über jenes ihm so verhaßte Concil, dessen völlige Beseitigung ihm so sehr am Herzen lag. „Was damals geschehen," erklärte er, „möge Gott tiefer Vergessenheit anheimgeben und uns die Kraft verleihen, vollständig Alles zu vergessen und in keiner Weise zu vergelten. Denn das Stillschweigen kann das um Vieles besser machen, als die

---

141) Ἡ ἁγία σύνοδος ἀπεκρίθη (p. 464 B.): τὰ συνοδικῶς παρὰ (Θεοδοσίου add. Mon. cit.) τοῦ ἁγιωτάτου πατριάρχου Ἱεροσολύμων θεσπισθέντα καὶ ἡ ἡμετέρα μετριότης ἀποδεχομένη τοὺς μὴ οὕτω φρονοῦντας τῷ ἀναθέματι παραπέμπει.

142) συνοδικῶς προαποδεξαμένης Φ. τὸν ἁγιώτατον πατριάρχην, παρούσης καὶ τῆς εὐτελείας μου ἐκεῖσε, μᾶλλον δὲ ἣν εἶχε περὶ αὐτοῦ ἀρχαίαν ψῆφον καὶ μεγάλην ὑπόληψιν ἐβεβαίωσε.

143) οὐ μόνον τοῦ Ἱεροσολύμων, ἀλλὰ καὶ τοῦ τῆς Ἀντιοχείας προέδρου συμψήφου γενομένου τῇ συνοδικῇ ἀποφάσει.

144) S. Abschn. 3. N. 208. S. 117.

kürzeste und noch so gedrungene Erörterung.[145]) Uebrigens habe ich damals, als ich von dem Stuhle vertrieben wurde, als die ganze Schaar der Bischöfe und Priester Gottes nach Verlust ihrer Stellen mit den schwersten Leiden zu ringen hatte,[146]) zu den Anwesenden gesagt: Wenn all' euer Zorn gegen mich gerichtet ist, so lasset diese hier abziehen (Joh. 18, 8 — auch hier ist die Vergleichung seiner Verfolgung mit dem Leiden Christi fortgesetzt); gegen mich aber könnt ihr Anklagen vorbringen, so viel und so groß ihr wollt; um den Preis der Freilassung und der Freiheit dieser Aller bin ich bereit, auch gegen mich selbst die Anklage einzugestehen, wenn sie nur nicht auf Gottlosigkeit geht, sowie ganz eueren Willen zu erfüllen. Ich gebe mich selbst dar, indem ich euch die Anklage zugebe, und ihr könnt mit mir nach Belieben verfahren. Nur dieses klägliche und elende Schauspiel lasset in der Kirche Gottes sich nicht geltend machen, daß ihr ein so zahlreiches und so tüchtiges Volk, von Anfang an dem rechten Glauben ergeben und Gott geweiht, soweit es mit mir übereinstimmt, dem Tode, dem Hunger, dem Exil und allen Mißhandlungen Preis gebet und die heiligen Geheimnisse der Christen zum Gespött Aller, der Heiden und der Barbaren wie der Christen, machet, mit solcher Schmach die Gesetze und Institutionen der christlichen Welt überhäuft![147]) — Also rief ich damals mit lauter Stimme, ich beschwor die Feinde und war bereit, mein Versprechen zu erfüllen und das Heil vieler Unschuldigen mit meinem Verderben, wie Jene es nennen mochten, zu erkaufen. Aber der Anfang ihres wilden Dranges war wohl gegen mich gerichtet; allein in seinem Fortschreiten ging ihr Zorn nicht blos auch auf alle diejenigen über, die die heiligen Riten in die auserwählte Zahl der Bischöfe versetzt, sondern auch auf alle jene ohne Ausnahme, die irgend ein Merkmal der geistlichen Weihe und der Hingabe an Gott an sich trugen.[148]) Doch das soll, wie ich bereits bemerkt, mit Stillschweigen übergangen werden. Aber der Herr der unerforschlichen Gerichte und der gütige Helfer der Hoffnungslosen, der allein auf unseren damaligen Vorsatz Rücksicht nahm,[149]) hat auf wunderbare Weise und gegen alle menschliche Hoffnung alle jene frevelhaften Thaten in gerechter Weise vernichtet und das Herz unse-

[145]) p. 465 A: Τὰ μὲν (οὖν add. Mon.) τότε γεγονότα Θεὸς λήθῃ βαθείᾳ παραδοίη, καὶ ἡμᾶς αὐτῶν ἀμνηστίαν τε καὶ ἀπαραθεώρητον διατήρησιν ἐνισχύσαι (Mon. ἐνισχύσαι)· πολλῷ γὰρ ἀμείνονα ταῦτα ποιεῖ ἡ σιγὴ ἢ καὶ βραχεῖά τις καὶ συντετμημένη περὶ τούτων (Mon. αὐτῶν) διάλεξις.

[146]) μετὰ τὴν στέρησιν τῶν οἰκείων θρόνων πικραῖς ἐνεταλαιπωρεῖτο κακουχίαις.

[147]) Μόνον τοῦτο τὸ ἐλεεινὸν καὶ τραγικὸν διήγημα εἰς τὴν τοῦ Θεοῦ ἐκκλησίαν μὴ παρεισαγάγητε (Mon. παρεισάγοιτε), μηδὲ τοσοῦτον καὶ τηλικοῦτον λαὸν ὀρθοδοξίᾳ τε ἄνωθεν ἀνακείμενον καὶ Θεῷ καθιερωμένον, ὅσον ἦκεν ὡς τὴν ἡμετέραν γνώμην, μὴ θανάτῳ καὶ λιμῷ καὶ ὑπερορίᾳ καὶ πάσῃ κακώσει παραδώσετε, μηδὲ τὰ χριστιανῶν ὄργια γέλωτα πᾶσιν, Ἕλλησί τε καὶ βαρβάροις, μήτε χριστιανοῖς προθήσετε, μηδὲ τηλικαύτῃ αἰσχύνῃ τὰ χριστιανῶν περιβάλητε νόμιμα. (Mon. περιβάλλοιτε v.)

[148]) ἀλλ' ὁ μὲν τῆς ὁρμῆς αὐτῶν πρόλογος ἦν καθ' ἡμῶν· ἡ δὲ τῆς ὀργῆς ῥύμη συνελάμβανε (Mon. l. c. p. 179.) καὶ πάντας, οὐ μόνον ὅσους αἱ ἱεραὶ θεσμοὶ (Mon.) εἰς τὸν προκεκριμένον ἱερέων κατάλογον, ἀλλὰ καὶ ἁπλῶς πάντας, ὅσοι δήποτε ἱερωσύνης καὶ θεοσεβείας γνωρίσματα ἔφερον.

[149]) πρὸς μόνην ἡμῶν τὴν τότε προαίρεσιν ἰδών.

res erhabenen und großen Kaisers, das er in seiner Hand leitete und regierte, gerührt und zum Mitleid gegen uns geführt, und was er vorherbestimmt, wie er deutlich zeigte, das auch auf übernatürliche Weise, wie ihr sehet, zu Ende gebracht." [150])

Der Apokrisiar Elias betheuerte, er habe nie zuvor den Patriarchen Photius gesehen, noch von ihm Briefe erhalten, noch sei er damals mit ihm zusammengetroffen; aber wegen der Kirche und wegen seiner Tugend, wegen des rechtswidrigen Wüthens gegen ihn [151]) und wegen der gottlosen Pseudolegaten sei er hieher gekommen. Ebenso betheuerten die italienischen Bischöfe Paul und Eugen, daß sie nicht aus persönlicher Zuneigung, noch durch Geschenke bestochen, sondern der Wahrheit gemäß und nach dem Zeugnisse des heiligen Kaisers geurtheilt und die Tugenden des Mannes erkannt, wie einen solchen die Kirche von Constantinopel seit vielen Jahren nicht gehabt habe. [152])

Photius sprach einige Worte, um sowohl seine Bescheidenheit, die freilich viel stärkere Lobsprüche schon ertragen, als seine Dankbarkeit für die günstigen Gesinnungen der Legaten auszudrücken; [153]) er äußerte, daß er viel zu sagen hätte, wäre hier von einem Anderen die Rede; über seine Person wolle er schweigen, wo keine Nothwendigkeit das Reden erheische. [154]) Der Cardinal Petrus wandte ganz im Sinne der byzantinischen Schmeichelei die Worte Christi Joh. 8, 50 auf ihn an und beantragte dann, wozu er sicher keinen Befehl erhalten, die Verlesung der vom Papste ihm mitgegebenen Instruktion, [155]) welche sogleich auch der Protospathar und Dolmetsch Leo begann.

Bei der Verlesung des sechsten Capitels, das von der Verkündigung der päpstlichen Schreiben und der Rede, welche die Legaten auf der Synode halten sollten, sprach, fragten diese, ob das Gesagte gut sei oder nicht, worauf die Versammelten riefen: Alles, was sich auf den Frieden und die Eintracht der Kirche bezieht, halten wir für gut und annehmbar. [156]) Ebenso riefen sie nach Ablesung der gefälschten Stelle über das achte Concil: „Wir haben schon durch die That die von euch genannte Synode verworfen, verdammt und anathematisirt, vereinigt mit Photius, unserem heiligsten Patriarchen; wir belegen die mit dem Banne, die nicht Alles, was gegen ihn in derselben Synode gethan oder gesagt worden ist, verwerfen." [157]) Elias von Jerusalem [158]) rief noch:

---

[150]) καὶ ὡς προώρισεν, ὡς ἔδειξε, (καὶ add. Mon.) ταῦτα καὶ εἰς τέλος ὑπὲρ λόγον, ὡς ὁρᾶτε, παρεστήσατο.

[151]) διὰ τὴν ἀδίκως εἰς αὐτὸν γεγενημένην ἀπόνοιαν.

[152]) p. 468 A.: τοιοῦτον ἄνθρωπον, πολλὰ ἔτη ἔχει, ἡ Κωνσταντινουπολιτῶν ἐκκλησία (Hard.: μὴ δεξαμένη hat Mon. 436. p. 190) οὐκ ἐδέξατο.

[153]) ἡμεῖς ἁμαρτωλοὶ καὶ ταπεινοὶ ἐσμὲν· αὐτοὶ δὲ τὸν ἄξιον πόθον τῆς πρὸς ἡμᾶς διαθέσεως ἀπεδείξασθε.

[154]) ἄμεινον τὸ σιγᾶν, εἰ μή τις ὑποτείνοι μεγάλη ἀνάγκη πρὸς τὸ λέγειν, ἡγοῦμαι.

[155]) τὰ ἐκεῖθεν ἡμῖν καταπιστευθέντα ἤτοι ἐντάλματα.

[156]) p. 469 D.: ὅσα πρὸς εἰρήνην καὶ ὁμόνοιαν τῆς ἐκκλησίας εἰσὶ, καὶ καλὰ καὶ ἀποδεκτὰ ἡγούμεθα.

[157]) p. 472 A.

[158]) Die Akten haben: Ἠλίας μητροπολίτης Μαρτυροπόλεως καὶ Ἠλίας Ἱεροσολύμων

Wie kann man eine Versammlung Synode nennen, welche die Kirche mit unzähligen Spaltungen erfüllt hat? Wer möchte sie eine Synode nennen, die Apokrisiarier der Saracenen zu Richtern und Gesetzgebern erhoben? Welchen Synoden könnte man sie beizählen, die allen heiligen Synoden zuwider zu handeln gewagt, die Unschuldige ohne jegliche Prüfung und Untersuchung verurtheilt, alle geistlichen und weltlichen Gesetze verachtet und mit Füßen getreten hat? [159]) Deßhalb haben auch die heiligsten Stühle des Orients ihre Akten verworfen, verdammt und mit dem Anathem belegt.

Nach Anhörung des Schlußkapitels wandten sich die griechischen Prälaten an die römischen Abgeordneten. Wir sehen, sagten sie, daß ihr ganz der Weisung des heiligsten Papstes folget; solche Männer müssen die Stellvertreter eines solchen Hohenpriesters sein. Niketas, der von Photius an die Stelle des Metrophanes gesetzte Metropolit von Smyrna, sprach: „Gott hat es so eingerichtet, daß ihr die Dinge in solcher Lage fandet, daß sich kein Vorwand finden ließe, selbst wenn Jemand gegen das Gebot Gottes und die Weisungen des heiligsten Papstes handeln wollte. Wo die Dinge selbst dazu nöthigen, auf dem Wege Gottes zu wandeln, da können nicht einmal die, welche schlechte Gesinnungen hegen, gegen die Macht der Verhältnisse ankämpfen. [160]) Um wie viel weniger nun können Männer, deren Inneres mit allen Tugenden ausgestattet ist, zur Rechten abweichen und gegen Gottes Willen oder gegen die Weisungen des römischen Hohenpriesters sich vergehen!" Die römischen Legaten entgegneten, nach dem Worte des Propheten (Jer. 1, 7.): „Wohin ich euch senden werde, werdet ihr gehen," hätten sie nur den Willen Gottes und die Befehle ihres Herrn, des heiligsten Papstes, zu erfüllen sich bemüht. Die Bischöfe erklärten sich davon überzeugt und Photius sprach in seinem gewohnten feierlichen Tone: „Es ist der göttliche Wille dessen, der aus den Himmeln herabstieg und unsere Natur annahm, daß er das Menschengeschlecht mit seinem Vater versöhne, welches so lange Zeit vorher mit ihm verfeindet war; und jetzt sieht Euere Heiligkeit mit uns, daß Alles nach dem Willen und dem Befehle des heiligsten Papstes zusammenkam und nichts ihm entgegen ist, und die Natur der Dinge ist ganz mit seinem Willen in Einklang." [161]) Die Legaten sagten: Es ist das unsere Aufgabe, durch Mühe und Anstrengung

---

τοποτηρητὰς εἶναι. Schon Assemani Bibl. jur. orient. I. p. 183. n. 135 bemerkte, daß der Erzbischof von Martyropolis erst in der vierten Sitzung nach fünfunddreißig Tagen in die Synode eingeführt wurde und dort Basilius heißt (p. 475. 476 bei Mansi); es ist hier jedenfalls eine Unrichtigkeit in den Akten.

[159]) Πῶς ἂν σύνοδος ῥηθείη ἡ μυρίων σχισμάτων ἐκκλησίαν πληρώσασα; τίς ὑπομείνει σύνοδον τὴν Σαρακηνῶν ἀποκρισιαρίους κριτὰς καὶ νομοθέτας καθίσασαν; ποίαις συνόδοις ἀριθμηθείη ἡ πάντων τῶν ἁγίων συνόδων ἐναντία τολμήσασα; ἡ τοὺς ἀνευθύνους καὶ χωρὶς τῆς οἵας δήποτε ἐξετάσεως καταδικάσασα; ἡ πάντας θεσμοὺς ἐκκλησιαστικοὺς καὶ πολιτικοὺς συγχέασα καὶ καταπατήσασα;

[160]) ὅπου τὰ πράγματα καὶ αὐτὰ ἐκεῖνα ἀναγκάζουσι κατὰ τὴν ὁδὸν τοῦ θεοῦ πορεύεσθαι, οὐδὲ οἱ ἔχοντες φαύλας γνώμας δύνανται ἐναντία τῶν πραγμάτων μετελθεῖν (Mon. 436. p. 183.)

[161]) p. 473 A.

euere Kirche zur Einheit zu führen; wir haben deßhalb auch viele Mühsale auf der Reise überstanden. Indessen haben die heiligen Männer durch ihre Anstrengungen Christi Wohlgefallen erlangt. Darauf Photius: Gott ist der Vergelter, der einen großen und unerschöpflichen Lohn in seinem Reiche euch aufbewahrt.

Der Cardinal Petrus machte noch auf die Unterschriften der italienischen Prälaten und der römischen Geistlichen aufmerksam, die der Anerkennung des Photius zugestimmt. Nachdem durch die Verlesung der Namen [191]) die Lektüre des Aktenstückes beendigt war, fragte der Cardinal, ob es den Vätern gefalle. Sie erklärten: Es gefällt uns, und vor Allem die Unterschriften, die für den gemeinsamen Frieden und die Eintracht der Kirche Gottes wie für die Anerkennung des heiligsten und ökumenischen Patriarchen Photius geleistet worden sind. Unter den üblichen Acclamationen schloß diese dritte Sitzung.

---

6. Die vierte und fünfte Sitzung, sowie die Canones der Synode.

Die vierte Sitzung ward erst nach fünfunddreißig Tagen, am Vorabend des Weihnachtsfestes (24. Dez. 879), gehalten. Was in der Zwischenzeit vor sich ging, ist nur zum Theile zu errathen. Sicher ist, daß die Legaten in dieser Zwischenzeit sich bemühten, die dem Photius noch widerstrebenden Ignatianer für ihn zu gewinnen, [1]) was auf das Hinausschieben der Sitzung von Einfluß war. Auch erwartete man noch einen Vertreter des antiochenischen Patriarchen, der auch in dieser Zeit eintraf. [2]) Wahrscheinlich fällt aber auch in diese Periode der Tod des Gregor Asbestas, [3]) des alten Freundes des Photius, der, wie oben bemerkt, durch diesen von seinem alten Erzbisthum Syrakus nach Nicäa transferirt worden war. Dieser Todesfall machte sicher auf Photius großen Eindruck; wie uns Niketas sagt, verherrlichte er den treuen Freund mit glänzenden Epitaphien und Leichenreden, worin er sogar mit den größten Kirchenlehrern verglichen ward. [4]) Er hatte der photianischen Partei

---

[191]) Die lateinischen Namen erscheinen zum Theil seltsam geschrieben. So Martinus von Narni (Mansi: *Νυμφιάνου* Mon. 436. p. 181: *Νερνίου*), Leo von Gabii (*Γαβίνης*, *μίσους*-minus-*καὶ ἀποκρισιάριος*), Gregor von Silva Candida (*Σιλβοκανδίδου*), Leo von Terracina (*Ταρακινῆς*; er fehlt bei Mansi), Bonifacius *τῆς ἁγίας τῶν Αλεξάνδρων* (Mon. 436. p. 184 *τῶν Γαλλίων*) *ἐκκλησίας* u. s. f.

[1]) Mansi XVII. 485 C.

[2]) ib. p. 476.

[3]) In dem Verzeichnisse der Synodalmitglieder vor der ersten Sitzung Mansi p. 373 ist er noch aufgeführt; in den Unterschriften bei der fünften Sitzung, die Cod. Mon. 436 p. 203 in extenso gibt, wie in dem Verzeichnisse bei der sechsten Sitzung Mansi p. 513 fehlt er. Da nun aus Niketas gewiß ist, daß er bald nach seiner Erhebung zum Erzbischof von Nicäa starb, so ist es wahrscheinlich, daß er vor der fünften Sitzung (26. Jan. 880) bereits gestorben war, ja wohl schon vor der vierten Sitzung, die von der dritten durch einen längeren Zeitraum getrennt ist, als jene von der vierten.

[4]) Nicet. ap. Mansi XVI. 260 B: *ὡς τῶν μεγάλων πατέρων ἐφάμιλλον βεβιωκότα βίον.*

zu große Dienste geleistet, als daß ihn ihr Haupt nicht auf jede mögliche Weise hätte verherrlichen sollen; aber seine Bedeutung war in der letzten Zeit bei seinem hohen Alter[5]) und bei dem Umschwung aller Verhältnisse auf seiner Insel wie in Constantinopel längst nicht mehr die frühere gewesen; einst das Haupt einer mächtigen kirchlichen Partei war er schon seit der ersten Erhebung des Photius in den Hintergrund gedrängt.

Beim Beginn der vierten Sitzung meldete der Diakon und Protonotar Petrus, daß sich der kürzlich angekommene Metropolit von Martyropolis, Legat des antiochenischen Patriarchen, der zugleich auch Briefe von dem (neuen) Patriarchen (Elias) von Jerusalem mitbringe, vor den Thoren befinde und einzutreten wünsche. Auf Befehl der Synode ward er eingeführt und begrüßte ehrerbietigst den Photius,[6]) der über ihn eine Gebetsformel sprach, ihn umarmte und sich nach der Gesundheit der Patriarchen von Antiochien und Jerusalem, wie nach dem Stande ihrer Kirchen erkundigte. Basilius von Martyropolis antwortete, beide Patriarchen seien gesund, obschon von schweren Versuchungen heimgesucht; ihre Kirchen seien ruhig im Inneren, vorzüglich Dank den heiligen Gebeten des Photius. Nachdem auch die römischen Gesandten den neuen Ankömmling umarmt, nahm er den ihm zugehörigen Platz ein.[7])

Von den Legaten um den Grund seiner Ankunft und den Urheber seiner Sendung befragt, erklärte Basilius von Martyropolis, er komme als Stellvertreter seines Patriarchen, des Theodosius von Antiochien, bringe Briefe desselben wie auch des Patriarchen Elias von Jerusalem, der Grund seiner Sendung sei in diesen Briefen deutlich enthalten, doch wolle er sich darüber auch mündlich in Kürze äußern. Niemals habe der Patriarch Theodosius, weder in eigener Person noch durch einen Bevollmächtigten, dem gottlosen und rechtswidrigen Verfahren gegen den heiligsten Photius beigepflichtet, sondern von Anfang an immerfort ihn für den legitimen Patriarchen gehalten und sich von Allen abgewendet, die ihn nicht anerkannt.[8]) Da er nun brieflich eingeladen worden sei, durch Abgeordnete an der allgemeinen Versammlung und dem Freudenfeste der Brüder Antheil zu nehmen, so habe er ihn, den Metropoliten von Martyropolis, abgeordnet.[9]) Der neugewählte Patriarch Elias von Jerusalem, habe, ebenso gesinnt wie sein Vorgänger Theodosius, nie den geringsten Antheil an den Schandthaten gegen den heiligsten Patriarchen Photius

[5]) Da er bei der Erhebung des Ignatius schon Erzbischof war, so mußte er 879 wohl über achtundsechzig Jahre zählen.

[6]) Mansi XVII. p. 476 A.: εἰσελθὼν οὖν καὶ τὴν πρὸς ἔθος (Mon. ἐξ ἔθους) προσκύνησιν καὶ τὸ δέξιμα ποιησάμενος πρὸς Φ. τὸν ἁγ. πατριάρχην.

[7]) ἐν τῷ οἰκείῳ βαθμῷ ἐκαθέσθη (Mon. cit. p. 186: ἐκάθισε).

[8]) οὐδέ ποτε (μὴ γένοιτο) οὔτε δι' ἑαυτοῦ, οὔτε δι' ἑτέρου εἰς τὴν ἄθεσμον πρᾶξιν τὴν κατὰ τοῦ ἁγιωτάτου καὶ οἰκουμενικοῦ πατριάρχου Φ. κατ' οὐδένα τρόπον ἐκοινώνησεν, ... ἀρχιερέα θεοῦ καὶ συλλειτουργὸν καὶ ἔχει καὶ ὀνομάζει, καὶ τοὺς μὴ οὕτως ἔχοντας ἀποστρέφεται.

[9]) ἐπεὶ δὲ γράμματα ἐδέξατο, ἀποστεῖλαί τινας ἐπὶ τῇ κοινῇ συνελεύσει καὶ εὐφροσύνῃ συνεορτάσαντας τῶν ἀδελφῶν, ἐπὶ τῷ αὐτῷ τούτῳ ἡ ἐμὴ ἀποστολὴ γέγονεν (Mon. hat: ἐπὶ τὸ αὐτὸ τοῦτο).

genommen, sondern auch die früheren Apokrisiarier der Saracenen, die sich fälschlich für Stellvertreter seines Stuhles ausgegeben, anathematisirt.[10]) Sein, des Gesandten, Auftrag bestehe darin, dieser heiligen Synode die Gesinnungen seines Patriarchen auszudrücken, die er stets gehegt und noch hege und allzeit hegen werde. Nach diesen Worten bat er den Patriarchen Photius, die mitgebrachten Schreiben überreichen zu dürfen, was dieser mit Hinweis auf die Zustimmung der anwesenden Legaten erlaubte.[11]) Es las hierauf der Diakon und Protonotar Petrus das Schreiben des antiochenischen Patriarchen[12]) der Versammlung vor.

Darauf ergriff der Cardinal Petrus das Wort. Ihr erkennet Alle, sprach er, verehrteste Brüder und Mitliturgen, daß wir hieher gekommen sind wegen des Friedens und der Einigung dieser heiligen Kirche der Constantinopolitaner sowie wegen der Anerkennung des heiligsten Patriarchen Photius. Und siehe, wir finden, daß auch die Stühle des Orients, ganz in derselben Gesinnung, gleich als wäre es so verabredet, Friedens- und Gemeinschaftsbriefe gesandt haben.[13]) Wir freuen uns darüber, daß alle Patriarchalstühle zu solcher Eintracht und zu gleichem Willen mit unserem Herrn und Gebieter, dem ökumenischen Papste, vereinigt sind; denn er ist das Haupt aller Kirchen, und was sie zu thun schuldig waren, der heiligsten Kirche der Römer zu folgen, das haben sie unter dem Wohlgefallen des heiligen Geistes gethan.[14]) Erzbischof Prokopius von Cäsarea bemerkte: „Wenn ein göttliches Urtheil von Oben gefällt ist, da eilen Alle, die des heiligen Geistes theilhaftig, zusammen und stimmen bei und freuen sich ob des himmlischen Ausspruchs; deßhalb freuen auch wir uns über die gleiche Gesinnung und die Eintracht Aller." Wie früher öfter, riefen die Bischöfe aus: „Wer sich darüber nicht freut und Gott dankt, der ist unwürdig der Freude und des Heils. Wer diese Uebereinstimmung nicht anerkennt und hochhält, der ist ein Feind des Friedens und des Friedensfürsten Christi selbst. Wer nicht den Photius, den durchaus legitimen und ganz kanonischen Hohenpriester Gottes, als gesetzmäßig und kanonisch eingesetzt[15]) anerkennt, wie alle Patriarchalstühle laut erklären, der soll von Christus

---

[10]) οὐδέποτε μὲν ταῖς κατὰ τοῦ ἁγ. πατριάρχου παροινίαις οὐδαμῶς ἐπεστάνησεν, ἀλλὰ καὶ τοὺς γεγονότας ἀποκρισιαρίους τῶν Σαρακηνῶν καὶ πλασαμένους αὐτοῦ τὸ πρόσωπον ὑποδῦναι, τῷ ἀναθέματι παρεπέμψατο.

[11]) p. 477: συνεπινευόντων τῶν ἀδελφῶν καὶ συλλειτουργῶν ἡμῶν τῶν τιμιωτάτων τοποτηρητῶν ἐπιδότω ἡ ἁγιωσύνη ὑμῶν τὰς τῶν ἁγιωτάτων πατριαρχῶν ἐπιστολάς.

[12]) ep. ἧς ἔστιν εὐχαριστία p. 477—480. Abschn. 3. N. 191.

[13]) ὅτι καὶ οἱ ἀνατολικοὶ θρόνοι, τὸ αὐτὸ ὡς ἐκ συνθήματος φρονοῦντες, ἀπέστειλαν συστατικὰς ἐπιστολάς.

[14]) ὅτι εἰς τὴν τοιαύτην ὁμόνοιαν οἱ ἀρχιερατικοὶ ἅπαντες συνηνώθησαν θρόνοι μετὰ τοῦ κυρίου καὶ δεσπότου ἡμῶν τοῦ οἰκουμενικοῦ πάπα (Mon. cit. p. 187: οἰκ. πατριάρχου)· καὶ γὰρ ἐκείνη ἐστὶ κεφαλὴ πασῶν τῶν ἐκκλησιῶν καὶ ὅπερ ὤφειλον ποιῆσαι, τὸ ἐξακολουθεῖν τῇ ἁγιωτάτῃ τ. Ῥ. ἐκκλησίᾳ, πεποιήκασι, τοῦ πνεύματος τοῦ ἁγίου συνευδοκήσαντος.

[15]) Φ. ἐννομώτατον καὶ κανονικώτατον ἀρχιερέα θεοῦ ὡς ἐννόμως τε καὶ κανονικῶς προαχθέντα.

getrennt und Anathema sein!" Hierauf wurde auf Antrag des Cardinals Petrus durch den gleichnamigen Protonotar auch das Schreiben des Elias von Jerusalem [16]) verlesen. Darin ward der obigen Aeußerung des Legaten über die römische Kirche begegnend die Kirche von Jerusalem zu wiederholtenmalen als die „Mutter aller Kirchen" bezeichnet. Das Schreiben wurde, wie die übrigen, andächtig angehört. Nachdem dieses Gregor von Ephesus konstatirt, [17]) riefen die versammelten Bischöfe: „Auch schon vor diesem Briefe, ja auch vor dem von Andreas überbrachten und früher (in der zweiten Sitzung) vorgelesenen hatten wir die allseitige Ueberzeugung, daß die Stühle des Orients sich niemals von unserem heiligsten Patriarchen getrennt haben, sondern ihn stets für ihren Mitpatriarchen und Amtsgenossen hielten und als solchen bezeichneten. [18]) Für das Alles muß man Gott danken, der eine so große und so innige Uebereinstimmung und Eintracht bis an die Grenzen der Erde hervorgebracht. Gott beschütze, heiliger Herr (Photius), Dein Hohespriesterthum auf viele Jahre, er vermehre Deine Lebenstage zur Ehre seiner Kirche! [19]) Denn durch die gottselige Sorgfalt unserer großen und erhabenen Kaiser und durch Deine unübertreffliche Menschenfreundlichkeit und Dein Vergessen und Vergeben aller Unbilden sind wir Alle zur Einigung und zur Erkenntniß der Wahrheit gekommen. Die Aergernisse sind ausgerottet, der Böse hat seine Macht verloren, der Friede jubelt und die Eintracht herrscht. Gott möge auf viele Jahre Dein heiliges Leben ausdehnen zur Ehre und zum Ruhme seiner Kirche. Wir bedurften dieser Briefe nicht, um Dein Patriarchat anzuerkennen, schon vor ihrem Eintreffen waren wir mit Dir vereinigt und geistig verbunden. Gleichwohl freuen wir uns und frohlocken mit, daß alle Patriarchalstühle unsere Eintracht bestätigen und genehmigen." [20])

Diese Verherrlichung des Photius, die der Hauptzweck der Versammlung zu sein scheint, wurde noch weiter fortgeführt durch Elias, den Legaten von Jerusalem, der diese Einhelligkeit der Patriarchen und der Bischöfe als das Werk Gottes pries und sogar die Einwirkung der Tugend und Weisheit des Photius auf die saracenischen Fürsten in der übertriebensten Weise schilderte, worauf die Synode rief: „Alle wissen, daß Gott in ihm wohnt!" [21]) Sodann sogar durch die römischen Abgeordneten, die da sagten: „Gottes Barmherzigkeit und seine Eingebung hat ein solches Licht in die reine Seele des heiligsten Patriarchen gelegt, daß es die gesammte Schöpfung erhellt und

---

[16]) Abschn. 3. N. 167.

[17]) p. 481: καὶ ταύτην τὴν ἐπιστολὴν ἀρχιερεῖς καὶ συλλειτουργοὶ ἠκούσαμεν.

[18]) πᾶσαν ἔχομεν πληροφορίαν, ὅτι οὐδέποτε διέστησαν οἱ ἀνατολικοὶ θρόνοι ἀπὸ τοῦ ἁγ. ἡμῶν πατριάρχου, ἀλλ' ἀεὶ καὶ συναρχιερέα καὶ συλλειτουργὸν εἶχον καὶ συνεκήρυττον.

[19]) Ὁ Θεός, δέσποτα ἡμῶν ἅγιε, διαφυλάξαι (Mon. διαφυλάξει) τὴν ἀρχιερωσύνην σου εἰς ἔτη πολλά· ὁ Θεὸς κρατύναι (Mon. κρατύνει wie nachher παρατείνει) τοὺς χρόνους σου κ. τ. λ.

[20]) ἐπικυροῦσί τε καὶ ἐπικρατύνουσι.

[21]) Πᾶσι τοῦτο φανερὸν γέγονε καὶ ὅτι ὁ Θεὸς οἰκεῖ ἐν αὐτῷ, οὐδεὶς ἀγνοεῖ.

erleuchtet. Denn gleichwie die Sonne, obschon sie im Himmel allein sich befindet, doch die ganze irdische Welt erleuchtet; so erhellt und erleuchtet unser Herr Photius, obschon er in Constantinopel seinen Sitz hat, doch die ganze Schöpfung.[22]) Wir freuen uns über die Vereinigung aller heiligen Kirchen Gottes im Orient, der von Alexandrien, Antiochien und Jerusalem; wie wir es zuvor durch die Apokrisiarier und durch die Briefe vernommen, so sehen wir jetzt mit unseren eigenen Augen auch diesen heiligsten Bischof von Martyropolis in die Synode eintreten." Ebenso sprach Prokopius von Cäsarea: „Gepriesen sei Gott, der durch die Hochherzigkeit und die unermeßliche Liebe unseres allerheiligsten Herrn[23]) aus dem Occident und aus dem Orient die verehrungswürdigsten Männer versammelt hat, um alle zerstreuten Glieder der Kirche zur Einheit zu bringen. Denn dieser unser heiligster Herr ahmt Christum unseren wahren Gott nach, der das verloren gegangene Schaf auf seine Schultern nimmt; er stößt Keinen zurück, verabscheut Keinen, sondern ruft Alle zur allgemeinen Eintracht und zur Wiederherstellung der Ordnung in der Kirche Gottes. Warum aber ladet er dazu ein? Weil der Herr des Friedens in ihm ruht." [24])

Der Cardinal Petrus erklärte, er und seine Collegen seien zu dem Zwecke anwesend, Alle so zu einigen, was mit der Gnade Gottes auch täglich geschehe. Heute erst, setzte er bei, haben durch die Fürbitten der heiligen Apostel die zwei von der Kirche getrennten Patricier voll Reue sich gezeigt und um Verzeihung gebeten.[25]) Nach ihrer Aussage hatten sie unsere Ankunft erwartet[26]) und deßhalb sich von der Kirche ferne gehalten. Nachdem sie aber durch uns die Gewißheit erlangt, daß die römische Kirche den Herrn Photius für den völlig legitimen Patriarchen hält und die Vereinigung der Kirchen annimmt, kamen sie ganz bereitwillig und mit ganzem Herzen. Nehmet also auch ihr sie an! Es ist auffallend, daß diese zwei Patricier nicht mit Namen genannt sind,[27]) während die achte Synode sich nicht scheute, stets die Namen der

---

[22]) Τὸ ἔλεος τοῦ Θεοῦ καὶ ἡ ἐπιείκεια αὐτοῦ τοσοῦτον φῶς δέδωκεν εἰς τὴν καθαρὰν ψυχὴν τοῦ ἁγ. πατριάρχου, ὅτι λαμπρύνει καὶ φωτίζει πᾶσαν τὴν κτίσιν· ὥσπερ γὰρ ὁ ἥλιος, κἂν εἰς μόνον τὸν οὐρανὸν περιέχηται (Man. περιέρχηται), ὅμως ὅλον τὸν περίγειον κόσμον φωτίζει, οὕτω καὶ ὁ δεσπότης ἡμῶν ὁ κύριος Φ., κἂν καθέζηται εἰς ΚΠ., ἀλλὰ καὶ τὴν σύμπασαν κτίσιν διαλάμπει καὶ καταλάμπει. Wir können nicht annehmen, daß eine so plumpe Schmeichelei aus dem Munde der sonst so umbehutsamen römischen Legaten kam.

[23]) διὰ τῆς καλοκἀγαθίας καὶ ἀπλέτου συμπαθείας τοῦ ἁγιωτάτου ἡμῶν δεσπότου.

[24]) Διὰ τί δὲ προσκαλεῖται πάντας; ὅτι ὁ τῆς εἰρήνης κύριος ἐπαναπαύεται (Man. cit. p. 190: ἀνεπαύσατο) αὐτῷ.

[25]) ὃ καὶ χάριτι Θεοῦ καθ' ἑκάστην ἡμέραν γίνεται· σήμερον γὰρ διὰ τῶν πρεσβειῶν τῶν ἁγ. ἀποστόλων οἱ τῆς ἐκκλησίας ἑαυτοὺς χωρίσαντες δύο πατρίκιοι μετανοοῦντες προσῆλθον αἰτούμενοι συγγνώμης ἀξιωθῆναι.

[26]) τὴν γὰρ ἡμετέραν ἄφιξιν, ὡς ἔφασαν, περιέμενον. Aber waren nicht Paul und Eugen fast ein ganzes Jahr vor Petrus in Constantinopel?

[27]) Assem. Bibl. Jur. or. t. I. p. 192 seq. n. 112: Verebatur fortasse Photius ne si ea expressisset (nomina) falsitatis argueretur. Viderat etiam literas Joh. Papae,

Personen anzugeben. Auch die Antwort der Bischöfe nannte sie nicht. Diese sagten: „Wir haben sie gesehen und aufgenommen. Sie hatten keinen anderen Vorwand, wie wir von ihnen selbst vernahmen, als den, daß sie getäuscht und fortgerissen wurden, als sie ihre Unterschriften gegeben,[28]) und zwar durch die falschen Legaten und durch einige andere Personen. Sie setzten bei, daß sie, wofern sie nicht gegen unseren heiligsten Patriarchen selber unterschrieben, auch nur von ihm allein die Lossprechung zu empfangen hätten (also alsdann nicht vom Papste); da aber das Unrecht gegen ihn begangen worden sei, so hätten sie noch auf einen anderen Stuhl geharrt, um von diesem ebenso die Lossprechung zu erhalten und von aller Verdammung frei zu sein. Da Ihr nun die Lossprechung ertheilt habt, sagten sie, so nehmen wir das mit aller Freude und Lust an, bitten um Verzeihung und verwerfen diejenigen, die es nicht annehmen.[29]) (So äußerten sich die Patricier.) Deßhalb haben auch wir sie als unsere Kinder und Glieder aufgenommen." Die Legaten erklärten: „Wenn ihr sie aufgenommen habt, und vor Allem auch der heiligste Patriarch, so nehmen auch wir sie auf. Denn die, welche er aufnimmt, nehmen auch wir auf, und die er verwirft, verwerfen auch wir mit ihm, nach den Worten des Papstes Innocenz:[30]) Wem ihr die Hand bietet, dem biete auch ich sie mit euch. Wie die heilige Kirche über die Zwietracht ihrer Kinder trauert, so freut sie sich auch über deren Eintracht und Vereinigung." [31])

Abermals brachten nun die Legaten die noch nicht erledigten Forderungen des Papstes zur Sprache, indem sie die Verlesung von fünf Artikeln [32]) bean-

---

in quibus eximios viros, adeoque patricios, Johannem, Leonem et Paulum, qui Photii communionem aversabantur, adhortabatur, ut Patr. Photio misericordiam in synodo quaererent ... adhaerere et communicare studerent. Hanc igitur occasionem arripiens pro tribus Patriciis duos posuit, tacitis tamen nominibus, id quod in aliis synodis factum non legimus. Indessen konnte von den dreien Einer gestorben oder schon vorher zu Photius übergegangen sein.

[28]) συνηρπάγημεν καὶ ἠπατήθημεν ποιήσαντες ἰδιόχειρα. Assemani l. c. p. 194 findet es unwahrscheinlich, daß die zwei Patricier eigenhändig die Akten der Synode von 869/70 unterschrieben. Denn in beiden Texten, im griechischen und im lateinischen, sei nur von den Unterschriften des Kaisers und seiner Söhne die Rede, sonst habe kein anderer Laie unterschrieben; die Patricier hätten blos mündlich zugestimmt. Indessen ist hier nicht von der Unterschrift der Synodalakten die Rede, sondern nur von den gegen Photius gerichteten Subskriptionen, der Erklärung einer allgemeinen Zustimmung zu den Synodaldekreten, welche die Patricier allerdings abgeben mußten.

[29]) ἐπεὶ οὖν αὐτοὶ τὴν λύσιν ἐδώκατε, ὥς φασι, μετὰ πάσης χαρᾶς καὶ εὐφροσύνης, καὶ ἀποδεχόμεθα καὶ συγγνώμην αἰτούμεθα καὶ τοὺς μὴ ἀποδεχομένους ἀποβαλλόμεθα.

[30]) In dem act. III. vorgelesenen Briefe Johann's VIII. an die griechischen Bischöfe.

[31]) p. 488: ἐπὶ τῇ τούτων ὁμονοίᾳ καὶ συμφωνίᾳ (Mon. cit. συνωνίᾳ).

[32]) Dieselben sind wahrscheinlich ein aus den griechisch übersetzten Schriftstücken gemachter Auszug. Denn weder im Briefe an den Kaiser, noch in dem an Photius, noch im Commonitorium finden sich genau dieselben Worte. Die Legaten bezeichnen sie als im Schreiben an den Kaiser enthalten; wörtlich sind sie nicht darin enthalten, doch der Sache nach. C. 1 scheint Photius angeredet (οἱ καταφυγόντες πρὸς τὴν ὑμετέραν ἁγιωσύνην), während gerade dieser Passus wegen Bulgariens in dem griechischen Briefe an Photius fehlt. C. 2. 3 entsprechen

tragten, welche die Jurisdiktion in Bulgarien, die Ordination von Laien, die Verbindlichkeit, den Patriarchen von Constantinopel aus dem Clerus dieser Kirche zu wählen, die Aufhebung der gegen Photius gefaßten Beschlüsse und die Exkommunikation für Alle, die den Photius nicht anerkennen wollten, betrafen. Man bewilligte sehr gerne die Lesung derselben; aber mit Ausnahme der zwei letzteren Punkte war man nicht so leicht geneigt, völlig nachzugeben. Am wenigsten in der bulgarischen Frage. Diese, erklärten die Bischöfe wiederholt, gehöre nicht hieher, verlange eine gesonderte Verhandlung zur rechten Zeit, sie gehe eigentlich den Kaiser an, bei dem sie jedoch Fürbitte einlegen wollten; bei seinem Ausspruche müsse man stehen bleiben. Prokopius von Cäsarea wiederholte, man hoffe von Gottes Barmherzigkeit, von der Frömmigkeit der heiligen Kaiser und von dem Gebete des heiligsten Herrn Photius, wie sich schon jetzt an den gemachten Fortschritten zeige,[33]) daß der Kaiser die alten Grenzen seines Reiches und die Regierung der ganzen Erde erhalten werde;[34]) sei das geschehen, so werde er nach seinem Gutbefinden die Grenzen der Patriarchalstühle so bestimmen, daß kein Streit mehr unter ihnen auftauchen könne, sondern hierin, wie in allen anderen Dingen, Friede unter ihnen herrsche. Das bekräftigte auch der Metropolit Theophilus von Ikonium mit dem Beisatze, der Papst werde alsdann sogar mehr erhalten als er verlange, da Photius eine so große Liebe und Verehrung gegen ihn hege. Niketas von Smyrna fügte hinzu:[35]) „Da die Liebe und die geistliche Freundschaft zwischen dem heiligsten Papste von Rom und unserem heiligsten Patriarchen Photius so groß ist, wer sollte da nicht klar einsehen, daß sie, gleichwie sie Eine Seele haben, so auch das ihnen untergebene Volk und die ihnen unterworfenen Länder für ein gemeinsames Gut halten und jeder von ihnen den eignen Gewinn in dem Gewinn seines Bruders und Freundes findet?“ Die Bischöfe riefen: Das Alles wissen und sagen auch wir. So wurden die Ansprüche Roms theils mit Vertröstung auf die Gnade des Kaisers und des Photius, theils mit indirekten Vorwürfen gegen den Egoismus, der nicht alle Güter der Freunde als gemeinsam ansieht, aus dem Felde geschlagen. Die Forderung, der Patriarch solle keine Weihen für Bulgarien vornehmen, kein Pallium dahin schicken, auch die vom Papste gesandten dort befindlichen Geistlichen nicht in Schutz nehmen, kam nicht ferner zur Sprache. Dreimal hatten die Legaten einen Anlauf genommen, diese Postulate durchzusetzen und dreimal wurden sie zurückgewiesen. Ihre Unbehilflichkeit, durch die Unkenntniß der griechischen Sprache vermehrt, sowie der heftige Widerstand, den sie trafen, hieß sie auf eine weitere Ausführung ihrer Ansprüche verzichten.

---

zumeist dem im Briefe an den Kaiser Gesagten, c. 4 dem Commonit. c. 10 und der ep. ad Phot., c. 5 der ep. ad Basil. p. 408 B.

[33]) καθὼς καὶ αὐτὰ τὰ πράγματα προκόπτοντα ὁρῶμεν.

[34]) ἀποκατασταθῆναι ἔχει τῇ βασιλείᾳ αὐτοῦ τὰ ἀρχαῖα ὅρια καὶ πάσης τῆς ὑφ' ἥλιον τὴν ἡνιοχείαν.

[35]) καὶ τότε πλέον ὧν ἐπεθύμει ὁ ἁγ. πάπας Ῥώμης ἔχει προςλαβέσθαι, μάλιστα τοῦ ἁγιωτάτου ἡμῶν πατριάρχου κυρίου Φ. τοσαύτης πρὸς αὐτὸν τὴν αἰδῶ καὶ τὸ σέβας κεκτημένου καὶ ἕτοιμον ὄντος, εἰ δυνατόν, καὶ τὰ οἰκεῖα μέλη παρασχεῖν αὐτῷ.

Bei dem zweiten Artikel: „Es soll ferner Niemand mehr aus dem Laienstande auf den Stuhl von Constantinopel befördert werden. Denn was selten geschieht, mag es auch noch so gut sein, kann nicht für die Nachkommen zum Gesetze erhoben werden" erhoben sich diesesmal die drei Stellvertreter des Orients, um diese Promotion als keineswegs den Kirchengesetzen zuwiderlaufend zu vertheidigen, da die Praxis dieser drei Patriarchate Laien, Mönche oder Cleriker, die sich würdig erwiesen, zur bischöflichen Würde erhebe.[36]) Sei ja doch nicht Christus wegen der Cleriker allein vom Himmel gekommen, habe er doch nicht diesen allein die Belohnungen der Tugend erschlossen, sondern der Gesammtheit des christlichen Volkes. Würde man diese Bestimmung annehmen, so würden alle Patriarchalstühle der Verwaisung und dem Verderben anheimfallen; zudem würden sie durch Annahme derselben eine Verdammung gegen ihre vortrefflichsten Patriarchen aussprechen, die aus dem Laienstande erhoben worden seien.[37]) Die griechischen Bischöfe bemerkten, jeder Stuhl habe gewisse von Altersher überlieferte Gebräuche, der römische, der byzantinische, die drei des Orients. Habe die römische Kirche nie einen Laien zum Bischof genommen, so möge sie bei dieser Sitte stehen bleiben, nicht aber dieselbe anderen Kirchen aufdringen; so sehr man wünschen müsse, daß die Cleriker und Mönche viele des Episkopates würdige Glieder zählen, so dürfe man doch nicht die Tauglicheren und Würdigeren, blos weil sie noch nicht dem Clerus angehörten, hintansetzen.

Zu dem dritten Artikel: „Es soll Niemand von einer anderen Kirche zum Bischof von Constantinopel befördert werden, sondern Einer aus den ihr incardinirten Priestern und Diakonen" [38]) wurde die Bemerkung gemacht, derselbe sei schon in dem vorhergehenden enthalten;[39]) man müsse aber, obschon man beten müsse, daß die byzantinischen Priester und Diakonen allen Anderen des Reiches voranleuchten,[40]) doch wo keine ganz Ausgezeichneten unter ihnen seien, den Würdigeren den Vorzug geben.

Dagegen ward der vierte Artikel mit Beifall aufgenommen, der die römische und die byzantinische Synode gegen Photius verdammt und kassirt wissen

---

[36]) p. 489 A.

[37]) *Τοῦτο οὖν εἰ δογματισθείη καὶ παραδεχθῆναι, πάντες οἱ ἀρχιερατικοὶ θρόνοι εἰς ἐρήμωσιν καὶ ἀπώλειαν ἔχουσι καταστῆναι· οἱ γὰρ πλείους τῶν διαλαμψάντων ἐν ἡμῖν ἀπὸ λαϊκοῦ τάγματος τοὺς ἀρχιερατικοὺς κατεπιστεύθησαν θρόνους· ἡμεῖς ἐπὶ τούτῳ συναινέσαι οὐ δυνάμεθα, ἵνα μὴ κατὰ τῶν ἀρχιερέων ἡμῶν φωραθῶμεν ψῆφον ἐξάγοντες.*

[38]) *κεφ. γ. ὥστε μὴ ἐξ ἄλλης ἐκκλησίας προάγεσθαι εἰς ἀρχιερέα τῆς Κπολιτῶν ἐκκλησίας, ἀλλ' ἐκ τῶν καρδηναλίων πρεσβυτέρων καὶ διακόνων.*

[39]) *τοῦτο τὸ κεφάλαιον συμπεριλαμβάνεται* (*ἐν* add. Mon. cit. p. 192) *τῷ προτέρῳ.* Uebrigens war die Fassung des Artikels doch verschieden, indem sie zugleich auch gegen die Translation von einer Kirche zur anderen gerichtet war.

[40]) *καὶ ὁρᾷ μὲν ὁ θεὸς τὴν Κπ. ἁγ. ἐκκλησίαν οὕτως ἐξευγενισθῆναι* (Mon.) *καὶ περιφανῆ γενέσθαι, ὥστε τοὺς ἐν αὐτῇ πρεσβυτέρους καὶ διακόνους προλάμπειν ἁπάντων τῶν ὑπὸ τὴν ῥωμαϊκὴν ἐξουσίαν ἱερέων καὶ διακόνων, ἵνα καὶ ἐξ αὐτῶν μόνον ἐπὶ τὸν μέγιστον θρόνον τῆς ἀρχιερωσύνης ἀναβιβάζωνται.*

wollte[41]) — eine Wendung, die man der vom Papste ausgesprochenen theilweisen Derogation und Dispensation im griechischen Texte gegeben. Der antiochenische Legat Basilius bemerkte, Michael von Alexandrien habe bereits längst mit seinen Bischöfen Alles, was gegen den heiligsten Patriarchen Photius geschehen, verworfen und anathematisirt[42]) und alle, welche diese Akten annehmen, mit dem Banne belegt; deßgleichen habe sein heiligster Patriarch Theodosius alle, welche diese Akten anerkennen und jene Versammlung (von 869) Synode nennen, mit demselben Anathem belegt und verurtheilt. Kosmas von Alexandrien berief sich auf die in dem Schreiben seines Patriarchen ausgesprochenen Gesinnungen und Elias von Jerusalem sprach im Namen des verstorbenen und des gegenwärtigen Patriarchen der heiligen Stadt den Bann über die Anhänger der vor zehn Jahren unter der Leitung der „Apokrisiarier der Saracenen" gehaltenen Synode aus. Die Synode rief: Alle denken, Alle lehren wir so, das nehmen wir Alle gerne an. Ueber diesen Artikel des heiligsten Papstes Johannes haben wir uns mehr als über alle anderen gefreut. Denn wir haben, wie öfters bemerkt, auch bevor der heiligste Papst Johannes die Abschaffung und Cassation jener Akten beschlossen, Alles, was gegen unseren heiligsten Herrn geschrieben und gesagt ward, anathematisirt und verworfen, ganz mit ihm vereinigt, mit ihm in Gemeinschaft und seine Amtsgenossen.[43]) Und jetzt anathematisiren und verwerfen wir mit noch größerem Eifer und mit größerer Sorge Alles, was gegen ihn geschehen ist, und die von jetzt an es noch annehmen, belegen wir mit dem gleichen Anathem.

Der fünfte Artikel lautet: „Die bis jetzt sich von der heiligen Kirche und von dem heiligsten Patriarchen Photius getrennt hielten und sich dem schismatischen Wahne hingaben, sollen der Gemeinschaft des Leibes und Blutes Christi, unseres wahren Gottes, sowie der Gemeinschaft der Gläubigen verlustig sein, solange sie in der Apostasie verharren." Die Bischöfe riefen aus: Das gefällt uns Allen, ihr habt gerecht geurtheilt. Doch sind, wie wir öfter gesagt, diese Gegner wohl zu zählen, und auch sie sind bereit, wie auch Ihr vernehmt, sich zu den Füßen des heiligsten Patriarchen Photius niederzuwerfen und eine Buße für ihre Sünden zu erbitten.[44])

---

[41]) Κεφ. δ'. Τὴν γενομένην σύνοδον κατὰ Φωτίου τοῦ ἁγ. πατριάρχου ἐν Ῥώμῃ ἐπὶ Ἀδριανοῦ .... καὶ τὴν γενομένην σύνοδον ἐν ΚΠ. κατὰ τοῦ αὐτοῦ ἁγ. πατριάρχου Φ. ὁρίζομεν παντελῶς ἐξωστρακισμένην καὶ ἀποκεκηρυγμένην εἶναι, καὶ μήτε μετὰ ἁγίων συνόδων συναριθμεῖσθαι, ἢ συγκαταλέγεσθαι, μήτε μὴν σύνοδον ὅλως καλεῖσθαι ἢ ὀνομάζεσθαι· μὴ γένοιτο.

[42]) p. 492: πάλαι ἅπαντα τὰ κατὰ τοῦ ἁγιωτάτου πατριάρχου Φ. πεπραγμένα καὶ ἀπεκήρυξε καὶ ἀνεθεμάτισε.

[43]) ἐν ταύτῃ τῷ κεφαλαίῳ τοῦ ἁγ. πάπα Ἰ. τῶν ἄλλων ἁπάντων μᾶλλον εὐφράνθημεν· ἡμεῖς γάρ, ὡς πολλάκις ἔφημεν, καὶ πρὸ τοῦ ἐπιψηφίσασθαι τὸν ἁγ. πάπαν Ἰ. τὴν τῶν ἀθέσμων ἐκείνων ἀναίρεσιν (Mon. cit. p. 191: καθαίρεσιν), πάντα τὰ κατὰ τοῦ ἁγ. ἡμῶν πατριάρχου γραφέντα καὶ λαληθέντα καὶ ἀνεθεματίσαμεν καὶ ἀπεβαλόμεθα, ἑνωθέντες αὐτῷ καὶ κοινωνήσαντες καὶ συλλειτουργοὶ γενόμενοι.

[44]) προσελθεῖν τοῖς ποσὶ Φωτίου τοῦ ἁγ. πατρ. καὶ μετάνοιαν τῶν ἔμπροσθεν ἡμαρτημένων ἐξαιτήσασθαι.

Mit einer kurzen Rede des Cardinals Petrus, der in dieser Sitzung mehr als sonst die Geschäfte leitete, ward die Sitzung geschlossen unter den üblichen Akklamationen.

Auf den in dieser Sitzung von dem Cardinal vorgebrachten Antrag [15]) wurde die Weihnachtsfeier sogleich nach derselben unter Theilnahme aller Anwesenden feierlich begangen. Photius erhielt dadurch ein öffentliches Zeugniß, daß alle Patriarchalstühle mit ihm in Gemeinschaft stünden, das für ihn vom höchsten Werth war. Umgeben von den Stellvertretern der anderen Patriarchen und einer so großen Anzahl von Bischöfen konnte er einen Glanz entfalten, wie er in Byzanz lange nicht mehr gesehen worden war. Alles schien vereinigt, seinen Triumph zu verherrlichen.

Die Kirchenfeste von Weihnachten und Epiphanie, sodann die Berathung über einige festzustellende Canones, dann neue Bemühungen bei den noch widerstrebenden Ignatianern, wie auch manche andere geheime Unterhandlungen zogen die fünfte Sitzung bis zum 26. Januar 880 hinaus.

An diesem Tage eröffnete Photius abermals bei St. Sophia auf der rechten Seite der Katechumenia in Gegenwart der drei römischen und der drei morgenländischen Legaten die Versammlung [16]) mit dem Antrage, es solle das unter Papst Hadrian und dem heiligen Tarasius von Constantinopel zu Nicäa in Bithynien gehaltene Concil den übrigen sechs ökumenischen Concilien durch gemeinsamen Beschluß in allen fünf Patriarchaten als das siebente beigezählt werden, wie es in der Kirche von Constantinopel längst geschehe, während in der römischen und in den Patriarchaten des Orients zwar die Entscheidungen dieser Versammlung angenommen, ihr ökumenischer Charakter aber und ihre Bezeichnung als siebente Synode noch nicht allgemein anerkannt sei. [17]) Es war sicher nicht das erstemal, daß Photius einen solchen Antrag stellte; sein encyklisches Schreiben von 867 hatte ihn nicht minder formulirt [18]) und seine gegen Papst Nikolaus gehaltene Synode scheint ebenso in diesem Sinne Schritte gethan zu haben, wenigstens der Form nach. Für Photius war die allgemeine Anerkennung des siebenten Concils als solchen von hohem Interesse. Einmal war er von Jugend auf an den Kampf mit den Ikonoklasten gewöhnt und hatte lebhaft für die Ausrottung derselben gestritten; bei dieser Polemik gab die Oekumenicität des Concils von 787, sobald sie über jeden Zweifel erhoben war, den Orthodoxen eine starke Waffe. Sodann diente das auch zur größeren Verherrlichung seines berühmten Onkels Tarasius, der als der eigentliche Urheber und Leiter dieser Synode aufgetreten war, und damit auch des byzan-

---

[15]) Κελεύει δὲ τὰ νῦν ὁ κυρίας τῆς συνάξεως καὶ τὰ τῆς ἱερᾶς μυσταγωγίας ἀρτίως τελεσθῆναι εἰ δοκεῖ τῇ ὑμετέρᾳ ἁγιωσύνῃ, ὅπως τὸ ἐπιτελούμενον ἱερώτατον ἑόρτασμα σὺν τῇ ἡμετέρᾳ μετριότητι τὰ τῆς ἱερᾶς καὶ θείας λειτουργίας μετὰ Φωτίου τοῦ ἁγιωτάτου πατριάρχου ἐκτελέσωμεν ἀποστήματα.

[16]) Hier heißt es bloß: συγκαθεσθέντων . . . τῶν τοποτηρητῶν . . . καὶ τῶν θεοφιλεστάτων μητροπολιτῶν, während sonst noch καὶ ἐπισκόπων dabei steht.

[17]) Act. V. p. 493.

[18]) S. oben S. 111. Abschn. 8. Bd. I. S. 648.

tinischen Stuhles. Auch konnte, da er von der Opposition der Franken gegen die Synode Einiges gewußt zu haben scheint,[49]) leicht ein auf diese und ihre Stellung zu Rom gerichteter Hintergedanke ihm vorschweben.

Auf diesen Antrag gingen die Stellvertreter der Patriarchen bereitwillig ein. Nach unseren Akten soll der Cardinal Petrus geäußert haben, die römische Kirche verehre die Dogmen und Sanktionen dieses Concils und halte es für billig, dasselbe auch das siebente zu nennen und den anderen sechs allgemeinen Synoden beizuzählen.[50]) Aber sollte denn Petrus und seine Collegen nichts davon gewußt haben, daß Johann VIII., ihr Gebieter, längst die durch Anastasius 873 übersetzten Akten als Akten eines ökumenischen Concils anerkannt, daß er diese Anerkennung voraussetzte, als er die Synode von 869 als achtes allgemeines Concil bezeichnete?[51]) Hätte Anastasius, ohne die Ansicht der römischen Kirche für sich zu haben, so reden können, wie er in seiner an den Papst Johannes gerichteten Vorrede sich geäußert hat? Warum sagten die päpstlichen Legaten nicht, in Rom sei bereits die zweite Synode von Nicäa als siebente ökumenische anerkannt und mit den sechs vorhergehenden in eine Linie gesetzt? Oder fürchteten sie, zugestehen zu müssen, daß hierin einige Kirchen des Abendlandes ihrem Patriarchen noch nicht nachgefolgt waren? Immerhin ist dieses Schweigen von der Art, daß es Verdacht gegen die Akten erregen muß.

Die Erklärung des Petrus: „Wer nicht so denkt und diese Synode nicht die siebente heilige ökumenische Synode, die zweite von Nicäa, nennt, der sei im Banne!" fand lauten Anklang. Die Bischöfe wiederholten dieses Anathem, indem sie es als geziemend bezeichneten, daß die römische Kirche nach der geschlossenen Vereinigung auch hierin ihnen beistimme[52]) — eine Ausdrucksweise, die der gegen Papst Johannes rücksichtsvolle Photius vermieden hatte.[53]) Der Legat Eugenius wiederholte das Anathem. Basilius von Martyropolis sprach: „Wir haben die Synode schon früher angenommen[54]) und jetzt stimmen wir Eurer Heiligkeit bei und nehmen die heilige und ökumenische zweite Synode von Nicäa an, nennen sie die siebente und heilige, zählen sie den früheren sechs heiligen ökumenischen Synoden bei und verkündigen sie mit ihnen.

---

[49]) Darauf deuten die Worte: *Φήμη μὲν γὰρ τοιαύτη περιαγγέλλεται, τὸ δὲ ἀληθὲς οὔπω καὶ μέχρι νῦν ἐπιστάμεθα.*

[50]) *ὅτι ὥσπερ ἐξ ἀρχαίων τῶν χρόνων ὁμοφρόνως ταῖς ἀποστολικαῖς ἁγίαις ἐκκλησίαις καὶ ἡ ἁγία τῶν Ῥωμαίων ἐκκλησία τά τε δόγματα αὐτῆς καὶ θεσπίσματα ἠσπάζετο καὶ ἀπεδέχετο, οὕτως καὶ ταύτην ἑβδόμην αὐτὴν καλεῖν καὶ ταῖς λοιπαῖς ἕξ . . συνόδοις καταριθμεῖν ἐδικαίωσε.*

[51]) S. oben B. V. A. 7. S. 305. bes. N. 100.

[52]) p. 493 E.: *Πρέπον ἐστὶ μετὰ πάσης τῆς γενομένης ἀποδοχῆς καὶ ἑνώσεως τῆς τῶν Ῥωμαίων ἐκκλησίας διὰ μεσιτείας τοῦ ἁγιωτάτου ἡμῶν πατριάρχου Φ. καὶ ἐπὶ τῇ ὑποθέσει ταύτῃ συμφωνῆσαι ἡμῖν* (die Uebers. hat vobis), *ὡς ἂν μηδὲ ἐν τούτῳ εἴη ἐν ἡμῖν διαφωνία.* Die Bischöfe gehörten alle zum byzantinischen Patriarchat.

[53]) p. 493 C.: *ἐπειδὴ πάντα τὰ καλὰ δηλονότι συνεφαπτομένου τοῦ ἁγιωτάτου πάπα Ἰωάννου τοῦ ἀδελφοῦ καὶ πνευματικοῦ πατρὸς ἡμῶν εἰς ἀναμφίβολον πέρας κατέστη.*

[54]) p. 496: *ἡμεῖς καὶ προαπεδεξάμεθα.*

Wer nicht so denkt, den belegen wir mit dem Banne." Elias von Jerusalem erklärte, wer diese Synode nicht annehme, der nehme auch die anderen sechs nicht an; wie in diesen, so seien auch in jener die Patriarchen theils in Person, theils durch ihre Stellvertreter zugegen gewesen, ihre Lehren seien mit denen der früheren Synoden in völliger Uebereinstimmung;[55]) wer also sie verachte, verwerfe auch die anderen; wer sie nicht ebenso wie die anderen mit gleicher Ehre annehme, der sei Anathema. Die Synode wiederholte: Anathema.

Nun brachten die römischen Legaten den Antrag vor, zu dem widerspenstigen Metropoliten Metrophanes zu senden und ihn um seinen Entschluß betreffs der kirchlichen Vereinigung zu befragen.[56]) Drei Metropoliten wurden hiezu auserwählt: Basilius von Creta,[57]) Gregorius von Selga, und was am wenigsten Delikatesse zeigte, der dem Angeklagten zum Nachfolger gegebene Niketas von Smyrna. Diese begaben sich zu Metrophanes und redeten ihn also an: Die heiligsten Bischöfe und Legaten von Altrom lassen Dir zugleich mit der vorsitzenden Synode[58]) durch uns Folgendes melden: Kläre uns auf über Deine Gesinnung[59]) und verantworte Dich vor dieser heiligen und ökumenischen Synode, aus welcher Ursache Du Dich selbst von der Kirche trennst. Die von Metrophanes ertheilte Antwort soll also gelautet haben: „Ich bin krank und kann deßhalb nicht viel sprechen. Soviel in Kürze: Ich wäre gerne gekommen und hätte mich über den Grund meiner Trennung, wie sich ziemt, verantwortet; aber ich fühle tief, daß ich schwer krank bin und nicht gehen, noch vor euerem Angesichte stehen kann. Deßhalb bitte ich, mich wo möglich in Ruhe zu lassen, bis ich wieder bei Kräften bin. Dann will ich mich vertheidigen."[60])

Die Abgeordneten hinterbrachten diese Antwort der Synode. Die römischen Legaten waren darüber ungehalten und erklärten, der von Papst Johannes erhaltenen Weisung gemäß hätten sie nicht einmal, sondern zweimal und öfter den Metrophanes alles Ernstes vermahnt und aufgefordert, sich von seinem Wahne loszumachen und sich mit der Kirche Gottes zu vereinigen;[61]) nachdem

---

[55]) ὥσπερ γὰρ ἐν ἐκείναις οἱ ἀρχιερατικοὶ θρόνοι πάντες συνδραμόντες, οἱ μὲν δι' ἑαυτῶν, οἱ δὲ διὰ τοποτηρητῶν τὰ πιστὰ καὶ (Mon. add.) βέβαια τῶν δογμάτων κατεστήσαντο, οὕτω καὶ αὐτῇ, καὶ ἐκ τοῦ ἁγιωτάτου πάπα Ῥώμης τοποτηρητὰς ἔχει, ὁμοίως δὲ καὶ ἐκ τῶν τῆς καθ' ἡμᾶς ἀνατολῆς θρόνων. καὶ τὰ δόγματα αὐτῆς συγγενῆ καὶ οἰκεῖα καὶ ὁμόδοξα τῶν εἰρημένων ἓξ συνόδων ὑπῆρχεν.

[56]) Mit den Worten: προσκαλεῖταί σε ἅμα τοῖς ἁγίοις τοποτηρηταῖς ἡ προκαθεζομένη αὕτη ἁγία σύνοδος ἀναμαθεῖν βουλομένη τὸν σκοπὸν καὶ τὴν βούλησιν, ἣν περὶ τῆς ἑνώσεως τῆς ἁγίας τοῦ θεοῦ ἐκκλησίας ἔχεις.

[57]) Es ist dieses sicher Basilius III. von Gortyna (Le Quien Or. chr. II. 263), nicht der heilige, der schon früher nach Thessalonich transferirt worden und gegen 870 gestorben war (Acta SS. Febr. I. 242. 243.). In dem vor der ersten Sitzung stehenden Verzeichnisse findet sich dieser Basilius nicht.

[58]) ἅμα τῇ προκαθεζομένῃ συνόδῳ.

[59]) καθαροποίησον ἡμῖν τὰ τῆς γνώμης σου.

[60]) παρακαλῶ ἵνα ἐάσῃς με, ἕως ἂν γένηται ῥᾶσις ἐν ἐμοὶ τῆς φύσεως. καὶ τότ' οὕτως ἀπολογοῦμαι.

[61]) p. 497: παρηγγείλαμεν καὶ ἐνουθετήσαμεν καὶ προσεκαλέσαμεν αὐτὸν, ἀποστῆναι τῆς πλάνης αὐτοῦ καὶ προσελθεῖν τῇ τοῦ θεοῦ ἐκκλησίᾳ.

nun auch auf diese durch die Abgeordneten überbrachte Mahnung derselbe sündhafte Vorwände vorbringe[62]) und wohl leeres Geschwätz und schismatische Reden, nicht aber ein einziges rechtes und heilsames Wort von sich zu geben im Stande sei, anstatt zu sagen: „Siehe ich vereinige mich mit der Kirche nach dem Befehle des heiligsten Papstes Johannes“, lange und eitle Reden halte, ohne von seiner Krankheit gehindert zu sein, so sei seine Krankheit ein bloßer Vorwand.[63]) „Deßhalb“ — fuhren sie fort — „scheiden wir ihn nach dem Befehle des heiligsten und ökumenischen Papstes Johannes und nach den uns übergebenen kirchlichen Sanktionen von aller kirchlichen Gemeinschaft aus, bis er zu seinem rechtmäßigen Hirten zurückkehrt.[64]) Denn wir wollen, daß Ihr wisset, wie der apostolische Papst Johannes uns das aufgetragen, was wir vorher gemeldet und verkündigt haben: daß wir nämlich alle diejenigen auch verurtheilen und die freisprechen sollen, welche Photius der heiligste Patriarch verurtheilen und freisprechen wird, da er und ihr mit uns gleichgesinnt seid,[65]) und daß diejenigen, welche der heiligste und ökumenische Papst Johannes auf kanonische Weise in was immer für einem Grade oder Orte verurtheilt, auch von dem heiligsten Patriarchen Photius als solche angesehen werden sollen, gleichwie auch die von Letzterem Verurtheilten oder Losgesprochenen bei dem heiligsten und ökumenischen Papste in derselben Weise behandelt und betrachtet werden müssen. Wofern es Euerer Heiligkeit gefällt, soll dieser Vorschlag zu einem Canon erhoben werden.“[66]) Das wurde sogleich genehmigt.

Die römischen Legaten, sonst hinter Photius in der ganzen Synode zurücktretend, treten in den Vordergrund, wo es sich darum handelt, den byzantinischen Patriarchen zu verherrlichen; zu seinen Gunsten ergreifen sie hier die Initiative und zwar in einem Punkte, der auf die völlige Gleichstellung von Altrom und Neurom hinauslief. Es war eine Art Kartel zwischen diesen beiden Patriarchen, wornach jeder die Exkommunikationen und Absetzungen, wie die Absolutionen und Freisprechungen, die von dem Anderen ausgegangen waren, anerkennen und genehm halten sollte.[67]) Es wurde das im ersten der drei von dieser Synode erlassenen Canonen[68]) also formulirt: „Es hat die heilige und ökumenische Synode beschlossen, daß, wofern einige Cleriker oder Laien oder Bischöfe, die in Asien oder Europa oder Libyen sich aufhalten, von dem heiligsten Papste Johannes mit einer Censur, sei es mit der Absetzung,

---

[62]) προφάσεις ἐν ἁμαρτίαις προφασίζεται.

[63]) τοὺς μακροὺς μὲν φλυαρίας λέγειν αὐτὸν ἡ νόσος οὐδὲν ἐμποδίζει, τὴν δὲ σωτηρίαν ὁμολογίαν (Mon. 136. p. 196: αἰτίαν) μὴ βουλόμενος εἰπεῖν αἰτιᾶται τὴν νόσον.

[64]) χωρίζομεν αὐτὸν ἀπὸ πάσης ἐκκλησιαστικῆς καὶ κοινωνίας καὶ συνάξεως, ἕως ἂν ἐπιστραφῇ εἰς τὸν ἴδιον ποιμένα.

[65]) ἵνα καὶ συγκαταδικάζωμεν καὶ συναθωῶμεν, οὓς ἂν Φ. ὁ ἁγ. πατριάρχης ἢ καθαιρέσει ἢ ἀθωώσει καθυποβάλῃ, αὐτοῦ τε καὶ ὑμῶν ὁμογνωμονούντων ἡμῖν.

[66]) πλὴν εἰ δοκεῖ τῇ ἁγιωσύνῃ ὑμῶν, καὶ εἰς κανόνος τάξιν ἡ προκειμένη ἐπίδοσις ἀναληφθήτω.

[67]) Vgl. Fleury t. IX. p. 486. Döllinger Lehrb. I. 395.

[68]) Bei Mansi XVI. 519. 550. XVII. 497. 504. Hard. VI. 319 seq. Pitzipios L'Eglise orientale t. I. p. 22. 23. n. 8.

sei es mit dem Anathem, belegt sind, dieselben auch von Photius, dem heiligsten Patriarchen von Constantinopel, als ebenso der nämlichen Strafe als Abgesetzte oder Gebannte unterworfen behandelt und betrachtet werden.[69]) Die Cleriker oder Laien oder Mitglieder des hohepriesterlichen und priesterlichen Standes in was immer für einer Diöcese, die von Photius exkommunicirt, abgesetzt oder anathematisirt werden, soll der heiligste Papst Johannes und die heilige Kirche der Römer für derselben Strafe unterworfen halten, ohne daß die dem heiligsten Stuhle von Rom zukommenden Vorrechte wie die seines Vorstehers im geringsten alterirt werden, weder jetzt noch in Zukunft."[70]) Dieser Canon, nur in gewissem Sinne an Nic. can. 5. sich anlehnend, weicht von der älteren kirchlichen Fassung der Canones auch darin ab, daß er die Personen von Johannes und Photius direkt in das Auge faßt, nicht die Patriarchalsitze; er stimmt mit einem schon im zweiten Briefe an Papst Nikolaus von Photius vorgebrachten Antrage ganz zusammen, so daß ohne Zweifel die ganze Sache von diesem ausging. Die späteren griechischen Canonisten haben ihn ausführlich kommentirt. Balsamon[71]) bemerkt dazu: Einige Exkommunicirte oder sonst kirchlich Bestrafte kamen von Altrom nach Constantinopel und umgekehrt; daraus entstanden Aergernisse zwischen beiden Kirchen[72]) und deßhalb ward das hierauf Bezügliche damals dieser ökumenischen Synode vorgetragen. Um jedes Aergerniß zu beseitigen, setzten die Väter fest, daß alle wie immer vom Papste Verurtheilten auch beim Patriarchen von Constantinopel verurtheilt seien und umgekehrt. Gegen den Einwand der Italer, das sei zur Beschränkung der Vorrechte des Stuhles von Altrom sanktionirt, weil die Gleichstellung mit ihm hierbei ausgesprochen werde, setzten die Väter bei: „ohne daß dabei weder jetzt noch in Zukunft eine Aenderung oder Neuerung an den Vorrechten eintrete, die dem heiligsten Stuhle der römischen Kirche und ihrem Bischofe zustehen"[73]) — eine Schlußklausel, von der Zonaras behauptet, sie habe früher gegolten, gelte aber nicht mehr, seit die römische Kirche in dogmatischem Irrthum befangen sei.[74]) Auf die Frage, was in Betreff der anderen Patriarchen gelte, antwortet Balsamon, dasselbe sei bezüglich ihrer Stellung der Fall.

---

[69]) εἴ τινες τῶν ἐξ Ἰταλίας κληρικῶν ἢ λαϊκῶν ἢ ἐπισκόπων ἐν τῇ Ἀσίᾳ ἢ Εὐρώπῃ ἢ Λιβύῃ διατρίβοντες ὑπὸ δεσμὸν ἢ καθαίρεσιν ἢ ἀναθεματισμὸν παρὰ τοῦ ἁγιωτάτου πάπα Ἰ. ἐγένοντο, ἵνα ὦσιν οἱ τοιοῦτοι καὶ παρὰ Φ. τοῦ ἁγ. πατρ. ΚΠ. ἐν τῷ αὐτῷ τῆς ἐπιτιμίας ὅρῳ, τ. ε. ἢ καθῃρημένοι ἢ ἀναθέματι καθυποβεβλημένοι (Mon. ἢ ἀναθεματισμένοι) ἢ ἀφωρισμένοι.

[70]) μηδὲν τῶν πρεσβείων τῶν προσόντων τῷ ἁγιωτάτῳ θρόνῳ τῆς Ῥωμαίων ἐκκλησίας, μηδὲ τῷ ταύτης προέδρῳ τὸ σύνολον καινοτομουμένων, μήτε νῦν, μήτε εἰς τὸ μετέπειτα.

[71]) Balsamon. in h. can. Bever. I. p. 360.

[72]) καὶ ἐπεὶ ἐκ τούτου σκάνδαλα μέσον τῶν δύο ἐκκλησιῶν ἐγεννῶντο.

[73]) ὡς δέ τινες τῶν ἐξ Ἰταλίας εἰπόντες, ἐπὶ περιγραφῇ τῶν προνομίων τοῦ θρόνου τῆς παλαιᾶς Ῥώμης ταῦτα θεσπίζεσθαι διὰ τῆς ἐξισώσεως, προσέθεντο ἀπαιτούμενα, συντηρεῖσθαι εἰς τὸ ἑξῆς τὰ πρεσβεῖα καὶ τὴν τιμὴν τοῦ προέδρου αὐτῆς.

[74]) Zonar. ib. p. 361: ἀλλὰ ταῦτα τότε, ὅτε οὔπω περὶ τὴν πίστιν ἡ Ῥωμαίων ἐκκλησία ἐσφάλλετο καὶ πρὸς ἡμᾶς διεφέρετο. νῦν δὲ ἡμῖν τὰ πρὸς ἐκείνην ἀσύμβατα.

Die Diskussion über diesen vom Protonotar Petrus verlesenen Canon war in der Synode ziemlich kurz. Auf die Frage der römischen Legaten, ob derselbe den Versammelten gefalle, erfolgte eine bejahende Antwort. Die Vertreter der drei orientalischen Stühle, deren in diesem Texte gar nicht gedacht ward und deren Bischöfe gewissermaßen schon als Unterpatriarchen des Photius erschienen, äußerten sich darüber in theils nichtssagender, theils auch in lächerlich übertriebener Weise zu Ehren des Photius. Elias von Jerusalem sagte zuerst: „Gott hat es so gemacht, daß sowohl die Stühle des Orients als auch der heiligste Papst Johannes Eine Seele und Ein Geist mit unserem heiligsten Patriarchen Photius sind und ihr Wollen ein gemeinsames und unzertrennliches ist." [75]) Basilius von Martyropolis sprach: „Die höchsten Hohenpriester unserer Stühle, die noch weit mehr eine unzertrennliche Freundschaft für den heiligsten Patriarchen Photius hegen, seit er auf den Patriarchenstuhl erhoben ward, [76]) haben auch uns eben dazu gesandt, indem sie ihre Gewalt und Auktorität [77]) dem heiligsten Patriarchen Photius verliehen, damit, wofern ein Geistlicher oder Laie sich von der heiligen Kirche Gottes trennen sollte, das was seiner Heiligkeit gut scheint, gegen ihn in Anwendung gebracht werde. Da nun Photius die Gewalt der orientalischen Stühle empfangen und dazu noch die Macht der Auktorität der Römer, wie wir eben vernommen, erhalten oder vielmehr schon vorher von Gott als größter Hoherpriester im Besitze hat, [78]) so halten auch wir Alle für gebunden, die er mit dem unlösbaren Bande des heiligen Geistes binden wird, und Alle für gelöset, die von ihm Lösung erlangen."

Hier erscheint Photius als bekleidet mit der Gewalt aller fünf Patriarchen, als ihr Mittelpunkt, als oberster Hirt der Kirche, als Patriarch der Patriarchen, wie er auch bisweilen von den Seinen genannt wird. Alle Anderen übertragen ihm ihre Gewalt und statten ihn aus mit ihren Vorzügen; er ist gleichsam die gemeinsame Frucht aller Aeonen im großen kirchlichen Pleroma. [79]) Aber was sie geben, hat er eigentlich doch schon vorher, er hat es unmittelbar von Gott, der ihn zum Pontifex maximus im vollsten Sinne des Wortes erhoben hat. In ihm gelangen die fünf Patriarchate zur Einheit und die Pentarchie kehrt wieder in die Monarchie zurück. Der Titel „ökumenischer Patriarch" ist so zur vollen Wahrheit geworden. Das ist die Theorie, die unsere Akten ausprägen, [80]) freilich nur bezüglich der Person des Photius.

Die römischen Legaten äußerten sich nun folgendermaßen: Gepriesen sei Gott, daß auf diese Weise die Urtheile und Entschlüsse aller hochheiligen Patri-

[75]) p. 500 A.: μία ψυχὴ καὶ μία σύμπνοια, καὶ τὸ θέλημα αὐτῶν (Mon. cit. p. 197 richtig) κοινὸν καὶ ἀδιάσπαστον.

[76]) ἀδιάσπαστον τὴν γνώμην ἔχοντες πρὸς τὸν ἁγ. πατριάρχην Φ., ἀφ' οὗ καὶ εἰς τὸν ἀρχιερατικὸν ἀνηνέχθη βαθμόν.

[77]) δόντες ἐξουσίαν καὶ αὐθεντίαν Φωτίῳ.

[78]) ὡς οὖν καὶ τὴν τῶν ἀνατολικῶν θρόνων ἐξουσίαν εἰληφὼς καὶ τῆς τῶν Ῥωμαίων αὐθεντίας τὸ κῦρος προςλαβόμενος, καθὼς ἀρτίως ἠκούσαμεν, μᾶλλον δὲ πρώην ἐκ θεοῦ ὡς ἀρχιερεὺς μέγιστος (pontifex maximus). Cf. M. XVI. 39.

[79]) Im System des Valentinus Philos. l. VI. p. 190.

[80]) Quo canone, sagt Natalis Alexander, Patriarchae omnes aequales (?) significan-

archen sich vereinigten und durch die gemeinsame Eintracht und den Frieden Alles, was von der heiligen und ökumenischen Synode angefangen und verhandelt worden ist, zum guten Ende gebracht ist. Die Bischöfe riefen mit mißbräuchlicher Anwendung von Luk. 19, 40: Daß das von uns Vollbrachte ein gutes Ende erhalten hat, würden, selbst wenn wir schweigen wollten, die Steine rufen. Wer nicht festhält an dem von dieser heiligen und ökumenischen Synode Vollbrachten, der wird getrennt sein von der heiligen und gleichwesentlichen Dreieinigkeit![81]) Darauf befragten die Bischöfe die Legaten Rom's, was mit den Schismatikern geschehen solle, die nach Beendigung der Synode reuig zurückkehren würden. Die Legaten entgegneten, wie sie früher bemerkt, habe der heiligste Papst Johannes dem heiligsten Patriarchen Photius die Fakultät ertheilt, die Reuigen aufzunehmen und die Unbußfertigen zu verurtheilen. Dagegen ward keine Einrede gemacht.

Die Legaten beantragten nun, daß dem Metrophanes das über ihn gefällte Urtheil kund gegeben werde. Die Synode ging sogleich darauf ein und wählte zu Abgeordneten die Metropoliten Johannes von Heraklea, Daniel von Ancyra und Georg von Nikomedien. Diesen gegenüber machte Metrophanes abermals seine Krankheit geltend sowie den Wunsch, die drei Legaten des Papstes möchten in eigener Person sich zu ihm bemühen. Die von den drei Erzbischöfen der Synode hinterbrachte Antwort desselben,[82]) die auf die ausgesprochene Verurtheilung gar nicht eingeht, scheint, wenn nicht absichtlich entstellt, doch keineswegs ganz genau gegeben zu sein. Nach Ablesung derselben erklärten die römischen Legaten ganz wie früher, statt dieser vergeblichen Worte hätte derselbe nur Ein würdiges Wort zu sagen gehabt, daß er in die Gemeinschaft der Kirche eintrete;[83]) sein Hinausschieben helfe ihm nichts und könne ihn nicht von der über ihn ausgesprochenen Strafe befreien.[84]) Prokopius von Cäsarea bemerkte, öfter schütze er Krankheit und Schwäche vor, er suche mit allen Mitteln dem Gerichte der Legaten zu entgehen.[85]) Diese erklärten, sie hätten nach dem Befehl des heiligsten und ökumenischen Papstes gesprochen, man solle sich an das verlesene Schreiben desselben erinnern, worin vom kirchlichen Frieden und der Aufnahme der aufrichtig ihn Wünschenden und Bußfertigen die Rede sei, sowie daran, daß die Hirten alles Gebundene zu lösen vermögen. Wofern sie, fiel Prokopius ein, das Gebundene nicht lösen, was

tur et per cuniculos convellitur jus appellationum ad Apost. Sedem et Rom. Pontificis primatus.

[81]) κεχωρισμένος ἔσται τῆς ἁγίας καὶ ὁμοουσίου (so richtig Mon. cit.) τριάδος.

[82]) Sie lautet: ὥσπερ ἀσθενεῖ νόμος οὐ κεῖται κατὰ τὸν ἀπόστολον, οὕτως οὐδὲ νοσοῦντι καὶ χαλεπῶς ἀσθενοῦντι· ἃ τοίνυν προβάλλεται ἡ ὑμετέρα ἁγιωσύνη, ὡς μετ' ἐξουσίας τοῦ πάπα, τῇ ἡμῶν ταπεινώσει νῦν οὐχ ἁρμόττοντα· νοσηλευόμεθα γάρ, ὥσπερ ἠρωτήκατε, καὶ οὐχ οἷοί τέ ἐσμεν ἐλθεῖν. ἐὰν δὲ θέλητε τελείαν ἀπόκρισιν λαβεῖν περὶ τῆς ἐπιλησμονικῆς ἐκθέσεως, κοπιάσατε μόνον οἱ τρεῖς πρὸς τὴν ἡμετέραν ταπείνωσιν καὶ ἵνα λαλήσω ὑμῖν καὶ γνωρίσω τὸ ἀρεστὸν ἐνώπιον τοῦ θεοῦ γενήσεται.

[83]) p. 501 A.: ὅτι κοινωνός εἰμι τῆς ἐκκλησίας.

[84]) διὰ τοῦτο οὐδὲν ὠφελήσει τὸ ἀναβάλλεσθαι, οὐδὲ δύναται αὐτὸν ἐξελέσθαι τῆς ἐπενεχθείσης αὐτῷ ἐπιτιμίας.

[85]) πᾶσι τρόποις μεθοδεύεται τὴν ἐπὶ τῆς ὑμῶν ἁγιωσύνης κρίσιν διαφυγεῖν.

können sie sonst thun?[86]) Petrus der Cardinal entgegnete: Der ökumenische und apostolische Papst Johannes, der diese Gewalt vom Apostelfürsten Petrus empfangen hat, hat dieselbe Binde- und Lösegewalt auch dem heiligsten Patriarchen Photius verliehen. Metrophanes aber will durch solche Ausflüchte der ihm drohenden Verdammung entgehen, was ihm jedoch nicht gelingen wird. Denn mit der ihm vom heiligsten Papste Johannes verliehenen Gewalt wird der heiligste Patriarch Photius auch ohne unsere Anwesenheit über ihn die gebührende Verurtheilung aussprechen.[87])

Die definitive Verdammung des damaligen Hauptes der Ignatianer ward also dem Photius überlassen. Bei der in Byzanz herrschenden Verworfenheit könnte man übrigens die dem Metrophanes beigelegten Antworten nicht als über jeden Zweifel erhaben gelten lassen wollen. Der Wunsch jedoch, mit den Legaten allein zu reden, war bei ihm sehr natürlich; aber nach den einmal gegebenen Instruktionen konnte die Besprechung mit denselben ihm keinen großen Trost gewähren; von ihnen hatte er nichts mehr zu hoffen und mußte sich, wofern er es noch nicht war, nur auf schmerzliche Weise enttäuscht sehen. Da ferner die Photianer von den Legaten hierin nichts zu fürchten hatten, so mag auch im Allgemeinen die von ihnen mitgetheilte Aussage über die Krankheit des Vorgeladenen auf Wahrheit beruhen, wenn man ihn vielleicht auch läppischer reden ließ, als es wirklich der Fall war.

Nun ergriff Photius die Initiative zu einem neuen Gesetzvorschlag in Betreff der Bischöfe, die zum Mönchsstande übergetreten waren.[88]) Es scheine ihm, daß solche Prälaten, die sich unter den Gehorsam begeben,[89]) ihre Stühle nicht beibehalten könnten. Die Legaten sagten, das sei bei ihnen auch nicht der Fall; wer vom Episkopat in die Zahl der Mönche, also der Büßer, übergehe, könne nicht ferner den bischöflichen Rang behaupten.[90]) Auch die Apokrisiarier von Antiochien und Jerusalem versicherten, bei ihnen geschehe das ebenfalls nicht; Mönche könnten wohl Bischöfe werden, aber Bischöfe nicht Mönche sein und dabei Bischöfe bleiben. Die Synode verlangte, es solle darüber ein Canon festgesetzt werden, da häufig über diese Frage unter ihnen Zweifel entstanden seien,[91]) da ein Theil behaupte, es könnten Bischöfe, die in den Mönchsstand getreten, die bischöflichen Funktionen vornehmen, ein Theil aber dieses läugne. Höchst wahrscheinlich hatte dieser Canon eine Beziehung nicht sowohl auf Ignatius, der nach seiner Vertreibung eine Zeitlang in seinem Kloster gelebt hatte und doch 867 wieder eingesetzt worden war, als auf die Igna-

---

[86]) ἐὰν τὰ δεδομένα αὐ(τοῖς) λέγωσιν (οἱ ποιμένες), τί δύνανται ἄλλο ποιεῖν;

[87]) ἔχων γὰρ τὴν δοθεῖσαν αὐτῷ ἐξουσίαν παρὰ τοῦ ἁγ. πάπα Ἰωάννου ὁ ἁγ. πατριάρχης Φ. καὶ ἄνευ τῆς ἡμετέρας παρουσίας τὴν ἁρμόζουσαν αὐτῷ καταδίκην ἐπάξει.

[88]) περὶ τῶν ἀπὸ (add. Mon. 436. p. 198.) ἀρχιερατικοῦ τάγματος ἑαυτοὺς εἰς τὴν τῶν μοναχῶν καταλεγόντων χώραν.

[89]) εἰς ὑποταγὴν ἑαυτοὺς παραδιδόντες (Mon. παραδόντες.)

[90]) τοῦτο παρ' ἡμῖν οὐκ ἔστιν οὐδὲ δέχεται. ὅστις γὰρ ἐὰν ἀπὸ ἀρχιερατικοῦ τάγματος εἰς τὴν τῶν μοναχῶν, τουτέστι τῶν μετανοούντων, καταριθμηθῇ χώραν, οὐ δύναται ἔτι τὸ τῆς ἀρχιερωσύνης ἑαυτῷ διεκδικεῖν ἀξίωμα. Vgl. Gratian c. 45. C. VII. q. 1.

[91]) πολλάκις γὰρ ἐν ἡμῖν ἀμφιβολίαι γίνονται περὶ τῆς ὑποθέσεως ταύτης.

tianischen Prälaten, von denen viele in Klöstern eine Zufluchtsstätte suchten und die man zur Fortführung des bischöflichen Amtes untauglich machen wollte.[92])

Der festgesetzte zweite Canon lautete: „Obschon bis jetzt einige Bischöfe, die in den Mönchsstand hinabstiegen, in der vollen bischöflichen Würde mit Gewalt zu verbleiben sich bemühten[93]) und man ihnen dieses nachgesehen hat, so hat doch diese heilige und ökumenische Synode, um diese Nachläßigkeit zu verbessern und dieses ungeordnete Verfahren auf die Regeln der kirchlichen Ordnung zurückzuführen,[94]) den Beschluß gefaßt, daß, wofern ein Bischof oder ein anderer Hierarch zum Mönchsleben übergehen und in die Reihe der Büßer eintreten will, dieser sich nicht ferner die bischöfliche Würde beilegen darf. Denn die Mönchsinstitute haben die Bedeutung und die Stellung des Gehorsams und des Lernens, nicht aber des Lehrens und der Vorstandschaft;[95]) die Mönche geloben, nicht Andere zu weiden, sondern sich selbst weiden zu lassen. Deßhalb bestimmen wir dem Gesagten gemäß, daß Niemand, der zu der Reihe der Hirten und Bischöfe gehört, in die Reihe der zu weidenden Schafe und der Büßer hinabsteige; wofern das aber doch Einer nach der Promulgation des gegenwärtigen Dekretes wagen sollte, so beraubt er sich selbst der bischöflichen Würde und soll nicht wieder zu derselben, da er sie thatsächlich verachtet hat, zurückkehren." Diesen Canon hat auch Balsamon mit derselben Begründung kommentirt. Es scheint aber derselbe doch nicht allenthalben praktisch geworden zu sein, ja in Byzanz selbst ward er in späterer Zeit übertreten. Gregor von Constantinopel führt in seiner Apologie gegen Markus von Ephesus mehrere Beispiele dieser Art an.[96]) Der Occident nahm mit einigen Limitationen diesen Canon auf.[97])

---

[92]) Vgl. Lupus not. in can. Conc. VIII. cap. 15. Assemani Bibl. jur. Or. t. I. p. [illegible] c. 7. n. 159. Pag. a. 879. n. 13.

[93]) βιάζονται (so Mon. cit. p. [illegible]) [illegible].

[94]) ταῦτα ῥυθμίζουσα τὰ παρόραμα καὶ πρὸς τοὺς τῆς ἐκκλησιαστικῆς καταστάσεως θεσμοὺς τὴν ἄτακτον ταύτην ἐπανάγουσα πρᾶξιν.

[95]) αἱ γὰρ τῶν μοναχῶν συνθῆκαι ὑποταγῆς ἔχουσι λόγον καὶ μαθητείας, ἀλλ' οὐχὶ διδασκαλίας ἢ προεδρίας. Ebenso sagt Balsamon l. c. p. 361, der Episkopat sei διδασκαλικὸν ἀξίωμα, der Mönchsstand aber μαθητείας καὶ ὑποταγῆς ἔργον, es sei unmöglich, τὸν ὑποτασσόμενον ἐπὶ θρόνου καθῆσθαι καὶ διδάσκειν. Die Scholastiker sagen, der Episkopat sei status perfectionis acquisitae, der Mönchsstand status perfectionis acquirendae. Der Canon steht im Auszuge bei M. Blastares Synt. alph. Lit. E. c. 29. p. 181 ed. Bev.

[96]) Greg. Cpl. Ἀπολογία εἰς τὴν τοῦ Ἐφέσου ὁμολογίαν. Cod. Monac. 27. f. 140. v. cap. 17: Οὐ θαυμαστὸν οὖν, εἰ καὶ οἱ γ' τοῦ Φωτίου κανόνες ἐν ταῖς βίβλοις εὑρίσκονται· μᾶλλον δὲ καὶ τὸν ἵνα κεφάλαιον ἐπὶ τοῦ Μαυροβλαχίας Ἀνθίμου ἐπίστευ· οὗτος γὰρ εἰς ἑαυτὸν τὸ ἀγγελικὸν σχῆμα ἀναπληρώσας, πάλιν ὑπὸ συνόδου προτραπεὶς τὰ ἀρχιερατικὰ ἐνήργει (Cf. Le Quien Or. chr. I. p. 1251). καὶ Γαβριὴλ δὲ ὁ Οὐλ-βιάδος τὰ ὅσια ποιήσας ἐν τῷ εἴδει αὐτοῦ εἰς ἀρχιερεὺς ἐψηφίσθη καὶ εἰς ἀρχιερεὺς ἐνη-θρονίσθη ἐν τῇ μονῇ τοῦ φιλανθρώπου Χριστοῦ, παρόντων καὶ τοῦ ἁγιωτάτου καὶ ἁγιωτά-του πατριάρχου κυρίου [illegible] (Matthäus der von 1398 bis 1410 Patriarch von Constantinopel Le Quien [illegible]) καὶ τοῦ Σίδης καὶ τοῦ Βεῤῥοίας καὶ τῶν λοιπῶν ἀρχιε-ρέων (Cf. Le Quien I. [illegible]) καὶ μέχρι παντὸς ὁ κανὼν οὗτος οὐκ ἐστέργετο, εἰ μὴ ὅτι εὑρέθη κατακλινόμενος [illegible] τοῦ ἁγίου Θεοδώρου τοῦ Στουδίτου, καθὼς περιέχεται ἐν ταῖς ἐρωταποκρίσεσιν αὐτοῦ.

[97]) Ivo Carnot. P. VII. c. 149. Gratian. c. 45. C. VII. q. 1 u. §. 1. (Canons

Zu einem dritten Canon ergriffen die Bischöfe die Initiative. Es sollte dieser gegen Laien erlassen werden, die Bischöfe und Priester schlagen und mißhandeln, was zwar selten geschehe, aber doch vor nicht langer Zeit vorgekommen sei; solange keine bestimmte Strafe gegen diese Missethäter festgesetzt sei, könne der Böse leicht die Menschen dazu bringen.[98]) Die orientalischen Legaten, besonders Basilius, stimmten bei. So ward als dritter Canon die Bestimmung verkündigt: „Wenn Jemand von den Laien sich in Herrschsucht erhebt und die göttlichen und kaiserlichen Befehle verachtet, über die furchtbaren Sanktionen und Gesetze der Kirche spottet, so daß er es wagt, einen Bischof zu schlagen oder gefangen zu nehmen, sei es ohne allen Grund, sei es, daß er einen solchen vorschützt, so sei er Anathema." Nach der Verkündigung riefen die Bischöfe: Anathema! Merkwürdig ist, daß die Mißhandlung der Bischöfe nur den Laien verboten wird, gleich als sollte ein höherer kirchlicher Würdenträger dazu das Recht haben, etwa der Patriarch. Durch diese schmachvolle Behandlung der Bischöfe, die am stärksten gegen den verstorbenen Ignatius in's Werk gesetzt worden war, wurde die bischöfliche Würde tief erniedrigt; das mußten alle Versammelten einsehen. Wahrscheinlich hatten auch einige photianische Bischöfe Aehnliches erduldet; vielleicht wollte man auch die Infamie der Mißhandlung des Ignatius von der byzantinischen Geistlichkeit abwälzen.[99])

Damit war die Zahl der Canones zu Ende. Nicht einmal den Canon gegen Laienpromotionen nahm man an und hierin zeigte sich Photius jetzt weniger gefügig, als 861, wo er eine Bestimmung hierüber in die Canones aufnahm.[100]) Da jedoch diese in seinem Nomokanon später Platz gefunden hat,[101]) so scheint es fast, er habe hier nur den Römern nicht nachgeben und die von seinen Freunden dagegen vorgebrachten Gründe aufrecht erhalten wollen.[102])

Nun eilte man rasch zum Schluße der Verhandlungen. Photius hielt

---

Thom. 2. 2. q. 185. a. 4 ad 2. Innoc. III. c. 11. de renunc. I. 9.) Vgl. Natal. Alex. Dissert. cit. §. 27. Während Ivo und Gratian den Canon richtig als der unter Johann VIII. gehaltenen Synode von Constantinopel act. V. angehörig citiren, gibt ihn Innocenz III. memoriae lapsu, wie Assemani sagt (l. c. p. 221. n. 160), als Canon Concilii Constantinopolitani primi.

[98]) p. 501: *Ἔτι δὲ ἀξιοῦμεν ἐκτεθῆναι κανόνα καὶ ἐπὶ τῶν εἰς τοῦτο μανίας καὶ ἀπονοίας ἐλθόντων λαϊκῶν, ὥστε ἀρχιερεῖς ἢ ἱερεῖς θεοῦ τύπτειν ἢ φυλακίζειν· εἰ γὰρ καὶ σπανιάκις τοῦτο γέγονεν, ἀλλ' ὅμως οὖν ἴσμεν αὐτὸ οὐχὶ πρὸ πολλῶν χρόνων γεγενημένον. μὴ γὰρ οὔσης ὡρισμένης καὶ περιφανοῦς τῆς τιμωρίας τῶν ταῦτα τολμώντων, μᾶλλον ὁ πονηρὸς κατισχύσει εἰς τοῦτο τὸ ἄθεον ὑποσύρειν ἔργον.* Vgl. Blastar. Synt. alph. Lit. T. c. 11. p. 248. 249 ed. Bever.

[99]) Assemani l. c. p. 220.

[100]) S. oben B. II. A. 7. Bd. I. S. 433 f.

[101]) Nomocan. I. cap. 11. p. 832 bei Justell. et Voell.

[102]) Die drei Canones genoßen wenig Ansehen in der späteren Kirche; wir sehen sie alle mißachtet, obschon Georg Scholarius Dissert. contra addit. Latin. (Dosith. *Τόμος Ἀγάπης* p. 297) versichert: *ἧς δὴ συνόδου* (Photii VIII. oecum.) *καὶ κανόνες ἐν τοῖς τῶν ἱερῶν κανόνων τεύχεσι κεῖνταί τινες ὑπὸ τῆς ἐκκλησίας πάσης τῶν ὀρθοδόξων στεργόμενοι* und Matth. Blastares Praef. Synt. n. 20 sie anführt.

folgende kurze Rede: „Nachdem Alles, was in dieser heiligen und ökumenischen Synode zu verhandeln war, durch das Wohlgefallen Gottes, unter Mitwirkung unserer großmächtigsten Kaiser, unter Zustimmung und Billigung des heiligsten Papstes von Rom, unseres geistlichen Bruders und Vaters, durch die Anwesenheit seiner heiligsten Stellvertreter, wie auch derjenigen der Patriarchalstühle des Orients ein glückliches und wünschenswerthes Ende erreicht hat, so sagen wir dem allergütigsten und menschenfreundlichen Gott Dank, der die Aergernisse und den schismatischen Wahn beseitigt, das Getrennte verbunden, seinen heiligen Kirchen die Eintracht verliehen hat. Wofern aber noch irgend Etwas erübrigt, was gemeinsam zu erledigen wäre, und euere Christusliebende Versammlung Solches wahrnimmt, so soll auch dieses durch gemeinsames Gebet und die Mitwirkung Aller zum entsprechenden Ende geführt werden."

Die römischen Legaten erinnerten daran, daß das ihnen übergebene, in einer vorhergehenden Sitzung vorgelesene Commonitorium auch die Unterschriften der in der Synode des Papstes anwesenden Bischöfe enthielt und beantragten nun, daß die Akten der gegenwärtigen Synode ebenso durch die Unterschriften aller Anwesenden bekräftigt werden möchten.[109]) So viel in ihren Kräften gelegen, hätten sie alle Mühe aufgewendet, nach dem Befehle des großen Hohenpriesters Johannes, des heiligsten Papstes von Rom, alle in der Kirche von Constantinopel früher aufgetauchten Spaltungen und das Unkraut der Aergernisse auszurotten und mit Gottes Hilfe ihr den Frieden zu verschaffen. Sei aber Etwas noch verborgen, was ihnen entgangen, so sei der heiligste Patriarch Photius in Wort und That völlig geeignet, es zu verbessern, sowie die noch aus Thorheit getrennt Bleibenden zu belehren und zu ermahnen, die Unheilbaren aber mit Gerechtigkeit zu bestrafen.[110]) Diese Gewalt habe derselbe schon vor ihrer, der Legaten, Ankunft von Gott gehabt (ganz wie vorher Basilius von Martyropolis gesagt) und jetzt habe er sie durch die Weisung des heiligsten Papstes verdoppelt;[111]) sie betrachteten und verehrten den Photius ganz wie den heiligsten Papst Johannes selbst. — Hier erscheinen Rom's Legaten sicher als sehr gelehrige Schüler der Griechen.

Photius entgegnete: Und wir nehmen euch als Väter an, die ihr die

---

[109]) p. 605 A.: *Παρακαλοῦμεν τοίνυν τὴν ὑμῶν ἁγίαν σύνοδον μετὰ συνέσεως* (so Mon. cit. p. [illegible]) *καὶ βουλῆς ἁπάσης τὰ αὐτὰ πραχθῆναι ἐνταῦθα καὶ διὰ τῆς αἰτίας ἐξ* (die Präposition fehlt im Mon.) *ἰδιοχείρου γραφῆς ἑκάστου ὑμῶν ἐπισφραγίσαι καὶ ἐπιβεβαιῶσαι τὰ .. ἐν τῇ νῦν πραχθέντα τε καὶ τελεσθέντα.*

[110]) *ἐὰν δὲ ἔστι κεκρυμμένον* (Mon. cit.), *ὃ ἡμεῖς ἀγνοοῦμεν, καὶ ἐνελείφθη, γινώσκομεν δυνατὸν ὄντα ἐν τε λόγοις καὶ ἔργοις τὸν ἁγ. πατριάρχην κύριον Φ. ταῦτα διορθώσασθαι, καὶ τοὺς ἔτι ἀπεσχισμένους ἐξ ἀφροσύνης παιδαγωγῆσαι καὶ διδάξαι καὶ νουθετῆσαι καὶ τῇ ἁγίᾳ* [illegible] *συμβιβάσαι τοὺς δὲ ἀνίατα νοσοῦντας μετὰ δικαιοσύνης καὶ τῇ* [illegible] *ἐκκλεῖσαι.*

[111]) *εἶχε γὰρ* [illegible] *ὑμῶν ἐλεύσεως παρὰ θεοῦ* [illegible] *εἶχε, ταύτην διὰ τῆς ἐντολῆς τοῦ* [illegible] *ἐδιπλασίασε.* Wie konnte aber die [illegible] Gott selbst verliehene Gewalt [illegible] Weisung des Papstes verdoppelt, [illegible] werden, das jus divinum durch das jus [illegible] einen Zuwachs erhalten? Wohl nur indem der Papst auch seine Befugnisse auf Photius übertrug.

Stelle des heiligsten Papstes Johannes, unseres geistlichen Bruders und Vaters, vertretet, zumal da ihr den größten Eifer an den Tag gelegt,[106]) alle seine Befehle zu erfüllen und nicht geringe Mühe angewendet habt, das Unkraut der Aergernisse, welches der Böse in dieser heiligen Kirche Gottes ausgestreut hat, auszurotten. In so hoher Ehre halten wir euch und wir gedenken, mit euerem Rathe und euerer Einsicht, sowie wir bisher Alles mit ihm gethan haben, so auch in Zukunft Alles zu behandeln und zu vollbringen.[107])

Bei dieser Schmeichelei gegen die römischen Legaten brachten sich auch die orientalischen in Erinnerung. „Auch unsere Liebe zu Photius im heiligen Geiste dürfte sich nicht geringer zeigen, als die euere (die der römischen Legaten). Denn die heilige Kirche von Jerusalem, die von Antiochien und die von Alexandrien hat es niemals aufgegeben und nie verläugnet (wie doch die römische gethan), daß sie diesen heiligsten Photius für den durchaus kanonischen und legitimen Patriarchen von Constantinopel hält, seit er auf diesen heiligen Stuhl befördert ward, vielmehr haben diese heiligsten Stühle diejenigen, die sich fälschlich für deren Stellvertreter auszugeben und gegen diesen heiligen Mann gottlos zu verfahren wagten, verurtheilt und anathematisirt.[108]) Ich, der geringe Elias, habe viele Leiden seinetwegen erduldet, indem ich Gottes Gebot und den Auftrag des heiligsten Patriarchen von Jerusalem, der mich hieher sandte, erfüllte."

Die Bischöfe riefen nun: Wir danken Gott, daß er uns einen solchen Patriarchen und Oberhirten durch die Vermittlung unserer großmächtigsten Kaiser und die Mitwirkung des heiligsten Papstes Johannes, sowie euerer (der Legaten) Heiligkeit geschenkt hat.

Darauf wurden von den Anwesenden mit Ausnahme des Photius die Unterschriften geleistet und dann der Synode vorgelesen. Die Stellvertreter Rom's unterschrieben zuerst, und zwar sehr weitläufig, das bisher Verhandelte resumirend, ohne eine der 870 gesetzten analoge Clausel. Die Unterschrift des ersten Legaten lautete: „Ich Paulus, der geringste Bischof der heiligen Kirche der Ankonitaner[109]) und Gesandter des heiligen apostolischen Stuhles und meines Herrn Johannes, des dreimal seligen und höchsten Bischofs der heiligen katholischen und apostolischen Kirche der Römer und ökumenischen Papstes, erkenne in dieser heiligen und ökumenischen Synode nach dem Befehle, der Weisung und der Zustimmung unseres heiligsten apostolischen und ökumenischen Papstes Johannes und mit Zustimmung der heiligen Kirche der Constantino-

---

[106]) σπουδὴν ἐπιδείξασθαι Mon. cit.

[107]) ἐν τοιαύτῃ οὖν ὑμᾶς τιμῇ καὶ τάξει ἔχοντές τε καὶ λογιζόμενοι μετὰ βουλῆς καὶ συνέσεως (Mon.) ὑμῶν, ὥσπερ καὶ μέχρι νῦν πάντα διεπραξάμεθα, οὕτω καὶ ἀπὸ τοῦ νῦν περὶ τῶν ὑπολοίπων τῆς ὑμετέρας βουλῆς (καὶ παραινέσεως Mansi) συνεφαπτομένης διαλογισόμεθά τε καὶ τελέσομεν.

[108]) ἀλλὰ καὶ τοὺς τολμήσαντας ψευδῶς τοποτηρητῶν ὀνόματα ἑαυτοῖς ἐπιθεῖναι καὶ κατὰ τοῦ ἁγίου τούτου ἀνδρὸς ἄθεσμα ἐνταῦθα πρᾶξαι .. ἀποβαλόμενοι τῷ ἀναθέματι παραδεδώκασι.

[109]) p. 508 A.: τῶν Ἀρμενιτῶν.

politaner wie mit dem Consens der Vertreter der drei anderen Patriarchalstühle und mit dem Beschluße dieser heiligen und ökumenischen Synode [110]) den hochwürdigsten Photius als legitimen und kanonischen Patriarchen in der hohepriesterlichen Würde an und halte mit ihm Gemeinschaft gemäß dem Inhalt und Wortlaut der (päpstlichen) Schreiben und der Instruktion. Ich verwerfe und anathematisire die gegen ihn gehaltene Synode von Constantinopel, ebenso erkläre ich Alles, was gegen ihn geschehen ist zur Zeit des Papstes Hadrian frommen Andenkens, für nichtig, verwerfe und anathematisire es; jene Versammlung rechne ich keineswegs zu der Zahl der Synoden. Sollte es sich ereignen, daß Einige die heilige Kirche Gottes spalten und sich abwenden von ihrem Erzhirten und ökumenischen Patriarchen, dem heiligen Photius, so sollen sie getrennt sein von der heiligen Kirche Gottes und außerhalb der Gemeinschaft verbleiben, bis sie zu der Kirche zurückkehren und Gemeinschaft halten mit dem heiligsten und ökumenischen Patriarchen und sich in Allem dem apostolischen Stuhle konformiren. Die zu Nicäa zum zweitenmale wegen der heiligen Bilder in den Tagen Hadrian's I., des Papstes von Rom ehrwürdigen Andenkens, und des Tarasius, des heiligsten Patriarchen der Kirche der Constantinopolitaner, gehaltene heilige und ökumenische Synode nenne ich die siebente heilige und ökumenische Synode und zähle sie den sechs heiligen Synoden bei. Also habe ich eigenhändig unterschrieben."

Dieselben Erklärungen sollen mit ihren Unterschriften Eugen von Ostia und der Cardinalpriester Petrus abgegeben haben. Da aber diese Erklärungen ursprünglich lateinisch abgefaßt waren [111]) und zudem Vieles enthalten, was den römischen Bräuchen und Traditionen ganz ferne liegt: [112]) so können wir in diesem Formular, wie es griechisch vorliegt, nur ein interpolirtes Machwerk erkennen.

Nach der Verlesung dieser Erklärungen der römischen Legaten sprachen die Bischöfe ihren Dank gegen Gott aus, daß er durch die Bemühung des heiligsten Papstes Johannes mittelst der Stellvertreter desselben seine heilige katholische und apostolische Kirche geeinigt. Nun gaben auch die drei orientalischen Legaten analoge Erklärungen mit ihren Unterschriften ab, und zwar in einer dem alten Range entgegengesetzten Reihenfolge, zuerst der Vertreter von Antiochien, dem man wahrscheinlich in Rücksicht auf seinen Charakter als Erzbischof den Vorrang einräumte, dann Elias von Jerusalem, zuletzt Kosmas von Alexandrien. In diesen Erklärungen ward besonders hervorgehoben, daß diese Stühle schon vor dieser Synode und zu jeder Zeit den Photius anerkannt; [113]) sonst enthielten sie dieselben Hauptpunkte: Anerkennung der Legiti-

[110]) καὶ συναινέσει τῆς ἁγ. τῶν ΚΠ. ἐκκλησίας καὶ συμφωνίᾳ τῶν τοποτηρητῶν.. καὶ σὺν ἀποφάσει ταύτης τῆς ἁγ. καὶ οἰκουμενικῆς συνόδου.

[111]) Die Worte p. 508 A.: δι' ἑρμηνέως ἀνέγνων τὰς ὑπογραφάς weisen deutlich darauf hin.

[112]) Den Titel „ökumenischer Patriarch" geben in den sonstigen Akten die römischen Legaten dem Photius nicht.

[113]) p. 509: μᾶλλον δὲ καὶ πρὸ ταύτης (συνόδου) οὕτω φρονῶν κ. τ. λ.

mikäl des Photius — Verwerfung der gegen ihn „von wem immer und an was immer für einem Orte" gehaltenen Concilien — Annahme der zweiten Synode von Nicäa als der siebenten ökumenischen.

Sodann unterschrieben die Erzbischöfe und Bischöfe des byzantinischen Patriarchats. Voran der Protothronus: „Ich Prokopius, durch Gottes Barmherzigkeit Erzbischof von Cäsarea in Kappadocien, habe in Allem mit dieser heiligen und ökumenischen Synode übereinstimmend sowohl in Betreff der Anerkennung des heiligsten Patriarchen Photius als in der Verwerfung alles dessen, was gegen ihn geschrieben und gesprochen worden ist, und zugleich die zweite Synode von Nicäa als heilig und ökumenisch anerkennend und bekräftigend mit eigener Hand unterschrieben." Mit derselben Formel unterschrieben Gregor von Ephesus und Johannes von Heraklea. Es folgten dann [114]) der andere Johannes von Heraklea, Gregor von Cyzikus, Daniel von Ancyra, Georg von Nikomedien, Markus von Elda, Theophylakt von Sardes, Zacharias von Chalcedon, Cyprian von Klaudiopolis, Zacharias und Georg von Antiochien, Ignatius von Hierapolis und so die übrigen Erzbischöfe, dann die Bischöfe — in einer Gesammtzahl von mehr als dreihundertsechzig.

Nachdem Alle unterschrieben, sprach die Synode viele Danksagungen dem Urheber alles Guten für das Geschehene aus und brachte dann die üblichen Akklamationen vor. „Viele Jahre den Kaisern! Den großen Kaisern und Selbstherrschern Basilius, Leo und Alexander viele Jahre! Der frömmsten Augusta Eudokia viele Jahre! Dem im Purpur geborenen und von Gott erkorenen Syncellus Stephan viele Jahre! Den heiligsten Patriarchen Photius und Johannes viele Jahre!" [115])

---

7. Die beiden nachträglichen (halböffentlichen) Sitzungen.

Photius hatte so ziemlich Alles erreicht, was er wünschen konnte. Die gegen ihn vor zehn Jahren gehaltene Synode war antiquirt und verdammt; er hatte die Anerkennung Rom's und aller anderen Patriarchen; die ihm noch abgeneigten Ignatianer waren völlig schutzlos seiner Willkür Preis gegeben und fanden keine Stütze mehr in Rom. Eine höchst zahlreiche Synode, die in der Menge der Theilnehmenden gegen die frühere achte Synode abstach und den Titel einer ökumenischen mit weit größerem Rechte als jene führen zu

---

[114]) Während der Text bei Mansi p. 512 D. mit den Worten: καὶ καθεξῆς ἅπαντες οἱ ἀρχιερεῖς κατ' ὄνομα οἱ ἐν τῇ ἀρχῇ τῶν πρακτικῶν δηλωθέντες, ἕκαστος τὸ ὄνομα ἰδιοχείρως ἐπιγράψας die weiteren Unterschriften übergeht, gibt sie Cod. Mon. 436. p. 203—206 ausführlich: Ἰωάννης ἕτερος Ἡρακλείας ἐπίσκοπος . . . u. s. f. bis herab auf den Bischof Johannes von Tolimium. Nur einige Prälaten fehlen von den am Eingang der ersten Sitzung verzeichneten, wie der vierletzte Ἀέτιος Λόρνων. Diese Unterschriften stehen auch in Cod. Ottobon. 27. f. 375—378. Im Mon. cit. beträgt die Zahl der Unterschriften 381.

[115]) Bei Mansi steht Johannes voran; der ältere Cod. Mon. 436. p. 206 stellt aber den Photius auch hier vor Johannes.

können schien, hatte ihn verherrlicht und gepriesen; sie schien von weltlichem Einflusse völlig frei, nicht einmal kaiserliche Commissäre waren hier zugegen, während sie dort eine bedeutende Rolle gespielt. Was dort geschehen, ward als Betrug, Lüge, Ungerechtigkeit und Gottlosigkeit gebrandmarkt; was hier geschah, erschien als die glänzendste Manifestation kirchlicher Einheit und Eintracht, als der schönste Sieg der ungerecht Verfolgten und Unterdrückten. Allen demüthigenden Forderungen des Papstes hatte Photius zu entgehen gewußt; man hatte diesen als Werkzeug benützt und in einem ganz anderen Sinn, als er es gewollt, gehandelt. [1]) Johann VIII. hatte durch seine Nachgiebigkeit sein Ansehen im Orient geschwächt, Photius hatte das seinige bis zur Gleichstellung mit dem Papste erhöht. Dafür hatte er verhältnißmäßig nur geringe Opfer gebracht: ausnehmende Artigkeit für die Legaten, stete Betheuerung seiner Liebe und Ehrfurcht für den geistlichen Bruder und Vater in Rom, große Lobeserhebungen der heiligen Kirche von Altrom hatten ihm wenig gekostet und wurden durch die Reden so vieler ihm ergebenen Prälaten und durch die auf seine Person gehäuften Lobsprüche reichlich kompensirt.

Aber eben die veränderte Stellung gegen Altrom war ein sprechendes Zeugniß gegen den stolzen Byzantiner. Derselbe Mann, der einst die Lateiner für gottlose Häretiker erklärt und damit die Trennung von ihnen gerechtfertigt, hatte die Vereinigung mit ihnen wieder nachgesucht, ohne seinerseits eine Bedingung zu stellen, ohne daß dieselben ihre so heftig getadelten „Irrthümer“ hätten aufgeben müssen, ja er pries die römische Kirche laut als heilig und göttlich, als eine Leuchte der Wahrheit. Von Nikolaus zurückgewiesen organisirt er die Spaltung, von Johannes anerkannt ignorirt er sie völlig, bereit, sie wieder aufzunehmen, sobald Rom wieder sich gegen ihn erhebt. Was ihm ganz unschuldig und unbedeutend ist, wenn er des Friedens mit Rom bedarf und ihn zu erreichen hofft, das wird ihm höchst wichtig und strafbar, geräth er mit Rom in Kampf. Die Gründe, mit denen er vordem sein Schisma beschönigt, hat sein eigenes Verfahren als bloße Prätexte gezeigt, das Dogma der Lateiner war Vorwand, nicht Ursache der Spaltung gewesen. [2]) Das Heilige ist ihm ein Spiel, ein Werkzeug seines Interesse; die gefährliche Waffe birgt er im Busen, so lange sie keinen Nutzen schaffen kann. Nicht die Sache

[1]) Vgl. Neander S. 318.

[2]) Johannes Beccus entwickelt dieses ausführlich in seinem Tractatus demonstrans, ὅτι πάντη καὶ ἐπ᾽ οὐδενὶ εὐλόγῳ αἰτίᾳ αἱ ἐκκλησίαι τοσοῦτον χρόνον ἀλλήλαις ἀπεσχοινισμέναι (bei Allat. de Purgat. Append. Romae 1655. p. 591—607.). Er vergleicht die Aeußerungen des Photius in der ep. 2 ad Nicol. mit denen der ep. encyclica und zeigt, wie er das in der ersteren halb drohend Angedeutete nachher verwirklichte, dann aber wiederum in seiner Synode unter Johann VIII. die vollste Freundschaft für diesen und den innigsten Anschluß an Rom vorschützte. Vgl. auch Becc. L. III. ad Theod. Sugd. c. 2 seq. (Allat. Graec. orthod. II. p. 131—141.) Constantin. Meliten. L. II. de proc. Sp. S. c. 141 (ib. II. 910—912.) Maxim. Chrysoberg. de proc. Sp. S. c. 3 (ib. II. 1081, 1082.) Georg. Metoch. Orat. hist. de un. (apud Allat. c. Hotting. p. 429—432.) Allat. de consens. II. 6, 8. p. 585—588. contra Creyght. p. 212. contra Hotting. c. 19. p. 421 seq.

der Wahrheit und der Orthodoxie, sondern seine eigene Sache hat ihn in seinen dogmatischen Kämpfen geleitet. Er schuf die Trennung und das Aergerniß; er beseitigte es wieder.[3])

Vom Dogma ward in der ganzen Synode geschwiegen;[4]) Photius hütete sich jetzt den Kampf zu erneuern; der „häretische Occident“ war ihm jetzt befreundet. Er hatte nicht, wie einst vom Bischof Donatus und seinen Begleitern ein Glaubensformular von den päpstlichen Legaten verlangt, vielmehr sie als Brüder und Freunde unbedingt willkommen geheißen; seine Reden strömten von Liebe- und Eintrachtsversicherungen über.

Dennoch einen Schritt wollte er noch gegen das verhaßte Dogma der Lateiner thun, um für den etwaigen Wiederausbruch der Feindseligkeiten mit Rom — denn das Verfahren des Nikolaus, der einst den Zacharias und Rodoald desavouirt, stand ihm noch im Gedächtniß — eine starke Waffe zu haben, um in den Augen der Orientalen nicht als ganz von seiner früheren Lehre abgekommen und abgefallen, als sich selber untreu zu erscheinen, um seine Union mit Rom auch bei denen zu rechtfertigen, die er einst gegen dessen Häresien aufgeregt, um seiner Doktrin die Herrschaft in der orientalischen Kirche zu sichern. Er ging daran sehr vorsichtig und suchte eine indirekte Verdammung der im Abendland herrschenden Lehre vom heiligen Geiste zu sanktioniren. So viel er sich auch von der Gefälligkeit und Nachgiebigkeit der römischen Legaten versprechen konnte, auf eine förmliche und direkte Verdammung dieser Lehre ließen sie doch in keinem Falle sich ein; sie hätten im Occident als Verräther des Glaubens sich gebrandmarkt. Photius wußte einen Mittelweg zwischen der ihm so wünschenswerthen Proscription dieses Dogma und dem völligen Hinwegsehen über die erst durch ihn in weiteren Kreisen zum Bewußtsein gebrachte und angeregte dogmatische Differenz zu finden: er lag in dem Verbot jedes Zusatzes zum Symbolum. Darin konnte er auf das christliche Alterthum sich stützen, darin stand ihm das Benehmen des Papstes Leo III. zur Seite, darin erschien er als Gegner jeder kirchlichen Neuerung, als Vertheidiger des Ansehens der Concilien und der Väter.

Der Gedanke scheint ihm erst nach dem Schluße der Synode gekommen zu sein oder er wurde doch erst jetzt, wahrscheinlich nach vorausgegangenen Unterhandlungen mit den Legaten, zur Ausführung gebracht.[5]) Schon waren manche Prälaten an ihre Sitze zurückgekehrt; nur die Legaten Rom's und der

---

[3]) Beccus de injusta deposit. Or. II. n. 7 (Graec. orth. II. p. 18.): *Τέως δὲ οὐδὲ τὸ ἐπ' αὐτοῦ σκάνδαλον ἐπὶ πολὺ παρετάθη, ἀλλ' αὐτὸν καὶ γεννητόρα ἔσχε καὶ ἀναιρετήν· καὶ διὰ μεγάλης οὗτος καὶ ἄντικρυς οἰκουμενικῆς συνόδου τῷ φαρμάκῳ τῆς διορθώσεως τὸ τοῦ σκανδάλου τραῦμα ἰάσατο.*

[4]) Vgl. Beccus L. III. ad Theodor. Sugd. c. 4. Const. Melit. Or. II. de proc. Sp. S. c. 41 (Gr. orth. II. 139. 140. 910.) Allat. de Syn. Photiana p. 197. 198.

[5]) Daß Photius die Legaten vorher gefragt, geht aus der ep. ad Aquilej. (Jager p. 463) hervor, wo er von ihnen sagt: *εἰ περὶ τῆς εὐσεβείας οἷα εἰκὸς ἡμῶν πρὸς αὐτοὺς λόγους ἀνακινησάντων οὐδὲν παρηλλαγμένον τῆς ἀνὰ πᾶσαν τὴν οἰκουμένην ἐκλαμπούσης εὐσεβείας οὔτε εἶπον οὔτε φρονοῦντες ἠλέγχθησαν.*

orientalischen Stühle sowie achtzehn Metropoliten fanden sich um ihn, als Photius eine sechste Sitzung am 10. oder 12. März[6]) 880 halten ließ. Da das Concilium von 869 auch durch die Anwesenheit des Kaisers verherrlicht worden war, so sollte auch diese hier nicht ganz fehlen; es fanden sich Basilius und seine Söhne Leo und Alexander ein; der Bequemlichkeit der Herrscher wegen wurde diese Sitzung in einem Saale des kaiserlichen Palastes gehalten.[7]) Hier sollte einerseits die feierliche Zustimmung des Herrschers zu dem bisher Verhandelten[8]) erklärt, andererseits das Verbot jeder Addition zum Symbolum sanktionirt werden. Dabei kam es vor Allem darauf an, die Römer das letztere acceptiren zu lassen; die große Zahl von Bischöfen schien nicht mehr nöthig; für sie hatte diese Frage nur geringe Bedeutung. In den sechs Wochen, die zwischen der fünften Sitzung und dieser Zusammenkunft in der Mitte lagen, war sicher Alles genau vorbereitet worden.

Kaiser Basilius, der natürlich den Vorsitz einnahm, eröffnete die Versammlung mit einer kurzen Rede. Es sei vielleicht schicklich gewesen, daß er der heiligen und ökumenischen Synode angewohnt und gemeinsam mit den Legaten und den Bischöfen die Angelegenheit des Friedens und der Eintracht der Kirchen Gottes verhandelt, sowie im Angesichte der gesammten Geistlichkeit mit eigener Unterschrift die Beschlüsse derselben besiegelt hätte; allein damit nicht diejenigen, die zu Tadel und Schmähung allzeit zungenfertig seien, aus seiner Gegenwart einen Anlaß nehmen könnten, die Synode zu lästern, als sei sie nicht frei gewesen und habe blos aus Scheu vor dem Kaiser oder aus Furcht vor Gewaltmaßregeln ihre Beschlüsse gefaßt, habe er es für besser gehalten, erst nachdem die Synode beendigt, die Dekrete anzunehmen und durch seine eigene Unterschrift zu bekräftigen.[9]) Er halte es aber auch für

---

[6]) Bei Mansi p. 512 C. fehlt nach dem μηνὶ Μαρτίῳ das δεκάτῃ, das sonst in den Handschriften (Monac. 68. f. 47. a; 256. f. 437 a) steht; das ἡμέρᾳ τρίτῃ ist feria tertia wie bei act. IV. p. 493, der Wochentag. Den 10. März liest auch Baron. a. 879. n. 79. Andere lesen 8. oder 8. März (so Hefele S. 463), den 12. März hat auch Oeconomos Proleg. cit. §. 32. p. με'.

[7]) ἐν τῷ περιωνύμῳ παλατίῳ τοῦ χρυσοτρικλίνου.

[8]) Es wäre nicht unwahrscheinlich, daß der Kaiser während der früheren Sitzungen abwesend war, da er nach Sym. Mag. p. 692 im elften Regierungsjahre (878—879), nach arabischen Quellen im Jahre 264 (881—882) eine Expedition nach Malatia unternommen haben soll (Weil a. a. O. B. 475): beide Zeitbestimmungen scheinen freilich ungenau und die Rede des Kaisers selbst spricht dafür, daß er in der Hauptstadt zugegen gewesen war.

[9]) ἀλλ' ἵνα μή τινες τῶν πρὸς μώμους καὶ λοιδορίας τὰς γλώττας ἑτοίμους ἐχόντων τῆς ἡμετέρας ἐν Θεῷ βασιλείας τὴν παρουσίαν ὕβριν τινὰ περινοήσωσι (so Mon. 68. 256; Mansi u. Mon. 436: περιάψωσι) τῇ ἁγίᾳ ταύτῃ καὶ οἰκ. συνόδῳ, ὡς δῆ εὐλαβείᾳ τινὶ τοῦ ἡμετέρου προσώπου ἢ καὶ βίας ἐλπίδι πρὸς τὴν εἰρήνην καὶ ὁμόνοιαν πάντων συνδεδραμηκότων, διὰ τοῦτο ἐκρίναμεν, ἵνα πρῶτον καθ' ἑαυτοὺς ὑμῶν τε καὶ τῶν ἄλλων ἀρχιερατικῶν θρόνων καὶ παντὸς τοῦ πληρώματος τῆς ἐκκλησίας, τῆς ἄνωθεν φωνῆς ὑμῖν συνεργαζομένης, ἅπαντα κατὰ τὸ θεῖον βούλημα καὶ τὴν ὑμετέραν ἱκανότητα τε καὶ αὐτοκίνητον γνώμην συντελεσάντων (Mon. 236. f. 438 a.: συντελεσθέντων), οὕτως τὸ ἡμέτερον θεοπρόβλητον κράτος τὰ παρὰ τῆς ἁγ. κ. οἰκ. συνόδου ὁρισθέντα τε καὶ βεβαιωθέντα συναποδεξάμενόν τε καὶ συνεπικυροῦν οἰκείᾳ χειρὶ ὑπογραφῆς.

gut, wofern es den Versammelten gefalle, nachdem Alle in Eintracht und diesem Frieden vereinigt und mit Christus, dem Haupte Aller, verbunden seien, noch eine Definition des kirchlichen Glaubens in einem bestimmten Formular feierlich zu verkündigen, und zwar keine neue und heimlich und unbefugterweise eingeführte,[10]) sondern die Definition, welche die große (erste) Synode von Nicäa festgestellt und die folgenden heiligen und ökumenischen Synoden bekräftigt.

So wurde also der Kaiser vorangeschoben, um das, was Photius wollte, so unverfänglich dieses an sich schien, durchzusetzen und der von dem Patriarchen schon vorher entworfenen Formel den Weg zu bahnen. Basilius von Martyropolis, der antiochenische Legat, bemerkte, es sei billig und gerecht, nachdem die Spaltungen und Aergernisse von der gesammten Kirche weggeräumt seien, durch die Vorsorge und den Eifer des Christus liebenden Kaisers, sowie durch die Gebete und Fürbitten des heiligsten Patriarchen Photius, daß auch die Glaubensformel eine und dieselbe auf der ganzen Erde sei, sowie es bis jetzt der Fall gewesen, und diese von der gegenwärtigen Synode abermals bekräftigt werde.[11]) Die anwesenden Bischöfe riefen: Es muß durchaus die Glaubensformel von Nicäa, welche die übrigen heiligen und ökumenischen Synoden bestätigt und auf der sie alle fortgebaut haben, auch in dieser heiligen und ökumenischen Synode verlesen werden. Ebenso äußerten die römischen Legaten, es zieme sich, wie der von Gott gesetzte große Kaiser befohlen und ihre Mitbrüder und Mitbischöfe bestimmt, keine andere Glaubensformel von Neuem aufzustellen, sondern die alte, auf der ganzen Erde geltende und verherrlichte vorzulesen und zu bestätigen. Nun ließ Photius sogleich durch den Protonotar Petrus nicht etwa blos das nicäno-konstantinopolitanische Symbolum, sondern eine längere dasselbe in sich schließende und daran jede Neuerung verbietende, von ihm vorbereitete Formel vorlesen. Sie lautete also:

„In der ehrwürdigen und göttlichen Lehre unseres Herrn und Heilands Jesu Christi mit dem ganzen Inneren unserer Seele, mit zweifelloser Entschiedenheit und voller Reinheit des Glaubens fest begründet, in tiefer Verehrung und treuem Festhalten an den heiligen Verordnungen seiner heiligen Jünger und Apostel und an den kanonischen Regeln mit völlig irrthumsfreiem Urtheil,[12]) in völliger Ergebenheit und unwandelbarer Treue gegen die Lehre und die kanonischen Satzungen, welche die sieben[13]) heiligen und ökumenischen Synoden, die von einem und demselben heiligen Geiste geleitet und angetrieben

---

[10]) καὶ ὅρον τινὰ τοῦ ἐκκλησιαστικοῦ φρονήματος ἀνακηρυχθῆναι, οὐ καινόν τινα καὶ παρείσακτον.

[11]) καὶ τὸν ὅρον κοινὸν καὶ τὸν αὐτὸν ἀνὰ πᾶσαν τὴν οἰκουμένην εἶναι, ὥσπερ καὶ μέχρι νῦν ἦν, καὶ διὰ τῆς παρούσης ἐπικυρωθῆναι συνόδου.

[12]) p. 516: ἀδιαστρόφῳ κρίσει συντιθέμενοι (so auch Mon. 136. p. 203. Mon. 68. f. 48; 256. p. 470.) τε καὶ συνδιασώζοντες.

[13]) p. 515 hat die Uebersetzung fälschlich sex; auch in den Münch. Hdschr. steht ἑπτά, wie im griech. Texte von Mansi. Demnach ist bei Hefele IV. S. 463. Z. 3 v. u. auch statt sechs die richtige Zahl zu setzen.

wurden, aufgestellt, verwerfen wir diejenigen, die sie von der Kirche ausgeschlossen, umfassen und halten der Aufnahme würdig jene, welche sie als gleichgesinnt oder auch als Lehrer der Religion für würdig der Ehre und der Verehrung erklärt haben. Indem wir hierüber also denken und lehren, nehmen wir das von Altersher von den Vätern bis herab auf uns fortgepflanzte Glaubensbekenntniß mit Herz und Mund an und verkündigen es Allen mit lauter Stimme, ohne etwas davon hinwegzunehmen, hinzuzufügen, zu verändern, zu verfälschen.[14]) Denn das Hinwegnehmen und das Hinzufügen bringt, wo keine Häresie durch die Machinationen des Bösen herbeigeführt ist, die Verdammung der Tadellosen, die nicht verdammt werden dürfen, mit sich und eine unverantwortliche Beschimpfung der Väter.[15]) Mit gefälschten Worten aber die Definitionen der Väter zu alteriren, ist noch um Vieles schwerer.[16]) Deßhalb nimmt diese heilige und ökumenische Synode mit vollem göttlichen Eifer und aller Reinheit der Gesinnung die alte und von Anfang an festgehaltene Glaubensregel an und verherrlicht sie, sie begründet auf sie die Festigkeit des Heiles und ruft laut, daß Alle also lehren sollen." Nun folgt das nicäno-konstantinopolitanische Symbolum wörtlich (natürlich ohne filioque) eingerückt.[17]) Sodann heißt es wieder:[18]) „Das ist unsere Gesinnung, auf dieses Bekenntniß wurden wir getauft, durch dieses zeigte das Wort der Wahrheit jede Häresie gebrochen und besiegt.[19]) Die also denken, nehmen

---

[14]) οὐδὲν ἀφαιροῦντες, οὐδὲν προστιθέντες, οὐδὲν ἀμείβοντες, οὐδὲν κιβδηλεύοντες.

[15]) Diese Worte sind bei Mansi unrichtig konstruirt und übersetzt. Sie lauten überall in den Hdschr. gleichmäßig: ἡ μὲν γὰρ ἀφαίρεσις καὶ ἡ πρόσθεσις, μηδεμιᾶς ὑπὸ τῶν τοῦ πονηροῦ τεχνασμάτων ἀνακινουμένης αἱρέσεως, κατάγνωσιν εἰσάγει τῶν ἀνεπιγράπτων (nicht ex his quae sunt damnatae haereses) καὶ ὕβριν τῶν πατέρων ἀναπολόγητον. Daraus ergibt sich, daß Photius keineswegs, wie so viele spätere Photianer, ein absolutes Verbot jeder Addition aufstellen wollte, das auch neu auftauchenden Häresien gegenüber in Geltung bleiben müßte. Im Cod. Mon. 68. f. 44 b. steht am Rande die Note: Ἐπίστασιν. ἀλλὰ μὴν καὶ αἱρέσεων οὐκ ὀλίγων κινηθεισῶν ἀμεταποίητον μετὰ πάντων τὸ θεῖον διαμεμένηκε σύμβολον καὶ ὅρα μοι Νεστοριανοὺς, Διοσκουρίτας τε καὶ Εὐτυχίας καὶ Σεβήρους καὶ τὸν λοιπὸν τῶν αἱρεσιαρχῶν ἀριθμόν· μετὰ γὰρ τὴν ἔκθεσιν τοῦ ἁγίου συμβόλου ἀνεφύησαν αἱ τούτων αἱρέσεις· ἀλλὰ καὶ οὕτως ἀμεταποίητον διεφυλάχθη τὸ ἱερώτατον σύμβολον. Der Autor (wahrscheinlich der Mönch Job im dreizehnten Jahrhundert) bestreitet also die Beschränkung des Verbots, die in den Worten μηδεμιᾶς ἀνακινουμένης αἱρέσεως liegt.

[16]) τὸ δὲ κιβδήλοις ἀμείβειν ῥήμασιν ὅρους πατέρων πολὺ τοῦ προτέρου (Mon. 256: τούτου) χαλεπώτερον. Hierunter wurde von Photius sicher die Lehre vom Ausgange des heiligen Geistes auch aus dem Sohne subsumirt, die ihm ep. 2. encycl. p. 51 ein κιβδηλεῦον νόθοις λογισμοῖς καὶ παρεγγράπτοις λόγοις τὸ ἱερὸν τῆς πίστεως σύμβολον ist.

[17]) Cod. Mon. 68. f. 49 a ist es vollständig ausgeschrieben, ebenso Mon. 436. p. 208.

[18]) Im Cod. Mon. 256. f. 139 b. wird das Folgende mit Unrecht nicht mehr als Theil des verlesenen Dekrets, sondern als Ausruf der Anwesenden dargestellt (καὶ τελειουμένου τοῦ ἁγίου συμβόλου οἱ πάντες ἐξεβόησαν. Οὕτως φρονοῦμεν κ. τ. λ.) Dagegen sind die anderen Handschriften.

[19]) Zu den Worten: δι' αὐτῆς πᾶσαν αἵρεσιν θραυομένην τε καὶ καταλυομένην ὁ τῆς ἀληθείας λόγος ἀπέδειξε bemerkt in Cod. Monac. 68 derselbe Autor, an seine frühere Behauptung (N. 15) anknüpfend, wenn alle Häresien durch dieses Symbolum besiegt seien, sei sicher nie eine Addition nöthig. Ἐπίστασιν. ὥστε οὐκ ἔχει χώραν τὸ ἀνωτέρω λεχθὲν,

wir als Brüder und Väter und als Miterben des himmlischen Reiches an. Wofern aber Jemand eine andere Glaubensdarlegung, als dieses heilige Symbolum, welches von Anfang an von unseren seligen und heiligen Vätern bis auf uns herabgekommen ist, abzufassen und als Glaubensregel zu bezeichnen, damit die Würde des Bekenntnisses jener gotterleuchteten Männer zu beschimpfen und sie seinem selbst erfundenem Gerede beizulegen, solche als gemeinsame Lehre den Gläubigen oder auch denen, die von einer Häresie zurückkehren, vorzulegen, mit unächten und verfälschten Ausdrücken oder mit Zusätzen oder Hinweglassungen das ehrwürdige und uralte, hochheilige und verehrungswürdige Symbolum zu verunstalten[30]) wagen sollte, so soll ein Solcher nach dem schon längst und vor uns gefällten Urtheil der heiligen und ökumenischen Synoden,[31]) wofern er dem geistlichen Stande angehört, der völligen Absetzung, wofern er aber ein Laie ist, dem Anathema unterliegen."

Nach dieser Verlesung riefen die versammelten Prälaten aus: So denken wir Alle, so glauben wir, auf dieses Bekenntniß wurden wir getauft und der geistlichen Weihe gewürdigt. Diejenigen, die anders denken oder eine andere Definition aufzustellen wagen, unterwerfen wir dem Banne.[32]) Ebenso sprachen sich Elias von Jerusalem und Kosmas von Alexandrien aus.[33])

Photius sagte nun zu der Versammlung: Wenn es auch euch gefällt, heilige und erhabene Versammlung, so möge es nun geschehen, wie schon im Anfang unser großmächtiger und heiliger Kaiser es gewährte, und durch seine Unterschrift das von der Synode Verhandelte und Beschlossene besiegelt und bestätigt werden. Die Metropoliten riefen: Wir stimmen nicht blos zu, sondern

---

ἐφ᾽ ᾧ καὶ τὴν ἐπίστασιν ἐποιησάμεθα· τὸ γὰρ πᾶσαν αἵρεσιν διαλύεται δι᾽ αὐτοῦ, εἴ τι δ᾽ ἂν γένοιτο, οὐδεμίαν προσθήκην οὐδὲ ἀφαίρεσιν ἐπιδέχεται, ἀλλὰ καὶ ἀπαρτιζόμενον ἂν ἐλέγξει τὴν πλάνην προκατειργασθεῖσαν ὑπὸ τοῦ πάντα προμηνύσαντος πνεύματος.

[30]) *συλῆσαι τὸ ἀξίωμα τῆς τῶν θεσπεσίων ἐκείνων ἀνδρῶν ὁμολογίας καὶ ταῖς ἰδίαις* (bei diesem Worte endet Cod. Mon. 436. p. 218, dem wir als dem ältesten der von uns benützten bis jetzt vorzugsweise gefolgt sind) *εὑρεσιλογίαις ταύτην περιάψαι, κοινόν τε μάθημα τοῦτο προθεῖναι πιστοῖς ἢ καὶ τοῖς ἐξ αἱρέσεώς τινος ἐπιστρέφουσι, καὶ ῥήμασι νόθοις ἢ προσθήκαις ἢ ἀφαιρέσεσι τὴν ἀρχαιότητα τοῦ ἱεροῦ τούτου καὶ σεβασμίου ὅρου κατακιβδηλεῦσαι* (Mon. 68: *καταπαραποιῆσαι*).

[31]) *κατὰ τὴν ἤδη καὶ πρὸ ἡμῶν ἐξενεχθεῖσαν ψῆφον ὑπὸ τῶν ἁγίων καὶ οἰκουμενικῶν συνόδων.* Hieher gehört vor Allem das hier großentheils copirte Dekret der fünften Sitzung von Chalcedon (Mansi VII. 1075.), worauf sich nachher auch Photius ausdrücklich beruft de Spir. S. myst. c. 80. p. 83—84.

[32]) Weit ausführlicher als in dem von Harduin und Mansi (p. 517) benützten vaticanischen Codex lautet die Rede in Cod. Mon. 68. f. 49, b. Cod. 256. f. 28, b. f. 410 nach dem obigen ersten Satze. Es heißt hier: *Τοὺς ἑτέρως παρὰ ταῦτα φρονοῦντας ὡς ἐχθροὺς θεοῦ καὶ τῆς ἀληθείας ἡγούμεθα· εἴ τις παρὰ τοῦτο τὸ ἱερὸν σύμβολον τολμήσειεν* (Mon. 68: *τολμήσει*) *ἕτερον ἀπογράψασθαι* κ. τ. λ. ganz wie in der siebenten Sitzung Mansi p. 520 E.—521 A. bis zu den Worten *ἀνάθεμα ἔστω* mit geringen Varianten. Bei den Worten *τῆς τῶν πατέρων διδασκαλίας καταφρονήσαι* schließt der Auszug des Cod. Mon. 68.

[33]) *Ἀνάθεμα τοῖς ἄλλο τι παρὰ τοῦτο φρονοῦσιν· ἀνάθεμα τοῖς μὴ τοῦτο κοινὸν σύμβολον ὁμολογοῦσι τῆς πίστεως.* Mon. 256. f. 440, b.: *Τοὺς ἄλλο τι παρὰ τοῦτο φρονοῦντας, ἀνάθεμα. τοὺς μὴ τὸ κοινὸν σύμβολον ὁμολογοῦντας τῆς πίστεως.*

wir ersuchen und bitten darum seine geheiligte und erhabene Majestät. Hierauf unterschrieb der Kaiser eigenhändig, worauf die Versammelten in laute Segenswünsche für ihn ausbrachen.[84]) Nun baten die Metropoliten, auch dessen drei Söhne,[85]) die zwei Kaiser Leo und Alexander, sowie der im Purpur geborene Prinz Stephan, der geistliche Sohn der Kirche, möchten unterschreiben. Basilius stimmte zu und so unterschrieben die beiden Mitkaiser und der von Photius zum Subdiakon geweihte Stephan.

Die hierauf abgelesene[86]) schriftliche Erklärung des Kaisers lautete also: „Im Namen des Vaters und des Sohnes und des heiligen Geistes. Ich Basilius, in Christo gläubiger Kaiser der Römer und Selbstherrscher, stimme dieser heiligen und ökumenischen Synode in Allem bei, sowohl bezüglich der Bekräftigung und Besiegelung der heiligen und ökumenischen siebenten Synode, als bezüglich der Anerkennung und Bestätigung des heiligsten Patriarchen Photius von Constantinopel, meines geistlichen Vaters, und der Verwerfung alles dessen, was gegen ihn geschrieben oder gesprochen worden ist, und habe deßhalb diese Erklärung eigenhändig unterzeichnet." Ebenso lauteten die Erklärungen seiner Söhne. So hatte Basilius, der einst den Photius von seinem Stuhle herabgestoßen und ihn feierlich verdammt, seine früheren Thaten und Worte feierlich desavouirt und verurtheilt.

Der Metropolit Daniel[87]) von Ancyra rief: Gott erhalte euere geheiligte Majestät! Gott bewahre euere fromme Herrschaft! Er verleihe euerem heiligen Leben viele Tage! Ihr habt die Lehren der Rechtgläubigkeit befestigt, die Aergernisse der Kirche beseitigt, der Kirche Gottes den Frieden verliehen. Gott beschütze euere heilige Herrschaft! Die Metropoliten riefen: „Sowie Du, o Kaiser, die Kirche Gottes geeinigt und alle Spaltungen von ihr genommen hast, so möge Gott alle barbarischen Völker Deiner starken und mächtigen Hand unterwerfen, Gott unser Herr gebe Deiner großmächtigen und friedebringenden Herrschaft die alten Grenzen des römischen Reiches zurück!"[88]) Jetzt ist es in der That passend, die davidischen Worte auf Dich anzuwenden (Ps. 44, 8. 9.): Weil Du die Gerechtigkeit geliebt und die Ungerechtigkeit gehaßt hast, deßhalb hat Dich Gott, Dein Gott, gesalbt mit dem Oel der Freude vor Deinen

---

[84]) καὶ ἐπηύξατο αὐτὸν τὸ σύμπαν ἱερὸν ἄθροισμα.

[85]) Οἱ θεοστήρικτοι καὶ θεοφρούρητοι κλάδοι αὐτοῦ (Βασιλείου).

[86]) Sie wurde durch den Diakon und Inspektor (ἐπιτηρητής) Theophanes, wahrscheinlich den schon früher genannten Hofgeistlichen, vorgetragen. Sie steht sammt den Unterschriften der drei Prinzen auch bei Beveridge II. p. Anl. 301.

[87]) In dem Verzeichnisse der achtzehn Metropoliten vor der Sitzung haben Mon. codd. 68. 256. 436 statt Daniel den Theodulus von Ancyra, an dieser Stelle aber setzt Mon. 276. p. 411 a.: Daniel, wie an beiden Stellen bei Mansi steht. Daniel von Ancyra, der auch im Katalog der ersten Sitzung genannt ist, wird als von Nikopolis Gräkia nach Ancyra in Galatien transferirt bei Niceph. Call. XIV. 39 (Cf. Jus. Gr. Rom. t. I. p. 294) genannt. Vgl. auch Le Quien I. 469. Theodulus war ursprünglich Ignatianer (Conc. VIII.). Bei Beveridge p. 301. act. III. werden beide zugleich genannt.

[88]) p. 620: ἀποδώῃ (Mon. 256: ἀποδώσει) κύριος ὁ θεὸς ἡμῶν τὰ ἀρχαῖα ὅρια τῆς ῥωμαϊκῆς ἐξουσίας τῇ σῇ κραταιᾷ καὶ εἰρηνικῇ βασιλείᾳ.

Genossen. Denn die ganze Christenheit jauchzet über Deine Trophäen und Deine Siege über Deine Feinde, und die Kirche, die heute ihren vollen Schmuck wieder erhält, verherrlicht und preiset [29]) Dich und flehet mit allem Eifer für Deine starke, große und erhabene Herrschaft. Viele Jahre den Kaisern!"

Solche Lobpreisungen des Kaisers, in Byzanz an der Tagesordnung, scheinen damals mehrere verbreitet und von Photius auch in poetischen Ergüssen mit allen Mitteln der Schmeichelei in das Werk gesetzt worden zu sein. In einem Gedichte desselben, worin die Kirche den Kaiser anredet, [30]) ihn mit Salomo und David vergleicht und die Könige Juda's als schwache Funken darstellt, die mit dieser Sonne nicht wetteifern können, [31]) wird auch der Friede der Kirche und das Aufhören ihrer Spaltungen als eine Frucht der Weisheit des göttlichen Herrschers gerühmt. [32]) So groß und überschwänglich diese Schmeicheleien sind, so waren sie doch von Basilius weit eher verdient als von dem erbärmlichen Michael III., den Photius in seinen Briefen ebenso übertrieben gepriesen hat.

Was in dieser sechsten Sitzung im Beisein der Legaten und der achtzehn auserlesenen Metropoliten, wovon die meisten wie Prokopius von Cäsarea, Johannes von Heraklea, Georg von Nikomedien, Zacharias von Chalcedon, intime Freunde des Photius, Andere wie Paul von Thessalonich [33]) erst vor Kurzem von ihm erhoben worden waren, vor sich gegangen, das sollte in einer neuen Zusammenkunft vor allen noch in der Hauptstadt befindlichen Prälaten öffentlich bekannt gemacht werden. An dem auf diese sechste Sitzung folgenden Sonntage [34]) veranstaltete Photius abermals bei St. Sophia wie früher eine Versammlung der Erzbischöfe und Bischöfe, die den Namen der siebenten Aktion erhielt. Die Zahl der Anwesenden geben die Akten nicht an. [35]) Photius, der wiederum präsidirte, eröffnete die Verhandlungen mit einer Ansprache des

---

[29]) καὶ ἡ ἐκκλησία σήμερον τὸν οἰκεῖον ἀπολαβοῦσα κόσμον τελέως εὐφημεῖ καὶ δοξάζει.

[30]) S. das zweite der von Mai (Spicil. Rom. t. IX. p. 739 seq.) edirten Gedichte des Photius.

[31]) Das. Strophe 20: οἱ ἐνταῦθα ἥλιε — ἐρίζειν οἱ σπινθῆρες.

[32]) Vgl. Strophe 7. und Str. 15. 16:

Οὐκ ἔτι στασιάζει	*Παστάδα νῦν τὴν θείαν*
Τῶν τέκνων ὁ χορός μου.	*Ὁμοῦ χοροστατοῦντες,*
Βαθεῖα γὰρ εἰρήνη	*Κύκλῳ μου τῆς τραπέζης*
Τῆς σῆς βλύζει σοφίας.	*Παρίστανται τὰ τέκνα.*

[33]) Paul von Thessalonich war wahrscheinlich Nachfolger des in der ersten Sitzung genannten Theodor. Ihm scheint Photius den Rang erhöhet oder vielmehr den früheren zurückgegeben zu haben, da er vor den Erzbischöfen von Ikonium, Laodicea, Philippi und Hierapolis aufgeführt wird. Theodor war wohl als früherer Ignatianer so tief herabgesetzt worden. Vgl. Le Quien II. p. 46. Auch im Cod. Colum. und bei Beveridge steht Paulus. Auch Nikephorus von Carien scheint zu den erst neu erhobenen Metropoliten zu gehören.

[34]) p. 520 B.: ἡμέρᾳ κυριακῇ heißt es ausdrücklich. Der Tag wird als der 13. März angegeben, anderwärts der fünfzehnte. Mansi und Fleury (p. 492) haben das erstere Datum.

[35]) Es heißt blos nach Aufzählung der römischen und orientalischen Legaten: ἅμα τοῖς θεοφιλεστάτοις μητροπολίταις καὶ ἐπισκόποις.

Inhalts: Da die alte Zwietracht und der schismatische Wahn vorerst durch Gottes gütige Fügung, dann durch die eifrigen Bemühungen des großmächtigsten Kaisers und durch die Mitwirkung des heiligsten Papstes und der anderen Patriarchalstühle [36]) beseitigt, tiefer Friede allen Kirchen gewährt, die frühere Trauer beendigt und Freude und Frohlocken an ihre Stelle getreten sei, so zieme es sich, die neulich festgesetzte Glaubensregel [37]) wie die kaiserliche Unterschrift der Akten der Synode kundzugeben, damit auch diejenigen, die bei der letzten Sitzung nicht anwesend gewesen seien, sich daran erfreuen könnten. [38])

Als die Synode ihre Zustimmung erklärt, wurde durch den Diakon und Protonotar Petrus der in der letzten Sitzung verkündigte Beschluß vorgelesen und mit lauten Acclamationen begrüßt. „So glauben wir, so denken wir, in diesem Bekenntniß des Glaubens werden wir stark. Die so denken, preisen wir als Lehrer und Väter; die anders denken, halten wir für Feinde Gottes und der Wahrheit." Dabei verdammten die versammelten Prälaten wiederholt jedes neue Symbolum, jeden Zusatz und jede Veränderung am alten, weil sonst das Bekenntniß der heiligen und konsubstantialen Trinität unvollkommen wäre, die apostolische Tradition und die Lehre der Väter verachtet würde. [39])

Ebenso wurde die Erklärung des Kaisers und seiner Söhne mit deren Unterschriften vorgelesen. Prokopius von Cäsarea pries in einer mit Gebet beendigten Rede den heiligen Kaiser, welcher in seiner hohen Weisheit und seiner reinen Gesinnung der Kirche den heiligen Photius und durch ihn den Frieden geschenkt; Gott möge ihn segnen, seiner Regierung lange Dauer, ihm den Sieg über alle Feinde, die irdischen und die himmlischen Güter verleihen durch die Fürbitte der hochheiligen Gottesmutter, der Apostelfürsten Petrus und Paulus und die Gebete „unseres heiligsten Herrn Photius, des ökumenischen Patriarchen."

Diese Glorifikation und Bewunderung des Photius mußten nun auch die römischen Legaten noch einmal zur Schau tragen. Sie priesen Gott, daß der gute Ruf und der Ruhm desselben sich nicht blos in ihrer Heimath, nicht blos in **Gallien** und **Italien** verbreitet, sondern auch in der ganzen Welt bekannt sei, nicht blos bei den Völkern griechischer Zunge, sondern bei allen, auch den barbarischen und rohesten Nationen, daß Alle übereinkommen, er habe nicht seinesgleichen an Weisheit und Wissenschaft, [40]) noch an Mildthätigkeit, Mit-

---

[36]) συνεργίᾳ δὲ καὶ ἐπικουρίᾳ τοῦ ἁγιωτάτου πάπα τοῦ πνευματικοῦ ἡμῶν ἀδελφοῦ καὶ πατρὸς καὶ τῶν λοιπῶν ἀρχιερατικῶν θρόνων.

[37]) τὸν χθὲς ἐκπεφωνημένον ὅρον. Das „gestern" ist nur auf die letzte Sitzung zu beziehen, wie auch das folgende: τῇ προλαβούσῃ ἡμέρᾳ, da weder die Wochen- noch die Monatstage, wie sie bei beiden Sitzungen verzeichnet sind, zwei aufeinander folgende Tage für dieselben anzunehmen gestatten.

[38]) ἵνα .. (τῆς χαρᾶς καὶ θυμηδίας) .. καὶ οἱ τότε μὲν μὴ παρόντες, νῦν δὲ συνόντες ἐν ἀπολαύσει γίνωνται.

[39]) p. 521 A.: τὸ γὰρ ἀφελεῖν ἢ προστιθέναι ἀτελῆ τὴν πρὸς τὴν ἁγίαν καὶ ὁμοούσιον τριάδα μέχρι σήμερον αὐτόθεν κατανοῦσαν ὁμολόγησιν (al. ὁμολογίαν) ἡμῶν δείκνυσι καὶ τῆς τε ἀποστολικῆς παραδόσεως καὶ τῆς τῶν πατέρων διδασκαλίας καταγινώσκει.

[40]) καὶ οὐ μόνον ἐν Γαλλίᾳ καὶ Ἰταλίᾳ διηχήθη, ἀλλὰ καὶ ἐν πάσῃ τῇ ὑφ' ἥλιον γῇ·

gefühl, Güte und Demuth u. s. f. Sie wiesen nochmals auf den Zweck ihrer Sendung hin, der durch den heiligen Geist in der glücklichen Vereinigung der byzantinischen Kirche zu Einem Leibe und zu Einer Heerde erfüllt sei. Prokop von Cäsarea knüpfte an die dem Photius gespendeten Lobsprüche an: „Ein solcher Mann mußte in Wahrheit der sein, der die Obsorge für die ganze Welt erhalten hat, nach dem Muster des Erzhirten Christus unseres Gottes.[41]) Das hat schon im Voraus der heilige Paulus geschildert: „Wir haben einen Hohenpriester, der durch die Himmel hindurch gegangen ist" (Hebr. 4, 14.) — soweit wagt es meine Rede vorzugehen, da ja die Schrift (Ps. 81, 6.) diejenigen, die nach der Gnade leben, Götter nennt." Die römischen Legaten bejahten und bekräftigten dieses mit dem Beisatze, daß sie, die am Ende der Erde wohnen, solches vernehmen,[42]) worauf Prokopius fortfuhr: „Dieses wissen unsere erhabenen und großmächtigen Kaiser sehr wohl und deßhalb haben sie gegen unseren Hohenpriester glühende Liebe und festes Vertrauen; aber nicht blos sie, sondern auch alle Bischöfe und Priester, Mönche und Laien, wir alle sind seine Anhänger und Schüler;[43]) von seiner Fülle haben wir alle empfangen (Joh. 1, 16.), sowie die alles Ruhmes würdigen Apostel von unserem Herrn Jesus Christus. Er möge uns auf viele Jahre geschenkt bleiben, Gott möge uns seine heiligen Gebete und Fürbitten in dieser und in jener Welt gewähren!"

Abermals wiederholten die Legaten Rom's ihre Anerkennung: Wer ihn nicht als heiligen Patriarchen anerkennt und die Gemeinschaft mit ihm nicht annimmt, dessen Antheil soll mit Judas sein, der soll nicht mehr den Christen beigezählt werden![44]) Alle riefen: So denken und lehren wir alle. Wer ihn nicht für den Hohenpriester Gottes hält, der soll Gottes Herrlichkeit nicht schauen! Mit den Segenswünschen für die Kaiser ward die Sitzung geschlossen.

Mit der Verherrlichung des Photius hatten die Verhandlungen begonnen, mit ihr wurden sie auch beendigt. Der schändlichste Mißbrauch biblischer Worte, die stete Vergleichung des Photius mit Christus, die maßlose, selbst im Orient früher nie in diesem Maße vorgekommene Schmeichelei geben der Synode ein höchst eigenthümliches, aber widerwärtiges und abstoßendes Gepräge. Für sich hatte Photius genug gewonnen; ihm war es nebstdem von großem Vortheil, daß jeder Zusatz zum Symbolum im Allgemeinen verworfen war; daraus glaubte er seine Lehre hinreichend beweisen zu können. Wohlweislich unterließ er es, die dogmatische Controverse zu definiren; er ging nur so weit, als es

---

καὶ τοῦτο μαρτυροῦσιν οὐχὶ μόνον οἱ τὴν Ἑλλάδα μετιόντες γλῶσσαν, ἀλλὰ καὶ αὐτὸ τὸ βαρβαρικὸν καὶ ἀπόστατον γένος, ὅτι οὐκ ἔστιν αὐτῷ ὅμοιος ἐν σοφίᾳ καὶ γνώσει κ. τ. λ.

[41]) p. 521—524: Τοιοῦτον ἔπρεπεν ἐπ' ἀληθείας εἶναι τὸν τοῦ σύμπαντος κόσμου τὴν ἐπιστασίαν λαχόντα, εἰς τύπον τοῦ ἀρχιποιμένος Χριστοῦ τοῦ θεοῦ ἡμῶν.

[42]) καὶ ἡμεῖς, οἱ εἰς τὰ ἔσχατα τῆς γῆς κατοικοῦντες, ταῦτα ἀκούομεν.

[43]) ὀπαδοὶ αὐτοῦ ἐσμὲν καὶ μαθηταί.

[44]) Ἔστω ἡ μερὶς αὐτοῦ μετὰ τοῦ Ἰούδα καὶ μὴ συγκαταχθείη ὅλως μετὰ χριστιανῶν.

ohne Störung des guten Verhältnisses zu Rom geschehen konnte, und begnügte sich mit einer indirekten Proscription der lateinischen Doktrin.[45]) Denn daß sein Dekret etwa den Sinn gehabt hätte, wie Spätere meinten,[46]) es solle jede Kirche das Symbolum, wie sie es seither gehabt, beibehalten, die römische mit dem Zusatze, ist völlig haltlos; die römische Kirche hatte den Zusatz noch nicht und überhaupt wurde jede Abweichung von dem alten nicäno-konstantinopolitanischen Formular verpönt. Ebenso haltlos ist die Behauptung Anderer, daß direkt die Lehre der Lateiner mit dem Anathem belegt[47]) oder der Ausgang des heiligen Geistes aus dem Vater allein definirt worden sei.[48]) Spätere schismatische Griechen sahen allerdings sehr gut ein, welche Schwierigkeiten ihnen der 880 zwischen Alt- und Neurom besiegelte Friede bereite, der auf die so furchtbaren Anklagen von 867 nicht die mindeste Rücksicht nahm; sie suchten sich auf verschiedene Weise zu helfen und mehrere derselben machten geradezu geltend, Photius habe erst die Union mit den Römern sich gefallen lassen, nachdem dieselben sich zu dem unveränderten Symbolum bekannt und die Urheber von Zusätzen anathematisirt. So äußert sich mit Berufung auf die sechste Sitzung unserer Synode im dreizehnten Jahrhundert der Mönch Job Jasites in einer im Namen des Patriarchen Joseph gegen die Union mit den Lateinern gerichteten Schrift.[49]) Andere dagegen, wie Georg Schola-

---

[45]) Assem. Bibl. jur. or. t. I. p. 236. n. 169.

[46]) Manuel Calec. L. IV. c. Graec. ap. Allat. de Syn. Phot. p. 191: καὶ ἅμα εἴποι τις ἄν, ὡς ἄρα διὰ τοῦ μὴ δεῖν ἀφαιρεῖν ἀποσφήνασθαι τὴν τῶν δυσμῶν, ἣν ἐγκαλοῦνται, προσθήκην ἐπικυροῖ (ἡ σύνοδος) μηδὲν ἀφαίρεσιν ἐπιτάττουσα. Der Scholiast bei Mansi p. 512 glaubt, der oben angeführte Satz ἡ μὲν γὰρ ἀφαίρεσις κ. τ. λ. sei gesetzt, damit nöthigenfalls Photius den Römern gegenüber sich damit vertheidigen könne, ὅτι σύμφωνα ταύτῃ λέγει διατεινομένη τὴν προσθήκην ὑπ' αὐτῆς γεγενῆσθαι διά τινας ἀμφιβάλλοντας περὶ τῆς τοῦ Πνεύματος ἐκπορεύσεως.

[47]) Assemani l. c. p. 239. 240. n. 172.

[48]) Ib. p. 237. n. 170.

[49]) Ἀπολογία τοῦ παναγιωτάτου καὶ οἰκουμενικοῦ πατριάρχου κυρίου Ἰωσὴφ ἐπὶ τοῖς παραβληθεῖσιν ὑπὲρ τῶν Λατίνων ἐπὶ ταῖς ἡμέραις τῶν μεγάλων καὶ ἁγίων βασιλέων Μιχαὴλ καὶ Θεοδώρου τῷ ἱερομονάχῳ Ἰὼβ τῷ μαθητῇ τούτου ἐκπονηθεῖσα διὰ τῆς τούτου παρακελεύσεως, καὶ δεικνῦσα, μὴ δεῖν εἶναι μηδὲ τῶν πρωτείων ὡς ἀρχιερεῖ τῷ πάπᾳ παραχωρεῖν μήτε ἔκκλητον τούτῳ διδόναι, μήτε ἀναφέρειν ἐν τοῖς ἱεροῖς διπτύχοις αὐτόν, ἕως ἂν στέρξῃ τὰ καινοτομηθέντα τῇ ἐκκλησίᾳ τῆς πρεσβυτέρας Ῥώμης παρὰ τὰς τῶν ἁγίων πατέρων παραδόσεις καὶ τὰ θεσπίσματα. Cod. Monac. gr. 68. saec. 16. f. 1—64. Hier wird f. 45, b. der Einwand angeführt, daß Photius die Lateiner aufgenommen. Darauf antwortet Job: Πῶς δὲ ἐδέξατο Φώτιος, ἡ ἕκτη πρᾶξις τῆς τότε γεγενημένης συνόδου σαφέστατα μαρτυρεῖ und gibt f. 47, a—49 b. den größten Theil der actio VI. Weiter heißt es f. 52 b.: Ἐκεῖνο δέ μή μοι λέγε, ὅτι, ἐπεὶ μὴ ἐκαινούσεν ἡ ἐκκλησία τῆς Ῥώμης ἕτερόν τι παρὰ τὰ τῷ ἁγ. Φωτίῳ κατ' αὐτῶν γραφέντα, ὡς ἡ ἐγκύκλιος τούτου ἐπιστολὴ παρίστησι, παραδεκτέα, καθὼς ἐδέξατο αὐτὴν καὶ ὁ Φώτιος. Τὰ αὐτὰ μὲν γὰρ ἴσως καὶ νῦν βλασφημεῖ, ἅπερ τῇ ἐπιστολῇ τότε ὁ ἁγ. ἐνέταξε Φ., πλὴν οὐκ ἐπὶ τούτοις ἐμμένοντα τὸν πάπαν ἐδέξατο Φ., ἀλλ' ἀπολογήσαντα διὰ τῶν αὐτοῦ τοποτηρητῶν, ὡς ἐδείχθη, ἀπαραλλάκτως τὸ ἅγιον σύμβολον καὶ ἀναθεματίσαντα τὸν προστιθέντα τε ἢ ἀφαιροῦντα ἐξ αὐτοῦ, ἢ ἀφαιρήσοντα ἢ προσθήσοντα· ὃ καὶ αὐτὸ ῥητὰ τὸ τηνικαῦτα ἐκφωνηθὲν ἀνάθεμα ἐπλήττε τῶν ἀναγεγραμμένων εὐθέως πλήττει τοὺς Ἰταλούς. Πῶς γοῦν οὐκ ἐκαίνισαν τὸ ἁγ. σύμβολον; ἢ δηλονότι ἐκαίνισαν καὶ καλῶς ἐποίησαν τού-

rius,[50]) und noch vor ihm der Chartophylax Niketas von Nicäa,[51]) tadelten den Photius scharf, daß er früher die Differenz der dogmatischen Ansichten verschätzte blos zu seinem Vortheil und wieder zu seinem Vortheil mit den für häretisch erklärten Lateinern sich vereinigte, ohne daß die Streitpunkte untersucht und ein Urtheil gefällt worden wäre. Da seit der sechsten Synode, wie Niketas sagt, die Irrthümer der Römer offenkundig waren und unter Photius noch mehr hervortraten, so ist die von letzterem eingegangene Union entschieden zu tadeln. Man mußte das, was man für unrecht hielt, beseitigen oder doch zurechtweisen; war die Zurechtweisung nicht möglich, so mußte man wenigstens mit Gründen sich entgegenstellen.[52]) Waren die Anklagepunkte nicht von großem Nachtheil, was kaum anzunehmen, wie können die, welche so lange Zeit hindurch dieselben straflos ließen, jetzt die Lateiner tadeln, die ihre Orthodoxie behaupten? Ebenso reden andere griechische Autoren von dieser Trennung.[53]) Sie heben hervor, daß sich Photius von Solchen wieder einsetzen ließ, die er als Häretiker erklärt hatte, ganz die von ihm sonst festgehaltenen Grundsätze verläugnete, namentlich die seiner Vorgänger,[54]) und über das hinweg sah, was ihm vordem als überaus wichtig erschien.[55]) Und doch kann man sich nicht einbilden, daß Photius in seinem Exil eine andere Ueberzeugung gewonnen, da er später dieselben Beschuldigungen gegen die Lateiner erneuert hat. Es erschien den späteren Photianern als ein Räthsel, wie Photius bei so gerechten Gründen der Trennung wieder mit den Römern eine Union einzugehen vermochte. Während manche der späteren Griechen das Dogma der Lateiner an sich nicht verdammten,[56]) sondern nur den Zusatz im Symbolum, verdammte Photius beides; er versetzte selbst der eigenen Sache eine schwere Wunde, indem er trotz dieser doppelten Differenz die Union einging, ja sogar hervorrief und bewerkstelligte.

τους τῆς ἐκκλησίας ἢ τῶν ἐπὶ τῆς ἱεραρχίας τοῦ Κηρουλαρίου κατ' αὐτῶν γεγονυῖα σύνοδος οἰκουμενική.

[50]) Georg. Scholar. de proc. Sp. S. Sect. I. c. 8: ὁ γὰρ αὐτὸς Φώτιος καὶ ἐκείνην τὰς ἐκκλησίας προήχθη, χρώμενος τῇ διαφορᾷ τῆς δόξης χρησίμευσεν καὶ πάλιν τὰς τῶν ἐκκλησιῶν συμβάσεις μᾶλλον εἵλετο τῶν ἰδίων συμφερόντων αὐτῷ, ἵνα κακοῦ τὸ κακὸν μείζονος ἀνήφθηται τοὔλαττον· οὕτω γὰρ δεῖ μᾶλλον λέγειν ἢ ὡς εἴωθε λέγεσθαι.

[51]) Nicet. Nicaen. ap. Mai Nova PP. Bibl. VI, II. 416 seq., etwas anders bei Allatius de Syn. VIII. Phot. p. 203 seq.

[52]) Nicet. ap. Allat. l. c. p. 204: Ἀλλ' εἰ μὲν ἄγνοια ἦν τῶν ῥωμαϊκῶν σφαλμάτων, τὴν κοινωνίαν ἴσως οὐδεὶς ἐμέμφετο. Ἐπεὶ δὲ ἀπὸ τῆς ἕκτης συνόδου ἐγνώσθησαν, καὶ ἐπὶ τοῦ Φωτίου φανερώτερον, ἀκαιρία ἡ ἕνωσις· ἐχρῆν γάρ, ἃ ἔκρινας κακά, καὶ ἀποστρέφεσθαι ἢ διορθοῦσθαι, εἰ δὲ τὴν δύναμιν ὑπερβαίνει ἡ διόρθωσις, τινὰ γοῦν λόγον ἀντιτάξαι κ. τ. λ.

[53]) Auctor anon. de dissidiis Eccl. Rom. et Cpl. in Cod. gr. Vat. 1150. (Allat. de Syn. Phot. p. 205. 206.)

[54]) Auctor cit. ap. Allat. p. 208. 209 führt die Worte des Tarasius an: Τὸ κακὸν ἤδη κακόν ἐστι, καὶ μάλιστα ἐπὶ ἐκκλησιαστικῶν πραγμάτων. τὸ γὰρ ἐπὶ δόγμασιν, εἴτε μικροῖς εἴτε μεγάλοις, ἁμαρτάνειν ταὐτόν ἐστιν· ἐξ ἀμφοτέρων γὰρ ὁ νόμος τοῦ Θεοῦ ἀθετεῖται und die Worte des Photius selbst ep. 2 ad Nicol. Bd. I. S. 418, N. 42.

[55]) Allat. l. c. p. 209—211.

[56]) Allat. l. c. c. 11. p. 211.

Nicht weniger heben die späteren unirten Griechen das Befremdende und Verdammliche in dem Benehmen des Photius hervor; sie können als Motive seiner oft veränderten Stellung zu Rom nur Streitsucht, Egoismus und Herrschbegierde erkennen, nicht Liebe zur Wahrheit und zur Reinheit des Glaubens; sonst hätte er nicht in dieser Art die Union mit den Lateinern eingehen können;[57]) er sah, scharfsichtiger als die späteren Schismatiker, das Haltlose seiner früheren theologischen Opposition selbst ein,[58]) zu der ihn nach seinen ersten ehrerbietigen Briefen an den Papst die Herrschsucht und das Streben nach völliger Unabhängigkeit[59]) verleitet, und bei der er eine seinen legitimen Vorgängern wohl bekannte, nicht von ihnen beanstandete Lehre der Abendländer zum Prätexte der Trennung genommen hat.[60]) Sein Verfahren bestimmte sich nach seinem augenblicklichen Vortheil; sein Ich stand ihm höher als die Kirche; damit hat er sich selber gerichtet.

Für die spätere Polemik ward besonders das auf die ephesinischen und dann die chalcedonensischen Beschlüsse begründete Verbot jedes weiteren Zusatzes zum Symbolum der Väter von großer Wichtigkeit; es erschien als eine Hauptwaffe der Griechen gegen das lateinische Filioque. Dasselbe Verbot des Zusatzes hatten aber schon, wie Photius wohl wußte, frühere Häretiker gegen das Concil von Chalcedon geltend gemacht und Photius hatte aus dem dritten von eilf Traktaten des Eulogius von Alexandrien eine Antwort darauf angeführt, die ganz den Antworten der späteren Lateiner auf die ihnen gemachten Vorwürfe entspricht. Dort heißt es:[61]) „Hätte die ephesinische Synode jede weitere kirchliche Definition verbieten wollen, so hätte sie sich selbst verurtheilt, da sie eine solche erließ, wie sie betreffs der hypostatischen Union noch von keiner früheren Synode gegeben war; sie hätte auch das zweite Concil verdammt, das bezüglich des heiligen Geistes der nicänischen Formel einen Zusatz gegen die Pneumatomacher beigab. Wenn nun die früheren Synoden wegen der von ihnen gemachten Zusätze keinem Tadel unterliegen, so werden auch die späteren unter gleichen Voraussetzungen nicht ungleich beurtheilt und demnach verurtheilt werden dürfen. Die Verstandlosigkeit aber wirft Alles durcheinander und verkehrt Alles. Die Synode von Ephesus verbot, einen anderen Glauben, dessen Lehrsätze der nicänischen Synode entgegen wären, irgendwie vorzutragen; daß aber, wenn das in dieser Enthaltene unversehrt gewahrt bleibt, die von den Zeitumständen geforderten Zusätze gemacht werden dürfen,

---

57) Const. Meliten. ap. Allat. Gr. orth. II. 910. 911: *καταλιπεῖν τὰ πάντα καὶ μηδὲ περὶ τοῦ δόγματος τούτου ποιησάμενος λόγον τινὰ πάσῃ σπουδῇ καὶ προθυμίᾳ πρὸς τὴν καταλλαγὴν ἀθρόον καὶ τὴν εἰρήνην ἐχώρησε … εὐθὺς τὴν καταλλαγὴν ἥρπασεν.*

58) Ib.: *Οὕτω Φώτιος ὁ τοῦ πρώτου σχίσματος ἀρχηγός, ὁ τούτων κατὰ πολὺ τὰ ἐς λόγους σοφώτερος, πρὸς ἔριν, οὐ πρὸς ἀλήθειαν οὐδ' ὁπωσοῦν ἀντεῖπε.*

59) *ἡ φιλαρχία καὶ τὸ βούλεσθαι τούτους παντελῶς ἀνυποτάκτους διατελεῖν* Ib. p. 910.

60) Maxim. Chrysoberg. (nach Fabr. Bibl. gr. VIII. 770, nov. X. 384 identisch mit dem Gegner des Allus Tamplas Allat. de cons. II. 18, 7.) Orat. de process. Sp. S. n. 2. 3 (Graec. orth. II. p. 1076—1082).

61) Phot. Bibl. Cod. 230. p. 1040 ed. Migne.

das hat die Synode von Ephesus durch die That bewiesen, das lehrt die Natur der Dinge, das hat die Ueberlieferung der Kirche durchaus und gerne sich gefallen lassen. Daher hat auch, bevor noch die allgemeine Synode von Ephesus zu Stand gekommen, der heilige Cyrillus in Alexandrien seine Geistlichkeit versammelt und eine schriftliche Glaubensdarlegung an Nestorius gesandt."

8. Die Aechtheit der Akten und das Ansehen der Synode. Johann's VIII. angebliches Schreiben gegen das Filioque.

Wir haben bis jetzt die Aechtheit der photianischen Concilienakten als Ganzes einfach vorausgesetzt; wir müssen nun noch diese Annahme gegen vielseitige Bedenken und Einwürfe vertreten.

Nachdem schon früher mehrere Gelehrte Alles für gefälscht und die Akten für ganz unterschoben erklärt,[1]) hat Leo Allatius in einer besonderen Schrift[2]) den Satz vertheidigt, es sei diese Restitutionssynode gar nicht gehalten worden und das Ganze als ein schlauer Betrug des Usurpators zu betrachten. Indessen so viele Gründe auch hiefür beigebracht worden sind, es sind dieselben keineswegs beweisend und darum hat auch diese Ansicht nur sehr wenige Vertreter gefunden.[3])

Man beruft sich 1) darauf, daß die griechischen Historiker, die meistens die Synoden von 861 und 869 anführen, die von 879 mit keiner Sylbe erwähnen.[4]) Dositheus von Jerusalem[5]) antwortet darauf: 1) es sei dieselbe von anderen (obschon späteren) griechischen Schriftstellern erwähnt; 2) es sei nicht nöthig gewesen, sie anzuführen, da sie blos der Restitution eines einzigen Patriarchen galt, wie auch unter Kaiser Tiberius die Restitution des Gregor von Antiochien nicht erwähnt ward; 3) damals sei der Zusatz noch nicht eingeführt gewesen (!) und man habe sich in keine dogmatische Erörterung eingelassen. Wir dagegen halten daran einerseits fest, daß noch manche andere Synoden von den Chronographen nicht verzeichnet sind, andererseits finden wir

[1]) S. Antonin. Sum. hist. P. III. tit. 22. c. 13. §. 10. Bellarm. de Concil. I, 5. Cf. Baron. a. 879. n. 63.

[2]) Allat. de octava synodo Photiana. Romae 1662. 8, besonders cap. 3. p. 59 seq. Vgl. de consens. II. 6, 9. p. 591.

[3]) Dagegen erklären sich nach Hanke's Vorgang (de byzant. rer. scriptor. P. I. c. 18. p. 379 seq.) Schröckh (K. G. XXIV. S. 195.), Fontani (Diss. cit. p. LX.—LXII.), Neander (a. a. O. S. 316. N. 4.) Wenn aber Neander vorzugsweise darauf sich stützt, daß in den Akten zu Vieles aus dem Leben der byzantinischen Kirche Gegriffenes, zu charakteristisch Bestimmtes sich findet, so scheint das nicht entscheidend, weil der Betrüger — und das wäre dann Photius selbst gewesen — diese Färbung dem Ganzen geben konnte und mußte. Damberger (a. a. O. S. 323) hat die Unächtheit der Synodalakten nicht zu erhärten vermocht und sicher gegen alle Wahrscheinlichkeit für wahrscheinlich gehalten, daß Johann VIII. den Photius noch nicht anerkannt.

[4]) So der auctor appendic. ad Conc. VIII. (aus dem fünfzehnten Jahrh.) Mansi XVI. 64. Baron. a. 879. n. 73. Vgl. die Cont. Theoph. oben S. 18. IV. 1. N. 69.

[5]) Τόμος Χαρᾶς p. 121 seq.

Zeugnisse genug für die wirkliche Abhaltung, die unten angeführt werden sollen. Schon aus den Briefen Johann's VIII. von 879 ergibt sich, daß dieser eine Synode gehalten wissen wollte, und nach denen von 880 hatte er deren Akten wirklich erhalten, deren erste und oberflächliche Lesung in Rom den Verdacht einer Pflichtüberschreitung von Seite der päpstlichen Legaten erregte,[6]) was sehr gut zu unseren Akten paßt.

2) Man sagt: Die Synode war gar nicht nothwendig. Der Kaiser und der Papst hatten sich bereits für Photius erklärt, dieser war wieder eingesetzt, eine dogmatische Erörterung war nicht projektirt und von einer neuen Synode hatte man nur Unruhen zu befürchten. Allatius vergißt aber, daß die dem Patriarchen so nachtheilige Synode von 869 nur durch eine ebenbürtige, wo möglich noch zahlreichere Versammlung beseitigt werden konnte,[7]) daß ihm sehr viel daran gelegen sein mußte, jenes Concil feierlich anathematisiren zu lassen, und daß er dazu die Mittel im vollsten Maße besaß, namentlich bei der blinden Ergebenheit einer so großen Zahl von Anhängern, die er zu den höchsten kirchlichen Würden befördert und von denen er nichts zu besorgen hatte, während er seine Gegner sowohl mit der Macht des Kaisers als mit der Autorität der päpstlichen Schreiben unschädlich zu machen im Stande war.[8])

3) Die Synode ist nicht in allen Handschriften dieselbe, hat verschiedene Aktionen und Reden, bald kürzer, bald länger; in den vatikanischen Codices finden sich sehr schleppende Verhandlungen; ein Manuscript des Allatius hat nur drei Aktionen, andere mehr oder weniger, einige nur eine.[9]) Demnach scheint es, daß diese Akten nicht gleich fertig und vollendet vorlagen, sondern erst concipirt, dann bereichert und vermehrt wurden, und so in's Publikum kamen. Im Abschreiben der Concilien war man sonst sehr genau. — Wir haben inzwischen Beispiele an den Akten von Chalcedon, wie verschiedene Theile von Synoden von Abschreibern weggelassen, Einzelnes einzeln abgeschrieben ward u. s. f.[10]) An sich dürfte diese Erscheinung nicht befremden. Die meisten Handschriften unserer Synode[11]) sind zudem aus dem fünfzehnten und sech-

---

[6]) Vgl. Joh. ep. 250. p. 185; ep. 251. p. 187.

[7]) Dazu kommt, daß der gegen Chrysostomus (s. oben Bd. I. S. 41) angewendete Canon 4 von Antiochien und can. ap. 27 (29) im Oriente noch ihre Anwendung hatten.

[8]) Vgl. Assem. Bibl. jur. or. t. I. c. 7. n. 150. p. 207.

[9]) Allat. l. c. c. 4. p. 67. 68.

[10]) Vgl. Hefele Concil. Gesch. II. §. 187. S. 395 ff.

[11]) Hieher gehören:

Monac. 27. saec. 16.

Monac. 436. p. 127—p. 208. Der Codex, den wir besonders benützt und der noch dem vierzehnten Jahrhundert angehört, endigt in der sechsten Sitzung bei den Worten Mansi XVII. 516 E. καὶ καὶς ἰδίαις. — Derselbe gehörte früher der Augsburger Bibliothek an.

Vatic. 606. p. [illegible] 314 (Assem. l. c. p. 162. n. 123.)

Vatic. Ottobon. 27. saec. 16. p. 312—385 mit sieben Aktionen.

Vatic. 1115. saec. 15. chart. f. 117—156 (Assem. l. c.)

„ 1145. saec. 15. 16. f. 1. (Assem. l. c.)

zehnten Jahrhundert, wenige aus dem vierzehnten; von diesen sind die meisten aus polemischem und apologetischem Interesse geschrieben. In einigen findet sich blos die sechste Sitzung, [12]) die vor Allem die späteren Griechen interessirte. In der Mehrzahl der Handschriften sind die Varianten wie das gesammte Material in der Hauptsache ziemlich gleich.

4) Die Verfälschung der Briefe Johann's VIII. beweiset noch lange nicht, daß die ganze Synode eine Fälschung und bloße Erfindung war. [13]) — Niemanden kam es in den Sinn, die Synode von 861, auf der ebenfalls verfälschte päpstliche Briefe producirt wurden, als gar nicht gehalten anzusehen.

5) Daß die päpstlichen Legaten, und noch mehr die Päpste selbst die ihr Ansehen so gefährdenden Maßregeln, die Cassation der achten Synode, die indirekte Verdammung des Zusatzes im Symbolum, die Führung des Vorsitzes durch Photius u. s. f. ohne Reclamation geduldet und ganz mit Stillschweigen übergangen, soll ein weiterer Beweis der Unächtheit der Akten sein. [14]) Allein was die Legaten betrifft, so waren diese theils durch ihre Unkenntniß der griechischen Sprache und ihre Unbehilflichkeit, theils dadurch, daß sie von Photius vorher gewonnen waren, in einer schlimmen Stellung; sodann kann auch zugegeben werden, daß ihre Reden nicht genau im Griechischen wiedergegeben und ihnen Dinge in den Mund gelegt wurden, die sie nicht gesagt, [15]) ohne daß daraus eine Erdichtung des Ganzen gefolgert werden kann. Was die Päpste angeht, so haben wir bereits aus Johann VIII. seine Unzufriedenheitsbezeigung über das seinen Instruktionen entgegen Vorgenommene angeführt; nach 881 besitzen wir aber keine päpstlichen Regesten mehr; zudem hatten sie

---

Vatic. 1147. f. 1—51. chartac. 4 mit den sieben Aktionen.
" 1152. f. 33 a—19 a, der nur einen Theil der Synode hat (Aus.).
" 1183. f. 81 a—151 b. saec. 16 mit Correcturen am Rande (Aus.)
" 1918. f. 91—163. chart. saec. 15. vel. 16.
Escurial. X, I, 5. n. 341. saec. 16. (Miller catal. p. 293.) f. 158 seq.
" X, II, 8. n. 365. saec. 16. (Miller p. 390.)
" X, II, 13. n. 370. saec. 16. (Miller p. 391.)
Marcian. Venet. gr. 167. p. 95 seq. (LXXXVIII. 2.) saec. 15.
Columna. Vat. n. 41, olim. Sirleti (Baron. a. 879. n. 19.)
Paris. 1828 chart. saec. 15; 1331 saec. 14; 1334 membr. saec. 10 (?); 1337 saec. 15; 1369 bomb. saec. 15; 1370 saec. 13 (Catal. p. 292—297. 307. 312.)

[12]) So Monac. 68. f. 47 seq. in Apologia Jobi monach.
Monac. 256. f. chart. saec. 14 et 15. fol. 137—141.

So sollen auch in anderen Handschriften die drei ersten Sitzungen fehlen und die vierte als erste bezeichnet sein. (Baron. a. 879. n. 68.) Sicher waren die vier letzteren Aktionen für das Interesse der Griechen die wichtigsten.

[13]) Allat. c. 7. p. 120—144. 146—151.

[14]) Cf. Allat. c. 3. p. 60—66.

[15]) Viele Ausdrücke weisen darauf hin. So war es sicher nicht dem abendländischen Geiste gemäß, wenn die Gesandten Rom's die Kaiser von Byzanz „unsere Kaiser, unsere heiligen Kaiser“ nannten. Hier hat wohl die byzantinische Ueberarbeitung das Ihrige gethan. Vgl. act. II. p. 393 E; act. III. p. 468 A.; act. IV. p. 488 A.; act. VI p. 516 A. Hefele Conc. IV. S. 449 sagt mit Recht, es sei nicht wahrscheinlich, daß sich die Legaten so niederträchtig benommen, wie sie unsere Akten darstellen.

nach dem Sturze des Photius kaum noch einen Grund, auf die bereits verdammte Synode zurückzukommen. Daß sie dieselbe wirklich verdammt, läßt sich aus den noch vorhandenen, obschon spärlichen Quellen entnehmen.

6) Vieles was Allatius sonst noch anführt, wie die Verletzung der römischen Instruktionen, die Nichterfüllung der vom Papste gesetzten Bedingungen, die Verherrlichung des Photius und die Voraussetzung seines allzeit legitimen Patriarchats u. s. w.[16]) kann wohl die Illegalität und Formlosigkeit seiner Synode als eines unwürdigen Conciliabulums beweisen, nicht aber die völlige Supposition der Akten.

7) In der Unionssynode von 920, wo die Worte vorkommen: „Alles, was gegen die heiligen Patriarchen Germanus, Tarasius, Nikephorus und Methodius geschrieben oder gesagt ward, sei anathematisirt“ wäre die in der Synode von 879 ganz ähnlich ausgedrückte Verwerfung des gegen Photius Geschriebenen und Gesprochenen[17]) nicht übergangen worden, hätte man diese Synode gekannt. So Allatius.[18]) Allerdings fehlt dieser Passus in dem veröffentlichten Text der Synode von 920;[19]) da aber der spätere Liber synodicus der Griechen, der sonst das Unionsdekret genau hat, neben der Verdammung der gegen die vier im Ikonoklastenstreit berühmt gewordenen Patriarchen verfaßten Schriften auch die der Reden und Schriften gegen Ignatius und Photius enthält,[20]) so bleibt es, falls nicht letzteres von einem der folgenden Patriarchen (Sisinius oder Sergius) eingeschaltet ward, sehr wahrscheinlich, daß diese Stelle dort ausgefallen ist. Aber auch wenn sie nicht im Dekrete stand, konnte es Gründe geben, hier nicht an jene früheren Kämpfe zu erinnern und dieselben ganz bei Seite zu lassen.

8) Photius hat in seinem Nomocanon, so behauptet Allatius,[21]) wohl die Synode in der Apostelkirche von 861 aufgenommen, aber nicht die Synode von St. Sophia 879. Allein obschon in mehreren Handschriften die drei Canones nicht eingerückt erscheinen, so enthält doch die von Mai unter dem Namen des Syntagma des Photius publicirte Sammlung den dritten Canon ausdrücklich und die Vorrede nennt sie ebenso; nebstdem haben sie mehrere Handschriften.[22])

9) Man könnte noch die Anmerkung eines älteren Scholiasten anführen, der die Synode für ein Machwerk des Photius erklärt.[23]) Indessen gibt

---

[16]) Allat. c. 4—6. p. 67—120. c. 8. p. 151—162.

[17]) L. C. act. VI. p. 617 D. act. V. p. 492.

[18]) Allat. c. 7. p. 144. 145.

[19]) Leuncl. Jus. Gr. Rom. t. I. p. 108.

[20]) Τὰ λαληθέντα καὶ γραφέντα κατὰ Ἰγνατίου καὶ Φωτίου τῶν ἁγιωτάτων πατριαρχῶν ἀνάθεμα.

[21]) Allat. c. 10. p. 193—197.

[22]) Mai Spicil. Rom. VII, II. 317. 436. Nomoc. IX. 36. XIII. 14. S. unten B. VIII. 5 a.

[23]) Cod. Ottobon. 27. f. 316, b. ante Acta Synodi Photianae: Ὁ πατὴρ τοῦ βιβλίου τούτου τῶν πρακτικῶν δηλονότι Φωτιός ἐστιν, ὡς ἐπιγράφεται· ὅτι μὲν ἐγένετο σύνοδος παρ' αὐτοῦ, ὁπότε τὸ βῆμα ἐπεβίβαζεν πατριαρχικόν, ἣν αὐτὸς ὑπὲρ ἑαυτοῦ συνῆξεν,

dieser doch zu, daß eine solche Synode wirklich gehalten ward., nur erklärt er die Akten durchaus für von Photius nach Belieben zur Beseitigung des ächten Conciliums gefertigt. Der Scholiast, der sicher kein sehr hohes Alter beanspruchen kann, übertreibt nur, indem er die wirklich vorkommenden Fälschungen nicht in einzelnen Theilen, sondern in der ganzen Compilation sucht.

Das geben heutzutage die meisten Gelehrten zu, daß unsere Unionssynode wirklich Statt fand.[14]) Die große Zahl der Bischöfe[15]) kann dem Gesagten gemäß auch kein Bedenken erregen und auch der Gang der Verhandlungen im Allgemeinen entspricht der Lage der Dinge sowie dem byzantinischen Charakter und dem des Photius. Dagegen sind 1) die päpstlichen Briefe wie die der orientalischen Patriarchen stark interpolirt, das Schuldbekenntniß des Thomas von Tyrus wahrscheinlich ganz unterschoben;[16]) 2) die Reden und Antworten der römischen Legaten beliebig gestaltet und ausgeschmückt und 3) mehrere, oben bezeichnete Täuschungen und Fälschungen vorgenommen worden. Sonst scheinen aber die Verhandlungen, wenigstens der fünf ersten Sitzungen, als authentisch angenommen werden zu dürfen. Sicher haben wir keinen Grund, die ganz im byzantinischen Style gehaltenen Panegyrikel auf Photius, der so viele begeisterte Freunde zählte, zu verdächtigen; ebensowenig können wir die oft vom Cardinal Petrus gemachten Versuche, seinen Instruktionen gemäß zu verfahren, und die darüber entstandenen Discussionen als bloße Lügen betrachten. Die üble Rolle, welche die römischen Legaten spielten,[17]) entsprach ganz und gar ihrer Lage und die verhandelten Themata sind von der Art, daß sie alle in der hier dargestellten Weise besprochen werden konnten.[18]) Daß die Mehr-

---

ἀληθές ἐστιν. ὅτι δὲ τὰ ἐν τοῖς ἐπιγραφομένοις παρ' αὐτοῦ πρακτικοῖς πάντα εἰσὶ πλάσματα καὶ συνθήματα ψευδῆ καὶ τῶν τοποτηρητῶν ἀποφάσεις καὶ τὰ πρόσωπα, ἔτι δὲ καὶ πάντα ὅσα ἐν τοῖς πρακτικοῖς τούτοις δὴ τοῖς πεπλασμένοις δραματουργεῖται καὶ τἄλλα ἅπαντα οὐδέν ἐστιν ἕτερον ἢ ἀρχαῖα ἐπινοοῦ, περὶ τῆς συνόδου πολλῆς ἦλθεν καὶ αὐτῶν τῶν τοποτηρητῶν, καὶ λεληθότως, πῶς συγγραφίαι καὶ διαβολαὶ τῆς κατ' ἀλήθειαν συναχθείσης οἰκουμενικῆς η' συνόδου τῆς ἀπαγορευσάσης καὶ ἀναθεματισάσης αὐτόν. εἴσεται δὲ ἀκριβέστερον τὰ ἀληθῶς πρακτικὰ τῆς κατὰ Φωτίου συνόδου μετ' ὀλίγον τουτε-γίστερον.

[14]) Le Quien Or. chr. III. 377: Inficiari quidem non ausim, aliquam re ipsa synodum Cpli celebratam esse a. 879, cui adfuerint Johannis P. legati, Patriarcharum orientalium vicarii multique Episcopi Photio addicti, pro hujus restitutione confirmanda; id enim ex.. Joh. P. literis a. 880 ad Basil. Imp. et ad ipsum Photium scriptis constare videtur.

[15]) Le Quien l. c.: At in ea synodo tot convenisse Episcopos omnisque generis fuisse, ut in ejusdem actis legitur, impostura est Photii manifestissima.

[16]) Vgl. Assem. l. c. p. 160. n. 120. Allat. de Syn. Phot. p. 221—214. coll. Mansi XVII. 468—473.

[17]) Manche spätere Griechen haben freilich ein Interesse, den römischen Legaten die Leitung des Ganzen zuzuschreiben. So sagt Nilus Thessal. ad c. 49 Lat. (Cod. Mon. 28. f. 284 a.): καὶ οἱ τὸν τόπον δὲ.. τοῦ πάπα ἀναπληροῦντες, Παῦλος φημὶ καὶ Εὐγένιος οἱ ἐπίσκοποι καὶ Πέτρος καρδινάλιος καὶ πρεσβύτερος, ἡγεμόνες τῶν πραγμάτων τούτων κατέστησαν.

[18]) Assemani p. 232. n. 108: Falsavit quidem (Photius) literas, allocutiones edidit, ut libitum fuit; rerum tamen summam, h. e. quod synodum coegerit, quod in ea synodo tres illos canones ediderit, quod suam restitutionem canonice factam de-

zahl der versammelten Bischöfe blos stumme Zuschauer waren, ist nicht befremdend; im Concil von 869 war es ebenso, wo es sich nicht um Aufnahme der zur Gegenpartei Uebergetretenen handelte. Ebensowenig kann es auffallend sein, daß die Akten mit allem orientalischen Schwulst und mit kriechender Deferenz gegen Photius abgefaßt sind, der stets als der „allerheiligste Patriarch, der heiligste und ökumenische Patriarch, unser allerheiligster Herr und ökumenischer Patriarch“ [29]) bezeichnet wird. Allerdings ist Manches in den Akten, sowie sie auf uns gekommen sind, sehr schlecht zusammenhängend sowohl in den Verhandlungen selbst, [30]) als in den einzelnen Reden, ihrer Aufeinanderfolge [31]) und ihrer Construktion. Wenn aber Basilius von Martyropolis darum Anlaß zu Bedenken zu geben scheint, weil er zwischen die Sätze, die von der steten Anerkennung des Photius durch den Antiochener Theodosius handeln, in etwas befremdlichen Ausdrücken die Bemerkung einflechte, Theodosius habe von Anfang an nicht darnach gestrebt, Patriarch zu werden, sei erst im Clerus gewesen und darnach zum Patriarchate erhoben worden: [32]) so löst sich die Schwierigkeit einfach, wenn wir die Uebersetzung von ad pontificatus apicem prosiluit gebührend außer Acht lassen und die ὅροι sachgemäß von den früheren Entscheidungen gegen Photius verstehen, welche Theodosius niemals angenommen habe, und den richtigen Sinn feststellen, derselbe sei schon vor seiner Erhebung auf den Patriarchenstuhl auf Seite des Photius gestanden. [33]) Jedenfalls würde aber hier nur eine etwas auffallende, durch schlechte Compilation erklärliche Aeußerung vorliegen. Uebrigens kommt in dem Briefe des Theodosius selbst Aehnliches vor, [34]) was auf eine unvorsichtige Benützung älterer Briefe hinweisen könnte. Die sonstigen Ungenauigkeiten und Lücken lassen wohl auf schlechte und oberflächliche Compilation, aber nicht auf völlige Supposition schließen. Noch könnte man Folgendes geltend zu machen geneigt sein. Da die Synode gegen Papst Nikolaus, die Photius kurz vor seinem Sturze hielt und die nach Anastasius gegen tausend Unterschriften gehabt haben soll, [35]) offenbar eine reine Fälschung war, so ist von unserer Synode wohl das Gleiche

---

clarare, irritaque omnia, quae contra se gesta fuerant, promulgare atque symbolo nil addendum vel detrahendum a Patribus definiri curaverit, hanc, inquam, rerum summam in ea synodo fuisse gestam inficias ire nequeo.

[29]) Z. B. Mansi XVII. 380.

[30]) S. oben Abschn. 5. S. 430. N. 158.

[31]) Abschn. 5. S. 443. N. 110.

[32]) act. IV. Mansi p. 476 E.: Θεοδόσιος (Ant.) οὐδέποτε .. εἰς τὴν ἄθεσμον πρᾶξιν τὴν κατὰ .. Φωτίου .. ἐπεκοινώνησεν, ἀλλ' ἐξ ἀρχῆς καὶ ἄνωθεν ἀεὶ οἱ πρὸς τοὺς τῆς ἀρχιερωσύνης ὅρους ἀνέδραμε (Man. ἀναδεδράμηκε) καὶ ἐν τῇ τοῦ κλήρου καταλεγμένος τάξει ὕστερον τὸν τῆς Ἀντιοχείας θεῖον θῶκον (τοὺς τ. Α. θείους οἴακας M.) ἐγκεχειρισμένος ἀρχιερεῖν Θεοῦ ἔχει κ. τ. λ.

[33]) In den angeführten Worten scheint indessen οἱ vor πρὸς τοὺς — ὅρους gestrichen werden zu müssen und so der Sinn zu sein: er hielt sich an die Entscheidungen der Patriarchen, der ἀρχιερεῖς.

[34]) oben Abschn. 7. S. 441. N. 192.

[35]) B. III. Abschn. 8. N. 54. Bd. I. S. 652.

zu präsumiren. Dagegen ist zu bemerken, daß dort wohl eine Fälschung in den Subscriptionen vorkommen konnte, ohne daß deßhalb die ganze Verhandlung eine leere Fiktion war. Dositheus von Jerusalem hebt hervor, wenn neben den Bischöfen auch Aebte und Priester unterschrieben, so konnte damals leicht eine solche Zahl herauskommen; für die Deposition des Papstes schien eine größere Zahl von Theilnehmern erforderlich, als für einen Akt der Wiederherstellung des kirchlichen Friedens. Außerdem, meint der Patriarch von Jerusalem,[36]) falls die Angabe von tausend Unterschriften falsch sei, treffe die Lüge den Anastasius und aus der Unächtheit jener früheren Synode folge noch nicht die der späteren. Daß die päpstlichen Schreiben nicht ganz verlesen wurden, hat an dem gleichen Verfahren von 787 und 869 ein früheres Beispiel und alles Uebrige beweiset eben nur eher alles Andere, als eine gänzliche Unterschiebung der Akten.

Positiv streiten für die Abhaltung dieser Synode noch folgende Momente: 1) Die Vorrede des Photius zu seiner Bearbeitung des Nomocanon, worin er die Canonen derselben sowie ihre Thätigkeit zur Beseitigung der Spaltung und behufs der allgemeinen Anerkennung des siebenten Conciliums erwähnt,[37]) war an die Bischöfe des Patriarchats gerichtet, zu denen er doch nicht von einer gar nicht gehaltenen Synode reden konnte. 2) Die Akten derselben wurden höchst wahrscheinlich zu Rom in's Lateinische übersetzt und aus einer solchen Uebersetzung gaben Ivo von Chartres und Gratian, wie später Innocenz III. den zweiten Canon, wie ein Stück von einer Rede des Legaten Petrus.[38]) 3) Johannes Beckus und seine Schüler erkennen diese Synode als eine wirklich gehaltene an ohne das geringste Bedenken,[39]) ebenso Balsamon und die meisten anderen Griechen. Wenn einige Canonensynopsen sie nicht anführen,[40]) so haben sie dagegen viele andere, neben Balsamon auch Zonaras[41]) und der

[36]) l. c. p. 125 seq.

[37]) Phot. Praef. in Nomocan. (Justell. et Voell. II. p. 793): ἀλλὰ καὶ ὅσα κανόνας ἡ μετὰ ταῦτα (Syn. 861) σύνοδος ἐπὶ κοινῇ τῆς ἐκκλησίας ὁμονοίᾳ συστᾶσα, καὶ τὴν ἐν Νικαίᾳ σύνοδον ἐπισφραγίσασα, ἀφήρπαζε δὲ πάθος καὶ σχίσματος ἀποβαλοῦσα πλάνην, καὶ τούτοις τοῖς τῶν ἀδελφῶν συνόδων συνέταξεν.

[38]) S. oben Abschn. II. S. 168. N. 97. Diese Synode bei St. Sophia wird auch in dem aus dem dreizehnten Jahrhundert stammenden Traktat de Conciliis generalibus, der einen Anhang zu dem von den Dominikanern um 1252 verfaßten Tractatus contra errores Graecorum bildet (Bibl. PP. Lugd. XXVII p. 614 F.), erwähnt, wahrscheinlich aber nach griechischen Quellen, die hier benützt sind.

[39]) Joh. Beccus λόγος περὶ τῆς ἐκκλησιαστικῆς εἰρήνης mit dem Anfange: ἦν ἂν μακάριον ἀληθῶς, εἴ γε τὸ τοῦ εὐαγγελικοῦ κηρύγματος im Cod. Laurent. 26. Plut. VIII. p. 45—61 (Bandin. p. 382) und in a. Handschriften. — Orat. II de injusta depos. n. 7 (Graec. orthod. II. 48) sagt er, Photius habe διὰ μεγάλης καὶ ἀστέρος οἰκουμενικῆς συνόδου das Aergerniß der Trennung von Rom beseitigt. L. III. ad Theod. Sugd. n. 8 (G. O. II. 137.): σύνοδον Φώτιος ἐν ΚΠ. ἀθροίζει ὑπὸ πλειόνων ἢ τριακοσίων ἀρχιερέων συγκροτουμένην καὶ κανόνας ἐκτίθησι καὶ πᾶν εἴ τι κατὰ τῆς ῥωμαϊκῆς ἐκκλησίας ἐν τῷ τῆς διαφορᾶς χρόνῳ ἐπράχθη καὶ ἐλαλήθη, παραδίδωσι τῷ ἀναθέματι.

[40]) So Aristeni coll. (Voell. et Just. Bibl. II. p. 673—709.) Symeon Mag. Coll. (ib. p. 710—748.)

[41]) Balsam. Zonar. Com. in can. Phot. ap. Bever. Pand. can.

Mönch Arsenius,[42]) wie M. Blastares.[43]) Johannes V. von Ephesus unter Andronikus II. führt Stellen aus einem Briefe Johann's VIII. an Kaiser Basilius an, den unsere Akten haben, und zeigt, daß er dieselben gekannt hat.[44])

Am allermeisten sind aber die Akten der sechsten und siebenten Sitzung angefochten, selbst von Solchen, welche die vorhergehenden fünf Aktionen als ächt ansehen. Nach Allatius[45]) haben auch mehrere Schismatiker jene nicht gelten lassen. Ein Scholion eines anonymen Autors[46]) in mehreren Handschriften sagt ausdrücklich, die zwei letzten Aktionen habe Photius fingirt und den fünf ächten nachher beigesetzt. Unsere Handschriften dieser Art sind allerdings nicht älter als das fünfzehnte Jahrhundert;[47]) aber die Notiz scheint doch alle Beachtung zu verdienen, um so mehr, als sie sich auf nicht ungewichtige Gründe stützt. Dahin gehört 1) vor Allem, daß die Synode nach dem Wortlaut der fünften Sitzung als völlig beendigt erscheint,[48]) daß dort Photius erklärt, seines Erachtens sei Alles zu Ende geführt, was der Synode obgelegen,[49]) daß mit den Unterschriften der Versammelten, die sonst stets erst nach dem Schluß der Concilien gesetzt wurden, Alles abgeschlossen ist.[50]) Indessen vermochte doch der bereits erfolgte Schluß der Verhandlungen nicht absolut die Wiederaufnahme derselben, und am wenigsten die Abhaltung zweier nachträglicher Sitzungen, an denen die vornehmsten Theilnehmer der früheren sowie der Hof sich betheiligten, zu verhindern; hierüber ward bereits früher das Nöthige bemerkt.

Minder bedeutend ist, was außerdem eingewendet wird. Sagt man, 2) die Verdammung des Filioque habe in Anwesenheit der römischen Legaten nicht vorgenommen werden können,[51]) so ist zu entgegnen, daß ja diese Ver-

---

[42]) Arsenii monachi Synopsis canonum (Voell. et Just. II. p. 765—767. n. 74. 75. 78. 82.).

[43]) M. Blastaris Syntagma alphabet. (Bevereg. Pand. can. t. II. P. II.)

[44]) Joh. Chil. sermo contra schismaticos (Mai Spic. Rom. VI. Praef. p. XVII. seq.)

[45]) Allat. l. c. c. 9. p. 162.

[46]) Mansi p. 511. 512. Ἀνάγκη μὲν εἰδέναι.

[47]) Das Scholion (auch ἀναγκαῖον εἰδέναι anfangend) steht:
Cod. Vatic. 1115. f. 151, b. am Anfange der act. VI. Vgl. Allat. l. c. c. 1. p. 3.
" " 1183. f. 152, a.
" " 1147. f. 50. 51 am Anfange der act. VII.
" " 1918. f. 162. 163.
" " 1115. f. 152 mit den Worten: ἐν ὁμοίῳ ἄλλῃ βίβλῳ εὑρέθη τοιοῦτόν τι σχόλιον ἀνώνυμον eingeleitet.

[48]) Anonym. cit.: Ἀναγκαῖον εἰδέναι (nach dem Texte bei Allatius p. 185 seq.), ὡς αἱ τελευταῖαι αὗται δύο πράξεις, ἥ τε ἕκτη καὶ ἡ ἑβδόμη λεγόμεναι, πεπλασμέναι εἰσὶ παρ' αὐτοῦ τοῦ Φωτίου, καὶ οὐ κατ' ἀλήθειαν πεπραγμέναι· καὶ τοῦτο δῆλον ἐκ τοῦ τὴν σύνοδον ἀπαρτισθῆναι καὶ τὸν παρ' αὐτῆς ἐκτεθέντα ὅρον ὑπογραφαῖς τῶν τὴν σύνοδον συμπληρούντων σημειωθῆναι.

[49]) Mansi l. c. p. 501: πάντα ὅσα ἔδει πραχθῆναι ἐν ταύτῃ τῇ ἁγίᾳ καὶ οἰκουμενικῇ συνόδῳ... πέρας αἴσιον καὶ οἷον εὐχῆς ἔργον γένοιτ' ἄν, εἴληφεν.

[50]) Ib. p. 505—512.

[51]) Anonym. cit. in scholio sess. VI.: Πολυτροπώτατος γὰρ ὢν ὁ ἀνὴρ οὗτος καὶ πανουργότατος, ἐπεὶ ἐβούλετο εὔλογον δεῖξαι τὴν αἰτίαν τοῦ καινοτομηθέντος ὑπ' αὐτοῦ

dammung nicht direkt ausgesprochen und der Standpunkt der damaligen römischen Kirche bezüglich der Addition Filioque kein vom griechischen divergirender war.[52]) Damit fällt auch 3) der Einwand, daß die Griechen gar keine Union mit den Lateinern hätten eingehen können, wäre das der sechsten Sitzung zugeschriebene Dekret wirklich erlassen worden, daß das eigene Interesse des Photius es geboten, ganz von der Addition zu schweigen, weil er sonst wieder das verloren, was er mit der Synode bezweckt: die Gemeinschaft und die Anerkennung des römischen Patriarchen. Ebensowenig läßt sich sagen, 4) die Verwerfung jeder Addition oder Subtraktion vom Symbolum wäre den anderen Canonen angefügt und in die Rechtssammlungen, vor Allem in den Nomocanon des Photius selbst eingereiht worden, wenn sie wirklich festgestellt worden wäre,[53]) während Zonaras, Balsamon, Alexius Aristenus, M. Blastares und Harmenopulus nur drei Canones kennen.[54]) Denn einmal ist der ὅρος, die Definition der Synode, von den Canonen verschieden und auch die ὅροι anderer Synoden wurden den letzteren nicht einverleibt; sodann war dieses Dekret nur eine Wiederholung der älteren Dekrete von Ephesus und Chalcedon, materiell nichts Neues. Man sagt ferner, 5) die Griechen hätten sicher diese Verdammung des Filioque nicht vergessen, sondern sie stets hervorgesucht und als eine starke Waffe gebraucht, was fast gar nicht der Fall war.[55]) Aber einerseits war es nicht nöthig, darauf zu recurriren, da die älteren Dekrete dasselbe besagten, andererseits ist es gewiß, daß man wenigstens seit dem dreizehnten Jahrhundert öfter auch auf dieses Dekret sich berufen hat, wie aus dem Mönche Job,[56]) aus Gennadius von Bulgarien[57]) u. A. hervorgeht;[58])

ἐγκλήματος πρὸς τὴν ἀρχιεπίσκοπον .. ἐκκλησίαν τῆς Ῥώμης, ταυτόσει τὴν ἐν τῷ συμβόλῳ τῆς πίστεως προσθήκην . . . ὅτι δῆθεν, ὡς ἔφθη εἰπὼν, ἀσεβῶς προσετέθη, ὑπώπτευε δὲ, ὡς ἐάν λαλήσῃ τι περὶ τούτου τῆς συνόδου συγκροτουμένης ταραχθήσονται οἱ ἀπὸ τῆς πρεσβυτέρας Ῥώμης παραγενόμενοι λέγατοι .. καὶ πρὸς τὸ μὴ δυνηθῆναι δεῖξαι ὅπερ ἐβούλετο, ἵνα καὶ τῆς συνόδου ἐμποδισθείσης ἐκπεσεῖται αὐτὸς τοῦ θρόνου κτλ., δι' ὃ συνεκροτεῖτο ἡ σύνοδος· ἄλλως δ' ὅτι οὐδ' ἐδύνατο πρὶν ἡ συγγνώμης τυχεῖν, ἐφ' οἷς ᾐτεῖτο τοῦ θρόνου, κατὰ τῶν συγγνωμούντων γλῶσσαν κινῆσαι, τὰς τελευταίας ταύτας δύο πράξεις ἀφ' ἑαυτοῦ πλάσας ταῖς λοιπαῖς καὶ ἀληθέσι συνῆψε καὶ ὅρον ἐξέθετο ἀντεῖπεν τῷ οἰκείῳ σκοπῷ τοῦ μὴ προστιθέναι τι τῷ συμβόλῳ. Die Bemerkung (Mansi p. 511), es sei diese Nota de industria a Graeculo quopiam gesetzt, ut priores saltem actiones sinceras credantur, bedarf nach dem oben Gesagten keiner weiteren Widerlegung.

[52]) Johann VIII. stand hierin noch auf dem Standpunkte Leo's III.; es war kein Wunder, wenn seine Legaten in der Recitation des Symbolums mit den Griechen übereinstimmten. Vgl. Allat. de Syn. Phot. p. 212.

[53]) Allat. l. c. p. 195.

[54]) Assemani l. c. p. 227. 228. n. 165.

[55]) Allat. c. 10. p. 191. 195.

[56]) Job monach. op. cit. S. 525. N. 19 des vor. Abschn.

[57]) Gennad. Bulgar. Archiepisc. in Syntagmate contra Latinos Cod. Monac. gr. 256. f. p. 28, wo die act. VI. angeführt wird.

[58]) Ob das abermalige Citat der sechsten Sitzung in dem vorgenannten Münchener Codex p. 193 a. dem Matthäus Blastares noch zuzuschreiben ist, dem ein vorhergehendes Stück p. 165 a zugehört, ist nicht ganz außer Zweifel.

wahrscheinlich führte sie auch Nikolaus von Methone im zwölften Jahrhundert an;[59]) zudem ruhte der Streit bis auf Cärularius und unter diesem ward die Controverse fast gar nicht aus historischen Dokumenten geführt, sondern meistens aus biblischen und dogmatischen Prämissen, ohne gründlichere Studien, wie sie erst seit Bekkus wieder allgemeiner sich zeigen. Endlich 6) wird noch darauf Gewicht gelegt, daß falls die Synode über die Addition hätte verhandeln wollen, dieses sicher nicht blos im Vorübergehen[60]) und zur Unzeit,[61]) erst nach Vereinigung anderer Angelegenheiten, sondern mit gehörigem Ernste, nach Maßgabe der Wichtigkeit der Sache und an der rechten Stelle als vorzüglichstes Objekt der Versammlung beim Plenum der Bischöfe vorgekommen wäre.[62]) Allein Photius mochte seine Gründe haben, so zu verfahren; der wichtigste Gegenstand der Verhandlungen war seine Restitution; den Antrag wegen Verdammung aller Alterationen des Symbolums wollte er nicht selber vorbringen, sondern legte ihn dem Kaiser in den Mund[63]) und das in dessen Gegenwart durch wenige Theilnehmer Beschlossene ließ er nachher feierlich durch die übrigen sanktioniren. Die Autorität des Manuel Calecas[64]) und des anonymen Scholiasten ist aber keineswegs so groß, daß um ihretwillen die Fiktion der zwei letzten Sitzungen anzunehmen wäre.

Um so viel weniger kann diese angenommen werden, als nicht blos viele Autoren vom dreizehnten bis fünfzehnten Jahrhundert sich auf diese Akten berufen, wenn auch einzelne derselben viel Fabelhaftes erzählen und mit unserer Synode die von 861 verwechseln,[65]) sondern auch die späteren Schriften des Photius selbst ausdrücklich an die Vorgänge der sechsten Session erinnern. In

---

[59]) Nikolaus von Methone, wenn anders das im Cod. Mon. 28. f. 288 b. erhaltene Capitel über die Trennung der Lateiner und Griechen von ihm herrührt, beruft sich auf diese Synode, der er die Verdammung des Filioque und der Darbringung des ungesäuerten Brodes zuschreibt, ohne die Akten selbst anzuführen, die er nur als bei den orthodoxen Christen aufbewahrt erwähnt. f. 291 b.: *καὶ γὰρ κεκύρωται καὶ μεγίστη ἡ τοιαύτη σύνοδος γέγονεν, ἐκδημησάντων καὶ τῶν ἐκεῖθεν τριῶν πατριαρχῶν, ὅλα καὶ τὰ Λατινικὰ ταῦτα ἀνατρέψαι καὶ ἀναθεματίσαι ὑπὸ τῶν χριστιανῶν.*

[60]) Manuel Calec. l. c.: *εἰ μὲν ἡ σύνοδος βλάσφημον τὴν προσθήκην ἡγεῖτο, διὰ τί μὴ κεκηρυγμένως λόγον περὶ αὐτοῦ ἐποιεῖτο; ὥσπερ ἐν ταῖς προηγησαμέναις συνόδοις τὰ τῆς πίστεως ἐπέταττε πρῶτον.*

[61]) Manuel Calecas l. c.: *ἀμεθόδως οὕτω καὶ παρὰ τὸν καιρὸν καὶ τὸν τόπον.*

[62]) Vgl. auch das scholion anonymi oben N. 51 bei den Worten: *ἄλλως δ' ὅτι οὐδ' ἐδύνατο κ. τ. λ.*

[63]) Schol. cit.: *ἐπανεγράψατο καὶ .. ὅτι εἰς τὸν βασιλέα Βασίλειον ἀναφέρει ταύτας ὡς συστάσας ἤδη ὑπ' ἐκείνου μετὰ τὴν σύνοδον, νομίσας τε διὰ τοῦτον δοκεῖν αὐτὰς ἴχνος τι ἔχειν ἀληθείας, καὶ ἀπολογίαν ἅμα ἑαυτῷ προσπαρασκευάσας ἔχειν, εἴ ποτε γνωσθείη τοῦ πλάσματος τῇ ἐκκλησίᾳ τῆς Ῥώμης εἰς εὐθύνην ἄγοιτο παρ' ἐκείνης, μετατιθέναι τὴν αἰτίαν εἰς τὸν βασιλέα.*

[64]) Calecas l. c.: *Κἀκεῖνο χρή, ὅτι παρ' ἐνίων ὕστερον αὕτη* (act. VI.) *προσγέγραπται βουλομένων ἐντεῦθεν δεικνύναι κεκωλῦσθαι ταύτην τὴν προσθήκην.*

[65]) Job mon. l. c. Gennad. l. c. Nilus Thessalon. Symeon Thessal. Joseph Bryenn. Or. VIII. de SS. Trinitate (Cf. Allat. de consens. II. 5, 3 de Syn. Phot. p. 162—165.), Nilus Damyla (ib. p. 166. 167.), auctor op., quo ostenditur a Damaso P. usque ad Christophorum unam fuisse fidem Graecorum et Latinorum (ib. p. 170—172).

dem Schreiben an den Erzbischof von Aquileja sagt uns Photius, daß er in der Unterredung mit den päpstlichen Legaten nie an ihnen die seiner Lehre vom heiligen Geiste entgegenstehende Ansicht wahrgenommen, daß sie mit ihm deutlich das Symbolum (schon vor der Synode bei gottesdienstlichen Funktionen) recitirt, worin der Geist als aus dem Vater ausgehend bezeichnet ist, daß sie bei der „wegen einiger kirchlichen Fragen" abgehaltenen Synode dieses Symbolum feierlich mündlich und schriftlich anerkannt und besiegelt.[66]) Ebenso erklärt er im Buche vom heiligen Geiste, daß der Papst Johannes durch seine vortrefflichen Stellvertreter Paulus, Eugenius und Petrus das uralte Symbolum der Kirche unterschrieben und bekräftigt habe.[67]) Photius hatte die Legaten befragt, ob man in Rom ein anderes Symbolum oder in dem alten jenen Zusatz habe; sie hatten es verneint und unbedenklich der Praxis ihrer Kirche gemäß sein Symbolum unterzeichnet. Demnach ist nicht mehr zu zweifeln, daß die zwei letzten Aktionen der Synode wirklich gehalten worden sind.[68]) Allerdings erwähnt Photius das Verbot des Zusatzes nicht, das hier erlassen wurde; aber er hatte bereits vorher[69]) sich auf das Dekret der fünften Sitzung von Chalcedon berufen, das hier blos erneuert worden war. Da nun auch dieselben Autoren, welche die früheren Sitzungen anführen, wie z. B. Beccus,[70]) sich nicht minder auf die beiden letzten beziehen, ja diese sogar noch häufiger angeführt zu werden pflegen, so müssen wir wohl das Gleiche wie bezüglich jener auch von diesen gelten lassen. Für das Abendland haben aber diese zwei letzten Sitzungen nicht mehr Verletzendes als die fünf ersten, in denen geradezu erklärt worden war, die Synode werde eigentlich der Römer wegen gehalten,[71]) in denen man den Primat von Altrom auf eine

---

[66]) op. cit.: συνόντες μεθ' ἡμῶν καὶ ἀδιστάκτως τὸ Πνεῦμα τὸ ἅγιον ἐκ τοῦ Πατρὸς ἐκπορευόμενον ἐπρεσβεύσαμεν· ἀλλὰ καὶ συνόδου συγκροτηθείσης ἐπὶ τῶν ἐκκλησιαστικῶν μεγαλείως οἱ ἐκεῖθεν ἀποσταλέντες τοῦ ἐν ἁγίοις Ἰωάννου πάπα τοποτηρηταί, ὡς αὐτοῦ παρόντες ἐκείνου καὶ συνθεολογοῦντες ἡμῖν τὴν εὐσέβειαν, τῷ συμβόλῳ τῆς πίστεως τῷ διὰ πάντων τῶν οἰκουμενικῶν συνόδων κατὰ τὴν δεσποτικὴν φωνὴν καὶ περιαδομένῳ καὶ κρατυνομένῳ ὡς ὁμόφρονες καὶ φωνῇ καὶ γλώσσῃ καὶ ἰδιοχείρῳ γραφῇ συνεπεσφραγίσαντο.

[67]) de Sp. S. mystagogia c. 89. p. 100.

[68]) Allemani l. c. p. 234. n. 108 sagt mit Recht: Sed neque adduci possum, ut eorum sententiae subscribam, qui asserunt, nullam in Synodo Photiana habitam fuisse circa symboli additamentum actionem. Dann setzt er aber bei, es seien die zwei letzten Sitzungen confictae actiones. Aber die Begründung (Cur enim tam pauci metropolitae et episcopi? Cur praesentia imperatoris et subscriptio? Cur Hierosolymitanus legatus Alexandrino praepositus?) ist sicher sehr schwach. Auch in den früheren Sitzungen hatte Elias von Jerusalem denselben Platz; die Anwesenheit des Kaisers war für Photius höchst wichtig und die kleine Zahl von Prälaten scheint theils davon herzurühren, daß manche Bischöfe schon abgereist waren, theils davon, daß der Kaiser die eigentlichen Sitzungen der Synode nicht besuchen wollte. Bei der siebenten Sitzung waren wahrscheinlich weit mehr Bischöfe zugegen als bei der sechsten; in jener wurde das in dieser Festgesetzte feierlich vor vielen Bischöfen promulgirt.

[69]) de Spir. S. mystag. c. 80. p. 81.

[70]) Becc. ap. Bevereg. l. c. p. 295—297.

[71]) Dositheus l. c. vertheidigt diese Aeußerung des Zacharias von Chalcedon als ganz

Weise verherrlichte, die dem Papste keine oberstrichterliche Entscheidung zugestand, sondern nur ein keineswegs unumgängliches Mitwirken, und dabei allen Nachdruck auf die persönliche Würdigkeit Johann's VIII. legte, ja sogar die Gleichstellung von Rom und Byzanz sanktionirte und ziemlich deutlich auch dem Photius einen allgemeinen Primat zuerkennen ließ. Die Legaten spielen im ersten Theile eine nicht minder klägliche Rolle und in jenem finden sich zahlreiche Fälschungen, während man hier sich mit der Einschärfung eines älteren Dekretes begnügte, das an sich keinen gegründeten Tadel verdiente, so sehr auch die Absicht, in der man es hervorsuchte, eine hinterlistige war.

Obschon das von Photius gehaltene Concil sich den Rang eines ökumenischen beilegte [72]) und äußerlich auch alle Erfordernisse eines solchen [73]) an sich aufzeigen konnte: so ward es doch niemals als solches anerkannt, weder bei den Lateinern, die vermöge der späteren päpstlichen Reprobation es nicht gelten lassen konnten und nur den zweiten Canon desselben in ihren Rechtssammlungen recipirten, zum Theil aber auch diesen fälschlich anderen Synoden beilegten, noch auch in der späteren griechischen Kirche. Zwar fehlt es nicht an einzelnen Autoren, welche die Oekumenicität dieses Concils behaupteten, wie Nilus und Symeon von Thessalonich, Theodor Balsamon, Makarius von Ancyra, Nilus von Rhodus, Philagrius, Georg Gemistius, Joseph Bryennius u. A., [74]) besonders Markus von Ephesus [75]) und Georg Scholarius. [76])

---

richtig, weil Nikolaus I. und Hadrian II. mit Unrecht an der Erhebung des Photius Aergerniß genommen, es Johann VIII. nur um Bulgarien zu thun gewesen sei 2c.

[72]) So in den Canonen, so in der Citation an Metrophanes act. V. p. 196, so in den Worten der Legaten p. 508, in denen des Basilius p. 513. 517, auch in den Unterschriften.

[73]) Doch waren die Legaten des Orients nicht speciell ad hoc delegirt, wenigstens nach der Mehrzahl der Briefe; nur Elias III. von Jerusalem spricht bestimmt eine Bevollmächtigung aus.

[74]) Nil. Thessalon. Resp. ad cap. 49 Latin. Cod. Mon. 28. f. 261: Ἡ γὰρ μετὰ τὴν ἑβδόμην οἰκουμενικὴ σύνοδος, ἥτις τὸ πλήρωμα πατέρων ἀριθμὸς α' καὶ τριακοσίων, ὡς Λατῖνοι ἐν τοῖς ... τοῖς ἑαυτῶν φασι, τὴν μὲν τῶν ἐκκλησιῶν εἰρήνην τέλος τῶν ἀγώνων τῶν ἑαυτῆς ποιεῖται, τὴν δὲ προσθήκην, ὅτι ἐκ τοῦ υἱοῦ τὸ πνεῦμα, ὡς αἰτίαν τῶν σκανδάλων ἀπηρόμενον ἐκ τοῦ θείου συμβόλου πόῤῥω που τίθησι. Er führt sodann Stellen aus unserer Actio VI. an mit den Worten: καὶ ὅτι ταῦτα ἀληθῆ, δῆλον ἐντεῦθεν. Symeon Thessal. dial. c. haeret. (apud Allat. de Syn. Phot. p. 162—164.) Theodor. Balsamon in can. 1. Syn. l. c. Macar. Ancyr. (apud Allat. l. c. c. 9. p. 183. 185.) Nilus Rhod. de syn. (Voell. et Justell. II. 1158—1160. Fabric. Bibl. Gr. XII. 355 seq.) — Dosith. Hieros. Τόμος Ἀγάπης Prooem. post elench. auctor. c. 26: Ἡ ἐπὶ Βασιλείου τοῦ Μακεδόνος ὀγδόη οἰκουμενικὴ σύνοδος κ. τ. λ. (contra synodum a. 869 insurrexit). Sophocl. Oecon. Proleg. cit. §. 29. p. νβ'. §. 8. p. ια'.

[75]) Marc. Ephes. Confess. (Cod. Monac. 256. f. 126 a) c. 14: Ἀσπάζομαι πρὸς ταῖς εἰρημέναις ἑπτὰ συνόδοις καὶ τὴν μετ' αὐτὰς ἀθροισθεῖσαν ἐπὶ τοῦ εὐσεβοῦς βασιλέως Ῥωμαίων Βασιλείου καὶ τοῦ ἁγιωτάτου πατριάρχου Φωτίου, τὴν καὶ οἰκουμενικὴν ὀγδόην ὀνομασθεῖσαν, ἧ καὶ τῶν τοποτηρητῶν παρόντων Ἰωάννου κ. τ. λ. Cf. eund. in Conc. Flor. Sess. VI.

[76]) Georg. Scholar. Dissert. κατὰ τῆς προσθήκης, ἣν ἐν τῷ συμβόλῳ τῆς πίστεως προσέθηκαν οἱ Λατῖνοι (Dosith. Hier. Τόμος Ἀγάπης p. 197): Παρίεμεν τὴν ὀγδόην οἰκουμενικὴν σύνοδον τὴν ἐπὶ Φωτίου, ἥτις τὴν ζ' ἐκύρωσε κατὰ τὴν τῶν οἰκουμενικῶν

Allein andere griechische Schriftsteller, wie Constantin Harmenopulus,[77]) Matthäus Blastares[78]) und wie es scheint, Zonaras,[79]) führen dasselbe nur als Partikularsynode an und in authentischen Aktenstücken der griechischen Kirche finden sich nur immer die sieben ökumenischen Synoden genannt.[80]) So in dem Formular der Empfehlungsbriefe eines neugeweihten Patriarchen, in dem Glaubensbekenntnisse, das für die Ordination von Erzbischöfen und Bischöfen, und in dem, das für die Kaiserkrönung eingeführt ward, so in den Briefen des Patriarchen Germanus II. von Constantinopel, so bei Michael Psellus in der Schrift von den Synoden, bei Matthäus Blastares zum Nomocanon, bei Constantin Harmenopulus, bei Matthäus Cigala von Cypern in seiner Geschichts-synopsis, bei Joseph Bryennius in der achten Rede von der Trinität, bei Nikephorus Gregoras im neunzehnten Buche seines Geschichtswerkes, so in der Rede des Kaisers Johannes VII. bei Sylvester Syropulus (Unionsgeschichte Abschn. 9. Kap. 4.)[81])

Konnte aber auch die Synode des Photius nicht allgemein die Anerkennung als ökumenische im Orient erlangen, Eines gelang ihr vollkommen: die völlige Beseitigung des zehn Jahre zuvor gehaltenen achten Concils, von dem selbst die Canones ohne Geltung blieben. Kein griechischer Canonist hat sie commentirt, keine Rechtssammlung sie aufgeführt, kein Schriftsteller sie weiter berücksichtigt;[82]) sie scheinen gleichsam von der Erde vertilgt und nur wenige Handschriften haben die kürzeren Synodalakten aufbewahrt, die erst seit dem fünfzehnten Jahrhundert vervielfältigt worden sind. Sicher hatte man 880 die meisten Exemplare der Akten von 870 vertilgt, der immense Einfluß des Photius raubte ihnen alle Bedeutung und der später in den Kirchenbüchern eingeschärfte Beschluß, Alles was gegen Photius geredet und geschrieben worden, sei dem Anathem zu unterwerfen, fand auch auf jenes Concilium seine volle Anwendung; dieser Beschluß war von der photianischen Synode selbst schon inaugurirt worden.[83])

συνόδων συνηθροίσατο καὶ αὐτὸν τὸν μακάριον ἀποκηρύξας Φώτιον καὶ πάσης προσθήκης ἢ κατὰ δογμάτων ἢ κατὰ ἄλλο κατεστρέψατο καὶ τοὺς τότε τελεσθέντας ἐν τῷ συνεδρίῳ ... πρέσβεων τοῦ Πάπα παρόντων.

[77]) Const. Harmenop. Prooem. in epit. canon. (Leuncl. Jus. Gr. Rom. t. I. p. 1.): τῶν δὲ μερικῶν συνόδων ἡ μὲν κατὰ ΚΠ. ἐν τῷ ναῷ τῶν ἁγίων ἀποστόλων συνηθροίσθη, ἡ δὲ ἐπὶ Λέοντος καὶ Κωνσταντίνου (er kannte sie also kaum näher) ἐν τῷ περιωνύμῳ ναῷ τῆς τοῦ Θεοῦ ἁγίας Σοφίας, ἥτις τὴν ὀγδόην ἐκέκληκε σύνοδον. Er erwähnt die drei Canones, gibt aber Sect. V. tit. 2. p. 50. tit. 4. sect. 1. p. 8. c. 12 nicht unsere Canones.

[78]) Synt. alphab. Praefat. Bever. t. II. (ohne Seitenzahl). Er nennt aber vorher die Synode von 861 eine ökumenische. Lit. E. c. 29. p. 131 heißt unsere Synode blos σύνοδος, ἧς ὁ πατριάρχης Φώτιος ἦρξε.

[79]) Zonar. ap. Bev. I. 302 seq. nennt sie nur einfach Synode.

[80]) Cf. Allat. de consens. II. 6, 3 p. 568 seq. Assem. Bibl. jur. orient. t. I. L. I. c. 8. p. 241.

[81]) Allat. de Syn. Phot. p. 175 seq. Assemani l. c. p. 234. 239. n. 171. Cf. Pag. a. 869. n. 16.

[82]) Assemani l. c. p. 241. n. 277.

[83]) Die ἀποβολὴ τῶν κατὰ Φωτίου γραφέντων ἢ λαληθέντων ist ausgesprochen act. V.

Mit unseren Akten nun hat man noch ein dem Papste Johann VIII. beigelegtes Schreiben an Photius [84]) in Verbindung gebracht, worin Ersterer sich über die nachtheiligen Gerüchte beklagt, die man über die römische Kirche in Byzanz verbreitet und die geeignet schienen, auch bei Photius Verdacht und Mißtrauen zu erregen. [85]) Darüber, heißt es, wolle der Papst ihn aufklären. Das Symbolum werde in seiner Kirche in der ursprünglichen Gestalt aufrecht erhalten, ohne jeden Zusatz und jede Verminderung, da dieses höchst verdammungswürdig wäre. [86]) Er, der Papst, nehme jene Lehre, um derentwillen Spaltung zwischen beiden Kirchen entstanden sei, nicht nur nicht selbst an, sondern halte auch die ersten Urheber derselben für Sünder am Worte Gottes, für Verfälscher der Lehre Christi, für Gotteslästerer und stelle sie dem Judas gleich; [87]) Photius aber wisse nach seiner hohen Einsicht und Weisheit selbst, daß es sehr schwierig sei, die übrigen Bischöfe des römischen Patriarchats zu dieser Ansicht zu bringen und eine so wichtige Sache, die sich seit einigen Jahren befestigt, mit einem Male zu ändern; man dürfe daher Niemand zwingen, sogleich den Zusatz aufzugeben, sondern man müsse mit Schonung und Milde sowie mit Umsicht dahin streben, nach und nach ihn zu beseitigen und auszurotten. Die aber seien Lügner, die ihm, dem Papste, selber die Annahme des Zusatzes im Symbolum zuschrieben, obschon es richtig sei, daß einige Occidentalen denselben angenommen. [88]) Es möge also Photius kein Aergerniß nehmen an seiner Kirche, sondern mit ihm gemeinschaftlich sich bemühen, die Verirrten zurückzuführen.

Gegen die Aechtheit dieses Schreibens nun streiten die wichtigsten äußeren und inneren Gründe. Was zunächst die ersteren betrifft, so steht 1) dasselbe, das sicher in die Zeit von 878—882 fallen müßte, nicht in der uns erhal-

p. 501. 505 von den römischen Legaten, p. 509 in der Unterschrift des Prokopius von Cäsarea, dann act. VI. p. 517 D. von Kaiser Basilius.

[84]) Der Brief ward zuerst lateinisch von Baronius (a. 879. n. 51 seq.), dann griechisch von Beveridge (Pand. can. II, II. 306) edirt, theilweise auch bei Allat. de cons. II. 5, 3. p. 559. 560. Er steht bei Labbé IX. 235. Hard. VI. 342. Mansi XVII. 219. 523. ep. 320 „Non ignoramus“ — Οὐκ ἀγνοεῖν — Jaffé Reg. n. 2597. p. 280.

[85]) καὶ τόσον ὅτι καὶ τὴν σὴν ἀδελφότητα μικροῦ δεῖν οὐκ ἀγαθὰς ὑπολήψεις ἔχειν εἰς ἡμᾶς καὶ τοὺς ὑφ' ἡμᾶς παρεπείσθαι.

[86]) ἀπαράτρωτον, καθὼς ἀρχῆθεν παρεδόθη ἡμῖν, διατηροῦντες (τὸ ἅγιον σύμβολον) καὶ μήτε προστεθέντας τι ἢ ἀφαιροῦντας, ἀκριβῶς εἰδότας, ὡς τοῖς τὰ τοιαῦτα τολμῶσι βαρεῖα καταδίκη ἀναμένουσα ἀπόκειται.

[87]) παραδηλοῦμεν τῇ αἰδεσιμότητί σου, ἵνα περὶ τοῦ ἄρθρου τούτου, δι' ὃ συνέβη τὰ σκάνδαλα μέσον τῶν ἐκκλησιῶν τοῦ θεοῦ, ἔχῃς πληροφορίαν εἰς ἡμᾶς, ὅτι οὐ μόνον οὐ λέγομεν τοῦτο, ἀλλὰ καὶ τοὺς πρῶτον θαῤῥήσαντας τῇ ἑαυτῶν ἀπονοίᾳ τοῦτο ποιῆσαι, παραβάτας τῶν θείων λόγων κρίνομεν καὶ μεταποιητὰς τῆς θεολογίας τοῦ δεσπότου Χρ. καὶ τῶν λοιπῶν πατέρων, οἳ συνελθόντες συνοδικῶς παρέδωκαν τὸ ἅγιον σύμβολον, καὶ μετὰ τοῦ Ἰούδα αὐτοὺς κρίνομεν (Lev. τάττομεν.)

[88]) (καὶ) τοίνυν οὕτως ἡμῶν κατηγοροῦντες ὡς ταῦτα φρονούντων, οὐκ ἀληθείᾳ πρὸς τὴν κατηγορίαν ταύτην κέχρηνται· ὅσοι δὲ περὶ μὲν τῆς ἐμῆς γνώμης ταῦτα οὐκ ἀμφιβάλλουσιν, ἄλλους δὲ τοῦτο τετολμηκέναι καὶ νῦν καθ' ἡμᾶς καταγγέλλουσιν, οἱ τοιοῦτοι οὐ ψευδῶς λέγουσι.

lenen, für diese Periode ziemlich vollständigen Briefsammlung des Papstes, im Codex Carafianus; ja es findet sich auch außerhalb des Registers Johann's VIII. keine Spur eines lateinischen Originals; auch Baronius gibt es nur in einer Uebersetzung aus dem Griechischen. 2) Es findet sich einzig in griechischen Handschriften, und zwar hier außer allem Zusammenhang mit der Synode von 879. Die meisten Codices, welche diese Synode liefern, haben unseren Brief nicht[89]) und jene, worin er sich findet, gehören meistens dem fünfzehnten und sechzehnten Jahrhundert an und enthalten vorzugsweise polemische Schriften des Markus von Ephesus,[90]) der sich ausdrücklich auf diesen Brief berief,[91]) dem darin alle Gegner der Union mit der römischen Kirche gefolgt sind.[92]) Dazu kommt, 3) daß dieses Dokument bis zum vierzehnten Jahrhundert von keinem griechischen Autor citirt wird. Weder Euthymius Zigabenus, noch Nikolaus von Methone, noch Andronikus Kamaterus haben es gebraucht; Johannes Beccus, der sowohl die photianische Synode als das Buch von der Mystagogie des heiligen Geistes gelesen und wohl wußte, daß die römische Kirche das Symbolum im neunten Jahrhundert noch unverändert gebrauchte, kannte es nicht; der Mönch Job Jasites, für dessen Argumentation dasselbe so wichtig gewesen wäre, hat ebenfalls von ihm keine Kunde.

Nicht minder stark sind die inneren Gründe gegen die Aechtheit. Es

---

[89]) So haben ihn nicht Codd. Vatic. 1115. 1147. 1152. 1183. 1918. Ottobon. 27. Monac. 436. 27. Paris. citt. Das Excerpt der Akten bei Beveridge hat allerdings bei dem Schlusse des Briefes p. 307 die Note: *Τέλος τῶν πρακτικῶν τῆς ἁγίας καὶ οἰκ. η' συνόδου τῆς ἐν ἁγ. Σοφ. ἣ ὡς α' καὶ β'. γέγονεν αὕτη μετὰ τὴν ζ' ἔτη σι'.* Aber diese Note rührt sicher von sehr später Hand her; der Epitomator, der diese Synode, die man früher nicht die achte nannte, mit der von 861 verwechselt und die Zwischenzeit von der siebenten Synode bis 879 nicht richtig berechnet, kann nicht vor Anfang des vierzehnten Jahrhunderts geschrieben haben, da er die Excerpte des Beccus benützte. Dazu hat der Codex schon p. 305 bei den Akten: *Τέλος σὺν Θεῷ ἁγίῳ* und außerdem könnte er nicht den anderen Handschriften präjudiciren. Auch Dositheus fand den Brief bei den Akten nicht. Dal. p. 139. n. 4.

[90]) Hieher gehören:

Cod. Monac. 256. saec. 15. f. 37 b. — 39 a. mit vielen Schriften des Ephesiers.

Marcian. Venet. Cod. SS. Joh. et Pauli n. XXI. chart. saec. 15 f. mit Schriften von Nilus und Nikolaus Kabasilas.

Vatic. Palat. 403. f. 102. 103 mit Schriften des Markus von Ephesus.

Vat. Colum. 20. p. 81.

Vatic. 717. f. 219 a.

Paris. 817. chart. saec. 16. n. 9 (catal. p. 159).

" 1026. chart. saec. 16. n. 3 (cat. p. 204).

" 1191. bombyc. saec. 15. n. 13. (cat. p. 216) mit Schriften des Markus.

" 1196. chart. saec. 14. vel 15. n. 40 (cat. p. 218).

[91]) Marc. in Conc. Flor. Sess. VI. — Confess. c. 16 (Cod. Mon. 256. f. 126 a.): *καὶ ὁ Πάπας Ἰωάννης πρὸς τὸν ἁγιώτατον Φώτιον ἐπιστέλλων φησὶ πλατύτερόν τε καὶ καθαρώτερον περὶ τῆς ἐν τῷ συμβόλῳ ταύτης προσθήκης.*

[92]) Joh. Eugen. *Ἀντιρρητικὸς τοῦ βλασφήμου καὶ ψευδοῦς ὅρου τοῦ ἐν Φλωρεντίᾳ συντεθέντος* Cod. Mon. 256. f. 315 b. Theophan. Procopowicz († 1736.) Tract. de process. Sp. S. Gothae 1772. p. 42 seq. G. Marcoran Risposta all' articolo della Civiltà cattolica. Corfu 1851. p. 4. Macaire Theologie dogmatique traduite. Paris 1859. p. 163.

entspricht der Brief 1) durchaus nicht dem Charakter des Papstes. Es ist undenkbar, daß ein Papst wie Johann VIII., der trotz vielfachen Nachgebens so oft in fast diktatorischer Weise den mächtigsten Metropoliten entgegentrat, dem byzantinischen Patriarchen gegenüber das demüthigende Geständniß abgelegt haben sollte, er sei seine Bischöfe auf andere Wege zu bringen völlig unvermögend, daß er, der an diesem Gnade für Recht geübt zu haben versichert war und von ihm Abbitte forderte, in einer so devoten, vom Tone seiner anderen Briefe so abstechenden Weise bei Photius sich zu rechtfertigen versucht; ganz abgesehen davon, daß ein solcher Erlaß ihn vor dem Abendlande auf das Stärkste compromittirt haben würde, mußte er ihn auch bloßstellen vor den Augen des Photius, und das in einer Zeit, in der dieser um seine Anerkennung bat. Johannes müßte seine Stellung ganz und gar vergessen haben, hätte er einen solchen Brief geschrieben. „Es ist in demselben auch keine leise Spur des Papalbewußtseins, vielmehr ist die Superiorität des Photius fast ausdrücklich anerkannt und die Bitte, Photius solle keine böse Meinung von ihm haben, recht weinerlich wiederholt.“ [93]) Nach diesem Briefe hätte Johann sich von dem Gesandten des Photius förmlich über seinen Glauben examiniren lassen, [94]) was nie sonst ein Papst sich gefallen ließ, und der Papst hätte die Deferenz gegen den ökumenischen Patriarchen in Byzanz soweit getrieben, daß er noch dem Photius zuvorkam und ehe er noch von diesem einen Brief erhalten, schriftlich sich zu rechtfertigen beeilt. [95]) Dazu hätte der Papst eine doppelte Lüge geschrieben, die nicht einmal dem Photius hätte entgehen können, indem er einerseits den Zusatz im Symbolum als etwas erst kürzlich Eingeführtes bezeichnete, [96]) während er schon lange in Spanien, Frankreich und Deutschland in Uebung, andrerseits ihn nur als das Werk einiger Wenigen darstellte, [97]) während die darin enthaltene Lehre die allgemeine Ueberzeugung aller Occidentalen war, und wenn er die ersten Urheber der Addition so schwer tadelte, [98]) so mußte er wissen, daß dieser Tadel ausgezeichnete Lehrer der Abendländer und hochgefeierte Synoden traf, die er hier dem Byzantiner völlig Preis gegeben hätte. Kurz der ganze Inhalt des Briefes ist dem Charakter und der Stellung des Papstes geradezu entgegen. Zwar hat in neuerer Zeit Dr. Pichler [99]) zu Gunsten der Aechtheit unseres Briefes geltend gemacht, dem Papste sei im Interesse der Bulgarenfrage Alles daran gelegen gewesen, mit Photius Frieden zu schließen und die von ihm erhobenen Vorwürfe als

---

[93]) Hefele Conc. IV. S. 465.

[94]) ὡς ὅτε παρεγένετο πρὸς ἡμᾶς ὁ μικρῷ πρότερον ἀποσταλεὶς παρ᾽ αὐτῆς περὶ τοῦ ἁγίου συμβόλου ἡμᾶς ἐδοκίμασεν.

[95]) καὶ πρὸ τοῦ ὅλως τὴν σὴν ἀδελφότητα δηλῶσαί τι, προφθάνω αὐτὸς περὶ τῶν τοιούτων γνωρίζων σοι.

[96]) εἰ καὶ βραχεῖ χρόνῳ τὴν ἔναρξιν εἴληφε καὶ οὐκ ἴδοι κατεμαθεῖν ἐν πολλοῖς ἐνιαυτοῖς

[97]) Siehe das τινες τετολμηκότων in N. 88.

[98]) S. oben N. 87.

[99]) Geschichte der kirchlichen Trennung zwischen Orient und Occident. München 1864. Bd. I. S. 200. N. 1. Vgl. S. 79. N. 5.

unbegründet zu erweisen, in diesem Punkte (dem Filioque) habe er die Ursache der entstandenen Spaltung gesehen, da er in dem fraglichen Briefe unter Anderem sage: de hoc articulo, ob quem sunt scandala inter ecclesias Dei.[100]) Allein ich kann keine der Voraussetzungen dieses Raisonnements als hinlänglich begründet anerkennen. Denn es ist einmal nicht zu erweisen, daß die Bulgarenfrage für den Papst das einzige oder auch nur das wichtigste Motiv für die Anerkennung des Photius war und abgesehen von dem Schutze, den er von Basilius erhoffte, war sicher auch die ihm vorgespiegelte, von ihm selbst angeführte Thatsache des allgemeinen Verlangens der Orientalen, der Wegfall der früher an Photius verurtheilten Usurpation, die vorausgesetzte Besserung desselben und die Aussicht auf Herstellung des Kirchenfriedens in Byzanz für Johann VIII. von entscheidender Bedeutung und wir haben keinen Grund, hierin seinen Briefen von 879[101]) zu mißtrauen. Sodann wurden die von Photius vor seinem Sturze den Lateinern gemachten Vorwürfe nicht erneuert, sondern sie waren als stillschweigend aufgegeben zu betrachten; für Photius aber war die Anerkennung Rom's und die Beseitigung des Concils von 869 von so hohem Werthe und so großer Wichtigkeit und seine ganze Lage von der Art, daß er dem Papste Bedingungen für den Kirchenfrieden vorzuschreiben nicht wohl beabsichtigen und wagen konnte, vielmehr sich die von jenem vorgeschriebenen Bedingungen gefallen lassen mußte. Daß endlich Johann VIII. in dem Filioque die Ursache der entstandenen Spaltung sah, läßt sich aus keinem seiner unzweifelhaft ächten Briefe erweisen und kann, wenn man nicht das zu Beweisende voraussetzt, am allerwenigsten aus dem Briefe erwiesen werden, dessen Authentie gerade streitig ist. Der frühere Archidiakon Hadrian's II. kannte die früheren Vorfälle zu gut, als daß er in den 867 von Photius erhobenen Anklagen gegen die Lateiner die Ursache der Spaltung gesehen hätte, während sie klar als Prätexte sich herausgestellt; die Ursache der Spaltung konnte für ihn nur in der Usurpation und der darauf folgenden Verurtheilung des Photius liegen; das Aergerniß, wovon er in seinen ächten Briefen spricht, ist nur dasjenige, das sich aus den Parteien der Ignatianer und der Photianer ergab.[102]) Gerade hier zeigt sich eine neue Differenz zwischen den ächten und dem fingirten Briefe, die nur die schon erörterten Unterschiede verstärkt.

2) Wäre das Schreiben von Johann VIII. vor der Synode des Photius erlassen worden, so würde dieser unzweifelhaft es als das wichtigste Dokument den Akten derselben einverleibt haben, namentlich in der sechsten Sitzung, die nur halböffentlich war und in der ein durchaus hieher gehöriges, wenn auch vertrauliches Schreiben des Papstes vorgelesen werden durfte; aber keine ältere Handschrift weiset auf dasselbe, trotz aller sonstigen Verschiedenheiten, im entferntesten hin. War aber dasselbe erst nach der Synode an Photius gelangt,

[100]) Der griech. Text oben N. 87.

[101]) Vgl. oben Abschn. I. S. 381 ff. bes. N. 21. 28. 34. 42. 43.

[102]) So z. B. ep. 199. Mansi XVII. 537 D. B. V. A. 8. S. 815. N. 39.

so hätte dieser in seinen nach dem Tode Johann's VIII. verfaßten polemischen Schriften, in dem Briefe an den Erzbischof von Aquileja und in dem Buche von dem heiligen Geiste, sich darauf berufen müssen. Dort sucht er Alles zusammen, was zum Beweise dienen konnte, daß die Päpste den Zusatz nicht angenommen und gebilligt; er führt Johann VIII. an, der durch seine gottesfürchtigen Legaten das unveränderte Symbolum unterschrieben;[103] aber er hat kein Wort von diesem Briefe, der für ihn gerade das wichtigste Zeugniß gewesen wäre. Dieses an sich negative Argument erlangt in Ansehung aller Umstände die Kraft eines positiven. Photius hätte sich bei dem Prälaten von Aquileja wie bei den Freunden, denen er das Buch vom heiligen Geiste sandte, gleichmäßig der Anführung des schlagendsten Argumentes enthalten, das seine Aussagen so sehr bekräftigte, seinen Kampf gegen das Filioque durch die Aufforderung, für die Zurückführung der Verirrten thätig zu sein, autorisirte, seine Uebereinstimmung mit Rom in diesem Stücke mehr als Alles, was er sonst angeführt, erhärtete, und er hätte das unterlassen, ohne daß ein einziger stichhaltiger Grund, der für beide Schriften Geltung hätte, sich denken ließe! Viele schismatische Autoren haben das wohl gefühlt; Einige[104] haben behauptet, der Brief des Photius sei eher nach Aquileja abgegangen, als Johann's VIII. Brief ihm zugekommen; allein jener Brief von Photius ward sicher nach des Papstes Tod verfaßt und außerdem wurde das Buch vom heiligen Geiste erst, nachdem dieser Papst schon den zweiten Nachfolger erhalten hatte, geschrieben. Pichler[105] seinerseits hält das Argument, daß Photius in beiden Abhandlungen diesen Brief nicht erwähnt und das Wort epistola nicht gebraucht, darum nicht für entscheidend, weil Photius die angegebene Thatsache betreffs der Kirche von Altrom nur aus jenem Schreiben gewußt habe. Allein daß Photius jene Thatsache nur aus unserem Briefe kannte, ist unerwiesen, ja unglaublich. Photius hatte längst zahlreiche Verbindungen mit dem Abendlande, kannte mehrere Mönche, die in Rom gewesen waren; ja er befragte, wie er selbst ausdrücklich sagt,[106] die 879 und 880 in Byzanz weilenden Legaten über diesen Punkt, was er nicht nöthig gehabt hätte, falls er wirklich jenen die bestimmtesten Aufschlüsse ertheilenden Brief in Händen gehabt, in welchem Falle es auch unerklärlich wäre, daß dieses Aktenstück, für Photius ohne Zweifel das wichtigste, nicht den Akten einverleibt, ja sogar auch später nicht angeführt worden ist. Hätte er auch den Brief geheim halten sollen, was aber in diesem selbst nicht verlangt ist, so durfte er doch nach dem Tode des Papstes ihn gebrauchen und kein Skrupel würde ihn davon haben abhalten können. Sodann gebraucht Photius nicht nur das Wort epistola nicht, sondern er kann nicht einmal auf den Papst selbst sich berufen. Das Hauptgewicht der aus jenen Stellen entlehnten Argumentation

[103]) ep. ad Aquilej. c. 25. p. 536 ed. Combef. De Spir. S. myst. c. 89. p. 99. 100.
[104]) Hist. controv. de proc. Sp. S. ante Tractat. Theoph. Procopowicz p. 43.
[105]) Pichler a. a. O.
[106]) Oben Abschn. 7. S. 516. N. 5.

beruht eben darin, daß Photius, während er frühere Päpste wie Leo I., Hadrian I. u. s. f. persönlich anführte, für die unmittelbare Gegenwart, abgesehen von Hadrian III., nur auf päpstliche Legaten sich berufen konnte, nicht auf Johann VIII. selber.[107]) Päpstliche Legaten waren aber zu oft, namentlich unter Nikolaus I., wie es Photius selber erlebt hatte, vom Papste desavouirt worden, als daß ihre Autorität die des Papstes selber, und namentlich die eines klaren und bestimmten päpstlichen Schreibens, hätte ersetzen oder deren Geltendmachung hätte überflüssig machen können. Ja als unser Patriarch sich auf diese Legaten berief, mußte er — wie wir später sehen werden — bereits wissen, daß es auch ihnen ähnlich, wie einst dem Zacharias und Rodoald ergangen war. Er wußte sehr gut aus Erfahrung, daß der Papst selbst mehr Gewicht hatte als die Legaten (vgl. Bd. I. S. 438.). Er nennt Hadrian III. persönlich, nicht den Johannes; bei diesem scheint er einen Mangel zu fühlen und mit Emphase gibt er sich Mühe, die Unterschrift der hochgepriesenen Stellvertreter als die des Papstes darzustellen. „Es bestätigten die Legaten, wie wenn Jener selbst zugegen gewesen wäre,[108]) das Symbolum mit Wort und Zunge und eigenhändiger Unterschrift." Und anderwärts sagt er, daß Johann selbst (nicht unmittelbar, sondern mittelbar) durch die Worte und die heiligen Hände der genannten erlauchten und bewunderungswürdigen Männer unterschrieb.[109]) Aber war ein päpstliches Handschreiben nicht kostbarer als die Unterschrift der heiligen Hände der Legaten? War überhaupt der ganze Inhalt jenes Schreibens mit seiner ausdrücklichen Verdammung des Filioque nicht für Photius von viel höherem Werthe, als die einfache Unterschrift der bisher gebräuchlichen Formel durch die, wenn auch noch so gepriesene, doch sicher nicht unanfechtbare Autorität der Legaten? Es wird sohin durch jene Einsprache die angeführte Beweisführung nicht entkräftet.

3) Die Lehre vom Ausgange des heiligen Geistes auch aus dem Sohne war im Occident allgemein verbreitet; Leo III. selber hatte das bezeugt, Nikolaus I. die Abendländer zu ihrer Vertheidigung aufgerufen. Unter Johann VIII. selbst brachte der bei ihm in hoher Gunst stehende gleichnamige Diakon in seiner diesem Papste dedicirten, von ihm mit Beifall aufgenommenen und noch vor dessen Tode[110]) beendigten Biographie Gregor des Großen die wohl materiell nicht ganz begründete, aber für die herrschende Lehre höchst wichtige Anklage gegen die Griechen vor, daß sie in der Uebersetzung der Dialoge Gregor's eine den Ausgang des heiligen Geistes auch aus dem Sohne bezeugende Stelle verfälscht[111]) — eine Klage, die er nicht wohl hätte vorbringen können,

---

[107]) Vgl. Hefele a. a. O. S. 466.

[108]) ὡς αὐτοῦ παρόντος ἐκείνου ep. ad Aquil. c. 25. Vgl. Bd. I. S. 135. N. 67.

[109]) de Sp. S. myslag. c. 89.

[110]) Vgl. den Brief des Bischofs Gauderich von Velletri über den Tod dieses Johannes (Mabillon. Mus. ital. I. p. 79).

[111]) S. oben B. V. Abschn. 7. N. 91. S. 396. Le Quien Diss. I. Damasc. §. 22 p. XIV. Das manere in Filio paßt zu dem Contexte der Stelle und Gregor, der allerdings das Hervorgehen des Geistes aus dem Sohne sehr bestimmt lehrt, sagt ebenso L. III. Mor. c. 92:

falls der Papst jenen Brief erlassen und die darin ausgedrückten Gesinnungen gehegt. Daß diese Stelle des Diakonus Johannes eine Fälschung und Interpolation sei, wie griechische Schismatiker [117]) behaupten, ist in keiner Weise begründet. Der Papst aber konnte unmöglich diese dogmatische Ueberzeugung verdammen, wie er es in dem fraglichen Briefe gethan haben müßte, der nicht blos den in vielen Kirchen des Occidents adoptirten Zusatz als solchen, sondern das darin ausgedrückte Dogma selbst verdammt, da er darin eine Blasphemie findet. Dr. Pichler hebt hervor: „Es ist nicht erwiesen, daß das römische Symbolum den Zusatz, gegen welchen erst Leo III. sich so nachdrücklich erklärt hatte, zur Zeit Johann's VIII. schon enthalten habe. Photius aber, der von den lateinischen Geistlichen in Bulgarien erst diesen Zusatz kennen lernte, hatte ihn der römischen Kirche vorgeworfen und wurde durch diesen Brief des Papstes erst von dem Unrecht seiner Anklage überwiesen; welchen Grund konnte er haben, dieß zu seiner eigenen Widerlegung zu erdichten?“ Darauf antworten wir: Gewiß hatte die römische Kirche damals den Zusatz noch nicht in ihr Symbolum aufgenommen; das konnte dem Photius dem früher Gesagten gemäß schon längst bekannt sein; aber er wußte auch, daß mehrere der unter Rom stehenden Kirchen das Filioque adoptirt hatten und er hatte erfahren, daß die in Bulgarien thätigen lateinischen Geistlichen, die sicher nicht alle aus Rom waren, die ihm verhaßte Lehre vortrugen. Sehr gut konnte er nach der ganzen Beschaffenheit seiner Polemik das der ganzen abendländischen Kirche zur Last legen, was nur von einem Theile derselben galt, das der römischen Kirche zuschreiben, was die unter ihr stehenden Kirchen adoptirt. Wo es sein Interesse war, konnte er die einzelnen Kirchen des Occidents insgesammt confundiren, und wiederum nach geändertem Interesse die römische Kirche von den anderen unterscheiden. Er scheint überhaupt in manchen Anklagen, die er kurz vor seiner ersten Entsetzung erhoben, wie z. B. beim Sabbatfasten, das, was von einigen Sprengeln des Abendlandes galt, generalisirt und auf alle unter Rom's Patriarchat stehenden Kirchen übertragen zu haben. Die Selbstwiderlegung des Photius (falls er den Brief unterschoben) müßte darin bestehen, daß er dadurch die früher gegen die römische Kirche erhobene Beschuldigung wegen des Zusatzes als völlig unbegründet dargestellt. Allein vorerst hätte das nichts Auffallendes bei einem Manne, der, wie seine Thaten und Schriften zeigen, mehr als einmal sich selbst widerlegt, die vorher (861) für unbedeutend erklärten Differenzen zu höchst wichtigen und höchst verderblichen Irrthümern gestaltet, der nach dem Wechsel der Verhältnisse sein ganzes Verfahren total geändert und wie ein

---

Dimittitur ergo Spiritus in illo manet, a quo per naturam non recedit. Leicht konnten ältere Handschriften verschiedene Lesarten gehabt und Papst Zacharias das manet in ipso vorgefunden haben, mit dem die Worte Gregor's Dial. II. c. 38 (Migne PP. lat. LXVI. 204) bei Photius (de Sp. S. myst. c. 84. p. 87—90) und bei Andronikus Kamaterus (Graec. orthod. II. p. 615) angeführt werden, wornach die Klage des Johannes nicht völlig begründet ist.

[117]) Hist. controv. auct. Theoph. Procopowicz l. c.

Proteus sich erwiesen hat. Zweitens hatte ja Photius 867 nicht der römischen Kirche, sondern „Männern aus dem Abendlande“ [112a]) jene Häresien zur Last gelegt; ganz verschieden und an einer anderen Stelle [113]) aufgeführt sind die Klagen über die Tyrannei des Papstes Nikolaus; nirgends hatte er geradezu gesagt, Rom lehre und recitire das Filioque; es konnte sich also auch um keine Selbstwiderlegung hierin handeln, auch wenn wir voraussetzen, daß er den Brief fingirt. Daß er aber erst durch diesen Brief das Unrecht seiner früheren Anklage kennen lernte, ist eine willkürliche Voraussetzung; er selbst sagt, daß er durch Rom's Legaten über diesen Punkt unterrichtet worden sei.

4) Schon früher haben griechische Autoren den Brief für verdächtig erklärt, auch wegen des Styls, der nicht das Gepräge einer Uebersetzung aus dem Lateinischen zeige, mehr Gräcität an sich trage als andere übertragene Briefe. [114]) Zudem sind viele Formen nicht der römischen Schreibweise gemäß, [115]) andere schließen sich enge an die in der photianischen Synode lautgewordenen Aeußerungen [116]) wie an die sonstigen Gedanken und Phrasen des Photius [117]) an; das Ganze macht nicht den Eindruck, daß es bloße Uebersetzung eines lateinischen Originals ist.

Wohl könnte man sich leicht versucht fühlen, den Brief blos für interpolirt zu halten gleich den anderen desselben Papstes, und annehmen, Johannes habe dem Photius geschrieben, die römische Kirche habe das Filioque nicht in ihrem Symbolum, habe auch den von Einigen gemachten Zusatz nicht gebilligt, wolle ihn aber auch nicht gewaltsam da, wo er einmal eingeführt sei, unterdrücken; diese Gedanken habe dann Photius weiter verarbeitet, allenfalls auch das ihm minder Zusagende weggelassen und dafür den Papst so reden lassen, als mißbillige er ebenso entschieden wie die eigenmächtige Addition auch die darin ausgedrückte Lehre nach Form und Inhalt. Allein diese Hypothese, so sehr sie sich auf den ersten Blick empfiehlt, so gut sie auch einzelne Schwierigkeiten beseitigt, kann doch in keiner Weise befriedigen. Photius hätte dann

---

[112a]) ep. 2. encycl. n. 4: τῆς ἑσπερίου μοίρας γεννήματα.

[113]) Von Nikolaus wird erst n. 37 gehandelt.

[114]) Gregor. Cpl. Apol. c. Marci Ephes. Confess. c. 14 (Cod. Monac. 27. f. 138, a.): μήτοι γε καλῶ τὸ ὕποπτον ἔχουσαν (τὴν ἐπιστολὴν τοῦ ἀρχιερέως Ἰωάννου) διὰ τὸ εἶναι ὅλην δι' ὅλου ἑλληνικὴν τὴν γραφὴν καὶ μηδὲν ἔχειν ἐν ἑαυτῇ ἰδίωμα λατινικόν.

[115]) Z. B. in der Aufschrift das χαίρειν ἄνωθεν πρὸς ἔργα ἀπηρτισμένη, die Anrede αἰδεσιμώτατε καὶ καθολικὲ ἀδελφέ.

[116]) Die Phrase: „sie sollen ihren Antheil mit Judas haben“ kommt öfter in der Synode vor, z. B. act. II. p. 418 im Briefe des Abramius, act. VII. p. 524 in der Rede der römischen Legaten. (A. 7. N. 44.) Vgl. noch oben S. 465 f. (N. 9). S. 469. 481 (N. 95). S. 500. 511. 523. 531 (N. 37).

[117]) Die Worte: Ἀεὶ γὰρ τὸν ἀπ' ἀρχῆς δημιουργὸν τῆς κακίας καὶ πρὸς τὸν Θεὸν στήσαντα ἔχθραν, εἶτα καὶ τὸν ἡμῶν προπάτορα τῆς τοῦ κτίσαντος ἀγάπης χωρίσαντα, καὶ νῦν τινας ἔχειν πρὸς ὑπηρεσίαν αὐτοῦ καὶ διεγείρειν τοὺς τοιούτους, ὅπως ἐκβάλωσι λίθον τῆς ἐκκλησίας σκάνδαλον finden wohl zu Phot. de Sp. S. c. 17. p. 19. ep. 2. enc. n. 1. 2. In κεκανονισμένοι τῆς θεολογίας τοῦ δεσπότου (oben N. 87) haben wir einen specifisch griechischen Ausdruck, das αὐτὸς εἴποιμι ἂν ἐγώ, die Prädikate für Photius τὴν σὴν ἱερότητα ὡς οὖσαν συνετὴν καὶ πλήρη σοφίας, der Satz ὅτι πρᾶγμά τι θολερὸν οὕτω ταχέως μεταληφθῆναι οὐδεὶς ἂν εὐκόλως δυνηθείη bestätigen die Vermuthung.

immer noch Grund gehabt, sich auf Johann's eigenes Schreiben in dieser Sache zu berufen, soweit es den Zusatz verwarf, was immer noch ein stärkeres Argument gewesen wäre als die bloße Unterschrift des unveränderten Symbolums durch seine Legaten; eine völlige Geheimhaltung des Briefes wäre ihm keineswegs geboten gewesen. Ferner bliebe immer noch die Haltung des sonst gegen die Griechen mißtrauischen Papstes [118]) seiner ganzen Stellung und seinem Charakter widersprechend. Zu so großer Nachgiebigkeit konnte er sich weder veranlaßt noch gezwungen sehen, bevor und nachdem er den Photius anerkannt, am wenigsten als er die Akten seiner Synode erhalten; vorher hatte aber Photius, der sich so viel Mühe gab, Rom's Anerkennung zu erlangen, sicher keine Bedingungen vorzuschreiben gewagt und keine dogmatischen Fragen aufgeworfen. Die Oekonomie, von der hier die Rede ist, war weit mehr den Orientalen eigen als den Occidentalen. Hatte sich der Gesandte des Photius nach dem Symbolum erkundigt, so konnte es dem sicher nicht unklugen Papste genügen, einfach auf den von ihm leicht zu beobachtenden Brauch der römischen Kirche hinzuweisen, nicht aber ein Schreiben zu erlassen, das auch bei der vorsichtigsten Abfassung noch gegen die Abendländer mißbraucht und diesen selbst Gegenstand des Aergernisses werden konnte. Es bliebe auch immer auffallend, daß sich von einem so wichtigen Briefe kein Fragment, keine Spur des Originals erhalten hat, während wir aus den letzten Jahren Johann's VIII. so viele Briefe desselben besitzen. Endlich ist der vorliegende griechische Text von der Art, daß er weit eher den Verdacht völliger Supposition als der theilweisen Interpolation erregt.

Demgemäß haben die meisten katholischen Gelehrten [119]) auch den Brief als unterschoben betrachtet. Nur darüber könnte gestritten werden, ob ihn Photius selbst fingirt [120]) oder ob er als ein späteres Machwerk zu betrachten ist. [121]) Für letztere Ansicht scheint der Umstand zu sprechen, daß er in den Streitschriften des dreizehnten Jahrhunderts noch nicht angeführt wird, wenigstens kein unzweifelhaftes Dokument sein Dasein in jener Zeit erhärtet. Es ist aber auch so viel gewiß, daß er schon vor dem fünfzehnten Jahrhundert bekannt war und keineswegs erst Markus von Ephesus oder einer seiner Freunde ihn fingirte. Denn es führen dieses Dokument ausdrücklich Schriftsteller des

---

[118]) S. Abschn. 7. des vor. B. S. 305.

[119]) Baron. l. c. Le Quien Diss. I. Damasc. c. 21. p. XIII. Panopl. p. 171. De Rubeis Vita Georg. Cypr. Venet. 1753. p. 201. Asseman. l. c. Mai Vett. Scr. N. Coll. I, I. Proleg. de Photio §. VII. Nova PP. Bibl. t. IV, I. p. 49. Hefele a. a. O. Jager u. A. Van der Moeren Tract. de proc. Sp. S. Lovanii 1861. p. 5. 204 seq. wiederholt nur, was Le Quien und Mai gesagt. Wenige frühere Schriftsteller wie Fleury (Hist. eccl. t. XI. p. 491. 495 ed. Paris. 1705) lassen den Brief als ächt gelten.

[120]) So Le Quien l. c. Daß Photius in der ep. ad Aquil. davon keinen Gebrauch gemacht, will er daher erklären, daß die Abendländer den Betrug leichter entdeckt haben würden, als die Orientalen. Aber auch das Buch vom heiligen Geiste, das, wenigstens zunächst, nicht für Occidentalen bestimmt war, hat ihn nicht angeführt. Vgl. auch Binii not. ap. Mansi l. c. p. 365.

[121]) Lupus not. ad Conc. VIII. c. 13: figmentum posterioris Graeci penitus mendax.

vierzehnten Jahrhunderts an, wie Nilus von Rhodus [192]) und Nilus von Thessalonich; [193]) vor dem vierzehnten Jahrhundert war es jedenfalls vorhanden. [194])

Es ist daher immer noch die Fiktion des Briefes durch Photius nicht unwahrscheinlich, zumal da manche Anklänge an seine Synode sich finden und er am meisten Interesse haben mußte, ein solches Dokument zu erdichten, auch ein späterer Grieche leicht viel weiter von der damaligen Sachlage abgewichen wäre. Nur müßte man dann annehmen, daß der Brief nicht schon zur Zeit der sechsten Sitzung unserer Synode [195]) unterschoben ward, sondern wahrscheinlich nach Johann's VIII. Tod, in den letzten Lebenstagen des Photius, und zu dem Zweck, seine frühere, wohl inzwischen angefochtene Berufung auf diesen Papst wie die Berechtigung seiner früheren Angriffe gegen die Lateiner noch eklatanter zu rechtfertigen. Die Situation des Papstes zur Zeit der Abfassung des Briefes ward wohl in der Weise ausgedacht, daß er durch den Gesandten des Photius (Theodor Santabaren) erfahren, einige Griechen, Feinde des Friedens, [196]) hätten die römische Kirche in Mißcredit zu bringen und Verdacht gegen sie zu erregen gesucht, wogegen Johannes, ohne noch von Photius selbst darüber ein Schreiben erhalten zu haben, ohne noch dazu aufgefordert zu sein, in confidentieller Weise das Wahre und das Falsche an dem ausgestreuten Gerüchte auszuscheiden und näheren Aufschluß zu ertheilen beschlossen habe. Dem gemäß mußte der Papst erklären, daß allerdings ein Anlaß zu der Anklage vorliege, [197]) aber diese nicht gegen die römische Kirche zu richten sei, sondern gegen andere Kirchen und Bischöfe des Abendlandes (die fränkischen), gegen welche Photius auch in der späteren Zeit seine Polemik allein gerichtet hat.

---

[192]) Mansi XVII. 371. 372.

[193]) Respons. ad arg. 49 Latinor. ap. Allat. de octava Syn. Phot. c. 9. p. 162. 163 et in Cod. Monac. 28. gr. saec. 16. f. 261, b.; 265 a. Er sagt: *Καὶ ὁ Πάπας δὲ Ἰωάννης, ἐφ' οὗ τὰ τοιαῦτα, ἐπιστολαῖς καὶ διατάγμασι μετά τινος ἀπολογίας τὰ πεπραγμένα κυροῖ.* Sodann führt er mit den Worten: *Ὁ μακάριος Ἰωάννης Φωτίῳ γράφων περὶ τῶν τοιούτων τοιάδε φησὶν* unseren Brief an.

[194]) Im Cod. Monac. gr. 256. 4 f. 1 seq. steht ein *Σύνταγμα Γενναδίου ἀρχιεπισκόπου Βουλγαρίας ἐκ διαφόρων χρήσεων ἀναντιρρήτων τῆς θείας γραφῆς τῆς τε παλαιᾶς καὶ τῆς νέας ἀνατρέπον καὶ καταβάλλον τὴν λατινικὴν δόξαν*, das, wie oben bemerkt, auch f. 28 die act. VI. der Syn. Phot. anführt. Dieser bulgarische Gennadius gehört dem vierzehnten Jahrhundert an (Vgl. Le Quien Or. chr. II. p. 296) und es könnte scheinen, daß unser Brief, der in diesem Codex f. 37, b—39, a. steht, noch zu den Bestandtheilen dieses Syntagma gehöre. Allein höchst wahrscheinlich gehört schon die f. 33, a stehende Abhandlung *πρὸς τοὺς λέγοντας ὅτι τοῦ πάπα φίλον μνημόσυνον οὐδέν τι παραβλάπτει* wie das Stück *κατὰ ἀζύμων* f. 35—37, b nicht mehr zu dieser Sammlung, sicher nicht das dem Briefe Johann's VIII. folgende Stück *περὶ τῆς παναγίας* f. 39, a, an welches sich unmittelbar Markus von Ephesus anschließt.

[195]) Wie Assemani p. 232. n. 168 anzunehmen scheint.

[196]) *τινὲς τῶν αὐτόθι, οὐκ εἰρήνης ἄνθρωποι, οὐ πρὸς ἀλήθειαν ὁρῶντες.*

[197]) Bei den Worten: *καὶ ἔστι τοίνυν ἡ μὲν ἀφορμὴ τοῦ δεινοῦ τούτου οὐ ψευδής* ist meines Erachtens das *οὐ* keineswegs zu streichen. Das *εἴποιμι ἂν ἐγὼ* spricht ebenso dafür wie das folgende *ἀλλὰ κατὰ τοὺς τὸν οἶνον καπηλεύοντας.*

Er läßt sich nun vom Papste auffordern und bitten, mit ihm gemeinsam den Kampf gegen den Irrthum zu führen, jedoch mit Oekonomie und Schonung.[118]) und demgemäß sind auch seine späteren polemischen Abhandlungen gestaltet. Es konnte der nächste Brief von Photius auch entworfen, aber bis zu seiner zweiten Entsetzung noch nicht öffentlich producirt, vielmehr eine Zeitlang gleichsam in der Reserve gehalten worden sein, woher sich leichter die Unbekanntschaft mit demselben bei Autoren, welche die Synoden des Photius und seine polemischen Schriften wohl kannten, erklären würde. In ähnlicher Weise hatte Photius früher einen Entschuldigungsbrief des Papstes Nikolaus fingirt (Bd. I. S. 523 f.).

Will man aber die andere Hypothese festhalten, wornach ein späterer Grieche unseren Brief concipirt, so ließe sich die Sache so deuten. Derselbe hatte vor sich die Akten der photianischen Synode, er kannte die lobpreisenden Worte des Photius über Papst Johannes; er sah, daß die mit den Römern eingegangene Union vielen seiner Landsleute ein Gegenstand der Verwunderung und des Aergernisses war;[119]) er wollte dieselbe aber gleich Job Jasites[120]) mit der zuvor von den Römern betreffs des Filioque geleisteten Genugthuung vertheidigen und setzte so als völlig überzeugende Urkunde den Brief des Johannes zusammen, der nur scheinbar eine Apologie des Papstes, in der That die vollste Rechtfertigung des Photius war, von dem so der Vorwurf abgewälzt werden konnte, er habe aus Streitsucht, und nicht aus Wahrheitsliebe[121]) die Lateiner wegen des Filioque bekämpft.

Wie dem aber auch sei, der Brief ward sicher nicht von Johann VIII. geschrieben, er ist von griechischer Hand unterschoben worden. Er hat das Gepräge einer lateinische Schreiben künstlich nachahmenden, aber gleichwohl den wahren Ursprung nicht verläugnenden Griechenhand.

---

9. Weitere Briefe und Schriften des Photius.

Gegen das Ende des Monats März 880 trafen die römischen Legaten Anstalten zu ihrer Heimkehr. Sie erhielten reiche Geschenke und auch an Verheißungen sowohl betreffs der Hilfstruppen gegen die Saracenen als betreffs der Rückgabe der bulgarischen Diöcese fehlte es ihnen nicht. Das Kloster des heiligen Sergius in Konstantinopel, das früher dem römischen Stuhle zugehört, war bereits wenigstens scheinbar zurückgegeben worden.[1]) So glänzende Resultate auch Photius bis jetzt erzielt, so vorsichtig glaubte er noch verfahren zu

---

[118]) συναγωνίζεσθαι ἡμῖν μετ' οἰκονομίας καὶ ἐπιεικείας — specifisch griechische Ausdrücke.
[119]) S. oben Abschn. 7. S. 526 ff. bes. N. 51 ff.
[120]) Das. N. 49.
[121]) Das. N. 58.
[1]) monasterium S. Sergii intra vestram regiam urbem constitutum, quod S. Rom. Ecclesia jure proprio quondam retinuit, divina inspiratione repleti, pro honore principis apostolorum nostro praesulatui reddidistis. Joh. ep. 251. p. 186.

müssen. Leicht konnte Johann VIII., so nachgiebig er sich bis jetzt gezeigt, doch die Akten der eben gehaltenen Synode als mit seinen Anforderungen in Widerspruch zu verwerfen geneigt sein und das ganze Unionswerk, gegen das noch immer ein Theil der standhaften Ignatianer sich erhob, in Frage gestellt werden. Dem vorzubeugen, trug der gewandte Patriarch alle Sorge. Auf der einen Seite hatte er die Legaten ganz für sich gewonnen und ihre günstigen Berichte sollten die dem Papste gemachten glänzenden Versprechungen unterstützen; auf der anderen Seite war er bemüht, in seinem an den Papst gerichteten, den Legaten mitgegebenen Schreiben, das durch ein ähnliches im Namen des Kaisers verfaßtes sekundirt wurde, alle etwaigen Bedenken zu zerstreuen.*) In dem zuversichtlichen Tone, der ihm geläufig war, entschuldigte er sich über die Nichterfüllung der ihm gestellten Bedingungen, seine aufrichtige Liebe zu Johannes betheuernd; im Gefühle seiner Würde und im Bewußtsein seiner Unschuld erklärte er sich gegen die Forderung, Verzeihung von der Synode zu erbitten, verwahren zu müssen, da er sich dadurch als Missethäter, was er nicht sei, bekennen und seinem Ansehen vor den ihm unterworfenen Bischöfen hätte Eintrag thun müssen; die bulgarische Angelegenheit habe die Synode an den Kaiser verwiesen, der übrigens einer Anerkennung der päpstlichen Ansprüche nicht abgeneigt zu sein scheine; er persönlich sei bereit, Alles für die römische Kirche zu thun und seinem Mitbruder und geistlichen Vater Johannes die stärksten Beweise seiner treuen Anhänglichkeit zu geben, wie die vortrefflichen und alles Lobes werthen Apokrisiarier des Papstes, die sich so viele Verdienste in Constantinopel erworben, würden bezeugen können. Daß er es an verbindlichen und gewinnenden Worten nicht fehlen ließ und über das Unangenehmere leicht hinwegzugleiten wußte, ließ sich nach seinen früheren Briefen und Schriften wohl erwarten.

Um sich noch in ausgedehnterem Maße sicher zu stellen, wandte sich Photius zugleich an die vornehmsten Rathgeber des Papstes, an dessen Hofe reiche Geschenke ihm leichteren Eingang verschaffen sollten. Hatte ihn vom Abendlande aus früher ein furchtbarer Schlag getroffen, der, wenn auch nicht unmittelbar, doch mittelbar durch die von ihm hauptsächlich erwirkte Kräftigung seiner Gegner seinen Sturz herbeigeführt: so wollte er sich dort vor Allem einflußreicher Freunde versichern, die in den allenfalls noch hervortretenden Schwierigkeiten, in den weiteren Erörterungen, zu denen die Prüfung der nach Rom abgehenden Synodalakten so leicht führen konnte, seine Sache eifrig zu vertreten geneigt und geeignet wären. Wie er sich früher an den Bibliothekar Anastasius gewandt hatte, so sandte er jetzt bald nach der Synode und höchst wahrscheinlich ebenfalls durch die heimreisenden Legaten Briefe mit Geschenken an drei italienische Bischöfe, die er völlig in sein Interesse zu ziehen und mit denen er engere Freundschaftsbande knüpfen zu können hoffte.

*) Leider sind uns diese zwei Briefe nicht erhalten. Wir können ihren Inhalt aber aus den Briefen des Papstes n. 250. 251, aus den Synodalakten und aus früheren Schreiben des Photius, insbesondere aus der in ähnlicher Lage verfaßten ep. 2 ad Nicol. entnehmen.

Es waren dieses die Bischöfe Zacharias von Anagni, Gaudericus (Goderich) von Velletri und Marinus von Castella (Cerä).[3]) Der Erstere war schon seit 861, wo wir ihn als Legaten in Constantinopel sahen, mit Photius befreundet; er genoß mit Gaudericus bei Johann VIII. großes Ansehen[4]) und beide halten ihre Unterschriften[5]) als die bedeutendsten Mitglieder der römischen Synode erkennen lassen, die für seine Wiedereinsetzung gestimmt — Grund genug für Photius, sich vor Allem an sie anzuschließen. Marinus war unter den Legaten auf dem achten Concilium am stärksten gegen Photius aufgetreten;[6]) er war auch nicht, wie aus den Unterschriften zu erschließen ist, auf jener römischen Synode zugegen; aber es mochte Photius wohl von den in Byzanz weilenden Legaten Manches erfahren haben, was ihn zur Hoffnung auf die Erlangung seiner Freundschaft zu berechtigen schien. In den uns erhaltenen Fragmenten[7]) dieser Briefe des Photius ist Vieles geschraubt und dunkel; klar ist aber die Tendenz, diese italienischen Prälaten zu gewinnen, sie dauernd an sich zu fetten, an ihnen eine Stütze für etwaige spätere Mißhelligkeiten und Bedrängnisse zu finden.[8])

An den Bischof Marinus schreibt Photius: „Als ich Unrecht erlitt und in meinem Rechte verletzt ward, damals wo du den Richterstuhl eingenommen hast[9]) (auf der Synode von 869), wurdest du vielleicht in Ver-

---

[3]) Ueber dieses Bisthum s. unten B. VII. A. 5.

[4]) Joh. VIII. ep. 72. p. 60: Gaudericum et Zachariam deliciosos episcopos et consiliarios nostros. Ueber Ersteren s. Ughelli Ital. sacr. I. 60.

[5]) Mansi XVII. 362. 473. 477. Baron. ad a. 879. n. 52.

[6]) Daß der frühere Diakon Marinus später zum Bischofe erhoben ward, ist nach dem Briefe des Papstes Stephan an Kaiser Basilius nicht zu bestreiten (Vgl. Baron. ad a. 882. n. 11). Dasselbe bezeugen andere, abendländische Quellen. Dümmler Ostfränk. Gesch. II. S. 216. Auxilius und Vulgarius S. 6.

[7]) Sie sind aus der Schrift des Joh. Veccus: λόγος περὶ τῆς ἐκκλησιαστικῆς εἰρήνης τὸ τοῦ σκανδάλου ἀλύμαντον καὶ ἐκ μέσης ἱστορίας ἐπιδεικνύς, die mit den Worten beginnt: ἦν ἂν παμμέγεθες ἀληθῶς, εἴ γε τοῦ εὐαγγελικοῦ ἐκκρέμαντος κ. τ. λ. und noch nicht vollständig edirt ist, nach einer Handschrift der bodlejanischen Bibliothek von Beveridge (Pand. canon. Oxon. 1672. t. II. P. II. p. 290. 291) herausgegeben. (S. Prolegg. §. 36. p. XXIII.) Aus dieser Schrift machte ein Späterer einen Auszug, worin er die den Akten der Synode von 879 und den Briefen des Photius entnommenen Stellen zusammentrug mit dem Titel: περὶ τῆς ἁγίας καὶ οἰκουμενικῆς συνόδου, ἥτις ἀποκατέστησε Φώτιον τὸν ἁγ. πατριάρχην εἰς τὸν θρόνον ΚΠ. καὶ ἀνέλυσε τὰ σκάνδαλα τῶν δύο ἐκκλησιῶν, τῆς παλαιᾶς καὶ νέας Ῥώμης, ἀπὸ τοῦ λόγου τοῦ Βέκκου, οὗ ἡ ἀρχή· ἦν ἂν κ. τ. λ. Daraus nun gab Beveridge zuerst einen Theil der Akten der photianischen Synode, der allein bekannt war, bis Harduin durch Clemens XI. den ganzen Text erhielt. Leider ist der Text bei Beveridge sehr ungenau, gerade in Bezug auf die nicht zur Synode gehörigen Briefen, wie eine wenn auch nur flüchtige Vergleichung mit Cod. Marcian. Class. II. n. 9. Venet. (Bibl. SS. Joh. et Pauli XXI.), der f. 254—273 den Auszug, und Laurent. Plut. VIII. cod. 26 (Bandin. p. 382), der f. 45—64 die ganze Schrift des Veccus gibt, mich überzeugt hat.

[8]) Daß diese Briefe nach der Synode geschrieben wurden, sagt die ihnen voranstehende Bemerkung Bever. l. c. p. 290: Αὗται αἱ ἐπιστολαὶ ἐγράφησαν παρὰ τοῦ ἁγιωτάτου πατριάρχου Φωτίου πρὸς Ῥωμαίους Ἀρχιερεῖς μετὰ τὴν σύνοδον, τελεσθείσης τῆς ἑνώσεως τῶν δύο ἐκκλησιῶν.

[9]) Beveridge liest: Ἀδικουμένων ἡμῶν, ὅτι κριτῶν καθέδραν ἐπεῖχον und übersetzt

suchung geführt und auf die Probe gestellt; als ich aber von Gott die Macht erhielt, an denen, die mich mißhandelt hatten, Vergeltung zu üben, wolltest Du es nicht auf eine Probe ankommen lassen.[10]) Hättest Du aber den Muth gehabt, offen vor mich hinzutreten, dann hättest Du — ich sage es mit Gott — nicht blos gegen Deinen früheren Ausspruch, sondern auch gegen Dein jetziges furchtsames Zaudern ein vielfaches Verdammungsurtheil aussprechen müssen, nicht vermöge der Strafe, die Du erlitten, sondern vermöge der Freundschaft, die Du genossen haben würdest.[11]) Und damit Du das Gesagte nicht für eitle Reden halten mögest, habe ich als Erstlingsfrucht meiner Rache und Vergeltung Deiner Heiligkeit in Gold gefaßte Kreuz-Partikeln[12]) gesandt. Du aber lebe wohl und laß die Gesetze wahrer Freundschaft nicht aus den Augen, die nicht blos aus dem Glück, sondern auch aus dem Unglück erwächst, wie mir die Worte des Herrn bezeugen, diese erhabenen und gotteswürdigen Worte. Ich bitte aber um eine Gunst — siehe, zu welchem Zutrauen und zu welcher Offenheit ich so rasch gekommen bin — um eine Gunst jedoch, über deren Annahme ich von meiner Seite mich nicht zu schämen brauche, deren Gewährung aber in noch höherem Grade für Dich gut und ersprießlich ist[13]) — die Gunst nämlich, daß, wenn je Einer Deine Tugend, sei es mit Absicht, sei es wider Willen, betrüben und kränken sollte (und das kommt im menschlichen Leben so häufig vor), Du meine Gesinnung gegen Dich zum Muster Deines Verfahrens gegen den Fehlenden nehmen und dieselbe Strafe ihm angedeihen lassen mögest, die Dir selbst von meiner Wenigkeit auferlegt worden ist."[14])

Man sieht diesem Briefe trotz der versöhnlichen und freundschaftlichen Sprache doch den ganzen schwer gekränkten Stolz des byzantinischen Patriarchen an; er geht immer von dem Satze aus, daß seine frühere Entsetzung ein

---

demgemäß: Laesis nobis, quando judicum subsellia occupabam. Das zerstört den richtigen Sinn. Nach Cod. Laurent. cit., Marc. cit. f. 270 und Ambros. C. 256. Inf. f. 153, a. ist zu lesen: ἐπείχες. Diese Anspielung auf das achte Concilium bestätigt das oben bezüglich des Marinus Gesagte.

[10]) ἴσως ἐπειράθης· ἀντιτίσασθαι δὲ τοὺς ἠδικηκότας λαβόντων ἡμῶν θεόθεν ἐξουσίαν, εἰς πεῖραν ἐλθεῖν οὐκ ἠβουλήθης. Diese wie die unmittelbar folgenden Worte (N. 11) beziehen sich wahrscheinlich darauf, daß Marinus die ihm damals angetragene Legation nach Constantinopel, die Petrus erhielt, nicht hatte übernehmen wollen. Uebrigens war Marinus 879 mit Petrus von Sinigaglia als Legat bei Karl dem Dicken.

[11]) εἰ δὲ ἐθάῤῥησας εἰς ὄψιν καταστῆναι, τότε ἂν — σὺν θεῷ δὲ φάναι — καὶ τῆς πάλαι ψήφου καὶ τοῦ νῦν ὄκνου, οὐκ ἐξ ὧν ἐδίδους δίκης, ἀλλ' ἐξ ὧν ἀπέλαβες φιλίας, πολλὴν ἂν τὴν καταψῆφον κατεψηφίζου. Mit τότε ἂν beginnt schon offenbar der Nachsatz; das σὺν θ. δὲ φ. ist Zwischensatz.

[12]) ἀπαρχὴν ἀμύνης, τιμίων ξύλων μερίδας χρυσῷ κατατεθειμένας.

[13]) αἰτοῦμεν δὲ χάριν — καὶ ὅρα, εὐθὺς εἰς ὅσον παῤῥησίας ἀνέδραμεν (M. L.) — ἀλλ' οὐκ ἣν ἐμοί τε λαβεῖν ἀνεπαίσχυντον, σοί τε παρέχειν ἄμεινον.

[14]) ὡς εἴ τίς ποτε λυπήσει τὴν σὴν ἀρετὴν εἴτε ἑκὼν εἴτε ἄκων προσαχθεὶς — γίνεται (L. M.) καὶ τῶν τοιούτων τὰ ἀνθρώπινα — τὴν τῆς ἡμετέρας μετριότητος περὶ σε διάθεσιν πρὸς τὸν ἐξημαρτηκότα ποιεῖσθαι παράδειγμα καὶ δίκην τὴν ἴσην ἀπαιτεῖν παρ' αὐτοῦ, ἣν αὐτὸς παρὰ τῆς ἡμῶν εἰσεπράχθης μετριότητος.

schreiendes Unrecht, eine schändliche Mißhandlung war; er spielt den Edelmüthigen, der das Böse mit Gutem vergilt; er will den früheren Gegner beschämen und seine Ueberlegenheit ihm fühlbar machen, aber doch nur so, daß er ihn zugleich auch gewinnt und zum Freunde macht; er hebt hervor, daß er ihn, falls er zu ihm gekommen wäre, statt Rache an ihm zu nehmen, mit Freundschaftsbeweisen überhäuft haben würde. Marinus machte später wirklich diese Probe, wir werden sehen, mit welchem Erfolge.

Ganz ähnliche Gedanken liegen dem Briefe an Gaudericus von Velletri [15]) zu Grunde, der ebenso früher zu den Gegnern des Photius gehörte, schon seit den Tagen des Papstes Nikolaus, wie es scheint, wenn er auch nicht die Gelegenheit hatte, den Photius so tief zu verletzen, wie Marinus auf dem achten Concilium. Der Brief an ihn lautet also:

„Diejenigen, die ohne einen vorgängigen Streit oder Zwist sich in Liebe und Freundschaft verbinden, messen meistens in bestimmter Weise ihr gegenseitiges Wohlwollen ab und indem sie eine zu frühzeitige Störung befürchten, bewahren sie die wechselseitige Liebe in der Regel etwas träge und ohne die gehörige Sorgfalt. Diejenigen dagegen, denen es begegnete, daß sie von früher gehegtem Haß oder Zwiespalt zu Liebe und Freundschaft übergingen, zumal wenn der verletzte Theil den ersten Schritt mit dieser edlen Gesinnung macht, die finden, indem sie auf diese Weise das thun, was der Beschämung zuvorkommt, was auch ganz geziemend ist, eben darin eine desto stärkere Aufforderung, die Gesetze der wahren Freundschaft strenge zu beobachten. [16]) Deßhalb bemühen sich nun auch diejenigen, von denen die Ursache der früheren Zerwürfnisse und Aergernisse vorzüglich ausgegangen ist, [17]) nicht blos für die Zukunft einem derartigen Vorwand keinen Raum zu geben, sondern auch dasjenige in tiefe Vergessenheit zu bringen, was der Sehnsucht nach Liebe und hochherziger Versöhnung vorausging. — Ich meinerseits nun — und so dürftest auch Du sagen, wenn Du unverrückten Auges auf die Wahr-

---

[15]) *πρὸς Γαυδέριχον Βελιτερίνας.* Ughelli (Ital. sacr. I. p. 60) hat um 871 Gaudentius als Bischof von Velletri; auch unter dem Namen Jadericus kommt er vor. Er erscheint öfter als päpstlicher Legat bei abendländischen Fürsten (Baron. a. 873. n. 8; a. 875. n. 5; a. 877. n. 28) und wird auch als Verfasser der Translatio S. Clementis (Acta SS. t. II. Mart. die 9. p. 19—22), die er Johann VIII. dedicirte, bezeichnet. (S. Henschen. l. c. Dissert. praev. §. II. p. 15. Wattenbach Beitr. z. K. G. S. 5.) Es scheint, daß er schon unter Nikolaus I. Bischof war, da er bei der Rückkehr vom Exil, das ihm Verläumdungen beim Kaiser zugezogen haben sollen, im Anfange des Pontifikates Hadrian's II. schon als Bischof bezeichnet wird (Baron. a. 868. n. 2); in Hadrian's Synode gegen Photius (869) erscheint er unter den Bischöfen (Mansi XVI. 130. 131).

[16]) *Οἱ χωρίς τινος ἡγησαμένης μάχης ἤτοι ἔριδος εἰς φιλίαν ἀλλήλους συνάπτοντες, τὴν παρ' ἀλλήλων ὡς ἐπὶ τὸ πολὺ διαμετρούμενοι εὔνοιαν* (M. L.) *καὶ τὴν προκαταβολὴν ἀναμένοντες, ῥᾳθυμότερον τὸ φίλτρον πρὸς ἀλλήλους ὡς τὰ πολλὰ διασώζουσιν. οἷς δὲ συνέπεσεν* (M. L.) *ἐκ προκατασχούσης* (M. L.) *ἀπεχθείας ἢ διαστάσεως εἰς φιλίαν διαλύεσθαι, τοῦ ἠδικημένου μάλιστα τῆς καλῆς ταύτης κατάρξαντος διαθέσεως, οὕτω τὸ φθάσαν αἰσχύνην, ὃ καὶ προσῆκον, ποιούμενοι, αὐτὸ τοῦτο προτροπὴν σπουδαιοτέραν εἰς τοὺς τῆς ἀληθοῦς φιλίας νόμους εὑρίσκουσι.*

[17]) *ἐξ ὧν τῶν παλαιῶν σκανδάλων ἡ αἰτία μάλιστα προσελήλυθεν* (sic. codd.).

heit hinblickst — ermahne und ermuntere, nachdem früher eine nicht eben freundschaftliche Gesinnung zwischen uns bestand, zu einer aufrichtigen Freundschaft im heiligen Geiste; Deine Sache möchte es sein, sie zu stärken und zu vermehren und nicht durch Unbeständigkeit des Affektes die angefachte Flamme göttlicher Liebe auszulöschen, nicht die üble Gesinnung wieder aufblühen und fortwuchern zu lassen, welche das Gesetz der Liebe mit der Wurzel ausgerottet und aus unserem Sinn und Gedächtniß verbannt hat.[18]) Deßhalb umarme und küsse ich Deine Heiligkeit mit diesen Zeilen, wie mit den Lippen aufrichtiger Gesinnung, und suche mit dem Dir gesandten Geschenke, welches das Wahrzeichen freundlicher Aufnahme in sich trägt, Dich mit mir enge und innig zu verbinden."

Wenn es sich in diesen beiden Briefen darum handelte, alte Feinde in neue Freunde zu verwandeln, so galt es bei Zacharias von Anagni nur der Befestigung einer alten Freundschaft, die durch das gemeinsame Loos der von Papst Nikolaus ausgesprochenen Verurtheilung wohl noch verstärkt worden war. Von Hadrian II. schon in der ersten Zeit seines Pontifikates zur Communion zugelassen, dann völlig begnadigt,[19]) hatte Zacharias nach und nach wieder vielen Einfluß in Rom gewonnen; er ward unter Johann VIII. noch Bibliothekar der römischen Kirche.[20]) Er war nicht auf Hadrian's Synode zugegen[21]) und Photius hatte keinen Grund, ihn des Abfalls von seiner Sache zu beschuldigen. Es scheint auch, daß Zacharias damals dem Photius geschrieben, vielleicht nach dem günstigen Ausgang der von Johannes gehaltenen Synode ihm ein Gratulationsschreiben gesandt hatte; wenigstens bezieht sich in dem nachfolgenden Briefe Photius auf eine von Jenem ihm vorgetragene Bitte, die er erfüllt habe.

„Von einem der Alten" — schreibt Photius — „erzählt man (Theodektes, glaub' ich, war sein Name), daß er einst an seinen Freund eine Bitte stellte, die nur auf dasjenige sich bezog, dessen er dringend bedurfte, dieser aber nicht blos nach Maßgabe seiner Bitte ihm willfährig war, sondern auch aus zu großer Freigebigkeit ein nicht Unbedeutendes noch hinzuzufügen sich entschloß. Das war vielleicht ein Werk der Prunk- und Ruhmsucht Isidor's (denn so nannte er sich), nicht aber das angestrebte Ziel, das im Sinne des Freundes lag.[22]) Denn der, welcher die Bitte vorgebracht, sah das über deren Grenzen hinaus Gewährte wie eine Beleidigung an und sandte auch das Verlangte zurück, indem er es nicht für ein Zeichen wahrer und ächter Liebe erachtete,

---

[18]) Ib. p. 191.

[19]) Baron. a. 867. p. 393 ed. Plant. C. Syn. Phot. act. II. Mansi XVII. 425 E. Invect. in Rom. p. 835.

[20]) Als solcher erscheint er 879 auf Johann's Synode. Mansi XVII. 362. Cf. p. 425 E.

[21]) Dort war Albinus oder Albolnus oder Ablaus Anianensis (Mansi XVI. 130), den Ughelli (Ital. sacr. I. p. 318) für den ihm (unter Nikolaus) gegebenen Nachfolger hält.

[22]) ταῦτα μὲν ἴσως ἔργον ἦν τῆς Ἰσιδώρου φιλοτιμίας (οὕτω γὰρ ὠνομάζετο), οὐκ εὐστοχία δὲ τῆς τοῦ φίλου διανοίας.

daß einerseits der, welcher etwas von seinem Freunde erbittet, aus Scham über seine Noth weniger verlangt als ihm nöthig, zumal wenn Jener die Macht hat, das Nothwendige zu geben, andererseits der Geber, der dem Freunde die Wohlthat erzeigt und dadurch ihm eine Beschämung bereitet, durch Beifügung anderer Gaben die Beschimpfung gutzumachen vermeint.[13]) Denn wo bleibt das wahre Gesetz der Freundschaft, wenn der Eine durch Belastung mit Geschenken, der Andere durch Mangel an Vertrauen über seinen Freund, und zwar nicht etwa mit Worten, sondern durch die That selbst ein verdammendes Urtheil spricht?[14]) — Damit nun das, theuerster Freund, nicht auch uns widerfahre, habe ich Dir blos die von Dir verlangten Wahrzeichen unserer alten und neuen Freundschaft zugesandt. Wenn etwa noch etwas Anderes nöthig sein sollte — aber vielleicht ziehe ich mir jetzt eben durch dieses Wort den Schein zu, als gehe ich ab von der Regel der wahren Freundschaft — so wirst Du sicher mich ebenso bereit finden als jetzt.[15]) Den für mich an den Tag gelegten Eifer nehme ich, wenn auch nicht ein dieses Strebens würdiges Ergebniß erfolgte, gleichwohl so auf, als wäre noch Größeres erreicht worden.[16]) Denn ich weiß es sehr wohl, daß die Erfolge unserer Unternehmungen dem Gerichte der Zeit unterstehen und mit dem Laufe der Dinge auf bestimmte Weise sich umzudrehen und umher getrieben zu werden pflegen; aber das edle Ringen und Streben weiß das Gesetz wahrer Liebe wohl zu würdigen,[17]) und die Gunst bezieht es nicht etwa auf etwas Anderes, was von Außen her aufstößt, sondern auf den Impuls des Willens selbst. Daß aber die Dinge nicht blos ganz anders als unser Streben wollte, sondern auch in ganz entgegengesetzter Weise sich gestalteten, das erkennst Du nach Deiner Einsicht wohl genau genug, auch ohne daß ich es sage; und ich würde es nicht erwähnt haben, hätte nicht auch ich den Verdacht zu erleiden, nicht Alles den Freunden anzuvertrauen unter der Wahrheit, die das Urtheil prüft.[18]) Indessen wünsche ich Dir, o geweihtes Haupt, volles Wohlergehen, sowie daß Du stets gewahrt und geschützt bleiben mögest gegen die

---

[13]) οὐ κρίνας ἀληθοῦς καὶ γνησίας ἀγάπης, οὔτε τὸν δεόμενόν τινων παρὰ φίλου ὑπ' αἰσχύνης τῆς χρείας ἐπιζητεῖν τὰ ἐλάττω, μάλιστα δυνατοῦ παρέχειν καθεστηκότος, οὔτε μὴν τὸν παρέχοντα αἰσχύνην ἐπιτιθέντα τῷ φίλῳ προσθήκῃ δώρων τὴν ὕβριν διορθοῦσθαι (διορθῶσαι) νομίζειν.

[14]) ὅταν ὁ μὲν βαρύνῃ, ὁ δὲ μὴ θαρρῇ, καὶ ταῦτα μὴ ψήφῳ λόγων, ἀλλ' ἔργων ἐνδείξει καταγινώσκῃ τοῦ φίλου;

[15]) εἰ δήπου (Marc. δέ που) καὶ ἑτέρων τινῶν δεήσει· ἀλλ' ἴσως δόξω κἀγὼ τουτονὶ τῷ ῥήματι τῆς ἀληθοῦς φιλίας ἐξαίρεσθαι· πλὴν ὁμοίως (Marc. ὁμοίους) ἡμᾶς ὥσπερ νῦν εὑρήσεις.

[16]) τὴν δ' ὑπὲρ ἡμῶν (Bev. ὑμῶν) σπουδήν, εἰ καὶ μὴ τῆς σπουδῆς ἄξιον ἠκολούθησε τὸ τέλος, ὡς εἰ καὶ (τὸ) μεῖζον ἀπέβη (Bevor. ὡς εἰς τὸ μεῖζον ἀπέβη) οὕτως αὐτὴν ἀποδεχόμεθα. Nach Beveridge wäre ungefähr zu übersetzen: sowie er (der Eifer) auf Größeres gerichtet war.

[17]) Bevor.: τὸν ἀγαθὸν δὲ καὶ τὴν σπουδὴν (Marc. τὸν ἀγῶνα δὲ κ. τ. σπ.) ὁ τῆς ἀληθοῦς ἀγάπης θεσμὸς οἶδε δοκιμάζειν.

[18]) εἰ μὴ κἀγὼ μὴ θαρρεῖν πάντα τοῖς φίλοις ὑπ' ἀληθείᾳ δοκιμαζούσῃ ψῆφον ὑφορώμην (Marc.). Die Stelle ist sicher dunkel.

Nachstellungen und Verfolgungen aller sichtbaren und unsichtbaren Feinde, unter der Fürbitte unserer hocherhabenen Frau, der Gottesmutter, und aller Heiligen. Amen."

Es scheint hier fast, daß Zacharias sich entschuldigt hatte, daß er nicht mehr für ihn habe thun können, daß der Erfolg nicht ganz seinen Wünschen entsprach, worüber Photius ihn einigermaßen zu trösten sucht, und daß die vom Papste gestellten Bedingungen nicht hatten vermieden werden können.

Was Photius mit diesen Briefen ausgerichtet, ist nicht ganz klar.[29]) Bei Marinus, der auch später mit der früheren Festigkeit ihm entgegentrat, machte er keinen Eindruck und überhaupt hat er damit nicht viel erreicht.

Sicher hatte der rastlos thätige Mann noch viele andere Briefe und Schriften zu seinen Gunsten verfaßt;[30]) aus dem Wenigen, was uns noch erübrigt, können wir nur annähernd auf den Umfang seiner Thätigkeit schließen.

In einem besonderen historisch-polemischen Schriftchen gibt uns Photius eine indirekte Vertheidigung seiner Erhebung und seiner Opposition gegen den römischen Stuhl, sowie eine Widerlegung der von seinen Widersachern gegen seine Legitimität vorgebrachten Einwendungen, die er mit Beispielen aus der Kirchengeschichte zurückzuweisen sucht. Es sind dieses die Collectanea et Demonstrationes de Episcopis et Metropolitis, die Fontani[31]) herausgegeben hat. Darin sind zehn verschiedene Fragen beantwortet, alle wohl berechnet, seine Sache in ein günstiges Licht zu stellen und zu erweisen, daß dasjenige, was mit ihm und durch ihn vorgekommen war, in der orientalischen Kirche nichts Unerhörtes und Außergewöhnliches sei. Es verlohnt sich der Mühe, sie hier im Einzelnen zu betrachten.

Vor Allem hatten sich die Gegner auf den römischen Stuhl und dessen frühere Entscheidungen berufen. Photius sucht nun zu zeigen, daß dieser schon manche Mißgriffe und manche Fehler sich habe zu Schulden kommen lassen. Hier führt er nun folgende zum Theil auch ungenaue und entstellte oder schlecht verbürgte, insgesammt aber geschichtlichen Quellen entlehnte Thatsachen an: 1) „Unter Constantius stimmte Liberius nach seiner Rückkehr vom Exil schriftlich der in Antiochien entworfenen Glaubensformel bei; er verdammte zwar in einem dem Basilius von Ancyra, dem Eustathius von Sebaste und dem Eleusius übergebenen Bekenntnisse diejenigen, die nicht bekennen wollten, daß der Sohn dem Vater in Allem ähnlich sei (die Anomäer), ließ aber doch nicht ab von der Gemeinschaft mit denselben."[32]) Die Quelle für diese Erzählung von dem

---

[29]) Ob Gauderich von Velletri noch länger lebte, ist nicht sicher. Von 896—904 erscheint Johann von Velletri. Zacharias von Anagni erscheint noch 881—882 als Gesandter bei Karl III. (Baron. a. 882. n. 1. Pag. ibid.), verschwindet aber seit 883. Dümmler I. 219.

[30]) Wahrscheinlich schrieb Photius auch noch an andere Bischöfe, welche in den Unterschriften der römischen Synode von 879 verzeichnet waren.

[31]) Novae deliciae erudit. Florent. 1785. 8 t. I. Pars. II. p. 1—80. Dal. p. 869 seq.

[32]) Epist. I. p. 1—2. Ἐπὶ Κωνσταντίου Λιβέριος ὁ Ῥώμης μετὰ τὴν ἐκ τῆς ἐξορίας ἐπάνοδον τῇ ἐν Ἀντιοχείᾳ ἐκτεθείσῃ πίστει ἐγγράφως συνῄνεσεν ἔμφρων (l. ἐν μέρει Mon.: ἐν μερῃ) δι καὶ ἀπολογίαν παρ' αὐτοῦ ἐκομίσατο (Mon. ἐκομίσαντο) Βασίλειός τε ὁ Ἀγκύρας καὶ Εὐστάθιος Σεβαστείας, ἔτι γε μὴν καὶ Ἐλεύσιος, ἀποκηρύττουσαν τοὺς

vielbesprochenen [33]) Fall des Liberius war hier augenscheinlich Sozomenus; [34]) daß Liberius nicht blos mit den Halbarianern, sondern auch mit erklärten Anomäern in Gemeinschaft getreten, ist aber jedenfalls unwahr; keinesfalls hätte er dem Glaubensinhalt etwas vergeben, selbst wenn die Unterschrift einer sirmischen halbarianischen Formel wirklich vollzogen ward. [35]) 2) „Der an die Stelle des Liberius gesetzte Felix II., der nach dessen Rückkehr zugleich mit ihm den römischen Stuhl inne hatte, war von Häretikern geweiht und blieb mit ihnen ganz ungescheut in Gemeinschaft." [36]) Die gemeinsame Führung des Pontifikats durch Felix und Liberius, obschon von der Hofpartei gewünscht, hat sicher nicht Statt gefunden und die fortwährende Gemeinschaft des Ersteren mit den Häretikern ist ebensowenig ein sicher beglaubigtes Faktum. 3) „Was zu Carthago von den dort versammelten Bischöfen gegen sie verhandelt ward, zeigt deren Schwäche, schlechte Sitten und Herrschsucht." Welche Thatsache hier gemeint ist, dürfte schwer zu bestimmen sein. [37]) 4) „Sie stellen Canonen fest oder fingiren vielmehr fälschlich solche, [38]) wie nachher auch ein anderer römischer Bischof Felix unter Kaiser Zeno that (Felix III. 483), der in einem Schreiben an seine Legaten, die Bischöfe Vitalis und Emesius (Misenus), [39]) auf eine schamlose Weise den Canon, nach welchem der römische Bischof bei jeder Synode die oberste Gewalt und das Bestätigungsrecht haben soll, für einen nicänischen ausgab." [40]) Ein solches Schreiben ist uns nicht erhalten;

μὴ κατὰ πάντα ὅμοιον τῷ πατρὶ τὸν υἱὸν λέγοντας, καὶ τῆς κοινωνίας δὲ αὐτῶν οὐ διίστατο.

[33]) Den Liberius klagen auch einige abendländische Schriftsteller an, wie Auxil. de ordin. Formosi I. 15. 27. II. 4. Aeneas Praef. cit.: quamvis a fidei tramite non deviaret, non virtute, qua debuit, perfidiis Arianis viriliter repugnavit.

[34]) Soz. H. E. IV. 15. Cf. Prud. Maran. Diss. de Semiarianis (Biblioth. haeres. vol. II. p. 119.)

[35]) Vgl. Natal. Alex. H. E. Saec. IV. diss. XXXII. a. 1. Mansi not. in h. a. Zaccaria Dissert. de reb. ad H. E. pertin. Fulgin. 1781. t. I. dissert. VI. Hefele Conciliengesch. I. §. 81. S. 657 ff.

[36]) Ἀλλὰ καὶ Φῆλιξ, ὁ ἀντ' αὐτοῦ χειροτονηθεὶς ὕστερον μετὰ τὸ ἐκ τῆς ὑπερορίας αὐτὸν ἐπανελθεῖν, τὸν θρόνον αὐτῷ συνδιέπων (s. dagegen Libell. precum Faust. et Marcellin. ad Imper. Praefat. Galland. Bibl. PP. VII. 461) ὑπὸ αἱρετικῶν ἐχειροτονήθη καὶ τούτοις ἀδεῶς ἐκοινώνει. (Vgl. Theod. H. E. II. 17.) S. Nat. Alex. l. c. a. 3 u. Mansi ib.

[37]) Das κατ' αὐτῶν (in dem Satze: Πρὸς οἷς καὶ τὰ κατ' αὐτῶν ἐν Καρθαγένῃ .... πραχθέντα ἱκανῶς τὸ ἀσθενὲς αὐτῶν καὶ κακότροπον ἅμα καὶ φίλαρχον ἀπελέγχει) geht zunächst auf die zwei vorgenannten Bischöfe, nicht auf die Päpste überhaupt. Es findet sich nun, wie auch Fontani bemerkte, keine karthagische Synode, die über Liberius und Felix verhandelt; vielleicht, setzt derselbe bei, sei die sechste gemeint, die aus Anlaß des Apiarius von den Appellationen handelte. Besser versteht man unter αὐτοὶ die Päpste insgemein und denkt an die Controverse über Apiarius.

[38]) κρατοῦντας (anderwärts aber πλάττοντας; Mon. 68: πλάττοντες) γὰρ αὐτοῖς καὶ κανόνας. Fontani: ironice hic fortasse loquitur Photius; quivis enim videt, in omnibus ipsum studere, ut succenseat Romanis.

[39]) S. oben I. B. Abschn. 5. Bd. I. S. 122.

[40]) ὥσπερ καὶ ὕστερον τῷ ἑτέρῳ Φήλικι τῷ Ῥώμης, ὃς ἦν ἐπὶ Ζήνωνος, καθὼς

das von pseudonicänischen Canonen Gesagte könnte auf die in alten lat. Handschriften vorfindliche, zu Chalcedon von den päpstlichen Legaten angeführten Anfangsworte des sechsten nicänischen Canons vom Primat der römischen Kirche [41]) gehen; anderwärts wurden auch die sardicensischen Canones öfter von den Päpsten als nicänische citirt, theils weil jenes Concil als Complement der Synode von Nicäa galt, theils weil man die Canones in fortlaufender Reihe zusammengeschrieben hatte und die von Sardika unmittelbar den nicänischen folgten. [42]) Darauf folgt 5) das Beispiel des Honorius, der als Monothelit verdammt worden sei. [43]) Seit dem Concilium Trullanum (c. 1.) wurde die Verurtheilung des Honorius von den Griechen immer sehr emsig hervorgehoben; [44]) Photius selbst erwähnt sie auch sonst sehr oft mit Nachdruck [45]) und es scheint im neunten Jahrhundert überhaupt sehr viel davon geredet worden zu sein. Wohl mit specieller Rücksicht auf diesen oft gehörten Tadel der Griechen sammelte der römische Bibliothekar Anastasius damals, nachdem er seine Historia tripartita vollendet, unter Johann VIII., [46]) seine Collectanea de causa Honorii, [47]) die er an den mit Abfassung einer Kirchen-

---

(Mon. καθὸ) δηλοῦνται διὰ τῶν πρὸς Βιτάλιον καὶ Ἐπίφανιον τοὺς ἐπισκόπους γραφέντων αὐτοῦ (M. αὐτῷ) γραμμάτων, οἳ καὶ παρ' αὐτοῦ ἐν ΚΠ. πρὸς Ἀδριανὸν ἀπεστάλησαν· ἀναιδῶς γὰρ ἐκεῖ τὸν κανόνα τὸν λέγοντα, τὸν Ῥώμης ἐπίσκοπον ἐν ἑκάστῃ συνόδῳ τὸ κῦρος ἔχειν, τῆς ἐν Νικαίᾳ συνόδου εἶναι ἀποφαίνεται (Mon. ἀποφαίνονται). Fontani deutet an ein Schreiben, das an Kaiser Zeno oder an den byzantinischen Clerus gerichtet war.

[41]) S. Hefele Concil. Gesch. I. S. 381 ff.

[42]) Zaccaria l. c. dissert. VI. §. 9 seq.

[43]) ἀλλὰ καὶ Ὀνώριος ὁ Ῥώμης τὴν τῶν Μονοθελητῶν (Mon. Μονοθελιτῶν) ἀσπασάμενος αἵρεσιν τῆς τῶν ἀρχιερέων τιμῆς καὶ τῆς τῶν πιστῶν (κοινωνίας) ἀποβέβληται. Vgl. oben Bd. I. S. 210 f.

[44]) Cardinal Mai hat zwar (Spicil. Rom. IV. p. 465. not. X. p. IX. Nova PP. Bibl. V, 1. p. 171 u. sonst) mehrere Griechen namhaft gemacht, die den Honorius nicht unter den verdammten Monotheliten aufzählen, wie Sophronius von Jerusalem, Nikol. Mystikus in einer professio fidei (cod. Vat. Ottob. 147), einen libellus synodicus, den Nikephorus von Cpl. (Apologet. pro ss. imag. §. 22), wozu noch Andere, wie Theoph. p. 506 seq. p. 550, Dam. de recta sent. n. 7. p. 395 gerechnet werden können; aber sicher zählen die Meisten ihn auf, wie der Patriarch Germanus (de haer. et syn. c. 36. 37. Mai Spicil. VII, 1, 52. 54), die ep. Orient. act. III. Conc. VII., Nikephorus von Cpl. selbst im Briefe an Leo III. (Baron. 811. Fabric. Bibl. gr. XII. p. 346), die Vita Methodii c. 1 (bei Dümmler Archiv f. österr. Gesch.-Quellen XIII. 1. S. 157. 158), der auctor. synodici Pappi (Voell. et Just. Bibl. jur. can. II. p. 1206. Fabric. l. c. p. 410. n. 134), der späteren Canonisten und Chronisten nicht zu gedenken. (Bev. I. 150 seq. 156.)

[45]) Im ersten Briefe an Papst Nikolaus (Jager p. 437) nennt er als Monotheliten Honorius, Sergius und Makarius mit Uebergehung von Pyrrhus und Paulus, in dem Briefe an den Bulgarenfürsten (ep. 1. n. 17. p. 13) nennt er mit Honorius auch diese. In den Conciliensachen der Bibliothek (cod. 19) führt er den Honorius ebenso an, wie auch c. 1. Trullan. im Nomocanon steht (Mai Spic. VII, II, 5.)

[46]) oben B. V. A. 8. S. 239. N. 62.

[47]) Zuerst von Sirmond zu Paris (1620. 8) herausgegeben, dann bei Galland. Bibl. PP. XIII. p. 30 seq. Migne Patrol. CXXIX. p. 556 seq. Die Sammlung zerfällt in zwanzig Dokumente.

geschichte beschäftigten Diakon Johannes sandte und die später auch in das Griechische übersetzt worden zu sein scheinen. [48]) Er beruft sich hauptsächlich auf die Apologie des Honorius von Johann IV., die Briefe des heiligen Maximus und die zahlreichen Dokumente, die zu Gunsten des Angeklagten sprechen, [49]) und hält daran fest, daß der apostolische Stuhl niemals der Häresie einen Zugang gestattet, nie etwas gegen den Glauben sanktionirt habe; [50]) auf der anderen Seite spricht er die Scheu aus, gegen das Ansehen des sechsten ökumenischen Concils zu verstoßen, obschon er das Verfahren gegen Honorius sich nicht ganz erklären kann [51]) und fast glaubt, es sei mit ihm ebenso in Bezug auf diesen Punkt zu halten, wie mit der vierten allgemeinen Synode bezüglich der von der römischen Kirche reprobirten Canones. [52]) Sein katholischer Instinkt läßt ihn ahnen, es könne mit der Schuld des Honorius nicht sich so verhalten, wie man behauptete; die Schwierigkeit der Sache, die so viele Zweifel und Bedenken hervorruft, [53]) leuchtet ihm ein und in den Zeugnissen des gediegensten Sachkenners, des gefeierten Maximus, findet er ausreichende Beruhigung. Die Thatsache selbst, daß Honorius verdammt ward, wurde unter Hadrian II. im Concil von 869 zu Rom ausdrücklich anerkannt. [54])

Endlich führt Photius 6) die von Hosius im Namen des römischen Bischofs geleitete Synode von Sardika an, die den häretischen Marcellus von Ancyra freigesprochen habe. [55]) Daß Photius auf diese Synode nicht gut zu sprechen war, das sehen wir sowohl aus seiner Correspondenz mit Papst Nikolaus, als aus den Erklärungen seiner Anhänger in der eben beendigten Synode; die aus seinen Arbeiten, wie es scheint, geschöpfte Schrift „gegen den römischen Papst" und mehrere wohl von ihm herrührende Scholien zum Nomocanon bekämpfen

[48]) Montfauc. Diar. italic. Paris. 1702. c. 21. p. 309. Oudin. II. p. 256.

[49]) Anastas. ep. ad Joh. Diac. (Gall. XIII. p. 31.): Si omnia exaggerare volumus, quae in Honorii P. excusationem colligere possumus, facilius nobis charta quam sermo deficiet, et interpretandi propositum ad dictationis profecto vertemus eloquium.

[50]) Ibid.: ostendere gestientes, quod in Apost. Sedis petra, quantum ad fidem pertinet, nec etiam per Honorium inventum sit umquam serpentis, id est virulentae sectae, vestigium.

[51]) p. 30: Quae videl. apologia (Joh. IV.) satis hunc, ut reor, excusabilem reddit, licet huic sexta S. synodus quasi haeretico anathema dixerit, et in Dei solius judicio jam positum reprobationis telo confoderit, cum haereticus non ex erroris tantum deceptione, quantum ex electione non recta et contentiosa pertinacia generetur (formelle Häresie.)

[52]) Ib. p. 31.

[53]) Quis autem erit, qui nobis interim dicat, utrum ipse pro certo dictaverit epistolam, de qua illum anathematizandi fomitem calumniatores susceperunt, cum et ex scriptoris vel indisciplinatione vel in Pontificem odio quid contingere tale potuerit? Quamvis non ignoremus, docente S. Maximo (ep. ad Marin.), sc. hanc scripsisse Joh. abbatem; esto, et ipse dictator exstitit, quis hunc illum interrogavit? Quis intentionem investigavit?

[54]) Conc. Rom. sub Hadr. II. B. IV. Abschn. 2. S. 30.

[55]) Ἀλλὰ καὶ ἡ ἐν Σαρδικῇ σύνοδος; Ὅσιον ἔχουσα τὸν τόπον ἐπέχοντα Ῥώμης τὸν αἱρετικὸν ἐδικαίωσε Μάρκελλον.

sie ausdrücklich;[56]) durch seine Schule scheint dieselbe mehr und mehr bei den Griechen an Ansehen verloren zu haben.[57]) Was die Freisprechung des Marcellus angeht, so ist dessen Heterodoxie trotz vieler ihm ungünstiger Zeugnisse[58]) noch keineswegs unumstößlich erwiesen[59]) und keinesfalls begründet jenes Urtheil eine der Ehre des römischen Stuhles nachtheilige Folgerung.[60]) Es ist im Ganzen ein sehr ehrenvolles Zeugniß für die Päpste, daß Photius, so sorgfältig er auch nach derlei Daten forschte, nur so wenig Material fand, um diese Rubrik gehörig auszufüllen, und selbst zur Verdächtigung einer bis dahin auch im Orient anerkannten Synode schreiten mußte, um die Zahl seiner Anklagen gegen Rom einigermaßen zu verstärken. Diese Freisprechung des Marcellus durch Julius und die Synode von Sardika hatte auch Zacharias von Chalcedon, der vertraute Freund des Photius, auf dem achten Concilium in ähnlichem Interesse hervorgehoben; Metrophanes von Smyrna hatte darauf geantwortet, Marcellus sei mit Recht, da er jede Häresie verdammt, von Julius und den Vätern zu Sardika, ja auch von Athanasius und Paulus von Byzanz aufgenommen worden; da er aber rückfällig ward, habe ihn Silvanus anathematisirt und Liberius beigestimmt.[61]) Man sieht aus der Rede des Zacharias, daß die Schüler des Photius längst auf diesem Gebiete eingeübt und mit geistigen Waffen gerüstet waren, wie sie Photius selber gebrauchte.

Denselben Zweck hat der zweite Punkt im Auge, wo gegenüber der Versicherung des Papstes Nikolaus (Bd. I. S. 623) diejenigen aufgezählt werden, die auch ohne Rom's Anerkennung als legitime Patriarchen betrachtet worden waren und sich in ihrer Würde behaupteten. Hieher rechnet Photius vorerst den Flavian von Antiochien, den drei aufeinanderfolgende Päpste nicht anerkannt (gleichwie auch der Alexandriner Theophilus), mit dem aber zuletzt beide

---

[56]) S. oben B. II. Abschn. 8. S. 415. B. III. A. 8. S. 663. B. VI. A. 5. Bd. II. S. 481 ff. unten B. VIII. Abschn. 5. α. β.

[57]) Soph. Oecon. Proleg. cit. p. κδ' not. γ. macht gegen die Lateiner geltend: 1) die Synode von Sardika habe das Recht der Annahme von Appellationen blos dem frommen Papste Julius und zur Zeit der Arianer ertheilt, 2) es nicht für den Orient, sondern blos für den Occident verliehen; denn 3) dazu hätte es einer ökumenischen Synode bedurft, jene sei aber nur [illegible] gewesen (So op. c. Rom. Pont. §. 8. Procop. Caes. in Syn. Phot. act. III. oben S. 484); auch hätten 4) die Orientalen keinen Antheil daran gehabt, sondern seien in Philippopolis versammelt gewesen (op. cit.); 5) die Afrikaner hätten bei dem fünfzig Jahre darnach entstandenen Streite mit Rom sie nicht angenommen (ibid.); 6) Photius sage, sie seien in CpL. nicht recipirt (ep. 2 ad Nicol.); 7) Chrysostomus habe nicht an den Papst appellirt, sondern sich blos an ihn gewendet als [illegible], wie auch an Venerius von Mailand und Chromatius von Aquileja, und Innocenz I. habe wohl die Synode, aber nicht die Canones erwähnt.

[58]) Bas. ep. 52. Athan.; ep. 74. Occid. Episc. ep. 78. Petav. Theol. Dogm. t. I. L. I. c. 13.

[59]) Nat. Alex. Saec. IV. diss. 30. Montfauc. Coll. N. PP. II. 51. Möhler Athan. II. 22 ff.

[60]) Erst später trat das Irrthümliche durch Photinus, seinen Schüler, hervor. Hefele Conc. I. 456 f. 611 f.

[61]) Mansi XVI. 348. 352.

Stühle in Gemeinschaft traten;[61]) sodann die byzantinischen Bischöfe Flavita, Euphemius und Macedonius II.[62]) sowie Chrysostomus, dessen Uebergang von Antiochien nach Byzanz man anfangs beanstandet;[63]) vielleicht, setzt er bei, gehört auch der Antiochener Meletius hieher, dem die Occidentalen (als die Urheber der Weihe des Paulinus) abgeneigt waren;[64]) indessen mochten sie Letzteren, weil er in der zweiten ökumenischen Synode saß, ihrer Gemeinschaft nicht für unwürdig halten.[65]) — Freilich konnten diesen, zum Theil gar nicht beweisenden Beispielen viele andere entgegengesetzter Art entgegengestellt werden und aus solchen Thatsachen war keine Rechtsfolgerung zu entnehmen; aber dem Photius genügt es hier, daß die Nichtanerkennung Rom's diesem oder jenem Patriarchen keinen „Schaden gebracht," dieselben sich wie immer gegen dessen Einsprache behauptet haben. In demselben Sinne sagte Zacharias von Chalcedon, daß die Römer den Flavian nicht anerkannt und doch ihn kein Canon verdammt habe, daß Flavitas und seine Nachfolger nicht verdammt wurden, obschon sie den Acacius, ihren Vorgänger, als legitim anerkannten.[66])

Ferner war Photius feierlich von einer Synode abgesetzt und vom Kaiser noch vor derselben von seinem Stuhle vertrieben worden. Diese Expulsion, erklärt er, könne seiner Legitimität nichts schaden, da auch andere Patriarchen von ihren Sitzen durch die Kaiser verjagt, gleichwohl aber später als legitim anerkannt worden seien. Als solche führt er namentlich den unter Justin II. vertriebenen antiochenischen Patriarchen Anastasius,[67]) die Patriarchen Chryso-

---

[61]) Φλαβιανὸν τὸν Ἀντιοχείας τρεῖς ἐφεξῆς τῆς Ῥώμης οὐκ ἐδέξαντο, ἀλλ' οὐδὲ Ἀλεξανδρεὺς (Mon. ὁ Ἀλεξανδρείας) Θεόφιλος κατ' ἀρχάς· ὕστερον δὲ αὐτὸν ὁ τρίτος πάλιν ἐδέξατο καὶ ὁ Ἀλεξανδρεὺς (οὗτός ἐστιν ὁ χειροτονήσας τὸν Χρυσόστομον πρεσβύτερον). Vgl. Socr. III. 7. V. 5. Theod. V. 23. Ruf. I. 27. 29. 30. Nat. Alex. l. c. c. 3. art. 12.

[62]) Οὐκ ἐδέξαντο δὲ Φραβίταν οὐδὲ τὸν ἐν ἁγίοις Εὐφήμιον (Mon. Φλαβίταν, ἀλλ' οὐδ' Εὐθύμιον)... διότι τὸν Ἀκάκιον οὕτως τῶν διπτύχων οὐκ ἐξέβαλλον. Nat. Alex. Saec. V. diss. 20. — Bd. I. S. 126 ff.

[63]) p. 17: ἀλλ' οὐδὲ τὸν τῇ ἁγίᾳ τριάδι ἀγαπητὸν πανίερον Χρυσόστομον (Mon. nur τὸν Χρ.) κατ' ἀρχὰς (M. πρότερον) ἐδέξαντο, ὅτι, φασίν, ἐκ Ἀντιοχείας αὐτὸν οὐκ ἔδει εἰς Κπ. χειροτονηθῆναι (Mon. χειροτ. εἰς Κπ.), ὕστερον δὲ καὶ ὑπερήσπισαν (Mon. ὑπερησπίσαντο).

[64]) Οὐκ οἶδα δέ, εἰ καὶ Μελέτιον ἐδέξαντο τὸν Ἀντιοχείας (Mon. τὸν Ἀντ. ἐδ.)· μήποτε γὰρ ἐκεῖνον (M. κἀκεῖνον) ἀπεστρέφοντο διὰ Παυλῖνον τὸν ὑπὸ τῶν δυτικῶν χειροτονηθέντα· καὶ γὰρ καὶ ἐπιστολὴν οἶδα τοῦ μεγάλου Βασιλείου πρὸς Τερέντιον κόμητα, (Basil. ep. 319), ἐν ᾗ διαβάλλει τοὺς δυτικοὺς διὰ τὴν κατὰ Μελετίου ἀποστροφὴν ὡς οὐκ ὑγιῶς φρονοῦντας (sic recte Mon.) τὰ πράγματα. Basilius sagt, er wundere sich nicht über das Verfahren gegen Meletius; οἱ μὲν γὰρ ἀγνοοῦσι παντελῶς τὰ ἐνταῦθα, οἱ δὲ καὶ δοκοῦντες εἰδέναι φιλονεικότερον μᾶλλον ἢ ἀληθέστερον αὐτοῖς ἐξηγοῦνται.

[65]) p. 19. 20: Ἴσως δὲ αὐτὸν διὰ τὸ ἐν τῇ δευτέρᾳ καθεσθῆναι συνόδῳ οὐκ ἀπεστρέφοντο.

[66]) Mansi l. c. p. 849.

[67]) Erot. III. p. 21. 22: Ἀναστασίου ἐκβληθέντος τοῦ θαυμασιοῦ ὁ θαυματουργὸς Γρηγόριος ἐκράτησεν τὴν Ἀντιοχείας (Mon. τῶν Ἀντιοχέων) ἐκκλησίαν ἔτη κδ' καὶ ἀπεδίχθη· καὶ (Mon. omitt. καὶ) μετὰ τὴν αὐτοῦ πρὸς κύριον μετάστασιν (Mon. μετὰ τελευτὴν αὐτοῦ) αὖθις εἰσῆλθεν Ἀναστάσιος (unter Mauricius) Vgl. Evagr. H. E. V. 5.

stomus und Eutychius von Constantinopel, den Elias von Jerusalem,[69]) den Kallinikus von Constantinopel,[70]) den Silverius von Rom[71]) an. Nicht ohne besonderes Interesse ist es, daß er von Arsacius und Atticus bemerkt, sie seien als legitim anerkannt worden, obschon beide der Absetzung des Chrysostomus beigestimmt und zu seinen Gegnern gehört hätten;[72]) ganz dieselbe Stellung hatte Photius gegen seinen Vorgänger Ignatius eingenommen, was ihm oft genug zum Vorwurf gemacht worden war. Ebenso gab die Analogie von Eutychius und Johannes Scholastikus, wovon der Erstere der Vorgänger und dann wieder der Nachfolger des Letzteren war,[73]) ohne daß die Legitimität des Einen oder des Anderen beanstandet wurde, eine Waffe gegen diejenigen, welche den Wechsel im Patriarchate zwischen Ignatius und Photius mißbilligten.

Hatte man der Illegalität seiner Erhebung wegen die von Photius vorgenommenen Ordinationen nicht anerkennen wollen oder doch beanstandet, so weiset dieser dagegen nach,[74]) daß man stets in der Kirche die Weihen von verurtheilten und selbst von häretischen Bischöfen als giltig anerkannt habe, wie er überhaupt in dieser damals noch nicht bei Allen klar entwickelten Frage, die wir im Zusammenhange oben[75]) erläuterten, sehr entschieden gegen Reordinationen sich aussprach.

Einen weiteren Einwurf, den aus der Feindschaft zwischen ihm und Ignatius sowie zwischen ihm und dem römischen Stuhle, sucht er durch das Beispiel des Zwistes zwischen Cyrill und Chrysostomus, sowie zwischen Cyrill und Theodoret zu beseitigen.[76]) Passender hätte er wohl den Streit mit Epipha-

[69]) p. 23—25: Ἀντὶ (δὲ Mon.) Ἠλία Ἱεροσολύμων Ἰωάννης, καίτοι δι' ἐπιβουλὴν Ἠλία διωχθέντος (Mon. ἀχθέντος Ἠλία). Elias, von Severus verfolgt und durch K. Anastasius exilirt, erhielt den monophysitisch gesinnten Johannes zum Nachfolger, der aber später vom heiligen Sabas belehrt ward. Cyrill. Scythopol. Vita S. Sabae — not. in Evagr. L. IV. 37. Liber. Brev.

[70]) Οὐκ οἶδα, εἰ δεῖ καταριθμεῖν ἐν τούτοις καὶ τὸν μετὰ Καλλίνικον τὸν παρὰ Ἰουστινιανοῦ τοῦ κακοῦ τυφλωθέντα, ὅτι καὶ (Mon. omitt. κ.) τὸ δεύτερον τῆς βασιλείας ἐκράτησεν, προβληθέντα Κῦρον τὸν ἐξ Ἀμάστριδος, ὃς καὶ (M. omitt. κ.) ἐγκλειστος ὢν ἐκεῖ προεῖπεν αὐτῷ, ὡς πάλιν εἰς τὴν οἰκείαν ἀρχὴν ἐπανελεύσεται (l. c. Mon. ἐπανελεύσεται). Vgl. Cedren. I. p. 781 ed. Bonn. oben Buch I. Abschn. 6. Bd. I. S. 222.

[71]) Καθῃρέθη μὲν παρὰ Βελισαρίου ὡς ἐπιβουλεύων τοῖς ῥωμαϊκοῖς πράγμασι Σιλβέριος εἶναι (Mon. λιβέριος) καὶ ἀντικατέστη ἀντ' αὐτοῦ ἕτερος. S. oben Buch I. Abschn. 6. Bd. I. S. 163.

[72]) Ἀντὶ (τοῦ σωτῆρος τοῦ κόσμου τιμίου omitt. Mon.) Χρυσοστόμου ὁ Ἀρσάκιος καὶ ὁ Ἀττικός, καίτοι ἄμφω εἰς τὴν αὐτοῦ καθαίρεσιν εὐδόκησαν (ηὐδόκησαν) καὶ τῶν αὐτῷ ἐπιβουλευσάντων ἦσαν ἑκάτερος.

[73]) Ἀντὶ Εὐτυχίου ΧΙΙ. Ἰωάννης ἀπεδείχθη, καὶ μετὰ θάνατον (Mon. μετὰ δὲ θάνατον τούτου) πάλιν Ἰωάννου Εὐτύχιος πάλιν (Mon. αὖθις). Cf. Evagr. IV. 38—40. Loundel. not. ad Cod. Ilb. I. n. LXXV. oben Bd. I. S. 175 ff.

[74]) Erot. IV. p. 29—38. Bal. p. 563 seq.

[75]) S. den letzten Abschn. des vor. B. §. 21. S. 360 ff.

[76]) Erot. V.: Ὁ θεῖος Ἰωάννης κατὰ Κύριλλον (lege: Κυρίλλου) πλὴν ἠσέχως καὶ ἀπροσώπως καὶ μετὰ τοῦ πρεπήκοντος ἐκείνῳ καὶ φρονήματος καὶ λόγου καὶ σχήματος, καὶ Κύριλλος κατὰ τούτου καὶ Κύριλλος καὶ Θεοδώρητος κατ' ἀλλήλων. Φασὶ δὲ, ὅτι ἐν τῷ καιρῷ τῆς ἀπεχθείας διεφθέγξατο ἤδη Κύριλλος „Ἰωάννης ἐν δικαστηρίοις καὶ Ἰούδας ἐν Ἀποστόλοις."

nius[77]) oder auch zwischen Theophilus einerseits und Chrysostomus andererseits erwähnt, da Cyrill bei Lebzeiten des Letzteren noch nicht Patriarch war und erst 412 nach dem Tode seines Oheims diese Würde erhielt.[78]) Vielleicht hat er aber auch den Patriarchen Johannes von Antiochien im Sinne.[79]) Wenn aber so großen Männern, auf diese Schlußfolge arbeitet Photius hin, diese Feindschaft nachgesehen wird und ihren Ruhm nicht beeinträchtigt, so darf auch ein ähnlicher Zwiespalt anderen Kirchenhäuptern nicht so hoch angerechnet werden und weder das Ansehen des Einen noch das des Anderen herabsetzen.

Weiter führt Photius Beispiele von Patriarchen an, die von (bloßen) Bischöfen auch ohne Intervention und Anwesenheit von Patriarchen gerichtet und entsetzt wurden, wohl zur Rechtfertigung der zuerst von den Bischöfen seiner Partei gegen Ignatius ausgesprochenen Absetzung, vielleicht auch seiner Synodalakten gegen Papst Nikolaus, dessen Worte hier direkt bestritten werden.[80]) Es ward Novatus von Rom (Novatian) von Bischöfen abgesetzt;[81]) ebenso ward Paulus von Samosata wegen seiner häretischen Behauptung, Christus sei ein bloßer Mensch, von zwölf Bischöfen verurtheilt.[82]) Die Sache des Symmachus und des Laurentius untersuchten unter Kaiser Anastasius hundert Bischöfe in Rom, den Symmachus erkannten sie an, den Laurentius, der vier Jahre lang Rom beunruhigte, ließen sie Bischof von Nuceria sein; als er aber nachher neue Unruhen erregte, ward er von Symmachus abgesetzt.[83])

---

[77]) Wovon Bibl. Cod. 96 die Rede ist.

[78]) Fontani denkt nur an Chrysostomus, der in der That auch bei Photius *ὁ θεῖος Ἰωάννης* heißt, und so lesen Vat. 1150 u. a. Hdschrften. Ueber die wechselseitige Feindschaft zwischen Cyrillus und Chrysostomus ist nichts bekannt; nur war Ersterer anfangs gegen die Insertion des Namens von Chrysostomus in den Diptychen, gab aber, durch Isidor von Pelusium bestimmt, endlich nach (S. oben Bd. I. S. 45.). — Photius verwechselte kaum so leicht den Cyrill mit seinem Vorgänger Theophilus; er konnte auch irgend einen Vorgang vor der Erhebung Cyrill's im Auge haben. Cedr. Comp. hist. I. p. 575. 576 erzählt ebenfalls von der Feindschaft zwischen Cyrill und Chrysostomus, wobei ein Traum den Sinn des Letzteren umgewandelt haben soll.

[79]) Unser Münchener Codex hat ganz kurz statt der längeren Worte (N. 76.): *Ἰωάννης κατὰ Κυρίλλου καὶ Κύριλλος κατὰ Ἰωάννου καὶ Κύριλλος καὶ Θεοδώρητος.* Der Johannes ohne auszeichnendes Prädikat ist sicher Johannes von Antiochien, der bekannte Gegner des Cyrill und der ephesinischen Synode. Obschon dieser Codex erst dem sechzehnten Jahrhundert angehört, so möchte ich doch seinen Text hier für den ursprünglichen halten; sonst ist aber auch er von Interpolationen und Zusätzen nicht frei, namentlich am Schlusse des Schriftchens.

[80]) Vgl. III. 4. a. γ. Bd. I. S. 561.

[81]) p. 42: *Νουάτος ὁ Ῥώμης ὑπὸ ἐπισκόπων καθῄρηται.* Die Griechen (wie schon Eus. H. E. VI. 43. 45) verwechseln Novatus und Novatian. Fontani denkt hier an Cyprian's Synode gegen Novatus; es sind aber wohl die sechzig Bischöfe der römischen Synode von 251 gemeint, wovon Euseb. l. c. Just. et Voell. Bibl. II. 1171. Hefele Concil. I. S. 88.

[82]) *Παῦλος ὁ Σαμοσατεὺς ὑπὸ ιβ΄ ἐπισκόπων, ὡς ψιλὸν τὸν Χριστὸν λέγων ἄνθρωπον, κατεκρίθη.* Die Zahl der Bischöfe auf den gegen Paulus gehaltenen antiochenischen Synoden (Eus. VII. 27. 28. 30. Hefele I. S. 110 ff.) wird sehr verschieden angegeben; sicher waren auf der letzten derselben mehr als zwölf Prälaten zugegen.

[83]) *Καὶ τὸν μὲν Σύμμαχον, ὡς ἴσα τῶν ἑπτὰ διακόνων ὄντα καὶ κατὰ θεσμὸν ἐκλη-*

Den Feind des heiligen Geistes (Pneumatomacher) Macedonius setzten die Bischöfe zu Constantinopel ab, unter denen sich Acacius von Cäsarea nebst seinem Anhang hervorthat.[64]) Der mehr als engelgleiche hochheilige Chrysostomus sollte nach seiner ungerechten Absetzung durch Theophilus dem Urtheil der Bischöfe gemäß wieder in seine frühere Würde eingesetzt werden, da sie jenes Urtheil gegen den über die Engel erhabenen Heiligen für ungiltig erachteten.[65]) Aber da er abermals durch die Kaiserin von seinem Stuhle vertrieben ward, wobei Leontius von Ancyra unter den dort gegen ihn versammelten Bischöfen die Hauptrolle spielte, ward er unter bitteren Klagen, daß er die Gerechtigkeit nicht erlangen könne, die man selbst Grabschändern und Räubern nicht verweigern dürfe — das Recht, sich auf die vorgebrachten Anklagen zu vertheidigen[66]) — in das Exil geschickt. Er hätte aber diese Klage und jene Forderung nicht vorgebracht (wer war in solchen Dingen bewanderter als er?), wenn es unstatthaft und unrecht gewesen wäre, daß er (der Patriarch) von Bischöfen gerichtet werde.[67]) Aber auch der große Athanasius ließ nach seiner Freisprechung in Sardika sowie in Jerusalem unter dem Confessor Maximus, der in einer besonderen Synode den Beschlüssen von Sardika über Athanasius beitrat — Athanasius ließ wohl wissend, daß jede Provinz große Macht hat über das, was in ihr vorgeht, zu urtheilen, eine Synode von ägyptischen Bischöfen zusammenkommen und, obschon er unter keinem Patriarchen stand, über seine Sache durch sie dieselben Beschlüsse wie in Sardika und in Palästina sanktioniren.

Die Einmischung des Kaisers in Kirchensachen zur Herstellung des Friedens wird sodann mit den Beispielen von Constantin und Theodosius gerechtfertigt. Constantin der Große bedeutete dem Arius, er solle seine Feindschaft gegen Alexander aufgeben, und sandte an ihn als Schiedsrichter den Bekenner Hosius ab; damals schrieb er auch, daß er an der Ausführung seines Vorhabens, die heiligen Stätten in Jerusalem zu verehren und dort Ostern zu halten, durch die wechselseitigen Zwistigkeiten verhindert werde;[68]) nachher da

---

συνοδικὸν τὸν θρόνον διέποντα (Mon. κρατοῦντα) ἐδικαίωσαν αὐτὸν κατέχειν. Λαυρέντιον δὲ Νουκερίας ἐπίσκοπον, καίπερ ἐπὶ τέσσαρα ἔτη τὴν Ῥώμην ταράξαντα, εἶναι ὥρισαν. (Die Occidentalen zählen zweiundsiebenzig Bischöfe auf der Synode von 499. Mansi VIII. 229 seq. Voell. et Just. Bibl. jur. vet. I. 257. Ueber die Sache selbst s. Theod. Lect. II. 17. Vita Symm. in Vignol. lib. Pontif. I. 172. 173. 175. Leon. M. Opp. III. p. CX. Acta SS. Jul. IV. 636). ὕστερον δὲ στάσεις κινῶν αὖθις καὶ ταραχὰς ὑπὸ Συμμάχου ἐννόμως καθῄρηται.

[64]) S. oben Bd. I. S. 13.

[65]) p. 46: παρ' οὐδὲν θέμενοι τὴν κατὰ τοῦ καὶ τῶν ἀγγέλων κρείττονος ἁγίου ψῆφον.

[66]) οἰμώζων καὶ στενάζων (Cf. Theod. H. E. V. 34), ὅτι γε δίκης τυχεῖν οὐκ ἠδύνατο, ἧς καὶ τυμβωρύχοις καὶ λῃσταῖς ἀξιοῦσθαι προσῆκεν, ὅπως τῶν κατ' αὐτῶν λεγομένων διδῶσι λόγον.

[67]) Οὐκ ἂν δὲ οὕτως ἐγένετο, (καίτοι γε τίς ἐν τοῖς τοιούτοις αὐτοῦ ἐπιστημονικώτερος;) εἰ ἦν τοῦτο παράλογον, τὸ ὑπὸ ἐπισκόπων κρίνεσθαι.

[68]) p. 51: Κωνσταντῖνος ὁ μέγας ἐδήλωσεν Ἀρείῳ τὴν κατ' Ἀλεξάνδρου καταλῦσαι ἔχθραν (Cf. Theod. H. E. I. 2. Haer. Fab. IV. 1. Eus. Vita Const. II. 61. 62) καὶ διαιτητὴν αὐτῷ Ὅσιον τὸν ὁμολογητὴν ἔστελλεν (Mon. ἔστειλεν), ὅτε (Mon.) καὶ ἔγραφεν,

Arius nicht gehorchte, ließ er die große Synode von Nicäa halten. Kaiser Theodosius (I.) erklärte dem Demophilus, wenn er die Kirchen behalten wolle, so müsse er Frieden halten mit der Kirche, außerdem aber sie räumen und sich entfernen.[89]) Das geschah auch und es wurde Nektarius ordinirt. Derselbe Kaiser war es auch, der die Feindschaft zwischen Innocenz und Flavian beseitigte und völlig hob.[90]) Das letztere Faktum ist sicher unrichtig, da Theodosius (wie auch Nektarius) schon gestorben war, ehe Innocenz (402) den römischen Stuhl bestieg; Theodosius II. scheint hier mit Theodosius I. verwechselt.

Wohl gegen die Autorität des achten Concils (von 869) sind zunächst die Beispiele von Synoden zusammengestellt, die ohne Ansehen und Geltung geblieben sind. Photius wirft die Frage auf: Von welchen Synoden blieben, ungeachtet die versammelten Bischöfe verschiedene Patriarchate repräsentirten, die Beschlüsse ohne Kraft und Geltung wegen ihrer Ungerechtigkeit und ihres Widerspruchs mit den kirchlichen Gesetzen?[91]) Die Synoden, welche Photius hier anführt, die antiochenische gegen Athanasius, die Räubersynode von Ephesus, die Synoden gegen Chrysostomus, die von Philippopolis und theilweise die von Sardika haben freilich wenig Analogien mit dem achten Concilium und auf eine Untersuchung der Kriterien von ökumenischen Synoden läßt sich Photius nicht ein;[92]) immerhin aber erweisen sie den Satz, daß nicht alle von den Concilien, in denen die vornehmsten Bischofsstühle vertreten waren, ihren Beschlüssen bleibende Geltung zu verschaffen vermochten — ein Satz, mit dem wohl nur sehr wenig erwiesen ist; auch könnte die Anzahl derselben noch beträchtlich vermehrt werden. Hören wir indessen die Ausführung des Photius selbst. Die Bischöfe, die unter Kaiser Constantius unter dem Vorwande der Einweihung der von ihm dort gegründeten Kirche in Antiochien versammelt waren, setzten den Athanasius neuerdings ab, wie es bereits von der Synode zu Tyrus geschehen war, und weihten an seiner Stelle den Gregor zum Bischof. Bei dieser Synode waren Eusebius von Constantinopel und Placitus (Flacillus) von Antiochien und mit ihnen Andere, siebenundneunzig an der Zahl.[93]) Aber

---

ὡς βουλόμενος πραγματικῆς τῶν ἁγίων τόπων τῶν ἐν Ἱεροσολύμοις γενέσθαι καίτοι τὸ πρᾶγμα ἐκτελέσαι διὰ τοὺς πρὸς ἀλλήλους στασιάζοντας ἐκωλύθη.

[89]) εἰ βούλοιτο κρατεῖν τῶν ἐκκλησιῶν, εἰρηνεῦσαι πρὸς τὴν Ἐκκλησίαν, εἰ δὲ μὴ εἰρηνεύοι, ἀναχωρῆσαι. Cf. Socr. V, 7.

[90]) ὃ καὶ ἐγένετο (Mon. f. 90 a.: ὅπερ καὶ ἐποίησε) καὶ ἐχειροτονήθη Νεκτάριος. Ὁ αὐτὸς οὗτος κατ' ἀλλήλων γενομένων Ἰννοκεντίου καὶ Φλαβιανοῦ τὴν ἀναμεταξὺ αὐτῶν ἔχθραν ἐκποδὼν ἐποίησε καὶ ἠφάνισεν.

[91]) Erot. VIII. p. 55. Bal. p. 565.

[92]) Sehr gut gibt Nikephorus von Cpl. die Kriterien an, wenn er von dem VII. Concilium sagt (Apol. pro SS. imag. c. 25. Mai Nov. Bibl. V, II. p. 30. 174.), es habe das höchste Ansehen, sei ökumenisch, frei und tadellos: ἐγκεκρότηται γὰρ ταῦτα κάλλιστα ἐνθέως καὶ ἐννομώτατα· ἐπείπερ ἤδη κατὰ τοὺς ἀρχῆθεν τεταγμένους θείους θεσμοὺς προῆγε κατ' αὐτὴν καὶ προήδρευεν, ὅσον τὸ τῆς ἑσπερίας λήξεως, ἤτοι τῆς πρεσβυτίδος Ῥώμης, μέρος οὐκ ἄσημον, ὧν ἄνευ δόγμα ... τὴν δοκιμασίαν οὐ σχοίη ἢ δέξαιτ' ἄν ποτε τὴν περαίωσιν κ. τ. λ.

[93]) Καὶ τῶν ἐν Ἀντιοχείᾳ συνελθόντων ἐπὶ Κωνσταντίου προφάσει τῶν ἐγκαινίων τῆς ἐκεῖ κατασκευασθείσης ὑπ' αὐτοῦ ἁγίας ἐκκλησίας (Mon. f. 90 a.: κατασκ. μεγάλης ἐκκλ.). οὗτοι

von beiden Maßnahmen hatte keine Bestand. Dasselbe war der Fall mit denen, die zu Ephesus gegen Flavian (von Constantinopel) zusammenkamen. In dieser Synode fanden sich Dioskorus von Alexandrien, Juvenal von Jerusalem, der Bischof von Antiochien mit anderen tüchtigen und orthodoxen Männern, die den Eutyches für unschuldig erkannten und ihm die priesterliche Würde zurückgaben, den heiligen Flavian aber verurtheilten. Auch gegen Theodoret erließen sie zu Gunsten des verstorbenen Cyrill von Alexandrien ein Urtheil. Allein nichts von dem Allen blieb in Kraft, da nachher die vierte Synode Alles umstieß, ohne Rücksicht auf die unvernünftige Zustimmung der dort versammelten Bischöfe.[94]) Aehnlich verhält es sich mit denen, die sich gegen den heiligen Chrysostomus vereinigten, wie Theophilus von Alexandrien mit seinen Bischöfen und dazu einige andere, die zum Sprengel des Heiligen gehörten und hier zu seiner Absetzung mitwirkten. Nicht anders erging es den sechsundsiebenzig Bischöfen, die zur Zeit des Concils von Sardika zu Philippopolis in Thracien aus dem Orient zusammenkamen. Denn die verständigsten Bischöfe des Orients, die dort versammelt waren, setzten den Julius von Rom,[95]) den Confessor Hosius und einige Andere ab und bestätigten die Absetzung des großen Athanasius und des Confessors Paulus. Davon blieb aber in der Folge nichts in Kraft.[96]) Auch dem Marcellus von Ancyra half es nichts, daß die Väter von Sardika ihn einmüthig freisprachen, obschon der Bischof von Rom durch den seine Stelle vertretenden Bekenner Hosius zugegen war und die Synode selbst recipirt wurde, weil sie das nicht dem Rechte nach that;[97]) denn ganz bestimmt und deutlich hat ihn die zweite Synode verurtheilt.[98])

Ebenso soll der Wiedereintritt des Photius in das Patriarchat aus früheren Beispielen vertheidigt werden in der Beantwortung der Frage: Wann

---

γὰρ Ἀθανάσιον μὲν αὖθις καθεῖλον ἤδη καὶ πρότερον ὑπὸ τῶν ἐν Τύρῳ καθαιρεθέντα, Γρηγόριον δὲ ἀντ' αὐτοῦ εἰς τὸν αὐτοῦ θρόνον ἐγχειροτόνησαν, ὃν οὐδέποτε ἴσασι βέβαιον. Ἦσαν δὲ ἐν αὐτῇ Εὐδόξιος ὁ τότε ΚΠ. καὶ Πλάκιτος ὁ Ἀντιοχείας, καθ' ὧν ἐπίσκοποι ἑβδομήκοντα καὶ ἑπτὰ τὸν ἀριθμὸν ἐτέλουν. Der Lib. synod. Pappi n. 41 (Fabr. Bibl. Gr. XII. 375) zählt ebenfalls siebenundsiebenzig Bischöfe.

[94]) ἀλλὰ καὶ Θεοδώρητον, Κυρίλλῳ (καὶ add. Mon.) μετὰ (τὴν M.) τελευτὴν χαριζόμενοι, καθεῖλον (Cf. Evagr. H. E. I. 10.), ὧν οὐδὲν ἀσάλευτον ἔμεινε· πάντα γὰρ μετ' ὀλίγον ἡ τετάρτη σύνοδος, ἡ εἰς τὸ Βυζάντιον, μετέτρεψε, τὴν παράλογον τῶν ἐκεῖσε συνεληλυθότων συμψηφίαν ἐν οὐδενὶ θέμενοι λόγῳ. Fontani will nach σύνοδος — καὶ suppliren (das übrigens auch im Monac. fehlt) und denkt an eine nachher etwa 455 (?) in Cpl. gehaltene Synode, die im libell. synod. Pappi n. 93 (Fabric. l. c. p. 395. 396) verzeichnet steht.

[95]) Die Handschriften sind hier meist fehlerhaft. Bei Fontani nach Cod. Vat. 828: Ἰούλιον μὲν [τῆς ἀνατολῆς] τὸν Ῥώμης καθεῖλον. Mon. 68: Ἰούλιον μὲν οὖν τῆς ἀνατολῆς ἐκεῖσε τὸν Ῥώμης καθεῖλον. Richtig streicht Bal. die Worte τ. τῆς ἀνατ. ἐκ.

[96]) ὧν οὐδὲν ἄτρεπτον ἢ ἀμετάβλητον (Mon. ἀμετακίνητον) ἔμεινε.

[97]) καίπερ αὐτοῦ τοῦ Ῥώμης δι' Ὁσίου τοῦ ὁμολογητοῦ παραγεγονότος, ὃς τὸν αὐτοῦ τόπον ἀνεπλήρου, καὶ τῆς συνόδου δεκτικῆς οὔσης, οὐδὲν ὤνησε διὰ τὸ παραλόγως αὐτὴν γενέσθαι.

[98]) σαφῶς γὰρ αὐτὸν ἡ δευτέρα σύνοδος ἀνεθεμάτισε. Vgl. can. 1. Cpl. Hefele Concil.-Gesch. II. S. 14. Ueber Marcellus s. noch Montfaucon de causa Marcelli diatr. in Collect. nov. PP. Graec. II. p. 51.

haben abgesetzte Bischöfe entweder nach dem Inhalt der Canones oder auf Verlangen des Volkes ihre Würde wiederum erlangt? Die Antwort lautet also: Das geschah in verschiedenen Synoden und von verschiedenen Vätern, und zwar nicht selten,[99]) wie beim heiligen Athanasius, bei Marcellus von Ancyra, bei Makarius und vielen Anderen, wie oben gesagt ward. Durch das Verlangen des Volkes aber, das seinen Hirten verlangte, geschah es unter Heraklas, dem hochheiligen Patriarchen von Alexandrien, dem Dionysius succedirte, dann Maximus, darauf Theonas, dann der heilige Martyrer Petrus. Die Sache verhielt sich so. Damals, in den Tagen des heiligen Heraklas, lebte Origenes, Adamantius genannt, der in seinen Mittwochs und Freitags an das Volk gehaltenen Vorträgen deutlich seine Irrlehre aussprach und entwickelte. Diesen schloß der heilige Bischof Heraklas als einen Verfälscher der rechten Lehre und als einen Zerstörer des orthodoxen Glaubens von der Kirche aus und verwies ihn aus Alexandrien.[100]) Origenes aber kam auf seiner Reise zu den Städten Syriens auch nach Thmuis, wo der rechtgläubige Bischof Ammonius ihm gestattete, in seiner Kirche Lehrvorträge zu halten. Als das Heraklas vernahm, ging er selbst nach Thmuis und setzte deßhalb den Ammonius ab und machte statt seiner den jüngeren, aber sehr geachteten Philippus zum Bischof. Später setzte jedoch Heraklas auf Bitten des Volkes den Ammonius wieder ein[101]) und übergab nun beiden gemeinschaftlich die kirchliche Verwaltung.[102]) Solange Ammonius lebte, nahm aber Philippus nie auf dem bischöflichen Throne Platz, sondern wenn Jener predigte oder die Liturgie feierte, stand er hinter ihm. Erst nach dem Tode des Ammonius setzte er sich auf den bischöflichen Thron und ward einer der ausgezeichnetsten und gefeiertesten Bischöfe. — Nach dieser längeren Erzählung, bei der Photius wahrscheinlich eine uns verlorene Geschichtsquelle vor Augen hatte, folgen weitere Beispiele von entsetzten und wiedereingesetzten, oder doch nachher anerkannten Geistlichen. „Den Arius, damals noch Diakon, setzte der heilige Martyrer Petrus ab und stieß ihn von der Kirche aus; sein Nachfolger Achillas aber nahm ihn nicht nur in die Kirchengemeinschaft wieder auf, sondern weihte ihn auch zum Priester und übergab ihm die Leitung der alexandrinischen Schule. Den vom heiligen Flavian abgesetzten Eutyches nahmen die Bischöfe von

---

[99]) p. 67: Ἐν διαφόροις μὲν συνόδοις καὶ ὑπὸ διαφόρων πατέρων (in Monac. 68.) τοῦτο πολλάκις ἐγένετο.

[100]) ἐγένετο δὲ τοιοῦτον ἦν ἐν ταῖς ἡμέραις τοῦ αὐτοῦ ἁγιωτάτου Ἡρακλᾶ (ἐν Ἀλεξανδρείᾳ add. Mon.) Ὠριγένης ὁ καλούμενος Ἀδαμάντιος τὴν ἰδίαν φανερῶς ἐξηγούμενος αἵρεσιν τετράδι καὶ παρασκευῇ· τοῦτον τοίνυν ὡς παραποιοῦντα τὴν ὀρθὴν διδασκαλίαν καὶ παραχαράσσοντα τὴν ὀρθόδοξον πίστιν ἐχώρισεν ὁ αὐτὸς ἅγιος ἐπίσκοπος Ἡρακλᾶς καὶ ἐδίωξε τῆς Ἀλεξανδρείας.

[101]) Einige Sätze fehlen bei Fontani; sie sind aus Cod. Mon. 68. f. 91 zu ergänzen, woraus sie bereits Döllinger (Hippolytus u. Kallistus. Regensb. 1853. S. 261. 265) angeführt hat.

[102]) Die Aufstellung zweier Bischöfe an einem Orte wurde, wenigstens in späteren Zeiten, meist reprobirt, besonders von Cyprian, Pacian, Conc. Nic. c. 8 fin., kam aber doch bisweilen vor. Aug. ep. 110.

Alexandrien, Antiochien und Jerusalem, nachdem Jener gestorben, in ihre Gemeinschaft auf. Den heiligen Chrysostomus, diese Sonne und Leuchte der menschlichen Seelen, den Theophilus, ein Bischof desselben Glaubens, ohne Zuziehung der anderen Patriarchen rechtswidrig absetzte, hat die gesammte Kirche als Bischof anerkannt und geehrt.[103]) Den Petrus, Bischof von Milet, den der heilige Methodius abgesetzt hatte, haben Wir nicht blos gerechtfertigt, sondern auch zum Metropoliten von Sardes erhoben. Endlich viele Andere, die der heilige Ignatius wegen Verbrechen abgesetzt hatte, haben Wir aufgenommen und die von Uns Abgesetzten nahm der heilige Ignatius in seine Gemeinschaft auf." — Ob diese letztere Stelle nicht ein späterer Zusatz ist, scheint zweifelhaft; in mehreren alten Handschriften ist von Photius in der dritten Person die Rede; es sollte hiemit theilweise das vielfache Ein- und Absetzen der Bischöfe gerechtfertigt werden, wie es damals im byzantinischen Patriarchate vorkam.

Die letzte (anderwärts die sechste) Frage ist die: Wie viele sind es, die von den ökumenischen Synoden abfielen oder ihnen widerstanden? Die Antwort lautet: Von der ersten fielen achtzehn ab, angesehene Männer; gegen die zweite standen Mehrere, zusammen sechsunddreißig, gegen die dritte dreißig und der Bischof von Antiochien, gegen die vierte Unzählige, ja Alle, die dem Dioskorus anhingen, die nicht einmal mit unterschrieben.[104]) Hier will Photius zeigen, daß der Widerstand Einzelner gegen ökumenische Synoden deren Ansehen nicht zerstört hat; er will vielleicht den Abfall Vieler von seiner ersten oder auch seiner späteren Synode mit dem Ungehorsam gegen die vier ersten Concilien beleuchten, und hat wohl den Metrophanes und andere standhafte Ignatianer vor Augen. Ueberhaupt ist die ganze Zusammenstellung von der Art, daß offenbar das geschichtliche Interesse hinter das apologetische und polemische zurücktritt. Die Einwürfe der Gegner werden aus geschichtlichen Beispielen widerlegt, aus Thatsachen soll das Recht erwiesen oder wenigstens die gegnerische Polemik zurückgewiesen werden. Vom factum auf das jus zu schließen war längst byzantinische Gewohnheit.

---

[103]) *ἐδέξαντο καὶ συναπεδέξαντο.* Vindob. 181: *καὶ ὑπερεδέξαντο.* Mon. nur *ἐδέξαντο.*

[104]) Im Cod. Mon. fehlt diese Quästion. Bei Fontani lautet sie also: *Ἐρώτησις. Πόσοι τῶν οἰκουμενικῶν συνόδων ἀπέστησαν* (Vat. 828 fügt bei: *ἀλλ' οὐδὲν αὐτὰς ἔβλαψαν*); *Ἀπόκρισις. Τῆς μὲν πρώτης ὀκτὼ καὶ δέκα οἱ λογιώτεροι· τῆς δὲ δευτέρας πλείονες* (Vat. cit. *πλῆθος ἄπειρον*), *οἳ* (fehlt im Vat.) *καὶ συνελθόντες ἅμα τριάκοντα καὶ ἓξ ἐτέλουν* (Vat. *ἅμα οὐδὲ εἰς ἑκατὸν ἐτέλουν*)· *τῆς τρίτης λ' καὶ ὁ τῆς Ἀντιοχείας* (Vat. *ὁ ἐν Ἀντιοχείᾳ*)· *τῆς* (*δὲ* add. Vat.) *τετάρτης πλῆθος ἄπειρον, καὶ οἱ τοῦ Διοσκόρου πάντες, οἳ* (*οἳ* fehlt im Vat.) *οὐδὲ ὑπέγραψαν.*

10. Johann's VIII. Antwort und die Sendung des Marinus.

Fortwährend hatte Papst Johann VIII. den beiden großen Angelegenheiten, die ihn seit langer Zeit beschäftigt, der Vernichtung der saracenischen Macht in Unteritalien und der Erhebung eines neuen, der Kirche ergebenen und zu ihrem Schutze bereitwilligen Kaisers, alle seine Thatkraft zugewendet, ohne jedoch zu dem gewünschten Ziele zu kommen.

Um eine feste Stütze gegen die Muhamedaner und die unruhigen Fürsten Italiens zu finden, hatte sich der Papst, von den westfränkischen Karolingern in seinen Erwartungen getäuscht, mehr und mehr den ostfränkischen genähert und mit Karl dem Dicken über seine Kaiserkrönung Verhandlungen eingeleitet,[1]) die sich, auch nachdem derselbe den lombardischen Boden betreten, sehr in die Länge zogen. Er fand bei Karl anfänglich nicht den erhofften Beistand noch die Geneigtheit, auf die ihm vorgelegten Bedingungen einzugehen; die Zusammenkunft zu Ravenna[2]) fiel für ihn unbefriedigend aus und die mit den erwünschten Vollmachten versehenen Gesandten kamen nicht. Dazu vermehrten die Vorgänge in der Provence die Spannung.[3]) Dort hatte der Herzog Boso, der mit der ehrgeizigen Prinzessin Hermengard, der Tochter der Kaiserin Engelberge, vermählt,[4]) vom Papste zu seinem Adoptivsohn erklärt[5]) und seit er ihn von Frankreich nach Italien zurückgeleitet,[6]) vielfach begünstigt war, auf Antrieb seiner Gemahlin[7]) sich von den geistlichen und weltlichen Großen auf einer Versammlung zu Mantala zum Könige wählen[8]) und von dem Erzbischofe Aurelianus von Lyon krönen lassen[9]) (Okt. 879). Diese kühne That brachte alle Karolinger in Harnisch, die den frechen Eindringling aus den Gebieten ihrer Ahnherrn zu vertreiben suchten;[10]) der Papst, dessen Interessen dieses neue Reich eines von ihm abhängigen Fürsten sehr zu Statten kam, schien der Begünstigung dieser verhaßten Usurpation verdächtig. Johann, der im Sommer 880 von Karl dem Dicken ein ehrerbietiges Schreiben erhalten und jetzt mehr

---

[1]) Vgl. ep. 216. p. 161: vos pro utilitate et exaltatione sanctae Sedis apostolicae matris vestrae ad culmen imperii Deo propitio volentes perducere.

[2]) Jaffé Reg. p. 283.

[3]) Joh. ep. 216. 217. p. 161—163. ep. 230. p. 171. ep. 216. p. 180. 181.

[4]) Cf. Joh. ep. 93. p. 80. (878); ep. 161. p. 113 (a. 879.) Regino Chron. ad a. 877.

[5]) Joh. ep. 119. p. 92.

[6]) ep. 125. p. 96.

[7]) Hincmar. Annal. a. 879 (Pertz I. 512): Interea Boso, persuadente uxore sua, quae nolle vivere se dicebat, si filia imperatoris Italiae et desponsata imperatori Graeciae (dem Prinzen Constantin 869) maritum suum regem non faceret, partim comminatione constrictis, partim cupiditate illectis pro abbatiis et villis eis promissis et postea datis, episcopis illarum partium persuasit, ut eum in regem ungerent et coronarent.

[8]) Dümmler II. 124 ff.

[9]) Mansi XVII. 529—532.

[10]) Regino ad a. 879.

als je auf dessen Schutz bauen zu können hoffte, [11]) suchte ihn wegen der befürchteten Parteinahme für Boso, den „Tyrannen," zu beruhigen und durch den von Karl an ihn gesandten Bischof Wibbod von Parma mit ihm ein näheres Verständniß herbeizuführen, indem er ihn zugleich warnte, seinen Feinden und Verläumdern Gehör zu schenken. [12]) Man hatte auch von Seite der Gegner des Papstes Vieles vom Druck der Griechen in Italien gesprochen; Johannes, damals noch von den besten Hoffnungen erfüllt, stellt die Bedrückung der Byzantiner in Abrede mit dem Beisatze, er würde nicht verfehlt haben, davon ihn, den er zum Beschützer der römischen Kirche erkoren, in Kenntniß zu setzen, wenn das wirklich der Fall wäre. [13])

Es hatte die byzantinische Flotte noch 879 über die afrikanischen und sicilischen Muselmänner bei Neapel einen Sieg davongetragen, [14]) der dem Papste sehr erfreulich war; er hatte in einem Schreiben vom 10. November 879 den Befehlshabern Gregor, Theophylakt und Diogenes Glück gewünscht [15]) und es nur bedauert, daß sie nicht nach Rom zu ihm gekommen, wo er ihnen persönlich seine Liebe und Anerkennung bezeigt haben würde. [16]) Dabei sprach er sein Verlangen aus, daß sie mit einigen Schiffen wiederkehren und dem Stuhle des heiligen Petrus gegen seine Feinde neue Hilfe gewähren möchten. Politisch gewandt und erfahren suchte Johann vielfache Stützen zu gewinnen und dabei seine Unabhängigkeit jedem seiner Vertheidiger gegenüber zu wahren. Er wollte Schutz von den abendländischen Fürsten wie vom oströmischen Kaiser und nur der letztere schien damals ausreichende Macht zu besitzen, in Italien etwas Bedeutendes zu unternehmen. Sein Streben nach Unabhängigkeit von Außen erzeugte aber Mißtrauen und Eifersucht; Karl der Dicke suchte durch

---

[11]) Joh. ep. 249. p. 183. 184.

[12]) Ib. p. 184: De Bosone certos vos esse volumus, quia neque aliquem familiaritatis locum aut receptionis nostrae auxilium apud nos habebit aut poterit invenire, cui quod vos.. amicum et adjutorem quaesivimus et loco carissimi filii retinere toto mentis conamine volumus. Nam nihil nobis de parte ipsius pertinere videtur, qui talem tyrannidem praesumpsit committere.

[13]) De oppressionibus autem Graecorum (sicut vobis a quibusdam aemulis nostris nunciatum est) nos aliquid nullo modo scimus; si vero certissime sciremus, dilectioni vestrae cum omni devotione celeriter nunciassemus, quoniam Dei omnipotentis procul dubio inspiratione et voluntate vos prae omnibus eligere et inclytum in omnibus negotiis S. Sedis Ap. nostrisque profectibus patronum ac defensorem habere omnino curavimus.

[14]) Amari l. c. p. 413.

[15]) Joh. ep. 210, p. 176: Audientes vos per Dei auxilium et secundum spiritalis filii nostri Imperatoris voluntatem Neapolim venisse ac multitudinem Saracenorum ibi consistentem potenti brachio superasse, laeti sumus effecti et statim debitas omnipotenti Deo gratias egimus.

[16]) Ib.: Sed iterum mirati sumus, quia Romam venire nostramque apostolicam neglexistis videre praesentiam, ut pro vestri laboris certamine multiplicem gratiam et benedictionem a nobis et a Sede Apostolica super vos reciperetis effusam, quatenus SS. Apostolorum Petri et Pauli orationibus adjuti omnique spiritali benedictione muniti contra eosdem perditionis filios victrici semper dextera valeretis efficaciter dimicare.

seine Betheiligung an dem Fürstentage in Gondreville und an dem Kriege gegen Hugo, den Sohn Lothar's II. und Waldradens, sowie gegen Boso von der Provence ihn dahin zu bringen, daß er ihm die Kaiserkrone ohne weitere Bedingungen ertheile; die süditalischen Dynastien und Republiken wollten aus Verdacht gegen den staatsklugen Papst, der sein Gebiet vergrößern und zugleich mit den fränkischen Königen sich verbünden zu wollen schien, der saracenischen Liga nicht völlig entsagen; die Griechen verfolgten nur ihre eigenen Interessen und ihre Vergrößerungspläne, und waren um nichts verläßiger. — Alles schwankte, allenthalben bot sich nur Zerrüttung und Verwüstung dem weitsehenden Blicke des Papstes dar. In Capua gab es Parteien, die einander verfolgten; [17]) Gualferius von Salerno bedrohte die Capuaner, [18]) Neapel und Amalfi hielten an dem Bündniß mit den Saracenen fest. Letzteres ward vom Papste im Oktober 879 auf einer römischen Synode, [19]) die auch den Erzbischof Anspert von Mailand [20]) entsetzte, mit dem Banne belegt. Nachher that der Papst Schritte, die Amalfitaner zum Gehorsam zu bewegen [21]) und die Gaetaner dem Grafen von Capua zu unterstellen, gegen dessen hartes Joch diese unter ihrem Anführer Docibilis sich mit saracenischer Hilfe erhoben. [22]) Athanasius von Neapel unterwarf sich auch 880 noch nicht, rief vielmehr ein ganzes Heer von Saracenen, von dem auch seine Freunde geplündert, Capua, Benevent, Salerno und die römische Campagna verwüstet wurden. Die Salernitaner wurden tief gedemüthigt, Herzog Guido III. von Spoleto und Camerino mußte mit ihnen Verträge schließen. [23]) Die Verfolgungswuth der Saracenen, schrieb Johann VIII. am Ende des Oktober 880 an König Karl, sei so groß, daß Niemand die Thore Rom's zu verlassen wage, Niemand außerhalb der Mauern Arbeit finde oder seine Religion ausüben dürfe; es möge Karl eilen, bald der römischen Kirche die ersehnte Hilfe zu bringen. [24])

Im August 880 kehrten die Bischöfe Paulus und Eugenius sowie der Cardinalpriester Petrus nach Rom zurück und überbrachten dem Papste die Akten der in Constantinopel gehaltenen Synode [25]) nebst den Briefen des Kaisers und des Photius. Sie scheinen sich der Hoffnung hingegeben zu haben,

---

[17]) Joh. ep. 205—208.

[18]) Joh. ep. 206. 211. 215. Leo Ost. ap. Bar. a. 879 n. 79.

[19]) Mansi XVII. 361. Cf. epp. 209. 225. 227.

[20]) Joh. ep. 196. 221—223.

[21]) Joh. ep. 242.

[22]) Leo Ost. I. 43. Baron. a. 879. n. 82.

[23]) Erchemp. c. 41. Amari l. c. p. 455.

[24]) ep. 245. p. 190.

[25]) Prof. Hefele (a. a. O. S. 466) ist der Ansicht, daß sie wohl schwerlich ein vollständiges Exemplar der Akten mitbrachten, da solches gegen sie selbst gezeugt hätte. Indessen wenn wir auch nicht über die Vollständigkeit des Exemplars urtheilen können, so viel scheint annehmbar, daß die alte lateinische Uebersetzung (s. oben A. 6. N. 97) nach diesem gefertigt ward und kaum eine spätere Zeit bis zu Ivo sich denken läßt, in welcher der Text nach Rom gekommen wäre. Zudem scheinen die Legaten selbst kaum den Umfang der in Byzanz vorgenommenen Fälschungen gekannt zu haben.

durch günstig gefärbte und ausgestattete Berichte dem Papste dasjenige zu verheimlichen, was gegen seine Instruktionen geschehen war, denen übrigens der Cardinal Petrus immer noch möglichst nachzukommen sich bemüht hatte. Der Segen der wiederhergestellten Eintracht zwischen beiden Kirchen ließ sich bei der damaligen Zerrüttung Italiens in glänzender Weise hervorheben, solange man nicht darauf einging, um welchen Preis diese Union zu Stande gekommen; die Hoffnung auf einen mächtigen Schutz der italienischen Küsten wie auf die Rückgabe Bulgariens, die Freundschaftsversicherungen des Hofes und des Patriarchen, die Nothwendigkeit, der einmal betretenen Bahn der Concessionen nach Thunlichkeit treu zu bleiben — schienen Gründe genug, um den Papst zur Connivenz und zur Genehmigung des Geschehenen zu bestimmen.[76]) Johannes verzichtete nur ungern auf die Vortheile, die ihm damals die Verbindung mit dem byzantinischen Hofe bot; so unzufrieden er auch mit der schon aus einer oberflächlichen Prüfung der griechischen Concilienakten sich ergebenden Verletzung seiner Weisungen sein mochte, er war zur größtmöglichen Nachsicht auch jetzt noch bereit, ohne sich jedoch zu verhehlen, wie leicht diese mißbraucht werden konnte. Wahrscheinlich gab er den Befehl, die griechischen Akten in's Lateinische zu übertragen, was damals in Rom keine leichte Aufgabe war, da es sehr an geeigneten Männern fehlte; bevor diese Uebersetzung beendigt war, ließ er die Antwortschreiben an den Kaiser wie an Photius abfassen.

In dem vom 13. August 880 datirten Schreiben an die Kaiser Basilius, Leo und Alexander[77]) belobte er diese wegen ihrer Friedensliebe und ihres Eifers für die Herstellung der kirchlichen Eintracht, die nach dem Urtheile des apostolischen Stuhles nun glücklich erzielt worden sei;[78]) er dankte zugleich für die Restitution der bulgarischen Diöcese, die er als bereits erfolgt voraussetzte,[79]) für die Rückgabe des Klosters zum heiligen Sergius und für die zum Schutze des Kirchenstaates gesendeten Schiffe.[80]) Daran schließt sich die Bitte, der Kaiser möge bei seinen wohlwollenden Gesinnungen für den Stuhl des heiligen Petrus beharren, was ihm den Segen des Himmels und das Wachsthum seiner Herrschaft zusichern werde.[81]) In Betreff der in Constantinopel

---

[76]) Vgl. Baron. Pag. a. 880. n. 1 seq. Le Quien Or. chr. III. 377. 378.

[77]) ep. 251. „Post innumeras" Mansi XVII. 186. Jaffé n. 2543. p. 286.

[78]) In quo animi voto ac desiderio quantum rebus humanis favere providentia divina dignetur, sollicitudo clementiae vestrae Spiritu Dei incitata demonstrat, quae in catholica ecclesia misericordem per auctoritatem et judicium Sedis Apostolicae, quae Christo Domino delegante totius ecclesiae retinet principatum, nihil impacatum, nihil voluit esse diversum.

[79]) Neander S. 318: „Vermuthlich hatte hier der Papst in eine von den schönen Redensarten, deren sich die Griechen, ohne die Worte genau abzuwägen, gerne bedienten, mehr hineingelegt, als der Kaiser dabei im Sinne hatte."

[80]) quod dromones vestros, qui pro defensione terrae S. Petri in nostro manerent servitio, nobis misistis.

[81]) Unde obnixe petimus, ut vestro potenti solatio S. Rom. Ecclesiam in hoc periculoso tempore in omnibus adjuvare defendereque non dedignemini, quatenus ex hoc vestra imperialis gloria, apostolicis suffragantibus meritis, per cuncta mundi

gehaltenen Synode wird bemerkt, es nehme sie der Papst im Allgemeinen an; wofern jedoch seine Legaten in etwas *seinen Weisungen zuwidergehandelt*, so bestätige er es nicht und erkläre es für ungiltig.[39]) Photius wird nur vorübergehend erwähnt, aber als rechtmäßiger Oberhirt ist er der früheren Entscheidung gemäß auch hier noch anerkannt.[40])

In dem Briefe an Photius erwähnt Johannes zuerst seine Sorgfalt für den Frieden und die gute Ordnung der Kirchen überhaupt und für die von Constantinopel insbesondere, gegen die er *Erbarmen* habe zeigen und den Frieden in der Art habe herstellen wollen, daß die Erhöhung und der Vortheil eines Einzigen nicht für Viele zum Nachtheil, sondern Allen zur Stütze gereiche.[41]) Er dankt Gott für die Beseitigung der Spaltung und die wiedergewonnene Eintracht, aber er spricht zugleich sein Erstaunen darüber aus, daß in der byzantinischen Synode so Vieles gegen seine Weisungen geschehen, so Manches umgestaltet und verändert worden sei,[42]) und tadelt den Stolz des Photius, der sich geweigert, um Verzeihung zu bitten, und in der deßhalb an ihn gestellten Forderung eine Beleidigung gesehen hatte. Der Papst wiederholt nicht nur, daß er wirklich *aus Barmherzigkeit* ihn anerkannt, sondern warnt auch unter Anführung von Luk. 16, 15 vor Selbstüberschätzung und pharisäischer Selbstgerechtigkeit; er mahnt ihn, sich zu erniedrigen, damit er

partes magis ac magis accrescat et apud omnipotentem Dominum dignam retributionem percipiat. Et iterum humiliter petimus, ut in hujus bonae voluntatis ac pietatis affectu, quem pro amore Dei circa Ecclesiam Christi habetis, immobiles permaneatis, quoniam nos augustalem excellentiam vestram ulnis extensis amore paterno amplectimur, et honore debito veneramur.

[39]) Nam et ea, quae pro causa restitutionis reverendissimi Photii patriarchae synodali decreto Cpli *misericorditer* acta sunt, recipimus; et si fortasse nostri legati in eadem synodo contra apostolicam praeceptionem egerint, nos nec recipimus, nec judicamus alicujus existere firmitatis.

[40]) So im Eingange: in uno Christi ovili cum proprio pastore, Photio videlicet confratre et comministro nostro, (separatos) aggregare curavit (sollicitudo clementiae vestrae.)

[41]) ep. 250. p. 184. 185. Jaffé n. 2541. p. 286: Hoc nostri semper certaminis et laboris fuit, hoc nostri voti existit, ut pro orthodoxae fidei integritate seu pro statu et pace omnium Dei ecclesiarum, quarum cura constringimur, adeo operam demus, quatenus dispersa congregentur, congregata conserventur et ut quidquid inhonestum vel aliter quam se rectitudo habet, per providentiam Dei, SS. Apostolorum meritis suffragantibus, corrigatur, omni conamine, juxta officium nobis commissum, speculando satagimus. Hujus rei gratia more apostolico s. Cplitanae ecclesiae *misereri volentes* decrevimus, ut unius incrementum nullius fieret detrimentum, quin potius omnium manifestum existeret adjutorium. Convocata nostra ecclesia, quantum ad praesens tempus coegit necessitas, auctoritate et potestate apostolica dictae Cplitanae ecclesiae consuluimus et legatis nostris directis, ut inoffenso pede incederent, instituimus (instruimus).

[42]) Sed cum nos scriptis et verbis *misericorditer* tecum specialiter agendum esse decreverimus, mirandum valde est, cur multa, quae nos statueramus, aut aliter habita aut mutata esse noscuntur, et nescimus, cujus studio vel neglectu variata monstrentur.

erhöhet werde, und die brüderliche Liebe gegen den zu bewahren, der sich seiner erbarmt, indem er ihm bemerklich macht, er werde ihn nur dann als Bruder immerfort anerkennen, wenn er die schuldige Ergebenheit gegen die römische Kirche an den Tag zu legen sich befleißige.[36]) Am Schluße erklärt er ganz wie in dem Briefe an den Kaiser, daß er das zu seiner Wiedereinsetzung der Barmherzigkeit gemäß Verhandelte[37]) annehme, jedoch Alles verwerfe und für nichtig erkläre, was seine Legaten gegen ihre Weisungen etwa gethan haben könnten.

Es ist dieses das letzte der noch vorhandenen an Photius gerichteten päpstlichen Schreiben. Johannes begnügte sich, seine Unzufriedenheit mit dem Verfahren des Photius und seiner Synode auszusprechen; er wollte abwarten, wie sich Photius fernerhin benehmen, ob er auch in der bulgarischen Frage nachgeben werde. Schon 879 hatte er ihm mit der Exkommunikation für den Fall seiner Renitenz bezüglich dieser Frage gedroht;[38]) für jetzt hielten ihn die Verheißungen des Kaisers, sowie die Rücksicht auf den Beistand seiner Flotte, die eben einen Sieg über die Saracenen erlangt,[39]) von stärkeren Erklärungen ab.[40]) Doch hatte er durch den Protest gegen die seinen Anordnungen zuwiderlaufenden Synodalverhandlungen die Würde seines Stuhles gewahrt.[41]) Das Weitere sollte eine neue Gesandtschaft in Byzanz erwirken, die wohl auch zugleich für den Bulgarenfürsten Aufträge erhielt.

Dazu erwählte Johannes den Bischof Marinus, der 869 als Diakon in Constantinopel so entschieden gegen den Photius aufgetreten war und dessen Freundschaft dieser eben jetzt zu erwerben gesucht hatte. Sei es, daß er der Ueberbringer der obigen Briefe war[42]) oder daß er erst nach Absendung derselben zum Legaten ausersehen wurde, Marinus, der treue Schüler des Papstes Nikolaus, der wohl den Papst auf die Unregelmäßigkeiten der in Constantinopel gepflogenen Verhandlungen aufmerksam gemacht haben mochte, ging höchst wahrscheinlich noch im Herbste 880 dahin ab, sicher mit der Vollmacht, nach Ermessen und Prüfung aller Umstände zu handeln und insbesondere gegen Alles, was dem römischen Stuhle zum Nachtheil beschlossen ward, die ent-

---

[36]) Igitur laudabilis tua prudentia, quae dicitur humilitatem scire, non moleste ferat, quod ab Ecclesia Dei miserationem jussa est postulare; quia potius se, ut exaltetur, humiliet et fraternum discat erga sui miserentem servare affectum. Quia nos, si in debitam devotionem et fidelitatis incrementa erga S. Rom. Ecclesiam et nostram parvitatem observare studueris, et ut fratrem amplectemur et ut carissimum proximum retinebimus.

[37]) misericorditer acta.

[38]) ep. 201. p. 149.

[39]) Baron. a. 880. n. 14. J. n. 2530. p. 285.

[40]) Baron. a. 880. n. 9: Qui nimis tenax pacis illius Deo lavisse, quam non quomodo Deus, sed quomodo mundus dat, obtulit et accepit, lenitate olei, non ferro chirurgi (ut opus erat) in Photii ulcerosis apostematibus usus est exemplo SS. praedecessorum Nicolai et Hadriani.

[41]) si non gladio, saltem clypeo usus, sagt daher Baronius.

[42]) So Baron. a. 880. n. 10, Natalis Alexander, Jager u. A.

schiedenste Verwahrung einzulegen. Ihm, der ein so hervorragendes Glied der Synode von 869 gewesen war, mußte die Verdammung derselben durch die Photianer ganz im Widerspruche mit den Intentionen des Papstes [13]) vor Allem verletzen und er, mit den früheren Ereignissen wohl bekannt, war am besten geeignet, die Arglist der Griechen zu enthüllen.

So sehr uns alle genaueren Nachrichten fehlen, so wissen wir doch aus einer zuverläßigen Quelle, daß sich Marinus seines Auftrags mit der größten Unerschrockenheit entledigte. Den Bann scheint er nicht über Photius ausgesprochen zu haben, da der Papst sich wohl das Urtheil vorbehielt; aber er sprach unumwunden die Nichtigkeit alles dessen, was gegen die päpstlichen Weisungen geschehen war, insbesondere der Verdammung des achten Conciliums, aus, und forderte Verwerfung der für Rom nachtheiligen Beschlüsse. Photius war ihm gegenüber zu keiner Nachgiebigkeit bereit und der sonst gemäßigte Kaiser ließ ihn dreißig Tage gefangen halten. [14]) Da alle Mittel der Verführung nichts fruchteten und Basilius durch Fortdauer einer das Völkerrecht verletzenden Maßregel nur an Ansehen verlieren konnte, ließ er ihn endlich von dannen ziehen, so daß er in den ersten Monaten des Jahres 881 nach Rom zurückkehrte. [15]) In Constantinopel hatte man alle Maßregeln gebraucht, ihn vom Verkehr mit allen Ignatianern fernzuhalten, wie man auch sonst fremde Gesandte stets mißtrauisch bewachte. [16]) Daß an eine Zurückgabe Bulgariens nicht zu denken war, davon hatte er sich vollkommen überzeugt.

Es mochte für Johann VIII. schwer fallen, mit dem griechischen Hofe in Conflikt zu kommen. Noch war Neapel im Bunde mit den Saracenen und blieb es trotz der im März 881 über den Bischof Athanasius ausgesprochenen Exkommunication; [17]) die römische Campagna lag vor den Feinden der Christenheit offen da und von Karl dem Dicken, den er endlich im Februar 881 zum Kaiser krönte, [18]) hatte der Papst keinen ausreichenden Schutz zu erwarten, [19])

[13]) Vgl. Allat. de VIII. Syn. Phot. p. 216—221.

[14]) Stephan. V. ep. ad Basil. (Mansi XVI. 421. 425. Cf. Baron. a. 880. n. 10): Διὰ τὴν ὁμοφροσύνην καὶ ἰσοψυχίαν τοῦ προγεγραμμένου διδασκάλου τοῦ ἁγιωτάτου πάπα Νικολάου καὶ διὰ τὸ ἐθέλειν τὰ ἐκείνῳ δεδογμένα ἐκπληροῦν, εἰς μεγίστην παρ' ὑμῶν κατέστησε φρονήματα ὁ θεόφρων Μαρῖνος, καὶ διὰ τὸ .. μὴ τοῖς ἐπιφερομένοις συνεπαχθῆναι καὶ τὰ παρ' αὐτοῦ ἐνώπιον τῆς βασιλείας ὑμῶν συνοδικῶς πραχθέντα καταλῦσαι καὶ ἀνατρέψαι. ὃς δὴ Μαρῖνος καὶ διὰ ταύτην τὴν αἰτίαν ἐπὶ λ' ἡμέραις ἐν τῇ φυλακῇ ἐκρατήθη, εἰς δόξαν μᾶλλον ταῦτα λογιζόμενος ὑπὲρ τῆς ἀληθείας, καὶ οὐκ εἰς ὕβριν.

[15]) Im Sommer 881 ging Marinus schon wieder als Gesandter nach Neapel. Joh. ep. 291. Baron. a. 881. n. 6.

[16]) So schreibt z. B. Luitprand (Leg. ad Niceph. Phoc. p. 313 ed. Bonn. post Leon. Diac.): Palatio .. inclusi sumus, armati milites appositi sunt custodes, qui meis omnibus exitum, ceteris prohiberent ingressum. Domus ipsa solis nobis inclusis pervia, a palatio adeo sequestrata, ut eo nobis non equitantibus, sed ambulantibus anhelitus truncaretur etc.

[17]) Mansi XVII. 535. 536. Baron. a. 881. n. 1 seq. Joh. epp. 265. 270. 291.

[18]) Pag. a. 881. n. 1.

[19]) Am 29. März 881 schrieb Johann an den Kaiser ep. 292: Multarum oppressionum nostrarum, fili carissime, vobis oblivisci non convenit et calamitatum nostrarum,

vielmehr nur neue Bedrückung, so daß neue Zerwürfnisse in Aussicht standen.[30]) Aber er konnte nach der Rückkehr des Marinus und nach dessen Forderung zu energischem Einschreiten keinen irdischen Interessen mehr Gehör geben, er ward zu sehr von der Richtigkeit seiner Hoffnungen überzeugt, und so sprach er noch im Jahre 881 unbekümmert um den Groll des Kaisers vom Ambo der Peterskirche aus, das Evangelium in der Hand, vor versammeltem Volke mit großer Feierlichkeit das Anathem über Photius aus.[31]) Wahrscheinlich[32]) wurden auch die Legaten von 879, obschon nicht in dem Maße schuldig, als es der Anschein war, mit Censuren belegt.[33])

So war die kaum wiederhergestellte Verbindung zwischen Alt- und Neurom abermals unterbrochen und die Trennung stärker als zuvor, ohne daß der Papst, wie einst Nikolaus, eine mächtige Partei in Byzanz selbst zur Mitstreiterin gehabt hätte; denn zur Schwächung der Ignatianer hatte er selber das Meiste gethan. Photius aber hatte seinen Zweck erreicht; er stützte sich fortwährend auf die von Rom erlangte Anerkennung;[34]) das neue Anathem ward im Orient nicht verkündigt, wie auch die Sendung des Marinus geheim gehalten oder durch Verdächtigung seiner Person um ihre Bedeutung gebracht war. So konnte der Byzantiner des Anathems spotten und sich, wie auf den Kaiser und sein Concilium, so auch auf die Autorität der päpstlichen Briefe stützen. Dazu lenkten die Einfälle der Saracenen in Italien und der Normannen in Frankreich die Aufmerksamkeit der Abendländer längere Zeit von den byzantinischen Angelegenheiten ab; der römische Stuhl, dessen ganze Kraft die Wirren in Italien schon allein in Anspruch nahmen, hatte auf den Orient fast keinen Einfluß mehr.

---

quas sancta mater vestra Rom. ecclesia patitur, oportet vos reminisci, et tunc demum ad aliquam consolationem nostram manum vestrae pietatis porrigere et auxilium nobis praebere quantocius debetis etc. Vgl. ep. 277 ad eund. 279. 286. 293 ad eund. p. 298 ad Riccard. Ang.

[30]) Vgl. Gfrörer Karolinger II. S. 219.

[31]) Append. Conc. VIII. Mansi XVI. 449 A.: Ἰωάννης ἐπὶ τὸν θρόνον Ἀδριανοῦ ἐκαθίσατο, ἀναθεματίζει Φώτιον, ὅτι ἐπλάνησε τοὺς περὶ Εὐγένιον διὰ τὴν Βουλγαρίαν ἐλθόντας· λαβὼν γὰρ τὸ εὐαγγέλιον καὶ ἀνελθὼν ἐν τῷ ἄμβωνι πάντων ἀκουόντων ἔφη· ὁ μὴ ἔχων τὸν θεοκρίτως ἀναθεματισθέντα Φώτιον, ὡς ὥρισαν αὐτὸν Νικόλαος καὶ Ἀδριανὸς οἱ ἁγιώτατοι πάπαι, οἱ προκάτοχοί μου, ἔστω ἀνάθεμα. Cf. ibid. p. 452 C. 456. 459. Baron. a. 880. n. 11. 12. Mansi XVII. 537. XVIII. 101. 201. Hefele S. 468. N. 1. 2.

[32]) Baron. l. c. n. 13. Die Bischöfe Eugen und Paulus werden ferner nirgends erwähnt; 887 erscheint Boderigus (auch Benedegnius) von Ancona, 896—901 Stephan von Ostia.

[33]) Mansi XVI. 452: οἱ (legati) καὶ ἀνελθόντες ἐν τῇ Ῥώμῃ καθῃρέθησαν παρὰ Ἰωάννου ἐπὶ ἄμβωνος.

[34]) Das zeigt deutlich die erst nach Hadrian III. verfaßte Schrift vom heiligen Geiste und der Brief an den Erzbischof von Aquileja. In der ersteren c. 89. p. 99 beruft sich Photius auf seinen Johannes; „denn mein ist er sowohl aus anderen Gründen, als weil er mehr als die anderen sich meine Angelegenheiten zu eigen gemacht hat und sich angelegen sein ließ;" er preist ihn als einen von Gott begnadigten Hohenpriester (p. 100), der mit ihm ganz im Einklang war; er preist seine gottesfürchtigen Gesandten Paul, Eugen und Petrus.

Siebentes Buch.

Zweites Patriarchat, letzte Kämpfe und Tod des Photius.

1. Basilius und Photius. Die Revision der Gesetzbücher und der Nomocanon.

Der wiedereingesetzte Patriarch lebte mit Kaiser Basilius im schönsten Einvernehmen und war durch dessen Macht gegen alle vom Westen drohenden Angriffe völlig gedeckt. Er rühmte und verherrlichte den Monarchen in gebundener und ungebundener Rede. Namentlich hielt er am 1. Mai 881,[1] als er die von dem Kaiser zu Ehren der Mutter Gottes und anderer Heiligen, besonders des Erzengels (Gabriel oder Michael),[2] des Propheten Elias und des heiligen Nikolaus erbaute „neue Basilika" feierlich einweihte, in Gegenwart des Kaisers, seines Sohnes Leo und des Senates eine glänzende Lobrede, voll des Jubels und der Wonne über den „Christusliebenden und Gottgeliebtesten Kaiser, der an Großthaten im Frieden wie im Kriege alle seine Vorgänger überstrahlt."[3] Schon im Eingange, wo er die Frage aufwirft: „Wozu diese glänzende Versammlung? Weßhalb hast du uns, o Kaiser, hieher eingeladen?", nimmt er Anlaß, die großen Verdienste des Herrschers aufzuzählen, indem er mit Fragen fortfährt: „Hast du etwa neue Siege über die Barbaren und neue Trophäen errungen und willst uns zu Genossen und Theilnehmern an deiner Freude machen wie an deiner Danksagung gegen den, der da den Sieg

---

[1] Leo Gr. p. 258: *Μαΐῳ δὲ πρώτῃ.* Sym. M. c. 16. p. 692: *τῷ ιδ' ἔτει* (Sept. 880 bis Sept. 881) *περὶ Μαΐῳ ἐγκαινίζεται καὶ ἐνθρονίζεται ἡ νέα ἐκκλησία παρὰ Φωτίου πατριάρχου.* Cf. Georg. m. de Bas. c. 19. p. 845. Ham. Cont. p. 761. Const. Porph. Cerem. I. 20. Die Reihenfolge der Ereignisse in den Chroniken und die Erwähnung zweier Herrscher (Constantin war bereits todt) lassen das Datum des Symeon als richtig erkennen.

[2] Cont. Theoph. V. 83 wird Gabriel, c. 76 Michael als der hier gefeierte Erzengel genannt.

[3] Combef. Manip. rer. Cpl. p. 296 seq. (S. unten Buch VIII. Abschn. 8. Nr. 2): *πάντας τοὺς ἔμπροσθεν νικῶν.* Am Schlusse heißt Basilius (*πάντων*) *τῶν ὅσους ἥλιος ἐφεῖδε βασιλέων τὸ ἐγκαλλώπισμα, σοφίᾳ τε καὶ συνέσει τοὺς ἔμπροσθεν παρενεγκών.* Aehnlich heißt es in der zweiten der uns erhaltenen Oden (Strophe 18 und 20), daß Salomon dem Basilius gegenüber sich seiner Weisheit nicht rühmen kann und gegen diesen die Könige Juda's sich wie Funken des Lichts zur strahlenden Sonne verhalten.

verleiht? Oder hast du wieder fremde Völker gedemüthigt und deiner Herrschaft unterworfen und führst mit deinem tief religiösen Sinn alle deine herrlichen Thaten auf die mächtige Hand Gottes zurück? Oder hast du tief gesunkene Städte des Reiches wieder neu erhoben, andere von Grund aus erbaut, andere erneuert und verschönert, die Grenzen des Reiches erweitert und befestigt und, selbst reich, deine Unterthanen reich und glücklich gemacht? Zeige es uns, die wir auf dich als auf das allgemeine Auge der Welt hinblicken, was von allem dem der Grund zu dieser Versammlung war. Oder schweigst du aus Bescheidenheit und willst uns deine Großthaten nicht erzählen, mit denen nothwendig das Lob sich verbinden muß? Willst du mich, den deine Thaten begeistern,[4]) in Worten den Grund der gegenwärtigen Versammlung verkünden lassen?" — Indem der Redner zeigt, daß es sich um Einweihung des von dem Kaiser der Gottesmutter errichteten neuen Tempels handle, hat er noch mehr Anlaß, die Religiosität und Munificenz des Basilius zu preisen, der zu diesem Bau das Schönste, Herrlichste und Kostbarste verwendet, wobei freilich, wie die Chronisten[5]) sagen, viele Mosaiken und Marmorstücke anderen Kirchen und öffentlichen Plätzen genommen worden waren. Nachdem Photius den Prachtbau geschildert, der den Tempel Salomon's übertreffe,[6]) wendet er sich wieder zu dem Gottbegnadigten Kaiser, dem er geistiges und leibliches Wohlergehen in steter Jugendfrische wünscht und die Worte des Psalmisten (Ps. 44. hebr. 45. V. 5) zuruft: „In deiner Herrlichkeit ziehe siegreich hin und herrsche wegen der Wahrheit, Sanftmuth und Gerechtigkeit." Die ganze Rede zeigt jene byzantinische Schmeichelei, in der Photius keinem früheren oder späteren Stammesgenossen nachstand. „Durch Euere Dyas," sagt er dem Kaiser und seinem Sohne Leo,[7]) „wird die Trias würdig angebetet und verehrt, indem sie ihre Vorsorge über Alle entfaltet und die Unterthanen in Weisheit regiert."

Der von Photius geschilderte Prachtbau, südöstlich vom Königsbau des Theophilus und mitten in den nunmehrigen Palastanlagen gelegen, muß wahrhaft großartig gewesen sein. Alles weiset darauf hin, daß unter Basilius die griechische Kunst noch keineswegs den alten Glanz verloren, vielmehr in manchen Beziehungen Fortschritte gemacht hatte;[8]) zeigen doch auch die Dedicationsbilder in einer noch vorhandenen Handschrift des Gregor von Nazianz, die für diesen Kaiser gefertigt ward, viel künstlerisches Geschick.[9]) Die neue

---

4) *ἐπὶ τοῖς σοῖς ἔργοις ἐγκαινίζειν.*

5) Georg. m. c. 13, p. 843, 844. Sym. M. p. 691, 692. G. Ham. Cont. p. 750 seq. Leo Gr. p. 257. Anon. de antiqu. Cpl. P. II. Bandur. Imp. Or. II. p. 31.

6) Analog der dem Justinian bei Einweihung der Sophienkirche (26. Dez. 537) zugeschriebenen Äußerung. Codin. de S. Sophia p. 143.

7) Leo wird nachher Cäsar genannt, aber auch Basilius zu den Cäsaren gerechnet, so daß hier das Wort in weiterem Sinne steht. Außerdem heißt Leo noch *μέτοχος καὶ κοινωνὸς τῆς βασιλείας.*

8) Unger in d. Art. „Griech. Kunst". Encyklop. von Ersch und Gruber I. Sect. Bd. 84. S. 294. 392. 417. 418 ff.

9) Unger a. a. O. S. 443. Montfauc. Palaeogr. gr. p. 250.

Basilika hatte am Eingange des Vorhofs schöne Propyläen, reich an Marmor; in dem Vorhofe selbst standen zwei Springbrunnen (Phialä) mit Schalen aus seltenem Stein. Die Kirche hatte fünf Kuppeln, die mit vergoldetem Kupfer gedeckt waren; sie strahlte an den Säulen, an den Wänden und in der inneren Einrichtung, an den Cancellen, den Sitzen mit ihren Stufen und den Altären von mit Gold belegtem Silber, edlen Steinen, Perlen und seidenen Teppichen. Von der größeren Kuppel sah Christus herab auf die Erde, als wenn er auf deren Ausschmückung und Regierung sinne; ihn umgaben in mehreren Kreisen zahlreiche Engel, ihm dienend und folgend; über dem Altar an der Chornische fand sich die Madonna, die Hände ausbreitend für das christliche Volk und Heil und Segen dem Kaiser erwirkend. In den übrigen Theilen der Kirche waren die Apostel und Martyrer, die Propheten und Patriarchen abgebildet. Der hintere Theil der Kirche war von einem Garten, einem „zweiten Eden" umgeben, Mesokepion genannt, eingeschlossen von zwei Gallerien, die von der südlichen und der nördlichen Seite der Kirche ausgingen und von denen die zweite mit einem mit Frescobildern von Martyrern ausgemalten Tonnengewölbe gedeckt war. An der Südseite des Gartens befanden sich die Gazophylacien und die Sakristei.[9])

Es scheint aber der Bau dieser Basilika, und noch weit mehr die Art und Weise, wie man ihre kostbare Ausschmückung in's Werk setzte, nicht Wenigen Anlaß zu Unzufriedenheit und zu Klagen gegen den Kaiser gegeben zu haben. Unter Anderem wird berichtet, zu den anderen Gebäuden weggenommenen Ornamenten habe auch die eherne Bildsäule eines Bischofs gehört, der einen von einer Schlange umwundenen Stab in der Hand hielt, der Kaiser habe beim Vorübergehen seine Finger in den Mund der Schlange gesteckt, aber eine darin verborgene lebendige Schlange habe ihm durch ihren Biß eine Wunde beigebracht, die nur mit Mühe geheilt werden konnte, was großes Aufsehen erregte. Ferner ließ Basilius eine sehr große Statue Salomon's, die Justinian über der kaiserlichen Cisterne gegenüber der Sophienkirche errichtet hatte, einschmelzen und aus dem Metall sein eigenes Bildniß gestalten, das dann in die Fundamente der neuen Kirche gelegt wurde, als wenn der Kaiser sich so Gott zum Opfer darbringen wolle, was ebenfalls zu Mißdeutungen Anlaß gab.[10])

Nicht weniger als Basilius war der schon der besprochenen Rede nach sehr kunstsinnige Photius bedacht, durch Gründung und Ausstattung von Kirchen und Wohlthätigkeitsanstalten sich zu verewigen, wie er es schon in seinem ersten Patriarchate gethan hatte; im Exil hatte er sich bitter über die Zerstörung dieser seiner Schöpfungen beschwert und gegen seine Ankläger seine Freigebigkeit hervorgehoben, durch die das am Morgen vereinnahmte Geld am Abend, und besonders in der Nacht, wieder völlig verschwunden war.[11]) Die

---

[9]) Phot. Or. cit. Theoph. Cont. V. 83—86. p. 325—329. Unger S. 118. 172. 173.

[10]) G. Ham. Cont. l. c. n. 13. 11. Leo Gr. p. 257. 258. Unger S. 391.

[11]) ep. 85. p. 131 (oben S. 188 N. 11). ep. 174. p. 248. 249. Phot. (ed. Valettas Lond. 1864. ep. 211. 116. p. 526. 475.

Hauptkirche von Byzanz hatte bedeutende Güter und Besitzungen, die von geistlichen Curatoren, meist Diakonen, unter Aufsicht des Großökonomen verwaltet wurden.[13] Reichliche Almosenspenden mußten auch das Wirken des Patriarchen bei Clerus und Volk in ein glänzendes Licht stellen; als sicher ist anzunehmen, daß Photius kein Mittel unversucht ließ, einflußreiche Persönlichkeiten so enge als möglich an seine Person zu ketten und so den Kreis seiner Freunde wie den Umfang seiner materiellen Hilfsmittel immer mehr zu erweitern.

Zu den angesehensten Geistlichen von Constantinopel zählte damals der gefeierte und hochbetagte Schüler des berühmten Gregorius Dekapolita,[14] der Hymnendichter Joseph. Sicilianer von Geburt, war er mit seinen Eltern Plotinus und Agatha gleich vielen anderen seiner Landsleute nach dem Peloponnes geflohen und im Alter von fünfzehn Jahren zu Thessalonich in ein Kloster getreten, wo er ein sehr strenges Leben führte und auch die Priesterweihe erhielt. Unter Leo V. kam er mit seinem Lehrer nach Constantinopel; von da wurde er nach Rom gesandt, um dem Papste über die Zustände der von den Ikonoklasten verwüsteten Kirchen zu berichten. Aber auf der Seereise ward er von Piraten gefangen genommen und nach Creta geschleppt, wo er mit allen seinen Kräften für den christlichen Glauben wirkte. Nachher wieder frei geworden, eilte er nach Byzanz, wo sein Lehrer bereits verstorben war; als eifriger Bilderfreund ward er von Leo dem Armenier exilirt.[15] Eine von ihm in Thessalien entdeckte Reliquie des heiligen Bartholomäus gab ihm Anlaß, eine Kirche zu dessen Ehre zu gründen, woran sich bald ein Kloster anschloß. Von Kaiser Theophilus ward er abermals verbannt, und zwar nach Cherson.[16] Der Sieg der Orthodoxie verschaffte auch ihm die lang entbehrte Ruhe; seit 848 stand er bei dem Patriarchen Ignatius in hoher Gunst; er erhielt von ihm die Würde eines Skeuophylax. Als Confessor hochverehrt starb er im zweiten Patriarchate des Photius, fast hundert Jahre alt (883).[17]

Welche Stellung er in der Zeit von 857—867 eingenommen, darüber gibt uns weder sein Biograph, der Diakon Johannes, noch eine andere Lebensbeschreibung näheren Aufschluß. Es scheint derselbe aber kaum eine bedeutende Anfechtung erlitten zu haben, wenn er auch fortwährend der Sache des Ignatius treu blieb. In seinem Amt als Skeuophylax war er nach der Wiedereinsetzung desselben 869 bei dem feierlichen Empfange der römischen Legaten zugegen[18] und solange Ignatius lebte, war er den Biographen zufolge im

[13]) Das zeigen sehr gut die Briefe des Nikolaus Mysticus, bes. ep. 35. 36. 37. 59. p. 307—310; 335. 336 ed. Mai.

[14]) Acta SS. t. II. April. p. 583 seq. Pag. a. 731. n. 2; 817. n. 18. Gall. Bibl. PP. Proleg. t. XIII. c. 21.

[15]) Acta SS. t. I. April. die 3. p. 266—268. Amari St. de Mus. I. p. 502—505.

[16]) Georg. mon. Theoph. c. 26: ἐπὶ τῆς βασιλείας Θεοφίλου ἦν καὶ Ἰωσὴφ ὁ ὑμνογράφος ὡς ἐξορισθεὶς (hier ist sicher Mehreres ausgefallen und insbesondere die Zurückberufung) ὑπὸ Θεοδώρας τῆς βασιλίσσης κομίζεται δὲ ἡ ζωὴ αὐτοῦ ἕως τῆς βασιλείας Λέοντος τοῦ σοφοῦ (Letzteres ist ungenau).

[17]) Acta SS. l. c. p. 268. Pag. a. 883. n. 13. Amari l. c. p. 505.

[18]) Vita Hadr. II. Baron. a. 869. n. 11. Anast. Opp. II. p. 1388 ed. Migne.

Besitze seiner vollen Achtung und Freundschaft. Nach dessen Tode scheint er aber allerdings den von Papst Johann VIII. anerkannten Photius anerkannt, dieser seine Freundschaft sorglich gesucht zu haben.[79]) Uebrigens drückt sich Johannes Diakonus sehr zurückhaltend und vorsichtig aus; er will auf die Geschichte des Photius sich nicht einlassen, um diesen nicht tadeln zu müssen; nur das will er hervorheben, daß auch dieser dem Heiligen alle Ehre erwiesen und als Mann Gottes ihn bezeichnet habe.[80]) Merkwürdig ist diese Erwähnung des Photius um so mehr, da dessen erstes Patriarchat ganz ignorirt wird, gleich als ob Photius erst nach dem Tode des Ignatius unmittelbar vom Amte eines Senators zum Patriarchate emporgestiegen wäre; es hat dieser Bericht etwas Geheimnißvolles. Der Verfasser, der um 890 gelebt haben soll,[81]) gehörte wohl zu jenem Theile des byzantinischen Clerus, der im Ganzen gegen Photius gestimmt war, aber in seinem zweiten Patriarchate ihn vollständig anerkannte; die Streitigkeiten über Photius waren damals noch keineswegs ganz beendet, man suchte sie aber in Vergessenheit zu bringen. Uebrigens hat Johannes Diakonus wohl nur den gleich nach dem Tode des Heiligen von seinem Schüler Theophanes gefertigten Bericht überarbeitet und vervollständigt, so daß seine Biographie an zwei Decennien später geschrieben sein kann. Es wird nun noch insbesondere erzählt, daß Photius dem Homologeten Joseph nicht nur in den wichtigsten kirchlichen Angelegenheiten sein Vertrauen schenkte, sondern auch die kirchlichen Würdenträger ermahnte, diesen heiligen Mann zum Beichtvater zu nehmen, was aber schon vor der Ermahnung des Patriarchen von Allen geschehen sei,[82]) da das milde und sanfte Wesen des frommen Joseph Alle angezogen habe.

Kurz vor seinem Tode in der Leidenswoche 883 soll der Hymnograph dem Patriarchen ein Verzeichniß des Vermögens der ihm anvertrauten Heerde übergeben und auf seinen Jünger Theophanes hingewiesen haben;[83]) die Heftigkeit des Fiebers machte ihm das Sprechen unmöglich. Der anfangs erstaunte

---

[79]) Synaxar. Claram. in Act. SS. l. c. Append. p. XXXIII.: τῷ (Ignat.) μετὰ τὴν ἐκδημίαν παρὰ Φωτίου στέργεται καὶ ἐνθεάζεται.

[80]) Acta SS. l. c. p. 275. c. 1. n. 30. Append. p. XXXIX.: (Ignatio mortuo) διαδέχεται τὸν τῆς ἀρχιερωσύνης θρόνον ὁ Φώτιος, ὃς τῆς συγκλήτου βουλῆς ὑπῆρχεν τὰ πρωτεῖα ἐπιφερόμενος, διά τε τὸ πολὺ τοῦ λόγου καὶ τὸ ὑπερβάλλον τῆς γνώσεως καὶ ἅμα διὰ τὸ δεινὸν τοῦ νοὸς καὶ πρὸς τὸ συνθῆναι καὶ διατάξαι τὰ πράγματα ἐπιτήδειον· ἐξ οὗ καὶ τὴν ἀρχὴν τῆς ἱερωσύνης ἀπεκληρώσατο (ἵνα μὴ λέγω πάντα τὰ τοῦ ἀνδρὸς καί που καὶ πρὸς διαβολὰς χωρήσω τοῦδε, ἀπὸ τοῦ πράγματος εἰς τοῦτο παραιτούμενος). πλὴν ὅτι καὶ αὐτὸς τῷ μεγάλῳ τούτῳ πατρὶ Ἰωσὴφ τὴν ἴσην ἐτήρει τιμὴν ἐπὶ τῷ μέτρῳ τῆς παιδείας ὑπάρχοντι, θεοῦ ἄνθρωπον ὀνομάζων καὶ (ὡς) ἀγγέλῳ κατὰ τὸ δυνατὸν προσέχων αὐτῷ. n. 31: ἔνθεν τοι καὶ ὅλην τὴν φροντίδα τῶν ἐκκλησιαστικῶν πραγμάτων αὐτῷ ἀνατιθέμενος πατέρα πατέρων ἐκάλει.

[81]) Oudin. de script. eccl. II. p. 335. 336.

[82]) l. c.: τοὺς τῶν πρώτων βαθμῶν ἀξιουμένους τῆς ἐκκλησίας παρῄνει τούτῳ ἀνατιθέναι τοὺς λογισμούς, ὃ δὴ καὶ πᾶς ἐτέλει καὶ πρὸ τῆς πατριαρχικῆς παραινέσεως.

[83]) ἐν ᾧ τὰ γραμματεῖον, ἐφ' ᾧ καὶ πάσαι τοῦ ποιμνίου ἀναγεγραμμέναι ψήφοις ὑπῆρχον, ἀρτίως καὶ ἐπὶ τούτῳ καὶ τὸν μαθητὴν Θεοφάνην παραδοὺς Φωτίῳ τῷ ἀρχιερεῖ παρατίθεται.

Patriarch erriethen aus den Zügen des Sterbenden, daß er ihm die Obsorge für die Seinen und besonders für Theophanes anvertrauen und empfehlen wolle. Jedenfalls stand also der gefeierte Bekenner damals mit Photius in Gemeinschaft. Wahrscheinlich hatte er über den Zweck der Sendung des Marinus nichts erfahren und Photius konnte damals noch mit allem Schein auf die Anerkennung des römischen Stuhles sich berufen, wie er das auch nachher in seinen Schriften gethan hat. Die Synode von 879 hatte damals im Orient wenig Widersacher mehr; schien ja doch der strenge Metrophanes von Smyrna und seine Partei dem Benehmen der damaligen römischen Legaten zufolge auch von dem Stuhle von Altrom als Schismatiker verurtheilt. Aber noch gab es einige Männer, die zähe an der Verdammung des Photius festhielten und keinerlei Gemeinschaft mit ihm haben wollten; [14]) nach dem Tode des Metrophanes scheint Erzbischof Stylian von Neucäsarea [15]) das Haupt der ignatianischen Partei geworden zu sein. Es mußte dieselbe sich aber verborgen halten; der bei dem Kaiser Alles vermögende Photius herrschte unbedingter als je.

Seine Freunde nahmen die einflußreichsten Stellen am Hofe wie in der Kirche ein. Wie er den ihm zur Zurückberufung aus dem Exil behilflichen Theophanes nach dem Tode des Prokopius zum Exarchen von Cäsarea erhob, so machte er seinen Freund Theodor Santabarenus mit Verdrängung des Euphemian, der noch auf der Synode von 879 erschienen war, aber nachher resigniren mußte, zum Erzbischof von Euchaites im Pontus und vergrößerte dessen Sprengel mit mehreren anderen Provinzen zugehörigen Gebieten, [16]) wie er es früher schon mit Nicäa gethan hatte. Die größte Willkür herrschte in der kirchlichen Regierung; der Patriarch schaltete als unbedingter Gebieter, so sehr er sich auch allenthalben auf die Canones berief. Ebenso schalteten seine Untergebenen und Schüler in ihren Kreisen; von ihnen soll der ebengenannte Theophanes von Cäsarea gelehrt haben, man könne das Beichtsiegel brechen — eine Behauptung, die auch dem für den Stuhl von Cyzikus designirten und vom Patriarchen Johann XI. Bekkos verdammten Nikon zugeschrieben wird. [17])

[14]) Dürften wir den Angaben des Nikolaus Comnenus Papadopoli (Praenotat. mystag. Patav. 1696. Resp. II. sect. 9. p. 131) Glauben beimessen, wie es Le Quien (Or. chr. I. 646. 958. II. 172) gethan zu haben scheint, so hätten außer Metrophanes und Stylian noch Nikon, erwählter Erzbischof von Chalcedon, der eine Rede gegen den Heuchler Santabarenus verfaßt haben soll, Anastasius von Athen (ep. ad Occidentales injustitiae fautores) und Nikolaus von Mitylene (ep. ad Chartophyl. cultio maleiatum) sich sehr scharf gegen Photius und gegen dessen Anerkennung durch Johann VIII. ausgesprochen. Leider sind manche andere Angaben des Papadopoli wenig verläßig und die von ihm angeführten Dokumente noch nirgends aufgefunden. Meine Nachforschungen nach den Collectanea Caryophili in Photium, die diese Aktenstücke enthalten sollen, blieben sowohl in Rom als in Venedig ohne Resultat.

[15]) Es kommen drei Neucäsarea vor: eines im Pontus Polemoniacus, eines in Bithynien, eines in der zu Antiochien gehörigen Provincia Euphratensis. Letzterem theilen unsere Urkunden den Stylian Mappa zu. Le Quien II. 917. 918. Ein ihm zugeschriebener Traktat de Trinitate steht bei Montfauc. Bibl. Coisl. p. 84. 99.

[16]) Nicet. l. c. p. 269. Cf. Sym. M. Bas. c. 18. p. 693.

[17]) Nicol. Comn. Papadop. op. cit. Resp. VI. sect. 8. n. 71: Nam eo ipsus fregit secretum hoc posse, sub Photio docuit Theophanes, foederatae Photio mendaci-

Doch ist eine sichere Quelle dieser Angaben bis jetzt noch nicht aufgefunden worden.

Daß Photius etwas Derartiges selbst gelehrt habe, ist in keinem Falle anzunehmen. Er suchte seinen Clerus von Lastern und vom Müssiggange ferne zu halten und zu höherer Bildung und Gesittung zu erheben, worin er sicher von vielen gelehrten Metropoliten und Bischöfen unterstützt ward, aber auch viele Schwierigkeiten bei dem niederen Geistlichen zu überwinden hatte. Er wollte vor Allem, hierin dem Beispiele des Gennadius folgend (Bd. I. S. 94), daß die Geistlichen seiner Kirche die heiligen Schriften, besonders die Psalmen, verstehen lernten, die am meisten in der Kirche gebraucht waren und auf die besonders das siebente Concil hingewiesen hatte, als es das Bibelstudium empfahl. [78]) Bei der Erörterung der Worte: „Herr, ich habe zu dir gerufen, erhöre mich" (Ps. 140. Hebr. 141. V. 1.) bemerkt er: „Von diesem Psalm kennen Alle wohl die Worte, durch alle Altersklassen hindurch singen sie ihn fortwährend; aber den Sinn der Worte verstehen sie zum Theil gar nicht, was nicht wenig zu tadeln ist. Tagtäglich den Psalm singen und sich nicht ein einziges Mal die Mühe geben, in den Sinn des Gesungenen einzudringen, das ist in der That die äußerste Trägheit und Nachlässigkeit. Fortwährend von früher Jugend bis zum späten Alter den Psalm recitiren, blos die Worte auswendig wissen, nicht aber den Sinn, das ist soviel als bei einem verdeckten Schatze sitzen und ein versiegeltes Packet mit sich herumtragen; nicht einmal durch die Neugier wird man angeregt zu lernen, welches der Sinn der Worte ist. Auch läßt sich nicht sagen, daß der Psalm ganz deutlich ist, so Alle in Schlaf versetzte und eine Erforschung des offen Daliegenden nicht zuließ. Denn er ist nicht so deutlich und wohl im Stande, den nicht in gewaltigem Schlafe Befindlichen, ja sogar den fest Schlafenden aufzuwecken." [79]) Für die Disciplin des Clerus sorgte aber der Patriarch nicht minder als für dessen Bildung; namentlich waren seine kirchenrechtlichen Arbeiten nach dieser Richtung hin zu wirken bestimmt.

Kaiser Basilius machte sich auch in vielfacher Beziehung um die Rechtsbücher und um die Gesetzgebung überhaupt verdient, indem er die antiquirten Gesetze speciell abrogirte, die älteren Gesetze, die noch in Gebrauch blieben, repurgirte und verbesserte, zugleich auch eine Synopsis, ein Enchiridion herausgeben ließ, das die ersten Elemente der Rechtswissenschaft leicht faßlich zusammenstellte. [80]) Diese dreifache Arbeit wurde nach und nach von gelehrten

---

talis praemium nactus Caesareenses infulas, quemadmodum apertissime constat ex Synodico Vecci apud Lascarin in Excerptis juris graeci Lib. III. c. 11, qui hypopsephium Cyzicenus ejusdem criminis damnavit, ὡς [illegible] haereticum, qui Caesareae sub Photio episcopus fuit. Die Stelle gibt auch Le Quien Or. chr. I. p. 763.

[78]) Conc. VII. can. 2. Cf. Theod. Praef. in Ps. Opp. I, 393. Sirm.

[79]) Amph. q. 290. p. 1121 (q. 287. p. 354 ed. Ath.) Das [illegible] und [illegible] am Schlusse geht nicht, wie die Uebersetzung bei Migne hat, auf eine Person, sondern auf den [illegible].

[80]) Theoph. Cont. V. 33. p. 262, 263. Aus der äußerst zahlreichen Literatur sind

Juristen[31]) vollendet, die damals in Byzanz sehr zahlreich gewesen zu sein scheinen, wozu die Pflege der Rechtsstudien unter Bardas Vieles beigetragen hatte. Zuerst wurde gegen 876 das kurze, in vierzig Titel eingetheilte Rechtshandbuch veröffentlicht, das unter dem Namen ὁ πρόχειρος νόμος bekannt ist.[32]) Mehrere, bis dahin von Basilius selbst erlassene Gesetze fanden bereits Aufnahme in diesem Enchiridion.[33]) Nach demselben erschien sodann die ἀνακάθαρσις τῶν παλαιῶν νόμων in vierzig Büchern, etwa 884 beendigt. Dieselbe war schon vor dem Prochiron in Angriff genommen worden; da aber ihre Vollendung längere Zeit beanspruchte, so scheint inzwischen das Prochiron ausgegeben und dann diese Arbeit jenem möglichst angepaßt worden zu sein; statt der ursprünglich projektirten sechzig erhielt sie nur vierzig Bücher.[34]) Der uns nicht erhaltene Text läßt sich einigermaßen aus den späteren Rechtsbüchern Leo's VI., bei denen diese Vorarbeiten benützt worden sind,[35]) erkennen. Nach dieser Arbeit ward (c. 884—885) eine Revision des Prochiron, die Epanagoge, gefertigt und unter dem Namen des Basilius und seiner Söhne Leo und Alexander herausgegeben.[36])

Eine Mitwirkung unseres Patriarchen bei der Abfassung dieser Epanagoge, mag sie auch von sekundärer Bedeutung gewesen sein, wird durch den Umstand wahrscheinlich gemacht, daß sowohl im Proömium dieses Werkes, als auch an einigen Stellen desselben Vieles aus seinen Schriften sich findet.[37]) An sich

---

nach den Arbeiten von Zepernick, Pohl, Assemani hervorzuheben: Heimbach de Basil. orig. Lips. 1825. Anecd. Lips. 1838. 40. I. p. XXXII. seq. Witte Rhein. Museum f. Jurisprudenz II. 275 ff. III. 23—79. Biener Gesch. d. Novellen S. 131. Beitr. zur Revision des justin. Codex S. 221 ff. Zachariae Ὁ πρόχειρος νόμος Heidelb. 1837. p. LIV. c. III. §. 8 seq.

[31]) Die Namen sind unbekannt. Schöll (Gesch. d. gr. Lit. III. 417 ff.) nennt die Patricier Niketas, Marinus und einen anderen Niketas, die in der Vorrede der Ecloga Leonis et Constantini (Zachariae l. c. p. XXVII.) aufgeführt werden; aber diese in den Hdschr. verschieden vorkommende Ekloge ist zwischen 730 und 741 verfaßt (Biener Beitr. S. 221. Zachar. l. c. p. LXIII. Heimbach Anecd. I. p. XXXII.). Die Vorrede des Prochiron und der Epanagoge bezeichnen diese unter der Ikonoklastenherrschaft verfaßte Ekloga als ein schlechtes und wenig gebrauchtes Buch. Die Epitome legum ap. Zach. p. 293 erwähnt unter Leo VI. den Protospathar Symbatius (al. Sabbatius) ausdrücklich, der wohl unter Basilius schon theilweise bei der Abfassung der Rechtsbücher beschäftigt sein konnte. Vgl. noch Zachar. Jus Gr. Rom. t. II. p. 272 seq.

[32]) ed. Zach. Ὁ πρόχειρος νόμος Cf. Proleg. p. LV. seq.

[33]) Vgl. Basil. Nov. n. 1. 7. (Leuncl. II. p. 131 seq.) mit Prochir. tit. IV. c. 22—24. p. 31 ed. Zach. — Nov. I. 2. 4. (Leuncl. I. p. 86. 87.) coll. Proch. IV. 25—27. p. 32—34. — Leuncl. II. p. 131. n. 2—4. coll. Proch. XXXIII. 30—32. p. 191. — Leuncl. II. p. 131. n. 5. coll. Proch. XXXIV. 6. p. 200 seq. — Leo VI. Nov. 83. 41. 35. coll. Proch. XVI. 14. p. 103. XXI. 16. p. 128; XXXIX. 40. p. 242.

[34]) Zachariae l. c. p. LXXXIV.—XCIV. c. IV. §. 12.

[35]) ibid. p. LXXXVIII. seq.

[36]) Zachar. Coll. libr. jur. Gr. Rom. Lipsiae 1852. p. 61—217. Cf. Prochir. p. XC. XCI. XCIII. LXVI. seq.

[37]) Zach. Proch. p. LXXXIII. seq. Jus Gr. Rom. P. II. p. 291. — Epanag. II. 1. 3 mit Scholien des Photius in Cod. Bodlejan. 173 und Vatic. 2075. Proch. p. 301.

ist es schon wahrscheinlich, daß der gelehrte Patriarch bei diesem Werke zu Rathe gezogen ward, wie er überhaupt in der Zeit seiner Abfassung einen bedeutenden Einfluß am Kaiserhofe besaß, so daß ihm sogar der Vorwurf gemacht werden konnte, er habe sich die weltliche Gewalt anzumaßen versucht.[36]) Seinem Einflusse war es wohl zu danken, daß mehrere den kirchlichen Grundsätzen widersprechende Gesetze, wie z. B. Justin's II. Novelle von 566, die eine Trennung der Ehe ex consensu gestattete,[37]) von Basilius aufgehoben wurden[38]) und daß an der Ekloge Leo's III. und Constantin's V. der Widerstreit gegen das göttliche Dogma so scharf gerügt ward.[39]) Doch schon an dem Prochiron konnte Photius mitgearbeitet haben, da er schon 876 am Hofe als Lehrer und Erzieher sich befand. Die Darstellung der Pflichten des Patriarchen in diesem Rechtsbuche entspricht so ganz seinen Anforderungen und seinem Charakter; in seinem Interesse lag es besonders, das Ideal eines Patriarchen so zu zeichnen, wie es am besten in ihm verwirklicht schien. Dort heißt es also: „Der Patriarch ist das lebendige Bild Christi, das durch Thaten wie durch Worte in sich die Wahrheit ausprägt. Das Ziel des Patriarchen ist: 1) die ihm von Gott Uebergebenen in der Religiosität und im sittlichen Leben zu erhalten, 2) alle Häretiker, soviel an ihm ist, zur wahren Lehre und zur Einheit der Kirche zu belehren, 3) auch die Ungläubigen durch sein bewunderungswürdiges und glänzendes Wirken in Erstaunen zu setzen und so sie zu Nacheiferern des Glaubens zu machen. Ziel des Patriarchen ist das Heil der ihm anvertrauten Seelen, sowie für Christus zu leben, der Welt aber gekreuzigt zu sein. Dem Patriarchen muß vor Allem die Lehrgabe eigen sein, dann gleichmäßiges Verfahren gegen Alle, Hohe und Niedere, Milde gegen Alle, die mit ihm in Berührung kommen, auch im Lehren, Ernst und Strenge gegen die Halsstarrigen, freimüthige und furchtlose Sprache vor dem Kaiser für die Wahrheit sowie für die Aufrechthaltung der Gerechtigkeit und der Religion. Da das Gemeinwesen gleich dem menschlichen Leibe aus Theilen und Gliedern besteht, so sind seine größten und nothwendigsten Glieder der Kaiser und der Patriarch. Deßhalb ist auch der Friede und das Glück der Unterthanen sowohl der Seele als dem Leibe nach die vollständige Harmonie und Eintracht zwischen beiden Gewalten, dem Kaiserthum und dem Hohenpriesterthum.“ [40])

---

not. 75. Die zwei von Zachariä hervorgehobenen Scholien stehen mit anderen Stellen aus der Rechtssammlung des Basilius, Constantin und Leo (*Νόμιμον βιβλίον* Tit. I. K. 9) auch bei Leuncl. Jus Gr. Rom. I. L. II. p. 178, dann t. II. p. 83 (Tit. II. K. 1. 3.) als der Ekloge von Leo und Constantin angehörig, die jedoch hier nicht rein und nicht in ihrer ursprünglichen Gestalt erscheint. Vgl. Mortreuil Hist. du droit byzant. II. p. 56—57. 199. Oecon. Proleg. ad Amphil. §. 33. p. ⲕ.

[36]) Stylian. ep. I ad Steph. (Mansi XVI. 432): *καὶ πολιτικὰς φροντίδας εἰς ἑαυτὸν ἀνελάβετο καὶ αὐτὴν καὶ αὐτὴν τὴν βασιλικὴν ἐξουσίαν ὑφαρπάσαι ἐπεχείρει.*

[37]) Nov. 140 Justin. Zhishman Das Eherecht S. 52 f. 99 ff. 729.

[38]) Proch. XI. 4. Epanag. XXI. 4. Cf. Schol. 2 ad Basil. XXVIII. 7, 8 (t. III. p. 230 ed. Heimbach.) Balsam. in Nomocan. XIII. 2.

[39]) Zachar. Collect. libror. Juris Gr. Rom. Lips. 1852. p. 62.

[40]) *Νόμιμον βιβλίον Βασ. τίτλ. β'* (γ') κεφ. α'. Leuncl. I. L. IV. p. 286. t. II.

Diese Stelle ist parallel mit der vorausgehenden über die Pflichten des Kaisers und läßt somit auf einen und denselben Verfasser schließen. „Der Kaiser ist die gesetzmäßige Vorstandschaft, das allgemeine Gut für alle Unterthanen. Seine Aufgabe ist Gutes zu thun; ihm liegt es besonders ob, die Beschlüsse der allgemeinen Concilien, die Normen der heiligen Schrift und die Gesetze des Reiches zum Vollzug zu bringen, die Rechtgläubigkeit zu beschützen, bei der Gesetzeserklärung bestehende, nicht gegen die Canones verstoßende Gewohnheiten zu beachten." [43]) Wie dem Kaiser aber die Interpretation der weltlichen Gesetze, so wird dem Patriarchen die der kirchlichen, der Anordnungen der Väter und der Definitionen der heiligen Synoden ausschließlich zugeschrieben. [44]) Es wird in der sicher von Photius beeinflußten Redaktion überhaupt die byzantinische Patriarchalgewalt möglichst ausgedehnt, namentlich die Gerichtsbarkeit nicht blos über alle zu seinem Sprengel gehörigen Metropoliten, Bischöfe, Cleriker und Mönche, wie sie nach früheren Gesetzen Heraklius einschärfte (Bd. I. S. 197 f.), sondern auch über die anderen Patriarchate ihm zuerkannt, [45]) was die späteren Canonisten aus den Canonen 9, 17 und 28 von Chalcedon, aus dem Titel des ökumenischen Patriarchen und aus kaiserlichen Sanktionen zu rechtfertigen suchten. [46]) Der Satz, daß vom Patriarchen nicht appellirt werden solle, [47]) war nicht immer in unbestrittener Geltung und Uebung und zunächst nur in Bezug auf die untergeordneten Bischöfe und Cleriker aufgestellt, denen man den gebräuchlichen Instanzenzug vorschrieb. Der Stuhl von Byzanz ward nach den kaiserlichen und den Synodaldekreten als der erste bezeichnet; ihm wurde die Seelsorge in höchster Instanz beigelegt, die er auf Andere nach Belieben übertrug. Ueber die Buße und die Rückkehr von schweren Sündern und Häretikern sollte er allein die Entscheidung haben. [48]) Sicher blickt hier das Bestreben durch, den byzantinischen Erzbischof als den obersten aller Hierarchen auch mit Ausschluß der Päpste darzustellen, und dabei doch der Kirche dem Kaiser gegenüber, wenigstens im Princip, eine möglichst große Unabhängigkeit zu sichern, vermöge welcher der Patriarch dem Kaiser

---

p. 84. 85. Zachar. Coll. p. 67. 68. Das Meiste wiederholt Matth. Blastares Synt. alphab. L. II. c. 8. p. 219 ed. Bev. Vgl. Baron. a. 886. n. 9. 10.

[43]) Zachar. Collect. p. 65. 66. Jus. Gr. Rom. II. p. 291. Epan. II. 1. Leuncl. I. p. 178. n. 1. Der erste Satz: *Βασιλεία ἐστὶν ἔννομος ἐπιστασία* aus Basil. ap. Maxim. serm. 9. Opp. II. 558.

[44]) Zach. l. c. p. 67. Aehnlich Blastares l. c. Lit. B. c. 5. p. 43. 44 ed. Bev.

[45]) Leuncl. II. p. 85. Zach. p. 68: Ὁ ΚΠ. *θρόνος βασιλείᾳ ἐπικοσμηθεὶς ταῖς συνοδικαῖς ψήφοις πρῶτος ἀνεῤῥήθη, αἷς καὶ οἱ θεῖοι κατακολουθοῦντες νόμοι καὶ τὰς ὑπὸ τοὺς ἑτέρους θρόνους γενομένας ἀμφισβητήσεις ὑπὸ τὴν ἐκείνου προστάττουσιν ἀναφέρεσθαι διάγνωσιν καὶ κρίσιν.*

[46]) Macar. Ancyr. ap. Allat. de cons. I. 18, 11. M. Blastar. l. c.

[47]) Eclog. Leon. III. Leuncl. II. p. 99. n. 6. Phot. Nomoc. I. 20 (Voell. II. 1139. Suppl. ad p. 954): *οὔτε γὰρ ἐκκαλοῦνται αἱ τῶν πατριαρχῶν ψῆφοι.*

[48]) Zachar. l. c. p. 68 (wörtlich so bei Blast. l. c.): *αἰτιώτας δὲ καὶ μετανοίας καὶ ἐπιστροφῆς ἀπό τε ἁμαρτημάτων καὶ αἱρέσεων αὐτὸς καὶ μόνος καθίσταται δικαστής τε καὶ γνώμων.*

als Vertreter einer ebenbürtigen Gewalt gegenüberstehen sollte. Daß Photius diese Gedanken hegte, darüber läßt sein gesammtes Wirken keinen Zweifel; seine Synode von 879 stimmt damit vollkommen überein.

Höchst bedeutend waren schon die alten Rechte des Patriarchen, wie die Ordination oder doch Confirmation der Metropoliten, [47]) die ihm zugleich bestimmte, von Justinian anerkannte und nur beschränkte Taxen eintrug, die freilich oft zu Simonie Anlaß boten; [48]) dann das Recht, Exemtionen von der bischöflichen Jurisdiktion zu ertheilen, besonders für Klöster, das jus stauropegii, [49]) das Recht, allein das Chrisma zu weihen und zu versenden, [50]) die Berufung der Synoden, [51]) die Gerichtsbarkeit in Civil- und Strafsachen, die er gewöhnlich mit der Synode übte, [52]) die Jurisdiktion für Absolution von bestimmten Sünden (Reservatfälle) wie für die Lossprechung von der Häresie. Ein bedeutender Zuwachs an Gewalt schien die früher schon beanspruchte Jurisdiktion in den anderen östlichen Patriarchaten, die aber faktisch ohne Bedeutung war, sowie das Recht, die Canones und sonstigen kirchlichen Normen authentisch zu erklären, ebenso ausschließlich ihm beigelegt. Dadurch konnte die Leuchte des Orients so hell erstrahlen wie die des Westens; Dekretalen nach Art der Päpste haben auch die byzantinischen Patriarchen, und besonders Photius, [53]) erlassen.

Bedeutend wurde unser Patriarch auch direkt als canonistische Autorität durch seine 883 vollendete Ueberarbeitung des älteren Nomocanon, in dem die geistlichen und weltlichen Gesetze in Kirchensachen nach vierzehn Titeln geordnet standen. Seine Arbeit erlangte in der Folgezeit das höchste Ansehen. Merkwürdig ist, daß nicht selten ganz unvermittelt einander widersprechende Canones und Staatsgesetze zusammenstehen. Er führt z. B. den mit dem römischen Rechte unvereinbaren Canon 22 des Basilius an, weiset aber auf eine frühere Stelle zurück, wo er die Gesetze für das unbedingte Verbot der Ehe des Entführers mit der geraubten Person aufführt. [54]) Er erkennt anderwärts [55]) den Wahnsinn nicht als Ehetrennungsgrund an, aber nicht aus einem kirchenrechtlichen Motive, sondern weil Justinian's Novelle 117 ihn nicht enthält, obschon er auch die anderen Gesetze anführt, die ihn enthalten und nach denen auch spätere Gesetze [56]) ihn aufführen. Hie und da wird auf den Unterschied der weltlichen und der kirchlichen Legislation aufmerksam gemacht, wie

[47]) Le Quien Or. chr. I. p. 111. 112. Diss. de Patr. Cpl. c. 16. §. 1 seq. Selvaggio Ant. I. 17. §. 2. n. 13.

[48]) Nov. 123. c. 3. Cf. Le Quien l. c. §. 3. p. 113.

[49]) Thomassin. P. I. L. I. c. 16. n. 1. Le Quien l. c. §. 6 seq. p. 114 seq. Bened. XIV. Syn. dioec. l. 4, 3. III. 1, 1. Goar. Euchol. not. p. 612.

[50]) Le Quien l. c. §. 16. p. 119.

[51]) Selvaggio l. c. n. 14. II.

[52]) Le Quien l. c. §. 4 seq. p. 113. 114.

[53]) Vgl. L. I. ep. 18. p. 773 seq. ed. Migne. Näheres unten B. VIII. A. 6.

[54]) Nomoc. XIII. c. 8, coll. IX. c. 30. Vgl. Zhishman Orient. Eherecht. S. 577.

[55]) Nomoc. XIII. 30. Zhishman a. a. O. S. 771.

[56]) Leo VI. Nov. 111. 112. Niceph. Boton. ap. Balsam. p. 1133. 1134 ed. Voell.

bezüglich der Bestrafung der Fornication und der Deuterogamie,[59]) sodann bezüglich der Ehen von Orthodoxen mit Häretikern;[60]) nirgends findet sich aber ein Tadel über ein weltliches Gesetz und im Allgemeinen wird dieses ebenso als maßgebend angesehen wie die Canones der Kirche. Von der einmal angeführten Gesetzesbestimmung, daß die den Canonen widersprechenden Pragmatiken ungiltig seien,[61]) sehen wir fast keinen Gebrauch gemacht. Auch erkennt Photius ganz nach dem römischen Rechte an, daß Ehemänner den in flagranti ergriffenen Ehebrecher erlaubterweise tödten können.[62]) Den Kaiser als Gesetzgeber scheint auch er sich als erhaben über das Gesetz zu denken;[63]) den strengsten Gehorsam gegen ihn, seine Organe und Vorschriften schärft er mit den Worten der Schrift nachdrücklich ein.[64])

Das kirchliche und gesetzlich anerkannte Herkommen sollte aber auch der Kaiser achten. Strenge hielt Photius an dem Asylrecht fest. Schon in seinem ersten Patriarchate machte er gegen Bardas die Heiligkeit des Tempels geltend, zu dem der von diesem verfolgte Christodulus seine Zuflucht genommen, indem er zugleich als Priester des Tempels für den Bedrängten Fürsprache einlegte und die Geringfügigkeit der Schuld wie die Worte Christi Luk. 6, 37. Matth. 7, 2 hervorhob. (Bd. I. S. 387). Wir sehen diese damals überhaupt und im östlichen Kaiserreiche insbesondere sehr wohlthätige Institution, wie früher von dem Studiten Theodor,[65]) so nachher auch von Nikolaus Mystikus[66]) vertreten und in der späteren kaiserlichen Gesetzgebung, wenn auch öfter in Folge eingerissener Mißbräuche beschränkt, doch im Princip stets anerkannt.[67])

Wohl schien Photius bisweilen auch sonst, wie in der Darlegung der dem Patriarchen obliegenden Pflichten, einen Anlauf zu nehmen, die Selbstständigkeit des kirchlichen Gebietes zu sichern; aber das konnte nur in sehr untergeordneter Weise geschehen und seine ganze Vergangenheit, seine Stellung sowie die bisherige Praxis wirkte einem derartigen Bestreben entgegen. Das erstemal hatte er das Patriarchat nur durch die Staatsgewalt erhalten und nur durch sie sich in ihm behauptet; sie hatte es ihm zurückgegeben und dem Kaiser als dem großen pacificator Ecclesiae war er tausendfach verpflichtet. Das achte Concil hatte sich mehrfach bemüht, die Unabhängigkeit des kirchlichen

---

[59]) Nomoc. XIII. 5. p. 1101; XIII. 2. p. 1075.

[60]) Ib. XII. 13. p. 1073.

[61]) Ib. tit. I. c. 2.

[62]) Amph. q. 1. c. 2. p. 49.

[63]) q. 60. p. 416: *οὐ συνυπάγεται οὐδὲ συμπεριφέρεται τοῖς νομοθετουμένοις (ὁ κύριος καὶ οἴκοθεν νομοθέτης.)*

[64]) L. I. ep. 14. p. 764 (ep. 174 ed. Mont.; Baletta p. 481.) ap. Oecum. in Rom. c. 13. p. 371. 375. — Q. 179. p. 881 seq. wird das *ὑποτάγητε πάσῃ ἀνθρωπίνῃ κτίσει* I. Petr. 2, 13 umschrieben: *τῇ πολιτείᾳ, τῇ τάξει πολιτικῇ, τῇ ἀνθρωπίνῃ ἐξουσίᾳ, τοῖς ἐγκοσμίοις ἄρχουσι, τοῖς νόμοις καὶ οἷς ἡ τῶν νόμων κατεπιστεύθη κυριότης καὶ πρόνοια.*

[65]) Theod. Stud. L. II. ep. 202.

[66]) Nicol. ep. 3 ad Sim. Bulg. p. 170—175 ed. Mai.

[67]) Const. Porphyrog. lex Leunel. t. I. L. II. p. 109—112. n. II. III. Manuel. Comn. Const. 6. ib. p. 163—165.

Gebieters zu beschirmen; aber mit seiner Beseitigung waren die Canonen desselben für immer begraben, und Photius wagte es nicht, auch nur einen ähnlichen zu sanktioniren. Auch seiner Synode drückte der Kaiser das Siegel der Bestätigung auf; je nach der Laune des Herrschers konnten Synoden und ihre Canones stehen und fallen. Dem Kaiser schrieben die photianischen Bischöfe ebenso die Herstellung des Kirchenfriedens wie die Circumscription der Patriarchate [68]) zu, und wenn keine kaiserlichen Beamten beiwohnten, so waren Photius und seine Bischöfe so gut wie kaiserliche Commissäre. Dazu hatte Photius die Kraft der muthigen Studiten gebrochen, die am längsten dem staatlichen Despotismus Widerstand geleistet; der Einfluß des päpstlichen Stuhles war gesetzlich und faktisch paralysirt; der Kaiser und der Patriarch erschienen nach den Gesetzen des Basilius allein als die höchsten Gewalten, der Patriarch (natürlich der byzantinische) als der oberste Repräsentant der Kirche. Der Dualismus beider Gewalten war theoretisch anerkannt, aber thatsächlich vernichtet, weil er jeder Stütze beraubt war und weil die Gewalt des Patriarchen schwinden mußte vor der absoluten und schrankenlosen Gewalt des Herrschers. Erschien die letztere schwer und unerträglich an sich, [69]) so konnte sie als solche doch nicht bezeichnet werden bei dem „heiligen und Christusliebenden" Kaiser, der sich ja beschränkt erklärte durch die Canones, die heilige Schrift, die sieben ökumenischen Synoden, wie durch die Gesetze der früheren Kaiser, deren Vollstrecker und Hort er zu sein behauptete. Kaiser und Patriarch verehrten und umarmten sich wechselseitig. [70]) Ein Recht des Letzteren, den Kaiser zu warnen und im Falle der Sünde zurechtzuweisen, ward öfters geltend gemacht und auch Photius sprach es grundsätzlich aus, indem er hervorhob, wenn die Fehler der Fürsten und Obrigkeiten ungeahndet blieben, werde auch das Volk leicht zur Nachahmung ermuntert, wie es umgekehrt bei gehöriger Zurechtweisung seiner Häupter von Missethaten sich ferne halte; [71]) aber nur selten kam es in Byzanz zu solchem ernsten Tadel; dem Kaiser gegenüber war Photius niemals strenge, so strenge er auch gegen Andere verfuhr; zudem war sein Einfluß auf Basilius in der letzten Zeit sehr bedeutend. Man nahm den völligen Absolutismus hin, in der Theorie aber sollte er nicht als solcher gelten und in der Praxis wußten Männer wie Photius ihn zu mildern. Die Zukunft der Kirche war preisgegeben, persönliche und augenblickliche Erfolge vermochten sie nicht zu retten.

---

[68]) B. VI. A. 5. N. 67. Abschn. 8. N. 31. S. 477. 498.

[69]) Photius führt aus einer dem Chrysostomus zugeschriebenen Homilie (Migne PP. gr. LVI. p. 464) sowohl Cod. 277. p. 276 als Amph. q. 165. p. 856 den Satz an: ἀπολελυμένη αὐθεντία καὶ ἀνεύθυνος ἀφόρητός ἐστι καὶ χαλεπή.

[70]) Die προσκυνήσεις beider bei festlichen Gelegenheiten wird erwähnt Const. de cerem. aul. byz. L. I. c. 9. n. 5. 6. 9. c. 10. n. 2 seq. c. 14. 17 und sonst oft.

[71]) Amph. q. 808. p. 1153 (Gall. XIII. p. 712. n. 16.)

2. Die Missionsthätigkeit des Photius. Verbindungen mit den Russen und Muhamedanern.

Das Bekehrungswerk unter den Ungläubigen, das im ersten Patriarchate des Photius so vielverheißend begonnen, hörte auch nach der Wiedereinsetzung des Ignatius nicht ganz auf und fand im zweiten Patriarchate des Ersteren neue Ausdehnung. Es fehlt uns aber an genaueren Nachrichten über das, was zur Gründung und Befestigung des Glaubens und der Orthodoxie bei den Bulgaren, Chazaren, Armeniern und anderen Völkern seit den früheren Bestrebungen geschah, und doch wurden, während man neue Missionsgebiete suchte, die alten keineswegs völlig aufgegeben und geräumt, wenn auch mehrere derselben wegen Mangels an günstigen Aussichten minder eifrig gepflegt worden sind. Lebhaft war, wie wir oben gesehen, Photius von der Idee durchdrungen, daß die Ausbreitung des Christenthums ein Hauptaugenmerk des Patriarchen sein müsse und auch gelegentlich einer biblischen Erörterung spricht er aus: „Auch die Ungläubigen, die Häretiker und die, welche ein schlechtes Leben führen, sind mit dem Worte zu unterrichten und sorgfältig zu leiten; sie sind wie Schafe, die keinen Hirten haben, und bedürfen einer großen Hirtensorgfalt und des katechetischen Unterrichts.“ [1])

Wenn wir einem begeisterten Schüler desselben glauben, so hat der sechzigste Bischof von Byzanz alle seine neunundfünfzig Vorgänger in der Missionsthätigkeit überstrahlt. In der Synode von 879 rühmte Zacharias von Chalcedon an seinem gefeierten Lehrer, daß er fast die ganze Erde mit seinen Lehren erleuchtet und die Menschen von dem Irrthum zurückgeführt; Zeuge dessen sei das Land der Armenier, Mesopotamien und ganze Völkerschaften, die früher einer barbarischen und rohen Lebensweise angehangen, durch seinen Unterricht aber von dem früheren Irrthum befreit, durch ihn zum Lichte der wahren Religion geführt worden seien. [2]) Zweifellos ist es, daß diese Angaben übertrieben sind; aber aller Grundlage entbehren sie sicher nicht. Wenn wir nach dem, was von der Bekehrung der Bulgaren, Chazaren und Armenier bereits bekannt ist, auf die übrigen schließen dürfen, so waren sie mehr nach Außen glänzend als dauerhaft, mehr oberflächlich als gründlich, mehr mit Eifer begonnen als mit praktischer Nüchternheit durchgeführt; es fehlte an der Berücksichtigung der nationalen Eigenthümlichkeiten, an dem pädagogischen Takte, an dem wohlberechneten Eingehen auf die Bedürfnisse roher Neophyten, worin die abendländische Kirche sich auszeichnete, und so blieben denn auch die Bulgaren noch auf Jahrhunderte hinaus roh und uncivilisirt, vermischten das Christliche mit Heidnischem, gaben ihre Raubsucht und Laster nicht auf. [3]) So sehr auch damals bei der höheren byzantinischen Geistlichkeit gelehrte Studien Anklang

---

[1]) Amph. q. 210. p. 941 (ep. 51 ad Serg. p. 107. 108.)

[2]) Syn. Phot. act. III. Mansi XVII. 460.

[3]) Theophyl. ep. 21 ad Anem.; ep. ad Joh. Magn. Domest. Baron. a 1071. n. 21.

und Pflege fanden, die niederen Geistlichen waren der Mehrzahl nach wenig gebildet und die talentvolleren aus den Anhängern des Photius gaben sich nicht leicht dem beschwerlichen Missionswerke hin. Wir sehen keinen der hervorragenden und gelehrten Freunde des Photius daran Antheil nehmen; für sie waren die bedeutendsten Metropolitenstühle reservirt. Unter den 879 versammelten Bischöfen mögen übrigens manche gewesen sein, die für Missionen geweiht und bestimmt waren. [4])

Wir haben früher gesehen, wie Photius in seinem ersten Patriarchate sich rühmte, daß das wilde Volk der Russen von ihm einen Bischof angenommen habe. Constantin Porphyrogenitus und die ihm folgenden Chronisten [5]) schreiben das dem Kaiser Basilius zu, der, wie man gewöhnlich annimmt, [6]) diese Bestrebungen wieder aufnahm und durch den Patriarchen Ignatius einen Erzbischof für die Russen weihen ließ. [7]) Ein neuerer Ausgleichungsversuch, [8]) wornach der bei Constantin erwähnte Bischof mit dem von Photius erwähnten identisch ist, da dieser und Basilius, damals noch Mitregent, aus den von Ignatius Ordinirten einen Bischof den Russen mit gutem Grunde hätten zusenden können, ist an und für sich nicht verwerflich; indessen scheinen die Worte doch eher auf die Alleinregierung des Basilius zu gehen, zumal im Zusammenhange der Reichschronik; [9]) sodann wurden in der Regel nicht schon consekrirte Bischöfe in Missionen gesandt, die alle ihren bestimmten Sitz hatten, sondern neue für die zu errichtenden Stühle geweiht, wie Ignatius nach 870 für die Bulgaren that; auch haben die Worte „einen von Ignatius Ordinirten" nichts Auffallendes, wenn die Sendung unter dem Patriarchate des Ignatius geschah, und können so eine Zeitbestimmung geben. Leicht konnte der 866 von Photius gesandte Bischof gestorben, abberufen oder auch von dem noch rohen Volke vertrieben worden sein, so daß nach etwa zehn Jahren ein neuer an dessen Stelle trat. Expulsionen von derartigen Bischöfen kommen häufig in der Geschichte der Missionen vor und ein Jahrhundert später erging es in Rußland gerade so den deutschen Missionären, die Otto I. dahin gesandt. [10]) Basilius mochte wohl Grund haben, um bei anderen Unternehmungen nicht gestört zu werden, mit den Russen das unter Michael III. geschlossene Bündniß zu erneuern und einen neuen Bischof zugleich als Gesandten an dieselben abzuordnen. Sichere Data fehlen aber gänzlich.

---

[4]) B. VI. Abschn. 4. S. 460 f.

[5]) Theoph. Cont. L. V. c. 97. p. 342 seq. Cedr. II. p. 242. Glycas P. IV. p. 553. Ephraem v. 2608 seq. (Mai p. 66.) Zonar. p. 139. 140 ed. Bas.

[6]) Vgl. Schröckh K. G. XXI. 509. Hefele die russ. Staatskirche (Quartalschr. 1853. III. S. 856—858).

[7]) Pag. a. 876. n. 19. Fleury L. 52. n. 50. p. 364 seq. Acta SS. t. II. Sept. p. III.

[8]) Pichler Gesch. der kirchl. Trennung II. S. 2. 3.

[9]) Dieselbe hatte L. IV. c. 33. p. 196 die Bemühungen des Photius, die Gottheit bei dem russischen Ueberfall zu versöhnen, und das Verlangen der Russen nach der Taufe schon erzählt.

[10]) Pichler a. a. O. S. 1.

Bei diesem Anlaß wird das Wunder erzählt, das mit dem in das Feuer geworfenen Evangelienbuche sich ereignet haben soll. Es heißt nämlich: Nachdem Basilius die Russen durch Geschenke an Gold, Silber und seidenen Gewändern zu einem Bündniß und zur Aufnahme eines Erzbischofs bewogen, reiste der Prälat in das Land derselben und stand in einer großen Volksversammlung, in welcher der Großfürst selbst mit seinen Großen zugegen war, der Menge Rede über die von ihm gepredigte, den Russen ganz neue Lehre, die den Anhängern des Heidenthums wenig Vertrauen einzuflößen schien. Er trug sein Evangelienbuch bei sich und erklärte einige Wunder Christi, sowie mehrere andere aus dem alten Testament. Da erklärten die Russen: „Wenn wir nicht auch etwas der Art zu sehen bekommen, besonders von der Art, wie das, was du von den drei Jünglingen im Feuerofen erzählst, so werden wir dir nicht glauben und deinen Worten ferner kein Gehör geben." [11]) Da erklärte der Bischof, auf Christi Verheißungen (Joh. 14, 14. 12.) bauend, es werde Gott trotz seiner Unwürdigkeit und obschon den Herrn zu versuchen nicht erlaubt sei, dennoch durch ihn ein Wunder wirken, welches sie wollten, wofern sie nur von Herzen entschlossen seien, zu Gott zu kommen. Die Russen verlangten nun, es solle das Evangelienbuch in einen brennenden Scheiterhaufen geworfen werden; bleibe es unversehrt, so wollten sie sich dem Gott, den er verkündige, unterwerfen. Es geschah; während der Bischof mit den Worten Christi Joh. 12, 28 zu Gott flehete, ward das Buch in die Flammen geworfen. Nach einigen Stunden zog man es wieder hervor; es war völlig unverletzt und unbeschädigt. Als das die Barbaren sahen, erstaunten sie über das Wunder und ließen sich unbedenklich taufen. [12]) Dasselbe Wunder erzählt ein schon weiter ausgeschmückter Bericht, das von Bandurius edirte Fragment über die Bekehrung der Russen. [13]) Hier wird berichtet: Unter Basilius dem Macedonier kam eine zur näheren Prüfung des christlichen Cultus abgeordnete Gesandtschaft der Russen nach Rom, wo Alles ihr wohlgefiel und sie entzückte, so daß sie bei der Rückkehr dem Großfürsten zur Annahme des Glaubens der Römer rieth. Es ward aber beschlossen, erst noch die Riten von Constantinopel kennen zu lernen. Dort machte der Gottesdienst in der Hauptkirche noch einen viel tieferen Eindruck auf die vier Abgesandten und die Gnade Gottes führte sie durch ein Wunder zum Glauben. In die Heimath zurückgekehrt erklärten sie: „In Rom haben wir Großes und Glänzendes gesehen; aber was wir in Constantinopel schauten, das setzt allen menschlichen Sinn in Erstaunen und in Bewunderung." Der russische Großfürst sandte nun nach Constantinopel, um einen Bischof zu erbitten. Kaiser Basilius sandte, nachdem

---

[11]) Theoph. Cont. l. c. p. 343.

[12]) Ib. p. 344: εὑρέθη τὸ ἱερὸν πυκτίον διαμεῖναν ἀπαθὲς καὶ ἀλώβητον, καὶ μηδεμίαν ὑπὸ τοῦ πυρὸς δεξάμενον λύμην ἢ μείωσιν, ὡς μηδὲ τῶν ἐν τοῖς ἀκροδέμασι τῆς βίβλου κροσσῶν τὴν οἱανοῦν ὑπομεινάντων φθορὰν ἢ ἀλλοίωσιν· ὅπερ ἰδόντες οἱ βάρβαροι καὶ τῷ μεγέθει καταπλαγέντες τοῦ θαύματος, ἀνενδοιάστως βαπτίζεσθαι ἤρξαντο. Bar. a. 846. n. 6.

[13]) Bandur. Annot. ad Const. de adm. imp. (p. 358—361 ed. Bonn.)

er mit großer Freude die Abgeordneten empfangen, einen Bischof zu den Russen und gab ihnen die zwei gelehrten Männer Cyrillus und Athanasius mit, [14]) die denselben auch das Alphabet von fünfunddreißig ihnen passenden Buchstaben gegeben haben. Hier soll nun das Wunder mit dem Evangelienbuche vorgekommen sein. Aehnlich wird die Bekehrung Wladimir's unter Basilius II. und Constantin erzählt; auch da soll den Abgeordneten der byzantinische Ritus besser gefallen haben als der lateinische. [15])

Aber auch diese Berichte sind, abgesehen von der weiteren Ausschmückung des letztgenannten Fragments, von starken Exaggerationen nicht frei zu sprechen. [16]) Denn die Russen blieben bis in die zweite Hälfte des zehnten Jahrhunderts Heiden, sollen sogar noch Menschenopfer im Brauche gehabt haben; [17]) sie bedrohten öfters das byzantinische Kaiserreich, [18]) schloßen Verträge mit den Kaisern, wie mit Leo VI., [19]) brachen sie aber öfters und erneuerten ihre Einfälle. — Sowohl diese Kriege als ihre Handelsverbindungen mit Constantinopel, [20]) dann auch die in den Kriegsdienst des Kaiserhofes getretenen Waräger [21]) trugen zur Ausbreitung des Christenthums unter diesem Volke Vieles bei. Als der Großfürst Igor 944—945 einen Friedensvertrag mit den Griechen einging, [22]) gab es bereits getaufte Russen und eine Kirche in Kiew; die Taufe der Prinzessin Olga (Helena) 955 in Byzanz [23]) hatte für das Erste noch keine weiteren Folgen; erst unter ihrem Enkel Wladimir nach 980 ward das Christenthum unter den Russen allmählig eingeführt. [24]) Das kriegerische und wilde Volk blieb auch nachher den Byzantinern ein Gegenstand des Schreckens; schon Leo Diakonus wandte auf sie die Weissagung Ezechiel's von Gog und Magog an. [25])

Was unter Photius für die Bekehrung der Russen geschah, scheint sich nur auf die Taufe Einzelner zu beschränken. Immerhin bleibt es merkwürdig,

[14]) Ibid. p. 362. *Ἦν δὲ τότε Βασίλειος ὁ ἐκ Μακεδονίας ὁ τὰ τῶν Ῥωμαίων σκῆπτρα διέπων, ὃς καὶ μετὰ χαρᾶς μεγάλης τοὺς σταλέντας ἐκ τῶν ἐκεῖσε ἀνθρώπους δεξάμενος ἀργυρίῳ τινὶ αὐτοῖς ἐξέπεμψε ἐπ' εὐλαβείᾳ καὶ ἀρετῇ διαπρέποντας, καὶ σὺν αὐτῷ ἄνδρας δύο Κύριλλον καὶ Ἀθανάσιον κ. τ. λ.*

[15]) Bandur. vol. I. c. p. 865 ed. Bonn. So auch Nestor.

[16]) Neander II. S. 178.

[17]) Leo Diac. Hist. IX. 6. p. 149 ed. Bonn. a. 972. Ibn Fozlan bei Krug Forsch. II. S. 465.

[18]) Leo Gram. p. 323. 324 ed. B. Leo Diac. VI. 10. p. 106. c. 8. p. 103.

[19]) Nach Krug Forsch. II. S. 348 nicht 912, sondern am 8. Sept. 911 — der zweite Traktat 944 al. 945 mit Constantin und Romanus Lekapenus.

[20]) Leo Diac. l. c. c. 10. p. 156: *κατ' ἐμπορίαν πρὸς τὸ Βυζάντιον στελλόμενοι.*

[21]) Krug Forsch. I. S. 217 ff. II. S. 768 ff.

[22]) Nestor bei Schlözer Russ. Annal. IV. 93—99. Vgl. Krug II. S. 348. 719.

[23]) Schlözer V. S. 60.

[24]) Neander a. a. O. S. 170.

[25]) Leo Diac. Hist. L. IX. c. 6. p. 150. Leo nennt sie IV. 6. p. 63. X. 10. p. 175 *Ταυροσκύθας, οὓς ἡ κοινὴ διάλεκτος Ῥῶς εἴωθεν ὀνομάζειν.* Nicol. Myst. ep. ad Sym. Bulg. (Mai Spic. R. X, II. 254) erwähnt das Volk *Ῥῶς* neben den Alanen, Patzinaken, Türken *καὶ τὰ ἄλλα σκυθικὰ γένη.*

daß er es war, der den ersten Schritt zur Christianisirung dieses damals bereits auf das herrliche Byzanz die Blicke richtenden Volkes gethan, welches denn auch in das von ihm begonnene Schisma trotz vieler Bemühungen der römischen Kirche verflochten geblieben ist.

Die zwei gefährlichsten Feinde des Reiches, die bereits mehrfach Constantinopel selbst bedroht hatten, die Russen und die arabische Weltmacht, scheint Photius als solche sehr wohl erkannt zu haben und im Interesse des Reiches bemühte er sich viel um sie. Nicht blos mit den Russen suchte er Verbindungen zum Zwecke ihrer Belehrung anzuknüpfen und zu unterhalten, auch mit den Muhamedanern stand er in vielseitigem Verkehr; obschon er selbst uns keine genauen Nachrichten darüber hinterlassen, so machen doch positive Zeugnisse es gewiß, daß er die während seiner Gesandtschaftsreise angeknüpften Verbindungen mit saracenischen Fürsten zu unterhalten und neue anzuknüpfen verstand. In der vierten Sitzung der Synode von 879 äußerte der Apokrisiar Elias von Jerusalem: „In einem solchen Maße hat die Tugend unseres heiligsten und ökumenischen Patriarchen in den Ländern des Orients hervorgeleuchtet, daß selbst die Saracenen, die im Unglauben festgehalten sind, Briefe an unseren heiligsten Herrn gesandt haben, die Einen um Belehrung von ihm zu erbitten und der heilbringenden Taufe gewürdigt zu werden, sowie um sich in die Dienstbarkeit und Unterwürfigkeit gegen unsere heiligen Kaiser zu begeben, die Anderen, die noch nicht den Glauben ändern zu wollen gestanden, blos um tributpflichtige Unterthanen unseres von Gott erkorenen Kaisers durch Vermittlung unseres heiligsten Patriarchen zu werden. Sehet, hier sind die eigenen Briefe der Emire des Orients. Ist das nicht eine Aenderung zum Besseren? Und kommt eine solche Veränderung nicht von Gott?“ [26]) — Mag nun hier sehr viel Uebertriebenes sein, indem die hie und da erfolgte Unterwerfung eines von seinen Stammgenossen verfolgten Saracenenfürsten unter das griechische Reich [27]) benützt ward, so viel dürfen wir als sicher annehmen, daß ein Briefwechsel zwischen einigen orientalischen Emiren und Photius, der theils gelehrte, theils politische Fragen zum Gegenstande hatte, in der That bestand. Daß sich einige Emire wirklich bekehrten, wagte auch der Lobredner des Photius, Elias, nicht zu behaupten.

Zudem stand Photius mit einem auf der Insel Creta herrschenden Emir in sehr freundschaftlichem Verbande „trotz der Verschiedenheit des Glaubens“, wie uns Nikolaus Mysticus in einem Briefe an den Sohn und Nachfolger desselben bezeugt, [28]) in dem er ihn ermahnt, der Auswechslung der beider-

---

[26]) Mansi XVII. 484.

[27]) Wie z. B. Simas. S. oben B. VI. Abschn. 3. S. 436.

[28]) Nicol. ep. 2 ad Amir. Cret. (Mai Spic. Rom. X, II. p. 167. 168): πρὸς τὸν πατέρα τῆς ὑμῶν εὐγενείας οὕτω συνῆπτο τῇ τοῦ πόθου σχέσει, ὡς οὐδεὶς οὐδὲ τῶν ὁμοδόξων καὶ ὁμοφύλων φιλικῶς διετίθεντο πρὸς ὑμᾶς .... ᾔδει, ὅτι κἂν τὸ τοῦ σεβάσματος διΐστη διατείχισμα, ἀλλὰ τό γε τῆς φρονήσεως, τῆς ἀγχινοίας, τοῦ τρόπου εὐσταθὲς, τὸ τῆς φιλανθρωπίας, τὰ λοιπὰ ὅσα κοσμεῖ καὶ σεμνύνει τὴν ἀνθρωπίνην φύσιν προςόντα, πόθον ἀνεφλέγει τοῖς τὰ καλὰ φιλοῦσι τῶν οἷς προςῆν τὰ φιλούμενα. Διὰ

feuligen Kriegsgefangenen, deren hartes Loos er schildert, kein Hinderniß in den Weg zu legen. Die Correspondenz mit diesem Emir und dessen Sohn scheint längere Zeit angedauert zu haben; bei letzterem verwendete sich auch Nikolaus für die schwer heimgesuchten Bewohner von Cypern.[29])

In Constantinopel selbst gab es Muhamedaner; es bestand schon eine Moschee (μαγίσδιον, Medschid) vor Michael II., ja wohl seit Leo III.[30]) Die ikonoklastischen Kaiser scheinen für den Handel mit arabischen Kaufleuten viele Vortheile und auch ein Bethaus bewilligt zu haben. Unter Nikolaus Mystikus wüthete der Chalif auf die falsche Nachricht, es sei das Bethaus (εὐκτήριον) der Moslemen zerstört und viele derselben zur Abschwörung des Islam gezwungen worden, gegen die Christen und gebot, auch ihre Kirchen zu zerstören. Nikolaus schrieb ihm über die Grundlosigkeit dieses Gerüchtes und bot Alles auf, den erzürnten Herrscher zu besänftigen.[31]) Derselbe, bemerkt er, hätte doch das Gerücht erst näher prüfen sollen, jetzt könne er durch seine eigenen Leute dessen Unwahrheit erfahren.[32]) Der Patriarch hebt hervor, daß die kriegsgefangenen Saracenen bei den Romäern von jeher sehr mild behandelt worden seien, so daß sie nichts als die Trennung von ihrer Heimath zu erdulden gehabt, während christliche Gefangene bei den Saracenen ein sehr hartes Loos treffe. Er beruft sich zu Gunsten der Christen im Chalifate auf die von dem Propheten den unterjochten Völkern gegebenen Zusicherungen[33]) und urgirt, daß selbst wenn im römischen Reiche Saracenen mißhandelt worden wären, das ihn noch nicht zur Verfolgung unschuldiger christlicher Unterthanen berechtigt haben würde. Man sandte damals die in Constantinopel befindlichen Saracenen an den Hof des Chalifen ab, die dort die Haltlosigkeit jener Anklagen darthun sollten.[34]) Es scheint das auch von Erfolg gewesen zu sein. Im zehnten Jahrhundert sehen wir saracenische Gesandte in Byzanz sehr ehrenvoll aufgenommen,[35]) ja sogar Bündnisse mit denselben geschlossen,[36]) wäh-

---

τοῦτο κἀκεῖνος ἐφίλει τὸν θεὸν κτίστην ὡς εἶπον σεβόμενον, εἰ καὶ μεταξὺ τὸ διαφέρον τῆς πίστεως ἵστατο.

[29]) ep. 1 ad eund. p. 162 seq.

[30]) Const. Porphyrogen. de adm. imp. c. 21. p. 101. Bandurius not. in h. l. p. 321 ed. Bonn. Photius braucht den Ausdruck Amph. q. 107. p. 181 ed. Athen. 1858, ebenso Barthol. Edess. Migne CIV. p. 1405.

[31]) ep. 102: τῷ ὑπερφυεστάτῳ, πανευγενεστάτῳ, μεγαλοδόξῳ φίλῳ ἡμῶν ἀδηγῷ, τῷ κατὰ θεοῦ ψῆφον τοῦ Σαρακηνῶν ἔθνους τὴν ἐπικράτειαν λαχόντι καὶ κυριότητα. l. c. p. 373—382. Dem Briefe geht jede nähere chronologische Bestimmung ab.

[32]) Es sei διαφημία, ὅτι τὸ τῶν Σαρακηνῶν εὐκτήριον, ὅπερ ἐνταῦθά ἐστι, παρὰ τῆς ῥωμαϊκῆς καταλέλυται βασιλείας καὶ ὅτι καὶ Σαρακηνοὶ βίᾳ καὶ ἄκοντες ἔξαρνοι νῦν τῆς ἰδίας καθεστήκασι πίστεως, πρὸς δὲ τὸ εἶδος μεθίστανται τῶν χριστιανῶν. (p. 375.)

[33]) p. 380: ἡ δὲ ἀρχῆς παρὰ τοῦ προφήτου ὑμῶν δεδομένη τοῖς γεγενημένοις ὑποχειρίοις καὶ ὑπὸ τὴν ὑμετέραν ἐξουσίαν κειμένοις ἀσφάλεια. p. 380. 381: καὶ τοῦ ὑμετέρου προφήτου ἔγγραφοι ἀθετοῦνται τὰ᾽ ἐκείνων δεδομέναι ἀσφάλειαι.

[34]) p. 381. 382.

[35]) Theoph. Cont. VI. 26. p. 374. Leo Gr. p. 282. Georg. mon. p. 868. Sym. c. 28. Leon. VI. p. 711.

[36]) So von der Kaiserin Zoe nach Alexander's Tod. Leo Gr. p. 291. Georg. mon. c. 15. p. 880. 881. Sym. c. 10. p. 723.

rend zugleich die Zahl der Renegaten bedeutend zugenommen zu haben scheint.[37]

Man hatte längst den Gedanken aufgegeben, die muhamedanische Weltmacht zu besiegen, man wünschte in Constantinopel nur Ruhe und Frieden und erkannte gerne das Chalifenreich, wenn auch mit ängstlichem Vermeiden der für das römische Kaiserreich gebrauchten Formeln, als ein ebenbürtiges an. Der Patriarch Nikolaus scheint auch hierin den Gedanken seines Lehrers auszudrücken, wenn er die beiden Weltreiche mit den zwei großen Leuchten am Firmamente vergleicht und daraus herleitet, daß sie in brüderlicher Eintracht trotz der Verschiedenheit der Sitten und des Cultus zusammenleben sollen, ohne dabei anzugeben, welches von den beiden Himmelslichtern (Gen. 1, 26.) das größere, das Tagesgestirn sei.[38] Freilich drückte man sich ganz anders aus, wenn man zu Christen von den Arabern und anderen dem Islam ergebenen Völkern sprach, wenn man die ihnen enge verbündeten Paulicianer bekämpfte, die unter Karbeas zum äußeren Schein die muhamedanischen Gebräuche beobachteten, während sie die ihrigen doch für den wirklichen Gottesdienst beibehielten.[39] Man nannte den Muhamed den Pseudopropheten, den Gottverhaßten, den Betrüger des Volks u. s. f.[40]

Wie sein Schüler Nikolaus, so schärfte auch Photius den unter ungläubigen Herrschern lebenden Christen den unverbrüchlichen Gehorsam gegen ihre Obrigkeiten in Allem, was nicht die Liebe zu Gott und den Glauben verletzt,[41] ein; die Worte I. Petr. 2, 13 erklärt er dahin: Alle sollen sich der menschlichen Obrigkeit, auch der ungläubigen, unterwerfen als Freie, nicht aus Furcht der angedrohten Strafe, wie es Knechte thun, sondern wegen des göttlichen Gebots mit freier Selbstbestimmung; dieses von allem Aufruhr ferne Wohlverhalten kann bei den unchristlichen Herrschern bewirken, daß sie über den

[37]) Theoph. Cont. VI. 26. p. 372. 373. 375. Daß es schon früher Renegaten im griechischen Reiche gab, sagt uns Theophan. p. 510 ed. Bonn. Der Abfall zum Islam wird gewöhnlich mit μαγαρίζειν bezeichnet, welches Verbum von Einigen von מגר inquinare, מגריא inquinatus, baptismo renuncians, von Andern von מסר, מכר, מגר tradere, vendere abgeleitet wird (not. in Georg. Hamart. Chron. V. 8. p. 790. 791 ed. Petrop.) Μαγαρίτης-ἀρνόπιστος steht bei Theoph. p. 481. Cedren. I. 726 ed. Bonn. Cf. not. in Theoph. II. 487. in Cedren. II. 812. Fabrot. ib. p. 916. 917.

[38]) Nicol. ep. 1. p. 161: ὅτι δύο κυριότητες πάσης τῆς ἐν γῇ κυριότητος, ἥ τε τῶν Σαρακηνῶν καὶ ἡ τῶν Ῥωμαίων, ὑπερανέχουσι καὶ διαλάμπουσιν, ὥσπερ οἱ δύο μεγάλοι ἐν τῷ στερεώματι φωστῆρες κ. τ. λ. Die ῥωμαϊκὴ ἀρχή (c. Manich. I. 24. 26), die γῆ ἣν ὁ Χριστιανῶν κοσμεῖ θεσμός (ib. c. 24), wird bei Photius von der χώρα oder πολιτεία τῶν μισοχρίστων Σαρακηνῶν sorglich unterschieden (vgl. L. I. ep. 18. c. 3. p. 780 ed. Migne.) ep. encycl. n. 42 (p. 180 ed. Bal.): τὸ βαρβαρικὸν καὶ ἀλλόφυλλον τῶν Ἀράβων ἔθνος.

[39]) Phot. c. Manich. I. 26: τὰ μὲν ἐκείνων θεατρίζοντες, τὰ δὲ οἰκεῖα μυστηριαζόμενοι.

[40]) Georg. Hamart. Chron. p. 587 seq. Theophan. ap. Constant. de adm. imp. c. 14. 22.

[41]) ὅσα μὴ τὴν θείαν ἀγάπην καὶ πίστιν ἐπιλυμαίνεται q. 179. p. 884. Vgl. ib. das τὸ μὴ πείθεσθαι κατὰ τὸ σέβας.

reinen Wandel der Christen erröthen, den Ungehorsam in religiösen Dingen nicht auf Rechnung frechen Trotzes und der Unbotmäßigkeit setzen, sondern als Wirkung einer höheren göttlichen Kraft ansehen, damit auch, wofern sie wollen, die Erhabenheit des Christenthums schätzen und liebgewinnen, daß kein Vorwand für die Verfolgung bleibt, die Verläumdung zum Schweigen gebracht, der Diener Gottes verherrlicht und die Welt durch ihn besiegt wird.[44])

Allem Anschein nach war der strenggläubige Photius der erste byzantinische Patriarch, der mit den verhaßten Feinden des Reiches, die er sonst selbst als gottlose Ismaeliten und Gottverhaßte Barbaren darzustellen pflegte,[45]) in eine engere Verbindung trat, die dann sein Schüler Nikolaus fortzusetzen und zum Vortheil des Reiches zu benützen strebte. Aber es schwieg auch nicht die theologische Polemik, die seit dem achten Jahrhundert lebendiger geworden war und auch später noch in vielen Schriften hervortrat.[46]) Kaiser Basilius wollte, wie die Juden, so auch die in seinem Reiche wohnenden „Söhne der Agar"[47]) zum Christenthum bekehren und in seinem Auftrag verfaßte der Philosoph Niketas von Byzanz, der schon früher unter Michael III. zwei saracenische Schriftstücke widerlegt hatte,[48]) eine ausführliche Widerlegung des Islam.[49]) Nachdem er den Bekehrungseifer des Kaisers gepriesen und die von ihm der Kirche vergönnte Ruhe hervorgehoben, gibt er zuerst eine Darlegung der christlichen Trinitätslehre und darauf unter Anführung verschiedener (oft unrichtig übersetzter) Stellen des Koran eine Kritik der muselmännischen Dogmen. Im Vergleiche mit den heiligen Büchern der Christen und Juden erscheint ihm das verabscheuungswürdige Buch des falschen Propheten als zusammenhangslos, unsinnig, dämonisch, voll der Unwissenheit und der Lästerungen gegen Gott, der dort körperlich und sphärisch gedacht werde,[50]) zu Mord und Fleischeslust

---

[44]) q. 179 cit.

[45]) ep. 118. p. 163. Cf. c. Man. I. 26: τὸ θεομάχον ἄθροισμα.

[46]) Hieher gehören: 1. Dam. de haer. n. 100 (Le Quien I. p. 100—115.) Disput. Sarac. et christ. (ib. II. 466—469. Gall. XIII. 272—276). 2. Theodor. Abucara Dial. c. Sarac. (Gretser Opp. XV.) 3. Gregor. Decapol. λόγος ἱστορικὸς περὶ ὀπτασίας κ. τ. λ. (Gall. l. c. p. 513—518.) 4. Samon. Gaz. Disp. cum Achmet Sarac. de Euchar. (Gall. XIV. 225—229.) 5. Barthol. Edessen. c. Muh. (Migne CIV. 1383 seq.) 6. Euthym. Zigab. Panopl. tit. XXVIII. Disp. c. philos. Sarac. (Mai N. PP. Bibl. IV. 443—451.) 7. Nicet. Chon. de superstit. Saracen. (ib. p. 432—442.)

[47]) Die Saracenen hießen schon früher Agarener. Cyrill. Scythop. Vita S. Euthym. c. 33. 89 (Cotel. M. E. Gr. II. 229. 230): οἱ τῆς Ἄγαρ υἱοί. Cyrill. L. II. in Isai. (Migne LXX. 493.) Chron. pasch. p. 52. Epiph. h. 4. n. 3. p. 9 ed. Petav. Vgl. Ps. 82, 6. Plin. VI. 28. Strabo L. VII. p. 528.

[48]) Demonstr. et refut. ep. I. et ep. II. Agaren. (Mai l. c. p. 409—431. Migne CV. p. 807—842).

[49]) Refutatio libri Mahometis (Mai l. c. p. 321—408. Migne p. 669—805.) Aus den früheren Schriften werden hier längere Stellen herübergenommen.

[50]) l. c. n. 29. p. 708 ed. Migne: ὅτι ὁλοσφαιρός ἐστιν ὁ θεός, von der σφαῖρα ist im Folg. die Rede. Andere lesen aber: ὁλόσφυρος in Sure 112, 2. (Reland. Mohom. II. 3. Freitag im Lexikon) und Niketas selbst hat später, gleichsam sich verbessernd, das letztere Wort (n. 89. p. 784.) wie auch Bartholomäus von Edessa (l. c. p. 1453.). Bei

anregend und nur zum Verderben führend. Photius hielt sich von dieser Polemik ferne, vielleicht weil er sie für resultatlos hielt und weil sie eher die den Moslemen unterworfenen Christen gefährdete, als jene zu diesen hinüberzog. Dagegen bot die profane griechische Literatur, die den Arabern zum Theile aus syrischen, persischen, später auch aus unmittelbar nach dem Urtexte gefertigten Uebersetzungen bekannt ward,[89]) einen Anknüpfungspunkt; seit dem Chalifen Mamun waren diesem wißbegierigen Volke philosophische, mathematische und medicinische Schriften der Griechen zugänglich gemacht und mehr und mehr verbreitet worden. Das Studium des Aristoteles, das damals bei den Arabern eifrig betrieben ward, konnte insbesondere einen regen Verkehr mit den Gelehrten des griechischen Kaiserreiches herbeiführen; schon hatte die Beschäftigung mit der auswärtigen Literatur vielen Neuerungen innerhalb des Islam und verschiedenen theologischen Richtungen, auch dem Rationalismus und Skepticismus, die Wege geebnet.[90]) Ich halte es für sehr wahrscheinlich, daß die Beziehungen des Photius zu den saracenischen Fürsten vorzugsweise dem Gebiete der Profanliteratur angehörten, daß er mehr als Gelehrter denn als Patriarch mit ihnen Verbindungen unterhielt, die aber auch den christlichen Interessen Nutzen bringen konnten.

Sehr lebhaft interessirte sich unser Patriarch für die heiligen Stätten Palästina's. Aus einem in sehr mangelhafter und lückenhafter Form erhaltenen Schriftstücke desselben ersehen wir, daß er von eifrigen und ausdauernden Besuchern Jerusalems Erkundigungen über die heiligen Orte einzog.[91]) Dort erwähnt er zuerst, daß der alte salomonische Tempel von der Gottlosigkeit der Saracenen in Besitz genommen, als Moschee gebraucht und den Christen ganz unzugänglich geworden sei, wie diesen überhaupt die saracenischen Heiligthümer verschlossen blieben. Sodann äußert er sich noch über das Grab des Erlösers, das stets von den Gläubigen hochverehrt war, ohne die Stätte der Kreuzigung zu erwähnen. Die Notizen, die er über die Grabstätte gesammelt, sind hauptsächlich folgende. Das Grab des Herrn ist vom alten Jerusalem um eine Bogenschußweite entfernt, von der sogenannten Akra oder Sion zwei Stadien; denn die Altstadt umschließt in sich Sion, das die Stelle der Akra und des Castell's einnimmt, wie ein größerer Umkreis, der den kleineren in sich schließt. Als die heilige Helena nach Jerusalem kam und jenen heiligen Ort von dem aufgehäuften Schutt und Schmutz reinigen ließ, trennte sie von der alten Mauer den Theil ab, der zum Grabe des Herrn sich hinzog, dehnte den Bau weiter aus und gab der Stadt einen größeren Umkreis, in dessen Raum sie auch das

Euthymius in der Panoplia (Migne CXXX. 1341): ὁλόσφυρον ἤτοι σφυρωμένον. Spätere verstanden das vielgedeutete Wort nicht mehr. Neander K. G. II. S. 619. N. 6.

[89]) Weil Chalifen II. S. 80. 81. 170. 171. 281—285. 370 f. Wenrich de auctor. graecor. versionibus et comment. syriacis, arabicis, armeniacis persicisque commentatio. Renaudot. Hist. Patr. Alex. Jacobit. P. II. p. 271. 275.

[90]) Renaudot l. c. p. 276.

[91]) Cf. q. 107. Amph. cit. p. 182: ἃ μὲν οὖν ἐν τῷ τέως παρὰ τῶν ἀφιχθέντων τὸν πανσέμνον ἐκεῖνον τόπον καλόν τινα βίου κατηναλωκότων ἀνεμάθομεν.

Grab des Lebens einschloß.[52]) Hier erbaute sie einen Tempel, in dessen Mitte das Grab des Herrn war, das die Stelle des Ambo einnehmen, wenn auch nicht dessen Dienst leisten sollte. In das Grab der Auferstehung (Anastasis) kann man nur durch die kleinen Thore des Altars eintreten. Das Grab des Herrn selbst ist ein natürlicher Stein (Fels); diesen machen die Aushöhlungen zum Grabe. Der Fels ist von Osten nach Westen ausgehöhlt, die Aushöhlung hat die Höhe eines erwachsenen Mannes, in der Breite kann nur ein einziger Mann durchgehen, in der Länge können drei oder vier sich befinden. Innerhalb des ausgehauenen Felsens ist ein anderer Stein durch Aushöhlungen gleichsam aufgezogen und geöffnet, in Form eines Parallelepipedon und geräumig genug, einen erwachsenen Mann aufzunehmen; in diesen soll der gläubige Joseph von Arimathäa den unbefleckten Leib des Herrn gelegt haben. Es ist aber der Eingang zum Grabe oder dessen Oeffnung, wie man die Seite nennen mag, von der der Künstler den Fels auszuhauen begann, gegen Osten offen und es können die von daher Kommenden gegen Westen ihre Verehrung bezeigen.[53]) Der Stein aber, der ursprünglich die Oeffnung des Grabmals verschloß, soll ehedem zweifach getheilt worden sein.[54]) Der eine Theil ward mit Erz überzogen und er liegt nahe am Grabe,[55]) der andere aber ward in einem Theile der Frauenabtheilung, der gegen Westen steht, hinterlegt und genießt ebenso die gebührende Verehrung. Der mit Erz überzogene Stein wird von dem Erzbischof mit Balsam gesalbt und wer will, kann von dem geheiligten Balsam erhalten.[56]) Dieser von Erz umschlossene Stein wird des Jahres einmal in der Leidenszeit des Herrn von dem Erzbischofe als Altartisch gebraucht. Auch werden die zur Zierde des Heiligthums dienenden mannshohen Säulen, fünf nördliche und fünf südliche, erwähnt, deren letztes Paar in entsprechendem Abstand eine andere Säule in die Mitte nimmt, während gegen Osten nichts eingeschoben, sondern Alles offen ist wie beim Eingange des Grabes. Ueber den genannten eilf[57]) Säulen, heißt es weiter, befinden sich Gesimse und Schutzdächer, die eine vierseitige Gestalt bilden; durch sie

---

52) Eus. Vita Const. III. 28 seq. Cyrill. Hier. Catech. 14. n. 9. Cf. Touttée in h. l. n. 6. p. 208 et p. 417 seq.

53) Paschas. Radbert. L. II. in Mth. 27, 60. Cf. Bed. ex Adamanno de loc. sanct. c. 2. ap. Bar. a. 81. n. 188 et Hodoeporicon S. Willibaldi (Canis.-Basnag. Thes. Mon. II, I. p. 111 112.) Theodor. de loc. ss. libell. ed. Tobler S. Gall. 1865. Joh. Phocas Descript. terrae sanctae c. 14 (Migne CXXXIII. 941.)

54) Beda ex Adam. l. c.: lapis, qui ad ostium monumenti positus erat, nunc scissus est: cujus pars minor quadratum altare ante ostium nihilominus ejusdem monumenti stat, major in orientali ejusdem loco quadrangulum aliud altare sub linteaminibus exstat.

55) Cyrill. Cat. 13. n. 39 sagt: ὁ ἐπιτεθεὶς τῇ θύρᾳ λίθος, ὁ μέχρι σήμερον παρὰ τῷ μνημείῳ κείμενος und auch Hier. ep. 27. nov. ed. 86 de S. Paula setzt voraus, daß der Stein damals noch innerhalb des Grabmonumentes sich befand.

56) War das etwa der Balsam, den sich Willibald um 721 in Jerusalem kaufte (Hodoepor. cit. p. 113.)?

57) Zwölf Säulen an dem Halbkreis der Grabeskirche erwähnt Eus. l. c. c. 38. Perdic. Expos. memorab. Hier. (Migne l. c. p. 965) erwähnt nur αὐτὰς μάρμαρος στυλωτάτας.

haben die Säulen unter sich Verbindung, wie von ihnen herauswachsend, von Ost, West, Nord und Süd, erheben sich über ihnen Schwibbogen, die über das Grab gleichsam ein Dach bilden. Der Künstler hat aber statt des (förmlichen) Dachs eine Kreisform gewählt und nach Art eines Rauchfangs das Dach verlängert, indem er mehr mit der ausgedehnten Spitze eines Kegels als mit einer ebenmäßigen Decke die Wölbungen zu ihrem Abschluß brachte.[54])

Diese fragmentarischen Aufzeichnungen unseres Patriarchen, die kunstverständige Vertreter der Palästina-Studien nach ihrem Inhalte genauer würdigen mögen,[55]) lassen darauf schließen, daß ihm die in der Gewalt der Moslemen befindlichen heiligen Stätten wohl am Herzen lagen und er vielleicht auch zu ihren Gunsten seine Beziehungen zu arabischen Großen benützt haben mag.

---

3. Rom und Byzanz in Kroatien, Dalmatien und Mähren.

Wie in Bulgarien die Missionsbestrebungen von Rom und Constantinopel auseinander gestoßen waren und einen lebhaften Kampf hervorgerufen hatten, so war auch bald in den westlich und nördlich von diesem Lande gelegenen illyrischen Gebieten, die slavische Völkerschaften bewohnten, die Rivalität beider Kirchen hervorgetreten, von denen die eine die alten Rechte zu schützen, die andere Eroberungen zu machen sann.[1]) Einerseits in Dalmatien, Kroatien und Slavonien, andererseits in Mähren und Ungarn wurden von den Griechen Versuche gemacht, ihr Kirchenwesen zur entschiedenen Geltung zu bringen, und gerade in dem Momente, in dem der Friede zwischen den beiden Mittelpunkten der christlichen Cultur, Rom und Byzanz, auf's Neue befestigt werden zu wollen schien, regte sich der Kampf an den äußersten Grenzen ihrer Gebiete um so stärker.

Die Länder an der Ostküste des adriatischen Meeres konnte das römische Patriarchat mit denselben Rechtstiteln sich vindiciren, wie das Land der Bulgaren; auch sie gehörten zu Illyrikum.[2]) Constantin Porphyrogenitus versteht unter Dalmatien das ganze westliche Illyrikum mit Ausnahme von Norikum.[3]) Hier hatten seit dem vierten Jahrhundert slavische Stämme sich auszubreiten

---

[54]) Das Hemisphäroid der Auferstehungskirche soll Bischof Modestus zu einer vollständigen Rotunde ausgebaut haben. Schon damals hatte die Grabkapelle ihre Kuppel. Analog ist die Beschreibung der neuen Basilika in der oben (Abschn. 1) angeführten Rede des Photius (Migne CII. 569): [illegible]. Ausführlicher der Anonymus de locis Hierос. (Migne l. c. p. 978.) Vieles an dem Bau ist noch unklar. Vgl. übrigens Unger die Bauten Constantin des Großen am heiligen Grabe zu Jerusalem. Göttingen 1863 und in dem Art. „Griechische Kunst" (Ersch und Gruber Encykl. Sect. I. Bd. 81. S. 337.)

[55]) Oekonomos verweist auf den uns nicht zugänglichen [illegible]. Athen 1850.

[1]) Vgl. Le Quien Or. chr. I. p. 108. Diss. c. 15. §. 4.

[2]) Farlati Illyric. sacr. t. I. p. 64 seq. 87 seq.

[3]) Cf. not. in Const. Porphyrog. de adm. imp. p. 318 ed. Bonn.

gesucht;[4]) unter Kaiser Heraklius (gegen 640) erlangten die Chrobaten (Kroaten) und Serbler (Serben)[5]) fast ganz Dalmatien, woraus sie die Avaren vertrieben; der Fluß Nestus oder Tilurus, auch Zentina, schied das Gebiet der beiden Stämme; Kroatien gränzte an Istrien im Westen und Norden, im Osten und Süden an das Land der Serbler.[6]) Mit dem Eindringen dieser heidnischen Stämme war die christliche Bildung des einst durch Diokletian bevorzugten, durch den heiligen Hieronymus berühmten Landes auf das äußerste gefährdet, die römische Bevölkerung zurückgedrängt, ihre blühenden Städte, namentlich die Metropole Salona 639[7]) zerstört. Indessen erlangten die Chrobaten oder Kroaten von Rom aus unter ihrem Fürsten Porga Missionäre; sie stellten ihr Land unter den Schutz des heiligen Petrus und gelobten feierlich, sich aller Räubereien und Einfälle in fremde Länder zu enthalten.[8]) Auch die Serbler, die sich bis gegen Dyrrachium hin ausdehnten, sollen schon von Heraklius zur Taufe genöthigt worden sein;[9]) doch war die Bekehrung keine allgemeine und das Christenthum war noch wenig unter den Einwohnern befestigt, obschon in dem gegen 647 gegründeten Spalatro[10]) die Succession der Metropoliten von Salona sich forterhielt. Unter der Herrschaft Kaiser Michael's II. (gegen 827) fielen die Serbler vom oströmischen Reiche wieder ab und stellten sogar den Götzendienst wieder her, ohne daß in der nächsten Zeit von Byzanz aus etwas dagegen geschehen wäre.[11]) Bald nachher warfen auch die Kroaten, die unter Karl dem Großen die fränkische Hoheit anerkannt, das ihnen verhaßte Joch wieder ab,[12]) blieben aber dabei dem Christenthum noch treu, ja es ließ sich der noch unbekehrte Theil des Volkes unter dem Erzbischof Peter III. von Spalatro taufen.[13]) Unter dem Fürsten Tirpimir (Terpemere), der mit diesem Erzbischof in freundschaftlicher Verbindung stand,[14]) soll nach dem Berichte Constantin's aus „Francien“ ein frommer

---

[4]) Farlati I. 122.

[5]) Vgl. Zeuß die Deutschen und die Nachbarstämme S. 608.

[6]) Const. de adm. imp. c. 30. p. 143. 144; c. 31. p. 148; c. 32. p. 158. Farlati I. 122. 123. Constantin hat leider von c. 29—32 die chronologische Ordnung ganz und gar außer Acht gelassen. Farlati III. 83.

[7]) Farlati II. 312 seq. 336.

[8]) Const. l. c. c. 31. p. 149. Farlati III. p. 84 seq. Döllinger Lehrb. d. K. G. I. S. 390 f. Johann X. sagt darum (Farl. III. 95), daß ihr Land a cunabulis suam praedicationis apostolicae von Rom erhalten habe.

[9]) Const. l. c. c. 32. p. 152. 153.

[10]) Farlati II. 337. III. 1 seq. .. [illegible] heißt die Stadt bei Constantin c. 29. p. 126. 137, wo auch erwähnt ist, daß die Reliquien des heiligen Domnians (Domnius) und des heiligen Anastasius von Salona dahin kamen. Vgl. Farl. III. 30 seq. §. 8.

[11]) Farl. III. 46. Döllinger a. a. O.

[12]) Const. c. 30. p. 144. 145 sagt, die Franken hätten sogar die Säuglinge der Kroaten den Hunden vorgeworfen, deshalb seien die fränkischen Befehlshaber getödtet worden; in einem siebenjährigen Kriege (nach Farlati 825—832) seien die Kroaten Sieger geblieben.

[13]) Farl. III. 47. 48. Von dieser zweiten Taufe ist Const. c. 30. p. 145 zu verstehen. Damals soll Porinus Fürst gewesen sein, den man sonst zum Vater des Porga gemacht hat.

[14]) S. das Diplom desselben von 837 bei Farl. III. 51—55.

Mann im Laiengewande, aber groß im Ansehen und als Wunderthäter berühmt, Namens Martin, zu den Kroaten gekommen sein und das früher vom Papste gestellte Verlangen erneuert haben.[15]) In der That scheinen sie von da an meistens nur Angriffe abgewehrt zu haben, so den des Michael-Bogoris[16]) von Bulgarien, dem es nicht gelang, sie tributpflichtig zu machen.[17]) Auch die Serbier schlugen den Angriff Michael's zurück, wie früher den seines Vaters Preslan; sie erlangten von ihm einen vortheilhaften Frieden, nachdem sie seinen Sohn Vlastemer gefangen genommen und zwölf große Kriegsmaschinen erbeutet hatten.[18])

Kaiser Basilius hatte schon von seinem Regierungsantritt an seine Aufmerksamkeit auf diese Völkerschaften gerichtet und seine Bestrebungen wurden dadurch begünstigt, daß dieselben gegen die bereits auch ihre Küsten infestirenden Saracenen den Schutz einer Seemacht suchen mußten. Als die Saracenen 868 Dalmatien bedrängten und Ragusa belagerten,[19]) hatten die Serbier sich nach Byzanz gewendet und wirklich von dort Beistand erhalten. Constantin Porphyrogenitus berichtet, daß die Slavenvölker Dalmatiens Boten an den Kaiser sandten und ihm ihre Unterwerfung unter das oströmische Reich wie die Annahme der Taufe antrugen, worauf dieser sogleich einging und ihnen einen Befehlshaber sowie Geistliche zusandte.[20]) Es waren dieses sicher vorzugsweise die Serbier, die 827 sich gegen das Reich und die Kirche zugleich empört und jetzt 868 sich wieder beider Joch gefallen ließen, um starken Schutz zu finden.[21]) Der Kaiser wollte sie rücksichtsvoll behandelt wissen; er ließ sie auch jetzt noch wie früher Häuptlinge aus den bei ihnen beliebten Geschlechtern wählen, die sonst die Herrschaft geführt.[22]) Bei der Expedition gegen Bari standen auch die Dalmater und Serbier den Griechen bei, die Kroaten aber standen zu den Franken unter Ludwig II.;[23]) sie waren also wohl nach ihrem Aufstande wieder zu den Franken zurückgekehrt. Constantin erzählt ferner, die an unzugänglichen Orten wohnenden Arentaner oder Paganer[24]) seien bei der

[15]) Const. c. 31. p. 150. Vielleicht haben wir nur eine Sage hierin zu suchen, die aus der Verehrung des heiligen Martin von Tours, der in Pannonien und in „Francien" war, entstanden ist.

[16]) Derselbe Michael heißt bald *Βορίσης* (so c. 32, auch in der Vita Clem. c. 4. p. 6; c. 17. p. 23), bald *Βορώσης* (so Const. c. 31).

[17]) Const. c. 31. p. 150. 151.

[18]) Ib. c. 32. p. 154. 155.

[19]) S. oben B. IV. Abschn. 10. S. 169. Pag. a. 867. n. 20. 21.

[20]) Const. de adm. imp. c. 29. p. 129.

[21]) Farlati III. 58.

[22]) Const. l. c.: *καὶ μετὰ τὸ βαπτισθῆναι αὐτοὺς τότε προσέβαλλετο εἰς αὐτοὺς ἄρχοντας, οὓς ἐκεῖνοι ἤθελον καὶ προέκρινον ἀπὸ γενεᾶς, ἧς ἐκεῖνοι ἠγάπων καὶ ἔστεργον.. καὶ ἐκ τότε μέχρι τοῦ νῦν ἐκ τῶν αὐτῶν γενεῶν γίνονται ἄρχοντες εἰς αὐτούς, καὶ οὐκ ἐξ ἑτέρας.*

[23]) Farlati l. c. Cf. Ludov. ep. ad Basil. apud Baron. a. 871. n. 67. Farlati p. 57.

[24]) Pagani heißen nach Const. l. c. c. 36. p. 168 die Nachkommen der ungetauften Serbier, denen mehrere Inseln zugehörten. Bei Cedrenus heißen sie *'Ρεντανοί*; auch Narentaner werden sie genannt. Vgl. Farlati I. 219. III. 40. 56.

Taufe der Anderen unter Basilius noch ungetauft geblieben; später hätten aber auch sie Boten an den Kaiser geschickt und so gleichfalls die Taufe erlangt.[25]) Diese Taufe der bisher durch Seeräuberei vielgefürchteten Arentaner wird gewöhnlich in das Jahr 872 gesetzt.[26]) Das Concil von Delminium, das um 877 gehalten worden sein soll,[27]) ist unseres Erachtens als unglaubwürdig völlig zu verwerfen.

So war ein großer Theil der illyrischen Küstenländer unter byzantinische Herrschaft gekommen und auch in kirchlicher Beziehung wurden sie von Neurom abhängig gemacht. Der dortige Kaiserhof sorgte mit demselben Eifer wie in Bulgarien die Patriarchaljurisdiktion von Altrom auch hier zu untergraben. Etwas später schien es auch mit Kroatien zu gelingen, das noch am treuesten zu dem römischen Stuhle gehalten. Constantin Porphyrogenitus behauptet, daß auch dieses Land sich dem Basilius unterworfen.[28]) Das muß nach 871 geschehen sein, da Ludwig II. noch die Kroaten bei seinen Truppen hatte, wahrscheinlich nach dessen Tod (875), wo die kaiserliche Macht auch in Italien fast völlig darniederlag und die schwachen fränkischen Besatzungen leicht von den Kroaten vertrieben werden konnten. Wahrscheinlich geschah es gegen 877 und 878, da Sedesclavus sich zur Herrschaft emporschwang, und in Constantinopel Beistand zu suchen veranlaßt war, sowohl um die Regierung an sich zu reißen als auch um der Gegenpartei wie den Franken widerstehen zu können.[29]) Wir lesen von Sedesclavus, daß er mit Hilfe der Byzantiner sich der Gewalt in Dalmatien auf einige Zeit bemächtigte, dann aber von Branimir gestürzt und getödtet ward (879).[30]) Während der Herrschaft des Ersteren hatte sicher Basilius großen Einfluß auf das Land; er hatte seinen Strategen in Dalmatien einen Tribut zusichern lassen; Constantin sagt uns, da die Chrobaten von den ungetauften Slaven fortwährend bedrängt worden seien, so habe ihnen Basilius gerathen, des Friedens wegen das, was sie bisher dem kaiserlichen Befehlshaber gezahlt, jenen zu geben und diesem nur noch eine unbedeutende Summe zum Zeichen ihres Gehorsams zu entrichten.[31]) Es kam

---

[25]) Const. c. 29. l. c.: *Μετὰ δὲ ταῦτα καὶ αὐτοὶ ἀποστείλαντες εἰς τὸν αὐτὸν ἀοίδιμον βασιλέα ἐξητήσαντο βαπτισθῆναι καὶ αὐτοί· καὶ ἀποστείλας ἐβάπτισε καὶ αὐτούς.*

[26]) Farl. III. 57. 67.

[27]) Ib. 67—71 nach Diocl. und Marulus. Eine historische Grundlage dürfte aus diesen von Anachronismen strotzenden Berichten bei dem Mangel anderer verläßiger Angaben nur sehr schwer aufzufinden sein.

[28]) Theoph. Cont. V. 54. de adm. imp. p. 129. Cf. Pag. a. 867. n. 21.

[29]) Farlati III. 73. 74. 81. Dümmler Ostfr. Gesch. II. S. 26. Uebrigens mag, wie Dudik I. S. 197 mit Recht hervorhebt, die treulose Gefangennahme des Mährenfürsten Rastiz oder Rastislaw durch die Deutschen und seinen mit diesen verbündeten Neffen Swatopluk im Jahre 870 diese stammverwandten Völker beunruhigt und zu engerem Anschluße an Byzanz geneigt gemacht haben.

[30]) Dandolo Chronic. Venet. a. 878: Per eos dies Sedesclavus ex progenie Tribumiri, fultus imperiali praesidio Dalmatiae ducatum arripuit filiosque Domagoi exilio misit, quem non multo interjecto tempore Branimirus occidit et ducatum ejus accepit.

[31]) Const. de adm. imp. c. 30. p. 146. 147.

ihm vor Allem auf die Anerkennung seiner Oberherrschaft an,[32]) die aber, wie es scheint, nur auf ganz kurze Zeit erreicht ward.[33]) Noch weniger scheint in kirchlicher Beziehung für Byzanz gewonnen worden zu sein; denn Sedesclavus hatte keineswegs alle Beziehungen zum römischen Stuhle abgebrochen und Branimir stellte den Verband mit Rom, wie wir bald sehen werden, völlig wieder her. Im Ganzen waren die Bestrebungen des Basilius, die westillyrischen Küstenländer in politischer und in kirchlicher Hinsicht mit seinem Reiche enge zu verbinden, nur von vorübergehendem Erfolg, so gefährlich sie auch dem römischen Patriarchate bei der längeren Fortdauer einer kräftigen Herrschaft in Constantinopel hätten werden können. Das Reich war an zu vielen Punkten in Kriege verwickelt, um hier etwas Dauerndes schaffen zu können und der Unabhängigkeitssinn der alten Piratenbevölkerung wußte ein tieferes Eingreifen der Griechen zu verhindern.

Schon damals hatte auch das Abendland nicht versäumt, die Verbindung mit den Dalmatiern und Kroaten aufrecht zu halten. Schon der leichteren Verbindung mit Bulgarien wegen waren diese Länder für den römischen Stuhl von großer Wichtigkeit. In den ersten Monaten des Jahres 879 hatte Johann VIII., der von seinen Legaten Paulus und Eugenius noch keinen Bericht erhalten, sich entschlossen, auf einem anderen Wege, dem durch die slavischen Küstenländer, einen Legaten an den Fürsten Michael zu senden. Er erließ ein Schreiben an denselben,[34]) worin er ihn ganz in der früheren Weise, nur mit weniger scharfen Ausdrücken gegen die Griechen,[35]) zur Rückkehr zum Gehorsam gegen den heiligen Petrus aufforderte, sich bereit erklärte, das was etwa die Gesandten des römischen Stuhls verbrochen haben könnten, wieder gut zu machen,[36]) und ihm seine ungeschwächte Liebe für ihn betheuerte. Ebenso schrieb er an einige bulgarische Optimaten Petrus, Cerbula und Sundika,[37]) denen er die Vereinigung mit dem römischen Stuhle an das Herz legte, damit

[32]) ibid. p. 147: ἵνα μόνον δείκνυται ἡ πρὸς τοὺς βασιλεῖς τῶν Ῥωμαίων καὶ πρὸς τὸν στρατηγὸν αὐτῶν ὑποταγὴ καὶ δούλωσις.

[33]) Das am Meer gelegene kleinere Kroatien scheint unter Branimir völlig unabhängig geworden zu sein, wie das Diplom seines Nachfolgers Muncimir von 890 (Farl. III. 83—84) erweisen dürfte. Das transalpinische Kroatien zwischen Sau und Drau blieb in der Gewalt der Franken. Farl. l. c. p. 74. Const. c. 30. p. 141: Οἱ δὲ λοιποὶ Χρωβάτοι ἔμειναν πρὸς Φραγγίαν (Germanien).. ὑπόκεινται δὲ Ὤτῳ τῷ μεγάλῳ ῥηγὶ Φραγγίας, τῆς καὶ Σαξίας, καὶ ἀβάπτιστοι τυγχάνουσι, συμπενθερίας μετὰ τοὺς Τούρκους (Ungarn c. 38. p. 168 seq.) καὶ ἀγάπας ἔχοντες.

[34]) ep. 174. p. 118. 119. Jaffé n. 2466. „Quia vos."

[35]) Doch ist auch hier von der calliditas quorumdam die Rede, die von der Lehre des heiligen Petrus die Bulgaren abgezogen, qui (ut pace Graecorum loquamur) quotidie novis et variis disciplinis atque dogmatibus confunduntur, und der Fürst wird aufgefordert, relictis superfluitatibus et seductionum scandalis in den Mutterschooß der römischen Kirche zurückzukehren.

[36]) Et ecce parati sumus, ut vos lucrifaciamus, et quidquid legatorum nostrorum offuscatione offensum est, ad purum corrigere et omnia maturissime redintegrando curare.

[37]) ep. 175. p. 119 ad consiliarios Michaelis J. n. 2467.

nicht die Bulgaren länger durch die Verführung von Solchen, die verkehrten Glaubens seien,[38]) Schaden an ihrer Seele litten; dabei verhieß er alle billigen und gerechten Gesuche völlig befriedigen zu wollen.[39]) Damit aber der Gesandte sicher nach Bulgarien gelangen könne, schrieb er an Sedesclavus, den „gloriosus comes Sclavorum", dessen religiöse und günstige Gesinnung ihm bekannt war, er solle aus Liebe zu den Apostelfürsten Petrus und Paulus, seinen Beschützern, denselben sicher nach Bulgarien geleiten und mit allem Nöthigen versehen lassen.[40])

Nicht lange nach dem Erlaß dieser Schreiben traf ein Gesandter des neuen Fürsten der Chrobaten Branimir, der Priester Johannes, in Rom ein. Er brachte ehrfurchtsvolle Schreiben des Fürsten wie des zum Bischof von Nona[41]) erwählten Diakons Theodosius mit. Letzterer bat um den Segen und die Gunst des apostolischen Stuhles,[42]) während auch der Fürst das Verlangen ausdrückte, sich enge mit demselben zu verbinden. Der Papst war darüber hocherfreut und sandte den Priester Johannes mit mehreren Schreiben nach Kroatien, von wo aus er auch Bulgarien besuchen sollte.

Das vom 4. Juni 879 datirte Schreiben an den neugewählten Bischof Theodosius[43]) belobt die aufrichtige Ergebenheit gegen den römischen Stuhl wie die Tugenden desselben, die der Priester Johannes mündlich geschildert. Der Papst nimmt den Prälaten mit offenen Armen auf[44]) und mahnt ihn, sich von keiner Seite her irre machen und die bischöfliche Consekration sich von keinem Anderen ertheilen zu lassen, als von dem Nachfolger Petri, von dem seine Vorgänger die Dogmen des göttlichen Gesetzes wie die Ehre des Hohenpriesterthums erlangt, weßhalb er ihn einladet, selber nach Rom zu reisen.[45])

---

[38]) quorumdam perversi dogmatis suasionibus.

[39]) quoniam nos in tantum amorem super vos ducimur, ut quidquid juste et secundum Deum petieritis, a nobis impetrare valeatis, vestrisque petitionibus irrefragabiliter velimus effectum annuere.

[40]) ep. 176. p. 119. 120. J. n. 2168.

[41]) Nona war eine der elf Zupanien, in die Kroatien getheilt war, die achte bei Const. Porphyrog. l. c. c. 30. p. 145. Farlati I. 155. Der Name kam wahrscheinlich von der alten Stadt Aenona. Ihre Häuptlinge nannten die Chrobaten ζουπάνους γέροντας. Const. c. 29. p. 128. Cf. Du Cange in Alex. p. 347. Zupa, sagt Farlati I. 23, = populus, zupania = regio populis referta, e vicis, oppidis et urbibus constans, Toparchie. Ueber die Bischöfe von Nona s. Farlati l. c. p. 304 seq.

[42]) nostram gratiam et benedictionem humili prorsus affectu expetere studuisti — sagt der Papst in seiner Antwort.

[43]) ep. 183. p. 124. „Dilectionis tuae literis."

[44]) Unde te quasi dilectum corporis Christi membrum et spiritalem filium nostri apostolatus ulnis extensis amplectimur paternoque amore diligimus, atque apostolica semper volumus benignitate fovere.

[45]) Ideo monemus sagacitatem tuam, ne in quamlibet partem aliam declines et contra sacra venerabilium Patrum instituta episcopatus gratiam recipere quaeras..., sed toto corde totaque voluntate ad gremium Sedis apostolicae, unde antecessores tui divinae legis dogmata melliflua cum sacrae institutionis forma summique sacerdotii honorem sumserunt, redeas, quatenus et ipse ab Apost. Sede, quae caput et

Am 7. Juni schrieb der Papst dem Fürsten Branimir,[46]) er habe aus dessen Brief die Ergebenheit desselben gegen den apostolischen Stuhl deutlich erkannt, danke ihm für seine guten Gesinnungen, und nehme ihn, der ein treuer und gehorsamer Sohn des heiligen Petrus sein und zur Mutter aller Kirchen zurückkehren wolle, mit aller Liebe auf.[47]) Je demüthiger er sich Gott unterwerfe, je eifriger er seine heiligen Gebote befolge und seinen Priestern und Dienern die gebührende Ehre aus Liebe zum Herrn erweise, desto sicherer werde er über alle Feinde und alle Aufrührer triumphiren; er möge daher in allen seinen Handlungen Gott vor Augen haben, ihn fürchten und von ganzem Herzen lieben. Den apostolischen Segen, den der Fürst gewünscht, habe er ihm und seinem ganzen Volke am Himmelfahrtsfeste unter der heiligen Messe am Altar des Apostels Petrus mit zum Himmel erhobenen Händen feierlich ertheilt, auf daß er jetzt und in Ewigkeit an Leib und Seele das Heil erlange, seine irdische Herrschaft mit Glück und Sicherheit führe und nach dem Tode mit Gott ewig herrsche. Er habe dem wohlbewährten Priester Johannes auch ein Schreiben an den König der Bulgaren mitgegeben und bitte ihn, denselben baldigst sicher dahin reisen zu lassen, wofür er ihm stets Dank wissen werde.

Von gleichem Datum ist der Erlaß an den Clerus und das Volk von Kroatien.[48]) Der Papst spricht darin aus, er habe aus dem Schreiben des Fürsten auch die Glaubensaufrichtigkeit sowie die Anhänglichkeit der Geistlichen und Laien des Landes an den heiligen Petrus erkannt und mit hoher Freude ihr Verlangen nach der Gnade und dem Segen des apostolischen Stuhles vernommen. Er nehme sie in Liebe auf, sei ihrer stets im Gebete eingedenk und besorgt für ihr Wohl; sie möchten ihrerseits standhaft bei diesen Gesinnungen beharren, da nur der das Heil erlange, der ausharre bis an's Ende.

Am 10. Juni schrieb der Papst auch an die Bischöfe Vitalis von Adra,[49]) Dominikus von Absara[50]) und die übrigen Prälaten Dalmatiens, auch an den Archipresbyter Johannes von Salona,[51]) den Clerus und die Häuptlinge von

magistra est omnium ecclesiarum Dei, episcopalem consecrationem per nostrae manus impositionem Christo annuente percipias.

[46]) ep. 181. p. 125. 126. Farlati Illyr. sacr. III. IV. 207. Jaffé n. 2478.

[47]) Dignas valde gratias agimus, paternoque amore, utpote carissimum filium ad gremium S. Sedis Ap. matris tuae, de cujus videl. purissimo fonte patres tui mellifluae sanctae praedicationis potavere fluenta, redeuntem suscipimus et spiritalibus amplectimur ulnis.

[48]) ep. 185. p. 126: Omnibus venerabilibus sacerdotibus et universo populo (Branimiro subjectis) „Cum literas" Jaffé n. 2479.

[49]) Adra in Liburnien. Vgl. Farlati Illyr. sacr. I. p. 153. 154.

[50]) Bei Const. Porph. l. c. Ὄψαρα, ital. Osero, auch Absorus, Absyrtium, Auxerum, Ossero, eine Insel Farlati l. c. p. 189.

[51]) Der Stuhl von Salona war damals durch den Tod Georg's II. erledigt. Es war dieses eine alte Metropole. Um 531 erscheint Frontinus als Metropolit derselben (Victor Tunun. Chron. h. a. Gall. XII. 231.) wie unter Gregor dem Großen Natalis. Schon im fünften Jahrhundert scheint nach Zosim. P. ep. ad Hesych. Salon. der Metropolitenrang dieses Stuhls außer Zweifel. Farlati l. c. I. p. 300. III. p. 58.

Spalatro und Zadara (Jadera, Zara), sowie der anderen Städte.[52]) Schon lange habe er sie als ihm in dem heiligen Petrus anvertraute Schafe mit seiner Hirtensorgfalt heimsuchen wollen, aber er sei daran bis jetzt, namentlich durch die stete Verfolgung der Saracenen, verhindert worden. Jetzt richte er mit diesem Schreiben an sie die Ermahnung, ihren Vorfahren folgend[53]) zurückzukehren zu dem Stuhle des Apostels Petrus, dem Haupt und Lehrer aller Kirchen Gottes, von ihm die Ehre des Hohenpriesterthums, die Form aller kirchlichen Einrichtungen zu empfangen, insbesondere den Erzbischof, den sie wählen würden, zum Empfange der Weihe und des Palliums nach alter Sitte nach Rom zu senden.[54]) Sollten ihnen von Seite der Griechen oder der Slaven wegen der Rückkehr nach Rom und der Erlangung der Weihe und des Palliums Schwierigkeiten gemacht werden, so werde er sie nach den Dekreten der heiligen Väter und der früheren Päpste mit apostolischer Autorität unterstützen.[55]) Würden sie aber diese apostolische Mahnung oder vielmehr diese kanonische Weisung für nichts achten, so würde sie der Verlust der kirchlichen Gemeinschaft treffen; es sei ihnen nicht gestattet, von einem Anderen die Weihe oder das Pallium zu nehmen. Noch Anderes werde der Ueberbringer dieses Schreibens, der Priester Johannes, mündlich mittheilen,[56]) dem sie ohne Bedenken Glauben beimessen sollten.

Schon am 8. Juni war der Brief an den Bulgarenfürsten erlassen,[57]) den derselbe Priester überbringen sollte. Hier erinnert Johann VIII. den Fürsten an die von ihm zu seinem Vorgänger Nikolaus abgeordnete Gesandtschaft und an das, was die römische Kirche für ihn gethan, betheuert ihm seinen Eifer für sein geistliches Wohl und mahnt ihn zur Rückkehr in den

---

[52]) ep. 190. p. 129. 130 ad Salonitanos clericos „Pastorali sollicitudine moti". Farlati III. 77. Jaffé n. 2481.

[53]) Die völlige Abhängigkeit Dalmatiens vom römischen Stuhle beweisen namentlich Gregor's I. Briefe (L. I. 19. 20. 21. 38. L. II. 18. 19. 20. 52. IV. 10. Jaffé n. 721—723. 742. 810—812. 839. 919.).

[54]) Reminisci namque debetis, quanta eosdem praecessores vestros prospera evidentissime comitabantur, quando ad limina Petri coelestis regni clavigeri devoto pectore quasi proprii filii confluebant, et quanta postmodum nunc usque sustinueritis adversa, cum ab ea vos quasi alienos separare non dubitastis. Quapropter vos plurimum diligentes, non ea, quae vestra, sed vos quaerentes, paterna benignitate monemus, .. ut .. ad gremium S. Rom. Ecclesiae matris vestrae redire ovanter attendatis, ut electus a vobis canonice archiepiscopus una cum vestro omnium consensu et voluntate ad nos veniens gratiam episcopalis consecrationis sacrumque pallium a nobis more pristino incunctanter percipiat.

[55]) Porro si aliquid de parte Graecorum vel Sclavorum super vestra ad nos reversione vel consecratione aut de pallii perceptione dubitatis, scitote pro certo, quoniam nos secundum SS. Patrum decessorumque nostrorum pontificum statuta vos adjuvare apostolica auctoritate curabimus.

[56]) cui aliqua injunximus vobis verbo tenus referenda.

[57]) ep. 189. p. 126. 127. „Quantae pietatis" Jaffé n. 2480. Die Inhaltsübersicht: agit Deo gratias, quod legatos ad se miserit, ist unrichtig. Es ist nur von der früheren Gesandtschaft an Papst Nikolaus die Rede.

Schooß derselben; er wolle eine Gesandtschaft an ihn abordnen, sobald er erfahren, daß der Fürst sie gerne aufnehme; darüber möge er ihm durch den Priester Johannes Nachricht geben.[58]) Gott, der ihm den Weg der Wahrheit gezeigt und sich gewürdigt, sein Herz mit dem Lichte seiner Klarheit zu erleuchten, möge ihn jetzt und immer in allem Wohlergehen erhalten.

Noch in demselben Sommer kam indessen ein bulgarischer Gesandter Namens Funtikus mit Geschenken nach Rom, ohne daß er jedoch bevollmächtigt gewesen wäre, einen förmlichen Anschluß Bulgariens an den römischen Stuhl zu erklären. Der Papst dankte[59]) für die Gesandtschaft und die Geschenke, sprach seine Freude darüber aus, daß er vernommen, wie es dem Fürsten wohlergehe, und wiederholte seine Ermahnungen, indem er seinen Schmerz darüber zu erkennen gab, daß der Fürst den Stuhl des heiligen Petrus, dem er so viel zu verdanken habe,[60]) verlassen und die Stimme seiner stets um ihn besorgten Mutter nicht mehr hören wolle. Er erklärte sich energisch gegen das Unrecht der Griechen, die eine dem römischen Stuhle zugehörige Diöcese sich angeeignet, und sagt ihm, er würde durch ein apostolisches Urtheil sie schon genöthigt haben, das Land zu räumen, hätte nicht die Liebe zu ihm davon abgehalten.[61]) Der Papst setzte Alles in Bewegung, um die Bulgaren wieder zu gewinnen, Motive der Liebe wie der Gerechtigkeit, Warnungen und Ermunterungen; so äußerte er sich auch in einem anderen Briefe: „Wenn ihr von denen, die Wir exkommunicirt haben, was immer für Sakramente empfangt, so scheint ihr den Götzendienst verlassen zu haben, nicht um Katholiken, sondern um Schismatiker zu werden." [62])

Am meisten Erfolg hatte der Papst bei den Chrobaten. Der von ihm nach Rom entbotene Bischof Theodosius von Nona erschien dort wirklich (zwischen dem Herbste 879 und dem Frühjahr 880) und gab dem Papste persönlich Kunde von der Ergebenheit der Nation gegen den apostolischen Stuhl. Johannes schrieb daher[63]) an Branimir und seine Großen (880), er habe bei

---

[58]) p. 129.

[59]) ep. 192. p. 131. „Multas regias".

[60]) B. Petri, qui tibi in manifesta visione apparuit et opportunum auxilium praebuit.

[61]) Non enim licitum fuit Graecis, alterius parochiam usurpare, sanctis hoc Patribus aperte prohibentibus; et idcirco ipsi contra canones Spiritu Dei conditos et totius mundi reverentia consecratos nostras retinent dioeceses. Quas, si pro tuo nobis non esset amore, jam per apostolicam sententiam inde compelleremus exire. Diese letzten Worte sprechen dafür, daß der Brief einer früheren Zeit angehört; indessen zwingen sie nicht zu dieser Annahme. Die Worte „Data ut supra" am Schlusse und die Stelle, die der Brief in der Sammlung einnimmt, weisen ihn dem Juni 879 zu. Jaffé p. 281. n. 2484.

[62]) Das Fragment steht als ep. 312 bei Mansi p. 225.

[63]) ep. 281. p. 209. 210. Excellentissimo viro Branimiro glorioso Comiti. Hier heißt Branimir comes; in der ep. 185 ward er als princeps bezeichnet; er scheint nur Gebieter eines kleinen Landstrichs gewesen zu sein. Der Brief ist ebenso auch an omnes religiosos sacerdotes et honorabiles judices et cunctum populum gerichtet. Darin wird Theodosius „episcopus vester" genannt, gleich als ob er der einzige Bischof im Gebiete Branimir's gewesen wäre, während es in der Nähe sicher mehrere Bisthümer gab. Die

der durch Theodosius erhaltenen Kunde von ihrer Anhänglichkeit an den Stuhl Petri Gott tausendfachen Dank dargebracht, der sie zu einer so großen Gnade zu führen und sie seinen Schafen beizuzählen sich gewürdigt habe, er wolle sie nun auch zur Beharrlichkeit ermuntern, sowie dazu, daß sie ihre Gesinnungen durch die That bewähren möchten.[64]) Damit er aber das, was zu ihrem Heile diene, zur Ehre und Erhöhung des apostolischen Stuhles anderweitig bewirken könne, wie Branimir geschrieben, sei es nöthig, daß sie bei der Rückkehr ihres Bischofs Theodosius taugliche Gesandte nach Rom abordneten, die den apostolischen Stuhl im Namen Aller konsultirten, damit auch er mit ihnen seinen Legaten an sie abgehen lassen könne.[65]) Sie möchten standhaft bleiben; besser sei es, nichts zu geloben, als nach dem Gelöbnisse das Verheißene nicht zu erfüllen.

Dem eben genannten Bischofe Theodosius hatte auch vor seiner Abreise nach Rom Michael von Bulgarien das Versprechen gegeben, er wolle mit ihm seine Gesandten dahin abgehen lassen; aber er hielt nicht Wort. In einem Briefe von 880 beklagt sich der Papst darüber und empfahl dem Fürsten, jetzt doch Gesandte zu schicken, damit sie an den Brüsten ihrer Mutter, der römischen Kirche, die für ihr Heil so besorgt sei, gesättigt und mit allem Guten erfüllt werden könnten.[66]) Noch einmal, wie es scheint, im Jahre 881, wandte sich Johannes an Michael mit einem Ermahnungsschreiben.[67]) Da nicht sowohl der Anfang im Guten, als das Ende zu loben sei, so danke er Gott, daß Michael, gleichwie er im Anfange sich an die römische Kirche gewendet, so jetzt wieder sie ehre; er müsse sein derselben gemachtes Versprechen halten, seine Fehler wieder gut machen und möge dazu einen Legaten nach Rom senden. Der Papst müsse ihn, wenn er das Begangene nicht verbessere, ernst tadeln und mit geistlichen Strafen gegen ihn einschreiten.[68])

Michael hatte sicher ein gutes Einvernehmen mit dem Papste gewünscht; aber ebenso wünschte er es mit Byzanz. Die griechischen Geistlichen konnte er nicht mehr so leicht entfernen; er mußte sich scheuen, den Kaiser Basilius zu beleidigen; so gab er dem römischen Stuhle öfter Hoffnungen, die sich nicht verwirklichen sollten. Das byzantinische Wesen hatte sich einigermaßen befestigt;

Bischöfe von Arba und Absara (ep. 190) sowie andere gehörten wohl nicht mehr zu diesem kroatischen Gebiet und Nona war wirklich sein einziges Bisthum. Farl. III. 76.

[64]) p. 210: quatenus qui sub alis et regimine atque defensione B. Petri Apostoli et nostra toto conamine vos subdere atque in ejus servitio perseverare quasi dilecti filii procuratis, apertius hoc ostendatis atque impleatis.

[65]) quibus secundum morem et consuetudinem Ecclesiae nostrae universus populus vester fidelitatem promittat. Es ist unklar, ob das quibus sich auf den Fürsten (ad vos) oder auf den Papst (nos dirigamus) beziehe, da nur von einem Missus die Rede ist. Das Letztere ist wohl das Richtige; die fidelitas soll der römischen Kirche gelobt werden.

[66]) Joh. ep. 287. p. 211. Jaffé p. 287. n. 2555.

[67]) ep. 297. p. 217. 218. Jaffé p. 289. n. 2580.

[68]) Hac igitur .. nos potestate, licet indigni, utentes cogimur, si non emendaveritis quod gessistis, et ad praesens vos in hoc saeculo digne corripere, et ut in futuro, quantum in nobis est, maledictionibus repleamini, non praeterire.

schon gab es Bulgaren, die dem Mönchsstande in Constantinopel sich weihten und die Photius durch seinen Freund Arsenius unterweisen ließ;[69]) solche in der griechischen Hauptstadt gebildete Mönche waren sicher das tauglichste Werkzeug, um Bulgarien bei der kirchlichen Obedienz von Byzanz zu erhalten und diese konnte sich zuletzt in der Art befestigen, daß sie auch, als zwischen beiden Reichen neue Kriege ausbrachen, noch unter Symeon eine Zeitlang aufrecht gehalten ward.[70]) Uebrigens zeigte sich bald in Bulgarien das Streben, das schon in dem von Michael bei Papst Nikolaus geäußerten Wunsche nach einem eigenen Patriarchen zum Ausdruck kam, die kirchliche Autokephalie zu erringen; schon in der ersten Hälfte des zehnten Jahrhunderts ward sie erreicht.[71]) In Byzanz wollte man lieber auf Bulgarien verzichten, als es den Römern überlassen.

Was aber der Clerus von Salona und die Bischöfe Dalmatiens auf das Schreiben Johann's VIII. thaten, darüber finden wir weder in dessen Briefen, noch sonstwo eine genauere Auskunft. Daß einige Bischöfe in den an Dyrrachium grenzenden Gebieten wie auch in den Küstenorten und Inseln Dalmatiens von den Griechen aufgestellt oder doch von ihnen abhängig waren, dürfte kaum zu bezweifeln sein. Der Brief Johann's VIII. an den dalmatinischen Clerus, der auch auf griechische Bemühungen in diesen Gegenden hinweist, die Erwähnung des Bischofs Sergius von Belgrad,[72]) das Abhängigkeitsverhältniß der Küstenlande vom griechischen Reiche — Alles scheint dafür zu sprechen. Nun finden wir auch in der großen Zahl von Bischöfen, die auf der photianischen Synode von 879 erscheinen, mehrere, denen unter den bekannten Bischofssitzen des griechischen Reiches keiner angewiesen werden kann, deren Episkopate vielmehr auf Dalmatien hinzuweisen scheinen. So Aetius von Domna,[73]) der wahrscheinlich dem Bisthum Dumnus, Dumnum (früher Delminium)[74]) angehört; so Symeon von Tribonas,[75]) worunter wahrscheinlich Tribunium, Terbunium zu verstehen ist;[76]) so Nikephorus von Kadara,[77]) welches an Katherum, Cattaro[78]) erinnert; so Michael von Morlas,[79]) wobei

---

[69]) Phot. ep. 236. p. 357. 358: Ἀρσενίῳ μονάζοντι καὶ ἡσυχαστῇ, μετὰ τὰ ἀποσταλῆναι πρὸς αὐτὸν τοὺς ἐκ Βουλγαρίας ζητοῦντας μονάσαι. Bal. ep. 255. p. 556. S. oben S. 221 f.

[70]) Dafür sprechen mehrere der von Mai edirten Briefe des Nikolaus Mystikus.

[71]) Le Quien Or. chr. III. 283. 284. Ob schon unter Leo VI. diese dauernde Lostrennung von Cpl. erfolgte, möchten wir bezweifeln. Theophylakt setzt die Autokephalie sicher voraus, wenn er fragt (ep. 27 ad Mich. Chalc.): *Τίς ἐν Βουλγαρίᾳ μετουσία τῷ Κωνσταντινουπόλεως πατριάρχῃ, μήτε χειροτονιῶν ἐπ' αὐτῇ δίκαια ἔχοντι, λαχούσῃ τὸν ἀρχιεπίσκοπον αὐτοκέφαλον, μήτ' ἄλλο τι διαδικάσασθαι κατὰ ταύτης πρωτεῖον;*

[72]) S. oben S. 302. N. 82.

[73]) Mansi XVII. 377 E.

[74]) Farlati Illyr. sacr. I. 158. 308. III. 11.

[75]) Mansi l. c. D. τριβωνίδος. Vat. 1918: τριβωνίδος. Mon. 436: τριβώνα.

[76]) Farl. l. c. 157. 160. III. 11.

[77]) Mansi p. 376 A. Wie Mansi haben die von uns benützten Handschriften.

[78]) Farl. l. c. p. 150. 308. Es hieß auch Decatera (Const. l. c. p. 139), Acruvium.

[79]) Mansi p. 377 C.

an Mokri, Mokrum (Makarska)[60]) gedacht werden kann. Die vier genannten Bisthümer liegen zwischen Durazzo und Spalatro im südöstlichen Theile Dalmatiens, jenseits des Grenzflusses, der das kroatische Gebiet schied. Es können das sehr gut Bischöfe gewesen sein, die von Photius nach Bulgarien gesandt waren; die Entfernung dieser Orte von Achrida ist nicht sehr groß und zudem waren die Bulgaren unter Michael Bogoris mit den Serbiern und Kroaten häufig in Krieg; sie konnten leicht diese Punkte besetzt haben.

Wie dem aber auch sei, die Dalmatiner blieben noch sicher eine Zeitlang unter der Obedienz von Byzanz; ja es scheint, daß der neugewählte Erzbischof Marinus von Salona,[61]) vielleicht aus Auftrag des Photius oder auf Bitten des einheimischen Clerus, anstatt in Rom, vielmehr durch Walpert von Aquileja die Consekration erhielt.[62]) Ersteres erlangt den höchsten Grad von Wahrscheinlichkeit durch die innige Verbindung, in der Photius mit Walpert stand. Es mochte die Verbindung einzelner Prälaten mit Photius, die Rücksicht auf den byzantinischen Hof und die Furcht, ihn zu beleidigen, die Dalmatiner abhalten, dem Wunsche des Papstes zu entsprechen. Indessen ist es außer Zweifel, daß sie nicht sehr lange nachher doch dem römischen Stuhl sich wieder unterwarfen. Ob schon 880 und wegen des Abscheus vor dem Benehmen des Photius, wie Farlati annimmt,[63]) scheint durchaus zweifelhaft; daß wir in den späteren Briefen Johann's VIII. keine weiteren Ermahnungen zur Rückkehr an die Salonitaner gerichtet finden,[64]) kann hiefür um so weniger beweisend sein, als auch keine solchen bezüglich Bulgariens mehr vorkommen, die sicher über 881 hinaus gingen. Unter Leo VI. finden wir keine Spur, daß Salona-Spalatro zum griechischen Patriarchate gerechnet war; das wahrscheinlich in seiner ursprünglichen Gestalt unter diesem Kaiser angefertigte Verzeichniß der diesem Sprengel unterworfenen Metropoliten hat dasselbe nicht und das zweite Decennium des zehnten Jahrhunderts liefert in den Briefen der Päpste Johann X. (914—928)[65]) und Leo VI. (928—929),[66]) sowie in dem um 925 zu Spalatro gehaltenen Concilium unter dem Erzbischof Johann III. und den päpstlichen Legaten Johannes von Ankona und Leo von Paläſtrina[67]) den Beweis, daß damals alle Verbindung mit den Griechen aufgegeben und

[60]) Farlati l. c. 118. 807. III. 11.

[61]) Farl. III. p. 76.

[62]) ibid. p. 78. 79. Es wird dafür das Fragment von Stephan VI. bei Ivo Decret. P. V. c. 13 angeführt, worin Walpert also angeredet wird: Qui transgressis terminis tibi commissis in ecclesia Salonicensi Episcopum ordinare ad indecentiam Sedis Apostolicae praesumsisti; quod quantae praevaricationis sit, ipse perpende.

[63]) l. c. p. 79.

[64]) l. c. p. 79. 80.

[65]) Joh. X. ep. ad Joh. AEp. Spal. „Cum religio" Farlati l. c. p. 93—ep. ad Tamislaum Reg. Croat. „Divina" Farl. p. 94—ep. ad Joh. AEp. „Quia in vobis". p. 101. Jaffé n. 2736—2738.

[66]) Leo VI. ep. ad Episc. Dalmat. Farlati l. c. p. 106. Ughelli Italia sacra V. 14. 21. „Quia gratuita". Jaffé n. 2712.

[67]) Farlati l. c. p. 84—101.

der Gehorsam gegen die römische Kirche vollständig hergestellt war. Der Bischof Gregor von Nona hatte sich und Kroatien von der Metropole Salona unabhängig machen wollen; Leo VI. aber befestigte seinen Verband mit derselben auf's Neue, gab ihm aber auch die Kirche von Scardona.[86])

Die auf dem genannten Concil wie in den Briefen Johann's X. besprochene slavische Liturgie zeigt uns aber auch, daß Dalmatien vielfach mit Mähren in Berührung gekommen war und von den berühmten Missionären Cyrill und Methodius eine mehrfache Einwirkung erfahren haben muß.[87]) Hier erweitert sich uns der Schauplatz des großen Kampfes in den Missionsgebieten; hier werden wir vor Allem auf die Schicksale des Methodius zurückgeführt, der, von der römischen Kirche zum Bischof erhoben, vielfache Kämpfe mit den Deutschen und vielleicht auch mit seinen Landsleuten, den Griechen, überstanden hat. Ob schon damals, als Cyrill und Methodius gemeinsam in Mähren predigten, zwischen ihnen und anderen, namentlich den deutschen Missionären Streitigkeiten ausbrachen,[88]) ist zweifelhaft; sicher aber war das der Fall, als Methodius, von Hadrian II. mit der erzbischöflichen Würde geschmückt, nebst mehreren seiner zu Rom in den Clerus aufgenommenen Schüler[89]) (869—870) in sein Missionsgebiet zurückgekommen und sowohl im Gebiete des Rastislav, als in dem des Kozel, des Sohns und Nachfolgers des 860 von den Mähren erschlagenen Privina, thätig war.

Der Sprengel des Methodius hatte, wie ehedem der des Bonifacius, noch keine festen Grenzen, noch keinen bestimmten Metropolitansitz. Der Erzbischof sollte die alte pannonische Diöcese, die unter der früheren, von den Avaren 582 eroberten und verheerten[90]) Metropole von Sirmium stand, regieren[91]) und zu dieser gehörte auch das Land der Mähren (Moravos).[92])

---

[86]) ib. p. 106. 107.

[87]) Spätere Zeugen, wie der Priester von Dioklea, schreiben diesen beiden Heiligen auch die Bekehrung von ganz Dalmatien zu. Farlati l. c. p. 58—66. Das excerpt. e libello de conversione Carant. bei Wattenbach Beitr. Beil. III. S. 50 spricht dafür, daß Methodius durch Istrien und Dalmatien reiste.

[88]) Dafür spricht blos die Pannonische Legende. Vgl. Wattenbach S. 36. 13. Dudik Gesch. Mähren's I. S. 172. Dümmler Ostfr. G. I. 626.

[89]) Transl. S. Clem. c. 9. Vita Clem. Bulg. c. 3. p. 4 ed. Miklosich.

[90]) Theoph. Simoc. l. 3. p. 38. Menander p. 425.

[91]) Joh. VIII. ep. 195. p. 133 bezeichnet ihn als archiepiscopus Pannoniensis ecclesiae, Rector und die Vita Meth. c. 8 als Nachfolger des heiligen Andronikus. Gegen Blumberger (Wiener Jahrbücher der Lit. 1824. Bd. 26. S. 220 ff. 1827. Bd. 37. S. 42 ff. 69 ff.), der den Methodius blos zum Bischofe der Slaven in Pannonien macht und die Aechtheit der hieher gehörigen päpstlichen Briefe bestreitet, haben Wattenbach und Dümmler das Nöthige bemerkt. Vgl. Würzb. kath. Wochenschr. 1857. „Die beiden Slavenapostel" Art. VIII. S. 228 ff. 246 ff. Gingel S. 51. 52. Dümmler Ostfr. Gesch. I. 702.

[92]) Vit. Clem. Bulg. l. c.: *ἐπίσκοπον Μοράβου τῆς Παννονίας*. c. 2. p. 2: *ἐς τὴν Παννόνων ἐπαρχίαν ἐπέμψεν, ἀρχιεπίσκοπος Μοράβου γενόμενος*. Const. Porph. de adm. imp. c. 40. p. 173 nennt *μεγάλη Μοραβία* das Land, worin Swatopluk (des Rastislaw Nachfolger) herrschte und das nachher die Ungarn eroberten. Vgl. c. 13. p. 81; c. 38. p. 168 seq.; c. 42. p. 177; es lag jenseits der Donau (p. 177. Cedr. II. 627) von Bel-

Da Methodius nach seiner Rückkehr wegen des Krieges zwischen Mähren und Ostfranken (868—874) nicht beständig in dem Gebiete des Rastislav, der 870 gestürzt ward, sondern hauptsächlich in dem Gebiete des Kozel, wenigstens in der ersten Zeit, sich aufhielt:[85]) so kam er hier mit deutschen Missionären in Berührung, insbesondere mit denen von Salzburg. Denn diesem Sprengel soll Karl der Große das untere Pannonien zugetheilt haben, wie das obere der Diöcese Passau — eine Maßregel übrigens, die niemals vom römischen Stuhle bestätigt worden war.[86])

Im Gebiete des Fürsten Kozel am Plattensee, zu Moosburg, hatte Erzbischof Adelwin von Salzburg 864—865 geistliche Rechte ausgeübt, gefirmt und gepredigt;[87]) als Vikar desselben war der Erzpriester Richbald dort angestellt. Dieser mußte jetzt vor Methodius weichen, dem er sich in keiner Weise unterwerfen wollte; er kehrte nach Salzburg mit ernsten Klagen zurück.[88]) Von hier aus wurde bereits zwischen 871 und 873 eine Denkschrift gegen Methodius, dessen Weihe durch den Papst völlig ignorirt ward, an den deutschen König gerichtet. Neben der Beschuldigung, daß der fremde Geistliche in die bis dahin unbestrittene, seit fünfundsiebenzig Jahren[89]) ausschließlich geübte Jurisdiktion des Stuhles von Salzburg eingegriffen, ohne Erlaubniß des Ordinarius in einer fremden Diöcese fungirt und den Richbald zum Verzicht auf seinen Posten getrieben, wird auch die andere erhoben, daß er die lateinische Lehre und Kirchensprache verachte, neu erfundene slovenische Buchstaben und die slovenische Sprache bei der Liturgie gebrauche. Wahrscheinlich hatte Methodius eben durch diesen der slavischen Bevölkerung entsprechenden Ritus vielen Anklang gefunden, vielleicht auch dem Richbald seinen Einfluß bei dem Fürsten Kozel entzogen und unter Berufung auf die vom Papste ihm ertheilte Vollmacht Gehorsam von Seite der deutschen Geistlichen verlangt. Der Streit war so ein doppelter: er betraf einerseits die Jurisdiktionsrechte, andererseits den Ritus.

---

grad aus. Es gab wohl auch ein bulgarisches Moravo (Assem. B. O. VI. 39); auch Margus soll so geheißen haben. Dobrowsky S. 81 ff. Dudik I. S. 100 f.

[85]) Dümmler S. 187 f. Ginzel S. 53—58. Dudik S. 214.

[86]) Dudik S. 91. 114. 189.

[87]) De conversione Bajoariorum et Carentanorum. Pertz Scr. XI. 1 seq.

[88]) ibid.: qui (Richbaldus) multum ibi demoratus est, usque dum quidam Graecus, Methodius nomine, noviter inventis slavinis literis auctorabiliter latinam philosophiae superducens, vilescere fecit cuncto populo ex parte Missas et Evangelia ecclesiasticumque officium illorum, qui hoc latine celebraverunt. Quod ille ferre non valens sedem repetivit Juvavensem.

[89]) Nach Wattenbach S. 18. N. 1. von 796, von Pipin's Anordnung an, nach Ginzel S. 6. 7. N. 6 von 798 an gerechnet. Vgl. Dümmler Ostfr. G. I. S. 814. N. 48. Die Stelle lautet also: A tempore igitur, quo dato et praecepto Domini Karoli imperatoris orientalis Pannoniae populus a Juvavensibus regi coepit praesulibus, usque in praesens tempus sunt anni 75, quod nullus Episcopus alicubi veniens potestatem habuit ecclesiasticam in illo confinio nisi Salzburgenses rectores, neque presbyter aliunde veniens plus tribus mensibus ibi suum ausus est colere officium, priusquam suam dimissoriam Episcopo praesentaverit epistolam. Hoc enim ibi observatum fuit, usque dum nova orta est doctrina Methodii philosophi.

König Ludwig nahm sich der Salzburger energisch an und erhob bei Papst Johann VIII. Einsprache gegen die von Methodius geübte Jurisdiktion sowie gegen dessen Neuerung im Ritus. An den römischen Stuhl hatten sich sicher auch die deutschen Bischöfe zuvor gewendet und ihre Beschwerden vorgebracht, die eine ernste Erwägung zu erheischen schienen. Der Papst unterschied sehr genau die zwei Hauptanklagen gegen Methodius: er beharrte bei der durch seinen Vorgänger getroffenen Anordnung bezüglich der pannonischen Diöcese und hielt die Jurisdiktion des Methodius gegenüber den Ansprüchen Salzburgs aufrecht; aber er mißbilligte zugleich die Einführung der slavischen Messe als eine die Einheit der Kirche störende Neuerung. Er sandte (873—874) den uns bekannten Bischof Paulus von Ancona nach Deutschland und Pannonien mit Briefen für Methodius, in denen er ihm die slavische Liturgie untersagte,[100]) während er in seinen Schreiben an den deutschen König Ludwig die Rechte seines Stuhles wie des Methodius entschieden vertrat. Ganz Illyrikum, erklärte er, stehe in engerem Verbande mit dem römischen Stuhle, dieser habe dort stets die oberstbischöflichen Consekrations- und Dispositionsrechte geübt; sollte Jemand über die Zahl der Jahre Klage erheben, so möge er wissen, daß unter Christen für solche Fälle ein bestimmter Zeitraum festgestellt sei; wo aber die Wuth der Ungläubigen dazwischen getreten, könne der Ablauf auch noch so vieler Jahre den Rechten der Kirchen nicht präjudiciren, die, dem Gebrauche irdischer Waffen fremd, geduldig auf den Herrn warten, wann es ihm gefalle, sich ihrer zu erbarmen; habe doch der Herr erst nach dem Drucke von vierhundertdreißig Jahren die Israeliten aus Aegypten befreit und der Erlöser erst nach Jahrtausenden zur Erlösung der Menschheit zu erscheinen sich gewürdigt.[101]) Die Vorrechte des römischen Stuhles können durch keine Wechselfälle der Zeiten beschränkt werden; auch das kaiserliche Recht läßt erst nach hundert Jahren gegen sie eine Präscription eintreten.[102]) Jedenfalls hatten die Bischöfe Bayerns auf die Rechte des apostolischen Stuhles keine Rücksicht genommen, sei es, daß sie dieselben, wie des Papstes Aeußerungen schließen lassen, für längst verjährt erklärten,[103]) oder daß sie die Legitimation des Methodius für unterschoben hielten oder sich doch den Schein gaben, als sei sie ihrer Ansicht nach unächt. Solche Ausflüchte waren nach den Erklärungen des Papstes nicht mehr möglich. An Ludwig's Sohn Karlmann schrieb Johannes: „Nachdem man uns das Pannonische Bisthum zurückgegeben, soll es unserem Bruder Methodius gestattet sein, nach altem Brauche alle bischöflichen Amtsverrichtungen ungehindert auszuüben.“[104]) Auch den slavischen

---

[100]) ep. 195 ad Meth. p. 130: Jam litteris nostris per Paulum Ep. Anconitanum tibi directis prohibuimus, ne in ea lingua (sclavina) sacra Missarum solemnia celebrares.

[101]) Commonitorium ap. Bouix Coll. can. I. 13. Mansi XVII. 264. Wattenbach S. 118. Vgl. S. 16.

[102]) Boczek Cod. dipl. Morav. p. 34. Timon imago ant. Hung. I. 142. Wattenbach S. 49.

[103]) Dümmler Passau. Leg. S. 190 f.

[104]) Die Worte: Restituto et reddito nobis Pannoniensium episcopatu liceat prae-

Fürsten Muntemir forderte er auf, zur Pannonischen Diöcese zurückzukehren und sich der Obhut des vom apostolischen Stuhle eingesetzten Prälaten anzuvertrauen.[105])

Der Papst drang bei König Ludwig durch. In dem von diesem bald nach seiner Zusammenkunft mit Johannes zu Verona mit Swatopluk, dem Nachfolger des Rastislav, zu Forchheim 874 abgeschlossenen Frieden scheint auch die Anerkennung des Pannonischen Erzbisthums des Methodius ausgesprochen worden zu sein.[106]) Wofern die Angabe der Pannonischen Legende richtig ist, daß die deutschen Bischöfe während dieses Streites den Methodius 2½ Jahr gefangen hielten und erst in Folge der Drohungen des Papstes ihn wieder freiließen,[107]) ist diese Freilassung in dasselbe Jahr 874 zu setzen.

Von dieser Zeit an erlangte das mährische Reich unter Swatopluk seine höchste Blüthe. Da Kozel zwischen 874—877 ohne Erben starb und sein Gebiet, wenigstens zum größten Theil, unter deutsche Herrschaft kam,[108]) so hielt sich Methodius von nun an vorherrschend in Swatopluk's Reich auf. Salzburg scheint keine Ansprüche mehr erhoben zu haben; im November 877 erhielt Erzbischof Theotmar das Pallium von Johann VIII.[109])

Gleichwohl blieb man von deutscher Seite nicht ruhig. In Folge des Friedens mit König Ludwig hatte die fränkische Geistlichkeit an Swatopluk's Hof großen Einfluß. Ihr war Methodius schon als Grieche verdächtig; sein Symbolum ohne das Filioque sowie die Abhaltung des Gottesdienstes in slavischer Sprache gaben Anlaß zu heftigen Angriffen;[110]) Swatopluk selbst wurde mißtrauisch und zweifelte, wem er zu folgen habe; neben religiösen Bedenken mögen auch politische Besorgnisse in ihm erwacht sein. Deßhalb sandte er den Priester Johann von Venedig nach Rom, um dem Papste seine Zweifel vorzutragen.

---

dicto fratri etc. übersetzt Wattenbach S. 19: „Da uns das P. Bisthum zurückgegeben und restituirt ist" und bezieht sie auf die bereits erfolgte Rückgabe; sie könnten aber auch bedeuten: Es sei ihm vergönnt, nachdem man das Bisthum uns zurückgegeben haben wird (Dobrowsky Cyrill und Meth. S. 91 f.). Indessen ist doch Ersteres als wahrscheinlicher mit Dümmler Östr. Gesch. I. 819 anzunehmen.

[105]) Timon l. c. Jaffé n. 2250. Daß Muntimir (Mountemer) Fürst von Serbien war, zeigt Dümmler Pannon. Leg. S. 187 f. N. 6.

[106]) Dümmler a. a. O. S. 181 f. Östr. G. I. 819. Dudik S. 211 f.

[107]) Vita Meth. c. 9. Dümmler P. L. S. 160. 180. Östr. G. I. 815. Dudik S. 216. Die Bischöfe, die ihn gefangen hielten, sollen bald darauf durch Gottes Strafgericht gestorben sein. Nach Wattenbach waren es Adelwin von Salzburg († 11. Mai 873), Ermenrich Bischof von Passau, Anno von Freising und ein Bischof von Brixen, vielleicht auch Chorbischöfe.

[108]) Dümmler die südöstl. Marken des fr. Reiches S. 41. Pan. Leg. S. 192. Östr. G. I. 820.

[109]) Joh. ep. 61. p. 64. Wattenbach S. 20. Dümmler Östr. G. I. 819.

[110]) Die den Deutschen höchst feindselige Vita Clem. c. 5. p. 8 läßt die häretischen Franken ganz und gar den Τριγλώσσοις (Var.: Τριγλωσσίταις. Const. P. c. 13. p. 61: Τρισευλώνοις) für ihre Lehre gewinnen, besonders durch Nachsicht gegen dessen Laster sowie durch Klagen über die von ihren Gegnern vorgetragene Lehre.

In Folge der ihm gemachten Mittheilungen erließ Johannes am 14. Juni 879 zwei Schreiben, das eine an Methodius,[111]) das andere an Swatopluk.[112]) Dem Ersteren drückte er sein Erstaunen darüber aus, von ihm hören zu müssen, wie er anders lehre als die heilige römische Kirche und das Volk zum Irrthum verleite, weßhalb er zur Verantwortung nach Rom kommen solle, wo man seine Lehre prüfen und sich überzeugen wolle, ob er wirklich in anderer Weise predige, als er es dem römischen Stuhle mündlich und schriftlich (bei seiner Ordination) gelobt. Ebenso äußerte der Papst sein Mißfallen darüber, daß Methodius in slavischer Sprache die Messe singe, was ihm schon durch Paul von Ancona verboten worden sei; nur in griechischer oder lateinischer Sprache solle das geschehen, die Predigt aber und der Volksunterricht sei in der Volkssprache zu halten. Den Fürsten aber mahnte er, fest bei der Lehre der römischen Kirche zu verharren, und erklärte, das über die Lehre des Methodius Vernommene habe ihn sehr befremdet, weßhalb er ihm unverweiltes Erscheinen in Rom geboten.

Ob Methodius das frühere, von Bischof Paul überbrachte Schreiben erhalten, ist zweifelhaft;[113]) jetzt leistete er der päpstlichen Vorladung pünktlich Folge. Es mochte ihm die Gelegenheit erwünscht sein, sich gegen falsche Anklagen zu vertheidigen und mit dem kraft- und einsichtsvollen Papste sich persönlich zu besprechen. Daß er bereits von dessen Vorgänger Hadrian betreffs der slavischen Liturgie ein förmliches Indult erhalten,[114]) das dem damaligen Archidiacon Johannes völlig unbekannt geblieben wäre und von dem dieser als unmittelbarer Nachfolger nichts gewußt hätte, läßt sich kaum annehmen; bezüglich des Symbolums aber war Methodius sicher, daß das von ihm bei der Consekration in Rom abgelegte auch das des päpstlichen Stuhles war. In seinem Wirken von den Gegnern vielfach gehemmt, konnte er von einer Rechtfertigung in Rom sich nur größere Erfolge versprechen. So trat er in Begleitung von Swatopluk's Lehensmann Semisisn die Reise an.

Methodius erschien in Rom als Angeklagter; er ward aber im Juni 880 als völlig gerechtfertigt entlassen. Seinerseits mochte er auch den deutschen Geistlichen Manches vorzuwerfen haben, die sehr indulgent gegen unerlaubte Ehen und heidnische Opfergebräuche gewesen sein sollen;[115]) es mag in Rom

---

[111]) ep. 195. p. 30. Boczek p. 39. J. n. 2510.

[112]) ep. 191 ad Tuventarum de Marauna p. 132. — Assem. III. 155 wollte Tuvemalabare lesen, weil er einen Vornehmen dieses Namens unter den bulgarischen Gesandten von 870 fand. Dobrowsky (Mähr. Leg. S. 69 f.) erklärte den Tuventar für einen mährischen Fürsten und wollte statt Marauna gelesen wissen: Morawa. Dobner, Schlözer, Wattenbach, Dümmler u. A. verstehen hier mit Recht den Swatopluk.

[113]) Dobrowsky Cyrill S. 94. Nach Ginzel S. 63 hätte er Vorstellungen dagegen erhoben.

[114]) Das in der Pannon. Leg. (Dümmler S. 160) gegebene Schreiben Hadrian's können wir nicht gleich vielen verdienten Gelehrten (Dudik S. 194. 232. Dümmler Ostfr. G. I. 701. 703) als ächt anerkennen (vgl. Kath. Wochenschr. a. a. O. S. 249 ff. Ginzel S. 8 f.), wenn auch einige richtige Thatsachen ihm zu Grunde liegen mögen.

[115]) Vita Meth. c. 11. Const. c. 15. Vita Clem. c. 5 p. 8. Fragm. Joh. VIII. bei Wattenbach S. 49. Ann. Fuld. a. 899.

zu vielfachen Erörterungen gekommen sein, da auch die deutsche Partei dort ihren Vertreter in dem Alemannen Wiching [116]) hatte, den Swatopluk ebenfalls nach Rom gesandt und der als Hauptgegner des Methodius erscheint. Leider haben wir über die Verhandlungen selbst keine Documente; nur das auf den Methodius bezügliche Resultat liegt in dem päpstlichen Schreiben vom Juni 880 vor. [117])

Der Erzbischof war einer falschen Lehre beschuldigt worden. Es ist kein Zweifel, daß sich das zunächst auf die Controverse über den heiligen Geist bezieht. [118]) An sich wäre es möglich, ja sogar wahrscheinlich, daß der im byzantinischen Reiche geborene und erzogene Methodius nach dem ihm ertheilten Unterrichte das Filioque der Lateiner befremdlich fand, ja daß er — bevor die Kirche eine ausdrückliche, auch im Orient promulgirte Entscheidung erlassen — in dem Irrthum des Photius befangen war und diesen als Lehre der Väter in gutem Glauben festhielt. [119]) In Rom hatte er das Symbolum in der alten Form ohne den damals dort noch nicht eingeführten Zusatz der Franken (Bd. I. S. 711) beschworen und insoferne konnte er sich letzteren gegenüber auf die römische Kirche berufen, auch wenn die in dem Zusatze ausgedrückte Lehre nicht die seinige gewesen wäre. Die Deutschen aber, die so nachdrücklich und oft, wie zuletzt zu Worms im Mai 868, das Ausgehen des Geistes auch aus dem Sohne hervorgehoben, konnten schon das Weglassen des Zusatzes als Merkmal der Häresie betrachten; um so mehr mußten sie erbittert sein, wenn der fremde Prälat die darin ausgedrückte Lehre selbst verwarf. Daß nun Methodius das Glaubensbekenntniß ohne Filioque recitirte, ist keinem Bedenken unterworfen; hierin hatte er nicht blos die griechische, sondern auch die römische Kirche auf seiner Seite und der Papst konnte ganz richtig erklären, daß er das Symbolum ganz in der Weise der römischen Kirche festhalte und gebrauche. [120]) Aber es fragt sich außerdem, ob er in der Lehre selbst auf Seite des Photius gestanden und ob der Papst ihn dessenungeachtet von jedem Verdachte der Häresie freigesprochen habe. Wohl hatte der römische Stuhl bisher nur die Anklage der Griechen gegen die Lateiner, als sei deren Lehre häretisch, energisch zurückgewiesen und wohl anerkannt, daß noch keine allgemein

---

[116]) [illegible]. Vita Clem. c. 7. 8. p. 11.

[117]) ep. 217. p. 181. 182. Bar. a. 880. n. 16 seq. Boczek p. 42. Ueberschrift: ad Sfentopulcrum.

[118]) Vita Meth. c. 12 sind die deutschen Gegner des Methodius Leute, qui laborabant yiopatorica haeresi. Hyiopatorianer waren ursprünglich die Sabellianer, dann bei den schismatischen Griechen auch die Lateiner, weil sie das angebliche charakteristische Merkmal des Vaters, das spirare, auf den Sohn übertragen und damit gleich Sabellius die zwei Personen in Eine zusammengezogen hätten. Für diese Streitfrage zeugen auch die sehr parteiische Vita Clem. c. 5. p. 7 seq. und der angebliche Brief Stephan's V. bei Wattenbach S. 43—47.

[119]) Etwa wie einst Cyprian in der Frage über die Ketzertaufe. Vgl. Maran. Vita Cypr. p. CX—CXX. ed. Migne. Hefele Conc. I. S. 95.

[120]) Joh. op. cit.: Professus est, se juxta evangelicam et apostolicam doctrinam, sicut S. Rom. Ecclesia docet et a Patribus traditum est, tenere et psallere.

promulgirte Definition dieser Frage gegeben war, weßhalb die Griechen auch später noch nur als Schismatiker, nicht als Häretiker betrachtet wurden; wofern aber Methodius die Lehre der Lateiner als Häresie bezeichnet hätte, würde der Papst nur mit Beeinträchtigung des Dogma ihn als orthodox anerkannt haben. Zwar hat man öfter Johann VIII. einer zu starken Nachgiebigkeit in religiösen Fragen, einer nur auf das Politische gerichteten, über das Dogma hinaussehenden weltlichen Klugheit beschuldigt, [176]) wofür das unächte Schreiben an Photius Anhaltspunkte zu bieten schien; aber in dieser Ausdehnung hat man den Vorwurf nie gerechtfertigt und sicher hätte nach Nikolaus kein Papst die Lehre der lateinischen Kirche ihren Gegnern preisgeben können, ohne sich im Abendlande mit der größten Schmach zu belasten. Bei näherer Prüfung zeigt sich auch jene Annahme haltlos.

Johannes hatte 879 den Methodius scharf angelassen, daß er dem Vernehmen nach nicht lehre wie die römische Kirche und das Volk in Irrthum führe; es war ihm also das Dogma und die Uebereinstimmung mit der Lehre Rom's keine unbedeutende Sache und sicher hat er einen um Petri Stuhl hochverdienten Mann, ohne sich dazu verpflichtet zu fühlen, nicht mit Vorwürfen überhäuft. Nachdem dieser vor ihm selbst erschienen und von ihm nicht insgeheim, sondern in öffentlicher Versammlung, vor den anwesenden Bischöfen und Geistlichen genau befragt worden war, [177]) erklärte er ihn in allen Lehrstücken für orthodox und sich durchaus von seinen Antworten befriedigt. [178]) Der Papst, der vor den Irrthümern der Griechen die Bulgaren ernstlich gewarnt, auf die Anklagen der Deutschen eine Untersuchung angestellt, und zwar, wie es scheint, auch in Anwesenheit des Deutschen Wiching, legte dem Methodius nicht blos das Symbolum, sondern auch eine weitere Glaubensdarlegung vor, die derselbe annahm, [179]) und betonte nachher so scharf die Uebereinstimmung des Angeklagten mit der römischen Kirche, was er nicht nöthig gehabt, wozu ihn kein Interesse gezwungen hätte. Sicher hätte es den Deutschen wohlgefallen, hätte er den Methodius verurtheilt und den schwankenden Swatopluk allein an Wiching verwiesen, der doch auch seinen bedeutenden Anhang im Lande gehabt haben muß; diesem konnte er das Erzbisthum übertragen, anstatt ihn blos zum Suffragan des Methodius zu erheben; [180]) damit

---

[176]) Wattenbach S. 27. 28. Dümmler S. 195.

[177]) ep. 247 cit.: Igitur hunc Methodium, venerabilem archiepiscopum vestrum, interrogavimus coram positis fratribus nostris.

[178]) Nos autem illum in omnibus ecclesiasticis doctrinis et utilitatibus orthodoxum et proficuum reperientes, vobis iterum ad regendam commissam sibi ecclesiam Dei remittimus.

[179]) Joh. ep. 268. p. 199 (März 881) ad Meth.: Te coram nobis positum S. Rom. Ecclesiae doctrinam juxta SS. Patrum probabilem traditionem sequi debere monuimus et tam symbolum quam rectam fidem a te docendam et praedicandam subdidimus. Der Papst sagt nicht, daß Methodius vorher dagegen gefehlt, und setzt deutlich eine nicht blos auf das Symbolum beschränkte dogmatische Erörterung voraus.

[180]) ep. 247. p. 182: Ipsum quoque presbyterum nomine Wichinum, quem nobis direxisti, electum episcopum consecravimus s. ecclesiae Nitriensis.

war zugleich die anstößig gewordene slavische Kirchensprache beseitigt und die Errichtung der Pannonischen Diöcese immer noch aufrecht gehalten. Die Worte des Papstes geben eine eingehende Untersuchung zu erkennen, bei der sicher der von den Deutschen hervorgehobene Punkt zur Sprache kam; Methodius, der, obschon Grieche, an dem früheren Schisma des Photius keinen Antheil genommen und der römischen Kirche unverbrüchliche Treue gewahrt hatte, muß damals eine Erklärung abgegeben haben, die der Fassung der Väter und dem Abendlande gleich genügend und für Johannes völlig beruhigend war. Das konnte aber auch dann [126]) der Fall sein, wenn Methodius, dem Maximus und dem Johann von Damaskus folgend, das Ausgehen des Geistes aus dem Vater durch den Sohn bekannte — eine Formel, die sich Hadrian I. ohne Anstand gefallen ließ, ja sogar gegen die fränkischen Tadler in Schutz nahm (Bd. I. S. 691. 694), was man in Rom noch sehr wohl wissen mußte. Bei diesem Stande der Dinge war eine Verständigung sehr wohl möglich.

Gegen diese Data kann in keinem Falle die griechische Biographie des Bulgarenbischofs Clemens sprechen, die bezüglich der im Interesse des Schisma eingewebten langen Erörterung höchst verdächtig und aus Theophylaktus interpolirt scheint, dem die Abfassung oder doch die Uebertragung derselben in mehreren Handschriften und in früheren Ausgaben zugeschrieben worden ist [127]) und dessen Argumente, zumal die von Photius noch nicht vorgebrachten, hier aufgenommen sind. [128]) Die Präsumtion steht hier eher für die Originalität des gelehrten Erzbischofs als für die des Biographen, der zudem auch sonst Verdacht erregt, wie z. B. darin, daß er von der in allen anderen Quellen bezeugten Opposition gegen die slavische Messe gar nichts zu wissen scheint. Die Disputation bei dem Biographen wird übrigens erst in die Zeit nach dem Tode des Methodius versetzt, in der überhaupt der Kampf weit heftiger entbrannte, [129]) obschon die Schrift auch diesen selbst die photianische Lehre gegen die häretischen Franken vertreten läßt, ohne jedoch bestimmte Aeußerungen anzuführen. [130]) Wahrscheinlich drehte der Streit sich ursprünglich nur um die Addition, zog sich aber später der Natur der Sache gemäß sowie durch byzantinische Einwirkungen auf die controverse Lehre selbst hinüber, so daß unter den Späteren die hylopatorische Ketzerei direkt in den Vordergrund gestellt ward, der man den Heiligen entgegentreten ließ.

Aber Methodius wurde nicht nur in dogmatischer Beziehung völlig gerechtfertigt, sondern er erlangte auch von dem Papste eine weitgehende und groß-

[126]) Dudik S. 239 läßt den Methodius vollkommen die Lehre der Lateiner bekennen.

[127]) So die Edition des Mönches Ambros. Pamperes Wien 1802, die Leipziger von 1805. S. die Vorrede von Miklosich zu s. Ausgabe Wien 1847. p. V—VII.

[128]) Wir haben eine Zusammenstellung in der Recension über Ginzel's Slavenapostel gegeben (Oesterr. Vierteljahrschr. f. kath. Theol. 1862. IV. S. 636 f.).

[129]) Vita Clem. c. 6. p. 9: καὶ γὰρ ἦν μὲν Μεθόδιος ἐν τοῖς ζῶσιν [illegible] ἦν. Cf. c. 7. p. 11.

[130]) Vgl. c. 5. 6. p. 7. 9. 10. Die Lehre der Franken wird mit dem Satze bezeichnet: τὸ πνεῦμα ἐκ τοῦ υἱοῦ ἐκπορεύεσθαι.

artige Concession bezüglich der slavischen Liturgie. In dem Schreiben an Swatopluk belobt Johannes die von dem verstorbenen Constantin (Cyrill) erfundenen slavischen Buchstaben [131]) und billigt den Gebrauch dieser Sprache bei der Messe und dem Officium ausdrücklich, da ja nach der Schrift alle Zungen den Herrn preisen sollen, Gott alle Sprachen gemacht habe und hierin nichts dem wahren Glauben entgegen sei. [132]) Doch will er der größeren Ehre wegen das Evangelium in allen Kirchen zuerst in lateinischer Sprache, dann in slavischer Uebersetzung gelesen wissen, wie das in einigen Kirchen geschehe. Wofern aber der Fürst und seine Großen es vorzögen, die lateinische Messe zu hören, so solle sie ihnen lateinisch gehalten werden. Der Papst will durch dieses Indult der lateinischen Kirchensprache nichts vergeben, vielmehr ihre Rechte wahren. Wohl mag ihm Methodius, um ihn zu diesem seltenen Zugeständniß zu bewegen, die daraus hervorgehenden Vortheile einleuchtend dargestellt, auf das Beispiel der orientalischen Kirche, die auch andere Sprachen, wie die syrische, armenische und koptische gebrauche oder gestatte, auf eine frühere Besprechung mit Hadrian II., auf die Gefahr, die sich für die Neophyten aus der Beseitigung dieser Sprache ergebe, hingewiesen haben; Johannes, der damals den Photius anerkannt hatte und, oft in Collision mit den eifersüchtigen Karolingern sowie bedrängt von den Saracenen und den Fürsten Italiens, die nationalen Interessen möglichst zu schonen strebte, auch die Bulgaren, Kroaten und Dalmatiner zur römischen Kirche zurückzuführen bemüht war, fand unter den gegebenen Umständen ein Eingehen auf die Anträge des Methodius völlig gerechtfertigt. [133]) Er wollte wohl damit auch die Unabhängigkeit der Kirche Mähren's von den Byzantinern einerseits und von den Deutschen andererseits sichern; ein selbstständiger slavischer Ritus konnte gegen das Eindringen der griechischen Hierarchie zur Schutzmauer werden. In diesem Punkte der Disciplin hat der päpstliche Stuhl nach den Verhältnissen und Bedürfnissen der Zeiten und Völker, nach der größeren oder geringeren Gefahr für die kirchliche Einheit, nach dem Nutzen und der relativen Nothwendigkeit solcher Maßnahmen sich gerichtet. [134]) Johann X. gestattete später in

---

[131]) Literas slavonicas a Constantino quondam philosopho repertas. Schon Timon l. c. I. 116 las quondam statt quodam, ebenso Wattenbach. Auch sonst, z. B. ep. 75. p. 64 (oben S. 302 N. 80), wird beides verwechselt.

[132]) Neque enim tribus tantum (wie die Gegner sagten, die wegen Berufung auf die drei heiligen Sprachen des Kreuzestitels in der Vita Meth. c. 8. Pilatici heißen), sed omnibus linguis Dominum laudare auctoritate sacra monemur, quae praecipit dicens: Laudate Dominum omnes gentes etc. Et Apostoli repleti Spiritu S. locuti sunt omnibus linguis magnalia Dei. Hinc et Paulus intonat: Omnis lingua confiteatur, quia D. N. J. Chr. in gloria Dei Patris .... Nec sanae fidei vel doctrinae aliquid obstat, sive Missas in eadem slavonica lingua canere sive sacrum Evangelium vel lectiones N. et V. Testamenti bene translatas et interpretatas legere aut alia horarum officia omnia psallere, quoniam qui fecit tres principales linguas, hebraeam sc., graecam et latinam, ipse creavit et alias omnes ad laudem et gloriam suam.

[133]) Dobrowsky Cyrill S. 100. Wattenbach S. 23.

[134]) Thomassin. P. I. L. II. c. 82. n. 1 seq.

Dalmatien die slavische Liturgie nicht; hier war das Latein keine fremde Sprache wie in Mähren und die meisten Bischöfe waren selbst nicht für eine solche Concession; auch erlaubte das Privilegium Johann's VIII. nicht, es weiter auszudehnen.[135]) Nikolaus II. und Alexander II. hielten das Verbot aufrecht, wie Gregor VII. in Böhmen,[136]) während beschränktere Concessionen dieser Art auch später noch vorgekommen sind.[137])

So hatte der Papst sein früheres Verbot der slavischen Liturgie zurückgenommen, den Methodius für gerechtfertigt erklärt und in seiner Würde neu befestigt. Zugleich unterstellte er ihm den mit Rücksicht auf die in seinem Sprengel wohnenden Deutschen und das Ansuchen des Fürsten von ihm geweihten Bischof Wiching als Suffraganen[138]) und überließ die Bestimmung eines zweiten Bischofs dem Fürsten, der mit Zustimmung des Erzbischofs einen hiefür tauglichen Priester oder Diakon nach Rom zur Weihe senden sollte. Alle Geistlichen und Laien im Lande, Slaven und Andere, sollten dem Erzbischofe Methodius gehorchen, Ungehorsam aber bestraft werden nach Maßgabe der jenem mitgegebenen Instruktion.[139]) Indem der Papst diese seine Anordnungen dem Fürsten Swatopluk meldete, dankte er ihm für seine Treue gegen den römischen Stuhl.

Als aber Methodius nach Mähren zurückkam, fand er den Swatopluk, der schon früher für seine Person die lateinische Kirchensprache vorgezogen zu haben scheint, noch mehr gegen sich eingenommen. Bald trat auch sein Suffragan Wiching gegen ihn auf, indem er sich auf specielle Aufträge des Papstes und auf eidliche, in Rom eingegangene Verpflichtungen berief und sogar, wie es scheint, ein in seinem Sinne abgefaßtes päpstliches Schreiben an den Fürsten unterschob.[140]) Sicher hatten während der Abwesenheit des Methodius die fränkischen und die griechischen wie slavischen Geistlichen ihre Streitigkeiten fortgesetzt und die Differenzen der verschiedenen Parteien hatten die Kluft, welche die Sprache begründet, noch erweitert. Die weise Mäßigung des Papstes scheint bei der herrschenden Erbitterung wenig gefruchtet und der ehrgeizige, auch von den Deutschen ungünstig geschilderte Wiching die Aufregung zur Erhöhung des eigenen Ansehens gegen den Erzbischof, dem er Gehorsam hatte geloben müssen, benützt zu haben. So wandte sich Methodius schon kurze Zeit nach seiner Rückkehr mit ernsten Klagen an den Papst. Dieser belobte in sei-

[135]) Farlat. III. 91. 93–95. Wahrscheinlich kannte Johann X. das Privileg seines Vorgängers so wenig wie den Methodius — eine Unwissenheit, die bei der Barbarei jener Zeit wohl erklärlich ist. Vgl. jedoch bezüglich des Ausgangs Ginzel S. 119 f.

[136]) Farl. III. 401. 128. 137. Greg. VII. ep. ad Vratisl. Hoczek p. 166. Ginzel S. 121 f. 141.

[137]) Ueber die Concessionen Innocenz' IV. (1248) und Clemens' VI. (1347) s. Dobrowsky S. 79. 102. R. Ginzel S. 123 f. 147 f.

[138]) quem suo archiepiscopo in omnibus obedientem, sicut ss. canones docent, esse jubemus.

[139]) secundum auctoritatem capitulorum, quae illi dedimus et vobis direximus. Leider besitzen wir diese Kapitel nicht.

[140]) Dümmler Ostfr. G. II. 196. Vgl. Wattenbach S. 25. 26. Dudik S. 243.

ner Antwort [141]) vom 23. März 881 den Seeleneifer und die Rechtgläubigkeit des Erzbischofs und bezeigte ihm innige Theilnahme an den Unfällen, die ihn getroffen, mit dem Wunsche, daß Gott ihn von allen Widerwärtigkeiten befreien möge. Ausdrücklich erklärte er ihm, daß er dem Fürsten keine anderen Briefe geschrieben, als jenen, den er ihm übergeben; er habe auch dem Suffragan weder öffentlich noch heimlich etwas Anderes aufgetragen, geschweige denn ihm einen Eid abgenommen, vielmehr kein Wort über den fraglichen Gegenstand mit ihm gewechselt. [142]) Methodius möge daher seine Besorgniß aufgeben, muthig fortarbeiten und seine sonstigen Trübsale im Hinblick auf den himmlischen Lohn geduldig ertragen; sei Gott für ihn, so könne Niemand wider ihn sein. Wenn er nach Rom zurückgekehrt sei (wahrscheinlich hatte Methodius dieses Vorhaben geäußert), so wolle der Papst die Sache nach Anhörung beider Theile canonisch beendigen und den Schuldigen bestrafen. [143])

Von da an haben wir leider nur wenig sichere Data mehr. Die von einigen Legenden [144]) berichtete spätere Reise des Methodius nach Rom ist sehr zweifelhaft; vielleicht ward er daran durch Wiching's Einfluß verhindert. Wahrscheinlich erlangte der Erzbischof durch das letzte päpstliche Schreiben einige Ruhe, indem er damit seine Gegner beschämte und sie in einer Versammlung der Großen und des Volkes des Betrugs überführte; [145]) auch scheint er über seine Gegner das Anathem ausgesprochen zu haben. [146]) Als Todestag des Heiligen wird mit Recht der 6. April 885 angenommen, [147]) während nach der bulgarischen Legende, die hierin wenig Glauben verdient, sein Tod auf 892 fiele. [148])

Nur ein Dokument scheint weiteres Licht zu verbreiten, ein angeblicher

---

[141]) Joh. ep. 268 ad Meth. p. 199.

[142]) Et neque alias literas nostras ad eum directas sunt, neque episcopo illi palam vel secreto aliud faciendum injunximus et aliud a te peragendum decrevimus: quanto minus credendum est, ut sacramentum ab eodem episcopo exegerimus, quem saltem levi sermone super hoc negotio allocuti non fuimus.

[143]) utramque audientiam coram nobis discussam, adjuvante Domino, legitimo fini trademus et illius pertinaciam judicii nostri sententia corripere non omittemus.

[144]) Mähr. Leg. c. 13 bei Dobrowsky S. 48. Dieser nimmt S. 122 an, Methodius sei 881 oder 882 nach Rom gegangen und sei bald darauf daselbst gestorben. Ihm folgt Ritter K. G. I. 402. (A. IV.; ebenso A. VI.)

[145]) Dümmler a. a. O. S. 198. N. 56 bezieht hieher ganz passend die Worte der Vita Meth. c. 12.

[146]) Dümmler a. a. O. S. 255. N. 65.

[147]) Dümmler das. N. 66. Pan. Leg. S. 198 f. Ginzel S. 91. Dudik S. 263.

[148]) Vita Clem. c. 6. p. 10: [illegible], nämlich von 868—892. Das Datum stimmt mit den folgenden Angaben nicht zusammen. Denn acht Jahre nach der bald nach des Lehrers Tode erfolgten Vertreibung der Methodianer soll Michael von Bulgarien gestorben sein (c. 19. p. 25); das wäre 900 oder 901. Darauf soll Wladimir vier Jahre regiert haben, dem Symeon folgte, also 901—905. Aber sicher fällt das Alles viel früher; Symeon regierte schon 893. Dudik S. 264 will „Episcopat" in genere genommen und von dem Wirken bei den Chazaren an gerechnet wissen.

Brief Stephan's V. (VI.) an Swatopluk, wahrscheinlich vom Jahre 885.[149]) Derselbe beginnt mit einem Lobe auf den Glaubenseifer des „Königs" und seine Ergebenheit gegen den Apostel Petrus und dessen Stellvertreter, mit der Versicherung der väterlichen Liebe des Papstes und seiner steten Fürsprache bei Gott für dessen zeitliches und ewiges Wohlergehen, entwickelt den Primat des römischen Stuhles aus den Worten Christi an Petrus und erklärt es für eine Thorheit, den Glauben desselben zu lästern. Es folgt eine Darlegung der Trinitätslehre, bei der ausdrücklich das Hervorgehen des Geistes auch vom Sohne mit Hinweisung auf Röm. 8, 9. 11. Gal. 4, 6. Joh. 16, 14. 15 u. s. f. hervorgehoben wird. Diese Dogmen, heißt es weiter, soll Zwentibold (Swatopluk) mit dem Munde bekennen und mit dem Herzen glauben, aber nicht über seine Kräfte durchforschen und prüfen, weil die göttliche Majestät gleich dem Strahle der Sonne das geschöpfliche Auge erblinden macht; er soll nur treu festhalten an dem, was die römische Kirche lehre. In dieser Lehre sei der ehrwürdige Bischof und theuerste Mitbruder Wiching wohl erfahren, dazu dem Fürsten treu ergeben und überall auf sein Heil bedacht, weßhalb ihn der Papst zur Regierung der ihm anvertrauten Kirche zurückgesandt habe; ihn möge Swatopluk als geistlichen Vater ehren und ihm in Allem folgen. Darauf wird vom Fasten gehandelt, das im Gesetze, in den Propheten, im Beispiele und in den Worten Christi selbst begründet und durchaus heilsam sei; das Nähere in Betreff der Tage sei nicht vom Herrn und den Aposteln festgesetzt, dem maßgebenden kirchlichen Brauch gemäß sei aber am Mittwoch, Freitag und Samstag (letzteren hatte Nikolaus nicht als Fasttag den Bulgaren vorgeschrieben) zu fasten, nicht aber am Sonntag; im Uebrigen solle Jedem freistehen, an den anderen Tagen zu fasten oder nicht. Dann wird das Quatemberfasten wie vorher die Quadragesima eingeschärft und vor Allem das geistige Fasten empfohlen, das in der Bezähmung der Leidenschaften und in den guten Werken bestehe. Nun aber folgt, ohne weitere Uebergangsformel, der Schluß. „Denn daß Methodius (hier zum erstenmal genannt) dem Aberglauben (der falschen Lehre), nicht der Erbauung, dem Streite, nicht dem Frieden nachgeht, haben Wir mit großer Verwunderung vernommen; wenn es sich so verhält, wie Wir gehört haben, verwerfen Wir seine Superstition gänzlich. Das Anathem aber, welches zur Verachtung des katholischen Glaubens ausgesprochen ward, wird auf das Haupt des Urhebers zurückfallen. Ihr dagegen, du und dein Volk, werdet nach dem Urtheile des heiligen Geistes davon unberührt sein, wenn ihr euch nur unverbrüchlich an den von der römischen Kirche verkündigten Glauben haltet. Was die heiligen Officien und Mysterien und die Feier der Messe betrifft, welche derselbe Methodius in der Sprache der Slaven zu feiern sich herausgenommen hat, während er eidlich über dem hochheiligen Leibe des heiligen Petrus dieses nicht ferner zu thun gelobt hat und so meineidig geworden ist, so soll das in Zukunft von

[149]) Bei Wattenbach S. 43–47 aus Cod. 217 der Cistercienserabtei Heiligenkreuz, aber vom Herausgeber mit Unrecht auf 880 angesetzt.

Niemand mehr freventlich geschehen. Wir verbieten es durch die Autorität Gottes und die Unseres apostolischen Stuhles bei Strafe des Bannes. Nur zur Erbauung des einfältigen und unwissenden Volkes gestatten und ermahnen Wir, das Evangelium und die apostolischen Briefe in dieser Sprache zu verkündigen; ja Wir wollen, daß es sehr oft geschehe, damit jede Zunge Gott preise und verherrliche. Die Halsstarrigen und Ungehorsamen aber, die Streit und Aergerniß hervorrufen, sollen, wofern sie nach der ersten und zweiten Mahnung sich nicht bessern, als Solche, die Unkraut ausstreuen, aus dem Schooße der Kirche ausgestoßen, durch Unsere Macht gezügelt und aus euerem Reiche verbannt werden, damit nicht ein räudiges Schaf die ganze Heerde beflecke."

Für die Unächtheit dieses Aktenstücks sprechen die wichtigsten Gründe. Wie konnte dem Papste Stephan, der schon unter Hadrian II. dem römischen Clerus angehörte, die Concession Johann's VIII. von 880 gänzlich unbekannt bleiben? Wie konnte er den Methodius des Meineids zeihen, der sicher nie den ihm hier zugeschriebenen Eid geleistet? Wie sich durch eine falsche Darstellung Wiching's hierin so sehr täuschen lassen? Der Widerstreit mit den fünf Jahre früher erlassenen päpstlichen Briefen ist offenbar und außerdem ist unser Dokument durchaus verdächtig. Auffallend ist das dem Wiching gespendete Lob, der dem Swatopluk gegebene Königstitel, das Ignoriren der erzbischöflichen Würde des Methodius, sowie die fast an eine gesuchte Nachahmung erinnernde theilweise Uebereinstimmung mit den päpstlichen Briefen von 879 und 880, die doch nicht ganz aus den herkömmlichen Kanzleiformen [150]) zu erklären ist. Die Schlußformel über Verbannung der Widerspenstigen, die Empfehlung Wiching's, der Eingang von der Devotion des Fürsten gegen den römischen Stuhl erinnern an die Briefe von 880, die Verwunderung über das von Methodius Gehörte, die Verwerfung der slavischen Liturgie, die Ermahnung, in dieser Sprache zu predigen, und deren Begründung an den von 879. Ja es könnte scheinen, daß das canere und psallere, wovon bei Johannes 880 die Rede ist, obschon zunächst vom Symbolum und dann vom Officium gebraucht, durch falsche Deutung und Unterdrückung der Stelle über die slavische Liturgie in einen Zusammenhang gebracht ward, in dem es schien, als solle Methodius Alles materiell ganz so halten wie die römische Kirche; es könnte des Methodius eidliche Versicherung, sich an diese zu halten, fälschlich auch auf die Kirchensprache ausgedehnt und daraus die Anklage auf Meineid hergeleitet worden sein. Im Uebrigen spricht aber das Schreiben nur hypothetisch und Methodius ist noch nicht verurtheilt bezüglich einer falschen Lehre. Undenkbar ist die Supposition des Dokuments in späterer Zeit und allem Anschein nach hat es Wiching unterschoben. [151]) Der Pannonischen Legende gemäß hatten die fränkischen Geistlichen die Meinung verbreitet, ihnen sei vom Papste die mährische Diöcese übergeben, Methodius aber und seine Lehre seien von

---

[150]) Wattenbach S. 28. N. 1.

[151]) Wattenbach S. 1. Ginzel S. 11. Erben Reg. Boh. et Morav. Prag 1855. p. 20. Dümmler Ostfr. G. II. 257. N. 70.

ihm verdammt, was dann die Verlesung der Briefe (Johann's VIII.) widerlegte.[151]) Um nicht als Lügner und Verläumder dazustehen, mußten die Gegner spätere päpstliche Schreiben aufzeigen und Wiching, der schon 881 einen falschen päpstlichen Brief vorbrachte, war ganz zu der Unterschiebung geeignet. Weit wahrscheinlicher, als daß er obreptionsweise durch eine falsche Darstellung der Dinge in Rom sich das Schreiben verschafft, ist es jedenfalls, daß er dasselbe gefälscht, theilweise aus früheren Aktenstücken nach Gutbefinden zusammengetragen hat. Daß er um 885 in Rom war und den Brief als einen dort empfangenen producirte, ist sehr glaubhaft. Johann VIII. hatte seinen Streit mit Methodius untersuchen wollen; Wiching mochte anfangs getrotzt und Vorwände gegen die Reise nach Rom gesucht haben;[153]) zuletzt entschloß er sich dazu; er reiste noch vor dem Tode des Methodius ab und hielt sich unterwegs in Deutschland auf; er war wohl auch im Herbste 884 bei der Zusammenkunft Karl's III. mit Swatopluk[154]) zugegen gewesen. Letzterer hatte gegen Methodius, der ihm persönlich hohe Achtung eingeflößt, keinerlei harte Maßregel ergreifen wollen[155]) und den Bischof wahrscheinlich selbst an den Papst verwiesen. Wiching kam mit dem gefälschten Schreiben an den Fürsten von seiner Reise, die vielleicht nicht einmal bis Rom sich erstreckte, zurück und diesem Briefe war wohl auch eine Aufforderung an Methodius, sich vor dem Papste zu verantworten, beigegeben. Dem Papste Stephan, auch wenn er erst im September 885 erhoben worden war,[156]) konnte recht gut das gefälschte Schreiben beigelegt werden, als mehrere Monate nach dem Tode des Methodius Wiching wieder in Mähren eintraf, um nicht sowohl dem Erzbischof einen schweren Nachtheil zuzufügen, als vielmehr dessen Schülern, aus deren Mitte sich gegen ihn ein gefährlicher Nebenbuhler erhob.

Unter den Seinen hatte Methodius den Gorasd zu seinem Nachfolger ausersehen,[157]) der nun von Wiching verdrängt werden sollte. Der Biograph des Bulgaren Clemens erzählt ausführlich, ohne die von Johann VIII. dem Wiching ertheilte bischöfliche Weihe auch nur mit einer Sylbe zu erwähnen, wie „die zu jeder That dreiste Schaar der Häretiker“ den Gorasd angegriffen, um in ihm den großen Methodius auch nach seinem Tode zu bekämpfen,[158]) den gottlosen Wiching zum Nachfolger des Heiligen erhoben und so dessen Stuhl geschändet habe, wie Gorasd und Clemens ihre Lehre vom heiligen Geiste gerechtfertigt, aber deßhalb heftig angefeindet, zuletzt auch bei dem Fürsten als Neuerer und Aufwiegler verdächtigt worden seien, wie Swatopluk vergebens zum Frieden ermahnt, zuletzt sich aber für die Franken entschieden habe. Nach

---

[151]) Vita Meth. c. 12.

[152]) Ginzel S. 87.

[153]) Dümmler Ostfr. G. II. 228.

[154]) Vita Clem. c. 5. p. 9. Vita Meth. c. 9.

[155]) Dümmler a. a. O. S. 248.

[156]) Vita Meth. c. 17. Vita Clem. c. 6. p. 11. c. 12. p. 17. Dümmler S. 250. Pan. Leg. S. 162 f.

[157]) Die Stelle Kap. 2, 12—16 wird dabei den Gegnern in den Mund gelegt.

vielen Mißhandlungen, die aber in Swatopluk's Abwesenheit vorfielen, wurden die Methodianer 886 vertrieben.[159]) Clemens, Naum und Angelarius, drei der tüchtigsten, fanden bei den mit den Mähren verfeindeten Bulgaren freundliche Aufnahme;[160]) Gorasd wird nicht weiter erwähnt.[161]) Die Vertreibung der Methodianer durch Wiching und dessen Partei ist sicher richtig; die Einzelheiten der Erzählung tragen aber die Parteilichkeit an der Stirne.

Wiching hatte gesiegt. Sein Einfluß befestigte sich bei Swatopluk, der 890 mit Arnulf zu Omuntesberg zusammentraf und auch nach Böhmen seine Herrschaft ausdehnte.[162]) Aber 892 brach zwischen dem Mährenfürsten und Arnulf ein verheerender Krieg aus; Wiching konnte seine Stellung nicht behaupten; 893 ward er Kanzler bei Arnulf,[163]) dem er schon vorher an Swatopluk's Hofe gedient zu haben scheint. Dieser erhob ihn 899 zum Bischof von Passau; aber schon 900 ward er durch den Erzbischof von Salzburg und dessen Suffragane entsetzt. Der tapfere und den Nachbarn furchtbare Swatopluk starb 894, nachdem er noch unter seine Söhne Moimir und Swatopluk II. das Reich getheilt und sie zur Eintracht ermahnt hatte.[164]) Aber die zwei Brüder geriethen unter sich in Zwist (898) und das Land ward erst durch die Bayern, dann besonders durch die Ungarn furchtbar verwüstet. Papst Johann IX. sandte auf Moimir's Wunsch in das von Bischöfen entblößte Land einen Erzbischof Johann und zwei Bischöfe, Benedikt und Daniel, die dort andere Prälaten ordinirten. Die bayerischen Bischöfe erhoben 900 dagegen Klage;[165]) sie ignorirten dabei gänzlich die Würde, ja auch die Person des Methodius, erwähnten wohl den eben abgesetzten Wiching, aber nur als eingesetzt für eine neuzubekehrende, nicht im alten Passauer Sprengel wohnhafte, erst von dem Herzoge mit den Waffen unterworfene Völkerschaft, beklagten aber desto heftiger die neue päpstliche Anordnung als eine Verletzung der Diöcese Passau, die dadurch unerhörterweise in fünf Bisthümer gespalten worden sei. Von Salzburgs Rechten war gar keine Rede; vielleicht hatte dieser Stuhl stillschwei-

---

[159]) Vita Clem. c. 7—13. p. 11 seq. Die sie fortschaffenden Soldaten waren *Νεμιτζοί* (Nemizi slavischer Name für Germanen Dudik I. S. 80.) Const. Porph. de cer. II. 48. p. 1273 *Νεμίτζιοι* für Bayern und Sachsen.

[160]) c. 14 seq. p. 19 seq. Ueber die Feindseligkeit beider Völker s. Dümmler II. S. 227. 258. 339.

[161]) In einem gr. Kataloge der bulg. Erzbischöfe Cod. Reg. 1001 (Le Quien Or. chr. II. 289 seq.) nimmt die dritte Stelle ein: *Γόραζδος, χειροτονηθεὶς παρὰ Μεθοδίου, ὑφ' ἑτέρων ἐκδιωχθεὶς παρὰ τῶν πνευματομάχων.* Cf. Assem. III. 113. Le Quien nennt ihn Conrad und meint, die Pneumatomacher könnten nicht die Lateiner sein, dieser Conrad sei der von Hadrian II. gesandte Sylvester, der zwei Namen gehabt habe, was sicher ganz haltlos ist. Gleich nachher (p. 290) führt er aus Allat. Exerc. XV. c. Creyght. unseren Biographen des Clemens an.

[162]) Dümmler II. 338 ff.

[163]) das. S. 362.

[164]) Annal. Fuld. Alam. Regino a. 894. Luitpr. Antap. I. 5. Vgl. Dümmler II. 389. 458 ff. Const. de admin. imp. c. 41. p. 173 seq. läßt den Fürsten bei seinem Tode ausdrücklich seine drei Söhne zur Eintracht mahnen.

[165]) ep. Episc. Bavar. ad Joh. IX. Mansi XVII. 253 seq.

gend wieder Alles an sich gezogen, was noch aus den Händen der Ungarn zu retten war.[166]) Es wird wohl erwähnt, wie die Mähren, früher den Deutschen unterworfen, gegen sie Krieg geführt und dem Bischofe und den Priestern den Weg versperrt; aber auf die Klagen von 872 und 873 wird nicht verwiesen und überhaupt von früheren päpstlichen Anordnungen ganz abstrahirt, obschon Theotmar von Salzburg und Richar von Passau davon Kunde hatten. In leidenschaftlicher Erregtheit wird über Verläumdung des bayerischen Clerus durch die Slaven Klage geführt, besonders über die Behauptung, als habe er die Ungarn mit Geld zu ihrem Zuge nach Italien (Aug. 899—Juli 900) bewogen, während vielmehr die Slaven zuerst dieses wilde Volk herbeigelockt hätten.[167]) Kräftig werden die Verdienste der deutschen Herrscher und die guten Gesinnungen des jugendlichen Königs[168]) hervorgehoben; der Papst aber wird gebeten, den Feinden der bayerischen Bischöfe nicht zu glauben, keine Spaltung aufkommen zu lassen und das, was der Betrug verursacht, in gerechter Weise wieder gut zu machen. Das Schreiben hatte indessen keine Wirkung. Mit der Vernichtung des Mährenreiches durch die Ungarn (906—908)[169]) war ohnehin das ganze Werk des Methodius, wie das der deutschen Bischöfe, gleichmäßig vernichtet und nur Ruinen niedergebrannter Kirchen verkündeten noch, daß einst das Christenthum hier schöne Erfolge errungen.

Eine Frage aber ist für uns von hoher Bedeutung: ob und inwieweit in dem Missionslande des Methodius die Dynastie der Macedonier und der byzantinische Patriarch einen Einfluß geübt haben. Die Einwirkung des Kaiserhofes ist nicht wohl zu bestreiten, da Basilius auf die Nachbarn der Mähren ein so wachsames Auge gerichtet hatte, Leo VI. sich mit den nördlich von Swatopluk's Reiche wohnenden[170]) Ungarn gegen die Bulgaren verband und Constantin Porphyrogenitus nach einem halben Jahrhundert[171]) sehr genaue Kunde von dem längst untergegangenen mährischen Reiche besaß. Aber auch der geistliche Einfluß scheint wohl angenommen werden zu dürfen. An sich ist es kaum denkbar, daß Photius von der Missionsthätigkeit des Methodius gar nichts gewußt habe, mit dessen Bruder er von Jugend auf befreundet war. Als im Sommer 879 Klagen gegen den mährischen Erzbischof in Rom einliefen, befand sich daselbst eine griechische Gesandtschaft und Theodor Santabarenus hatte für Alles, was dort vorging, ein wachsames Auge. Daß der Mährenfürst schon damals dem Methodius nicht völlig vertraute, konnte den Byzantinern, deren Missionsthätigkeit sehr bedeutend war, einige Vortheile versprechen. Zudem

---

[166]) Wattenbach S. 32.

[167]) Ueber die Ungarn vgl. Dümmler II. 505 ff. Arnulf soll sie zuerst gegen Swatopluk gerufen haben. Vgl. S. 411. Baron. a. 889. n. 1.

[168]) Es war Ludwig das Kind; Arnulf war am 8. Dez. 899 gestorben.

[169]) Dudik S. 351. Dümmler II. 437 ff. 518 ff. 531 f. Const. de adm. imp. c. 13. p. 81; c. 41. p. 175. 176.

[170]) Const. l. c. c. 13. p. 81.

[171]) c. 29. p. 137 wird das Jahr d. W. 6457 Ind. VII. (949) genannt, c. 45. p. 197 aber 6460 Ind. X. (952).

standen griechische Geistliche in Bulgarien, welches Land mit dem Reiche des Swatopluk vielfache Berührungen hatte; nach der Biographie des Clemens blieb Methodius auch in Mähren mit dem Fürsten Michael in Verbindung und nach seinem Tode eilten seine Schüler über die Donau nach dem zu Bulgarien gehörigen Belgrad.[172]) Nun erscheint auf der Synode des Photius von 879/80, um die Zeit, als Methodius seine zweite Reise nach Rom antrat,[173]) ein Agathon von Moraba, was schon längst auffallend erschien.[174]) Zwar hat Assemani denselben für einen bulgarischen Bischof erklärt; sicher ist das aber keineswegs. Agathon nimmt einen Platz unter den Erzbischöfen ein, unmittelbar nach denen von Athen und Naupaktus, während Gabriel von Achrida einen viel tieferen Platz einnimmt. Das bulgarische Morawa war jedenfalls für einen Erzbischof ein viel zu unbedeutender Ort; doch hatte Bulgarien kaum damals viele feste bischöfliche Sitze. Wir wissen ferner nicht, ob dieser Agathon identisch ist mit dem gleichnamigen Erzbischof, der im November 873 als Gesandter des Basilius nach Regensburg kam;[175]) wäre das der Fall, so könnten wir wenigstens voraussetzen, daß Agathon von Moraba mit dem Reiche Swatopluk's näher bekannt war, das er von Bulgarien aus wahrscheinlich auf der Reise passirte. So dürfen wir wohl die Vermuthung wagen, man habe von Byzanz aus durch die Abordnung oder auch Ordination dieses Agathon im mährischen Reiche Boden gewinnen wollen, wofür auch in der griechischen Umgebung des Methodius Anknüpfungspunkte nicht fehlten; einige Wahrscheinlichkeit müssen wir der Conjektur von Le Quien[176]) immerhin zugestehen. Freilich blieb das Streben insoferne erfolglos, als Methodius bis zu seinem Ende seine Stellung als vom Papste gesetzter Erzbischof behauptete und Swatopluk mehr und mehr den deutschen Geistlichen sich zuwandte. Vielleicht änderte man aber auch in Byzanz den Feldzugsplan nach der Lage der Dinge, suchte nachher mit dem in Rom gerechtfertigten Methodius in Verbindung zu treten, ihm in seiner späteren Bedrängniß Aussicht auf Unterstützung zu gewähren. Dieser hatte in Rom 880 die wenn auch nicht bedingungslos erfolgte Anerkennung des Photius erfahren, er konnte demnach auch seinen Klerikern die Verbindung mit Constantinopel gestatten, wohl auch griechische Mitarbeiter[177]) zur Erleichterung seines Werkes annehmen, Bücher, Kirchengeräthe und andere Hilfsmittel, die er kaum von den Deutschen erhielt, von den Griechen erhalten. Die alte Lebensbeschreibung des Slavenapostels erzählt sogar von einer Reise

---

[172]) Vita Clem. c. 1. p. 6; c. 11 seq. p. 19 seq.

[173]) Dudik I. S. 237.

[174]) Le Quien Or. chr. II. 289: Inter Photianas Synodi metropolitas sedisse miror Agathonem Moravorum. Cf. Mansi XVII. 373 D. Μοράβων haben auch die von uns verglichenen Handschriften, Vat. 1918 fehlerhaft: Μοραβων.

[175]) S. oben S. 182. N. 66. Ein anderer Agathon, aber bloßer Bischof (von Cerasus), kommt ebenfalls auf der Synode des Photius vor. Le Quien I. 514.

[176]) Or. chr. I. 105. 106. §. 16.

[177]) Nach dem Tode des Methodius sollen die Grequken für ihn latine, graece et slovenice gehalten worden sein (Vita Meth. c. 13) und die Zahl der von ihm abhängigen Kleriker soll zweihundert betragen haben. (Vita Clem. c. 6. p. 11.)

desselben an den griechischen Hof.[178]) Die Erzählung klingt freilich fabelhaft; doch mag ihr etwas Wahres zu Grund liegen. Die Gegner des Methodius können unter Anderem ihm leicht vorgeworfen haben, daß er nicht einmal bei seinen Landsleuten, den Griechen, Anerkennung finde und diese gegen ihn sehr erbittert seien, während der byzantinische Hof ihn auf seine Seite zu ziehen suchte und vielleicht ihn auch nach Constantinopel einlud. Basilius und Photius konnten den berühmten Mann ehrenvoll aufnehmen; Photius machte immer noch die Anerkennung und die Gemeinschaft des römischen Stuhles geltend. Da Methodius mit dem Tode Johann's VIII. seine vorzüglichste Stütze verloren, seine Angelegenheiten später in Rom keine Förderung erhielten, er selbst ohne bestimmtere Nachrichten von da geblieben zu sein scheint, so konnte er wohl dem natürlichen Wunsche, den viele andere Missionäre getheilt, vor seinem Tode noch einmal seine Bekannten in der griechischen Hauptstadt zu besuchen, nachgegeben und zwischen 882 und 884 eine solche Reise angetreten haben. Indessen läßt sich diese Reise, ebenso wenig wie die andere nach Ungarn, wovon die gleiche Quelle berichtet,[179]) nimmer mit Sicherheit feststellen.

Das aber dürfte leichter anzunehmen sein, daß in Mähren das Feuer der Zwietracht und des dogmatischen Kampfes von Seite der Griechen unter den Jüngern des Methodius lebhaft geschürt ward. Die Differenzen beider Kirchen mußten hier wie in dem benachbarten Bulgarien zur Sprache kommen; schon von Anfang an hatten sie sich gezeigt und am stärksten entflammte der Kampf nach dem Tode des großen Missionärs. Gorasd, ein Mährer, insbesondere soll sowohl in der griechischen als in der slavischen, ja auch in der lateinischen Sprache sehr bewandert gewesen sein;[180]) das Filioque soll er heftig bekämpft haben.[181]) Bereits 883 hatte Photius den dogmatischen Kampf gegen die Lateiner erneuert, der sicher seinen Wiederhall in diesem Missionsgebiete gefunden hat.

---

4. Erneuerung der dogmatischen Controverse mit den Lateinern.

Abermals mit dem römischen Stuhle zerfallen und von ihm auf's Neue zurückgewiesen kehrte Photius zu seiner alten Politik zurück und suchte das kaum getilgte Schisma zu erneuern, seine ohnehin niemals aufgegebene Lehre vom Ausgange des heiligen Geistes zu verbreiten, die gesammte Christenheit wo möglich auf seine Seite zu ziehen. Nur darin unterschied sich seine jetzige Polemik von der früheren, daß er in dieser dogmatischen Frage die römische

---

[178]) Vita Meth. c. 13. Dümmler P. L. S. 162. Vgl. Ostr. G. II. 253.

[179]) Vita Meth. c. 16. Dümmler a. a. O.

[180]) Vita Clem. c. 12. p. 17: ἄκρως τὰ γλῶττα, τήν τε Ἑλληνικὴν ὄντα καὶ τὴν ῥωμαϊκὴν ἐπιστάμενον. Vita Meth. c. 17: in latinis libris apprime eruditus.

[181]) Vgl. die Rede Vita Clem. c. 9, wo es heißt: Χριστιανοὺς δὲ οὐκ ἄν ποτε ἡμεῖς θείημεν τοὺς μὴ παραδεχομένους τὸ εὐαγγέλιον (cf. Joh. 15, 16.) Vgl. c. 12. p. 18 die Wunder, die zum Beweise der photianischen Lehre dienen sollen.

Kirche nicht mehr direkt angriff, ja sogar als auf seiner Seite stehend und mit ihm gleichgesinnt darstellte, wie er auch das seit seiner vorläufigen und bedingnißweisen Anerkennung von 879 zwischen ihm und dem päpstlichen Stuhle Vorgefallene wohlweislich ignorirte. Der Umstand, daß die römische Kirche das Filioque noch nicht förmlich adoptirt, diente ihm gerade dazu, die Lehre „einiger Abendländer“,[1]) wie der Franken und Spanier,[2]) in Mißkredit zu bringen und sich auch mit der päpstlichen Autorität diesen gegenüber zu brüsten, obschon es kaum einen Zweifel erleidet, daß er dadurch gerade den Päpsten die größten Verlegenheiten bereiten und indirekt sie der Lässigkeit und Lauheit in der Bekämpfung eines gefährlichen Irrthums, ja der Begünstigung desselben zeihen wollte. Namentlich bemühte er sich auch jetzt, auf den abendländischen Episkopat zu wirken, sich in ihm eine Stütze, den Gegnern neue Feinde, seinen weitgehenden Planen allseitige Förderung zu verschaffen; schlau wußte er die politischen Verhältnisse gleich den kirchlichen Controversen zu benützen, von allen Vorgängen, zumal in Italien, sich in steter Kunde zu erhalten, und die Gelegenheiten wahrzunehmen, in denen er unter den verhaßten Occidentalen Zwietracht und Spaltung, Streit und Zerwürfniß erregen konnte.

Höchst merkwürdig ist in dieser Hinsicht sein Schreiben an den Erzbischof von Aquileja,[3]) dem er das von ihm längst in der Encyklika von 867 sowie in verschiedenen im Orient verbreiteten Schriften heftig bekämpfte Dogma der Lateiner, gleich als wäre ihm dieses erst jetzt durch das Gerücht bekannt geworden,[4]) als eine bejammernswerthe und verderbliche Verirrung denuncirt und signalisirt, die man mit allem Eifer bestreiten und ausrotten müsse, während er mit ihm zugleich engere Freundschaftsbande zu knüpfen sucht.

Daß dieser Brief in die Zeit fällt, von der wir hier reden, ist schon aus der Anführung der 880 gehaltenen byzantinischen Synode, deren eigentlicher Zweck aber hier ganz übergangen wird, indem es blos heißt, sie sei „wegen einiger kirchlicher Fragen“ abgehalten worden,[5]) ersichtlich. Es ist auch klar, daß er nach dem Tode Johann's VIII. geschrieben wurde;[6]) die Abfassung scheint zwischen 883 und 884 zu fallen; die anderwärts vorkommende Erwähnung Hadrian's III., den Photius zu den ihm günstigen Päpsten zählte,[7]) fehlt hier noch.

Wer war nun der von Photius angesprochene Erzbischof von Aquileja

---

[1]) τινὲς τῶν ἀνὰ τὴν δύσιν sagt er in dem sogleich näher anzuführenden Schreiben.

[2]) Combefis. Auct. noviss. I. p. 546. not. 9: Romanam Ecclesiam in partem dogmatis trahit Photius, quod argumento est, nondum Romae serius pugnatum pro eo articulo vel potius (?) de Rom. Ecclesia sic dissimulat Photius.. Alios ergo incertos sigillat, puta Gallos aut Hispanos, sic palam ex Filio profitentes etc.

[3]) Lat. bei Baron. a. 883. n. 5 seq. — gr. u. lat. bei Combefis Auctar. noviss. PP. I. p. 527 seq. Jager p. 452—461. (Uebersetzung p. 360—376.) Migne L. I. ep. 24. Bal. ep. 5. p. 181 seq.

[4]) c. 3. p. 528. Comb.: τὸ νῦν ἡμῖν ταῖς ἀκοαῖς ἐπιπεσόν.

[5]) Συνόδου συγκροτηθείσης ἐπί τισιν ἐκκλησιαστικοῖς κεφαλαίοις.

[6]) οἱ ἐκεῖθεν ἀποστολικοὶ τοῦ ἐν ἁγίοις Ἰωάννου πάπα τοποτηρηταί.

[7]) De Sp. S. myst. c. 89. p. 100—102.

und warum wandte sich Photius ganz besonders an ihn? Eine genaue Beantwortung dieser Fragen wäre jedenfalls von nicht geringem historischen Interesse.

Es gab damals zwei Prälaten, die sich Erzbischöfe von Aquileja nannten. Unter dem Erzbischofe Paulinus (And. Paulus), mit dem das Schisma wegen des Dreikapitelstreites in dieser Kirche begann, war aus Furcht vor den in Italien eindringenden Longobarden 568 der Metropolitansitz von dem alten Aquileja nach Grado verlegt worden, wo auch dessen gleichfalls schismatische Nachfolger Elias († 586) und Severus († 607) residirten.[8]) Nach dem Tode des letzteren erhob die schismatische Partei mit Zustimmung des Königs Agiluls den Abt Johannes, der in Alt-Aquileja blieb, die katholische, an den byzantinischen Hof sich anschließende Partei den Candidian, der zu Grado seinen Sitz hatte.[9]) Von da an führten sowohl die zu Grado als die zu Aquileja residirenden Erzbischöfe den Titel von letzterer Stadt;[10]) die katholischen Prälaten in Grado fanden ihre Stütze am byzantinischen, die schismatischen zu Aquileja am longobardischen Hofe.[11]) Die zwei Metropolen bestanden aber auch dann noch gesondert fort, als das Schisma von Aquileja beseitigt und die Union mit Rom (c. 698—700) unter Papst Sergius wiederhergestellt ward.[12]) Im achten Jahrhundert unter König Luitprand ward der Sitz von Alt-Aquileja nach Forumjulii verlegt;[13]) hier residirte Paulinus (seit 776), der berühmte Zeitgenosse Karl's des Großen.[14]) Die beiden Erzbischöfe führten den Patriarchentitel. Diesen hatte ihnen theils der Umstand, daß die ostgothischen und longobardischen Könige in Italien häufig ihre Erzbischöfe damit beehrten, theils der Glanz des alten Aquileja und die hervorragende Stellung seines Metropoliten, der nach dem Untergange von Sirmium sich als Oberhaupt des westlichen Illyrikum betrachten und über ein sehr weites Gebiet seine Jurisdiktion ausdehnen konnte, allmählig verschafft; im Dreikapitelstreite schon scheint er zur Befestigung der Unabhängigkeit von Rom den schismatischen Prälaten gedient zu haben,[15]) nachher aber, vielleicht noch während des Schisma, von den Päpsten den orthodoxen Erzbischöfen von Grado zugestanden worden zu sein, da sie diese den schismatischen Aquilejern nicht nachstehen lassen wollten.[16])

---

[8]) Paul. Diac. Hist. Long. II. 8. III. 12. Thomassin. op. cit. P. I. L. I. c. 21. n. 6. Hefele Concil. II. S. 890 ff.

[9]) Paul. Diac. IV. 34. Thomassin. l. c. et c. 13. n. 11.

[10]) So hießen Maximus und Agatho von Grado, die auf den römischen Synoden von 649 und 679 erschienen, Aquilejenses. Vgl. De Rubeis Monumenta Eccl. Aquilej. Venet. 1740 f. p. 307. 308.

[11]) Thomassin. l. c. c. 22. n. 2.

[12]) Beda Vener. Opp. I. 569 ed. Migne. Paul Diac. VI. 14. Hefele a. a. O. S. 899.

[13]) Thomassin. l. c. De Rubeis p. 317 seq. Es geschah das nach Paul. Diac. l. c. unter Kallistus, dem Nachfolger des von Gregor II. getadelten Serenus.

[14]) De Rubeis l. c. p. 355 seq.

[15]) Vgl. Thomassin. l. c. c. 21. n. 5; c. 23. n. 6. Selvaggio Antiqu. L. I. c. 19. §. 5. n. 85.

[16]) De Rubeis p. 287 seq. Noris t. I. p. 718. 752. Ballerin. tract. de Patr. Aquilej. Noris. Opp. IV. 1051 seq. Hefele a. a. O. S. 898.

Bereits Gregor II. legt ihn dem Donatus von Grado bei, nicht aber dem Serenus von Alt-Aquileja,[17]) obschon er beide Metropolen anerkannte und auch dem Serenus auf Luitprand's Bitten das Pallium verlieh.[18]) Gregor II. und Gregor III. hatten schon annäherungsweise in der Art zwischen beiden stets rivalisirenden und in fast unaufhörlichen Jurisdiktionsstreitigkeiten begriffenen Metropoliten vermittelt, daß das Gebiet von Venetien und Istrien unter dem Stuhle von Grado, das longobardische Gebiet dagegen unter Aquileja-Friaul stehen solle. Diese Entscheidung führte später Leo IX. an, der durch genauere Circumscription der beiden Sprengel die immer wiederkehrenden Kämpfe und Reibungen zu beseitigen suchte.[19])

Unter Johann VIII.[20]) und dessen nächsten Nachfolgern[21]) war Walpert oder Waipert Erzbischof von Alt-Aquileja, dagegen war Petrus[22]) und nach ihm Viktor II.[23]) Erzbischof von Grado. Nach De Rubeis war Walpert von Aquileja derjenige, an den sich Photius mit seinem Schreiben wandte, während Franz Palladius den Erzbischof von Grado für den Empfänger desselben hielt.[24])

Zu Gunsten der Ansicht des Palladius spricht Folgendes: 1) Mehrere gute Handschriften bezeichnen in der Aufschrift unseres Briefes als dessen Empfänger den Erzbischof von „Aquileja oder Venedig“;[25]) Metropolit von Venedig, wenigstens für den größten Theil des venetianischen Gebietes, war aber unbestritten der Erzbischof von Grado.[26]) 2) Mit Venedig standen die Griechen damals im innigsten Verkehr; zahlreiche Handelsschiffe gingen von

---

[17]) Gregor. II. ep. 13. 16. Baron. a. 729. Thomassin. l. c. n. 6.

[18]) Paul. Diac. VI. 33. Baron. a. cit. De Rubeis p. 312 seq.

[19]) Mansi Conc. XIX. 657. Thomassin. l. c. c. 22. n. 2; c. 23. n. 4. 6. Höfler deutsche Päpste II. S. 166. Joh. Diac. Chron. Grad. (Pertz G. Scr. VII. 46.) Jaffé Reg. p. 181.

[20]) Joh. VIII. ep. 48. Mansi XVII. 41. 44. Hier verkündigt ihm der Papst, gleichwie den Erzbischöfen von Mailand und Ravenna, das über den Bischof von Verona ausgesprochene Anathem (877).

[21]) Ughelli Ital. sacr. V. p. 13. 41 läßt ihn von 858 bis 881 diesen Stuhl einnehmen, nach De Rubeis p. 443. 453 war er seit 875 Patriarch und lebte wahrscheinlich bis zum Beginne des zehnten Jahrhunderts. Woher Galetti Prol. §. 40. p. 55. §. 55. p. 78 und Sophokles Oekonomos den Namen Johannes haben, weiß ich nicht zu finden.

[22]) Joh. VIII. ep. 16—19. 26 und sonst erwähnt. Ughelli It. sacr. V. 1184. 1185.

[23]) Ughelli l. c. Cf. Dandolo Chron. Venet. (Muratori Rer. It. Scr. XII. p. 187).

[24]) De Rubeis l. c. p. 448. 449. Dem Rubeis stimmt auch Damberger a. a. O. S. 813 bei.

[25]) So Vatic. 166 f. 166 a.: *πρὸς τὸν ἀρχιεπίσκοπον Ἀκυληίας ἤτοι Βενετίας περὶ τῶν βλασφημούντων τὸ ἅγιον πνεῦμα ἐκ τοῦ υἱοῦ ἐκπορεύεσθαι.* Vgl. auch Baron. a. 883. n. 5. Doch rührt diese Aufschrift wohl nicht von Photius selbst her.

[26]) Joh. VIII. ep. 25. p. 21: Petrus (Gradensis) reverendissimus Venetiarum metropoleos antistes. Der Brief Michael's II. an Ludwig den Frommen (Baron. a. 824) nennt den Fortunatus von Grado ebenso Erzbischof von Venedig. Dominikus von Grado heißt bei Petrus von Antiochien (Coteler. Monum. Eccl. gr. II. 108. 112) *ἀρχιεπίσκοπος Γραδίσης καὶ Ἀκυλείας*, aber auch *Ἀκυλείας ἤτοι Βενετίας.*

der Inselstadt nach Byzanz;[27]) dahin hatte sich auch der bei Ludwig dem Frommen des Majestätsverbrechens angeklagte Patriarch Fortunatus von Grado geflüchtet.[28]) Die Griechen suchten in Venedig in jeder Weise politischen Einfluß zu gewinnen und die Venetianer, für ihre Handelsinteressen im Orient ebenso wie für ihre Unabhängigkeit besorgt, kamen ihnen hierin vielfach, doch stets nur bis zu einer gewissen Grenze, entgegen. Ihre früheren Kämpfe gegen die Ostgothen und Longobarden waren auch den Griechen von großem Vortheil;[29]) und wenn diese sich als ihre Herren ansahen, so traten sie doch hier sehr vorsichtig und schonend auf. Als Kaiser Nikephorus nach 806 den Patricier Niketas zur Wiedereroberung Dalmatien's absandte und dieser nichts ausrichtete, hatte die Flotte bei Venedig ihren festen Stand und auch bei der weiteren ebenso erfolglosen Expedition (um 809) konnte sie hier überwintern.[30]) Die schlaue Politik Venedigs zeigte sich aber bald darin, daß es die Unterhandlungen des griechischen Befehlshabers Paulus mit König Pipin zu hintertreiben und ersteren zum Abzug zu bewegen wußte.[31]) Wohl hatte nachher (810) Venedig eine Belagerung durch Pipin von der Westseite aus zu bestehen, die es zu einem Unterwerfungsvertrage und zur Zahlung eines Tributes zwang;[32]) allein nach Pipin's bald erfolgtem Tode schloß Karl der Große einen Vertrag mit Nikephorus, worin er dem „Bruder im Osten" Venetien und Dalmatien, wenigstens die Seestädte überließ,[33]) und die Venetianer schloßen sich enger an Byzanz an, dessen Oberhoheit ihrer Freiheit und ihren Planen am wenigsten nachtheilig werden konnte. Die oströmischen Kaiser boten Alles auf, dieselben enge an sich zu ketten. Leo V. ließ das Kloster von St. Zacharias wiederherstellen und beschenkte es reichlich mit Reliquien;[34]) er erhob den Sohn des Dogen Angelo Participazio, Justinian, der nach Constantinopel kam, zum

---

[27]) Vgl. Joh. VIII ep. 17. 20 ad Urs. Venet. duc. p. 16. 18. Ueber den venetianischen Handel s. Dümmler Ostr. Gesch. II. S. 4 f. N. 2. 8.

[28]) Cf. Baron. a. 821.

[29]) Baron. a. 630. 726. Danduli Chron. l. c. p. 134. Farlati Illyr. sacr. Venet. 1751. t. I. p. 215. 216. 218. 219.

[30]) Einhardi Annal. a. 806. 809 (Pertz I. 193. 196).

[31]) Einh. a. 809. l. c.: Dux autem, qui classi praeerat, nomine Paulus, cum de pace inter Francos et Graecos constituenda, quasi sibi hoc esset injunctum, apud Pipinum Italiae regem agere moliretur, Wilhareno et Beato Venetiae ducibus omnes inchoatus ejus impedientibus atque ipsi etiam insidias parantibus cognita illorum fraude discessit.

[32]) Danduli Chron. l. c. p. 135: Pipinus rex Italiae jussione patris, qui a Patr. Fortunato de Venetis male informatus fuerat, Venetos bello devicit. Cf. Baron. a. 810. Auch Constantin Porphyrogenitus spricht de adm. imp. c. 28. p. 120—125 weitläufig von dieser Belagerung und läßt die Venetianer dem Pipin sagen: „Dem Kaiser der Römer (in Cpl.), nicht aber Dir wollen wir dienen." Der Tribut an die Franken soll sich auf jährlich sechsunddreißig Pfund ungemünzten Silbers belaufen haben und noch zu Constantin's Zeiten dem Könige von Italien entrichtet worden sein.

[33]) Einh. l. c. p. 198. Vita Caroli c. 15. Bouquet V. 631. Dandolo l. c. Baron. l. c.

[34]) S. Urkunden zur älteren Handels- und Staatsgeschichte der Republik Venedig. Herausgegeben von Dr. Tafel und Dr. Thomas. Wien 1856. Thl. I. B. 1—3.

Consul (Hypatos); von diesem erlangte nachher Michael II. Hilfstruppen gegen die Saracenen in Sicilien (828). Unter Theophilus wurde der Doge Pietro Trandonilo (836—864) kaiserlicher Spathar.[35]) Solche Verleihungen byzantinischer Hofwürden an die Dogen kamen auch in der folgenden Zeit sehr häufig vor.[36]) Bei dieser lebhaften, unter Basilius[37]) neu belebten Verbindung Venedig's mit Byzanz scheint eine Einwirkung der Griechen auch auf religiösem Gebiete sehr wahrscheinlich und den einflußreichsten Prälaten Venedig's zu gewinnen, war für Photius wie für den Kaiser höchst wünschenswerth.

Wir erfahren aber 3) aus dem Schreiben des Photius, daß der fragliche Erzbischof vorher eine Gesandtschaft mit einem Schreiben an ihn abgeordnet hatte[38]) und der Gesandte desselben mit dem bischöflichen Charakter bekleidet war.[39]) Nach den Briefen Johann's VIII. an den Dogen Ursus wurde von diesem öfter ein Bischof nach Constantinopel gesandt und im Jahre 876 war hierzu Petrus von Equilium,[40]) ein Suffragan von Grado, ausersehen.[41]) Es ist nun wohl doch ziemlich wahrscheinlich, daß der um 883 zu Photius gesandte Bischof ebenso ein Suffragan von Grado, vielleicht sogar derselbe Petrus war, und es läßt sich kaum zweifeln, daß er zugleich von dem Erzbischofe und von dem Dogen Aufträge erhalten hatte, was den damaligen Verhältnissen ganz entspricht.

Dagegen läßt sich zu Gunsten der anderen Ansicht, wornach Walpert von

---

[35]) Taf. S. 3—4. Nr. II, IV, V, VI.

[36]) Taf. S. 5 ff. Nr. VIII. ff.

[37]) Nach Damberger S. 499 soll eine Tochter des Marianus, Nichte des Kaisers Basilius, mit dem Dogen Participatius vermählt gewesen sein. Eine hinreichende Bestätigung dafür kann ich indessen nicht finden.

[38]) ep. Phot. c. 1: *Τὰ μὲν τῆς παρ᾽ ὑμῶν μακαριότητος ἀπεσταλμένα γράμματα ἦγε πρῶτα μὲν ἐχαρακτήριζε τὴν ταύτης κατὰ θεὸν γνώμην καὶ τὸ φίλτρον τοῦ πνεύματος... ἔπειτα δὲ καὶ ὡς αὐτὰ ἐνεχειρίσατο, τούτου τοῦ ἱεροῦ ἀνδρὸς τήν τε ἄλλην ἀρετὴν καὶ σύνεσιν καὶ τὰ κατὰ διάνοιαν εὐσταθές τε καὶ ἀρραγέστερον.*

[39]) Vgl. c. 2: *ὁ τὴν ἀρχιερατικὴν χάριν ἐξ ὑμῶν λαχών.* c. 1: *τὸν ἱερᾶσθαι παρὰ θεοῦ τῶν φρικτῶν ἡμῶν μυστηρίων τὴν τελετὴν λαχόντα καὶ τῆς ὑμῶν δεδοκιμασμένης καὶ χειροθεσίας ἄξιον..* c. 2. *κατὰ τὸ προσῆκον ἀρχιερεῦσι θεοῦ.* Der Erzbischof heißt *ὁ τούτου τὰ πρωτεῖα φερόμενος καὶ τελεσιουργός*, l. c., sagt Combefis p. 515. not. 1 richtig, qui initiavit atque Praesulem ordinavit seu in Episcopum jure metropolitico consecravit.

[40]) *Ἀσκάλων* bei Const. Porph. l. c. p. 122.

[41]) Joh. VIII. ep. 20. v. 24. Nov. 876 (Jaffé n. 2296.) p. 19: Ille vero (Episcopus), qui Cplim ire refertur, si nondum abiit, nec abire eis Februarium mensem speratur, ab hac communi utilitate (d. i. der Besuchung der ausgeschriebenen Synode) nullo modo se subtrahat. — Ep. 17 ad eund. Ursum v. 1. Dez. 876 (J. n. 2299.) p. 16: Petrus autem (dieser Petrus, der mit Felix von Metamaucon, bei Const. l. c. *Μαδαμαύκου*, auch bei Joh. Mandamaucum, stets verbunden erscheint, ist nach ep. 18. p. 17 Equiliensis Episcopus und Suffragan von Grado), si adest, modis omnibus veniat; siquidem, ut perhibetis, Cplim mittendi nec mos venier nos latet nec tempus; maturius quippe prius huc venire ac redire ad propria poterit, quam mari mos ac tempus accedat itineris.. T. L: Petrus könne noch rechtzeitig in Rom eintreffen und nach Venedig zurückkehren, bevor die für die Seereise günstige Zeit gekommen.

Aquileja der fragliche Erzbischof war, Folgendes anführen: 1) Der Titel von Aquileja scheint jedenfalls besser auf ihn zu passen, da der Stuhl von Grado damals gewöhnlich mit diesem Namen bezeichnet ward [43]) und die Stadt Grado den Griechen nicht unbekannt sein konnte. [44]) Zudem steht der Beisatz „oder Venedig“ nicht in der von Photius selbst gesetzten Aufschrift, sondern nur (und zwar nicht einmal in allen Handschriften) in dem wohl von einem Späteren dem ganzen Briefe, der mehr eine Abhandlung war, vorangesetzten Titel; Aquileja schlechtweg ist in der Regel das alte Aquileja. 2) Während die Patriarchen von Grado sich enge an den römischen Stuhl anschlossen, waren die von Alt-Aquileja öfter mit ihm im Kampfe und boten leichter schismatischen Bestrebungen Raum. Der von den Päpsten in der Regel [45]) sehr begünstigte Gradenser hatte sicher weit weniger Grund, einen Anschluß an Constantinopel zu suchen, als sein sich oft zurückgesetzt glaubender Rivale. Unter Johann VIII. war Petrus von Grado mit dem Dogen in Conflikt gekommen, da er sich weigerte, den von diesem begünstigten Abt Dominikus von Altino zum Bischofe von Torcello [46]) zu weihen, [47]) und in diesem Streite waren ihm

---

[43]) Johann VIII. nennt ihn beständig Gradensis (ep. 17. 18. 19) und Petrus selbst unterschrieb 877 zu Ravenna als Patriarcha S. Gradensis ecclesiae (Mansi l. c. p. 312). Er würde also wohl in seinem Briefe an Photius sich von Grado genannt haben und dieses dann auch in die Aufschrift des Photius übergegangen sein. Diese hat aber nur: ἀρχιεπισκόπῳ καὶ μητροπολίτῃ Ἀκυληΐας.

[44]) Κογράδον hat Const. l. c.; er nennt Grado eine Metropole mit vielen Reliquien der Heiligen.

[45]) Wie Gregor II. den Serenus, so hatte Gregor III. den Kallistus von Aquileja verhindert, die Rechte der Kirche von Grado zu usurpiren. Vgl. Baron. a. 630. 729. Thomassin. l. c. c. 23. n. 4. Im neunten Jahrhundert sehen wir Maxentius von Forumjulii und Venerius von Grado im Streite (De Rubeis p. 317 seq. p. 405.). Die Synode von Mantua (Mansi XIV. p. 494 seq.) sprach dem Ersteren auf ganz falsche Gründe hin die Ordination der Bischöfe Istriens zu, was aber der römische Stuhl trotz der Anwesenheit seiner Legaten auf der Synode nicht genehmigt zu haben scheint. Die Chronik des Dandolo hat p. 173: Maxentius Patr. Aqu. Lotharii regis fultus favore Gradensem ecclesiam in suffraganeis Istriae turbare nititur, nec a Gregorio Papa admonitus desistere voluit. Imo repetito saeculari subsidio antedictos Episcopos ad sibi reverentiam et subjectionem Metropolitano debitam exhibendam in totum coegit. Unter Sergius II. und Nikolaus I. finden wir abermals darüber Verhandlungen. Dandolo p. 178: Hic Papa (Sergius) cupiens sedare discordiam vigentem inter ecclesiam Gradensem et Aquilejensem occasione episcopatuum Istriae litteras scripsit Venerio Patr. Gradensi et Andreae Aquilejensi, admonens eos, ne vicissim aliquid attentarent, sed ad Concilium, quod adunare proposuit, assistente Imperatore personaliter adesse deberent, ut dictae lites debito fine terminarentur. Quod morte ipsius perfici non potuit. Sodann wird p. 181 berichtet, Nikolaus I. habe ein Concil gehalten, dem Vitalis von Grado anwohnte (vgl. Tamberger III, I. S. 474.). Ueber das Resultat erfahren wir nichts Näheres und auch später taucht der Streit wieder auf.

[46]) episcopus Torcellanus, Torcellensis — Const. Porph. nennt l. c. das μέγα ἐμπόριον Τορτζελλῶν.

[47]) Dandali Chron. p. 185: Petrus Patr. cum duce maximam habuit altercationem, renuens confirmare electum episcopum Torcellanum. Dem Dominikus ward vorgeworfen, er habe sich selbst entmannt und habe das Kloster von St. Hilarius, wo er Mönch war,

mehrere seiner Suffragane entgegengetreten.[47] Petrus floh nach Rom, wohl um einer schweren Verfolgung zu entgehen; hatte doch früher der Doge Johannes den gleichnamigen Patriarchen von Grado wegen der verweigerten Ordination des zum Bischof von Olivola designirten Griechen Christoph grausam getödtet.[48] Johannes gewährte dem Petrus nachdrücklichen Schutz; er forderte mehrmals die Suffragane von Grado wie den noch nicht konsekrirten Dominikus auf, sich nach Rom zu seiner Synode zu begeben, wo er die Sache ihres Patriarchen untersuchen und entscheiden wollte. Diese und andere Vorladungen des Papstes blieben, hauptsächlich durch den Widerstand und die Intriguen des Dogen Urso[49] fruchtlos, erst 877[50] auf der Synode zu Ravenna[51] scheint theilweise eine Entscheidung getroffen, Dominikus aber der Consekration durch Petrus nicht theilhaftig geworden zu sein.[52] Auf dieser Synode waren aber viele der Berufenen nicht erschienen, die vom Papste mit dem Banne belegt, nachher aber auf Intercession des Dogen wieder losgesprochen wurden. Unter diesen war wahrscheinlich auch Walpert von Aquileja, gegen den verschiedene Anklagen vorlagen,[53] und der sich deßhalb zu Ravenna, wo man auch in den festgestellten Canones auf die Verhältnisse in diesen Sprengeln Rücksicht genommen

---

wie seine Heimath eigenmächtig verlassen. In Joh. VIII. ep. 17 heißt es aber: ambitionis crimine notatur.

47) Joh. VIII. ep. 21: Petrus ... multis suffraganeorum suorum gravatus molestiis et canonicae constitutioni repugnantibus malo oppressus delegit corde devoto SS. Apostolorum Petri et Pauli ad limina properare, indeque salutis et optatae consolationis opem percipere. — Ep. 17 ad Ursum ducem (1. Dez. 876) p. 16: idem frater et coepiscopus noster more majorum Sedem Apostolicam appellavit, imo alacriter adiit, obsecrans, ut controversiae, quae inter se vertitur et praedictum Dominicum, utraque coram posita parte, finem legitimum imponamus.

48) Danduli Chron. l. c. p. 149—151. Baron. a. 802.

49) Vgl. Joh. VIII. ep. 55 ad Ursum duc. p. 48. Cf. ep. 25.

50) Ich halte die Synode von 871 zu Ravenna, wovon De Rubeis op. cit. L. V. handelt (Mansi XVII. p. 297. 298. Hefele Conc. IV. S. 491.), für höchst zweifelhaft. Es stützt sich die Annahme nur auf die Chronik des Dandolo; aber es scheint, daß die dort p. 185 Parte XVII. erwähnte Synode mit der Parte XX. erwähnten, obschon das einemal Hendelmar als Patriarch von Aquileja genannt wird, identisch ist, wie überhaupt Dandolo seine Chronik aus verschiedenen Quellen zusammentrug und oft über denselben Gegenstand zwei verschiedene Berichte, durch Anderes unterbrochen, erscheinen. Die Briefe Johann's VIII. vom 21. Nov., 1. Dez. 876 und 1. Juni 877, besonders ep. 17. 18. 19. 25. (J. n. 2259. 2297. 2298 seq.) schließen meines Erachtens jede schon 871 in Sachen des Dominikus und des Patriarchen Petrus gefällte Entscheidung aus. Vgl. auch ep. 60. p. 51 vom Juli 877, wo die Aufschrift: Johanni archiepiscopo Ravennati wohl unrichtig und dafür Urso duci zu lesen ist.

51) Pag. a. 877. n. 11. 12. Mansi l. c. p. 337—344.

52) Dominikus sollte bloß die Kirchengüter von Torcello haben. Nach Dandolo soll aber doch des Petrus Nachfolger, Viktor, dem Dogen zu Gefallen dem Dominikus die Weihe ertheilt haben (p. 187).

53) Joh. ep. 59 (Mansi XVII. 50. Jaffé n. 2332), wo sicher ad Aquilejensem zu lesen ist. Novimus, sagt der Papst, vestram beatitudinem a nonnullis de quibusdam sinistris diffamari.

zu haben scheint,[54]) verantworten sollte. Er ward wohl wegen seines Ausbleibens censurirt, dann wieder begnadigt, auch 878 zu der in Frankreich abzuhaltenden Synode eingeladen.[55]) Denselben Walpert finden wir später noch wegen Ungehorsams und einiger Nachlässigkeiten von Stephan VI. ernst getadelt.[56]) So war Walpert weit mehr geeignet, den Interessen des Photius zu dienen, als der Erzbischof von Grado, wenn auch zugegeben werden muß, daß die Art, wie Photius vom römischen Stuhle redet, für einen treuen Anhänger desselben kaum viel Verletzendes hatte. Dazu kommt 3), daß damals, nachdem bereits eine frühere Streitigkeiten mit Venedig beseitigende Uebereinkunft geschlossen war,[57]) der zu Forum Julii residirende Patriarch ebensogut wie der von Grado mit den Gesandten und Schiffen der Venetianer einen Bischof nach Constantinopel senden konnte; ja oft hatte jener freundschaftlichere Verhältnisse zu dem Dogen als dieser. 4) Nebstdem stand jener wenigstens in seiner Residenz in Abhängigkeit vom deutschen Reiche; die Markgrafen und Herzoge von Friaul, besonders der damals regierende Berengar,[58]) waren ansehnliche Fürsten; darum konnte man durch Walpert auch auf die Franken einzuwirken hoffen, bei denen die dem Photius sehr verhaßte Lehre so verbreitet war. Endlich 5) war Walpert der Nachfolger jenes Paulinus, der 791 sich so offen für das Filioque erklärt und die von Photius vertheidigte Doktrin bekämpft hatte;[59]) Photius konnte leicht von dieser Synode Nachricht erhalten

---

[54]) Der Inhalt von c. 4, 2, 1. §§. 2. 8 paßt sehr gut auf die durch Dandolo u. A. erwähnten Verhältnisse im Venetianischen.

[55]) Die römische Ausgabe hat in der Aufschrift von Joh. ep. 82. p. 71: ad Archiepiscopum de Mediolano, ad Patriarcham de Foro Julii, ad Johannem de Papia. Es ist diese Ausdrucksweise statt Mediolanensis etc. verdächtig und sonst bei Johannes ungebräuchlich; es mag aber doch, wie sonst öfter, die hier gegebene Notiz richtig sein, die gleichlautende Schreiben an verschiedene Prälaten voraussetzt.

[56]) Stephani fragm. a. 891 (Mansi XVIII. 25. Migne Patrol. CXXIX. 806. Jaffé n. 2662) ad Walbertum: Miramur, prudentiam tuam Cumanae ecclesiae denegare pastorem, cum te etiam ad hoc provocatum noveris apostolica exhortatione. Nunc vero iterum tibi scribimus, nolentes alicujus ecclesiae privilegia infringere, licet apostolica praerogativa ... possemus.

[57]) Dandolo Chron. p. 188. P. XXXV.: Jam dudum quoque ingens discordia inter Venetos et Forojulianos pacis dulcedine sopita est; promisit namque Walpertus Patriarcha Aquilejensis, Gradensem metropolim nec fines vel jurisdictiones ejus non invadere vel aliquo alio modo inquietare vel turbare; et ei, dum vixerit, Ursus dux promisit portum vocatum Pilum apertum permittere, ita tamen, ut honor sibi debitus conservetur et ei deferatur, et populus suus in emendo ... non gravetur, et quatuor mansiones, quas dux in Aquilejensi foro obtinet, ei reservatae sint.

[58]) Vgl. Joh. VIII. ep. 85. p. 73: Berengario glorioso comiti regia prosapia orto, wo er ihn auffordert, das ihm von Herzog Lambert zugefügte Unrecht dem König Karlmann mitzutheilen, sowie ep. 128. 131. p. 97. 99. In der ep. 167. p. 114 von 879 bittet ihn dieser Papst, dem Bischofe Stephan, den er für Comaclum ordinirt (quem nos in Comaclo praeordinavimus), zum Besitze seines Stuhles und des Dukats zu verhelfen. Berenger war Enkel Kaiser Ludwigs I.

[59]) Vgl. oben Bd. I. S. 691 f. Paulinus sagt dort: Propter eos, qui susurrant, Spiritum S. solius esse Patris et a solo Patre procedere, additum est: Qui ex Patre Filioque procedit.

haben und es mochte ihm viel daran gelegen sein, an einem Orte, der als ein Hauptsitz der von ihm verketzerten Lehre erschien, diese auszurotten,[60]) was er auf eine feine Weise, ohne den Patriarchen selbst zu den Schuldigen zu rechnen, zu erreichen hoffen durfte. Denn daß dieser selbst der photianischen Lehre vom heiligen Geiste zugethan gewesen, wie Baronius glaubte,[61]) läßt sich mit Nichten aus dem Briefe entnehmen; vielmehr scheint es, daß Photius, der nur im Allgemeinen eine für seine Zwecke günstige Disposition wahrgenommen haben mochte, ihn erst zu dieser hinüberziehen will.[62]) Ebenso wenig scheint uns die Ansicht[63]) begründet, daß dieser Erzbischof sich an Photius gewendet, um von ihm Waffen gegen die römische Kirche zu erhalten, von der er sich getrennt; im Briefe selbst hat das keine Bekräftigung und das Schisma des Dreikapitelstreits war längst vorüber.

Diesen Erzbischof nun rühmt Photius, in Schmeichelworten stets gewandt, gleich seinem Abgesandten über die Maßen;[64]) aber so sehr er ihn persönlich preist, so sehr hütet er sich, ihm den von Jenem wohl auch damals beanspruchten Patriarchentitel zu geben, über den er wohl ähnlich wie nachher Petrus von Antiochien[65]) dem Dominikus von Grado gegenüber sich geäußert haben würde, zumal da ein Patriarch von Aquileja auch im Abendlande blos einer der bedeutendsten, aber nicht einmal der erste italienische Metropolit war.[66]) Photius richtet alle seine Aufmerksamkeit auf die dogmatische Frage, die er mit allem Ansehen des höchsten Lehramts entscheidet, indem er als „ökumenischer Patriarch" — welchen Titel er in den nach Rom gesandten Briefen sich nicht beizulegen wagte — den „Erzbischof und Metropoliten" eingehend belehren will.

Die früheren Argumente gegen den Satz, der heilige Geist gehe, wie vom Vater, so auch vom Sohne aus, sind hier zum Theil wiederholt, zum Theil verschärft.[67]) Aber inzwischen war dem Photius, sei es, daß er die

---

[60]) Vgl. Le Quien Dissert. I. Damasc. p. XVII.

[61]) Baron. a. 883. n. 4. Das behauptet ebenso ohne Beweis Balettas ep. Phot. p. 182. 183 not.

[62]) Combefis l. c. p. 545: Non satis videtur haberi ex hac epistola, Aquilejensem archiepiscopum .. in hoc ipsius errore fuisse .. Nihil certe Photius ejusmodi indicat; sed in eum trahere studet ipsa hac epistola, ne tanta virtus ex ejus epistola ac legati persona in eo deprehensa, errore detecto Photii doctrinae luce, deinceps in eo nutaret, cum hactenus ex occupata opinione ac ignorantia videretur veniae aliquid habuisse. Haec mihi Photii mens, eoque trahunt illius verba. Tantus scil. hominis fastus ac jactantia, velut unus ipse sol esset ac lucerna dispellendis quibusve errorum tenebris accensa.

[63]) Jager L. IX. p. 345. 358.

[64]) Vgl. c. 1. 2. p. 527. 528 ed. Combef.

[65]) Cotelar. Monum. Eccl. gr. t. II. p. 112. 111.

[66]) Er stand in Italien den Erzbischöfen von Mailand und Ravenna nach, so auch auf dem Concil von 877 (Mansi XVII. 342. 343). Seit die Reliquien des heiligen Markus in Venedig waren (Dandolo l. c. p. 6. Vgl. oben S. 50. N. 19), rühmte sich freilich Neu-Aquileja eines apostolischen Ursprungs, so daß man im zehnten Jahrhundert diese Kirche sogar von dem Evangelisten selbst noch vor der alexandrinischen begründen ließ (Luitprand. Hist. IV. 3. Baron. a. 1041. n. 3.).

[67]) Schon in seiner Encyclica von 867 hatte Photius angedeutet, daß er noch weitere

Schriften von Ratramnus und Aeneas ganz oder theilweise erhalten, sei es, daß er blos über den Inhalt derselben einigermaßen unterrichtet worden war, wohl bekannt geworden, daß die Lateiner ihn einerseits aus Schriftstellen wie Joh. 16, 13. 14. und Gal. 4, 6, andererseits aus den Aeußerungen ihrer Kirchenväter, wie Ambrosius, Augustinus und Hieronymus, zu begründen suchten. Darauf glaubte er nun besonders Rücksicht nehmen zu sollen. Auf die Autorität der abendländischen Kirchenväter legt er kein großes Gewicht, sucht sie aber doch zu eliminiren;[68]) dagegen hebt er mit großem Nachdruck hervor, daß die römische Kirche das Ausgehen des heiligen Geistes aus dem Vater (allein, wie er supplirt) bekenne, Leo I. und Leo III., dann Hadrian I. sowie Johann's VIII. Legaten in diesem Sinne sich ausgesprochen und die Uebereinstimmung mit den vier anderen Patriarchalsitzen hierin gewahrt hätten.[69]) Photius bittet den Prälaten, mit heiligem Eifer jene gotteslästerische Lehre zu bekämpfen, die Irrenden auf den rechten Weg zurückzuführen und sie so dem Satan zu entreißen, der sie zu verschlingen drohe.[70]) Wenn er einerseits im Hinblick auf den hochgepriesenen Empfänger dieses Schreibens im Occident wie im Orient große Kirchenlichter durch Gottes Gnade wirken läßt,[71]) so verhehlt er doch nicht, daß seines Erachtens das Abendland eine große Blöße in jener von ihm bekämpften Lehre einiger seiner Väter sich gegeben, eine bedauernswerthe Blöße, die man nicht in der Weise eines Cham aufdecken, sondern nach dem Beispiele der zwei anderen, weit edleren Söhne des Noe möglichst zudecken müsse.[72])

Der Brief ward wohl rasch und flüchtig verfaßt, die Argumentation ist ebenso schlecht geordnet als spitzfindig; doch liebt Photius auch sonst ordnungsloses Aneinanderreihen, Wechsel und Mannigfaltigkeit in der Polemik. Der stolze Lehrton des Byzantiners, der sich für das Seelenheil der Abendländer äußerst besorgt zeigen will, ist nur wenig verhüllt, die Geringschätzung der Occidentalen läßt auch hier sich herausfühlen und auf einen nur einigermaßen unterrichteten lateinischen Prälaten konnte das Ganze kaum einen gewinnenden und überzeugenden Eindruck machen, wie denn auch alle Mühe des Photius bei dem Aquilejenser ohne Erfolg geblieben zu sein scheint; gegen das Ende des neunten Jahrhunderts durfte kein Lateiner mehr es wagen, den Lehrsatz vom Ausgange des heiligen Geistes aus Vater und Sohn geradezu zu bestreiten.

Auch nach anderen Seiten hin ward von Photius die Lehre der Lateiner entschieden bekämpft. Die berühmte Encyclica von 867 ward wieder hervor-

---

Beweise für seine Lehre vorbereitet habe (B. III. Abschn. 8. N. 19); schon in seinem ersten Patriarchate hatte er also hierfür reiches Material gesammelt.

[68]) cap. 16 seq.

[69]) cap. 4. 5. 21—26.

[70]) cap. 7. 27.

[71]) c. 2: ὥσπερ ἐν τοῖς τῆς Ῥώμης μέρεσιν, οὕτω δὴ καὶ ἐν τοῖς Ἑσπερίας φωστῆρας καὶ ἀθρόους τελεσιουργῶν (Θεός).

[72]) c. 17. 26. Cf. c. 27: τῇ εὐλογίᾳ τῶν τὴν πατρικὴν ἀσχημοσύνην περιστειλάντων πεποιῆσθαι.

gesucht und in neuer Auflage verbreitet.[73]) Damit nicht zufrieden verfaßte Photius noch ein größeres Werk gegen die Lateiner, das Buch „von der Mystagogie des heiligen Geistes“, und zwar zwischen 885 und 886, das er an verschiedene Bischöfe und andere Personen sandte.[74]) Hierin hat er seinen spitzfindigen Argumentationen die Krone aufgesetzt und noch viel offener seinen Haß gegen den „häretischen Westen“ zur Schau getragen. Die Anhänger des Filioque sind ihm Feinde Gottes, neue Pneumatomacher,[75]) Ketzer, Gottlose, Gotteslästerer,[76]) Menschen, welche die Wahrheit in Ungerechtigkeit niederzuhalten suchen (Rom. 1, 18),[77]) wahnsinniger als die Rasenden[78]) u. s. f. Wahrscheinlich hatte er bei der Abfassung dieser Schrift noch besser die von den Gegnern aus der Bibel und ihren Vätern, insbesondere Ambrosius, Augustinus und Hieronymus, angeführten Autoritäten kennen gelernt; er hatte wohl auch gefunden, daß sie sich auch auf griechische Kirchenlehrer berufen, und stellt daher am Schluße noch eine Widerlegung der von den Gegnern gesammelten Vätertexte in Aussicht,[79]) von der wir aber nicht wissen, ob sie wirklich noch zu Stande gekommen ist. Da uns keine anderen lateinischen Apologien aus jener Zeit bekannt sind, so ist es nicht unwahrscheinlich, daß er damals noch die Schriften von Ratramnus und Aeneas erhalten hatte. Allen Scharfsinn bot er auf, hierin die Lateiner zu widerlegen, ja es scheint, daß er die früher zum Gegenstande weiterer Anklagen gemachten Disciplinarpunkte fallen ließ; wenigstens haben wir, abgesehen von einzelnen, vielleicht von ihm herrührenden Scholien zum Nomokanon, keine sichere Spur davon, daß er diese wiederhervorgesucht, da die ihm zugeschriebene Abhandlung „gegen die Franken“, wie die spätere Untersuchung zeigen wird,[80]) in ihrer jetzigen Gestalt kaum von ihm herrührt. Jedenfalls traten die disciplinären Differenzen vor der dogmatischen in den Hintergrund; diese hat Photius in der Weise behandelt, daß alle späteren Schismatiker an ihn sich anlehnen, seine Argumente ausbeuten und mehr oder weniger ausführlich verarbeiten. Die Doktrin, daß der Geist vom Vater allein ausgehe, ist so mit Recht das photianische Dogma genannt worden.

Es drängt sich die Frage auf, ob Photius allein diesen Kampf führte oder ob auch andere Griechen, mehr oder weniger sich ihm anschließend, in

---

[73]) In mehreren Handschriften kommt die Encyclica mit dem Titel vor: *Ἑτέρα ἔκδοσις* (nach der Schrift de Spir. S.) *περὶ τοῦ ἁγίου πνεύματος ἐξεδόθη ἐν τῷ πατριαρχείῳ κατὰ τῆς* [illegible] *ἐκ τῆς ἑσπέρας.* So Cod. Vatic. 1923. Vgl. Mai Vett. Scr. Nov. Coll. I. Praef. p. XV. Allat. c. Creyght. Exercit. XIV. p. 230 seq. Fabric. Bibl. gr. XI. p. 13 ed. Harl.

[74]) Darüber Näheres unten in der Erörterung über die Schriften des Photius.

[75]) *θεομάχοι* c. 16. p. 18; c. 41. p. 42; *νέοι πνευματομάχοι* c. 96. p. 109.

[76]) c. 48. p. 49; c. 12. p. 15; c. 10. p. 15.

[77]) c. 1. p. 3.

[78]) c. 36. p. 39: *τῶν μεμηνότων μανιωδέστεροι.* Cf. c. 30. p. 41: *τῶν ἀναλγήτων ἀναισχυντοί.*

[79]) c. 96. p. 108. 110.

[80]) Wir werden bei Besprechung der Schriften des Photius hierauf zurückkommen.

gleicher Weise auf den Kampfplatz traten. In der That lassen sich die Spuren eines anderen gleichzeitigen und gleichgesinnten Polemikers unschwer auffinden. Wir besitzen vierundzwanzig syllogistische Capitel gegen das Dogma der Lateiner von einem Patricier, Philosophen und Lehrer Niketas von Byzanz.[81]) Zwar setzen viele Literärhistoriker[82]) ihn in den Anfang des zwölften Jahrhunderts; aber es beruhen ihre Angaben nicht auf sicheren Stützen und ergeben mehr, daß er nicht später gesetzt werden kann, als daß er in diese Zeit fallen muß. Daß dieser Niketas vielmehr als Zeitgenosse unseres Patriarchen zu betrachten ist, ergeben folgende Momente.

1) Dem Texte der vierundzwanzig Capitel geht in den Handschriften die Bemerkung voraus, daß der Verfasser in der Zeit von Michael III. bis zu Leo dem Weisen lebte. Diese Nachricht ist umsoweniger von vorneherein zu verwerfen, als 2) die anderen Schriften desselben Autors eben dieser Zeit angehören.[83]) Derselbe ist ohne Zweifel identisch mit jenem Niketas, der für das Concil von Chalcedon an die Armenier schrieb (Bd. I. S. 501 ff.) und den wir oben (A. 2. S. 601) auch als Bestreiter des Islam kennen lernten. Der Verfasser dieser Schriften heißt überall Byzantier, Philosoph und Lehrer; er gebraucht dieselben Redeformen und Ausdrücke, dieselben Conditionalsätze, dieselbe Art der Beweisführung. Fehlen auch in dem Schreiben an die Armenier und theilweise auch in den Antworten auf die Briefe der Saracenen die gehäuften Epitheta, wie „Lebenwirkende, überwesentliche Trias" u. s. f., sind auch dort die Formen minder schwerfällig, die Sätze nicht so einförmig und schleppend, so erklärt sich das daraus, daß die genannten Arbeiten die Briefform hatten, nicht die von Syllogismen und dialektischen Erörterungen; solche kommen aber doch in dem Briefe an die Armenier c. 16 und in der Widerlegung des Koran vor und gerade hier findet sich die größte Uebereinstimmung, die engste, unmöglich auf Zufälligkeiten beruhende Verwandtschaft. Den von Vielen dem zwölften Jahrhundert zugetheilten Brief an die Armenier haben wir dem neunten Jahrhundert zugewiesen. Allatius schrieb ihn Anfangs dem Niketas David, Biographen des Ignatius, zu;[84]) wenn das auch unrichtig ist, wie denn der genannte Niketas, dem u. A. Commentare zu den Gedichten des Gregor von Nazianz beigelegt werden,[85]) obschon „Philosoph" genannt,[86]) doch als Paphlagonier, nicht als Byzantiner, noch als Patricier bezeichnet wird, so zeigt es doch, daß Allatius keinen Grund fand, die von ihm veröffentlichte Schrift über das zehnte Jahrhundert hinauszusetzen; übrigens hat er nachher selbst seine Ansicht berichtigt.[87]) Die Schriften gegen den Islam,

---

81) S. unsere Monum. Lit. II.

82) Oudin. de script. eccl. t. II. p. 1070. Fabric. Bibl. gr. t. VII. p. 740.

83) S. die Vorrede von Malou bei Migne PP. gr. t. CV. p. 583.

84) Allat. ad calc. Gr. orth. t. I. Cf. Diss. de Nicetis §. 4 (Mai N. PP. Bibl. VI, II.)

85) Nic. David. Paraphrasis carm. arcan. S. Greg. Naz. cur. E. Dronke. Goett. 1840.

86) So Cod. Cusan. bei Dronke l. c., in codd. Vatic. 311. 365. 379 (Mai l. c.) 496. 808. 819, bei Niceph. Call. und in den Aufschriften seiner zwölf Reden.

87) Malou bei Migne l. c.

deren Verfasser Byzantier und Philosoph heißt, zeigen schon in ihrem Titel die engste Verwandtschaft mit unseren Syllogismen und stellen eine Widerlegung eines von den Saracenen an Kaiser Michael III. gesandten Briefes dar.[66])

Dagegen beweiset 3) die Ausführung unseres Niketas bei Schriftstellern des zwölften Jahrhunderts keineswegs, daß er selbst diesem angehört. Hugo Etherianus, der mehrere unserer Capitel in ziemlich getreuer Uebersetzung bringt, benützt ganz in derselben Weise auch ältere polemische Schriften der Griechen, namentlich das Buch des Photius vom heiligen Geiste, und gibt nirgends ein entscheidendes Merkmal für das jüngere Alter dieses Autors; wenn er denselben als „neuen Philosophen" bezeichnet, so bezieht sich das auf das Neue und Fremdartige seiner Speculation, nicht auf die Zeit, in der er lebte.[67]) Auch Andronikus Kamateros nahm in seine „Hoplothele"[68]) unter die den Vätertexten angehängten Syllogismen, ebenso wie Stellen aus Photius, Nikolaus von Methone und Euthymius Zigabenus, Argumente unseres Niketas auf, und zwar gleich nach denen des Photius und vor denen des Nikolaus von Methone, wenn er auch nachher Syllogismen von beiden unter einander anführt.

Positiv spricht 4) zu Gunsten unserer Annahme, daß Niketas seine Gegner nirgends als Lateiner, Italer oder Franken bezeichnet, wie sonst seit dem eilften Jahrhundert regelmäßig geschieht, sondern einfach nur „Einige" erwähnt, die das von ihm bekämpfte Dogma vertreten, und ganz in ähnlicher Weise wie Photius, ja fast noch zurückhaltender, sich über dieselben äußert. Gleich jenem betrachtet er die gegnerische Lehre als etwas ganz Neues, wovon erst das Gerücht nach Byzanz gekommen sei; er nennt nur im Allgemeinen Gegenden des Occidents, in denen einige im Glauben nicht wohlgesinnte und der Festigkeit ermangelnde Männer das neue Dogma verbreitet; er redet, als ob er der Erste oder doch einer der Ersten wäre, die diese neue Gottlosigkeit zu bekämpfen unternehmen, und zwar damit nicht das Stillschweigen Gefahr bringe. Das bestätigt durchaus das hohe Alter unserer Schrift; so sprachen die Griechen des zwölften Jahrhunderts nicht mehr. Der Verfasser mochte dabei viel-

66) Mai l. c. p. 8. Migne l. c. p. 807 seq.: *Νικήτα Βυζαντίου φιλοσόφου ἔκθεσις κατασκευαστικὴ μετ' ἀποδείξεως τοῦ χριστιανικοῦ δόγματος ἐν κοινῷ ἐννοιῶν καὶ ἀναλυτικῆς μεθόδου καὶ φυσικῶν ἐπιχειρημάτων καὶ συλλογιστικῆς πολυτεχνίας προηγουμένη καὶ ἀντίρρησις τῆς σταλείσης ἐπιστολῆς ἐκ τῶν Ἀγαρηνῶν πρὸς Μιχαὴλ βασιλέα υἱὸν Θεοφίλου ἐπὶ διαβολῇ τῆς τῶν χριστιανῶν πίστεως.* Aehnlich Ref. Mah. c. 1. p. 673.

67) L. l. c. 2 stellt er die, quos novella aetas produxit, den heiligen Vätern gegenüber (cum nullus ss. Patrum hoc asseruerit) und begreift unter jenen auch den Photius. Da er sonst keine chronologische Ordnung in der Ausführung der gegnerischen Argumente einhält, hat es keine Bedeutung, daß er unmittelbar nach jenen Worten c. 3 den Erzbischof von Nikomedien und den Nikolaus von Methone anführt. Erst nachdem er c. 6 wiederum Ersteren hat reden lassen, führt er (c. 7: sed Niceta Byzantius philosophus per inconvenientiam inductionem probare decertat) ein Argument unseres Autors an, dem dann andere folgen (c. 12: Attamen Nicetas ex adverso instat. c. 15: His atque similibus Byzantius novus philosophus non consentit. c. 17: Nicetas syllogizare conatur ... prudens iste vir etc.), mit Einwendungen der beiden anderen untermischt.

68) Cod. Monac. 229. f. 87, b seq. Nicet. cap. 6. 10. 17. 21.

sachen Grund haben, die Arbeiten des Photius, denen ihrer ganzen Anlage nach die Priorität zuerkannt werden muß, nicht zu erwähnen, zumal, wenn er nach dessen Sturz unter Leo VI. schrieb; jedenfalls wollte er sich als ganz von freien Stücken, ohne fremde Aufforderung in die Arena eintretend darstellen.

Damit stimmt b) die Art und Weise der Polemik überein. Die meisten Argumente sind die des Photius, nur breiter und weitschweifiger, bisweilen auch stringenter entwickelt. Wohl geht unser Niketas auch (c. 2. 4) auf die Formel „durch den Sohn" ein; aber schon der Titel der Mystagogie und mehrere Stellen dieser Schrift zeigen uns, daß Photius bereits darauf Rücksicht genommen haben muß. Wohl führt er auch manche Väterstellen an;[91]) aber auch Photius hatte auf diese näher einzugehen verheißen,[92]) sodann sind sie aus meist sehr gelesenen Schriften geschöpft[93]) und ihre Benützung entspricht dem ältesten Stadium der Controverse. So wird z. B. (c. 2. 4) das patristische Bild von der Sonne und dem Strahl benützt, aber nur in sehr beschränkter Weise und, wie es scheint, ohne Ahnung von der Art, in der die Lateiner und Unionsfreunde es zur Veranschaulichung ihrer Lehre gebrauchten. Man könnte indessen einwenden: Gar Manches in der Argumentation des Niketas läßt darauf schließen, daß ihm schon weiter gehende Deduktionen der Lateiner vorlagen, als sie dem Photius bekannt waren und daß die Polemik schon ein weiteres Stadium erreicht hatte. So spricht Niketas das Princip des Photius: „Was zwei Personen in der Trinität gemeinsam haben, hat auch die dritte," nicht so geradezu aus; er kennt den Einwand, daß Sohn und Geist das Principiirtsein gemein haben, ohne daß es der Vater hat; daher setzt er (c. 1): „Was von zwei Personen gemeinsam und ganz auf dieselbe Weise ausgesagt wird, das hat auch die dritte" und fertigt dann den Einwurf mit Berufung auf die Verschiedenheit des Gezeugtseins und des Hervorgehens ab, indem er dabei hervorhebt, daß dagegen die Spiration *ταυτοχρόνως* von Vater und Sohn ausgesagt werden müßte, weil sonst der Geist bei doppelter Spiration zusammengesetzt wäre. Gegen das Argument (c. 4), der Vater wäre unvollkommen, wenn er noch des Sohnes zur Hervorbringung des Geistes bedürfte, läßt er den Gegner sagen: Da auch nach den Griechen dem Vater das Wohlgefallen, dem Sohne das Wirken, dem Geiste das Mitwirken zugeschrieben wird, so würde der Vater ebenso des Wirkens beraubt und der Sohn unvollkommen sein, da er der Mitwirkung des Geistes bedarf. Ebenso wendet der Widersacher ein, der Geist heiße gerade so Geist des Sohnes wie Geist des Vaters. Zu c. 22 findet sich die gegnerische Einwendung: Allerdings würde, falls dem Sohne die Eigenthümlichkeit des Vaters, daß er Erzeuger und Spirator zugleich ist, zukäme, eine Vermischung der Personen sich ergeben, aber nicht, wenn er nur das Eine ist, blos Spirator, und bei der Gemein-

---

[91]) So Basil. in c. 3. 4. 12. 13; Naz. c. 7. 10. 19; Dionys. c. 20; Dam. c. 1. 2. 4. 10.

[92]) de Spir. S. myst. c. 96.

[93]) So die Stelle Dam. F. O. I. 11. p. 148 (*ὁ πατὴρ διὰ υἱοῦ προβολεύς*) citirt bei Camat. c. 112 (Gr. orth. II. 511.) und Vellus Epigr. I. (ib. p. 535.)

samkeit des Aushauchens würden Vater und Sohn zusammenfallen, wäre der Vater nicht schon als solcher vom Sohne unterschieden. — Indessen sind diese Einwendungen theils für den Ideengang des Autors so naheliegend, daß man nicht zu der Annahme genöthigt ist, sie seien erst durch weitere Polemik den Griechen bekannt geworden, und daß sehr leicht ein denkender Orientale, zumal wenn er an Scharfsinn den Photius noch überbieten wollte, dazu kam, vom Standpunkte der Gegner aus dieselben zu erheben, theils sind sie von der Art, daß eben nur ein Grieche dazu kommen konnte, sie vorzubringen, da sie die von den Lateinern nie anerkannten Axiome des Photius voraussetzen. Wenn dann die Gegner (c. 18) gegen den Satz, der Geist könne nicht zugleich und gleicherweise von zwei Principien das Sein haben, ohne daß beide erste Principien seien, nur einwenden, bei Gott sei ja kein Ding unmöglich, so ist das eben nur ein selbstgemachter Einwurf, da die Lateiner nirgends gegen eine behauptete logische und metaphysische Unmöglichkeit sich auf die Allmacht Gottes berufen haben, abgesehen davon, daß sie niemals anerkannten, Vater und Sohn seien zwei Principien bei der Spiration.

6) In Bezug auf die sehr schleppende Form, die mit Conditionalsätzen, denen oft der Nachsatz fehlt, die Argumente einleitet, konnten die Bücher des Leontius gegen die Nestorianer,[94]) die Schriften des Studiten Theodor gegen die Ikonoklasten,[95]) das vierte Buch des Polymorphus von Theodoret[96]) und der Thesaurus des alexandrinischen Cyrillus[97]) als Muster dienen. Mit letzterem Kirchenvater stimmen namentlich viele Redeformen unserer Abhandlung überein.[98]) Derartige syllogistische Demonstrationen waren überhaupt im neunten Jahrhundert nichts Seltenes mehr, wenn auch nicht alle so ermüdend und geschraubt waren, wie die unseres Autors.

So dürfen wir denn mit ziemlicher Sicherheit unseren Philosophen dem Photius als Kampfgenossen in seinem dogmatischen Streite beigesellen. Wer war aber dieser Niketas? Sicher kann nicht an Niketas Stethatus, den Gehilfen des Cärularius im eilften Jahrhundert, noch an Niketas Seidus im Anfange des zwölften gedacht werden, dessen Polemik nach den erhaltenen Fragmenten direkt gegen Rom gerichtet war,[99]) ebensowenig an Niketas von Mitylene oder Maronela, Erzbischof von Thessalonich, wie an Niketas Choniates. Ein Niketas des eilften Jahrhunderts, Bischof von Serron (Serra), dann Erzbischof von

---

[94]) Migne PP. gr. LXXXVI. 1100 seq., bes. L. II. c. 3—5. 7—12. V. 25—33.

[95]) Ib. t. XCIX. p. 349 seq. Antirrhet. III.

[96]) Ib. t. LXXXIII. p. 317 seq.

[97]) t. LXXV. assert. 1 seq. p. 24. 28. 32. 36. 301 seq.

[98]) Z. B. die Formeln: εἰ δὲ τοῦτο ἀληθές, ὥσπερ καὶ ἀληθές (Cyr. de Trin. c. 10. p. 1165 — εἰ δὲ τοῦτο λέγειν ἢ φρονεῖν ἀσεβές (oder ἀνάγκη ἐστὶ δυοῖν θάτερον ἐπίσταται) assert. 4. p. 49. 53; 6. p. 73; 21. p. 356 seq.; dial. VI. de Trin. p. 1065. — ἐρωτητέον αὐτούς, εἰ (πότερον) . . ἢ . . . Thes. ass. 7. 8. p. 89. 101. — ἀνάγκη πᾶσα ib. 9. p. 125. 128; 11. 21. p. 153. 892. — ὁ δὲ ἐναντίως ass. 11. p. 156; ass. 20. 33. 34. p. 341. 573. 581. 589. dial. VII. de Trin. p. 1081 und sonst oft.

[99]) Allat. de Nicet. p. 41. Fragm. c. Hott. p. 591 de cons. I. 14. II. 1. III. 12. p. 209. 211. 214. 470. 535. 1111 seq. Fabric. l. c. p. 755.

Heraklea, der mehrere Reden des Gregor von Nazianz commentirte und auch den Beinamen des Philosophen führte,[100]) wird von A. B. Caileau auch als Verfasser der dem Niketas David zugeschriebenen Erklärungen zu den Gedichten des genannten Vaters angesehen,[101]) wofür jedoch keine Gründe angegeben werden. Keiner dieser Commentatoren ist mit unserem Autor identisch; auch die Schreibweise ist durchweg verschieden. Der Name Niketas war in Byzanz ungemein häufig; in den Briefen des Photius finden wir einen Protospathar dieses Namens (S. 256) um Beistand für zwei Genossen des Patriarchen angegangen; wir kennen den Admiral Niketas Oryphas, dann den jüngeren Zeitgenossen Niketas David, späteren Bischof. Noch einen vierten Niketas jener Zeit erwähnen die Chronisten, der kaiserlicher Truchseß[102]) war und Xylinites genannt wurde, den Basilius wegen Verdachtes eines ehebrecherischen Verhältnisses zur Kaiserin zum Mönche scheeren ließ und der unter der folgenden Regierung Oekonom der Hauptkirche wurde, zugleich Stifter eines Klosters, in dem er seine Ruhestätte fand.[103]) Dieser lebte sicher von Michael III. bis zu Leo VI, hatte wohl auch die Patricierwürde inne und konnte den damals nicht so seltenen Beinamen des Philosophen und Lehrers erhalten haben, auch bevor er das Amt eines Oekonomen erlangte. Indessen findet sich kein ausreichender Grund, gerade ihm unsere Schriften beizulegen und andere Männer dieses Namens auszuschließen.

Daß auch nach dem zweiten Sturze des Photius unter Leo VI. das photianische Dogma noch Anhänger zählte, werden wir unten bestätigt finden. Unser Niketas, von Photius angeregt, konnte nach dessen Entsetzung mit Vermeidung eines damals gebrandmarkten Namens, ja mit völligem Absehen von den früheren Leistungen des Expatriarchen, dessen Doktrin in ausführlichen Argumentationen vertreten, die wohl damals noch nicht die Beachtung fanden, welche die spätere Zeit der Comnenen ihnen angedeihen ließ. Den Griechen, die so gerne an den Buchstaben der Schrift sich hielten, die immer nur gehört und gelesen hatten, daß der heilige Geist vom Vater ausgehe, erschien der Lehrsatz der Lateiner leicht als etwas Fremdartiges, Neues, darum Gefährliches, wie schon 808 den Mönchen in Jerusalem; die Aeußerungen ihrer Väter waren hierin weniger deutlich und bestimmt als die der abendländischen und ihre eifersüchtig bewachte Orthodoxie machte sie mißtrauisch gegen Alles, was mit den bei ihnen hergebrachten Doktrinen und Bräuchen nicht in vollem Einklang war. Aber damals waren sicher noch nicht alle Griechen dahin gekommen, die Lehre der Lateiner über das Ausgehen des Geistes auch vom Sohne als Häresie zu betrachten. Nachdem Photius schon in seinem ersten Patriarchate diese Anklage gegen den Occident erhoben, mußte wohl Ignatius bei seiner

[100]) Chr. Fr. Matthaei S. Greg. Naz. orationes binae. Mosquae 1780. 4. Migne PP. gr. XXXVI. 939.

[101]) Migne t. XXXVII. 17.

[102]) ὁ ἐπὶ τῆς τραπέζης, dapifer, bei Codin. p. 21. in der Reihe der Würdenträger.

[103]) Leo Gr. p. 257. Sym. c. 12 p. 691. Georg. m. c. 12. p. 813. Ham. Cont. V. 12. p. 759.

Restitution davon wissen und sicher hätte es den der Kirchenlehre so strenge anhängenden Patriarchen beunruhigt, ja es wäre ihm unmöglich gewesen, in kirchlicher Gemeinschaft mit Vertretern einer Irrlehre zu stehen. Ignatius theilte wohl nicht die Meinung des Photius, er sah keinen Irrthum in der Lehre der Lateiner.[104])

Ganz wie Niketas hat auch des Photius Buch vom heiligen Geiste die römische Kirche nicht angegriffen. Aber darin unterscheiden sie sich, daß Ersterer sie gar nicht erwähnt, während Letzterer sie gleichsam zur Mitstreiterin macht und ihre Autorität für sich anführt. Er hat die Päpste bis zu seiner Zeit als Vertreter des unverfälschten Symbolums gegen Ambrosius, Augustinus und Hieronymus angerufen und glaubt in ihnen eine der stärksten Waffen gegen die angeblichen Neuerer zu besitzen, indem er dieselben mit ihren eigenen Autoritäten, den Vätern der Väter, schlägt.

Auch bei den späteren Griechen hat sich noch die Kunde davon erhalten, daß Photius bei der Bekämpfung des Filioque noch nicht die römische Kirche angegriffen habe, die damals noch dasselbe nicht adoptirt, sondern nur den „italischen" Irrthum, von dem jene damals noch frei war.[105])

Gleichwohl ließ der stolze Byzantiner auch jetzt nicht die direkten Angriffe gegen Rom bei Seite; zu dem dogmatischen Kampfe gegen die Lehre des Abendlandes gesellte sich bei ihm der persönliche gegen den Nachfolger Johann's VIII.

5. Kampf gegen den Papst Marinus und Verhandlungen mit dessen Nachfolgern.

In Rom war nach dem am 15. December 882 erfolgten Tode Johann's VIII.,[1]) dessen zehnjähriges Pontifikat eine lange Kette von Schwierigkeiten und Bedrängnissen gewesen war, der bisher öfter genannte Marinus

[104]) Maxim. Chrysob. de proc. Sp. S. c. 3 (G. O. II. 1081 seq.): Ἰγνάτιος.., εἰδὼς τὴν ἐκκλησίαν τῆς Ῥώμης ἐκ τοῦ πατρὸς καὶ τοῦ υἱοῦ ἢ διὰ τοῦ υἱοῦ τὸ πνεῦμα θεολογοῦσαν, οὐκ ἐσχίσατο οὐδ' ἀλλότριον τῆς πίστεως τὸ δόγμα ἔκρινεν εἶναι.

[105]) Nicol. Methon. Tract. de process. Sp. S. c. 4. Cod. Mon. 28. gr. f. 203 a.: Ὁ Λατῖνος. Τί δαί; Οὐδὲ τὸν Φώτιον λέγεις διεσχίσθαι ἀφ' ἡμῶν (sic) τὴν ἐκκλησίαν τῆς Ῥώμης, ὃς πλεῖστα γεγραφὼς εὑρίσκεται κατ' αὐτῶν καὶ τῆς αὐτῶν πίστεως; Ὁ Γραικός. Οὐδαμῶς ἔχεις δεῖξαι, ὦ οὗτος, τὸν θειότατον Φώτιον ὅλος (l. ὅλως) κατὰ τῆς ἐκκλησίας τῆς Ῥώμης γεγραφηκότα καὶ ταύτης, ὡς φῄς, ἐξ ἡμῶν διασχίσαντα. Εἰ γὰρ τοῦτο, πῶς καὶ τὸν Κηρουλάριον τὸν Μιχαὴλ μετὰ τοσούτους χρόνους ὄντα (καὶ γάρ που διακοσιοστὸν ἔτος παρῆλθε μέσον Φωτίου καὶ Μιχαὴλ τῶν ἀοιδίμων πατριαρχῶν) τὴν ἀναφορὰν ἐκ τῶν ἱερῶν διπτύχων ἐξῶσαι τοῦ πάπα; πῶς δὲ καὶ τὰ πρακτικὰ τῆς κατὰ Φώτιον συνόδου οἱ τοῦ ἀοιδίμου Ἰωάννου τοῦ πάπα πρέσβεις ἀπαιρόμενοι πρὸς τὴν Ῥώμην, ἀνεθεμάτισαν καὶ αὐτοὶ τὴν τοιαύτην τῶν Ἰταλῶν αἵρεσιν, παρόντες κατὰ τὴν αὐτὴν ἁγίαν σύνοδον, ὡς καὶ ἄνωθεν ἔφημεν. Γράφει μὲν ὁ θειότατος Φώτιος, ἀλλὰ κατὰ τῆς τοιαύτης Ἰταλικῆς αἱρέσεως, ἀρχὴν μήπω κεκρατηκυίας τῷ τότε τῆς Ῥωμαϊκῆς ἐκκλησίας, ὡς ἐξὸν ἔστι καὶ ταῖς τοιαύταις γραφαῖς ἐντυχεῖν δηλωθήσεται.

[1]) Jaffé Reg. p. 292. Pag. a. 882. n. 8. Daß er ermordet ward (Annal. Fuld. a. 883. Pertz I. 398), ist keineswegs völlig sicher, obschon es auch sonst versichert wird (Herim. Aug. Bernoldi Chron. Mar. Scot. Pertz V. 108. 121. 518.).

zum Papste erwählt worden. Seit seinem zwölften Jahre im Dienste der römischen Kirche, von Leo IV. bereits zum Subdiakon geweiht, [2]) von Nikolaus I. zum Diakonat befördert und 866 mit Donatus und Leo nach Constantinopel bestimmt, hatte er schon frühe für den päpstlichen Stuhl mit Erfolg gearbeitet und in so hohem Maße die Gunst des Bulgarenfürsten Michael gewonnen, daß er von ihm zum Erzbischofe für sein Land erbeten ward. Da damals die päpstliche Gesandtschaft nicht nach Byzanz gelangte und in Bulgarien sich längere Zeit aufzuhalten genöthigt war, so war auch er für die Verbreitung des Christenthums in diesem Lande thätig. Von Hadrian II. 869 nach Constantinopel gesandt, hatte er dort als der thätigste und entschiedenste unter den Legaten sich neue Verdienste erworben, die auch unter dem Pontifikate Johann's VIII. volle Anerkennung fanden. [3]) Als Archidiakon der römischen Kirche [4]) genoß er hohes Ansehen und bedeutenden Einfluß; vielleicht war er aber doch nicht in Allem diesem Papste genehm [5]) und es scheint, daß er ihn auf eine ehrenvolle Weise aus Rom zu entfernen suchte, indem er ihn zum Bischof weihte und sich seiner in verschiedenen Gesandtschaften bediente. Daß Johann VIII. ihn consekrirte, ist außer Zweifel; [6]) über seinen Bischofssitz aber hat man mehrfach gestritten. Einige hielten ihn für einen Missionsbischof der Bulgaren oder der Slaven; [7]) aber es kann kaum mehr einem Zweifel unterliegen, daß er Bischof von Cäre (Cerä) oder Ceri in Etrurien, nahe bei Cervetri unweit Rom war; [8]) so nennt ihn ein alter Autor ausdrücklich episcopus Cerensis [9]) und auch sonst kommen Bischöfe dieses Ortes vor. [10]) Wenn ihn Photius in dem an ihn gerichteten Briefe Bischof von Castella

---

[2]) Marinus sagt das selbst in der vierten Sitzung des achten Concils (Mansi XVI. 58): Ego subdiaconus Rom. Eccl. eram in diebus illis (860) consecratus a Leone IV. Papa Rom. et in R. E. ministrabam a duodecimo anno temporis nativitatis meae et quando isti venerunt Romam cum Arsavir, ego ministrabam in E. R. S. Dei genitricis Mariae, quae dicitur Praesepis.

[3]) Vgl. oben B. IV. A. 2; VI. A. 10. S. 41. 576 f., dazu Bd. I. S. 617.

[4]) Als solcher wird er in den Annal. Fuld. P. V. (Pertz I. 398) bezeichnet.

[5]) Darauf deutet sein unten zu besprechendes Verhältniß zu dem Bischof Formosus.

[6]) Die von Blanchini edirte Invectiva in Romam pro Formoso (Migne PP. lat. CXXIX. p. 832) sagt ganz deutlich: Nonne Johannes Papa eum ordinavit? Und weiter (p. 831): Vis fortasse dicere, o Roma, quod Marinus episcopus non fuerit? Ergo et consecratio Johannis Papae, quam Marino Cerensi episcopo digne aut indigne, ut dicis, imposuit, irrita est. Si indigne, (nec) Johannes noster Apostolicus (quod nefas est ad dicendum), nec Marinus episcopus; si vero digne, prout omni mundo recte visum est, Dominus Johannes sit Apostolicus et Marinus episcopus.' Vgl. oben S. 371. N. 2.

[7]) Pag. a. 882. n. 10. Fleury t. XI. p. 528. L. 53. n. 38.

[8]) So Mansi not. ad Pag. l. c.: Cerae urbs Hetruriae vetustissima 25 mill. pass. ab Urbe. Vgl. Döllinger Lehrb. I. S. 421. Dümmler Ostfr. G. II. 216. Ueber Ceri s. Tournon Etudes statistiques. Paris 1831. t. I. p. 63.

[9]) Der Note 6 citirte Autor nennt ihn dreimal so p. 830. 832. 834.

[10]) So 826 Romanus Cerensis (Baron. a. 826. n. 1. 2) 853 Adrianus Cerensis (Baron. h. a.) 898 Crescentius Cerensis (Mansi XVI. 139.)

nannte,[11]) so ist abgesehen von der bei den Griechen auch sonst ungenauen Bezeichnung lateinischer Bischofssitze an den Namen Castrum und Castell zu denken, der wahrscheinlich dem Namen Ceri oder Cäre vorgesetzt war.[12]) Gegen Ende 879 oder Anfang 880 ging Marinus mit Bischof Petrus von Sinigaglia zu Karl dem Dicken nach Oberitalien;[13]) in der zweiten Hälfte des Jahres 880 ward er nach Constantinopel gesandt, wo seine Standhaftigkeit auf eine neue schwere Probe gestellt ward;[14]) noch 881 wurde er nach Neapel an den viele Jahre mit den Saracenen verbündeten Bischof Athanasius abgeordnet,[15]) der nach vieler Mühe erst 882 von dem verderblichen Bündnisse abgezogen ward.[16]) Auch bekleidete Marinus, wie wir aus Johann's Briefen ersehen, das Amt eines Schatzmeisters der römischen Kirche.[17]) Es war in den damaligen stürmisch erregten Zeiten, in denen nach dem Hinscheiden vieler tüchtiger Männer[18]) so oft die Dämme der kirchlichen Ordnung durchbrochen wurden, in denen die Politik auch am römischen Hofe vielfach wechselte, sicher nichts Geringes, daß Marinus, der langsam von einer Stufe der Hierarchie zur anderen vorschritt und an sich keine Selbstsucht und keinen Ehrgeiz wahrnehmen ließ, in allen ihm anvertrauten Missionen stets die Zufriedenheit seiner Oberhirten erwarb und unter Päpsten von ganz verschiedenen Gesinnungen stets das gleiche Vertrauen und die gleiche Achtung erlangte. Ein noch glän-

[11]) Ἐπίσκοπος Καστέλλης. S. oben VI. 9. S. 553. Moroni (Dizion. t. 71. p. 265) nennt ihn Bischof von Città di Castello.

[12]) Andere Conjecturen erweisen sich als unhaltbar. Man könnte an Civita Castellana denken, das um 928 als Bischofssitz erscheint und sicher weit früher schon ein solcher war (Ughelli Ital. sacra I. 365.), oder an Castrum Hetruriae, das bis 1179 ohne Bischöfe gewesen sein soll (ib. I. 617 seq.). Ein Rodericus Castellanae kommt 853 vor. Das in Umbrien bei der Tiber gelegene Tiphernas hieß auch Città di Castello (ib. I. Append. p. 225); in den Akten der Concilien unter Johann VIII. begegnet uns neben dem Martinus von Narni, der schon 869 Bischof war (Mansi XVI. 130), auch Marinus Tiphernatensis (Mansi XVII. 342), häufiger aber jener Marinus Narniensis. (ib. 353. 473. Baron. a. 879. n. 52.)

[13]) Joh. VIII. ep. 216. Dümmler Ostfr. Gesch. II. S. 112.

[14]) S. oben B. VI. A. 10. S. 577.

[15]) Joh. VIII. ep. 294. Baron. a. 881. n. 5 seq.

[16]) Erchemp. c. 49. Baron. a. 882. n. 2. Amari I. p. 456—458. Athanasius überlebte den Papst nur um sechzehn Monate (Petrus Subdiacon. Contin. Joh. diac. Muratori Rer. ital. Scr. I, II. p. 316.).

[17]) Joh. VIII. ep. 291 ad Athan. Neapol. (Mansi XVII. 215.): Marino reverendissimo episcopo et sanctae Sedis nostrae arcario. Ebenso ep. 210 ad Carol. Reg. p. 102. Der arcarius wird unter den päpstlichen Hofbeamten gewöhnlich nach dem Primicerius und Secundicerius genannt. Der Prälat Galletti handelt von ihm in der Schrift Del Primicerio e di altri ufficiali maggiori del palazzo Lateranense p. 107. Mehrere arcarii zählt Moroni l. c. p. 265 seq. V. Tesoriere auf. Einen Anastasius argentarium et arcarium Ecclesiae nostrae nennt Papst Pelagius I. 559 in einem Briefe an Bischof Julian von Cingoli.

[18]) Auch Hinkmar von Rheims war am 21. December 882 gestorben (Pag. a. 882. n. 1. Dümmler Ostfr. Gesch. II. 212) — ein Mann, der noch 881 energisch für die Unabhängigkeit der Kirche von der Staatsgewalt aufgetreten war (ep. ad Ludov. III. Opp. II. 196 seq.).

zenderes Zeugniß für seine Tugenden und seine Tüchtigkeit ist eben seine Wahl zum obersten Pontifikate, die ganz gegen die gewöhnlichen Regeln erfolgte, nach denen kein Bischof eines anderen Stuhles den römischen besteigen, dieser vielmehr mit Clerikern desselben, Cardinalpriestern und Cardinaldiakonen, besetzt werden sollte — es war der erste Fall einer Translation in der römischen Kirche,[79]) gerechtfertigt durch die ausgezeichnete Befähigung des Mannes; es war aber auch eine eklatante Genugthuung für die Beschimpfung, die ihm kurz vorher in der Eigenschaft eines päpstlichen Legaten in Constantinopel widerfahren war; sie beweist, daß der römische Clerus, der ihn so lange in seiner Mitte zählte, mit Liebe an ihm hing,[80]) nicht gewillt, die Mißstimmung des östlichen Kaiserhofes, der ihm höchst abgeneigt, sowie den Haß des Patriarchen Photius, der schon seit dem Fehlschlagen seines Versuchs, ihn für sich zu gewinnen, gegen ihn äußerst erbittert war, bei der Wahl den Ausschlag geben zu lassen, selbst nicht in einer Zeit, in der man, von äußeren Feinden vielfach bedrängt und vom weströmischen Kaiserthum ohne Schutz gelassen, des Beistandes der griechischen Waffen so sehr bedurfte, daß es nicht räthlich schien, dem über die Verurtheilung seines Patriarchen beleidigten Kaiserhofe noch weiteren Anlaß zu Mißvergnügen zu geben.

Mit Karl dem Dicken hatte Marinus eine Zusammenkunft in Nonantula (Juni 883),[81]) auf der jener ihn mit allen Ehren empfing und seine Anerkennung der Wahl, die ohne Abgeordnete des Kaisers Statt gefunden, aussprach. Daß Marinus ein blindes Werkzeug des unfähigen Kaisers war,[82]) verdient sicher keinen Glauben. Wir haben aber auch viel zu wenig Nachrichten über den damaligen Stand der Parteien in Rom, um ein sicheres Urtheil zu fällen, inwieweit diese die Wahl des Marinus beeinflußten; es scheint dieselbe hauptsächlich von freiem Antriebe des Clerus ausgegangen zu sein. Marinus fand in der Kirche das größte Lob.[83])

In vielen Dingen jedoch scheint Papst Marinus die Maßnahmen seines Vorgängers nicht gebilligt zu haben und so wären wohl manche Veränderungen erfolgt, hätte das Pontifikat desselben länger gedauert. Am wichtigsten für die späteren Schicksale der römischen Kirche war sicher sein Verfahren gegen den von Johann VIII. entsetzten Formosus.[84])

Ueber eilf Jahre hatte bereits Formosus das suburbikarische Bisthum

---

[79]) Nach Occidentalen nahmen Anstoß an dieser Erhebung. Annal. Fuld. a. 882: In cujus (Joh.) locum Marinus, antea Episcopus, contra statuta canonum subrogatus est. (Pertz I. 397.)

[80]) Vgl. Baron. a. 882. n. 10.

[81]) Ann. Fuld. (Pertz I. 398.) Dümmler a. a. O. S. 219.

[82]) Gfrörer Karolinger II. S. 253. 235.

[83]) Flodoard. Rom. Pont. (Watterich I. 650):
Quo (Joh.) patribus juncto, solers subit alta Marinus
Regmina, qui placitus Domino et decus orbis habetur,
Augustis carus, populorum dignus amator.

[84]) Beide, Marinus und Formosus, waren eine Zeitlang gleichzeitig in Bulgarien; es ist wohl möglich, daß sie sich dort enger an einander angeschlossen hatten.

Porto verwaltet, vielfache Gesandtschaften im Auftrage des römischen Stuhles übernommen, wie 866 in Bulgarien, noch 872 bei dem deutschen König Ludwig[25]) und 875 bei Karl dem Kahlen,[26]) als der letztgenannte Papst gegen den bisher des höchsten Vertrauens würdig befundenen, bereits sechzigjährigen Mann mit einem strengen Verdammungsurtheil auftrat.[27]) Auf einer am 19. April 876 in der Basilica B. Mariae ad Martyres gehaltenen Synode wurde Formosus unter der vierfachen Anklage, daß er 1) als päpstlicher Legat bei den Bulgaren deren Fürsten zu einem Eide vermocht, keinen anderen als ihn zum Bischof anzunehmen,[28]) 2) ehrgeizig nach der päpstlichen Würde gestrebt und deßhalb für sich eine Partei zu bilden gesucht, 3) Rom und seinen Sprengel eigenmächtig und ohne gegründete Ursache verlassen und 4) mit seinem Anhang gegen Kaiser Karl II. conspirirt, für excommunicirt erklärt, wofern er nicht vor dem 20. April vor dem Papste sich stelle, für verlustig der bischöflichen Würde, wenn er nicht vor dem 4. Mai, für anathematisirt, wenn er nicht vor dem 9. Mai erscheine. Ein ähnlicher Spruch erging über dessen Anhänger und Mitschuldige, den Nomenculator Gregorius, dessen Tochter Constantina, den Secundicerius Stephan, den Heermeister Sergius und Georg, den Sohn des gleichnamigen Primicerius; es war die Partei, die gegen Karl den Kahlen, den vom Papste unter den Karolingern bevorzugten, entschieden aufgetreten war und gegen ihn den deutschen König Ludwig begünstigte. In einem Schreiben vom 21. April 876 machte Johann VIII. die Bischöfe in Frankreich und Deutschland mit diesen Dekreten bekannt und mahnte sie, die Gemeinschaft des Gebannten zu fliehen,[29]) der gegen Norden entflohen war. Da Formosus nicht zu seiner Rechtfertigung erschien, ward am 30. Juni bei St. Peter eine zweite Synode gegen ihn gehalten, in der noch vier weitere Anklagen vorgebracht wurden: 1) es habe Formosus Klöster der römischen Kirche geplündert, 2) mit Verachtung der Censur die heiligen Geheimnisse gefeiert,[30]) 3) seinen von den Saracenen bedrängten Sprengel auf längere Zeit verlassen, und 4) mit verdächtigen Weibern und sacrilegischen Männern

---

[25]) Baron. a. 872. n. 3. Leg. I. 518.

[26]) Baron. a. 875. n. 6. Jaffé p. 262. n. 2254. Syn. Pontig. Mansi XVII. 315.

[27]) Marburger Programm — Libellus, quo ad novi Prorectoris inaugurationem d. 10. Sept. 1843 invitat I. A. Richter. Marburgi 1843. Cf. Mansi XVII. 236. Jaffé p. 264. Dümmler Auxilius und Vulgarius. Leipzig 1866. S. 2 ff.

[28]) terribilibus sacramentis eum sibi obstrinxisse testatus, ne se vivo quemlibet episcopum a Sede Ap. suscepisset, seque eidem terribilibus nihilominus juramentis, ut ad eum (Bulg. regem) quantocius reverti debuisset, obstrictum fuisse professus, quique a nobis proficiscendi illuc licentiam, literas et necessaria adjutoria impetravit. Johannes scheint demnach auf den Plan eingegangen zu sein, durch den bei dem Bulgarenfürsten beliebten Formosus wieder den Anschluß dieses Landes an die römische Kirche herbeizuführen; dieser aber trat die Reise nicht an, sondern ging wieder zurück, aber nicht in seine Diöcese. — Plurimos sibi consolatores effecit et nunc per repertam hypocrisin retrorsum rediens sine licentia vel conscientia nostra propriam parochiam deseruit.

[29]) Mansi l. c. p. 236—238. Jaffé n. 2270.

[30]) quod contra interdictum sacra procuraverit.

zum Verderben des apostolischen Stuhles sich verschworen.[31]) Auf dieser (übrigens von Einigen bezweifelten) Synode ward Formosus mit Zustimmung von achtundzwanzig Bischöfen definitiv abgesetzt. Im Juli 876 stimmte die Synode von Ponthion diesen Decreten bei.[32])

Auffallend ist diese Masse von Anklagen und dieses strenge Urtheil gegen einen Mann, der unläugbar der römischen Kirche viele Dienste geleistet und bei vielen Zeitgenossen, wie Hinkmar von Rheims,[33]) großes Lob gefunden hatte; schon vielfach wurden Zweifel über die Gerechtigkeit der Sentenz laut.[34]) Formosus scheint zunächst die Krönung Karl des Kahlen mißbilligt und gegen die enge Verbindung des Papstes mit ihm gesprochen zu haben, was ihm im Zusammenhange mit anderen Umständen das Mißtrauen und die Abneigung Johann's zuzog, und Karl hatte jedenfalls Einfluß auf dieses strenge Urtheil.[35]) Das politische Vergehen[36]) und die persönliche Antipathie des Papstes scheint die Hauptsache gewesen zu sein; die reinkirchlichen Verbrechen hätten der Mehrzahl nach schon früher geltend gemacht werden müssen, während Formosus bis 875 noch das Vertrauen des Papstes genoß. Mochte derselbe auch Anzeichen von Ehrgeiz und Parteisucht an sich blicken lassen, seine Verbindung mit dringend verdächtigen und schwer angeschuldigten Personen, seine vorgeschützte, aber nicht ausgeführte Reise nach Bulgarien, und seine ganze Parteistellung hatten ihn vor Allem höchst verdächtig gemacht; doch spricht es zu seinen Gunsten, daß ihm keine direkte Theilnahme an den speciellen Verbrechen seiner Parteigenossen[37]) zur Last gelegt wird. Hatte der Papst einmal Verdacht geschöpft,

[31]) Richter l. c. p. 3. 5. Jaffé p. 261. In seinem Briefe an Karl den Kahlen Nr. 23. p. 21. 22 ist ebenfalls von diesen hostes Rom. Eccl. die Rede, die sich bei einigen Markgrafen verborgen hielten und die Schätze der Kirche geplündert hatten. Gegen die von Richter publicirten Synodalprotokolle wurden allerdings manche Bedenken erhoben, die ich aber nicht als entscheidend betrachten kann. Vielen ächten Urkunden wurden später falsche Unterschriften beigesetzt; das Datum des 14. September ist nicht auffallend, da nach dem 10. (Hefele IV. 515 f.) leicht noch eine nachträgliche Sitzung Statt finden konnte; die Erwähnung der Synode von Ponthion war sicher nicht nothwendig; die Protocolle sind zudem in sehr corruptem Zustande vorhanden. Daß die Synode von Troyes die Verdammung des Formosus wiederholte, ist sicher. Hincm. Ann. 878. Mansi XVII. 317. 319.

[32]) Hincm. a. 876. Capit. Odon. c. 8. Pertz. Scr. I. 500. Leg. I. 535.

[33]) Flodoard. Hist. Rhem. III. 20. 21. Carm. de Rom. Pont. Bar. a. 891. n. 3.

[34]) Bar. a. 883. n. 1.

[35]) Mansi l. c. p. 236: instinctu dilecti filii nostri serenissimi Imperatoris. Vgl. Fleury L. 52. n. 31. t. XI. p. 389. Dümmler S. 5. N. 3 bestreitet die Annahme von Gfrörer, Gregorovius u. A., Formosus sei der deutschen Partei zugethan gewesen, da ja derselbe gerade in Westfrancien seine Zuflucht gesucht habe. Allein wir wissen nicht, ob er schon vor dem Tode des Kaisers Karl (Oct. 877) sich dort befand, wie lange er auf der Flucht noch in Italien weilte, namentlich bei Lambert, der ja 878 die vom Papste Gebannten nach Rom zurückführte (Joh. ep. 84). Unter diesen scheint Formosus gewesen zu sein, der bis dahin wohl noch nicht nach Westfrancien gekommen war.

[36]) Mansi l. c. p. 237: contra salutem reipublicae dilectique filii nostri Caroli a nobis electi et ordinati principis cum suis fautoribus conspirant. Und vorher: contra salutem reipublicae et regni dil. f. n. Caroli, cui semper infideles fuerunt et cujus provectioni semper detraxerunt, conspirantes.

[37]) Von diesen werden Gregor, Sohn des Theophylakt, und sein Schwiegersohn Georg

so konnte es bei den damaligen Wirren leicht geschehen, daß er in den weiteren Schritten des Gegners eine neue Bestätigung fand. Daß Formosus seinen Sprengel verließ — aber bis zu dem Endurtheil hatte diese Abwesenheit noch lange nicht ein halbes Jahr gedauert — läßt sich aus seiner Furcht vor dem bereits gegen ihn gereizten Papste erklären,[38]) mußte aber bei diesem, zumal in seinen steten Bedrängnissen durch die Saracenen und die italischen Dynasten, als neues Anzeichen seiner Schuld gelten. Was darauf Johannes 877 und 878 von der Gegenpartei auszustehen hatte, konnte ihn nur noch mehr erbittern; die Macht derselben stieg so, daß er nach Frankreich flüchtete. Hier nahm er auch den zu dem Abte Hugo von Tours geflüchteten Formosus gefangen und bestätigte auf der Synode von Troyes im September 878 sein gegen ihn gefälltes Urtheil. Ja er zwang den tief gedemüthigten Prälaten zu dem eidlichen Versprechen, daß er nicht mehr nach Rom kommen, das bischöfliche Amt nicht wieder ausüben noch bei den Großen Schritte für seine Wiedereinsetzung thun wolle.[39]) Sein Bisthum hatte bereits 870 ein gewisser Walpert erhalten.[40])

Marinus nun entband den Formosus, der noch zu Sens sich aufhielt,[41]) von diesem Eide, den Viele als erzwungen für ungiltig ansahen, und gab ihm zuerst den Zutritt in Rom frei, nachher (nach dem 12. Juni 883) stellte er ihm auch sein Bisthum zurück.[42]) Von jeder Parteinahme entfernt, wie er

als vasa iniquitatis contra excelsi Dei religionem pugnantia bezeichnet, die schon Febr. 876 durch den Bischof Petrus von Forumsempronii bei Karl angeklagt und mit den übrigen durch die Bischöfe Zacharias und Gauderich und den Primicerius Christoph am 31. März vorgeladen worden seien, aber Krankheit vorgeschützt hätten, bis sie nächtlicherweile Gelegenheit fänden, den Papst mit seinen Anhängern zu ermorden oder doch die Saracenen in Rom einzulassen. In Folge der getroffenen Vorsichtsmaßregeln seien sie Nachts, nach Plünderung der Kirchenschätze, durch das mit nachgemachten Schlüsseln eröffnete Thor St. Pankraz entflohen. Georg habe seinen Bruder vergiftet, bei Lebzeiten seiner Frau (einer Nichte Benedikt's III.) die Constantina zum Weibe genommen, dann seine Frau getödtet, vieler Mordthaten sich schuldig gemacht. Sergius sei der Unterschlagung, des Verlassens seiner Frau und des Ehebruchs schuldig, Gregor des Eidbruchs, der Habsucht und des Raubes.

[38]) Sigeb. Gembl. a. 900: Ille Formosus, cum aliquando in sinistram suspicionem venisset Johannis VIII. P., timore ejus fugiens episcopatum Portuensem reliquit.

[39]) Richter l. c. p. 6. Jaffé p. 275. Hefele IV. 517. Dümmler S. 6. Auxilius sagt von Formosus: nequam angustatus jurando promisit und nennt den Eid sacramentum contra sacram religionem et contrarium. Tract. c. 32 ap. Mabill. Vet. Anal. p. 51. Jaffé p. 293. Vgl. L. I. c. 4. p. 63 ed. Dümmler. Inf. et Def. c. 20.

[40]) Derselbe wird erwähnt Joh. ep. 14. Dez. 876, ep. 15. März 877 (Jaffé n. 2302. 2311); er war auf der Synode zu Ravenna 877 und der römischen von 879. (Mansi l. c. p. 342. 479.) Am 12. Juni 883 wird er zuletzt erwähnt (J. n. 2615); damals war Formosus wohl noch nicht in sein Bisthum wieder eingesetzt. In dem Diplom Marin's pro monasterio Solemniacensi (Mansi p. 563. 561), gegen dessen Aechtheit übrigens viele Bedenken erhoben werden, wäre wohl für Valentini (Ep. Portuensis) — Walperti zu lesen.

[41]) Ann. S. Columb. Senon. 882 (Pertz Scr. I. 103.) Dümmler S. 6. N. 3.

[42]) Invect. in Rom. p. LXX. ed. Blanchin. Auxil. Inf. et Def. c. 20. 33. Eugen. Vulgar. de causa Form. c. 15: Notum est, a Marino primum episcopo, dein summo pontifice, cujus ordinatio hactenus intacta habetur, fuisse absolutum, receptum et in pristino honore revocatum (Formosum). Dümmler Ostfr. Gesch. II. 217. N. 49.

denn auch nicht zu den Gegnern seines Vorgängers gehört hatte, sondern stets seine Achtung und sein Vertrauen genoß, glaubte er durch die Restitution eines hochverdienten und wohl zu strenge behandelten Mannes nur eine Pflicht der Gerechtigkeit zu erfüllen; es wird nirgends berichtet, daß er zuvor von demselben ein Schuldbekenntniß oder eine Satisfaction verlangt; doch mag Formosus sich in den wichtigsten Anklagepunkten völlig gerechtfertigt haben. Immerhin war diese Restitution weit mehr der Billigkeit und Gerechtigkeit gemäß, als die des Zacharias von Anagni durch Papst Johannes. Merkwürdig ist es, daß Marinus dem von seinem Vorgänger des ehrgeizigen Strebens nach dem römischen Pontificate beschuldigten [43]) Formosus so den Weg zu demselben wieder gebahnt hat, während er selbst in der römischen Kirche das erste Beispiel von einer Translation zu einem anderen Bisthum bietet, welche nachher eben diesem Formosus nach seinem Tode zum schwersten Verbrechen gemacht ward.

Was die Stellung des Marinus zu Byzanz betrifft, so war es von ihm, dem treuen Schüler des großen Nikolaus, dem alten Gegner des Photius, der ihn weder durch Freundschaftserweisungen und Schmeichelworte noch durch Drohungen und Mißhandlungen zu beugen vermocht hatte, wohl zu erwarten, daß er an dem Verdammungsurtheil gegen den Hofpatriarchen und an dem achten Concilium, an dem er so viel Antheil hatte, mit aller Entschiedenheit festhalten werde. Wir haben darüber, da leider nach Johann VIII. die päpstlichen Briefe und Regesten nicht mehr vorliegen, keine genaueren Dokumente; die Thatsache selbst aber ist durch den alten Autor im Anhange des achten Concils bezeugt; [44]) sie wird weiter durch die Andeutungen Flodoard's über sein siegreiches Verhalten gegen die Griechen, [45]) ferner durch das bedeutungsvolle Stillschweigen des Photius in seinem Buche vom heiligen Geiste [46]) bestätigt, worin er gleich Nikolaus und Hadrian II. den Marinus gänzlich übergeht, während er die Päpste Leo IV., Benedikt III., Johann VIII. und noch den Nachfolger des Marinus, Hadrian III., ehrenvoll erwähnt; Letzteren reiht er unmittelbar an seinen Johannes an und von Marinus hatte er sicher keine Synodika erhalten. Ja in Constantinopel war man nicht blos äußerst über dessen Wahl erbittert, sondern man beanstandete und bestritt auch dessen Legitimität, und zwar weil Translationen der Bischöfe von den Canonen verboten seien — ein Verbot, das im byzantinischen Patriarchate fast gar nie, am allerwenigsten aber unter Photius beachtet worden, gegen den römischen Stuhl

---

[43]) Joh. ep. 319. p. 237: jamdudum per ambitionem a minori ecclesia in majorem, videlicet sanctam Sedem Apostolicam, prosilire conatus.

[44]) Auct. app. Mansi XVI. 452 B., wo Marinus unter den neun Päpsten verzeichnet ist, die den Photius anathematisirt. Cf. p. 457. D. Hefele S. 469.

[45]) Flod. ap. Watterich. Vit. Rom. Pont. I. 650:

Doctrinis resultans sacris et semina diva
Cordibus infundens hominum per climata mundi.
Nam Graios superans putris erroribus unam
Reddidit Ecclesiam scissumque coegit ovile. —

[46]) Photius de Sp. S. myst. c. 89. p. 100. 101.

aber zweckdienlich und brauchbar war, zumal da es am schärfsten eben die sardicensischen Canones [47]) aussprachen, die einst Nikolaus gegen den vom Laienstande erhobenen Photius geltend gemacht hatte.

Es gehörte in der That die ganze byzantinische Unverschämtheit dazu, der römischen Kirche, in der dieser Fall das erstemal vorgekommen war, aus der Translation des Marinus einen Vorwurf zu machen, während Proklus und Germanus von Constantinopel, die ebenfalls von anderen Bisthümern transferirt worden waren, in so hohem Ansehen daselbst standen, während dem Photius die schon von Sokrates angeführten vierzehn Beispiele wohl bekannt waren (Bd. I. S. 56. 226), während er selber sowohl in seinem ersten als in seinem zweiten Patriarchate viele Bischofsversetzungen vorgenommen hatte. Wie Ignatius den Basilius von Creta nach Thessalonich transferirt, [48]) so wurde von Photius in seinem ersten Patriarchate Theodor von Carien auf den Stuhl von Laodicea erhoben, Petrus von Milet auf den von Sardes. [49]) In seinem zweiten Patriarchate versetzte er zuerst den Amphilochius von Cyzikus, nach dessen Tod den Gregor von Syrakus nach Nicäa, den Theodor Santabarenus von Patras nach Euchaites, [50]) den Daniel von Nikopolis nach Ancyra, [51]) den Nikon von Laodicea nach Hierapolis, den Simon von Neupatras und den Theodor von Makre [52]) nach Laodicea. [53]) Wie konnte man nun bei der römischen Kirche das tadeln, was in der byzantinischen ganz gewöhnlich war?

Allein Photius konnte hier geltend machen: 1) das Verbot der Translationen sei in der römischen Kirche ein strenge bis dahin beobachtetes Gesetz, während es in Byzanz abrogirt sei und nicht obligire (vgl. Bd. I. S. 444 ff.); 2) es seien keine Gründe dagewesen, die zu einer Ausnahme berechtigten, wie z. B. Verwüstung der Diöcese eines Bischofs durch die Ungläubigen, überhaupt Nothwendigkeit und großer Nutzen der Kirche; 3) das kanonische Verbot betreffe das eigenmächtige Uebergehen eines Bischofs von einer kleineren zu einer größeren Stadt, nicht aber die durch den höheren Oberen (Patriarchen) vorge-

---

[47]) Sardic. c. 1. 2. Cf. Nic. c. 15. c. ap. 14. Ant. c. 8. 21. Chalc. c. 5. Carth. III. 38. Phot. Nomoc. I. 26.

[48]) Niceph. Call. H. E. XIV. 39. p. 529 ed. Par. 1630: *Βασίλειον δὲ τοῦ ἐν Μακεδόνων κατάρξαντος καὶ ὁ θειότατος πατριάρχης Ἰγνάτιος τὸν τῆς Κρήτης Βασίλειον εἰς τὴν Θεσσαλονίκην μετατίθησι.* Aehnlich der tract. de translationibus bei Leuncl. J. Gr. R. I. p. 529. n. 20 und ein anderer im Cod. Monac. 68. f. 91 seq. sub n. 32. f. 93, a. Solche Sammlungen von Beispielen sind in gr. Handschriften häufig. Viele Beispiele führen Auxilius u. A. in Sachen des Formosus an.

[49]) Buch II. Abschn. 4. 5. Bd. I. S. 383. N. 45. S. 401. N. 66.

[50]) Niceph. l. c. Leuncl. l. c. n. 22—24. Cod. Mon. 68. n. 31. 39. Vgl. Buch V. Abschn. 5. 8. oben Abschn. 1. S. 278. 313. 586.

[51]) Niceph. Mon. cit. n. 38. Leuncl. L. IV. p. 291.

[52]) Bei Niceph. und im Cod. Mon. n. 40 unrichtig: *ὁ μακάριος Θεόδωρος*, richtig Leuncl. n. 25: *ὁ Μάκρης ...* Es ist wohl Makre in der thrazischen Provinz Rhodope. Le Quien I. 1203.

[53]) Cod. Mon. n. 35. 40. 37. Niceph. Leuncl. Vgl. Le Quien I. 617.

nommene Versetzung und Beförderung.[54]) — Allerdings wurde ein Unterschied zwischen der absolut verbotenen transmigratio und der unter bestimmten Voraussetzungen erlaubten translatio gemacht;[55]) aber der durch einmüthige Wahl herbeigeführte Uebergang zu einem höheren Bisthum stand sicher der durch den Oberen verfügten Translation gleich und Germanus war ganz in demselben Falle gewesen wie Marinus; bei beiden fand eine wahre Translation Statt. Wohl waren hierin die früheren Päpste, namentlich Gregor der Große, sehr strenge;[56]) aber im Ganzen galten dieselben Canones für beide Theile und auch im Occident machte man einen Unterschied zwischen erlaubten und unerlaubten Translationen. Die Erhebung des Bischofs Actard von Nantes auf den erzbischöflichen Stuhl von Tours hatten die Bischöfe beantragt und Hadrian II. genehmigt; unter Johann VIII. ward 878 darüber geklagt, daß Bischöfe kleinere Bisthümer mit größeren vertauschten,[57]) und als dieser Papst 876 bei der Verwüstung des Sprengels von Bordeaux den dortigen Erzbischof Frotarius nach Bourges transferirte, motivirte er das selbst mit dem Nothstande der Zeit und dem nöthig gewordenen Abgehen von der Strenge der Canones.[58]) Während bei den häretischen Orientalen ein großer Abscheu gegen solche Beförderungen herrschte, so daß z. B. im achten Jahrhundert die syrischen Jakobiten entschieden der Erhebung des früheren Bischofs Johannes auf den Patriarchenstuhl von Antiochien sich widersetzten,[59]) hatte man in Byzanz niemals davor einen solchen Abscheu; der Patriarch und seine Synode verfügten Versetzungen von Bischöfen; auch nach Photius erhielten bereits consecrirte Bischöfe (z. B. Stephan II.) den Patriarchenstuhl; die Canonisten erörterten die Gründe, die solche Translationen rechtfertigen; viele forderten mit Demetrius Chomatenus eine Verfügung des Kaisers, während die Synodaldekrete nur einen größeren Nutzen und die Zustimmung des Kaisers verlangten.[60]) Es ist sehr zu bezweifeln, daß bei allen Translationen, die

---

[54]) Das μὴ μεταβαίνειν in Nic. c. 15. Vgl. Niceph. l. c. p. 325: τὴν γὰρ μετάβασιν ὁ κανὼν εἴργει, οὐ τὴν μετάθεσιν. Aehnlich Mon. cit. f. 91, b. Leuncl. p. 294. n. 33 mit Berufung auf Papst Cölestin. Ueber den Unterschied von Metathesis, Metabasis und Epibasis s. Matth. Blast. Synt. alphab. Lit. A. c. 9. p. 92 ed. Bever.

[55]) Thomassin. P. II. L. II. c. 61. n. 5. 15; c. 63. n. 16.

[56]) Thomassin. l. c. c. 60. n. 1 seq.; c. 62. n. 1 seq.

[57]) Mansi Conc. XV. 852. XVII. 347—350. Cf. Hincmar. de translat. Opp. II. 741—761.

[58]) Joh. ep. 11 (Mansi XVII. 13.): Ecce enim, ne de civitate ad civitatem episcopi transmigrent, sancti canones provide sanciunt. Sed si hujusmodi sanctiones sine ulla discretione vel dispensatione ducimus observandas, nullam compassionem fratribus exhibemus, quos gentilium gladios passos causa fidei christianae servandae videmus egentes, angustiatos etc. Dieser Grund zu Translationen, die Verwüstung der Diöcesen durch die Ungläubigen (vgl. Trull. c. 37. 39), kam später im byzantinischen Patriarchate überaus häufig vor. Acta Patr. Cpl. ed. Miklosich et Müller vol. I. p. 31. 35. 39. 50 etc.

[59]) Renaudot. Hist. Patr. Alex. Jacob. p. 46. p. 217.

[60]) Thomassin. l. c. c. 63. n. 15. Wie Balsamon in der nachher getäuschten Hoffnung auf das slawenische Patriarchat die Translationen vertheidigte, erzählt Nic. Chon. in Isaac. Ang. II. 4.

Photius vornahm, so gute kanonische Gründe vorlagen, wie bei den weit selteneren des Occidents; Haß und Leidenschaft scheint ihn bestimmt zu haben, zu erklären, Marinus habe nicht römischer Bischof werden können, weil er vorher Bischof einer anderen Stadt gewesen war. Indessen mußte er doch eine nähere Begründung suchen und diese boten die in Rom so hoch gehaltenen Canones von Sardika. Der erste derselben belegte den Uebergang eines Bischofs von einer kleineren zu einer größeren Stadt, wie er aus Ehrgeiz und Habsucht damals häufig vorgekommen war, sogar mit Ausschluß von aller Kirchengemeinschaft und der zweite ließ die Ausflucht nicht gelten, es sei mit dem Willen des Volkes geschehen, da leicht durch Bestechung und andere unsittliche Mittel von ehrgeizigen Prälaten eine Partei gewonnen werden könne; er verhängte auch in diesem Falle lebenslängliche Ausschließung. Vielleicht sollte nun Marinus verdächtigt werden, als habe er das Pontifikat erschlichen, durch Simonie, durch Gefälligkeit gegen eine verwerfliche Partei erkauft; man wollte wohl ihn, den berühmten „Nikolaiten", selbst nach den eigenen Gesetzen der römischen Kirche der Laienkommunion verlustig erklären, worin eine starke Vergeltung für die von Nikolaus, Hadrian und von ihm selbst als päpstlichen Legaten einst ausgesprochene Verdammung des Photius gelegen war. Keinesfalls erkannte man ihn als römischen Bischof an; in den Augen des Photius war der römische Stuhl seit dem Tode des Johannes fortwährend erledigt; Marinus war ein Eindringling, ein kirchlicher Verbrecher; die Metabasis war eine Epibasis, eine Usurpation.

In diesem Sinne erließ Basilius oder eigentlich Photius, der sicher den Brief redigirte, nachher ein Schreiben an den Nachfolger des Marinus,*1) das von dem Hasse gegen diesen lautes Zeugniß gab. Darin ward auch der sittliche Charakter des Papstes angetastet: er ward wohl, wie einst Nikolaus, des Hochmuths, der Tyrannei, der Gesetzesverachtung beschuldigt, da die Briefe und Geschenke des Photius ihn nicht umgestimmt hatten und er zweimal als Legat in Byzanz sehr kräftig gegen den ökumenischen Patriarchen aufgetreten war; er ward auch, weil er das „Werk seines Vorgängers" zerstört, den (wegen Bulgariens) verhaßten Formosus begnadigt, den Kaiserhof mißachtet, hart getadelt und mit ihm, der als Ehebrecher erschien,*2) die römische Kirche selbst geschmäht. Wahrscheinlich constatirte Photius seine Nichtanerkennung des Marinus auf einer Synode und verurtheilte ihn förmlich,*3) um so dem römischen Stuhle das zurückzugeben, was er von ihm ungerechterweise erduldet zu haben glaubte. Wie 867 gegen Nikolaus, wurden Ankläger und Zeugen gegen Marinus verhört. Möglich ist es auch, daß man daran dachte, Letzteren in

*1) Der Inhalt ergibt sich aus Stephan's VI. Antwort. Mansi XVI. 420 seq.

*2) Ehebrecher sind nach vielen Alten wie nach Pseudo Isidor (Evar. c. 4. Call. II. c. 11) die Bischöfe, die aus Ehrgeiz von einem kleineren zu einem größeren Bisthum übergehen. Im Gegensatze dazu nennt nachher Papst Stephan den Marinus den „unbefleckten Bräutigam und Priester der Kirche".

*3) ep. Steph. p. 421: κατεδικάσατε αὐτόν (Marinum). Styllan. ep. 2. p. 437: ἃ δὲ κατὰ τοῦ ἀντιδίκου τῷ ὄντι καὶ ἀγιωτάτου πάπα Μαρίνου ἐγκλήματα (Phot.), καὶ ἀξίως;

eine derjenigen ähnliche Lage zu bringen, in die Nikolaus 864 durch Ludwig II. versetzt worden war. Herzog Wido II. von Spoleto hatte nach Byzanz Gesandte abgeordnet und von dort Geld zur Bekämpfung Karl's III. erhalten; das päpstliche Gebiet hatte er fortwährend geschmälert und bedroht und Marinus scheint gegen ihn Karl's Schutz angerufen zu haben. Doch richtete Wido nichts aus; des Majestätsverbrechens angeklagt ward er vor Karl gebracht; aber er entfloh und verband sich mit den Saracenen; erst 885 reinigte er sich vor Karl dem Dicken mit einem Eide und erhielt sich so seine Würde.[64]) Jedenfalls würde man von Byzanz aus noch mehr gegen Marinus versucht haben, hätte er länger gelebt, wäre nicht wenig über ein Jahr nach der Kunde von seiner Erhebung die Nachricht von seinem Hinscheiden eingetroffen.

Marinus starb noch in der ersten Hälfte des Jahres 884, nachdem er wenig über ein Jahr regiert.[65]) Er hatte ebenso wie sein Vorgänger Vieles von den Wirren Italiens zu leiden, die allmälig alle Reste der Bildung und Gesittung zu zerstören schienen, und mußte es noch erleben, daß das berühmte Kloster von Monte Cassino (883—884) durch die Saracenen auf die furchtbarste Weise verwüstet und verbrannt ward.[66]) Wir wissen von diesem vortrefflichen Papste noch, daß er mit Fulco von Rheims und König Alfred von England in enger Verbindung stand und auch der Schola Saxonum in Rom Abgabenfreiheit gewährte.[67])

Von seinem Nachfolger Hadrian III., unter dem Rom von der Heuschreckenplage, von Dürre und Hungersnoth heimgesucht ward,[68]) ist uns noch weniger bekannt; selbst die Dauer seines Pontifikates ist nicht genau ermittelt.[69]) Höchst wahrscheinlich ist er der Presbyter vom Titel des heiligen Laurentius, der unter Johann VIII. 879 die Akten der römischen Synode zu Gunsten des Photius mitunterschrieben hat.[70]) Dieser ihm sicher wohl bekannte Umstand ließ den Letzteren hoffen, leichter bei ihm Anerkennung zu finden, und

---

[64]) Erchemp. c. 79. Dümmler Ostfr. G. II. S. 219 f. bes. N. 58; S. 220.

[65]) Marinus ward sicher noch im December 882, nicht erst März 883 erhoben, wie auch Dümmler II. S. 216. N. 47 bemerkt, der seinen Tod mit Jaffé auf den Mai 884 setzt (S. 217). Nach Anderen starb Marinus XV. Kal. Febr., 18. Januar 884, und regierte ein Jahr zwanzig Tage (30. Dec. 882—18. Jan. 884). Baron. a. 884. n. 1. Vgl. auch Watterich Vitae Rom. Pont. I. 29.

[66]) Leo Ost. I. 44 (Pertz VII. 610). Amari I. p. 460, wo 883 angenommen ist, während Bar. a. 884. n. 4 das Jahr 884 festhält. Vgl. Pagi h. a. n. 2. Fleury l. c. p. 542. Dümmler a. a. O. S. 180.

[67]) Bar. a. 883. n. 2. 3. Ueber die Schola Saxonum s. Papencordt Gesch. der Stadt Rom im MA. S. 125 f.

[68]) Ann. Alam. a. 884. Vita Steph. Dümmler a. a. O.

[69]) Seinen Tod erfuhr Karl III. auf dem Wege nach Worms im September 885; ob er im August gestorben war (Dümmler S. 218) oder früher, erscheint zweifelhaft. Auch das Datum VII. Id. Mai (9. Mai Bar. a. 885. n. 1) ist nicht sicher. Es werden ihm ein Jahr drei Monate zehn Tage beigelegt. War er am 30. Januar 884 erhoben, so ist diese Zeitdauer am 9. Mai erreicht; ebenso trifft es zu, wenn er im Mai 884 gewählt war und im August 885 starb.

[70]) Mansi XVII. 473. 474. Bar. a. 879. n. 52.

so wurde, wohl bei Gelegenheit einer neuen Truppenbeförderung nach Italien, vielleicht zugleich mit dem neuen Feldherrn Nikephorus Phokas (seit 885),[71] ein Versuch dieser Art gemacht. Sicher ist, wie schon oben bemerkt ward, daß an Hadrian III. ein von Photius redigirtes Schreiben des Kaisers Basilius abgesendet wurde, welches gegen den Papst Marinus gerichtet war,[72] dazu auch die römische Kirche überhaupt angriff, aber Hadrian III. persönlich nicht im mindesten beleidigte; in dem uns noch erhaltenen Exzerpt aus der Antwort Stephan's, der das Schreiben erhielt, ist stets nur von Schmähungen gegen Marinus allein die Rede und sicher würde Stephan auch Hadrian III. vertheidigt haben, wäre auch er in dem kaiserlichen Schreiben in gleicher Weise behandelt worden. Höchst merkwürdig aber ist, daß Photius in der Schrift vom heiligen Geiste behauptet, von Hadrian III. dem alten Brauche gemäß ein Synodalschreiben erhalten zu haben, worin das Glaubensbekenntniß ohne den lateinischen Zusatz enthalten war. Wir können diese Behauptung unmöglich für völlig grundlos halten; es mußte jedenfalls hiefür ein Anlaß gegeben sein. Wahrscheinlich hat Hadrian noch 884, erschreckt durch die Fortschritte der saracenischen Waffen, insbesondere durch die Zerstörung von Monte Cassino, von Karl dem Dicken ohne Hilfe gelassen, sich wieder an Basilius gewendet, seine Wahl ihm angezeigt, sein an die Bischöfe gerichtetes Inthronisations-schreiben vorgelegt und dabei um den Beistand der griechischen Flotte für die Häfen des Kirchenstaates, wie nachher auch Stephan[73] that, gebeten; das Erscheinen einer päpstlichen Gesandtschaft in Byzanz und die Vorlage der Synodika konnte Photius für sich benützen, auch wenn diese nicht direkt an ihn gerichtet war. Es konnte aber auch diese Gesandtschaft einen Brief für Photius überbringen, worin dieser speziell aufgefordert ward, sich den Beschlüssen der Päpste, insbesondere der Sentenz des Marinus zu fügen, was dann dem byzantinischen Hofe und seinem Patriarchen Anlaß gab, die Legitimität des Marinus, der von einem Bisthum auf ein anderes versetzt worden sei, unter heftigen Anklagen und Schmähungen zu bestreiten. Bedeutungsvoll ist aber in dem kaiserlichen Schreiben die Frage, an wen denn eigentlich die römische Kirche ihre Gesandten abgeordnet, worauf Stephan erwiedert: „An Photius den Laien" und beisetzt: „Wenn der Kaiser einen Patriarchen hätte, so würde die römische Kirche öfter (mit Briefen und Gesandten) diesen heimgesucht haben."[74]) Es hatte also wohl vor Kurzem eine solche Heimsuchung

---

[71]) Theoph. Cont. V. 71. p. 312. 313. Amari l. c. p. 440. 441.

[72]) Mansi l. c. p. 420 im Titel des Briefes von Stephan: [illegible] προσαγορευθεὶς αὐτοῦ (Basil.) ὑπὸ Φωτίου γραφεῖσαν ἐν τῇ Ῥώμῃ κατὰ τοῦ ἁγίου Πάπα Μαρίνου.

[73]) Mansi l. c. p. 425: παρακαλῶ τὸ ἅγιον ὑμῶν κράτος, χελάνδια ἐξοπλίσαι μετὰ καὶ τῶν χρειῶν αὐτῶν ἀπὸ μηνὸς Ἀπριλλίου ἕως Σεπτεμβρίου καὶ ἀποστεῖλαι, ὅπως φυλάττωσι τὰ πρὸς θάλασσαν ἡμῶν ἀπὸ τῆς τῶν Ἀγαρηνῶν ἐκπορθήσεως. Aehnlich Joh. VIII. ep. 46 ad Gregor. Imp. Paedag. April 877. Mansi XVII. 42: ut vel decem bona et expedita chelandia ad portum nostrum transmittas ad litora nostra de illis furibus et piratis Arabibus expurganda.

[74]) Mansi p. 424: Ἐρωτᾷς δέ, πρὸς τίνα ἀπέστειλεν ἡ τῶν Ῥωμαίων ἐκκλησία;

durch Briefe und Gesandte, die durch längere Unterbrechung des Verkehrs (zuletzt 881—884) eine Seltenheit geworden war, Statt gefunden; es war bei der letzten Gesandtschaft nicht klar, wem sie eigentlich mehr gelte, dem Kaiser oder dem Patriarchen; sie war aber auch an Photius gerichtet, sie hatte wohl auch das völkerrechtswidrige Verfahren gegen Marinus gerügt und dessen Standhaftigkeit gepriesen, mit der Aufforderung, seinem Ausspruch sich zu unterwerfen, und so die Invektiven gegen diesen veranlaßt. Um die Berufung des Photius auf Hadrian III. zu erklären, ist es nicht nothwendig, diesen als Repräsentanten einer Gegenpartei des Marinus, der sich gegen ihn ähnlich, wie Johann VIII. gegen Nikolaus, verhalten und die Anerkennung des Photius auf Grundlage der Synode von 879 zugestanden habe, als Freund und Gönner des Byzantiners zu denken, wie denn auch Photius für ihn keine solchen Worte des Lobes hat, wie für seinen Johannes und auch er unter den entschiedenen Gegnern des Photius aufgeführt worden ist,[75]) mochte auch Anlaß zu einer Hoffnung auf seine Anerkennung gegeben, ein Schritt zur Annäherung geschehen sein. Photius hielt an seiner bisherigen Taktik fest, den Orientalen gegenüber seine Anerkennung durch Johann VIII. zu urgiren und jeden ihm günstigen Schritt desselben und seiner Nachfolger zu benützen, das ihm Nachtheilige aber völlig zu ignoriren, während er andererseits bei den Abendländern alles Mögliche versuchte, sie zu seiner Gemeinschaft anzuziehen. Es scheint auch nach den oben angeführten Worten Stephan's, daß der Kaiser an Hadrian die Aufforderung richtete, mit seinem Patriarchen als solchen (denn nach der Strenge der Regeln und des Verfahrens von Nikolaus I. scheint er nur als Laie behandelt worden zu sein) in Gemeinschaft zu treten. Hadrian's III. Tod, der im Sommer 885 auf der Reise zum Reichstag von Worms, wohin ihn Karl III. eingeladen, erfolgte,[76]) scheint weitere Unterhandlungen abgebrochen zu haben.

Obschon die byzantinische Seemacht unter Basilius das adriatische Meer fast vollständig beherrschte, so war doch die Communikation mit Italien eine höchst langsame und unsichere. Die kaiserlichen Truppen hatten in Calabrien sehr viele Anstrengungen; 885 hatten Neapel und Salerno wieder Saracenen herbeigerufen.[77]) Wido II. von Spoleto, der sich dem römischen Stuhle wieder genähert, hatte gegen sie einige glückliche Expeditionen unternommen, nachdem er von der Verbindung mit ihnen sich frei gemacht; aber in ganz Unteritalien war allenthalben Verwirrung, Tücke und Verrath. Immer größere Verödung, ja eine völlige Barbarei stand für Italien in Aussicht.

Auf Hadrian III. folgte Stephan V. (nach A. VI.), ein edler Römer, Sohn eines Hadrian, Verwandter und Zögling des Bibliothekars Zacharias, von Hadrian II. zum Subdiakonat, von Marinus zum Diakonat, dann zum

πρὸς ἑαυτὸν ἐζήλωσε τὸν Φώτιον· εἰ γὰρ εἶχες κατειλήφεναι, ἐγχρόνιος ἂν ἡ καθ' ἡμᾶς ἐκκλησία αὐτὸν ἀπεδέξατο.

[75]) Auct. append. post Conc. VIII. Mansi XVI. 452.

[76]) Pag. a. 885. n. 1. Dümmler a. a. O. S. 248.

[77]) Amari l. c. p. 461.

Presbyterat mit dem Titel der Quatuor coronati erhoben, seiner Frömmigkeit wegen sehr geschätzt. Formosus von Portus ertheilte ihm jetzt die bischöfliche Consecration.[78]) Er erhielt das an seinen Vorgänger gerichtete kaiserliche Schreiben, das er in sehr ausführlicher Weise[79]) beantwortete. In seiner Antwort läßt er klar durchblicken, daß er den Photius für den Verfasser dieses Briefes hält. Im Eingange spricht er seine Verwunderung darüber aus, daß der sonst so gerechte Kaiser einen solchen Brief an den römischen Stuhl ergehen ließ;[80]) er führt mit Anspielung auf dessen Aeußerungen im Concil von 870[81]) näher aus, wie Königthum und Priesterthum an sich verschieden seien, wie die weltliche Gewalt nicht in Kirchensachen zu entscheiden habe,[82]) in denen vielmehr der Nachfolger des Apostelfürsten Petrus nach den Worten Christi (Matth. 16, 18. 19) mit höchster Autorität zu bestimmen und zu richten befugt sei,[83]) wie er auch die reine und unverfälschte Lehre Allen mittheile. Er bittet daher den Kaiser, den Lehren der Apostelfürsten zu folgen und ihnen mit treuer Verehrung anzuhängen. Sodann geht er auf die gegen Marinus vorgebrachten Beschuldigungen im Allgemeinen über und erklärt dieselben für eine frevelhafte Lästerung Christi selbst.[84]) „Wer ist derjenige, der gegen den untadelhaften Bräutigam und Priester und gegen die Mutter aller Kirchen zu reden wagt? Es täuscht sich der, welcher glaubt, der Jünger sei über dem Meister und der Knecht über seinem Herrn. Wir müssen darüber erstaunen, wie deine so vollendete und so glänzende Einsicht in der Art sich hat einnehmen und täuschen lassen, daß sie gegen diesen heiligen Mann feindselige Gesinnungen hegte.[85]) Denn was für ein Mann er war, das würden, auch

[78]) Baron. a. 885. n. 1—3. Mansi XVIII. 5. Invect. in Romam ed. Blanch. p. LXX seq.

[79]) Wenn wir den Text mit andern in derselben Sammlung befindlichen päpstlichen Erlassen vergleichen, so wird es sehr wahrscheinlich, daß uns im Griech. (Mansi XVI. 420—425) nur ein Auszug erhalten sei, der indessen das Wesentliche der Sache aufnahm und großentheils auch die Worte beibehielt. Anfang: Τὸ γράμμα τὸ παρὰ τῆς ὑμετέρας γαληνότητος ἀποσταλὲν πρὸς Ἀδριανόν. Der Text bei Mansi XVIII. 11—13 ist bloße Uebersetzung des Auszugs. Der Brief steht in vielen Handschriften wie Cod. Monac. 207. f. 3 and Cod. Vat. 1455. f. 146 seq.

[80]) p. 420: ἐθαυμάσαμεν τὴν σὴν ἀγαθοπρέπειαν, ὅτι τοιαῦτα ἠνέσχου γράψαι, σταθμὸς οὖσα δικαιοσύνης.

[81]) S. oben S. 125. Vgl. die Worte des Papstes: τοῦ κρείττονος σου ἐπιλαμβανόμενος.

[82]) ὅτι βασιλικὴ χεὶρ οὐ δέχεται τὸ ἱερατικὸν καὶ ἀποστολικὸν ἡμῶν ἀξίωμα .. τῶν ἐπὶ γῆς κοσμικῶν μόνον ὀφείλεις φροντίζειν ... καθ' ὃν τρόπον ἐκ Θεοῦ τὸ ἄρχειν τῶν βασιλικῶν ὑμῖν δέδοται, οὕτω καὶ ἡμῖν διὰ τοῦ κορυφαίου Πέτρου τὸ ἄρχειν τῶν πνευματικῶν .. ἐδόθη σοι φροντίζειν, ἵνα τῶν τυραννούντων τὸ ἄδικον καὶ θηριῶδες τῷ ξίφει τῆς ἀρχῆς διασκεδάσῃς, ἵνα πράττῃς δίκαια τοῖς ὑπὸ χεῖρα, ἵνα νόμους συγγράψῃς, ἵνα γῇ τε καὶ θαλάσσῃ τὰ πολεμικὰ στρατεύματα διατιθῇς· αὕτη ἐστὶ τῆς ὑμετέρας ἀρχῆς ἡ φροντίς.

[83]) ἡ γὰρ κατάστασις καὶ ἀρχιερωσύνη τῶν ἐν τῷ κόσμῳ ἐκκλησιῶν παρὰ τοῦ κορυφαίου Πέτρου τὴν ἀρχὴν ἐδέξατο, δι' οὗ καὶ ἡμεῖς ἀπαραποιήτῳ διδασκαλίᾳ πάντας νουθετοῦμεν καὶ διδάσκομεν.

[84]) ὁ κατὰ τοῦ ἁγιωτάτου Μαρίνου τὰς θεοσεβείας πεπεικώς σου συνῳδίας, κατὰ τοῦ κυρίου ἡμῶν Ι. Κ. βλασφημήσας ἐλάλησε.

[85]) κατὰ τοῦ ἁγίου ἀνδρὸς ἐκείνου ἐναντίον τι διανόησαι.

wenn selbst Wir schwiegen, die Steine laut bezeugen (Luk. 19, 40.). Verstummen mögen die trugerfüllten Lippen (Ps. 30, 19), die wider Gott Ungerechtes reden oder wider den Gerechten. Wenn du ein Schaf der Heerde Gottes bist, so übertrete nicht die Grenzen und Schranken, welche die Apostelfürsten gesetzt. Wer hat dich so verführt, daß du den allgemeinen Oberhirten (den höchsten Hirten der Welt) dermaßen schmähest und die heilige römische Kirche lästerst, der du dich mit Ehrfurcht zu unterwerfen hast? Oder solltest du es nicht wissen, daß sie die Vorsteherin aller Kirchen ist?[66]) Wer hat dich zum Richter über die höchsten Hirten aufgestellt? Kennst du nicht das Gebot des Herrn: „Rührt meine Gesalbten nicht an und schmähet nicht gegen meine Propheten" (Ps. 104, 15)? Willst du dich Gott gleich setzen, da du seine Engel (Gesandten) richtest,[67]) da nach der Schrift (Malach. 2, 7) die Priester des Herrn Engel sind? Wie kannst du über die richten, die einzig dem Gerichte Gottes unterworfen, allein mit der Gewalt zu binden und zu lösen betraut sind?[68]) Siehe, in welchen Abgrund du dich hinabgestürzt hast. Man sagt von dir, großmächtigster Kaiser, daß du die Milde und Geduld eines Job dir zu eigen gemacht; ich muß mich wundern, wie du hierin dich über alles Maß hast fortreißen lassen."[69]) Hierauf geht Stephan zu der Behauptung über, Marinus sei nicht rechtmäßiger römischer Bischof gewesen. Er fragt, woher der Kaiser das wisse; wofern er aber das nicht gewiß wisse, wie habe er ihn verdammen können? Groß sei die Macht der Hohenpriester,"[70]) Ambrosius habe das gegen Kaiser Theodosius gezeigt. Diejenigen, die da sagten, Marinus sei vorher (vor seiner Erhebung zum römischen Episkopate) Bischof gewesen und habe daher nicht die Regierung der römischen Kirche übernehmen können, hätten das erst zu beweisen."[71]) Der Papst entgegnet darauf: 1) Wäre Marinus auch durch die Canones gehindert gewesen, den römischen Stuhl einzunehmen, so konnte ihn die große Zahl von heiligen Vätern und deren authentisches Urtheil auf die oberste Stufe der Hierarchie erheben, so konnte Gottes Vorsehung, die den Nutzen der Kirche wohl erkannte, auf den Stuhl des heiligen

---

[66]) τίς σε ἠπάτησεν, ἀρχιερέα οἰκουμενικὸν κωμῳδῆσαι καὶ τὴν ἱερὰν τῶν Ῥωμαίων καταφημῆσαι ἐκκλησίαν, ᾗ μετὰ δεξιότητος ὤφειλες ὑποτάττεσθαι; ἢ οὐ γινώσκεις, ὅτι πασῶν τῶν ἐκκλησιῶν ὑπερέχει;

[67]) τῷ Θεῷ ἑαυτὸν ἐξισώσεις, ὁ τοὺς ἀγγέλους αὐτοῦ κρίνειν τολμῶν.

[68]) τοὺς τῇ τοῦ Θεοῦ κρίσει μόνῃ ὑποκειμένους καὶ λαβόντας μόνους ἐξουσίαν δεσμεῖν καὶ λύειν.

[69]) πῶς ἐξηνέχθης.

[70]) Ἔγραψας αὐτὸν μὴ εἶναι ἐπίσκοπον. Πόθεν ἔγνως; εἰ δὲ οὐκ ἔγνως, πῶς κατέκρινας; μεγάλη τῶν ἀρχιερέων ἡ δύναμις.

[71]) Die Worte: Οἱ λέγοντες τὸν Μαρῖνον πρότερον εἶναι ἐπίσκοπον, δεικνύτωσαν τοῦτο werden freilich von Einigen so gedeutet, Stephan läugne das frühere Episkopat des Marinus. Althumra (Le Quien) Panopl. p. 171: Stephanus vero rescribens Marinum vero olim ante Episcopum fuisse penitus negat. Allein die folgende Argumentation des Papstes zeigt auf das bestimmteste, daß diese Stelle des ohnehin im griech. Texte nicht wörtlich gegebenen Schreibens in der angegebenen Art zu verstehen ist, wie schon Baronius a. 882. n. 12 a. 885. n. 13 richtig erkannt hat. Der Beisatz der Uebersetzung eoque ad aliam Sedem non potuisse transferri war wohl im Original.

Petrus ihn setzen.[92]) 2) Beispiele fehlen auch in der griechischen Kirche nicht. Gregor der Theolog ward transferirt, Meletius von Sebaste nach Antiochien, Dositheus (Theodosius) von Seleucia nach Tarsus in Cilicien, Berentius von Archiphönice nach Tyrus, Johannes von Gordolia nach Präconnesus, Theodor von Apamea nach Selymbria, Alexander von Kappadocien nach Jerusalem,[93]) und so wurden viele Andere von einem Bisthum auf das andere transferirt. In Betreff der weiteren gegen Marinus vorgebrachten Anklagen fragt Stephan, welche Ankläger, welche Zeugen gegen ihn aufgetreten und so das Verdammungsurtheil herbeigeführt; er erinnert an den alten Rechtssatz, daß der erste Stuhl von Niemanden gerichtet werde, der schon unter Constantin und Papst Sylvester ausgesprochen worden sei; er hebt die Thätigkeit der römischen Kirche hervor, die nicht im geringsten sich gegen ihn verfehlt,[94]) unter Basilius selbst Gesandte zur Synode nach Constantinopel schickte und für diese Synode alle Rechenschaft und alle Sorge übernahm.[95]) Er bedauert, indem er den Photius als Laien betrachtet, daß Byzanz keinen Patriarchen habe, der dortige Stuhl verwaiset, die Stadt nur durch den Glanz der kaiserlichen Residenz noch ausgezeichnet sei.[96]) Nur die große Liebe für den Kaiser habe ihn zurückgehalten und ihn bewogen, die Beschimpfung der römischen Kirche zu ertragen; sonst würde er den Verbrecher Photius, der so ungebührliche Reden gegen dieselbe ausgestoßen,[97]) noch mit mehr Strafen belegt haben als seine Vorgänger. Alles das sei gesagt, nicht um den Kaiser zu beleidigen, der allenthalben für edel und Gott wohlgefällig gelte, sondern blos zur eigenen Rechtfertigung und Sicherheit, sowie zu größerer Beschämung des Photius. Stephan erwähnt noch, was Marinus für die Aufrechthaltung der gegen jenen von Papst Nikolaus erlassenen Dekrete erduldet, hält dem Kaiser das Beispiel des großen Constantin vor, der die Anklageschriften gegen Bischöfe und Priester verbrennen ließ, weil er sich für unwürdig hielt, über sie zu richten; er mahnt ihn, die römische Kirche zu ehren, nicht aber gegen sie sich aufzulehnen. Am Schlusse spricht er seine Freude darüber aus, daß der Kaiser seinen Sohn Stephan dem Dienste des Altares gewidmet,[98]) bittet um den Beistand seiner Flotte gegen die muhamedanischen Piraten und beklagt das durch diese Ver-

---

92) τὸ πλῆθος τῶν ἁγίων πατέρων καὶ ἡ τούτων αὐθεντία καὶ κρίσις ἐβούλετο τοῦτον ἀποκατασταθῆναι ἐν τῷ πρώτῳ βαθμῷ, ἀλλ' ἡ θεία πρόνοια ἐπιγνοῦσα τῆς τοῦ θεοῦ ἐκκλησίας τὴν ὠφέλειαν τῷ θρόνῳ τούτῳ τοῦ κορυφαίου Πέτρου καθίδρυσε.

93) L.: εἰς τὴν ἱερὰν πόλιν statt Ἱεράπολιν. Viele andere Beispiele geben Socr. VII, 35, 36, Niceph. XIV, 39 und der Traktat περὶ μεταθέσεων bei Leunel. l. IV. t. I. p. 293.

94) Τί ἡ ἁγία τῶν Ῥωμαίων ἐκκλησία ἥμαρτεν; ὅτι κατ' αὐτῆς ὁρμῆσαί σε καὶ κινῆσαι τὴν γλῶτταν οἱ φθαρεῖς πεπείκασι;

95) μὴ ὑπὲρ αὐτῆς τῆς συνόδου τὸν λόγον οὐ πεποίηκεν;

96) ἀλλ' ὢ ὅτι ἡ τοιαύτη θεοδοξάστως καὶ ἐκ θεοῦ φυλαττομένη πόλις ἀργεῖ καὶ μόνῃ τῇ ὑμετέρᾳ βασιλικῇ παρουσίᾳ λαμπρύνεται.

97) κατὰ τοῦ παραβάτου Φωτίου, τοῦ καθ' ἡμῶν τοὺς ἀθεμίτους λόγους ἐξερευξάμενον.

98) Ib. p. 425: καθέντες δέ, ὡς ἐκ τοῦ ἁγίου σου σπέρματος πρὸς ἱερωσύνην ἀναφανέντας, πολλῆς θυμηδίας ἐπλήσθημεν.

wüstungen herbeigeführte Elend, das bereits so groß sei, daß nicht einmal das für die Kirchen nothwendige Oel mehr vorhanden.[99])

Damit hatte Stephan das Andenken seines Vorgängers Marinus vertheidigt und zugleich die entschiedenste Verdammung des Photius wiederholt. Trotz aller äußeren Bedrängniß und aller Gründe, die für die Herstellung eines innigeren Einvernehmens mit dem oströmischen Kaiser sprachen, blieben die Päpste, namentlich durch die unter Johann VIII. gemachten Erfahrungen gewarnt, fest in seiner Zurückweisung und Verwerfung. Stephan hätte unmöglich so reden können, hätte sein unmittelbarer Vorgänger wirklich mit Photius volle Gemeinschaft gehalten. Das Schreiben des Papstes, zwischen dem Oktober 885 und den ersten Monaten 886 verfaßt, gelangte übrigens erst im Sommer 886 nach Constantinopel.

Der Verkehr mit der östlichen Kaiserstadt war abermals in's Stocken gerathen; nur einzelne Bischöfe und Mönche hingen noch fest an der Verbindung mit dem päpstlichen Stuhle. Unter Papst Stephan kam der sicilische Mönch Elias der Jüngere (S. 320), der bereits nach Jerusalem gepilgert war, nach Rom und fand dort ehrenvolle Aufnahme.[100]) Derselbe scheint auch von Photius sich möglichst ferne gehalten zu haben; erst später trat er, von Kaiser Leo gerufen, eine Reise nach Constantinopel an, starb aber in Thessalonich in Gegenwart seines Schülers Daniel, bereits achtzig Jahre alt, am 17. August 903.[101])

Für Rom war jetzt Alles auf den status quo von 863 bis 867 zurückgeführt. Nachdem Photius keine der von Johann VIII. gestellten Bedingungen erfüllt und dieser wie Marinus den Bann über ihn ausgesprochen, Rom die Cassation der Synode von 869 verworfen hatte, galt Photius nur als das, was er in den Augen Nikolaus' I. gewesen war. Aber der päpstliche Stuhl hatte eine minder günstige Stellung als damals, da Johann's VIII. Autorität mitgeholfen, die Ignatianer zu unterdrücken, Photius aber eine günstigere, da die Zahl seiner Gegner bedeutend herabgeschmolzen, seine Macht nach allen Richtungen hin befestigt war. Er hatte gegen den Schüler Marinus wiederholt, was er einst gegen den Lehrer Nikolaus gewagt hatte; er schien der consequente, unbeugsame Vertreter und Hort der Canones, während Johann's VIII. Nachfolger als diesen widerstreitend dargestellt werden konnten. Für den päpstlichen Stuhl waren zudem die schwersten Stürme in Anzug. Während Basilius eine neue Dynastie in Byzanz begründen konnte, ging das Geschlecht der Karolinger seinem Untergange entgegen, nachdem es durch eigene Schuld, durch Zwietracht und gegenseitigen Verrath seine Macht geschwächt und den Ungehorsam der Vasallen ermuthigt hatte. Noch einmal vereinigte Karl der Dicke (884—887) die ganze Monarchie Karl des Großen; trotz der

[99]) neque oleum pro luminaribus Ecclesiae. Diese werden oft in den päpstlichen Briefen seit dem achten Jahrhundert erwähnt.

[100]) Acta SS. t. III. Aug. p. 480—481.

[101]) ib. p. 505. n. 61. p. 485. 488. Verschieden von diesem ist Elias Spelaota aus Calabrien, geb. gegen 860—870, † 960 (Acta SS. t. III. Sept. p. 843 seq.).

Zerrüttung seiner Länder und seiner persönlichen Unfähigkeit trug er sich mit großen, weit aussehenden Planen. Als nach Hadrian's III. Tod, durch den er viele seiner Projekte durchzusetzen gehofft,[104]) Stephan ohne seine Mitwirkung erhoben worden war, zeigte er sich beleidigt und entrüstet.[105]) Zweifelhaft ist, ob Hadrian die Anordnung traf, daß der freigewählte Papst sofort und ohne daß man die Ankunft kaiserlicher Commissäre abwarte, die Consecration erhalte;[106]) jedenfalls mußte sich Karl III., dessen Macht in Italien zudem nur sehr gering war, Angesichts der einmüthigen Wahl und der im Beisein seines Sendboten Johannes von Pavia erfolgten Inthronisation zuletzt zufrieden geben. Papst Stephan wahrte seine Unabhängigkeit und vertrat die italienischen wie die kirchlichen Interessen nachdrücklich; er adoptirte den Herzog Wido von Spoleto und wies beharrlich mehrere Anträge des Kaisers von sich.[107]) Bei dieser Sachlage und der Fortdauer der saracenischen Einfälle konnte es dem Papste nur sehr schmerzlich sein, daß die Beziehungen zu Byzanz sich so ungünstig gestaltet hatten; aber er sah sich verpflichtet, die Ehre seines Stuhls zu wahren, indem er gleich Nikolaus dem Walten der Vorsehung den Vollzug seiner Beschlüsse anheimgab.

6. Mißstimmung des Thronfolgers gegen den Patriarchen. Tod des Kaisers Basilius.

Photius stand in seinem zweiten Patriarchate auf dem Höhepunkte seines Glanzes. Kein byzantinischer Patriarch hatte vor ihm eine solche Macht erreicht. Er hatte nicht nur über alle seine Gegner triumphirt, durch den Schein der Anerkennung Rom's viele Widerspenstige zum Schweigen gebracht, gegen dessen erneuerte Anatheme sich befestigt und alle Vorsichtsmaßregeln getroffen, sondern er hatte sich dem Bischof von Altrom an die Seite gestellt, den Vorsitz auf einer „ökumenischen" Synode geführt, die Appellationen an den römischen Stuhl beseitigt, den Lateinern bereits viele Wunden geschlagen; mit Berufung auf seinen Johannes trotzte er dessen Nachfolgern und hatte für seine Ansprüche scheinbar einen kanonischen Boden. Der Ruhm seines Wissens, seiner Missionsthätigkeit, seiner Freigebigkeit, das unbedingte Vertrauen des Kaisers, die Hingabe seiner Schüler und Anhänger, das allmälige Verstummen der Einreden gegen seine Legitimität — Alles hatte sich vereinigt, ihm die günstigste und vortheilhafteste Stellung zu verschaffen; mit Hilfe seines Freundes Theodor, ohne dessen Rath am Hofe nichts geschah, konnte er faktisch die geistliche und die weltliche Autorität verbinden, während er auf die Gesetzgebung den bedeutendsten Einfluß übte. Seine Stellung schien unan-

[104]) Gfrörer Karol. II. S. 269 ff. Dümmler II. S. 246 ff.

[105]) Annal. Fuld. Pertz I. 102.

[106]) Floß die Papstwahl unter den Ottonen S. 58. Gfrörer S. 271.

[107]) Gfrörer S. 273—275. Dümmler II. S. 251. 253 f.

greifbar für äußere wie für innere Feinde.[1]) Was konnten da noch die alten Ignatianer, zerstreut und getheilt, gegen ihn ausrichten? Was vermochte der römische Stuhl, der an Karl dem Dicken keine Stütze, an den Dynasten Italiens wie an den Saracenen die gefährlichsten Feinde fand und mit aller Anstrengung nur noch einen schwachen Rest seines früheren Glanzes zu bewahren schien? Ueber die großartigsten Mittel konnte Photius verfügen, den Päpsten mehr und mehr Terrain abgewinnen, an glänzenden Thaten sie bei Weitem überstrahlen. Wie die byzantinische Baukunst damals auf voller Höhe stand: so stand der Hierarch des Ostens auf der höchsten Stufe seines Ruhms.

Und doch konnte er sich nicht der Ruhe ganz überlassen. Auch jetzt noch gab es Anlaß genug zu Befürchtungen, zum Argwohn. Die Gegner unter dem Clerus und unter den Laien waren eingeschüchtert, vermindert, zurückgedrängt, aber völlig besiegt gaben sie sich noch nicht. Dazu konnte die Verbreitung päpstlicher Briefe im Orient doch noch Gefahren bereiten, der Thron war schwankend und an Empörungsversuchen fehlte es nicht ganz. Der Kaiser selbst hatte seinen jüngsten Sohn Stephan zum Patriarchat bestimmt, um so in seiner Familie die geistliche und weltliche Macht zu vereinen; dieser, obschon des Photius Zögling und ihm gefügig, konnte noch zum Werkzeug einer ihm abgeneigten Partei gebraucht werden, der Tod des Kaisers aber ließ noch Schlimmeres befürchten, da die Gesinnungen des präsumtiven Thronfolgers, der schon seit 870 die Kaiserkrone trug, mehr und mehr zur Unzufriedenheit mit der bestehenden Regierung und deren vorzüglichsten Werkzeugen zu neigen schienen.

Der kaiserliche Prinz Leo, der unter der gewandten Leitung des Photius schon frühe eine ziemlich ausgedehnte Bildung sich angeeignet zu haben scheint,[2]) war in der ersten Zeit seinem Lehrer und Erzieher sehr ergeben; ja er suchte ihn sogar in Versen zu verherrlichen.[3]) Mehrere seiner noch vorhandenen Epigramme auf verschiedene, von ihm gelesene Werke[4]) verrathen ganz den Geschmack des Photius; unter ihm übte er sich in rhetorischen und poetischen Versuchen, in den philosophischen, theologischen, mathematischen und anderen Disciplinen. Vor Allem hatte er das Studium der heidnischen Classiker mit großem Eifer betrieben und seine Vorliebe für dieselben zog ihm sogar noch

---

[1]) Jager L. VIII. p. 327. L. IX. p. 338.

[2]) Manass. v. 5330 seq. p. 227 nennt ihn ἄνδρα φιλοσοφώτατον, γνώσεως πάσης πλήρη καὶ πᾶσι τοῖς μαθήμασιν ἐμπαιδοτριβηθέντα.

[3]) Hieher gehört das von P. Matranga (Anecdota graeca. Romae 1850. P. II. p. 559) veröffentlichte Epigramm:

Ἔρρε μοι, ὦ τριτάλαινα Πολύμνια, ἔρρετε Μοῦσαι,
αὐτὰρ ἐγὼν ἀπὸ νῦν ῥητορικῆς ἔραμαι·
Φώτιον ἀρχιερῆα γεραντοδιδάσκαλον εὑρών,
ὅς με γάλακτι ἔθρεψε θείων ταμιείων.

Der letzte Pentameter macht freilich der Verskunst des fürstlichen Zöglings keine Ehre. Eine poetische Spielerei, z. B. καρκίνος theilt auch Allat. Excerpt. Graec. sophist. p. 398 mit.

[4]) Anthologia graeca ed. Jacobs vol. II. Lib. IX. n. 200. 201. 202. 203. 214. 578. 579. p. 67. 68. 72. 205. 206. Einige von Leo's Gedichten werden auch dem Photius zugeschrieben, wie n. 203.

später heftige Vorwürfe zu, die namentlich der Grammatiker Constantin Siculus, der in der Poesie sein Schüler gewesen zu sein scheint,[5]) in drei beißenden Gedichten[6]) sehr schroff ausgesprochen hat. Darnach ward ihm sogar aufgebürdet, er habe gleich Julian dem Apostaten dem Christenthum entsagt und sei ganz Heide geworden, ein Verläugner der Trinität[7]) und ein Anbeter des Zeus und der Here.[8]) Diesen starken Angriff, den er nebst anderen noch als Kaiser zu erdulden hatte, wahrscheinlich von Solchen, die seinem Arme entrückt waren,[9]) suchte Leo später nach seinem Regierungsantritt in einer metrischen Apologie[10]) zurückzuweisen, worin er ebenso seinen Abscheu gegen die heidnischen Mythen[11]) als seinen ungeschwächten Glauben an die Trinität, an Christus und an die Kirchenlehre[12]) betheuert.

Diese Apologie ist für uns auch noch in anderer Beziehung wichtig, bezüglich seines späteren Verhältnisses zu Photius. Als Leo dieselbe schrieb, war dieser längst von ihm exilirt und bereits nicht mehr unter den Lebenden. Unter den hier bekämpften Gegnern gab es nun Solche, die ihn eines schmählichen Undanks gegen seinen zweiten Vater Photius ziehen — Anhänger dieses Patriarchen,[13]) — während Andere erklärten, daß er sich vergeblich von dem verstorbenen Lehrer lossage und diesen anklage, zumal da sein eigenes Leben gegen

---

[5]) Vgl. Matranga l. c. Praefat. p. 26.

[6]) Matranga l. c. p. 555. 556: *Στίχοι ἰαμβικοὶ καὶ ἐλεγειακοὶ εἰς Λέοντα φιλόσοφον Κωνσταντίνου μαθητοῦ αὐτοῦ.* Migne CVII. p. LXI seq.

[7]) So im ersten Gedichte v. 15. 16:

ἀλλ' ἐσβέσθης, κακέ, θεῶν ἀπειρεσίων ὄχλον,
Πατρὸς γεραρᾶς ἐκτεθέλων Τριάδος.

[8]) So im zweiten Gedichte v. 1—4:

κλῦτε, γυναὶ κιρόπων, Χριστοῦ περαίτερον ἔθνος,
οἱ πάλαι ἀγνώτης κεῖνον ἀποστασίης
Ζεὺς μὲν ἔην θεὸς αὐτῷ, ἔχων ἀπαθέστερον Ἥρην,
Ζεὺς ἀλίτρας ἐράων παρθενικῶν λεχέων.

[9]) Dahin deuten in Leo's Antwort die Worte v. 25:

λόγους καθ' ἡμῶν σφενδονοῦντι μακρόθεν.

[10]) *Ἀπολογία Λέοντος φιλοσόφου, καθ' ἣν Χριστὸν μὲν σέβει, τὰ Ἑλλήνων δὲ φαυλίζει.* Matranga p. 557—559. Migne l. c. p. 659 seq.

[11]) v. 47 seq.: *Ἔρρουσαν αἱ τὰ θεῖον ἐξηρεγμέναι,*
καπνὸν οἱ Μαρίτει συμπεμηνότες,
φθαρεῖεν οἱ σέβοντες Ἑλλήνων θεούς,
θεοὺς ἔρωτι καὶ πάθει συνημμένους,
θεοὺς τὰπ' ἀνδρῶν αἴσχεσιν κεχρημένους κ. τ. λ.

[12]) v. 55 seq.: *Πίθοιεν οἱ μὴ προσκυνοῦντες ἐμφρόνως*
θεῷ προσώποις ἐν τρισὶ νοουμένῳ κ. τ. λ.

[13]) v. 1 seq.: *Πολλοί με κωθάζουσι γλώσσῃ κερτόμῳ*
τοιαῦτα χλευάζοντες εἶνε τοῦ λόγου,
ὡς ἐσθλὰ τίνεις τῶν μαθημάτων χέρα,
καλὰ τροφεῖα πατρὶ σου τῷ δευτέρῳ
παρέσχες, ὦ βέλτιστε, τῶν διδαγμάτων,
στήλην βοῶσαν εἰς τὸν αἰῶνα χρόνον,
ὡς πικρός, ὡς βλάσφημος, ὡς ἀποστάτης
τῆς χριστιανῶν ἐστι πίστεως Λέων.

ihn Zeugniß ablege.[14]) Dagegen betheuert der Kaiser, der anfangs die Schmähungen ruhig hingenommen zu haben versichert,[15]) bis ihr Uebermaß[16]) eine Zurechtweisung herausforderte, die Reinheit seiner Absichten und seines Glaubens; er nimmt Christus, die Engel und die ganze Welt zu Zeugen,[17]) erklärt sich bereit, vor der Kirche oben wie vor der hienieden Rede zu stehen;[18]) er betrachtet seinen „Vatermord“ an dem „gottlosen Lehrer“ als eine gerechte That, mögen die Heiden auch darüber bersten und die Feinde noch so sehr außer sich gerathen;[19]) er verflucht jede Häresie und jedes Schisma und erhebt sich entschieden gegen Alle, die in der Kirche aus eitler Ruhmsucht Spaltungen hervorbringen.[20]) Es ist kaum zu zweifeln, daß auch in diesen Worten eine direkte Beziehung auf den bereits zum zweitenmale entsetzten Photius liegt,[21]) die schon vorher sehr bestimmt hervortritt, wo er seinen angeblichen Vatermord mit dem Muttermord des Orestes vergleichend noch seiner sich rühmen zu können und um seinetwillen einen ehrenden Nachruhm zu erwarten versichert.[22])

---

14) v. 9 seq.: Ἄλλοι δέ με διαπτύουσιν, ἀγνοῦντες τάχα
τῶν ἀτρέπτων μου καὶ βεβηκότων τρόπων
τολμῶσί τ' εἰπεῖν οὐδὲν ὄντα τὸν λόγον
ἐκ δυσμενῶν ῥαφεῖσα βαναύσῳ τρόπῳ,
ἐφ' ὧν μ' ὑποφθαρεῖσα τοῦ διδασκάλου
πάτρην κατειπεῖν ἐκλιπόντος τὸν βίον.

15) v. 15: Ἐγὼ δ' ἀκούων τῶνδε τῶν ληρημάτων,
ἕως ἐνῆν μὲν εὐλαβῶς ἐκαρτέρουν κ. τ. λ.

16) v. 23. 24: Ἐπεὶ δὲ μαργαίνουσιν ἐκ πονηρίας,
πέτρους ὀλοιτρόχους τε μεστοὺς κακίας
λόγους καθ' ἡμῶν σφενδονοῦσι κ. τ. λ.

17) v. 37 seq.: Χριστὸν μαρτύρα τίθημι τὸν θεὸν λόγον κ. τ. λ.

18) v. 42 seq.: Καὶ προσκαλοῦμαι τοὺς ἐμοὺς κατηγόρους,
μέσον προελθὼν ὥς τις ὁπλίτης νέος,
οὐκ εἰς ἀγῶνα φημὶ τῶν Πισαίων.
ἐκκλησιῶν δὲ τῶν ἄνω καὶ τῶν κάτω
μέτειμι λοιπὸν ἐν κατασκευῇ τῶν λόγων.

19) v. 31 seq.: Ἐγὼ δὲ καλῷ καλὸν ἐγγράφων λόγον
τὸν εὐσεβῆ λείπω γε μῦθον ἐν βίῳ
ὁ πατραλοίτης δυσσεβοῦς διδασκάλου,
κἂν εἰ διαρρήγνυιεν Ἕλληνες μέσον,
μανέντες ἐν λόγοισι Τελχίνων μετά.

20) v. 62 seq.: Χριστὸς δ' ἀνατρέψειε καὶ τῶν σχισμάτων
βλάβην ἅπασαν καὶ πονηρίαν φθόνου·
Σωτὴρ σπαράξει τοὺς δόξης χάριν
ἐκκλησίαν τέμνοντας εἰς διαιρέσεις.

21) Es könnte Manches auch zunächst auf das Schisma wegen der Tetragamie bezogen werden, worin die Gegner eine heidnische Polygamie zu erblicken glaubten; aber auch dann wäre das vorausgehende Schisma wegen des Photius jedenfalls nicht ausgeschlossen, an das so vieles Andere erinnert.

22) Man vgl. die den N. 19 angeführten Verse vorausgehenden Worte v. 27 seq.:

— εἴ τι δεῖ καὶ κομπάσαι,
καινὸν κακῷ νῦν ἐξάμενος πάλαι,
ὁ μητραλοίτης πρὶν Ἀτρειδῶν γόνος,
ἄχρηστον εἶχεν ἐν βίῳ παροιμίαν.

Wenn in Leo die Verehrung gegen seinen berühmten Erzieher sich in Haß und Erbitterung verwandelte, so war das sicher nicht das Werk eines Augenblicks, sondern die Folge und das Ergebniß verschiedener Beobachtungen und bitterer Erfahrungen, die einen tiefen Eindruck in seinem Gemüthe zurückließen. Der erste Anstoß dazu scheint den Chronisten zufolge durch den intimen Freund des Photius, Theodor Santabaren, gegeben worden zu sein. Mit Unmuth nahm Leo den Einfluß eines so übel beleumundeten Mannes auf den Kaiser wahr; er tadelte ihn offen als Gaukler und Verführer, der seinen Vater von dem rechten Wege abbringe und zu unziemenden Dingen fortreiße;[23]) er verhöhnte und verspottete den gewandten Heuchler, der mehr am Hofe als in seinem Sprengel sich aufhielt, wie die Leichtgläubigkeit seines Vaters, dessen Vertrauen der Goet genoß, und scheute sich nicht, den Zorn desselben herauszufordern. Wohl suchte dieser den präsumtiven Nachfolger durch verdoppelte Aufmerksamkeit und durch viele Freundschaftsbeweise zu gewinnen, die der Prinz mit der Verachtung zurückwies, die besonnene Fürsten elenden Schmeichlern entgegensetzen.[24]) Die Chronisten[25]) erzählen, Santabaren habe sich nun in folgender Weise an dem Prinzen zu rächen gesucht. Er habe ihm den Rath ertheilt, wenn er seinen Vater auf der Jagd begleite, einen Dolch bei sich zu führen, um ihn nöthigenfalls gegen verborgene Feinde und Rebellen wie gegen wilde Thiere zu vertheidigen oder sonst ihm zu dienen; als dann Leo diesen Rath befolgt, habe er das benützt, um den Kaiser vor seinem Sohne zu warnen, der ihm nach dem Leben strebe und stets einen Dolch bei sich führe; der mißtrauische Basilius, der auf der Jagd den Dolch bei seinem Sohne gefunden, habe darin einen Beweis seiner Schuld erkannt und ihn längere Zeit, ohne seine Vertheidigung zu hören, einschließen und bewachen lassen. Wohl scheint es verdächtig, daß der Prinz so arglos den Rath eines von ihm gereizten Höflings befolgt haben soll; indessen konnte das Santabarenus auch durch Mittelspersonen bewerkstelligt haben und ganz grundlos ist die Angabe sicher nicht, da auch Genesius[26]) als Thatsache anführt, daß Leo bei seinem Vater verläumdet ward, und Leo's Gefangenschaft selbst nicht wohl zu bezweifeln ist. Nach Einigen soll Santabaren bei der Verhandlung über die Schuld Leo's sich dafür ausgesprochen haben, man müsse ihn des Augenlichtes berauben, um ihn so zur Regierung unfähig zu machen, was sicher auch geschehen wäre, hätten nicht der Senat und der Patriarch widerstanden.[27]) So ward Leo zur

---

[23]) Theoph. Cont. V. 100. p. 349.

[24]) Sym. M. Bas. c. 21. p. 697. Georg. m. c. 21. p. 846. Zonar. ap. Baron. a. 879. n. 75. Cedr. II. 245. Glyc. P. IV. p. 550 551.

[25]) Theoph. Cont. l. c. p. 349. Sym. M. l. c. Georg. m. l. c. Leo Gr. p. 260. Cedr. l. c. p. 245. 246. Zon. Glyc. l. c. Joh. Scylitzes ap. Mansi XVI. 460. Stylian. ib. p. 439. XVIII. p. 17.

[26]) Genes. L. IV. p. 114, der beifügt: [illegible]

[27]) Theoph. Cont. l. c. p. 350. Sym. p. 697. 698. Georg. m. p. 846. 847. Cedr. Zonar. l. c. Leo Gr. nennt den Hetäriarchen Stylianus Zautza und den Photius als Für-

strengsten Haft verurtheilt trotz der Verwendung des Senats. Keiner der Chronisten legt dem Photius eine Mitschuld an dem traurigen Loose des Prinzen zur Last und nirgends findet sich ein Grund, sie ihm aufzubürden; auch ist seine Intercession für Leo ganz glaubhaft; sie war nicht blos ein Akt der Menschlichkeit, sondern auch eine nothwendige Berücksichtigung der öffentlichen Meinung und der Wünsche des Senats, sowie eine Vorsorge für den Fall eines unvermutheten Umschwungs, einer Entdeckung der Verläumdung und einer Aussöhnung zwischen Vater und Sohn. Leo aber, der nur im Auge hatte, daß Photius so enge mit dem Erzbischof Theodor verbunden war, und von seiner Fürsprache entweder nichts erfuhr oder (was wahrscheinlicher) nicht an deren Aufrichtigkeit glaubte, scheint auch in dem Patriarchen, seinem früheren Lehrer, einen gefährlichen Feind erblickt und seinen Haß gegen den Erzbischof auch auf ihn übertragen zu haben.

Die Haft Leo's dauerte über drei Monate. Der Prinz beweinte sein Loos, schrieb dem Kaiser häufige Briefe und verehrte besonders den heiligen Elias, zu dem auch sein Vater großes Vertrauen hatte.[28]) Die Bitten des Senates und der Kaiserin waren vergeblich. Endlich ward doch das Herz des Basilius erweicht. Bei einem Gastmahle der Großen soll ein abgerichteter Papagei aus seinem Käfig eine wehmüthige Klage[29]) angestimmt haben, die auf Alle tiefen Eindruck machte und die Senatoren zur Erneuerung ihrer Bitten veranlaßte, die endlich Erhörung fanden.[30]) Als das Volk nachher bei einer Procession den jungen Leo wieder ansichtig wurde, rief es aus: „Ehre sei dir, o Gott!“ Der Kaiser soll sich umgedreht und geäußert haben: „Ihr preiset Gott wegen meines Sohnes? Ihr werdet viele Trübsale und traurige Tage unter ihm zu erleben haben.“[31]) Diese Erzählung deutet darauf hin, daß, wenn auch die gegen Leo vorgebrachte Anklage sich als Verläumdung herausstellte, doch das Gemüth des Basilius gegen ihn sehr erbittert war und ein Stachel zurückblieb, der kein innigeres Verhältniß zwischen Beiden mehr aufkommen ließ. Es konnten aber auch leicht noch andere Gründe des Zerwürfnisses bestehen; namentlich scheint Leo, den sein Vater mit der frommen Theophano[32]) vermählt hatte (gegen 882), schon frühe Hang zu Ausschweifungen

---

sprecher. Vgl. noch Ephrem Caes. v. 2612—2619. p. 66 ed. Mai. Const. Manass. v. 5320—5333 p. 227 ed. Bonn.

[28]) Am 20. Juli ward das Andenken des Propheten Elias und zugleich der Freiwerdung Leo's auch später noch gefeiert. Const. Porph. Cerem. II. c. 52. App. p. 1408 ed. Migne. Wohl reden Spätere von drei bis fünf Jahren, was auch Jager annimmt; allein die obige Angabe von Leo Gr. p. 260. Sym. c. 21. p. 697. 698. Georg. m. c. 21. p. 817. Ham. Cont. V. 24. p. 763 verdient in jedem Anbetracht den Vorzug. Die Cont. Theoph. l. c. hat: χρόνον ὀλίγον. Ebenso Cedr. Zonar. p. 140.

[29]) Αἴ, αἴ, κῦρ Λέων.

[30]) Theoph. Cont. c. 101. p. 350. 351. Cedr. II. 247. Zonar. p. 140. Cf. Joh. Curopal. ap. Baron. a. 886. n. 2. Manass. v. 5301—57. p. 227. 228. Ephrem. Caesar. v. 2621 seq. p. 66 ed. Mai. Glyc. p. 551.

[31]) Leo Gr. p. 261. Sym. M. p. 698. 699. Georg. m. c. 21. p. 817.

[32]) Leo p. 259. Georg. m. c. 23. p. 816. Sym. p. 694 anno Basil. XVI. Die

an den Tag gelegt zu haben, wovon sein späteres Leben und sein gleich beim Beginne seiner Regierung hervortretendes intimes Verhältniß zu Stylian Zautzas, dessen Tochter Zoe bei Lebzeiten seiner Gemahlin seine Geliebte war, Zeugniß ablegen.

Nach den späteren Legenden hatte Leo die Gaukelei des Theodor mit seinem verstorbenen Bruder Constantin als Satansbtrug bezeichnet und dadurch die Rachsucht des ränkevollen Mönchs entflammt, dessen Verläumdungen bei dem alten Kaiser nur zu leicht Glauben fanden. Theophano soll mit ihrem Töchterchen von ihrem Schwiegervater sich die Erlaubniß, mit ihrem Gatten das Gefängniß theilen zu dürfen, erwirkt und dort den schon der Verzweiflung nahen Leo wieder ruhiger gestimmt und getröstet haben, so daß er alsdann mit Ruhe und Ergebung seine dreijährige(?) Haft ertrug und von da mit noch innigerer Liebe seiner ausgezeichneten Gemahlin ergeben war, die nachher beim Antritt seiner Alleinherrschaft eine Zeitlang großen Einfluß übte. Die Legende der Theophano verschweigt übrigens die eheliche Untreue Leo's nicht, die der frommen Gemahlin schweren Kummer verursacht, sucht aber theilweise ihn zu entschuldigen, indem sie hervorhebt, nach dem Tode des mit Theophano erzeugten Töchterchens und bei der zunehmenden Kränklichkeit der Gattin habe auf Leo der Gedanke, daß er kinderlos bleiben müsse, einen düsteren Eindruck gemacht, er habe sich bei Sterndeutern über die Zukunft erkundigt und die Antwort erhalten, es werde ihm noch ein Sohn geboren werden und diesem wieder einer und seine Nachkommenschaft ziemlich lange fortdauern, das habe er wie einen Wink von Oben betrachtet und so schon bei Lebzeiten seiner Frau sich mit anderen weiblichen Personen eingelassen, was der Theophano, obschon er es zu verbergen suchte, nicht unbekannt geblieben, von ihr aber mit schweigender Ergebung, wie es sich einer Heiligen ziemte, ertragen worden sei.[33])

Auch sonst soll der intriguante Santabarener viele verdienstvolle Männer beim Kaiser verläumdet haben. So namentlich den Scythen Andreas, den Basilius zum Patricier und Anführer der Scholen erhoben.[34]) Dieser hatte um 878 das Heer des Abd Allah Ibn Raschid Ibn Kawus, der in Kleinasien eingefallen war, mit seinen Schaaren am Fluße Bedendum umzingelt, den Anführer gefangen genommen und die Mehrzahl seiner Leute niederhauen

---

Chronisten nennen die Theophano Tochter des Martinakius, im Menologium (Baron. a. 901. n. 8) heißt sie Tochter Constantin's und Anna's. Im Magnaurapalaste war die Hochzeit großartig gefeiert worden. Eine in mehreren Handschriften (wie Mon. gr. 10 p. 31) vorfindliche Lobrede auf die heilige Theophano von Nikephorus Gregoras, deren wichtigste Stellen wir im Original mittheilen werden, rühmt ihre Geburt aus vornehmem Geschlechte und erzählt, daß sie das vom Himmel erbetene Kind einer bis dahin kinderlosen Patricierfamilie war, mit dem sich schon frühe Wunder ereigneten. Der gelehrte Verfasser des Panegyrikus hatte wohl ältere, obschon vielfach lückenhafte Quellen vor sich.

[33]) Niceph. Greg. l. c. p. 53. 56. Den Tod der Theophano setzt Pag. a. 901. n. 2 auf 892; nach Leo Gr. und Sym. war sie zwölf Jahre Kaiserin und die Hochzeit soll im sechzehnten Jahre des Basilius gefeiert worden sein (Sym. c. 19. p. 691), das wäre 882. Ihr Tod dürfte auf den 16. December (das war ihr Gedächtnißtag) 894 fallen.

[34]) Leo Gr. p. 261.

lassen.[35]) Da er aber das stark befestigte Tarsus nicht nehmen konnte, so war er beim Kaiser verläumdet und vom Commando entfernt worden, das ein gewisser Stypiotes erhielt, der sich anheischig machte, in kurzer Zeit Tarsus zu erobern. Aber dem prahlerischen Versprechen entsprach der Erfolg nicht. Nachdem der saracenische Gouverneur dieser Stadt, Bazlar, in einer Nacht einen glücklichen Ausfall gemacht, der die Griechen völlig in Verwirrung brachte, so daß die meisten derselben getödtet wurden und ihr ganzes Lager vom Feinde erbeutet ward,[36]) mußte Andreas wieder reaktivirt werden[37]) und wurde zuletzt auch Magister.[38])

Im Ganzen war die Regierung des Basilius an glänzenden Waffenthaten reicher als irgend eine der letzten Jahrhunderte. Nach Constantin Porphyrogenitus[39]) errichtete Kaiser Basilius das Thema der Insel Cypern, die seit der Mitte des siebenten Jahrhunderts unter saracenischer Herrschaft gestanden war,[40]) und setzte den Präfekten Alexius von Armenien als Befehlshaber ein, der dort sieben Jahre blieb. An einen Präfekten Staurakius von Cypern ist ein Brief des Photius[41]) gerichtet. Aber bald wurde die Insel wieder den Saracenen tributpflichtig, jedoch so, daß die Cyprier sowohl die byzantinische als die arabische Oberhoheit anerkannten und vermöge der abgeschlossenen Friedensverträge[42]) die Herrschaft getheilt war, wobei aber den Arabern der größte und wichtigste Antheil zufiel.[43])

Auch sonst im Orient erlangten die Byzantiner über die Saracenen von Kleinasien und Creta manchen Sieg. Der Emir von Tarsus, Esman, griff mit einer Flotte von dreißig der größten Schiffe die Burg Euripus an. Oiniates, der Strateg von Hellas, sandte aus seiner Provinz hinlängliche Truppen zur Vertheidigung, die Umwohner waren zu tapferem Widerstand gerüstet; mit dem griechischen Feuer ward ein Theil der feindlichen Flotte zerstört und ein kühner Angriff der Griechen schlug die Saracenen in die Flucht,

---

35) Da der Emir vorher in einem insolenten Schreiben geäußert, er wolle sehen, ob der Sohn Marien's den Griechen zu helfen im Stande sei, und Andreas im festen Vertrauen auf göttlichen Beistand auszog, so galt sein Sieg als Gottes Werk. Baron. a. 880. n. 7.

36) Nach arabischen Quellen wäre diese Niederlage auf 883 oder 884 zu setzen. Weil Chalifen II. S. 473. 474.

37) Theoph. Cont. V. 50. 51. p. 284—288. Cedr. II. 216—218. Leo Gr. l. c.

38) Genes. L. IV. p. 215.

39) Const. de themat. L. I. c. 15. p. 15 ed. Bonn.

40) Sie ward unter Muhamed's drittem Nachfolger Othman erobert. Weil Chal. I. S. 160. Wenn Nikolaus Mystikus in einem unter Leo VI. geschriebenen Briefe an den Emir von Creta ep. I. p. 163 sagt: τόδε μικροῦ ἔτη τριακόσια ἐξ οὗ ἐναγώνιος ὑμῖν ἐγεγόνει, so ist das nur eine runde Zahl und ungenaue Bestimmung, wie sie eben dem vielbeschäftigten Patriarchen zur Hand war.

41) Cotel. Mon. Eccl. Gr. t. II. p. 104. 105.

42) σπονδαὶ εἰρηνικαί. Nicol. ep. I. p. 162.

43) Ib. p. 166: ὅτι Κύπριοι μεθόριοι τῆς τε Ῥωμαϊκῆς καὶ τῆς τῶν Σαρακηνῶν ἐξουσίας, καὶ οὔτε ὑμῖν ἀνταίροντες χεῖρας, οὔτε Ῥωμαίοις, ἀλλ' ἐπ' ἴσης ἀντιθέντες πρὸς δουλείαν τήν τε ὑμετέραν καὶ τὴν ἡμετέραν, μᾶλλον δὲ τὸ πλεῖον τῇ ὑμετέρᾳ δουλεύοντες.

wobei der Emir selbst eine tödtliche Wunde erhielt.[44]) Der Emir Saet von Creta, Sohn des Apochaps, dem ein gewisser Photius, ein sehr thatkräftiger Grieche,[45]) zur Seite stand, rüstete siebenundzwanzig große und viele kleinere[46]) Schiffe aus, mit denen das oströmische Gebiet fortwährend infestirt ward. Dem Patricier und Admiral[47]) Niketas gelang es aber, an zwanzig Schiffe mit dem griechischen Feuer zu zerstören und die übrigen in die Flucht zu treiben. Gleichwohl bedrohte der kühne Photius mit den Resten der kretischen Flotte noch den Peloponnes und die Inseln; ein unerwarteter Angriff des Niketas Oryphas im Golf von Korinth vernichtete seine Macht vollends, die Griechen tödteten eine große Zahl von Saracenen und machten viele Gefangene.[48])

Bald bedrohten auch die afrikanischen Saracenen mit sechzig Schiffen, deren jedes zweihundert Mann faßte,[49]) Cephalonia, Zante und die benachbarten Küsten. Der Patricier Nasar sammelte auf des Kaisers Befehl seine Streitkräfte im Hafen von Modone; hier aber entliefen ihm nicht wenige seiner Seesoldaten und nur durch ein abschreckendes, mit List gepaartes Beispiel[50]) wurden die übrigen Desertionslustigen zurückgehalten. Nasar verstärkte sein Heer mit Mardaiten und den Truppen des Peloponnes, dessen Strateg Johannes Cretilus ihm hilfreich an die Hand ging. Unerwartet griff er dann die Saracenen, die sein Zögern der Furcht und der Feigheit zugeschrieben, zur Nachtszeit an und erfocht einen glänzenden Seesieg, in dem er viele saracenische Schiffe verbrannte.[51]) Es war im August 880.[52])

---

[44]) Theoph. Cont. l. c. c. 59. p. 298. 299. Cedr. l. 226. 227.

[45]) Ib. c. 60. p. 299: καὶ γὰρ Σαὴτ ἐκεῖνον τοῦ Ἀποχάψ τῆς τυραννίδος ἀρχηγέτου υἱόν, ἔχοντας δὲ καὶ Φώτιον τινα Ῥωμαῖον, ἄνδρα πολεμιστὴν καὶ δραστήριον. Da der Emir von Creta mit dem Patriarchen Photius in sehr enger Verbindung gestanden (S. oben Abschn. 2), so ist es nicht unwahrscheinlich, daß dieser Photius, vielleicht ein Taufpathe des Patriarchen, der Vermittler hierin gewesen war, später aber sich ganz den Saracenen anschloß.

[46]) κονδούρα = πλοῖα μέγιστα cf. p. 298. Die kleineren waren sehr viele — πλῆθος πεντηκοντόρων καὶ τετρηρεστέρων. — Bei Cedren. l. c. γάλεαι und κουμπάρια.

[47]) ὁ τῶν ῥωμαϊκῶν τριήρεων ἄρχειν λαχὼν p. 300.

[48]) Theoph. Cont. l. c. c. 61. p. 300. 301. Cedr. p. 228. 229.

[49]) Genes. L. IV. p. 118: ἐν ὁλκάσι πεντηκοντόροις ξ', ὧν ἑκάστη σ' ἀνδρῶν διηρίθμητο.

[50]) Nach Theoph. Cont. c. 62. p. 302 wurden gefangene Verbrecher, nach Genes. l. c. dreißig gefangene Saracenen als angebliche Deserteure vor Aller Augen auf eine sehr grausame Weise geschlagen und dann wie zur Hinrichtung am Orte ihres Ausreißens (oder in Cpl.) hinweggeführt.

[51]) Genes. L. IV. p. 119. 120. Theoph. Cont. l. c. c. 62. 63. p. 302—304. Cedr. p. 229—131. Bar. a. 880. n. 14. Pag. h. a. n. 2. Diesen Sieg erwähnt Johann VIII. ep. 245 Carolo Regi (Mansi XVII. 189. 190) vom 30. Oct. 880. indict. 14: Deo sint grates et laudes, quia Graecorum navigia in mari Israelitarum (l. Ismaelitarum) victoriosissime straverunt phalanges et eos, prout Dominus voluit, debellati sunt.

[52]) Die Byzantiner sind auch hier in der Chronologie höchst unzuverlässig und nach ihnen scheinen die zuletzt erzählten Ereignisse vor die Eroberung von Syrakus zu fallen. Besser sind hierin die muhamedanischen und italienischen Quellen. S. Amari l. c. p. 413. not. 2. p. 414. 415 not. Pag. a. 880. n. 2.

Von da an waren die Byzantiner Herren des Meeres. Ihre Flotte streifte gegen Sicilien, Unteritalien und Afrika und nahm viele Handelsschiffe weg, von denen viele mit Oel befrachtet waren, so daß das Oel im oströmischen Reiche tief im Preise sank.[53]) Nasar rückte gegen Westen vor, kam nach Rheggio und zog gegen Palermo zu; überall machte er reiche Beute.[54]) Mehrere Einfälle in die saracenischen Colonien in Unteritalien, wo der griechische Hof sich auszubreiten gedachte, hatten günstige Ergebnisse. Mit der Flotte unter Nasar wirkten die von dem Protovestiar Procopius und Leo Apostyppes befehligten Landtruppen zusammen und unterwarfen ihrem Kaiser einen großen Theil von Calabrien. Nasar konnte mit reichen Schätzen nach Constantinopel zurückkehren, wo er mit großer Freude von den Byzantinern empfangen ward.[55])

Als Befehlshaber wirkten damals neben Prokopius und Leo Eupraxius, Stratelates für Sicilien, Musilikes für Cephalonia, Rabduchos für Dyrrachium, Diniates für den Peloponnes.[56]) In Sicilien ward eine neue Stadt zu Ehren des Kaisers erbaut, die man Basileopolis nannte, wahrscheinlich das heutige Polizzi.[57]) Nach Nasar's Rückkehr entstand aber Eifersucht zwischen Leo und Prokopius; Ersterer kam in einer Schlacht, in der er siegreich vordrang, dem schwer bedrängten Prokopius nicht zu Hilfe, so daß seine Truppen fast ganz aufgerieben wurden und er selbst das Leben verlor, wodurch die Schlacht für die Christen verloren ging.[58]) Mit den Resten des Heeres nahm Leo Tarent und machte die dortigen Christen und Saracenen zu Sklaven.[59]) Aber der Kaiser, aufgebracht über sein Verfahren gegen Prokopius und den Verlust so vieler tapferen Truppen, entsetzte ihn seines Amtes. Nachher wurde er von dem Protostrator Bajanus und dem Kubikularius Chamaretus, seinem eigenen Verwandten, des Verraths an Prokopius und des Majestätsverbrechens angeklagt; Leo's Söhne, Bardas und David, darüber erbittert, ermordeten den Bajanus und flohen mit ihrem Vater nach Syrien. Dort wurden sie aufgegriffen, die zwei Söhne, die sich nicht ergeben wollten, getödtet, Leo selbst gefangen genommen, zum Verlust eines Auges und einer Hand verurtheilt und dann nach Mesembria relegirt.[60])

---

[53]) Genes. l. c. p. 120: *τοσοῦτον ἔλαιον, ὡς ἐν ἐσχάταις ταῖς ἡμέραις τὴν κατὰ λίτραν ὁλκὴν ὀβολοῦ πιπράσκεσθαι.* Cf. Theoph. Cont. l. c. c. 61. p. 305. Cedr. II. 229—231.

[54]) Genes. l. c. Theoph. Cont. l. c. p. 301. 305.

[55]) Theoph. Cont. l. c. c. 65. p. 305. Cedr. p. 231.

[56]) Georg. m. Bas. c. 20. p. 815. Leo Gr. p. 258. Da beide eine gemeinschaftliche Quelle haben, so dürfte wohl hier der Letztere nach dem Ersteren zu corrigiren sein. Dieser hat: *ὅστις Μουσελίκης στρατηλάτης εἰς Σικελίαν, καὶ εἰς Κεφαληνίαν* (diese Worte fehlen bei Leo) *M., εἰς δὲ τὸ Δυῤῥάχιον* κ. τ. λ. Ein Masililes, der gegen die Saracenen bei Sicilien kämpfte, wird von Niketas Vita Ign. p. 260 erwähnt; er rief vor der Schlacht den vor Kurzem verstorbenen heiligen Ignatius an und siegte.

[57]) Amari l. c. p. 416.

[58]) Theoph. Cont. V. 66. p. 305. 306. Cedr. II. 231—233. Georg. mon. c. 20. p. 815.

[59]) Theoph. Cont. l. c. p. 306. Lupi Protospath. Chron. a. 880. Chron. Barense a. 880.

[60]) Theoph. Cont. l. c. c. 66. 67. p. 306—308.

Die kriegerischen Unternehmungen der Byzantiner in Italien waren zwischen 881 und 885 in's Stocken gerathen. Im Sommer 881 hatten die Saracenen wieder das christliche Gebiet von Sicilien verwüstet und bei Taormina den kaiserlichen Anführer Barsamius besiegt. Nach einigen Wechselfällen, bisweilen auch Niederlagen, hatten sie im Sommer 882 neue glänzende Siege erfochten; die erst kurz zuvor gegründete „Kaiserstadt" ward genommen; Sicilien ward bald fast ganz von Truppen entblößt.[61]) Basilius hatte nach Abberufung des Leo Apostypes den Kappadotier Stephan Maxentius nach Unteritalien mit auserlesenen Truppen gesendet, der aber nachläßig und ohne irgend eine ruhmwürdige That das Commando führte, weßhalb 885 der tapfere Nikephorus Phokas (der Großvater des späteren gleichnamigen Kaisers) an seine Stelle kam, der mit Geschick und Erfolg den Kampf fortsetzte, Amantia, Tropas und St. Severina nahm und die Ehre der byzantinischen Waffen wiederherstellte,[62]) bis er nach dem Tode des Basilius nach Kleinasien abgerufen ward. Während seiner Siege in Calabrien brachen unter den sicilischen Muhamedanern Mißhelligkeiten und Tumulte aus, die den Christen größere Sicherheit zu verheißen schienen.[63]) Obschon Nikephorus Phokas,[64]) sowie auch der Kaiser Basilius, der an dreitausend freigelassene Sklaven in Puglia und Calabrien das verödete Land bebauen ließ[65]) und seine italienischen Territorien zu heben suchte, in Italien edel gehandelt hatten, so machten sich doch daselbst die Griechen keineswegs beliebt.[66])

So zählte die Regierung des Macedoniers wohl viele glänzende Thaten; aber für die Dauer war doch nur verhältnißmäßig wenig erreicht und Basilius konnte sich es nicht verhehlen, daß nach seinem Tode mancher der mühsam errungenen Erfolge wieder verloren gehen werde, zumal da er von Leo sich sehr wenig versprach.

Basilius, bereits ein Siebenziger, war vermöge seiner Körperkraft[67]) noch sehr rüstig und belustigte sich gerne mit der Jagd. Ein Unfall, der ihm einst dabei zustieß, legte aber den Grund zu einer Krankheit, an der er früher, als man erwartet hatte, starb. Er verfolgte einen sehr großen Hirsch, der sich gegen ihn umkehrte und mit seinem Geweihe, das sich in den Gürtel des Kaisers verwickelt, ihn vom Pferde stürzte. Der Kaiser ward von einem seiner herbeieilenden Jagdgenossen befreit, der mit dem Schwerte den Gürtel entzweihieb; anstatt für seine Rettung zu danken, soll der argwöhnische Herrscher den

[61]) Amari l. c. p. 417 seq.

[62]) Theoph. Cont. V. 71. p. 312. 313. Cedr. II. 225. 223. 351. Amari p. 440. 441.

[63]) Amari p. 425.

[64]) Leo Tact. n. 34. Cedr. II. p. 351. Amari p. 441.

[65]) Die Wittwe Danielis, die sich um den Kaiser früher in Achaja sehr verdient gemacht hatte (Theoph. Cont. V. 11. p. 227. 228. B. III A. 5.) und bei ihm große Ehre genoß, setzte ihn zum Erben ihrer reichen Besitzungen ein, die sehr viele Sklaven zählten (Theoph. Cont. V. 73—77. p. 316—321).

[66]) Erchemp. c. 81. Chron. S. Bened. (Pertz III. p. 203.) Amari p. 442.

[67]) Genes. L. IV. p. 126. 127. Sym. M. c. 1. p. 686.

Mann, gleich als habe er ihn tödten wollen, mit dem Tode bestraft haben. In Folge dieses Vorfalls erkrankte Basilius an einem Unterleibsleiden und starb[68]) am 29. August 886,[69]) nachdem er noch Vorsorge für das Reich getroffen und Leo als seinen Nachfolger bezeichnet hatte.[70]) Er ward in der Apostelkirche begraben; in demselben Sarkophage wurden später seine Gattin Eudokia und sein Sohn Alexander beigesetzt.[71])

Wohl mag er dem Thronfolger noch eingehende Ermahnungen gegeben haben; aber die uns unter seinem Namen noch erhaltenen Paränesen[72]) sind sicher nicht seine eigene Arbeit. Höchst wahrscheinlich hatte sie Basilius durch einen gelehrten Geistlichen anfertigen lassen. Darin wird sehr auf den Werth der gelehrten Bildung für einen Herrscher hingewiesen, die das Kaiserthum ziere und seinen Trägern unsterblichen Ruhm verschaffe, die gleich der Sonne Alles erleuchte und erwärme. Ebenso wird Leo ermahnt, am katholischen Glauben festzuhalten, die Kirche und ihre Diener zu ehren, der göttlichen Gerichte stets eingedenk zu sein, seine Begierden zu zügeln, durch Wachsamkeit, durch Umgang mit frommen Seelenärzten, durch Mäßigung, Gebet und Betrachtung nach der Tugend zu ringen und sie zu befestigen, da sie von allen Gütern des Menschen allein unvergänglich sei. Dem noch sehr jungen Prinzen werden viele Ermahnungen gegeben, die den Gedanken nach an das Schrei-

---

[68]) Theoph. Cont. V. 102 p. 351 seq. Leo Gr. p. 262. Georg. m. c. 27. p. 818. Sym. M. c. 23. p. 699. 700. Genes. p. 128. Cedr. II. 248: *οὐ πολὺ τὸ ἐν μέσῳ καὶ διαῤῥοίας νόσῳ ἁλίσκεται καὶ κατὰ μικρὸν τῇ τοιαύτῃ τηκεδόνι καταμαραίνεται.* Zon. p. 141. Glyc. p. 552.

[69]) Das Jahr ist allgemein angenommen; aber der Todestag ist streitig. Die gewöhnliche Annahme (Pag. a. 886. n. 1. Jager L. IX. p. 383. Dümmler I. 252) steht für den 1. März; ich stimme der obigen Annahme von Krug bei. Denn während keiner der älteren griech. Chronisten den Todestag verzeichnet, nennt uns Const. Porph. de cerem. II. 52. p. 1112 ed. Migne den 29. August ausdrücklich als den Gedächtnißtag seines Großvaters. Sodann wissen wir, daß Leo VI. am 11. Mai Ind. XV. (Th. C. VI. 32. p. 377), also 912 (nicht 911) starb und nach allen Chronisten (l. c. c. 1. p. 353. Ham. C. VI. 1. p. 766. Leo Gr. p. 475. Georg. m. p. 818) fünfundzwanzig Jahre acht Monate regierte, was ganz zu jenem Datum paßt. Ebenso stimmt damit die Angabe (Th. C. V. 102. p. 352. Genes. L. IV. p. 128. Ham. C. V. 1. p. 752. Leo Gr. p. 470) überein, daß Basilius allein (nach Michael's Ermordung) neunzehn Jahre regierte; an diesen fehlt nicht ein voller Monat, während mehr als ein halbes Jahr fehlen würde, setzte man den Tod des Kaisers auf den 1. März an. Letzterer mag übrigens den Tag der Erkrankung bezeichnen.

[70]) Cedr. l. c. nach Theoph. C.: *διαθεὶς δ' ὡς ἐδόκει τὰ τῆς βασιλείας καὶ τὸν κληρονόμον καὶ διάδοχον γράμμασιν ποιησάμενος τὸν βίον ἀπέλιπε.*

[71]) Const. Porph. de cerem. L. II. c. 42. cf. c. 6.

[72]) *Τὰ κεφάλαια παραινετικά*, wovon Bar. a. 886. n. 11. 12 Mehreres anführt, differiren in den Handschriften; bald sind es fünfundsechzig oder sechsundsechzig, bald siebenzig, bald sechsundsiebenzig Capitel. Codd. Paris. 1603. 1772 (beide saec. 16) 1788 (saec. 11) 2077. 2991 A. (saec. 15) (vgl. Catal. p. 371. 399. 403. 440. 625.) Cod. Vatic. 712. p. 179 seq. Monac. 551. saec. 14. f. 123 seq. Sie wurden 1581 zu Paris, 1633 zu Basel (von Bernh. Damke mit der Paränese des Diakon Agapet an Justinian) herausgegeben sowie bei Bandur. Imp. Or. Venet. 1729. t. I. p. 139—156. Eine andere, längere Paränese an Leo VI. gab Mai N. C. II. 679—681. Beide stehen bei Migne, t. CVII. p. XXI—LX. Vgl. Schröckh K. G. XXI. 126 f. Schöll Gr. Lit. G. III. 117 ff.

den des Photius an den Bulgarenfürsten sowie an andere Briefe desselben erinnern; die eindringlichen Mahnungen, zuverlässige Freunde hochzuhalten, Reichthum und Geld zu verachten, Wollust und Trunkenheit zu fliehen, sind ganz im Geiste des Patriarchen gehalten.[73]) Diese Paränesen wurden wohl nach der Rückkehr des Photius vom Exil für den schon als Kind gekrönten und nun ihm zum Unterricht übergebenen Leo im Auftrag und im Namen des Basilius verfaßt, der für seine Person keine höhere Bildung, wenn auch Achtung vor derselben besaß und sicher nicht, wie nachher Leo, selbst Schriftsteller war; die ihm beigelegten Arbeiten haben andere Verfasser.[74])

Basilius I. war übrigens einer der tüchtigsten Herrscher, die das alternde byzantinische Reich gesehen. Er hatte viele hervorragende Eigenschaften, namentlich weit mehr Energie als seine meisten Vorgänger.[75]) Er war — mit Ausnahme seines Verfahrens gegen Michael III. — dankbar gegen diejenigen, die ihn früher unterstützt und zu seiner erhabenen Stellung ihm verholfen hatten; so gegen die Wittwe Danielis, die er in Byzanz glänzend empfing und deren Sohn er zum Protospathar erhob, auch zu seinem geistlichen Bruder machte;[76]) so gegen den Mansionar Nikolaus Androsalites von St. Diomedes, den er zum Oekonomen und Syncellus ernannte, während er auch dessen Brüder mit Aemtern bedachte; auch gründete er zu Ehren des heiligen Diomedes selbst ein Kloster.[77]) Er war sehr eifrig in seinem Glauben und suchte das Christenthum unter den slavischen Völkerschaften zu verbreiten.[78]) Ja, in diesem Bekehrungseifer, bei dem natürlich, wie namentlich bei den Bulgaren, politische Motive mitwirkten, ging er so weit, daß er nach Art des Tyrannen Phokas die Juden mit Gewalt zur Taufe bringen wollte, wobei die Vornehmen seines Reiches Pathenstelle vertreten mußten; doch fielen viele der gewaltsam zur Taufe gebrachten Juden nach dem Tode des Kaisers wieder ab.[79])

[73]) Sophocl. Oecon. Proleg. in Amphil. §. 18. p. 181. n. [illegible] Cf. Balettae Prol. in epp. §. 55. p. 78. in ep. 6. p. 219. n. 1; p. 220. n. 2; p. 225. n. 3; p. 226. n. 5 seq.

[74]) Das Menologium gehört Basilius II. zu (Pag. a. 886. n. 2); ebenso soll die τάξις προκαθεδρίας τῶν ἁγιωτάτων πατριαρχῶν (Bever. t. II. Syn. ad calc. Annot. ad can. Trull. p. 135—147) von Basilius dem Armenier herrühren. Oudin. de script. eccl. t. II. p. 309. 310.

[75]) Genes. L. IV. p. 126. Cedr. II. 202—205. 373.

[76]) Theoph. C. V. 73—77. p. 316—321. Ueber die ἀδελφότης πνευματική s. Goar. Euchalog. gr. p. 901. n. 1.

[77]) Leo Gr. p. 256. Georg. c. 10. p. 842 seq. Sym. M. p. 691. Den ersten Bruder (Johannes) machte er zum δρουγγάριος τῆς βίγλης, den zweiten (Paulus) zum Vorstand des Sakellion, den vierten zum γενικὸς λογοθέτης. Theoph. C. V. 73. p. 317.

[78]) Ueber die Bewohner der südlichen Provinzen und besonders die Heiden von Maina s. Fallmerayer Morea I. 230.

[79]) Leo Gr. l. c. Georg. c. 9. p. 842. Sym. l. c. Theoph. C. V. 95. p. 341 seq. Cedr. p. 241 seq. Leo VI. Const. 55. Auxil. de ord. Form. c. 39. p. 109 ed. Dümmler. Baron. a. 886. n. 6. Pag. a. 874. n. 6. 8. Ueber Phokas s. Migne PP. gr. XCVII. 1603. 1610.

Großartig war die Bauthätigkeit des Kaisers, besonders für Kirchen, Klöster und Paläste, die er theils neu herstellen, theils restauriren und verschönern ließ. An der Sophienkirche ward der baufällige westliche Tragbalken der Kuppel reparirt und mit den Bildern der Muttergottes sammt dem Jesukinde, sowie der Apostel Petrus und Paulus geschmückt; zugleich wurden ihre Einkünfte beträchtlich vermehrt.[60]) Nebst der früher erwähnten neuen Basilika gründete er noch eine besondere Kirche zu Ehren des heiligen Michael und der Erzengel in Arkadianis,[61]) sowie zu Ehren des von ihm besonders verehrten[62]) Propheten Elias eine andere auf der Ostseite des Königsbaues mit einem Oratorium des Clemens und einem anderen des Heilands; auf der Westseite eine Peters-, wie auch eine Paulskirche; deßgleichen eine Kirche der Theotokos am Pharus und eine Kapelle des heiligen Demetrius.[63]) Dazu kam eine Muttergotteskirche auf dem Forum Constantin's,[64]) ein Bethaus des Theologen Johannes in der Gegend des Pharus bei dem so genannten Monothyrus,[65]) wahrscheinlich auch die nachher von Leo VI. erweiterte Lazaruskirche.[66]) Ebenso erhielten die Apostelkirche, die der heiligen Jungfrau an der Quelle, die durch Erdbeben fast ganz zerstörte Marienkirche Sigma, die zerfallene Kirche des Protomartyrers Stephan in Aurelianis, die zwei Kirchen des Johannes Baptista (in Strobylia und in Macedonianis), die des Apostels Philippus, die von St. Lukas, St. Mocius, St. Andreas eine vollständige Restauration. Dieselbe Fürsorge erfuhren St. Romanus und St. Anna im Viertel Deuteron, St. Aemilian, St. Demetrius, St. Nazarius, St. Anastasia, St. Platon, St. Hesper und Zoe, Acacius (im Heptaskalon), St. Elias (in Petrion).[67]) Die Phokaskirche im Stenos stellte Basilius wieder her und verband sie mit einem Mannskloster, dem er reiche Einkünfte zutheilte.[68]) In der Vorstadt Regium setzte er die von Justinian erbaute Brücke über das Flüßchen Bathynias wieder in Stand und ließ nebst der Kirche des Kallinikus auch die des Petrus neu aufbauen.[69]) Den Kaiserpalast erweiterte er nach Süden hin in der Art, daß der Hafen Bukoleon, zunächst dem Pharus, dessen Eingang bildete; die wichtigste der neuen Bauten war das „neue Werk“ (Kainurgion) mit reichem Säulenschmuck.

---

[60]) Theoph. C. V. 78. 79. p. 321 seq. Cedr p. 237 seq. Bar. l. c. n. 3. Unger in der Encykl. I. Bd. 84. S. 397.

[61]) Vita S. Basil. jun. anachor. scripta a Greg. discip. Liutpr. I, 10. III. 34. p. 277. 310. Genes. l. IV. p. 121. 113. Cedr. p. 240. Glyc. p. 519.

[62]) Acta SS. t. V. Jul. p. 7. t. VI. p. 680.

[63]) Theoph. C. V. 87. 88. Unger S. 419.

[64]) Genes. p. 128. Codin. de aed. Cpl. p. 82. 116. Anon. de ant. Cpl. P. II. Bandur. Imp. Or. II. p. 21. Unger S. 318.

[65]) Theoph. C. V. 90. Unger S. 328. 419.

[66]) Anon. Bandur. p. 22.

[67]) Theoph. C. V. 80—82. p. 323—325. Cedr. p. 238 seq. Bar. l. c. n. 4. 5. Bandur. Imp. Or. II. p. 23.

[68]) Curop. ap. Bar. l. c. n. 5. Bandur. t. II. L. III. p. 733. Acta SS. t. III. Jul. die 11. p. 614.

[69]) Hammer Cpl. II. S. 7.

Auch zwei Cisternen bei der Magnaura und zwischen dem Justinianus (Triclinium Justinian's II.) und dem Lausiakus (Werk desselben Kaisers) ließ er wieder in Stand setzen.[90]) Derselben Fürsorge erfreuten sich Armen- und Krankenhäuser sowie andere Wohlthätigkeitsanstalten.[91])

Bei allen guten Eigenschaften hatte aber Basilius seine großen Schwächen. Er war eitel und despotisch, dazu leichtgläubig und vorschnell in manchen Entschließungen, abergläubisch, astrologischen und magischen Künsten zugethan, worin er freilich vielen seiner Vorgänger glich. Manche Große wurden auf bloße Angebereien hin ohne Untersuchung verurtheilt. Auch Neatokomites, der mit des Kaisers Schwester Thekla sich verbunden, mußte Mönch werden, während Thekla's Vermögen durch den Protovestiar Prokopius für den Fiskus in Beschlag genommen ward.[92]) Zu vielen Ungerechtigkeiten soll den Kaiser Theodor Santabarenus verleitet haben, auf den sich nach des Basilius Tod der Zorn aller Mißvergnügten entlud. Man legte sogar später dem sterbenden Kaiser die Worte in den Mund: „Der unheilige Photius und sein Genosse Santabarenus haben mich weit von Gott entfernt, vom rechten Erkennen abgezogen und in das gleiche Verderben gestürzt.“[93]) Uebrigens scheint der Santabarener, der den Thronfolger verläumdet hatte, nach der Aussöhnung zwischen Vater und Sohn in seinen Sprengel verwiesen worden zu sein; beim Regierungsantritte Leo's war er nicht in der Hauptstadt zugegen. Einem anderen Berichte zufolge soll Basilius kurz vor seinem Tode den gemordeten Michael III. gesehen haben, der ihm zurief: „Was habe ich dir gethan, Basilius, oder worin dich beleidigt, daß du mich so erbarmungslos getödtet hast?“[94])

Im Ganzen war die lange Regierung des Macedoniers immer noch eine der glücklicheren, und wenigstens glücklicher, als die seines Nachfolgers Leo, mit dem sein jüngerer Bruder Alexander zugleich als Augustus proclamirt ward.[95])

---

[90]) Theoph. C. V. 90. 91. p. 331—335. Cedr. p. 240 seq. Glyc. l. c. Unger S. 417—419.

[91]) Genes. L. IV. p. 127. 128.

[92]) Nach Leo Gr. p. 258, Georg. p. 842 u. A. sandte Thekla, des Basilius Schwester, einen Diener mit einer Bittschrift an ihn, den der Kaiser fragte: [illegible]; dieser sagte: Neatokomites. Sogleich ließ Basilius diesen vorführen, mißhandeln und scheeren; nachher soll er Oekonom von St. Sophia geworden sein. Ob er mit Thekla ehelich verbunden war, ist nicht genau gesagt. Wir haben früher (Bd. I. S. 581. N. 16) darauf hingewiesen, daß Basilius ebenso wie Michael III. eine Schwester Namens Thekla hatte. Auf Michael's Schwester wird die Inschrift in Jerusalem bei Vogüé Le temple p. 131 ([illegible] τοῦ [illegible]) bezogen. Vgl. Sepp Studien z. Topographie Palästina's im Chilianeum VII 1865. S. 377. Nach Michael's Ermordung konnte Thekla, bereits Nonne, sich sehr wohl nach Jerusalem begeben haben.

[93]) Sym. M. c. 23. p. 699. 700.

[94]) Vita S. Basil. Jun. (Migne CIX. 656).

[95]) Erchemp. Hist. Longob. c. 52. p. 771: Basilio defuncto duo filii ejus in imperio sunt electi, i. e. Leo primogenitus et Alexander subsequens.

7. Zweite Entsetzung des Photius und Erhebung des Prinzen Stephan.

Schon die ersten Regierungshandlungen des neuen Kaisers Leo VI. bewiesen, daß in allen Verhältnissen ein Umschwung zu erwarten war. Zuerst ließ er die im Kloster von Chrysopolis einfach beigesetzte Leiche Michael's III., der Vielen als sein wirklicher Vater galt, durch den Stratelates Andreas recognosciren, in einen Sarg von Cypressenholz legen und mit großem Gepränge in die Apostelkirche übertragen; die kaiserlichen Prinzen, der Senat, der Clerus folgten dem stattlichen Leichenzug. Dadurch sollte Michael III., bisher der verdienten Schmach anheimgegeben, in der öffentlichen Meinung wieder einigermaßen rehabilitirt werden.[1])

Die zweite Maßregel des neuen Herrschers betraf den Patriarchenstuhl. Der Prinz Stephan, schon von seinem Vater Basilius für das Patriarchat bestimmt,[2]) von Photius erzogen, zum Diakon geweiht und bereits dessen Syncellus,[3]) sollte den vom neuen Kaiser gehaßten Mann ersetzen, der in jeder Beziehung, durch seine Freundschaft mit Theodor Santabarenus, durch seine Stellung zum Hofe des Basilius, sowie durch viele nachtheilige Gerüchte höchst kompromittirt schien und nebstdem noch immer einen Theil des Clerus sowie eine große Zahl von Laien zu Widersachern hatte. Es wurden der genannte Stratelates Andreas sowie der gelehrte Johannes Hagiopolita nach der Sophienkirche gesandt, wo sie vom Ambo aus eine schriftliche Aufzählung der Verbrechen des Photius verlasen und ihn in Anwesenheit des Volkes von seinem Throne herabzusteigen nöthigten.[4]) Er wurde darauf in ein Kloster[5]) relegirt. Das scheint dem Kaiser für's Erste genügt zu haben, da er doch seinen früheren Lehrer und Erzieher mißhandeln zu lassen sich scheute. Aber an Santabarenus, der damals sich nicht in Constantinopel befand, wollte er für die erlittenen Unbilden Rache nehmen; er befahl, ihn nach der Hauptstadt zu bringen.[6])

---

[1]) Theoph. Cont. VI. 1. p. 353. Leo Gr. p. 262. 263. Georg. m. in Leone c. 1. p. 848. 849. Sym. M. c. 1. p. 700. Cedren. II. 249. 250. Zonar. P. III. p. 141. Const. Porph. cerem. II. 42.

[2]) Genes. l. IV. p. 113. 114: Στέφανον ἱερώσας τῷ πατριαρχικῷ θρόνῳ πρὸς τὸ μέλλον ἀφώρισεν. Theoph. Cont. V. 35. p. 261. Cedr. II. p. 205.

[3]) Theoph. Cont. VI. c. 1. Zonar. Cedr. p. 249. Leo p. 262. Acta SS. t. IV. Mai p. 50. t. I. Aug. p. 113.

[4]) Theoph. Cont. VI. 1. p. 353. 354. Sym. Mag. l. c. Leo Gr. p. 261. Georg. m. c. 2. p. 849. Cedren. l. c. Georg. Hamart. ap. Allat. de Syn. Phot. c. 5. p. 81. 82. wie Theoph. Cont.

[5]) ἐν τῇ μονῇ τῶν Ἀρμενιακῶν τῇ ἐπονομαζομένῃ τοῦ Βόρδωνος. Theoph. Contin. Nach Cedren. hat Ἀρμενιακῶν. Dagegen anderwärts: ἐν τῇ μονῇ τῶν Ἀρμενιακῶν τῇ λεγομένῃ τοῦ Γόρδωνος. Sym. Mag. — ἐν τῇ μ. τῶν Ἀρμενιακῶν τῇ ἐπιλεγομένῃ τοῦ Βόρδωνος. Georg. mon.; ebenso Leo Gram., der aber τοῦ Βόρδων hat, und Zonaras. Georg Hamartolus bei Allat. l. c. hat ebenfalls Ἀρμενιακῶν τῇ ἐπονομαζομένῃ τοῦ Βόρδωνος. (Baron. a. 886. n. 15: Armeniorum); im Cod. Monac. 139 f. 325 a. ebenso, nur fehlt Ἀρμενιακῶν.

[6]) Theoph. Cont. VI 4. p. 354. Leo Gr p. 263. Georg. m. c. 5. p. 850. Cedr. II. 248. 149.

Es ging damals das Gerücht, Photius habe mit seinem Freunde Theodor gegen den Kaiser konspirirt und einen seiner Verwandten auf den Thron zu erheben beabsichtigt.[7]) Diese Anklage erhoben wirklich zwei von Theodor Santabarenus mehrfach beleidigte und bei Basilius verläumdete Beamte, der domesticus scholarum Andreas und der Magister Stephan,[8]) sowie wahrscheinlich auch die andere, daß sie den jetzigen Kaiser bei Basilius verläumdet.[9]) Es wurde, nachdem Santabarenus nach Constantinopel gebracht worden war, eine strenge Untersuchung hierüber gepflogen, zu welchem Behufe beide Angeklagte nach dem Palast Pege transportirt wurden, wo ihnen jedoch die wechselseitige Communication verwehrt war.[10]) Die Untersuchung führten mit den genannten zwei Beamten die Patricier Karteros und Gumer[11]) sowie Johann Hagiopolita. Es ist uns bei den Chronisten[12]) ein Verhör in dieser Sache aufbewahrt, das eine nähere Erwähnung wohl verdient.

Die Richter wiesen dem Expatriarchen einen ehrenvollen, seiner Würde entsprechenden Sitz an, nahmen dann selbst Platz und begannen das Verhör. Der Domestikus Andreas fragte den Photius: „Kennst du, Herr, den Abt Theodor?“ Photius entgegnete: „„Ich kenne den Abt Theodor nicht (ich kenne den Theodor nicht als Abt).““[13]) Darauf ward die Frage bestimmter wiederholt: „Kennst du den Abt Theodorus Santabarenus?“ — Nun erwiederte Photius: „„Ich kenne den Abt Theodor, der Erzbischof von Euchaita ist.““[14]) Dann wurde der Santabarener befragt. „Der Kaiser will von dir wissen: Wo sind die Gelder und Schätze meines Reiches?“[15]) — Es scheint sich also auch um Veruntreuung öffentlicher Gelder gehandelt zu haben. Theodor antwortete gefaßt: Sie sind dort, wohin sie der damalige Kaiser gegeben hat;[16])

---

[7]) Cedren. II. 119: *καὶ γὰρ δὴ ἐφέρετο λόγος, ὡς αὐτὸς ὁ Φώτιος οἰκείῳ συγγενεῖ προξενούμενος τὴν βασιλείαν καὶ τῷ Σανταβαρηνῷ κοινολογησάμενος καὶ δόξαν ἀμφοῖν, μὴ ἄλλως ἐπιτυχεῖν τοῦ σκοποῦ, εἰ μὴ ὁ Λέων ἐκποδὼν γένοιτο, τὴν προειρημένην ἐξῆψαν κατ' αὐτοῦ διαβολήν.* Stylian. ep. ad Steph. (Mansi XVI. 433): *ὑπέλαβον* (Phot. et Sant.) *ὡς ἐκεῖνον* (Basil.) *θανόντος καὶ τοῦ υἱοῦ ἐκποδὼν γενομένου, αὐτοὶ καθέξουσι τὴν βασιλείαν, ἢ δι' ἑαυτῶν ἢ δι' ἑτέρου, οὗ ἂν βούλωνται, προβάλλοντες, ταύτης αὐτονομοῦντες.*

[8]) Dieser heißt bei Theoph. Cont. Leo Gr. Georg. m. *ὁ τῆς Καισαρείας*, was wohl Sohn der Prinzessin Kalomaria bedeuten will; dann wäre er Verwandter des Photius gewesen. —

[9]) Das letzt Sym. M. p. 701 bei.

[10]) Theoph. Cont. l. c. p. 354. 355. Georg. m. l. c. Leo Gr. p. 264. Cedr. II. p. 251.

[11]) So Theoph. Cont. Georg. m., bei Leo Gr. und Cedr. *Γούβερ* — μ und β werden oft verwechselt.

[12]) Theoph. Cont. VI. 5. p. 354—356. Leo Gr. p. 263—265. Georg. m. c. 5. p. 850—851. Cedr. II. p. 251. 252.

[13]) *ἀββᾶν οὐ γνωρίζω Θεόδωρον.*

[14]) *γνωρίζω τὸν μοναχὸν Θεόδωρον ἀρχιεπίσκοπον ὄντα Εὐχαΐτων* Theoph. Cont. Georg. m.; Leo Gr.: *γινώσκω τὸν ἀββᾶν* κ. τ. λ. Die ganze, hier beschriebene Haltung des Photius zeigt, wie strenge er an seiner Würde wie an der aller von ihm Geweihten festhielt.

[15]) *ὁ βασιλεὺς σοι δηλοῖ· ποῦ εἰσι τὰ χρήματα καὶ τὰ πράγματα τῆς βασιλείας μου;* Theoph. Cont. (Leo Gr. Georg. m. *τῆς ἐμῆς βασ.*)

[16]) *ὅπου δέδωκεν αὐτὰ ὁ κατὰ τὴν ἡμέραν βασιλεύς.* Th. Cont. Leo Gr.

weil der Kaiser sie aber wieder verlangt, so kann er sie wieder zurücknehmen. Auf die weitere Frage: „Wen wolltest du zum Kaiser erheben, als du dem Vater des regierenden Kaisers riethest, seinen Sohn des Augenlichts zu berauben, einen von deinen Blutsverwandten oder von denen des Patriarchen?" [17]) erklärte und betheuerte Theodor, er wisse von dem Allem nichts. Der Magister Stephan hielt ihm nun vor, wie er dem Kaiser habe bedeuten können, er werde den Patriarchen eines solchen Verbrechens überführen. [18]) Statt aller Antwort fiel Theodor fußfällig vor Photius nieder und rief: „Ich beschwöre dich, Herr, bei Gott, daß du mich vorher absetzen und degradiren mögest; dann, wenn ich der bischöflichen Würde beraubt bin, mögen sie mich immerhin als Missethäter bestrafen. Ich habe nichts der Art dem Kaiser gesagt." Photius rief feierlich: „Beim Heil meiner Seele, Theodor, du bist Erzbischof in dieser Welt wie in jener; [19]) (ich werde dich nie der bischöflichen Würde entsetzen)." Andreas sagte in voller Entrüstung: „Wie, hast du nicht durch mich dem Kaiser melden lassen, daß du den Patriarchen hierin überführen wollest?" [20]) Theodor läugnete auf das Bestimmteste, daß er irgend etwas davon wisse. So ward kein Geständniß erlangt und ein hinreichender Beweis gegen die Angeklagten konnte nicht erbracht werden, am wenigsten gegen den Patriarchen; gegen Theodorus lagen wahrscheinlich blos gravirende Indicien vor.

Als dem Kaiser die Verhöre mitgetheilt wurden, soll er sehr erzürnt gewesen sein, daß gegen Photius die Anklage des Majestätsverbrechens nicht mehr haltbar schien; [21]) die Angabe der Späteren, daß es ihm nur deßhalb in den Sinn gekommen, demselben das Patriarchat abzunehmen, weil er sonst nichts gegen den Santabarener hätte unternehmen können, [22]) ist sicher ganz unglaubwürdig; denn darin war die kaiserliche Gewalt keineswegs durch den Patriarchen beschränkt und dieser hätte sich doch in die kaiserlichen Maßregeln gegen seinen Freund fügen müssen. Dem Kaiser blieb aber noch übrig, die kirchliche Autorität gegen Photius anzurufen und da er an den Dekreten des

---

[17]) τίνα ἐβούλευον (ἐβούλου Georg. Leo) βασιλέα ποιῆσαι, τῷ πατρὶ τοῦ βασιλέως ὑποθεὶς (ὑποθέμενος τῷ ἐμῷ πατρὶ) τοὺς ὀφθαλμοὺς τὸν ἴδιον ἀποστερῆσαι υἱόν; (διὰ συγγενῆ σου τυφλῶσαί με; Leo. Georg.) σὸν συγγενῆ ἢ τοῦ πατριάρχου; (πατριάρχου ἴδιον ἢ σόν; L. G.)

[18]) πῶς ἐμήνυσας τῷ βασιλεῖ, ἐλέγξειν περὶ τούτου τὸν πατριάρχην; Leo Theoph. Cont.

[19]) μὰ τὴν σωτηρίαν τῆς ἐμῆς ψυχῆς, κύρι Θεόδωρε, ἀρχιεπίσκοπος εἶ καὶ ἐν τῷ νῦν αἰῶνι καὶ ἐν τῷ μέλλοντι.

[20]) Θυμωθεὶς οὖν ἐπὶ τούτοις Ἀνδρέας ἔφη· καὶ πῶς οὐκ ἐμήνυσας, ἀββᾶ, τῷ βασιλεῖ δι' ἐμοῦ, ἵνα ἐν τούτῳ τὸν πατριάρχην ἐλέγξῃς;

[21]) Theoph. Cont. VI. 5. p. 356: ὁ δὲ βασιλεὺς θυμῷ καὶ ὀργῇ ἀκατασχέτῳ ληφθεὶς, ὡς μὴ εὔλογον αἰτίαν κατὰ τοῦ πατριάρχου εὑρηκώς. Ebenso Georg. mon. p. 851. Leo Gram. p. 265.

[22]) Cedren. II. 248: εἰδὼς γάρ, ὡς οὐκ ἄν τι δυνηθείη φαῦλον ἐνδείξασθαι κατὰ τοῦ Σανταβαρηνοῦ, Φώτιον τὸν πατριαρχικὸν ἰθύνοντος θρόνον· προστήσεσθαι γὰρ αὐτοῦ γενναιότερον καὶ ἀντιλήψεσθαι ὑπερτόνως καὶ μὴ συγχωρῆσαι τυραννικόν τι παθεῖν. Method. mon. de vitando schismate c. 12 (Mai N. Coll. III, 1. 257): δείσας, ὡς φασι, μὴ οὐκ ἐάσῃ ἀντιτάσσεσθαι Σανταβαρηνὸν τῆς εἰς τὸν πατέρα καὶ βασιλέα διαβολῆς κατ' αὐτοῦ ἕνεκα κ. τ. λ. Glycas P. IV. p. 553.

römischen Stuhles, mit dem er wieder in Verbindung zu treten beabsichtigte, einen sicheren Halt hatte, war die Entsetzung des Photius vorläufig gerechtfertigt. Der Senat gestattete dem Photius, unbelästigt in dem ihm zugewiesenen Kloster zu leben; Santabarenus aber ward ungeachtet seiner bischöflichen Würde mit schweren Schlägen mißhandelt und nach Athen exilirt.[33]) Später scheint den Kaiser diese Milde gereut zu haben; er ließ ihn blenden und nach Asien deportiren. Erst nach mehreren Jahren ward Theodor endlich begnadigt und erhielt ein kleines Einkommen aus dem Schatze der neuen Basilika;[34]) er überlebte noch den Tod dieses Kaisers und seines Bruders Alexander und starb nach 913.[35])

Der kaiserliche Prinz Stephan ward erst kurz vor den Weihnachtsfeiertagen[36]) (Dec. 886) consekrirt und zwar nahm statt des zur Ordination berechtigten Erzbischofs von Herakea, welcher Sitz wohl erledigt war, der Erzbischof von Cäsarea, Theophanes, als erster Metropolit des Patriarchats (Protothronus) die Weihe vor.[37]) Es hatte aber diese Ordination noch gegen sich manche Bedenken. Einmal hatte Stephan noch nicht das gesetzliche Alter,[38]) war viel zu jung für ein so wichtiges Kirchenamt; sodann war er von Photius zum Diakon, zum Bischofe von einer Creatur des Photius ordinirt worden und die unter der vorigen Regierung exilirten, nun von Leo VI. zurückgerufenen Geistlichen, die standhaft dem Photius widerstanden, mußten dadurch in neue Verlegenheit kommen; sie wollten vor Allem die Dazwischenkunft des römischen Stuhles.

Kaiser Leo, der das an Basilius gerichtete Schreiben des Papstes Stephan erhalten,[39]) ging vollkommen auf diesen Antrag ein. Er berief eine Versammlung von antiphotianischen Geistlichen[40]) unter dem Vorsitze des Metropoliten Stylian von Neocäsarea und erklärte hier feierlich, nachdem er den gottlosen Photius von seinem Stuhle nach reiflicher Erwägung entsetzt und den Clerus von seiner tyrannischen Herrschaft befreit, werde von keinem Zwange mehr die Rede sein, mit Jemand Gemeinschaft zu halten, er bitte aber, daß

[33]) Sym. M. Leon. c. 1. p. 701: καὶ τῆς ἐγκλήτου καταφρονήσαντες αὐτῶν, τὸν μὲν Φώτιον ἔκλεισαν εἰς τὸν Γόρδωνος, τὸν δὲ Σανταβαρηνὸν τύψαντες ἐξώρισαν ἐν Ἀθήναις.

[34]) Theoph. Cont. l. c. Leo Gr. Sym. M. l. c. Georg. m. c. 6. 7. p. 851. 852. Cedr. II. 252. Glycas Ann. P. IV. p. 553. Zonar. P. III. p. 142.

[35]) Er starb ἐπὶ Κωνσταντίνου καὶ Ζωῆς τῆς αὐτοῦ μητρός. Georg. m. c. 7. p. 852. Theoph. Cont. l. c. Leo Gr. l. c.

[36]) πρὸ τῶν Χριστοῦ γεννῶν Leo Gr. p. 263. Georg. c. 3. p. 849.

[37]) Leo Gr. Georg. l. c. Theoph. Cont. VI. 2. p. 354. Sym. M. p. 700. Cedr. II. p. 249. Auf diese Ausnahme von der alten Regel macht auch Theodor Balsamon (in c. 12. Chalc. Bever. Pand. can. I. p. 127. 128) aufmerksam.

[38]) Stephan war damals erst sechzehn Jahre alt. Pag. a. 886. n. 4. Zum Subdiakonat waren nach Trull. c. 15 zwanzig Jahre, nach Justinian Nov. 123. c. 13 fünfundzwanzig Jahre erfordert. Leo VI. setzte mit Derogation dieser Novelle Const. 75 die trullanische Bestimmung in Kraft. Vgl. Thomassin. P. I. L. II. c. 68. n. 4; c. 69. n. 1. Assem. Bibl. jur. Or. t. V. p. 122 seq. Migne CVII. 456. Const. 16.

[39]) Append. ad Conc. VIII. Mansi p. 425 B.

[40]) τελείως ἀντιπαλαίσαντας τοῖς ἱεροῖς τῆς ἀληθείας.

jetzt Alle seinen Bruder als Patriarchen anerkennen und so die Einheit in der Kirche wiederherstellen möchten; wofern man aber ohne die Autorität des römischen Stuhles, der den Photius mit dem Anathem belegt, mit dem neuen Patriarchen in Gemeinschaft zu treten sich scheue, weil er von jenem die Weihe des Diakonates erhalten, so solle man nur eine Gesandtschaft mit Briefen nach Rom abordnen, um von da Dispensation für die von Photius Ordinirten zu erlangen.[31])

So geschah es auch. Der Kaiser sandte seinerseits ein uns leider nicht mehr erhaltenes Schreiben an den Papst; ein anderes verfaßte Stylian im Namen der mit ihm vereinigten Bischöfe, Priester und Mönche. Dieses letztere enthält nach einer kurzen Einleitung über die jedesmal zu ihrem Triumphe endenden Verfolgungen der Kirche und die Beschämung ihrer Widersacher, wie zuletzt besonders der Ikonoklasten, einen ziemlich ausführlichen Bericht über die Vorgänge in der Kirche von Byzanz seit der Verurtheilung des Gregorius Asbestas und dessen Intriguen gegen Ignatius.[32]) Nachdem erzählt ward, wie Kaiser Leo durch den Sturz des Photius die hart bedrängten Anhänger des Ignatius von ihrer Noth befreit, wird sodann im Hinblicke auf die Obergewalt des römischen Stuhles[33]) der Papst gebeten, denjenigen, die nicht ohne allen plausiblen Grund[34]) des Photius Weihen anerkannt, Milde und Barmherzigkeit angedeihen zu lassen, da einerseits zur Täuschung von Vielen, wie früher Rodoald und Zacharias, so später die Legaten[35]) Paulus und Eugenius sich dem Photius angeschlossen hätten, andererseits ohne diese Milde so viele Christen von der Kirche ausgeschlossen würden. Eine Dispensation für die von Photius Ordinirten sei auch nicht gegen die Praxis der Kirche,[36]) die auch die von Dioskorus Geweihten und seine Anhänger nach geleisteter Buße aufgenommen und ebenso im siebenten Concil den Anhängern der Bilderstürmer die gleiche Gnade zugewendet habe. Photius, der von Anfang an Schismatiker gewesen, von Schismatikern gegen die Canones geweiht und sonst vieler Verbrechen schuldig sei, möge verurtheilt bleiben; aber den durch seine Arglist

---

31) ibid.: Ἡ ἐκ Θεοῦ βασιλεία ἡμῶν τὴν ἀλήθειαν ζητήσασα τὸν πατριάρχην ἄνδρα τοῦ θρόνου ἀπήλασε καὶ τὸν καθ' ὑμῶν διωγμὸν ἔπαυσεν· καὶ οὐ βουλόμεθά τινας ἐξ ὑμῶν παρὰ προαίρεσιν ποτε κοινωνῆσαι· ἐν παρακλήσει δὲ μᾶλλον προτρέπομεν τὴν ὑμετέραν τελειότητα, ἵνα ἑνωθῆτε τῷ ἀδελφῷ μου, καὶ γένηται μία ποίμνη. Ἐὰν δὲ ἄνευ τῶν Ῥωμαίων τῶν ἀναθεματισάντων Φώτιον οὐ θέλετε ἑνωθῆναι τῷ ἀδελφῷ μου, διὰ τὸ χειροτονηθῆναι διάκονον ὑπὸ Φωτίου, δεῦτε γράψωμεν καὶ ἀποστείλωμεν ὁμοῦ παράκλησιν εἰς τὴν Ῥώμην πρὸς τὸν πάπαν, καὶ οἰκονομήσει τὴν λύσιν τοῦ δεσμοῦ τῶν ὑπὸ Φωτίου χειροτονηθέντων.

32) Mansi l. c. p. 425—433. Baron. a. 886. n. 17 seq.

33) Ib. p. 432 C.: Ἐπεὶ δὲ ἴσμεν, ὅτι ἐκ τοῦ ἀποστολικοῦ ὑμῶν θρόνου τὸ ἰθύνεσθαι καὶ κανονίζεσθαι ἔχομεν, τούτου χάριν διὰ τοῦ εὐτελοῦς ἡμῶν γράμματος τὴν ὑμετέραν παρακαλοῦμεν ἀδελφότητα.

34) τὸν μὴ χωρὶς εὐλόγου αἰτίας τὴν τοῦ Φωτίου χειροτονίαν δεξάμενον λαόν.

35) ἀποσφραγίσαντες τοῦ ἀποστολικοῦ θρόνου ὑμῶν (bei Mansi steht fehlerhaft ἡμῶν, während ὑμῶν stehen muß, was auch Cod. Mon. 436. p. 112 u. a. haben).

36) τὸ σύνηθες τῇ ἐκκλησίᾳ.

Bethörten möge Dispensation und Milde gewährt sein, damit die Kirche der Constantinopolitaner den Frieden erhalte, nicht Einige dem Paulus, dem Apollo oder dem Kephas anhingen und so der Eine Leib der Kirche getheilt werde, sondern vielmehr Alle einem einzigen Haupte anhingen und einmüthig Christum verherrlichen könnten. Viele in Constantinopel hätten behauptet, es sei durch Dispensation vom apostolischen Stuhle den von Photius Geweihten die Ausübung ihres Ordo gestattet; man habe diesen aber keinen Glauben beimessen wollen, bis man vom päpstlichen Stuhle etwas Gewisses darüber erfahren.[37]) Gewiß sei übrigens, daß jene, die mit Photius Gemeinschaft hielten, es nicht freiwillig, sondern durch die Kaiser gezwungen[38]) gethan. Der Brief schließt mit der wiederholten Bitte um Dispensation und Nachsicht, die dem Nachfolger des Apostelfürsten wohl anstehe,[39]) dem der Herr siebenzigmal siebenmal zu verzeihen aufgetragen habe.

Merkwürdig ist, daß nicht der von Photius Ordinirten, und insbesondere des Stephan, namentlich gedacht wird; vielleicht hatte man das dem kaiserlichen Schreiben überlassen und durch eine im Allgemeinen zu erwirkende Dispensation dessen Sache fördern wollen. Es scheint aber auch von einem Theile der photianischen Prälaten eine besondere Eingabe gemacht worden zu sein, worin diese nach dem Wunsche des Kaisers Stephan's Sache führten.

Es war natürlich, daß noch viele Unzufriedene vorhanden waren und nicht alle Photianer dem jugendlichen, aber kränkelnden[40]) Patriarchen sich anschloßen. Viele machten dem Kaiser den Undank gegen seinen berühmten Lehrer und geistlichen Vater zum Vorwurf, ja, wie wir bereits oben gesehen, stellte man ihn als einen Vatermörder dar, und die poetischen Apologien Leo's waren nicht geeignet, diese Lästerer zu beschwichtigen. Dazu traten wieder mehrfache Unglücksfälle ein, die das Mißvergnügen mit Leo's Regierung nur erhöhten. Im Jahre 887 machte Baziar von Tarsus mit Ahmed Aldjafig einen Einfall in Kappadocien, nahm durch Verrath die Stadt Hypsele und schleppte die Einwohner als Gefangene mit sich fort.[41]) Bei St. Sophia brach ein großer Brand aus; auch die Kirche des heiligen Thomas brannte ab, die Leo nachher wiederherstellen ließ.[42]) Als der tapfere Nikephorus Phokas von Italien abberufen ward, um in Kleinasien zu kämpfen, griffen die sicilischen Saracenen

---

[37]) ib. p. 440: *πολλοὺς ἡμᾶς πρὸς τὴν ταυτηνίαν ἀθροίσαντας καὶ διαπορουμένους, τούτους παρὰ τοῦ ἀποστολικοῦ θρόνου οἰκονομίας χάριν ἐάσθηναι εἰς τὸ τὰ τῆς ἱερατικῆς ἀξίας ἀκωλύτως διατελεῖν, οὐδαμῶς αὐτοῖς ἐπιστεύσαμεν, τὸ πιστὸν καὶ ἀπαράθετον παρὰ τῆς σῆς ἁγιότητος ἐκδεχόμενοι.*

[38]) *βίᾳ τῶν τότε κρατούντων.*

[39]) *ἐδίδαξε δὲ Πέτρος, οὗ τὸν θρόνον ἔλαχες διέπειν.*

[40]) Vita S. Basil. jun. (Acta SS. 26. Mart.) c. 1: Stephanus suscipiens malicia propter molestum ardorem continua purgativa, quorum usu nimium frigefacto stomacho cum incidisset in morbum inexplicabilem, consummatus est morte. Gr. Text Migne CIX. 653.

[41]) Theoph. Cont. VI 4. p. 354. Leo p. 263. Sym. p. 700. Georg. c. 4. p. 849. Cedren. II. 250. Weil II 2. 475.

[42]) Theoph. Cont. l. c. Sym. Leo l. c. Georg. c. 4. p. 850.

Calabrien auf's Neue an und im September 888 ward die griechische Flotte bei Reggio von denselben völlig vernichtet und die Bemannung zum größten Theile getödtet; die Beute der Muselmänner war über die Maßen groß.[43]) Das Landheer unter dem Patricier Constantin hatte mit Ajo von Benevent[44]) zu kämpfen, der sich in Bari festgesetzt und die Stadt erst nach langer Belagerung übergab;[45]) später ward es besiegt und fast gänzlich aufgerieben.[46]) Benevent, wo die Griechen sich sehr verhaßt gemacht, ging verloren.[47]) Auch die Insel Samos wurde von den Saracenen erobert und der Befehlshaber Paspala gefangen genommen.[48]) Das Alles war nur das Vorspiel noch größerer Calamitäten, die unter der Regierung des „Philosophen" das Reich bedrängten und die auch durch einzelne Erfolge, wie durch den um 889 von dem griechischen Admiral Michael über den Saracenen Mogher erfochtenen Sieg und dessen Gefangennahme[49]) nicht aufgewogen werden konnten.

Leo schien sich für alle Unfälle mit seiner legislativen und wissenschaftlichen Thätigkeit[50]) zu trösten. Er schrieb Reden,[51]) Gebete, religiöse Gesänge und Gedichte,[52]) erließ neue Gesetze und sorgte für die Vollendung der unter Basilius begonnenen Gesetzesrevision, die in den sechzig Büchern der Basiliken[53]) vorliegt. Das kirchliche Gebiet erfuhr seine Thätigkeit vor Allem; bei der Schwäche und dem leidenden Zustande seines Bruders Stephan, an den er

---

[42]) Amari I. p. 425. Chron. Sic. apud Murat. R. It. Scr. I, II. 245.

[43]) Die Griechen nennen ihn Ἄιων, Ἄιων δοὺξ Λογγοβαρδίας und stellen ihn als Rebellen gegen den Kaiser dar.

[44]) So die lateinischen Quellen bei Pag. a. 887. n. 13. Cf. Leo p. 265. 266. Cedr. II. 252.

[45]) Theoph. Cont. l. c. c. 6. p. 356. Sym. c. 2. p. 701. Leo p. 266. Georg. mon. c. 8. p. 852.

[46]) Chron. S. Bened. Salern. c. 146 seq. Pertz III. 203. 171. V. 53.

[47]) Theoph. Cont. l. c. c. 7. p. 357. Leo l. c. Georg. c. 10. p. 852. Sym. c. 3. p. 701 setzt dieses in Leo's drittes Jahr. Vgl. Cedren. II. 253.

[48]) Amari l. c. p. 427. 428.

[49]) S. darüber Oudinus de script. eccles. t. II. p. 394—400. Seine Taktik bei Migne CVII. 671—1120.

[50]) Ein Verzeichniß seiner Reden gibt Baron. a. 911. n. 3—33 an der Zahl. Davon sind 19 gedruckt. Migne CVII. p. 1—298.

[51]) Migne l. c. p. 299—314. 659 seq. 1120 seq. Mehrere Gedichte unter seinem Namen stehen in Jakob's Anthologie L. IX. 200—203. 214. 361. 578. 579. L. XV. 12 u. s. f. Der Kaiser seinerseits wurde wiederum von mehreren Schmeichlern besungen, besonders von Leo Magister, der seine Thaten und seine Hochzeiten verherrlichte und namentlich die von ihm erbauten prächtigen Bäder pries. Matranga Anecd. Gr. Praef. p. 83. Ode II—IV. p. 561—568. Von demselben Leo findet sich auch ein Gedicht auf Constantin's (Porph.) Gemahlin Helena. Ode V. p. 568—571.

[52]) Basilicorum libri LX. post Annibalis Fabroti curas ope codd. MSS. a G. E. Heimbachio aliisque collatorum integriores cum scholiis edidit D. Carolus Guilelmus Ernestus Heimbach, antecessor Jenensis. Lipsiae 1833—1850. V. voll. cum Supplem. Zachariae a Lingenthal. Vgl. Schröckh K. G. XXI. S. 127. 128. XXII. 408. 489—492. Suares. ap. Fabric. Bibl. gr. XII. 477 seq. ed. vet. Terrasson. Hist. de la Jurisprud. Rom. P. III. p. 358. Paris 1750. Schöll Gesch. d. gr. Lit. III. 458 ff.

nach dem Beispiele Justinian's viele seiner Novellen richtete, griff er unermüdlich ein und war statt seiner auch zugleich Patriarch. Bedacht, alle Mißbräuche abzustellen, urgirte er [54]) das Gesetz, daß kein Priester nach der Weihe heirathen dürfe, obschon Verheirathete die Priesterweihe erhalten könnten — ein Gesetz, das Photius [55]) nach Justinian eingeschärft, das aber unter seinem Patriarchat wenig beachtet worden zu sein scheint. [56]) Dagegen sollte bei der Erhebung zum Episkopate kein Hinderniß darin gefunden werden, daß der Promovend aus früherer rechtmäßiger Ehe mehrere Kinder habe. [57]) Aber die Rückversetzung der nach der Ordination sich verehelichenden Majoristen in den Laienstand schien dem Kaiser doch zu hart, weßhalb er dieselben nur von der Promotion zu höheren Weihen ausgeschlossen wissen wollte. [58]) Den von der Kirche nicht anerkannten Ehetrennungsgrund wegen Gefangenschaft wollte Leo zu Gunsten der kirchlichen Forderung beseitigen. [59]) Nicht zufrieden mit dem Gesetze seines Vaters gegen den Concubinat schrieb er die Einsegnung als kirchliches und weltliches Merkmal der Ehe vor und verbot den Concubinat auf das strengste. [60])

In den Basiliken, die zwischen 901 und 911 erschienen, wollte Leo nicht etwa das frühere justinianische Recht aufheben, sondern nur eine ausführliche und übersichtliche Rechtssammlung liefern, [61]) die ein Zurückgehen auf jenes als Subsidiarrecht nicht ausschloß. Dabei wurden auf Grund der schon unter Basilius gemachten Vorarbeiten viele mit den kirchlichen Grundsätzen unvereinbare Dispositionen stillschweigend aufgehoben und jenen größere Geltung eingeräumt. Eine schöpferische legislative Kraft wohnte aber dem weitschichtigen, ganz auf dem älteren Rechte Justinian's beruhenden Werke nicht inne. Für den Fall eines Widerstreits zwischen geistlichen und weltlichen Gesetzen hatte Leo in einer an seinen Bruder gerichteten Novelle [62]) das Zweckmäßigkeits- und Nützlichkeitsprincip zur Norm gemacht, da je nachdem der Canon oder der Nomos als zweckmäßiger oder nützlicher erscheine, der eine oder der andere den Vorzug erhalten sollte, womit der Willkür Thür und Thor geöffnet und die Selbstständigkeit der kirchlichen Gesetzgebung untergraben war. Dazu legte sich Leo ein sehr ausgedehntes Dispensationsrecht in kirchlichen, namentlich in Ehesachen, bei, indem er in seinem Gesetze über das zu Sponsalien und Ehen erforderliche Alter aussprach, es dürften die von Gott mit der Verwaltung der

---

[54]) Leonis VI. Nov. 3 ad Steph. Patr. p. 19 ed. Henr. Agilaei 1560. Zachariae Jus Gr. Rom. III. p. 70.

[55]) Nomocan. IX. 29.

[56]) Assem. Bibl. Jur. orient. t. I. p. 625. 626. n. 372. 373.

[57]) Nov. 2 ad Steph. Patr. (gegen l. 42. §. 1. Cod. I. 3. Nov. 6. c. 1. §. 3.) Zachar. l. c. p. 69. Migne CVII. 428 seq.

[58]) Nov. 79. Zachariae l. c. p. 175.

[59]) Nov. 33. Zachariae l. c. p. 118.

[60]) Nov. 89. 91. Zachariae l. c. p. 185. 187.

[61]) Vgl. die Worte Leo's in der Vorrede: τὰς πάσας τῶν νόμων πραγματείας ἡμεῖς [illegible] ἐν τεύχεσιν ἓξ [illegible] κ. τ. λ.

[62]) Nov. 7 ad Stephan. Zachariae Jus Gr. Rom. III. 78. Migne l. c. p. 441.

zeitlichen Dinge betrauten, erhaben über das Gesetz, das die Unterthanen verpflichtet, eine Dispensation ausüben.[63]) Immer mehr konnte so der Cäsaropapismus sich befestigen und nur ein alle Schranken der Zucht und Sitte verletzendes Uebermaß rief noch eine Reaktion hervor.

---

8. Unterhandlungen mit den Päpsten Stephan V. und Formosus und Union der Byzantiner unter Anton II. und Nikolaus I.

Die Briefe des Kaisers Leo und des Metropoliten Stylian wurden nicht vor Ende des Jahres 886 ausgefertigt; erst 887 konnten sie in Rom überreicht werden. Stephan V. konnte sich über die Absetzung des in Rom berüchtigten Usurpators nur freuen; aber auffallend mußte es ihm erscheinen, daß der Brief Stylian's von der Entsetzung und Expulsion desselben sprach, während das kaiserliche Schreiben von einer Resignation desselben redete. Erkannte man eine Verzichtleistung des Photius an, so war damit die Legitimität seiner bisherigen Amtsführung ausgesprochen, worauf der römische Stuhl nicht eingehen konnte.[1]) Deßhalb forderte er in einem an die orientalischen Bischöfe und Geistlichen gerichteten Schreiben vom Jahre 888, unter Anführung seiner Bedenken nähere Aufschlüsse über die Art und Weise, wie der bisherige Inhaber des byzantinischen Patriarchates beseitigt worden sei, und suspendirte einstweilen jedes Urtheil. Vielleicht hatte der byzantinische Hof in seinem Schreiben eine ältere, geläufige Formel adoptirt, wie die bei der Entsetzung des Ignatius gebrauchte, die ebenso von Abdankung sprach; auch stellte man gewöhnlich mit einer gewissen Euphemie den nicht selten erzwungenen Eintritt bedeutender Persönlichkeiten in ein Kloster als Akt einer freien Wahl dar; auch konnte Photius zuletzt selbst zugestimmt haben. Jedenfalls hatte der Hof selbst die Verzögerung der Dispensation und der Anerkennung des Patriarchen Stephan verschuldet.

In seinem Schreiben[2]) bezeichnet Stephan den Photius als Laien, der das Kreuz des Herrn verhöhnt,[3]) der gleich den Erstgeborenen der Aegypter wegen dieser Verhöhnung des Kreuzes vom Herrn geschlagen worden sei,

---

[63]) Nov. 109. Zachariae III. 211. Vgl. Zhishman Orient. Eherecht I. S. 190.

[1]) Baron. a. 886. n. 28: Si acquievisset Papa iis, quae scripta erant ab Imperatore de Photio sponte se abdicante, ejus sessionem illegitimam quodammodo probasse videri potuisset. Ceterum nullus esse poterat locus renuntiationi ei, qui nunquam legitime sedisset; nemo potest dimittere, quod non habuit. Sophokles Oekonomos (l. c. §. 34. p. κζ' not. 4) will in dieser Motivirung Leo's ein Eingeständniß der Unschuld des Photius und der Ungerechtigkeit seiner Expulsion sehen.

[2]) ep. Ἡ καθολική — Catholica Christi Mansi XVI. 436. 437. XVIII. 18. Baron. a. 886. n. 26. Jaffé Reg. n. 2639. p. 296. Der Brief ist sicher nur im Auszug erhalten. Ein Fragment des Originals ist a. 10. d. 5 de cons. (Mansi XVIII. 26.)

[3]) τὸν καταπαίξαντα καὶ τὸν ζωοποιὸν τοῦ κυρίου σταυρόν, δι' οὗ δὴ τιμίου σταυροῦ πάντα τὰ χαρίσματα τῆς ἱερατικῆς ὑπηρεσίας πληροῦνται καὶ ἡ τοῦ ἁγίου βαπτίσματος κολυμβήθρα ἐν αὐτῷ ἁγιάζεται.

während das wahre Israel, das seine Thürpfosten mit dem Blute des Lammes bezeichnete, gerettet ward. An Photius sei in Erfüllung gegangen, daß, wer das heilbringende Kreuz verachtet, mit dem Schwerte des Evangeliums getödtet wird. Von dem Berichte Stylian's, der den Photius als von seinem Stuhle verjagt darstellte, geht dann der Papst zu der Meldung des Kaisers über, Photius habe ein einsames, contemplatives Leben gewählt [4]) und schriftlich auf das Patriarchat verzichtet; daraus begründet er die Nothwendigkeit einer genauen Untersuchung [5]) und verlangt, daß von beiden Theilen Bischöfe nach Rom abgeordnet würden, in deren Anwesenheit Alles erörtert und ein sicheres Urtheil gefällt werden solle, da die römische Kirche ohne vollständige Prüfung nicht entscheide und ihr einmal gegebener Entscheid für alle Zeiten fest und unverrückt stehen bleiben müsse. [6])

Auf dieses 888, wie es scheint, erlassene, und wiederum bei dem vielfach erschwerten Verkehr spät eingetroffene Schreiben wandten sich Stylian, Eusebius von Nazianz, Johannes von Comana, Johannes von Leontopolis und andere Bischöfe 889—890 [7]) mit einer neuen Eingabe [8]) an den Papst. Nach dem mit Lobsprüchen auf den römischen Stuhl ausgestatteten Eingang suchen diese antiphotianischen Prälaten den Widerspruch zwischen ihrem und dem kaiserlichen Schreiben dahin aufzuklären, die Verfasser des letzteren, als frühere Anhänger des Photius, seien von der Voraussetzung seiner Legitimität ausgegangen, während sie den Photius niemals als Bischof anerkannt, getreu den Entscheidungen der Päpste Nikolaus und Hadrian und den Beschlüssen des in Byzanz gehaltenen ökumenischen Concils. [9]) Sie sprechen dann ihrerseits ihr Erstaunen aus, wie der Papst den im Eingange seines Schreibens verworfenen Photius doch als einen legitimen Bischof betrachten könne, über den noch ein Urtheil zu fällen sei, [10]) was ohne Verletzung der Väterschlüsse nicht geschehen

---

4) ἡσυχαστικὴν διαγωγὴν ἠγαπηκότα. Die ἡσυχία ist den christlichen Griechen sehr oft das Mönchsleben Naz. Or. 2. n. 6; viele Briefe des Photius sind an Hesychasten, d. i. Mönche gerichtet. Die Uebersetzung hat: vitam privatam et quietam amplexus est.

5) οὐ δὴ χάριν ἐν ἀμφιβολίᾳ ἐγενόμεθα· πολὺ γὰρ διαφέρει τὸ παραιτήσασθαι τοῦ ἐξωσθῆναι· ἡμεῖς τοίνυν ἄνευ ἀκριβοῦς ἐξετάσεως κ. τ. λ.

6) καὶ γὰρ ὡς κάτοπτρον καὶ ὑπόδειγμα ἡ ἁγία τῶν Ῥωμαίων ἐκκλησία ταῖς λοιπαῖς ἐκκλησίαις καθίσταται, καὶ εἴ τι ἂν ὁρίσῃ, εἰς τὸν αἰῶνα ἀσάλευτον διαμένει· καὶ χρὴ μετὰ ἐξετάσεως τὰς κρίσεις εἶναι.

7) Anal. append.: μετὰ ἔτη τρία — das ist sicher vom ersten Briefe Stylian's, d. i. von 887 an gerechnet, nicht von dem Briefe des Papstes, da man sicher nicht so lange mit der Antwort gewartet hätte. So auch Baron. a. 889. n. 2.

8) Τὰ θεῖα καὶ ἱερὰ γράμματα. Mansi l. c. p. 437—439.

9) Οἱ παραιτήσασθαι γράψαντες τὸν Φώτιον, αὐτοὶ τοῦτον καὶ ἱερέα ἐδέξαντο· ἡμεῖς δὲ οἱ μηδόλως τοῦτον ἔχειν ἱερωσύνης ὁμολογοῦντες ἔχειν κατὰ τὴν ἔννομον καὶ κανονικὴν κρίσιν τῶν ἁγιωτάτων .. Ν. καὶ Α., καθὼς καὶ ἡ ἁγία καὶ οἰκουμενικὴ σύνοδος ἐν ΚΠ. συγκροτηθεῖσα ..., πῶς ἠδυνάμεθα τὸν οὕτω κατακριθέντα ὡς παραιτησάμενον γράφειν; das Wort ἱερεύς steht häufig für Bischof, wie ἀρχιερεύς für Patriarch und Metropolit.

10) Ἐθαυμάσαμεν δὲ καὶ πῶς, ὃν ἔγραψας ἀποκεκινημένον ἀπὸ τῆς στερεᾶς πέτρας τοῦ Χριστοῦ .., τοῦτον ἐν τῷ .. τέλει ὡς ἔννομον ἀρχιερέα κριθῆναι ὀφείλειν ἔγραψας. πῶς ὁ ἀπόβλητος κριθήσεται;

könne. Es wird dann an die Verbrechen des Photius und insbesondere an sein Gebahren gegen Papst Marinus erinnert und die Bitte um Dispensation auch für Diejenigen erneuert, die gezwungen den Photius anerkannt,[11]) was auch dem Kaiser sehr am Herzen gelegen sei. Wiederholt wird darauf hingewiesen, es sei nicht gegen die Canones, Diejenigen, die den verurtheilten Photius aus Zwang anerkannten, mittelst der Buße aufzunehmen, wie auch Athanasius im Briefe an Rufinus (S. 334) sich dahin ausgesprochen habe, auf den Synoden seien blos die Urheber von Häresien und Spaltungen auszustoßen, gegen die Uebrigen aber nachsichtig zu verfahren. Der Papst möge encyklische Schreiben an die Patriarchen des Orients in diesem Sinne erlassen, um auch ihren Beitritt zu der so wünschenswerthen Oekonomie zu erwirken.[12])

Mit diesem und wahrscheinlich noch einigen anderen, leider nicht mehr erhaltenen Schreiben ging eine Gesandtschaft von Geistlichen nach Rom ab, bei der sich auch ein Abgeordneter des Kaisers sowie ein Metropolit von der photianischen Partei befand,[13]) der wahrscheinlich jener Fraction angehörte, die sich unbedingt dem neuen Patriarchen Stephan angeschlossen hatte.

Papst Stephan, der nach der Absetzung Karl's III. (Nov. 887) bei der in Italien, Frankreich und Deutschland herrschenden Zerrüttung vorzugsweise mit den Angelegenheiten des Abendlandes beschäftigt und durch den Thronstreit zwischen Berengar von Friaul und Wido von Spoleto in eine sehr schwierige Lage gekommen war, hatte vergebens 890 den deutschen König Arnulf unter Swatopluk's Vermittlung nach Italien eingeladen; er mußte dem über seinen Nebenbuhler siegreichen und zu Pavia zum Könige der Lombardei erhobenen Wido am 21. Februar 891 die Kaiserkrone reichen.[14]) In seinem sechsjährigen Pontifikate (bis Sept. 891) hatte die Sache des byzantinischen Patriarchats in Rom keine Fortschritte gemacht; wir wissen nicht, ob die neuen griechischen Gesandten erst nach seinem Tode eintrafen oder er nicht mehr im Stande war, sich mit ihren Anträgen zu befassen.

Sein Nachfolger ward der schon öfter genannte, von Johann VIII. entsetzte, von Marinus restituirte Bischof Formosus. Daß eine zwiespaltige Wahl Statt fand und der spätere Sergius III. hier schon als Mitbewerber um die päpstliche Würde auftrat, ist sicher unrichtig.[15]) Nach vielen glaubwürdigen Zeugnissen ward Formosus mit Acclamation von Clerus und Volk erwählt.[16]) Wenn er auch von dem deutschen Könige zumeist die Herstellung der Ordnung in Italien hoffte, so konnte er sich doch bei dem Uebergewichte des Wido dem Einflusse der streng italienischen Partei nicht entziehen und

---

[11]) εὐχόμεθα περὶ τῶν δεξαμένων τὸν Φώτιον κατὰ βίαν.

[12]) p. 440: ὡς ἂν καὶ αὐτοὶ τὴν παρ' ἡμῶν οἰκονομίαν δεξάμενοι συναθροισθῶσι καὶ ἐπισφραγίσωσι.

[13]) Auct. append. p. 437. B.

[14]) Dümmler II. 363 ff. 467.

[15]) Hefele Conc. IV. 528. Dümmler Auxil. S. 6. N. 1. Vgl. kath. Wochenschrift 1853. I. S. 67; 1856. V. S. 5. 6.

[16]) Invect. in Rom. p. LXX ed. Blanch. Conc. Rom. 898. Mansi XVIII. 221 seq. Ann. Alem. Cont. III. 891 (Pertz I. 52).

mußte Wido's Sohn Lambert (zwischen Februar und April 892) ebenfalls zum Kaiser krönen.[17]) Aber bei der drohenden Gefahr für die Freiheit der Kirche wandte er sich schon im Sommer 893 an Arnulf, den auch viele italienische Große angingen; nach Wido's Tod (Dec. 894) erneuerte er diese Einladung (895), worauf Arnulf seinen zweiten Zug nach Italien unternahm und endlich am 22. Februar 896 vom Papste die Kaiserkrone erhielt.[18]) Die Partei Lambert's ward dadurch sehr erbittert und verzieh dem Papste diese Krönung nicht, die ihm zudem bei der schnellen Rückkehr des neuen Kaisers nach Deutschland nicht den erhofften Schutz zu bringen vermochte.

Nach einer anderen Seite hin schien Formosus bedeutende Erfolge zu erringen, wie sie sein Gegner Johann VIII. nicht zu erringen vermocht. Der kräftige Bulgarenfürst Symeon, zweiter Sohn Michael's, der seinem Bruder Wladimir in der Regierung gefolgt war, schien mit dem Papste, der in dem Lande noch im besten Andenken stand, engere Bande anknüpfen zu wollen, zudem als er über den byzantinischen Hof ergrimmt war, mit dem er noch 893 den Kampf begann.[19]) Dieser hochstrebende Fürst hegte frühzeitig den später noch mehr entwickelten Plan, sich an die Stelle des byzantinischen Kaisers zu setzen; er soll bei Formosus um die Verleihung der Königswürde und um die Erhebung seines Erzbischofs zum Patriarchen gebeten, Formosus ihm die Krone ertheilt und dem Erzbischofe von Achrida das Recht der Krönung und Salbung verliehen haben.[20]) Es kam, wie es scheint, ein Anschluß Bulgarien's an Rom zu Stande, wozu vielleicht auch einige dahin geflüchtete Jünger des Methodius, der Ueberlieferung des Meisters getreu, beigetragen haben; doch war dieser Anschluß kein dauernder.[21]) Die Bulgaren wollten zwischen Byzanz und dem Abendlande möglichst unabhängig sein; die von Mähren aus[22]) im Lande verbreitete slavische Kirchensprache begünstigte diese Bestrebungen in kirchlicher wie in politischer Hinsicht.[23]) Momentan überwog nun allerdings der römische den byzantinischen Einfluß. Die Politik des Nachgebens gegen Byzanz hatte in Bulgarien schlechte Früchte getragen; die der entschiedenen Strenge im Geiste des großen Nikolaus und des Marinus konnte vielleicht bessere Erfolge erzielen.

Formosus hatte nun auch den an seinen Vorgänger gerichteten Brief des Stylian und seiner Genossen zu beantworten. In dem uns (unglücklicherweise wieder nur zu einem kleinen Theile oder eigentlich in einem durch einen stren-

---

[17]) Baron. a. 892. n. 1. Jaffé p. 299. Dümmler Ostfr. G. II, 371. N. 23. Der Brief des Formosus an Fulko von Rheims J. n. 2683. p. 941 ist wohl vor 895 zu setzen, da ihn Fulko in einem Gratulationsschreiben an Lambert (Flodoard. Hist. Rhem. IV. 3. 5) erwähnt. Bar. a. 891. n. 4.

[18]) Dümmler a. a. O. S. 358. 361 ff. 367. 371 ff. 412 ff.

[19]) Das. 412. 450. Bar. a. 893. n. 9.

[20]) Farlati Illyr. sacr. VIII. 191. Asseman. Kalend. III. 154. V. 171—174.

[21]) Farlati l. c. p. 190.

[22]) Vita Clem. c. 14. p. 19 seq.

[23]) Vgl. Pichler Gesch. der kirchl. Trennung I, S. 198 f.

gen Antiphotianer gefertigten Auszuge) erhaltenen Schreiben [24]) vom Jahre 892 will er genau die Personen unterschieden wissen, denen Dispensation zu ertheilen sei. Durchaus sei sie den Laien zu gewähren, die von Laien eine Würde erlangt, für Geistliche nur schwer zu geben, da die von Photius Ordinirten die Verdammung davon getragen und wer sich des Ordinirten annehme, Gefahr laufe, für den Ordinator einzustehen, der sich zu jenem wie der Baum zur Wurzel verhalte. [25]) Es wäre billig, mit Strenge und durch die schwersten Strafen an der Läuterung der Kirche zu arbeiten, in der sich Solches ereignet; [26]) doch hindern die Milde und Menschenliebe, so strenge zu verfahren. Deßhalb habe der Papst als Legaten a latere [27]) die Bischöfe Landulf und Romanus [28]) gesandt, mit denen Theophylakt von Ancyra, Stylian selbst und Petrus der Getreue des Papstes [29]) sich gemeinschaftlich berathen sollen: jedoch müsse dabei als Regel feststehen, daß die gegen Photius von seinen Vorgängern und dem achten Concil gefällte und von ihm neu bekräftigte Sentenz für immer unverändert und unverrückt bleibe. [30]) Die von Photius Ordinirten, die durch Vorlage ihres Bekenntnißformulars ihre Schuld eingestehen, reuig um Vergebung bitten, dazu geloben würden, nicht mehr in solcher Weise zu sündigen, sollen Begnadigung und Vergebung finden. Man solle genau nach seiner Weisung [31]) verfahren, nichts hinzufügen, nichts weglassen, nichts verändern. Die Genannten sollen nur die Laiencommunion genießen; so werde das Aergerniß beseitigt werden; wer sich dann von ihrer Gemeinschaft zurückziehe, der sei auch der Gemeinschaft des römischen Stuhles nicht mehr theilhaftig. [32])

Der Erlaß lautet sehr strenge; doch wollte der Papst es nicht rundweg mit dem byzantinischen Kaiser verderben, nicht alle und jede Dispensation ver-

---

[24]) ep. *Τὰ τῆς σῆς* — Literas sanctitatis Mansi XVI. 440. 441. XVIII. 101. Bar. a. 891. n. 4. 6. Jaffé n. 2671. p. 289. Nach dem ersten Satze heißt es: *καὶ μετὰ πολλὰ τὰ ἐν μέσῳ, ἃ περιέχει ἡ τοιαύτη ἐπιστολή.*

[25]) *Ἐπεὶ τὸν χειροτονηθέντα ἐλεηθῆναι δυνατόν, δηλοῖ, ὅτι τὸν χειροτονήσαντα πλέον περιβάλλουσι κατὰ τὸ ὑπὸ τοῦ κυρίου εἰρημένον ἢ ποιήσατε τὸ δένδρον καλὸν καὶ τοὺς καρποὺς αὐτοῦ καλούς, ἢ ποιήσατε τὸ δένδρον σαπρὸν καὶ τοὺς καρποὺς αὐτοῦ σαπρούς.*

[26]) *Ἔδει τοίνυν, ἵνα ἡ ἐκκλησία αὕτη, εἰς ἣν τὰ τοιαῦτα ἀπήντησαν, προσφύγῃ ἐκδίκησιν χαλεπωτάτην, ἵνα διὰ τῆς τοιαύτης ἐκδικήσεως ἡ ἐκκλησία ὑμῶν καλῶς καθαρισθῇ.*

[27]) *ἐκ τῆς ἡμετέρας πλευρᾶς.*

[28]) Landulf I. von Capua starb 12. März 879. Erchemp. c. 40. p. 766. Amari I. 452; ihm folgte Landulf II., der wahrscheinlich hier gemeint ist. Romanus kann nicht der von Ravenna sein, der, 878 geweiht (Joh. VIII. ep. 131. 153. 154), unter Stephan V. gestorben war (Mansi XVIII. 25) und den Dominicus zum Nachfolger hatte. Es ist wohl Romanus von Fano, der in einer Urkunde von 887 (Mansi l. c. p. 57) vorkommt.

[29]) *Πέτρον τὸν ἡμέτερον πιστόν.*

[30]) *Ἡ ἀπόφασις ἡ ἀπὸ τῶν προηγησαμένων καὶ ἁγιωτάτων ἀρχιερέων ἐξενεχθεῖσα συνοδικῶς, ἔτι δὲ ἐπικυρωθεῖσα καὶ παρὰ τῆς ἡμετέρας χθαμαλότητος.*

[31]) *πάντα τὰ ἐν τῷ ἡμετέρῳ ὑπομνήματι διατεταγμένα.*

[32]) *εἴ τις αὐτῶν ἀπαναίνεται τοῦ κοινωνῆσαι, γινωσκέτω, ἑαυτὸν μὴ εἶναι μέτοχον τῆς ἡμετέρας κοινωνίας.* Mansi hat: si quis illorum vobiscum communicare recusaverit; Baron.: si quis ipsorum communicare noluerit.

schließen. Ihm kam es sicher vor Allem auf die Principien an; die Zeitlage, die nicht minder traurig war, als in den Tagen Johann's VIII., schien dringend möglichstes Nachgeben zu erheischen.[33]) Daß der Bischof von Capua zum ersten Legaten gewählt ward, konnte bei den Griechen, die von Benevent aus damals fortwährend diese Stadt im Auge behielten, in der die Familie dieses Bischofs herrschend war,[34]) nur als ein günstiges Zeichen betrachtet werden. Sicher lag dem Papste die Angelegenheit der Kirche von Constantinopel sehr am Herzen; er beabsichtigte am 1. März 893, wahrscheinlich nach der bis dahin erhofften Rückkehr seiner Legaten, deßhalb eine Synode zu halten, die sich mit der Beseitigung des dortigen Schisma beschäftigen sollte.[35]) Zugleich sprach seine Ankündigung von Häresien im Orient, wobei ihm wohl die große Verbreitung der photianischen Lehre vom heiligen Geiste vor Augen schwebte. Von den zahlreichen Erlassen des Papstes sind uns nur die wenigsten[36]) erhalten.

Als die päpstlichen Legaten in Constantinopel eintrafen, hatte der junge Patriarch Stephan bereits über fünf Jahre auf die Anerkennung Rom's geharrt und jetzt schien ihm wie allen von Photius und von Photianern Ordinirten noch immer nichts Anderes als die Laiencommunion zugestanden werden zu wollen. Daß er dem Beispiele seines kaiserlichen Bruders gemäß den Photius zu verdammen bereit war, obschon er von ihm den Unterricht wie mehrere Weihen empfangen, kann nicht wohl bezweifelt werden. Viele nehmen mit Baronius an, es sei Stephan wirklich noch vom päpstlichen Stuhle anerkannt worden,[37]) obschon kein ausdrückliches Zeugniß hiefür vorhanden ist.

Wir haben leider gar keine Nachricht über das, was die Bischöfe Landulf und Romanus in Constantinopel gewirkt, was sie dem Papste berichtet und dieser alsdann verfügt. Es ist nicht unmöglich, daß die Legaten noch in der östlichen Residenz verweilten, als der junge Patriarch Stephan nach einer Ver-

---

[33]) An Herman von Köln schreibt Formosus (Floß S. 133): Ipsi namque nostis et paganorum et pseudochristianorum insidiis omnem Christi Ecclesiam perturbatam. Und in einem andern Briefe (das. S. 132): Id dispensativo instituimus, tempori consulentes, ut et justitia proprium vigorem teneat et misericordia compassionem impendat, contentio cesset et charitas inviolata persistat.

[34]) Giannone l. II. L. VII. c. 1. p. 80. Amari I. p. 452. 456.

[35]) ep. ad Fulcon. J. n. 2673. Flodoard. IV. 2 p. 317: Monet cum compati debere Rom. Ecclesiae.. adjungens haereses undique ac schismata pullulare nec, qui ad resistendum occurreret, esse; dicitque longo retroacto tempore perniciosas haereses Orientem confundere et Cpolitanam ecclesiam nova schismata. Vgl. Carm. de Rom. Pontif. (Mansi XVIII. 105. 106): Deplorans miseras clades hominumque labores, | Hostis et antiqui captantis retia fraudis | Qui genus humanum crudeli pellicit astu, | Hinc haereses, hinc bella movens et crimine gaudens | Atque Orientales haeresum schismate rumpens. | Unde sacerdotes suadendo commonet, arma | corripiant etc.

[36]) Mansi XVIII. 101—116.

[37]) Baron. a. 886. n. 38. Assem. l. c. p. 314. n. 220 führt die Worte des Baronius an, erwähnt dann, daß Stephan von den Griechen am 17. Mai als Heiliger verehrt wird (p. 315. n. 221) und schließt: Quis ergo dixerit, a Stephano Papa hunc Stephanum solo sacerdotis nomine habitum fuisse?

waltung von etwa sechs Jahren und fünf Monaten[38]) am 17. Mai 893[39]) starb. Die Griechen verehrten ihn nachher als Heiligen. Zu seinem Nachfolger wurde **Anton Cauleas** erwählt, der schon sehr bejahrt, frühzeitig Mönch und Priester sowie auch Abt geworden war und zu den von Ignatius Ordinirten gehört haben soll.[40]) Die Wahl dieses in späteren Zeiten sehr verherrlichten[41]) Mannes soll eine einhellige gewesen sein.[42]) Gegen ihn, der dem byzantinischen Clerus längst angehörte, und seine Priesterweihe nicht von Verurtheilten erhalten, ließ sich nicht leicht eine gegründete Einsprache erheben. Ihn muß wohl der römische Stuhl anerkannt haben, da er auch den Heiligen der lateinischen Kirche beigezählt worden ist;[43]) vielleicht erkannte er auch nachträglich, wenn auch nur implicite, den Stephan an.[44]) Diesem Antonius II. schreibt dessen Biographie die Heilung der alten Wunde, die Vereinigung von Orient und Occident[45]) oder doch der zerstreuten Glieder der byzantinischen Kirche,[46]) wohl auf einer Synode, zu.

Die damals (893—894) gehaltene Synode[47]) traf sicher Anordnungen

---

[38]) Theoph. Cont. VI. 2. p. 354. Sym. p. 700. Leo p. 263. Georg. mon. c. 3. p. 849. Unrichtig geben ihm Einige (Cedr. II. 253) nur drei Jahre. Als seine Ruhestätte wird das Kloster τοῦ Σιγιανῆ (Sym.: Σιδίλων Georg.: Σιγιάνων) genannt.

[39]) Acta SS. t. IV. Mai p. 36 seq. Pag. a. 888. n. 13 setzt 888.

[40]) Theoph. Cont. c. 8. p. 357. Georg. p. 852. c. 10. Sym. c. 3. p. 702. Cedr. l. c. Acta SS. t. I. Aug. p. 113—114. n. 661—666. Le Quien Or. chr. I. 249. 250.

[41]) Nicephori Philos. Orat. in S. Antonium Cauleam (Acta SS. t. II. Febr. die 12. p. 621 seq.). Im Cod. Mon. 10. saec. 16 steht von Nikephorus Gregoras f. 71—97 eine etwas abweichende rhetorische Biographie: *Βίος τοῦ ἐν ἁγίοις πατριάρχου ΚΠ. Ἀντωνίου τοῦ τῆς μονῆς τοῦ Καλλέως ἀναδειχθέντος* mit dem Anfange: *Εἰ δὲ καὶ θυγὴν λέγει τὴν φύσιν ὁ χρόνος.*

[42]) Niceph. Greg. Cod. cit. f. 86: *Ἐπειδὴ Στεφάνου τοῦ πατριάρχου τηνικαῦτα τὸν βίον ἀπολιπόντος οἱ τῆς πατριαρχείας θρόνοι τὴν ἐρημίαν οὐ φέροντες τὸν τῆς καθέδρας ἐζήτουν ἄξιον, διὰ πάσης ᾔδεσαν γλώττης Ἀντώνιον καὶ πάντων οἱ τοῦ ἀνδρὸς ἔπαινοί τε καὶ κρότοι περιῆγον τὰς ἀκοάς, εὐγενῶν, πρεσβυτέρων, ἀσκητῶν, ἐπισκόπων καὶ βασιλέων αὐτῶν· ἦσαν δ' οἱ τοὺς τῆς βασιλείας ἰθύνοντες οἴακας τότε Λέων τε ὁ θαυμάσιος καὶ ἡ τούτου σύζυγος, ἡ πάνυ ἀρίστη Θεοφανώ.. Διὰ δὴ ταῦτα καὶ πάντες ὁμολογοῦντες ἐπ' αὐτῷ τὰς ψήφους τίθενται κἀπὶ τὸν πατριαρχικὸν ἀνάγουσι θρόνον.*

[43]) Assem. l. c. n. 229. p. 318: Ipsum denique Antonium ab Ecclesiae Romanae communione exclusum non fuisse ex eo palam fit, quod tamquam Sanctus in Martyrologio Romano colitur. Cf. Baron. a. 890. n. ult.

[44]) Assem. l. c.: Hoc enim tota Orientalis desiderabat Ecclesia.. Hoc etiam videtur tandem probasse aut saltem dissimulasse Rom. Ecclesia, quae ordinatum a Photio Stephanum in communionem tamquam Patriarcham Cplitanum (?) admiserat.

[45]) Acta SS. t. II. Febr. p. 626. c. 3. n. 28: Incorruptum animi judicium in suffragio videns, quod in rebus ipsis falli non posset, cum per ipsum statuisset vetus Ecclesiae ulcus seu schisma ad cicatricem deducere, in unum cogit orientalis et occidentalis.

[46]) Cod. Mon. cit. f. 89: *Ὅθεν καὶ ἀντεργὸν καὶ συλλήπτορα τὴν τῶν καλῶν βασιλέων ἔχων καὶ χεῖρα καὶ δύναμιν λύει καὶ τὰ ἐν μέσῳ σκάνδαλα καὶ τὰ διερρωγότα συνάπτει μέρη τῆς ἐκκλησίας.* f. 88: *Σπουδὴν τὴν μεγίστην ἐποιεῖτο τὰ τοιαῦτα ἀντερείσματα διορθώσασθαι καὶ τὰ διεσπασμένα μέρη τῆς ἐκκλησίας συνάγειν πρὸς ἕνωσιν, ὥσπερ ὀστοῦν πρὸς ὀστοῦν καὶ ἁρμονίαν πρὸς ἁρμονίαν.*

[47]) Pag. a. 888. n. 13. Mansi XVIII. 130.

bezüglich der bereits ihres Hauptes beraubten Photianer und nahm sie unter gewissen Bedingungen nicht nur in die Kirchengemeinschaft, sondern auch in die Hierarchie auf, da ohne diese Aufnahme der Friede in Byzanz nicht herzustellen war. Es konnten die noch anwesenden römischen Legaten ausdrücklich oder stillschweigend ihre Zustimmung dazu gegeben haben; sie reisten wohl erst am Ende des Jahres 893 oder Anfang 894 zurück, wie das oft geschah, in Begleitung von byzantinischen Gesandten, die für abendländische Höfe bestimmt waren.[48]) Der nach Anton's II. erbaulichem Tode (12. Februar 895)[49]) erwählte Nikolaus Mystikus,[50]) einer der berühmtesten und thatkräftigsten Patriarchen, suchte noch mehr die Wunden seiner Kirche zu heilen und die noch immer nicht ganz getilgte Spaltung zu heben.

Fragen wir darnach, unter welchen Bedingungen die Vereinigung Statt fand, so ist bei dem Mangel aller direkten Zeugnisse die richtige Antwort schwer zu ermitteln. Allem Anschein nach kamen die strengen Dekrete von Nikolaus, Marinus und Formosus in Byzanz nicht zum Vollzug und es behielten die von Photius eingesetzten Prälaten, soweit nicht specielle Verbrechen gegen sie vorlagen, ihre Stellen. Dürfen wir aus der Analogie einerseits des früheren Antrags des Cardinals Petrus (879),[51]) andererseits des späteren Verfahrens des Nikolaus Mystikus gegen die im Streite über die Tetragamie getrennten und von seinem Nebenbuhler Euthymius geweihten Bischöfe, die sich nachher mit ihm vereinigten, endlich überhaupt aus den Briefen des genannten Patriarchen Schlüsse ziehen, so scheint es, daß der nach der Consecration älteste Bischof, wofern er nicht sonst der Absetzung würdig war, gleichviel auf welcher Seite er früher stand, den Vorzug erhielt, während der jüngere Prätendent entsprechende Bezüge erlangte, bis ein anderer Posten für ihn ausfindig gemacht wurde,[52]) wodurch die Verschmelzung der Photianer und Ignatianer bis auf wenige starre Renitenten gelang. In der That finden wir den Photianer Theophanes, den Consecrator Stephan's, unangefochten auf dem wichtigen Stuhle von Cäsarea;[53]) auch Gregor von Ephesus, an den Nikolaus so viele

---

[48]) Am Hofe zu Regensburg erscheint 894 ein Gesandter Leo's VI. Namens Anastasius. Annal. Fuld. p. 410 ed. Pertz.

[49]) Pag. a. 890. n. 4. Assem. l. c. p. 317.

[50]) Theoph. C. VI. 16. p. 361. Leo p. 273 seq. Sym. c. 7. p. 703. Georg. mon. c. 22. p. 860. Cedr. II. 259. Baronius setzt seine Erhebung fälschlich auf 890. Pag. l. c.; a. 898. n. 13. Ephrem (Chron. v. 10050 seq. p. 237) nennt ihn [illegible] [illegible]; nach ihm war er vorher Mönch, wie er denn den Mönchsstand sehr hochhielt (ep. 78. p. 353) und selbst de vitae monasticae ratione schrieb (Mai Spic. II. XI. 611—618), dann Mystikus am Hofe. Vgl. Pag. a. 930. n. 1. Mai Spic. X. Praef. p. VII. Cuper t. I. Aug. p. 114. Le Quien Or. chr. I. 250. Der μυστικὸς erscheint bei Codin. de off. n. 30. p. 10 unter dem kaiserlichen Hofstaate; Einigen ist er secretioris consilii senator, cui potestas in jure dicundo et bonis Ecclesiae vindicandis. Es gab geistliche und weltliche Mystiker.

[51]) Vgl. B. VI. Abschn. 5. S. 475. N. 58.

[52]) Nicol. ep. 103. p. 387 seq. [illegible] (sicher einem Metropoliten).

[53]) Vgl. Le Quien I. 382. Anct. de stauroп. p. 415. Er scheint noch bis 931 gelebt zu haben, da er wahrscheinlich derselbe ist, der mit List den Tryphon zur Abdankung bewog.

Briefe schrieb, scheint der im zweiten Patriarchate des Photius eingesetzte, auf der Synode von 879 anwesende Prälat zu sein, gleich Theophanes einer der noch in jungem Alter von Photius erhobenen Würdenträger.[34]) In einem Briefe an diesen Erzbischof Gregor von Ephesus unterscheidet Nikolaus nach dem Tetragamiestreite drei Rangordnungen der vorhandenen Geistlichen: 1) Die ganz alten, schon vor Gregor's Amtsverwaltung Ordinirten, welche 2) den von diesem früher (vor dem Streite) Eingesetzten vorzugehen hätten, während diese wieder den Vorzug haben sollten vor den 3) zur Zeit jenes Streites von Constantin und Johannes Geweihten.[35]) Der Unterschied von Photianern und Ignatianern ist hier schon fast ganz verwischt; ein Vorzug der Ignatianer scheint aber anerkannt, insofern sie die ältere Weihe für sich hatten. Nikolaus klagt anderwärts demselben Gregor, daß viele Kirchenvorsteher ganz nach ihrem Gutdünken Ordinationen vornehmen und die früheren Synodalbeschlüsse nicht beobachten, und bemerkt, sein Brief sei nicht dem Gregor allein, sondern allen Metropoliten zugesendet worden.[36]) Wichtig ist besonders ein Brief des Nikolaus an den Erzbischof Niketas von Athen, Nachfolger eines gewissen Sabas, worin über die von Niketas verfügte Absetzung solcher Bischöfe geklagt wird, die ihre Consecration solchen Prälaten verdankten, die der Patriarch noch nicht abgesetzt und verurtheilt hatte.[37]) Da nun ein Erzbischof Niketas von Athen 869 auf dem achten Concil vorkommt, dem nachher Photius den Sabas substituirte, der auf der Synode von 879 zugegen war,[38]) so wäre es wohl wahrscheinlich, daß der Ignatianer Niketas nach dem Sturze des Photius wieder eingesetzt worden war und sodann die von dem Photianer Sabas ordinirten Bischöfe aus ihren Stellen entfernte; es konnte aber auch jener Sabas bereits verstorben sein und Niketas seine früheren Ansprüche mit Erfolg geltend gemacht haben. Mag der hier angeredete Niketas endlich, wie aus der Unwahrschein-

---

Die Epitheta ὁ Χοιρινός, ὁ Κωτίλος machen es wahrscheinlich und sicher kam der ehemalige Diakon Theophanes zwischen 881—886 sehr jung auf diesen Stuhl.

[34]) Er konnte noch recht gut 920 leben. Man könnte einwenden, Nikolaus nenne ihn Sohn, τέκνον ep. 42 und sonst, was gemeinhin auf die ertheilte Weihe geht. Allein Nikolaus nennt alle ihm untergebenen Prälaten Söhne und Kinder, sowohl einzeln als zusammen. Vgl. ep. 49. 85. 90. 107.

[35]) ep. 89. p. 363: ὁρίζομεν, τοὺς μὲν ἀρχαίους λειτουργοὺς τοῦ ἁγίου θυσιαστηρίου προτετιμῆσθαι τῶν παρὰ τῆς σῆς ἀρχιερωσύνης ἐν τῷ νῦν καιρῷ προκεχειρισμένων, καὶ ἐκείνους δὲ τοὺς παρὰ σοῦ τὴν χειροθεσίαν λαβόντας, ἐσχάτους δὲ εἶναι τοὺς ἐν τῷ καιρῷ τῶν (οὐκ οἶδα πάλαι ἐρίσαντι θεοῦ) συγκεχωρημένων ἐπισυλθεῖν σκανδάλων τῇ ἐκκλησίᾳ ὑπὸ Κωνσταντίνου καὶ Ἰωάννου χειροτονηθέντων. Das πρὸ vor κεχειρισμένων und die Umstände sprechen dafür, daß das ἐν τῷ νῦν καιρῷ nicht von der unmittelbaren Gegenwart und im Gegensatze zur Zeit der Aergernisse, sondern im Gegensatze zu den ἀρχαῖοι λειτουργοί und von der Zeit des Patriarchates des Nikolaus überhaupt zu verstehen ist. Ferner verordnet Nikolaus, daß die von ihm zum Protopresbyterat, Archidiakonat und zur Würde des Deuteron (sicher nicht erst nach der Vereinigung mit den Euthymianern) Beförderten ihre Stellen behalten sollen (ἀντηρεῖσθαι τάξιν τε καὶ κατάστασιν).

[36]) Nicol. ep. 91. p. 368. 369 ed. Mai.

[37]) ep. 113. p. 391.

[38]) Le Quien II. 171. Mai l. c. Praef. p. XX. seq.

lichkeit einer allzulangen Amtsführung sich ergeben dürfte,[59]) nicht der ältere Ignatianer, sondern ein jüngerer Erzbischof dieses Namens sein, so viel scheint gewiß, daß er die von dem Photianer Sabas Ordinirten entsetzen wollte, der Patriarch aber nur die wegen specieller Verbrechen der Absetzung würdigen zu verurtheilen für gut fand. Er fragt den Niketas, ob er nicht wisse, daß weder seinen Vorgänger Sabas noch einen der mit ihm in gleicher Linie Stehenden die Verurtheilung getroffen, mit Ausnahme von vier früher entsetzten Prälaten Demetrius, Gabriel, Gregor und Kosmas, wovon der letztere wegen der in Rom vorgebrachten Unwahrheiten entsetzt worden sei.[60]) Er fordert, es solle Alles zur rechten Zeit geschehen, der fragliche Bischof solle seine Kirche behalten, bis kirchliche Beschlüsse gefaßt seien; das Verfahren des Niketas sei nicht zeitgemäß, unnütz, unklug, nur geeignet, das schon übermäßig bis zum Untersinken bedrängte Schiff der Kirche in noch größere Gefahren zu bringen. Auch hiernach scheinen die Photianer mit wenigen Ausnahmen ihre Stellen behauptet zu haben, zumal da, wo ihnen kein älterer Prätendent und keine sonstige Anklage im Wege stand; keinesfalls waren in den Augen des Nikolaus Mystikus die von Photius Consecrirten schon als solche verurtheilt.

Es fehlen alle näheren Nachrichten über die vier eben genannten Bischöfe, namentlich über Kosmas und seine in Rom gemachten unwahren Aussagen. Wahrscheinlich gehörten alle vier gleich Niketas von Athen, dem sie wohl näher bekannt sein mußten, zur illyrischen Kirchenprovinz. Nun finden wir unter den Prälaten der Synode des Photius von 879/80 einen Bischof Gabriel, den von Achrida, unter den beiden Bischöfen mit dem Namen Kosmas neben dem Bischofe von Chariopolis in Thracien einen Prälaten dieses Namens als Inhaber des Stuhles von Stephaniakus in Neu-Epirus; ebenso erscheint neben Demetrius von Squillace im griechischen Italien noch Demetrius von Polyskolus[61]) in Macedonien, das unter Philippi stand; unter den vielen Bischöfen, die den Namen Gregor tragen, wäre wohl Gregor von Zetunium, Suffragan von Larissa,[62]) hieher zu rechnen. Wann Kosmas als Lügner in Rom auftrat, ist nicht zu ermitteln. Es konnte das bei Leo's VI. erster Gesandtschaft (887) oder bei der zweiten (890) oder auch 894—896[63]) geschehen sein; ebenso gut aber auch bei einer anderen Gelegenheit, wie bei dem temporären Anschluß

[59]) Wenn der von Nil. Papadopoli (Le Quien l. c. p. 172) erwähnte Anastasius von Athen, der gegen Johann VIII. sich erhoben haben soll, eine Stelle findet, ist die Annahme noch mehr haltbar.

[60]) Ἡ λέληθέ σε, ὡς οὔτε Σάβας ὁ πρὸ σοῦ τὸν θρόνον διέπων τῶν Ἀθηνῶν, οὔτε τις ἕτερος τῶν ὁμοταγῶν ἐκείνῳ ὑπὸ καθαίρεσιν γέγονε, πλὴν τῶν φθασάντων τεσσάρων καθῃρῆσθαι, τοῦ τε Δημητρίου φημὶ καὶ Γαβριὴλ καὶ Γρηγορίου καὶ Κοσμᾶ, ὅς εἰ καὶ μὴ διὰ τὴν αὐτὴν αἰτίαν τοῖς ἄλλοις τρισίν, ἀλλά γε διὰ τὰς ἐν τῇ Ῥώμῃ ψευδολογίας τῇ καθαιρέσει ὑποβέβληται.

[61]) Auch Polyskolon, Cod. Mon. 380 als erstes, in der Notitia Leonis als zweites Bisthum unter Philippi verzeichnet.

[62]) Le Quien II. 113.

[63]) Im Jahre 896 finden wir einen griechischen Bischof Lazarus als Gesandten bei Arnulf. Dümmler Ostfr. G. II. 450.

Bulgarien's an Rom unter Formosus, wo Kosmas von den Byzantinern Nachtheiliges und ihrer Ansicht nach Unbegründetes ausgesagt haben mochte, leicht aber auch aus Anlaß des Streites über die vierte Ehe, bei dem der Gesandte den römischen Stuhl gegen Nikolaus einnehmen konnte.

Inwieweit nun der päpstliche Stuhl den faktischen Zustand in Byzanz anerkannte und Dispensationen ertheilte, ob blos die Gesandten des Formosus die dort beschlossenen Maßnahmen billigten, der Papst aber von einer ausdrücklichen Genehmigung Umgang nahm, das Geschehene dissimulirte und tolerirte, läßt sich bei dem Abgange genauer Dokumente nicht mehr feststellen. Rom schien nach den gemachten bitteren Erfahrungen zögern, schweigen, zusehen, mehr und mehr sich zurückziehen zu wollen; seine reservirte Haltung war aber wohl mehr Gebot der eigenen schwierigen Lage, in der es mit sich selbst genug zu thun hatte. In den letzten Jahren des Formosus wie unter den nächsten Pontifikaten war die Verbindung zwischen Alt- und Neu-Rom sicher keine lebhafte und an ein Eingreifen des päpstlichen Stuhles in Byzanz um so weniger zu denken, als dieser ganz den heftigsten Parteikämpfen überantwortet war. In die Zeit von acht Jahren (896—904) fallen neun Päpste: der Usurpator Bonifaz VI., vorher zweimal entsetzt, zuerst als Subdiakon, dann als Priester — Stephan VI. (VII.), von Formosus wider seinen Willen zum Bischof von Anagni erhoben, durch sein Wüthen gegen dessen Leichnam berüchtigt — Romanus, Sohn eines Photius, ein älterer, der Gegenpartei angehöriger Priester, vielleicht einer der 869 in Hadrian's II. Synode genannten — Theodor II. ein Römer und Bruder eines Bischofs Theosius (vielleicht Theodosius)[64]) — Johann IX. und Benedikt IV., beide von der Ordination des Formosus — der wegen Sittenreinheit hochgerühmte Leo V. — der von ihm abtrünnige Priester Christophorus — endlich Johann's IX. Rivale, der Antiformosianer Sergius III.[65])

Weit eher konnte von den verschiedenen kirchlichen Fraktionen in Byzanz, die nur langsam zur Ruhe kamen, in dem stürmisch erregten Rom Einfluß geübt werden. Man könnte vermuthen, daß bei den Gewaltthaten gegen die Leiche des Formosus griechische Einwirkungen Statt fanden; war ja doch die vorzüglichste Anklage gegen diesen Papst, die bezüglich des Uebergangs von einem kleineren Bisthum zu einem größeren, ebenso gegen Marinus begründet, dem man in Rom kein Verbrechen daraus gemacht hatte, während von Byzanz aus sich gegen ihn gerade deßhalb die heftigste Einsprache erhob; zudem scheint die Frage über die Translationen unter Leo VI. mehrfach erörtert worden zu sein.[66]) Die streng italienische (spoletinische) und deutschfeindliche Partei, die

---

[64]) Einen Bischof Theodosius erwähnt 891 Stephan V. ep. 21 (Migne PP. lat. CXXIX. 807); 887 erscheint Theodosius Firmanus (Mansi XVIII. 57).

[65]) Vgl. App. Auxil. de ord. p. 95 ed. Dümmler. Inf. et Def. c. 4 in defens. Form. l. 1. p. 60. Invect. in Rom. p. 836 ed. Migne und die griechische Papstchronik Migne PP. gr. CXI. 408 seq.

[66]) Dem oben (S. 5. N. 48) angeführten Traktat in Cod. Mon. 68. f. 91, der auf die Συναγωγαί des Photius (mit neuem Rubrum) folgt, liegt eine ältere, mehrfach überarbeitete

Stephan VI. (VII.) erhoben,[47]) hatte schon früher unter Marinus Verbindungen mit den Griechen unterhalten; von ihnen mochte sie auf die Ungesetzlichkeit der Translationen aufmerksam gemacht worden sein. Die Legitimität des Formosus war wie die des Marinus von diesem Standpunkte aus bestritten und jener war, schon von seinem Wirken in Bulgarien her, bei den Griechen übel angeschrieben, den Photianern besonders verhaßt, wie auch noch spätere Schriftstücke zu erkennen geben. Hätten wir nähere Kunde über die Theilnehmer an den Gewaltscenen von 897, über die Bischöfe Sylvester von Portus, Petrus von Albano, Johann von Velletri, Stephan von Ostia, den Diakon Paschalis u. s. f.,[48]) so ließen sich vielleicht die Fäden einer solchen Verbindung auffinden; Sergius, Johann's IX. Nebenbuhler und 904 wirklich Papst, war mit Leo VI. in gutem Einvernehmen. Allein wenn auch die Photianer die Translationen in Rom bekämpften, so waren sie doch den Grundsätzen ihres Meisters gemäß keine Anhänger der sonstigen Lehren der Antiformosianer und Nikolaus Mystikus stand den Freunden der Reordination durchaus ferne. Das Dunkel, das die letzten Jahre des neunten Jahrhunderts einhüllt, gestattet uns außerdem keine weiteren Vermuthungen.

Aeußerste Zurückhaltung, Toleriren des Geschehenen ohne ausdrückliche Billigung, Zögern und Temporisiren ohne absolute Zurückweisung — das scheint den Byzantinern gegenüber Rom's kirchliche Politik in dieser Zeit der Verwirrung gewesen zu sein. Die Zeit sollte die Wunden heilen, das allmälige Verschwinden der Photianer den Streit von selbst beseitigen. In Constantinopel aber hatte man die Verschmelzung der beiden Parteien ernstlich versucht und durchzuführen begonnen. Freilich waren damit noch nicht Alle zufrieden; es dauerte mehrere Jahre, bis die Zerrüttung gänzlich wich. Das Widerstreben der strengeren Ignatianer, das die direkte und völlige Anerkennung der beschlossenen Vereinigung von Seite Rom's so lange hinausgeschoben zu haben scheint, haben wir noch in das Auge zu fassen.

9. Die rigoristischen Ignatianer und Papst Johann IX.

Das Concilium von 869 hatte gleich anfangs vielfachen Widerspruch erfahren und drei Parteien standen ihm entgegen.[1]) Es waren natürlich die Photianer erbitterte Feinde einer Versammlung, die auf das empfindlichste sie getroffen und ihre Sache völlig proscribirt; aber auch unter den Ignatianern zeigte sich Opposition, und zwar in doppelter Weise, indem die Einen, darunter besonders viele dem Hofe näher stehende Männer, den Dekreten zu große Strenge vorwarfen und namentlich auch die vom römischen Stuhle geforderten

---

Abhandlung zu Grunde, der spätere Beispiele angereiht wurden. Besonders zahlreich und ausführlich sind gerade die Beispiele aus dem neunten Jahrhundert.

[47]) Gfrörer Karol. II. S. 364.

[48]) Mansi XVIII. 221. 222.

[1]) Baron. a. 869. n. 89.

Chirographa argwöhnisch betrachteten, überzeugt, daß mehr Rücksicht und Schonung die Spaltung gründlicher hätte überwinden können, die Anderen dagegen dieselbe Synode zu großer Milde beschuldigten, wodurch den Schismatikern neue Intriguen ermöglicht und eine Ausrottung der Spaltung am meisten verhindert worden sei.

Zu dieser letzteren Partei gehört Niketas, der Biograph des Ignatius, der einerseits erklärt, daß er die achte Synode gleich den sieben früheren ökumenischen Synoden annehme und verehre,[2]) andererseits aber doch seinen Tadel darüber nicht unterdrücken will, daß die Synode, weit entfernt, allzustrenge über den Anhang des Photius zu urtheilen, wie Einige meinten,[3]) vielmehr weit gelinder als sich gebührte, mit zu großer Rücksicht auf die Personen und nicht nach der Strenge der Canones entschied.[4]) Seiner Ansicht nach hätte der 861 von Photius selbst ganz unbefugterweise gegen Ignatius angerufene apostolische Canon 30 (gewöhnlich 31, sonst 29), wornach ein durch die weltliche Macht eingesetzter Bischof entsetzt und excommunicirt, die gleiche Strafe aber auf Alle, die mit ihm Gemeinschaft hielten, ausgedehnt werden sollte, hier gegen die Photianer zur Anwendung kommen müssen, so daß diese nicht etwa blos zur Laiencommunion redigirt, sondern auch gänzlich von der Kirchengemeinschaft ausgeschlossen worden wären, zugleich aber auch die zu ihm übergetretenen Geistlichen von der Ordination des Methodius und Ignatius keine Wiedereinsetzung in ihre Aemter erlangt hätten. Zwischen den zwei Ansichten, wovon die eine allen Photianern ohne Unterschied[5]) die Kirchengemeinschaft verweigert, die andere diese nur zur Laiengemeinschaft redigirt wissen wollte, hatte das Concil einen Mittelweg eingeschlagen und die von Photius selbst Ordinirten von denjenigen unterschieden, die von Methodius oder Ignatius geweiht, blos zur Anerkennung des Photius und zur Gemeinschaft mit ihm sich hatten verführen lassen;[6]) Erstere ließ man zur Laiencommunion zu, Letztere setzte man, wenn sie bußfertig erschienen, in ihre Stellen wieder ein.[7]) Das hätte nach Niketas unterbleiben sollen, damit nicht wie bei dem ähnlichen milden Verfahren der siebenten Synode unter Tarasius die Feinde der Kirche in den Stand gesetzt würden, nachher wieder gewaltig hervorzubrechen und die Drangsale zu erneuern, denen man hatte steuern wollen. Niketas urtheilte natürlich so, nachdem es den Photianern gelungen war, ihre vorige Macht wieder zu erlangen und „die letzten Dinge schlimmer als die ersten“ zu machen;

---

[2]) Nicet. p. 264: πάσας τὰς πράξεις καὶ τοὺς ἐμπεριεχομένους ἐν αὐτῇ κανόνας ὁμοίως τοῖς ἐν ταῖς προλαβούσαις ζʹ συνόδοις οἰκουμενικαῖς, καὶ τούτοις ὡς θεοπνεύστους λίαν προτιμῶντός τε καὶ ἀποδεχόμενος.

[3]) Nicet. l. c. p. 265: οὐχ ὅτι θρασεῖ μᾶλλον καὶ μνησικακίᾳ, ὥς τινες οἴονται, τῶν ὑπευθύνων ἀνηλεῶς κατεψηφίσατο.

[4]) ὅτι φιλανθρωπότερον ἢ ἔδει τὴν κρίσιν ποιουμένη οὐκ ἀπροσωπόληπτον οὐδὲ καθαρῶς ἀποστολικὴν ἐπήγαγε ψῆφον.

[5]) τοὺς κεκοινωνηκότας αὐτοῦ πάντας.

[6]) Sie sind die lapsi, παραπεσόντες, deren Aufnahme Niketas so sehr beklagt.

[7]) Vgl. Assem. Bibl. jur. or. t. I. p. 310 u. 216.

er gab sich dabei alle Mühe, den Vorwurf solcher Schwäche vom Patriarchen Ignatius abzuwälzen und suchte den Grund derselben theils darin, daß der Patriarch nicht habe handeln können, wie er wollte, sondern den Römern der alten kirchlichen Tradition gemäß die Richtergewalt überließ,[8]) theils darin, daß der Kaiser aus Einfalt oder Leichtfertigkeit, durch vieles Bitten und viele Lobsprüche gedrängt, ein sehr mildes Verfahren selbst über die von der Synode gezogenen Grenzen hinaus eingehalten wissen wollte.[9]) Nach den späteren Vorgängen konnten die Ignatianer leicht zu solchem Tadel veranlaßt werden, wie sie denn auch verschiedene Vorfälle, wie Erdbeben, wie das Eindringen eines losgebrochenen Büffels in die Sophienkirche,[10]) als Vorzeichen der nachherigen Calamität betrachteten.

An der Spitze dieser streng ignatianischen Partei standen nach dem Tode des Ignatius anfangs die Metropoliten Stylian von Neucäsarea und Metrophanes von Smyrna. Sie hielt wenigstens an den Dekreten der achten Synode fest, die sie nicht Preis geben wollte; dem wiedereingesetzten Photius gegenüber vertrat sie die Unantastbarkeit derselben und die Unwiderruflichkeit der gegen ihn ausgesprochenen Verdammung.[11]) Sie erklärte alle die, welche ihre eidlichen Gelöbnisse und ihre mit dem Kreuze bezeichneten Unterschriften dem Photius gegenüber Preis gegeben (Stauropatai), für unwürdig, kirchliche Funktionen vorzunehmen und die Gläubigen zu regieren,[12]) und verwarf Alle, die mit Photius in Gemeinschaft getreten waren; auch die Römer und den Papst Johann VIII., der selber als Archidiakonus 869 die Verdammung des Photius mit unterschrieben hatte, traf wegen Anerkennung des Photius (879) scharfer Tadel.[13]) Man hob hervor, das Anathem, das auf Photius laste, sei unlösbar,[14]) lasse keine Lossprechung und keine Dispensation zu, nicht einmal von Seite des Papstes, der nicht allein das in Gemeinschaft mit den anderen Patriarchen Gebundene lösen könne;[15]) für Photius sei schlechterdings

---

[8]) Nicet. p. 268: Ἀλλ' ὅμως οὐ ῥυπαίνει ταῦτα τὴν τοῦ πατριάρχου δόξαν, ὅτι μὴ αὐθεντικῶς εἶχε πάν ὃ ἐβούλετο δρᾷν, μᾶλλον δὲ τοῖς Ῥωμαίοις κατὰ τὴν ἄνωθεν ἐκκλησιαστικὴν παράδοσιν τὴν τῆς κρίσεως ἐξουσίαν παρεχώρει.

[9]) ἡ τοῦ βασιλέως ἁπλότης, ἵνα μὴ λέγω κουφότης προσώπων ἡττωμένη παρακλήσεσι καὶ τοῖς παρὰ τούτων ἐπαίνοις ὑποχαυνουμένη, καὶ φιλανθρωπίας ὀνόματι τῆς ἀκριβοῦς τοῦ Θεοῦ δικαιοσύνης ὡς ἐπίπαν ἀποπίπτουσα.

[10]) Nicet. p. 265 E. 268 A. B. C.

[11]) Ep. de staurop. p. 445 C. D.: ἣν ἀπόφασιν δὲ ἅπαντας χρὴ φυλαχθῆναι καὶ τῆς οἰκουμενικῆς ὀγδόης συνόδου πάσας τὰς ἀποφάσεις· τῆς γὰρ συνόδου ταύτης παραλυομένης, οὐδεὶς ἱερεὺς οὐδὲ ἐνταῦθα οὐδὲ ἐν Ῥώμῃ.

[12]) ib. p. 444 C.: Ἐὰν ἐπὶ τοῦ ἁγιωτάτου Μεθοδίου διὰ τὸ παραβῆναι ἐν ἰδιόχειρόν τινες καθῃρέθησαν, οὐ μόνον οὗτοι, ἀλλὰ καὶ οἱ συλλειτουργήσαντες τούτοις, πόσῳ μᾶλλον οἱ νῦν ἐπίορκοι οὐχ ἅπαξ, ἀλλὰ πολλάκις, οἳ καὶ καθ' ἑαυτῶν αὐτοὶ τὴν ψῆφον ἐπήνεγκαν, ἀναθεματίσαντες ἑαυτούς, εἰ παραβαῖεν;

[13]) Ibid.: Ἀλλὰ καὶ οἱ Ῥωμαῖοι πῶς ἔγνωσι κατατολμῆσαι ἀθετῆσαι τὰ ἰδιόχειρα αὐτῶν; .... ἐν οἷς ὑπέγραψεν Ἰωάννης ὁ ἀρχιδιάκονος ὁ μετ' αὐτὸν (Ἀδριανὸν) γενόμενος πάπας. Cf. p. 448 E. 449 A.

[14]) Ibid. p. 445 A.: ἄλυτος ἀναθεματισμός.

[15]) auctor append. p. 452 C.: Τοὺς γοῦν ἀπὸ τοσούτων πατριαρχῶν δεσμευθέντας

keine Restitution und Rehabilitation möglich gewesen. War nun auch durch die nachherige abermalige Excommunikation des Photius von Seite des römischen Stuhles diese Frage von keinem Belange mehr, so war doch die Frage über das Verfahren mit seinen Anhängern und mit den von ihm Ordinirten auf lange Zeit hinaus von der größten praktischen Wichtigkeit. Hier ward nun von Einigen bemerkt, es sei zwischen dem ersten und zweiten Patriarchate des Photius zu unterscheiden. Für die in seiner ersten Epoche Ordinirten habe es bei dem Beschluße des achten Concils sein Verbleiben, das sie als nicht ordinirt ansah und blos zur Laienkommunion zuließ; ebenso mit den durch seine Gemeinschaft Befleckten aus derselben Zeit, die blos durch die Gewaltthätigkeit des Bardas sich verleiten ließen, ihre Gelöbnisse zu brechen, und auf der Synode begnadigt wurden. Wofern aber diese abermals bei der zweiten Usurpation des Photius durch seine Anerkennung einen Treubruch begangen, so seien sie ohne alle Entschuldigung.[16]) Einige Prälaten, die, von der achten Synode aufgestellt, keine besonderen schriftlichen Versprechen abgegeben hatten (weil diese dieselben verbot), aber nach der zweiten Usurpation des Photius ihm theils gezwungen, theils freiwillig sich angeschlossen,[17]) zum Theil sich auch die Uebernahme einer Buße für das gegen ihn ausgesprochene Anathem sowie auch eine Erneuerung ihrer Ordination (oder einen reconciliatorischen Ritus statt derselben) hatten gefallen lassen, erschienen in geringerem Maße strafwürdig und die wirklich nur gezwungen mit ihm Gemeinschaft hielten, sollten dem Papste zur Dispens empfohlen werden.[18]) Die anderen von Photius Consekrirten und Photius selbst, besonders Theophanes von Cäsarea,[19]) erschienen aber den Meisten keiner Verzeihung würdig. Kein Papst sollte je diese gewähren dürfen.[20])

Diesen Standpunkt hielten die strengeren Gegner des Photius auch nach dessen zweitem Sturze ein; sie erklärten jede Oekonomie, jede Dispens sowohl für Photius selbst als für die von ihm Ordinirten für unzulässig und unmög-

ἐν πατριαρχείῳ λῦσαι οὐ δύναται. B. οὐδεὶς τῶν μεταγενεστέρων Νικολάου ἔλυσεν αὐτούς (Photium et Asbestam) ἢ τὰς χειροτονίας αὐτῶν· οὐδὲ γὰρ εἶχον ἐξουσίαν. p. 448 A.: Πῶς οὐ φρίσσουσιν οἱ λέγοντες λυθῆναι Φώτιον παρὰ τοῦ πάπα Ἰωάννου; τὸν παρ' ἑτέρου δεσμευθέντα ἕτερος λῦσαι οὐ δύναται, ὥσπερ οὐδὲ ὁ πάπας Ἰωάννης τὸν Φώτιον προδεσμευθέντα παρὰ τοῦ πρὸ αὐτοῦ.

[16]) De staurop. p. 445: οὗτινες εἰσὶν ἀναπολόγητοι.

[17]) Ib.: Τινὲς δὲ ἐχειροτονήθησαν ἀπὸ τῆς ἁγίας ὀγδόης συνόδου, καὶ οὐκ ἐποίησαν ἰδιόχειρα, καὶ συνῆλθον τῷ ἀναθεματισθέντι Φωτίῳ μετὰ τὴν δευτέραν αὐτοῦ λῃστρικὴν ἀνάβασιν, οἱ μὲν βίᾳ, οἱ δὲ ἑκουσίως.

[18]) De staurop. l. c.: εἰς οὓς δεῖ πάντως δεῖξαι τὸν πάπαν τὴν οἰκονομίαν διὰ τὸ ἀκουσίως συναπαχθῆναι.

[19]) Ib.: Τὴν δὲ λοιπὴν χειροτονίαν Φωτίου, καὶ τὴν πρώτην καὶ τὴν δευτέραν, καὶ τὸν δὶς ἐπιβήτορα Φώτιον πρὸ πάντων ἀποβαλέσθαι, καὶ αὐτὸν ὡς παραβάτην ἀναθεματίζειν, καὶ τοὺς πλεονάκις σταυροπατήσαντας, ἔτι καὶ τοὺς ἀναχειροτονηθέντας ἀθέσμως, ἐξαιρέτως Θεοφάνην τὸν λεγόμενον Φρηνοδαίμονα .. παντελῶς ἀποβαλέσθαι.

[20]) Append. p. 452 A.: Τούτοις ποῖος τολμηρὸς πάπας μεταγενέστερος ἐναντιωθῆναι ἐπιχειρήσει καὶ δέξασθαι τὸν ὑπὸ τοσούτων ἀναθεματισθέντα Φώτιον καὶ τὴν χειροτονίαν αὐτοῦ ἢ τοὺς ἀρνητὰς σταυροπάτας;

sich, da diese nicht ohne Sünde ertheilt werden könne.[21]) Eine Wiedereinsetzung der Verdammten in geistliche Funktionen könne auch durch die römische Kirche nicht geschehen,[22]) ein solcher Friede sei schlimmer als der Krieg,[23]) sei keine Eintracht, sondern Zwietracht, keine Einigung, sondern Theilung; daraus, daß die betreffenden, die anathematisirt seien, zu den Orthodoxen gehörten, folge noch nicht, daß man sie in geistliche Funktionen wiedereinsetzen dürfe; es habe viele Orthodoxe gegeben, die wegen ihrer Verbrechen mit dem Anathem belegt, aber zu geistlichen Funktionen nicht wieder zugelassen wurden;[24]) für die Wahrheit müsse man bis zum Tode streiten.

Diese Rigoristen unter den Antiphotianern,[25]) die keine Dispens für die Consekration des Photius zuließen, konnten, strenge genommen, keinen der ersten Nachfolger des Photius, weder Stephan, weder Anton noch Nikolaus, anerkennen;[26]) für sie hatte Constantinopel seit dem Tode des Ignatius keinen legitimen Patriarchen mehr; auch Anton und Nikolaus standen mit den Photianern in kirchlicher Gemeinschaft.

Nach Allem scheint es, daß seit 886 unter den Antiphotianern selbst ein tiefer Riß sich gebildet hatte; es standen Rigoristen und minder Strenge einander gegenüber. Die zwei ersten Briefe Stylian's sprachen im Allgemeinen nur von Dispensation für die, welche „nicht ohne allen Grund" mit Photius Gemeinschaft gehalten hatten, doch ward auch der von ihm Ordinirten speziell gedacht, wo daran erinnert wird, daß man auch die von Dioskorus Ordinirten, die Reue bezeugten, aufnahm; aber von einer Anerkennung derselben in geistlichen Funktionen war direkt keine Rede. Ueberhaupt hatten Stylian's Briefe nicht die verschiedenen Kategorien unterschieden, weßhalb Formosus ihn auch getadelt hat.[27]) Stylian's Anerkennung des Patriarchen Stephan scheint eine bedingte gewesen zu sein für den Fall der von Rom zu ertheilenden Dispens. Damit unterschied er sich aber auch von den Rigoristen, die gar keine Dispens

---

[21]) Append. p. 153: *Οὐδὲ οἰκονομικῶς τοῦτο γενέσθαι δώσει τις· ὁ γὰρ Χρυσόστομος ἔφη, οἰκονομητέον, ἔνθα οὐ παρανομητέον· καθὼς καὶ αὐτὸς ἐποίησε παραχωρήσας τοῖς Ἐφεσίων ἐπισκόποις μετὰ τὴν καθαίρεσιν διὰ τὰ σιμωνιακὰ λήμματα τιμῆς ἕνεκα τὴν ἔνδον τοῦ θυσιαστηρίου μετάληψιν..*

[22]) *διὰ ταῦτα πάντα ἀδύνατόν ἐστι ποτε τὴν Ῥωμαίων ἐκκλησίαν δέξασθαι εἰς ἱερωσύνην οἰκονομικῶς τοὺς ἀναθεματισθέντας ἀκριβῶς παρὰ τῶν πατέρων αὐτῶν ἐπὶ μ' χρόνοις μέχρι καὶ νῦν.*

[23]) *„Καλὸν τὸ εἰρηνεύειν πρὸς πάντας", φησὶν ὁ μέγας Μάξιμος. Ἀλλ' ὁμονοοῦντας πρὸς τὴν εὐσέβειαν. Κρεῖττον δὲ τὸ πολεμεῖν, ὅταν τὸ εἰρηνεύειν τὴν ἐπὶ τὸ κακὸν συμφωνίαν ἐργάζηται.*

[24]) *Τί λέγεις; „οὐκ ὀρθόδοξοι εἰσὶν οἱ τότε ἀναθεματισθέντες καὶ διὰ τοῦτο χρὴ αὐτοὺς νῦν δεχθῆναι εἰς ἱερωσύνην μετανοοῦντας" Ἄπαγε· πολλοὶ γὰρ ὀρθόδοξοι παρανομήσαντες ἀναθεματίσθησαν, ἀλλ' εἰς ἱερωσύνην οὐκ ἐπανῆλθον.*

[25]) Assem. l. c. p. 311 seq.

[26]) Nach dem angeführten apost. Canon c. 31. 6. Niketas David erwähnt darum auch die *παρανομίας αὐτοῦ τε τοῦ Φωτίου .. καὶ πάντων καθεξῆς τῶν αὐτοῦ διαδόχων καὶ τῆς φιλαρχίας κοινωνῶν.*

[27]) Formos. ep. p. 410: *αὐτοὺς ἴσως, καὶ σὺ προστίθης, ὅπως καὶ τίνι.*

für möglich hielten; er verlangte ferner Herstellung des allgemeinen Friedens,[78]) während diese einen solchen als den Kirchengesetzen entgegen verwarfen.[79]) Im Anfange scheint dieser Gegensatz noch nicht zur Sprache gekommen zu sein, da Stylian und die Seinigen sich noch, bevor sie eine Entscheidung Rom's erhalten, von der Gemeinschaft mit den Photianern zurückzogen. Aber da diese Entscheidung so lange nicht kam, inzwischen die Reihen der alten Ignatianer immer mehr und mehr durch den Tod sich lichteten, die Störung des Friedens immer bedrohlicher und nachtheiliger wurde, so schlossen wohl viele der kirchlichen Legitimisten sich den herrschenden Patriarchen an, erbitterten aber dadurch die wenigen Zurückbleibenden um so mehr. Stylian selbst, der wohl nicht zu den Strengsten der Antiphotianer gehört hatte, scheint noch milderen Gesinnungen Raum gegeben zu haben und darum von seinen früheren Freunden bekämpft worden zu sein. Leider sind unsere Quellen hier so spärlich und so lückenhaft, daß uns ein klarer Einblick in die Parteiungen nicht mehr möglich ist. Sicher aber waren die Dekrete des achten Concils und die Aussprüche der Päpste bis zu Formosus die wesentliche Stütze der Rigoristen.

Das letzte Stück der älteren Compilation, die den Akten des achten Concils angehängt ist, gibt noch eine ziemlich verworrene Nachricht von Stylian und von seiner Correspondenz mit Johann IX. (898—900)[80]) nebst einem Auszuge aus einem Schreiben dieses Papstes an denselben, der zu verschiedenen Deutungen Anlaß gab. Hier heißt es, daß Stylian sieben Jahre nach den letzten Verhandlungen, von Freunden und Verwandten erweicht, den geraden Weg der Wahrheit verließ und sich zu der entgegengesetzten Ansicht hinwandte.[81]) Demnach müßte Stylian den früheren rigoristischen Standpunkt, falls er ihn getheilt, aufgegeben und dem byzantinischen Patriarchen, damals Nikolaus, sich angeschlossen haben. In diesem Sinne, fährt der Berichterstatter fort, schrieb er nach Rom und bat, daß ihm von dorther die Cheirotonie gesandt werde und er die Befugniß von da erhalte, mit ihnen Gemeinschaft zu

---

[78]) ὡς ἂν γένηται εἰρηναία κατάστασις τῇ Κπόλεως ἐκκλησίᾳ. ep. 1. Styl. p. 438.

[79]) p. 438 B: μὴ γὰρ δὴ τοῦτο καλείσθω τινὲς οἰκονομικὴν εἰρήνην κ. τ. λ.

[80]) Es läßt sich Johann's IX. Schreiben nicht, wie auch Hefele (IV. S. 471) annimmt, auf 905 setzen, da dieser Papst damals schon mehrere Jahre todt war. Die sieben (nicht neun) Jahre des Textes (s. die folg. Note), umfassen die Zeit von 892 bis 900. Im Jahre 893 kam wohl der Brief des Formosus nach CpL.; um 899 schrieb Stylian, dem Johann IX. kurz vor seinem Tode (Juni 900) geantwortet haben mag.

[81]) Mansi l. c. p. 456 D.: Ἰωάννῃ, ὅτε ὁ Μάκαρ ὁ μητροπολίτης Νεοκαισαρείας ὁ Στυλιανός, μετὰ τὸ δέξασθαι (epistolam Formosi P., setzen Baron. a. 905. n. 9. und Rader bei), καθὼς γέγραπται ἐν ταῖς προλαβούσαις, ἑπτὰ (nach Baron. ἐννέα) χρόνων παραδραμόντων, χαυνωθεὶς (Baron.: victus; Rader: superbia elatus; Assemani p. 806: mollior factus) ὑπὸ τῶν φίλων καὶ συγγενῶν, καὶ καταλιπὼν τὴν εὐθεῖαν ὁδὸν τῆς ἀληθείας, ἐπὶ τὰ ἐναντία τῶν δεδογμένων ἐτράπη. (Baron. setzt bei: nempe ut communicaret cum ordinatis a Photio; Rader: nempe communicando cum Photianis.) Gegen Pag. a. 905. n. 5 glaubt Assemani l. c. p. 812. 818. n. 218), es sei an Stylian nicht zu tadeln, daß er kein Rigorist geblieben. — Bei Phot. Amph. 61. p. 417 lesen wir: χαυνωθεὶς τῷ φυσήματι τοῦ φρονήματος, wo es inflatus (aufgeblasen) bedeutet.

halten.[32]) Welche Cheirotonie ist hier gemeint? Für wen wird sie verlangt? Ist der, dessen Cheirotonie gesandt werden soll, derselbe mit dem, der die Befugniß zur Gemeinschaft „mit ihnen“ (wohl den Photianern) erhalten soll? Cheirotonie kann hier nicht Wahl und nicht Weihe (Ordination) bedeuten, was es sonst im kirchlichen Sprachgebrauch heißt;[33]) es konnten diese nicht von Rom gesandt werden; es wäre daher wohl eher die Bestätigung und Anerkennung, die Confirmation, wie es Assemani gedeutet hat.[34]) Dieser stellt die nicht ganz unwichtige Hypothese auf, Stylian habe eine Confirmation verlangt, aber nicht für sich, da er schon längst anerkannter Bischof war, sondern für den neuen Patriarchen von Constantinopel, Nikolaus Mystikus, gegen den sich so viele Anstände, auch wegen seiner Erhebung aus dem Laienstande, erhoben,[35]) der Papst aber habe in seiner Antwort die Erhebung des Nikolaus weder ausdrücklich approbiren noch reprobiren wollen, sondern die Sache dem Gewissen jedes Einzelnen überlassen.

Indessen stehen dieser Hypothese viele Bedenken entgegen. 1) Es ist doch auch abgesehen von der verworrenen Schreibweise des Epitomators sehr auffallend, daß weder in dessen Angaben noch in dem fragmentarischen Briefe Johann's IX. mit einer Sylbe von Nikolaus die Rede ist, um dessen Person sich doch die Correspondenz gedreht haben soll. Es ist zwar wohl denkbar, daß Johannes aus einer gewissen Oekonomie nicht von Nikolaus sprach und sich mit einem allgemeinen Satze begnügte, der auch auf Nikolaus Anwendung finden konnte;[36]) aber auch dieser allgemeine Satz ist sehr

---

[32]) καὶ ἔγραψε πρὸς τὴν Ῥώμην, αἰτούμενος πεμφθῆναι ἐκεῖθεν χειροτονίαν αὐτοῦ, καὶ ἐπιτροπὴν ἐκεῖθεν λαβεῖν τοῦ συγκοινωνῆσαι αὐτοῖς. Baron. hat blos: petens, ut sibi concedatur facultas communicandi cum Photianis. Rader: petivit ordinationem ipsius et facultatem communicandi cum Photianis.

[33]) Cf. Balsam. Zonar. in can. 1 apost. (Beveregi. Pandect. canon. t. I. p. 1.) Justell. in Nic. can. 5. Fontani Nov. delic. I, II. p. 69. not. 1.

[34]) Assem. l. c. p. 319: petens ex urbe Roma mitti sibi ordinationem ejus, id est confirmari eum in ordine suo, indeque permissionem accipere communicandi cum illis, scil. cum Episcopis quomodocunque a schismaticis ordinatis, dummodo libellos poenitentiae offerrent.

[35]) Assem. l. c.: Si conjecturis indulgendum est, videtur intelligi Nicolaus Mysticus, qui mortuo jam Antonio (Cauléa) usque ab a. 895 in Patriarchatu Byzantino suffectus fuerat; hic enim, quum e laico ad Patriarchatum promotus fuisset (erat quippe Mysticus, h. e. secretioris imperialis consilii senator), excitati videntur ejus causa in urbe Byzantina tumultus, nonnullis cum ipso tamquam legitime electo communicantibus, aliis vero ab ejus communione abhorrentibus, tum propter recentem memoriam damnati eandem ob causam Photii, tum etiam propter canonem Synodi VIII.

[36]) ib.: Scio, Nicolai nomen neque in Styliani petitione, neque in Johannis P. responsione exprimi: verum id oeconomiae gratia factum puto, ne ob denegatam illius ordinationis confirmationem majores turbae nascerentur; satis enim habuit Joh. P. commemorare praedecessorum suorum decreta circa Patriarchas Cpolitanos, Ignatium, Photium, Stephanum et Antonium edita, quae ut incorrupte observarentur, Stylianum admonuit addens: „Quicumque ex ordine ab illis consecratorum supersunt, manum praebemus, atque ut tu pariter nobiscum illis manum porrigas, monemus. Pacem quoque illis et communionis gratiam reddimus, si tamen ipsi legem a nobis prae-

dunkel;[37]) er redet nur von der Wohlthat des (Kirchen-) Friedens und der Gemeinschaft,[38]) wie sie auch die Laien hatten, was der Epitomator auch am Schluße nachdrücklich hervorhebt;[39]) er bezieht sich nur auf den zweiten Theil der Bitte, die Communion mit den Photianern betreffend, nicht auf den ersten bezüglich der Cheirotonie; so wird das Auffallende keineswegs verringert. 2) Derjenige, dessen „Cheirotonie" gesendet werden soll, ist aller Wahrscheinlichkeit nach derselbe, der die Erlaubniß nachsucht, mit den Photianern Gemeinschaft zu halten, die er früher nicht hielt.[40]) Letzteres kann nicht auf Nikolaus Mystikus gehen, der Schüler des Photius und mit der herrschenden Partei in Verbindung war, sondern nur auf Stylian selbst, von dem vorher gesagt ward, daß er „weicher, schlaffer geworden", den rechten Weg, offenbar durch Anschluß an die photianische Partei, verließ. 3) Was der Berichterstatter über die Antwort des Papstes voraus bemerkt: „er gab ihm weder die (erbetene) Erlaubniß (mit den Photianern in Gemeinschaft zu treten) noch sandte er ihm das Chirographum",[41]) entspricht genau den zwei Theilen des von Stylian eingereichten Gesuches, so daß die „Cheirotonie," die gesendet werden sollte, mit dem „Chirographon" identisch ist, welches der Papst am Schluße des Briefes „Dein Chirographon", also Stylian's Handschrift, nennt, das er bei vielem Suchen nicht mehr gefunden habe.[42]) Damit fällt Assemani's Conjektur. Dieses Chirographum scheint aber nichts Anderes zu sein, als ein von Stylian dem römischen Stuhle eingereichtes Formular, daß für immer dem Photius und seinem Anhange Anathema sagte, wie es auf dem achten Concil, dem Stylian persönlich angewohnt, gefordert worden war. Aus irgend einem Vorwande, in der That wahrscheinlich, um durch die beabsichtigte oder bereits eingeleitete Communikation mit allen Photianern ohne Unterschied nicht als wortbrüchig, als Stauropates zu erscheinen, scheint er die Entbindung von seinem Gelöbnisse mittelst Rückgabe jenes Formulars nachgesucht zu haben.

---

scriptas (ordines eosdem, τάξεις) observarint." Quae verba tacite ad Nicolai ordinationem referuntur, quam Pontifex neque approbare neque disertim improbare voluit, sed per ea insinuavit, nullam a se hac in rebus dispensationem concedi, sed unumquemque debere conscientiae suae consulere.

[37]) So besonders die Worte p. 457 B.: καὶ αὐτῶν οὕτως δηλονότι φυλαττόντων τὰς τάξεις. Baron.: dummodo ipsi eodem pacto (als wenn ὡσαύτως stünde) regulas servaverint. Mader: si tamen ipsi leges a nobis praescriptas observarint. Es ist aber sehr zweifelhaft, ob τάξεις = διατάξεις zu nehmen ist.

[38]) εἰρήνης καὶ κοινωνίας εὐλογίαν l. c.

[39]) ib. E.: sie seien nicht εἰς ἱερωσύνην aufzunehmen, ἀλλὰ μόνον εἰρήνης αὐτοὺς καὶ κοινωνίας εὐλογίαν ἀπολαύειν, οἷα λαϊκούς.

[40]) Das αὐτοῦ bei χειροτονίαν geht, da kein anderes Subjekt vorhergeht, wohl nur auf Stylian; das λαβεῖν δεηθεὶς ἐπιτροπὴν deutet auf ein Erhalten der vorher nicht gehabten Befugniß. Man vgl. Stylian's Worte ep. 1. p. 441 A.

[41]) p. 456 E.: οὔτε ἐπέτρεψεν (l. e. ἔδωκε ἐπιτροπήν) οὔτε τὸ ἰδιόγραφον (ὃ πεμφθῆναι ἠξίωσαν) ἀπέστειλεν.

[42]) p. 457 B.: Τὸ δὲ σὸν χειρόγραφον, ὃ ἐπεζήτησας ἡμῖν (l. c. τῇ τῶν Ῥωμαίων ἐκκλησίᾳ), πλεῖστα ἀναζητήσαντες οὐχ εὕρομεν. Auch Hefele Conc. IV. S. 471 nimmt richtig χειρόγραφον zur Erklärung der χειροτονία an.

Von dem Papste Johann IX. ist es wohl nicht zu bezweifeln, daß er, ganz dem Formosus ergeben, dessen Andenken und Pontifikalakte er auf den Concilien zu Rom und zu Ravenna vertrat, [43]) auch in den Sachen der griechischen Kirche denselben Standpunkt wie dieser einnahm, strenge die früheren Dekrete zu wahren und nur im äußersten Nothfalle Dispensen zu verleihen, wo die auferlegten Bedingungen erfüllt worden. Ihn mußte die Rückforderung des in Rom eingereichten Formulars befremden und mißtrauisch machen, zumal da man den Griechen nicht zu trauen durch so viele Erfahrungen gemahnt schien; es konnte ein Eingehen auf dieses Gesuch dazu dienen, im Orient die römische Kirche herabzusetzen und zu verhöhnen, es konnte ein listiger Anschlag im Spiele sein. [44]) Das Formular wollte man nicht zurücksenden; wahrscheinlich war es auch bei den letzten Verwüstungen und Unruhen in Rom verloren gegangen. Der Papst schrieb demnach dem Stylian, [45]) dessen bisher der römischen Kirche erwiesene Treue alle Anerkennung verdiente, er zolle seiner Anhänglichkeit und Standhaftigkeit Lob und Dank und hoffe, daß durch den Eifer seiner Gebete die Herzenshärte derjenigen, die das Heil erlangen sollen, erweicht und der ersehnte Friede zurückgerufen, das nahezu vierzigjährige Schisma geheilt werde, was sich bereits aus sicheren Indicien zeige; was bis jetzt die römische Kirche verworfen, das habe auch Stylian verworfen und ebenso gebilligt, was sie gebilligt. [46]) Er erklärt sodann, es sei sein Wille, daß die Dekrete seiner erhabenen Vorgänger unverrückt und in derselben Weise beobachtet werden; er sehe den Ignatius, den Photius, den Stephan und den Anton in derselben Weise an, wie seine Vorgänger Nikolaus, Johannes, Stephan V., (Formosus) [47]) und die ganze römische Kirche sie angesehen, und halte von ihnen dasselbe, was seine Vorgänger von Jedem gehalten; denjenigen, die noch von ihrer Consekration übrig seien, wolle er in derselben Stellung die Hand darreichen und ermahne den Stylian, es ebenso zu thun, [48]) ihnen die Wohlthat des Friedens und der Gemeinschaft zuzuwenden, wofern nämlich auch sie die festgestellte Ordnung beobachten.

---

[43]) Mansi XVIII. 221. 229 seq.

[44]) p. 456 E.: Ὁ δὲ Πάπας Ἰωάννης δεξάμενος καὶ κατασχὼν τὴν τοιαύτην τοῦ Μάπα αἴτησιν ἐδείματο, μή ποτε κατ' εἰρωνείαν τοιαῦτα ἔγραψε, πρὸς τὸ ἐξουθενῆσαι τοὺς Ῥωμαίους, εἰ τοῦτο ποιήσουσι.

[45]) cp. Ἀξίας χάριτας. Mansi XVI. 456. 457. XVIII. 201. Jaffé n. 2706. p. 305.

[46]) ὅτι οὐδέποτε ἀπὸ τῆς σῆς μητρὸς τῆς ἁγίας .... Ῥωμαϊκῆς ἐκκλησίας παρεκκλῖναι ἠθέλησας· οὐδὲ τινος γὰρ βάσανοι ἢ ἐξορίαι, ἢ ἀπάται τῶν παρρησιασάντων ἠδυνήθησάν σε σχίσαι ἀπὸ τῆς σῆς μητρός, μετοῦγε πεπείσμεθα τῇ θάλψει τῆς σῆς εὐχῆς καταμαλαχθῆναι τὴν τῶν καρδιῶν σκληρίαν τῶν μελλόντων σωθῆναι, καὶ τὴν ἐκζητουμένην εἰρήνην ἀνακαλέσασθαι (ὃ βεβαίοις φαίνεται τεκμηρίοις) καὶ τὸ σχίσμα τῶν μ' σχεδὸν ἐτῶν εἰς τὴν προτέραν ὑγείαν ἐπανελθεῖν· ὃ γὰρ ἡ σὴ μήτηρ ἠθέτησε μέχρι τῆς δεῦρο, καὶ σὺ ἠθέτησας καὶ οἷς ἐπένευσεν, ἐπένευσας καὶ αὐτός.

[47]) Da Anton Cauleas erst unter Formosus Patriarch ward und Johann IX. diesen Papst nicht zu nennen keinen Grund hatte, so scheint dessen Name ausgefallen zu sein.

[48]) Βουλόμεθα οὖν καὶ νῦν ὅπως κατ' αὐτὴν τὴν τάξιν αἱ διατάξεις τῶν ἁγιωτάτων πρὸ ἡμῶν ἀρχιερέων ἀπαράσπαστοι διαμένωσιν· διὸ καὶ Ἰγνάτιον, Φώτιόν τε, Στέφανον καὶ Ἀντώνιον, καθὼς ὁ ἁγιώτατος πάπας Νικόλαος καὶ Ἰωάννης, καὶ ἔπειτα Στέφανος

Diese uns ziemlich fragmentarisch erhaltenen Aeußerungen Johann's IX. wurden in der verschiedensten Weise gedeutet. Einige nahmen an, der Papst habe ganz gleichmäßig die genannten vier byzantinischen Patriarchen anerkannt, den Photius so gut wie den Ignatius;[29]) aber der Papst will offenbar nur sagen, daß er jeden von ihnen nur in der Weise, in der Stellung und Ordnung, mit dem Range gelten läßt, wie seine Vorgänger,[30]) und daß deren Urtheil über Ignatius und Photius nicht das gleiche war, lag offen zu Tage. Der alte Scholiast, Vertreter der rigoristischen Antiphotianer, deutet die Worte so: Den Ignatius lasse der Papst allein als konsekrirten Bischof gelten, die Uebrigen aber nur als Laien.[31]) Er hat darin Recht, daß mit diesen Worten keine Anerkennung des Photius ausgesprochen ist, in welchem Falle Johannes sich nicht auf Papst Nikolaus hätte berufen können, sondern die Dekrete der früheren Päpste bekräftigt werden sollen;[32]) darin irrt er aber, daß nach diesem Schreiben alle Nachfolger des Photius als nicht konsekrirt, als bloße Laien betrachtet sein sollen,[33]) und daß er die Aufrechthaltung der früheren päpstlichen Entscheidungen mit der Anerkennung der geistlichen Würde in den Patriarchen Stephan, Anton und Nikolaus für schlechterdings unvereinbar hält.[34]) Denn da Johann IX. alle Dekrete seiner Vorgänger unverbrüchlich gehalten wissen will, und jeden der vier Byzantiner an der Stelle beläßt, die ihm nach seinen Vorgängern zukam: so betrachtet er wohl die strengen Dekrete gegen Photius und dessen gesammte Konsekration als die Regel, an der festzuhalten sei, verwirft aber nicht alle und jede Ausnahme, die durch Dispensation des römischen Stuhles eintrat, sondern hält an beiden fest in der Art, daß soweit nicht eine Dispensation ertheilt ward, die Nachfolger des Ignatius als illegitim anzusehen seien. Ignatius ist ihm sicher legitim, wohl auch Anton, Photius absolut illegitim, Stephan illegitim in seinem Anfang, aber wohl durch nachträglich ertheilte Dispens legitimirt. In dieser Weise stimmt Johann IX. ganz mit den Grundsätzen seiner Vorgänger, namentlich des Formosus, überein. Daß Rom nicht alle und jede Dispensation für die Photianer ausschloß und nicht absolut alle Nachfolger des Igna-

---

καὶ πᾶσα ἡ τῶν Ῥωμαίων ἐκκλησία μέχρι τοῦ νῦν ἐκράτησε, καὶ ἡμεῖς αὐτοὺς τῇ αὐτῇ ἀποδεχόμεθα καὶ κρατοῦμεν τάξει καὶ αὐτοῖς τοῖς περιοῦσι τῆς αὐτῶν χειροτονίας τῇ αὐτῇ τάξει χαίρειν ἐφίεμεν, καὶ ἵνα σὺ μεθ' ἡμῶν ἀσπάζῃ χαίρειν ἐφιέναι παραινοῦμεν.

[29]) Vgl. Schröckh K. G. Bd. XXIV. S. 200. 201.

[30]) Eo loco habendi sunt, quo secundum decreta Rom. Ecclesiae ponuntur. Assem. l. c. p. 818.

[31]) p. 457 D.: τὸν μὲν Ἰγνάτιον καθωσιωμένον προδήλως, τοὺς δὲ λοιποὺς ἀκαθοσιώτους.

[32]) Ib. C.: Σκεπτέον τὰ τῆς τοιαύτης ἐπιστολῆς περιεσπασμένα ῥήματα· καὶ γὰρ οὐδὲ οὕτως ὁ Πάπας εἶπεν ἢ ἀπεδέξατο Φώτιον ἢ τὴν χειροτονίαν αὐτοῦ, ἀλλ' ἐπεβεβαίωσε τὰς κρίσεις τῶν προκατόχων αὐτοῦ.

[33]) τοὺς μετ' αὐτὸν μὴ ὁσιωθέντας μήτε ἐγγυηθέντας ἐπὶ ἔτη κ΄ τῷ λόγῳ τῆς ἱερωσύνης ... μόνον εἰρήνης αὐτοῖς καὶ κοινωνίας εὐλογίαν ἀπολαβεῖν, οἷα λαϊκούς.

[34]) ὡς ἀδύνατον εἶναι τὰ δύο γενέσθαι, καὶ τὰς διατάξεις ἐκείνων κρατεῖν καὶ τοὺς ἀποβληθέντας .. δεχθῆναι εἰς ἱερωσύνην.

tius verwarf,[55]) zeigt schon 1) die oben angeführte Argumentation des Schriftchens über die Stauropaten, die gegen die Milde der Römer gerichtet ist, 2) die Aufnahme des Patriarchen Anton II. unter die Heiligen des Abendlandes. Das bestätigen trotz ihrer Verstümmelung durch den rigoristisch gesinnten Epitomator 3) die Worte Johann's IX. selbst: „Wir bieten den von ihnen Ordinirten die Hand," die doch keine absolute Verwerfung aussprechen; dazu werden ja auch die Dekrete Johann's VIII. anerkannt, der sogar bezüglich des Photius selbst eine Dispensation zulässig gefunden hatte; wollte der römische Stuhl Johann VIII. nicht ganz desavouiren, so mußte er, falls seine Principien gewahrt waren, das Geschehene anerkennen. Zudem bezeugt 4) am Anfange des zehnten Jahrhunderts Auxilius, daß die Kirche von Byzanz die Ordinationen des Formosus anerkannte und in voller Eintracht mit Rom stand.[56]) Dieser Autor war aber, wie viele Anzeichen schließen lassen, mit den griechischen Verhältnissen wohl vertraut;[57]) er lebte zudem in Unteritalien, wo der byzantinische Einfluß damals noch mächtig war und viele Kenner der griechischen Sprache und Kirche lebten, wo Eugenius Vulgarius den Kaiser Leo in Gedichten pries,[58]) wo Sergius von Neapel und dessen Söhne Gregor, Athanasius und Stephan (erst Bischof von Sorrent, dann von Neapel) griechischer Bildung sich erfreuten.[59]) 5) Noch wichtiger ist das Zeugniß des Nikolaus Mystikus in einem nach dem Tode Leo's VI. geschriebenen Briefe des Inhalts, daß unter der Regierung dieses Kaisers in den ersten fünf Jahren des zehnten Jahrhunderts zwischen Alt- und Neurom wahrer Friede und volle Eintracht bestand, was er sicher nicht gesagt hätte, wofern ihm die päpstliche Anerkennung gefehlt. Es gab nach der neuen über die vierte Ehe ausgebrochenen Spaltung Viele, die den Grund der äußeren Mißgeschicke und Unglücksfälle des Reiches in den kirchlichen Wirren und Spaltungen wie in der Trennung von Rom suchen zu müssen glaubten. Dagegen erklärte nun Nikolaus, so sehr er Frieden und Eintracht der Kirche wünsche und hochhalte, so könne er doch in deren Störung und Abgang nicht die Ursache der politischen Calamitäten und Verluste finden, die meistens Sorglosigkeit, Unthätigkeit und Trägheit verursacht habe. So habe, nachdem der Patriarch Photius (867) durch sorgfältige und angestrengte Bemühungen mit allen, die er ordinirt, entfernt und vertrieben worden sei, der Großvater des Kaisers Constantin

[55]) Pichler Gesch. der kirchl. Trennung I. S. 203. §. 30.

[56]) L. I. in defens. Form. c. 8. p. 69 ed. Dümmler (nach Erwähnung der Synode von 898): Nihilominus autem et Cplitana ecclesia hanc (Formosi) ordinationem complexa dominicae pacis concordiam regulariter fovet.

[57]) Er gibt l. c. c. 7. p. 67 die Worte des Theophanes nicht nach Anastasius, sondern nach dem Urtext, spielt de ordin. c. 36. p. 107 auf die griechische Ableitung des Namens Gregor (vigilavit) an, erzählt p. 109. 110 die gewaltsame Taufe der Juden unter Basilius, dem Vater der regierenden Kaiser Leo und Alexander, will c. 11. 12 de ord. die zwei ersten sardicensischen Canones nicht als eigentliche Synodaldekrete gelten lassen.

[58]) Dümmler Auxilius S. 31. 40 ff. 119 f.

[59]) Vita S. Athan. Ep. c. 7—9. Auxil. in def. Steph. c. 3 p. 99. Dümmler S. 85—87.

(Basilius) Tephrika zerstört, Bari eingenommen, Longobardien unterjocht und viele feste Plätze den Saracenen entrissen; nach dem Tode des Ignatius aber (877), als Photius und seine Consecration die Union eingegangen, sei Syrakus zerstört und ganz Sicilien verwüstet worden, blos durch die Nachlässigkeit des Hadrian. In den Tagen Leo's sei der Papst und die Seinen mit der byzantinischen Kirche vereinigt gewesen, tiefer Friede habe geherrscht, und doch sei Thessalonich und Taormina (904, 902) und zwar wieder durch Nachlässigkeit, verloren gegangen.[60]) Also, will er schließen, wenn in den Tagen der heftigsten Spaltung zwischen Ignatianern und Photianern (867 ff.) das Reich glückliche Tage zählte, dagegen in der Zeit des kirchlichen Friedens (878 ff. und 900 ff.) schwere Bedrängniß erfuhr, so ist der Stand der kirchlichen Angelegenheiten nicht der entscheidende Grund für Glück oder Unglück der weltlichen Regierung. Während er hier implicite an der kirchlichen Union festhält und die Rechtmäßigkeit des Photius voraussetzt, spricht er zugleich als Thatsache aus, daß vor dem Ausbruche des Streites über die Tetragamie Friede und Eintracht zwischen den Kirchen von Alt- und Neu-Rom bestand. Ja es scheint, daß gerade um die Zeit des Falls von Taormina von dem milden Benedikt IV. päpstliche Gesandte nach Byzanz geschickt wurden, um diese Eintracht zu besiegeln; wahrscheinlich waren es der von Constantin Porphyrogenitus erwähnte Bischof Nikolaus und der Cardinal Johannes.[61])

Wie immer also Rom früher gezögert haben mochte, unter Benedikt IV. und Sergius III. war der kirchliche Friede zwischen Rom und Byzanz festgestellt.

10. Der Tod und das Andenken des Photius.

Seit der zweiten Absetzung des Photius haben wir keine Nachricht mehr über seine ferneren Schicksale. Nicht einmal sein Todesjahr geben die Chronisten an; sie begnügen sich zu erwähnen, daß er im Exil starb und seine Leiche in der von ihm einem Nonnenkloster übergebenen Kirche der Eremia oder des Jeremias am Merdosagar begraben ward.[1]) Doch wird allen Notizen zufolge sein Tod gemeinhin auf den 6. Februar 891 gesetzt.[2]) Es scheint

[60]) ep. 75. p. 319. 850 ed. Mai: *πάλιν ἐν ταῖς ἡμέραις τοῦ κυροῦ Λέοντος γενόμενος, ὅτε ὁ πάπας συνῆλθε καὶ οἱ μετὰ τούτου ὄντες καὶ ἡνώθησαν τῇ ἐκκλησίᾳ, καὶ εἰρήνης βαθείας οὔσης ἀπῆλθεν ἡ Θεσσαλονίκη καὶ τὸ Ταυρομένιον.*

[61]) Const. de cerem. L. II. c. 52. App. c. 3. p. 128. Sie werden erwähnt als *διὰ τὴν ἕνωσιν τῆς ἐκκλησίας* abgeordnet. Es war das nicht die spätere *ἕνωσις* von 921, da sie noch unter Leo VI. fällt; die Legaten Sergius' III., die in der Tetragamiefrage erschienen, können nicht eigentlich als Unionsgesandte bezeichnet werden.

[1]) Leo Gr. p. 258: *Ἀπετέθη τὸ σῶμα αὐτοῦ ἐν τῇ μονῇ τῇ λεγομένῃ τῆς Ἐρημίας* (*τοῦ Ἱερεμίου* Georg. m. c. 16. p. 811. Sym. M. p. 622. Georg. Ham. Cont. p. 760. n. 16) *ἐν τῷ Μερδοσαγάρῃ, οὔσης πρότερον καθολικῆς ἐκκλησίας· αὐτὴν δὲ Φώτιος ἐποίησεν αὐτὴν μονὴν γυναικείαν.*

[2]) Sophocl. Oecon. Prol. §. 31. p. *μη'*. Bal. Prol. §. 53. p. 81. Cf. Pag. a. 886. n. 5. Cap. p. 112 n. 659, die sich auf die Stelle im Append. Conc. VIII. (Mansi

fast, daß man absichtlich keine genaueren Angaben über ihn niederschrieb; er theilte das Schicksal aller gestürzten Größen, die, einmal abgetreten vom Schauplatze ihres Wirkens, von den Meisten vergessen werden, bis wichtige Ereignisse und Umstände, ihr literarischer Nachlaß oder die erst später hervortretenden Folgen ihrer Thätigkeit ihren Namen der Nachwelt in das Gedächtniß zurückrufen.

Die Angabe späterer Griechen,[3]) Photius sei nach seiner zweiten Absetzung noch nach Rom gekommen, habe dort alle Gebräuche der Lateiner kennen gelernt und, darauf nach Byzanz zurückgekehrt, sie auf einer Synode verdammt, ist ebenso fabelhaft als der Bericht Anderer[4]) von einer Reise des Papstes Nikolaus nach Constantinopel. Die Angaben, er habe sich noch vor seinem Tode mit den Lateinern ausgesöhnt, da diese versprochen, ihren Irrthümern zu entsagen,[5]) oder er sei bußfertig im Geständniß seines Unrechts verstorben,[6]) sind nur aus ungenauer Auffassung der 879 vorübergehend bewirkten Union wie der damaligen Verhandlungen entstanden. Es scheint, daß er durchaus bei seinen früheren Gesinnungen beharrte, da der römische Stuhl so fest auf seiner fortwährenden Verdammung bestand, und daß er namentlich seinen Lehrsatz vom Ausgange des heiligen Geistes aus dem Vater allein bis an das Ende vertheidigte, wie eine seiner letzten Schriften und die fortwährende Verbreitung derselben durch seine Schüler und Anhänger zeigen. Das schon früher verfaßte Buch „von der Mystagogie des heiligen Geistes" scheint im Exil noch überarbeitet und weiter verbreitet, überhaupt zu verschiedenen Zeiten an Verschiedene gesendet worden zu sein.[7]) Am Anfange des zehnten Jahrhunderts ward jener Lehrsatz in Byzanz von Vielen festgehalten. Die Gesandten des Papstes Sergius III., die um 906 nach Constantinopel kamen und erst 907 zurückkehrten, müssen bei dem Papste hierüber Klage geführt

---

XVI. 452) berufen, wo fünfundvierzig Jahre seit der ersten Excommunication des Photius gerechnet werden. Diese Zeit von fünfundvierzig Jahren zerlegt der Autor in zwei Perioden: a) elf Jahre war er als Laie im Banne (Bd. I. S. 364. N. 76), b) vierunddreißig Jahre seit seinem Episcopat (857—891). Erscheint auch als terminus ad quem das Pontifikat des Formosus, unter dem der Autor schrieb, und ist auch nicht direkt vom Todesjahre des Photius die Rede: so weiset doch der Zusammenhang darauf hin, daß Photius bis zur ersten Zeit des Formosus noch lebte.

[3]) Auct. de initio haeres. ap. Leo. Allat. de cons. II. 5, 1. p. 553.

[4]) Gennad. pro Conc. Flor. (Allat. l. c. p. 551. 555. Migne CLIX. 1376.) Joh. Plusiaden. pro Conc. Flor. (Gr. orth. I. 592. 593.)

[5]) Mich. Anchial. Dial. ap. Allat. de cons. l. c. p. 555—558.

[6]) Dafür führt man Stellen aus Bekkos, Const. Meliteniota, Manuel Kalekas u. A. an. Allat. l. c. p. 564 de octava Syn. Phot. c. 8. p. 161.

[7]) So ist im Eingange von günstigen Zeiten die Rede (c. 1. τῆς θείας προνοίας ἐπιστασίας ἡμῖν ἐφορώσης. Cf. Amph. q. 67. Mai IX. p. 81: τῆς θείας προνοίας ἀναπαυούσης ἡμῖν ἐφορώσης); am Schlusse wird über die Gefangenschaft der Bücher und der Abschreiber (c. 96. p. 109) geklagt, nachdem Hadrian's III. Tod (885) erwähnt ward (c. 89. p. 100). Im Cod. Colum. ist aber statt der captivitas librorum et amanuensium die Krankheit des Verfassers gesetzt. Vgl. uns. Abhdlg. in der Tüb. theol. Quartalschr. 1858. IV. S. 561. Animadv. in Phot. p. 130 seq.

haben, da dieser um 908, ganz wie früher Nikolaus I., die fränkischen Bischöfe aufforderte, den photianischen Irrthum mit allem Nachdruck zu bekämpfen, wie wir aus der im Juni 909 gehaltenen Synode von Trosley unter dem Erzbischofe Heriveus von Rheims ersehen.[8]) Wenn auch Kaiser Leo der Weise, seinem früheren Lehrer gram und der römischen Kirche sehr ergeben, die photianische Ansicht nicht getheilt haben sollte,[9]) wenn auch der Patriarch Nikolaus Mystikus, obschon des Photius Schüler, diese Controverse sorglich vermieden und umgangen hat,[10]) so ist doch nach diesem Zeugnisse nicht zu zweifeln, daß die Lehre vom Ausgange des Geistes aus dem Vater allein unter vielen Griechen nach dem Tode des Photius tiefe Wurzeln geschlagen hatte, wenn sie auch damals noch nicht unter das Volk gekommen ist.

Von der sonstigen Thätigkeit des Photius seit 886 haben wir keine sichere Spur. Unter seinen zahlreichen Briefen, die uns erübrigen, findet sich kein einziger, der mit Bestimmtheit in sein zweites Exil gesetzt werden könnte; nirgends findet sich darin eine Andeutung, daß er bereits zum zweitenmale, obschon jetzt ohne Nebenbuhler wie ehedem, ruchlos verurtheilt, vertrieben oder schwer verfolgt sei, daß sein kaiserlicher Schüler und Zögling es gewesen, der dem alten Lehrer mit schwerem Undanke vergolten, und daß der von ihm so heiß Geliebte sein grimmigster Feind geworden u. s. f. Hätten wir Briefe von ihm aus dieser Zeit, wir würden sicher darin einen noch mehr elegischen Ton, noch eine gewaltigere Beredsamkeit, noch weit mehr Motive der Trauer und des Schmerzes finden, als in denen, die er nach jener ersten Katastrophe schrieb; er würde noch viel bitterer über die Verletzung aller göttlichen und menschlichen Gesetze klagen, mittelst der ein um das Reich und die Kirche vielverdienter Prälat zu Gunsten eines unreifen Knaben aus seiner Würde ver-

8) Conc. Trosiej. c. 14 (Mansi XVIII. 301. 306): Sane quia innotuit (i. e. notum fecit) S. Sedes Ap., adhuc errores blasphemiasque cujusdam vigere Photii in partibus Orientis, in Spiritum sanctum, quod non a Filio, nisi a Patre tantum procedat, blasphemantis, hortamur vestram fraternitatem, una mecum ut secundum Domini Rom. Sedis (monita) singuli nostrum perspectis Patrum catholicorum sententiis de divinae Scripturae pharetris acutas proferamus sagittas potentia, ad confodiendam belluam monstri renascentis etc. Cf. Natal. Alex. Saec. IX. et X. c. 4. a. 31. Le Quien Damasc. t. I. p. XIV. XV. §. 21. Panopl. p. IX. n. 9. Bar. a. 909. n. 4.

9) Dafür spricht die von Bar. a. 911. n. 2 aus der ep. ad Sarac. reg. de fidei christ. veritate (Migne CVII. 315 seq.; ed. Schwartz Lips. 1803. p. V.) mitgetheilte Stelle. Bedenken lassen sich aber aus den ihm zugeschriebenen Reden (Or. XII, XIII. Migne l. c. p. 121 seq.) erheben, in denen mehrere Ausführungen ganz auf die Polemik des Photius hinweisen (p. 146—149). Indessen scheinen diese Homilien rhetorische Jugendarbeiten und declamatorische Uebungen zu sein. Weit weniger Gewicht hat es, daß der spätere Gennadius (de proc. Sp. S. c. 10. Migne CLX. 681), wahrscheinlich durch eben diese Reden bewogen, Leo VI. unter den Bestreitern der Lateiner aufzählt.

10) Das *σύμβολον πίστεως ἐκδοθὲν ἐπὶ τῇ τῆς ἑνώσεως Νικολάου προγραφῇ* im Cod. Vat. Ottob. 147 gibt die Trinitätslehre ohne Berührung der Controverse über das Filioque (Mai Spic. Rom. X. Praef. p. VIII. seq.) und in seinen Briefen erkennt Nikolaus außer der Ansicht über die Tetragamie keinen andern Grund zur Trennung von Alt-Rom an.

drängt ward, die er, am Abende des Lebens angekommen, doch nicht mehr lange inne haben konnte, er würde den „Vatermord“ ausmalen und tragisch beschreiben, von dem Constantin Sikulus, wohl auch einst seines Unterrichts theilhaftig, in seinen Gedichten spricht. Dem Patriarchen, der das Studium der heidnischen Classiker wie kaum ein Anderer gepflegt, war die Anklage des Paganisirens wohl nicht weniger geläufig als jenem Constantin, wenn er vom streng christlichen Standpunkte aus sich gegen Andere erhob; den Beinamen des „Heiden“ scheint Leo wirklich bei Vielen erhalten zu haben.[11]) Im zehnten Jahrhundert kam die gelehrte Bildung und das Studium der profanen Wissenschaften bei den kirchlich Gesinnten mehrfach in Verruf, weil es das helle Licht des Glaubens beeinträchtige; man wollte die Geistlichen nur in der Theologie, nicht aber in den weltlichen Disciplinen unterrichtet sehen.[12]) Es ist, wenn wir damit die Aeußerungen des Niketas David (Bd. I. S. 376) zusammenhalten, kaum zu verkennen, daß Photius und seine Schüler, darunter auch Kaiser Leo, viel dazu beigetragen haben mochten, die Profanwissenschaften bei Vielen in Mißcredit zu bringen. Nikolaus Mystikus hält in seinen Briefen sich sorglich fern von allem Prunken mit profanem Wissen; viele Unwissende erlangten seit jener Zeit das Patriarchat von Constantinopel; auch der unter Johannes Tzimisces auf den Stuhl von Antiochien erhobene Theodor von Kolonela war in weltlicher Gelehrsamkeit nicht sehr bewandert.[13]) Dieses Sinken der Geistesbildung hat wohl der gestürzte Photius geahnt und schwer empfunden.

Aber noch trauervollere Erfahrungen mußte er am Ende seines Lebens machen. Die Partei der strengen Photianer, die an der Legitimität ihres Patriarchen zähe festhielt, scheint nur eine sehr kleine gewesen zu sein. Wie der von ihm eingesetzte Theophanes von Cäsarea unbedenklich den im Purpur geborenen Stephan consecrirte, so müssen auch noch viele andere in die Reihen der Anhänger des neuen kirchlichen Oberhaupts übergetreten sein, ja die entschiedene Mehrzahl. Photius scheint wenige ihm so ergebene Anhänger mehr gehabt zu haben, wie der längst verstorbene Amphilochius von Cyzikus es war; Gregor Asbestas und andere waren ebenfalls todt; viele hatten sich trotz der feierlichsten Eide und Treuegelöbnisse von ihm ab und dem neuen Patriarchen zugewendet, was für den einst so Gefeierten in seiner letzten Lebenszeit höchst kränkend gewesen sein muß. Selbst sein Schüler Nikolaus nahm zwar erst nach seinem Tode das Patriarchat an und ehrte immer noch das Andenken

[11]) So setzt die Aufschrift eines seiner Gedichte in der Anthologie von Jakob's L. XV. 12 seinem Namen die Worte bei: τοῦ ἀποτυμπανιζομένου Ἕλληνος.

[12]) Hase in Leon. diac. L. VI. p. 101 not. p. 459 ed. Bonn: Dissuadebant multi in Graecia tum omni medio aevo, tum maxime hoc saeculo profanas literas, quod qui iis a teneris imbuti essent, ad veritatem fidei caeciores putarentur. Ita S. Nicephorus (Ep. Mileti) in vita MS. magistro τοῦ Μεταλλοῦ puer in disciplinam traditus dicitur, τὴν ἱερὰν γραφὴν μόνην παιδευθησόμενος, οὐκ ἀνεχομένων τῶν προστατῶν τὸ γνήσιον καὶ γόνιμον τῆς ψυχῆς τοῦ παιδὸς ἐκ νηπίου ἐμβληθῆναι μαθήμασιν, ὅτι μὴ δυνατὸν τοὺς τύποις τῆς τερατολογίας προεντυπωθέντας ἀναλεῖψαι ῥᾳδίως ἢ καὶ τὴν πρᾶξιν ἐνεργεῖν.

[13]) Leo Diac. L. VI. 6. p. 101: τὴν μὲν θύραθεν παιδείαν οὐ πάνυ ἠσκηκώς.

seines Lehrers; aber er einigte sich doch durchaus mit den Ignatianern und zeigte keine Spur von der schroffen Haltung der älteren Photianer, keine Hinneigung zu den Grundsätzen des Meisters, wie sie dieser in seinem ersten Exil geltend gemacht hatte. Der Parteifanatismus war erloschen, er hatte keine Stütze mehr am Kaiserhofe zu hoffen; der Autokrator, dem Alles sich zu beugen gewohnt war, hatte unter dem Patriarchate seines Bruders, und wohl auch unter dem seines Nachfolgers, die Zügel der Kirchenregierung in der Hand. Es war eben, abgesehen von der durch Photius angeregten dogmatischen Frage, die doch nicht Allen so klar entschieden erscheinen mußte, kein objektives kirchliches Interesse, was man für Photius noch geltend machen konnte, seitdem in die Hand des Kaisers die höchste Macht auch in der Kirche gelegt war. Photius selbst hatte die Waffen ausrüsten helfen, durch die seine Partei als solche hoffnungslos dem Untergange geweiht war. Die umsichtigeren Anhänger des entthronten Patriarchen hatten das eingesehen; sie hatten sich sofort dem kaiserlichen Willen gefügt und nur die starre Consequenz der alten Ignatianer schien noch die Herstellung des inneren Kirchenfriedens zu gefährden. Die kaiserliche Allgewalt in Kirchensachen ward immer mehr befestigt, die Entfremdung vom Abendlande immer mehr besiegelt.

„Nichts kann so sehr die Kirche spalten als Herrschsucht." So hatte sich einst einer der größten byzantinischen Bischöfe, Johannes Chrysostomus, geäußert und der berühmte Nikephorus hatte diese Worte wiederholt. [14]) An keinem der Patriarchen von Constantinopel haben diese Worte sich mehr bewahrheitet als an Photius. Seine Herrschbegierde, sein Stolz, jener ungemessene Ehrgeiz, der — wie er selbst sagt [15]) — leicht auch edlere Naturen in den Abgrund zieht, richtete die dogmatische Scheidewand auf zwischen dem Morgen- und dem Abendlande; das frevle Spiel mit dem Heiligsten, das persönlichen Zwecken dienstbar gemacht ward, hat für die Folgezeit die Kluft zu einer bleibenden gemacht. Ueberall werden wir in der späteren Geschichte an ihn erinnert [16]) und untrennbar von seinem Andenken ist der Lehrsatz, den er gegen die Lateiner so vielfach und so energisch verfocht. Bei diesen wie den späteren unirten Griechen konnte sein Name nur mit Schmerz und Entrüstung genannt werden. Der Patriarch Johannes Bekkos und Constantin Meliteniota sehen ihn als den eigentlichen Urheber der beklagenswerthen Spaltung an, deßgleichen Georg Metochita, Maximus Chrysoberga, Georg von Trapezunt u. A. m.; [17]) Viele

---

[14]) Chrys. hom. 11 in Ephes. t. XI. p. 83. Niceph. Apol. min. c. 7. p. 271.

[15]) Amph. q. 135. p. 711 C. ed. Migne; q. 146. §. 5. p. 220 ed. Oecon.

[16]) Mortreuil Hist. du droit byz. II. 499: Photius après sa mort a laissé de longues traces de son épiscopat, ses écrits ont toujours été en Orient l'objet d'un culte religieux; il suffit pour apprécier le caractère et les talents de cet homme vraiment extraordinaire, de se souvenir, qu'il a lutté lui seul pendant trente cinq ans contre l'autorité de neuf papes, et que l'église grecque le vénère encore aujourd'hui comme son apôtre.

[17]) Becc. de injusta depos. Or. II. n. 7 (Gr. orth. II. p. 48); de un. Eccl. n. 35 (ib. I. 154): *ὁ πρῶτος αἱρετικὸς καὶ γεννήτωρ τῶν κατὰ τῆς ῥωμαϊκῆς ἐκκλησίας ψευδῶς ἐσκευωρημένων προτάσεων.* Cf. ad Theod. Sugd. III. 2 seq. (ib. II. 134 seq.) Refut. libri

heben hervor, daß er zuerst mit Streitschriften gegen die Occidentalen auftrat.[16]) Von den Lateinern bezeichnet ihn der mit seinen Schriften wohl vertraute Hugo Etherianus als diri valde languoris fidei christianorum causa und wendet auf ihn die Worte des Propheten Isaias an: „Wehe denen, die weise sind bei sich selber und klug in ihren Augen." [17]) In der römischen Kirche erschien er als Eindringling, als Usurpator.[18])

Aber die jetzige griechische Kirche, die wir die schismatische nennen, zählt ihn zu ihren Heiligen. Ihre Schriftsteller nennen ihn den „Apostelgleichen, den großen ökumenischen Lehrer, das Wunder seiner Zeit und der folgenden Jahrhunderte, von dem alle Bibliotheken wie alle Blätter der Kirchengeschichte voll sind, der nicht blos durch Geburt, Reichthum und Würden, sondern auch durch Edelmuth, Weisheit, Tugend und Frömmigkeit hochberühmt war, den Mann, der in Wahrheit vom Lichte den Namen hat, den Mund der Theologen, die Säule und Grundfeste der Kirchen, die Zierde der Patriarchen, das Muster und den Schlußstein der Martyrer und Bekenner der Wahrheit, der den Aposteln beigesellt, den Engeln des Himmels zugezählt ward;"[19]) sie strömen über von Bewunderung für den göttlichen und dreimal seligen Patriarchen.[20]) Die Kirche von Byzanz ruft nicht blos nach älterem Brauche am Sonntage der Orthodoxie aus: „den heiligsten rechtgläubigen und ehrwürdigen Patriarchen Ignatius und Photius ewiges Andenken,"[21]) sondern sie begeht auch am 6. Februar als am Todestage des Photius sein Fest in der Kirche Johannes des Täufers im Kloster der Eremia (des Jeremias), seiner Begräbnißstätte.[22]) Gleiches geschieht in Chalcis in dem von ihm er-

---

Phot. (Migne CXLI. p. 861). — Const. Meliten. Or. II. c. 41 (Gr. orth. II. 911): *ὁ τῶν πρώτων ἐγκλημάτων ἀρχηγός*. — Georg. Metoch. c. Man. Cret. c. 27. et ap. Allat. c. Hotting. p. 429 (Migne l. cit. p. 1420.). — Maxim. Chrysob. de proc. Sp. S. c. 3. 4 (Gr. orth. II. 1068. 1080—1082). — Barlaam ep. pro Lat. (Migne CLI. 1268). — Man. Calec. L. IV. (ib. CLII. 205). — Georg. Trapez. ep. ad Eug. IV. (ib. CLXI. 890). Der in Cpl. um 1252 verfaßte Traktat der Dominikaner (ib. CXL. 487) nennt ihn primus schismatis inventor und zählt seit seiner Zeit (c. 872) an 380 Jahre. Auch Nikolaus V. ep. de un. Eccl. (M. CLX. 1206) bezeichnet ihn als auctor schismatis.

[16]) Joh. Plusiad. a. Jos. Methon. pro Conc. Flor. et Refut. Marci Eph. (M. CLIX. 965—968. 1092).

[17]) L. II. c. Graec. c. 16 (Bibl. PP. max. Lugd. XXII. 1230).

[18]) *ἐπιβάτης*. Bessario Card. ap. Migne CLXI. p. 477.

[19]) Sophocl. Oecon. Proleg. in Photii Amph. ed. Athen. 1858. §. 1. p. α'; §. 34. p. κη'; §. 39. p. λβ'.

[20]) Dosith. Hieros. Patr. *Τόμος Χαρᾶς* Praef. et de Patr. Hier. L. VII. — Spyridion Zampelios *Βυζαντιναὶ Μελέται* p. 483 seq. *Ἱστορικὴ μελέτη περὶ πολιτικοῦ Ἀλφαβήτου* p. 321 seq. c. 67. Aehnlich äußern sich Meletius von Athen in seiner Kirchengeschichte (t. II. p. 274), Elias Miniatis in der *Πέτρα σκανδάλου*, Stephan Karatheodori, Alex. Sturdza, der Metropolit Philaretes von Moskau, namentlich auch J. N. Valettas, früher Director des griech. Pädagogiums in Syros, in seinen Prolegomenen zu den *Ἐπιστολαὶ Φωτίου* Lond. 1864. p. 1. seq. p. 82. 83.

[21]) *Συνοδ. Σελλογ.* t. II. p. 906. *Συνοδικὸν τῆς ὀρθοδοξίας*. Cod. Monac. gr. 380. f. 84.

[22]) Nicodem. Synaxar. t. II. p. 109.

bauten Kloster der heiligen Dreieinigkeit, das er Neu-Sion genannt haben soll,[25]) am gleichen Tage sowie auch nach Pfingsten, nach dem Feste des heiligen Geistes, den er „so sehr verherrlicht", bei der Feier der Gründung des Klosters,[26]) und eine eigene Akoluthie[27]) ward dafür ausgearbeitet, die eine angeblich ältere und im Laufe der Zeit spurlos untergegangene ersetzen soll.

Wer indessen die Bedeutung und die Entwicklung der Hagiodulie bei den Griechen des Mittelalters kennt, dem kann das völlige Untergehen einer solchen älteren Akoluthie nur höchst zweifelhaft erscheinen, und wenn wir nach den Beweisen für die Heiligkeit des Photius und nach dem Alter des ihm gewidmeten Cultus fragen, so finden wir die ersteren völlig ungenügend, letzteres aber kaum vier Jahrhunderte übersteigend. Während die Heiligkeit des Ignatius bei allen Chronisten seit dem zehnten Jahrhundert hochgefeiert ist[28]) und die Synaxarien am 23. Oktober ihn aufführen,[29]) hat keiner der Chronisten den Photius heilig genannt und bis in's dreizehnte Jahrhundert hinein reden fast alle griechischen Schriftsteller von ihm in Ausdrücken, die einem anerkannten Heiligen gegenüber völlig unstatthaft gewesen wären.[30]) Das Menologium Basilius' II. führt ihn nicht auf; nur in einem Synaxarium Claromontanum und in einem slavischen Menäum hat er am 6. Februar unter den Heiligen eine Stelle gefunden.[31]) Selbst noch Nikephorus Gregoras schildert uns im Vorübergehen in seiner Biographie des Anton Cauleas die durch die Herrschsucht und den Ehrgeiz des Photius herbeigeführten Wirren, die er wie Nachwirkungen des früher in den Ikonoklastenzeiten tobenden Sturmes, der erst nach und nach sich legte, auffaßt.[32]) Bis zum fünfzehnten

[25]) Von dieser Tradition gibt der Patriarch Constantius I. von Cpl. Zeugniß *Κωνσταντινιάδος* p. 166 ed. Venet. 1821. Sophokles Oekonomos (Proleg. cit. §. 33. p. *κε´* not. *δ*.) theilt das Epigramm von seinem Vater mit:

Φώτιος ἦν πρῶτος πατριάρχης κεῖνος ὁ θεῖος
Δώματα καὶ ἡ Νέα ἐδωρήσατο Σιών.

[26]) Soph. Oecon. Prol. cit. §. 31. p. *κη´* not. *β*.

[27]) *Κωνσταντίνου μητροπολίτου Σταυρουπόλεως τοῦ Τυπάλδου Ἀκολουθία τοῦ ἐν ἁγίοις πατρὸς ἡμῶν καὶ ἰσαποστόλου Φωτίου*. Cpll 1848. Dort heißt es u. A.: *Τοῦ ἐπὶ γῆς ἰσοφόρου φανενθέντος δεινῶς καὶ θρόνον αὐτοῦ θέντος ὑπεράνω τῶν ἄστρων, πρώτος σὺ ἐζήλωσας, ὡς Μιχαήλ, ἀντιβοήσας ἔνδοξε· στῶμεν καλῶς, στῶμεν πάντες ἐν ταῖς ὀρθαῖς τῶν πατέρων παραδόσεσι* (p. 11). Cf. Balett. p. 61. n. 5.

[28]) Vgl. Bd. I. S. 357. N. 36. Ephrem Chronogr. (Mai N. C. III. 1. p. 256) nennt ihn *κανὼν ἀκριβὴς ἀρετῶν καὶ δογμάτων, παιδεύσεως κλῆμα καὶ λόγων κράτος*. Niceph. Greg. Vita S. Antonii II. Cod. Mon. 10. f. 88: *ἄνδρα τὴν ἀρετὴν ὑψηλὸν καὶ ὅλον θεῖον μεστὸν πνεύματος*.

[29]) Allat. de Syn. Phot. c. 6. p. 67 seq. c. Creyght. Exerc. XVI. p. 307. 308.

[30]) Manass. Compend. chron. v. 5159. p. 219: *ἀνταρπάζει δὲ Φώτιος — φεῦ! ἀντὶ τίνος ποῖον!* v. 5160. p. 220: *ὁ δὲ κακοῦργος Φώτιος ἐκβάλλεται τοῦ θρόνου*. Ephrem l. c.: *ἄνδρα πανοῦργον*.

[31]) Acta SS. t. I. Aug. p. 112. 113. n. 660. Martinov. Annus ecclesiasticus graeco-slavus. Bruxellis 1863. p. 63.

[32]) Cod. Mon. 10. p. 87. 88: *Ὥσπερ γὰρ ἀπαρκτίου σφοδροῦ καταρραγέντος ἄνωθεν καὶ ἀναμοχλεύσαντος καὶ μετεωρίσαντος ἐφ' ἱκανὸν τὰ τοῦ πόντου κύματα, ἔπειτα κατευνασθέν, οὐκ εὐθὺς οὐδ' ἅμα αὐτῷ καὶ ὁ τῶν κυμάτων συγκαταπαύεται κλόνος, ἀλλὰ*

Jahrhundert finden wir keine Homilie auf diesen „Heiligen“ und noch nach dem Concil von Florenz konnte der (unirte) byzantinische Patriarch Gregor III. Mamma (1445—1451) sagen, Photius sei den Heiligen nicht beigezählt.[23]) Die von Valettas[24]) angeführten Zeugnisse zu Gunsten des Photius reduciren sich, was die Zeit vor dem Florentinum betrifft, auf eine Stelle in dem gefälschten Briefe Johannes VIII. an Basilius (S. 401 f.), auf das Lob, das der sonst bei den Neugriechen so geschmähte Niketas David der edlen Geburt und dem Wissen des Photius spendet, sowie auf das Hervorheben seiner Gelehrsamkeit bei den Chronisten;[25]) kein einziges dieser Zeugnisse stellt ihn als Heiligen dar. Mit einem Sprunge gehen dann die „testimonia“ sofort zu Maximus Margunius im sechzehnten Jahrhundert über, der neben dem Wissen auch die Frömmigkeit des Photius rühmt; alle spätern von David Höschel an, darunter auch die von so verhaßten Autoren wie L. Maimbourg, handeln blos von der Gelehrsamkeit des Photius, die noch Niemand bestritten hat. Alle positiven Zeugnisse für die Heiligkeit fehlen; der bloße Titel des Heiligsten und Seligsten ist an sich nicht beweisend; er gilt zunächst dem Amte und kommt in dieser Bedeutung auch bei Solchen vor, die der betreffende Autor in ihrem

---

παραμείνει χρόνον οὐ μικρὸν κατ' ἀλλήλων νεωτεριστά τε καὶ μαχόμενα, οὕτω κἀπὶ τῶν τότε πραγμάτων ἔσχε. Τοῦ γὰρ τῆς εἰκονομαχίας χειμῶνος πολλοῦ καὶ πολύν τινα χρόνον καταδραμόντος τήν τε ἐκκλησίαν καὶ τὰ τῆς βασιλείας πράγματα, οὕτω σφόδρα βαρὺς ὁ τῶν τοιούτων κυμάτων ἠγέρθη κλύδων καὶ οὕτω δυσκαθαίρετος, ὥστε καὶ τοῦ χειμῶνος παυσαμένου καὶ τοῦ ὀρθοδόξου βεβαιωθέντος ἔτι τὰ τῆς ἐκκλησιαστικῆς καταστάσεως οἰακοδομηθέντων ἔμεινε μὲν διεσπαρμένα καὶ ὁμοίως τοῦ σχήματος ἔχοντα ... ἀλλὰ πρὶν εἰς λιμένα καὶ γαλήνην ἐληλυθέναι, συνεκίνησεν αὖθις οὐ μικρῶς αὐτὰ καὶ πολλὴν ἐπαίρθεν ἀνοσιουργίαν τὸ τοῦ Φωτίου φίλαρχον καὶ φιλόδοξον. Σοφὸς μὲν γὰρ ἦν ὁ ἀνὴρ καὶ πολλὴν τὴν ἐν λόγοις ἐπλούτει σύνεσιν, καὶ μέντοι καὶ τῶν πραγμάτων τῶν γινομένων καὶ τῶν γενομένων πολλὴν αὐτῷ καὶ οὐκ ἀγεννῆ τὴν ἐμπειρίαν ὁ χρόνος ἐχαρίσατο· ἀλλὰ τῶν τε λεγομένων ἐνταῦθα καὶ πραττομένων τὸν κάλαμον εἰς σαθρὸν καὶ συντετὸν οὐκ ἔχοντι νοῦν, ἀλλὰ τὸ τῆς φιλαρχίας νέφος παχύ τε καὶ θολερὸν ὑποτρέχον σφόδρα ἐπεσκότει τοῖς τῆς αὐτοῦ διανοίας βλεφάροις καὶ συνορᾶν οὐδαμῶς συνεχώρει, ὡς ἀκολουθοῦσι τοῖς πράγμασιν ἀμείβει τόν τε τοῦ συνειδότος ἔλεγχον πικρὸν ἐκ τοῦ σύνεγγυς ἐπικρούσαι καὶ ἅμα τὰς τῶν ἐξ ἔθους ὑβρίζειν ἐχόντων θήγεσθαι γλώσσας καθάπερ ὀξύτατα βέλη ... Δόλοις ἀμηχάνοις περιελθὼν τὴν τοῦ τηνικαῦτα βασιλεύοντος Μιχαὴλ νηπιώδη κουφότητα καὶ παιδικὴν ἀπειρίαν, ἢ μᾶλλον συμμάχῳ χρησάμενος τῇ τοῦ Βάρδα χειρὶ ... καθεῖλεν ἐπ' οὐδεμιᾷ προφάσει τὸν πατριάρχην Ἰγνάτιον.., καὶ παραχρῆμα καθάπερ λῃστὴς τὸν πατριαρχικὸν ἀδίκως ἐπέβη θρόνον, καὶ αὐτὸν μακραῖς καὶ ποικίλαις κολάσεσι περιέβαλε τὸν Ἰγνάτιον. Τὸ δὴ τοιοῦτον δεινὸν λίαν αὖθις τὴν ἐκκλησίαν ἐτάραξε καὶ διέσεισε, καθάπερ ἐπὶ χειμῶνι χειμὼν ἐπελθὼν κἀπὶ κλύδωνι κλύδων, καὶ μέρη τοῦ ἱεροῦ πληρώματος πλεῖστα παρέσυρε καὶ διέρρηξε· καὶ ἵνα τὰ τοιαῦτα παραδραμόντες ὡς ἅπασι δηλὰ πρὸς τὰ πρότερον τοῦ λόγου ἐπαναστρέψωμεν κ. τ. λ. (Es folgen die Abschn. 8. S. 697. N. 46 an zweiter Stelle aus p. 88 angeführten Worte.)

[23]) Apol. c. Marc. Eph. c. 10 (Cod. Mon. 27. f. 133): Εἰ δ' ὁ Φώτιος πατριάρχης εἶπεν, ἀλλ' ἄρα, ὅτι ἐν ἁγίοις οὐ συντέτακται· καίτοι γε ἐν τῷ αὐτῷ τε καὶ ἑνὶ καιρῷ Φ. καὶ Ἰγνάτιος· ἀλλ' ὁ μὲν σὺν ἁγίοις τέτακται καὶ ἐν τῇ κγ' τοῦ Ὀκτωβρίου ἐν τοῖς συναξαρίοις μετὰ τῶν ἁγίων συντάττεται· ὁ δὲ Φώτιος οὐδαμῶς τοῖς ἁγίοις συγκρίθησεται. Cf. Allat. l. c.

[24]) Φωτίου ἐπιστολαί. Lond. 1864. p. 99—122.

[25]) Vgl. die Stellen Bd. I. S. 320. N. 27; S. 324 f. N. 59; S. 375. N. 8.

Privatleben keineswegs als heilig anerkennt;[36]) hat doch Photius selbst auf seiner Synode den ihm so überaus verhaßten Nikolaus den seligsten Papst genannt.[37])

Es erleidet keinen Zweifel, daß erst der zum Fanatismus entflammte Lateinerhaß der späteren Griechen den kirchlichen Cultus des Koryphäen der Schismatiker hervorgerufen hat. Anfangs hatte man ihn der Vergessenheit übergeben, man begnügte sich mit dem im zehnten Jahrhundert nach Analogie des einst zwischen dem Patriarchen Nikephorus und dem Studiten Theodor geschlossenen Friedens (Bd. I. S. 270) und nach dem Vorgange der Synode von 880 (S. 490 f. 500) bezüglich des achten Concils festgestellten Beschluße, der Alles gegen die Patriarchen Ignatius und Photius Gesprochene und Geschriebene der Verdammung übergab, man hielt es für eine religiöse Pflicht, die Thaten des Photius mit Stillschweigen zu übergehen, wie wir an dem Diakon Johannes (oben S. 585.) und so vielen Anderen[38]) ersehen. Nur Nikolaus Mystikus preiset seinen Lehrer, jedoch zunächst nur in Briefen an Auswärtige und Andersgläubige, an den armenischen und an einen saracenischen Fürsten, mit dessen Vater jener in freundschaftlichen Beziehungen gestanden war.[39]) Selbst Cärularius, der in seiner Synodalsentenz wider die Lateiner den Eingang der photianischen Encyclika von 867 vor sich hatte und theilweise ausschrieb, wagte es noch nicht, sich direct auf Photius zu berufen, und Niketas von Nicäa erlaubte sich ebenso wie nachher Nikephorus Gregoras eine sehr freie Kritik seiner Handlungen.[40]) Aber längst hatte man seine Schriften wieder hervorgesucht, um aus ihnen Waffen für die theologische Polemik zu entnehmen; die Synode von 1156 führte unter den Väterstellen bereits Texte des Photius an;[41]) zuletzt rühmte man nicht blos seine Schriften, sondern verherrlichte auch seine Person mit auserlesenen Lobsprüchen. So kam es allmälig zur Canonisation desselben Mannes, dessen man früher sich zu schämen schien; das rücksichtsvolle Stillschweigen ward in laute Glorification verwandelt, die in den früheren Jahrhunderten mangelnde fama sanctitatis wurde durch die schwülstigen Enkomien und Panegyriken der romfeindlichen Epigonen ersetzt, denen jede historische Begründung abgeht.

Zum Beweise der Heiligkeit des großen Mannes sollen seine „unsterblichen Schriften" dienen[42]) — allerdings die wichtigste Grundlage für den

---

[36]) Acta SS. l. c. p. 72. 73. n. 403—407. Du Cange Glossar. Voce ἅγιος.

[37]) Syn. Phot. act. II. Mansi XVII. p. 420 A.

[38]) Method. de vitando schismate c. 13. Dositheus Hier. Τόμος Ἀγάπης (sine pag. in fine c. 26): Ἀλλ' ἡ ἐπὶ Βασιλείου τοῦ Μακεδόνος ἀρθῇ οἰκουμενικὴ σύνοδος καὶ ἡ σύνοδος ἡ ἐπὶ Κωνσταντίνου τοῦ Πορφυρογεννήτου, ἥτις συνέταξε τὸν τόμον τῆς ἑνώσεως, εἴπασιν ἅπαντα τὰ κατὰ Φωτίου γραφέντα καὶ λαληθέντα ἀνάθεμα.

[39]) Nicol. ep. 2 ad Amiram Cret. (Mai Spic. X, II. p. 167 seq.)

[40]) Von Cärularius wird B. X. die Rede sein; die Worte des Niketas s. B. VI. Abschn. 7. S. 526. N. 51. 52. Vgl. das. N. 60.

[41]) Mai Spic. Rom. X. p. 38 seq.

[42]) Sophocl. Oecon. l. c. §. 1. p. β'. Balettа Prol. cit. p. 5. not. 1; p. 16.

weltlichen Heroencult, aber nicht für die altkirchliche Hagiodulie; — weil Photius in seinen Briefen sich gegen alle Laster erklärt, darum muß er völlig von ihnen frei gewesen sein.[43]) Die neuhellenische Historiographie tritt lieber der von Orient und Occident einmüthig bezeugten Heiligkeit des Ignatius zu nahe, als daß sie auf ihren Helden einen leisen Schatten fallen läßt. Jener soll seine frühere Resignation zurückgenommen und Zwietracht erregt haben; er wird zum eigentlichen Unruhestifter sowie zum Beleidiger des Photius und zum „Sclaven der päpstlichen Lügen" gemacht; er wird dargestellt theils als hochfahrend und prahlend mit seiner vornehmen Abkunft, als ungerechter Richter über Gregor Asbestas, theils als blindes und gutmüthig schwaches Werkzeug seiner Umgebung.[44]) Während Photius ganz nach seinen eigenen Aeußerungen, zumal in den Briefen, beurtheilt wird, werden die feierlichen Erklärungen und die Briefe des Papstes Nikolaus, ohnehin selten im lateinischen Originale und in ihrer Vollständigkeit gelesen, oft auch mißverstanden,[45]) beinahe gänzlich perhorrescirt und jeder Schritt desselben wird im ungünstigsten Sinne gedeutet. Die Willkür, mit der Nikolaus als Nachbar die (damals durch die Byzantiner sowohl als durch die Saracenen seinem Machtbereiche entrückten) Kirchen Siciliens auf jede Weise bedrückte, soll den Gregor Asbestas zur Flucht nach Byzanz bestimmt,[46]) blos seine Herrschsucht sein Festhalten an der Sache des Ignatius verursacht haben;[47]) die Akten der römischen Synode von 863 sind verloren oder verborgen, „damit die päpstliche Schlechtigkeit nicht an den Tag komme," die auch Michaels III. Briefe auf die Seite geschafft hat.[48]) Ja der Papst scheint an dem Morde des Bardas nicht unschuldig,[49]) weil er ja sein Ende prophezeit,[50]) weil er in dem an ihn gerichteten Briefe dessen Tod noch nicht zu wissen „geheuchelt", weil Bardas in dem „papistischen Mährchen",[51]) in dem von Niketas berichteten Traume, den Petrus seine Hinrichtung befehlen gesehen, weil dann Basilius im Anfange sich dem römischen Stuhle so gefügig

---

§. 10. Letzterer beruht die von ihm hochverehrten beiden Oeconomi (Vater und Sohn). Vgl. p. 22. §. 19.

[43]) Oecon. §. 7. p. ιθ', ιγ' not. α.

[44]) Oecon. §. 9. p. ιζ'. Cf. p. κδ' §. 13. not. γ. Bal. Prol. §. 24. p. 28; §§. 27. 28. p. 35. 36.

[45]) Baletta hat sicher die Briefe des Papstes nicht im lat. Texte gelesen; er druckt überhaupt lat. Stellen mit vielen Fehlern ab (p. 89: sul oratiatus statt: sui cruciatus; p. 54 pudenta malendicentia; p. 56 intelexi u. s. f.); er behauptet wiederholt (Prol. p. 45. 47. §§. 33. 35. not. 3. p. 152 in ep. 3), Nikolaus habe in seinem ersten Briefe den Photius Bischof von Cpl. genannt. Uebersieht er etwa so den „vir prudentissimus" (Bd. I. S. 417)?

[46]) Oecon. §. 5. p. ι' not. α. Cf. Bal. Prol. §. 21. p. 29. not. 1.

[47]) Oec. §. 11. p. κ'. Bal. p. 42. §. 32 nennt den Papst ἀλαζονικώτατος καὶ τυραννικώτατος.

[48]) Oec. §§. 14. 15. p. κη'.

[49]) Oec. §. 21. p. λδ' not. β. Bal. §. 40. p. 52. 53. not. 3.

[50]) So hätte auch Theodor der Studit den Tod des Kaisers Nikephorus (Bd. I. S. 269), Manuel den des Bardas (das. S. 345) verschuldet.

[51]) Bal. p. 40—42. not. ad §. 30.

erwiesen hat. Alle dem Photius ungünstigen Autoren werden als leidenschaftliche Antiphotianer in den gerade mißliebigen Angaben verworfen, vielfacher Widersprüche beschuldigt,[52]) ihre Differenzen in Nebendingen, wie sie in der ganzen byzantinischen Geschichte fast bei jedem Schritte uns begegnen, als Belege ihrer Unglaubwürdigkeit betrachtet;[53]) anderwärts aber werden sie mit Entstellung und Mißdeutung ihrer Worte nach Gutbefinden verwerthet.[54]) Selbst die sonst mit besonderer Sympathie behandelten Gelehrten der Protestanten (*Διαμαρτυρόμενοι*), wie Neander, werden scharf getadelt, soweit sie bezüglich des allerheiligsten Photius mit den Katholiken (*Παπισταί*) in Einklang sind.[55]) Alle dem römischen Stuhle feindseligen, wenn auch unbedeutenden und längst verschollenen Schriften werden benützt, um gegen die tyrannische Herrschaft der Päpste, die der große Photius gebrochen haben soll, als Waffen zu dienen, ja der Name der occidentalischen Kirche (*δύσις* im Gegensatze zur *ἀνατολή*) muß die Finsterniß bezeichnen;[56]) die Anwesenheit des Petrus in Rom, die so viele griechische Väter bezeugen, wird als Mythe betrachtet und den abendländischen Theologen die Lehre von der „Sündlosigkeit" des Papstes (Anamartesie statt Infallibilität) zugeschrieben.[57]) Dahin hat man es in unserer Zeit gebracht und mit der Abweichung von aller geschichtlichen Ueberlieferung und Treue[58]) die Aussichten auf eine kirchliche Wiedervereinigung

[52]) So soll z. B. ein Widerspruch darin liegen, daß Niketas die Reinheit und Jungfräulichkeit des unter Leo V. castrirten Ignatius rühmt. Als ob nicht auch bei Eunuchen unsittliche Regungen vorkommen könnten! Zudem hatte der byzantinische Hof selbst in diesem Sinne nach Rom geschrieben (Bd. I. S. 357. N. 37). So wird zu Gunsten Michael's III. urgirt, daß er *ἀσεβής* genannt und die Restauration des (Bilder-) Cultus von Georg Mon. ihm (dem dreijährigen Kinde!) bei Uebernahme der Herrschaft (*τὴν πατρικὴν βασιλείαν διαδεξάμενος*) zugeschrieben werde, daß der „heilige" Photius ihm Wohlwollen geschenkt, Leo VI. ihn ehrenvoll bestattet habe, endlich die vorhandenen Geldsummen zur Zeit Theodora's bei verschiedenen Chronisten verschieden angegeben seien. (Oec. §. 4. p. θ' not. γ.). Bal. not. in Phot. ep. 1 ad Nicol. p. 136. 137 will, daß Photius den im Anfange allerdings schlechten Michael Potrs zur Besserung gebracht habe, und entschuldigt des Ersteren Schmeichelei gegen diesen mit der dem orthodoxen Clerus von jeher eigenen Ehrfurcht vor den Kaisern und der ihn auszeichnenden Enthaltung von aller weltlichen Politik.

[53]) Oec. §. 1. p. α' not. a.; §. 4. p. θ' not. γ.

[54]) Bal. §. 25. p. 32 citirt die Worte des Niketas (Migne CV. 509): *καὶ πλεῖστα ὑπ' ἐκείνοις ἀνδραπόδων.. Φώτιον προχειρίζονται* ganz falsch, indem er als Subject des Satzes die Bischöfe setzt, während es die Höflinge (*οἱ παρὰ τοῦ βασιλέως*) sind. Die Eltern des Photius, Sergius und Irene, werden aus Symeon Magister als historische Personen genommen, so wenig man sonst bei diesem Autor ein Fünkchen von Wahrheit finden will.

[55]) Oec. §. 8. p. ιε' not. δ.; §. 2 p. ε'. Vgl. p. ι', ς' das Urtheil über den Artikel in der Encyklopädie von Ersch und Gruber.

[56]) Bal. p. 7. 8. Selbst der hyperrationalistische Italiener Bianchi-Giovini wird in seiner vielfach verunstalteten Uebersetzung von Herm. Schmitt's krit. Gesch. der gr. Kirche angerufen.

[57]) Bal. p. 10 not.; p. 9.

[58]) Selbst die Genauigkeit in der Chronologie geht den meisten anderen Griechen ab. A. Demitrakopulos z. B. (Bibl. Eccl. t. I. Lips. 1866. p. 274 not.) legt den von Nikolaus Methonensis ganz richtig citirten Canon 16 der Synode in der Apostelkirche der Synode von

immer mehr getrübt und in die Ferne gerückt. „So lange die griechische Kirche das Andenken des Photius als ersten Befreiers vom Joche des Papstthums und Aufpflanzers des Paniers der Orthodoxie hoch hält, ist noch nicht auch nur der erste Schritt zur Selbsterkenntniß gethan.“ [30])

Man hat auf katholischer Seite den Photius manchmal mit Luther verglichen und in vielen Zügen findet sich Aehnlichkeit. Photius war in der Zeit seines maßgebenden Einflusses ebenso getragen durch die Gunst der Landesfürsten und vieler Profangelehrten, ebenso wechselnd und veränderlich in vielen seiner Aussprüche, ebenso kühn und heftig gegen seine Widersacher, ebenso einseitig und trotzig in der Polemik, ebenso einflußreich sowohl bei seinen Landsleuten durch die genaue Kenntniß ihrer Vorzüge und Schwächen, als bei anderen Nationen durch die von ihm gegebenen Impulse, durch die von ihm verbreiteten Ideen. Aber während der „Ekklesiastes von Wittenberg“ bis zum völligen Bruche mit der kirchlichen Paradosis vorschritt, stützte sich der gewaltige Theolog von Byzanz mit aller Zähigkeit auf die Vergangenheit und die Ueberlieferung seines Volkes. War der sächsische Mönch minder fein und geglättet, sowie — im Verhältnisse zu der Bildung seines Jahrhunderts — auch minder gelehrt als der griechische Patriarch, so war er dafür offener, gerader, volksthümlicher, productiver. Byzanz hätte sicher keinen Luther, Deutschland kaum einen Photius erzeugt.

11. Das pastorale Wirken des Photius. Seine Freundschafts- und Trostbriefe.

Ist auch in dem öffentlichen Leben des Photius sehr Vieles gerechtem Tadel unterworfen, ja sogar in mehr als einer Beziehung gerechtem Abscheu: so leuchten doch immer an ihm so manche herrliche Gaben, so manche schöne Züge hervor, die man kaum mit dem bisher Geschilderten zusammenzureimen vermag. Aber was er selbst allgemein ausspricht: „Kein Mensch, auch nicht der vollkommenste, ist von jeder Makel rein; kein Mensch, auch nicht der schlechteste, ist gänzlich von jeder Tugend entblößt. Das ist eine alte Wahrheit, die bis zur Stunde durch die übereinstimmenden Ansichten wie durch die Handlungen Aller bewährt ist“ [1]) — das muß auch auf ihn selber Anwendung finden. Eine wahre, gründliche, ächt christliche Tugend ist ohne Gerechtigkeit, ohne Demuth, ohne Wahrheitsliebe nicht möglich; aber einzelne gute Seiten und auch edlere Regungen findet man leicht auch an sonst sittlich verkommenen Menschen, den Schein der Tugend erkünsteln auch Jene, die himmelweit von ihr entfernt sind, und vor gröberen Lastern weiß ein stolzes Selbstbewußtsein

879 bei und verwechselt so die in diesem Jahre gehaltene Synode von St. Sophia, die nur drei Canones erließ, mit der älteren von 861.

[30]) Pichler Gesch. der kirchl. Trennung I. S. 103.

[1]) Phot. ep. 65. Metroph. man. p. 118. Migne L. II. ep. 76. Balettas Φωτίου ἐπιστολαί ep. 172. p. 505. Vgl. M. Varro in lege Maenia: Ut in bona segete neque nullum est spicum nequam, neque in mala non aliquid bonum.

und ein hochfliegendes Streben begabtere Naturen zu bewahren. Keinesfalls konnte der Ehrgeiz in einem Manne wie Photius alle besseren Regungen ersticken; da, wo sein Interesse nicht in das Spiel kam oder eine edle Handlung sogar erheischte, blieb er ihr gewiß nicht ferne; ja, um so viele Personen der verschiedensten Stände fest an sich zu ketten, bedurfte er auch des Zaubers, den persönliche Liebenswürdigkeit und aufopfernde Hingabe für Andere einem hochgestellten Manne verleiht, oder doch desjenigen, den bei Abgang der wahren die erheuchelte Tugend um sich zu verbreiten weiß. Als Verbannter hatte er die Rolle des gottergebenen Dulders vortrefflich gespielt; ein solcher Mann wußte sicher auch die Rolle eines seeleneifrigen Hirten gut durchzuführen, nicht immer aus Verstellung, oft auch im Ernste, in der strengen Haltung eines Asceten zu erscheinen, in Worten wenigstens die gefeierten Heiligen der Kirche nachzuahmen, ja nöthigenfalls auch in Thaten sich als deren Jünger zu zeigen. Eine solche religiöse Politik hat bisweilen für die Untergebenen Gutes gewirkt, oft auch Unzählige bestochen und geblendet, die zwischen wahrer und falscher Frömmigkeit nicht zu unterscheiden vermochten, meistens aber staunenswerthe Erfolge hervorgebracht, die, wenn auch vorübergehend, doch zu ihrer Zeit sehr intensiv sich zeigten. Oft ersetzt in dem geistlichen Führer der Menschen einigermaßen die Intelligenz das, was dem Herzen abgeht; das Genie selbst vermag viele Blößen des Charakters zu verdecken, ja sogar in einem ganz entgegengesetzten Lichte darzustellen. Wer den griechischen Charakter wie die Einflüsse des Hoflebens würdigt und sich hineingelebt hat in den damaligen Byzantinismus, dem ist das Janusgesicht unseres Patriarchen kein psychologisches Räthsel mehr.

Es ist kein Zweifel, der wohlerfahrene, mit durchdringendem Scharfsinn ausgestattete Photius konnte unzähligen Geistlichen und Laien ein trefflicher Rathgeber, ein kluger Seelenführer sein; er konnte in der Pastoral Bedeutendes leisten, wenn auch seine Leistungen unendlich fruchttragender gewesen wären, hätte er eine ebenso tiefe und wahre Frömmigkeit als klare Einsicht mit in sein Amt gebracht. So sind auch jetzt noch viele seiner Briefe Muster und Zeugnisse eines feinen praktischen Taktes; reich an Mahnungen, Zurechtweisungen, Ermunterungen und Kernsprüchen schildern sie Tugenden und Laster mit kräftigen Farben, belehren und erbauen, tadeln und strafen mit dem Ernste und der Würde des Apostels, und oft käme der mit dem Verfasser unbekannte Leser in Versuchung, sie für das Werk eines vollendeten Heiligen zu halten, der nur aus überströmendem Herzen, aus tief empfundener und durchlebter Religiosität an seine Mitmenschen solche Worte gerichtet hat, würden nicht wieder andere, dem geübteren Auge wohl erkennbare Lineamente die gleißnerische Schminke verrathen, die jener so anziehenden Physiognomie den frischen Anhauch jugendlichen Lebens und ungekünstelter Schönheit geliehen hat. Wo es sich aber um nüchterne, reinvernünftige Dinge, um Sachen des praktischen Lebens und der Erfahrung handelte, da war das Spiel mit dem Höheren und Heiligen nicht nöthig, da genügte das gesunde Urtheil und der feine Takt des Mannes, der sich dann auch vollkommen bewährte. Den besten Beleg hiefür geben die uns erhaltenen Briefe, von denen diejenigen, die sonst noch keine Stelle gefunden, hier angeführt werden sollen.

Den Protospathar Michael mahnt der Patriarch, seine Kinder gut zu erziehen. „Der Besitz einer guten Erziehung wird dem Alter die sicherste Stütze und führt die Jugend ohne Beschwerde zur Tugend. Erziehe also deine Kinder zur Tugend und Weisheit, damit sie noch in den Jugendjahren Reife und Anstand im Umgange zeigen und im Alter fremder Hilfe nicht bedürfen.“ [2]) Auch im Einzelnen gibt er pädagogische Vorschriften und Rathschläge. Dem Abt Theoktistus bemerkt er, wohl solle er die Tugenden loben, aber nicht seinen Schülern in's Angesicht Lob und Bewunderung zollen, vielmehr sie ermahnen und zu weiterem Streben auffordern; das Loben in's Angesicht könne der Schmeichelei ähnlich werden und den Belobten hoffärtig und im Guten nachlässig machen. [3])

Viele Briefe des Photius enthalten eindringliche Ermahnungen zur Tugend. Den Mönch und Arzt Acacius mahnt er zum Kampfe gegen unreine Gedanken durch fortwährendes Gebet, Enthaltsamkeit, Werke der Wohlthätigkeit und Sanftmuth; ebenso warnt er ihn vor Hochmuth und Selbstüberschätzung, die den Menschen thöricht und zu seinem eigenen Feinde mache, indem er Ermahnungen der Freunde ebenso zurückweise, als er Schmeicheleien der Feinde bereitwillig aufnehme. [4]) Einen anderen Mönch Namens Isaakius erinnert er daran, er sei bereits bejahrt und doch noch nicht reif für den Himmel; er möge, wenn auch spät, Früchte der Buße bringen und nicht ferner Dornen und Unkraut tragen, an die Ewigkeit denken und an die Qualen der Hölle. [5]) Häufig schärft der Patriarch die Pflicht der Zurechtweisung der Fehlenden ein, besonders seinen in Amt und Würde stehenden Freunden. Den Georg von Nikomedien bittet er, gegenüber einem gewissen Petronius, der seinen freimüthigen Tadel derb und mit Hohn zurückgewiesen, sich deßhalb nicht abschrecken zu lassen, sondern bei ihm und bei Anderen fortzufahren, wo es nöthig, auf Besserung zu bringen. [6]) Ueber die Art und Weise, wie man Andere zurechtweisen soll, schreibt er seinem Bruder Sergius: [7]) „Ein ungemäßigter Tadel verfällt in ein doppeltes Uebel: er richtet nicht aus, was er bezweckt, und er führt herbei, was er nicht beabsichtigt. Er bezweckt, den Zurechtgewiesenen zur Reue zu führen; aber das bringt er nicht zu Stande, vielmehr verkehrt sich das Erstrebte in das Gegentheil; denn er erbittert noch mehr und treibt zur Verzweiflung; der Tadler erregt von sich die Meinung, daß er nicht aus menschenfreundlicher Gesinnung und reinem Mitgefühl, sondern aus Schadenfreude über den Fall des Nächsten sich den Schmähungen hingibt. Deßhalb haben mit großer Umsicht und Weisheit der Prophet Nathan dem David und

[2]) ep. 109. p. 153 Mont.; Migne L. III. ep. 36. Bal. ep. 126. p. 417.

[3]) ep. 82. p. 91. M. L. II. ep. 47. B. ep. 99. p. 424.

[4]) epp. 119. 122. p. 162 seq. M. L. II. ep. 85. 86. B. ep. 106. 107. p. 428 seq.

[5]) ep. 128. p. 169 seq. M. L. II. ep. 87. B. ep. 177. p. 507.

[6]) ep. 199. p. 296. M. L. II. 33. B. ep. 95. p. 422.

[7]) ep. 200. p. 295. M. III. 58. B. ep. 85. p. 414.

Michäas dem Achab*) unter Bildern verhüllt ihre Strafreden vorgebracht, indem sie dieselben zugleich durch mildere Worte zu versüßen suchten, und haben diese, da sie nicht wußten,*) wohin die Einleitung der Rede ziele, zu Richtern über ihre eigenen Missethaten gemacht. Darum erreichte auch Nathan seinen Zweck, indem er einen Mann, der die Tugend liebte, obschon er ihr untreu geworden war, strafend zurechtwies, und Michäas hatte dem thierisch wilden König gegenüber zwar nicht den gleichen, aber doch immer einen großen Erfolg, denn er erregte in ihm sofort Schmerz und Thränen (III. Kön. 21, 27) und wenn jener auch bald darnach zu seiner Gottlosigkeit zurückkehrte, so wies er doch seinen übermüthigen und wollüstigen Sinn in Schranken. Du nun mische, wo es das Bedürfniß erheischt, deinen Zurechtweisungen höfliche und gewinnende Formen bei, ermahne die Betreffenden in geziemender Umhüllung, und so wirst du um so viel mehr den Zweck erreichen."

Zuwider war dem Patriarchen die Trunkenheit, besonders an Geistlichen. Einem Diakon Georg, der einem Hospize vorstand, schrieb er: „Paulus, der das Unaussprechliche sah und lehrte, hat die Trunkenheit fern von Gottes Reich gesehen. Wenn die Trunkenen das Reich Gottes nicht erben (I. Kor. 6, 10), was nützet es dir, daß du, wie du sagst, nicht Sclave der anderen Sünden geworden bist? Und doch gehört es zu den unmöglichen Dingen, daß der Mensch, wenn er durch die Trunkenheit geblendet ist, nicht an jedem Steine anstoße und nicht Sclave aller Leidenschaften werde." [10]) Wenn, wie wahrscheinlich, dieser Diakon und Xenodochos Georg mit demjenigen derselbe ist, an den mehrere andere Briefe gerichtet sind, so hatte Photius Recht, als er bezweifelte, daß das Laster der Trunkenheit allein und mit Ausschluß aller sonstigen Laster bei ihm sich finde. Andere Briefe mit derselben Adresse tadeln Geiz, Liebe zum Reichthum und Wankelmuth. „Melanthus, der Tragödiendarsteller" — so heißt es in dem einen [11]) — „soll so gefräßig gewesen sein, daß es ihn schmerzte, nicht den langen Hals des Schwans zu besitzen, um so recht lange den Genuß und Wohlgeschmack der in seinen Schlund hinabsteigenden Speisen zu haben. Hätte er aber an deinen Mahlzeiten Theil nehmen müssen, so würde er, glaub' ich, eine gute Arzenei für seine Betrübniß gefunden und nur gewünscht haben, daß sein Hals nicht einmal die frühere Länge behalte, um nicht so viel Zeit zu brauchen an deinem Tische und bei deinen Gerichten. Was ist zu thun? Am besten ist es, sich an den Spruch zu halten: Nichts im Uebermaß!" Ein anderer Brief an denselben lautet: „Du liebst das Geld; darum liebst du die Tugend nicht. Durch die Liebe zum Bösen wird die zum Guten getilgt. Löschest du die Flamme der Habsucht aus und verbrennest du mit ihr die Dornen der Geldgier, so wird der Boden

*) Ueber Nathan s. II. Kön. 12, 1 ff. Statt Michäas ist Elias zu lesen nach III. Kön. 21, 19 ff., womit K. 22, 17 ff. verwechselt ward.

*) Statt διὰ τοῦ ἀγνοεῖν, wie auch Balettas liest, lese ich mit Mon. 553. p. 174, a.: διὰ τὸ ἀγνοεῖν.

[10]) ep. 45. p. 160. M. L. II. 53. B. ep. 180 p. 511.

[11]) ep. 88. p. 182. M. L. II. 56. B. ep. 110. p. 432. Ueber Melanthus s. Athen. I. 10.

deiner Seele leicht die gehörige Frucht tragen, das Almosen, und dich aus der Reihe der Böcke in die der Schafe versetzen." Anderwärts ergeht über diesen Diakon der Tadel, daß er nicht einen Augenblick bei derselben Meinung und Gesinnung beharre, sondern stets sich ändere und hin- und herwoge, von dem Moment sich beherrschen lasse, nach Allem sich richte und als seine eigene Gestalt die Gestaltlosigkeit zu erkennen gebe. Hätte er früher gelebt, so würde er den alten heidnischen Philosophen viele Mühe erspart haben, falls sie ihn gekannt, namentlich aber ihre schwierigen Untersuchungen über die Materie, die nichts von allem Daseienden, aber alles Mögliche aufzunehmen fähig, beständigem Wechsel und steter Veränderlichkeit unterworfen sei.[11]) — Sorglich mahnt der unermüdliche Patriarch einen jungen Mönch Sophronius, in der Jugend die Sünde zu fliehen, weil, wenn auch später durch Buße Heilung eintrete, doch Wundmale und Narben zurückbleiben, die bis zum späten Alter noch zum Bösen reizen und antreiben.[12])

Vor Allem suchte Photius habsüchtige und tyrannische Beamte zu besseren Gesinnungen zu bringen, von ihren Lastern abzuziehen, sie menschlich und mild zu stimmen. Vielen macht er Bestechlichkeit und Ungerechtigkeit zum Vorwurf, Mehreren droht er mit dem Gerichte Gottes, gegen Andere ergeht er sich in den schärfsten Ausdrücken. Dem Protospathar Niketas, der sich seiner hohen Geburt rühmte, schreibt er,[14]) er möge sich eher dadurch Ruhm erwerben, daß er durch Tugenden der Gründer und das Haupt (Hegemon) eines großen Geschlechtes werde; jenes könne auch der Schlechteste für sich geltend machen, dieses nur der Beste. Von dem Quästor Basilius hatte Photius vernommen, daß er sehr bestechlich sei und während seine Lippen von Gerechtigkeit überströmten, seine Hände sich nach Geld ausstreckten.[15]) Der Patriarch versicherte, er wolle nicht daran glauben, und sandte ihm mit seinem Briefe einen Dürftigen zu, den er unterstützen sollte, um so zu erproben, ob das Gerücht wahr oder falsch sei. Wohl mochte es viele Beamte geben, die im Anfange ihrer Amtsthätigkeit völlige Unbestechlichkeit zur Schau trugen, aber nur um nachher desto mehr Geschenke anzunehmen und größeren Gewinn zu machen. Anfangs hatte auch dieser Basilius zwischen strenger Gerechtigkeit und bestechlicher Habgier geschwankt; das Gold und das Recht schienen, wie Photius sagt, in seiner Seele sich zu streiten; ob aber das erstere ihn, den Patriarchen, scheute oder das Amt des Quästors, der es im Anfange wenigstens durch Unbestechlichkeit ehren zu wollen schien, wisse er nicht. Demselben Basilius schrieb Photius lakonisch: „Wenn du mit gerechtem Maße die unter sich Streitenden richten würdest, so würde nicht die Blässe des Goldes dir größere Schande bereiten, als denen, die es in reicherer Fülle dir bringen."[16]) Noch weit stärker ist

---

[11]) ep. 89. 91. M. L. II. 57. 58. B. ep. 185. 181.

[12]) ep. 42. p. 98. M. L. II. 75. B. ep. 103. p. 126.

[14]) ep. 110. p. 151. M. III. 37. B. ep. 207. p. 623.

[15]) Χρυσὸς σοι, φασὶν, αἱ χεῖρες, ἡ γλῶσσα τὸ δίκαιον. ep. 151. p. 209. M. L. III. 48. B. ep. 137. p. 453.

[16]) ep. 47. p. 101. M. III. 12. B. ep. 126. p. 517. Ein anderer wäre der Sinn des

ein anderer Brief an denselben: [17]) „Die Alten sagen, daß die Leber des Prometheus von einem Adler gefressen ward, weil er dadurch, daß er das Feuer vom Himmel stahl, den Menschen Mühsale und Beschwerden zuzog. Hätten die Dichter dich in ihre Gewalt bekommen, der über das Vaterland einen solchen Brennstoff von Uebeln gehäuft, so hätten sie nicht Adler, Geier oder Habichte dein Inneres zerfleischen lassen, sondern Panther, Löwen und andere wilde Thiere in deine Eingeweide versetzt. Obschon es aber keine Dichter mehr gibt, die Derartiges ersinnen, so hat doch die strenge christliche Wahrheit eine viel furchtbarere Strafe in Bereitschaft, da sie den Sündern unauslöschliches Feuer, die äußerste Finsterniß, Zähneknirschen und eine Menge von Würmern zeigt. Sollte dich die Furcht vor dem Zukünftigen noch nicht in Schranken halten, noch von deinem sinnlosen Treiben abziehen, so mögen wenigstens die trostlose Strafe von Sodoma und Gomorrha, die große Sündfluth, dieser allgemeine Schiffbruch der Menschheit, sowie die täglichen Thaten der Vorsehung deine Gedanken zu einem besonnenen und vernünftigen Streben hinlenken.“

Ebenso warnt Photius einen Steuereinnehmer Anastasius vor der Habsucht, der er sich ergeben und die ihm den Eintritt in das Himmelreich verschließe; ein großer Abgrund scheide Himmel und Hölle, ein barmherziger Mann sei weit entfernt von dem Bruderhasse der Reichen. [18]) Später bezeugt Photius demselben seine Freude, daß er sich gebessert und des Reichthums entäußert, indem er ihn mahnt, auch die Affecte aufzugeben, die früher an irdischen Schätzen hingen. [19])

Einem Manne wie Photius, der edlere Leidenschaften nährte, mußte die schmutzige Habsucht und die Corruption der byzantinischen Beamten in die Seele zuwider sein. Darum bot er Alles auf, die besseren und jüngeren Staatsdiener in ihren guten Vorsätzen zu bestärken, durch Lob und Anerkennung sie zu ermuntern. „Es läßt sich ertragen“ — so schreibt er an einen Protospathar und Marineobersten Johannes [20]) — „wenn Plutus (der Reichthum) blind ist, wie ihn der Komiker Aristophanes fingirt; aber ganz unerträglich ist es, wenn ihm die Dike (die Gerechtigkeit) blind zur Seite steht, ohne Augen,

---

Nachsatzes, wenn das ἢ vor τοῖς ἄλλοις, das Valettas ergänzt, weggelassen wird: „dann würde die Blässe des Goldes dir nicht größere Scheu vor denen verursachen, die es dir reichlicher darbringen.“

[17]) ep. 82. p. 129. M. III. 29. B. ep. 196. p. 517. In der Aufschrift steht hier statt Quästor πραίτωρ; Beides bedeutet dasselbe = φορολόγος, ὁ τοὺς φόρους εἰσπράττων. Bal. l. c. not. 3.

[18]) ep. 51. 52. p. 106. 107. M. III. 15. 16. B. ep. 138. 139. p. 454.

[19]) ep. 53. p. 107. M. III. 17. B. ep 110. — Vgl. auch q. 136. c. 4 (Oec. q. 147. p. 223.) über Jak. 1, 9. 10.

[20]) ep. 150. p. 201. M. III. 46. B. ep. 127. p. 447. Der hier angeredete Johannes ist, wie auch Montagu bemerkt, von den andern Beamten dieses Namens verschieden. Er wird als δρουγγάριος τοῦ πλοΐμου (l. c. τοῦ στόλου. Vgl. Bd. I. S. 421. N. 11), als Navarch bezeichnet. Leo Tact. Const. I: δρουγγάριος λέγεται ὁ μιᾶς μοίρας ἄρχων (drungus = τάγμα στρατιωτῶν). Cf. Codin. de off. p. 10. n. 32.

die sie auf die Mißhandelten richten sollte. Nun aber ist sie durch deine Amtsführung zum Sehen gekommen; nun soll sie zeigen, daß Plutus nicht blos blind, sondern auch stumm ist; nun soll das Recht, auch des Dürftigen, lauter rufen als diejenigen, welche mit Gold die Stimme jedes Rechtes von ihrem erhabenen und ehrwürdigen Richterstuhl zu entfernen gewohnt sind." [71])

Grausamkeit und Wollust fanden sich häufig bei denselben Männern beisammen. Sehr strenge rügt Photius beide Laster an dem hochbetagten Protospathar Pantaleon, dem er den ägyptischen Joseph als Muster der Keuschheit entgegenhält und den er anderwärts noch bitter tadelt, daß er, der Neige des Lebens nahe, die Hitze der heißblutigen Jugend an sich zeige und ärger als Räuber gegen die Menschen wüthe, so daß es scheine, er glaube nicht mehr leben zu können, wenn er nicht die Tyrannei eines Dionys oder Phalaris bei Weitem überbiete. Drohend sagt er ihm, noch seien die Gesetze nicht gestorben, noch wache das Auge der Gerechtigkeit, die ihn zur Strafe ziehen werde. [72]) Einen Spathar Constantin, einen Tyrrhener, warnte er vor der übel berüchtigten Lebensweise der Tyrrhener, ihren Orgien und Räubereien. Wenn die Bürger der Hauptstadt nur im Geringsten eine Abweichung von einem ordentlichen Leben an ihm wahrnehmen würden, so würden sie von dem sich zeigenden Rauche auf das hellodernde tyrrhenische Feuer schließen. Er möge das wohl scheuen und als gutgesitteter, keinen Anstoß bietender Mann vor Allen erscheinen und es in der That sein. [73])

Dem Präfekten der Insel Cypern, Stauratios, schrieb er: [74]) „Unter den Fischen bringt der Großkopf [75]) sein Leben größtentheils in Sümpfen zu. Er führt, wie die Erfahrung der Seefahrer lehrt, eine strenge Herrschaft über seinen Gaumen und bewahrt im Genusse große Mäßigkeit; er erhebt sich gegen kein Thier, auch nicht gegen die, welche sich ganz leicht fangen lassen, sondern seine Natur ist gegen alle Meerbewohner durchaus friedlich und sein Verfahren, wie wenn ein Bündniß geschlossen und mit Eiden bekräftigt wäre. Und in dem Maße liegt ihm die Bewahrung der geschilderten milden Sitten am Herzen, daß er nicht einmal dann, wenn gewaltige Winde und Seestürme ihn von seiner gewöhnten Nahrung wegtreiben, Hunger ihn aus seiner Heimath verjagt und er Speise suchend umherirren muß, die heimischen Gesetze übertritt, ja auch als Verbannter, selbst wenn ihm zufällig eine Speise vor Augen liegt und der Hunger ihn zur Verletzung dieser Gesetze antreibt, sich nicht durch die

---

[71]) ὑπερηχείτω δὲ (so richtig Mon. f. 115 statt ὑπερηχεῖ τῶδε) τὸ δίκαιον, κἂν πένης ᾖ, τῶν χρυσῷ παντὸς δικαίου φωνὴν εἰωθότων ἀπελαύνειν τοῦ σεμνοῦ ταύτης καὶ περιβλέπτου βήματος.

[72]) ep. 163. p. 213; ep. 22. p. 83. M. III. 51. 7. B. ep. 210. 209. p. 525. 524. Fehlerhaft hat Montagu hier wie anderwärts: Ἱππαθαρίῳ statt πρωτοσπαθαρίῳ.

[73]) ep. 80. p. 127. M. III. 27. B. ep. 131. p. 180.

[74]) Cotel. Mon. Eccl. gr. II. p. 104. 105. Migne L. III. ep. 66. Bal. ep. 213. p. 527.

[75]) ὁ κέφαλος Cotel.: „Capito, cephalus, labeo, mugilum genus, piscis notus et pietate, justitia, innocentia conspicuus. De quo vide cum cet. Rittershusium ad Oppianum." Vgl. Aelian. de nat. anim. I. 3.

dargebotene Nahrung verlocken läßt, noch dem zwingenden Hunger nachgibt, sondern auch im Angesicht einer Beute noch Enthaltsamkeit übt und die ihm eingeborene Philosophie an den Tag legt, die mächtiger ist als der Hunger und der Magen und das, was das Verlangen nach Speise äußerlich erregt. Daher ist er nicht im Stande, falls das vor ihm als Beute erscheinende Thier noch lebt, das gleichartige Wesen zu verschlingen und berührt so das Mahl nicht; ist es aber todt, dann stillt er die Gewalt des Hungers durch das, was eben nicht mehr lebt und keinen Schmerz empfindet. Der Großkopf rührt nicht einmal leblose Thiere an, außer wenn der Hunger heftig drängt und die Natur überwindet. — Du aber, der du lebendige Menschen sammt ihrem ganzen Vermögen, und zwar während du in Lüsten schwelgest — was soll ich sagen? — ohne irgend eine Noth auf so schamlose Weise und vor den Augen des Vaterlandes mit gierigem Rachen verschlingst und unersättlich verzehrst, welche Entschuldigung wirst du in jener Welt haben, da du nicht einmal in dieser mit den Fischen einen Vergleich aushalten kannst?"

Nicht minder scharf äußert sich unser Patriarch gegen einen Comes Alexander, der sehr tyrannisch gegen seine Untergebenen verfuhr. „Alexander der Macedonier, der diese Monarchie so hoch erhob, glaubte an dem Tage der Regierung entsagt zu haben, an dem er Niemanden etwas Gutes erwiesen. Das war bei ihm nur selten der Fall, da er mit aller Mühe darauf sann, den Menschen wohl zu thun; wo es aber doch nicht geschah, da sagte er: Heute bin ich nicht König gewesen. Und doch war er nur ein Heide, und dazu unter den Heiden ein König, ein Mensch, der den Lüsten und der Schwelgerei ergeben, und von seinem Glücke trunken war, der Götter von ganz gleicher Beschaffenheit sich als Richter und Aufseher seines Wandels dachte. Du aber bist ein Christ und unter den Christen dazu bestellt, nach den Gesetzen zu regieren, von den Wogen des Lebens viel umher geworfen; du bist mitten in dem Heiligthum und unter den Priestern; du läugnest nicht, daß du Enthaltsamkeit und Tugend in Ehren hältst, ja du kannst auch nicht gegen den allein wahren Gott als Zeugen und Richter deiner Handlungen eine Einsprache erheben. Was folgt nun daraus? Ich sage es ungern. Aber es gibt keinen Einzigen deiner Untergebenen, der nicht (anstatt für eine Wohlthat oder sonst eine menschliche Handlung sich dir zu Dank verpflichtet zu fühlen) eine unerhörte Strafe oder einen nicht zu rechtfertigenden, durch dich erlittenen Nachtheil zu beklagen hätte; der Eine hat dieses, der Andere jenes Werk deiner Hand mit schwerem Kummer zu erzählen. Bei Alexander war es eine Ausnahme, wenn er betrübt sagte: Heute bin ich nicht König gewesen; du aber willst, scheint es, keinen Tag vorübergehen lassen, an dem du zu sagen den Muth hättest: Heute bin ich kein Tyrann gewesen." **) Der Comes scheint dem Patriarchen trotzig geantwortet zu haben. In einem weiteren

**) Σήμερον οὐκ ἐτυράννησα (im Gegensatze zu dem: Σήμερον οὐκ ἐβασίλευσα, wozu Montac.: „De Alexandro non legi; de Trajano et Tito commemorant") ep. 46. p. 101 M. L. III. ep. 11. B. ep. 183. p. 516.

Briefe[27]) vergleicht ihn dieser mit dem durch Paulus von der Kirche ausgeschlossenen Schmied Alexander (I. Tim. 1, 19. 20) und tadelt, daß er so leicht jede Anklage, jede Verläumdung und Ohrenbläserei annehme, wovon der König Alexander weit entfernt gewesen sei, daß er ungerecht richte und gegen seine Wohlthäter undankbar sei. „Hätte nicht schon vor mir" — so schließt Photius — „der Apostel Paulus an demjenigen, der an Sitten dir ähnlich war, deutlich die zu erwartende Strafe vorher verkündigt, so würde ich dir sie mit denselben Worten angekündigt haben" — eine Excommunications-Androhung in einer Form, wie sie für den gelehrten Patriarchen besonders passend schien.

Einem seiner Gegner, dem Protospathar und Sakellar Theophilus, schrieb Photius: „Gerichtlich den belangen, der uns Unrecht gethan, ist menschlich; sich nicht an ihm rächen, ist philosophisch; ihm es noch mit Wohlthaten vergelten, ist göttlich; das ist es, was die Menschen als Nachahmer des himmlischen Vaters zeigt. Aber ohne zuvor Unrecht erlitten zu haben, einen Anderen vergewaltigen, das gehört zu keiner dieser drei Kategorien, das zeigt vielmehr das Treiben wilder Thiere oder der Dämonen auf, wenn auch der also Handelnde Menschengestalt trägt. Da nun diese vier Arten von Handlungen denkbar sind, so wähle dir selbst den deiner Handlungsweise entsprechenden Typus aus und wende ihn auf dich an; du wirst bald erkennen, wenn auch Niemand es dir andeutet, — o pfui über den häßlichen Anblick! — wessen Bild du durch deine Handlungen dir eingeprägt."[28]) Verwandt ist ein Brief an einen Präpositus Theophilus, in dem ebenfalls drei verschiedene Classen von Menschen unterschieden werden.[29]) „Die uns hassen, zu lieben ist tugendhaft und göttlich; die uns lieben, wieder zu lieben ist menschlich und gewöhnlich; aber die uns lieben, zu hassen, kommt kaum den wilden Thieren zu. Ich habe durch Thaten gezeigt, daß ich dich liebe, nicht erst jetzt, sondern schon längst; abgesehen von allem Anderen (denn ich pflege erzeigte Wohlthaten nicht vorzuwerfen oder aufzuzählen) durch Briefe, Anreden und gebührende Ermahnung. Wenn du aber Haß gegen die gehegt, die dich lieben, so hast du mich, wie du siehst, auf eine höhere Stufe hinaufgestellt; du wirst aber auch noch, was ich nicht wünsche, die Stufe finden, die dir gebührt." Freilich ist es bei nicht wenigen Briefen unseres Autors, die Strafreden und Drohungen enthalten, sehr schwer zu entscheiden, ob die Empfänger den Zorn des Patriarchen durch wirkliche Laster und sonstige Fehltritte oder durch ihren Abfall von seiner Sache sich zugezogen haben. So z. B. auch, wenn er einen „gefallenen" Mönch Euthymius als voll der Schlechtigkeit, als einen Dämon in Menschengestalt, als Vorläufer des Antichrists darstellt, den weder das Verlangen nach dem Himmelreiche noch die Furcht vor der unausweichlichen Strafe noch das

---

27) ep. 158. p. 213. M. L. III. ep. 13. ll. ep. 119. p. 516. 517. (Statt: [illegible] ... [illegible] hat Monac. cit. f. 119: [illegible].)

28) ep. 193. p. 252. 253. M. III. 56. B. ep. 215. p. 528.

29) ep. 121. p. 121. M. III. 19. B. ep. 198. p. 816. Vgl. auch die Erörterung über Jak. 5, 2. Amph. q. 177. p. 880. Oec. q. 176. p. 257 seq.

traurige Schicksal und die Schmach der in gleicher Sünde Befindlichen habe bessern können.[30]) Hier ist wahrscheinlich ein Apostat seiner Partei gemeint.

So gut es Photius versteht, lasterhafte Staatsdiener zurechtzuweisen, zu mahnen und zu schrecken, sie vor Verläumdern und Sykophanten zu warnen, von denen ein Wort oft ganze Häuser und Städte verderben kann,[31]) so gut weiß er auch tüchtige und eifrige Beamte zu ehren und zur Beharrlichkeit zu ermuntern. Den Patricier Bardas, der Strateg in Macedonien war, ermahnt er, mehr durch die Liebe als durch die Furcht zu herrschen, da die Furcht bei den Untergebenen sich leicht in Haß verkehre, die Liebe aber deren Wohlwollen erwerbe und leichter zum erwünschten Ziele führe.[32]) Einem Patricier und Sakellar Johannes schreibt er: „Du findest wohl durch deine Thaten glänzendes Lob bei allen Gutgesinnten; aber du hast auch zu beherzigen, daß, je erhabener und bewunderungswerther dieser Ruhm ist, desto größere Vorsorge seine Bewahrung erheischt, da die Dämonen solchen Männern große Nachstellungen bereiten und von Seite der Menschen gegen sie der Neid sich erhebt. Aber du läßt nicht ab in dem Ringen nach Tugend und mit besonnenem und demüthigem Sinne begibst du dich, wie früher, so auch jetzt in den Kampf, indem du die Geschosse der Dämonen abwehrst und ihnen die äußerste Beschämung bereitest, den Neid der Menschen aber gegen die Urheber zurückzuschleudern bestrebt bist.“[33]) Minder festen Anfängern gibt der Patriarch ernste Warnungen. So erinnert er einen Spatharokandidaten Namens Theodotus[34]) an das Schwankende und Vergängliche alles Menschlichen und an die Unvergänglichkeit und allbesiegende Kraft der Tugend; er mahnt ihn, nicht der Sünde zu huldigen mit Verlust des Seelenheils, nicht Erz für Gold, nicht Thorheit für Weisheit, nicht Schmach für Ehre, nicht die Hölle für den Himmel einzutauschen.

Nicht selten legte der Patriarch für schwache, hilflose und bedrängte Personen dem ihm zustehenden Rechte gemäß[35]) sowohl bei den Beamten als bei den Bedrückern derselben ernste Fürsprache ein. So schrieb er dem Patricier und Domestikus Marianus,[36]) derselbe habe jetzt die schönste Gelegenheit, zugleich der Freundschaft und der Gerechtigkeit zu dienen; er empfehle ihm einen Mißhandelten, der ihm zwar noch unbekannt, dessen Sache aber evident gerecht sei; derjenige, gegen den die Anklage sich richte, sei desselben Freund, dazu arm und wahrscheinlich mehr aus Nothdurft als aus Bosheit zur Unge-

[30]) ep. 68. p. 112. M. II. 78. B. ep. 172. p. 508.

[31]) ep. 1 ad Mich. M. I. 8. n. 32. B. ep. 6. p. 228. §. 35.

[32]) ep. 67. p. 119. M. III. 23. B. ep. 117. p. 431: Ἄρχε ποθούμενος μᾶλλον ἢ διὰ φόβου. Vgl. ep. 1 ad Mich. n. 15. B. p. 232. §. 11. — Es ist hier wohl der bei den Chronisten (Bd. I. S. 681. N. 7) erwähnte Bardas, Sohn des Korbeas, gemeint, der die Strategie von Macedonien nach seinem Vater erhalten zu haben scheint.

[33]) ep. 48. p. 102. M. I. III. ep. 13. B. ep. 120. p. 443.

[34]) ep. 124. p. 161. M. I. III. ep. 42. B. ep. 212. p. 526. Die Spatharokandidaten bildeten die Vorstufe der Protospatharswürde. Const. Porph. de cerem. L. I. c. 59. p. 160.

[35]) Die intercessiones und die Bestimmungen über die personae miserabiles.

[36]) ep. 182. p. 257. M. III. 64. B. ep. 121. p. 445.

rechtigkeit geneigt;[37]) Marianus aber sei Richter und edel von Charakter, und was mehr als Beides wiege, auch im Stande, beide Eigenschaften glänzend zu bewähren; Gott habe ihn reichlich mit irdischen Gütern gesegnet und beschützt; er werde ihn sicher wegen seiner Milde und Barmherzigkeit noch mehr segnen. Mit einer einzigen Handlung könne er dem bedrohten Freunde nach den Gesetzen wahrer Liebe Beistand leisten und dem beeinträchtigten Kläger ein anderes Auge der Gerechtigkeit werden und die hilfreiche Hand ihm darbieten, für den Letzteren das ihm zugefügte Unrecht wieder gutmachen, den Ersteren aber von der Verantwortung befreien, indem er die Schuld aus seinem Vermögen bezahle. Diese eine That werde ihm einen zweifachen Gewinn bringen, die Größe seiner Liebe und die unüberwindliche Kraft seines Gerechtigkeitssinnes beurkunden, ihn zum Muster und Vorbild für die Freunde der Tugend machen und, was die Hauptsache, ihm die Pforten des Himmels eröffnen. Photius mußte die guten Eigenschaften dieses Marianus wohl kennen; er sprach seine zuversichtliche Erwartung aus, daß seine Hoffnung nicht getäuscht werde.[38]) Und wirklich ward sie nicht getäuscht. In einem weiteren Briefe spricht Photius demselben seine Freude und seinen Dank darüber aus, daß er die Sache so schnell und so gut beendigt; er lobt das so selten gewordene Beispiel von Edelmuth in den wärmsten Ausdrücken.[39])

Ebenso wandte sich Photius an den Xenodochos Damian, der einen ungenannten armen Mann mißhandelt hatte, weil er ihm sein Grundstück, das ihn kümmerlich nährte, nicht überlassen wollte. „Gestern," schreibt er,[40]) „als die Lichter angezündet wurden, — denn das Herzeleid hatte größere Kraft über ihn als die ungewöhnliche Stunde — kam zu mir ein armer Mann unter Thränen, laute Jammerrufe von sich gebend, die sogar die wilden Thiere hätten erweichen und rühren können. Nothdürftig bedeckte ihn sein zerrissenes Gewand und auf dem Gesichte trug er die Spuren der von Menschenhand ihm zugefügten Mißhandlungen, was mehr als alles Andere die Zuschauer zum Mitleid und zur Trauer stimmte, mich aber am meisten, weil ich erfuhr, daß die Leiden dieses Dürftigen von mir bekannten Personen verursacht wurden. Als mir aber auch der Grund bekannt ward, weßhalb dieser Mann so Unerträgliches leide, deßhalb nämlich, weil er das Landgütchen, das ihm zum kärglichen Unterhalt diente und das man ihm schon vorher entriß, nicht aufgeben und nicht zu der Wegnahme schweigen wollte, als auch noch das zu dem Andern hinzukam, da stand ich ganz ergriffen und erschüttert da, nicht weniger als der Arme, um nicht zu sagen sogar noch mehr, und hatte doppelten Schmerz sowohl deinetwegen als wegen des Mißhandelten. Befreie den Dürftigen von seinem Leiden, gib das ungerecht Entrissene zurück, und heile seine Wunden mit dem Oel von Wohlthaten.[41]) Wofern du aber den Armen ver-

[37]) ὀργῇ πρὸς τὸ (so Mon. f. 164. Bal. richtig statt τὸν) ἄδικον.

[38]) ἐλπὶς γάρ με τὸ μέλλον ὡς παρὸν ὁρῶσα οὕτω λέγειν ἀναπείθει.

[39]) ep. 190. p. 288. M. III. 55. B. ep. 121. p. 415. 416.

[40]) ep. 108. p. 153. M. III. 35. B. ep. 187. p. 612.

[41]) ἀποδιδοὺς τὸ ἀδίκημα καὶ τὰ χρήματα θεραπεύων εὐεργεσίας ἐλαίῳ. (So ist statt ἐλέῳ mit Mon. f. 86. a. zu lesen; so auch Bal.)

achten solltest, so beseitige doch mein Elend oder vielmehr das deine (thu' es um meinetwillen, ja deiner selbst wegen); denn dein Elend ist größer als das des armen Mannes und das meine, auch wenn du noch nicht, wie es scheint, dir dessen bewußt geworden bist." Trotz dieser nachdrücklichen Verwendung des Patriarchen gab Damian nicht nach; er scheint sich für die Wegnahme des Landguts auf gesetzliche Titel und in Betreff der Mißhandlung auf vorgängige Beleidigungen von Seite des Anderen berufen und darauf gepocht zu haben, daß bei jener Mißhandlung Niemand sonst zugegen, kein Zeugenbeweis zu erbringen und von dem Verletzten keine Klage bei Gericht erhoben war. Daher schrieb ihm Photius noch zwei weitere Briefe in derselben Sache. Das einemal[42] sagt er, das Schweigen des Beleidigten spreche gegen den Beleidiger noch weit stärker, da ihn eben nur die ihm wohlbekannte furchtbare Grausamkeit des Beleidigers dazu bewogen; der arme Mann könne wohl die ihm zugefügte Mißhandlung aussagen, habe aber dafür keine anderen Zeugen als deren eigenen Urheber; nebstdem habe derselbe noch nicht alle Hoffnung aufgegeben, daß Damian noch seine That bereue und wieder gut mache. „Deßhalb," fährt der Patriarch fort, „geht er bei den Freunden herum und sucht ihr Mitleid zu erregen; vor Allem stellt er das Recht selbst als seinen Fürsprecher dar, nicht vor den weltlichen Gerichten, sondern mitten unter Freunden und vor dem Richterstuhle deines Gewissens. Wenn du aber noch nicht zu einem vernünftigen und gerechten Entschluß hierin gekommen bist und nicht das aufgeben willst, was das bloße Gesetz der Tyrannei ihm geraubt und dir gegeben hat, so magst du wissen, daß du — was jener, dem du so schwere Unbill zugefügt, gegen dich zu sagen sich gehütet hat — durch deine Werke dir selbst das Urtheil sprichst, daß du der schlechteste aller Menschen bist." Gegen die weiteren Einreden desselben Damian, der von ihm Mißhandelte habe wegen seiner vorhergegangenen Beleidigungen eine Züchtigung verdient und sein Verfahren sei ganz mit den Gesetzen in Einklang gewesen, macht der Patriarch geltend, daß er gleichwohl im Unrecht sei, weil er das gebührende Maß überschritten und dazu noch neue Strafen fordere, er habe das erste Unrecht begangen und auch die Gesetze verletzt; nichts sei unsinniger als der Jähzorn. Indem er den Damian an Matth. 18, 23—35 erinnert, erklärt er ihm, es werde ihm in seiner Ungerechtigkeit keine Hilfe bringen, daß er die Meinung zu hegen vorgebe, sein Thun sei ganz den Gesetzen entsprechend.[43] Wir erfahren nicht, ob diese Vorstellungen bei Damian etwas ausgerichtet haben.

Vor Allem erzeigt Photius Anderen gerne Wohlthaten und verweiset dabei die Empfänger an Gott.[44] Es ist Sache eines weisen Herrschers, schreibt er,[45] den Bedürfnissen der Einzelnen zu Hilfe zu kommen, besonders derjenigen, denen Widerwärtigkeiten zugestoßen sind; denn abgesehen von allem

[42] ep. 112. p. 155. M. L. II. 63 (wo dieser Brief gleich dem folgenden mit Unrecht von dem vorhergehenden ganz losgerissen ist). B. ep. 182. p. 513.

[43] ep. 186. p. 291. M. II. 62. B. ep. 183. p. 513. 514.

[44] ep. 16. p. 77. Eliae Protospath. M. III. 6. B. ep. 255. p. 567.

[45] ep. 1. Mich. Bulg. n. 115. M. I. 8. B. ep. 6. p. 217. §. 111.

Anderen pflegen sie ein immerwährendes Andenken an die erzeigten Wohlthaten zu bewahren. Aber es genügt nicht, nur einmal Jemanden Gutes zu erzeigen und dann in der Meinung, ihn ganz gewonnen zu haben, ihn zu vernachlässigen; jene Meinung ist oft eine Täuschung; der Vernachlässigte vergißt dann die frühere Wohlthat oder hält sie für nicht aufrichtig gemeint; er hält sich an die Gegenwart, nicht an die Vergangenheit; man muß daher die Gunstbezeigungen oft wiederholen.[46]) Gutthaten gegen Andere erscheinen als die beste Vergeltung für das Empfangene. Dem Protospathar Theophylakt, dem er in einer Krankheit ärztliche Hilfe geleistet und der ihm dafür gedankt hatte, drückt Photius den Wunsch aus, er möge nie mehr erkranken und solchen Beistandes bedürfen; wofern das aber doch der Fall, möge er ebenso schnell Heilung finden und ihn mit einer dreifachen Gabe erfreuen: 1) Danksagung gegen Gott, 2) Unterstützung der Nothleidenden, 3) Vergebung für Alle, die ihn beleidigt und seine Schuldner seien; das werde ihm allein die höchste Freude bereiten.[47]) Gnaden und Wohlthaten will der Patriarch rasch, ohne langen Aufschub, und ganz, nicht zur Hälfte, gespendet wissen; Ersteres, weil das lange Warten ihnen ihren frischen Jugendreiz entzieht, Letzteres, weil man sich oft mehr über das Entbehren der einen Hälfte betrübt, als man sich am Besitze der anderen erfreut. Die Anderen erzeigten Wohlthaten soll man vergessen, die empfangenen im Gedächtnisse behalten und nie Anderen das ihnen erwiesene Gute vorwerfen.[48])

Oft spricht unser Autor, wie wir schon an den im Exil geschriebenen Briefen gesehen, sich über die Freundschaft aus, die er bei allen seinen Mühen und Geschäften sorglich pflegte. Vor Allem hebt er den Grundsatz hervor, daß man nicht vorschnell und leichtfertig Freundschaftsbande knüpfen, aber wenn sie geknüpft sind, sich nicht unbeständig darin erweisen, nicht schnell wieder die Freunde vergessen soll.[49]) Er wünscht sich Freunde, die weder durch zu hohe Gunsterweisungen und mit Stolz dargebrachte Gaben ihn beschämen, noch auch ihm Furcht einflößen vor einer unerwarteten Aenderung ihrer Gesinnungen.[50]) Zufrieden, meint er, müsse man oft schon sein, wenn man nur nichts Schmerzliches und Bitteres von seinen Freunden erfahre,[51]) da Viele Freundschaft heucheln oder sie mißbrauchen, ihre Gesetze mißachten. Die Freundschaft darf nichts fordern, was der Gerechtigkeit entgegen ist. Man muß aber auch besorgt sein, seine Freunde zu erhalten und üble Nachreden zu zerstreuen. Die wahre Freundschaft soll sich stets auf Gott stützen.[52]) In der Religion und insbe-

---

[46]) ep. 1. Mich. Bulg. n. 67. II. p. 240. §. 63.

[47]) ep. 221. p. 331. M. III. 52. II. ep. 131. p. 450.

[48]) ep. 1. n. 61. 62. 71. 74. II. ep. 6. p. 219. 64. 77. 78.; p. 237. 61. 69. 70.

[49]) ep. 123. p. 164. Theophilo Protospath. M. III. 41. II. ep. 205. p. 521. Cf. ep. 1. ad Mich. n. 40. II. ep. 6. §. 36. p. 229.

[50]) ep. 86. p. 131. M. III. 31. II. ep. 203. p. 521. Joh. Patricio Sacell.

[51]) ep. 61. p. 128. M. III. 28. II. ep. 156. p. 490. Leoni, olim logothetae, nunc mon.

[52]) ep. 159. p. 253. M. II. 50. II. ep. 211. p. 519. Nicolao abbati S. Nicoph. Cf. ep. 1. n. 63. II. p. 232. §. 72. — ep. 21. M. III. 6. II. ep. 112. p. 412.

sondere in der Benützung der Schrift findet Photius die Stärke der von seinen Freunden vielbewunderten Briefe. „Mein Schreiben," sagt er dem Spathar Johann Chrysocheres,[53]) „hatte nicht den Zweck, bei dir Bewunderung zu erregen, sondern dich in dem zu bestärken, worin du geschwankt hast. Wenn du aber die Bewunderung als Unterpfand deiner wirklichen Bestärkung zu erkennen gibst, so lasse ich es mir gerne gefallen. Denn nicht aus mir selbst bringe ich vor, was ich schreibe, sondern aus dem, was ich aus der lebenspendenden Quelle geschöpft habe, und diese Quelle ist es, die da denen, die sie dürstend im Glauben aufsuchen, reichliche Ströme des Heils darzubieten verheißen hat." Die Reinheit der Gesinnung[54]) hebt Photius allenthalben hervor. Dem Protospathar Arsaber dankt er für ein ihm übersendetes reiches Geschenk, das ihm von allen irdischen Gaben die angenehmste schien, aber noch weit mehr glaubt er die Gesinnung loben zu müssen, mit der es gegeben ward.[55])

Viele Unglücksfälle und Widerwärtigkeiten, die seine Freunde und Verwandte trafen, gaben dem Patriarchen Anlaß zu tröstenden und ermunternden Schreiben. Die Trübsale, die er selbst gekostet, hatten ihn nicht für die Leiden Anderer theilnahmslos gemacht. Bald sieht er die Unfälle im menschlichen Leben mit stoischer Ruhe, bald mit streng christlicher Geduld und frommer Ergebung an. Einmal schreibt er über dieselben also:[56]) „Angenehm ist dem Menschen ein kummerfreies Leben, aber schwer ist es zu erreichen, oder vielmehr für diejenigen unmöglich, die nicht ein von vernünftigem Verhalten ausgehendes Urtheil haben. Für das, was uns erfreut, sollen wir dem Schöpfer und Spender einer tadellosen Freude Dank sagen, für die Trübsale aber kann man in sich selber, wie deren Ursache, so auch die Heilmittel finden. Denn die Mehrzahl der Widerwärtigkeiten bereitet nicht aus sich selbst den Schmerz, sondern erhält das Niederschlagende erst aus unseren Vorstellungen und Urtheilen. Ward Jemand des Reichthums beraubt? Was kann der Verlust betrüben? Aber ich bin es, der das Beraubtsein für hart hält; offenbar bin ich es, der den Verlust, der nichts gegen mich im Schilde führte, bewaffnet, gegen mich ein schweres Geschoß zu entsenden. Denn Mißgunst oder ein allgemeines Unglück der Vaterstadt oder des Vaterlandes oder sonst ein äußeres Ereigniß konnte mich auch gegen meinen Willen in Dürftigkeit versetzen; Traurigkeit aber könnte mir nichts von allem dem beibringen, wenn ich nicht wollte. „Aber die innig geliebten Kinder sind mir aus den Armen gerissen, an deren Anblick ich mich erfreute, auf die ich alle Lebenshoffnungen setzte; sie haben urplötzlich sich dem Verhängniß unterziehen müssen." Allein jene können an sich durchaus keinen Schmerz bereiten, zumal da sie, wie in der Geburt, so auch im Hintritt den Gesetzen der Natur folgen; dagegen bin ich es, der sich diejenigen, die sich in der größten Ruhe befinden, wie von großen

[53]) ep. 39. p. 98. M. III. 9. B. ep. 59. p. 360.

[54]) τὸ εἰλικρινὲς τοῦ φρονήματος, τῆς διαθέσεως.

[55]) ep. 211. p. 317. M. III. 62. B. ep. 258. p. 557.

[56]) Diss. Quod non oporteat ad praesentis vitae molestias respicere. Cotel. M. E. Gr. II. p. 106 seq. M. III. 67. B. ep. 141. p. 455.

Stürmen und wilden Wettern bedrängt denkt und in seiner Einbildung ein ihnen zu nichts dienendes Mitleid aufregt, und so sich selbst ohne irgend einen Nutzen eine schwere Wunde schlägt. „Aber das Haus ist mir zusammengestürzt." Nun was dann? Wenn es auch mich in seinem Einsturz begraben hätte, so ginge das mich nicht an; ich fühlte es nicht einmal mehr. Wenn aber bei dem Untergang Vieler ich dem Verderben entronnen bin, wie bereite ich mir da nicht selbst den Schmerz, indem ich über den Einsturz des leblosen Gebäudes betrübt bin, anstatt Gott für meine Rettung zu danken? So verhält es sich auch in allen anderen Fällen. Denn was hievon bisher beispielsweise angeführt ward, ist Allem gemeinsam, worin das Leben tagtäglich, das Eine in die Höhe, das Andere in die Tiefe treibend, seinen vielfach sich drehenden Kreislauf vollendet. Nur Eines ist es daher von Allem, was zu diesem Leben gehört, worüber man wahrhaft und ernstlich trauern muß, von dem frei zu werden man sich bestreben soll; fast alles Uebrige, was sich ereignet, wird nur, wofern ich es für ein Uebel halte, mich hart belästigen und mir Kummer verursachen, wenn ich aber nicht darauf achte, so wird es mir keinerlei Trübsal zu bereiten vermögen. Was ist nun das, was mir Gegenstand der Sorge sein soll, ohne daß ich auf den Schmerz Acht habe? Nichts Anderes als die Seele unberührt und rein erhalten von den Stacheln der Sünde, und wofern etwas Sündhaftes sie berührt und eine schwere Wunde mit Narben zurückgelassen hat, sogleich sich daran machen, die Wunde zu heilen und das Kranke zur Gesundheit zurückzuführen. Alles Andere aber, Ehre und Reichthum, Schönheit und Kraft, Macht und Körperstärke, und selbst die weit höhere Kraft der Rede — das Alles sind Kinder, die in diesem Leben spielen, ja vielmehr nicht einmal Kinder, sondern ein Theater, das Kinder- und Puppenspiele aufführt, und was sonst noch trügerischer sein kann."

Ueberhaupt ist Photius sehr gewandt in Trostbriefen, von denen noch verschiedene sich vorfinden. An die Aebtissin Eusebia, die den Tod ihrer Schwester beklagte, erließ er folgendes Schreiben, das zu den schönsten seiner Briefe gehört.[57])

„Wenn der Tod erst mit unserer Generation den Anfang hätte und wir die Ersten des gesammten Geschlechtes wären, die ihn erleiden müßten, dann würden wir über ihn mit Recht verwirrt und bestürzt wie über einen neuen und ganz unerwarteten Unglücksfall. Aber da wir, seit Menschen geboren wurden, zwischen Leben und Tod getheilt sind,[58]) die Strafe des Todes schon unseren Voreltern bestimmt und kein Lebendiger da ist, der nicht den Tod kosten wird, wie sollten wir diese allgemeine Schuld und Nothwendigkeit für einen besonders uns allein angehenden Nachtheil halten und darüber seufzen wie über einen erst neu aufgelegten Tribut? Warum sollten wir über die Maßen wie über etwas Außergewöhnliches uns darüber entsetzen, was nun einmal nicht anders sein kann[59]) und worin die Natur kein anderes Gesetz kennt? Warum sollten

[57]) ep. 245. p. 372 seq. M. L. II. ep. 101. B. ep. 114. p. 164.
[58]) ζωῇ καὶ θανάτῳ μεμερίσμεθα.
[59]) καὶ ὃ μὴ ἔστιν ἄλλως γενέσθαι. Cod. Mon. f. 231.

wir uns in unvernünftiger Weise und keineswegs den Gesetzen des Geistes entsprechend ganz und gar in Trauer versenken und in allzuheftigem Schmerze über den Tod unserer Verwandten unvermerkt unseren eigenen Tod herbeiführen? Ist der Tod ein so großes Uebel, warum ziehen wir ihn, dem Schöpfer vorgreifend, uns vor der Zeit zu? Ist er gut und heilsam, warum beweinen wir so über alles Maß diejenigen, die der Wille des Herrn aus diesem Leben abgerufen hat?**) — Du klagst: „Meine Schwester hat mich verlassen, nächst Gott meine einzige Zuflucht, mein Trost im Leiden, sie, die meine Betrübnisse zerstreute, die der erste Gegenstand meiner Freude war." Aber haben dich nicht auch deine Eltern verlassen, sowie andere Verwandte und so viele Menschen von Adam an? Du selbst wirst noch die Anderen verlassen und du wirst Niemanden finden, den nicht die Meisten verlassen. Die Schwester verließ die Schwester; aber sie fand die vorangegangenen Eltern; sie enteilte zu dem Herrn und Vater Aller, sie trat in jenes Reich ein, nach dem wir Alle pilgern. Ferner denkst du nur daran, daß sie dich verließ, nicht aber an die, welche sie gefunden? Du seufzest über den Leib, weil du ihn nicht siehst, und freuest dich nicht zu sehen, daß die Seele vielmehr eine ungestörte Verbindung mit dir erlangt hat? Du bist tief betrübt, daß sie dem Verweslichen entrückt ist, und achtest nicht darauf, daß sie das Unverwesliche genießt? Aber wie hat sie dich verlassen? Wäre sie in das Nichtsein zurückgesunken, oder wäre sie unter eine andere Gewalt und Herrschaft gekommen, dann hätte sie in Wirklichkeit uns verlassen. Wenn sie aber von derselben Hand des Schöpfers bewacht wird, den auch wir zum Herrn und Gebieter wie zum fürsorgenden Beschützer haben, wenn für beide Theile dieselbe Wohnung und derselbe Umgang bereitet ist, obschon jene bereits ein vom irdischen Getümmel freies Leben genießt, wir aber noch von stürmischen Wogen umhergeworfen werden: wie sollte sie uns da verlassen haben? Wofern nicht auch wir nach demselben Port der Ruhe hinsteuern, wofern nicht auch wir denselben Weg durchwandern würden, wenn nicht dasselbe Ziel und Ende uns erwartete, dann könnte man wohl sagen, daß sie uns verlassen, dann könnte man wohl über die Trennung trauern. Wenn aber, was man nur immer thun und wollen mag, Alles zu jener Wohnung hinführt, was betrüben wir uns vergeblich, was murren wir wider das Gesetz der Natur und trauern, daß ein seiner Natur nach sterblicher Mensch dem Tode seinen Tribut bezahlte, daß er in derselben und in ähnlicher Weise wie Vater und Mutter und wie das ganze Menschengeschlecht diesen irdischen Lauf vollendet hat? Wie? Sollte um unsertwillen der Gang der Natur gestört, die Schranken der Schöpfung durchbrochen werden? Was tritt je durch das Geschaffenwerden in's Dasein, das nicht wieder durch Tod und Auflösung untergeht? Ich will nicht reden von dem Blühen und der Schönheit der Pflanzen, die nicht blos das Auge, sondern auch die anderen Sinne erfreuen; nicht von der Herrlichkeit der Gewächse, von den Heerden mannigfach gestalteter Thiere; alles das geht mit der Zeit

**) Statt τοὺς [illegible]; Mon. u. H.: [illegible], wie auch Ital. hat.

vorüber und hat ein Werden, das schon die Einleitung zu seiner Auflösung ist. Aber denke an den wohlgeordneten Chor der Sterne, wie sie das Firmament so bunt verzieren, den Himmel rings mit den glänzendsten Farben gleich Blumen schmücken, wie sie gleich Fackeln die Nacht erleuchten, ihr trauriges Dunkel mit sanftem Schimmer erhellen und den Schauenden einen heiteren Anblick gewähren. Betrachte wiederum den Mond, wie er von der Sonne sein Licht erborgend ohne Lohn die Luft mit Feuerglanz umgibt und stolz ist auf sein Geschenk, mit dem er vor Beginn des Tages einen andern Tag zu schaffen strebt. Aber auch das Alles eilt dem Ende zu, findet sein Verhängniß, zahlt seine Schuld der Vergänglichkeit. Die Sonne selbst, ist sie nicht herrlich zu schauen und wunderbar in ihrer Schönheit? Was soll man von ihr Anderes sagen, als daß sie wie ein Riese jubelnd ihren Lauf vollendet von einem Ende des Himmels bis zum andern (Ps. 18, 6) — jenen über die Natur erhabenen und wohlgeordneten Lauf in der Mitte der Welt entfaltend öffentlich mit Glanz sich zeigt und mit ihren Strahlen Alles treffend das Eine zum Leben weckt, das Andere hegt und pflegt, und das Irdische zusammenhält nach dem Wort und Gesetz ihres Schöpfers? Und bei Allem dem, während sie in so langer Zeit das Alles thut, wird sie nicht alt, erleidet keine Aenderung, keine Minderung ihrer Schönheit, ermattet nicht in ihrem Lauf, sie thut nichts, wodurch sie ihre Auflösung herbeiführen könnte. Und dennoch auch sie, so groß und so herrlich sie ist, entgeht nicht dem Ende, sondern unterliegt den Gesetzen der Natur. Denn Alles wird umgewandelt und nichts, was durch die Schöpfung das Dasein erhielt, sucht vor dem Tode die Unsterblichkeit zu erfassen. Wie nun? Das Alles wird umgeschaffen und verändert sich, ohne zu murren wider das Gesetz des Erschaffenen, sondern mit Ergebenheit in den Willen des großen Schöpfers; wir aber sollten kein Bedenken tragen, dadurch, daß wir vergeblich uns betrüben, die Gottheit gegen uns zu erzürnen? Während wir so viele Beispiele vor Augen haben, wollen wir uns von keinem derselben zur Besinnung bringen lassen, vielmehr uns ganz demjenigen hingeben, was unser Affekt und der Satan uns eingibt? — Der Schöpfer hat sein Geschöpf zu sich genommen. Und du willst es nicht ertragen? Damit er es frei mache von den Mühen und Sorgen, die zugleich mit diesem Leben allseitig sich erheben. Und du bist darüber unwillig? Damit es auferstehe. Und du jammerst über eine so große Gnade? Gott verleiht ihr die Unsterblichkeit. Und du verfällst in Weheklagen, gerade als ob deine Schwester nicht mehr wäre? Wie ist das deiner Tugend würdig? — Aber sammeln und fassen wir uns, erkennen wir unsere Natur sowie den Schöpfer, erwägen wir die unergründliche Tiefe der Menschenliebe des Herrn. Er verhängte den Tod als Strafe, aber er machte ihn durch seinen eigenen Tod zur Pforte der Unsterblichkeit. Er war der Ausspruch seines Zorns und seines Unwillens, aber er gibt auch die höchste Güte des Richters kund und der Gedanke übersteigt alle Wege der menschlichen Vernunft; denn er löset im Tode die Natur auf, die durch die Sünde des Stammvaters verderbt ward; allein diese Auflösung wird der Anfang ihrer Neugestaltung. Er trennt die Seele vom Leibe und diese

Trennung gibt sich als der Beginn einer herrlicheren und erhabeneren Verbindung zu erkennen. Denn es wird ein seelischer Leib gesäet und ein geistiger erweckt; es wird gesäet in Schmach, was in Herrlichkeit ersteht (I. Kor. 15, 44). Der Schöpfer nimmt das Lieblingswerk seiner Hände auf und zieht es zu sich; er entrückt es den menschlichen Augen; aber er läßt es wohnen in dem wunderbaren Lichtglanz der Engel. Wie ist das ein Gegenstand des Wehklagens und der Thränen? Wie weit ist davon die Trauer entfernt! — Das erwäge und überlege wohl. Vor Allem aber erinnere dich, daß du schon von zarter Kindheit an Gott bestimmt und dem unvergänglichen und unsterblichen Bräutigam Christus angetraut, Eltern, Geschwister und alle Bande des Blutes verläugnend ihm allein dein ganzes Leben und deinen Wandel durch feierliches Gelöbniß geweiht hast. Dieses dein Gelöbniß entehre nicht durch deine Klage, verdunkele nicht jene Gnade durch deine Trauer, büße nicht durch deine jetzige düstere Haltung und Niedergeschlagenheit die einstige Freude der Engel ein. Denn wenn du jetzt das zum Gegenstande der Trauer machst, worüber jene sich freuen, indem sie eine jungfräuliche und über das Leiden erhabene Seele zur Ausfüllung der durch die gestürzten Dämonen leer gewordenen Plätze empfangen und aufnehmen, so siehe zu, wie du auf schmähliche Weise deine frühere Gesinnung und That durch die jetzige entehrst. Niemand, der von Liebe zum Bräutigam erglüht, läßt diese Liebe fallen, um ganz der Trauer sich hinzugeben, vergißt darauf, daß er jene hegt, kümmert sich nur um die verschiedenen Fälle des Todes und betrübt sich ganz über sie, indem er die heiße Liebe in leidenschaftlichem Schmerze untersinken läßt, und demselben die Freude als Gefangene ausliefert. Wenn nun die Verstorbene oder vielmehr die uns Vorangegangene zu denjenigen gehört [illegible] sorglos in den Tag, und nicht nach ihren Pflichten leben, dann [illegible] das Seufzen und Wehklagen verzeihlich, obschon unser Heiland, der [illegible] der Menschenliebe, denen, die ihm nachfolgen wollen, zum Gesetze machte, nicht einmal nach diesen sich umzusehen, da er sagte (Matth. 8, 22): Laß die Todten ihre Todten begraben; du aber folge mir nach. Da aber jenes jungfräuliche und selige Gefäß zu denen gehörte, die ein heiliges und Gott wohlgefälliges Leben geführt und Gott unverbrüchliche Treue gehalten haben: wie sollten wir da nicht das Wort des Herrn ehren und scheuen,*) wie nicht die völlige Beseitigung der Trauer finden in dem Ausspruche: „Wer an mich glaubt, der wird leben, auch wenn er stirbt" (Joh. 11, 25), da er nämlich durch den Tod das unsterbliche Leben gefunden, durch die Auflösung eine unauflösliche und unzerstörbare Stätte gewonnen hat? Wiederum sagte der Erlöser aller Menschen und Bräutigam der Erlösten: „Es können die Söhne des Bräutigams nicht trauern, so lange der Bräutigam bei ihnen ist" (Matth. 9, 15). Vernimmst du, was er sagt? Spreche nicht durch die Trauer über dich selbst das verdammende Urtheil

---

*) Πῶς τὴν ἀπαντῶσαν φωνὴν οὐ δυσωπούμεθα; Von diesem Verbum sagt übrigens Photius q. 21. c. 1. p. 152, es bedeute ὑφορᾶσθαι, φυλάττεσθαι μεθ' εὐλαβείας, ἐνθυμεῖσθαι, nach Einigen, aber nicht nach der attischen Eleganz, auch αἰδεῖσθαι, dann auch dem Gebrauche gemäß [illegible], [illegible].

aus, daß du vom Bräutigam getrennt seiest — ein Urtheil der Art, daß, falls es ein Anderer gegen dich auszusprechen wagte, du die Unbill nicht ertragen, sondern ihn als Feind und Widersacher, als einen ganz schlechten Menschen bezeichnen und von dir abweisen würdest. Zeige dich nicht selbst als beklagenswerth, indem du diejenige beklagst, die der Herrlichkeit genießt. Es können die nicht trauern, die bei dem Bräutigam sind. Was ist furchtbarer als dieses Wort oder vielmehr diese Versicherung des Heren? Du trauerst? Also hast du dich entfernt vom Bräutigam. Du weheklagst? Also entehrst du das Brautgemach, du handelst wie die gemeine Menge, du verlierst die hochzeitliche Ehre. — Nein, wir wollen nicht mehr diejenige, die in Gott lebt, gleich einer Todten beweinen und sie durch eben das verunehren, wodurch wir unsere Liebe zu ihr zu beurkunden wähnen. Unsere Trauer ist eine Beleidigung für die, welche das himmlische Brautgemach bewohnen; die Thränen sind Sache derjenigen, die ihre Seligkeit tadeln und lästern, die an deren Genuß zweifeln, die, wo nicht ganz ungläubig, doch in Zweifel über deren Auferstehung sind. Das Alles beachte und erwäge mit nüchternem Urtheil. Lege die Trauer ab, entäußere dich des Schmerzes, des Weheklagens, der Thränen. Das wird aber der Fall sein, wenn du das Gesagte wohl zu Herzen nimmst und dich selbst von allem Anderen losreißest und blos die selige und unvergängliche Liebe des reinen und unbefleckten Bräutigams Christus ganz mit ganzem Herzen wieder in dich aufnimmst, auf ihn unaufhörlich und mit unverwandten Blicken all' dein Denken richtest."

Ein ebenso treffliches Trostschreiben sandte Photius noch in seinem ersten Exil an seinen Bruder Tarasius, dessen verheirathete Tochter bei der Geburt ihres ersten Kindes gestorben war.[63]) Tief beklagt er die zerstörten Hoffnungen der Familie, verbindet das neue Leiden mit seinen anderen schweren Unglücksfällen und hebt mit den stärksten Farben die Größe des Verlustes hervor. „O wo ist jetzt Elias, wo Elisäus? Wo Petrus oder Paulus oder sonst einer von jenen heiligen Männern, die ihnen ähnlich sind? Denn ich würde nicht zu schreiben nöthig haben, wenn ich nur von einem derselben die Füße erfassen könnte, da ich ihre Hände nicht ergreifen darf; ich würde nicht ruhen und rasten und Alles in Bewegung setzen, bis sie die Tochter lebendig ihren Eltern zurückgegeben, sie von den Todten erweckt. Was soll ich aber jetzt thun? Denn nicht einmal bei solchem Unglück unserer Familie wird die gegen mich verhängte Verbannung irgendwie gemildert und erleichtert. Ich muß einen Brief schreiben — wehe mir! — einen Brief, der die Betrübniß meines Bruders über den Tod seiner Tochter lindern soll. Da, als Hoffnung auf Nachkommenschaft gegeben war, da, als die Ehe Anlaß zur Klage bot, daß sie die Tochter nicht schnell genug zur Mutter machte, daß nicht ein Kindeskind in den Armen der Großeltern heiter spielt und seine ersten Laute stammelt — da, als man auf Größeres hoffte, da ward auch das, was man besaß, geraubt! Wehe mir, wehe über den Trug, die Sünde und die Strafe der Stammeltern! Wie schlich jene

[63]) ep. 234. p. 347 seq. M. III. 63. B. ep. 142. p. 157.

böse und hinterlistige Schlange in das Paradies herein? Wie überredete sie jene? Wie erstreckt sich von da bis zur Gegenwart der bittere Stachel des Todes? Dieser Schlag hat auch mich getroffen, schwerer noch als ein feindliches Geschoß, furchtbarer als ein Blitzstrahl. Da liegt das Kind, blühend noch vor kurzer Zeit, ein furchtbarer und erschreckender Anblick für das Auge der Eltern; da, als die Blüthe des Muttersegens sich entfaltete, da verdorrt die Pflanze selbst mit der Wurzel; die Natur ist zum Sprossen bereit, da trifft sie die Sichel des Todes tief in's Herz und mähet das Leben selbst ab vom Felde des Lebens. Welche Thränen könnten für solchen Schmerz genügen, welches Seufzen, welches Weheklagen? Es verstummt der Mund in langem, furchtbaren Schweigen; die Lippen sind geschlossen, sie künden nicht mehr die ehrbaren und feinen Sitten, sie sind zusammengezogen zur Auflösung. Und die Augen — wehe über den Schmerz, der einerseits nicht schweigen läßt und anderseits das Reden nicht erträgt! — die Augen (wie soll ich sagen?) sie haben alle Lebensfrische, alle Feuchtigkeit verloren, sie senden den erstorbenen Wimpern deren letzten Rest. Die Wangen färbt statt der Röthe und der natürlichen Frische finstere Todesblässe, die alle Schönheit, allen Reiz hinwegnimmt; das ganze Antlitz bietet dem Beschauer einen schrecklichen, einen furchtbaren Anblick. Welche Mißgunst, welche Unbill schleudert gegen uns solche Geschoße? Der frühere Schmerz ist noch nicht vorüber und schon trifft uns ein neuer, der noch größer ist... Von allen Seiten dringt das Unheil ein, die Geschoße richten sich gegen uns, gegen unsere Kinder. Wir sind Gegenstand eines Trauerspiels geworden; es erheben sich gegen uns Schmerz, Trauer, Jammer, Kummer und alle Erinnyen; irgend eine Klotho, wie es scheint, mit der Spindel und ihren Unglücksfäden beschließt den Chor gegen uns" u. s. f.

Doch plötzlich hält Photius inne; er kommt gleichsam wieder zu sich, er besinnt sich, daß er trösten wollte. „Aber was ist mir begegnet? Wohin komme ich? Ich wollte einen Trostbrief schreiben und nun werde ich, ohne zu wissen wie, von dem Schmerze mit fortgerissen, gegen den Andrang des Unglücks halten meine Gedanken nicht Stand, ich habe mich zum Gegentheil dessen, was ich wollte, verleiten lassen und indem ich mich anschickte zu trösten, ward ich zu den Thränen der Wehklagenden gebracht. Aber wir wollen wieder zu uns selbst kommen, nicht uns ganz versenken in den Abgrund des Jammers. Viele hat schon der Schmerz zu Grunde gerichtet, nicht blos dem Leibe, sondern auch der Seele nach." Photius will seinen Feinden nicht den Triumph gönnen, ihn und die Seinigen so tief betrübt zu sehen; er erinnert seinen Bruder an die Leiden ihrer Eltern, die auch ihre Kinder, und zwar in noch härterer Weise, sterben sahen und Alles mit Dank gegen Gott[63]) ertrugen, sowie an die Hinfälligkeit der menschlichen Natur und an das allgemeine Gesetz des Todes. „Betrachten wir, wer wir sind, woher wir gekommen. Sind wir nicht Sterbliche, von Sterblichen geboren? Sind wir nicht aus dem

[63]) τὸν κρείττον (so Mon. cit. f. 219, b. statt κρείττονα richtig) ἢ κατὰ λογισμοὺς ἀνθρώπων τὰ ἀνθρώπινα διαστησάμενον. Mont. p. 349. Bal. p. 159.

Nichts entsprossen und werden wir nicht in kurzer Zeit nicht mehr sein?" Nachdem er ausgeführt, wie Alle sterben müssen, geht er wieder zu seiner verstorbenen Nichte über. „Als eine Sterbliche ging sie hervor aus sterblichem Mutterleibe und nachdem sie dem sterblichen Leben nach dem Gesetze der Natur gedient, ging sie nach demselben Gesetze zum unsterblichen Leben ein. Sie hinterließ keine Kinder, die ihre Verwaisung zu betrauern hätten; sie starb nicht, indem sie die Sorge für ihre Sprößlinge als einen Stachel, der härter als der Tod ist, mit sich nahm; sie hat nicht viel Betrübendes erfahren, sie hat den Tod nicht gesucht, nach dem nicht selten Viele, von unvermeidlichem Mißgeschick umringt,**) Verlangen hegten. Im Umgang mit den Eltern schied sie aus den Stürmen dieser Zeitlichkeit, bedient von den Händen ihrer Mutter verließ sie dieses Leben, in den Händen der Eltern hauchte sie den Geist aus. Ihr Leib ward mit aller Sorgfalt behandelt und dem Grabe übergeben, mit einem herrlichen Leichenbegängniß, mit Pietät, Anstand und den Gebeten vieler Mitfühlenden ward sie begleitet, und sie ging an einen Ort, von dem jeder Schmerz und jede Trauer verbannt ist. Was konnte mehr geschehen? Die Trauer kehrt sich mir um in das Gegentheil, wenn ich das erwäge, was über jenes selige Töchterlein verfügt ward; ich preise sie selig wegen ihres Heimgangs; ich verwandle die Trauer in die Verherrlichung Gottes, die Bestürzung in Danksagung, da ich sie auf so glückliche Weise und wie man es kaum besser wünschen konnte, dem irdischen Leben entrückt sehe. „Aber sie hat nur kurze Zeit gelebt" (sagst du). — Und was macht es für einen Unterschied, ob mehr oder weniger Tage unser Leben theilen, da doch das Mehr und das Weniger uns zu denselben Pforten des Todes führt? Niemand erfreut sich an dem Vergangenen; das Zukünftige ist noch nicht; das Gegenwärtige, in dem man allein die Freude finden könnte, ist eben nur ein winziger Augenblick. Daher führt sowohl die längere als die kürzere Lebensdauer, da das Gefühl des Angenehmen blos auf die Gegenwart beschränkt ist, zu dem nämlichen und gleichen Genuß wie den, der ein hohes Alter erreicht, so auch den, der noch in voller Jugendfrische blüht, indem sie bei beiden das Empfinden auf die gegenwärtige Lust in trügerischer Weise beschränkt, aber keinem gestattet, die Freude, sei es der Vergangenheit, sei es der Zukunft, zu genießen. So ist es gleichgültig, ob man kürzere oder längere Zeit lebt. Doch nein, es ist nicht gleichgültig. Denn wenn kein Mensch rein von allen Flecken ist, auch wenn er nur einen einzigen Tag lebt, wie es in der Schrift (Job 14, 4. 5) heißt und wir in der That bestätigt sehen, so hat derjenige, der in kürzerer Zeit diese irdische Wohnung, dieses Lehmgebilde verläßt, bei seinem Weggang auch weniger leibliche Flecken an sich. Wer daher die Hingeschiedene betrauert, weil sie so schnell das Gegenwärtige verließ, der macht das zum Gegenstande seiner Trauer, daß sie weniger an der Befleckung Theil nahm, und hält es für ein Unglück, daß sie reiner vor dem jenseitigen Bräutigam erschien. — „Aber sie starb vor

**) Mont. p. 350. Bal. p. 159. [illegible]. Montagu wollte [illegible] gelesen haben; Mon. cit. f. 220, a. hat: [illegible], wobei eine andere Hand über υ corrigirte ει. Am besten wird [illegible] beibehalten.

der Zeit.“ Möchte ich kein solches Wort hören müssen, das auszusprechen verwegen, zu denken noch verwegener ist! Vor der Zeit? Als sie geboren ward, hielt man sie nicht für vor der Zeit geboren, sondern sie ward geboren nach Gottes Wink und zur rechten Zeit. Werden wir uns die Entscheidung anmaßen über die Zeit, in der man zu seinem Schöpfer heimzukehren hat? Hat ihr etwa der Schöpfer zwar das Leben zur rechten Zeit gegeben, nimmt sie aber zu sich, ohne die rechte Zeit zu kennen? Alles hat Gott in ihrem Leben von der Wiege an zur rechten Zeit gefügt; blos ihr Lebensende sollte er nicht zur rechten Zeit bestimmt haben? Fern sei von einem nach Frömmigkeit strebenden Munde, fern von einem vernünftigen Denken eine solche Lästerung... „Aber (heißt es wieder) sie starb vor ihren Eltern.“ Was nun? Wollte etwa Jemand, daß sie erst nach den Tod von Vater und Mutter erleben und so, durch solche schwere Leiden geschlagen, aus der Welt scheiden sollte? Wer so dächte, der würde nicht elterliche Liebe, sondern die Gesinnung einer Stiefmutter an den Tag legen, den Eigennutz dessen, der das eigene Vergnügen für höher hält als das was der Tochter lieb ist und unter der angeblichen Sehnsucht nach dem Kinde blos an sich selber denkt. Ist es etwas so Trauriges, den Tod seiner Geliebten sehen? Nun denn, frei davon ist deine Tochter geschieden. Ist es aber nicht so traurig, was reiben wir denn durch den Schmerz uns selber auf?“

Photius läßt nun seine verstorbene Nichte selbst zu ihren Eltern reden, die Freuden des Himmels schildern und auf das Wiedersehen vertrösten. „Was betrübst du dich, Vater, was jammerst du, als ob ich in das größte Leid eingegangen wäre? Mir ward es zu Theil, im Paradiese zu wohnen, ein süßer Anblick für die Augen, noch süßer für den Genuß, der allen Glauben übersteigt. Es ist das Paradies, jene erste und wunderbare Heimath unseres Geschlechts, worin die Lieblingsschöpfung des Herrn, unsere Stammeltern, bevor die Schlange ihnen zuflüsterte, ein glückliches und seliges Leben genoßen. Aber jetzt kann die hinterlistige böse Schlange nicht mehr in dasselbe hereinschleichen, noch mit ihren hämischen Zuflüsterungen dort Jemand berücken; aber auch unter uns ist Niemand, dessen Wille nicht über alle List und Verführung erhaben wäre; keiner hat es nöthig, daß ihm die Augen geöffnet werden oder daß er den Genuß einer noch größern Lust erlange. Denn wir Alle sind weise mit himmlischer Weisheit, wir befinden uns in der Fülle unaussprechlicher Güter, unser ganzes Leben ist eine beständige Festfeier. Glänzend und auf glänzende Weise in unverweslichen und durchaus reinen Leibern lebend schauen wir Gott, soweit ihn zu sehen dem Menschen möglich ist, und in seiner unaussprechlichen und unerfaßbaren Schönheit gleichsam schwelgend leben wir in beständigem Jubel; daran werden wir nimmer satt, sondern die Fülle des Genusses wird auch der Höhepunkt des Liebens und die mit der Liebe zugleich hervorgehende volle Befugniß des Genießens bewirkt eine unbeschreibliche Lust, macht jenen Jubel wahrhaft unaussprechlich. Daher zieht mich, während ich mit dir also rede, ein gewaltiges und unüberwindliches Sehnen dahin zurück und läßt mich dir nicht einmal den geringsten Theil davon schildern. Auch du wirst einst dahin gelangen zugleich mit der lieben Mutter und dann wirst du wohl sehen, daß ich nur den kleinsten Theil gesagt, vielfach wirst du aber auch dich wegen deiner Trauer um mich anklagen, die ich so herrliche Güter genieße. Aber, theuerster Vater, entlaß mich mit Freuden und sende mich voraus, damit du mir nicht einen längeren Verlust zuziehest und darüber dich sehr betrüben mögest."

„Wenn nun" — so fährt Photius fort — „jene selige Tochter das und Aehnliches dir sagen würde, würdest du nicht dich schämen und den Schmerz verbannen und freudig die Freudige von dir weggehen und voranseilen lassen? Ferner sollen wir wohl, wofern deine Tochter Solches sagte, besser werden und die Thränen verbannen, wenn aber unser Aller Schöpfer ruft: „Wer an mich glaubt, der wird leben, auch wenn er stirbt" (Joh. 11, 25) und uns sagt, daß er denen, die ihn lieben, das bereitet hat, was kein Auge gesehen, kein Ohr gehört, was in keines Menschen Herz gestiegen ist (I. Kor. 2, 9), gleich Ungläubigen keine bessere Gesinnung hegen und noch mehr trauern? Wie wäre das edel, wie gerecht, wie wäre das einer Denkweise entsprechend, die sich nahe an das Geziemende oder Ersprießliche hält? Noch mehr: hast du keine Scham vor meiner herrlich geschmückten Braut, indem du dein männliches Angesicht von weibischen Thränen entstellt werden läßt und nach Weiberart jammerst? Hast du keine Rücksicht für die Schwäche des Weibes? Beseitigt das vernünftige und heilsame Mitgefühl nicht das unvernünftige und schädliche Mitleid? Denn wenn Männer, durch welche die Frauen Stärkung erhalten sollen, auf dieselbe Weise wie diese jammern, wie wird es mit diesen gehen, woher werden sie Trost haben? Wen sollen wir ihnen als Muster der Nachahmung vorhalten, auf wen sollen sie ihre Blicke richten? Nein, laß dir nichts aufstoßen, was deiner, was deines Geschlechts unwürdig, oder um es richtiger nach den Umständen zu sagen, was dir und deinem Geschlechte fremd und ganz bastardartig wäre. Lassen wir uns nicht mehr als recht ist zum Weheklagen fortreißen, nicht nach Weiberart unserem Schmerze uns hingeben, wir, die wir so oft, in so vielen und in den schwersten Heimsuchungen uns als Männer erwiesen haben. — Es nahm der Schöpfer sein Geschöpf zu sich. Aber er gab mehr als er genommen — noch andere Söhne und Töchter (möchten diese lang und glücklich leben und die Freude ihrer Eltern sein!). Es schmerzt dich der Verlust. Aber es möge dich das dir Gebliebene erfreuen. Wir wollen Dank sagen für das, was uns entrissen ward, auf daß wir einen dauernden Genuß an dem uns Gegebenen haben, uns freuen und darüber frohlocken. Es ist schön, Nachkommen seines Geschlechts am Leben zu haben; wir haben sie. Es ist schön, dem Schöpfer Aller und dem Verleiher alles Guten die Erstlingsfrüchte darzubringen; wir haben sie dargebracht. Vorher war es uns unbekannt, welche von unseren Kindern für Gott als Erstlingsfrüchte, und welche für die Fortpflanzung unseres Geschlechts bestimmt seien; nun aber werden wir, wofern wir nur mit Dank die Erstlingsgabe bringen, nicht mehr im Ungewissen mit unseren Hoffnungen leben, sondern in einem sicheren Zustande fest und voll Vertrauen sein. Nichts nimmt

Gott, ohne reichlicher zu geben; stets belohnt er das Kleinste mit den größten und unerhofften Gütern. Wenn wir aber mit Jammern und Klagen, gleich als wäre uns eine Unbill zugefügt worden, die Erstlingsfrüchte entehren — — doch ich will nichts Widriges und Unangenehmes sagen, weil ich hoffe, daß ihr fernerhin keiner Trauer und keinem derartigen Schmerze mehr Raum geben werdet, der der Grund des Widrigen und Unheilvollen ist; möchte nur die Gottheit diesem meinem Ausspruch und dieser Hoffnung gnädig sich erweisen! Und das ist schon jetzt der Fall. Gott gibt mir den Freimuth im Reden, während ihr, wie ich sagte, von der Muthlosigkeit zur Dankbarkeit euch erhebt."

Photius bemerkt weiter, daß viele alte und neue Beispiele, ja das ganze menschliche Leben zum Troste dienen können, daß nach Paulus (I. Thess. 4, 12) die Trauer um die Verstorbenen Sache der Ungläubigen sei, die da die Hoffnung der Auferstehung auslöschen und an die Kraft des Geheimnisses in Christus nicht glauben, und daß gerade bei solcher Trauer das dahingeschiedene Kind in Wahrheit für die Seinigen verloren gehen und diese von seiner Seligkeit geschieden werden könnten. „Die jenseitige Freude kennt keine Schmerzen, das Hochzeitgemach der Freude und des Jubels kann kein Aufenthalt für Trauernde werden, es nimmt nicht die von Thränen Ueberwältigten auf, die es als Erben einer unaussprechlichen Freude kennt. Dem Schöpfer hat es gefallen, sein Geschöpf zur Unsterblichkeit zu erheben; wir wollen dem Kinde sein Glück nicht mißgönnen, nicht gegen den Rathschluß murren, den wir bewundern sollten, noch die Freigebigkeit des Herrn zu einem Anlaß des Undanks werden lassen. — Einst war das Söhnchen des großen Königs David krank und die Krankheit schien zum Tode zu führen. Da warf er sich, die Krankheit als ein schweres Unglück betrachtend, zur Erde nieder, flehte Gott unter Thränen an, enthielt sich der Speise und jeder leiblichen Pflege. Aber als der Knabe verschieden war, legte er sogleich die Trauer ab. Vorher bat er, sein Sprößling möge am Leben bleiben; als er aber sah, der Schöpfer habe sein Hinscheiden verfügt, da wagte er nicht das Urtheil des Richters durch seinen Jammer zu verunehren, sondern sich über alle Traurigkeit erhebend sprach er Worte des Dankes und gab sich wieder der gewohnten Lebensweise hin (II. Kön. 12, 15—24). So müssen auch wir gesinnt sein. Ist eines unserer Kinder, ein Verwandter oder Freund krank und trägt die Krankheit den Tod im Schooße, so flehe ich Gott an, er möge dieselbe vorübergehen lassen und das Verlangte den Verlangenden gewähren; erachtet er aber den Hintritt für besser, dann geziemt es sich nur, für seine Fügung zu danken, das Geschehene zu verehren und nicht das Urtheil des Schöpfers durch Trauer und Weheklagen zu beleidigen. Wenn uns ein Dämon nachstellt und einen neuen Job verlangt, wenn Gott die Heimsuchung seines Dieners mit Leiden zuläßt und seine Geduld zur Beschämung des Widersachers auf die Probe stellen will, wenn er eine Rennbahn für den Kampf eröffnet, dem Feinde zur Schmach, dem edlen Streiter zur Krone, so dürfen wir auch da nicht die herrliche Entfaltung der Tugend zum Gegenstand des Jammers, nicht die Zeit des Sieges zu einer Zeit der Muthlosigkeit, den Tag des Kampfes nicht zum

Tage der Thränen machen, nein wahrhaftig nicht bei den unverwelklichen und glänzenden Kronen! Das ist nicht würdig deiner edlen Seele, nicht deines festen Charakters, nicht deiner sonstigen Tugend.“ Noch einmal den Bruder zu männlichem und festem Verhalten auffordernd, noch einmal an Job's Beispiel erinnernd schließt Photius das Schreiben unter Anrufung der Fürbitte der Gottesmutter und aller Heiligen.

Ganz kurz ist dagegen ein anderes Trostschreiben an denselben Tarasius über den Tod eines Freundes, dessen Tugenden sehr gerühmt werden: „Werden wir noch irgend Jemanden glücklich preisen können, wenn wir diesen theuren Todten beweinen?“ [65])

Auch bei anderen Anlässen hat Photius für seine Freunde Trostgründe und ermuthigende Worte in Bereitschaft. Dem Mönche Barnabas sagte er: „Du klagst über die Armuth? Der Gerechte wird nicht verlassen. Wohl war Job wie verlassen, aber um den Sieg über den Bösen zu erlangen, der sein reines Leben zu verfälschen suchte, und um noch mehr Güter zu erhalten, als er verlor. Das Beispiel des Paulus, der freiwillig Mangel litt, möge dir genug sein statt alles Reichthums und alles Wohlergehens.“ [66]) Seinen Freund Euschemon von Cäsarea ermahnt er, sich nicht darüber zu betrüben, daß er bei seinem gerechten Thun von den Feinden der Gerechtigkeit verläumdet werde, da ja die Mehrzahl der Menschen nicht die Gerechtigkeit im Auge habe, die große Masse vielmehr der Ungerechtigkeit folge; weit mehr würde er Ursache haben, sich zu betrüben, wenn die Feinde der Gerechtigkeit ihn loben würden. [67])

In seiner Weise weiß Photius seine Schützlinge mächtigen Freunden und seinen Verwandten zu empfehlen. So sagt er in einem an seinen Bruder Tarasius gerichteten Empfehlungsschreiben für einen Ungenannten, daß dieser einer solchen Empfehlung bei ihm nicht mehr bedürfen werde, wenn jener ihn kennen gelernt, vielmehr werde er alsdann dessen Empfehlung für viele Andere gelten lassen; so großes Vertrauen hege er (Photius) einerseits zu der Milde und zu dem Wohlwollen seines Bruders, andererseits zu der Tugend und Vortrefflichkeit des Empfohlenen. [68])

Es ist nicht zu verkennen, daß, wie die ganze Persönlichkeit, so auch die Correspondenz des Photius viel Gewinnendes und Imponirendes haben mußte, und Alles erklärt uns immer mehr die Zauberkraft, die er auf seine Freunde und Anhänger geübt hat. Aber die Eindrücke und Spuren selbst gewaltiger Männer gehen rasch vorüber, sobald einmal der Grabeshügel ihre irdische Hülle bedeckt, vergessen wird von den kommenden Geschlechtern, was ihre Vorfahren gepriesen; diese haben neue Größen vor sich, die da die alten, die ja „nicht mehr sind“, verdrängen müssen. Nur Ein Ruhm ist dem Photius dauernd geblieben: in seinen Schriften lebte er auch für die Nachwelt fort.

[65]) ep. 131. p. 171. M. III. 44. B. ep. 113. p. 461.
[66]) ep. 41. p. 94. M. II. 71. B. ep. 103. p. 425.
[67]) ep. 173. p. 215. M. II. 25. B. ep. 98. p. 423.
[68]) ep. 160. p. 211. M. III. 50. B. ep. 221. Aehnlich ep. 153. p. 208. M. III. 47. B. ep. 223. p. 539.

Inhalts-Uebersicht.

Viertes Buch.

Der Sturz des Photius und das achte ökumenische Concil.

Seite

Seite

Fünftes Buch.

Photius im Exil und abermals Patriarch.

Sechstes Buch.

Die photianische Synode von 879—880.

Nachlese.

Zum ersten Bande.

S. 112, Z. 13. Statt 500 ist zu lesen: einige hundert. Jene Zahl des Zacharias Rhetor bei Ev. III, 5 wird in Hrn. v. Hefele's freundlicher Recension richtig gedeutet.

S. 175. Z. 13. 14. Justinian's letztes Edikt und der darüber entstandene Streit lassen übrigens noch eine andere Auffassung zu. S. Vincenzi in Nyss. et Orig. scripta nova recensio t. IV. p. 331 seq. und mein Referat über das Buch im Bonner theol. Literaturblatt 1866, Sp. 649 f.

S. 177. Z. 4 ist zu verbessern: „und präsidirte einer Disputation zwischen Conon und Eugenius, dann Paulus und Stephan," wie Dr. Rump mit Recht hervorhebt. Ein Eingehen auf Johann von Ephesus, der I. V. c. 3 nur ganz kurz die Sache erwähnt, hätte eine ausführlichere Abhandlung erfordert. Für den Titel des ökumenischen Patriarchen war nichts Neues aus dem monophysitischen Autor zu entnehmen; ich habe selbst (S. 179) angeführt, daß er schon Johann II. gegeben wurde und im sechsten Jahrh. geläufig war; bei Joh. Eph. (z. B. II. 41. p. 81) erhält ihn Johann III.

S. 295. Z. 5 v. unten: Statt „drei" wiedereingesetzter Patriarchen sind vier zu lesen und an Pyrrhus Theodor anzureihen. Hierauf machte Hr. Dr. Rump ebenfalls aufmerksam.

S. 301. N. 31. Daß Constantin in Nicäa zu den Bischöfen griechisch sprach, wenn auch seine feierliche Allocution in der officiellen lateinischen Sprache, seiner Muttersprache, verfaßt und vorgetragen ward, geht aus den bei Eus. V. C. III. 13 der Erwähnung dieser letztern folgenden Worten hervor: ἑλληνίζων τῇ φωνῇ, ὅτι μηδὲ ταύτης ἀμαθῶς εἶχε κ. τ. λ. Ich muß hierin die angefochtene Behauptung mit dem blos der Kürze halber hier citirten Zishman aufrecht halten.

S. 407. Z. 1 ff. Meine (in der letzten Redaction abgekürzte) Darstellung steht mit der von Hefele Conc. IV. S. 227 f. meines Erachtens nicht in Widerspruch. Photius hatte auch den kaiserlichen Brief verfaßt und Niketas, der nur die Resignation erwähnte, wollte in seinen Angaben keinen Anspruch auf Vollständigkeit machen, so daß wir auch die andern Quellen zu Hilfe nehmen müssen.

S. 419. N. 44. Wohl ist aus Phot. cod. 52 eine gegen die Messalianer gehaltene Synode von Side bekannt; doch sind die Data ziemlich unsicher (Hefele II. S. 46). Da Epiph. h. 80. n. 7 mit Berufung auf Const. ap. I. 3 an jenen Häretikern das Bartscheeren tadelt, so ist es nicht unmöglich, daß diese Synode darüber einen Canon erließ, der dem Photius vorlag.

S. 488. N. 90. Auch andere, im Uebrigen abweichende Quellen verlegen die Verfolgung und den Aufstand in die Zeit Justin's II. Joh. Eph. II. 18—24. VI. 8—11. p. 60 seq. 241 seq. ed. Schoenfelder.

S. 600, N. 51. In Hinblick auf die von Dümmler (Ostfr. G. I. S. 523. N. 27; S. 827. N. 31—36) geltend gemachten Momente für die Aechtheit der von Hartzheim u. A. angefochtenen Antwort des P. Nikolaus an Salomo von Constanz (J. n. 2084) ist es leichter möglich, sich mit der von diesem Gelehrten den Worten Hinkmar's gegebenen Deutung zu befreunden.

S. 682. N. 81. Die angeführten Worte werden am besten mit Dümmler (I. S. 609) auf Hinkmar's persönliche Rechtfertigung den früheren Vorwürfen des Papstes gegenüber bezogen.

Zum zweiten Bande.

S. 160. N. 61 letzte Z. vgl. S. 292. Nach Dümmler (I. S. 780, N. 26) war es auch Hadrian; die Bedrängniß Salerno's wird auf 872 gesetzt.

S. 172, N. 64 ist beizusetzen: S. indessen Dümmler I. S. 775. 809.

S. 190. N. 20. Valettas ep. 161 zieht epp. 117, 118 Mont. in einen Brief zusammen, wofür allerdings Text und Inhalt spricht, und ereifert sich gegen Jager, der die Zusammengehörigkeit übersehen habe. Indessen trennen die Handschriften wie Montagu mit der Aufschrift: τῷ αὐτῷ und bei der damaligen Lage des Photius ist es sehr gut denkbar, daß nach einer Unterbrechung eine Fortsetzung des ersten Briefes erfolgte.

S. 223. N. 76. Willkürlich corrigirt Valettas p. 320. not. 1 in ep. 30 in der Aufschrift: Zacharias von Chalcedon, weil an diesen sonstige Briefe gerichtet seien und der Antiochener als Patriarch angeredet worden wäre. Allein er hätte aus der Synode von 879, die er neu herauszugeben beabsichtigte, ersehen können, daß es neben dem Zacharias von Chalcedon auch einen solchen von Antiochien gab, und mußte außerdem wissen, daß das „große" Antiochien nicht die einzige Stadt dieses Namens war. S. oben S. 450. 451. 459. 514. Nebstdem herrscht in unserem Briefe nicht der vertrauliche Ton, der in den Briefen an den Chalcedonenser sich findet.

S. 242. N. 6. Vgl. die Beschreibung bei Const. de cerem. L. I. Append. p. 011 ed. Migne.

S. 267. Z. 26. Nach dem bei Val. p. 469 verbesserten Texte und insbesondere mit Streichung des οὐκ οἶδα ist der Satz: „denn ich dachte — — weiß ich nicht" mit dem andern zu vertauschen: „Was haben wir denn, dachte ich, so Ungereimtes, so Ungewöhnliches erlitten?" — Im Ganzen hat es sehr geringe Bedeutung, daß uns die Londoner Ausgabe der Briefe v. J. 1864 erst im Juni 1867 zu Gesicht kam; in sehr vielen Fällen haben wir, dazu auf Handschriften gestützt, dieselben Text-Emendationen, davon unabhängig, gegeben. Man vgl.:

Val.	p. 148. not. 6.	mit Bd. I.	S. 441.	Z. 4. —	V.	p. 150. n. 3.	Bd. I.	S. 442.	N. 17.
„	p. 151. n. 6.	Bd. I.	S. 444.	N. 22. —	„	p. 153. n. 5.	„	S. 447.	N. 39.
„	p. 151. n. 4.	„	S. 448.	N. 42. —	„	p. 158. n. 1.	„	S. 451.	N. 55.
„	p. 161. n. 3.	„	S. 454.	Z. 22 f. —	„	p. 321. n. 5.	Bd. II.	S. 221.	N. 81.
„	p. 434. n. 2.	Bd. II.	S. 273.	N. 86. —	„	p. 430. n. 4.	„	S. 275.	N. 91.
„	p. 440. n. 3.	„	S. 276.	N. 96. —	„	p. 451. n. 2—6.	„	S. 228.	N. 87.
„	p. 464. n. 6.	„	S. 267.	N. 53. —	„	p. 470. l. 21.	„	S. 269.	N. 61.
„	p. 479. n. 2.	„	S. 201.	N. 71. —	„	p. 481. n. 4.	„	S. 205.	N. 75.
„	p. 482. n. 4.	„	S. 206.	N. 78.	„	p. 504. n. 7.	Bd. I.	S. 401.	N. 74.

Noch viel stärker würde die Uebereinstimmung bei den Briefen hervortreten, die im letzten Abschnitt dieses Bandes stehen; wir haben aber noch bevor das siebente Buch zum Druck kam, von allen weiteren Anmerkungen Umgang genommen, die durch Valettas Ausgabe bereits überholt waren.

www.ingramcontent.com/pod-product-compliance
Lightning Source LLC
Chambersburg PA
CBHW020504110726
47899CB00004B/1059